新日本古典文学大系　明治編　19

尾崎紅葉集

須田千里
松村友視　校注

岩波書店刊行

目次

付　録

解　説

凡例

一　底本はそれぞれ次の通りである。
『二人比丘尼色懺悔』　叢書『新著百種』第一号（明治二十二年四月一日、吉岡書籍店）に掲載された初出。

『紅子戯語』　硯友社発行の雑誌『我楽多文庫』第十号（明治二十一年十月二十五日）、第十一号（同年十一月十日）、第十二号（同月二十五日）、第十三号（同年十二月十日）に掲載された初出。

『恋山賤』　作品集『初時雨』（叢書『小説群芳』第一、明治二十二年十二月十日、昌盛堂）の初版。

『おぼろ舟』　単行本『二人女』（明治二十五年二月二十日、春陽堂）の初版。

『二人女房』　雑誌『太陽』（博文館創業十週年紀念臨時増刊、明治三十年六月十五日）に収録された再掲本文。

『心の闇』　単行本『心の闇』（明治二十七年五月一日、春陽堂）の初版。

二　本文表記は句読点、符号、仮名遣い、送り仮名、改行など、基本的に底本に従った。ただし、誤記や誤植、脱落と思われるものは、校注者による判断、および単行本や全集など他本によって訂正し、あるいは補った。その際、必要に応じて脚注で原文を示した。

1　句読点
（イ）　句読点（、　。）は原則として底本のままとした。
（ロ）　『紅子戯語』の「自叙」は、校注者の判断により適宜句間を空けた。

2　符号
（イ）　反復記号（ゝ　ヽ　〻　〱　々など）は原則として底本のままとした。
（ロ）　圏点（。・ ヽ）、傍線などは底本のままとした。
（ハ）　「　」『　』（　）《　》は原則として底本のままとした。
（ニ）　……は原則として底本のままとした。

3　振り仮名
（イ）　原則として底本のままとした。
（ロ）　校注者による振り仮名は（　）内に歴史的仮名遣いによって示した。

4　字体
（イ）　漢字・仮名ともに、原則として現在通行の字体に改め、常用漢字表にある文字はその字体を用いた。
（例）　撿→検　搆→構　姊→姉　銕→鉄　摸→模
例外的に底本の字体をそのまま残したものもある。
（ロ）　当時の慣用的な字遣いや当て字は、原則としてそのまま残し、必要に応じて注を付した。
（例）　烟（煙）　躰（体）　燈（灯）　峯（峰）　飜（翻）

5　仮名遣い・清濁
（イ）　仮名遣いは底本のままとした。
（ロ）　仮名の清濁は、校注者において補正した。ただし、清濁が当時と現代で異なる場合には、底本の清濁を保存し、必要に応じて注を付した。

6　改行後の文頭は、原則的に一字下げを施した。

7　明らかな誤字・脱字は適宜補正し、必要に応じて注を付した。

三　本巻中には、今日の人権意識に照らして不適当な表現・語句がある。これらは、現在使用すべきことばではないが、原文の歴史性を考慮してそのままとした。

四　脚注

1　脚注は、語釈や人名・地名・風俗および文意の取りにくい箇所のほか、懸詞、縁語などの修辞、当て字など、解釈上参考となる事項に施した。

2　脚注で十分に解説し得ないものに、↓を付し、補注で詳述した。

3　本文や脚注を参照する際には、頁数と行、注番号によって示した。

4　引用文には、読みやすさを考慮して適宜濁点を付し、漢文は可能な限り仮名交じりの読み下し文とした。原文にある圏点や傍線は割愛した。

5　作品の成立・推敲過程上注目すべき主要な点に、他本との校異注を付した。

6　必要に応じて語句や表現についての用例を示した。

二人比丘尼《ににんびくに》 色《いろ》懺《ざん》悔《げ》

須田千里 校注

『新著百種 第一号』初版本表紙

〔**初出・底本**〕一冊読み切りの叢書『新著百種』の第一号（明治二十二年四月一日、吉岡書籍店、定価十二銭）に発表。本巻ではその初版を底本とした。巻頭に春のや生（坪内逍遙）の「新著百種序」（シリーズ全体の序文にあたる）、本文中に大蘇芳年・松岡緑芽・渡辺省亭による三葉の挿絵を挿入。「奇遇の巻」以下の各巻頭には、経机・兜・振袖・鞘巻の画を藤色で重ね刷り。

〔**諸本・全集**〕本書は版を重ね、明治二十二年六月十日に再版、誤記・誤植などが訂正された（脚注では〈重版〉と略記）。同年十二月十五日に五版を発行。のち、『新著百種傑作集 一』（明治二十四年十一月二十九日、吉岡書籍店・学齢館）に、饗庭篁村「堀出し物」、思案外史「乙女心」、紅葉山人「風雅娘」とともに本文を新たに組み直して再録。博文館版『紅葉全集』第一巻（明治三十七年一月。脚注では〈全集〉と略記）に収録。ここでは特に「奇遇の巻」に大きな異同が見られる。岩波書店版『紅葉全集』第一巻（平成六年三月）に収録。

〔**成立**〕公売本『我楽多文庫』第十五号（明治二十二年一月二十五日）予告に「紅葉山人著作／二人びくに色懺悔／二月下旬出板」、十六号（二月十日）の広告では三月五日発行とあったが（三月十一日・二十五日発行の『文庫』十七・十八号も同様）、執筆の遅れから発行は延引し、十九号（四月十二日）に「謝罪広告」が掲載された。

〔**梗概**〕木枯らしの吹く片山里の庵に一夜の宿を求めた尼は、主の尼（若葉）も自分同様夫に先立たれたことを知り、身の上を語り始める。彼女（芳野）の許婚・浦松小四郎守真は、討死を期した戦場で生き残り、今は敵方となっている伯父遠山左近之助武重に説得されてその館に引き取られる。館で小四郎を看護する芳野は、別の女性（若葉）と結婚した小四郎に怨み言を言う。小四郎は、芳野から味方の敗軍を聞き、彼女の立ち去った後に自害する。聞き終えた若葉は相手の正体に気づき、互いに驚く。

〔**構想**〕仮名草子『二人比丘尼』、御伽草子『三人法師』、軍記『信長記』『太平記』、井原西鶴『好色一代女』などから材を得たほか、文体や語彙に人情本や浄瑠璃・歌舞伎の影響が認められる。

〔**評価**〕尾崎紅葉の出世作であり、同時代評も多い。脚注では適宜略称で示した（補注二・三・一一・一六・二三・二五を参照）。作者の主眼とした悲哀に賛辞が寄せられる一方、時代考証の杜撰や登場人物の性格の平板さ、結構の齟齬、芝居めいた文体、……の多用に対する批判が目立つ。

〔**校訂付記**〕本文には、一字―数字分の空白やカタカナ表記が見られるが、底本のままとした。

自序

[一]二《に》人《ゝん》比丘尼《びくに》色懺悔《いろざんげ》成《な》る　[二]例《れい》の九華《きうくわ》。香夢楼思案《かむろしあん》麻渓《まけい》漣《さゞなみ》眉《び》山《さ》等《ら》わが机《つくえ》をとりまき。言葉《ことば》よりまづ大口《おほくち》あいて笑《わら》ひ。　爾紅葉《なんぢこうえふ》。　若気《わかげ》のいたりからまたく[三]好色《かうしよく》の書《しよ》を著《あら》はすか。　[四]喝爾等鞘《くわつなんぢらさや》の塗《ぬり》で[五]兼光《かねみつ》か[六]竹光《たけみつ》か。判断《はんだん》がなるか。そも色《いろ》懺悔《ざんげ》を題《だい》にして[七]妙齢《めうれい》の比丘尼《びくに》二人《ふたり》が山中《さんちう》の庵室《あんしつ》に奇遇《きぐう》し。古《いにしへ》を語《かた》り今《いま》を[八]墓《はか》なみあふといふ[九]脚色《しくみ》。[一〇]一字《いちじ》一涙《いちるい》の大著作《だいちよさく》即《すなは》ち是《これ》と。[一一]薄汚《うすきた》なき原稿《げんかう》をさし出《だ》せば手《て》にだも触《ふ》れず[一二]腹《はら》を抱《かゝ》え。　　扨《さて》も企図《くはだて》の[一三]しほらしさよ。心根《こゝろね》の[一四]ふびんさよ。[一五]茶番狂言《ちやばんきやうげん》の飯炊場《まゝたきば》が。　情《なさけ》なからうか悲《かな》しからうか。尺八《しやくはち》に似《に》た[一六]火吹竹《ひふきだけ》。[一七]いかなる音《ね》をやいだすらむ。[一八]爾性諧謔《なんぢせいくわいぎやく》。爾《なんぢ》口善《くちよく》罵《のゝしる》。[一九]なぐり書《がき》の滑稽《こつけい》もの或《あるひ》は怪我《けが》の功名《こうめう》に。見《み》らるゝもの出来《でか》すやも計《はか》られず。爾《なんぢ》が[二〇]悲哀小説《ひあいせうせつ》――[二一]盲人《まうじん》が染小袖《そめこそで》の是非《ぜひ》。其器《そのき》にあらずして之《これ》を言《い》ふは間違《まちが》へるなり。[二二]鴝《く》鵒《こく》は済《せい》を過《す》ぎず。貉《かく》は汶《ぶん》を渡《わた》つて死《し》す。[二三]鳥《とり》の知《ち》に如《し》かざる紅葉《こうえふ》。[二四]毛物《けもの》の愚《ぐ》に似《に》たる[二五]悪太郎《あくたらう》。労《らう》して物《もの》笑《わら》ひの種《たね》となるとも。我等《われら》が知《し》る所《ところ》にあらず。

[二六]我知《わがし》る処《ところ》なり。爾等《なんぢら》が知《し》る処《ところ》に非《あら》ず。[二七]向横町《むかふよこてう》の東坡《とうば》きのふ我《われ》に教《をし》へていふ。[二八]貧家《ひんか》は浄《きよ》く地《ち》を掃《は》き。貧女《ひんぢよ》は巧《たくみ》に頭《とう》を梳《くしけづ》る。[二九]ずいぶん骨《ほね》を折《をつ》てやつて見《み》なさい

一 出家して戒を受けた女子。尼。　二 以下に挙げられた六名は、硯友社社員として尾崎紅葉と親しい人物。↓補一。　三 具体的に何か不明だが、『風流 京人形』(『我楽多文庫』『文庫』一―十八、明治二十一年五月―二十二年三月)、『YES AND NO.』(『我楽多文庫』十四、同二十二年一月)などを指すか。↓補二。　四 「喝」は一声どなりつけること。紅葉の反論。　五 鎌倉末期の刀工。備前長船の人。「正面の床の間には父が遺愛の備前兼光の一刀を飾り」(徳冨蘆花『不如帰』中篇一の二、明治三十三年刊)。　六 竹を削って刀身にみせかけたもの。鞘に入ったままでは名刀か竹光かわからないのと同様、題名だけでは内容はわからない、の意。　七 ↓補三。　八 「儚み」のあて字。頼りなく思う。「女こゝろの墓なや。あふべきたよりもなければ」(井原西鶴『好色五人女』巻四「世に見をさめの桜」、貞享三年)。　九 「しくみ…(二)芝居ニ、狂言ノ趣向。脚色」(大槻文彦『言海』明治二十二―二十四年)。　一〇 ↓六頁注二。↓補四。　一一 ↓補五。　一二 大笑いするさま。この直後の空白については解題(校訂付記)参照。　一三 けなげで感心なこと。ここでは皮肉の意をこめる。　一四 不憫。　一五 ↓補六。　一六 火をおこすのに使う竹筒。「飯炊場」の縁語。　一七 どんな内容だろう、きっと大したものではあるまい、の意。「音」は「尺八」の縁語。　一八 お前は生まれつきおどけ者だし、お前の口は巧みに人を罵る、だから読者を泣かせるような作品を書けるわけがない。「謔」は底本「譃」(音ク。うその意)。意改(四頁一行目も同じ)。　一九 もしこれが乱暴に書いた滑稽な作品なら、怪我の功名で読むに足るものとなるかも知れないが。　二〇 ↓補七。　二一 目の見えない者が染小袖の良し悪しを判断

と。これわが宗旨《しうし》ちがひの小説《せうせつ》を試《こゝろ》むる所以《ゆゑん》なり。われ諧謔《くわいぎやく》自《みづか》ら喜《よろこ》べど涙《なみだ》なきに非《あら》ず。口《くち》よく罵《のゝし》れど[一]慰言《ゐげん》なきにあらず。[二]さては力《ちから》を尽《つく》さば[三]縦鼻《じうび》横目《わうもく》のすなる事《こと》。などか我《われ》のみならざらむ。英国《えいこく》の[四]シェークスピアといふは。鬼《おに》にもあらず神《かみ》にもあらずして。[五]一枝《いつし》の筆《ふで》に[六]万象《ばんせう》の人情世態《にんぜうせたい》を写《うつ》して。泣《な》くやうにも笑《わら》ふやうにも[七]得《え》書《かき》しと聞《き》く。かれは[八]富家《ふか》にして下男《しもをとこ》に掃《は》かしめ。富女《ふぢよ》にして髪結《かみゆひ》に梳《くしけ》づらしむるものなれば。[九]手《て》細工《ざいく》の及《およ》ぶべきにあらざれど。紅葉《こうえう》果《はた》して涙《なみだ》なきか。須《すべか》らくこの[一〇]書発市《しよはつし》の暁《あかつき》を待《まつ》て世《よ》の[一一]看官《くわんくわん》に問《と》ふべし。[一二]淵《ふち》を素通《すどほ》りしてその底《そこ》に蛟龍《こうりやう》の[一三]棲《す》むを見《み》るか。林《はやし》を一目《いちもく》してその奥《おく》に[一四]栴檀《せんだん》のあるを知《し》るか。[一五]倏忽《そこつ》ばしのたまふなと[一六]咳《しはぶき》二ツ三ツ。　一同《いちどう》嘲笑《てうせう》していふ。[一七]天水桶《てんすいおけ》には蛟龍《かうりやう》湧《わ》かず。芋畠《いもばたけ》には栴檀《せんだん》生《は》えず。紅葉爾《こうえふなんぢ》が[一八]非《ひ》望《ばう》の著作《ちよさく》は。蛟龍《かうりやう》を天水桶《てんすいおけ》に覓《もと》めて[一九]底《そこ》をぬき。栴檀《せんだん》を芋畠《いもばたけ》に探《さが》して地《ち》を荒《あ》らす。[二〇]笑止《せうし》〳〵と帰《かへ》りゆく。紅葉《こうえふ》その影《かげ》遠《とほ》くなるまで見送《みおく》り。やがて二三[二一]尺《じやく》とびすさつて[二二]衣紋《えもん》かいつくろひ。[二三]大方《たいはう》の君子《くんし》に向《むか》つて合掌再拝《がつしやうさいはい》して曰《いはく》。拙劣《せつれつ》の才学《さいがく》もとより変幻《へんげん》の人情《にんぜう》を写《うつ》すに。万分一《ばんぶがいち》さへうべからざるを信《しん》ず。[二四]世間《せけん》の蜆《しゞみ》わが門前《もんぜん》の蛤《はまぐり》今《いま》ほざいたる誇大《こだい》の過言《くわごん》は。人《ひと》を見下《みさげ》し罵詈《ばり》に対《たい》する[二五]一図《いちづ》の肝癪《かんしやく》。ほんの[二六]内ゝ《うち〳〵》だけの高話《たかばなし》。[二七]真平御免下《まつぴらごめんくだ》さるべし。[二八]書肆《しよし》の主人《あるじ》もし方ゝ《かた〴〵》に悪《にく》まれ奉《たてまつ》り。色懺悔《いろざんげ》を見《み》てかなしがり涙《なみだ》を落《おと》すものは。

できないように、悲哀小説を書く能力もないお前が、自分から「悲哀小説」などと言うのは間違っている。「染小袖」は模様や色を染め付けた小袖。二二 →補八。二三 分もわきまえず悲哀小説などと言う紅葉は、自分の居場所を知っていた鵂鶹の知恵にも及ばない。二四 獣。汝を渡って死んだ貉を指す。二五 紅葉の別号の一つ。本作品以前では「是は近頃大評判の雑誌」(活版公売本『我楽多文庫』十一号、明治二十一年十一月)がこの署名。「悪太郎」は、いたずら小僧の意。二六 以下、紅葉の反論。世間の物笑いになるのは自分であって、お前たちの知ったことではない、の意。二七 →補九。二八 「貧家は浄(きよ)く地を掃(はら)ひ、貧女は好く頭を梳(くしけづ)る」(蘇軾「貧家浄掃地」『蘇東坡詩集』巻四十二)を踏まえる。内実が貧弱でも、工夫次第でそれを取り繕うことができる、の意。二九 精一杯。

以上三頁

一 慰めの言葉。
二 そうであるからには。
三 (鼻が縦に、目が横に付いていることから)人間。人間のするということで、自分にだけできないことはない、の意。
四 劇作家。詩人。一五六四―一六一六。→補一〇。
五 一本の筆。
六 あらゆる姿。
七 書くことができた。
八 三頁一五行目の「貧家」と対照的な富裕な家の例。シェイクスピア作品を喩える。
九 素人の細工仕事。自分の作品を喩える。
一〇 発売。
一一 読者。「看官(よみて)」(為永春水『春色辰巳園』三編巻之九第五条、天保六年)。
一二 上っ面を見ただけでは物事の本質はわから

ばかりなどの悪評《あくへう》。かの五人《にん》[29]の耳《みゝ》にいらば。むごらしや[30]われは彼等《かれら》が為《ため》に罵殺《ばさつ》[31]せられむ。他人《たにん》にむかつてならば。悪口雑言《あくかうざうごん》御心《みこゝろ》まかせ。たゞ五人《にん》へは。コレひそかに〳〵

明治廿二年小草生月[32]戯作堂の南軒に

紅葉山人戯誌

ない、の意。「蛟龍」は、水中に潜み、雲雨に乗じて天上し龍になるという中国古代の想像上の動物。次の文も同じ意。一三「悽」に同じ。
一四 香木。白檀。
一五 決して軽はずみなことをおっしゃいますな。「ばし」は強意。
一六 もったいぶって咳払いするさま。
一七「雨樋ヨリ導キテ天水ヲ貯ヘ置ク大桶、火災ヲ防グ備ヘトス」(『言海』)。ボウフラが湧く。
一八 分不相応な望み。
一九 天水桶の底を突き破り。
二〇 ああおかしい。
二一 後ろへ飛び退く。恐れ入るさま。「有難く頭戴(てうだい)せよと。渡し給へば義興公。ウハヽヽはつと飛しさり。家の面目身の冥加」(平賀源内『神霊矢口渡』初段、明和七年初演)。
二二 襟をかき合わせるなどして着くずれを直す。
二三「(二)世間一般ノ人」(山田美妙『日本大辞書』明治二十五—二十六年)。読者。
二四 自分の家では威張っているが、外に出ると小さくなってしまうことの喩え。
二五「一途」に同じ。ひたすら。
二六 仲間内だけでの威勢のいい話。
二七「平(ラヒ)ニ。…「—オユルシ」」(『言海』)。「取て返しておわび言(こと)。真平御免下され」(二世竹田出雲ら『義経千本桜』椎の木の段、延享四年初演)。
二八 発行元。『新著百種』の発行者吉岡哲太郎を指す。
二九 冒頭の九華以下眉山までを指す。「六人」の誤り。
三〇「憐ムベシ。…ムゴタラシ」(『言海』)。
三一 罵倒。「殺」は意味を強める助辞。
三二 陰暦二月の異名。

[一]作《さく》　者《しや》　曰《いはく》

一　此小説《このせうせつ》は[二]涙《なみだ》を主眼《しゆぐわん》とす

一　[三]時代《じだい》を説《と》かず場所《ばしよ》を定《さだ》めず。[四]日本小説《につぽんせうせつ》に此類少《このるゐすくな》し。[五]いかなる味《あぢ》の物《もの》かと好心《すきごゝろ》に試《こゝろ》みたり。[六]難者《なんしや》あらば。ある時《とき》ある処《ところ》にて。ある人々《ひとぐ》の身《み》の上譚《うへばなし》と答《こた》ふべし

一　文章《ぶんしやう》は在来《ざいらい》の[七]雅俗折衷《がぞくせつちう》[八]おかしからず。[九]言文一致《げんぶんいつち》このもしからずで。色々《いろく》気《き》を揉《も》みぬいた末《すゑ》。[一〇]鳳《ほう》か鶏《けい》か――虎《とら》か猫《ねこ》か。我《われ》にも判断《はんだん》のならぬかゝる[一一]一《いつ》風異様《ぷうゐやう》の文体《ぶんたい》を創造《さうざう》せり。あまりお手柄《てがら》な話《はなし》にあらずといへど。これでも作者《さくしや》の苦労《くらう》はいかばかり。それをすこしは[一二]汲分《くみわけ》て。[一三]御評判《ごへうばん》を願《ねが》ふ

一　対話《たいわ》は[一四]浄瑠璃《じやうるり》体《てい》に今時《きんじ》の俗話調《ぞくわてう》を混《こん》じたるものなり。惟《おも》みるに。これを以《もつ》て[一五]時代小説《じだいせうせつ》の談話体《だんわてい》にせんとの作者《さくしや》の野心《やしん》

一　前述《ぜんじゆつ》の通《とほ》り。世間在来《せけんざいらい》の文《ぶん》とは。下手《へた》なりにも趣《おもむき》を異《こと》にすれば。読人一《よむひといつ》見《けん》して[一六]つらいといふ。作者《さくしや》は少《すこ》しもつらからず。我《われ》つらからざるを人々何《ひとぐなに》ゆへにつらしといふや。専《もつば》ら[一七]句読《くとう》をたよりに再読《さいどく》の御面倒《ごめんだう》を請《こ》ふ

月　　日　　　　　　　　　　紅　葉　山　人

一　凡例に当たる文章。饗庭篁村『堀出し物』(『新著百種』二号、明治二十二年五月)の「作者曰」、石橋思案『乙女心』(『新著百種』三号、明治二十二年六月)の「作者曰」「見物曰」などはこれを踏まえている。

二　坪内逍遙『小説神髄』(明治十八—十九年)の「小説の主脳は人情なり世態風俗これに次ぐ」(「小説の主眼」)を踏まえた表現。

三　特に時代を定めないこと。↓補一一。

四　底本の振り仮名「にぽん」。「つ」を補う。

五　どんな具合かと、物好きな気持で。

六　非難する者。

七　雅語(文語体)と俗語(口語体)を適当に混ぜた文体。↓補一二。　八　満足できない。

九　話し言葉に近い形で書かれた文体。↓補一三。

一〇　鳳のように立派な文体(雅)か、鶏のように身近な文体(俗)か。「鳳」は古代中国のめでたい鳥。

一一　↓補一四。

一二　「斟酌」(『言海』)。

一三　よい評判を立てること。

一四　浄瑠璃の七五調を基調とした文体。↓補一五。

一五　「既往の事蹟を本として若(もし)くは歴史上の人物を主人公となして以(も)て一篇の脚色(しくみ)を構へ」(『小説神髄』上「小説の種類」)た小説。

一六　読みづらい。わかりにくい。

一七　句読点。文章の意味の切れ続きを明らかに知るために用いる補助記号。本作では「。」。

一八　庵の主人の尼と、その庵に一夜宿った尼が、実は同じ男性を愛していたという奇縁を指す。

一九　五老井許六編『風俗文選』(宝永三年)巻三所収「百花譜」のうち、「罌粟」の全文。↓補一六。

二人比丘尼 色懺悔

紅葉山人著

発端《ほったん》 奇《き》[一八]遇《ぐう》の巻《まき》

瞿粟《けし》[一九]は眉目容《みめかたち》すぐれ髪長《かみなが》し。常《つね》は西施《せいし》[二〇]が鏡《かゞみ》を愛《あい》して粧台《さうだい》[二一]に眠《ねぶ》り。後世《ごせ》[二二]なんどの事《こと》は露《つゆ》ばかりも心《こゝろ》にかけぬ身《み》の。一念《いちねん》の恨《うらみ》によりて。ごそと[二三]剃《そり》こぼして尼《あま》になりたるこそ。肝《きも》[二四]つぶるゝ業《わざ》なれ…………百花譜——許[二五]

六

都《みやこ》[二六]さへ……蕭条《さびしさ》いかに片山里《かたやまざと》[二七]の時雨《しぐれ》あと。晨《あした》から夕《ゆふべ》まで昨日《きのふ》も今日《けふ》も木枯《こがらし》の吹通《ふきとを》して。あるほどの木々《きゞ》の葉《は》——峯《みね》の松《まつ》ばかりを残《のこ》して——大方《おほかた》をふき落《おと》したれば。山《やま》[二八]は面瘠《おもやせ》て哀《あは》れに。森《もり》は骨立《ほねだ》ちて凄《すさ》まし

茶《ちや》の煙《けぶり》だにあがらずば。山賤《やまがつ》[二九]も知《し》らぬ。谷陰《たにかげ》[三〇]に誰《た》がすむ庵《いほり》。　かくても[三一]なを捨難《すてがた》き浮世《うきよ》の面影《おもかげ》のこす菱垣《ひしがき》[三二]。疎《まば》らに結《ゆ》ひ繞《めぐ》らし。竹《たけ》は虫食《むしば》み縄朽《なはく》ちたれど。枯蔦《かれつた》の名残惜《なごりお》しく取縋《とりすが》[三三]るまゝ流石《さすが》に倒《たふ》れもやらず。　二本《ふたもと》の黒木《くろぎ》[三四]を入口《いりくち》のしる[三五]しばかり。　茅葺《かやぶき》の屋根《やね》は歳《とし》に黒《くろ》み。落懸《おちかゝ》[三六]る檐風《のきかぜ》に傷《いた》はしく。　風情《ふぜい》[三七]は月《つき》にばか

二〇 中国春秋時代の美人の名。　二一 化粧台に寄りかかって眠り。「粧台」「鏡」は縁語。
二二 仏道に帰依して来世の安楽を願うなどのことは、全く気にしない身が。現世の恋に夢中になっているさま。
二三 ごっそり黒髪を剃り落として尼になる。瞿粟の花が散り落ちてケシ坊主になるさまを喩え、本作品の二人の尼の身の上に重ねる。「尼になりたるは祇王仏なりとの事をも思ひ合はすべし」(馬場錦江『風俗文選通釈』安政五年序)。
二四 びっくりすることだ。
二五 森川氏。一六五六-一七一五。芭蕉晩年の門人。蕉門十哲の一。
二六 晩秋は都でさえ寂しいのに、まして片山里の寂しさはいかばかりか、思いやられる、の意。→補一七。　二七「偏鄙ナル山里」(『言海』)。「都ちかきかた山里にも」(『平家物語』巻二「大納言ながされの事」、延宝五年刊本)。
二八 擬人法。特に山田美妙を意識し、彼から学んだもの。「衣服(きもの)を剝がれたので痩肱(やせひじ)に瘤(こぶ)を立てゝ居る柿の梢には」(山田美妙『武蔵野』中、明治二十一年)。
二九 きこりなど、山里に住む身分の低い者。
三〇 →補一八。
三一『徒然草』第十一段を踏まえる。→補一九。
三二 割り竹をひし形に組んで結った垣。「借宅の軒に竹の菱垣ゆひまはして」(『西鶴織留』巻四の二、元禄七年)。
三三〈全集〉「縋れるまゝに倒れもやらず。」。
三四 製材していない、皮のついたままの材木。
三五〈全集〉「標(しる)」に」。
三六 朽ちて落ちかかった檐は、風に吹き破られるかと心配で。　三七 風情と言えるのは壁の破れ目から射し入る月の光ばかり。

りの破壁《やれかべ》。強《つよ》くはふめぬ竹椽《ちくえん》。切株《きりくひ》の履脱《くつぬぎ》から左《ひだり》へ三尺《さんじやく》。其処《そこ》に筧《かけひ》の水《みづ》……水《みづ》ほどにもなく絶《た》えせぬ雫《しづく》。阿伽桶《あかおけ》に滴《したゝ》る音《おと》。やうく幽《かすか》に疎《まば》らになるは。樋《ひ》の口凍《くちこほ》るにや——夕暮《ゆふぐれ》の風寒《かぜさぶ》し。麓路《ふもとぢ》に梅香《うめかほ》りて——扠《さて》は春《はる》。窓外《そうぐわい》の山白《やましろ》くなれば。冬《ふゆ》ぞと知《し》る。此処《こゝ》には暦日《れきじつ》なく。昼《ひる》は伐木《ばつぼく》の音《おと》にくれ。夜《よ》は猿《ましら》の声《こゑ》に更《ふ》け。鐘《かね》も鶏《とり》も。響《ひゞ》かず聞《きこ》えず。恋《こひ》する身《み》には。上《うへ》もなき隠《かく》れ家《が》……なれど愛《あい》欲《よく》を棄《すて》てかゝらねば。一日仮《かり》の住居《すまゐ》も難《かた》し。夕日《ゆふひ》影《かげ》木末《こずえ》に薄《うす》らぎ。反古張《ほぐばり》の障子赤《しやうじあか》くなれば。程《ほど》なく鉦《かね》の音《ね》其内《そのうち》に。何処《いづこ》よりか来《き》たる法衣《ほうえ》の人《ひと》。塗《ぬり》笠目深《がさまぶか》く冠《かぶ》りて。門《かど》に立休《たちやす》らひ　《頼《たの》む》と音《おと》なふは女《おんな》の声《こゑ》。鉦《かね》の音《ね》絶《たえ》て。障子《しやうじ》の外《そと》に現《あら》はれしも法体《ほつたい》の女《おんな》。鼠木綿《ねずみもめん》の布子《ぬのこ》に黒染《すみぞめ》の腰法衣《こしごろも》。頭巾《づきん》着《き》たるが門外《おもて》を窺《うかゞ》ひ。

《何御用《なにごよう》で御坐《ござ》ります》

《行脚《あんぎや》の比丘尼《びくに》で御坐《ござ》りますが。慣《な》れぬ山路《やまぢ》に迷《まよ》ひまして難義《なんぎ》を致《いた》します。御無心《ごむしん》ながら一夜《いちや》の宿《やど》りを願《ねが》ひたく。御看経《ごくわんきん》のお邪魔《じやま》を致《いた》しました》　寒気《さむさ》に慄《おのゝ》く声《こゑ》

《御覧《ごらん》の通《とほ》りの茅屋《あばらや》。夜《よる》の物《もの》とて御坐《ござ》りませんが。お厭《いと》ひなくばさア……さアお入遊《いりあそ》ばしまし》

一 割った竹を並べて作った濡れ縁。 二 木の切り株をくつ脱ぎに用いたもの。 三 竹や木を地上に掛け渡して、水を導くようにした樋。〈全集〉「筧の。水ほどにもなく」。 四 閼伽(仏に供える水)を汲み入れて持ち運ぶための手桶。〈全集〉「閼伽桶」。 五 〈全集〉「にやあらん。夕暮の」。 六 「開(ひら)ける梅暦(ばいれき)に春を覚え、青山(せいざん)かはつて白雪(しらゆき)の埋む時冬とはしられぬ」(井原西鶴『好色一代女』巻一「老女の隠れ家」、貞享三年)を踏まえる。 七 「わづかに事とふものとては、しづがつま木のをのゝおと、木づたふさるのさけぶこゑ」(鈴木正三『二人比丘尼』下)を踏まえる。 八 人里離れていることを示す。→補二〇。 九 〈全集〉「此上(よ)なき」。 一〇 「老女の隠れ家」(→注六)を踏まえる。〈全集〉「隠れ家に似たれども。愛欲を棄てずしては。」。 一一 反古(書画など書き損じて無用になった紙)で張った障子。「反古張(ほうぐばり)の明(あか)り障子」(文耕堂ら『ひらがな盛衰記』第四、元文四年初演)。 一二 〈全集〉「内に鉦鼓の声す。」。 一三 〈重版〉「……法衣の人」。〈全集〉「来にけん法衣の人」。→補二一。 一四 薄い板に紙を張り、漆塗りにした笠。多く女がかぶる。→次頁挿絵。 一五 〈全集〉「目深に打冠りて。此門に休らひ。」。 一六 「(二)人家ノ門ニテ案内ヲ乞フ」(『言海』)。 一七 〈全集〉「息(や)みて。」。 一八 出家姿。 一九 〈全集〉「女人(によにん)。」。 二〇 ねずみ色の木綿の綿入れ。 二一 「墨染」の誤りとも考えられるが、底本・〈全集〉のまま。 二二 「腰衣 僧衣(コロモ)ノ甚ダ短クシテ黒キモノ、腰ニ絡フ」(『言海』)。「鼠の単物(ひとえもの)を着、腰衣を着けた六十歳(ろくじふ)近い尼が」(三遊亭円朝『真景累ヶ淵』八十六、安政六年作、明治二十一年五月、薫志堂)。 二三 〈全集〉「ござりまする。」。以下、おおむね同

客《きやく》の比丘尼《びくに》は凍《こほ》る手《て》のもどかしく。笠《かさ》の紐《ひも》[三二]とく〳〵椽《あん》に立寄《たちよ》り。草鞋《わらじ》[三三]とつて主人《あるじ》が勧《すゝ》むる微温湯《ぬるまゆ》に足《あし》[三四]を濯《そゝ》ぎ。導《みちび》かれて炉《ろ》に近《ちか》く坐《ざ》を占《し》め。初対面《しよたいめん》の挨拶《あいさつ》。やがて渋茶《しぶちや》[三五]一椀《ばい》。饗応《もてなし》[三六]ぶりにさしくべる榾《ほだ》[三七]の。焚上《もえあが》る炎《ほのほ》に客《きやく》[三八]は背《そむ》ける顔《かほ》。主人《あるじ》は何心《なにごゝろ》なく見《み》るに。俗《ぞく》[三九]に在《あ》りし昔《むかし》の我《われ》ならば。[四〇]ねたましく思《おも》ふほどの容《よう》色《しよく》。今《いま》[四一]さへも見《み》て。臭骸《しうがい》[四二]の上《うへ》を粧《よそ》ふて是《これ》とは覚《おぼ》えず――[四三]地水火風空《ちすいくわふうくう》も。よく形《かたち》造《つく》らるればかほどの物《もの》か。自分《じぶん》[四四]は二十一歳《さい》。二ツばかりは少《わか》かる可《べ》し。此《この》眉目容姿《みめかたち》――この年頃《としごろ》。菩提《ぼだい》[四五]の種《たね》には何《なに》がなりし。まだ爪《つま》[四六]紅の消[四七]え切らぬ指《ゆび》に。珠数《じゆず》つまぐる殊勝《しゆしよう》さ……過《すぎ》て哀《あは》れなり。我身《わがみ》に思《おも》ひ較《くら》べて。うるむ涙《なみだ》を。炉《ろ》の榾搔動《ほだかいうご》かして。烟《けぶ》しと擬《まぎ》らはす。

客《きやく》も主人《あるじ》を見《み》[四八]れば。世《よ》[四九]に捨《すて》らるべき姿《すがた》かは。世《よ》に飽《あ》くといふ年《とし》かは。或《あるひ》は我《われ》に似《に》たる身《み》[五〇]のなれる果《はて》か。聞《き》かせたし語《かた》らせたし。我が事人《ことひと》の事《こと》。

様。↓補一七。三四〈全集〉「是は行脚の比丘尼。慣れぬ」。『二人比丘尼』下(↓注七)に「是はあんぎやのびくににて候が、まみへ申したき心ざし候て」とある。三五〈全集〉「迷ひ。難義を」。三六「(二)心無ク人ニ物ヲ望ムコト」(『日本大辞書』俗語)。「御無心ながら、火ひとつかしておくれんか」(十返舎一九『東海道中膝栗毛』〈文化元―六年〉五編下)。三七〈全集〉「御願ひに。」。三八「声無クシテ読経スルコト」(『言海』)。三九 底本振り仮名「さむき」。五八頁二行目を参照して改。三〇 夜具。三一〈全集〉「さゝお入遊ばせや。」。三二 笠の紐を「解く」と、「疾く」(早く)椽に立ち寄る意の掛詞。三三〈全集〉「草鞋とつて」を削除。三四〈全集〉「疲れし足を」。三五「煎(ニ)カラシテ、味渋クナレル茶」(『言海』)。三六 もてなそうとする態度。三七「ほた…木ノ切端、薪トス」(『言海』)。三八〈全集〉「背くる顔を。」。三九「(二)僧ノ境涯ヨリ、世間(ヨノナカ)ノ人ヲ呼ブ称」(『言海』)。四〇〈全集〉「げに可妬(ねたま)しき其の容色。」。四一〈全集〉「今も」。四二「臭骸」は悪臭を放つ死体。仏教で多く女性の肉体を見立てる。「男(なん)女の淫楽は互に臭骸を懐くといへるも」(『好色一代女』巻五「小哥の伝授女」)。この下に臭骸を隠しているとは思えない美しさだ、の意。四三〈全集〉では「かほどの物か。」まで削除。「地水火風空」は、仏教で言う物質構成の五つの要素。五大。四四〈全集〉「おのれは」。四五 仏道に入るきっかけ。「是を菩提の種として娑婆の絆をはなれつゝ」(岡清兵衛『頼光跡目論』第二、寛

絵 庵を訪れる尼の姿。画者は大蘇(はじめ月岡)芳年(一八三九―九二)。↓補二一。

互《たが》ひに一[一]様《いちやう》の思《おもひ》はあれど。言《い》ひ出《いだ》す機会《しほ》なく。山路《やまぢ》の険阻《けはしさ》──麓《ふもと》の川《かは》の名《な》──仏堂伽藍《ぶつだうがらん》[二]──昨夜《ゆふべ》の氷《こほり》。其等《それら》を題《だい》[三]に他事《たじ》を物語《ものがた》る。粥熟《かゆじゆく》せしとて主客夕《しゆかくゆふ》餉《げ》の箸《はし》をとり。やがてまた少時《しばし》の物語《ものがたり》。《旅《たび》の疲《つかれ》もさぞ。心置《こゝろお》かず御寐《ぎよし》[四]なれ》と紙帳《しちやう》[五]釣下《つりおろ》して。切《せつ》に主人《あるじ》[六]の勧《すゝ》むれば。明朝《あした》を契《ちぎ》りて客《きやく》はまづ臥戸《ふしど》[七]に。

里《さと》ならば初夜撞《しよやつ》[八]くほどに夜《よ》は更《ふ》けて。山《やま》を吾物《わがもの》に暴《あ》らす風《かぜ》──夫《それ》に吹転《ふきこ》けじと。松《まつ》の梢《こずえ》に取附《とりつ》く梟《ふくろ》[九]の濁声《だみごえ》[一〇]。夫《それ》に呼吸《いき》を詰《つ》まらして。月《つき》に哮《ほざ》く狼《おほかみ》の遠《とを》音《ね》。庭《には》にたまりし落葉《おちば》の。又夫《またそれ》[一一]が為《た》めに揉《も》まれて。どッと一度《いちど》に板戸《いたど》を打《う》てば。夢《ゆめ》を破《やぶ》られし客《きやく》の比丘尼《びくに》は。目《め》を見開《みひら》き……今眠《いまねぶ》りしと思《おも》ひしに……同《おな》じ床《とこ》に主人《あるじ》の寐姿《ねすがた》。外《そと》は凄《すご》く内《うち》は寒《さぶ》く。目《め》を閉《と》ぢても心《こゝろ》は冴《さ》え。微《かす》かなれど耳《みゝ》につく主人《あるじ》の鼾《いびき》。枕辺《まくらべ》に夜《よ》[一二]を護《まも》る行燈《あんどう》の火影《ひかげ》に。紙帳《しちやう》の反古《ほぐ》の文字《もじ》。鮮《あざ》やかに読《よ》まれければ……[一三]読《よ》む気《き》もなく──寐《ね》られぬまゝに首《くび》[一四]をあげて。眼近《めぢか》なる一通《いつつう》を見《み》るに

一[一五]書《ひとつかき》……書置《かきおき》……の事《こと》

一筆《ひとふで》申のこし候《そろ》。我此度戦場《われこのたびせんじやう》へ罷《まか》り向《むか》ひ候上《そろうへ》は。一命《いちめい》はなき物《もの》との御覚悟《おんかくご》有之度候《これありたくそろ》。勝負《しようぶ》はもとより時《とき》の運《うん》に候《そろ》の間《あひだ》。相構《あひかまへ》[一六]て捨《すつ》る命《いのち》に極《きは》まれるにも

文初年)。四六 手の爪に塗った紅。四七〈全集〉「消えやらぬ」。四八〈重版〉「見るに。」。四九 世間から見捨てられるような醜い姿ではないし、この世に生きるのが嫌になるという年でもない。五〇〈全集〉「身の果か。聞かまほし。語らまほしや。」。

以上九頁

一 同様の。二〈全集〉「堂塔伽藍」。三 以下「熟せしとて」まで、〈全集〉「他(よそ)に物語る程に。粥煮えたりと。」。四 おやすみください。「ぎよしんなる…御寝成寝(ィ)ヌ、ノ敬語。オヨル」(『言海』)。五「紙ニテ作レル蚊屋」(『言海』)。冬には防寒具として用いられた。

紙　帳
(喜田川守貞『守貞謾稿』雑服，嘉永6)

六〈全集〉では「主人の」を削除。七「臥所 夜、臥ス所。ネドコロ」(『言海』)。〈全集〉「臥戸に入りぬ。」。八 晩秋初冬では午後七時―八時頃。寺で鐘を撞いて時を知らせる。九「ふくろ 梟 ふくろふノ約」(『言海』)。一〇 低く濁った感じの声。一一〈全集〉「其に揉まれて。」。一二 明け方まで点しておく行燈(有明行燈)のこと。↓補二三。一三〈全集〉「……読む気もなく──」を削除。一四〈全集〉「頭(かしら)を挙げて。目(ま)近の」。一五〈全集〉「一(ひとつ)書置の事。」。一六 きっと。一七 凱旋。一八 千年に一度の機会。千載一遇。

候《さふら》はず。やがて目出度《めでたく》[一七]凱陣致《がいぢんいた》さん事《こと》も。有之《これある》べきかなれど。兼《かね》て今日《こんにち》を期《ご》し[一八]候千歳《そろせんざい》の一時《いちじ》。[一九]仇《あだ》に過《すご》すべきや。日頃《ひごろ》の主恩《しゆおん》を報《ほう》ず可《べ》きに候得《え》ば。比類《ひるゐ》まれなる[二〇]忠戦《ちうせん》に美名《びめい》を留《とゞ》め可申所存《しよぞん》に候。[二一]宿世《すくせ》いかなる縁《えん》に候てか。忝《かたじけ》なくも[二二]御上様《おんかみさま》の御仲立《なかだち》を以《もつ》て。[二三]おんみと祝言致《しうげんいた》し候[二四]過分《くわぶん》の条《ぜう》。人々《ひとびと》に羨《うらや》まれ候《さふら》ひしも。[二五]夢《ゆめ》の世《よ》のしばしにて。浅《あさ》からぬ[二六]御情《なさけ》の嬉《う》れしく。[二七]玉椿《たまつばき》の八千代《やちよ》。二葉《ふたば》の松《まつ》の末《すゑ》と頼《たの》みしも。今《いま》は仇《あだ》と相成《あひなり》候。連添《つれそひ》てより今日《けふ》まで廿日《はつか》に足《たら》ぬ[二八]時《とき》の間《ま》に。覚束《おぼつか》なくも[二九]友白髪《ともしらが》の年月《としつき》を縮《ちゞ》め。[三〇]あかぬ思《おもひ》の短《みじか》き契《ちぎり》。[三一]長《なが》の別《わかれ》の今《いま》と相成候ては。[三二]なまじゐのかたらひこそ。残念至極《ざんねんしごく》に存《ぞん》ぜられ候へ。[三三]始《はじ》めより斯《かく》ある可《べし》としり候はむには。いかに[三四]御心底《ごしんてい》浅《あさ》からずとも。将又主《はたまたしゆ》命重《めいおも》ければとて。仮《かり》の世《よ》の仮《かり》の契《ちぎり》は。思《おもひ》もかけざる事《こと》と。女々《めゝ》しくも後《こう》悔致《くわいいた》され候。[三五]よしなき契《ちぎり》ゆへに。御身《おんみ》にも数《かず》の苦労相《くらうあひ》かけ。また我《われ》とても此《これ》のみ。[三六]死出《しで》の迷《まよ》ひと相成申候。翌日《あす》にも我討死《われうちじに》と聞及《きゝおよ》ばれ候とも。構《かまへ》て[三七]狭《せま》き了簡《れうけん》いだすまじく様《やう》。[三八]暮《くれ》ゝ《ぐ》も頼入《たのみいり》候。一図《いちづ》の心《こゝろ》より世《よ》を[三九]墓《はか》なみ。髪《かみ》を[四〇]切衣《きりころも》を染《そ》め。わがなき魂《たま》の[四一]修羅道《しゆらだう》の苦艱《くげん》を救《すく》はむなどゝ。思《おぼ》し立《た》たん事尤《こともつと》[四二]も[四三]不所存《ふしよぞん》の至《いた》りに候。主《しゆ》の御為《おんため》には。家《いへ》を忘《わす》れ身《み》を忘《わす》れ候は。武門《ぶもん》の掟《おきて》に候へば。吾家《わがいへ》の面目吾身《めんぼくわがみ》の本懐《ほんくわい》何事《なにごと》か之《これ》に過《すぎ》候はんや。妄執少《もうしうすこし》も

一九 「(二)…ムダニ」(『言海』)。 二〇 忠義を尽くして戦うこと。「天下草創ノ功偏(ヒトヘ)ニ汝等贔屓ノ忠戦ニヨレリ」(『太平記』巻十一「書写山行幸事付新田注進ノ事」、寛文十一年刊本)。 二一 「すくせ」とも。「すくせ…(一)…前世ニ同ジ。…「一ノ縁」」(『言海』)。 二二 〈全集〉「上様(うへさま)」。 二三 〈全集〉では、以下書置の「おんみ」「御身」「おん身」はすべて「其許(そのもと)」。 二四 身に余って有難いこと。 二五 「しばし」を導く。夢の如くにはかない世のように。 二六 〈全集〉「情(なさけ)」。 二七 『荘子』逍遥遊篇の「上古、大椿なる者あり。八千歳を以て春と為し、八千歳を秋と為す」に拠り、(八千歳の美しい椿のように)末永く、の意。「胸は八千代の玉椿散て。はかなき心根を」(近松やなぎ等『絵本太功記』尼が崎の段、寛政十一年初演)。「二葉の松」も同じ意。「二葉の松の根ざしはじめて、千代を待つよりも猶久し」(『義経記』巻二「義経鬼一法眼が所へ御出の事」)。 二八 〈全集〉「束の間に友白髪の」。 二九 二十日足らずの日数に、友白髪になるまでの時間を込めた、の意。「友白髪」は夫婦揃って白髪になるまで長生きすること。 三〇 〈全集〉「飽かぬ」。 三一 再び会うことのない別れ。 三二 なまじ夫婦の契りを結んだことがかえって。 三三 こんな風に二十日足らずで別れると始めから知っていましたら、どんなに貴女の思いが深かろうとも、またどんなに主君の命が重かろうとも、はかないこの世でかりそめの契りを結ぶなど思ってもみませんでしたのに。 三四 〈全集〉「御心(おこゝろ)」。 三五 無意味な契り。すぐに死別することになるから。 三六 死んで冥土に行く時の迷い。 三七 余裕のない考え。後追い自殺等を指す。 三八 「くれぐれ 呉呉…カヘスガヘス」(『言海』)。「只暮(クレ)々其事ヲノミコソ仰候へ」(『太平記』巻

無之《これなく》。往生致《わうぜういた》し候《そろ》[一]べく候。たゞ折々《をりをり》思《おも》ひ出《だ》され候[二]とき。一遍《いつぺん》の廻《ゑ》[三]向《こう》御身《おんみ》[四]の口《くち》からなし下《くだ》され候はば尤《もつと》も過分《くわぶん》に候[五]。おん身《み》はまだ年若《としわか》く在《おは》し候得ば。[六]何方《いづかた》へなりとも似合《にあ》はしき縁辺《ゑんぺん》を求《もと》められ。万々年《ばんばんねん》の御寿命《ごじゆめう》の後《のち》。冥土《めいど》にてかさねて対面《たいめん》を期《ご》し候。此義《このぎ》はわが一生《いつせう》の願《ねが》ひに候。暮々《くれぐれ》も違[七]背《ゐはい》あるまじく候。もし聞《き》き入《い》れ申さゞるに於《おゐ》ては。未来永劫他人《みらいえいごうたにん》と相成《あひな》るべく候。[八]別封《べつぷう》去[九]状《さりじやう》認《したゝ》め置《おき》候の間《あひだ》可然身《しかるべくみ》のふりかた取計《とりはか》らはれ度《たく》候。当坐《たうざ》[一〇]の用《よう》までに金子《きんす》[一一]五十両《れう》。革籠《かはご》[一二]の内《うち》にさし置《おき》申候。春雨《はるさめ》[一三]の香《かう》は殿《との》より拝領《はいれう》の品《しな》なれば。平常大事《へいぜいだいじ》[一四]にかけ候を。此度兜《このたびかぶと》に焚《たき》しめ出陣《しゆつぢん》いたし候余《あま》りを。遺物《かたみ》と思召下《おぼしめしくだ》[一五]され度《たく》。取急《とりいそ》[一六]がれ候まゝ名残《なごり》おしき筆《ふで》とめ候[一七]かしく

若葉殿《わかばどの》

[一八]涙《なみだ》に碍《さまた》げられながら読了《よみおは》る文《ふみ》。じつと首《くび》を傾《かたぶ》け。また文《ふみ》を詠《なが》め《はて……似《に》た手跡《しゆせき》[一九]もあるもの。小四郎様《こしらうさま》[二〇]に其儘《そのまゝ》。誰《たれ》の筆《ふで》やら……宛名《あてな》ばかり……》

暫《しば》らく思案《しあん》に沈《しづ》み　《あァー気《き》の迷《まよひ》》

口《くち》にはいへど心《こゝろ》に掛《かゝ》るか。半頃《なかごろ》から七八行見返《ぎやうみか》へして。

《[二一]乱世《らんせい》の習《ならひ》とはいひながら。酷《むご》たらしいお連合《つれあい》[二二]の討死《うちじに》……南無阿弥陀仏《なむあみだぶつ》……

二十九「師直師泰出家事付薬師寺遁世事」)。出家する。三九 →三頁注八。四〇 墨染めの法衣を着る。現世で闘争を事とした者が、その妄執によって死後に落ちるという世界。四一 仏語で六道の一つ。四二 本当に。四三 不心得。

以上一一頁

一「有るべく候」(…して下さい)の意で、多く女性の手紙文に用いられた。ここは誤用。「清い御最期候べく候」(近松門左衛門『山崎与次兵衛寿(ねびき)の門松』中之巻、享保三年初演)。二〈全集〉「候砌(みぎり)」。三「読経シテ、亡霊ノ菩提ヲ念ズルコト」(『言海』)。四〈全集〉「御身の口から」を削除。五〈全集〉「存候。」。六 似つかわしい縁を求めて再婚して長生きし、冥途で再会しよう、の意。「万々年」は長命をことほぐ意。「期し」は期待する意。七「タガヒソムクコト」(『言海』)。「夫が頼む一大事違背はあらじ」(千竹ら『鎌倉三代記』第七、安永十年初演)。八〈全集〉「別札の通(とほり)」。九「離縁状 離縁スル妻ニ、其由ヲ記シテ与フル証書。去状。後俗、其文ヲ三行半ニ記スモノトス」(『言海』)。中世以降、女はこれがなければ再婚できなかった。「幸さる歴々から貰(もらひ)かけられ。去状取と直に嫁入さする相談」(二世竹田出雲ら『仮名手本忠臣蔵』第十、寛延元年初演)。一〇 差し当たりの費用。一一 →補二四。一二「皮籠 革ニテ包ミ造レル匣」(『言海』)。「黒き皮籠(かはご)三合をおけり」(鴨長明『方丈記』)。一三 香(白檀・沈香・伽羅など)を兜に焚きしめて出陣するのは、討死の覚悟(首の臭気を消すため)。「殊更兜に名香の。かほるは兼てのお物語。思ひ切た最期のお覚悟」(『鎌倉三代記』第七)。名香には「初音」「柴舟」など銘が付けられるが、「春雨」は未詳。思案評「春雨の香は余りに気取

其故《それゆへ》の御発心《ごほつしん》[二三]か……お道理《だうり》……似《に》た身《み》の上《うへ》もあるもの》

[二四]人《ひと》の哀《あはれ》——吾哀《わがあはれ》。一時《いちじ》にさしぐむ涙《なみだ》[二五]。

《あァつ思《おも》へば夢《ゆめ》の浮世《うきよ》》

主人《あるじ》の尼《あま》[二六]は不図《ふと》目覚《めさ》まし。客《きやく》のつぶやきを聞尤《きゝとが》[二七]めて。

《[二八]どう遊《あそ》ばしました》

客《きやく》は鼻《はな》をつまらせ。

《[二九]おーお目覚《めざめ》遊《あそ》ばしましたか。只今《たゞいま》このお文《ふみ》を拝見致《はいけんいた》[三〇]しまして……》

主人《あるじ》は眉《まゆ》を顰《ひそ》め　《文《ふみ》……》

《このお書置《かきおき》》

不注意《ふちうゐ》をわれと悔《く》ゆるか。主人《あるじ》は《あッ》と言《い》ひしまゝ。言葉《ことば》は次《つい》で出《い》でず。扨《さて》は秘《ひ》する事《こと》か。卒爾《そつじ》[三一]なと心付《こゝろづ》[三二]きし如《ごと》く。客《きやく》も言葉《ことば》[三三]をためらひしが

《このお書置《かきおき》の若葉様《わかばさま》[三四]とおッしやるは。あなたの俗《ぞく》のお名《な》で御坐《ござ》りますか》

此山中《このやまなか》の詫住居《わびすまゐ》[三五]。遁世《とんせい》[三六]してより若干《そくばく》[三七]の月日《つきひ》。いつにも[三八]今《いま》の法名《ほうめう》だに。知《し》りて呼《よ》ぶ人《ひと》[三九]なし。まして俗《ぞく》の名《な》——若葉《わかば》……他人《たにん》の名《な》か。　鈍《おぞ》[四〇]や我耳《わがみゝ》に珍《めづ》らしく聞《きこ》[四一]ゆ。　我名《わがな》……若葉《わかば》……俗《ぞく》の名《な》……俗《ぞく》の時《とき》。それを思《おも》へばはや涙《なみだ》。萎《しほ》[四二]れ声《こえ》にて。

られ過ぎはせぬか」。一四 大事に心に留めておきましたのを。一五〈全集〉「思召され度。」。一六〈全集〉「取急ぎ候間」。一七 かしく。手紙の結びに記して相手に敬意を表す語。書き手または読み手が女性の場合に用いる。『春色辰巳園』巻の五第八回、丹次郎の仇吉宛の手紙末尾も「かしく」。〈全集〉「以上。」　一八 以下「宛名ばかり……》」まで、〈全集〉「涙に碍げられつゝも読了（をは）り。首を傾（かたぶ）けては又打眺め。／「はて小四郎様に其儘の筆の蹟（あと）。」」。一九 筆跡。二〇 →補二五。二一 戦乱の世の常。二二 配偶者。二三 出家。二四 補注七の福州学人評(一)参照。二五〈全集〉「涙を拭（ぬぐ）ひ。」。二六〈全集〉「尼は目覚して。其の独語（つぶやき）を聞尤（とが）め。」。二七「とがむ　咎　尤」(『言海』)。二八〈全集〉「如何（いかゞ）」。二九〈全集〉「おー」を削除。三〇 以下「《あッ》と」(一〇行目)まで、〈全集〉「拝見致し……。」／聞くより主（あるじ）は眉を顰（ひそ）め。／「文を?!」／「この紙帳のお書置。」／不注意を悔（くゆ）る主は。呀（あ）と」。三一「率爾　言語、動止ノ軽率ナルコト」(『言海』)。三二〈全集〉「心付きけんやうに。」。三三〈全集〉「且（しばら）く遅（ためら）ひしが。」。三四〈全集〉「とは。あなたの」。三五〈全集〉「侘住居（わびずまひ）」。「わびずまひ　侘住　侘ビシキ住居。幽居」(『言海』)。「様子有て只今は今里村に侘住居」(『絵本太功記』瓜献上の段)。三六「世俗ヲ去リテ仏門ニ入ルコト」(『言海』)。三七 いくらかの。三八 いつもは。〈全集〉「いつにも」を削除。三九〈全集〉「あらざるに。」。四〇 頭脳の働きが鈍いさま。「おぞ…鈍（オソ）キコト」「おぞし…鈍（ニブ）シ。(心ニ)」(『言海』)。四一〈全集〉「聞ゆなり。」。四二〈全集〉「声も萎れて。」。

⦅はィ若葉《わかば》と申《まう》しました⦆
書置《かきおき》の名宛《なあて》は若葉《わかば》。討死《うちじに》せしは慥《たしか》に[一]この人《ひと》の夫《つま》。傷《いた》はしや……女《おんな》[二]とて深《ふか》き思《おもひ》遣《やり》。夫《それ》が言葉《ことば》となりて。
⦅運《うん》あらば目出度《めでたく》帰《かへ》ると是《これ》には書《かい》て御坐《ござ》りますが。あなたの其《その》お姿《すがた》では。まさしく討死《うちじに》をなされた事《こと》と存《ぞん》ぜられますが……⦆
⦅仰《おほ》せの通《とほ》り敢《あえ》[三]ないさ[四]……最期《さいご》を……は……はイ遂《とげ》ました⦆
⦅これほどお勇《いさ》ましい御《ご》[五]決心《けつしん》では。定《さだ》めしまア花々《はなぐ》しい働《はたらき》を遊《あそ》[六]ばされた事《こと》で御坐《ござ》りませうなァ⦆
⦅はイ……ようお尋《たづ》ね下《くだ》さいました。人伝《ひとづて》[七]に聞《き》きますれば。武士《ぶし》の手本《てほん》と成《なる》様《やう》な。それは[八]〱目覚《めざ》[九]ましい働《はたら》きを致《いた》して果《は》[一〇]てたとの事《こと》。私《わたくし》までが[一一]どんなにか嬉《うれ》しう御坐《ござ》います⦆
⦅[一二]けなげな事《こと》をおッしやるだけ。お心《こゝろ》の中《うち》が御推量《ごすいりよう》申されて。他人《たにん》の私《わたくし》まで涙《なみだ》が飜《こぼ》れます⦆
泣《な》[一三]けと言《い》はぬばかり。主人《あるじ》は両袖《れうそで》[一四]を顔《かほ》に当《あ》て。
⦅お察《さつ》し下《くだ》さいまし⦆　と……言《い》ふにや。声《こえ》はちぎれて。鮮《あざや》かに聞《きこ》えず
⦅[一五]よしない事《こと》を申し出《だ》して。お歎《なげ》きをかけましたは私《わたくし》の無調法《ぶてうほう》[一六]。御免遊《ごめんあそ》[一七]ばし

一　以下「言葉となりて」（三行目）まで、〈全集〉「其の夫（つま）。傷はしやと思ふ心はいと切に」。
二　女のことゝて。
三　はかない最期。「さらばとばかり一ゑぐり刄（やいば）をぬけば。あへなき最期」（『鎌倉三代記』第九）。
四　以下「遂ました⦆」まで、〈全集〉「最期を遂げました。」。
五　〈全集〉「御（お）覚悟」。
六　〈全集〉「遊ばしました事で」。
七　→補二六。
八　〈全集〉「それは〱」を削除。
九　「事ノ状、思ヒノ外ニテ、目モ醒ムルバカリナリ」（『言海』）。「勇士の最期ぞめさましき」（曲亭馬琴『椿説弓張月』〈文化四―八年〉第四十五回）。
一〇　〈全集〉「果てましたとの」。
一一　以下「御坐います⦆」まで、〈全集〉「何（ど）の様に嬉しうござりませう。」。
一二　「けなげに…神妙（シンベウ）ニ。殊勝（シユシヨウ）ニ」（『言海』）。
一三　以下「顔に当て。」まで〈全集〉では削除。
一四　涙を見せまいとするさま。
一五　つまらぬこと。
一六　「不調法（一）為ル事ノ行キ届カヌコト」（『言海』）。
一七　〈全集〉「なされまし」。
一八　以下「おやさしい」まで、〈全集〉「何の〱。やさしい」。
一九　情につながれること。「妻子（つまこ）の愛にほだされて、心に染（そま）ん源氏のやつらに手をさげやふか」（歌舞伎十八番『景清』）。
二〇　以下「やう〱」（四行目）まで、〈全集〉「お詫ならば此方（このはう）より。」／とやう〱」。
二一　以下「致しまして……」まで、〈全集〉「やうな事ばかり申上げ。」。
二二　〈全集〉「其の有様」。
二三　出家して尼となった女。「十九（つゞ）や二十（はたち）で尼法師は嫌だらうが」（松林伯円講述／加藤由太郎速記「山陽美談　岡山文庫」十六席、『百花

まし》
《一八なンのあなた勿体《もったい》ない……おやさしいお心《こゝろ》に絆《ほだ》一九されて。不躾《ぶしつけ》な……お二〇詫《わび》なら私《わたくし》から申《まうす》ので御坐《ござ》ります》
やう〳〵涙《なみだ》を収《おさ》め。
《先程《さきほど》から私一人《わたくしひとり》が味気《あぢき》ないやうな二一。お話《はなし》ばかり致《いた》しまして……お見受《みうけ》申せば。あなたも花《はな》の盛《さかり》を其御姿《そのおすがた》二二……尼法師《あまぼうし》二三には勿体《もったい》ない御標致《ごきりやう》二四……》
《二五アレお弄《なぶ》り遊《あそ》ばします》
紅《あか》らむ顔《かほ》を枕《まくら》にさしつけ。嬌羞《はづかしさ》二六を笑《ゑ》む初心《しよしん》の風情《ふぜい》。振袖《ふりそで》二七きた昔《むかし》が見《み》たし――嘸《さぞ》やしほらしい二八声《こえ》で普門品《ふもんぼん》二九。見《み》れば麗《うるは》しく。思《おも》へばいぢらし三〇。無慈悲《むじひ》な親《おや》……これほどの娘《むすめ》を此姿《このすがた》。
《おいたはしうぞんじます。どういふ因縁《いんゑん》で御発心《ごほっしん》遊《あそ》ばしましたか。お包《つゝ》三一み遊《あそ》ばす事《こと》でなくば。お物語《ものがたり》が承《うけたまは》りたうぞんじます》
《三二はイお心《こゝろ》にかけられた其尋問《そのおたづね》。思出《おもひだ》すも涙《なみだ》の種《たね》。はかない身《み》の上《うへ》で御坐《ござ》ります》
三三姫百合《ひめゆり》は首《くび》を垂《た》れ。三四ホロリ飜《こぼ》す露《つゆ》一ト雫《しづく》。湿《うる》む声《こえ》を震《ふる》はして。
《両親《りやうしん》ともに世《よ》に在《あ》りながら。頼《たの》む夫《おっと》に死別《しにわか》れ。三五味気《あぢき》ない身《み》の浮世《うきよ》を観《くわん》じ。

園』八十七号、明治二十五年十二月五日)。
二四 〈全集〉「お姿を。」。
二五 以下「枕にさしつけ」まで、〈全集〉「あれと赭(あか)らむ顔を枕にさしつけ。」。→補二七。
二六 はにかんで笑うさまが、世間ずれしていない様子だ、の意。 二七 出家以前の少女時代。数えで十五、六歳頃まで。
二八 可憐な。〈全集〉「しほらしき声して普門品。」。
二九 『法華経』第二十五品「観世音菩薩普門品」。別称「観音経」。観音が現世で諸難を除き、救済することを説くことから、平安時代以降最も民間に親しまれた。「普門品の威徳を以て、未来永劫成仏なされや」(河竹黙阿弥『蔦紅葉(つたもみぢ)宇都谷峠』序幕、安政三年初演)。
三〇 以下「此姿」まで、〈全集〉「憐なり」。
三一 「つつむ 慎(包ム意)…(二)秘ム。隠ス」(『言海』)。以下「事でなくば。」まで、〈全集〉「苦しからずば」。
三二 以下「震はして」まで、〈全集〉「姫百合は露の重きに堪へずやありけん。すゞろに零(こぼ)す一雫(ひとしづく)」。 三三 〈全集〉「はイ」を削除。
三三 姫百合は全体が小さく、花は黄または赤色で小ぶり。姫百合は全体が小さく、花は黄または赤色で小ぶり。庵を訪うた尼(芳野)を喩える。「姫百合は、十二三ばかりなる娘の、後(ウシロ)に帯うつくしく結びたるがごとし」(『風俗文選』「百花譜」)。
三四 「身の行するをくりかえし。ほろりとおとす一トしづく」(曲山人『小さん金五郎 仮名文章娘節用(かなまじりむすめせつよう)』〈天保二―五年〉後編中)。
三五 生きていても仕方のない、我が身のつらい人生を深く思って。「観ず」は「仏経ノ語、心ニウカベミテ知ル」(『言海』)。「浮」に「身の憂き」と「浮世」を掛ける。「観ずれば夢の世や」(近松門左衛門『五十年忌歌念仏』下之巻、宝永六年初演)。

仏《ほとけ》の御弟子《みでし》となりまして。話《はな》しにきゝ——絵《ゑ》で見《み》たやうな旅路《たびぢ》を。[一]同行《どうぎやう》もなくさまよひあるき。死《し》ぬにもましな艱難辛困《かんなんしんく》。夫《をつと》の事は片時忘《かたときわすれ》る間《ま》は御坐《ござ》りませぬが。また其様《そのやう》な時《とき》は[二]両親《れうしん》が一入恋《ひとしほこひし》くなりまして。身《み》も世《よ》もあられぬ思《おも》ひでござります。今宵《こよひ》も道《みち》に迷《まよ》ひまして。心細《こゝろぼそ》く途方《とはう》に暮《く》れました処《とこ》ろ。火影《ひかげ》を目的《めあて》にお門《かど》まで参《まゐ》りまして。御無心《ごむしん》を申しあげましたに。心《こゝろ》よく御承知《ごせうち》被下《くだされ》。またお目《め》に懸《かゝ》ツてお話《はなし》申せば。お優《やさ》しいお[三]心《こゝろ》——おやさしいお言葉《ことば》。どうやら姉様《あねさま》のやうに思《おも》はれて。もう[四]あしたから[五]廻国致《くわいこくいた》すがいやになりました……どうぞ[六]お傍《そば》におめし仕《つか》ひ遊《あそ》ばして。[七]阿伽《あか》を汲《く》め。[八]花《はな》を折《をつ》て来《こ》い……汚《よご》れた物《もの》の洗《あら》ひ濯《すゝ》ぎ。何《なに》なりと御用《ごよう》を仰《おほせ》つけて[九]下《くだ》さりまし……もし……お……お願《ねが》ひで御坐《ござ》ります》[一〇]真白《ましろ》く細《ほそ》き手《て》を合《あは》せ。涙浮《なみだうか》ぶる眼《め》に主人《あるじ》の顔《かほ》を。なつかしげに見《み》つむれば。主人《あるじ》は顔《かほ》を横《よこ》にして。かれが涙《なみだ》を拭《ぬぐ》ふとき。此《これ》が袂《たもと》も濡《ぬ》れたりし。

《よう……おッしやいました。[一一]不束《ふつゝか》な私《わたくし》を姉《あね》……私《わたくし》も親身《しんみ》の妹《いもと》にでも逢《あ》ふやうに思《おも》はれます。物心《ものごゝろ》つく頃《ころ》に両親《ふたおや》をなくし。幼少《えうせう》からお上《かみ》へ御奉公《ごほうこう》[一二]申上《あ》げ。縁《えん》づいて間《ま》もなく夫《おつと》の討死《うちじに》。何《なん》の便《たより》もない身《み》の上《うへ》。あなたのやうな妹《いもと》でも[一三]あつたなら。憂《うさ》を語《かた》る相手《あひて》にも[一四]ならうかと。[一五]ゆうべお[一六]目《め》もじ致《いた》した[一七]時《とき》。つく〴〵思《おも》ひました。御覧《ごらん》の通《とほ》りしがない活計《くらし》。御辛抱《ごしんぼう》さへ[一八]遊《あそ》ばしますなら。十年《ねん》が二十

一 連れ立って神仏に参詣する仲間。

二 以下「参りまして」（五行目）まで、〈全集〉「両親の恋しさに。身も世もあられぬ思を致します。今日も今日とて道に迷ひ。日は暮れかゝる心細さ。幸ひの火影を目的(めあて)にお門(かど)まで参り」。

三 以下「姉様のやうに」まで、〈全集〉「お心やら。お言葉やら。姉上様か何ぞのやうに」。思案評は「ナンボ女気の心細サとて今宵遇ツたばかりの者を捉へて姉様呼はりは余りにはしたのうはム(ござ)らぬか」と批判。

四〈全集〉「あすからは」。

五「国国を歴廻ルコト。「—修行」—巡礼」（『言海』）。

六〈全集〉「此儘(このまゝ)お傍に」。

七 閼伽。→八頁注四。

八 仏に供えるため。

九〈全集〉「下さりまし。もし。お願で御座ります。」。

一〇 以下「濡れたりし」まで、〈全集〉「真白に細き手を合せ。涙浮ぶる目を挙げて。なつかしげにも主の顔を打矚(まも)れば」。

一一 行き届かないこと。「不束な私シ故、御気に入まいと思ひながら」（河竹黙阿弥『小袖曾我薊色縫』第壱番目五立目、安政六年初演）。

一二〈全集〉「申上げ」を削除。

一三〈全集〉「あるならば。」。

一四〈全集〉「ならうものと。」。

一五〈全集〉「ゆうべ」を削除。

一六「目文字　謁(メミエ)、ニ同ジ。会フコト。（婦人ノ文ノ詞）」（『言海』）。「めみえ」「めどほり」の下を略した女房詞。「一寸まゐりて御目もじのうへ御話し申したく…入谷村／姉より」（饗庭篁村「藪椿」十七、『読売新聞』明治二十年三月二十六

年《ねん》なンの……いつまでも御出遊《おいであそ》ばしまし》

言葉《ことば》に真実《まこと》を顕《あら》はせば。

一九客《きやく》はなを涙《なみだ》――悲《かな》しいか……嬉《うれ》しいか。

《二〇そンなら今夜《こんや》から姉上様《あねうへさま》二一……》

見《み》かはす顔《かほ》……見詰《みつめ》あふ眼《め》

《い…い…妹《いもと》》

わァつと声《こえ》を立《た》てゝ。二二正体《せうたい》なく伏転《ふしまろ》ぶ右《みぎ》と左《ひだり》

《もし姉様《あねさま》……もう此《これ》からは他人《たにん》では御坐《ござ》りませぬ。お互《たが》ひに身《み》の上《うへ》を打明《うちあけ》て。お話《はな》しが致《いた》したう御坐《ござ》ります。あなたのそのお姿《すがた》を見《み》るにつけ。どうも不《ふ》審《しん》が霽《は》れませぬ》

《この姿《すがた》に不審《ふしん》とは……》

《さればで御坐《ござ》ります。御書置《おかきおき》に尼法師《あまほうし》となるならば。未来《みらい》まで縁《えん》を切《き》るとの事《こと》。その御遺言《ごゆゐごん》にお背遊《そむきあそ》ばして。御法体《ごほつたい》は何故《なにゆえ》で御坐《ござ》ります》

《あァ夫《それ》を二三おつしやつて二四下《くだ》さりますな。あなたがおつしやッても。草葉《くさば》の陰《かげ》から夫《おつと》に申されるやうな思《おも》ひがいたします。あの通《とほ》り呉々《くれぐ》二五書置《かきおき》に夫《それ》を申しましたも。私《わたくし》の行末《ゆくすえ》を心《こゝろ》にかけての事《こと》。其志《そのこゝろざし》を無《む》に致《いた》二六したいことはござりませぬが。たとひ七生《しちせう》二七まで縁《あんき》切られましても。二八あなたどうまア二度《にど》二九の夫《おつと》が持《も》てませ

一七 以下「つくぐ」まで、〈全集〉「其折に。しみぐ胸に」。
一八 〈全集〉「なされぅなら。」。
一九 以下「嬉しいか」まで、〈全集〉「客は嬉し悲しの涙を禁(と)め得ず」。
二〇 会ってすぐに姉妹の契りを結ぶのは不自然との同時代評が多い。↓補二八。
二一 以下「もし姉様」(七行目)まで、〈全集〉「姉上様。もし姉様」。
二二 取り乱して、前後不覚に。
二三 〈全集〉「言ぅて」。
二四 〈重版〉「下さいますな」。〈全集〉「下さりまするな」。
二五 〈全集〉「書置に懇々(くれぐ)其を」。
二六 〈全集〉「致すではござりませぬが。」。
二七 「七タビ生マレカハル」(『日本大辞書』)、その極限まで。未来永劫。一一行目「未来まで縁を切る」と同意。「我詞(ことば)を用ずば。七生迄(まで)の勘当ぞ」(竹田出雲ら『菅原伝授手習鑑』筆法伝授の段、延享三年初演)。
二八 以下「持てませう」まで、〈全集〉「どうまあ操(みさを)が変へられませう」。
二九 再婚などできない、の意。成語「貞女は二夫に見えず」(↓四一頁注一四)を実践したということ。

う……そンな女《をんな》と思《おも》はれましたが。ざ[一]……残念口《ざんねんくち》お……惜《おし》うぞんじます。討死《うちじに》と聞《き》いた時《とき》は。いッそ自害《じがい》[二]とまで思《おも》ひつめましたなれど。短慮《たんりよ》[三]は出《だ》すなとの遺言《ゆゐごん》。それかと申して生甲斐《いきがひ》もない身《み》……世間《せけん》の人《ひと》は子《こ》[四]にも親《おや》にも。替《か》えて惜《お》しむ――命《いのち》[五]のやりはがないと申《まうす》のは。前世《ぜんせ》にいかなる悪業《あくがう》を致《いた》した報《むく》ひでござりますやら……　夫《おつと》といふは私《わたく》し同様《どうやう》。幼《をさ》ない折双親《をりふたおや》に死別《しにわか》れ。伯父《おぢ》[六]とやらに――これとても実《じつ》の伯父《おぢ》では御坐《ござ》りませぬ。いはゞ他人《たにん》に育《そだ》てられ。縁者《ゑんじや》といふは御坐《ござ》りませぬ。もし私《わたくし》がない後《あと》では。死《しん》だ夫《おつと》[七]の命日忌日《めいにちきにち》[八]を。誰《たれ》あッて廻向《ゑかう》[九]を致《いた》してくれませう。修羅《しゆら》[一〇]の妄執《まうしう》もなく。成仏《ぜうぶつ》すると立派《りつぱ》に申しても。合戦《かつせん》とはいひながら人《ひと》の命《いのち》を取《と》ッた夫《おつと》。あの世《よ》で仏様《ほとけさま》がおゆるしなさる[一一]はづは御坐《ござ》りませぬ。私《わたくし》が出家《しゆつけ》いたした為《ため》に。夫《おつと》の未来《みらい》の苦艱《くげん》が少《すこ》[一二]しでも助《たす》かる事《こと》なら。連添《つれそ》ふ女房《にようぼう》の役目《やくめ》。去《さ》[一三]られましても……私《わたくし》の寸志《すんし》[一四]。夫《それ》[一五]ゆへのこの姿《すがた》で御坐《ござ》ります。たゞ返《かへ》す〴〵恨《うら》めしいは。「わがなき後《あと》で再縁《さいゑん》[一六]せよ……」余《あま》りといへば私《わたくし》を見下《みさげ》た言葉《ことば》。つれ添《そ》ふた日《ひ》はわづか半月《はんつき》ばかりゆゑ。私《わたくし》の心《こゝろ》を疑《うた》ぐッての言葉《ことば》かは知《し》りませぬが。女夫《めをと》となるまでの私《わたくし》の苦労《くらう》……》

客《きやく》の比丘尼《びくに》は流石《さすが》に処女気《おぼこぎ》[一七]。

[一八]《そンならあの恋婿様《こひむこさま》[一九]とやらで御坐《ござ》りますナ》

一 以下「ぞんじます」まで、〈全集〉「口惜(くちをし)うござんする」。 二 〈全集〉「まで」を削除。 三 書置の「狭き了簡いだすまじく様」(一一頁一三行目)を指す。 四 〈全集〉「何(なに)にも替へて」。 五 〈全集〉「遺端(やりは)」。(命の)捨て所。 六 以下「これとても」まで、〈全集〉「伯父とは申せど。これも」。 七 〈全集〉「夫の」を削除。 八 毎年または毎月、ある人の死んだ当日。「命日」と同じ。 九 〈全集〉「回向致しませう」。 一〇 修羅道に落ちたものが敵に対して抱き続ける怒りや憎悪。→一一頁注四一。書置の「妄執少も無之…」(一一頁一六行目)を指す。 一一 〈全集〉「なさらう筈は」。 一二 〈全集〉「少しなりと」。 一三 離縁されても。「わたしや去らるゝ覚えはない」(三世瀬川如皐『東山桜荘子』(佐倉義民伝)三幕目「木内宗吾住居の場」、嘉永四年初演)。 一四 自分の志を謙遜して言う語。 一五 〈重版〉「夫ゆゑ」。 一六 〈全集〉「せよ」とは。余りと申せば私を」。 一七 世事に慣れないうぶな気持。二人の馴れ初めに興味を抱いたもの。「深念(しあん)に余る処女気(をぼこぎ)は。世間知らずの深窓育(ふところご)」(二世梅暮里谷峨『春色連理の梅』〈嘉永五年―安政五年〉五篇中)、「跡には若い同士の差向ひ、心には一杯云ひたい事はあるが、惚子気(おぼこぎ)の口に出し兼ね」(三遊亭円朝『英国孝子之伝』六、明治十八年)。 一八 〈全集〉「さやうなら。」。蓮っ葉な言い方を改めたもの。 一九 恋人を婿に迎えること。「恋むことはね。私(わたい)の方でほれた人のことを云ますは」(『春色連理の梅』初篇下)。→補二九。 二〇 以下「いひながら」(三行目)まで、〈全集〉では削除。問う方に底意はないが、答える側は過剰に反応する、ということ。 二一 「くごもる…」口籠 声、口中ニ籠リテ、際(キハ)ヤカニ聞エズ」

[二〇]問《と》ふには何《なん》の心《こゝろ》もなけれど。靡《なび》く性《せい》ある柳《やなぎ》は。無《む》心《しん》の風《かぜ》に靡《なび》く。主人《あるじ》は[二一]口籠《くごも》り。

《は……はイ》 いひながら[二二]羞《はづ》かしげに笑《ゑ》み。顔《かほ》を背《そむ》けて。

《お羞《はづ》かしい事《こと》を申すやうで御坐《ござ》りますが。私《わたくし》が御奉公《ごほうこう》致《いた》して居《を》る中《うち》から。思《おも》ひ初《そ》めました夫《おっと》。若気《わかげ》の至《いた》りから[二三]文《ふみ》などをつけましても。噂《うはさ》の高《たか》い[二四]律義《りちぎ》な生《うまれ》。露《つゆ》ほども打解《うちと》ける気色《けしき》が見《みえ》ませぬゆへ。く〳〵思《おも》ひ続《つゞ》けて。[二五]煩《わづ》らひつきましたを。日頃《ひごろ》私《わたくし》をいとしがツて下《くだ》さるお主様《しゆうさま》のおとり持《もち》で。やう〳〵念願《ねんぐわん》が叶《かな》ひ、やれ嬉《うれ》しやと思《おも》ふ内《うち》に。隣国《りんごく》との合戦《かっせん》――夫《おっと》の出陣《しゆつぢん》。翌日《あす》は別《わか》れといふ前《まへ》の日《ひ》は。食事《しよくじ》はおろか物《もの》さへ言へず。[二六]たゞ泣《な》くと夫《おっと》の顔《かほ》を見るばかり。武士《ぶし》の妻《つま》ではないかと叱《しか》られましても……いかに武士《ぶし》の妻《つま》だとて。夫婦《ふうふ》[二七]一世《いつせ》の別《わか》れが泣《な》かずに居《を》られませうか。先祖《せんぞ》から家《いへ》に伝《つた》はる[二八]三方白《さんぽうしろ》の兜《かぶと》を。殊《こと》の外《ほか》[二九]秘蔵《ひさう》致《いた》して居《を》りましたが。今度《こんど》の合戦《かっせん》に夫《それ》を[三〇]冠《かぶっ》て出陣《しゆつぢん》致《いた》すと申しますに。[三一]忍緒《しのびのを》が[三二]いかにも見苦《みぐる》しく古《ふる》びて……[三三]しかもちぎれさうな処《ところ》も御坐《ござ》りましたゆへ。もしもの事《こと》があつてはと。新《あた》らしく[三四]くけて附易《つけかえ》て置《お》きましたを。[三五]一方《ひとかた》ならず喜《よろこ》んで。是《これ》を[三六]そもじと思《おも》つて。是《これ》に対《たい》しても卑怯《ひきよう》な振舞《ふるまひ》はせぬ。目《め》出《で》度帰《たくかへ》るを待《ま》つて居《ゐ》よ……此一言《このひとこと》が今《いま》だに恨《うら》めしくてなりませぬ水《みづ》くさい……口《くち》ばッかりその様《やう》な気

(『言海』)。 二二〈全集〉「羞かしげにも打笑む顔を背けて。」。 二三 一方的に恋文を渡す。「女房に文付る一通も、多年貯(た)め置(お)いたわやい」(初世並木正三『幼稚子敵討』二つ目、宝暦三年初演)。 二四「律儀 固ク礼儀道理ヲ守ルコト。実直」(『言海』)。 二五「わづらひ…(三)病(ヤマヒ)」(『言海』)。 二六 ただ泣いたり夫の顔を見たりするばかり、の意。〈全集〉「たゞ泣くと夫の顔を見るとばかり。」。 二七 一生に一度の別れ。

二八 兜の鉢の前と斜め後ろ二箇所に鎬垂(しのだれ)を置いたもの。鎬垂は兜の補強・装飾のために地金の上に付ける細長い板金(図版は栗原信充『武器袖鏡』(天保十四年)二編より。「三方地板銀メッキ余ハ黒染」とある)。

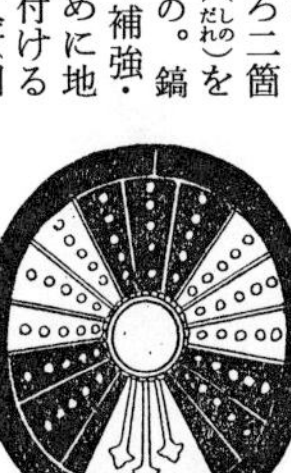

三方白の兜

二九 読み、「ひさう」「ひざう」両用(『言海』)。 三〇〈全集〉「着て」。 三一 兜の緒。鉢の両側面下部に穴をあけ、紐を通してあごで結ぶ。「討死の門出には。忍びの緒を切と聞」(『鎌倉三代記』第七)。 三二〈全集〉「いかにも」を削除。 三三 以下「ゆへ」まで、〈全集〉「居りましたゆゑ」。 三四「糸ノ縫目ヲ表ニ現ハサズシテ縫フ。カクシヌヒニス」(『言海』)。〈全集〉「為易(かし)へて置きましたを。」。 三五 一通りでなく。大いに。 三六 対称。「そなた」の後半を略して「もじ」を添えた語。主として女性が、対等または目下に対して用いた。後には男性が女性に対しても用いるようになったが、戦国時代の用法としては異例で、時代錯誤。→補一一。「そもじ様も御悦

安《やす》め……[一]鎧櫃《よろひびつ》の中《うち》にはこの書置《かきおき》……兼《かね》て討死《うちじに》の覚悟《かくご》なら。かう〳〵となぜ打明《うちあ》けて[二]おッしやッては下《くだ》さりませぬ……恨《うら》みで御坐《ござ》ります。夫《それ》とお話《はな》し下《くだ》すッたら。何《なん》の未練《みれん》がありませう。夫《おつと》の目前《もくぜん》で自害《じがい》を遂《と》げ。冥土《めいど》へ参《まゐ》つて待《まつ》て[三]居《を》りましたに。[四]町人風情《てうにんふぜい》の女《おんな》にでもおッしやる事《こと》か。……命長《いのちなが》らへろの――夫《おつと》を持《も》てのと……夫《それ》ばッかりか去状《さりじよう》まで……見《み》るも汚《けが》らはしい其場《そのば》で引裂《ひつさい》て……[五]仕《し》……仕舞《しまひ》ました》

昔《むかし》の恨《うらみ》を――其時《そのとき》[六]卿《かこ》たむにも其人《そのひと》なければ。胸《むね》に苦《くる》しく包《つゝ》みし恨《うらみ》を――つれなかりし夫《おつと》の前《まへ》に。卿《かこ》つ如《ごと》く[七]口説《くどき》たてられ。[八]気《き》の毒《どく》――主人《あるじ》は。当惑《たうわく》――己《おの》れは

《お道理《だうり》では御坐《ござ》りますが。其《それ》もみンなあなたを[九]御苦労《ごくらう》に遊《あそ》ばしてお計《はから》ひなされたを。お恨《うら》みなされては勿体《もつたい》ないと[一〇]申ものでござります》

《其《それ》を思《おも》はぬでは御坐《ござ》りませぬが。女子《おんな》と申すものは。我《われ》ながら[一一]愚痴《ぐち》なもので御坐《ござ》ります。つれない――水臭《みずくさ》いと。[一二]人様《ひとさま》にまで恨《うらみ》がましい事《こと》を[一三]申すほどな夫《おつと》が。なぜまたこの様《やう》に恋《こひ》しい事《こと》で御坐《ござ》りますやら。どうか成仏致《ぜうぶついた》すやうにと。お経《けう》は読《よむ》でも上《うは》の空《そら》。勿体《もつたい》ない[一四]如来様《にようらいさま》のお顔《かほ》までが。夫《おつと》の顔《かほ》に見《み》えまして。心《こゝろ》の迷《まよ》ひはすこしも消《き》えず。夜昼《よるひる》のわかちなく。恋《こひ》しい――懐《なつ》かしいで。胸《むね》の安《やす》

びの事と…入谷村／姉より」（饗庭篁村「藪椿」十八）。〈全集〉では「そなた」。

――以上一九頁

一 鎧を入れておく蓋付きの箱。「其鎧櫃爰(ここ)へ。〳〵」（『絵本太功記』尼が崎の段）。
二 底本「おッしやては」。「ツ」を補う。→補三〇。
三 〈全集〉「居りまするに。」。
四 以下「おッしやる事か。……」まで、〈全集〉では削除。「…風情」はその語を見下げる意で、江戸時代の士農工商の身分制度に基づく蔑視。これも時代錯誤（→補一一）。
五 〈全集〉「了(まし)ひました。」。
六 「歎キイフ」（『言海』）。
七 〈全集〉「口説かれて。」。
八 倒置法。→補三一。以下「己れは」まで、〈全集〉では削除。
九 心痛めること。「お袋の病気も、おれが事を苦労にしての事だ」（山東京伝『傾城買四十八手』「真の手」、寛政三年）。
一〇 〈重版〉振り仮名「もうす」。以下、「申」には〈重版〉で多く振り仮名が補われている。
一一 仏語。愚かで道理をわきまえないこと。
一二 相手の尼（芳野）を指す。
一三 主語は話し手（庵の主人の尼）。
一四 井原西鶴『好色一代女』巻六「皆思謂(おもはく)の五百羅漢」に拠る発想。→補三二。
一五 外見は尼の姿だが、心はいまだ愛欲から解

まる暇《ひま》は御坐《ござ》りませぬ。姿《すがた》[一五]ばかりが仏《ほとけ》の御弟子《みでし》——心《こゝろ》はやつぱり浅《あさ》ましい愚痴《ぐち》な女《おんな》。この通《とを》り書置《かきおき》を紙帳《してう》へ張《はつ》て。これを見《み》ては思《おも》ひ出《だ》し。また思出《おもいだ》しては之《これ》を見《み》。毎夜《まいよ》この中《なか》へ伏《ふ》せりまして。夫《おつと》と添寐《そひね》[一六]を致《いた》す思《おも》ひ。仏様《ほとけさま》の冥罰《めうばつ》[一七]も忘《わす》れ。[一八]未来《みらい》の苦艱《くげん》も覚悟《かくご》の上《うへ》。仏様《ほとけさま》とも神様《かみさま》とも思《おも》ひますは夫《おつと》ばかり……早《はや》く……今《いま》にもあの世《よ》へ参《まゐ》つて。夫《おつと》と一所《いつしよ》に苦艱《くげん》が受《うけ》て見《み》たう存《ぞん》じます。まだしもお主様《しゆうさま》[一九]がお出遊《いであそ》ばしましたら。力《ちから》にも成《な》りますに。夫《おつと》が討死《うちじに》の其後《そのあと》の合戦《かつせん》に。お二方《ふたかた》[二〇]とも御生害《ごせうがい》。お家《いへ》はつゐに断絶《だんぜつ》して。館《やかた》の跡《あと》は薄尾花《すゝきをばな》。今《いま》は枯野《かれの》の姿《すがた》でござります》

《お主様《しゆうさま》まで御滅亡《ごめつばう》とは。重《かさ》ねぐ\のお不仕合《ふしあはせ》。そのお歎《なげ》きは御尤《ごもつとも》で御坐《ござ》[二一]ります……とはいふものゝやッぱり前《まへ》の世《よ》からの約束事《やくそくごと》。過去《すぎさつ》た昔《むかし》は長《なが》い夢《ゆめ》とお断念遊《あきらめあそ》ばして。煩悩《ぼんのう》をすてゝ[二二]一心《いつしん》に御廻向遊《ごゑかうあそ》ばすが何《なに》よりと存《ぞん》じます。今更《いまさら》どの様《やう》にお歎《なげ》きあそばしても。死《し》なれた方《かた》の生帰《いきかへ》るではなし。今《いま》までの迷《まよひ》をお霽《はら》しなされて。心《こゝろ》からの出家《しゆつけ》を遂《と》げ。仏様《ほとけさま》にお仕《つか》へ遊《あそ》ばすがお連合様《つれあひさま》の為《ため》には。此上《このうへ》もない弘誓《ぐぜい》[二三]の船《ふね》で御坐《ござ》ります。あなたに御異見《ごゐけん》[二四]申上《あげ》る私《わたくし》では御坐《ござ》[二五]りませんが。親身《しんみ》の妹《いもと》がお身《み》の為《ため》を思《おも》ッて。申《まう》す事《こと》と思召《おぼしめ》し。かならず小《こ》ざかしい——[二六]さしでものと。おさげすみなされて下《くだ》さりますなエ》

脱していない、の意。
一六 そばに寄り添って寝ること。「給りたる御小袖を身に纏(まと)ひ、君に添寝の心地して」(富山道治『竹斎』上)。
一七 「神仏ノ通力ニテ降ス罰」(『言海』)。
一八 来世で受ける苦しみや悩み。夫への妄執ゆえに成仏できないということ。
一九 →一九頁七行目。
二〇 五二頁一三行目に「大将は…自害をとげ」とあり、奥方もともに自害したのであろう。「生害」は、「自ラ、咽突キ、腹切リ、ナドシテ死ヌルコト。自害」(『言海』)。
二一 〈全集〉「御座りまする。とは申すものゝ。」。
二二 〈全集〉「去つて」。
二三 「ぐぜい 弘誓」(『言海』)。仏や菩薩が衆生を救って涅槃の彼岸に至らせることを、船が人を渡すのに喩えて言う。心から夫の成仏を祈ることが、夫を修羅道の苦艱から救う手引きとなる、の意。「俊寛が乗るは弘誓(ぐぜい)の船うき世の舟には望みなし」(近松門左衛門『平家女護嶋』第二、享保四年初演)。
二四 〈重版〉「御意見」。「意見…(二)転ジテ、意見ヲ告ゲテ、諫メ警ムルコト。(多クハ下輩(メシタ)ニ就キテイフ、常ニ、誤リテ、異見ノ字ヲ書ス)」(『言海』)。
二五 〈重版〉「御坐りませぬ」。
二六 「差出者…デスギモノ」(『言海』)。

以下二二頁

一 以下三行目の「理発に生む。」まで、〈全集〉では削除。 二 筋道も通り、真心もこもっている。
三 寒い土地に咲く花が萼の間暖かい毛で覆われて保護されているように、若い時から世の苦しみを知る者は、自然賢くなるものだ、の意。思案評はこれを例に挙げて「言文一致的の形容は

[一]主人《あるじ》の胸《むね》を射透《ゐとを》す意見《ゐけん》。其中《そのうち》には理《り》[二]を籠《こ》め。実《じつ》を含《ふく》む。これが廿歳《はたち》に足《た》らぬ乙女《おとめ》の口《くち》からか。　[三]寒地《かんち》の花《はな》は盛待《さかりま》つ。莟《つぼみ》の間《あひだ》きる毛衣《けごろも》。　早《はや》く世《よ》の苦《く》を知《し》る者《もの》は。天《てん》も自《おのづ》から理発《りはつ》に生《う》む。

《[四]御心切《ごしんせつ》に……[五]おつしやッて下《くだ》さいました。[六]仇《あだ》や疎《おろそか》には思《おも》ひませぬ》

《私《わたくしふ》風情《ぜい》の言葉《ことば》を……難有《ありがた》うぞんじます》

主人《あるじ》の尼《あま》は涙《なみだ》に冷《ひ》ゆる目元《めもと》を。[七]気味悪《きみわる》げに押拭《おしぬぐ》ひ

《先程《さきほど》から手前勝手《てまへかつて》な事《こと》ばッかり申《もう》して……どゥぞあなたのお身《み》の上《うへ》をもお聞《き》かせ遊《あそ》ばしまし。御苦労《ごくらう》になる事《こと》は及《およ》ばずながらまた私《わたくし》が。お慰《なぐさ》め申《まう》したうぞんじます》

今《いま》まで泣《な》きしは人《ひと》の身《み》の上《うへ》。主人《あるじ》が優《やさ》しき言葉《ことば》に。[八]新《あら》ためて我《われ》とわが身《み》をなく涙《なみだ》。　無言《むごん》に[九]萎《しほ》れ返《かへ》る。其《それ》も暫時《しばし》[一〇]。《えェ今《いま》となッて心弱《こゝろよは》い》自《みづか》ら励《はげ》まして。

《左様《さやう》ならお聞下《きゝくだ》[一一]さりまし。[一二]かういふ訳《わけ》でござります》

戦場《せんじやう》の巻《まき》

殊に際立ちて悪るし」と批判。四「親切」「深切」に同じ。〈全集〉「深切」。「御心切な御介抱、有難ふござります」(『小袖曾我薊色縫』第一番目四立目)。五〈全集〉「よう有仰(おッしや)つて下さりました。」。六 以下次行の「難有うぞんじます》」まで、〈全集〉では削除。「仇や疎に」は、(下に打消しを伴って)いい加減には…ない、の意。「ギヤツト産れてから是までにするにア仇や疎かな事(つこ)ぢヤア有りません」(二葉亭四迷『浮雲』第一篇第六回、明治二十年)。七〈全集〉「気味悪げに」を削除。八〈全集〉「更(あら)たてめて」。九〈全集〉「萎るゝ。」。一〇〈全集〉「暫時。やう〳〵自ら励まして。」。一一〈重版〉「下さいまし」。一二〈全集〉「かやうな訳で」。二人の尼の造形には賛否両論があった。→補三三。一三 鎧で、上部を白、下部を萌黄色に綴ったもの。→補三四。一四 つらさの余りに激しく泣く。普通血を吐いて鳴くというホトトギスの鳴き声を指すが、ここでは小四郎内面の苦悩を喩える。雪(卯の花)と血(ホトトギス)の対照が鮮烈。季を同じくする卯の花とホトトギスは和歌で詠み合わせることが多い。初夏の風物。一五 小瀬甫庵『信長記』に拠った名。→補三五。一六 止みかけの雪。一七「(二)日ノアタラヌ部分」(『日本大辞書』)。一八 薄氷が沢の水面の周りに張っているさまを喩える。なお、板ガラスの技術が入ってきたのは十八世紀後半で、戦国時代には酒杯などの小さな道具しか作られていなかった。一九 黒い幹の根元が雪で白くなっている、との意。二〇 梅の花を指す。二一「義治ハ…長刀ヲ持レケルガ。峯ハサヽラノ子ノ如ク被レ切テ。刃(バイ)ハ鋸ノ様ニゾ折タリケル」(『太平記』巻三十一「武蔵野合戦事」)に拠る。→補三六。二二 両膝。二三「掌ヲ窪メテ抄(ク)ヒ汲ム」(『言

ふる雪《ゆき》にまが ふ[一三]卯花威《うのはなおどし》

一声《ひとこえ》[一四]血《ち》になく

浦松小四郎《うらまつこしらう》[一五]が事《こと》

高《たか》きは林《はやし》か。低《ひく》きは野《の》か。唯一面《たゞいちめん》に白《しろ》く。なをチラ〳〵[一六]名残《なごり》をふらす暁《あかつき》の空《そら》。岡《おか》の[一七]片蔭《かたかげ》に[一八]破《やぶ》れ硝子《がらす》の薄氷《うすらひ》に。縁《ふち》を取《とら》せし小沢近《をざはちか》く。古《ふり》たる梅樹《うめのき》。[一九]下《もと》は幹《みき》を染分《そめわ》け——上《すゑ》は「[二〇]紅蕊《くれなゐ》」を包《つゝ》む——雪《ゆき》。誰《たれ》……此美《このび》を乱《みだ》し——此《この》美《び》を傷《きづゝ》く……こは何事《なにごと》。低《ひく》き梢《こずゑ》に。切口《きりくち》から血汐《ちしほ》を落《おと》す生首《なまくび》三ツ結《ゆ》ひつけて。[二二]諸《もろ》[二一]鋸《のこぎり》に柄《え》や附《つ》けたる……こぼれ歯《ば》の長刀《なぎなた》の。朱《あけ》に染《そま》るを幹《みき》の二叉《また》に寄掛《よせか》け。膝組《ひざくむ》で雪《ゆき》を[二三]掬《むす》ぶ若武者《わかむしや》——鎧《よろひ》は……[二四]草摺《くさずり》。[二五]小袖《こそで》の下《しも》二段《だん》を萌黄《もえぎ》に威《おど》し。上《うへ》を白《しら》糸《いと》——其華美《そのはでやか》さ卯花威《うのはなおどし》。[二六]いかに手痛《ていた》き合戦《かつせん》やしたる。[二七]射向《ゐむけ》の袖《そで》の[二八]菱縫《ひしぬひ》の板《いた》はちぎれ。草摺《くさずり》の板《いた》をほつれて。下《さが》る[二九]匂《にほひ》の糸《いと》。胴《どう》の[三〇]威毛《おどしげ》には。[三一]血液《のり》斑点《まだら》に染《そ》むる[三二]散紅葉《ちりもみぢ》。鬉巻《はちまき》もなく[三三]鬢髪《びんばつ》[三四]大童《おほわらは》にふり乱《みだ》し。額から眉《まゆ》を割《わつ》て斜《はす》に左眼《さぐわん》の上《うへ》を行《ゆ》くは[三五]切疵《きりきづ》か。紫《むらさき》ばめる唇《くちび》るの下《した》に。三寸《ずん》ばかりかすられて。朱《あか》をにじむ眼《まなこ》……うす青《あを》む面色《めんしよく》。雪一口《ゆきひとくち》ごとに呼吸《いき》せはし。やがて水際《みぎは》に居去《ゐざ》り寄《よ》り。氷《こほり》をおし破《やぶ》りて。丸《まる》く砕《くだ》けたる処《ところ》へ首《くび》をさし伸《の》べ。我顔《わがかほ》を水鏡《みずかゞみ》に写《うつ》して。暫《しばら》く見《み》詰《つ》めたりしが。やがて面《おもて》の疵《きず》を洗《あら》ひ。四辺《あたり》を睨《ねめ》まはして[三六]重《おも》さうな肩呼吸《かたいき》。雪《ゆき》

海』)。喉の渇きを癒すため。「雪を口に入れ咽喉を湿(しめ)す思入」(河竹黙阿弥『鼠小紋東君新形(ねずみこもんはるのしんがた)』五幕目、安政四年初演)。二四 鎧の胴の下に垂れて、大腿部を覆い防ぐもの。→補三七。二五 近世の甲冑(「当世具足」と言う)の当世袖の一種で、大袖(大鎧の袖)に対して言う。ただし、本文・挿絵によれば小四郎は大鎧を着ており、ここで「小袖」とあるのは錯誤。単に「袖」とあるべきところ。二六 どんなに激しい合戦をしたことだろうか。「今一度手痛キ合戦アラント覚(オボユ)ル ニ」(『太平記』巻十一「金剛山ノ寄手等被レ誅事付佐介貞俊事」)。

二七 鎧の左袖。「太刀ヲ抜テ。鎧ノ射向ノ袖ヲサシカザシ」(『太平記』巻二「師賢登山事付唐崎合戦事」)。なお、こうした手負いの将の描写は『太平記』に類例がある。→補三八。

二八 甲冑の袖・草摺・兜の錏(しころ)などの裾の板で、糸を×形に綴じ付けたところ。「袖ノ冠板(カフリイタ)ヨリ菱縫ノ板マデ。片筋カイニ懸ズ切テ落ス」(『太平記』巻二「師賢登山事付唐崎浜合戦事」)。

二九 鎧の耳糸のこと。威(おどし)の両端の威し糸で、破損しやすいため、革緒や啄木組(たくぼくぐみ)の紐を用いた。三〇 鎧を綴った糸またはなめし革。そのさまが毛を伏せたようなのでこう言う。「威毛コソ能モ候ハネ共」(『太平記』巻十七「山門攻事付日吉神託事」)。三一「のり…血ノ異名」(『言海』)。三二 血の斑点を紅葉に喩える。三三 頭髪。三四 頭髪の髻(もとどり)が解けてばらばらになること。兜は髻を払ってかぶるため、兜を脱いで乱髪になって戦うさま。「此ニ馳(ハセ)合彼(カシコ)ニ馳替(ハセチガヒ)。大童ニ成テ駆散(カケチラ)シケル」(『太平記』巻十「長崎次郎高重最後合戦事」)。三五〈全集〉「斬疵」。以下〈全集〉では「切」「斫」を「斬」に改める。三六〈全集〉「苦しき肩呼吸」。

に深《ふか》く[一]弓手《ゆんで》をついて。半身起上《はんしんおきあが》る……其時《そのとき》……右《みぎ》の股《もゝ》へ……誰《たれ》……鎗《やり》を――草《くさ》摺《ずり》の外《はづ》れから……骨《ほね》をも貫《ぬ》いたか。《あァつ》と[二]叫《さけ》びあえず。「[三]吉則《よしのり》」の二尺八寸……閃《ひらめ》く……[四]丁《てう》と切払《きつぱら》ふ。鎗《やり》は[五]蛭巻《ひるまき》から斜《はす》に切《き》れ。其余勢《そのよせい》に二三歩《ぼ》前《まへ》へよろめく敵《てき》を……見《み》れば鉄地《てつち》の[六]半首《はつぶり》……[七]小具足《こぐそく》身軽《みがる》に出立《いでたつ》雑兵《ざうへう》。手《て》に残《のこ》る鎗《やり》の柄《え》カラリ投棄《なげす》て。[八]腰刀《こしかたな》引抜《ひきぬ》き。[九]真額《まつかう》に振翳《ふりかざ》し「二《ふた》ッになれよ」の身構《みがまへ》。

若武者《わかむしや》はッたと睨《ね》めつけ。

[一〇]《下郎《げらう》　推参《すいさん》なッ》

彼《かれ》は一言《いちごん》も返《かへ》さず。[一一]矢声高《やごえたか》く切下《きりお》ろす。二三尺飛退《じやくとびすさ》つて。股《もゝ》を穿《うが》つ鎗《やり》の[一二]汐首抜取《しほくびぬきと》り。敵《てき》の胸板目《むないため》がけて投《なげ》つければ。体《たい》を捻《ひね》ッて……なを斫懸《きりかゝ》る。

[一三]《物々《もの〳〵》しや》

口《くち》には言《いへ》ど初《はじめ》の深手《ふかで》に苦《くる》しき進退《しんたい》。片膝《かたひざ》ついたまゝ斫込《きりこみ》――受流《うけながし》。十二三合《がう》[一四]亘《わた》り合《あは》す。　虎《とら》は病《や》めども虎《とら》。　苛《いらつ》て附入《つけい》る若武者《わかむしや》の切先《きつさき》を請損《うけそん》じて。敵《てき》は右《みぎ》の[一五]肩上《わたがみ》の外《はづれ》をしたゝか割附《わりつけ》られ。[一六]しどろになつて倒《たふれ》かゝるを。透《すか》さず[一七]二の刀《かたな》に[一八]細首打落《ほそくびうちおとせ》ば。気《き》の寛《ゆるみ》か我《われ》にもあらで。撞《どう》と坐《ざ》し。はッと呼吸《いき》。[一九]時《とき》しもあれ。耳元近《みゝもとちか》く。手綱烈《たづなはげし》く搔繰《かいく》る[二〇]鑣《くつばみ》の音《おと》。[二一]すはや敵《てき》よ……味方《みかた》か。　味方《みかた》ならば……此処《こゝ》に潔《いさぎ》よく腹搔《はらかつ》さばいて。[二二]首級《しるし》を彼《かれ》に頼《たの》まばや。我《われ》とても生《い》く可《べ》き命《いのち》

一 左手。 二 叫び終わらぬうちに。 三 ↓補三五。 四 「相撃ッ響ニイフ語。「―打ッ」」（『言海』）。 五 「長刀の柄　鞭などの類を藤を以て如此細く巻也　蛭と云虫の巻付たるにたとへて云也　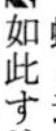如此すじかへて巻つゞけたるも蛭巻也」（伊勢貞丈『貞丈雑記』八、天保十四年）。「蛭巻シタル樫木（カシノキ）ノ柄ヲ中ヨリヅンド引切テ」（『太平記』巻三十二「山名右衛門佐為レ敵事付武蔵将監自害事」）。 六 額から両頰にかけて覆う鉄製の武具で、顔面を防御する。「はつぶり　半頭　半首」（『言海』）。

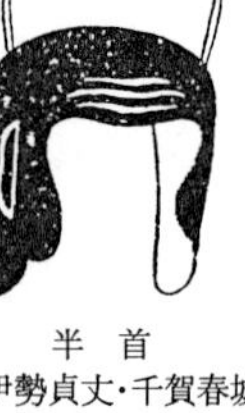

半　首
（伊勢貞丈・千賀春城『軍用記附図』天保14）

七 「胴ダケ略シテ他ハ皆着用シタ具足」（『日本大辞書』）。「鎧ヲバ脱テ推除（ツシノケ）。小具足計ニナリ給フ」（『太平記』巻二十九「松岡城周章（アハテノ）事」）。 八 「腰ニ添ヘテ佩ブル小キ刀。鎧通（ヨロヒドホシ）。脇差。馬手差（メテザシ）」（『言海』）。太刀に添えて差した、鍔のない短刀。「一刀サヽントテ。腰刀ヲ捜リケルニ」（『太平記』巻九「主上上皇御沈落事」）。 九 真正面。 一〇 おのれ無礼な、の意。「下郎」は相手を罵って言う語。「イヤ素町人め。鎌倉武士に向つて帰れとは推参」（『義経千本桜』渡海屋の段）。 一一 「や」という掛け声。「太刀ノ鐔音（ツバオト）止（ヤム）時ナク、ヤ声ヲ出テゾ戦合タル」（『太平記』巻十九「青野原軍事付囊沙背水事」）。 一二 槍の穂先が柄と接した細い部分。「けら首」とも言う。↓補三九。 一三 仰々しい。「南部ニ組ント相近付ク。南部尻目ニ見テ。…物々シノ人々哉」（『太平記』巻三十三「京軍事」）。 一四 刃を交えた回数。「二三合（ふたうちみうち）戦ひしが」（『椿説弓張月』第五十

にあらず。敵《てき》ならば……行歩《ぎやうほ》[二三]は自在《じざい》ならずとも。今生《こんぜう》の思出《おもひで》。快《こゝろ》よく切結《きりむす》んで。美名《びめい》をかれの口《くち》より挙《あ》ぐ可《べ》し。《来《きた》れ何者《なにもの》》　太刀《たち》の血《ち》を雪《ゆき》にすり拭《ぬぐ》ひ。遅しと待《ま》つ処《ところ》へ。青総《あおぶさ》[二四]かけたる白栗毛《しろくりげ》の。逞《たく》ましき逸物《いちもつ》[二五]の蹄《ひづめ》に雪《ゆき》を煙《けぶ》らし。[二六]驀地《まつしぐら》に馳《か》け来《く》る武者一騎《むしやいつき》。　鎧《よろひ》は褐色威《かちいろおどし》[二七]。目深《まぶか》に頂《いたゞ》くは同毛《おなじげ》の六十四間《けん》[二八]の星《ほし》兜《かぶと》。獅子頭《しゝがしら》[二九]の前立物《まへだてもの》に金《きん》の鍬形《くはがた》[三〇]を聳《そびや》かして。左脇《ひだりわき》に青貝摺《あをがひす》[三一]りたる二《に》間柄《けんえ》の大笹穂《おほさゝほ》[三二]を横《よこた》へし騎馬《きば》の姿《すがた》——天晴物慣《あつぱれものな》れたる武者《むしや》よ。　此《こ》処《ゝ》に人《ひと》ありと心附《こゝろづか》ずや。　馳抜《はせぬ》けて通《とほ》る後《うしろ》より。

《此《これ》[三三]は浦松小四郎守真《うらまつこしらうもりざね》[三四]なり。手《て》傷少々《きずせうく》負《おひ》たれど。勇気《ゆうき》は少《すこ》しも衰《おとろ》へず。御不足《ごふそく》ながら御相手《おんあひて》仕《つかまつ》らむ……いかに》

と声《こえ》をかくれば。かれ俄《には》かに駒首《こまつら》引廻《ひきめぐ》らし。其足《そのあし》を留《とゞ》めて目庇《まびさし》[三五]の陰《かげ》

四回)。　一五 鎧の両肩の細い部分の名称。「綿嚙」とも。→補三七。ただし敵は小具足姿なので、肩上はない。「甲(カブト)ノ天返(テヘン)」。綿ガミノハヅレヨリ」(『太平記』巻三「赤坂城軍事」)。　一六「しどろ…乱レル体ノ形容」(『日本大辞書』)。「七千余騎。シドロニ成テ引ケルガ」(『太平記』巻九「山崎攻事付久我畷合戦事」)。　一七 二の太刀。　一八 他人の首を軽蔑して言う。「和泉ガ細頸露モタメズ打落シ」(『信長記』。→補三五)。　一九 よりによってこんな時に。　二〇 轡(くつわ)。馬の口に含ませ、手綱をつけて馬を操る金具。　二一 急な出来事に驚いた時などに発する語。あっ。「スハヤ敵コソ打出タレト」(『太平記』巻六「楠出二張天王寺一事付隅田高橋并宇都宮事」)。　二二「しるし…(六)首級」「しゆきふ…討取リタル首」(『言海』)。　二三 歩行。軍記物では「ぎょうぶ」と読んだ。「行歩(フ)モ叶ハヌ老僧ハ」(『太平記』巻十七「山門攻事付日吉神託事」)。　二四「青総」は青色の総の鞦(しりがい＝馬の尾から鞍につなぐ組緒)。「白栗毛」は栗毛(「栗色デ鬣ガ黒イ馬ノ毛色」『日本大辞書』)の色薄く黄ばんだもの。→補四〇。　二五「衆ニ勝レ抜ケ出デタルモノ。人、馬、犬、鷹ナド皆云フ」(『言海』)。　二六「まつしくらに　驀地(…専ラ馬上ナルニイフト)急ニ烈シク進ミ掛カル状ニイフ語」(『言海』)。「馬に拍(かく)れ西門より驀地(まつしぐら)に走らし来つ」(曲亭馬琴『南総里見八犬伝』一三九回、天保十年)。　二七「褐色」は「藍をこくして紺よりも猶こく黒くなりたるを云也」(伊勢貞丈『軍用記』三、天保十四年)。その糸で威したもの。「勝ち」に

絵　小四郎を気遣う伯父武重。その背後には小四郎が倒した雑兵、刃こぼれした長刀。→補四三。

より。守真《もりざね》の顔《かほ》を篤《とく》と見《み》。

（や[一]ーッ小四郎《こしらう》か）

いふは誰《たれ》。守真深《もりざねふか》く怪《あやし》み。兜《かぶと》の内《うち》を伺《うかゞ》ひながら。

（如何《いか》にも拙者《せつしや》は小四郎守真貴殿《こしらうもりざねきでん》は……）

問《と》はれて。背《せな》に閃《ひら》めく。指物《さしもの》[二]の旗《はた》の端《はし》をとつて。守真《もりざね》にしめす。見《み》れば緋羅《ひら》[三]紗《しや》に遠山左近之助武重《とをやまさこんのすけたけしげ》と白《しろ》し。

（やーッ伯父上《おぢうへ》か）　涙声《なみだごゑ》
（小四郎《こしらう》……珍《めづ》[四]らしや）　これも涙声《なみだごゑ》。遽《いそ》がしく馬《うま》を下《お》り。鑣《くつばみ》とつて進《すゝ》み寄《よ》れば。守真恭《もりざねうやうや》しく一礼《いちれい》して。

（其後《そのご》は御健勝《ごけんしよう》[五]で祝着《しうちやく》に存《ぞん》じます）

（御身《おんみ》も達者《たつしや》で……）

いひかけて眉《まゆ》を顰《ひそ》め。守真《もりざね》の姿《すがた》をと見《み》[六]……から見《み》。

（大分《だいぶ》の手傷《てきず》。面色《めんしよく》といひ呼吸《こきう》といひ。気遣《きづか》はしい。重手《おもで》[七]では御座《ござ》らぬか）

戦場《せんじやう》の習《ならひ》とて。親《おや》は子《こ》をすて。子《こ》は親《おや》を思《おも》ふ暇《ひま》なく。人《ひと》の心《こゝろ》は剛《ごう》に流《なが》れ。寄《よせ》手《て》の松火《たいまつ》に目《め》さまし。胡籙枕《やなぐひまくら》[八]にいぬるまで[九]。やさしき言葉《ことば》は。かけられも[一〇]。かけもせず。かゝる時《とき》なれば金瘡《きんさう》[一一]の血《ち》[一二]を嘗《ねぶ》る。大将《たいしやう》の慈悲《じひ》の舌《した》には。惜《おし》むべき一《いち》

掛ける。二八 兜の鉢の筋の間の板を一間と数え、一間ごとに打った多くの鋲を「星」、その兜を「星兜」と言う。源平時代は十間―十五、六間だったが、以後数が増し、室町時代末には六十二間小星兜が登場。↓補三七。ただし「六十四間」のものは未詳。二九 兜の前部、目庇(↓注三五)の上に付ける飾りもの(前立物)が獅子の頭の形をしたもの。「獅子頭ノ冑(カブト)ニ、目ノ下ノ頬当(ホウアテ)シテ」(『太平記』巻十四「将軍御進発大渡山崎等合戦事」)。

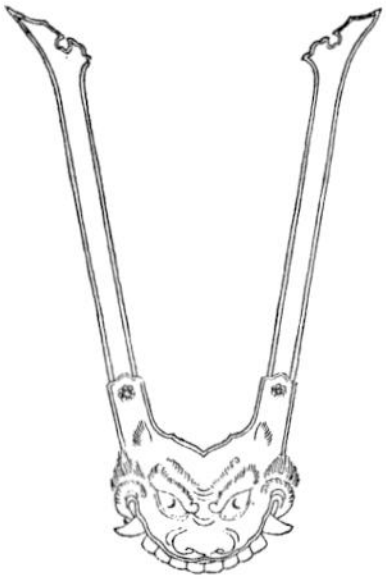
南京興福寺本談議屋中
獅子頭
（朝倉景衡『本朝軍器考集古図説』元文5）

三〇 前立物の名で、台に角二本を取り付けたもの。前注図版・挿絵参照。三一 螺鈿(らでん)細工として、青貝(アワビ・夜光貝等)を柄一面に漆で塗りこめて研ぎ出したもの。二間は約三・六メートル。三二 「笹穂」は穂先から汐首(↓注一二)までを曲線にした槍(挿絵参照)。↓補四一。三三 同様の名乗りは軍記物に多出。↓補四二。三四 以下、振り仮名「もりざね」「もりさね」混用するが、「もりざね」に統一。三五 目を守るため、兜の鉢の前面に水平につけた半月状の板金。眉庇とも。

以上二五頁

一〈全集〉「やあ。」。七行目も同じ。二 当世具足の後胴の受筒(うけづつ)に棹(さお)を差し込み、家紋・文字など戦陣で目印となるものを幟などにしたもの。旗指物。武重は挿絵では大鎧を着ているが、

命《めい》も物《もの》かは……棄《す》てる気《き》になるぞかし。　人と見れば。うつか――討《う》たるゝかの中《なか》に。思《おも》ひもよらず逢《あ》ふは……伯父《おぢ》――聞《き》くは……温言《おんげん》[一三]。　ばらばらと玉走《たばし》[一四]る涙《なみだ》は草摺《くさずり》の血《ち》を洗《あら》ふ。

《は……はイ》　あとは無《な》く。さしうつむく。　武重《たけしげ》は唐綾《からあや》[一五]の燧袋《ひうちぶくろ》[一六]より。金瘡《きんさう》の薬《くすり》[一七]とりいだし。舌頭《ぜつたう》に湿《しめ》して指《ゆび》に載《の》せ。

《さ……さ小四郎薬《くすり》……面《おもて》を……》

守真会釈《もりざねえしやく》しつゝ顔《かほ》をさし出せば。武重《たけしげ》其頤《そのおとがひ》[一八]に手《て》をかけ。疵口《きずぐち》に薬《くすり》を塗《ぬ》りながら

《ほーッ此《これ》は……どうじや痛《いた》むか……うーム左程痛《さほどいた》まん……外《ほか》に矢疵《やきず》でも請《うけ》られたか》

《はッ……左《ひだり》の籠手《こて》[一九]と腰《こし》[二〇]の番《つが》ひ……外《ほか》に一ケ所《しよ》高紐《たかひも》[二一]のあたりへ強《つよ》く横矢《よこや》[二二]を請《うけ》ました》

《左様《さやう》か》　と声をうるませ　《玉傷《たまきづ》[二三]は……》

《幸《さいは》ひに弾丸《たま》はうけたやうに覚《おぼ》えませぬ》

《玉《たま》は受《う》けぬ……其《それ》は目出《めで》たい……ひどく震《ふる》へる様子《やうす》だが如何《どう》[二四]いたした》

《只今此処《たゞいまこゝ》で……》

大鎧には受筒がなく、これも錯誤。三「羅紗」はポルトガル語の raxa に拠る語。地の厚い毛織物で、高級な舶来品。四 長い間会えなかった相手に再会した時の、懐かしさ、思いがけなさなどが混じり合った気持を示す語。五「ヨロコビ思フコト。―「しうちやくニ存ズル」」(『日本大辞書』)。六〈全集〉「左見(とみ)……右見(かうみ)」。七 重い傷。深手。八 矢を盛って背負う武具。九 寝るまで。一日中、の意。一〇 底本「、」。本作品の用例はここのみ。句点の誤植と見て〈全集〉に従う。一一 矢傷・太刀傷など金属製の武器による傷。「金瘡には。其場で治る妙薬」(近松半二ら『伊賀越道中双六』沼津の段、天明三年初演)。一二 流れる血を舌で舐め取るような、傷を心配する大将の言葉に対しては、普段なら惜しむはずの我が命も物の数でない。一三 情のこもったことば。一四 ほとばしる。一五 中国から伝来した浮織の綾。一六 火打ち道具を入れて軍陣・旅行などに携帯する小さな袋。「イツモ燧袋ニ入テ持タル銭ヲ」(『太平記』巻三十五「北野通夜物語事付青砥左衛門事」)。一七 切傷には貝殻に入れた膏薬を用いる。寒さで固まっているので、舌で暖めてとかす。一八 下あご。一九 鎧の付属具で、肘から下を包むもの。布帛で作り、表面に鉄金具・肘金をつけ、鎖でつなぐ。「臑当(スネアテ)ノ外(ハヅレ)。小手(コテ)ノ余リ。切レヌ所ゾ無リケル」(『太平記』巻二十二「畑六郎左衛門事」)。二〇 腰骨の関節。「腰ノツガヒヲ切テ落サレヌハ無リケリ」(『太平記』巻三十一「笛吹(ウスイノ)峠軍事」)。二一 鎧の肩上(→二四頁注一五)に付いていて、胴を吊る括り紐。「且(シバラ)ク鎧ノ高紐(タカヒボ)ヲハヅシテ」(『太平記』巻三「笠置軍事付陶山小見山夜討事」)。二二 側面から射られた矢。「田ノ畔(クロ)ニ立渡テ。

と倒《たふ》れたる雑兵《ざふへう》を指《ゆび》さし。

《こ奴《やつ》に不意《ふゐ》に右《みぎ》の太股《ふともゝ》へ鎗《やり》を……》

《こ奴《やつ》に……[一]仕《し》留《とめ》られたのか》

勇気《ゆうき》を心《こゝろ》に誉《ほむ》る笑顔《ゑがほ》。　守真《もりざね》も淋《さび》しげに笑《わらひ》を含《ふく》み。

《細首打落《ほそくびうちおと》してくれました》

《ふーム天晴《あつぱれ》》

と守真《もりざね》が乱髪《らんばつ》にふりかゝる雪《ゆき》を払《はら》ひつゝ。　痛手《いたで》に凋《しほ》るゝ姿《すがた》を見《み》て偸《ひそ》かに涙《なみだ》おし拭《ぬぐ》ふ。　響《ひゞ》く……突然《とつぜん》……弾丸《たま》の音《おと》——[二]釣瓶《つるべ》ばなし。　守真《もりざね》むくと首《くび》をあげて其方《そなた》の空《そら》を睨《ね》め。　ふり向《む》く顔《かほ》と武重《たけしげ》の顔《かほ》。

《計《はか》らざる処《ところ》にて[三]見参致《げんざんいた》し[四]今《いま》は際《きは》の喜悦《よろこび》……》

《なに今《いま》はの際《きは》》

《はッ此《これ》より戦場《せんじやう》へ引返《ひつかへ》し……花々《はなぐ》しく斫死致《きりじにいた》す所存《しよぞん》でござります》

《いゝ所存《しよぞん》——いゝ覚悟《かくご》。　さりながら御身《おんみ》が勢《せい》は無残《むざん》な敗軍《はいぐん》……あレ……あレ味方《みかた》が揚《あげ》る[五]鯨波《ときのこえ》。　今御身《いまおんみ》が[六]取《とり》てかへし。　一働《ひとはたら》きとは天晴《あつぱれ》……義《ぎ》の潔《いさぎ》よしとする処《ところ》なれど。　[七]累卵《るゐらん》を以《もつ》て大石《たいせき》の喩《たとへ》。　御身《おんみ》一人《ひとり》次《つ》ぐ味方《みかた》もなく。　群《むら》がる敵《てき》へ斫込《きりこん》で。　[八]三面六臂《さんめんろくび》の目《め》ざましい働《はたら》きをした処《ところ》が。　急《きう》に味方《みかた》の勝利《しようり》になるではなし。

射ケル横矢ニ。此児(ゴチ)胸板ヲ。ツト被二射抜一テ」(『太平記』巻二「師賢登山事付唐崎浜合戦事」)。 三 鉄砲で撃たれた傷。鉄砲伝来は天文十二年(一五四三)。 四 〈重版〉振り仮名「いかゞ」。

以上二七頁

一 「られ」は尊敬の意。

二 鉄砲を並べて順次に休みなく打ち出すこと。「闇(らく)きに紛れて、幾十挺か、鉄砲を連発(つるべはな)ちて」(『南総里見八犬伝』一四五回)。

三 「GENZAN ゲンザン 見参 —*suru*, to meet, see, present one's self to a superior, —*ni iru*」(ヘボン『和英語林集成』第三版、明治十九年)。「げんざん 見参 …会フコト、ノ敬語」(『言海』)。

四 「いまは …死ヌル時ニイフモノ。最後。臨終。…「—ノ時」」(『言海』)。

五 「とき 鬨 鯨波 …戦ノ初ニ、両軍相発スル合図ノ声。大将、えいえいト二声言ヘバ、諸軍一同ニ、あうト声ヲ揚グ、斯(カ)クスルコト三度ナリ、コレヲ—ノ声ヲ作ルト云フ、敵モコレニ応ズルコト同ジ」(『言海』)。「切つて出づれば寄せ手の勢。貝鐘ならし鯨波(ときのこゑ)」(近松門左衛門『国性爺合戦』第四、正徳五年初演)。

六 〈重版〉振り仮名「とつ」。

七 「累卵を以て大石は支へがたし」の意で、不可能なことを言うか。「累卵」は重ねた卵。はなはだ危うい喩え。

八 顔が三つ、腕が六本あることから、一人で数人分の働きをすること。「去年嶋袋の火攻(やきうち)に、為朝三面六臂(りっぴ)ありとも、脱れ得じとおもへども」(『椿説弓張月』第六十五回)。「八面六臂」とも。

言《い》はゞ犬死《いぬじに》……ましてかけ[九]退《ひき》も不自由《ふじゆう》な重手《おもで》をうけて居《ゐ》ながら……余《あま》りといへば無謀《むぼう》な[一〇]量見《りやうけん》……如何《いか》なる[一一]怪我《けが》で。名《な》もなき下郎《げらう》に首級《しるし》を揚《あ》げらるゝやも知《し》れ難《がた》い。合戦《かつせん》は今日《けふ》一日《いちにち》に限《かぎ》るではなし。十分《ぶんて》手当《あて》をして。英気《ゑいき》を養《やしな》つた其上《そのうへ》で。存分《ぞんぶん》の働《はたら》きをしやれ。何時《なんどき》でも一命《いちめい》は捨《すて》らるゝ。一先拙者《ひとまづせつしや》の館《やかた》へ[一二]立越《たちこ》え。ゆる

〽手疵《てきず》の療治《れうぢ》を……のゥ小四郎》

[一三]実意《じつゐ》を籠《こ》めて説勧《ときすゝ》むれど。忠義《ちうぎ》一徹《いつてつ》の守真《もりざね》。　武重《たけしげ》を恨《うら》めしげに見遣《みや》り。

《お言葉《ことば》とも思《おも》ひませぬ。[一四]死《し》すべき時《とき》に死《し》せざれば。死《し》ぬにましたる恥辱《ちじよく》を受《うく》ると申《まう》すに……武運拙《ぶうんつた》なくして味方《みかた》の敗軍《はいぐん》。たとひ手疵《てきず》を負《お》へばとて。戦《せん》場《じやう》を脱《ぬ》けて此処《こゝら》等を徘徊致《はいくわいいた》すは。我《われ》ながら快《こゝろ》よく存《ぞん》じませぬ。まして……卑《ひ》怯者《きようもの》と敵味方《てきみかた》の者《もの》の思《おも》はくも恥《はづ》かしう御坐《ござ》るに。此処《こゝ》を[一五]落《お》ちて館《やかた》へ来《こ》イ。ゆる

〽療治《れうぢ》せよ……御心切《ごしんせつ》は御心切《ごしんせつ》なれど。伯父上《おぢうへ》。平常《へいぜい》とは違《ちが》ひます……名《な》を惜《おし》み義《ぎ》を重《おもん》ずる武士《ぶし》に……夫《それ》が仰《おほ》せ下《くだ》さるお言葉《ことば》か。名《な》を惜《おし》み義《ぎ》を重《おもん》ずる武士《ぶし》の……夫《それ》が御意見《ごゐけん》か。余《あま》りと言《いへ》ば女々《めゝ》しいお言葉《ことば》。此小四郎《このこしらう》は命《いのち》を惜《おし》む[一六]腰抜物《こしぬけもの》と。おさげすみの上《うへ》の御戯言《ごじやうだん》で御座《ござ》りますか。　伯父上《おぢうへ》。　亡父《ばうふ》と[一七]積年御《せきねんご》[一八]入魂《じゆこん》の御馴染《おなじみ》。且《かつ》はその遺言《ゆいごん》を以《もつ》て。我子《わがこ》と思召《おぼしめ》して御意見下《ごゐけんくだ》さるならば。何故《なにゆへ》に潔《いさぎ》よく討死《うちじに》せよとは。仰《おほ》せられて下《くだ》さりませせぬ。却《かへつ》て御厚志《ごこうし》を恨《うらめ》しくぞんじま

九 「(一)軍ニ、機(ヲリ)ヲ見テ進ミ、機ヲ見テ退クコト」(『言海』)。
一〇 考え。分別。
一一 「(一)アヤマチ。ソサウ。「一ノ功名」過失」(『言海』)。
一二 出かけて行き。
一三 「マゴコロ。深切」(『言海』)。
一四 諺。死ぬべき時に死なないで生きながらえていると、死ぬよりもつらい恥を受けることになる、の意。「胸にこたへし味方の敗軍死べき時に死ざれば死にまさる恥多し。今こそ木曾がさいごの門出」(『ひらがな盛衰記』初段)。
一五 「落つ…(十五)逃グ。遁ル。…「戦場ヨリ一」」(『言海』)。
一六 〈全集〉「腰抜者」。
一七 「年積(ツモ)レルコト。多年」(『言海』)。
一八 「じゆつこん…殊ニ親シク交ルコト」(『言海』)。〈全集〉振り仮名「じツこん」。「入魂(じゆこん)の女友を聚(つど)へて」(「女学生の醜聞(続き)」『読売新聞』明治二十三年二月二十七日)。

す》
当然《とうぜん》の理《り》に責《せ》められて。武重《たけしげ》は——鎗《やり》を突《つ》き。鞍《くら》にもたれ——首《くび》を下《さ》げて無《む》言《ごん》なり。返事《へんじ》如何《いか》にと。[一]流眄《ながしめ》に見《み》やる守真《もりざね》。かれ一言《いちごん》の答《こたえ》なければ。苛《いらだ》ちて
《伯父上《おぢうへ》……さらばで御座《ござ》ります》
何《なに》を思案《しあん》の武重《たけしげ》。言葉《ことば》は耳《みゝ》にいらざるか。体《からだ》さへ顔《かほ》さへ。少《すこ》しも動《うご》かず。
鬣《たてがみ》の雪《ゆき》に身《み》をふるはして。馬《うま》のみぞ高《たか》く嘶《いなゝ》く。
《是《これ》が此世《このよ》の御暇乞《おいとまご》ひ。——伯母上《おばうへ》にも芳野殿《よしのどの》にも。守真《もりざね》がくれ〴〵よろしく申あげましたと御伝言《ごでんごん》を頼上《たのみあげ》ます》
[二]次《つい》で言《い》ひださんとせしが。懐旧《くわいきう》の涙《なみだ》に暫《しば》らく咽《むせ》ばされ。
《不運《ふうん》の小四郎《こしらう》。八歳《さい》にして父母《ふぼ》に別《わか》れ。夫《それ》より今日《こんにち》廿五歳《さい》の暁《あかつき》まで。伯父《おぢ》上伯母上《うへおばうへ》の[三]御不敏《ごふびん》にかけられ。実《じつ》の親《おや》さへ及《およ》ばざる御慈愛《ごじあい》。[四]山《やま》とも海《うみ》ともたとへ方《かた》なき御高恩《ごかうおん》を蒙《かうむ》り。[五]小禄《せうろく》なりとも給《たま》はりて。父《ちゝ》の[六]名籍《めいせき》を受嗣《うけつ》ぐ迄《まで》に相成《あいなり》しは。偏《ひと》へにお二方《ふたかた》のお骨折《ほねをり》。[七]いつがな此御恩報《このごおんほう》じと。日夜《にちや》忘《わす》るゝ暇《ひま》もなく思《おも》ひ続《つゞ》けて罷《まか》り在《あり》しに。計《はか》らず此度《こんど》の合戦《かつせん》。伯父上《おぢうへ》とは敵《てき》と味方《みかた》に別《わか》れ〳〵。勿躰《もつたい》なくも大恩《だいおん》ある伯父上《おぢうへ》に[八]弓《ゆみ》をひきしは。[九]私《わたくし》にかえ難《がた》き主君《しゆくん》の御為《おんため》。武門《ぶもん》の奉公《はうこう》のつらいと申す事《こと》。今日始《こんにちはじ》めて思《おも》ひ当《あたり》ました。館《やかた》へ来《こ》いとの今《いま》の仰《おほ》せ。日頃《ひごろ》に

一「睛（ヒトミ）ヲ斜ニ転ジテ見ルコト。流眄」（『言海』）。「眄」は、かえりみる意。「流眄」「流盻」ともに当時通用。「御者は流盻（ながしめ）に紙包を見遣りて」（泉鏡花『義血俠血』明治二十七年）。

二 底本「次て」。〈全集〉に従う。続けて、の意。

三〈全集〉「御不便」（以下同様）。「不便…（二）…憐ムベキコト。カハイサウナルコト」（『言海』）。「幼少より御不敏（ごふびん）を蒙り候つるに」（『平治物語』上「三条殿へ発向付けたり信西の宿所焼き払ふ事」）。

四「父の恩は山よりも高く、須弥山も尚下（ヒキ）シ。母の徳は海よりも深く、滄溟海も還つて浅し」（『童子教』）。「御父君の御情にてやう〳〵人となり候御恩のほど海とも山とも詞（ことば）には尽しがたく」（『仮名文章娘節用』三編下）。

五「少（スクナ）キ禄」（『言海』）。微禄。

六「名跡」に同じ。「名字ノ跡目（相続ニ）」（『言海』）。「エ、無念な。妹に名跡継がせては口惜しと恥入り」（近松門左衛門『女殺油地獄』中之巻、享保六年初演）。

七 いつか。「がな」は疑問の係助詞「か」に詠嘆の終助詞「な」の付いてできたもので、疑問語に接し、不定の意を示す。底本「いつかな」。意改。

八 敵対する。「菊池ノ人々ニ向テ。弓ヲ引矢ヲ放事不レ可レ有ト」（『太平記』巻三十三「菊池合戦事」）。

九 私情。

替《かは》らぬそのお言葉《ことば》。[一〇]何処《どこ》までも不敏《ふびん》と思召《おぼしめ》せばこそ。平常《つね》なればいかやうなる無理難題《むりなんだい》を仰《おほ》せらるゝとも。[一一]身骨《しんこつ》を砕《くだ》いても。御意を背《そむ》く心《こゝろ》は御座《ござ》りませぬ。まして御心切《ごしんせつ》のお言葉《ことば》。[一二]推《お》しても願《ねが》ふ処《ところ》なれど。仮初《かりそめ》にも主君《しゆくん》を持《も》つ身《み》の上《うへ》。武士《ぶし》の意気地《ゐきぢ》。小四郎がいふにいはれぬ心《こゝろ》の中《うち》。御賢察下《ごけんさつくだ》し置《おか》れて。折角《せつかく》の御《ご》厚志《こうし》に背《そむ》くの段《だん》は幾重《いくえ》にも……伯父上……これこの通《とを》り手《て》……手《て》を合《あ》はして……》

「願《ねが》ひます」は涙《なみだ》に紛《まぎ》れ。がばと伏《ふ》せば。声《こゑ》は立《たて》ねど武重《たけしげ》も。震《ふる》ふ鎗先《やりさき》に陰《かく》されぬ涙《なみだ》。守真《もりざね》[一三]曇《くも》れる声《こゑ》を励《はげ》まし。

《わけて伯母様《おばさま》には……》

少時《しばし》[一四]励《はげ》みても。また撓《たゆ》む。

《言語《ごんご》に絶《ぜつ》せし御慈愛《ごじあい》を被《かうむ》り。常々《つねぐ》身《み》のまはりの物何不自由《ものなにふじゆう》なく賜《たまは》り。風引《かぜひい》ても人《ひと》を使《つか》はされ。気分《きぶん》はどうじや。欲《ほ》しい物《もの》あらば申越《まうしこ》せ。この薬《くすり》を用《もち》ゐよ……我子《わがこ》と思《おぼ》しめしての御心労《ごしんらう》。風引《かぜひい》てさへ夫《それ》ほどに……此度小四郎《このたびこしらう》が討死《うちじに》せしとお聞遊《きゝあそ》ばさば。いかなる事《こと》に成行《なりゆ》かせたまはむかと。今《いま》死《し》ぬ際《きは》に臨《のぞ》むでも。心《こゝろ》に懸《かゝ》る伯母上《おばうへ》のお身《み》の上《うへ》。[一五]なる事《こと》ならば唯一目《たゞひとめ》。なつかしいお顔《かほ》を拝《はい》し。長《なが》年《ねん》うけし御恩《ごおん》の御礼《おれい》なりと。せめては一言《ひとこと》申上《あ》げ。此世《このよ》に思《おも》ひ遺《のこ》す事《こと》なく。快《こゝろ》

一〇 どこまでも私のことをかわいそうだとお思いだから（そうおっしゃるのでしょう）。
一一 一所懸命に事に当たるさま。
一二 こちらから無理にでも。
一三 涙に曇った声。
一四 話し続けようと心を奮い起こしても、涙に妨げられて言葉が途絶える。
一五 できることなら。

よく生害致《せうがいいた》したら御座《ござ》ります。尚又伯父上《なをまたおぢうへ》にも伯母上《おばうへ》にも。改《あらた》めてお詫《わび》を致《いた》しますは。芳野殿《よしのどの》の事《こと》》

黙然《もくねん》としてひそ〳〵一涙《なみだ》を拭《ぬぐ》ひ。耳《みゝ》を清《す》ませし左近之助《さこんのすけ》。わが娘《むすめ》の名《な》を聞《き》くや否《いな》。身《み》を背《そむ》けて鞍《くら》の前輪《まへわ》二に。兜《かぶと》を犇《ひし》と押《おし》つけ。堰留《せきとめ》し奔流一時《ほんりういちじ》に注《そゝ》ぐ涙《なみだ》。

三如何《いか》なれば……所以《ゆゑ》あらむ

《四風《かぜ》の便《たより》に承《うけた》まはれば。五不束《ふつゝか》なる小四郎《こしらう》を思《おも》ひ詰《つ》められ。頼《たの》みなきほどのお煩《わづら》ひ……難有《ありがた》いお志《こゝろざ》し……御伯父上始《おぢうへはじ》め伯母上《おばうへ》の御心痛《ごしんつう》。御推量《ごすいりやう》申します。これと申すもみな不義《ふぎ》なる拙者《せつしや》がなす業《わざ》。御免下《ごめんくだ》さりまし。芳野殿《よしのどの》と拙者《せつしや》とは幼少《えうせう》からの許婚《いひなづけ》。今日明日《けふあす》と祝言《しゆうげん》の延《のび》〳〵に相成《あひな》る内両家《うちりやうけ》六の確執《かくしつ》。其処《そこ》へ足《あし》七下《もと》から鳥《とり》の立《た》つやうな八御台様《みだいさま》のお言葉《ことば》。たツて侍女《こしもと》の若葉《わかば》と縁組《えんぐみ》せよ。仲立《なかだち》してとらせると……九往生《わうぜう》づくめの祝言《しゆうげん》一〇。御主人《ごしゆじん》の仰《おほせ》なりとも。かね〴〵許婚《いひなづけ》の妻《つま》を余所《よそ》にするとは。いかなる人非人《にんぴにん》と。御二方《おふたかた》の思召《おぼしめし》も御座《ござ》りませうが。よく〳〵申《まう》すに申《まう》されぬ。深《ふか》い仔細《しさい》一一のある事《こと》と。お免《ゆる》し下《くだ》さるやうに願《ねが》ひます。此度小四郎《このたびこしらう》が討死《うちじに》も。不義《ふぎ》の天罰《てんばつ》と思《おぼ》し召《め》して。御無念《ごむねん》をお晴《は》らし下《くだ》さりまし》

武重《たけしげ》は鼻《はな》を啜《すゝ》り。声《こゑ》をうるませ

一「シノビヤカニ。コツソリト」(『言海』)。
二 鞍の前部の輪形に高まった所。「鞍ノ前輪ニ押当(ヲシアテ)テ。頸(ビク)掻(カキ)切テゾ差挙タル」(『太平記』巻三十三「京軍事」)。
三 どういうわけだろうか、理由があろう。
四 何処からともなく伝わってきた噂。事問フ風ノ便(タヨリ)ニモ。憂(ウキ)ヲ慰ム一節(ヒトフシ)トモ。念ジ思召シケルモ叶ハデ」(『太平記』巻四「一宮并妙法院親王御事」)、「三月四月と日は立てども。風のたよりのお文さへ。ないてくらしてをるうちに」(『仮名文章娘節用』前編下)。
五 →一六頁注一一。
六 小四郎の主家と武重の主家との不和。
七 急に身近に意外なことの起こるさま。「足下から鳥の立つやうに俄に町へ届けたといの」(近松門左衛門『大経師昔暦』上之巻、正徳五年初演)。
八 将軍・主君などの妻を敬って言う語。「城を枕に討死といふたのは。御台様への追従」(『仮名手本忠臣蔵』第七)。
九「往生…(三)転ジテ、無理ニ圧シツクルコト。…「一ズクメ」」(『言海』)。「こちやはじめはいやじやといふていたものをよつてたかつて往生づくめに聟さんに仕たのじやないかいナア」(『春色連理の梅』初編下)。
一〇 婚礼。底本振り仮名「しゆげん」。〈重版〉により改める。三三頁一行目も同じ。
一一〈重版〉「子細」。細かい事情。
一二〈重版〉「御身」。
一三 身分の高い者の妻。夫からは「様」付けをしない。「ヱ、奥何をうろ〳〵」(『鎌倉三代記』第三)。一四 →注五。「気儘育ちの不束者、定めし御気には叶ふまいが、娘雪めを貴殿の妻女に遣し度(た)ふござるが」(『小袖曾我薊色縫』第壱番目五立目)。

≪なンの……なンの。[一二]お身《み》が若葉《わかば》殿《どの》とやらと祝言《しゆうげん》の義《ぎ》については。拙者《せつしや》を始《はじ》め[一三]奥《おく》はいふに及《およ》ばず。む……む……娘《むすめ》まで。共々《ともぐ》に毎日《まいにち》喜《よろこ》び泣《なき》にな……ないて居《を》る。娘芳野《むすめよしの》は知《し》る通《とを》りの[一四]不束者《ふつゝかもの》。気《き》に入《い》らぬは尤《もつとも》千万《せんばん》……≫

いひも切《き》らざるに。矢庭《やには》に守真立上《もりざねたちあが》り。股《もゝ》の痛手《いたで》に撞《だう》と倒《たほ》れ。倒《たふ》れながら武《たけ》重《しげ》の[一五]脛楯《はいだて》に取縋《とりすが》り。おろ〳〵声《こゑ》を震《ふる》はし。

≪[一六]そりや伯父上《おぢうへ》……そりや伯父上《おぢうへ》あ……あ……余《あま》りでご……御座《ござ》ります。その様《やう》に御立腹《ごりつぷく》では。小四郎《こしらう》が此世《このよ》の心懸《こゝろがゝ》り。[一七]冥土《よみぢ》の障《さは》りになりまする。犬畜生《いぬちくせう》にも劣《おと》ツた恩知《おんし》らずの顔《かほ》を。御覧《ごらん》なさるもこれ限《かぎ》り。不敏《ふびん》の者《もの》と思《おぼ》し召《め》して。たゞ一言許《ひとことゆる》してやる……とのお言葉《ことば》を……さもなくば。あの世《よ》へまかり越《こ》し。[一八]どうも父《ちゝ》に逢《あ》はす顔《かほ》が御座《ござ》りませぬ。何卒《なにとぞ》[一九]お心解《こゝろとけ》られて……これ伯父上《おぢうへ》ゆ……ゆるしてやるとのお言葉《ことば》を……土産《みやげ》に心《こゝろ》やすく死出《しで》の旅《たび》が。い……致《いた》したう御《ご》座《ざ》ります≫

刀《かたな》を杖《つゑ》に身《み》を起《おこ》し。力《ちから》なき足《あし》を踏《ふみ》しめ。梅《うめ》の木下《このもと》に立寄《たちよ》り。花多《はなおほ》き小枝《こえだ》を切《きり》取《と》つて。武重《たけしげ》の前《まへ》にさし置《を》き。[二〇]鬢《びん》の毛《け》一束切払《ひとつかきりはら》つて弓手《ゆむで》に抓《つか》み。

≪伯父上《おぢうへ》。此髪《このかみ》の毛《け》は伯母上《おばうへ》に……遺物《かたみ》と申《まう》すも恐《おそ》れ多《おほ》くは御座《ござ》りますが。たゞ小四郎《こしらう》が討死《うちじに》の記章《しるし》までに。御届《とゞ》け下《くだ》さりまし。またこの[二一]紅梅《こうばい》の一枝《ひとえだ》は。

一五 「はいだて 膝甲〔脛楯(ハギダテ)ノ音便ト云〕鎧ノ一部、腰ヨリ垂レテ股膝ヲ被フモノ」(『言海』)。「王女(わんによ)はやがて走りより、簑の裾漏る為朝の、脛楯(はいだて)にとりつきて、玉なす涙を押拭(おしのご)ひ」(『椿説弓張月』第四十六回)。

脛楯
(『軍用記附図』)

一六 藤の屋評(二)は「中にも戦場の巻は――ファクトと云ひ――どうしても芝居たるを免かれず。縦令(たとひ)時代小説でも芝居の臭味(しゆうみ)が有ては困る」と批判。こうした口説きの部分などが好例。 一七 成仏の妨げとなるもの。「此の年までの御面倒御恩。を報ずることもなく。御苦労をかくること是ぞ黄泉(よみぢ)の障(さはり)と成る」(『五十年忌歌念仏』下之巻)。 一八 「如何ニスレドモ」(『言海』)。 一九 心中のわだかまりをお解きになって。 二〇 形見としようとしたもの。「中納言鬢ノ髪ヲ少シ切テ。歌ヲ書副(ソヘ)テゾ被置ケル/黒髪ノ乱(ミダレ)ン世マデ存(ナガラ)ヘバ/是ヲ今ハノ形見トモ見ヨ」(『太平記』巻四「笠置囚人死罪流刑事付藤房卿事」)。

二一 藤の屋評(一)は「なんぼ戦国とは云ひながら紅梅の一枝(ひとえ)を遺物(かたみ)とは余りに無造作過ぎたり」、逆に緑葉山人評は「修羅の巷……(ママ)生死も分かぬ場合に、なんでふ一枝なればとてそのかよわき花を贈り届くることをや出来ると想像し得るか」と、その困難さを批判。ちなみ

芳野殿《よしのどの》へ拙者《せつしや》が寸志《すんし》。先頃《さきごろ》お目《め》にかゝつた砌《みぎり》。拙者《せつしや》の庭《には》の梅《うめ》が開初《さきはじ》めたら。是非《ぜひ》一枝《ひとえだ》との御所望《ごしよもう》。今日《けふ》は持参《ちさん》しやう。明日《あす》はと思《おも》ふ内《うち》。遂《つゐ》に本意《ほんゐ》[一]を果《はた》さずさ……嘸《さぞ》や今頃《いまごろ》は庭《には》の梅《うめ》も。いゝ詠《なが》めで御《ご》……御座《ござ》らうが。其《それ》を進《しん》ぜる訳《わけ》には参《まゐ》らず。さいはひの此梅《このうめ》と存《ぞん》[二]じつき。一枝御覧《ひとえだごらん》にいれまする。小四郎が魂《たましゐ》は此花《このはな》につきそひ。伯母上《おばうへ》にも芳野殿《よしのどの》にも。やがて見参《けんざん》[三]いたす心持《こゝろもち》にて。夫《それ》を楽《たのしみ》に潔《いさぎ》よく討死致《うちじにいた》します。伯父上《おぢうへ》には武運長久《ぶうんちやうきう》。御寿命万々歳《ごじゆめうばん〳〵ぜい》[四]……死後《しにおく》れては一大事《だいじ》。時刻《じこく》の移《うつ》らぬ内《うち》……伯父上此《おぢうへこれ》……此《これ》が長《なが》の……長《なが》のお別《わかれ》で御座《ござ》[五]ります》

俄《には》かに涙《なみだ》を掻払《かきはら》ひ。立上《たちあが》らんにも痛手《いたで》の苦《くる》しさ。二三歩《ぼ》をよろよろめき――よろめき蹈出《ふみいだ》す。鞍《くら》に身《み》を寄《よ》せ。涙《なみだ》に暮《く》れし武重《たけしげ》。鎗取直《やりとりなほ》して突立《つゝたち》あがり。鼻声《はなごえ》[六]を張揚《はりあ》げ。

《暫《しば》らく……小四郎《こしらう》》

守真《もりざね》は立留《たちとゞま》り。頭《かしら》を振《ふ》り向《む》け

《はッ何御用《なにごよう》で御座《ござ》ります》

《何処《いづく》へ行《ゆ》く》

《戦場《せんじやう》へ……》

言《い》はせも果《はて》ず。怒気《どき》を含《ふく》む大音声《だいおんぜう》。

に『太平記』には、戦場で梅花を兜や箙(えびら)に着けることが見える(巻二十九「小清水合戦事付瑞夢事」、巻三十一「武蔵野合戦事」)。

以上三三頁

一　かねてからの願い。「本懐」(『言海』)。

二　「思ひつく」の謙譲語。

三　振り仮名、「げんざん」(→二八頁注三)の誤りと思われるが、底本のまま。

四　「ばんぜい　万歳　ヨロヅヨ。帝王其他ノ運祚長久ヲ祝ヒ申ス語。…重ネテ、万万歳トモイフ」(『言海』)。「君が代の。万々歳(ぜい)の寿きは」(『絵本太功記』同十三日の段)。

五　思案評は、小四郎が武重に口説くのを、「余りに長たらしくはあらぬか　九死一生の深庭(ふかで)を負ひかくも詳細(つばら)に物語るは事実あるべからず　急遽云ふべき処も云ひ得ぬ体を示す方(かた)却ツて真に逼(せま)らん」と批判。

六　「涙ニ咽ビテ鼻ノツマリタル時ノ声」(『言海』)。

《黙《だま》り召《め》され。先刻《せんこく》から言葉《ことば》を尽《つく》して。言聞《いひき》かするに。更《さら》に用《もち》ゆる景色《けしき》なく。
二言目《ふたことめ》には討死《うちじに》する……》
鼻《はな》の頭《さき》に「へゝ」[七]と笑《わら》ひ
《さほど命《いのち》が捨《すて》たくば。戦場《せんじやう》へ行《ゆ》くまでもない。伯父《おぢ》が相手《あひて》を致《いた》さう。老躰《らうたい》
ながら御身《おんみ》如《ごと》き若輩《じやくはい》[八]づれの。未練《みれん》[九]な刃《やいば》は……》
[一〇]胸板《むないた》を。弓手《ゆんで》に丁《てう》と一トツ叩《たゝ》き。
《よも立《たつ》まい。　見事《みごと》伯父《おぢ》が皺首《しはくび》[一一]切つた其上《そのうへ》で。まだ刃《やいば》が鈍《なま》らずば。其《その》
時《とき》こそ戦場《せんじやう》へ引帰《ひつかへ》すとも――切死《きりじに》するとも。御身《おんみ》の勝手《かつて》。武重《たけしげ》此処《こゝ》にある間《あひだ》は。
其処《そこ》一寸《すん》も動《うご》かす事《こと》はならぬ。さァ勝負》
二度《にど》三度《さんど》鎗《やり》を引《ひき》しごいて。身構《みがま》ゆれば。
《勝負《しようぶ》とは……情《なさけ》ない……》
目《め》も眩《くら》み心《こゝろ》も消《き》ゆる。いぢらしや守真《もりざね》が無残《むざん》の姿《すがた》。強《つよ》く口《くち》には言《い》へど。胸《むね》に
は涙《なみだ》。泣《なか》じとすれど曇《くも》る声《こゑ》。
《情《なさけ》ないとは何《なに》が……今《いま》となつて後《おく》[一二]れたかさ……[一三]さ……勝《しよう》……勝《しよう》……》
《後《おく》れも致《いた》さねば恐《おそ》れも致《いた》しませぬ》
[一四]《それになぜ勝負《しようぶ》は致《いた》さぬ》

七 藤の屋評(一)は一―二行目の武重の言葉を「余りに情(じよう)なし」、さらに「「へゝ」と笑ひ」について「愈々(いよ)無情にて腹からの敵役と見ゆ」と言う。しかしここは、わざと小四郎に対して憎まれ口を利いて敵対し、勝負を迫ることで、彼を戦場へ遣るまいとの意図。
八 「若輩…(二)少年ノ未熟ニシテ物事ニ不案内ナルコト」(『言海』)。「づれ」は、名詞について軽侮の意を添える接尾辞。「高が絵書(ゑかき)の丁稚づれ怖いことも有るまい」(近松門左衛門『傾城反魂香』上之巻、宝永五年初演)。
九 「(一)未ダ事ニ慣レヌコト。未熟」(『言海』)。「当国ノ守護ニテ乍レ有。…境(キヤウ)内ヲ犯奪レントスル事。未練ノ至也」(『太平記』巻三十六「秀詮(ヒデノリ)兄弟討死事」)。
一〇 底本振り仮名「むねいた」。〈重版〉により改める。鎧の胴の胸に当る部分の名称。↓補三七。「甲(カブト)ノ鉢ヲ立破ニ胸板(ムナイタ)マデ破(ワリ)付ラレ」(『太平記』巻三十三「京軍事」)。
一一 老人の首を嘲って言う語。「「強欲非道の皺頭(シワガシラ)」と水もたまらず打落す」(『菅原伝授手習鑑』二段目)。
一二 「おくる…後…(五)臆ス。気後(キオクレ)ス」(『言海』)。「相手にならぬはおくれたかと」(『ひらがな盛衰記』第四)。
一三 「……」(リーダー)の多用について、藤の屋評(二)は「夫(それ)からポチポチとダッシの多い事は眩(まばゆ)き計(ばか)りなり。硯友社員の……好(ずき)はいづれその中説明仕ると此著者が曾て曰はれたが其例証に「色懺悔」の出来しものか。……も随分肝心ですがア、沢山では閉口する」と批判。↓補四四。
一四 それなのに。

《どうあつても勝負《しようぶ》は出来《でき》ませぬ。其鎗《そのやり》でさ……さ。一思《ひとおも》ひに突透《つきとを》して下《くだ》さりまし》

《手向《てむか》ひせんものは死人《しにん》も同然《どうぜん》。左様《さやう》なものを手《て》に掛《かけ》るは本意《ほんゐ》でない。戦場《せんじやう》へ向《むか》ふも此処《こゝ》で戦《たゝか》ふも。命《いのち》のやりとりに二《ふた》ツはない。サ。早《はや》く……》

《[一]いッかな成《なり》ませぬ。相手《あひて》といふは大恩《だいおん》のある伯父上《おぢうへ》。亘合《わたりあは》さむ其鎗《そのやり》は。亡父《ばうふ》が秘蔵《ひざう》の笹穂《さゝほ》……刃向《はむかひ》がなりませうか》

実《げ》に其鎗《そのやり》は守真《もりざね》の亡父《ぼうふ》守道《もりみち》が双《さう》[二]なき秘蔵《ひざう》の業物《わざもの》[三]。遺物《かたみ》とてかれに譲《ゆづ》[四]れるなり。[五]見《み》るからに思《おも》ひ出《だ》さるゝ亡人《なきひと》の事《こと》――其人《そのひと》の遺言《ゆいごん》「我子《わがこ》を頼《たの》む」我子《わがこ》とは……小四郎《こしらう》　小四郎《こしらう》は……此姿《すがた》。武重《たけしげ》は鎗《やり》をカラリ投《な》げ。立《たつ》たるまゝ男泣《おとこなき》に咽《むせ》び入《いる》。[六]今迄《いままで》は遠《とを》くも隔《へだ》てぬ戦場《せんじやう》の。物騒《ものさは》がしく聞《き》こえしに。先程《さきほど》より寂寥《ひつそ》となりしが。[七]えい――えい――わうといふ勝鯨波《かちどき》。俄《にはか》に天《てん》に轟《とゞろ》けば守真《もりざね》磤《はた》[八]と膝《ひざ》を打《う》ち。無念《むねん》の一声《ひとこえ》。

《[九]南無三《なむさん》ツ》

[一〇]いひも敢《あへ》ず太刀《たち》取直《とりなほ》して。咽喉《のんど》[一一]へ突立《つきたて》んとする。武重《たけしげ》あはてゝ其手《そのて》を捕《とら》へ

《逸《はや》まるなツ……これ》

太刀《たち》をもぎ放《はな》す処《ところ》へ物《もの》[一二]の具《ぐ》の響《ひゞき》。後《うしろ》の方《かた》より遠山《とをやま》が郎党《らうどう》[一三]一騎《いつき》馳来《はせきた》り。武重《たけしげ》の

一　「いかな」の強調形。(後に否定の表現を伴って)どうしても。「短刀戻さぬ其内は、いっかな討ぬ八重垣紋三」(『小袖曾我薊色縫』第壱番目大詰)。

二　「ナラビナシ。比類(タグヒ)ナシ」(『言海』)。

三　「技物　刀剣ナド、名工ノ鍛ヘテ最モ鋭キモノノ称」(『言海』)。「二つに切破(わる)名剱(けん)の。鋼鉄(はがね)も尖(するど)き適(あつぱれ)わざ物」(『鎌倉三代記』第九)。

四　伯父武重を指す。

五　見るだけで。主語は武重。

六　〈全集〉はここで改行。

七　→二八頁注五。「味方の勝利と覚しくて。箙(えびら)を叩いてゑい〳〵おう。凱歌(かちどき)の声木牙(こだま)に響き手に取る如くぞ聞えける」(柳亭種彦『関東小六昔舞台』三編上、文政十二年。原文はすべて平仮名)。

八　「はたと　礑　物ノ相撃ツ音、…ナドニイフ語」(『言海』)。「為朝膝を磤(はた)と拍(うつ)て」(『椿説弓張月』第十七回)。

九　しまった。急に困った事態が起こった時に発する感動詞。南無三宝。「南無三、見咎められたか」(『鼠小紋東君新形』四幕目)。

一〇　言うや否や。

一一　〈全集〉「噎(のんど)に突立てんとす」。

一二　「物具…(二)専ラ、戦ニ用ヰル調度、即チ、鎧」(『言海』)。「軈(ヤガ)テ若党中間共ニ物具サセ」(『太平記』巻五「大塔宮熊野落事」)。

一三　「らうどう　郎等　ワカモノ。家ノ子。ケライ。郎党」(『言海』)。主君との関係は代々継続することが多い。濁らずに読む場合もある(→三八頁一行目)。「郎党(らうとう)は刀を横(よこたう)へて耕し」(『椿説弓張月』第二十八回)。

前《まへ》に跪《ひざまづ》き。
《味方大勝利《みかただいしようり》。敵《てき》は最早《もはや》二三里《り》も引《ひき》[一四]ました。大慶《たいけい》に存《ぞん》じます》
守真《もりざね》のうつむけたる顔《かほ》をのぞき込《こ》み。
《おー……珍《めづ》らしや小四郎様《こしらうさま》》
力《ちから》なく首《くび》をあげる守真《もりざね》。郎党《らうどう》を見《み》て。
《新六殿《しんろくどの》か》
《はッ……おー。おー。そのお手疵《てきず》は……殿様《とのさま》》
武重《たけしげ》と顔見合《かほみあは》せ——顔《かほ》を背《そむ》け……涙《なみだ》。
やがて武重《たけしげ》に何事《なにごと》か囁《さゝや》かれし新六《しんろく》。点首《うなづい》[一五]て守真《もりざね》に近《ちか》づき。
《小四郎様拙者《こしらうさませつしや》がお伴《とも》を仕《つかまつ》ります》
《一先館《ひとまづやかた》へ引取《ひきと》られよ》
守真今《もりざねいま》は為《せ》む方《かた》なし——戦場《せんじやう》へは向《むか》はれず……義理《ぎり》[一六]の箭《や》に射《ゐ》すくめられ。自害《じがい》は得遂《えと》げず……恩愛《おんあい》の手《て》に障《さゝ》えられ。死《し》を望《のぞ》む身《み》の……何事《なにごと》ぞ——死《し》を厭《きら》ふ人《ひと》と異《こと》ならぬは深手《ふかで》の苦痛《くつう》。新六《しんろく》の肩《かた》をたよりに辛《から》うじて立上《たちあが》り。せわしき呼吸《こきう》の間《あひだ》より
《伯父上《おぢうへ》さらば……》

一四 「(十四)退クル。…「陣ヲ―」退」(『言海』)。

一五 〈全集〉「頷いて」。「うなづく…頷、点頭、首肯」(高橋五郎『漢英対照 いろは辞典』明治二十一年)。

一六 亡父秘蔵の鎗を持った大恩ある伯父武重の説得に、身動きとれなくなったさまを喩える。

武重《たけしげ》は言葉《ことば》なく。たゞ返答《へんたふ》の首肯《うなづき》。郎党《らうたう》には。

《新六気《しんろくき》を附《つけ》て参《まゐ》れ》

《はァつ》

[一]西《にし》へ静《しづ》かに急《いそ》ぐ二人《ふたり》の後姿《うしろすがた》。東《ひがし》へ遠《とを》く薄《うす》らぐ駒《こま》の嘶《いなゝき》。あとは蹂躪《ふみにぢ》りし雪《ゆき》間《ま》の死骸《しがい》――梅枝《うめがえ》の生首《なまくび》。沢辺《さはべ》の枯蘆風《かれあしかぜ》に友摺《ともず》[二]れて。頂《いたゞ》く雪《ゆき》をふり落《おと》せば。驚《おどろ》き立《だ》つ羽音《はおと》高《たか》し二羽《には》の鷺《さぎ》。

怨言《うらみ》の巻《まき》

[三]留《とゞ》めても行《ゆ》く春《はる》
　なげきに散残《ちりのこ》る
　　よし野《の》が事《こと》

遠山《とをやま》が館《やかた》の奥《おく》まりたる別室《べつしつ》に身《み》を忍《しの》び――病《やまひ》を養《やしな》ふは浦松《うらまつ》小四郎守真《こしらうもりざね》。苦《く》[四]脳《なう》の中《うち》も敗軍《はいぐん》の無念《むねん》やる方《かた》なく。戦場《せんじやう》の恋《こひ》しさ胸《むね》に絶《た》えず。明日《あす》にもあれ。矢《や》一筋《ひとすぢ》射《ゐ》るほどにもならば――この家《や》の人《ひと》々承引《しよういん》[五]あるまじ――夜《よ》に紛《まぎ》れて窃《ひそ》かに脱《ぬ》け出《いだ》し……その時《とき》はいかなる強敵《がうてき》[六]に亘《わた》り合《あ》はすやらむ。先頃《さきごろ》の合戦《たゝかひ》に。森陰《もりかげ》

一 福州学人評(一)に「結構口調事実の戯曲に傾き過ぎて」とある(→補一五)が、ここも、さながら登場人物の去った後の舞台を見るようである。
二 木の葉などが互いにこすれあうこと。
三 行く春を嘆きつつ散り残る吉野の桜花に、小四郎に死に遅れたと嘆きつつ取り残される芳野の身の上を暗示。
四 〈重版〉「苦悩」。
五 「ウケヒクコト。承知。承諾」(『言海』)。
六 「(一)強クシテ勝チガタキ敵」(『言海』)。
七 中世の略式軽装の鎧で歩卒用。「胴をかこみたる体丸く竹の筒のごとし　是は右の脇にて合するなり…袖もあり　草ずりは前後合せて八枚あり」(伊勢貞丈『軍用記』三)。ただし戦国時代には、胴丸から変化した当世具足となり、将士から兵卒に至るまで着用された。
八 黄櫨色(赤みのさした黄色)を順次薄くして、末が白くなるまでぼかした、袖・草摺りの色目。→補四二。
九 「入リ乱レタル戦ヒ」(『言海』)。「乱軍の。互に鎬(しのぎ)を削り合」(『絵本太功記』瓜献上の段)。
一〇 太刀の長大なもの。歩武者がこれで馬の足を切り払ったりした。このあたり、「土岐悪五郎ハ…卯ノ花威ノ鎧ニ鍬形打テ水色ノ笠符(カサジルシ)吹流サセ五尺六寸ノ大太刀抜テ引側(ヒツ)メ。…和田五郎アハレ敵ヤト打見テ。…三尺五寸ノ小長刀。茎短(クキミジカ)ニ取テ渡(ワタシ)合フ」(『太平

より現《あら》はれし武者《むしや》——鎧《よろひ》は胴丸《だうまる》[七]……黄櫨匂《はぢにほひ》[八]……筋骨《きんこつ》の逞《たく》ましさ。あはれよき敵《てき》。乱軍《らんぐん》[九]の中《なか》なれば姓名《せいめい》を名乗《なの》り合《あ》ふ暇《いとま》なく。彼《かれ》は大太刀《おほだち》[一〇]我《われ》は長刀《なぎなた》。二三合《がう》あはす間《ま》に。崩《くづ》れ懸《かゝ》る雑兵《ざうへう》[一一]ばらに隔《へだ》てられ。勝負《しようぶ》を決《けつ》せざりしこそ遺憾《いかん》なれ。あの武者風《むしやぶり》——あの太刀風《たちかぜ》[一二]。誰《た》が御内《みうち》の誰《たれ》なるか。捨《す》つる命《いのち》ならば。あれほどの刃《やいば》に。札《さね》[一三]を試《ため》させむぞ武夫《もののふ》の本懐《ほんくわい》。此度《このたび》もかけ向《むか》ひたらば。あはれいみじき[一四]敵《てき》に出逢《いであ》ひ。守真《もりざね》が目覚《めざ》ましき合戦《かつせん》の様《やう》を。其口《そのくち》より人々《ひとぐく》の語草《かたりぐさ》[一五]に伝《つた》へたき。血気《けつき》[一六]に逸《はや》つてかく思《おも》ひたつ時《とき》は。矢《や》も楯《たて》もたまらず。夫《それ》は心《こゝろ》ばかり。矢疵《やきず》は扨置《さておき》。太股《ふともゝ》の鎗疵《やりきず》に。五躰《ごたい》のあがき[一七]も思《おも》ひに任《まか》せず。ぢれて独《ひと》り泣《な》き。身《み》もだえ——苦痛《くつう》。足《あし》ずり——苦痛《くつう》……涙《なみだ》……呻声《うめきごえ》。

《もォし小四郎様《こしらうさま》……小四郎様《こしらうさま》》

枕元《まくらもと》に誰《た》そ。優《やさ》しき声《こえ》。守真《もりざね》閉《と》ぢたる眼《め》を細々《ほそぐ》と見開《みひら》き。

《おー芳野殿《よしのどの》》

《御気分《ごきぶん》はいかゞで御座《ござ》ります。母《はゝ》も一方《ひとかた》[一八]ならず御案《あん》じ申して居《を》りまする》

《難有《ありがた》うぞんじます。して伯母上《おばうへ》は……》

《一日《いちにち》も早《はや》くあなたの御本復《ごほんぶく》[一九]遊《あそ》ばす様《やう》にと。此頃《このごろ》は毎朝山《まいあさやま》の不動様《ふどうさま》[二〇]へ日参《につさん》[二一]を致《いた》します。もう大方帰《おほかたかへ》るで御座《ござ》りませう》

記』巻三十一「八幡合戦事付官軍夜討事」)を踏まえるか(→補三四)。

一一「卑シキ兵卒(ﾓﾂﾊ)。歩卒」(『言海』)。さきの「大太刀」を持った「胴丸」姿の「よき敵」も歩卒と考えられ、「雑兵」との区別がはっきりしない。「ばら」は「人ニ係ル名詞ニ添ヘテ、一人ナラヌヲイフ語 等(ﾗ)。達(ﾀﾁ)。ドモ」(『言海』)。同輩以下の軽蔑した場合に用いられることが多い。「未練なる冠者原(くわじやばら)かな」(『頼光跡目論』第五)。

一二「太刀ヲ振ヒテ発(ｵｺ)ル風」(『言海』)。

一三「札」は鎧を構成する小板で、鉄または革で作る。これを鱗のように重ね、糸または革で綴る。刃を受けても身体を傷つけることのない、札の頑丈さを証明しよう、の意。「御矢一筋受テ。物ノ具ノ実(ｻﾈ)ノ程。試(ｺｺﾐ)候ハント」(『太平記』巻三「笠置軍事付陶山小見山夜討事」)。

一四 すばらしい敵。

一五 話の種。

一六 元気にまかせて向こう見ずに勇み立つ。「血気にはやる小金吾も見るに忍びず」(『義経千本桜』三段目「椎の木の段」)。

一七「(二)動キハタラクコト。「―ガツカヌ」」(『言海』俗語)。

一八「一通リノミニテ無ク」(『言海』)。

一九「本腹 病ノナホルコト。平癒。全快」(『言海』)。

二〇 不動明王。「一切ノ鬼魅諸障悩ヲ降伏スト云フ」(『言海』)。「娘が不動さまへ参詣に行たが」(『春色連理の梅』二編中)。

二一「神社仏閣ヘ日毎ニ参詣スルコト」(『言海』)。「逢橋(あふはし)の毘沙門天(びしやもんさま)へ日参でもして、御利益をお願ひ申しな」(『春色辰巳園』初編巻之一第一回)。

《なニ不動《ふどう》へ……日参《にっさん》……》
青《あを》ざめし頬《ほう》を流《なが》るゝ涙《なみだ》。拭《ぬぐ》はんと夜具《やぐ》の中《うち》に手《て》をもがけば。芳野《よしの》はさし寄《よ》り。我袖《わがそで》に柔《やはら》かく拭《ぬぐ》ひ。
《今朝《けさ》はお顔色《かほいろ》がお悪《わる》[一]いやうで御坐《ござ》りますが。また強《つよ》くお痛《いた》み遊《あそ》ばしますか》
《いヤ追々《おひ〳〵》苦痛《くつう》も薄《うす》らぎました。伯母上《おばうへ》はじめあなた[二]の御介抱《ごかいはう》。お礼《れい》は言葉《ことば》に尽《つ》くされませぬ》
《なゝの他人《たにん》がましい。左様《さやう》な事《こと》を思召《おぼしめ》さずと。御自分《ごじぶん》の家《うち》にお出遊《いであそ》ばす同様《どうやう》に。何《なん》なりと御用《ごよう》をおっしやって下《くだ》さりまし》
《拙者《せつしや》ゆへ[三]に伯母上《おばうへ》は御日参《ごにっさん》……あア勿体《もつたい》ない。冥加《めうが》[四]に余《あま》る御厚志《おこゝろざし》》
芳野《よしの》の顔《かほ》を見護《みまも》りて。
《久々《ひさ〴〵》御病気《ごべうき》とうけたまはりましたが。もウ御全快《ごぜんくはい》なされたか》
《私《わたくし》……はイ……その病気《べうき》を御存《ごぞん》じで御座《ござ》りましたか》
[五]裏《うら》に怨《うらみ》を含《ふく》む言葉《ことば》――麗《うる》はしけれど薊《あざみ》の花《はな》。刺《とげ》[六]ありとしれば手《て》はのびず。
守真《もりざね》は眼《まなこ》を塞《ふさ》ぎ。
《[七]ゆるして下《くだ》され》　千言《せんごん》より一句《いっく》のつらさ。
《お目出《めで》たうござりました》

一 底本「お悪う」。〈重版〉に拠る。
二 対称の「あなた」が成立するのは近世以後の上方で、やがて江戸に及び、ともに高い敬意を持っていた(従って戦国時代にはない用法)。文化(一八〇四―一八)頃―幕末では敬意の下限を下げ、対等関係にも使われるようになった。「(三)…対称ノ代名詞。今、尊長ヨリ同輩ニ掛ケテ相語ルニ、最モ多ク用キル」(『言海』)。「◎今日ノ普通言、あなたハ敬語ト定マツテ居ルモノノ、最上ノ敬語トハマダ言ヘヌ。オモニ親シミノ中ニ猶礼義ノ有ル方ノ意味ヲ、ドチラカト言ヘバ持ツ」(『日本大辞書』)。
三 〈重版〉「ゆゑ」。
四 冥加(知らず知らずの間に受ける神仏の加護)が身に過ぎて、もったいない。「冥加に余る君の仰(おほせ)」(『仮名手本忠臣蔵』大序)。芳野との許婚の約に背いた自分なのに、という気持。
五 この病気が小四郎の破約ゆえであったことを含意。
六 底本「刺」。誤植として改める。「とげ 刺」(『言海』)。
七 破約を詫びる心。
八 鏃(やじり)が左右に張り、先端が鋭くとがった矢。「山鳥の尾をもつて作(つくり)たりける。とがり矢二すじ」(『平家物語』巻四「ぬえの事」)。

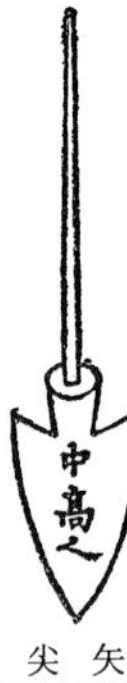

尖矢
(『貞丈雑記』)

九 矢・刀・槍などで、鎧などの裏まで貫き通す。

応《わう》ぜぬ答《こたえ》。目出《めで》たいとは何《なに》が。守真《もりざね》の今《いま》の身《み》の上《うへ》に。不吉《ふきつ》ならぬはなし。敗軍《はいぐん》——武士《ぶし》の最《もつと》も忌《い》む可《べ》き。服薬《ふくやく》——人《ひと》の最《もつと》も厭《いと》ふ可《べ》き。守真《もりざね》は解《げ》せぬか——答《こたえ》なく　解《げ》したるか——顔《かほ》を背《そむ》く。

《御祝言《ごしゆうげん》遊《あそ》ばしましたとやら……》

扨《さて》は是《これ》……此恨《このうらみ》か。毒《どく》を塗《ぬ》りし尖矢《とがりや》[八]。うらかく[九]まで守真《もりざね》の胸《むね》。あッとも[一〇]言《い》はず身《み》を縮《ちゞ》まし。あとは何事《なにごと》をいひ出《いだ》すかと。血《ち》は脈管《みやくくわん》に浪《なみ》を打《う》つて。胸《むね》は安《やす》まらず。あとの言葉《ことば》を気遣《きつか》へば今《いま》の無言《むごん》の気味《きみ》わるさ。　あッ。口《くち》を開《ひら》く……身《み》は縮《ちゞ》む。

《小四郎様《こしらうさま》。女《おんな》と申ものは貞操《みさほ》[一一]が大事《だいじ》と申しますが。その様《やう》な物《もの》で御坐《ござ》りますか》

荊棘《いばら》[一二]に咲《さ》く桜《さくら》——思《おも》ひもかけぬ……奇異《きゐ》な質問《しつもん》　守真《もりざね》は深《ふか》く訝《いぶか》りながら。しかし容易《ようい》に。

《申《まうす》[一三]も愚《おろか》。女《おんな》は貞操《みさほ》[一四]を守《まも》つて両夫《れうふ》に見《まみ》えず。男《おとこ》は二君《にくん》に…》

言《い》ひかけて猶予《ためら》ふは。我身《わがみ》に恥《はぢ》てか。

《芳野殿《よしのどの》の手前《てまへ》も面目《めんぼく》ない……忠臣《ちうしん》[一五]は二《に》君《くん》に仕《つか》へず……難有《ありがた》い御教訓《ごけうくん》。なか〳〵生長《いきなが》らへて居《を》らるゝ身《み》では御座《ござ》らぬ。思《おも》へばあの時伯父上《ときおぢうへ》のお言葉《ことば》に背《そむ》い

「通ラヌサネヲ一枚マゼニ拵(コシラヘ)テ。威シタレバ。何(イカ)ナル強(ツヨ)弓ガ射ケレ共。裏カク矢一モ無リケリ」(『太平記』巻三十三「菊池合戦事」)。

一〇〈全集〉「呀(あッ)」。七行目も同じ。

一一「親を捨(すて)命を捨。主に従ふは弓取の道。夫に従ふは女の操(みさほ)」(『鎌倉三代記』第七)、「まだ年若な身を持て、女子(をなご)の操を立通(たてとほ)し、尼にならふといふ心に」(『小袖曾我薊色縫』第壱番目五立目返し)など、女の貞操を重んずる例。

一二「いばら　茨　刺(トゲ)アル小木ノ総名。荊棘」(『言海』)。

一三 申すまでもない。「いふもおろか」の謙譲表現で、改まった口調。「おろか」は、不十分、おろそかの意。「哀れといふもおろかなる」(為永春水『春色梅児誉美』〈天保三—四年〉後編巻之六)。

一四 女性は一度夫を持った以上は貞操を守って、離別・死別しても再婚しない。男性は一度仕えた以上は主君を他に変えることをしない。「忠臣は二君(じくん)に仕へず。貞女は二夫(じふ)にまみへず共。かやうの事をや申べき」(『平家物語』巻九「小宰相」)のように、しばしば「忠臣」「貞女」の対で用いられる成語(次注参照)。「貞女両夫にま見へずの掟は夫も同じこと」(『義経千本桜』三段目「すし屋の段」)。「支那の如き貞女両夫に見へずと教ゆと雖も貞夫両女を娶らずとは教へず」(「女子は男子よりも貞節ならざるべからず」『以良都女』六号、明治二十年十二月。)

一五『史記』田単列伝第二十二の賛に見える「忠臣は二君に事へず、貞女は二夫を更えず」に拠る成語。「佐々木源蔵は二君にも仕へず襤褸(つづれ)の肩を裙(すそ)に結び」(近松門左衛門『心中宵庚申』上之巻、享保七年初演)。

ても……》

[一]米《こめ》を種《う》ゑて稗《ひえ》——芳野《よしの》は呆顔《あきれがほ》。

《[二]あレ何事《なにごと》で御座《ござ》ります。私《わたくし》の申した事《こと》がお気《き》に障《さは》りましたか。その様《やう》な心《こゝろ》で申したのでは御座《ござ》りませぬ。女《おんな》は両夫《れうふ》に見《まみ》えずと申しますが。殿御《とのご》は沢山恋《たくさんこひ》人《びと》をお持《も》ちなされ……てもよろしいので御座《ござ》りますか》

[三]守真《もりざね》が気《き》を損《そん》じてはと。こはぐ〳〵ながらいふ怨言《うらみ》。気《き》を損《そん》じてはと。[四]斟酌《しんしやく》するは「愛《あい》」怨言《うらみ》は「悪《を》」[五][六]水火《すいくわ》のやうな「愛《あい》」と「悪《を》」を。加減《かげん》する処女心《おとめごゝろ》。何処《どこ》までも悪《にく》からぬもの。

守真《もりざね》が答《こたへ》——[七]応《わう》といはば。我身《わがみ》を弁護《かば》へども……道《みち》に背《そむ》く。否《いな》といはば。道《みち》に合《あ》へど我身《わがみ》に裏切《うらぎ》る。思案《しあん》に暮《く》れて口《くち》を閉《と》ぢしが。[八]露《つゆ》を厭《いと》ふも濡《ぬ》れぬ前《さき》。我身《わがみ》を裏切《うらぎ》れ……道《みち》に合《あ》へ。

《たとひ男《おとこ》たりとも左様《さやう》な事《こと》を致《いた》すやからは。[九]男傾城《おとこけいせい》とか申して武士《ぶし》たるものにはあるまじき挙動《ふるまひ》で御座《ござ》る。女《おんな》とて忠義《ちうぎ》は忘《わす》れてならず。男《おとこ》とて貞操《みさほ》なくては叶《かな》はぬかと存《ぞん》じます》

《其《それ》ほどよく御存《ごぞん》じの上《うへ》で……》

他人《あだびと》と縁組《えんぐみ》は……と詰《なぢ》らんとせしが。「はしたなし」と我《われ》を誡《いまし》め。

《あなたは私《わたくし》が左近之助《さこんのすけ》の娘《むすめ》といふ事《こと》を。お忘《わす》れ遊《あそ》ばしましたのか》

一 稲を植えたのに稗が実る。大変な違いの喩え。稗はイネ科の穀物で、かつては飢饉対策で栽培された。底本「稷」。〈全集〉に拠る。ここは、芳野の意図に反して小四郎が「二君に仕へず」の方を問題にしたことを指す。「是まことの道と、天地雲泥のへだてあり。…「つくらぬ稲の稗田（ひえだ）に生ひ、まかざる粟（あは）のえのころになる」がごとし」（松永貞徳『載恩記』下、天和二年）。

二 〈重版〉「あれ」。

三 為永春水『春色辰巳園』三編巻の八に、米八が丹次郎に対して「あまりはしたなく言過して、丹次郎が実正（ほんとう）に腹を立（たち）はしまひか」と気を揉む場面がある。

四 手加減。

五 憎しみ。

六 水と火のように、互いに相反するもの。

七 芳野の問いを肯定すれば、自分の行為（芳野という許婚がありながら若葉と結婚したこと）は肯定されるが道理に背く。逆に否定すれば、道理には合うが自分の行為を否定することになる。

八 諺「濡れぬ先こそ露をも厭え」に同じ。濡れる前には露がかかるのさえ嫌うが、一度濡れてしまえば、さらに濡れることに平気になってしまう意。一度身を誤れば、さらに過ちを重ねることも憚らなくなるという喩え。「弥「…折角どろまぶれになつたから…北「そうョぬれぬさきこそ露をもいとへだ」（仮名垣魯文『西洋道中膝栗毛』八編上、明治四年）。

九 遊女のように色を売る男。「世間でも云ふ男傾城 乳母（をんば）小娘にも贔屓（ひいき）になるが身の徳ゆゑ世辞気休めを云ひますのは」（饗庭篁村「蓮葉娘」三十二、『読売新聞』明治二十年十一月二十二日）。

一〇守真《もりざね》の心《こゝろ》の「箭《や》」は芳野《よしの》が言葉《ことば》の「脱兎《だつと》」を逐《お》ふ。　此処《こゝ》の藪《やぶ》に認《みとむ》る形《かたち》。瞬《またゝ》く間《ま》に彼所《かしこ》の林《はやし》に其影《そのかげ》。　出没謀《しゆつぼつはか》られざるを。　足場《あしば》も定《さだ》めず逐《おひ》まはし。　不測《ふしぎ》一一の蛙《がけ》を蹈外《ふみはづ》さむかと。　気《き》は退《ひ》けて進《すゝ》まぬながら。

《なに。　左近之助《さこんのすけ》の娘《むすめ》といふ事《こと》……なンで忘《わす》れませう異《ゐ》一二な事《こと》をおつしやる》

《いゝヱお忘《わす》れ遊《あそ》ばしたに相違御座《さうゐござ》りませぬ》

少《すこ》し声《こえ》をうるまし。　膝《ひざ》一三を詰寄《つめよ》せて言《い》ゝ懸《かけ》れば。

《何故《なにゆへ》に其様《そのやう》な事《こと》を……》

《何故《なにゆへ》……とはお情《なさけ》ない。　左近之助《さこんのすけ》の娘《むすめ》なら。　幼稚折《ちいさいおり》から浦松小四郎守真の許婚《いいなづけ》の妻《つま》では御座《ござ》りませぬか。　親《おや》と親《おや》とが誓文《せいもん》一四許《ゆる》した女夫《めおと》では御坐《ござ》りませぬかもウし……小四郎様《さま》》

夜具《やぐ》一五の袖《そで》に取附《とりつ》き。　身《み》を震《ふる》はし。

《あなたは左近之助《さこんのすけ》に芳野《よしの》といふ娘《むすめ》がある事《こと》をお忘《わす》れ遊《あそ》ばしたので御座《ござ》りませう。　余《あま》りといへば……お一六……お……お情《なさけ》ない》

守真《もりざね》は青《あを》く――こ一七けたる手《て》をさし出《だ》し。　芳野《よしの》が伏《ふ》したる肩《かた》にかけて

《なンの其《それ》を……八幡《はちまん》一八忘《わす》れは致《いた》さぬ》

肩《かた》に懸《かけ》られし。　守真《もりざね》の手《て》を握《にぎ》り詰《つ》め一九。

一〇 守真が芳野の言葉の真意を測りかねて困惑するさまを、脱兎を追う矢に喩える。山田美妙の得意とする多様な比喩を学んだもの。↓補四五。
一一 「ふそく　不測、はかられぬ、不思議」(『いろは辞典』)。思いもかけない失策をするのではないかと気後れしながら、の意。
一二 変なこと。妙なこと。
一三 膝を間近に寄せて迫るさま。
一四 誓文(「誓約ノ文言」『言海』)を交わして将来夫婦になることを許した間柄。「行末かけて変らぬ女夫」(『小袖曾我薊色縫』第壱番目五立目)。
一五 身体の上に覆う厚い綿入れで、袖と襟の付いた大形の衣服の形のもの。ふつう夜着(よぎ)と言う。「今此夜着の袖といふものを見るべし。手を通すべき用はなけれども、…手を働き寝かへるにも自由のくつろぎとなり」(也有『鶉衣』後編「夜着頌」、天明八年)。「一角が夜着の袖を自ら揚げる処を」(『真景累ヶ淵』七十七)。
一六 藤の屋評(一)はこれを「を……を……を……をかし」と揶揄。福洲学人評(一)も「言葉の断続多きに過ぎて読者をして奇異の懐ひあらしむる」と批判。
一七 〈全集〉では「憔(こ)けたる」。「瘦(ャ)セテ肉脱(ォ)ツ」(『言海』)。
一八 (八幡の神に掛けて)うそ、偽りのないこと。本当に。「「汝等(なんぢら)は何と思ふぞ」。「八幡旦那の御了簡至極〳〵」」(江島其磧『傾城禁短気』四之巻第三、宝永八年)。
一九 底本ではこの次頁に挿絵があるが、本巻では五五頁に移した。ただし、挿絵のある頁にはノンブルがなく、別に印刷して綴じ込んだと思われるため、〈重版〉では初版と異なる場所に入っているものがある。

《なゝとおッしやッても。一現在《げんざい》私《わたくし》をお見捨遊《みすてあそ》ばして。外《ほか》に二言換《いひか》はしたお方《かた》と言《い》ふに言《い》はれぬ口惜《くやし》さは。涙《なみだ》と咽《むせ》び声《ごえ》が物語《ものがた》る。暫時《しばし》は其等《それら》に物語《ものかた》らして……》

《男《おとこ》とて貞操《みさほ》といふ事《こと》はあると。只今《たゞいま》おッしやッたからは。夫《それ》はよく御存《ごぞん》じのはづ……》

此処《こゝ》でまた言葉《ことば》を途切《とぎ》らし……途切《とぎ》らせしは。三はしたなく言過《いひすご》さばと男《おとこ》の四心《こゝろ》をかぬる例《れい》の娘気《むすめぎ》。なるたけは柔《やは》らかに。しほらしくと心《こゝろ》を配《くば》れど。其人《そのひと》の顔見《かほみ》るから恋《こひ》は五いやましに募《つの》り。募《つの》るほど恨《うらみ》は一ト入深《しほふか》し。恨《うらみ》があればこそ言葉《ことば》は恨《うらみ》。六言《い》ふ事《こと》は思《おも》ふ事《こと》——思想《しさう》の媒《なかだち》。七鏡《かゞみ》に花《はな》を翳《かざ》して月《つき》の影《かげ》とは見《み》えず。此《この》「自然《しぜん》」に逆《さか》らひて。泣《な》くに笑《わら》ひ。怒《いか》るに喜《よろこ》ぶは。世《よ》なれし曲者《くせもの》の業《わざ》なり。

《それ程《ほど》御存《ぞん》じの筈《はづ》……それをいかにお主様《しゆうさま》の命《おほせ》だとて……また御主様《しゆうさま》だとて人《ひと》では御座《ござ》りませぬか。八鬼《おに》か蛇《じや》でゞもある様《やう》に。まるで情《なさけ》を御存《ごぞん》じない方《かた》でも御座《ござ》りますまい。九たッて今《いま》の奥様《おくさま》をお勧《すゝ》め遊《あそ》ばされたとき。小四郎様《こしらうさま》。あなたはなぜ私《わたくし》といふ……左近之助《さこんのすけ》の娘芳野《むすめよしの》といふ。一〇歴《れき》とした妻《つま》があると。おッしやッては下《くだ》さりませぬ。いかに無理《むり》なお主《しゆう》だとて。其《それ》を推《お》して縁切《えんき》ッて。今《いま》

一「マノアタリニ」（『言海』）。
二 男女が夫婦になる約束をする。「（二）…スベテヤクソクヲ言ヒカタメル。／◎此ノ第二解義ノ語ハ近頃ニナツテハ、全ク男女間ナドデ契約スル時ニ用ヰル義ニナツタ。いひかはすト云ヘバ、スグニケイヤクスルトノ義ヲフクム。―曲山人、娘節用、「又ハホカニいひかはしタ男ガ有ツテ逃ゲタノカ」。」（『日本大辞書』）。
三『春色梅児誉美』初編巻の三で、お長が、自分の許婚丹次郎と米八との関係を疑いつつも、「さすがに娘気（むすめぎ）の、まだ添ぶしもせぬ中で、おさな馴染のいひなづけ、はしたなひことといふたなら、愛相づかしも出来よふかと、思ひなやむもわりなけれ」とある場面に類似。→四二頁注三。
四 気兼ねする。
五 いよいよ勝り募って。
六 言葉には自分の思いが投影される、ということ。山田美妙『骨は独逸肉は美妙　花の茨、茨の花』（『夏木立』明治二十一年八月、金港堂）の「自分の衣物（きもの）を見ればそれを縫ッてくれた母の事も胸に浮かみ、母の事が胸に浮かめば、思想の聯絡、父の事も跡から直（すぐ）に浮かんで来て」を踏まえたもの（岡保生「「色懺悔」の文体」『尾崎紅葉―その基礎的研究―』昭和二十八年、東京堂）。→『紅子戯語』八二頁一六行。
七 鏡に花をかざしても月が映るはずがない。当然のさま。こうした自然の感情に背いて自分を偽るのは、世間ずれした油断のならない者だ、の意。芳野の純真さを解説したもの。
八 人間らしさを欠く者の喩え。「何弁へも七つ子のお首を敵に渡さふとは。心は鬼か蛇かいのふ」（『絵本太功記』松田利休住家の段）。
九「強ヒテ。押シテ」（『言海』）。

の奥様《おくさま》をとお勧《すゝ》めなさるやうな事《こと》がありませうか……其様《そのやう》な事《こと》が御座《ござ》りませうか。母《はゝ》が話《はなし》に聞《き》きますれば。今《いま》の奥様《おくさま》はお主《しゅ》の御台様《みだいさま》が[一一]御秘蔵《ごひざう》な……子《こ》のやうに御不敏《ごふびん》がられるお傍《そば》の衆《しゅう》とやら。其方《そのかた》があなたをお慕《した》ひ成《な》されて。死《し》ぬほどに……他人《たにん》さへ一命《いちめい》かけて焦《こが》れるものを。幼稚馴染《おさななじみ》の私《わたくし》が。[一二]それに愚《おろそか》が御座《ござ》りませうか。御台様《みだいさま》もその心根《こゝろね》を不敏《ふびん》に思召《おぼしめ》し。お上《かみ》からのお言葉《ことば》……[一三]おとり持《もち》で。御縁組《ごえんぐみ》なされたとの事《こと》。其時《そのとき》のそのお傍《そば》の衆《しゅ》の心持《こゝろもち》はまァどンなに……えェつ思出《おもひだ》しても口惜《くやし》う御座《ござ》ります。御台様《みだいさま》も御台様《みだいさま》。御自分《ごじぶん》の御傍《おそば》の衆《しゅ》が不敏《ふびん》[一四]なりや。私《わたくし》の心《こゝろ》とて。不敏《ふびん》は同《おな》じ事《こと》。其方《そのかた》が死《し》ぬほどなりや。誰《たれ》も死《し》ぬほどに思《おも》ひますに。あなたの口《くち》から此々《これ〳〵》と訳《わけ》をお話《はな》し遊《あそ》ばして。御辞退遊《ごじたいあそ》ばして下《くだ》すッたら。いかに御主《しゅ》の[一五]権柄《けんぺい》づくでも。其《それ》を無理《むり》にとは。よもやおッしやりはなさるまい。其方《そのかた》とかねて深《ふか》く言換《いひかは》し。私《わたくし》のやうな不束《ふつゝか》なものは厭《いや》になり遊《あそ》ばしたゆへ。言訳《いひわけ》もおつしやらず。[一六]御意《ぎよゐ》を幸《さいは》ひに御祝言《ごしゆうげん》なされたので御座《ござ》りませう。[一七]なンとで御座《ござ》ります。 小四郎様《こしらうさま》》

守真《もりざね》が手《て》を握詰《にぎりつ》め——抱〆《いだきし》め。恋《こひ》の一念《ねん》がいはせる恨《うらみ》。日頃《ひごろ》に応《わう》ぜぬ舌《した》の働《はたら》き。[一八]なよやかに見《み》ゆる庭《には》の若竹《わかたけ》も。恐《おそ》ろしや雪《ゆき》を刎返《はねかへ》す力《ちから》はあるもの。

[一九]いかに芳野《よしの》。知《し》らずや[二〇]戦国《せんごく》の常《つね》として。味方同士《みかたどうし》に[二一]狐疑《こぎ》を抱《いだ》き。一言《いちごん》の讒《ざん》[二二]

一〇 身分や家柄など、周囲から十分認められているさま。「歴(れッき)としたる女学校の寄宿舎にて」(「女学生の醜聞(続き)」『読売新聞』明治二十三年二月二十六日)。
一一 人を特に大切にすること。「米八も子は持ざれど、子凡悩にてありけるゆへ、八十八を秘蔵(ひさう)することといはんかたなく」(『春色辰巳園』四編巻之十二第十二条)。
一二 小四郎への恋心がいい加減なわけはない。
一三 底本「おとり持(もち)て」。〈全集〉により改める。
一四 「なれば」の転。ならば。
一五 権勢に任せて事を行うこと。
一六 「他ノ意(ココロ)ヲ敬ヒテイフ語。オボシメシ」(『言海』)。
一七 いかがでございますか。相手の意向をうかがう言葉。「玄蕃「サア若との、こなたの言訳は…なんとでござる」」(歌舞伎十八番『毛抜』寛保二年初演)。
一八 普段はしとやかに見えても内に強い意思を持ち、思うことが重なればそれが一時に現れることの喩え。
一九 呼びかけを表す感動詞。なんと。以下小四郎の内言。これは芳野に伝わらないので、当然、「奇遇の巻」末尾での芳野の語りには含まれない(→解説)。
二〇 戦争で乱れた世の習いとして。
二一 「疑ヒテ猶予(タメラ)フコト」(『言海』)。
二二 讒言。事実を曲げて人を悪く言うこと。

に千人《せんにん》の命《いのち》を失《うしな》ふ。某《なにがし》の城《しろ》某《なにがし》の陣《ぢん》。妻《つま》を遺《のこ》し子《こ》を送《おく》り。[一]人質《ひとじち》に誠《まこと》を明《あ》かす頼《たの》みなき世《よ》の習《ならひ》。　春秋戦国《しゆんじうせんごく》の時魯《ときろ》の兵術者《へうじゆつしや》[二]呉起《ごき》といふは。斉《せい》との合戦《かつせん》に大将《たいしやう》としてさしむけられたき望《のぞみ》あれど。その妻斉《つませい》の産《うまれ》なれば。魯人《ろじん》の思《おも》はくをかね。[三]神《しん》ぞ二心《にしん》なき真心《まごゝろ》を明《あか》さんがため。露咎《つゆとが》なき最愛《さいあい》の妻《つま》をわが手《て》にかけ。功名首尾《こうめうしゆび》よかりしが。残忍《ざんにん》[四]薄行《はくかう》の男《おとこ》よと[五]名《な》立《たて》られ。遂《つゐ》には身《み》にふりかゝる禍《わざはひ》のあらんかと恐《おそ》ろしく。魏国《ぎこく》へ走《はし》りし例《ためし》もあり。無情《むぜう》なる呉起《ごき》の振舞《ふるまひ》。[六]人《ひと》の人《ひと》たるものゝ学《まな》ぶべきに[七]あらざれど。時《とき》にとりては此《これ》に似《に》たる心掛《こゝろがけ》なくては叶《かな》はじ。小《こ》四郎守真《しらうもりざね》八歳《さい》にして孤《みなしご》となりしを。父《ちゝ》が義兄遠山《ぎけいとをやまさ》左近之助陰《こんのすけかげ》ながら守《も》り育《そだ》て。弓引《ゆみひ》き太刀《たち》打業《うつわざ》をも伝《つた》へ。此《これ》までに……。　瑣少《させう》の事《こと》より両国《れうごく》の合戦《かつせん》さし起《おこ》り。伯父甥其君《おぢおひそのきみ》を異《こと》にすとて。敵味方《てきみかた》に立別《たちわか》れたれば。守真《もりざね》は敵《てき》の内《うち》に伯父《おぢ》と頼《たの》む人《ひと》あり。二心《にしん》はなきか。油断《ゆだん》なく振舞《ふるまひ》に心附《こゝろづ》けよなど。[八]あらぬ陰言《かげごと》も耳《みゝ》にいる其矢先若葉《そのやさきわかば》が恋慕《れんぼ》――[九]もだしがたき主命《しゆめい》。　敵《てき》の内《うち》に伯父《おぢ》を持《も》つさへ。[一〇]讒口《ざんこう》の種《たね》となるを。其娘《そのむすめ》――敵《てき》の[一一]片《かた》われと[一二]二世《にせ》の契《ちぎり》……此《これ》を大胆《だいたん》にも主《しゆ》の前《まへ》にて言放《いひはな》つべきか。[一三]祝言《しゆうげん》は否《いな》むべし……我身《わがみ》の浮沈《ふちん》。　主《しゆ》の心《こゝろ》を損《そん》じて君臣《くんしん》の縁《えん》を絶《たゝ》れ。[一四]編笠《あみがさ》やれ鼓《つゞみ》――[一五]轍《わだち》の魚《うを》と落《おち》ぶれても。むかしの[一六]一諾《いちだく》を重《おも》んずるがために。[一七]不《ふ》道《だう》の君《きみ》に見放《みはな》されしと名《な》を立《たて》らるゝならば。[一八]知行《ちぎやう》や扶持《ふち》に心《こゝろ》を煩《わづら》はす守真《もりざね》なら

一 人質によって自分の忠誠心を証明する。　二 中国の戦国時代の衛の兵法家。兵法書『呉子』の著者と言われる。以下の話は『史記』呉起列伝第五に見える。↓補四六。　三 神に誓って謀反の気持のない真心を。「おかんは神ぞ洋行なむどの好もしきにあらねど」(「通俗石魂録」『読売新聞』明治二十三年五月十二日)。　四 薄情なしうち。　五 評判になり。　六 人間としてふさわしい。　七 底本「あらざれと」。〈全集〉に拠る。　八 根も葉もない陰口。　九 そのままにしておけない。「主命もだしがたけれど」(松貫四ら『伽羅先代萩』第七、天明五年初演)。　一〇「讒言ニ同ジ」(『言海』)。↓四五頁注二二。「梶原が讒口(わるくち)さへに脱れつゝ」(『椿説弓張月』第六十八回)。　一一「(三)党(ナカマ)ノ中ノ一人。「敵(カタキ)ノ―」」(『言海』)。「貴様までも憎いわ、此城の物の一片(かたはれ)だから」(山田美妙『花の茨、茨の花』)。　一二 夫婦の約束。諺「夫婦は二世」に拠り、来世までも夫婦として連れ添う意。「二世も三世も女夫じやと思ふてゐるに」(『絵本太功記』尼が崎の段)。　一三 祝言を拒めばわが身の盛衰に関わる、の意。　一四 顔を隠すための編笠と、皮が破れて傷んだ鼓。落ちぶれて門付けなどで芸を売る風体。↓補四七。　一五 車の通った輪の跡の水たまりであえいでいるフナのように、困窮しているものの喩え。『荘子』外物篇に拠る。「気疲レ勢尽(ツキ)ヌレバ。轍魚(テツギヨ)ノ泥ニ吻(イキツ)キ。窮鳥ノ懐(フトコロ)ニ入シ風情シテ」(『太平記』巻十六「将軍筑紫御開事」)。　一六 一度承諾すれば必ずそれを守ること。ここでは芳野との約束。　一七 道にはずれた主君。「欲悪不道の犬侍」(『伽羅先代萩』第八)。　一八 臣下として給せられる領地や扶持。　一九 義理(許婚の約束)を守ったため

ず。[一九]義《ぎ》ゆへの浪人《らうにん》ならば[二〇]犬《いぬ》となッて。[二一]肩衣《かたぎぬ》に[二二]臂張《ひぢは》るよりは心易《こゝろやす》し。それしきを暁《さと》らぬ小四郎《こしらう》か。それしきを[二三]得為《えせ》ぬ守真《もりざね》か。又芳野《またよしの》が怨言《ゑんげん》に。許婚《いひなづけ》の我《われ》に[二四]秋《あき》を吹《ふ》かして。[二五]萌《も》え出《いづ》る草《くさ》の若葉《わかば》に見替《みかへ》しとは。[二六]そもや[二七]乱心《らんしん》しての言葉《ことば》か……心得《こゝろえ》ぬ。此守真《このもりざね》は[二八]甲冑《かつちう》を伊達《だて》に衣《き》る男傾城《おとこけいせい》と見《み》たか。十余年《よねん》の長《なが》の月日《つきひ》。小四郎《こしらう》が顔《かほ》ばかりに気《き》を奪《うば》はれて。皮一重《かはひとへ》内《うち》の[二九]腸《はらわた》は。仇《あだ》に見過《みすご》せしか。芳野《よしの》といへば[三〇]筒井筒《つゝゐづゝ》。振分髪《ふりわけがみ》の許婚《いひなづけ》。其両親《そのふたおや》は[三一]海山《かいさん》の恩《おん》を受《う》けたる伯父《おぢ》と伯母《おば》。[三二]思案《しあん》の外《ほか》に迷《まよ》へばとて。この義理《ぎり》を忘《わす》れやうか。若葉《わかば》との祝言《しゆうげん》に[三三]熱鉄《ねつてつ》の盃《さかづき》を酌《く》み[三四]新枕《にゐまくら》の針《はり》の床《とこ》に。鬼《おに》と添寐《そひね》の夢《ゆめ》を結《むす》びしは。[三五]讒言《ざんげん》の外《ほか》に身《み》を措《お》く一時《いちじ》の策略《さくりやく》。もし芳野《よしの》の事《こと》をいひ出《いだ》して。二心《にしん》の汚名《をめい》を受《う》けなば。味方《みかた》の笞《しもと》に背《せ》を破《やぶ》られ。敵《てき》に濺《そゝ》ぐべき血汐《ちしほ》をむざ〳〵流《なが》し。[三六]剰《あまつ》さへ[三七]馬革《ばかく》に裹《つゝむ》べき屍《かばね》を藁席《むしろ》に巻《ま》かれなむ。此身《このみ》一時《いつとき》の苦痛《くつう》は忍《しの》ぶに難《かた》からざれど。[三八]万代不朽《ばんだいふきう》の悪名《あくめう》は。守真《もりざね》が恥辱祖《ちじよくそ》先《せん》の名折《なをれ》。かほどの事《こと》を[三九]土百姓《どびやくせう》は甘《あま》んずるか。[四〇]素町人《すてうにん》は得忍《えしの》ぶか。武士《ぶし》は得忍《えしの》ぶか守真《もりざね》が甘《あま》んずるか。常《つね》に似《に》ぬ愚痴《ぐち》の[四一]繰言《くりごと》。爾《なんぢ》がそれを言《いふ》にはあらじ――恋《こひ》が其《それ》をいはするか――恋《こひ》には誰《た》が性根《せうね》を奪《うば》はれし。此程守真《このほどもりざね》が戦場《せんじやう》へ向《むか》ひしに。[四二]二《ふた》ツの目的《もくてき》あり。一《いち》に主恩《しゆおん》を報《ほう》ずる事《こと》。二《に》に遠山夫婦《とをやまふうふ》の恩《おん》を受《う》け。芳野《よしの》を妻《つま》と定《さだ》めながら。若葉《わかば》に添《そひ》しは余義《よぎ》なき主命《しゆめい》。半日《はんにち》なりと添《そ》ひしから

の浪人。 二〇 人を卑しめ罵って言う語。 二一 袖無しの上着で、江戸時代の武士の公服。袴と一対で裃（かみしも）と言った。 二二 威を示すさま。「主の威光に肩ひぢはり」（『絵本太功記』法事の段）。義を全うして浪人した方が、主の意を迎える卑しい侍となって威張るより気楽だ、の意。 二三 底本「得為め」。〈全集〉に拠る。 二四 飽きてくる。「秋」に「飽き」を掛ける。「秋風の立た時手切でも出せば済（すむ）と」（『春色連理の梅』初篇上）。 二五 「萌え出る草の」は「若葉」（人名を掛ける）を導く序詞的用法。「若葉」は「秋」と対義。 二六 いったいぜんたい。強い疑問を示す。 二七 「モノグルヒ」（『言海』）。 二八 外見だけ、武士らしく甲冑で飾る。「此刀二尺三寸伊達にはさゝぬ」（初世桜田治助ら『伊達競阿国戯場（だてくらべおくにかぶき）』第二、安永八年初演）。 二九 本心。 三〇 幼い頃からの許婚。『伊勢物語』二十三段を踏まえる。「筒井筒」は筒のように円形に掘り下げた井戸の外枠。「振分髪」は頭の頂から左右に分けて肩辺で切り揃えた子供の髪型。 三一 →三〇頁注四。「母様にもばゝ様にも。是（これ）今生の暇乞。…十八年が其間御恩は海山かへがたし」（『絵本太功記』尼が崎の段）。 三二 仮に若葉への色恋に迷ったとしても。諺「恋は思案の外」に拠る。「かゝるお姿に致したも、元の起りは皆（みな）娘。思案の外とは申せども、十六夜故に御追放」（『小袖曾我薊色縫』第壱番目四立目）。 三三 以下、若葉との結婚を熱鉄・針の床・鬼（若葉を指す）といった地獄の責め苦に喩える。「酌かはす酒も熱鉄となつて燄（ほのほ）や立ん」（饗庭篁村「三筋町の通人」『むら竹』四、明治二十二年）。 三四 男女が初めて一緒に寝ること。「殿御始の新枕」（『仮名手本忠臣蔵』第八）。 三五 讒言されないように身を処した。 三六 「ソノ

は。主命《しゆめい》に背《そむ》かず若葉《わかば》の心《こゝろ》を無《む》にせず。[一]扨《さて》は一命《いちめい》を捨《す》て。遠山夫婦《とをやまふうふ》[二]未婚《みこん》の妻芳《さいよし》野《の》へ言訳《いひわけ》の事《こと》。出陣《しゆつぢん》の砌《みぎり》遺《のこ》したる書置《かきおき》も。此心《このこゝろ》を籠《こめ》しなり。かくは思《おも》ひながら。今更《いまさら》[三]なまじゐに言出《いひいだ》しても。[四]疑心《ぎしん》の鬼《おに》は挫《ひし》ぐに難《かた》しと。[五]半句《はんく》も吐《は》かず。答《こたえ》なきを芳野《よしの》はなを恨《うら》めしく。

≪お主様《しゆうさま》のお取持《とりもち》で御縁組遊《ごえんぐみあそ》ばした奥様《おくさま》。それをとやかう申すでは御座《ござ》りませぬが。つィ此間《このあひだ》まで此処《こゝ》へお出遊《いであそ》ばした時《とき》は。女房《にようぼう》とお思召《ぼしめし》てか。可愛《かあい》らしい[六]情《なさけ》らしいお言語《ことば》をかけて下《くだ》さりましたに。今度《こんど》戦場《せんじやう》からお帰《かへ》り遊《あそ》ばしてと申すものは。恩《おん》に着《き》せるなンのと申すでは御坐《ござ》りませぬが。三度《さんど》の食事《しよくじ》からお薬《くすり》のお世話《せわ》まで。女房《にようぼう》の役目《やくめ》と心嬉《こゝろうれ》しく。人手《ひとで》にかけず及《およ》ぶだけは。御介抱《ごかいほう》申し上《あ》げても。[七]いつも御機嫌《ごきげん》わるく。頼《たの》みもせぬ事《こと》をといはぬばかりの御様子《ごやうす》。私《わたくし》の不束《ふつゝか》なは御《ご》一処《いつしよ》にお遊《あそ》び申した幼稚時《ちいさいとき》から御承知《ごしやうち》のはづ。其《それ》を今始《いまはじ》まりでも致《いた》したやうに。急《きう》につれなく遊《あそ》ばすのは。御《ご》[八]同慾《どうよく》と申すもので御座《ござ》ります。幼稚時《おさないとき》から恋《こ》ひ慕《したつ》て居《を》るものを……よしやお気《き》にめさずとも。よそ外《ほか》の方《かた》を奥《おく》様《さま》にあそばしたゆへ。定《さだ》めし口惜《くやし》くも無念《むねん》にも思《おも》ツて居《ゐ》やう。不敏《ふびん》なものだと露《つゆ》ほども思《おぼ》し召《めし》があるならば。[九]責《せめ》て気安《きやす》めなりと優《や》さしいお言葉《ことば》ぐらゐは下《くだ》さりさうなものと。この頃《ごろ》のつれないなされ方《かた》を見《み》るにつけ。恨《うら》めしいやら悲《かな》し

ウヘニ」(『言海』)。 **三七** 名誉の討死の代わりに犬死することとなろう、の意。→補四八。 **三八** 永遠に後世に残る悪い評判。 **三九** 農民を卑しめて言う語。 **四〇** 町人(すちやうにん)でも理に二つは有ません」(『真景累ケ淵』二)。 **四一** 「同ジ言ヲ、屢、繰返シテ言フコト」(『言海』)。 **四二** 第一は主君への忠義(公)、第二はそのために犠牲にされた許婚への贖罪(私)。相反する両者を統合するのが討死。藤の屋評(一)は「厚生館にてシャベリさふな口調なり面白からず」と、演説調であることを批判。

以上四七頁

一 そうなったからには。
二 まだ結婚していないが、妻となるはずの。
三 なまじっか。中途はんぱに。
四 疑心暗鬼をおさえるのは難しいと。「疑心坐(すゞろ)に暗鬼を生ず。物うたがへば見ることあり」(『椿説弓張月』第六十一回)。
五 (一言にも足りないほどの)わずかな言葉。
六 情あるような。「されども情らしき御言葉に、半季の立(つた)は今の事」(『好色一代女』巻四「栄耀願男」)。
七 小四郎は死ぬことしか考えていない(→四七頁注四二)ので、芳野の気持を汲む余裕がない。
八 「同慾」は宛て字。「どうよく〔貪欲(ドンヨク)ノ訛カト云〕…(二)苛(ゴム)キコト。非道」(『言海』)。無慈悲。「こちの主(しゅ)の顔へ。印をお附なさるゝか。そりゃあんまりお胴欲」(『鎌倉三代記』第六)。
九 〈全集〉「切(せ)めて」。

いやら……く……口惜《くちお》しいやら……からからだと母《はゝ》に申せば。みゝなお前《まへ》の不束《ふつゝか》からと……[一〇]取《とり》つからにも頼《たの》まらにも……》

聞《き》けば悪《にく》からぬ心《こゝろ》——哀《あは》れの述懐《じゆつくわい》。守真《もりざね》の骨《ほね》は砕《くだけ》るばかり。芳野《よしの》の胸《むね》は裂《さけ》るほど。[一一]袂《たもと》を噛占《かみしめ》て畳《たゝみ》に伏《ふ》し。涙《なみだ》は惜《おし》まず声《こゑ》を惜《おし》みて泣《な》く。やうやく面《おもて》をあげ。頬《ほう》にかゝる鬢《びん》の乱《みだ》れ毛《け》の濡《ぬ》れたるを。[一二]掻払《かきはら》ひ掻払《かきはら》ひ

《いッそ死《しに》たら御座《ござ》ります》

《死《し》にたい……》

《はイ楽《たのしみ》ない命《いのち》を長《なが》らへて。こゝな苦労《くらう》を致《いた》すより……》

《[一三]惜《おし》からぬ身《み》をいつまでも……口惜《くや》しい日《ひ》を送《おく》るより……》

不思互《おもはずたが》ひに見合《みあは》す顔《かほ》。見合《みあは》す間《ま》もなく背《そむ》ける顔《かほ》。芳野《よしの》は涙《なみだ》を拭《ぬぐ》ひ。守真《もりざね》は眼《め》を閉《と》づる。

[一四]恋《こひ》に死《し》ぬるも命《いのち》——名《な》に捨《す》つるも命《いのち》。因縁《いんえん》いかなればかく[一五]惜《おし》からぬ命《いのち》の人《ひと》。二人《ふたり》まで相逢《あひあ》ふ事《こと》か。憂世《うきよ》は独《ひと》りの憂世《うきよ》ならず。

「はァつ」と守真《もりざね》の太《ふと》き溜息《ためいき》に驚《おどろ》かされて。芳野《よしの》の眼《め》はかれに向《む》く。其顔《そのかほ》色《いろ》は光沢《つや》なく青《あを》ざめ。頬骨《ほうぼね》の露《あら》はなる。二ケ所《かしよ》の疵《きず》の赤黒《あかくろ》き。面影《おもかげ》かはりて其《その》人《ひと》とも思《おも》はれず。此前逢《このまへあひ》し時《とき》は。今妻味《いますごみ》を添《そ》ふる乱髪《らんばつ》。其《それ》を油艶《あぶらつや》やかに[一六]取上《とりあ》

一〇 母には取り付く島もない、の意。

一一 泣く音を忍ぶさま。「身を悔んだる男泣。袖や袂を嚙しめ〳〵泣音とゞむる憂思ひ」(竹本三郎兵衛ら『艶容女舞衣』酒屋の段、安永元年初演)。

一二 〈重版〉では繰り返さず、「掻払ひ」のみ。

一三 小四郎が我が身について述べた言葉。

一四 芳野のように恋に殉じて死ぬのも、小四郎のように名誉のために死ぬのも、命を捨てるという点では同じだ、の意。

一五 命を惜しいと思わない人が。

一六 髪をたぐり上げて結ぶこと。

げ。今愁《いまうれひ》に濁《にご》る眼《め》。其《それ》も冴《さえ》々しく愛嬌《あいけう》を含《ふく》み。今苦痛《いまくつう》に慄《おのゝ》く紫《むらさき》の唇《くちびる》。其《それ》も丹《あか》く潤《うるほ》ひ。何一《なにひと》つ恋《こひ》[一]を媒《なかだ》たぬはなかりしに。[二]哀《あは》れ何一《なにひと》つ愁《うれひ》を語《かた》らぬはなき今《いま》。

見《み》るにつけ其人《そのひと》の盛《さかん》なりし[三]越方《こしかた》を思出《おもひだ》し。行末《ゆくすゑ》いかにかなるらんなど心細《こゝろぼそ》く推計《おしはか》り。目《ま》ばたきもせず守真《もりざね》の顔《かほ》を目護《みまも》る内《うち》。芳野《よしの》の心《こゝろ》には「[四]憐《あはれみ》」の情《ぜう》「懐《くわい》旧《きう》」を呼出《よびいだ》し。「懐旧《くはいきう》」「恋《こひ》」を催《もよふ》し。無情《つれなく》されても其人《そのひと》の傍《そば》——瘠衰《やせおとろ》へても其人《そのひと》の顔《かほ》。[五]ならぬ恋《こひ》かと思乱《おもひみだ》れて。重《おも》き枕《まくら》に喞《かこち》たる時《とき》を思《おも》へば。[六]薄々《はくはく》の酒《さけ》も茶《ちや》よりはまし。[七]夢《ゆめ》になりと面影《おもかげ》の通《かよ》へと。願《ねが》ひし事《こと》さへありしを。嬉《うれ》しや楽《たの》しや今《いま》の我《われ》。芳野《よしの》は愁《うれひ》の中《うち》の我《われ》を忘《わす》れて。淋《さび》しさうに笑《ゑみ》を含《ふく》む——思慮定《しりよさだ》まらぬ[八]処女気《おとめぎ》。「悲《かなしみ》」も手《て》のうら返《かへ》して「喜《よろこび》」。[九]蝶《てふ》は紅《くれなひ》に遊《あそ》ぶ間《ま》に。風《かぜ》に吹《ふ》かれて紫《むらさき》に眠《ねぶ》る。

芳野《よしの》の初々《うゐ〳〵》しき笑顔《ゑがほ》に。守真《もりざね》も思《おも》はず笑《ゑ》み返《かへ》す。今《いま》となツて何《なに》を羞《は》づるか。芳野《よしの》自《みづから》も知《し》らで。顔少《かほすこ》し背《そむ》けて振袖《ふりそで》の[一〇]袂《たもと》を拈《ひね》り《どうしてあの様《やう》にはしたなく言過《いひすご》したか》　思《おも》へば[一一]一倍《いちばい》の嬌羞《はづかし》さ。

《芳野殿《よしのどの》……芳野殿《よしのどの》》

和《やは》らかに守真《もりざね》が呼声《よびごえ》。　拈《ひね》る振袖《ふりそで》を横顔《よこがほ》に翳《かざ》し。其隙《そのすき》から男《おとこ》の顔《かほ》を詠《なが》めて。

《はイ》

一 恋心の種とならないものはなかったのに。

二 哀れにも今は、すべてが小四郎の苦悩を示している、の意。

三 「来方 過ギ去リシ時」(『言海』)。「越方の。思ひぞ出る檀の浦の」(『義経千本桜』四段目「道行初音の旅」)。

四 憐れみから恋が生まれることは、「丹「何さ別にかはいゝといふのではねへはな。マアかわいそふだといふことヨ…よね「ヲヤかわいゝもかわいらしいもかわいそふだも、同(おんな)じことじやアありませんかへ」」(『春色梅児誉美』初編巻之一第二齣)や、「愛情といふものは嗚呼(あゝ)気の毒だと思ふ心あるより一層の度を増すものにて」(饗庭篁村『当世商人気質』五篇第九回、『読売新聞』明治十九年五月十九日)などと同想。なお、こうした説明的表現は山田美妙に顕著で、例えば『蝴蝶』では「夜半、それが此時の「美」の原素で。山里、それがこの処の「美」の源です」など。思案評が「此等の言文一致的の形容は殊に際立ちて悪るし」と批判するところ。二二頁二一三行目、四一頁六一七行目も同様に批判されている。

五 叶わぬ恋。小四郎が結婚したと知り、どっと床について嘆いた時のことを思えば、の意。

六 薄い酒でも茶よりはまし。物足りなくても今の方がまだまし だ、の意。「薄薄の酒も茶湯に勝り、麤麤(そそ)の布も裳なきに勝り、醜妻悪妾も空房に勝る」(蘇軾「薄薄酒」其一、『蘇東坡詩集』巻十四)を踏まえる。

七 小野小町「思ひつゝぬればや人のみえつらん夢としりせばさめざらましを」(『古今和歌集』恋二)を踏まえる。

八 「おぼこ気」に同じ。→一八頁注一七。「未だ人摺(ひとず)れぬ処女気(をとめぎ)の何事にも臆して恥か

《芳野殿《よしのどの》。改《あらため》てお願《ねがひ》が御座《ござ》りますが聞《きい》て下《くだ》さるか》
《あノ私《わたくし》に……叶《かな》ひます事《こと》ならば何《なん》なりと……》
《必《かな》らずお聞《き》き下《くだ》さるか》
親《した》しく問《と》ひ懸《かけ》られて。嬌羞《はづかしさ》も薄《うす》らぎしか。枕近《まくらちか》くにぢり寄《よ》り
《その代《かは》り私《わたくし》のお願《ねがひ》も……》
《其《それ》は申までも御座《ござ》りませぬ》
《小四郎様《こしらうさま》きッと……あノきッとで御座《ござ》りますか》
[一二]思《おもひ》の外《ほか》の挨拶《あいさつ》は疑惑《うたがひ》の種《たね》。
《[一三]武士《ぶし》に二言《にごん》は御座《ござ》りませぬ》
[一四]淀《よど》みなく言放《いひはな》てば。[一五]紅《あか》らむ顔《かほ》を。袂《たもと》に包《つゝ》む嬉《うれ》しさ。
《[一六]お嬉《うれ》しうぞんじます》
守真《もりざね》は二《ふた》ツ三《み》ツ咳《しはぶ》く苦痛《せつなさ》に。[一七]眉《まゆ》を皺《しは》め。
《改《あらた》めてお尋《たづ》ね申すも異《ゐ》な物《もの》で御座《ござ》るが。あなたは此小四郎《このこしらう》を[一八]二世《にぜ》の夫《おつと》と思《おぼし》
召《め》す其《その》お心《こゝろ》に。詐《いつはり》は御座《ござ》りませぬか》
言《い》ひ切《きら》ざるに[一九]折返《おりかへ》して。
《今更其《いまさらそれ》をお尋《たづ》ね遊《あそ》ばしますか》

しがるのが」(内田魯庵『破垣』二、明治三十四年)。
九 紅色の花に遊んでいるかと見えた蝶が、風に吹かれて紫の花に止まって眠っている。あわただしく変化する感情の喩え。
一〇 恥ずかしがるさま。「袖でのの字をかくの如き処女に何等の見識あらんや」(饗庭篁村「雪の下萌」四、『読売新聞』明治十九年十二月二十三日)。
一一 いっそう。「弥増(いやます)恋の種と成(なり)。一倍いとしうござんする」(菅専助ら『摂州合邦辻』合邦内の段、安永二年初演)。
一二 意外にも「きッと」と念を押されたので、どんな願いかと疑念が起こる。「挨拶」は応答の意。
一三 武士がいったん言ったことは必ず守る意の成語。「武士に二言はない刀に掛ても女を貰ひませう」(『真景累ヶ淵』五十七)。
一四 すらすらと。
一五 嬉しさに赤らむ顔を、はしたないと隠すしぐさ。「ト恥しき思入にて…ト袖にて顔を隠す」(『鼠小紋東君新形』二幕目)。
一六 渺茫居士評が指摘するように、この「お」は敬語として不適切(不要)。
一七 眉に皺をよせ。「皺」の底本振り仮名「しば」。〈全集〉「しわ」を参照して改める。
一八 来世までもと契った夫。↓四六頁注一二。「妾(わらは)が二世の夫(つま)ぞかし」(近松門左衛門『出世景清』第二、貞享二年初演)。
一九 すぐさま返事して。

《相違《さうゐ》は御座《ござ》りませぬナ》

恋《こひ》に最《もつと》も恐《おそ》るゝは「疑念《うたがひ》」。芳野《よしの》は声《こえ》を湿《うる》ませ。

《あらゆる神様《かみさま》仏様《ほとけさま》を誓《ちかひ》にたてゝ。此《これ》に詐《いつはり》は御座《ござ》りませぬ》

《其《それ》ほど思《おも》ふて下《くだ》さる拙者《せつしや》に。なぜ[一]陰《かく》し立《だて》を成《な》さる》

語気《ごき》を[二]鋭《すゝど》く詰《なぢ》り懸《かゝ》る。　思《おもひ》も寄《よ》らぬ難問《なんもん》。途方《とはう》に暮《く》れてはや……涙《なみだ》

《小四郎様《こしらうさま》あなたは[三]根《ね》もない事《こと》を造《こしら》えて。私《わたくし》の願《ねがひ》を叶《かな》えぬやうに。遊《あそ》ばすお心《こゝろ》で御座《ござ》りますナ》

《小四郎《こしらう》は左様《さやう》な卑怯《ひきよう》ものでは御座《ござ》らぬ。あなたの深《ふか》く包《つゝ》むで居《を》らるゝ事《こと》を。疾《と》くより見抜《みぬい》て居《を》ります……一昨日《いつさくじつ》伯父上《おぢうへ》から御便《たより》が御座《ござ》りましたらうが》

《えェつ》　驚《おどろ》くを見《み》て。[四]さこそといふ笑《ゑみ》を含《ふく》み。

《そのお便《たより》を聞《き》かして下《くだ》され》

いかにして守真《もりざね》は知《し》りけむ。此便《このたより》といふは左近之助《さこんのすけ》が陣中《ぢんちう》から[五]凱戦《がいせん》の吉《きつ》報《ぼう》。　敵《てき》の大将《たいしやう》は不意《ふゐ》の夜討《ようち》に自害《じがい》をとげ。[六]名《な》あるは同《おな》じ道《みち》にと屍《かばね》を晒《さら》し。憶《おく》せるは[七]降人《かうにん》となり。落人《おちうど》となりけり。此便《このたより》に母《はゝ》を始《はじ》め[八]下人《げにん》まで。[九]われが命拾《いのちびろ》ひせる嬉《うれ》しさ。父《ちゝ》が目出《めで》たき帰館《きくわん》は。小四郎《こしらう》がやる瀬《せ》なき遺恨《ゐこん》。笑《わら》ふてよきやら泣《ない》てよきやら。芳野《よしの》の胸苦《むなぐる》しさ。《父上《ちゝうへ》がお帰《かへ》り遊《あそ》ばす》。と機嫌顔《きげんがほ》に

一〈全集〉「秘（かく）しだて」（以下、「陰」を「秘」に改めている）。
二 動作や態度などが機敏なさま。「すすどし　鋭〔進疾（ススド）シ、ノ意ト云〕するどしニ同ジ」（『言海』）。「鋭（すゝど）ふ成（なつ）て油断せぬ故」（『幼稚子敵討』五つ目）。
三 何の根拠もないこと。
四 思ったとおりだ。「為朝もさこそとて、笑坪（えつぼ）に入ておはします」（『椿説弓張月』第十九回）。
五〈全集〉「凱旋」。
六 名の知れた武士は大将に倣って自害して、屍をさらし。
七「降参スル人」（『言海』）。「暫ク事ヲ謀（ハカツ）テ降人ニ成。命ヲ全（マツタフ）シテ」（『太平記』巻六「赤坂合戦事付人見本間抜懸事」）。
八 奉公人。主家への隷属性が高く、家事や耕作労働に使役された。
九 まるで自分が命拾いしたかのような嬉しがりよう。

母《はゝ》がいふを。義理《ぎり》にも泣顔《なきがほ》はならず。人情《にんぜう》としても喜《よろこ》ばねばならず。嬉《うれ》しいが五分《ぶ》なれば。悲《かな》しいも五分《ぶ》。父《ちゝ》の凱陣《がいぢん》言ひ換《かへ》て敵《てき》の敗軍《はいぐん》。其《それ》と聞《き》かれたら嘸《さぞ》や守真《もりざね》の歎《なげき》。戦《いくさ》の吉報《きつぱう》を母《はゝ》から耳《みゝ》に入《い》るゝと同時《どうじ》。目《め》に浮《うか》ぶは守真《もりざね》が涙《なみだ》の顔《かほ》。心《こゝろ》に浮《うか》ぶは守真《もりざね》が遺憾《ゐかん》の情《ぜう》。《此上《このうへ》もなく目出《めで》たいに何《なに》を不吉《ふきつ》な……涙《なみだ》を出《だ》す》と母《はゝ》に詰《なぢ》られて[一〇]包《つゝ》むによしなく《嘸《さぞ》小四郎様《こしらうさま》が御無念《ごむねん》で……》と一《ひと》思《おも》ひに言放《いひはな》てば《道理《だうり》》と一言《ひとこと》。あとは貰《もら》ひ泣《なき》にして暫時《しばらく》あり。

《[一一]味方敗軍《みかたはいぐん》と聞《き》かれたら[一二]利《き》かぬ気《き》の小四郎殿《こしらうどの》。[一三]早《はや》まツた事《こと》するも知《し》れず。此《これ》は父上《ちゝうへ》がお帰《かへり》まで必《かな》らず秘《ひ》めて……》《あイ》と[一四]覚束《おぼつか》なく答《こた》えたりしが。今守《いまもり》真《ざね》にとひつめられ《語《かた》らうか》母《はゝ》の言葉《ことば》の如《ごと》く。もしもの事《こと》ありては……《陰《かく》さうか》我恋《わがこひ》は此返事《このへんじ》一《ひと》ッに成《な》りもし。破《や》ぶれもす。実《まこと》を語《かた》らば。一時《いつとき》我恋叶《わがこひかな》ふても。[一五]小四郎様《こしらうさま》の一命《いちめい》。語《かた》らずば我恋《わがこひ》は此儘朽《このまゝく》ちて[一六]我命《わがいのち》まで……我《わが》恋《こひ》——人《ひと》の命《いのち》。いづれ軽重《けいちよう》の別《わかち》なく。思案《しあん》に迷《まよ》ひしが……我《われ》から語《かた》らずとも終《つゐ》には露《あら》はれむ。

《母《はゝ》の堅《かた》い申しつけゆへ。深《ふか》くお包《つゝ》み申して居《を》りましたが。陰《かく》し立《だ》てする水《みづ》臭《くさ》い女《おんな》と。お疑遊《うたがひあそ》ばすゆへ申上《あげ》ます……から。どうぞ私《わたくし》のお願《ねがひ》を……》

《慥《たしか》に……》

一〇　隠すすべもなく。

一一　芳野の母の言葉。

一二　きかん気。勝ち気。「いづれもきかぬ気のものどもと見へて、大ぜいどやく〳〵と立かゝれば」(『東海道中膝栗毛』七編上)。

一三　よく考えずに大変なこと(自害)をするかもしれない。「西心「死(しな)ずと仕様もあらふのに。」両人「早まつた事してくれたな。」」(『小袖曾我薊色縫』第二番目二幕目)。五四頁一三行目「逸まツた事」、五五頁一二行目・五六頁九行目「御短気」も同じ意。

一四　(秘密を守れるかどうか自信がないので)頼りなく。

一五　小四郎が自害するだろう、の意。

一六　恋がかなわぬことで、以前のように床に臥し、やがて死ぬだろう、ということ。

《屹度《きつと》で御座《ござ》りますか。　実《じつ》は敵方《てきかた》はさんぐ〵［一］に破《やぶ》れて。　［二］大将《たいしやう》までが討死《うちじに》。
あしたあたりは父上《ちゝうへ》も帰《かへ》ると母上《はゝうへ》の話《はな》しで御座《ござ》ります》
《なニ大将《たいしやう》までう……う……討死《うちじに》……》
苦痛《くつう》を忘《わす》れて跳起《はねおき》。　五体《ごたい》を震《ふる》はし歯《は》［三］を喰《くひ》〆め。
《む……無念口惜《むねんくちお》しい》
逆立《さかだ》ッ眉《まゆ》。　血走《ちばし》る眼《まなこ》——駭《おどろ》く芳野《よしの》は守真《もりざね》に取附《とりつ》き。
《小四郎様《こしらうさま》……もシ小四郎様《こしらうさま》》
縋《すが》るを突除《つきの》け。　枕元《まくらもと》の鞘巻《さやまき》［四］に手《て》を掛《かけ》れば。　突除《つきのけ》られし芳野《よしの》。　また其手《そのて》にしがみつき。
《何事《なにごと》を……御生害《せうがい》か》
［五］《しィっ》
芳野《よしの》は忍《しの》ばす声《こえ》に力《ちから》を籠《こ》め。
《逸《はや》まッた事《こと》をして下《くだ》さりますな》
女《おんな》ながらも一生懸命《いつせうけんめい》。　男《おとこ》なれども病苦《べうく》の瘠腕《やせうで》。　［六］白《しろ》き手《て》と。　青《あを》き拳《こぶし》の間《あひだ》に。　二寸輝《すんかゞや》く刃《やいば》の光《ひかり》。　振解《ふりほど》き——抜放《ぬきはな》す力《ちから》はなく。　無念《むねん》と苦痛《くつう》をまぜし守真《もりざね》の呼吸《こきう》——驚駭《おどろき》と恐怖《おそれ》にせはしき芳野《よしの》の動気《どうき》［七］。　それの漸《やうや》く静《しづ》まる時《とき》。

一 藤の屋評(一)は「不調法千万、破れしト語るだに憚るを「さんぐ〵」とは何事ぞサテモおろか」と、芳野の思慮のない言い方を批判。
二 「大将は…自害をとげ」(五二頁一三行目)・「お二方とも御生害」(二一頁六行目)とあるのと相違。小四郎の自害を恐れて言い改めたのであろう。
三 歯を強くかみしめ。
四 「(一)コシガタナ。短刀ノ鍔ナキモノ」(『言海』)。→二四頁注八。「大(おほ)きなるさやまきをよういして」(『平家物語』巻一「殿上のやみうちの事」)。
五 小四郎が、騒ぎ立てようとする芳野を制止したもの。〈全集〉「しいっ」。
六 芳野の白い手と、小四郎の血の気のない拳。
七 「動気 血ノ運ルコト烈シクシテ、心臓ノ動クコト。…(劇(はげ)シク働キ、俄ニ愕キタルナドニ)」(『言海』)。「偖(さて)こそとお梅はまた更に動気がするを」(饗庭篁村「藪椿」十四、『読売新聞』明治二十年三月二十三日)。

《父上《ちゝうへ》も明日《あした》は帰《かへ》りますゆへ。御相談遊《ごさうだんあす》ばしましたら。よい御分別《ごふんべつ》も御座《ござ》りませう。御短気《ごたんき》はどうぞ……小四郎様》

痺《しび》るゝ手《て》から鞘巻《さやまき》をもぎ放《はな》され。守真《もりざね》は無言《むごん》——八投首《なげくび》。今此所《いまこゝ》で。自害覚《じがいおぼ》束《つか》なしと思《おも》へば。

《いかにも……伯父上《おぢうへ》に御目《おめ》に掛《かゝ》て……》

九詐偽《たばかり》と知《し》らねば

《はイ。どうぞさう遊《あそ》ばして……》

《芳野様《よしのさま》……芳野様《よしのさま》》一〇書院《しよゐん》の方《かた》に侍女《こしもと》の声《こゑ》。

一一《どうぞ御短気《ごたんき》を遊《あそ》ばしますな。此馬手指《このめてざし》はお預《あづか》り申して参《まゐ》ります》

芳野《よしの》は鞘巻《さやまき》を懐《ふところ》に押入《おしい》れ。一二乱鬢《らんびん》を掻《か》き——眼《め》を拭《ぬぐ》ひ。

八 首を垂れて思案にくれるさま。「逸之進投首をして思入(おもひいれ)。」(『小袖曾我薊色縫』第壱番目五立目)。

九 〈全集〉「欺罔(たばかり)」。「たばかり…(二)謀リ欺クコト。欺罔」(『言海』)。

一〇 「(二)…貴族ノ家ニテ、客殿、表座敷ノ称」(『言海』)。

一一 「馬手差 軍中ニテ、馬手ニ差ス短刀。ヨロヒドホシ」(『言海』)。「馬手」は右手。ここは「鞘巻」(→注四)と同じもの。→二四頁注八。

一二 揉み合いで乱れた小四郎の髪を芳野が櫛で梳く。「乱鬢」は「乱髪(ランパツ)ニ同ジ」(『言海』)。「紋三「…御覧の如く乱鬢故。」／武太「其義は心配召るゝな。髪取上(あぐ)る者もござれば」」(『小袖曾我薊色縫』第壱番目三立目)。

絵　小四郎から鞘巻を奪おうとする芳野を描く。後ろの花瓶に挿したのは小四郎が戦場で切り取った梅の小枝。画者は渡辺省亭(一八五一—一九一八)。江戸生まれ。菊池容斎に師事。花鳥画に秀で、また木版挿絵に優れる。山田美妙「蝴蝶」(明治二十二年一月)の裸蝴蝶の挿絵のほか、紅葉作品では『此ぬし』『新桃花扇　巴波川』など。なお、麴橋一人評は、島田に結った芳野の髪について、「古風の結髪とするを勝れりとなす」と批判(島田髷は江戸初期に始まる)。

≪お風《かぜ》を召《めし》ます……[一]御寐《ぎよし》なりまし≫
≪此儘《このまゝ》でよろしう御座《ござ》る≫
≪左様《さやう》ならば後《のち》ほどまた……≫
力《ちから》なく立上《たちあが》り。[二]しほ〳〵と襖《ふすま》[三]を開く。
≪芳野《よしの》殿《どの》≫
≪はイ≫
ふり向《む》く顔《かほ》[四]をつく〴〵見《み》て
≪伯母上《おばうへ》に……よろしく……≫
≪はイ……必《かなら》ず御短気《ごたんき》を……≫
首肯《うなづ》く守真《もりざね》。出行《いでゆ》く芳野《よしの》。[五]知《し》るや其鞘巻《そのさやまき》は遺物《かたみ》——黒髪《くろかみ》を切《き》れとて。

自害《じがい》の巻《まき》

[六]吉野《よしの》は春若葉《はるわかば》は夏《なつ》
われは世《よ》を秋《あき》の
露《つゆ》の命《いのち》の事《こと》

一 →一〇頁注四。 二 「しをしをと…萎(シヲ)レ萎レテ。勢ヲ喪ヒ、気ヲオトシテ」(『言海』)。 三 〈重版〉には振り仮名「ひら」あり。 四 死に際して思いを残さないため。 五 残された鞘巻が芳野に出家を促す形見になろうとは知るまい、の意。小四郎の自害をあらかじめ示す。 六 芳野・若葉の二人をそれぞれ春と夏に喩えた上で、一方の小四郎は世に飽き(秋)、露のようにはかなく死ぬことを述べる。 七 隙間から漏れ入る。 八 「篠脛楯(シノスネアテ)…シノダテトモ云」(栗原信充『武器袖鏡』二編)。表面に細長い篠金と呼ぶ鉄板を並べ、鎖でつないだもの。

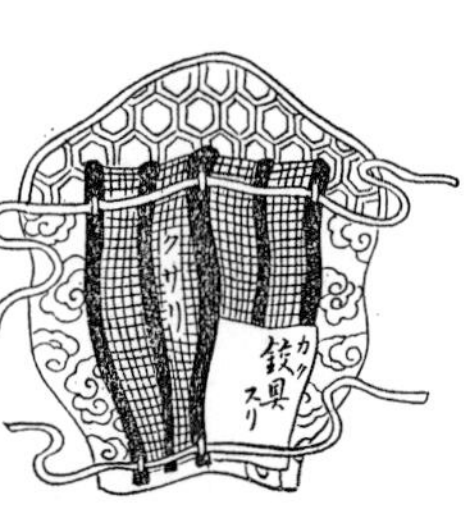

篠　楯
(『武器袖鏡』)

九 戦陣で使う短めの刀(長い太刀は馬上で抜きにくいため)。「陣刀(ヂンカタナ)」(『書言字考節用集』七)。福洲学人評(二)・渺茫居士評・古木山人評などは、芳野が鞘巻を取り上げながらこの陣刀を見逃した不自然を批判。 一〇 死ぬことを強めた言い方。 一一 「ムネン。=ザンネン」(『日本大辞書』)。 一二 「新枕」に同じ。→四七頁注三四。「初枕の夜も何のつくろひなしに、首尾調(とゝの)ひけるを」(『好色一代女』巻四「身替長枕」)。藤の屋評(一)は、この感懐を四七頁七行目の「熱鉄の盃を酌み…」に齟齬すると批判。しかし、

行燈《あんどう》の覚束《おぼつか》なき火影《ひかげ》。[七]隙間《すきま》偸《ぬす》む風《かぜ》に揉《もま》れて。明《めい》……滅《めつ》……定《さだ》めなき人《ひと》の命《いのち》。屛風《べうぶ》立《たて》まはしたる床《とこ》の上《うへ》に。[八]我篠楯《わがしのだて》も寛《ゆる》むほど。瘠衰《やせおとろ》へし脛《すね》を組《く》み。[九]陣刀《ぢんたう》に縋《すが》つて乱髪《らんばつ》の頭《かしら》を垂《た》れ。我目《わがめ》にも我身《わがみ》を今宵《こよひ》が見納《みおさ》め。[一〇]一死《いつし》と覚悟《かくご》は極《きは》めながら。心《こゝろ》といふ物《もの》ある間《あひ》だは。気《き》に懸《か》けらるゝ此世《このよ》の事《こと》。主命《しゆめい》に是非《ぜひ》なく。[一一]心外《しんぐはい》の契《ちぎり》。とはいひながら[一二]初枕《はつまくら》——忘《わす》られぬ物《もの》。妻《つま》——我《われ》に焦《こが》れし女《をんな》。若《わか》葉《ば》——[一三]名《な》は詐《いつはり》にて姿《すがた》は花《はな》と人《ひと》の誉物《ほめもの》。気立《きだて》もやさしく[一四]しほらし。これ程《ほど》の女《おんな》が恋婿《こひむこ》とて。身《み》に替《かへ》て大事《だいじ》に労《いたは》るを。[一五]懐《ふところ》にいる窮鳥《きうてう》——鳥《とり》は言葉《ことば》もなく情《ぜう》もなく。猟師《れうし》は殺生《せつせう》に慣《な》れて心自《こゝろおのづ》から荒《あら》し。其《それ》さへ之《これ》を射《ゐ》らず　筒井筒《つゝゐづゝ》の芳野《よしの》を思《おも》はぬにあらねど。半月《はんつき》たりとも妻《つま》の若葉《わかば》。にくからう道理《だうり》はなし。その悪《に》くからぬ妻《つま》……心《こゝろ》にかゝる。またの逢瀬《あふせ》を未来《みらい》にたのみ。生《いき》がひもなく取遺《とりのこ》されし心《こゝろ》の中《うち》……しかも女心《おんなごゝろ》。出陣《しゆつぢん》の時《とき》十分《ぶん》悲《かなし》ました上《うへ》。[一六]又鎧櫃《またよろひびつ》の書置《かきおき》。命《いのち》の絶《た》えざりしか。心《こゝろ》の狂《くる》はざりしか。[一七]玉《たま》の緒《を》絶《た》つばかりが殺生《せつせう》ならず。絶《た》たずして絶《た》つにます苦《くるしみ》。無残《むざん》な……無慈悲《むじひ》な……此《これ》が女夫《めをと》の間《あひだ》にする戯《たはむれ》か。離別《わかれ》の折責《をりせ》めては笑顔《ゑがほ》を見《み》せ。頼《たの》もしき言葉《ことば》をも[一八]かけべきに。未練《みれん》を残《のこ》させじと無情《つれなく》せしは[一九]可憫《ふびん》の妻《つま》……可哀《かあい》の若葉《わかば》。忽然胸《こつぜんむね》に浮《うか》ぶ[二〇]離別《わかれ》の有様《ありさま》。[二一]更衣初《きさらぎはじめ》の六日《むいか》……[二二]「春《はる》の曙《あけぼの》」……聞《き》けば暖《あたゝ》かに長閑《のどか》のやうなれど。[二三]雪《ゆき》を底《そこ》に

祝言した時と、それを回想している現在とで、若葉に対する気持には変化が生じていた。→解説。 一三 名は「若葉」と言いながら、実際は花のような女性であると。 一四 「しをらし…柔順ニシテ憐ムベシ」(『言海』)。 一五 窮地に立った者が救いを求める喩え。「窮鳥懐に入る、仁人の憫れむ所」(北斉・顔之推撰『顔氏家訓』巻五「省事」)に拠る成語。「窮鳥懐に入る時は、猟師もこれをとらず」(『椿説弓張月』第二十九回)。「親子とて余(あんま)りな情しらず　猟人(かりうど)さへ懐へ入(い)る鳥は助る物」(『絵本太功記』同十二日のだん)。ここでは、小四郎を恋する若葉を「懐にいる窮鳥」に喩える。言葉も情もない鳥でさえ、心荒い猟師が射ることはしない、まして言葉も情もある若葉を、しかも忘れ難く思っている自分が憎く思うはずはない、の意。 一六 →二〇頁注一。 一七 命。 一八 室町時代以降、「べし」は一段・二段活用動詞連用形に付く例が目立ってくる。「御ゆかりになりまいらせべき事」(『古今著聞集』巻第九・武勇)、「のがれべき道もなし」(御伽草子『小町草紙』)、「二冊したてべきなり」(柳沢淇園『ひとりね』下、享保十年頃)。 一九 〈全集〉「不便」。 二〇 以下は小四郎による回想なので、「奇遇の巻」末尾での芳野が知る由もない。「怨言の巻」の小四郎の苦悩(→四五頁注一九)、「戦場の巻」での伯父武重との会話の細部、次の小四郎自害の場面なども同様(→解説)。なお、「有様」は〈重版〉「光景(ありさま)」。 二一 二月六日。「きさらぎ　更衣〔衣更着(キヌサラギ)ノ略カト云、此月、尚、余寒アリ〕陰暦、二月ノ称。如月」(『言海』)。以下は小四郎の視点ではなく非人称の視点(いわゆる神の視点)。小四郎の回想内容は本文と異なっている。 二二 〈重版〉「　」なし。 二三 やがて雪を降らしそうな空。

持《も》つ空《そら》。灰色《はいいろ》に曇《くも》りて。日出前《ひのでまへ》の[一]いとゞ薄暗《うすくら》く。[二]芽《め》ざし柳《やなぎ》をしごく朝風《あさかぜ》に。鎧《よろひ》は寒《ひえ》て霜《しも》を浴《あ》び。[三]足《あし》も踏留《ふみとま》らぬ寒気《さむさ》。[四]二番鶏《にばんどり》に凄《すさ》まじく啼立《なきたて》られ。[五]式台《しきだい》へ立《たち》出《いづ》る若武者《わかむしや》。引添《ひきそ》ひて妻《つま》と覚《おぼ》しき美女《たほやめ》。真紅《しんく》の忍緒《しのびのを》を手《た》ぐつて。[六]五枚錣《ごまいじころ》の[七]三方《ばう》白《しろ》の兜《かぶと》を。馬手《めて》重《おも》げに捧《さゝ》げ。弓手《ゆんで》は[八]揚巻《あげまき》の形《かたち》を[九]繕《つくろ》ひ。或《あるひ》は[一〇]赤銅魚子《しやくどうなのこ》の[一一]覆輪《ふくりん》かけて。螺鈿《らでん》の桜《さくら》を散《ち》らせる。黒鞘《くろさや》の埃《ほこり》を袖《そで》にて一拭《ひとぬぐ》ひ。夫《おっと》に[一二]死花飾《しにばなかざ》らせんとか……けなげにも。[一三]哀《あは》れを知《し》るや其処《そこ》に跪《うづくま》る郎党《らうたう》の。さも悪気《にくげ》に[一四]半頬当《はんぼうあて》たるが。鋭《するど》き上眼《うはめ》づかひに主人《あるじ》を見遣《みや》り。[一五]草鞋《わらんじ》を直《なを》しながら。白《しろ》く――太《ふと》き息《いき》を吐《は》く濁《だみ》声《ごゑ》。

《大分白《だいぶんしら》むで参《まゐ》りました》

若武者《わかむしや》は首肯《うなづ》くばかり。やがて草鞋《わらんじ》の紐《ひも》を結《むす》び。立上《たちあがつ》て二度《ど》三度《ど》足踏《あしぶみ》して。

《若葉《わかば》……兜《かぶと》》

声《こえ》の下《した》。郎党心得《らうたうこゝろえ》て。物《もの》をもいはず若葉《わかば》の手《て》より。もぎ放《はな》すやうに兜《かぶと》を請取《うけと》る。

凋《しほ》れて式台《しきだい》に座《ざ》したる若葉《わかば》。じり〳〵と[一六]居去《ゐざ》ッて夫《おっと》の草摺《くさずり》に縋《すが》れば。振《ふり》むける顔《かほ》――見上《みあげ》る顔《かほ》。両人《ふたり》ながら身《み》を動《うご》かさず声《こえ》を出《だ》さず――。只見詰合《たゞみつめあひ》しが。四《よつ》の眼《ま》ばたき。自《おのづ》から隙《ひま》なく繁《しげ》くなりて。堪《た》えずや一雫《ひとしづく》……若葉《わかば》か。次《つい》で一滴《いつてき》……守真《もりざね》か。跡《あと》は孰《いづ》れを誰《たれ》のと分《わか》たず。

傍《はた》に見《み》る郎党《らうたう》は。手持無《てもちぶ》

一 いっそう。 二 芽ぐみ始めた柳。「しごく」は柳の枝を冷たい朝風がなびかせるさまの擬人法。 三 足ぶみせずにはいられないほどの寒さ。 四 夜明けに一番鶏の次に鳴く鶏。 五「玄関ノ前ニ設ケタル板敷ノ処」(『言海』)。 六 五枚兜。兜で、錣の板が鉢についた第一の板(鉢付の板)から菱縫の板まで五枚のもの。「錣」は、兜の後ろ・左右に垂れて頸を蔽い防ぐもので、革や鉄を綴って作る。「五枚甲ノ緒ヲ縮(シ)テ。白栗毛ノ馬ニ。青総懸テ乗タルガ」(『太平記』巻九「六波羅攻事」)。 七 底本「二方白」。「三方白の兜」(→一九頁注二九)と同じもの。〈重版〉により改める。 八 鎧の胴の背の二枚目の板(逆板(さかいた))に環を打ってつけた揚巻結びの太い組緒。「上巻」「総角」とも表記。揚巻結びは「(二)…左右ニ輪ヲ出シ、中ヲイシダタミニ結ベルモノ」(『言海』)。→補三七。 九 底本「繕ひ或は。」。〈全集〉に従って改める。 一〇 赤銅地金の上に、たがねで魚卵のような丸い小さな文様を一面につけたもの。赤銅は「銅百ニ、蒼鉛(アンチモニー)三十、金七、(下等ナルハ、四、或ハ、一)ヲ加ヘテ、鎔和シタルモノ、黒クシテ紫ヲ帯ブ。烏銅 烏金」(『言海』)。「拵(こしら)へは何で御座りますか」／文「縁頭(ふちかしら)は赤銅魚子(しやくどうなゝこ)、金にて三羽の千鳥」(三遊亭円朝遺稿『後の業平文治』四十三、明治三十六年)。 一一「鍔鞍ナド、種種ノ器ノ縁辺(フチ)ノミヲ、金銀錫等ニテ、覆ヒ飾レルモノ」(『言海』)。ここでは、黒鞘の峰や刃の側を赤銅魚子で覆い飾ったもの。「長ふくりんのたちをはき」(『平家物語』巻七「経政の都おちの事」)。 一二 立派な死に方をして、死後に名を残す。「死花を咲かす」に同じ。「死花の咲く果報者、羨(うらや)ましいと言ひたいが」(『蔦紅葉宇都谷峠』序幕)。 一三 反語。出立を促したり、若葉から兜を奪う

沙汰《さた》の気《き》の毒顔《どくがほ》。手《て》に持《も》つ[一七]兜《かぶと》の星《ほし》を数《かぞ》へて。素知《そしら》ぬ風《ふう》にもてなす。若葉《わかば》は女気《をんなぎ》の脆《もろ》く。一声《ひとこえ》わッと啼《なき》たつるに。守真《もりざね》もたまりかね。草摺《くさずり》にかけし妻《つま》の手《て》を執《と》り。引寄《ひきよ》する時《とき》。郎党《らうたう》と顔《かほみ》見合《あは》せ……[一八]其手《そのて》を苛《むご》らしく振払《ふりはら》ッて。一足踏出《ひとあしふみいだ》す

《暫《しば》し》

と言《い》ひながら[一九]鐺《こじり》に取附《とりつく》を。またふり切《き》り。

[二〇]《健固《けんご》で……参《まゐ》れ六郎太《ろくらうた》》

俯《ふ》す若葉《わかば》の耳《みゝ》に響《ひゞ》く足音《あしおと》。　[二一]すはや行《ゆ》く。

《御無事《ごぶじ》で……》

いふも鳴咽声《むせびごえ》。　矢庭《やには》にたちあがり――逐《お》ひかけ門口《かどぐち》まで走《はし》り出《で》て[二二]見《み》れば。其処《そこ》に。　[二三]あレ二人《ふたり》の姿《すがた》……急足《いそぎあし》に。　まだ袖《そで》や草摺《くさずり》の音《おと》も聞《きこ》ゆる間近《まぢか》。

《声《こえ》が掛《かけ》たい……六郎太《ろくらうた》の手前《てまへ》……えェ名残《なごり》が惜《お》しい》

門《かど》の柱《はしら》にしがみ附《つ》き。身悶《みもだ》え――足踏《あしぶ》み――[二四]袂《たもと》を喰裂《くひさ》き

《えーッ……えーッ……えーッ》

胸《むね》は沸《に》える。[二五]五臓《ござう》はちぎれる。　身《み》を伸《の》ばして見亘《みわた》せば。二人《ふたり》の影《かげ》は二尺《にしやく》ばかり。右《みぎ》か……左《ひだり》は[二六]威毛白《おどしげしろ》し。　白《しろ》きが夫《おっと》。えェ重《かさ》なり合《あ》ふ。　叱《しっ》……六郎太《ろくらうた》

ように受け取ったり（一二行目）と、この郎党は二人の別れの情を解さない。　一四　頬からあごを覆う鉄製の武具で、顔面を防御する。「五枚甲ノ緒ヲ縮（メシ）。半頰（ハンボウ）ノ面（テオモ）ニ朱ヲサシテ」（『太平記』巻十七「山門攻事付日吉神託事」）。　一五　草鞋の紐をきちんと締め直しながら。「わらんぢ 草鞋」（『言海』）。　一六「坐（スワ）リナガラ行ク」（『言海』）。　一七→二五頁注二八。　一八　郎党の手前、軟弱な行為をはばかったもの。　一九「刀剣ノ鞘（サヤ）ノ末ノ飾、金属（カネ）、角、ナドニテ飾ル」（『言海』）。　二〇「堅固…（二）スコヤカナルコト。健全」（『言海』）。「是は堅固で御無事でと　絶て久敷（ひさしき）対面に」（『仮名手本忠臣蔵』第五）。　二一　急なできごとに驚いて発する語。あっ。　二二　以下、若葉の視点。小四郎の回想中に、若葉の内面や出発後の発話・行動が入り込んでいる矛盾について、福洲学人評（二）は、「戦場に向ひし小四郎焉んぞ「叱……六郎太脇へよれ、アノ閃きは長刀……長刀は守真様」云々と若葉が言ひしを聞くことを得んや」等と批判し、この場面を第一回の若葉の物語中に挿入すべきだったと批判。藤の屋評（二）が「離別の場」は「ビジョンとしては判然すぎる」と言うとおり。　二三〈重版〉「あれ」。　二四　強い悲しみなどをこらえるしぐさ。「袖もたもともくひさき〳〵乱れ心のみだれ髪」（『春色連理の梅』四編下）。　二五　はなはだしい苦痛や悔しさを表す語。「五

半　頰
（『軍用記附図』）

脇《わき》へ寄《よ》れ。

（あノ閃《ひらめ》きは長刀《なぎなた》……長刀《なぎなた》は守真様《もりざねさま》）

　姿《すがた》はいつか朧《おぼろ》……霞《かす》みて。霞《かすみ》の中《うち》に薄黒《うすぐろ》きを心当《こゝろあて》に。其人《そのひと》と詠《なが》め[一]入《い》りしが。生憎眼《あやにくめ》を曇《くも》らす乾《ひ》ぬ涙《なみだ》。拭《ぬぐ》ひてまた見《み》れば。その薄黒《うすぐろ》き粒《つぶ》も跡《あと》なく消《き》ゆる。消《き》えてほしき霞《かすみ》は消えもせで。

　[二]念力《ねんりき》に砕《くだく》るほど。柱《はしら》を抱《いだ》きしめたりし腕《かひな》の力《ちから》は。次第《しだい》〳〵に弱《よは》り。今《いま》はたゞ始《はじ》め犇《ひし》と取附《とりつ》きし形《かたち》ばかり。五体《ごたい》はたゝかれし如《ごと》く労《つか》れ果《は》て。桃色《もゝいろ》に腫上《はれあが》る[三]皆《まぶち》重《おも》げに。何《なに》を見《み》む目的《めあて》もなく。見詰《みつめ》る瞳《ひとみ》は少《すこ》しも動《うご》かず。茫然《ばうぜん》と立《た》つ心《こゝろ》の中《うち》は無念無想《むねんむさう》。悲《かな》しいも無《な》く。恋《こ》いしいもなく。夫《おっと》もなく吾身《わがみ》もなし。[四]慈悲《じひ》に殺《ころ》すといふこと。此世《このよ》にありとせば。此時此若葉《このときこのわかば》の命《いのち》を絶《た》つぞ是《これ》。守真《もりざね》が向《むか》ひし方《かた》より。風《かぜ》が運《はこ》ぶ[五]陣鐘《ぢんがね》――雲《くも》に響《ひゞ》く[六]宝螺《ほら》の音《ね》。　心《こゝろ》づきしか目《ま》ばたきする若葉《わかば》。　眼《め》を閉《と》ぢ手《て》を合《あは》せ。

　[七]（南無正八幡大菩薩《なむせうはちまんだいぼさつ》）

[八]＊　＊　＊　＊　＊　＊　＊　＊

　守真（思《おも》ふまい……女々《めゝ》しい）

此一言《このいちごん》が唇《くちびる》を出《で》るやいな。太刀《たち》も鞘《さや》から。　火影近《ひかげちか》くさし寄《よ》せ。鍔元《つばもと》より切《きっ》

臓」は全身、五体。
二六 小四郎の鎧は卯花威。→二三頁注一三。

以上五九頁

一〈全集〉「眺め」。「眺…（一）ツクヅクト久シク打守リテ見ル」（『言海』）。
二 ここで再び、非人称の視点に帰る。
三 「眶…まぶち…目ノ縁」（『言海』）、「皆」は「まなじり」で「メジリ」（『言海』）。ただしここは「まぶた」の意。「米八が…何にもいはず…泣て居る…まぶちははれて」（『春色辰巳園』三編巻の八第三条）。「色の白い鼻筋の通った二重瞼（ふたあまぶち）の」（『真景累ヶ淵』二十七）。
四 「今が博多の此の小女郎。生きて甲斐なき命ぞや。お慈悲に殺してたべなうと声も。惜まず泣きゐたる」（近松門左衛門『博多小女郎波枕』下之巻、享保三年初演）。「自害の巻」、特に若葉との離別の場面は、発表当時から圧巻とされた。例えば福洲学人評（一）は「佐久良宗吾別離の段〔『東山桜荘子』三幕目「木内宗吾住居の場」を指す〕及び太閤記十段目〔『絵本太功記』尼が崎の段を指す〕等より転化し来ッて其哀と愛との切なるは彼の二曲に優ること数等」と激賞。
五 「陣中ニ用キル半鐘、打チテ軍勢ノ駈引ヲ示ス」（『言海』）。「さて陣鉦（ぢんがね）や太鼓に急立（せきたて）られて修羅の街（ちまた）へ出掛ければ」（山田美妙『武蔵野』上）。 六 「法螺　宝螺…ホラガヒ。カヒ。軍陣ニ用キテ進退ヲ示スヲ陣貝（ヂンガヒ）トモイフ」（『言海』）。 七 八幡宮の祭神に贈られた菩薩号。古来弓矢の神として武人の尊崇が篤い。八幡神に夫小四郎の無事を祈ったもの。「南無正八幡大菩薩神力威力を添へ給へと。心中に祈念して二人の女は」（近松門左衛門『堀川波鼓』下之巻、宝永四年初演）。
八 「原名「すたァ」星なり…（脚色（みしく））の転化す

先《さき》まで。切先《きつさき》より鍔元《つばもと》まで。見上《みあ》げ――見下《みお》ろす帽子《ぼうし》[九]から五六寸《すん》に。一団《いちだん》の血《ち》の曇《くもり》。守真《もりざね》にッと笑《ゑ》み。
[一〇]《是《これ》……肩先《かたさき》を……》
敵《てき》を斫《き》[一一]らむず太刀《たち》――我身《わがみ》を護《まも》るべき太刀《たち》。今《いま》は……我腹《わがはら》を裂《さ》く……此《これ》が我本意《わがほゐ》か。そもまた太刀《たち》の本意《ほゐ》か。主《しゆ》を殺《ころ》す不忠《ふちう》の太刀《たち》……とはいひ乍《ながら》今《いま》死《し》なずば。君《きみ》に対《たい》して臣《しん》たるの道《みち》に背《そむ》き。伯父伯母《おぢおば》には人《ひと》たるの義理《ぎり》立《たゝ》ず。父《ふ》母《ぼ》の在《ま》します冥土《めいど》[一二]の手引《てびき》。また我守真《われもりざね》を臣《しん》[一三]たらしめ。人《ひと》たらしめ。且《かつ》は嬉《うれ》[一四]しき対面《たいめん》さするは此太刀《このたち》　身《み》は護《まも》らずとも。義《ぎ》を守《まも》り。忠《ちう》を守《まも》る――太刀《たち》の本意《ほゐ》――我本意《わがほゐ》。同《おな》じくは捨《すつ》る命《いのち》ならば。にくき敵一人《てきいちにん》たりとも。多《おほ》く手《て》に懸《か》け死《し》すべかりしを。鈍《おぞ》や伯父《おぢ》に説伏《ときふせ》られ。久《ひさ》しく渇《かつ》[一五]せし爾《なむぢ》に。思《おも》ふまゝ血《ち》を啜《すゝ》らせでやみしは。爾《なむぢ》が長年奉公《ながねんほうこう》の志《こゝろざし》を酬《むく》ひざるに似《に》て。守真《もりざね》が畢生《ひつせい》[一六]の落度《おちど》。もし精《せい》[一七]あらばよしなき[一八]主取《しゆうと》りて。一代功名《いちだいこうめう》も成《な》さず。果《はて》は腐《くさ》[一九]れし腸《はらわた》に汚《け》がさるゝを。遺憾《ゐかん》とも恥辱《ちじよく》とも思《おも》ふ可《べ》し。我《われ》なき後誰《あとたれ》が手《て》に渡《わた》るとも。守真《もりざね》が佩刀《はいたう》[二〇]たりしを。[二一]ゆめ暁《さと》られな。　暁《さと》られなば未練者《みれんもの》の指料《さしれう》[二二]よと囃《はや》されて。誰帯《たれお》ぶる人《ひと》なく。[二三]光《ひかり》を糞土《ふんど》に埋《うづ》め。[二四]われからの錆《さび》に朽果《くちはつ》る事《こと》。よき誠《いましめ》のこの守真《もりざね》。
《父上《ちゝうへ》の遺物《かたみ》と思《おも》へば。太刀《たち》までが懐《なつ》かしい……一刻《いつこく》も早《はや》く懐《なつ》かしい父上母《ちゝうへはゝ》

る時に＊＊＊＊＊をつかッて漠然と前後（あとさき）をかすめて何かいゝことにして看官（けんぶつ）の目を眩（くら）ましてしまふなり」（尾崎紅葉『文盲手引草』「第六すたァ」、明治二十二年十二月）。
九 刀剣の切先の焼刃。「エイと斬付けましたが…首玉に鏝（こて）と鏝板を脊負（しょつ）て居りましたそれへ帽子先が当りましたから疵（きず）を受けませんで」（三遊亭円朝『業平文治漂流奇談』十四、明治二十二年五月）。
一〇 渺茫居士評に「此の句は一寸不分明ではありませんか」とあるが、この血の曇りは、「若武者〔小四郎〕の切先を請損じて。敵は右の肩上の外をしたゝか割附られ」（二四頁一二行）た時のもの。　一一 斬ろうとする。
一二 冥土へと導いてくれるもの。　一三 主君への忠義、芳野への贖罪の意（→四七頁注四二）。
一四 冥土の父母との対面を指す。
一五 敵の血に飢えた陣刀を指す。擬人法。
一六 「一生」（『言海』）。　一七 「（三）精霊」（『言海』）。
一八 取るに足りない主人。小四郎を指す。
一九 敵方に降伏した小四郎のはらわた（精神）。「それぢや断然（いよいよ）お前は嫁（ゆ）く気だね！　是迄に僕が言つても聴いてくれんのだね。ちえゝ、腸（はらわた）の腐つた女！　姦婦!!」（『金色夜叉』前編八の六、明治三十年）。
二〇 「腰ニ佩ブル刀」（『言海』）。
二一 決して悟られるな。「な」は禁止の終助詞。室町時代以降、連用形につくこともあった。「お腹立られな」（『幼稚子敵討』六つ目）。
二二 「差料　刀剣ノ、自ラ佩（オブ）ルニ供フルモノ」（『言海』）。
二三 名剣の輝きを汚い土の中に埋もれさせ。
二四 自分の身から出た錆ゆえに。佩刀の運命に小四郎自身の身の上を重ねる。

上《うへ》に対面《たいめん》しやうか》
取直《とりなほ》す[一]太刀《たち》を袖《そで》に巻《ま》き。切先《きつさき》少《すこ》し露《あら》はして。襟押寛《えりおしくつろ》げ。下腹《したはら》を弓手《ゆんで》に撫廻《なでま》はし。

《書置《かきおき》なりと認《したゝ》めて。伯父上《おぢうへ》伯母上《おばうへ》に此《これ》まで受《うけ》た御恩《ごおん》のお礼《れい》を述《の》べたいものだが。矢疵《やきず》の為《ため》にどうも手《て》が………　あすはいよ〳〵伯父上《おぢうへ》も目出《めで》たくお帰《かへ》り遊《あそ》ばすことか。伯父上《おぢうへ》が御無事《ごぶじ》でお帰《かへ》りなさるは何《なに》より[二]重畳《てうでう》……それにつけて味方《みかた》の総敗軍《さうはいぐん》。殿《との》までが無残《むざん》な御最期《ごさいご》……な……[三]何《なに》が目出《めで》……たいのやら……あす勇《いさ》むでお帰《かへ》りなさる矢先《やさき》へ。小四郎《こしらう》の切腹《せつぷく》。さぞ仰天遊《げうてんあそ》ばす事《こと》であらう。日頃《ひごろ》あれほどにおぼしめして下《くだ》さるお心《こゝろ》では。大抵《たいてい》のお歎《なげ》きではあるまい。どれほどお恨《うら》み遊《あそ》ばすか。あァ……勿体《もつたい》ない。伯母上《おばうへ》はまた女《をんな》だけに御病気《ごべうき》にでもお成遊《なりあそ》ばしたら。日頃《ひごろ》[四]痺弱《ひよは》いお体《からだ》……今日聞《けふき》けばわれ故《ゆへ》の日参《につさん》……あ……あ……有難涙《ありがたなみだ》がこぼ……れる。かねての堅《かた》い約束《やくそく》を無《む》にして。若葉《わかば》との縁組《えんぐみ》。定《さだめ》てお腹《はら》も立《たと》うに。[五]この戦《いくさ》でなくば[六]宿元《やどもと》へ安否《あんぴ》を知《しら》してやりたい。誰《たれ》の思《おも》ひも同《おな》じ事《こと》。若葉《わかば》が独《ひとり》でどのやうにか[七]苦労《くらう》して居《を》らう……此様《このやう》な言葉《ことば》が偽《うそ》にも出《で》るものか……また[八]芳野殿《よしのどの》の心切《しんせつ》。今日《けふ》の恨《うらみ》は一々《いち〳〵》道理《もつとも》其心《そのこゝろ》を知《し》らぬではなけれど。[九]どうで一日《いちにち》か二日《ふつか》の命《いのち》。[一〇]なまなか[一一]思《おもひ》の種《たね》をのこしては。後《のち》の為《ため》になるまいかと。

一 切腹には「九寸五分の短刀を白紙に包みて、其尖端をのみ露はしたるを」用い、「上衣を帯元まで脱ぎ下げ」(新渡戸稲造『武士道』「切腹及び敵討」、明治四十一年)て腹を切る。
二 結構なこと。「御堅固の帰洛重畳千万」(近松門左衛門『平家女護島』第四)。
三 伯父伯母への孝心と主君への忠義とが相矛盾することを示す。
四 「ひよわし…脆ク弱シ。…カヨワシ」(『言海』)。「子息(むすこ)は病身(ひよはき)性質(うまれつき)」(『春色連理の梅』初篇上)。
五 以下、次行の「苦労して居らう」まで伯母の言葉。
六 住居(小四郎と若葉の)。
七 心配して。→二〇頁注九。
八 「若葉」は呼び捨てなのに、「芳野」には「殿」を付けている。また「致したので御座る」(六三頁一行目)、「恨れて御座らうが」(六三頁二行目)など、芳野へは敬語を用いており、小四郎の気持が若葉の側にあることがわかる。→五七頁注一二。
九 「ドウセ」(『言海』)。「どうで歳(とし)をとると愚智になるから」(『春色辰巳園』初編巻之三第五回)。小四郎は、回復しだい明日にでも戦場で討死するつもりだった(→三八頁一二行目)。
一〇 中途半端に。
一一 心配・嘆きを起こす原因。「サア、苦痛をするだけ思ひの種。少しも早く〔死なせて下さい〕」(『小袖曾我薊色縫』第弐番目序幕)。

お身《み》の為《ため》を思《おも》つてわざとつれなく致《いた》したので御座《ござ》る。若葉《わかば》に心《こゝろ》が引《ひ》かされてと[一二]疑《うたが》はれて。薄情者《はくぜうもの》とさぞ恨《うらま》れて御座《ござ》らうが。幼少《えうせう》からの馴染《なじみ》の守真《もりざね》。その様《やう》な男《おとこ》でないは。よく御承知《ごせうち》で御座《ござ》らう。此《これ》も因縁《ゐんえん》とあきらめて。思《おも》ひ切《きッ》て下《くだ》され。再《ふたゝ》び此世《このよ》へ生《うま》れ替《かは》ツて参《まゐ》ツた時《とき》には。今最期《いまさいご》の一念《いちねん》で。きつとあなたの顔《かほ》を見《み》覚《おぼ》えて。必《かなら》ず女夫《めをと》になりまする。あなたもどうぞ忘《わすれ》ずに居《ゐ》て……此世《このよ》ではな……なき縁《えん》……心《こゝろ》にもない不実《ふじつ》を致《いた》した段《だん》はどうぞ許《ゆる》して下《くだ》され。焦《こが》れて重《じう》病《べう》になられたとの事《こと》。小四郎《こしらう》が生《いき》て居《ゐ》る中《うち》……[一三]逢瀬《あふせ》の頼《たのみ》がある中《うち》でさへそれほど……今夜自害《こんやじがい》して果《はて》たらば……あァ……思《おも》ひ遣《や》られる。お二方《ふたかた》が命《いのち》に替《かへ》て御秘蔵《ごひぞう》のあなたゆへ。もしもの事《こと》があつては。お二方《ふたかた》の御苦労《ごくらう》はどれほどか。あまり歎《なげ》いて煩《わづら》はぬやうにして下《くだ》され。それが何《なに》より小四郎《こしらう》への供養《くやう》……芳野《よしの》殿頼《どのたの》みます》

更行《ふけゆ》く鐘《かね》に驚《おどろ》[一四]かされ。忙《いそ》がはしく涙掻払《なみだかきはら》ひ。

《南無阿弥陀仏《なむあみだぶつ》》

声《こえ》の下《した》。あァつといふ叫喚《さけび》。突立《つきたて》しか……沸出《わきだ》す血汐《ちしほ》。左《ひだり》の小脇《こわき》[一五]から五六寸《すん》。病苦《べうく》に震《ふる》ふ手《て》は進《すゝ》まず。唇《くちびる》を嚙裂《かみさ》くまで力《ちから》を籠《こ》めて。じり〳〵と一文字《いちもんじ》に……仕《し》て遣《や》つたり右《みぎ》の傍腹《そばばら》[一六]まで……敢《あえ》なく絶《たゆ》る命《いのち》。

一二 お疑いになって。

一三 福洲学人評(二)は、芳野が尼になるのは小四郎が結婚した時でなければならない、現行では「他人の夫を盗まんとするが如き不都合なる似非(えせ)淑女となれり」と批判。しかし、むしろこうした設定に本作品の特徴があった。↓解説。

一四 はっと気がつく。

一五 「脇(ワキ)トイフニ同ジ」(『言海』)。

一六 横腹。「左ノ小脇ニ刀ヲ突立テ。右ノ傍腹マデ。切目長ク掻破(カキワツ)テ」(『太平記』巻十「高時并一門以下於二東勝寺一自害事」)。

＊　＊　＊　＊　＊　＊　＊　＊　＊　＊

＊　＊　＊　＊　＊　＊　＊　＊　＊　＊

一《そンなら夫守真《おつともりざね》の……》

二《小四《こし》郎様《らうさま》のお三内方《うちかた》か》

四こは〳〵とばかり呆《あき》れ果《は》て。互《たが》ひに顔《かほ》。　板戸《いたど》洩《も》る五日影《ひかげ》白《しろ》く。紙帳《しちやう》に騒《さは》ぐ風寒《かぜさむ》し。ほの〴〵と明《あく》る一夜《ひとよ》。

二《にん》比丘尼　色　懴　悔　畢

一 若葉の言葉。芳野の身の上話によって、彼女が許婚だったとわかった驚きの言葉。
二 芳野の言葉。
三 「人ノ妻ヲ敬ヒ呼ブ語。内方(ナイハウ)。内儀」(『言海』)。「内方(うちかた)にも。御子息様がござりますげなが」(『菅原伝授手習鑑』寺子屋の段)。
四 驚き、感嘆する時に発する言葉。これはこれは。「此彼ひとしく面をあはして、「こは〳〵いかに。」とばかりに、互(かたみ)に呆れつ怪みつ」(『椿説弓張月』第五十回)。
五 朝日の光。

紅《こう》子《し》戯《け》語《ご》

松村友視　校注

〔**初出・底本**〕硯友社発行の雑誌『我楽多文庫』（活版公売本）第十号（明治二十一年十月二十五日）、第十一号（十一月十日）、第十二号（十一月二十五日）、第十三号（十二月十日）に「紅葉山人」の署名で連載。本巻では『我楽多文庫』掲載本文を底本とし、諸本と校合した。

〔**諸本**〕明治二十二年十一月十五日刊行の『新著叢詞』第三号（百千鳥本局・好吟会発行）に江見水蔭『花の杖』とともに全文収録。自叙および各巻ごとの署名はなく、巻頭に「紅葉山人口述／長汀曲浦筆記」とある。また、巻之二末尾から巻之三冒頭にかけて初出との異同が見られる（八五頁注二三参照）。その後、大正十四年三月二十日従吾所好社発行の雑誌『書物往来』（逸文号）に、初出の自叙とともに、『新著叢詞』本文をほぼ踏襲する形で再掲された。

〔**全集**〕『紅葉全集』第十巻（平成六年十一月、岩波書店）がある。

〔**内容**〕硯友社に集う若い文学者たちの才気と諧謔精神溢れる当意即妙の雑談集であり、感興のおもむくままの話題が展開する。作中人物はいずれも実名で登場するが、尾崎紅葉の視点から描かれた硯友社社中の戯画像としての側面をもつ。

〈巻之一〉飯田町中坂の硯友社編集室。思案外史（石橋思案）と香夢楼緑が洒落のめした応酬をするうち、「この洒落がわかつたら御好次第なものを奢る」と思案が言い出す。古典和歌や歌舞伎、漢詩などにわたる知識を踏まえた洒落が展開されるうち、謡曲をうなりつつ春亭九華（丸岡九華）が訪れて洒落に一段の花が咲く。

〈巻之二〉そこへ美妙斎（山田美妙）がやって来たのを機に、美妙が関わる雑誌『都の花』をめぐってひとしきり話題があるところへ、眉山人（川上眉山）が漣山人（巌谷小波）と連れだって現れ、美妙や漣らの言文一致文体などをめぐって即妙の応酬が交わされる。

〈巻之三〉やがて紅葉山人（尾崎紅葉）が月の家まどかと『南総里見八犬伝』を素材にした芝居のせりふをうなりつつ登場する。紅葉の容貌をめぐる話題を契機に『我楽多文庫』表紙デザインに関する批評に話が移り、さらに同時代の流行との関わりをめぐる小説観に及ぶ。

〈巻之四〉紅葉ファンだという女性読者をめぐる話題が進むうち、『我楽多文庫』掲載の都々逸欄廃止を勧める投書に話題が移る。

自《じ》叙《じよ》

良将《りやうしやう》は秘《ひ》して[一]帷《い》幕《ばく》の中《うち》を語《かた》らず君子《くんし》はいひたい事《こと》を胸《むね》に畳《たゝ》む　よしや浅《あさ》ましの凡夫《ぼんぷ》なりとも初恋《はつこひ》には思《おも》いのたけづかく〳〵と得言《えい》はぬはさげすまれん事《こと》を畏《をそ》れてなり　[二]さるほどに扨《さて》も[三]去ル十日《さんぬ》の夕[四]硯友社《けんゆうしや》に集《つど》ひたる編輯《へんしう》の面〻《めんめん》には　[五]飯《いゝ》田町《だまち》三丁目の[六]思《し》案外史《あんぐわいし》　仝《おなじく》五丁目の[七]香《か》夢《む》楼《ろ》緑《みどり》　[八]麹町《こうじまち》六丁目の[九]月《つき》の家《や》まどか　[一〇]駿河台《するがだい》の[一一]美妙斎美妙《びみやうさいびみやう》　[一二]小石川の[一三]春亭九華《しゆんていきゆうくわ》　[一四]久堅町《ひさかたちやう》の　[一五]漣山人《さゞなみさんじん》　[一六]春木町《はるきまち》の[一七]眉山《びさん》人《じん》　われを合《あは》せて惣勢《そうせい》すくつて八名《めい》　大笑《をほわら》ひの雑談《ざつだん》を墨《すみ》くろ〳〵と書写《かきうつ》し世《よ》に[一八]公《おゝやけ》にせんずる[一九]烏滸《おこ》のしれ者こそこの中《うち》に顕《あら》はれたれ　[二〇]抑容貌言語《そもようばうげんご》は徳《とく》の符《ふ》にして心《こゝろ》の看板《かんばん》なれば　[二一]曾呂利《そろり》に悲憤慷慨《ひふんこうがい》の文句《もんく》あるべきはづもなく　曾参女房《そうさんにようぼ》とほろをかけてなんぞ勝母《しやうぼ》の村《むら》を走《はし》るべき　呂不韋《りよふい》は堀出《ほりだ》しの人間《にんげん》を奇貨《きくわ》とぬかし　権八鮹柄《ごんばさめづか》を叩《たゝ》いて小紫《こむらさき》がく〳〵もきぬ着《き》せぬ人《ひと》の心《こゝろ》の赤裸《はだか》なるべし　今《いま》この戯語《けご》を[二二]見《み》そなはす人疑《ひとうたがひ》もなくわが社員《しやいん》は[二三]字《じ》のかける卒八楊次郎《そつばちようじろう》と合点《がつてん》や遊《あそ》ばさん　品位《ひんい》そこで落《を》ち名声則《めいせいすなは》ち下《くだ》らば　[二四]元結《もとゆひ》に須磨琴《すまこと》の音色《ねいろ》なく[二五]蚯蚓龍唫《みゝづりゆうぎん》に通《かよ》ふ可《べ》き声《こえ》はあらじ　[二六]奈良刀《ならたち》の仇光《あだびかり》に胆《きも》な消《け》しそと　今《いま》が今《いま》まで[二七]仕出《しだ》した金編《きんべん》

一　戦略を立てるための陣営。　二　ところで。さて。明治二十一年十二月十三日付の紅葉書簡は「去程に扨も…」と書き出されている。　三　自叙の付記から、明治二十一年十月十日のことと特定される。↓補一。　四　明治十八年、大学予備門などの学生であった尾崎紅葉・山田美妙・石橋思案・丸岡九華らによって創立された文学結社。↓補二。　五　東京府麹町区の北部。現在の千代田区飯田橋。　六　石橋思案（一八六七―一九二七）の別号。↓補三。　七　本名松野徳之助（一八六六―一八八九）。↓補四。　八　麹町区の西部。現在の千代田区麹町。　九　本名奈良芳雄（生没年未詳）。当時、麹町六丁目十五番地の藤田方に寄寓していた。　一〇　神田区の北部。現在の千代田区神田駿河台。　一一　山田美妙（一八六八―一九一〇）の別号。↓補五。　一二　小石川区の南部。現在の文京区南部の小石川後楽園周辺。　一三　丸岡九華（一八六五―一九二七）の別号。↓補六。　一四　小石川区の中央。現在の文京区小石川四・五丁目付近。　一五　巌谷小波（一八七〇―一九三三）の別号。↓補七。　一六　本郷区の南部。現在の文京区本郷三丁目付近。　一七　川上眉山（一八六九―一九〇八）の別号。↓補八。　一八　公表しようとする。　一九　思慮の足りない愚か者。　二〇　表情や言葉遣いは人間の品格を表す、の意。「辞気容貌はこれ徳の符なり」（東條琴台『先哲叢談続編』明治十六年）。尾崎紅葉「流行言葉（はやりことば）」（明治二十一年）に「言語（げんぎよ）容貌は徳の符とやら申せば」とある。　二一　「曾呂利」以下、いずれも「容貌言語は徳の符」の具体例。↓補九。　二二　御覧になる。　二三　知識がありながら卒八や楊次郎のように品位に欠ける遊び人。↓補一〇。　二四　元結（日本髪に用いる細い紐）には須磨琴（一絃の琴）の音は出せない。　二五　蚯蚓には龍の鳴くような美しい音は出せない。「龍吟雲起。非

玉什《ぎよくじゆう》も作者《さくしや》が一時《いちじ》坐興《ざきよう》のむだ口《くち》ゆへに[一]洛陽《らくよう》の紙屑《かみくづ》[二]一貫目《いつくわんめ》で何割《なんわり》の狂《くる》ひ出《いづ》るや
も知《し》れず　これ良将《りやうしやう》の為《せ》ざる処君子《ところくんし》のつゝしむ辺《へん》ならずや　[三]已《（や）》みね藪蛇《やぶへび》　況《いは》ん
やまた社員《しやいん》の中《うち》[四]恢謔《くわいぎやく》自《みづか》ら悦《よろこ》ぶものもあれど[五]寡言徳行《くわげんとくこう》の君子《くんし》[六]其人《そのひと》に乏《とぼし》からず
それらが[七]お曠《はれ》の一張羅《いつちやうら》を蹴上《けあ》げの泥《どろ》によごさん事頗《ことすこぶ》る思遣《おもひやり》なきに似《に》たり　その
迷惑《めいわく》はいくそばくぞ　たとへば[八]李白《りはく》と連《つれ》だつてはかならず西河岸《にしがし》を通《とほ》らざれと
みな一同《いちすじ》に諫《いさ》めける[九]紅葉子《こうやうし》[一〇]太平記《たいへいき》ぶりのつくり笑《わら》ひして曰《いは》く　[一一]方々《かた〳〵》の熒《けい》たる其《その》
眼《がん》は曾《かつ》て秋津《あきつ》のアンコを見《み》たか　扨《さて》は[一二]微《び》たる其胆玉《そのきもたま》にしんの悴《せがれ》の頭巾《づきん》にやる気《き》
か　もしもこの戯語《けご》の為《た》めに各《おの〳〵》の品位《ひんい》が落《おち》るとならば紅葉子《こうやうし》は[一三]大書《たいしよ》せん　七人《しちにん》
の名《な》は実《じつ》なり　其《その》いふ所《ところ》はみんな虚《きよ》なり　また更《さら》になを〳〵[一四]書《しよ》して　紅葉子《こうようし》に
於てはいづれも毛頭《もうとう》いつはりなし　[一五]坐臥常住《ざぐわじやうぢう》の言行総《げんこうすべ》て爰《こゝ》にいへる事《こと》と寸分《すんぶん》の
相違《そうい》あるべからず　われかりそめにも[一六]鉛槧《えんざん》に従事《じゆうじ》するからは平生墨《へいぜいすみ》を減《へ》らし白《はく》
紙《し》を[一七]むげに費《つひや》す罪科《ざいくわ》のほどさへ恐《おそ》れ多《おふ》きに　剰《あまつさ》へ[一八]四方帰依《しはうきゑ》の浄銭《じやうせん》を受《うけ》ながら何《なん》
の心《こゝろ》あつて根《ね》[一九]なし草《ぐさ》が書《か》けやうぞ　[二〇]釈迦《しやか》も阿弥陀《あみだ》も照覧《しようらん》あれ　[二一]死《し》なばまさに無《む》
縁《えん》の亡者《もうじや》[二二]つがもネヱ[二三]稽首再拝《ケツシユさいはい》と声高《こえたか》らかにいひ放《はな》てば　満坐《まんざ》の諸子《しよし》[二四]机《つくえ》を撃《うつ》て一《いつ》
斉《せい》に唄《うた》つて曰《いはく》「[二五]君《きみ》が心備後表《こゝろびんごおもて》にあらず我《わ》が心沢庵石《こゝろたくあんいし》に非《あら》ず」をすな〳〵と打《うち》つ
れて[二六]とつかは急《いそ》ぎ帰《かへ》りゆく

蚯蚓之所能（龍吟ずれば雲起こる、蚯蚓の能くする所に非ず」（唐・智昇『続集古今仏道論衡』）。
二六 奈良刀（室町時代以後、奈良で大量に作られた粗悪な刀）の偽りの輝きに驚いてはいけない。
二七 発表した。「金編玉什」は極めて優れた作品。

以上六七頁

一 中国晋の詩人左思の著書の評判が高く、中国の東の都洛陽で紙の値段が上がったという故事（『晋書』文苑左思伝）を裏返し、評判が落ちたために紙屑のように価値を失うということ。
二 約三・八キログラム。 三 藪をつついて蛇を出すように余計なことをして災いを招くことは止すがよい。 四 人を笑わせるような言葉や、皮肉めいた冗談。 五 言葉数少なく、立派な行いをする君子。 六 そのような人も少ないわけではない。
七 君子めいた人間の表向きに装った品位を一時座興のむだ口で汚すのは思いやりに欠けることだ、の意。 八 李白のような優れた詩人と連れだっては、決して吉原のはずれの遊女町を歩いてはいけない、すなわち、高潔な人間の品位を落としめてはならない、の意。「西河岸」は、江戸吉原の北西端の通りの名で、下級の遊女屋があった。 九 尾崎紅葉自身を指す。
一〇『太平記』には「カラ〳〵ト打笑ヒ」という表現がたびたび見られる。
一一 あなた方がものを見る目をもたないのは、かつて秋津のアンコを見たからか。「熒」は、目がくらむ、の意。「秋津のアンコ」は未詳。
一二 あなたがたの小さな肝玉を、ニシンの子（数の子）の頭巾として遣ろうと言うのか。
一三 際だつ表現を用いて強調すること。
一四 手紙文などで本文の後に追加する文。追伸。
一五 坐っている時も寝ている時も、いつも。
一六 詩や文を作る職業。「鉛」は文字を書くため

明治《めいぢ》戊子《じゆし》二七応鐘《おうせう》二八

硯友社《けんゆうしや》の悪太郎《あくたろう》二九

紅葉山人《こうやうさんじん》識《しるす》

の染料、「槧」は文字を書き付ける板の意。一七 無下に。むやみに。やたらに。一八 全国至る所から提供される慈善のための金銭。ここは『我楽多文庫』購入のために支払われる代金を言う。一九 ここでは、根も葉もないこと。二〇 釈迦も阿弥陀も、御覧になってください。神仏に誓う形で自身の言葉の真実性を強調する時の言葉。二一 (誓いを破った場合は)死ねば神仏に見放されて成仏できないことは覚悟している、の意。二二 「つがもない」の江戸訛り。とんでもない。途方もない。(誓いに背くことなど)とんでもないことだ、の意。「江戸つ子だぞ、つがもねえ」(十返舎一九『東海道中膝栗毛』六編上巻)。二三 手紙の末尾に付けて敬意を示す語。ここでは、自分の発言の終わりを宣言するために流用した。二四 不満から机を拳などで叩くこと。二五 『詩経』の一節「我心匪レ石、不レ可レ転也。我心匪レ席、不レ可レ巻也」(我が心は石にあらねば転ばすべからざるなり。我が心は席(むしろ)にあらねば巻くべからざるなり)をもじったもの。君の心は備後表ほど上等ではなく、私の心は沢庵石ほど無益ではない、の意。「備後表」は備後地方(広島県東部)で産する上質の畳表。二六 急ぎあわてるさま。「彼は又とつかは起ちぬ」(尾崎紅葉『金色夜叉』明治三十一―三十六年)。二七 「戊子(ぼし)」の誤り。「戊子」は十干十二支の一つで、明治二十一年がこれにあたる。二八 陰暦十月の異称。二九 尾崎紅葉『是は近頃大評判の雑誌』(明治二十一年)には、末尾に「戯評無罪　悪太郎」の署名がある。「悪太郎」は、いたずら小僧、乱暴者、の意。「道ゆく悪太郎の悪戯とまがへてなるべし」(樋口一葉『十三夜』明治二十八年)。

[一]紅《こう》子《し》戯《け》語《ご》

巻《けん》之《の》一《いち》

紅葉山人口述
[二]長汀曲浦筆記

飯田町《いゝだまち》[三]中坂《なかざか》硯友社《けんゆうしや》の編輯室《へんしうしつ》—見晴《みはら》しわるき二《に》階八畳《かいはちでう》の一《ひ》ト間《ま》—に[四]宿直《しゆくちよく》の文客《ぶんかく》。毬栗頭《いがぐりあたま》で色《いろ》のクッキリと黒《くろ》い男不作法《おとこぶさほう》に大《おゝ》きな眼《め》へ鼻眼鏡《はなめがね》をしたは（[五]皆様《みなさま》御ぞんじの目鏡《めがね》）思案外史《しあんぐわいし》[六]菱形《ひしがた》の戯号《げごう》の[七]遊印《ゆういん》を[八]菅縫《すがぬひ》にした[九]奉書紬《ほうしよつむぎ》の羽織《はをり》の襟《えり》を[一〇]リウツとしごいて火鉢《ひばち》を引寄《ひきよ》せ

思《香夢楼《かむろ》……香夢楼《かむろ》ッ》

香《ヘン[一一]かむろ〳〵と沢山《たくさん》さふにダ用《よう》があるなら先生《せんせい》とよべ》

と[一二]奥州訛《おうしゆうなまり》の男《おとこ》これも毬栗頭《いがぐりあたま》色青《いろあを》さめ頬《ほう》の肉落《にくお》ち[一三]風邪《ふうじや》といふ気味《きみ》で垢染《あかじみ》た寐衣《ねまき》の[一四]袷《あはせ》へ薄《うす》きたない[一五]かいまきを羽折《はお》つて[一六]唐机《とうづくへ》へ倚《よ》り掛《かゝ》つて[一七]子細《しさい》らしく原稿《げんこう》の取調《とりしら》べも[一八]凄《すさ》まじい

思案《しあん》は仰山《ぎやうさん》に高《たか》わらひして

《どうだいいゝ[一九]狂歌《きやうか》があるかいおれのはまたナゼこんなまづい[二〇]都ゝ《どゝ》一《いつ》ばかり集《あつ》まる事だらう[二一]斯道《しどう》のかく衰《おとろ》へるといふのは実《じつ》になげかはしい事《こと》だ》

一「紅子」は紅葉を指す。「戯語」は、おもしろ半分に語る言葉。「戯語　ケゴ」(『易林本節用集』)。『紅子戯語』は中国の儒書『孔子家語』のもじりだが、内容上の具体的な関係はない。↓補一一。 **二** 巻之二以下の筆記者「漁村柳」(↓七九頁注四)と同様、紅葉自身か。なぎさが長く続く入りくんだ入江、の意。「雲の峯や長汀曲浦太陽(ひ)の香(にほひ)」(幸田露伴、明治二十五年作。『蝸牛庵句集』昭和二十四年所収)。 **三** 飯田町二丁目にあった坂の名。↓補二。 **四** 編集室に泊まりがけで詰めている文学者。 **五** 初期『我楽多文庫』は回覧本もしくは会員頒布形式であり、公売本になっても読者との間に楽屋落ちめいた仲間意識があった。 **六** 戯号を菱形にかたどった模様。「戯号」は戯作者などの用いる号。 **七** 正式な名や号ではなく好みの詩句や図像などを彫った印。文人の落款などに用いる。 **八** 底本「管縫」。誤植として改めた。菅糸で紋や模様などを作る刺繡法の一つ。「すが糸もてぬひたる小袖の紋所をいふ」(太田全斎『俚言集覧』)。ここは、羽織に遊印の模様を紋所風に刺繡してあること。 **九**「紬ノ精品ナルモノ、殆ド羽二重ニ近シ、越前ノ福井大野ノ辺ヨリ産ズ」(大槻文彦『言海』明治二十二―二十四年)。「黒の奉書紬の紋付の羽織着たるは、この家の内儀なるべし」(『金色夜叉』)。 **一〇**「りゆうと(隆と)」の強調表現。服装や態度などが立派で際だつさま。「洋袴は何か乙な縞羅紗で、リウとした衣裳附」(二葉亭四迷『浮雲』第一回)。 **一一** 長唄所作事「羽根の禿(かむろ)」の一節「禿々と沢山さうに、言うてくだんすなこちや花魁(おいらん)に恋の諸分(しよわけ)や手管のわけも　教えさんした筆の綾」を踏まえる。「沢山さうに」は粗末に扱うさま。「人の命を沢山さうに瓜かなすび切るやうに」(浄瑠璃『本朝廿四孝』近

香夢楼《かむろ》はニヤリと笑《わら》ひながら思案《しあん》を見《み》むき
《[二二]弱将《じやくせう》の下《もと》に強卒《きやうそつ》なしッ[二三]鳳凰《ほうをう》は梧桐《ごどう》にあらずんば棲《す》まずダ人《ひと》の事《こと》よりやア御当人《ごとうにん》がもう二《に》三《さん》年《ねん》御修業《しゆぎやう》なさるが順当《じゆんたう》だらう》
思《ヱヽお[二四]国猿《くにざる》が生聞《なまぎゝ》ナ「[二五]霞《かすみ》か雲《くも》か」の節《ふし》で「[二六]春雨《はるさめ》」を謡《うた》ふなんぞといふ第《だい》一了簡《いちりやうけん》の違《ちが》つてる男《をとこ》とは談《はな》しが出来《でき》ねへス[二七]》
香《まづ学者《がくしや》なかまで[二八]聞《き》けるやうに[二九]一中《いつちう》を呻《うな》らうといふのは[三〇]大槻《おゝつき》か僕《ぼく》だらう》
思《いつちうよりは[三一]そつちうにでもならないやうに[三二]ずいぶん身体《からだ》をおいとひ遊《あそ》ばせ》
香《[三三]そつちう気《き》をつけて居《い》るよ御配慮《はいりよ》御無用《むよう》〳〵》
思《[三四]とんだ山科《やましな》だ》
香《[三五]山しなの鹿鳴館《ろくめいくわん》は新《あた》らしからう》
思《新らしいせへかチツトもわからない》
香《[三六]雅言俗耳《がげんぞくじ》に入りがたくモツト修業《しゆぎやう》しろ〳〵》
思《[三七]祇園精舎《ぎをんせうじや》の鐘《かね》の声《こえ》ッ》
香《ヱッ》

松半二・三好松洛ら合作、明和三年初演)。
一二 陸奥(つむ)の国(現在の青森・岩手・宮城・福島にあたる)地方の訛り。香夢楼緑は青森県生まれ。
一三「かぜ」を知識人風に漢語で訓んだもの。一四 裏地をつけて仕立てた着物。一五 掻巻。襟や袖のついた綿入れの夜着。「夜着ノ綿薄キモノ」(『言海』)。挿絵(七四頁)の左下に「かいまき」を羽織った香夢楼緑の姿がある。一六 中国製の机、または中国風の机。一七 いかにも訳(わけ)ありげに。一八 あきれたものだ。「越後新潟じアあんめえし、八百よこせもすさまじい」(十返舎一九『東海道中膝栗毛』三編)。一九 諧謔・滑稽味を主とする短歌。『我楽多文庫』の投稿狂歌の選を香夢楼緑が担当していたことがうかがえる。二〇 三味線を伴奏とする七・七・七・五調の歌詞に特徴がある。「都々逸」とも表記する。↓補五六。
二一 ある専門の分野。その道。ここは「都々一」を指す。二二「強将下無二弱兵一」(強将の下に弱兵なし))(蘇軾「題二連公壁一詞」)を踏まえる。「強将の下には弱卒なしッ」(尾崎紅葉『読者評判記』明治二十二年)。二三 中国の伝説で、鳳凰は梧桐の木にしか棲まず竹の実だけを食するとされる。「黄帝時鳳凰棲二帝梧桐一、食二帝竹実一」(漢・韓嬰撰『韓詩外伝』)。二四 田舎者が知ったふうをすることだ。二五『小学唱歌集』第二篇(明治十六年)所収の唱歌。ドイツ民謡に加部厳夫(ずい お)作の歌詞をつけたもの。↓補一二。二六 端唄「春雨」を指すか。↓補一三。二七「…ス」は、文末で確認の意味を表す江戸語特有の表現。「是も親孝行の内だらうス」(式亭三馬『浮世床』初編)など、江戸時代の滑稽本や人情本の会話にみられる。二八 聞くに耐えるほどの巧みさで。
二九 一中節。都太夫一中が創始した浄瑠璃節の

思《オホンッこの洒落《しやれ》がわかつたら御好次第《おこのみしだい》なものを奢《おご》るがどうだサスガ凡《ぼん》[一]夫《ぶ》の浅《あさ》ましサかネ》

香《苟《いやし》くも椽大《てんだい》[二]の筆《ふで》を揮《ふる》つて日本文学《にほんぶんがく》[三]の中興者《ちうこうしや》たるべきものが屑ゝ《せう〱》[四]として一《いち》駄洒落《だじやれ》の為《ため》に心《こゝろ》[五]を役《えき》せんや須《すべか》らく語《かた》るべし》

思《日本人《にほんじん》なら借問《しやもん》[六]すといふ処《ところ》だ》

香《しやもん[七]の蹴合《けあ》ひを決闘《けつとう》[八]はよからうハヽヽヽ》

思《ハヽヽヽヽ閑話休題[九]今の洒落《しやれ》を注釈《ちうしやく》する代りに鉛槧《えんざん》の骨休《ほねやす》めとして……》

香《死馬《しば》[一〇]の骨《ほね》を五百金《ごひやくきん》くやしいけれど十[一一]銭抛《なげう》テ》

思《ハヽヽ近来《きんらい》[一二]の一大美事《いちだいびじ》……まづ語《かた》らうよ近《ちか》く寄《よつ》て聞《きゝ》めされ》

香《聞《きゝ》めさろといふ方《はう》がいゝ》

思《ナニ美妙《びみやう》[一三]が武蔵野《むさしの》といふ処《ところ》をやつたのだ耳《みゝ》[一四]のきかねへ》

香《マアいゝから祇園精舎《ぎをんしやうじや》を説明《せつめい》したまひ》

思《よろしい君も……平家物語《へいけものがたり》の初《はじ》めの方は読《よ》んだらう》

香《ナンノ推参《すいさん》[一五]ナ中程《なかほど》も知《し》つてる「小鹿鳴《おじかな》[一六]く此山里《このやまざと》と詠《えい》じけん」なら暗誦《あんせう》して見《み》せやう》

一つ。江戸初期に上方で流行し、江戸末期に再興された。三〇 大槻如電(一八四五―一九三一)。明治期の学者。和漢洋にわたる博学で知られ、邦楽にも通じていた。三一 卒中。脳卒中のこと。三二 せいぜい。大いに。三三「しょっちゅう」を掛けた洒落。三四 浄瑠璃『仮名手本忠臣蔵』(竹田出雲・三好松洛・並木宗輔合作、寛延元年初演)九段目(山科閑居の段)を踏まえる。↓補一四。三五 直前の「とんだ山科だ」を受け、「飛ぶ」を「踊り跳ねる」の意に解して、これを鹿鳴館の舞踏会に重ねたものか。『言海』に「とぶ 飛…ヲドル、跳ヌ」とある。三六 優美な洗練された言葉は俗人の耳には届かない。三七『平家物語』の語り出しの一節。「祇園精舎の鐘の声諸行無常の響あり」と続く。

以上七一頁

一 凡人のいやしさ。無学な人のみじめさ。二 堂々たる文章。東晋の王珣が椽(屋根の垂木)ほどに大きい筆を授けられた夢を見たという故事(『晋書』王珣伝)に基づく。「椽大」の底本の振り仮名は「えんだい」。誤植として改めた。尾崎紅葉『社員麻渓居士著真美人の評判』(明治二十一年)に「苟くも日本小説の改良を企つる硯友社員にしてこんな物を…」とある。三「中興」は、衰えていたものを再び盛んにすること。硯友社同人たちに、文学の再興を目指そうとする自負があったことがうかがわれる。四 細かなことに、こせこせとして。「せつせつ」とも訓む。五 心を労することなどしようか。六 試みに問う。「借問す、君は如何だつた」(徳冨蘆花『不如帰』明治三十三年刊)。七「借問」に「軍鶏(しゃも)」の蹴り合いを競う闘鶏を掛けた洒落。八 当事者同士が合意の上で、武器を用い、一定のルールに従って行う闘い。明

思《ナニも一七切歯《せつし》扼腕《やくわん》に及《およ》ぶほどの事《こと》はないワナ》

香《一八燕趙《えんちやう》悲歌士《ひがし》は物《もの》に激《げき》し易《やす》いからネ》

思《一九円朝《えんちやう》が干菓子《ひがし》を喰《くは》うと湯《ゆ》を呑《のま》うと勝手《かつて》ス》

香《いゝヨ〳〵何《なん》でもいゝから円朝《えんてう》に今《いま》のを二〇一席願《いつせきねが》ひます》

思《物《もの》は柳《やなぎ》二一に風《かぜ》でさう柔《やは》らかに来《こ》られるとたまらない……聞《き》かせませう……二二よしかい平家《へいけ》物語《ものがたり》にいはくサ祇園精舎《ぎをんせうじや》の鐘《かね》の声《こえ》だらう……》

香《ヱヽ幾度《いくど》鐘《かね》の声《こえ》だいモウさつきから二《ふた》ツ打《う》つに》

思《二三三《みつ》ツまでは捨鐘《すてがね》だ……君《きみ》がまぜつ返《かへ》すからいけないまた打直《うちなを》しとする》

香《後生《ごしよう》だから捨鐘《すてがね》はあとへ廻《まわ》してくれ》

思《さう融通《ゆうづう》がつくものかハヽヽヽヽ》

香《ハヽヽヽそれぢや祇園精舎《ぎをんせうじや》の鐘《かね》の声《こえ》》

思《そのつゞきは何《なん》といふ》

香《二四おろかや諸行《しよぎやうむ》無常《ぜう》の響《ひゞき》ありサ》

思《ソコだて君《きみ》はさつき何《なん》といつた修業《しゆぎよう》しろ〳〵といつたらう》

香《いつたがどうした》

治二十一年頃に流行した。↓補一五。 九 それはさておき。 一〇 価値あるものを手に入れるために、あえてまず価値のないものに出費すること。中国の戦国時代、燕の郭隗が、賢者を得るための方法を尋ねられて答えた譬え話（漢・劉向編『戦国策』燕策）に基づく。 一一 近頃珍しい、ほめるべき行為だ。香夢楼緑が洒落の注釈を聞こうとする態度を示したことを指して言う。

一二 一銭は一円の百分の一。

一三 山田美妙の小説『武蔵野』（明治二十年十一月―十二月）に「語りなされ」「聞きなされ」など尊敬語の命令形が多用されていることを揶揄して言う。 一四 聞き分けて理解することができない奴だ。 一五 無礼な。「下郎推参な」（尾崎紅葉『二人比丘尼 色懺悔』明治二十二年）。

一六 『平家物語』巻六に「小鹿鳴く此山里と詠じけん、嵯峨の辺の秋の比、さこそは哀にも覚けめ」とある一節を指す。この一節は、藤原基俊「小鹿なくこの山里のさがなれば悲しかりける秋の夕暮」（『基俊集』）を踏まえる。

一七 激しく残念がったり怒ったりする様子。

一八 憂国の士を言う。国を憂えて悲憤慷慨の歌を詠じた人たちが燕や趙の国に多くいたことによる。「燕趙古称㆑多㆓感慨悲歌士㆒」（韓愈「送㆓董邵南㆒序」）。

一九 前行の「燕趙悲歌士」を掛けた洒落。「円朝」は落語家の初代三遊亭円朝（一八三九―一九〇〇）。

二〇 落語などの話の一回分。 二一 柳の枝が風になびくように逆らわずにあしらうこと。

二二 いいかね。相手に念を押す場合に用いる。

二三 時を告げる鐘を撞く前に、前触れとして三回鐘を撞き鳴らす習慣を踏まえる。

二四 言うまでもないことだ。

思《修業《しゆぎやう》しろとい
ふから修業無用《しゆぎやうむよう》ッ》
香《アーッそれが
諸行無常《しよぎやうむぜう》か……[一]こ
の鐘はきこえなかつ
たナ》
思《二人《ふたり》[二]ぬる夜《よ》の
かくれ家《が》にせんッ》
こゝで二人共《ふたりとも》しや
べり草臥《くたび》れてしばらく無言《むごん》
香夢楼《かむろ》は一服《いつぷく》すつて洋燈《ランプ》[三]の心《しん》をあげ机《つくえ》に向《むか》ひ筆《ふで》をもちにかゝるを思案《しあん》は矢庭《やには》[四]に袖《そで》をとらへ
思《契約履行《けいやくりこう》だ……奢《おご》りたまへ》
香《イヤよしませうおごる[五]もの久《ひさ》しからず》
思《ヤアその言訳《いひわけ》[六]くらい〳〵サア尋常《じんじやう》[七]に買《か》ふ可《べ》し》
香《かふンならかひたまい頂《いたゞ》きます》

絵　『我楽多文庫』第十号掲載の挿絵。松岡緑芽(→九一頁注一七・補四六)画。落款の「蒼々」は緑芽の別号。硯友社編集室における同人の戯画であり、上から順に、川上眉山、丸岡九華、月の家まどか、巌谷小波、山田美妙、尾崎紅葉、石橋思案、香夢楼緑。

一　この洒落は通じなかった。「祇園精舎の鐘の声…」の一節を踏まえて言う。

二　「世の中に鳥も聞えぬ里もがなふたりぬる夜の隠家にせん」(伝・太田道灌『慕景集』)を踏まえる。→補一六。
三　ランプの油をしみ込ませて炎を燃やすための、糸をよりあわせた芯。芯を上げると炎が大きくなり、明るさが増す。
四　突然。だしぬけに。
五　『平家物語』冒頭の「奢れる人も久しからず」を踏まえる。
六　不十分だ。もの足りない。「何々言訳はくれへ〳〵」(瀧亭鯉丈『花暦　八笑人』二編、文政四年)。
七　いさぎよく。
八　歌舞伎『勧進帳』の「仏徒の姿にありながら、頭(かうべ)に頂く兜巾はいかに」というせりふを踏まえた洒落。「かふべし」は、「買ふ可し」と「頭に」を掛ける。→補一七。
九　ただで食らおうとはずるい、の意。『勧進帳』を踏まえて「九郎」に「食らふ」を掛ける。「九郎判官」は源義経の別称。
一〇　『勧進帳』で、関守富樫に見とがめられた強力姿の義経を武蔵坊弁慶が金剛杖で打ち据える

思《かふべしいたゞく兜巾《ときん》ないかに……》[八]

香《たゞで九郎判官《くろうはんがん》はずるい武蔵坊《むさしぼう》[一〇]が例《れい》に倣《なら》ひ金剛杖《こんごうづゑ》で頭《アタマ》わりといかう》[九]

折から階子《はしご》を上る音《おと》トントントントン

思《そら来《き》たぞ》

香《来《きた》るものは拒《こば》まず誰《たれ》だ》[一一]

思《シヒッ……そこの唐紙《からかみ》をあけちやいけない少《すこ》し待《ま》つたこゝに控《ひか》えし両人《りやうにん》が一陽来復《いちようらいふく》[一二]の天元術《てんげんじゆつ》[一三]といふので何者《なにもの》だといふ事《こと》を鑑定《かんてい》するから……》

香《こりやおもしろからうサア思案鑑定《しあんかんてい》は……》

思《おかる[一四]鑑定易《かんていやす》[一五]いかなく\まづ足音《そくいん》[一六]を以て窮理《きゆうり》[一七]するに社中《しやちう》[一八]はみんなドンく\といふ響《ひゞき》がある今のはトンく\……トンく\といふからには水鶏《くいな》[一九]の声《こえ》……水鶏《くいな》は古歌《こか》にも「もしやそれかと雨戸《あまど》をあけりや」[二〇]などゝあつて恋《こひ》のものだ……》

香《ヱヽ這入《はいっ》て来《き》ちやいかんヨハヽヽヽ水鶏《くいな》メむづく\して居る……ウームそれから》

思《水鶏《くいな》は恋《こひ》のものだそれにまたあの音《をと》の優美《ゆうび》な処《ところ》などは退《しりぞい》[二一]て案《あん》ずるに綽約《しやくやく》[二二]たるものぢやあるまいか》

場面を踏まえて言う。「頭わり」は、支払いなどを人数に応じて均等に割り当てること。割り勘。
一一 やって来る者はすべて受け入れる（『春秋公羊伝』中の「来者勿ㇾ拒、去者勿ㇾ追」に基づく）。
一二 易学で、陰が極まって陽が生ずること。
一三 算木を並べて方程式を解く数学の技法で、中国宋代に考案された。日本では江戸時代に関孝和らによって再評価され、日本独自の数学である和算の基礎となった。ただし、ここでは、算木を使った易占いの意味で用いられている。
一四 浄瑠璃『仮名手本忠臣蔵』に登場する腰元おかると早野勘平の夫婦の併称「おかる勘平」を踏まえた洒落。
一五 簡単なことだ。易占い特有の口上か。
一六 足音（あしおと）を、もったいぶって漢音で言ったもの。
一七 物事の道理を窮めること。
一八 同じ結社（硯友社）の仲間。
一九 水鶏は湿地帯に棲む鳥で、ことに夏鳥である緋水鶏の鳴き声は「水鶏叩く」と称されて古来文学作品に多く用いられている。「水鶏だにたたく音せばまきの戸を心やりにもあけてみてまし」（『風雅和歌集』恋四・和泉式部）。
二〇 「叩く水鶏もそれかとばかりまくらひとつがじれったい」「庭の松むしなき止（やむ）たびにもしやそれかと気がもめる」（歌澤能六編『新撰度独逸大成』万延二年）など、恋人の訪れを待つ気持を歌う俗謡に「もしやそれかと」の用例は多い。
二一 少し離れた位置から別の見方で考えると。
二二 しとやかで美しいさま。

以下七六頁

一 「謹んで案ず」（うやうやしく考える）に「杏」を掛けた洒落。 二 芽が出たばかりで若々しいさま。「桃之夭夭灼灼其華（桃の夭夭たる、灼灼た

香《緑《みどり》[一]つゝしんであんずに蜜柑梨《みかんなし》に柿桃《かきもゝ》の夭ゝ《やうく》[二]たるものとは大違《おゝちが》ひちがひ[三]も堅《かた》き石山《いしやま》の………とある由来社中《ゆらいしやちゆう》[四]の寄《よせ》て来《く》るのはドン〳〵ドシ〳〵大波《おゝなみ》のやうだが今《いま》のは静《しづ》かにして優《や》さしくよせて来《く》る具合《ぐあひ》は漣山人《さゞなみさんじん》………どうだ鑑定《かんてい》[五]だらう》

《[六]梨花一枝《りくわいつし》雨《あめ》を帯《お》びたる粧《よそおひ》の〳〵太液《たいえき》の芙蓉《ふよう》のくれなゐ未央《びおう》の柳《やなぎ》の緑《みどり》も是《これ》にはいかで増《まさ》るべき…………》

[七]とわるく摺足《すりあし》をして入来《いりく》る男《おとこ》。香夢楼《かむろ》は見《み》て

香《ナーンダこれは[八]小石川《こいしかは》のあたりにすむ魔物《まもの》にて候《さふらふ》か綽約《しやくやく》[九]たるものだなんぞツテいはれると直《すぐ》にまにうけて楊貴妃《やうきひ》の身振《みぶり》がいゝ》

思《ハヽアヽヽヽ玄宗《げんそう》[一〇]もきつい茶人《ちやじん》と見《み》へたネ》

そも〳〵この男《おとこ》こそ春亭九華《しゆんていきうくわ》とて新体詩《しんたいし》[一一]の大天狗《だいてんぐ》時ゝ《ときぐ》山伏《やまぶし》と姿《すがた》をかえて大法螺《おふぼら》も相応《そうわう》に吹立《ふきたて》る自称博士《じせうはかせ》這入《はいる》といきなり洋燈《ランプ》をあかるくして部屋《へや》の真中《まんなか》へ仁《に》王《おふ》だちにつッたち

九《見《み》てくれこのフロック[一二]コートの着《き》こなし附《つけ》[一三]たり仕立塩梅《したてあんばい》ッミルトン[一四]がこんな胸《むね》をして居る面《おも》[一五]ざしはちよつとバイロン[一六]の肖像だ大理石《だいりせき》の……》

香《大理石《だいりせき》の肖像《せうぞう》も雨《あめ》に叩《たゝ》かれたり日《ひ》に晒《さら》されたりするとどうも黒《くろ》くなりが

るその華)」(『詩経』周南・桃夭)。 三 西国巡礼第十三番札所の石山寺の御詠歌「後の世を願ふ心はかろくとも仏の誓ひおもき石山」をはじめとして、「あはづと三井のかねごとも堅い誓ひの石山に」(長唄「藤娘」)など、「石山寺」の「石」にかけて誓いや約束の堅さを歌う用例は少なくない。ここは「違ひ」と「誓ひ」を掛けた洒落。 四 もともと。元来。 五 みごとな鑑定ぶりだろう、の意。 六 白居易「長恨歌」に取材した謡曲「楊貴妃」で、楊貴妃の美しさを表現した一節。 七 下手な摺足をして。「摺足」は能の所作で、足の裏で床を摺るようにして歩くこと。 八 能の冒頭でワキにあたる諸国一見の旅僧が自身の身分を語る言い回しをまねたもの。 九 「長恨歌」に「楼閣玲瓏五雲起、其中綽約多二仙子一」(楼閣玲瓏として五雲起こる。其中綽約として仙子多し)とあるのを踏まえる。そのうちに綽約たる仙妃を愛する玄宗も、よほどのものずきらしい、の意。「茶人」は茶道にたずさわる人を指すが、転じて浮世離れしたものずきを言う。 一一 西洋風の近代詩型の総称。旧来の漢詩や和歌・俳句などに対して言う。ここは、新体詩の流行に乗って、九華が自作の詩を「大天狗」のように鼻高々に自慢し、それが高じて時に法螺を吹く(大げさに誇張する)ことをからかったもの。 一二 frock coat. 男子の昼間用礼服。↓補一八。 一三 付け加えられたもの。追加事項。ここは、「着こなし」に加えて「仕立」も良いことを言う。 一四 John Milton(一六〇八-七四)。イギリスの詩人。叙事詩『失楽園』(一六六七年)などがある。↓補一九。 一五 顔つき。 一六 George Gordon Byron(一七八八-一八二四)。イギリスロマン主義を代表する詩人。『チャイルド・ハロルドの遍歴』(一八一二年)、『マンフレッ

ちだ僕《ぼく》はまたソクラテス[一七]の銅像《どうぞう》かとおもつた》

九《ア丶尤も哲学《てつがく》もやるからネ》

香《君《きみ》のてつ学《がく》といふのは金《かね》へんに失《しつ》の字《じ》で鍛冶屋《かぢや》の事《こと》だらう》

九《[一八]かぢやあんまでやう〳〵とか……ウーム才子《さいし》[一九]多病《たびやう》なもンだ》

香《君《きみ》の顔《かほ》じや佳人《かじん》[二〇]はなく。め。へ。ス》

思《アハ丶丶丶ッ九華子《きうくわし》お世事《せじ》[二一]でいふんじやないが君《きみ》の風《ふう》は純然《じゆんぜん》たる詩人《しじん》だがネ惜《おし》むらくは白玉《はくぎよく》[二二]の微瑕《びか》がある》

香《微瑕《びか》[二三]一文《いちもん》の直打《ねうち》もないヨ》

九《ヱヽすされ[二四]……思案子《しあんし》其微瑕《そのびか》といふのはどこだ今夜《こんや》は木綿《もめん》の靴下《くつした》をはいてるけれど……》

思《イ丶ヤそんな事《こと》じやない》

九《カラー[二五]が黒《くろ》いけれどこりや実《じつ》は……》

思《イ丶ヤそれでもない……一体詩人《いつたいしじん》といふものは君《きみ》のやうに無用《むよう》な口舌《こうぜつ》を動《うご》かす筈《はづ》のものでないなるべくは一言《いちごん》もいはないのが本来《ほんらい》だ》

九《コリや近頃《ちかごろ》[二六]の珍論《ちんろん》だ承《うけたまは》りませう何者《なにもの》が何時《いつ》そんな荒誕無稽《こうたんぶけい》[二七]な妄説《ばうせつ》を吐《は》いたヱ》

ド』(一八一七年)などがある。バイロンの学んだケンブリッジ大学トリニティ・カレッジに等身大の大理石像がある(写真は同大学図書館ホームページより)。→補二〇。

一七 Sōkratēs(前四七〇-前三九九)。ギリシアの哲学者。ここは、バイロンの白い大理石像の洗練されたイメージから遠い九華の色黒の風貌から「ソクラテスの銅像」を連想したもの。銅像に具体的対象が想定されているかについては未詳。一八 浄瑠璃『夕霧阿波鳴渡』(近松門左衛門作、正徳二年初演)に「煎薬(せんやく)と煉薬(ねりやく)と鍼(はり)と按摩でやうやうと。命つないでたまさかに…」とあるのを踏まえる。一九 才能ある人は病気がちであるということ。二〇「佳人」は美人。「才子佳人」と併称される。前項を受けて、たとえ病気になっても、その容貌では佳人は泣くまい、の意。二一「お世辞」に同じ。二二 立派なものにも、わずかながら欠点があるということ。二三「鐚(びた)一文の…」を掛けた洒落。二四 退れ。ひっこんでいろ。二五 collar. 洋服の付け襟。白色で、礼服などの首回りに取り付ける。二六 近来にない見当違いの考え方だ。二七「荒誕」は、でたらめ、「無稽」は、根拠がないこと。「妄説」は、根拠のないでたらめな説。「もうせつ」とも言う。

思《ネー香《か》夢《む》楼《ろ》詩《し》人《じん》[一]に口《くち》なしといふ本文《ほんもん》[二]がある》
九《[三]おきやアがれ》（これは九華《きゆうくわ》が口癖《くちぐせ》なり）
香
思《ハヽヽヽアハヽヽヽヽ》

一 「死人に口なし」という諺を掛けた洒落。
二 「古書ナドニアル典故（カガミ）トスベキ文句」（『言海』）。 三 置きやがれ。いい加減にしやがれ。
四 尾崎紅葉自身のことと考えられる。↓補二一。
五 まもなく。間をおかずに。
六 雑誌『以良都女』（↓注一五）の発行所。
七 「箱入娘」のもじり。『以良都女』同人の中心的存在であった山田美妙をからかい半分に言う。
八 「柳原」は神田川の万世橋から浅草橋までの土手を言うが、ここは柳原の露天の古着市場を指す。「柳原仕立」は古着を冗談めかして仕立て服のように言ったもの。↓補二二。
九 布を縫い合わせた境目が盛り上がって目立つこと。仕立ての悪さを言う。
一〇 着込んで。「一着」は衣服を着ること。
一一 帽子の前の部分を下がり気味にかぶった。
一二 アメリカ製のソフト帽で、鍔が上に反った形のものを言う。「男は鍔広の黒の米利堅帽子に」（内田魯庵『くれの廿八日』明治三十一年）。
一三 神田区南神保町（現在の千代田区神田神保町二丁目）にあった薬屋の屋号。「愛黛道士」は硯友社同人安川政次郎の戯号。↓補二三。
一四 普通とは変わった姿や人となり。
一五 婦人雑誌・文芸雑誌。明治二十年七月―二十四年六月、全八十四冊。↓補二四。
一六 翁屋で販売していた化粧品名。↓補二三。
一七 白粉ののりをよくするために下地として用いる化粧水。
一八 文芸雑誌。明治二十一年十月―二十六年六月、全百九冊。金港堂発行。創刊当初から山田美妙が編集主幹の役割を担っていた。↓補二五。
一九 芝居興行等の純利益。ここでは収入のこと。
二〇 『都の花』第二号（明治二十一年十一月四日発

巻之二

紅葉山人口述
[四]漁村　柳筆記

[五]程《ほど》もあらせず階子《はしご》ふむ音静《おとしづ》やかに入来《いりく》るは[六]成美社《せいびしや》の[七]函入息子美妙斎《はこいりむすこびめうさい》　[八]柳原仕《やなぎはらし》立《たて》の背《せ》広の[九]縫目《ぬいめ》高《たか》なるを[一〇]一着《ちやく》なし[一一]前下《まへさが》りに頂《いたゞ》いたる[一二]米利堅帽子《メリケンぼうし》の藤色《ふぢいろ》なるをとつて一礼《れい》し

美《諸君失敬《しよくんしつけい》　早《はや》く参《まゐ》る筈《はづ》でしたが[一三]翁屋《おきなや》（南神保町《みなみぢんぼうてう》の薬舗《くすりや》。主人《しゆじん》は愛黛道士《あいたいどうし》といつて[一四]異風《いふう》な男《おとこ》なり）へ呼《よび》こまれたもんですからツイ……》

思《「[一五]以良都女」愛読《あいどく》の令嬢方《れいぢようがた》へ御進物《しんもつ》の[一六]花《はな》の雲《くも》（同家《どうけ》で売《う》る[一七]おしろい下《した》）の御用《ごよう》ですか》

美《フヽヽヽヽ》　　と笑《わら》ふこれは美妙が専売笑《せんばいわら》ひなり

九《時《とき》に美妙子《し》「[一八]都《みやこ》の花《はな》」でしつかり[一九]蔵入《くらいり》がありましたらう　[二〇]二号《ごう》にはまた[二一]秋月女史《しうげつぢよし》と同席《どうせき》なぞは[二二]稗官冥加《はいくわんみようが》に叶《かな》つたといふもんだ》

思《アノ秋月女史《しうげつぢよし》といふ名《な》で売《う》れが余《よ》ツ程違《ほどちが》ふさうだ、なんといつても[二三]浮世《うきよ》は色《いろ》カス》

九《社《しや》でも一二枚面《まいつら》のいゝ処《ところ》を[二四]配剤《はいざい》したらどうだ》

美《文章《ぶんしよう》だけを見《み》せるのですから面《つら》のいゝのは[二五]錦衣夜行《きんいやこう》です》

行）。二一 経歴未詳。『都の花』第二―五号に小説『許婚の縁』を連載している。↓補二六。二二 小説家冥利に尽きる。「稗官」は、古代中国で民間の風評を王に報告した役人。転じて小説家を言う。「冥加」は、その立場で得られる最大の恩恵があること。二三 この世は結局、色恋で動くということか。二四 ほどよく配合すること。二五 ここでは、表面だけを飾ることは無意味である、の意。出典は『漢書』項籍伝の「懐ニ思東帰一曰、富貴不レ帰ニ故郷一如ニ衣レ錦夜行一」（東帰せんと懐思して曰く、富貴にして故郷に帰らざるは錦を衣て夜行くが如し）。

以下八〇頁

一 鉄筆将軍著『明治の細君』（明治二十一年）巻頭に著者の写真が掲げられたことを踏まえる。↓補二七。二 『読売新聞』。明治七年十一月創刊。紅葉は『紅子戯語』発表の翌年にあたる明治二十二年に入社し、同紙に多くの小説を発表した。三 屋よし子。経歴未詳。『読売新聞』明治二十一年十一月八日―二十二日に小説『夜の錦』を連載。↓補二八。四 地所。所有する土地。五 「歌詠」（歌人）とあるが、未詳。六 同じ棟の中にいくつかの住居が隣り合って連なっている建物。七 貧しい暮らし。八 背中を拳で打つ。九 嘘もまことも見きわめず。振り仮名は「きよじつ」とあるべきだが、「虚説」と混用したか。一〇 異性に対して甘くなる。「なぜあの女にのろくなつたらう」（式亭三馬『浮世床』初編）。一一 中国明代の小説『西遊記』に登場する三蔵法師（玄奘）の供の一人。もとは天界にあったが、女癖が悪いため下界に落とされた。一二 『都の花』第一号（明治二十一年十月）に掲載された山田美妙の『花車』（第一・二輯）に付された小林清親の挿絵「月下車を停むる図」を指す。

思《だから著者《ちよしや》[一]の写真《しやしん》を巻頭《くわんとう》へ出《だ》したらよからう》

香《[二]読売《よみうり》じや[三]葦屋《あしや》のよつちやんを出《だ》したじやないか》

九《香夢子《かむし》知己《ちき》か》

香《知己《ちき》どころか僕《ぼく》の[四]地面《ちめん》へ住《す》んでる[五]難波浜女《なにわはまちよ》といふ歌詠《うたよみ》の御令嬢《ごれいじやう》だ　大《だい》の懇意《こんい》》

美《フヽヽヽヽ九華子《きうくわし》は人《ひと》が好《い》い……香夢子《かむし》は僕《ぼく》の地面《ちめん》だなんぞといつて人《ひと》の[六]長屋《ながや》に[七]詫住《わびずま》ひの身《み》です》

九《ヱヽ此奴《こいつ》》　と香夢楼《かむろ》の[八]背中《せなか》を喰《くら》はす

香《アイテヽヽ……女《おんな》といふと妖怪《ようかい》メ[九]虚実《きよぜつ》を正《たゞ》さずの[一〇]ろくなるから有難《ありがた》いまづ[一一]西游《さいゆう》の猪八戒《ちよはつかい》といふ格《かく》だハヽヽヽ》

九《美妙子今《いま》チョツト思《おも》ひ出《だ》したんですが都《みやこ》の花《はな》の一号の[一二]君《きみ》の挿絵《さしゑ》……花車《はなぐるま》の……あれをよつぽど[一三]見立《みたて》た[一四]評判記《ひやうばんき》があるンです》

美《へーなんと………》

九《[一五]ナショナルの読本《リーダー》》

一同ハヽヽヽヽフヽヽヽヽ

思《それからしまひに附《つい》てる[一六]色紙《いろがみ》の広告《くわうこく》ネあれが七夕様《たなばたさま》ッ》

小林清親「月下車を停むる図」

一三 巧みになぞらえた。 一四 ここは批評文の意。 一五 Charles Joseph Barnes の英語教科書 New National Readers のこと。その挿絵の描法が『花車』の挿絵に似ているというのである。『我楽多文庫』第十一号「街談巷説」欄に『花車』の評があり「挿絵は紅子戯語の中に申す通りナショナルのリーダー」とある。→補二九。 一六『都の花』巻末綴じ込みの色紙広告頁を七夕飾りに用いる色とりどりの短冊に見立てて言う。 一七 半面の化粧(諸橋轍次『大漢和辞典』)。顔の一部に化粧を施すことを言うか。 一八『我楽多文庫』第十二号(明治二十一年十一月)の「紅紫亭記」で、川上眉山は「こゝに浮世の逃道を取り。蝸牛の庵をしつらひて、自ら紅紫亭と名づく」と記している。 一九 いるわ、いるわ。 二〇 長唄「外記猿(げきざる)」の「小猿廻せや猿廻し、オオイオオイと招かれて」「猿は山王まさる目出度き、めでたき…」などの詞章を踏まえるか。 二一 中国

美《フヽヽヽヽ》　此時襖《このときふすま》サラッとあいて見《み》たくもない顔《かほ》を半面粧《はんめんそう》[一七]こ
れは誰《た》ぞ　硯友社《けんゆうしゃ》のボッチヤン春木町《はるきまち》の[一八]紅紫《こうし》亭眉《ていび》山人《さんぢん》
眉《今晩《こんばん》は………ヤア[一九]御座《ござ》るは〳〵[二〇]ゴザルは目出《めで》たやッ》
九《[二一]梁山泊《りようざんぱく》大分《だいぶ》賑《にぎや》かになるぞ》
美《[二二]黒旋風《こくせんぷう》李逵《りき》其処《そこ》にありッフヽヽヽヽ》
九《[二三]どう遊《あそ》ばして……[二四]史家村《しかそん》の九紋龍《きうもんりう》[二五]勇肌《いさみはだ》なもんサ》
思《しこ[二六]。。んが胡座《あぐら》をかいてるといふのは和殿《わどの》[二七]の鼻《はな》だ》
香夢楼《かむろ》は首《くび》をのばして上《あが》り口《ぐち》をすかし[二八]
香《オヤッあすこの[二九]黯淡《あんたん》たる辺《へん》に[三〇]潜蛟《せんかう》の[三一]蟠《わだか》まつてるのは[三二]那里《なり》の人《ひと》だ……ヱ
……眉山《びさ》》
眉《[三三]せん。か。う。の蟠《わだか》まれるは錦魚《きんぎよ》の糞《ふん》だらう》
香《エヽきたねヱ……慥《たし》かにあれは[三四]同行二《どうぎように》人《にん》カ》
眉《[三五]さん候《さふらふ》　[三六]ふだらくや岸打《きしう》つ漣《さゞなみ》ス……[三七]事此処《ことこゝ》に及《およ》べば裹《つゝ》むとも今《いま》は詮《せん》なし
サアズット[三八]玉駕《ぎよくが》を廻《めぐ》らしたり》　といひながら眉山《びさ》は漣《さゞなみ》の手《て》を引《ひい》て坐敷《ざしき》
へつれこむ、只見《たゞみ》る眉山《びさ》は誰そが[三九]れ。。。色《いろ》の[四〇]御小袖《こそで》[四一]肩白《かたしろ》の[四二]御羽織《はをり》[四三]ビラシヤラと着流《きなが》[四四]
し[四五]。。山入微塵独鈷《みぢんどッこ》の博多帯《はかたおび》に[四六]白銀《しろかね》の鎖《くさり》[四七]逶迤《いゝち》たり　漣山人《さゞなみさんぢん》は[四八]スコッチのデイコ[四九]。。

山東省の梁山の麓にあった沼地。中国明代の長編小説『水滸伝』の豪傑たちが結集した場所として描かれたことで広く知られ、一般に豪傑や野心家たちの集まる場所の意で用いられる。 二二『水滸伝』に登場する豪傑の一人。色黒の暴れ者として描かれる。 二三 相手の言葉を強く否定する意の「どうして」を必要以上に丁寧に言ったもの。 二四『水滸伝』に登場する豪傑の一人。史家村の村長の息子で、色白の肌に九つの龍の刺青があり、「九紋龍の史進」と呼ばれた。 二五 強きをくじく男だての気性。 二六 九紋龍の史進を「獅子」に掛け、「獅子鼻」(小鼻の広がった低い鼻)をからかって言う。「胡座鼻」とも言う。 二七 対等の相手に用いる二人称の古風な言い方。そなた。 二八 透かし見て。二階から階段を通して見下ろすさま。 二九 うす暗いさま。以下、わざと漢文的表現を用いている。 三〇 谷や淵に潜んでいる蛟(みずち)。蛟は角と四脚をもつ蛇に似た想像上の動物。 三一 とぐろを巻いている。 三二 どこの人だろうか。 三三 切れずに長く続く金魚の糞を、とぐろを巻いた線香に見立てた。 三四 西国遍路などで弘法大師と共にあることを言うが、ここは二人連れの意。 三五 さようでございます。 三六 先の「同行二人」から四国巡礼の御詠歌「補陀落や岸打つ波は三熊野の那智のお山に響く滝つ瀬」を導き、連れ立って来た「漣山人」の「漣」に掛けたもの。 三七 事態がここまで来れば、もはや隠し立てしても仕方がない、の意。 三八 乗り物をこちらにお回しなさい、の意から、こちらにいらっしゃい、の意になる。「玉駕」は他人の乗り物の敬称。 三九 わずかに紫がかった空色。 四〇「小袖」をわざとらしく丁寧に言ったもの。小袖は袖口をせまくした和服の長着(ながぎ)。 四一 鎧の縅(おどし)の一種で、袖や胴の上部を白糸

ート(モーニングの古《ふる》びたるをいふ)縞《しま》ズボンは卸《おろ》したてと見《み》へて悪《わる》く膝《ひざ》を気《き》にしてすはる

思　《漣子《れんし》何《なに》をそんなに足《あし》を気《き》にするんだ…脚気《かつけ》[一]か》

漣は南無《なむ》[二]三見《さんみ》られたと思《おも》ひながらもグット落《おち》つき

漣　《[三]あたらぬもカツケか》

眉　《道理《どうり》でさつきから「ゆで[四]小豆《あづき》」臭《くさ》いとおもつた》

美　《豚《ぶた》[五]じやあるまいし》

漣　《[六]これはしたり美妙子何等《なんら》の遺恨《いこん》があつて漣《さゞなみ》ともいふべきものを畜類《ちくるい》に比《ひ》するのだ　僕《ぼく》はいゝ僕《ぼく》は構《かま》いませんしかし五月鯉《さつきのこひ》[七]の錦子《きんこ》さんが不承知《ふしようち》だあの可《か》憐《れん》の少女《しようぢよ》が涙《なみだ》をこぼすだらうもしもこの悪口《わるくち》を聞《き》いたなら》

九　《イヨー妙《めう》[八]だぞ〳〵言文《げんぶん》[九]一致家《ちか》の同士《どし》打文学的《うちぶんがくてき》の決闘《けつとう》》

眉　《コリヤ面白《おもしろ》くなつて来《き》たワイ》

美妙は巻煙草《まきたばこ》[一〇]の火《ひ》をつけ一口吸《くちす》つて唇《くちびる》をゆがめて斜《なゝ》めに下《した》の方《ほう》へ煙《けむ》をふき出《だ》し

美　《ナルホド豚《ぶた》といつたのは重《じう》く〳〵わるかつたです……が……この悪口《わるくち》を破裂《はれつ》さした道火《くちび》[一一]はそもそも何《なん》でしやう？　果《くわ》[一二]あれば因《いん》ありです　遠因《ゑんいん》[一三]？……イヽエ

で緘したもの。ここでは着物の肩の部分だけが白く染め抜かれているものを指すか。四二「羽織」をわざとらしく丁寧に言ったもの。羽織は長着の上に着る丈の短い着物。四三 袖や裾がひらひらするさま。四四「着流す」は、和服を改まらない感じでだらりと身につけること。四五 独鈷柄に山形を重ねた細かな文様のことか。「博多帯」は博多地方で産する絹織物の帯で、「独鈷」柄などを特徴とする。独鈷柄は仏具の独鈷に似た幾何学模様を連ねたような縞柄。四六 銀製の鎖。懐中時計などを結ぶのに用いた。四七 曲がりくねって長く続くさま。振り仮名は、正しくは「いゐ」。四八 Scotch. スコットランド産の羊毛で織った織物。「背皺よると枕詞の付く「スコッチ」の背広に」(『浮雲』第一回)。四九「モーニングコート」のモーニング(朝)が時が経ってデイ(昼)になったという洒落。

以上八一頁

一 ビタミンB_1の欠乏によって起こる病気。二「南無三宝」の略。しまった。本来は仏・法・僧の三宝に帰依することを言うが、突然の出来事に驚いたり、失敗したりした時に発する語としても用いられる。三 易占の成語「当たるも八卦(けはっ)当たらぬも八卦」を踏まえた洒落。四 当時、脚気の原因は不明だったが、水で煮た小豆を食べたり、その煮汁を飲んだりすると脚気が治ると信じられていた。「甥に脚気の出たとき、笹村はお銀にいひつけて、小豆などを煮させ、医者の薬も飲ませたが」(徳田秋声『黴』明治四十四年)。五 豚の餌として小豆かすが用いられていたことを踏まえるか。六 これは意外だ。これはあきれた。七 巌谷小波の小説『五月鯉』(『我楽多文庫』明治二十一年五月―十一月)の主人公の一人。お嬢様育ちの少女として描かれる。

近因《きんいん》……》

九《ヨウ〳〵[一四]口調《くてう》が出《で》ました　有《あり》がてヱ〳〵》

美妙は頻《しき》りと[一五]乗地《のりぢ》になり

《近因《きんいん》となつたのは「ゆで小豆《あづき》」といふ一言《ごん》です　なぜこれが「豚《ぶた》」の近《きん》因《いん》となりましたか　[一六]「思想《しさう》の連絡《れんらく》」で「雪《ゆき》」といへば「白《しろ》い」「[一七]鵞毛《がもう》」なぞといふ考《かんがへ》が浮《うか》びます「[一八]黄色《きいろ》な紙《かみ》」を見《み》れば「コレラ」を思《おも》ひ出《だ》します　今眉山《いまびさ》が「ゆで小豆《あづき》」といひました[一九]底《そこ》でこの「思想《しさう》の連絡《れんらく》」といふ[二〇]蓮葉者《はすはもの》が跳《は》ね出《だ》して「豚《ぶた》」といふ考《かんがへ》を起《おこ》させました美妙に災難《さいなん》の罹《かゝ》るとも知《しら》ず　学校《がつこう》に居《ゐ》た頃《ころ》幾何《きか》代数《だいすう》の難題《なんだい》のために美妙が頻《しき》りに脳髄《のうずい》を痛《いた》めてる時《とき》フラ〳〵と湧出《わきだ》して怪我《けが》の功名《こうめう》をして思《おも》はぬ恩賞《おんしやう》に預《あづか》つた場合《ばあい》と同《おな》じ様《やう》に心得《こゝろへ》て[二一]又忠義《またちうぎ》を竭《つく》さうといふ志《こゝろざし》はしほらしい……実《じつ》に不憫《ふびん》なものしかしそれが却《かへツ》て禍《わざわい》の種《たね》……》

眉《あとは「[二二]…………」で幕《まく》として下つし》

九《アハヽヽヽ[二三]夏木立の後編《こうへん》を読《よん》でるのかと思《おも》つた》

漣《アハヽヽヽ「思想《しさう》の連絡《れんらく》」で[二四]籠絡《ろうらく》して眉山《びさ》を[二五]天適《あツぱ》れ悪党《あくとう》にしてしまつた成程言文一致《なるほどげんぶんいつち》の[二六]妙用《めうよう》は其処《そこ》らか》

思《[二七]不在話下《ふざいわか》却説《きやくせつ》として漣子《れんし》どうしたのだ美妙《びめう》の方《はう》じや切込《きりこん》で来《き》たじやない

八 面白い。めずらしい。　九 山田美妙は言文一致文体のいち早い実践者であり、巌谷小波も『五月鯉』などを言文一致体で書いている。『我楽多文庫』第一号目次には紅葉の「風流京人形（雅俗折衷体）」を間に挟んで小波の「五月鯉（言文一致体）」と美妙の「情詩人（言文一致体）」が並んでいる。「同士打」は味方同士が争うこと。

一〇 紙巻き煙草のこと。→補三〇。

一一 「導火」に同じ。事件の火種。　一二 結果には必ずその原因があるということ。　一三 「遠因」は間接的な原因。「近因」は直接の原因。

一四 本人らしい口調が出た、の意。「言文一致家の同士打」をあおり立てる意図がある。→補三一。　一五 調子づくこと。乗り気。　一六 連想のこと。association of ideas の訳語か。井上哲次郎『哲学字彙』（明治十四年）は「観念聯合」をその訳語にあてている。　一七 ガチョウの白い胸毛。白くて軽いことから漢詩などで雪に譬えられる。

一八 当時、コレラ患者が発生した家に目印として貼られた紙。→補三二。

一九 意識の奥底で。　二〇 軽率な人。浮ついて慎みのない人。　二一 主君に対して誠を尽くそう。「思想の連絡」を擬人化した表現。

二二 「……」でおしまいにしてこれ以上話さないで下さい。「下つし」は「下さい」の転で、江戸の職人風の言い回し。→補三三。

二三 『夏木立』は明治二十一年刊の美妙の短編小説集で、言文一致体を特徴とする。→補三四。

二四 うまくまるめこんで思い通りにすること。

二五 みごとに。「天晴れ」とも表記。「天晴一個のキヤツキヤとなり済ました」（『浮雲』第二回）。

二六 すぐれた効用。巧みな用法。

二七 それはさておき、ところで。「不在話下」は、しばらくさておく。「却説」は、さて、ところで。

か》

眉《オット待《ま》つた美妙《びめう》の相手《あいて》には不佞《ふねい》[一]がなる》

美《ふ。ね。い。といふのは何《なん》の事《こと》です》

眉《博雅《はくが》[二]の君子《くんし》がふ。ね。い。を心得《こゝろへ》ぬハーテ……不佞《ふねい》とは拙者乃至《やつがれないし》[三]僕《ぼく》といふのを拈《ひね》つたのス》

美《フヽヽヽ僕《ぼく》[四]といふなら水《みづ》とこそいへふ。ね。い。なら君。の筈《はづ》です》

九《ハヽヽヽヽヽ大玄関《おふげんくわ》[五]でおどされたナ》

眉《ハヽヽヽヽヽ腐儒《ふじゆ》[六]の駄洒落《だぢやれ》は通家《つうか》[七]の耳《みゝ》には嚔《くしやみ》ほどにも聞《きこ》へない東雲《しのゝめ》[八]の幽《いう》霊出直《れいでなほ》せ〳〵》

漣《美妙子コレサ「思想《しさう》の連絡《れんらく》」………》

思《モウ漣子《れんし》話次《わぢ》[九]分頭《ぶんとう》として決闘《けつとう》はやめてくれ第一差添人《だいいちさしそひにん》[一〇]がつらい》

漣《いゝやいつかな[一一]……「ゆで小豆《あづき》」で満足《まんぞく》したといはれちや漣《さゞなみ》の男《おとこ》がすたる》

眉《あんまり流行《りうこう》[一二]むきの面《つら》でもねへ》

香《いゝサ〳〵「ゆで小豆《あづき》で」満足《まんぞく》しなけりやしる粉《こ》にして喰《く》はせやうワ》

漣《エゝまだ〳〵申《まう》すか》

一 自分。「不才。転じて自己の謙称」(『大漢和辞典』)。尾崎紅葉『滑稽貝屏風』(明治十八年)自叙に「不佞去年の文月。…気安き旅の江嶌詣」とある。 二 学識が広く、行いが正しいこと。 三「やつがれ」は、へりくだって言う一人称。明治期には書生言葉として用いられた。尾崎紅葉『耻加記』(明治十八年)に「やつがれ去年の末つかた。ふとやまひの床にふしたりしを」とある。 四『荀子』王覇の「君者舟也、庶人者水也、水則載ﾚ舟、水則覆ﾚ舟」(君は舟なり、庶人は水なり、水は則ち舟を載せ、水は則ち舟を覆す)を踏まえたもの。 五 巻き返そうとした矢先に入口の所で反撃を食った、の意。 六 理屈ばかりこねている役立たずの儒学者を罵って言う語。 七「通家」は、本来、先祖代々親しく交際している家、もしくは親戚を指す語。ここは「腐儒」に対する「通儒」(博学で万事に通じている学者)もしくは「通人」(物事をよく知っている人)の意。 八 明け方の幽霊のようにもはや怖くはない、の意。そこから、もう一度出直せ、の意を導く。 九「話次」は話のついで。「分頭」は分かれる。ここは、「話は物分かれ」の意。 一〇 つき添いの人。介添え人。ここは、決闘の立会人として、一方の人物に付き添う者。 一一 決して。決してやめない、の意。 一二 流行にふさわしい。直前の「すたる」を受け、対義語としての「流行(はや)る」の意を用いた。 一三 hippopotami(英語・複数形)。河馬。皮でカバン・ベルト・財布などが作られた。 一四 石井研堂『明治事物起原』(増補改訂版、昭和十九年)に「がま口は、元兵士の雑具入なり。紐ありて肩に掛くべし。後年、専ら巾着用の小型なるを言へり」とある。 一五 梶原平三景時。源頼朝の家臣。浄瑠璃『義経千本桜』三段目(鮨屋〈すしや〉の段)で、鮨屋の弥助に身をやつしている

眉《アイ〳〵左様《さよう》でござい》
美妙はヒ一三ポ、タミーの生皮《いきがわ》で製《せい》したやうな蟇口《がまぐち》一四から二十銭銀貨《せんぎんくわ》をとり出《だ》し
《これで鮨《すし》を買《かっ》て和《わ》を講《こう》じませう》
漣《いやだ〳〵僕《ぼく》を梶原平三《かぢわらへいざ》一五視《し》する》
美《なぜ又《また》………》
漣《弥助《やすけ》一六でごまかさうとはふとい一七〳〵》
時《とき》一八しもあれ階子《はしご》の下《した》に聞《きこ》ゆる大音《だいおん》
×《頼《たの》一九も—……誰《た》二〇そある》
又別人《またべつにん》の声《こゑ》で
○《お入《い》二一り——》
×《タ二二カノコモコー　タカノコモコー　ミキンナカデケアカエケゴコチキン
キキヤカククサカマカノヲシンイシンデシンナシンルシンワシン》
眉山《びさ》は二階《かい》から大声《おゝごゑ》あげ
《ハヽヽヽヽ二二三十字《じ》までは十五銭《せん》で御座《ござ》いッ》

平維盛を捕らえに来る敵役として登場するが、いがみの権太にだまされる。『義経千本桜』で平維盛が弥助の名で鮨屋に身をやつしていたことから言う。「鮨(やす)でも誂へようか」(樋口一葉『たけくらべ』明治二十九年再掲。初出は「弥助でも…」)。一七 ずうずうしい。ふてぶてしい。一八 折も折。一九 他家を訪れて案内を乞う時にかける言葉。浄瑠璃『仮名手本忠臣蔵』に「誰そ頼まう。亭主は居ぬか」と呼びかける場面がある。二〇 誰かいるか。
二一 客や目上の人などが来たことを知らせる声。ここは、「頼もー」と声をかけた人物に連れだって来た者の言葉。二二 言葉遊びの一種で、通常の言葉の間にカ行音などを挿入したもの。以下、次の意味になる。「頼もー　頼もー　みんな出会え　御珍客様のをいでなるわ」。→補三五。なお、『新著叢詞』および『書物往来』(→六六頁解題)では、次行「ノヲシンイシン…」から一四行目「御座いッ」までが削除され、この部分に八六頁二行目「襖の外にて」の一行が移動している。二三「タカノコモコー…」の片仮名の文章を電報に見立てたもの。→補三六。

以下八六頁

一 以下は、曲亭馬琴『南総里見八犬伝』第六十回前後の、八犬士の一人犬村大角とその妻雛衣をめぐる話を芝居仕立てにしたもの。→補三七。二 細くしなやかな竹。「力もない」の意の「な」音を受けて、主人公雛衣(→注一九)を形容する語。三 竹や柴などを編んで作った垣根。四 山野に自生するオミナエシ科の多年草。秋の七草の一つ。ここは、秋の季節感とともに雛衣のイメージを重ねる。五 声に出して読む。朗唱する。「ずする」の訓みは慣用。六 濁声(だみごえ)。低く濁った声。がらがら声。七「くねる」は恨み言を

巻 之 三

紅葉山人口述
漁 村 柳筆記

襖《ふすま》の外《そと》にて
《一真白《ましろ》に細《ほそ》き手《て》をあげて敲《たゝ》くも力《ちから》二なよ竹《たけ》の籬笆《まがき》三に立《たて》る女郎花《おみなへし》四…………》
《次《つぎ》を誦《ず》五するは誰《たれ》にやあらんずらん濁《だみ》六たる声《こえ》をふりたてゝ……ヱヘン……
オホン七くねらぬものを吹返《ふきかへ》八す浮世《うきよ》九の秋《あき》のあき風《かぜ》はオホン一〇つれなき人《ひと》の心歟《こゝろか》とオホン怨言《うらみごと》一一ちつゝ呼《よび》かけてオホン喃我所《なうわがつ》一二天《ま》一三角太一四ぬしオホン………》　漣は内《うち》
より声《こえ》をかけ
漣《御無用《むよう》一五……手《て》が塞《ふさ》がってるヨ》　襖引《ふすまひき》あけ紅葉山人続《つゞい》て月の家まど
か
紅《オホン歩《あゆ》み近《ちかづ》く先后《あとさき》一六に心《こゝろ》おく露玉《つゆたま》一七なすまでに涙《なみだ》を陰《かく》す袖頭巾《そでづきん》一八ッ》
眉《鄙《ひな》一九にそだちし雛衣《ひなぎぬ》が顔《かほ》の黒《くろ》さは袖頭巾《そでづきん》スッポり冠《かぶ》りし如《ごと》くなり》
漣《女青《ねずみもち》二〇の蔭《かげ》にひかッてるのは月のやか》
九《ナニあの黒《くろ》い顔《かほ》がひかるものカ》
眉《烏羽玉《うばたま》二一といふ奴《やつ》で黒《くろ》びかりがするのだ》

言うこと。『古今和歌集』仮名序に「をみなへしのひとときをくねるにも、哥をいひてぞなぐさめける」とあるのを踏まえ、三行目の「籬笆に立る女郎花…」につなげる。松永貞徳『逍遊集』巻五（延宝六年）に「一時をくねらばくねれ女郎花かれなばつらし野辺の秋風」の用例がある。八「旅人のそで吹きかへす秋風にゆふ日さびしき山のかけはし」（『新古今和歌集』羇旅・藤原定家）など、「秋風」と「吹きかへす」の取り合わせの例は古歌に多い。九 つらくはかない世の中。一〇 思いやりがない、冷淡な。「歟」は疑問を表す副助詞の「か」。「忘れ草何をか種と思ひしはつれなき人の心なりけり」（『古今和歌集』恋五・素性法師）。一一 恨み言を言いながら。一二 相手に呼びかける時の言葉。「ねえ」。音が通じるところから漢語の「喃」（口数多くしゃべる）をあてたもの。→補三八。一三「つま」は夫婦が互いに相手を呼ぶ時の呼称として男女ともに用いる。漢語の「所天」は自分からみて敬う人を呼ぶ語で、日本では多く妻が夫に対して用いる。一四『南総里見八犬伝』の八犬士の一人犬村大角。幼名角太郎。雛衣の夫。庚申山の怪猫を退治する。「ぬし」は「主」で、夫に対する敬称。一五 用事の最中だから必要がない、の意。門付芸や訪問販売を断る時に言う。「角太ぬし」という呼びかけを門付などに見立てたもの。一六「来し方行く末が気がかりだ」の意に露が降りるの意の「置く」を掛けた言い回し。「白露やこころおくらんをみなへしいろめく野辺に人かよふとて」（『金葉和歌集』秋・藤原顕輔）。一七 露がたまって玉のようになるほどに。あとの「涙」にもかかる。一八 着物の袖の形をした頭巾。一九 田舎で育った雛衣。「鄙」と「雛」を掛ける。『南総里見八犬伝』の八犬士の一人犬村大角

思《サア大変《たいへん》……硯友社[二二]二《に》幅対《ふくつい》のおしやべ……[二三]勇弁家《ゆうべんか》がお揃《そろ》いで御[二四]来降《らいこう》だ》
紅《当人《とうにん》をいれて三幅対《さんぶくつい》…人事《ひとごと》でも[二五]ありやすめヱ》
月の家は思案を見《み》て
月《今晩《こんばん》は……其後《そのゝち》は[二六]きついお見《み》限《かぎ》り……少しは[二七]妙《おつ》な心意気《こゝろいき》が舞《ま》ひこみますか》
思《久《ひさ》しく[二八]艶顔《えんがん》に接《せっ》しませんでした御機《き》嫌《げん》よう》
月《ハヽヽヽなどゝ[二九]油《あぶら》をかける奴《やつ》サ……ヤ向《むか》ふの隅《すみ》に[三〇]書見《しよけん》をしてる息子《むすこ》は何処《どこ》ノ》
美《[三一]其内《そのうち》は御無沙汰《ぶさた》を………》
月《ホーこれは[三二]文学座《ぶんがくざ》の新駒《しんこま》………》
紅《[三三]文楽座《ぶんらくざ》の[三四]チンコロと聞《きこ》える》
九《紅葉め又《また》ケチを附《つけ》るわるい癖《くせ》だ》
紅《オキヤァガレ……[三五]僕《ぼく》の方《ほう》が先手《せんて》だハヽヽヽ》
皆ゝハヽヽヽヽアハヽヽヽヽ　紅葉は[三六]薩摩《さつま》の書生羽織《しよせいばおり》の裾《すそ》を刎《は》ねて
椅子《いす》へかゝり
紅《今日《けふ》はいかなる[三七]悪日《あくにち》か妖怪《やうくわい》が残《のこ》らず詰《つめ》かけたこれが[三八]妖怪《やうくわい》の折詰《をりづめ》といふの

の妻雛衣は下野国(しもつけのくに)犬村の生まれ。姦通の疑いから一旦離縁されるが、復縁後、夫大角の孝行のために自害する。[二〇] モクセイ科の常緑低木。庭木などにする。[二一] アヤメ科の多年草ヒオウギの種子。黒くて光沢がある。「烏羽玉の」は「闇」「夜」などにかかる枕詞。[二二] 二幅で一対になっている掛軸。「幅」は掛軸や紙などを数える時の助数詞。[二三] 普通「雄弁家」と表記する。[二四] 神仏がこの世に降りて来ること。ここは二人の来訪をからかって言う。[二五] ありますまい。江戸訛りの芝居がかった表現。[二六] すっかりご無沙汰。「お見限り」は、愛想をつかして足が遠のくこと。遊女や客商売の女が男客に対して用いることが多い。[二七] 粋な気持になるようなことがありますか。[二八] 美しい顔。相手の女性を称えて言う。[二九] 勢いをあおること。火に油を注ぐ。[三〇] 書物を読むこと。[三一] 近頃。最近。[三二]「新駒」は、四世中村福助のこと。ここは美妙を文学界の福助と見立てたもの。↓補三九。[三三] 江戸末期に浄瑠璃語りの植村文楽軒が大坂道頓堀に創設した人形浄瑠璃の劇場が明治五年に大阪松島に移転して「文楽座」と改称した。[三四] 狆(犬の一種)。もしくは小犬のこと。[三五] 九華の口癖「オキヤァガレ」を先回りしたことを言う。[三六] 薩摩絣(さつまがすり)の書生羽織。「薩摩絣」は薩摩地方で産する木綿絣の布地。明治時代には大量に作られた。「色の生白き書生風。…被(き)ならした薩摩の飛白(かすり)へ。綿南部の羽織を引かけ」(坪内逍遙『当世書生気質』明治十八―十九年)。また森鷗外『青年』(明治四十三―四十四年)は主人公小泉純一の姿を「薩摩絣の袷(あはせ)に小倉の袴を穿いて、同じ絣の袷羽織を着てゐる」と描いている。↓補四〇。[三七] 運の悪い日。[三八]「羊羹(ようかん)の折詰」を掛けた洒落。

だらう》

月《聞及《きゝおよ》ばない名《な》だがもしそれは[一]松月堂《せうげつだう》の新菓《しんくわ》カヱ》

紅《[二]農夫《のうふ》彤弓《とうきう》を得《え》て鳥《とり》を追《を》ふ[三]一知半解《いつちはんかい》の輩《ともがら》……》

月《[四]お蠟《ろう》をあげられませうか》

紅《世《よ》の中《なか》にはかうも[五]俗士《ぞくし》が多《をほ》いか……さればこそ[六]卓見独醒《たくけんどくせい》の士《し》は山林《さんりん》に[七]遁《とん》世《せい》する筈《はづ》だ》

ト高慢《こうまん》な顔《かほ》をして煙草《たばこ》をふかす

漣《[八]飯田町は店賃《たなちん》が高直《かうじき》だつテネ》

月《アノ[九]思入《おもいゝ》れあつて煙草《たばこ》をすひつけトヾ鼻《はな》から煙《けむ》をだす[一〇]塩梅《あんばい》どうもいへない》

眉《不気味《ぶきみ》な[一一]面《めん》に生《うま》れる事《こと》なら一ト思《おも》ひに紅葉ぐらゐおかしく出来《でき》りア[一二]恨《うら》みはないネ》

紅《ウーム　今更顔《いまさらかほ》の善悪《ぜんあく》をいふでもなからう[一三]そも[一四]生《せう》を人間《にんげん》にうけた時《とき》からこの面《おもて》サ》

月《裏《うら》に[一五]金粉《きんぷん》で[一六]出目作《でめさく》としてあるだらう》

紅《紅葉は[一七]面《めん》で人気《にんき》はとらないヨ》

一 当時京橋区にあった和菓子店のことか。 二「彤弓」は、天子が功績のあった諸侯に与えた赤い弓。農夫が彤弓を得ても、鳥を追うのに使うように、知識のないものには価値がわからないという譬え。「農夫得二彤弓一以駆レ鳥(農夫、彤弓を得るも鳥を駆る)」(『抱朴子』内篇・全丹)を踏まえる。 三 生かじりで中途半端な知識しかない連中。 四 参詣者に、灯明の蠟燭が必要か、と問う言葉。直前の紅葉の言葉を経文に見立てた。 五 見識の低い人間。
六 秀でた見識を持ち、ただ独り目覚めている人。
七 俗世を避けて山中などで暮らすこと。
八「山林」とはほど遠い俗世に住む紅葉をからかって言う。 九「思入れあつて」は、歌舞伎のト書きで使われる表現で、内心の感情を身振りで思わせぶりに表現すること。「トヾ」は「とどの詰まり」の略。結局。最後に。→補四一。
一〇 物事の具合。ここは「しぐさの加減」の意。
一一 顔つき。容貌。 一二 心残りはない。不満はない。 一三 そもそも。もともと。 一四 この世に人間として生まれた時から。「生をうける」は、生命をさずかって生まれること。→補四二。
一五 ここでは、能面などの工芸品に銘を書き入れる時に用いられる、漆に金粉を混ぜたものを指す。 一六「出目作」は、出目満照など能面打ちとして名高い越前出目家の名匠の作の意味に重ねて紅葉の容貌をからかったもの。
一七 容貌で人気を得ようとは思わない。
一八 浄瑠璃『薫樹累物語(めいぼくかさねものがたり)』の埴生村の段。下総の羽生村に伝わる累(かさね)の伝説と浄瑠璃『伽羅先代萩』とをない交ぜたようなこの芝居で、絹川谷蔵の妻累は、夫の難儀を救うため、姉の遊女高尾の呪いで醜女になったことを知らずに身売りをしようとする。「面で人気はとらない」

月《アハッハヽヽヽヽヽヽヽ[一八]絹川《きぬがは》の令夫人《れいふじん》身売《みうり》の段《だん》に似《に》たりアハヽヽヽヽアハヽヽヽヽ》

紅《だが世間《せけん》の人《ひと》は小説《せうせつ》でも書《かこ》ふといふものはみんな[一九]小意気《こいき》な人《ひと》だと思《をも》ふワ　尤《もつと》も其筈《そのはづ》サ[二〇]人情《にんぜう》を写《うつ》す段《だん》にいつたら[二一]あはてた酸漿《ほゝづき》じやないがよく生娘《きむすめ》の腹《はら》へ這入《はいつ》て[二二]微妙《びめう》な処《ところ》を写《うつ》すといふもんだから無論《むろん》[二三]経験《けいけん》のある事《こと》と想像《さうぞう》するしかし[二四]案《あん》じの外《ほか》の物《もの》だ　[二五]風流情事《ふうりうぜうじ》の方《ほう》へは[二六]縁遠盛遠《あんどをもりとを》[二七]色即是空《しきそくぜくう》と観《くわん》じて[二八]有髪《うはつ》の[二九]僧心《そうこゝろ》にきする墨染《すみぞめ》のといふ道徳家《どうとくか》ばかりだからおかしい併《しか》し山川《さんせん》の景色《けいしき》なぞも余《あま》り奇観《きくわん》に過《すぎ》ると詩《し》も歌《うた》も出《で》るものじやない[三〇]一とせ芳野《よしの》へいつたとき[三一]これは〳〵といつたばかりあとは出《で》なかつた同《おな》じ理窟《りくつ》で自身《じぶん》が恋《こひ》をして見《み》なけりや恋《こひ》の[三二]純粋《きつすい》といふ処《ところ》はかけないといふのは嘘《うそ》だこれは〳〵といふ丈《だけ》の事《こと》でなか〳〵筆《ふで》のたつものでない総《すべ》て想像《さうぞう》から生《う》みだした奴《やつ》に[三三]稀物《まれもの》があるまた想像《さうぞう》で新世界《しんせくわい》を見《み》せるといふのが小説家《せうせつか》の[三四]山《やま》だらう》

眉《そこで[三五]断案《だんあん》が恋《こひ》はする必要《ひつやう》がない語《ご》を替《かへ》ていへばおれは面《つら》が悪《わるく》てもいゝといふ落《をち》になるのカ》

紅《[三六]しかのたまふ[三七]夫子《ふうし》なぞも[三八]渓川《たにがわ》の水《みづ》だ　しかしこの頃巷《ごろちまた》の噂《うわさ》をきいて見《み》るとイヤ明治《めいじ》の娘《むすめ》はなるほど[三九]感《かん》なものだ[四〇]肉美的《にくびてき》の愛《あい》といふものは一般《いつぱん》にすたれて

と言う紅葉の言葉からの連想。　一九 小粋。どことなく粋であること。　坪内逍遙『小説神髄』の主張を踏まえる。→補四三。　二〇 人間の心情を描き出すこと。　二一 酸漿の根(酸漿根〈さんしょうこん〉)は、妊婦が飲むと堕胎効果があるとされた。妊婦ではなく「生娘」(処女)の腹へ入るということから「あはてた」(気の早い)酸漿と言った。「腹」は「心の中」の意を掛ける。　二二 秘密めいた処を写し取る、の意だが、背後には『小説神髄』の主張を踏まえる。→補四三。　二三 情事の経験を指す。　二四 そのような考え方とは無縁な。　二五 粋な男女間の恋愛ざた。「風流韻事」(風流な遊びとして詩歌を作ること)のもじり。　二六 鎌倉初期の僧文覚の俗名「遠藤盛遠」に「縁遠い」の意を掛けたもの。　二七『般若心経』中の一節。本来、「色」(存在するもの)は、すべて実体ではなく観念としての現象である、という考えを言うが、ここでは「色」は色欲・情欲の意味で用いている。　二八 髪を剃らない俗人でありながら仏道を修行している者。　二九 姿は俗人だが心に墨染の衣を着ている、の意。「墨染」は黒色に染めた僧衣。出典未詳。　三〇「芳野」は奈良県南部の吉野。桜の名所として知られる。→補四四。　三一 安原貞室の句「これは〳〵とばかり花の芳野山」(『曠野』)を踏まえる。　三二 まじりけのない、の意の「生粋(きっすい)」に類義の漢語をあてたもの。　三三 類いまれな、優れたもの。珍しいもの。　三四 最も重要な事柄。　三五 結論としては。　三六 そうおっしゃる。　三七 あなた。本来は賢者などに対する敬称だが、話の相手や話題の当人を指す呼称としても用いられる。　三八 行く末は結局、同じ落ちになる、の意。　三九 感心なもの。　四〇「肉美的な愛」は肉欲主体の恋愛。「心美的の愛」は精神的な恋愛。→補四五。

心美的《しんびてき》の愛《あい》といふが流行《りうこう》だそうだ⸩

月⸨ウームお互《たが》ひにマア有《あり》[一]つくといふものだ⸩

紅⸨心美的《しんびてき》といつても気立《きだて》がいゝとか博学《はくがく》だとかいふ訳《わけ》じやない著作上《ちよさくじやう》の事《こと》……小説《せうせつ》を愛読《あいどく》する念《ねん》がかうじて其著者《そのちよしや》を慕《した》ふといふ奴《やつ》サヽア事《こと》がこう運《はこ》んで来《く》ると元気《げんき》をもり返《かへ》すやうなものゝ[二]喜憂《きゆう》は糾《あざな》へる縄《なわ》かネ[三]足下《そこ》も知《し》らるゝ通《とほ》り紙上《しじやう》でいつもながら僕《ぼく》が[四]艶筆《あんぴつ》を揮《ふる》ふ………⸩

月⸨エツ………⸩

紅⸨まサア……まアサ……揮《ふる》ふ僕《ぼく》が揮《ふる》ふその艶筆《あんぴつ》の為《た》めに幾多《いくた》の[五]レデースを……サアま……まア[六]悩殺《なうさつ》するまアサ聞《きゝ》たまひ……といふもんだから紅葉の著作《ちよさく》には[七]書中有刀《しよちうとうあり》といふ評《ひやう》がパツと立《たつ》た………マアサ……立《た》つたたとへ拙著《せつちよ》が何程《なにほど》見《み》たくつても誰《たれ》も一命《いちめい》には替《か》へ……マアサもう少《すこ》し聞《きゝ》たまひ……一命《いちめい》には替《か》へ難《がた》いといふので一人《ひとり》も買《か》ひ手《て》はなくなるサテ[八]干将莫邪《かんしやうばくや》も地中《ちちう》に埋《うづ》まつてしまつちや[九]紫気斗牛《しきとぎう》を犯《をか》した処《ところ》が仕様《しやう》がないこれを…………⸩

月⸨もう沢山《たくさん》イエ[一〇]御辞義《をじぎ》なし……オヤみんな変《へん》に大人《おとな》しいと思《おも》つたら[一一]すもじをなんたうべてましますノカ……どれ一トツ……⸩

紅⸨人情《にんぜう》のないものばかりだ僕《ぼく》にも五ツ六ツ……⸩

一 望んでいたものをようやく手に入れる。 二 「禍福は糾(あざな)へる縄の如し」(幸不幸は、より合わせた縄のように変転きわまりない)という諺を「喜憂」(喜びと不安)に入れ替えたもの。 三 「そこ」は、「そこもと(其許)」(そなた、お前、の意の二人称)の略。これに二人称の敬称「足下」をあてた。 四 あでやかで美しい文章を書くこと。 五 ladies. 婦人たち。 六 魅力によって夢中にさせること。 七 まるで文章の中に刀が潜んでいるようだ、の意。「悩殺」の語を受ける。「笑中刀」(笑いの中に悪意がひそんでいること)、あるいは「書中自ら黄金の屋有り」(学問をすれば富裕になれる、の意)などの成句を踏まえるか。 八 名剣のこと。中国春秋時代の刀鍛冶である干将と、その妻である莫邪が、二人で作った雌雄二ふりの名剣を「干将」「莫邪」と名づけた故事による(漢・趙曄撰『呉越春秋』闔閭内伝)。 九 「紫気斗牛を犯す」は、紫気(剣の光)が星座の斗宿と牛宿との間を隔てている、の意。「斗牛之間常有㆓紫気㆒」(『晋書』張華伝)。「斗牛」の二宿は、それぞれ呉と越の国をつかさどるとされる。直接の典拠は白居易の詩「李都尉古剣詩」の「白光納㆓日月㆒、紫気排㆓斗牛㆒」か。 一〇 遠慮していらっしゃるのですか。 一一 お寿司をいただいているわけではない。 一二 「すもじ」は女房詞で寿司のこと。「なん」は強調の意味の係助詞「なむ」の音便。「たうべる」は、いただいて食べること。 一三 きちんと聞いているから寿司などかまわず話を続けろ、の意を込める。 一四 「紅葉子」の略。男子の敬称「子」は「す」とも訓む。 一五 佳境に入る。面白くなってきた。 一六 生姜(しょうが)。ここは寿司の添え物。 一六 再び雑談が盛り上がること。 一七 硯友社同人の挿絵画家松岡緑芽の別号。本名松岡鉦吉。生没年未詳。『我楽多文庫』『都の

九《なに其《それ》には及《およ》ばない[一二]謹聴《きんてう》〻〻》

漣《[一三]紅子《こうす》そのあとが願《ねが》いたいだん〱[一四]論佳境《ろんかきやう》にいるやうだ》小《ちい》さな声《こへ》で《その内鮨《うちずし》もかたづく》

暫《しば》しの内《うち》に大皿《をほざら》には熊笹《くまざゝ》と[一五]薑《はじかみ》ばかり残《のこ》りてみな〱茶《ちや》を飲《の》むやら煙草《たばこ》をすふやら[一六]又《また》さえかえる雑談《ざうだん》

紅《時《とき》に思案《しあん》この間《あいだ》僕《ぼく》が[一七]劇雅堂《げきがだう》の処《ところ》へ行《いつ》たらあれが名言《めいげん》を吐《はい》たよ》

思《[一八]甚麼《にんも》の事《こと》》

紅《方《はう》〻《ぐ》の雑誌《ざつし》の体裁《ていさい》に就《つい》て例《れい》の戯評《げひやう》をしたら劇雅堂ニヤ〱笑《わらつ》て聞《きい》て居《ゐ》たがやがて[一九]我楽多《がらくた》の表紙《ひやうし》の悪口《わるくち》を聞《きゝ》たいと云《いふ》は[二〇]父《ちゝ》は子《こ》の為《ため》に隠《か》くすと云《いふ》のが本文《ほんもん》だらう尤《もつと》も僕《ぼく》の睨《にらん》だ処《ところ》で一分《いちぶ》でも隙《すき》があるなら言《い》ひもしやう　ないからいへまいそこで一句《いつく》もないと答《こた》へるとかれ[二一]淳于髠《じゆんうこん》といふ笑《わら》ひをして[二二]出版月評《しゆつぱんげつぴやう》の表紙見《ひやうしみ》たよなことをいつた》

月《[二三]虎《とら》が箱《はこ》の中《なか》で猪《いのしゝ》を逐《をつ》かけてるような事《こと》か》

紅《イヤサ[二四]公明を生じ偏闇を生ずグツト[二五]叡慮《あいりよ》に逆《さから》つたからハツタと睨《ねら》めつけ……》

月《其時先生《そのときせんせい》[二六]やき筆《ふで》をとつて[二七]百鬼夜行《ひやくきやぎやう》の下図《したゑ》をしたらう》

花』ともに第一号から挿絵を担当。↓補四六。
一八 どんな。 一九 硯友社の機関誌『我楽多文庫』(活版公売本)の新装された表紙を指す。↓補四七。 二〇「父は子の為に隠し、子は父の為に隠す」という『論語』子路などにある諺。父が子の悪事を隠そうとし、子が父の悪事を隠そうとするのは自然な情であって非難はできないということ。ここは、『我楽多文庫』の表紙のデザインについて生みの親である自分がかばうのは自然な情だ、の意。「本文」は、ここでは本心のこと。
二一『史記』『十八史略』などに描かれる戦国時代の遊説家。博識と知恵による謎解きの挿話などで知られる。ここは、淳于髠が謎をかける時のような笑い方、の意。 二二 雑誌『出版月評』は明治二十年八月創刊、月評社、全六巻。
二三『出版月評』表紙上部に虎が鹿を追う図がある。 二四『出版月評』第六号(明治二十一年一月)から表紙上部に掲げられた成句。公正の心は明智を生み、かたよった心は愚かさを生む、の意。出典は『荀子』不苟。「偏闇」は底本「倫闇」、誤植として訂した。 二五 天子の気持。自分の気持を冗談めかしてこう言った。
二六 柳やブドウの枝を焼き焦がした筆。日本画の下絵に用いる。
二七 夜、さまざまな化物や妖怪たちが歩きまわること。また、それを主題にした絵。紅葉が「睨めつけた」様子が化物じみていたことを、百

『出版月評』表紙の上部

紅《うるさく面《めん》の事《こと》をいふ能役者《のうやくしや》の遺言《ゆいごん》じやあるまいし》
月《ハヽヽヽこりや近年《きんねん》のまれものだ》
紅《ナゼと詰問《きつもん》したら[一]情人眼中出西施《ぜうじんがんちうせいしをいだす》とやらで一図《いちづ》に惚《ほ》れこんだ眼《め》にはとてもわるい処《ところ》が見《み》えまい私《わたくし》に戯評《げひやう》をさせれば我楽多《がらくた》の表紙《ひやうし》は[二]ゴットフレーの衣裳《いしやう》——[三](チャリネ曲馬《きよくば》の道化師《どうけし》白地《しらぢ》に紅《あか》い蕃椒《たうがらし》を染《そ》めし衣裳《いしやう》をきる)だといつたこの一言《いちごん》には[四]胸《むね》にピンサ》
思《ウーム[五]嘉《よみ》す可《べ》き忠告《ちうこく》[六]千羊《せんやう》の皮《かわ》はラツコの背《せな》にしかず其処《そこ》だ》
月《それから麴町《かうじまち》にゐる者《もの》で[七]雕虫子《てうちうし》といふ男《をとこ》が表紙《ひやうし》の[八]乾坤一草堂《けんこんいつさうだう》の印《いん》を見《み》て坤《こん》の卦《け》の白字《はくじ》で出《で》てゐるのはどうした訳《わけ》だと聞《きい》たから[九]剞劂《きげつ》の間違《まちが》ひを承知《せうち》[一〇]の幕《まく》でしみつたれな銭《ぜに》を惜《をし》んで二三号我慢《がうがまん》をするともいへないから其処《そこ》は月《つき》のやス坤《こん》が白《しろ》いから[一一]坤白《こんばく》だ……》
紅《茄子《なす》の種《たね》の多《をほ》いは[一二]元白《げんばく》だ》
眉《いたづらッ子《こ》がわん白《ばく》ッ》
九《婦人《ふじん》の憂《うれ》ふる処《ところ》は[一三]寸白《すんばく》》
香《休日《きうじつ》なら[一四]ドンタクか》
月《[一五]恋路《こひじ》の邪魔《じやま》をされるのと話《はな》しの腰《こし》を折《を》られるほど腹《はら》のたつ事《こと》はない》

鬼夜行図のモデルに見立ててからかったもの。

以上九一頁

一「情人眼裏有㆓西施㆒」という諺(出典は清・翟灝撰『通俗編』)。「あばたもえくぼ」と同義。「西施」は中国春秋時代の美女。 二 イタリア人チャリネを団長とする「チャリネ曲馬団」の道化師の名。明治十九年九月三日付『朝野新聞』が興行の次第を記録している中に「第十一、英人ゴットフレ氏の滑稽茶番」とある。 三「チャリネ曲馬」はイタリア人チャリネを団長とする曲馬団(サーカス)。その道化師が白地に細かな模様の衣裳を着ている錦絵がある。→補四八。 四 胸にピンときた。すぐに意味がわかった。 五 ほめるべき。称賛に値する。 六「千羊の皮は一狐(いっこ)の腋(えき)に如かず」(千枚の羊の毛皮も一匹の狐の腋の白毛には及ばない、即ち凡庸な人間がいくらたくさんいても、優れた人間一人には及ばない、の意。『史記』趙世家などにある諺)のもじり。「ラッコ」は北太平洋の海域に生息するイタチ科の動物で、当時、その毛皮が珍重された。 七 未詳。「雕虫」は、細かな細工を施すこと、転じて、文章の字句をこまごまと飾ること。 八 曲亭馬琴の印章。馬琴の別号は、正しくは「乾坤一草亭」。易の卦の「乾」と「坤」の間に草堂が配される図柄(左上図『行平鍋須磨酒宴』文化九年、見返し)だが、『我楽多文庫』第十号の表紙(→補四七)の表題下には「坤」の図が白抜きで印刷されている(左下図)。

九 図柄の彫り間違い、の意。「剞」は曲がった刀、

紅《話《はなし》の腰《こし》はよく折《を》られる男《おとこ》だが恋路《こひじ》の方《ほう》はよく邪魔《じやま》をする党派《たうは》だ》

月《ヱヘン扨前述《さてぜんじゆつ》の通《とう》り坤《こん》の白《しろ》いは坤白乾《こんばくけん》[一六]を天《てん》として坤《こん》を地《ち》とする地《ち》は土《ど》なりだ》

紅[一七]《痴話《ちは》。。。。。。

月《マア聞《きゝ》きたまひ坤《こん》は白《しろ》く地《ち》は土《ど》なりそこで坤《こん》は白《しろ》いに限《かぎ》つたものだとこのおれが真顔《まがほ》になつていふと雕虫《てうちう》め何《なに》か名言《めいげん》を承《うけたまわ》る事《こと》かと思つて蘇東坡《そとうば》[一九]が洞《どう》簫《せう》をきくといふ恰好《かくこう》をして恐《をそ》る〱その由来《ゆらい》を尋《たづ》ねるから円不肖《まどかふせう》[二〇]ながら……》

漣《円《まどか》なら不性《ぶせう》[二一]ながらといきたい》

月《円不肖《まどかふせう》ながらヱヘンッ坤白《こんばく》[二二]この土《ど》に留《とゞま》ると答《こたえ》た》

眉《九華じやないがおきやアがれだ》

一同ハヽヽヽヽヽフヽヽヽヽ

紅《月《つき》のやといふものは気楽《きらく》なものだ国家《こつか》[二三]の運命《うんめい》に関《くわん》するといふ一大事《いちだいじ》の評《ひやう》定《でう》の中《なか》で洒落処《しやれどころ》でもあるまいが》

月《それがサ英雄《あいゆう》[二四]の心事《しんじ》といふ奴《やつ》は計《はか》り難《がた》い者《もの》サ》

紅《扨次《さてつぎ》に京童《きやうわらんべ》[二五]のさがないのをもう一トツ聞《きい》た曰《いわ》く我楽多《がらくた》は活字《かつじ》が大《をゝ》きくつて読《よみ》[二六]でがないと仰《をほ》せられる》

「𠠇」は曲がった鑿で、併せて彫刻の意になる。一〇 承知していること。「「貴様をたのむは」」「せうちのまくサ」」(歌舞伎『お染久松色読販』)。もとは役者の間で用いられたという(小学館『日本国語大辞典』)。一一 魂魄(死者の魂)に掛けた洒落。一二 「玄白茄子」のこと。品質の劣る茄子。一三 「すばく」とも言う。腰痛を伴い、婦人病の一種と考えられたが、今日では特定できない。「SUMPAKU The name of a class of disorders peculiar to women, characterized by pain in the back and loins.」(J・C・ヘボン『和英語林集成』第三版、明治十九年)。一四 日曜日、休日。zondag(オランダ語)に基づく。「ソンダク 俗にドンタクと云 西洋日曜日休業」(仮名垣魯文『西洋道中膝栗毛』明治三年)。一五 恋愛。恋の思いを通わす道。一六 易の「乾坤」は「天地」の意であり、「地」は陰陽五行の「土」にあたる。一七 「地は土なり」を、どなるような大声の「痴話」と、わざと聞き違えた。一八 小声でやってもらいたい。一九 「蘇東坡」は蘇軾(一〇三六-一一〇一)の号。中国北宋の詩人。その「赤壁賦」に、友の吹く洞簫を聞き、音色のいわれを尋ねる場面がある。「洞簫」は尺八に似たたて笛の一種で、底のない簫のこと。↓補四九。二〇 自分自身をへりくだって言う語。(父祖や師に似ず)才能がないこと、おろかなこと。二一 「不精」「無精」とも表記する。面倒くさがること。なまけたがること。二二 「魂魄この土に留まる」(たとえ死んでも魂はこの世界に残る)のもじり。「魂魄此土に留つて敵討の御供する」(浄瑠璃『仮名手本忠臣蔵』)。二三 硯友社にとって『我楽多文庫』に対する批評は一大事であること。「評定」は、相談。二四 「英雄は英雄を知る」「大人は英雄の心を知る」などの諺を踏まえるか。

美《愚《おろ》かな事《こと》です字《じ》を大《おゝ》きくして行《ぎやう》をあらくしたのは看官《かんくわん》[一]の読《よ》みいゝ為《た》めに社幹《しやかん》[二]の老婆心《らうばしん》[三]なので……それに又物《またもの》は何《なん》によらず食《く》[四]ひ足《た》りない処《ところ》が花《はな》です》

眉《してみると美妙が二十銭の鮨《すし》などもそこらの原則《げんそく》から割出《わりだ》したものかヽ》

美《これはしたり……一体《いつたい》黄金《わうごん》[五]といふものは泥砂《でいしや》のやうに何処《どこ》にでもあるいくらでも獲《え》られるといふものではない極少《ごくすく》ないものです。金玉《きんぎよく》[六]の文《ぶん》………》

月《デモ都の花の一号では「花車」がいやになるほど長いがして見《み》るとあれは純金《じゆんきん》ではないと見《み》へますな》

美《あれは日頃《ひごろ》丹砂《たんさ》[七]を錬《ねつ》て置《をい》たのが大塊《たいくわい》となつてゐたので有合《ありあ》はしたから出《だ》したものゝ二号では余《よ》ほど目量《めかた》が少《すく》なくしてあります》

眉《きつい御勿体《もつたい》[八]だネ》

漣《次《つぎ》にある男《をとこ》がいふには我楽多の挿絵《さしえ》によく疎画《そぐは》[九]があるがあれは面白《をもしろ》くないといつた》

紅《一ゝ御採用《さいよう》遊《あそ》ばした日《ひ》には庖人《はうじん》[一〇]多《おほ》くしてスープの味《あぢ》を損《そん》ずで………》

漣《客人《きやくじん》少《すくな》くしてバタ[一一]のお代《かは》りなしに対《つい》[一二]しさうだ》

紅《またまぜ[一三]の綱《つな》か……子供《こども》が飴細工《あめざいく》[一四]の徳利《とつくり》を捻《ひね》くるやうにむやみにみつ[一五]だ

二五 物見高い京の都の若者たちを古くこう言った。転じて、何かにつけて口やかましく噂をしたりする者。「さがない」は、口さがない。他人のことをあれこれと批評するのを好むこと。 二六 分量が少なく読みごたえがない。

以上九三頁

一 読者。 二 ここは硯友社の幹事役を指す。この部分が掲載された『我楽多文庫』第十二号までは社幹に美妙、紅葉、思案が名を連ねるが、次の第十三号から美妙の名が消える。→補五。 三 必要以上の心づかい。 四 満足しきらない程度が最もよい。 五 当時刊行計画のあった雑誌『黄金』を踏まえるか。→補五〇。 六 すばらしい文章。 七 「辰砂（しんしや）」とも言う。硫化水銀のこと。紅色の鉱物で、不老長寿の仙薬と考えられた。黄金と混ぜたものを「金丹」と言い、霊薬とされる。 八 もったいぶった大層らしい言動。 九 細部まで描きこまない粗い絵。「日本は島国だけに何もかも小さく出来て居る…絵画でも疎画略筆が発達して居る」(正岡子規『墨汁一滴』明治三十四年)。 一〇 英語の諺 Too many cooks spoil the broth.（料理人が多すぎると却ってスープの味を損なう）の訳。「船頭多くして船山に登る」と同義。 一一 乳製品のバター。 一二 対になりそうな諺だ。 一三 「またまぜっかえす」に、『太平記』に登場する源頼光の四天王の一人「渡辺綱（わたなべのつな）」を掛けた洒落。「オヤまたまぜの綱じやなくつテ」(笑雪女史・拝史女史合作〔紅葉の匿名〕『自惚娘作者』下、『我楽多文庫』第十六号、明治二十二年)。 一四 飴で様々な形をこしらえたもの。 一五 「密だ」の意で、「疎画」の「疎」の対義語。これに飴細工の「蜜」を掛けた洒落。 一六 「疎画」に「曾我」を掛ける。「大磯の虎」「化粧坂の少将」はいずれも遊女で、曾我兄弟の仇討

〳〵と嬉《うれ》しがられても困《こま》る疎画《そぐわ》の味もしらんでは》
月《[一六]そがの味《あぢ》をしつてるものは大磯《おゝいそ》の虎《とら》に化粧坂《けはいざか》の少将《せうく》》
紅《[一七]略画《りやくぐわ》に略画の味《あぢ》があるのをしらないで……アヽ話《はな》せねへそれだから俗士《ぞくし》を相手《あひて》にするのはいやだといふのだ》
思《[一八]いゝワサ〳〵来年の三月あたりから小説一ッ毎《ごと》に絵《え》一トツづゝと張《はり》[一九]こんでみんなに可愛《かあい》がられるやうにするから》
眉《流石《さすが》は思案だ……紅葉のやうに大事《だいじ》のお客《きやく》をつかまへて[二〇]夜廻《よまわ》りがどなるやうにたゞぞくだ〳〵といふこともないその俗《ぞく》にすてられたらどうする気《き》だ[二一]見《み》やれ御身《おんみ》は[二二]唯我《ゆいが》主義《しゆぎ》をとつてわれさへ満足《まんぞく》すれば人《ひと》が[二三]そしろが笑《わら》ふがで[二四]偏屈《へんくつ》をいゝ事《こと》に思《おもつ》て[二五]流行にはめるといふ小説宗《せうせつしう》の六字《ろくじ》の名号《みやうごう》を心《こゝろ》がけないからいつも浮《うか》ばれない亡者《もうじや》のやうな顔《かほ》をして骨《ほね》を折《おつ》て書《かい》たものが不人気《ふにんき》不評判《ふひやうばん》[二六]心《こゝろ》がらとはいひながらなん[二七]ぼう見《み》じめな御有様《おんありさま》だらう以来《いらい》は[二八]発心《ほつしん》して俗物如来《ぞくぶつによらい》に帰依《きえ》する事《こと》だまづおれが知人《ちじん》の宅《うち》へゆく我楽多文庫の噂《うはさ》が出《で》る　[二九]仇《あだ》な年増《としま》なんぞは思案外史といふ人《ひと》はどんな[三〇]通《つう》だか拝《おがみ》たいものだとか[三一]こつ[三二]束髪《そくはつ》の活潑《くわつぱつ》娘なら美妙斎に是非《ぜひ》紹介《せうかい》してくれとせがむ漣山人の写真《しやしん》を[三三]後生《ごせう》だからといふのは誰《たれ》あらう[三四]嶋《しま》田《だ》唐人髷《とうじんまげ》の生娘《きむすめ》だ[三五]延春亭はいやみのない方《かた》ですねへといふは[三六]人品《ひとがら》な令夫《れいふ》人《じん》サな

ちに取材した『曾我物語』や歌舞伎『寿曾我対面』など、いわゆる「曾我もの」の登場人物。前者は兄十郎祐成の恋人である虎御前、後者は弟五郎時政の恋人。「さまよひあるく粗画の娯弄（ごらう）、楽屋をそゝる只一騎」（尾崎紅葉『吉例粗画似もせぬつらね』『紅葉遺文』明治四十三年所収）。一七「疎画」と同義。一八 いいさ。一九 奮発して。二〇 盗難などを警戒して夜間に見回る人が「賊だ」とどなるように、の意。「警火夫（よまはり）の鉄棒（かなぼう）の音が、二丁目の方から冴えて聞えて居る」（広津柳浪『浅瀬の浪』明治二十九年）。二一 見なさい。「それ見なさい」といった形で、相手の反省を促す語。二二 自我中心主義。「彼等の唯我主義は、自我の偉大を思ひ、自我の権利を主張する唯我主義ではない。…消極的な唯我主義である」（相馬御風『正宗白鳥論』明治四十五年）。二三 謗ろうが笑おうがおかまいなしで。当時の流行歌「縁かいな」の一節。→補五一。二四 性格が素直でないこと。頑固なこと。二五 世間の流行に合わせる、という小説の根本的な考え方、の意。「小説宗」は、小説の道を宗教に譬えたもの。「名号」は仏や菩薩の名の意。ことに浄土教では「南無阿弥陀仏」を「六字の名号」と呼ぶ。ここでは「流行にはめる」の六字をそれに重ねる。→補五二。二六 自分自身の心がけが原因であること。自業自得。二七 なんとまあ。二八（小説宗という）仏の道に目覚めて「世俗」という如来を信仰するがよい、の意。「如来」は仏教における最高の存在の意で、仏を指す。二九「仇」は正しくは「婀娜」。なまめかしく美しいこと。「年増」は娘盛りを過ぎた婦人。「さだ過ギタル女。婦人ノ、凡ソ二十歳過ギテ四十歳頃マデノ称」（『言海』）。三〇 人情の機微に通じている人。三一 満たされない思いを訴え

んとかういはれる身《み》になつたら俗物《ぞくぶつ》もまんざらではあるまい今《いま》の処《ところ》じや猫《ねこ》の子《こ》一疋《いつぴき》紅葉といふものはないワこれさ涙《なみだ》を出《だ》したつて今更《いまさら》しやうがない》

紅《人聞《ひとぎゝ》のわるい事《こと》をいふな……煙草《たばこ》の烟《けむ》が目《め》に這入《はい》ツたのだ》

月《それでも[一]御《ご》方便《はうべん》なものでたつた一人紅葉《こうえふ》に逢《あ》はせて呉《く》れと手《て》を合《あ》はしたものがある》

る。 三二 明治になって流行した婦人の洋装用の髪型。↓補五三。 三三 哀願する時の言葉。 後生(来世)の幸福のために是非、の意。 三四 島田髷と唐人髷。「島田髷」は、江戸から明治を通じて未婚女性の結う最も一般的な髪型。「唐人髷」は、髷の部分を蝶の形にしたもので、江戸末期から明治にかけて十代の娘が用いた。「十四か三か、唐人髷に赤き切れかけて、姿はおさなびたれども」(樋口一葉『ゆく雲』明治二十八年)。 三五 丸岡九華の別号。 三六 上品な夫人。「ひとがら」は人の風格や品格の意だが、「ひとがらな」で、品格がよい、の意に用いられた。これに同義の「人品」をあてた。「頗る上品(ひとがら)なる衣服を着して」(『当世書生気質』)。「令夫人」は他人の妻の敬称。令室。

島田髷(左)と唐人髷(右)
(『日本家庭百科事彙』冨山房, 明 39)

以上九五頁

一 都合の良いもので。
二 野原で夕立にあった時に雨宿りする木陰を見つけたように、わずかな救いを示した、の意。
三 くわしい様子はどうだったか、この場でお聞かせください。歌舞伎などのせりふと思われるが、未詳。
四 俺を下役扱いする不作法な男だから、高位の

巻　四

紅葉山人口述
漁　村　柳筆記

[二]野《の》中《なか》の夕雨《ゆふだち》に木陰《こかげ》を見《み》せし円《まどか》の一言紅葉《いちごんこうえふ》は膝押進《ひざおしすゝ》め

紅《ウームしてく\委[三]細《ゐさい》の様子《やうす》ないかに其《それ》にて語《かた》り聞《き》かされよ》

月《ヘン何《なん》の事《こと》だ[四]おれをチヽヤンドン御注進《ごちうしん》く\と心得《こゝろえ》て居《ゐ》る左様《さやう》に作法《さはう》を弁《わきま》えぬ男《おとこ》なればこそ上臈上達《ぜうろうかんだち》めにもいみじうは思《おも》はれね……》

紅《[五]大《おほ》きにお世話《せわ》なんやかせたまふげる人《ひと》には茶一《ちやひ》トッ参《まゐ》らせんずる事《こと》よ》

漣《扠《さて》いがみあひはその位《くらゐ》にして[六]円子《ゑんす》紅葉に是非《ぜひ》といつたは老《らう》か幼《えう》か男《なん》か女《じよ》か》

紅《[七]野暮《やぼ》なのたまひそ[八]孰《いづ》れもそんじよそこの盻《へん》たる美目《びもく》サどうで御坐《ござ》る満坐《まんざ》の諸君《しよくん》………》

月《[九]歌《うた》で御器量《ごきれう》は下《さが》りやせぬッ》

紅《以来《いらい》はあんまり紅葉々々と安《やす》く見《み》てもらひたくないもンだ古歌《こか》にも「[一〇]思《おも》ひきや時雨《しぐれ》に染《そめ》る紅葉《もみぢ》ばの花《はな》にまさらむながめありとは」》

月《ハヽヽヽヽ古歌《こか》にもがいゝじやないか[一一]骨董舗《こつとうや》の鉄燈籠《かなとうろう》見《み》たようにむやみと錆《さび》を附《つけ》て売《う》る気《き》でゐる》

方々の評判が悪いのだ。「御注進く\」は、歌舞伎などで「御注進」役が登場し戦況を報告する時の言葉。「チヽヤンドン」は「御注進」の場面での「遠寄せ」と呼ばれる鳴り物の音。「上臈」は位の高い人。「上達め」は上達部。三位以上の官と参議の総称。公卿に同じ。「いみじう思はれね」は、すばらしいと思われることがないのだ。このあたり、王朝文学風の言い回しを模している。

五 余計なお世話をあざけって言う時の「大きにお世話お茶でもあがれ」を、わざとらしく王朝風の言い回しで言ったもの。「どん「大きにお世話お茶でも。」のろ「のまねへで。こてへられるのか。…」」（瀧亭鯉丈『花暦 八笑人』二編）。

六 月の家まどかのこと。「円（まどか）」に男子の敬称「子」を付けたもの。

七 野暮なことをおっしゃいますな。

八 いずれにしても、どこかの美人さ、の意。「それく\そんじよそこの今兼好」（石橋思案『恋女房』明治二十一年）。「盻(けい)」は「盼(はん・へん)」（目がぱっちりとして美しいこと）としばしば混同されるため、ここは「盼」の意と考えられる。

九 各地の盆踊り唄などに取り入れられた歌詞の一節。多くは「歌いなされよ、お歌いなされ、歌で御器量は下がりゃせぬ」に類する歌詞をもつ。ここは、口先で言うだけなら自分の面目を保つのも簡単だろう、の意。

一〇 かつて思ったことがあったろうか、秋の時雨に赤く染まる紅葉が桜の花にも優る美しい眺めであるなどと。古歌の語彙を用いた新作和歌と思われる。

一一 骨董屋で売られる鉄製の燈籠のように、わざと錆が付くようにして、いかにも古く見せかける、の意。

[一]香⦅こりやア月のやの[二]極《きわめ》だ[三]線香《せんかう》の火《ひ》でこしらえた虫《むし》くらゐで[四]かぶせられるやうなわれ〳〵と思《おも》ふか……[五]初心《しよしん》な⦆

紅⦅時《とき》に円子《ゑんす》誠《まこと》に申兼《かね》た次第《しだい》だがその僕《ぼく》に是非《ぜひ》と手《て》を合《あは》したといふ婦人《ふじん》の[六]模《も》様《やう》を少《すこ》しばかり演《えん》じてくれたまいなソレ[七]魚《うほ》心あれば……水《みづ》……心⦆

月⦅手《て》前《まい》生憎《あいにく》[八]山家《やまが》育《そだ》ちで水《みづ》心は更《さら》になしサ⦆

紅⦅もうさう冷《ひや》かさずにサ………⦆

月⦅水《みづ》の縁《えん》から冷《ひや》かすを出《だ》した手際《てぎは》なんぞは流石《さすが》[九]雅俗折衷家《がぞくせつちうか》⦆

此時襖《このときふすま》をキリヽツとあけて[一〇]小僧《こぞう》一通《いつつう》の手紙《てがみ》を差出《さしだ》し⦅思案《しあん》さんお手紙《てがみ》⦆

思⦅ウーム何処《どこ》から………⦆　請《うけ》とつて裏書《うらがき》を詠《なが》め

思⦅[一一]本郷龍岡町《ほんがうたつおかてう》[一二]婆《ば》心生《しんせい》より……誰《だれ》だ⦆

封《ふう》おしきつて口《くち》の中《うち》でムニヤ〳〵と読《よ》み了《おは》り

思⦅なアんの事《こと》だこんな手紙《てがみ》は[一三]箱根《はこね》向《むかふ》から来《く》る筈《はづ》だ⦆

美⦅ヘーツお化《ばけ》からの見舞状《みまひぜう》か⦆

漣⦅オヤ妖怪《えうくはい》に[一四]知音《ちいん》のあるのは九華《きうくは》ばかりだと思《おも》つたら思案《しあん》もいつか[一五]通信員《つうしんゐん》になつたのか⦆

一 底本は二字分空白。『新著叢詞』および『書物往来』(→六六頁解題)に「香」とあるのによった。
二 骨董などの鑑定。ここは、鑑定どおり、の意。
三 古びた感じを出すため骨董品などを線香の火で焼いて虫食いのあとを作ることを言うか。
四 「かぶせる」は、だます。「タバカル。アザムク。ダマス。(人目ヲ被ヒクラマス意)」(大槻文彦『大言海』昭和七年)。 五 未熟なこと。
六 様子。ありさま。
七 相手にその気があれば、こちらもそれに応ずる用意があること。
八 山里育ちだから、水泳の心得は全くない、の意。
九 「雅俗折衷」は、地の文を文語文(雅文)で書き、会話文を口語文(俗文)で書く文体。江戸時代の滑稽本・人情本などに見られるが、紅葉はそれを近代小説文体として主張し実践していた。
一〇 雑用のために雇われている少年。
一一 本郷区南東部。現在の文京区湯島四丁目付近。
一二 「老婆心」(→九四頁注三)をもじった署名。「生」は、手紙などで男子が名前のあとにつけてへりくだった意を添える語。
一三 江戸っ子が粋(きい)を誇り、箱根の関所からこちらには野暮な者はいない、の意味で用いる決まり文句「箱根からこっちに野暮と化物はない」を踏まえ、手紙の内容が野暮であることを言ったもの。次行「お化」もそれを踏まえる。
一四 自分の心を理解してくれる真の友人。
一五 現地の情報を得るために新聞社などが各地に配置した人。
一六 浅草奥山で興行している鬼のミイラの見世物の客の入り具合でも調べに来たのだろう。「奥山」は浅草寺裏手にあたる一帯で、幕末から

月《（お化《ばけ》の用事《ようじ》といふのは何《なん》だ）》

紅《（大方奥山《おほかたをくやま》[一六]へ来《き》てゐる鬼《をに》のミーラの景況《けいけう》でもとひ合《あは》せに来《き》たのだらう）》

思《（戯談処《じやうだんどころ》じやない　心細《こゝろぼそ》い事《こと》をいつて来《きた》んだ）》

九《（鬼《をに》に決闘状《はたしぜう》[一七]をつけられたつてそんなに鬱《ふさ》ぐ事《こと》はないじやないか九華《きうくわ》がついて居《ゐ》るからは鉄棒《かなぼう》[一八]に鬼《をに》だと思《おも》ふがいゝ）》

紅《（コリアいゝ九華は己《おのれ》[一九]を知《し》るものだ）》

漣《（マア洒落《しやれ》はのけてなんだ〳〵）》

思《（ナアーニ都ゝ一《どゞいつ》[二〇]の欄《らん》を取《とり》すてろといふ勧告《くわんこく》サ）》

眉《（デモ警察署御願済《けいさつしよおんねがひずみ》[二一]だになぜまたそんな無理《むり》をいふのだ）》

月《（そこン処《とこ》は[二二]あれまたあんな無理《むり》といひたかッた）》

思《（洒落《しやれ》の段《だん》では御座《ござ》いやせん。ノウ紅葉[二三]どうせう）》

紅《（[二四]どうせうなら骨《ほね》ぬきに限《かぎ》るッ）》

思《（ヱ、此男《このおとこ》は膝《ひざ》[二五]にも劣《おとつ》てる……美妙《びめう》どうせう）》

美《（さうですねへ弓削《ゆげ》[二六]のどうせうではいけませんか）》

思《（ヱ、モウじれッてヱ誰《だれ》[二七]が地口《ぢぐち》の問合《とひあはせ》をした）》

一同大《どうおほ》わらひとなる

明治中頃まで、見世物小屋や露店、飲食店などが建ち並び大道芸が行われる遊興地としてにぎわった。見世物小屋には、江戸時代以来、人魚や河童や鬼の首などのミイラと称する作り物が入場料を取って展示された。→補五四。

一七　決闘（→七二頁注八）を申し入れるための書状。→補五五。

一八「鬼に金棒」（強いものにさらに強力な武器が加わること）を言い換えたもの。自分を、道具の金棒ではなく、中心である鬼にあてた。

一九　自分の身の程を知っている人間。自分を鬼に譬えたことをからかって言う。

二〇『我楽多文庫』第十一号まで、石橋思案の選による「懸賞都々一」欄が掲載されている。→補五六。

二一　当時、雑誌は「新聞紙条例」によって発行前の届け出が義務づけられていた。「御願済」は届け出と検閲が済んでいることを言う。→補五七。

二二　未詳。俗謡の一節か。　二三　どうしよう。

二四「どうせう」に「どぜう」（ドジョウ）を掛けた洒落。鰌料理は骨抜きに限る、の意。→補五八。

二五「膝とも談合」（どんな相手でも相談すればそれなりの意味があるという諺）を踏まえ、その膝にさえ劣っていて相談の相手にならない、の意。　二六「弓削の道鏡」を掛けた洒落。奈良時代の僧道鏡の俗姓は弓削氏。

二七　諺などに、同じ音で異なる意味をもつ語をあてて意味を変える洒落。

以下一〇〇頁

一「巴人」は中国四川省巴州地方の人を指し、転じて田舎者を言う。「下里」は村里。「下里巴人」で、田舎の粗野な歌、の意がある。→補五六。

二　身分階層と行いとがそぐわないこと。「衣冠」は平安時代に用いられた正装の一つ。

美妙はまじめになりて思案にむかひ

美《私《わたし》も都《ど》ゝ一《いつ》の欄《らん》は取払《とりはら》ふ方《はう》が賛成《さんせい》ですがその人《ひと》の主意《しゆゐ》はどういふンです》

思《主意《しゆゐ》といふのは都《ど》ゝ一《いつ》は一体《いつたい》[一]巴《は》人下里《じんかり》のもので決《けつ》して文学雑誌《ぶんがくざつし》の紙面《しめん》を埋《うづ》むべき価格《かかく》のないものだたとへば[二]衣冠《いくわん》したる人《ひと》の算盤《そろばん》とりたるが如《ごと》しとある尤《もつと》も優美《ゆうび》なのならともかくもいづれも[三]鄙《ひ》猥《わい》極《きは》まるのばかり……とマいふンだそれから……文庫《ぶんこ》の中《うち》に都《ど》ゝ一《いつ》がある為《ため》に雑誌《ざつし》の品《ひん》をわるくするなを[四]間接《かんせつ》な影《えい》響《けう》は社員一同《しやゐんいちどう》の信用《しんよう》にも関《くはん》するといふ事《こと》を縷《る》ゝ陳《ちん》じてあるッ》

美《ナルホド大《おほ》きにさうです》

月《なんだ大《おほ》きにさうです……[五]大《おほ》きな象《ぞう》ですなら奥山《おくやま》で見《み》たがそれは何処《どこ》にゐる[六]毛《け》ダ物《もの》です……都《ど》ゝ一《いつ》があつて何《なに》が文庫《ぶんこ》の格《かく》が下《さ》がります何《なん》で社員《しやゐん》の信用《しんよう》に関係《くはんけい》します》

思《これ月《つき》のやどうしたもんだ》

紅《たしか[七]○《まる》に兎《うさぎ》が杵《きね》をもつてる図《づ》だ》

思《叱《シ》ッ叱《シ》ッ……さう何《なに》も美妙《びめう》に怒《おこ》りつける事《こと》はない当《たう》の敵《かたき》は婆《ば》心生《しんせい》……

……》

三 みだらで下品なこと。卑猥。
四 正しくは「なほ」。なお。さらに。
五 江戸時代以来、浅草奥山(→九九頁注一六)では象の見世物が度々催されているが、ここは明治二十一年十一月一日から浅草弁天山で興行された「大象演芸」を指すか。

大象演芸の広告
(『読売新聞』明21・11・2)

六 獣。けもの。尾崎紅葉『二人比丘尼色懺悔』自序に自身を指して「毛物の愚に似たる悪太郎」とある。 七 未詳。 八 力ない者がどんなに力んでもかなわないことの譬え。「五万米」は鱓(ごまめ)。片口鰯を煮干しにしたもの。 九 大多数の人々の意見。世論。「輿論 n. Public opinion」(『和英語林集成』)。 一〇 一本の髪で石臼を引くほど難しいことだ。「一髪千鈞を引く」(韓愈「与二孟尚書一書」)のもじり。先の兎の「杵」の縁で「臼」を出したか。 一一「計画書」「趣意書」を敬って言う語。 一二 いま過去をかえりみれば、の意をわざと古めかしく言ったもの。「爰を以て古を憶ふに」(『平家物語』巻三)。 一三「万屋」(いろいろな事に通じている人。なんでも屋)を固有名ふ

月《助太刀《すけだち》するからは美妙《びめう》も敵《かたき》の片《かた》われサ》

紅《そりや月《つき》のやいくらじだんだ踏《ふん》でも[八]五万米《ごまめ》の切歯《はぎしり》だ社会《しやくわい》の[九]輿論《よろん》がこれを排斥《はいせき》するんだもの[一〇]難《かた》いかな一髪石臼《いつぱついしうす》を牽《ひ》くッまづわれ等《ら》が都々一《どゞいつ》を我楽多《がらくた》へ出《だ》した[一一]思召書《おぼしめしがき》をきかせやう[一二]爰《こゝ》に古《いにしへ》を惟《おもんみ》ればサ我楽多文庫は其始《そのはじ》め[一三]万《よろづ》や万兵衛《まんべうゑ》[一四]何《なん》でもござれ主義《しゆぎ》で貴賤無差別社会平等《きせんむさべつしやくわいべうどう》に[一五]即身即仏《そくしんそくぶつ》の快楽《けらく》を与《あた》へやうといふのだから是《これ》もよし彼《あれ》もよし[一六]地口妙都々一奇《ぢぐちめうどゝいつき》で掲載《けいさい》したものさよし[一七]カネ処《ところ》が今《いま》となつて見《み》れば文庫《ぶんこ》も[一八]二十世紀《せいき》の人気《じんき》をあてこむほどに進化《しんくわ》して来《き》たからそれ[一九]歌舞《かぶ》伎座《きざ》へは[二〇]春木座《はるきざ》の御定連《ごでうれん》は来《こ》ない[二一]当時《たうじ》の文庫《ぶんこ》を読《よ》む人《ひと》といふものは都々一《どゞいつ》を見《み》て[二二]鼠鳴《ねづみなき》しやうといふいやしい根性《こんぜう》のものはたゞの一人《ひとり》もないまた都々一《どゝいつ》を見《み》て嬉《うれ》しがらうといふ連中《れんぢう》にはわるくすねた小説《せうせつ》はおかしくない万事《ばんじ》[二三]通言惣籬《つうげんそうまがき》か[二四]錦《にしき》の裏《うら》[二五]でげス[二六]こと古《ふり》たれど[二七]梅暦《ばいれき》も[二八]野暮《やぼ》くねへといふ[二九]姿《すがた》だから[三〇]この党《たう》の人物《じんぶつ》は文《ぶん》庫《こ》の看官《かんくはん》じやない》

眉《大《おほ》きに左様《さやう》サ[三一]看官《かんくはん》に詐《いつわり》なしッテ》

紅《して見りや都々一《どゞいつ》は見る人《ひと》の好意《こうゐ》を損《そん》する為《ため》に出《だ》すも同然《どうぜん》で猫《ねこ》を呼《よ》ぶには[三二]天蓼木《またゝび》を焼《や》かなけりやなるまい狐《きつね》を釣寄《つりよ》せるなら[三三]鼠《ねずみ》の天《てん》ぷらもしそれ[三四]まむしを愛《あい》して紺足袋《こんたび》をはくものあらば誰《たれ》か其痴《そのち》を笑《わら》はざらんやサ》

うに言ったもの。一四 どんなものでも受け入れる、という考え方。明治以降に移入された様々な思想概念を「…主義」と名づけたのにならった言い回し。一五 ここでは、現世に生きるこの身のままで仏になること。「快楽」は仏教語で、精神的な楽しみのこと。一六 地口もいいし、都々一も面白い。一七 いいかね。念を押す時の言葉。一八 やがて来る新世紀の人々の気風の受けをねらうほどに進化したこと。当時流行の進化論の考え方を踏まえた語。↓補五九。一九 本作品発表時に木挽町の歌舞伎座はまだない。↓補六〇。二〇 当時本郷春木町にあった劇場。もともと歌舞伎劇を上演していたが、経営難に陥り、明治十八年に大阪の興行師鳥熊が「鳥熊芝居」と名づけた「値安芝居」を興行して当たりを取った。↓補六一。二一 現在の『我楽多文庫』の意。「当時 adv. Now, at present」(『和英語林集成』)。二二 恋情を歌う都々逸を読んで逢い引きしようという気を起こすような卑しい根性、の意。「鼠鳴」は、男女が逢い引きの合図に使う鼠の鳴き声のまね。「まち人恋ふる鼠なき格子の呪文」(樋口一葉『たけくらべ』明治二十八―二十九年)。二三 山東京伝作の洒落本『通言総籬』(天明七年)。江戸吉原の「総籬」(最高級の妓楼)の表裏を写実的に描く。二四 山東京伝作の洒落本『錦之裏』(寛政三年)。大坂の遊郭の昼の情景を描くところに特色がある。二五 でございます。幕末から明治にかけて芸人や通人が用いた、いわゆる「でげす言葉」。二六 言い古されたことだが。二七 為永春水作の人情本『春色梅児誉美(しゅんしょくうめごよみ)』のこと。深川を舞台に、美男の丹次郎と芸者お米らの恋のいきさつを描く。二八 野暮ではない。否定の形で、むしろ粋であることを言う。「爺さんなかく〳〵野暮くねへわヱ」(尾崎紅葉『滑

月⟪一向《いつかう》におかしくない比喩《ひゆ》だ⟫

紅⟪又爰《またこゝ》に一トツの適例《てきれい》があるまづ深窓《しんそう》[一]に人《ひと》とならせたまふ令嬢《れいじやう》が一世《いつせ》[二]の思《おも》ひ出《で》に文庫《ぶんこ》を一目《ひとめ》見《み》たいといふ…………⟫

漣⟪ナゼまた一世《いつせ》の思《おも》ひ出《で》だらう⟫

紅⟪明暦板《めいれきばん》[三]には後生《ごせう》だからとしてある………一目《ひとめ》見《み》たいと御意《ぎよゐ》遊《あそ》ばす家令《かれい》[四]なるもの命《めい》をうけて旨《むね》を家従《かじう》に伝《つた》へる家従《かじう》[五]かしこんで早速《さつそく》一部《いちぶ》を買求《かひもと》めて参《まゐ》る扨《さて》お毒見《どくみ》[六]と云《いふ》ので内見《ないけん》[七]があるテその時《とき》どうだ常《つね》に売色《ばいしよく》[八]どもが口《くち》にして殿御《とのご》の心《こゝろ》を取乱《とりみだ》させる大毒薬《だいどくやく》といふ都《ど》ゝ一《いつ》[九]があつた日《ひ》にはまづ〳〵となつて無残《むざん》にも我楽多は玉簾《たますだれ》[一〇]の外《そと》へ投出《なげだ》されて紙屑籠《かみくづかご》へ押《おし》こめられ今更《いまさら》[一一]ゆらぐ玉《たま》の緒《を》でもあるまい家令《かれい》はそこでおそる〳〵姫君《ひめぎみ》の前《まへ》に手《て》をつかえ仰《おほせ》には候《さふら》へども我楽多文庫なるものは下司《げす》[一二]はしたの読《よ》む可《べき》ものにして姫君《ひめぎみ》ともおほせらるゝ身《み》のアラ[一三]勿体《もつたい》なやとかなんとかお為《ため》[一四]ごかしを言上《ごんぜう》して以良都女《いらつめ》か女学雑誌《じよがくざつし》[一五]が身代《みがは》[一六]りにたつ首《くび》となるワ⟫

月⟪この円《まどか》が姫《ひめ》なら懐剣《くわいけん》[一七]ギラりと引《ひき》ぬき………⟫

紅⟪おのれ兀爺《はげぢい》まつ二《ぶた》ツと切《きり》つけるか⟫

月⟪どういたして……姫《ひめ》は涙《なみだ》を押《おし》ぬぐひ何事《なにごと》[一八]とは曲《きよく》がない女子《おなご》の口《くち》からから

稽貝屛風』明治十八年)。二九 ありさま。三〇 通俗な文芸を好むような人々。三一「看板に偽りなし」(外見と中身が一致していること)のもじり。三二 マタタビ科のつる性の樹木で山地に自生し、果実は薬用もしくは食用となる。猫が好むことで知られる。三三「油鼠」「揚鼠」とも言い、昔話や芝居などで狐を捕らえる時の餌に用いられる。巌谷小波『こがね丸』(明治二十四年)に狐釣りの罠として「鼠の天麩羅とて、肥太りたる雌鼠を、油に揚げて掛けおくなり」とある。三四 蝮(クサリヘビ科の毒蛇)は紺の匂いを嫌うため、蝮除けに紺足袋をはく。

以上一〇一頁

一「深窓の令嬢」を丁寧に言ったもの。大切に育てられて世俗とは縁遠い上流の令嬢。二 この世の思い出。三 ふざけて、あたかも古典籍のように版による本文の違いを言ったもの。「明暦板」は、明暦年間(一六五五-五八)に出板された版。四 上流の家で、会計や雇い人を管理した立場の人。執事。「家従」はその次の位で、庶務を扱う者。五 敬い慎んで。六 貴人に供する食事に毒がないかどうか、あらかじめ食べてみること。七 ここは、令嬢に見せる前に内々で見ること。八 売春婦。九 何はさておき。ここでは「ともかく、これでは見せられない」の意。一〇 簾の美称。一一 揺らぐ心。「初春のはつねの今日の玉帚(たまはき)手にとるからにゆらぐ玉の緒」(『新古今和歌集』賀・読人しらず)などの用例がある。一二「下司」は身分の低い者。「はした」は召使いなどの身分の低い女性。一三 ああ、恐れ多いことだ。歌舞伎『勧進帳』の弁慶のせりふ「あら、勿体なや勿体なや」を踏まえるか。一四 相手のためを装って実際は自分の利益をはかること。一五 巌本善治を主幹として明治十八年に創刊さ

〱とはづかしい事《こと》いひ出《だ》して[一九]今更《いまさら》いやとは胴慾《どうよく》な……≫

紅≪姫大分《ひめだいぶ》浮《うか》れて参《まゐ》つたその調子《てうし》じや家令《かれい》の意見《ゐけん》は尤千万《もつともせんばん》だ≫

月≪[二〇]ないつわめいつかき説《くど》き[二一]すでにかうよと見《み》えければッ……≫

紅≪ハテ[二二]是非《ぜひ》に及《およ》ばぬと[二三]紋切形《もんきりがた》にはいくまい……オヤまた話次分頭《わじぶんたう》が始《はじ》まつたチツト[二四]生田《いくた》の森《もり》の≫

思≪戦《たゝかひ》で[二五]大《おほ》わらはになつてやらうじやないか≫

月≪さらば[二六]筈高《はづだか》に負《お》ひなしたる[二七]無文染羽《むもんぞめは》の征矢《そや》一筋《ひとすぢ》ぬきいだし[二八]鉄矢頭《かなじんたう》に[二九]鼻《はな》油引《あぶらひき》て紅葉が[三〇]胸板《むないた》を見《み》ン事射貫《ごといぬい》てくれやう　扨紅葉や御身《おんみ》は[三一]正銘《せうめい》の都ゝ一といふものをいまだ御覧《ごらん》じないと見《み》える「[三二]あれさおよしよ」の如《ごと》き「ほれてほれられて」の如《ごと》きはしたないのが都ゝ一《どゝいつ》と思召《おぼしめ》すか円《まどか》が[三三]錦腸《きんちやう》の中《うち》に秘《ひめ》て[三四]これの家《いへ》元《もと》と崇《あが》め奉るは……[三五]よく聞《きゝ》ね「[三六]いやな霰《あられ》はつれなくはねて雪《ゆき》と添《そ》ひ寐《ね》の園《その》の竹《たけ》ッ」どうでごす[三七]三十一文字《みそひともじ》と申しても耻《はづ》かしくないナゼこんなのを[三八]古今集《こきんしう》へは編入《へんにう》しなかつたかゝ思案といひおのれといひ[三九]改良《かいれう》の義旗《ぎゝ》を押《おつ》たてたのは世間《せけん》の都ゝ一《どゝいつ》をのこらずかういふ[四〇]格《かく》にしたいばつかりサなんと紅葉……オヤ鼾《いびき》……≫

と四方《あたり》を見《み》まはし

≪オウ〱どれも〱[四一]寐《ね》たワしき御姿《すがた》……コレ紅葉ゝゝ≫

れた女性啓蒙雑誌。→補六二。 一六『菅原伝授手習鑑』四段目(寺子屋の段)など、浄瑠璃や歌舞伎の常套的手法としての「身代わり首」を踏まえる。すなわち、主君への忠義のために実の子の首を身代わりとして差し出すなどの手法。この前後、芝居仕立ての言い回しが多い。 一七 ここは、上流の女性が携行した護身用の短刀。 一八「曲がない」は型どおりでつまらないこと。『仮名手本忠臣蔵』九段目(山科閑居の段)の「「母さまこれは何事」と押留められて顔を上げ、「何事とは曲がない…」」というせりふを踏まえる。 一九 明治二十年前後に流行した俗曲「仙台節」の「十四の春から通はせおいて今更いやとはどうよくな」という歌詞を踏まえる。「胴慾」は、むごいこと。無情。 二〇 泣いたりわめいたりして繰り返し嘆願し。浄瑠璃風の言い回し。 二一 もはや事態はここまできたと見えたので。河竹黙阿弥『花街模様薊色縫(さともようあざみのいろぬい)』序幕で、身投げをしようとする十六夜を清心が留める場面に「すでにかうよと見えければ、清心あはて抱き留め」とある。 二二 やむを得ない。仕方がない。前注引用の直後の場面に「是非に及ばぬ今宵の仕儀」というせりふがある。 二三 型どおりのやり方。 二四 現在神戸市にある生田神社境内の森。源平合戦の行われた場所。 二五 大童。戦などで、髪の結びが解けて乱れたさま。また、そのような姿で奮戦すること。「兵衛佐七八騎にうちなされ、おほ童にたゝかいな(ッ)て」(『平家物語』巻五)。 二六 矢筈(矢を弓の弦につがえるための、矢羽根より先の部分)が高く突き出ていること。強い弓を引く力があることを示す。「征矢(そや)の三十六指(さし)たるを筈高に負成(おひなし)」(『太平記』巻十二)。 二七「無文」は模様がないこと、「染羽」は染めてある矢羽根、「征

紅（ウーツ……附録《ふろく》[一]だよ大附録《おほふろく》）

月（寐《ね》ぼけちやいけない起《おき》たまひ〳〵）

紅葉はのびを打《う》ち大欠伸《おほあくび》を二ツして

紅（アヽ長《なが》〳〵しいお談義《だんぎ》[二]で退屈《たいくつ》した）

（畢）

矢」は鋭い矢尻のついた戦闘用の矢。 二八 鉄で出来ている矢頭。「矢頭」は「矢筈」に同じ。「じんたう」は「矢頭」の音読み「しとう」の音便化。 二九 鼻頭や小鼻の油。ここは、矢の離れをよくするために矢頭に塗る油か。 三〇 鎧の胴の前面上部につける鉄板。「河原太郎が鎧のむないたうしろへつとゐぬかれて」（『平家物語』巻九）。 三一 まこと。偽りでないこと。「正真正銘」の形で用いられることが多い。 三二 明治初年に流行した俗曲「どん〳〵節」の一節。「ほれてほれられて」も同様。→補六三。 三三「錦繡腸」（詩文に巧みな心）の意か。 三四 都々逸の正統、の意。 三五 よく聞きなさい。 三六 竹の葉に霰がはねるさまを、嫌いな男をはねつける様子に見立て、雪の重みで竹が横にしなうのを、雪との添い寝に見立てたもの。 三七 短歌のこと。和歌の一形式として五・七・五・七・七の三十一文字で作られる。 三八『古今和歌集』。二十巻。十世紀初頭に完成した最初の勅撰集で、醍醐天皇の命により紀貫之らが編纂した。古典和歌を代表する歌集であり、三代集・八代集・二十一代集の一つ。 三九 都々逸の近代化という正統な道理に基づいて行動した、の意。「義旗」は正義の行動の旗じるし。→補五六。 四〇 和歌に匹敵するような地位。 四一「ねたましき御姿」もしくは「いたはしき御姿」に、寝ている様子を掛けた洒落。

以上一〇三頁

一 雑誌などで本誌に添えられた別冊などを言う。その特別なものを「大附録」と言って宣伝した。『我楽多文庫』第十二号巻末や第十三号裏表紙に明治二十二年一月号の「大附録」の予告があるが、第十四号附録は別冊ではなく、本誌の増頁の形になっている。

二 堅苦しい説教や教訓話。

恋《こいの》山《やま》賤《がつ》

松村友視 校注

〔**初出・底本**〕明治二十二年七月十四日発行の『流行新聞』第一号附録『恋の山賤』に「上」にあたる部分を掲載。本文末尾に「（未完《まだある》）」とあるが、七月二十一日発行の同紙第二号「雑報」欄に次号掲載の予告があるものの、三・五・六号に収録を見ない（四号未見）。その後、同年十月十八日発行の雑誌『文庫』（吉岡書店）第二十七号に「恋山賤」の表題（目次署名「紅葉山人」）で全文が掲載され（脚注では〈『文庫』〉と略記）、同年十二月昌盛堂刊行の小説集『初時雨』（『小説群芳』第一）の巻頭に『口惜きもの』『駿馬骨』『江戸水』『文盲手引草』とともに収録された。本巻では初版本『初時雨』を底本とし、初出・諸本と校合した。『文庫』と初版本『初時雨』の間には、句読点や一部の語句に異同がある。

〔**諸本**〕初版本『初時雨』は、明治二十九年四月、『はつしくれ　恋山賤』と改題して書林一二三館から再刊され（脚注では〈二九年版〉と略記）、さらに紅葉没後の明治四十一年十月、『恋山賤』の表題で新たに校訂を施して梁江堂から刊行された（脚注では〈四一年版〉と略記）。梁江堂版の編纂にあたった石橋思案による序文があり、版権の関係で『初時雨』を博文館版『紅葉全集』（明治三十七年―三十八年）に収録し得なかった経緯と『恋山賤』再刊の意図が記されている。

〔**全集**〕岩波書店『紅葉全集』第一巻（平成六年三月。底本は初版本『初時雨』）がある。

〔**梗概**〕東京からやってきて山里の戸長宅に逗留している美しい娘が、下女や戸長宅の下男に伴われ、春の野遊びとして山中に蕨採りに出かける。群生する蕨を夢中になって摘んでいるうち、娘はいつしか仲間と離れ山ふところに入り込んでしまったことに気づく。樹上に刃物をもったあらくれ男がいることに驚いた娘は、慌てて逃げざまに倒れて気を失う。娘を抱き上げた若いきこりは、東京から来た美しい娘が戸長宅に逗留しているという仲間の噂話を思い出しながらもその美しさに見とれ、恋こがれる思いにうずきを覚えつつ、娘の頬を突ついたり、唇に触れてみたりする。戸長宅に送り届けるため娘を背負って山道を下る途中、このまま娘とともに行方をくらましてしまおうかという誘惑に駆られ、躊躇していた矢先、娘を捜しにやって来た戸長宅の下男らに出会ったきこりは、自分の罪深い感情の露見を恐れるが、娘を助けたことを却って感謝され、刑の宣告直前に罪を許された時のような安堵を覚えて思わず仏の名を唱える。

恋《こひの》[一]山《やま》賤《がつ》

上

[二]長閑《のどけ》き春《はる》は海《うみ》よりも遊《あそ》びは山《やま》の事《こと》なり。夏《なつ》までは枯《か》れじと見《み》ゆる[三]深山木《みやまぎ》の中《なか》に立交《たちまじ》る[四]一重桜《ひとへざくら》、ちら——ほら昨日今日《きのふけふ》咲初《さきそ》め、山路《やまぢ》の若草大分《わかぐさだいぶ》のびても、[五]葉《は》末《ずゑ》はまだ曲《まが》らず、[六]雉子《きゞす》のほろゝ、[七]山鳥《やまどり》の羽音都《はおとみやこ》の耳珍《みゝめず》らしく、穿馴《はきなれ》ぬ藁草履《わらざうり》の足軽《あしがろ》きにまかせて、咲揃《さきそろ》ひたる花菫《はなすみれ》の中《なか》をわざ〳〵馳歩《かけある》き、[八]緋縮緬《ひぢりめん》の蹴出《けだ》しに紫《むらさき》を散《ち》らし、女二人男一人《をんなふたりをとこひとり》を連《つれ》て、山道《やまみち》を辿《たど》る[九]美色《びしよく》十七八の娘《むすめ》、附添《つきそひ》のものが呼《よ》ぶ如《ごと》く、お嬢様《ぢやうさま》といふも苦《くる》しからぬ[一〇]衣服人品《きつけひとがら》。[一一]蕨《わらび》とりは、東京《とうきやう》のせゝこましき野《の》の[一二]拾翠《つみくさ》より、興《きよう》ある事《こと》とそゝのかされて、思《おも》ひ立《たち》し今日《けふ》の遊《あそ》びなり。

随行《とも》の女《をんな》は三十ほどの痩《やせ》ぎすの[一三]年増《としま》と、[一四]いかさま下女《げぢよ》に生《うま》れつきし不器量《ふきりやう》もの、しかも[一五]ぶた〳〵肥《ふと》り、年齢《とし》は廿《はたち》を一《ひと》ツはみ出してといふべき……これでも[一六]新造《しんぞ》なり。熟《いづ》れも東京《とうきやう》からの附人《つきびと》なれど、男《をとこ》は土地《とち》の者《もの》らしく、此女連《このをんなづれ》の逗留《とうりう》する[一七]宿《やど》の下男《げなん》か、六十近《ちか》くしなびて色黒《いろくろ》き田舎爺《ゐなかおやぢ》、年《とし》にもめげぬ元気《げんき》ものゆゑ、今日《けふ》のお伴仰《ともおほ》せつけられ、[一八]天秤《てんびん》の頭《さき》に弁当《べんたう》の風呂敷包《ふろしきづゝみ》を結《ゆひ》つけ、[一九]二間《にけん》も後《あと》から

一 恋する山賤。「山賤」は山中に生活する樵（きこり）などを言う。→補一。

二 のどかな春には、海辺よりも山の遊びの方が一層興趣がある。→補二。 三 深山に生えている樹木。「深山木の其梢とも見えざりし桜は花にあらはれにけり」（源頼政『頼政集』）。

四 単弁の花びらをつける桜。ここでは山桜を指す。「山桜の一重に。御用捨（ごようしや）被下度（くだされた）く」（筆写回覧本『我楽多文庫』第一集、明治十八年五月）。 五 自身の重みで葉先が曲がるほどには伸び切ってはいない。

六 「雉子」はキジ。「ほろゝ」はその鳴き声。「かりの世と思ふなるべし春の野のあさたつ雉子ほろろとぞなく」（『和泉式部 続集』）。

七 キジ科の鳥。キジに似るが尾が長く、古歌に多く詠まれる。「あしびきの山鳥の尾のしだりをのながながし夜をひとりかもねむ」（『拾遺和歌集』恋三・柿本人麿）。 八 「蹴出し」は、本来、腰巻きの上に重ねて巻く婦人用の下着を言うが、明治以降、腰巻きそのものを指すようになった。多くは緋縮緬（赤く染めた縮緬布）を用いた。

九 美しい顔立ち。美人。 一〇 近世末に着物そのものを「きつけ」と呼んだことを踏まえるが、ここは「着こなし」の意味を重ねる。 一一 春の山野で、拳状に巻いた蕨の新葉（早蕨〈さわらび〉）を採り、食用とする。蕨狩り。蕨折り。→補三。

一二 春の野で摘み草すること。「佳人拾レ翠春相問（佳人と翠を拾ひて春に相ひ問ふ）」（杜甫「秋興詩」）。 一三 「さだ過ギタル女。婦人ノ、凡ソ二十歳過ギテ四十歳頃マデノ称」（大槻文彦『言海』明治二十二―二十四年）。 一四 いかにも下女らしく生まれついた容貌の醜い女。「下女」は家事等の下働きをする女性。→補四。

一五 肥えて肉がだぶついているさま。「BUTA-

《其方《そつち》は崖《がけ》……左《ひだり》へ真直《まつすぐ》》と声《こゑ》を掛《かけ》て、のそり〳〵ついて来《く》るを、年増《としま》の下女《をんな》（名《な》はお政《まさ》）立留《たちどま》りて振返《ふりかへ》り、道傍《みちばた》の立木《たちき》を指《ゆび》さして、
《これは何《なん》の木《き》ですねェ》
老爺《おやぢ》に尋《たづ》ぬるものを、肥《ふと》つたのが（名《な》はお兼《かね》）引《ひつ》とり
《なんだらぼッちやァかァきの木《き》さ》[一]
《おしやれでないよッ》[二]
ふり下《おろ》す手《て》に、お兼《かね》は笑《わら》ひながら遁出《にげだ》せば、さすがは年老《としより》
《あぶねェすべりやァすよ》
《すべッて怪我《けが》でもして、思入血《おもいれち》[三]を出《だ》したら、ちッたァ痩《やせ》るだらうホヽヽヽヽ、おやッ……お嬢様《ちやうさま》は》
今《いま》までありし娘《むすめ》の姿《すがたみ》見えなくなれば、女《をんな》ども眼色《めいろ》[四]を変《か》へ、山《やま》には天狗《てんぐ》[五]その外《ほか》の魔物《まもの》棲《す》みて、人《ひと》を攫《さら》ふといふことを、虚談《うそ》[六]半分《はんぶん》にも日頃《ひごろ》聞《きい》て居《ゐ》れば、もしやそんな事《こと》ではあるまいかと胸《むね》を跳《をど》らせ、互《たが》ひに見合《みあは》せし眼《め》をいひ合《あわ》せしやうに、老爺《おやぢ》の顔《かほ》に注《そゝ》げど、動《どう》ぜし景色《けしき》[七]もなく
《其処《そこ》らから谷底《たにそこ》へ転《こ》けたか知《し》ンねェ》
行《ゆき》から帰《かへ》りまで——此山《このやま》に居《ゐ》る間《あひだ》は、随意《まゝ》[八]になりて万事《ばんじ》指図《さしづ》をうけるまでに、

BUTA ブタブタ adv. Fat; corpulent: —futotte iru.」（J・C・ヘボン『和英語林集成』第三版、明治十九年）。尾崎紅葉『畳字訓』（『紅葉遺稿』明治四十四年）にも記載がある。
一六 ここでは、二十歳前後の嫁入り前の女。
一七 宿泊先の家で下働きをする男。
一八 「天秤棒」の略。ここは、両端に荷物を吊り下げて持ち運ぶための天秤棒の端に風呂敷包みの弁当を直接結びつけて肩に担っているさま。
一九 一間は約一・八メートル。

以上一〇七頁

一 「なんだら法師（ぼっち）柿の種」の言い換え。人に「何だ」と問われた時にまぜかえす言葉。「これは何の木ですねェ」という問いを受けて、「柿の種」を「柿の木」に言い換えた。「なんたらほうしの柿の種」（太田全斎『諺苑』寛政九年序）。
二 お兼に対して「洒落など言うな」とたしなめる言葉。
三 思う存分。「思ふさまニ同ジ」（『言海』）。
四 驚きのために目つきが変わること。
五 山神山霊に対する信仰が修験道と結びついて成立した異人像。庶民信仰では、山に住んで飛行自在であり、時に人をさらうとされる。山伏姿で長い鼻をもち葉団扇を手にした大天狗をはじめ、鴉天狗、小天狗などがある。→補五。
六 半ば信じ半ば疑うこと。半信半疑。
七 様子。態度。普通は「気色」と表記する。
八 意のまま。言われるままに従うこと。

頼《たの》みにする老爺《おやぢ》が構《かま》[九]ひつけぬ挨拶《あいさつ》に途方に暮《く》れ、お政《まさ》はふるへ声《ごゑ》になりて

《どうしやう》

と、たつた今怪我でもしろと罵《のゝし》りしおかねに、相談《さうだん》[一〇]しかくれど、これはなほ役《やく》に立《たゝ》ず、はや涙《なみだ》ぐみ……涙声《なみだごゑ》を張《は》り上《あ》げ

《お嬢《ぢやう》さまァ》

叫《さけ》べば木魂《こだま》[一一]に響《ひゞ》きて凄《すさ》[一二]まじく、いよ〳〵心細《こゝろぼそ》さに二人《ふたり》ながら物《もの》もいひえず、只《たゞ》[一三]きよと〳〵するを見《み》て、卯平《うへい》反《そり》[一四]を打《うつ》て笑《わら》ひ

《あれ見《み》えねェかねェ》

頤《あご》でしやくつて教《をし》ゆる方《はう》を見《み》れば、木立《こだち》の繁《しげ》みの間《あひだ》に、ちらり春芽《はるめ》[一五]の紅葉《もみぢ》か、[一六]それならで山椿《やまつばき》[一七]の大木《たいぼく》の下《した》に、透《すい》て紅《あか》く見《み》ゆるは

《あら、帯《おび》……だ》

《帯《おび》……お嬢様《ぢやうさま》》

[一八]うまく〳〵やられてお兼《かね》は口惜《くやし》がり、思《おも》[一九]ひ知《し》つたか、どしんと老爺《おやぢ》の背《せなか》をたゝき

《卯平《うへい》さん人《ひと》がわりいよ……老耄爺《おいぼれ》[二〇]》

真赤《まつか》になつて怒《おこ》れば、老爺懲《おやぢこり》ずにまた高笑《たかわら》ひ、お政《まさ》は、あれほど呼《よ》びしもの

九　まともに相手にしないような受け応え。

一〇　相談しかけてみたが。

一一　「木霊」とも表記する。声などが遠く反響する山彦のこと。古くは、山中での反響は樹木の精霊が応える声と考えられた。「Kodama 木霊 n. コダマ (the spirit of trees) An echo: —*ni hibiku*; **there is an echo.**」(『和英語林集成』)。

一二　寂しく気味が悪いようすで。

一三　きょときょと。きょろきょろ。

一四　反り返って。

一五　春、芽生えたばかりの樹木の若葉が赤く色づくこと。

一六　それではなく。ここは「それではないとしたら」の意をこめる。

一七　山野に自生する椿。

一八　まんまとだまされて。

一九　悔しさがよほど身にしみたか。

二〇　老人に対する罵り言葉。年老いて頭や体の働きが衰えること、またはそのような人を意味する「老いぼれ」に漢語の表記をあてた。

をしらぬ顔《かほ》の女《むすめ》の心意気《こゝろいき》[一]が悪《にく》く、この返報《へんぼう》[二]と、わざと急《せ》[三]きこみし調子《てうし》にて

《それッ、それッ、お嬢様蛇《ちやうさまへび》が……》

《きやッ》

魂《たま》[四]ぎる一声《ひとこゑ》、笹《さゝ》[五]の枝《えだ》へ三四十も貫《さし》た椿《つばき》の花《はな》を投《なげ》すて、転《ころ》がるやうに木間《このま》をくゞり出《だ》し、お政《まさ》の腰《こし》にひしと抱附《だきつ》き

《来《き》やしないかィ》

声《こゑ》も体《からだ》も慄《ふる》はせば、一同腹《いちどうはら》を抱《かゝ》えて大笑《おほわら》ひ、主従《しゆじゆう》[六]忘《わす》れてのいたづら。此処《こゝ》と目星《めぼし》[七]をつけし処《ところ》へ来《く》れば、天秤《てんびん》を卸《おろ》して卯平《うへい》四辺《あたり》[八]の草《くさ》を指《ゆび》ざし

《そウれみな蕨《わらび》……まア休《やす》ンでゆるりと獲《と》るがえェ》

藁《わら》[九]で束《たば》ねたより見《み》たことなき女達《をんなども》は、其処《そこ》に立《たつ》たまゝ、おやくと暫時《しばし》は呆《あき》れ、やがてお政《まさ》は袂《たもと》より、藍《あゐ》[一〇]くさき手拭《てぬぐひ》をとり出《だ》し、草《くさ》の上《うへ》に敷《しい》て

《さアお嬢様《ちやうさま》すこしお休《やす》み遊《あそ》ばせ、あゝお兼《かね》どん草臥《くたびれ》[一一]たねェ》

《足《あし》が棒《ぼう》のやうになッちまッた》

どッさり腰《こし》を据《すゑ》る時《とき》、娘《むすめ》はその肩《かた》をついて

《そら毛虫《けむし》が……》

《えェつ》

一　心の持ちよう。
二　仕返し。報復。ここは、自分たちを心配させたことにさえ気づかぬ娘に対する腹立ちまぎれの一方的な仕返し。
三　あわてた口調で。
四　魂消る。非常に驚く。肝をつぶす。
五　集めた花をとりあえず取り貯めておくため、その場にあり合わせの笹の枝を用いた。途中で見かけた山椿の美しさに、蕨とりの目的を忘れ、お政らの呼びかけも耳に入らないほど夢中になって花を集める娘らしい姿。
六　使用人が主人の娘を驚かしてからかうという、「主従」の関係を越えた戯れ。
七　あらかじめ見当をつけておいた場所。
八　尾崎紅葉の文章に多用される、漢語と和訓を組み合わせた表記の一つ。↓補六。
九　藁で束ねて売られている蕨しか見たことがない。
一〇　「藍」は、藍色（濃青色）の染色に用いられるタデ科の植物で、東南アジア原産。「藍くさき」というのは、藍特有の香りがまだ残っている新しい手拭いであるためだろう。
一一　「草臥（がそう）」は本来は「寝莫蓙（ねござ）」の意だが、日本では「疲れる」の意味をあてる。
一二　不快などのために眉をしかめること。「眉間に皺を寄せる」「額に八の字を寄せる」などと同義。
一三　刻み煙草を詰めて吸う喫煙具。khsier（カンボジア語）が語源とされ、一般には「煙管」と表記する。煙草をつめる火皿のついた雁首（がんくび）と、吸口、および両者をつなぐ管状の羅宇（らお）の三部分からなる。↓補七。
一四　マッチ。「燐寸」とも表記する。「摺付木（すりつけぎ）」「早付木（はやつけぎ）」などとも言う。明治初年から

と飛《と》びのき、[一二]眉間《みけん》に八の字《じ》をよせ、今坐《いまゐ》た処《ところ》を気味悪《きみわる》さうに見《み》まはし
《何処《どこ》に》
娘《むすめ》は袂《たもと》を口《くち》に当《あて》て笑《わら》へば
《あらお嬢様《ぢやうさま》、覚《おぼ》えて居《ゐ》らつしやいましよ》
お政《まさ》は[一三]煙草管《きせる》をくはへて、[一四]まつちを擦《す》りながら
《いゝ気味《きみ》だ、臆病《おくびやう》》
娘《むすめ》はお政《まさ》の蔭《かげ》に屈《かゞ》みて
《兼《かね》、[一五]かにんしておくれ、もうおどかしッこなしだよ》
此処《こゝ》にやゝしばらく戯《たはぶ》れてから蕨《わらび》とり。その[一六]村立《むらたつ》を引《ひつ》ちぎり引《ひつ》ちぎり……面《おも》白《しろ》き事譬《ことたと》へ難《がた》し。最初《はじめ》は一《ひと》かたまりに[一七]額《ひたい》を聚《あつ》め、背《せなか》を合《あわ》せ、それより追々《おひ〳〵》くづれ出《だ》して、次第《しだい》に別《わか》れ〳〵となり、崖《がけ》の方《はう》へ志《こゝろざ》すもあれば、藪際《やぶぎは》にあさるもあり、主《しゆう》を構《かま》はず、家来《けらい》をふりすて、万事《ばんじ》無頓着《むとんぢやく》に興《きよう》を催《もよ》ふすに、取残《とりのこ》されし老爺《おやぢ》も、初《はじ》めのほどは義理《ぎり》に一抓《ひとつかみ》二抓《ふたつかみ》摘《つみ》たれど、年老《としより》のこれが[一八]何《なに》おもしろからう、頭《あたま》を柔《やはらか》に照《て》らす[一九]日影《ひかげ》に、昨夜《ゆふべ》の[二〇]縄綯《なはなひ》の疲労《つかれ》が出《で》て、弁当包《べんたうづゝみ》を大事《だいじ》にかゝえながら枕《まくら》にして、[二一]猫《ねこ》ぢやらしの帯《おび》の結目《むすびめ》に[二二]蝶《てふ》が狂《くる》ふも、[二三]聞《きか》せがましく枕元《まくらもと》の木末《こずゑ》に[二四]鶯《うぐひす》の前渡《まへわた》りも、何《なに》も知《しら》ずつゐとろ〳〵。

輸入され、携帯用の点火具として従来の火打ち石にとって代わった。↓補八。

一五 堪忍して。初出以降、いずれも「かにんして」。普通は「かんにんして」とあるべきところだが、口語では「かにして」「かにんして」の語法も用いるため底本のままとした。幸田露伴『五重塔』(明治二十四年)には「親方、堪忍(かに)して下され」など「かにして」が多用される。

一六 「村立」は「群立(むらだ)つ」の意。ここは蕨が群生しているさま。

一七 「額を集める」「額を鳩(つあ)める」とも表記する。互いの額を寄せ合うように集まって相談することを言うが、ここは、三人の女たちが額を寄せ合うようにして蕨を採るさま。以下、次第に思い思いの方向に移動しながら蕨採りに熱中してゆくさまが巧みに表現されている。

一八 どうして面白いことがあろうか。

一九 日の光。日光。

二〇 藁や麻を縒(よ)り合わせて縄を作ること。

二一 帯の結び目の余りを一方の端が他方より長く出るようにして垂らした結び方。垂らした紐で猫をじゃらすさまに似るところから言う。

二二 (帯の結び目や垂れた端を花や穂先と見て)蝶が舞い戯れるさま。

二三 いかにも聞かせようとするかのように。底本は「聞せがましく 枕元 の木末 に」。〈初出〉および〈『文庫』〉に従って改めた。

二四 「前渡り」は、前を素通りして行くこと。特定の人物が目の前を素通りしてしまう様子の表現として王朝物語でしばしば用いられる。また、鶯の「ケキョ ケキョ」という鳴き方を「鶯の谷渡り」と言う。ここはそれに掛けて、うたた寝している卯平の枕先を鶯が鳴き渡って行くさまを王朝風にしゃれて言った。↓補九。

下

小風呂敷《こぶろしき》は破裂《はちきれ》るほど膨《ふく》れかへる実入《みいり》[一]に、おもしろさ堪《たま》らず、娘《むすめ》は足《あし》のすゝむを忘《わす》れて其方《そつち》を挘《むし》り、此方《こつち》を取《と》り、片手《かたて》に握《にぎ》り余《あま》れば、紅裏《もみうら》[二]の袂《たもと》の中《なか》へ、土《つち》のまゝを推籠《おしこ》み、おしこみ、両袖《りやうそで》[三]をずる〳〵引《ひき》ながら、来《き》た処《ところ》は何処《どこ》とも知《し》らず、返《かへ》り見《み》れば、人跡《じんせき》[四]まれなる処《ところ》を蹈分《ふみわけ》て来《き》たものか、小笹《をざゝ》[五]まじりの草《くさ》、左右《さいう》に我《わが》おしわけし痕《あと》あり。伸《のび》あがつて見《み》るに、人影《ひとかげ》目《め》に入《い》らず、邪魔立《じやまだて》[六]する檜木《ひのき》を除《よ》けむと、三《み》足《あし》ばかり脇《わき》へ寄《よ》る拍子《へうし》に躓《つまづ》いて、転《こけ》て、左《ひだり》の肱《ひぢ》をつき、あぶなやと起上《おきあが》りざまに前方《むかふ》[七]を見《み》れば、ぢき一尺《しやく》[八]も距《へだ》てず、其処《そこ》は絶壁《きりぎし》[九]、下《した》には幽《かす》かに響《ひゞ》く谷川《たにがは》の流《ながれ》、気《き》がつけばいよ〳〵胸轟《むねとゞろ》き、名《な》も知《し》れぬ鳥《とり》の声《こゑ》、鋭《するど》き調子《てうし》に[一〇]耳《みゝ》を貫《ぬ》かれ、唯《たゞ》心細《こゝろぼそ》く途方《とはう》に暮《く》れ、かく寂寞処《さびしきところ》へは大胆《だいたん》にもよく来《こ》られしものなり、来《こ》られるはづにあらず、誰《たれ》[一一]かに攫《さら》はれたか、どの道《みち》を便《たよ》[一二]りて帰《かへ》るべき。颯《さつ》と吹《ふ》く風《かぜ》に木梢《こずゑ》ざはつき、何《なん》となく恐《おそ》ろしく、行《ゆ》くも帰《かへ》るもならず、進退《しんたい》維《こゝ》[一三]に谷《きは》まりて佇《たゝず》む時《とき》、ぴしぴしと太《ふと》き木《き》のしなふ[一四]響《ひゞき》に、後面《うしろ》をふりむけば、今《いま》まで知《し》らざりし、そこに三囲《みかゝへ》[一五]もあるべき大木《たいぼく》ありて、物音《ものおと》はその木末《こずゑ》にするなり。鳥《とり》か、鳥《とり》にしては大《おほ》いなる音《おと》、何《なに》ぞと立寄《たちよ》り、透《すか》して見《み》れば、ぎらり刃物《はもの》の光《ひかり》、

一　ここは、蕨の収穫のこと。
二　「紅絹《もみ》」（紅色に染めた薄手の絹地）を着物の胴や袖の裏地に用いること。また、その裏地。「絳絹裏」「紅絹裏」とも表記する。
三　振袖の長い袂の中に採った蕨を入れているため、重みで袖を引きずることになる。
四　人がめったに足を踏み入れることのない場所。
五　「笹トイフニ同ジ」（『言海』）。「分けきつる小笹が露の繁ければあふ道にさへぬるる袖かな」（『千載和歌集』恋三・藤原伊経）など、歌語もしくは文学的表現として用いられることが多い。
六　ことさらに邪魔すること。「言黒《いひくろ》めたる邪魔立《じやまだて》を満枝は面憎がりて」（尾崎紅葉『金色夜叉』明治三十一―三十六年）。視線の先を檜が遮っている様子の擬人的な表現であり、娘の不安が反映されている。
七　「後面《うしろ》」（一一三行）と対応する紅葉に特徴的な表記の一つ。　↓補六。
八　約三〇センチメートル。
九　切り立った崖。
一〇　耳を突き抜かれたようになり。
一一　「山には天狗その外の魔物棲みて、人を攫ふといふこと」（一〇八頁一一行）が伏線になっている。
一二　頼りとして。たのみによりすがって。
一三　前に進むことも後ろに戻ることもできず、どうすることもできない状態に陥ること。『詩経』大雅・桑柔の「進退維谷」（進退これきはまる）に基づく慣用的表現。
一四　木の枝などが、加えられた力に応じて、折れずに撓《わた》むこと。しなる。
一五　三抱えもありそうな。「三抱え」は大人三人が両手を拡げてようやく抱えられるほどの大きさ。「囲」は、両手を広げて囲む長さを表す助数

あつといふ声《こゑ》も出《で》ず、足《あし》は地《ち》につかず、二三間馳出《げんかけだ》しながら、こはい物見《ものみ》たさにまた振返《ふりかへ》れば、高《たか》き梢《こずゑ》に葉《は》陰《がく》れつゝ、紛《まぎ》れもなき人影《ひとかげ》——恐《おそ》らくは男《をとこ》……あ[一六]らくれ男《をとこ》。今驚《いまおどろ》かされし刃物《はもの》を手《て》にして立《た》つは……顔《かほ》は見《み》えねど此方《こつち》を見詰《みつめ》るらしく、おそろしや飛懸《とびかゝ》つて衿髪《えりがみ》[一七]つかまれるは、今《いま》か今《いま》かと、人影《ひとかげ》に眼《め》をつけ

しまゝ、五足六足《いつあしむあし》ふみ出《だ》せば、石《いし》か、木根《このね》[一八]か、何《なに》やらに足《あし》をとられ、横様《よこさま》に撞《だう》[一九]……強《つよ》く弱腰《よはごし》[二〇]をうたれ、膝頭《ひざがしら》を擦《す》られ……悲《かな》しや此処《こゝ》で命《いのち》をとらるゝか、されどまだ引抓《ひつつか》まれしにあらず、助《たす》かる運《うん》もあるべし、遁《にげ》て見《み》むと身《み》をあせれど、起上《おきあが》られもせず——遁《にげ》[二一]らるゝものか、腰《こし》[二二]に諸手《もろて》をかけ、のた打《う》ち、鬢《びん》[二三]を土《つち》にすりつけて呻《うめ》くを、葉越《はごし》に見《み》[二四]つけしか、右手《めて》[二五]に斧《をの》を持《もつ》たる大男《おほをとこ》、

詞。

一六 荒くれ男。性質や動作が荒々しい男。

一七 首の後ろの部分の髪。または、襟首あたり。

一八 「このね 木(き)ノ根」(『言海』)。

一九 「どうと」は、大きなものなどが倒れたり崩れたりするさまや、その時の音などを表す。この「どう」の音に漢字の「撞」の字をあてた。「撞」は本来「とまる」の意だが、ここでは「撞」の意味に通わせているか(次注の用例参照)。

二〇 腰の左右の細くくびれたところ。「酔客の弱腰の辺を一衝(ひとあて)撞(あ)てたりければ」(『金色夜叉』)。

二一 逃げられるはずがない。語り手による判断であり、恐怖のあまりあわてているため逃げる態勢ができていないことを言う。

二二 「諸手」は、両手。「双手」とも表記する。痛む腰を両手でかばいながら体をなんとか起きあがらせようと焦るさま。

二三 「頭ノ左右ノ側面ノ髪」(『言海』)。→補一〇。

二四 見つけたのか。主語は大男。

二五 馬手(めて)。馬の手綱を取る手の意から右手を言う。弓を持つ手を意味する「弓手(ゆんで)」(左手)の対義語。

絵 初版本『初時雨』所収。武内桂舟画。

猿《さる》のやうにする〱と樹《き》をすべり下《お》り、[一]娘《むすめ》にはしりつく。[二]娘《むすめ》が打傷急所《うちきずきうしよ》ならで、今《いま》すこし正気《しやうき》ならば、此時《このとき》の心《こゝろ》は如何《いか》にあらむ、わめくか——遁《にげ》るか——嚙《く》ひつくか。背《せ》から[三]自由《じゆう》に抱《だ》かれ——この化物《ばけもの》に抱《だ》かれ、羞《はづ》かしく人《ひと》には[四]見《み》せまじき白《しろ》き膝頭《ひざがしら》の血《ち》を、その化物《ばけもの》に拭《ぬぐ》はれしか、吸《す》はれしか、すべて[五]幻《うつゝ》なり。

《姉《ねエ》や、姉《ねエ》や》

荒《あら》くれたる[六]胴満声《どうまんごゑ》、おそろしけれど人間《にんげん》にてありし。此《これ》が耳《みゝ》へ通《つう》ぜぬではなけれど、痛手《いたで》ゆゑに応《おう》ずる言葉《ことば》もかけられず、[七]眉《まゆ》を皺《しか》めて、目《め》を細《ほつそ》り開《ひら》き、よびかけし者《もの》の顔《かほ》を詠《なが》めて点頭《うなづく》。男《をとこ》は女《をんな》の腋《わき》の下《した》から、帯《おび》の上《うへ》へ手《て》をしッかと廻《まは》し、倒《たふ》れぬやうにと抱《だき》しめても、女《をんな》は自身《じしん》に自身《じしん》を支《さゝ》へる力《ちから》なければ、おのづとのけぞりかへり、[八]うなだるゝ頭《かしら》は、男《をとこ》の[九]百結《はぎ〱》なる股引《もゝひき》の膝《ひざ》を枕《まくら》にして、崩《くづ》れし[一〇]髷《まげ》に[一一]得《え》もならぬ[一二]油《あぶら》の香《かほり》、[一三]伽羅《きやら》とも梅花《ばいくわ》ともいはれず、[一四]馴《なら》はぬ鼻《はな》をつきあげ、がツくり[一五]あをのく顔《かほ》は、これ見《み》よといはぬばかり。先《さき》ほど木末《こずゑ》に居《ゐ》てちらと見《み》しときは、此処《こゝ》らに[一六]つゐぞ見《み》しことなき、衣装髪形《いしやうかみかたち》、顔《かほ》の白《しろ》さ、姿《すがた》のやさしさ、噂《うはさ》に聞及《きゝおよ》ぶ、五六日前《にちぜん》[一七]戸長様《こちやうさま》へ東京《とうきやう》からの客来《きやくらい》、[一八]うツつい娘子《むすめっこ》が一人《ひとり》その中《うち》に居《ゐ》るよし、仁蔵作助《にざうさくすけ》が一昨日《をとゝひ》見《み》て来《き》ての話《はなし》、[一九]その女《をんな》に極《きは》まれり。どうぞ一目《ひとめ》と思《おも》ひし念願届《ねんぐわんとゞ》いて……やがて見《み》たらば、[二〇]きやつらが騒《さは》ぐほどではあるまじと、

一 娘の所に走ってやってくる。 二 娘の打傷が急所をはずれていて、もう少し意識がはっきりしていたなら。 三 思いのままに。「為ルコトノ思ヒノママニテ、障ハルコトナキコト」(『言海』)。→補一一。 四 見せてはならない。底本・〈『文庫』〉「見せましぎ」、〈四一年版〉「見せまじき」。後版および文脈により改めた。 五 「うつつ」は、本来、明確な意識のある状態を言うが、「夢現(ゆめうつゝ)」などの表現から夢想状態を指す語として用いられることが多い。 六 太く濁った下品な声。胴間声(どうまごえ)。 七 「皺眉(すうび)」の訓読に基づく表現。 八 ここでは、首が後ろ向きに垂れているさま。 九 つぎはぎだらけであること。「経〻年至二茅屋一、妻子衣百結(年を経て茅屋に至れば妻子の衣は百結)」(杜甫「北征詩」)。 一〇 日本髪のうち、髪を頭上の中心で束ね、さまざまな形に折り曲げた部分。→補一〇。 一一 たいそうすばらしい。 一二 髪油のこと。鬢付け油、梳(す)き油などがある。鬢付け油は香料を配合するため香り高く、「伽羅の油」などと呼ばれた。「結立の髪より伽羅の油の香(か)はぢかせながら通り過ぎしなに」(幸田露伴『辻浄瑠璃』明治二十四年)。 一三 (男が)香料の名を知らないため何と呼んだらよいかわからず、の意。「伽羅」は伽羅の木の樹脂から作られる代表的な香料。「梅香」は、さまざまな香料を調合して練り合わせた練香(ねりこう)の一種。→補一二。 一四 香料を嗅ぎなれない男にとって、芳香は鼻を突き上げるような官能的な刺激となる。 一五 仰向(あおむ)く。ここは、娘の顔のさま。 一六 いまだかつて。これまで一度も。 一七 「戸長」は、明治五年制定の大区・小区制における小区の長。→補一三。 一八 美しい娘。「いまに美(うつつ)い姉さんがお出だよ」(式亭三馬『浮

すこし高《たか》を括《くゝ》りしに、見《み》れば[二一]こたへられぬとぬかせし作助《さくすけ》が[二二]口上《かうじやう》虚称《うそ》にあらず。この山賤生《やまがつせい》[二三]を人界《にんがい》にうけて以来《このかた》、初《はじ》めてかゝる女《をんな》に逢《あ》ひたり。[二四]東京土産《とうきやうみやげ》の錦絵《にしきゑ》といふものを、[二五]新田《しんでん》の鈴《すゞ》ツ子《こ》が見《み》せしが、世《よ》の中《なか》にその絵《ゑ》のやうな、美《うつく》しい女《をんな》のあるものとは、一向合点《いつかうがてん》[二六]なり難《がた》く、それこそ絵《ゑ》そら事《ごと》とのみ承知《しやうち》せしに、此《これ》[二七]はその絵《ゑ》にましたる姿《すがた》、あまりの美色《びしよく》に泥《なづ》[二八]みて、女《をんな》が疵《きず》に悩《なや》む事《こと》も忘《わす》れ、苦痛《くつう》の歯《は》[二九]がみする顔《かほ》を……苦《くる》しからむとも思《おも》ひやらず、つく〴〵とながめて、にやりと笑《わら》ひ、頬《ほゝ》の色《いろ》、緻密《こまやか》なる肌理《きめ》、すべて珍《めづ》らしく、これ一生《いつしやう》の思《おも》ひ出《で》、又《また》とはあるまじと、爪長《つめなが》く、節《ふし》くれ立《だち》、[三〇]木脂《きやに》に染《そみ》し指《ゆび》にて、臆《おく》しながら、すべ〱とせし頬《ほゝ》をついて見《み》、なほ深入《ふかいり》して朱唇《くちびる》をひねり、指頭《ゆびさき》につく紅《べに》を、嬉《うれ》しさうに見《み》て――嘗《なめ》て、四辺《あたり》を見《み》まはす。膝《ひざ》に載《の》せし体《からだ》に重《おも》みを覚《おぼ》え、位置《ゐち》を替《かへ》させむとて、女《をんな》の腰《こし》の痛《いた》む所《ところ》が、わが爪先《つまさき》にふと当《あた》れば、《あつ》と叫《さけ》ぶ声《こゑ》に漸《やうや》く心《こゝろ》づき、薬《くすり》もなく此儘《このまゝ》にしては気遣《きづかひ》なれど、外《ほか》に[三一]せんすべはなし、まづ連《つれ》申《まうし》て山《やま》を下《お》りむ。我身《わがみ》[三二]支度《じたく》して弁当《べんたう》を尋《たづ》[三三]ぬれば、こはいかに、箱《はこ》は二ツになり、握飯《にぎりめし》も梅干《うめぼし》[三四]も、ちり〴〵に飛出《とびだ》したるは、この弁当箱《べんたうばこ》[三五]に爪《つま》づき、女《をんな》は転《ころ》びたるか、[三六]双方《さうはう》の不仕合《ふしあはせ》、情《なさけ》なき事《こと》をしたりと、こはれし箱《はこ》へこぼれし物《もの》を拾《ひろ》ひこみ、[三七]縄《なは》からげにして腰《こし》に結《むす》び、女《をんな》を背負《せお》ひ、斧《をの》をさげ、馴《な》れし道《みち》とて下《くだ》り坂《ざか》をあぶ

世床』初編、文化十年）。 一九 きっとその女にちがいない。 二〇 彼奴等（きやつら）。あいつら。やつら。
二一 たまらなくよい。この上なくよい。
二二 口頭で言う内容。（作助の）言ったことも、いつわりの称賛ではなかった、の意。一〇八頁一二行目「虚談（そう）」との使い分けがみられる。
二三 この世に人間として生まれてからこれまで。↓『紅子戯語』補四二。
二四 「錦絵」は多色刷り浮世絵木版画の総称。江戸中期に創始され、明治二十年代頃まで制作された。ここで「東京土産」とされているのは吾嬬（あずま）錦絵の美人画を指す。↓補一四。

吾嬬錦絵の美人画
（月岡芳年「風俗三十二相」明21）

二五 新たに開発した田地、またはその地名。
二六 納得がいかず。 二七 その錦絵以上の。
二八 強くとらえられて。 二九 歯を食いしばること。 三〇 松脂（まつやに）など、木から出る粘液。樹脂。 三一 為ん術はなし。しょうがない。仕方がない。 三二 〈『文庫』〉「身支度して斧を拾ひ、刃先に藁袋をかけ、弁当を」。 三三 探したところ。 三四 〈『文庫』〉「鰯の干物」。 三五 山仕事などに持参する弁当箱には、檜の薄皮を曲げて作った「面桶（めんつう）」（ワッパ、メンパなどとも言う）が多く用いられた。 三六 弁当箱につまずいて転んだ女にとっても、弁当を台無しにされた自分に

なげもなく[一]三四町下《てうお》りる道々《みちみち》、何《なん》とも道理《わけ》はわからず、嬉《うれ》しいやうな、羞《はづ》かしいやうな気《き》になつて、背負《せお》ひし人《ひと》の身《み》[二]の上《うへ》は、少《すこ》しも苦《く》にならず、満面《まんめん》に一種《いつしゆ》の[三]喜悦《きえつ》あらはれ、一二間歩《けんあゆ》みては、顔《かほ》を斜《はす》に上《あげ》て……何《なに》を見《み》るかと思《おも》へば、我《わが》両肩《りやうかた》にかけるでもなく、載《の》せる女《をんな》の手先《てさき》、その指《ゆび》の白《しろ》く、優美《しなやか》に細《ほそ》りたるに、[四]黄金《きん》の指環《ゆびわ》を左《ひだり》に二ツ右《みぎ》に一ツ――紫《むらさき》の宝石入《ほうせきいり》と、[五]菊《きく》の花唐草《はなからくさ》の毛彫《けぼり》のと、残《のこ》り一ツは[六]五分《ごぶ》幅《はゞ》の延金《のべ》なり。こんな手《て》がこの肩《かた》へ――[七]背負梯子《せおひばしご》の[八]縄連蒻《なはれんじやく》にかたまりたる肩《かた》へ、仮《かり》にも――夢《ゆめ》にも、載《の》りし例《ためし》なし。譬《たと》へば朽《くち》たる木《き》――[九]からびたる巌《いは》の上《うへ》に、村消《むらぎえ》の春《はる》の雪《ゆき》、[一〇]それはある例《ためし》、これはまたとはあるまじ。[一一]二三十貫負《くわんお》ふて、曾《かつ》て此肩《このかた》の痛《いた》むといふことなかりしに、この細《ほそ》い手《て》二ツ、目方《めかた》にして[一二]何匁《なんもんめ》といふほどのものを、しかも負《お》ふにはあらで、たゞ載《の》せたばかりに、[一三]金鉄造《きんてつづく》りの肩《かた》がめりこむかと思《おも》ふ気持《きもち》。さほどの重荷《おもに》を引《ひつ》かついで、[一四]十里《り》が百里《り》でも、千里《り》二千里《り》はおろか、[一五]何日一度《いつかいちど》は到着所《つくところ》ありて下《おろ》さねばならぬが口惜《くちを》し。願《ねがは》くばかうして、生涯《しやうがい》あるいて見《み》たく、歩《あゆ》みては振返《ふりか》へり――振返《ふりかへ》りては其手《そのて》を詠《なが》め――詠《なが》めては頬《ほゝ》をすりつけ、次第《しだい》に[一六]愛着《あいぢやく》の一念高《いちねんかう》じ、今《いま》は其手《そのて》にては[一七]心《こゝろ》ゆかしに足《た》らず、思《おも》ふ存分美《ぞんぶんうつ》くしい顔《かほ》が見《み》たしと、種々《いろいろ》に仕方《しかた》をかへて振《ふり》向《むけ》ど、女《をんな》はわが襟首《えりくび》へ顔《かほ》を伏《ふせ》て、[一八]本意《ほんい》を遂《とげ》られねば、負《お》ひし[一九]後手《うしろで》をゆりあげ、

とっても不運なことであり、女の怪我の原因を作ってしまったことと食い物を無駄にしたことがともに悔やまれるということ。

二七 縄でしばってひとまとめにして。

――以上一一五頁

一 一町は約一〇九メートル。

二 ここは、娘が現在おかれている状況を指す。

三 心からの喜び。〈『文庫』〉「恐悦」。

四 輪や台座が金で作られた指輪。↓補一五。

五 菊の花に唐草模様をあしらった文様を毛彫りで施したもの。「毛彫」は金属や象牙の表面に細い線で模様などを彫り込む技法。↓補一六。

六 五分（約一・五センチメートル）の幅の板状の金を輪にした形の指輪。

菊唐草文様
（松岡辰方著・本間百里補『装束織文図会』文化12）

七 荷物を背に負うための梯子状の木枠。しょいばしご。「椋助これを麻風呂敷に裹みて俵に入

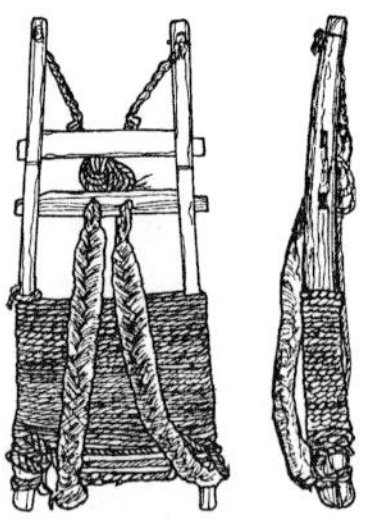

背負梯子
（織野英史『背負梯子の研究』慶友社，平11）

女《をんな》の顔《かほ》がわが方《かた》へ、此方向《こつちむき》に載《の》るやうにして、それにわが面《つら》をつき合《あは》せ、見《み》れば見《み》るほど[二〇]恋《こひ》は募《つの》り、[二一]むやく〳〵として腸《はらわた》を掻挘《かきむし》られる思《おも》ひ。最初《はじめ》のほどこそあれ、連《つれ》の人《ひと》に遇《あ》ひて、早《はや》く手渡《てわた》してと思《おも》ひしが、今《いま》は[二二]なか〳〵遇《あ》ふこと厭《いや》になり、人声《ひとごゑ》するを狼《おほかみ》の遠吼《とほぼえ》より心細《こゝろぼそ》く……恐《おそ》ろしく、一二町《ちやう》もたどりゆきし頃《ころ》、それ狼《おほかみ》――夥《おびたゞ》しき人声《ひとごゑ》に胸《むね》を刺貫《さしぬ》かれ、もし此処《こゝ》の藪陰《やぶかげ》にぬけ道《みち》なりとあらば、この男《をとこ》必《かな》らず其処《そこ》へ分入《わけい》り、[二三]踪《あと》をくらます気《き》になり、[二四]毒《どく》を喰《くは》ばの決心《けつしん》はそれについで避《さけ》がたく、[二五]ひょんな事《こと》にもなるべきに、[二六]不幸《ふかう》のやうな幸《さいは》ひの一筋路《ひとすぢみち》。

どう身《み》を悶《もだ》えても、上《のぼ》り来《く》る人《ひと》に遇《あは》ねばならず、死《し》ぬほど思《おも》ふとも、もとより協《かな》はぬ事《こと》ながら、嬉《うれ》しき思《おも》ひもはや此《これ》まで、此《この》[二七]ゆかしい物《もの》を[二八]やみ〳〵人《ひと》に渡《わた》さねばならぬか。それが厭悪《いやさ》に足《あし》はすくみ、少時立《しばらくたつ》たりしが、何《なん》と思《おも》ひしや、ばら〳〵と原《もと》の道《みち》を一散《いつさん》にかけ戻《もど》り、六七間《けん》も[二九]かへして蹈留《ふみとゞま》り、また何《なん》と思《おも》ひしか、すご〳〵踵《きびす》をめぐらし、以前《いぜん》の処《ところ》まで来《き》し時《とき》は、足音近《あしをとちか》くなり、《お嬢様《ちやうさま》》と喚《よば》はる声高《こゑたか》く、其中《そのうち》の皺枯声《しはがれごゑ》は耳馴《みゝなれ》し卯兵衛爺《うへゑぢい》。扨《さて》ぞ[三〇]案《あん》に違《たが》はず、この女《をんな》は[三一]旦那様《だんなさま》のお客《きやく》、それと気《き》のつかぬでもなかりしが、つゐ……我《われ》しらず[三二]不躾《ぶしつけ》をしたり、悪《わる》い事《こと》をしたり、今更取返《いまさらとりかへ》しならず、何《なん》とすべき。当人《たうにん》は傷《きず》に悩《なや》みて、[三三]前後《ぜんご》をわきまへぬやうに見《みえ》しが、全《まつた》く正気《しやうき》なきにあらねば、もしや我《わが》せしいた[三四]

れ背負梯子に結附けて」（尾崎紅葉『二人むく助』明治二十四年）。
八「連藹」は普通「連尺」「連索」と表記する。肩にあたる力を分散するために幅広く編んだ荷縄。背負梯子の負縄にも用いられた。
九 干からびた岩の上に、ところどころ消えかけた春の雪が積もっている、の意で、山賤が娘を背負うさまから連想される光景。「若菜つむ袖とぞみゆる春日野のとぶひの野辺の雪のむらぎえ」（『新古今和歌集』春上・源国信）など、「むらぎえ」の用例は古歌に多い。
一〇 枯木や岩の上に雪が消え残っていることは実際にあり得ることだが。
一一 一匁は千分の一貫で、約三・七五《グラム》。
一二 一貫は約三・七五《キログラム》。
一三 きわめて堅固にできていること。
一四 一里は約四《キロメートル》。
一五 いつの日か必ず。
一六 強く心を引かれて離れがたい思い。
一七 十分に満足することができず。
一八 本来の望み。「ほい」とも言う。
一九 背中にまわした手。
二〇 恋慕の情が強まり。→補一七。
二一 感情のやり場がなく心が晴れないさま。
二二 かえって。尾崎紅葉『畳字訓』には「なかなか　却而」とある。「却而」は「かえって」。
二三 行方がわからないようにすること。
二四 「毒を食わば皿まで」の略。行方をくらます気になった以上、さらに悪事を重ねる決心をすることになるにちがいなく。
二五 思いがけない大事件にもなりかねないところだったが。
二六 罪に至ることを免れることで山賤にとっても結果的に幸いである、の意。
二七 知り得ない部分や隔たりがあるゆえに一層心を引かれること。
二八 みすみす。どうしようもないまま見守るさま。尾崎紅葉『畳字訓』に記載がある。
二九 引き返して。あと戻りして。
三〇 自分の考えたとおり。
三一 「旦那様」は「戸長

づらを知《し》りて、告口《つげくち》されたらば、卯平爺《うへいぢい》の手前《てまへ》……それよりは第一《だいいち》に済《す》まぬは旦那様《だんなさま》、明日《あす》から[一]仕事《しごと》あがりて、此村《このむら》をさへぼ[二]ひこくられ……[三]しなしたり一時《いちじ》の迷夢《まよひ》にと、[四]むくつけ男《をとこ》の律義《りちぎ》に、[五]前非《ぜんび》を悟《さと》れば、冷汗《ひやあせ》額《ひたい》ににじみ、顔色《かほいろ》かはりて、おろ〳〵するを、お政《まさ》が真先《まつさき》にかけより

《やッ、お嬢様《ぢやうさま》》

余《あま》りの喜悦《よろこび》に、ありだけの力《ちから》を籠《こ》めたる声《こゑ》、男《をとこ》の[六]胆《きも》に応《こた》へ、きよとりとしてお政《まさ》を見《み》るばかり、

《おゝ、万蔵《まんざう》か》

卯兵衛《うへゑ》に喚《よ》ばれ、人知《ひとし》らぬ悪事《あくじ》の弱《よは》みあれば、老耄《おひぼれ》の勢《いきほひ》なき眼《め》も、睨《にら》むやうに覚《おぼ》えて、臆《おく》せし調子《てうし》は低《ひく》く

《やア、卯兵衛《うへゑ》さん》

女《をんな》は二人《ふたり》して、万蔵《まんざう》の背《せ》より娘《むすめ》を引《ひき》おろせば、まだ[七]正躰《しやうたい》なく其処《そこ》に倒《たふ》れるを、左右《さいう》より取《とり》つき、

《お嬢様《ぢやうさま》ア》

涙《なみだ》まじりに喚《よび》て介抱《かいはう》するを、万蔵《まんざう》見《み》て、疑《うたが》ひもなく女《をんな》は正気《しやうき》なかりしと、安《あん》心《しん》の胸《むね》を撫《な》で、泥《どろ》まぶれの躰《からだ》に一風呂《ひとふろ》の心持《きもち》になり、元気《げんき》づいて怪我《けが》の始末《しまつ》を

様」と同一人物を指すが、ここでは社会的地位ではなく、山賤との直接的な主従関係が前提になっている。三三 礼儀作法をわきまえないこと。不作法。娘に対して働いた不作法というよりも、「旦那様のお客」に対する非礼という意識が強い。三三 自分の置かれた状況もわからないほど意識がはっきりしないさま。三四 ここは、異性に対する心ない戯れ、の意。

以上一一七頁

一 仕事がなくなって。「あがる」は、継続していたものが止まること。
二 「ぼいこくる」は、むりやり追い出すこと。追いこくる。類似の表現として「結局が逐還(ぼひかへ)されは、随分気の毒な話ぢやないか」(尾崎紅葉『多情多恨』明治二十九年)の例がある。
三 しまった。しくじった。
四 荒々しく無骨な男にありがちな実直さで。
五 先に犯した過ちに気づいたので。
六 心に強い衝撃を受けて。「自然と此男が肝にこたへ、返す言葉もなくて」(井原西鶴『世間胸算用』元禄五年)。
七 正常な意識を失った状態で。

話《はな》せば、老爺《おやぢ》ほく〳〵喜《よろこ》び、帰《かへ》つたら旦那様《だんなさま》に申《まう》してと、褒美《ほうび》の[八]前触《まへぶれ》までして、[九]太儀《たいぎ》ながら[一〇]お宅《やど》まで背負《せお》ていつて上《あげ》ろとの言葉《ことば》に、[一一]死罪《しざい》と極《きは》めし身《み》が[一二]不慮《ふりよ》の大《たい》赦《しや》、なをそれに留《とゞま》らず、褒美《ほうび》といふに万蔵《まんざう》心中《しんちう》に[一三]冥加恐《みやうがおそ》ろしく、せめては犯《おか》せし大悪罪《だいあくざい》の十分《ぶ》一も[一四]滅《ほろ》びむためと、此度《こんど》は仏様《ほとけさま》をとりあつかふ気《き》になつて、おそる〳〵背負《せおひ》申《まう》し、また指環《ゆびわ》の光《ひかり》を見《み》し時《とき》は、身《み》の毛《け》よだち、目《め》をねぶりて[一五]唱《しやう》名《みやう》申《まう》しける。

八 前もって知らせること。さきぶれ。予告。
九 骨の折れることだが。ご苦労だが。「太儀」は「大儀」が正しい。
一〇 「戸長」の家を指す。この家に客として来ている娘にとっては宿泊先であるため「やど」と呼んだ。
一一 死刑になることを覚悟していた。すなわち、自ら罪の報いを覚悟していたこと。→補一八。
一二 思いがけない大赦。「大赦」は恩赦の一つで、定められた規定に従い、国家の重大事に際して、確定した刑を免除すること。→補一九。
一三 あまりの幸運にむしろ恐ろしくなって。「冥加」は仏教語で、知らないうちに神仏の加護を受けること。
一四 消し去るため。「滅ぶ」「滅びる」は、ここでは、なくなること。「罪滅ぼし」の意。
一五 仏の名を唱えること。普通は「南無阿弥陀仏」と言う。称名。

おぼろ舟《ぶね》

須田千里 校注

〔**初出・底本**〕初出は『読売新聞』明治二十三年三月二十日―四月七日(全十九回)。のち『二人女』(明治二十五年二月二十日、春陽堂)に『むき玉子』とともに収録。本巻はこれを底本とした。初出・底本とも総振り仮名。底本の口絵は武内桂舟(一四九頁参照)。なお、初出との異同のうち、主なものを脚注に示した。

〔**全集**〕博文館版『紅葉全集』第二巻(明治三十七年四月)、春陽堂版『紅葉集』第三巻(明治四十二年十二月)、岩波書店版『紅葉全集』第二巻(平成六年七月)などに収録。

〔**成立**〕「作家苦心談」其四(『新著月刊』明治三十年六月)に「又聞きですが、大躰は事実のあることで、彼《あ》の松本といふ男にしてある紳士は、現存してゐる人なんです」とある。冒頭の口入屋の場面は井原西鶴の『好色五人女』『好色一代女』を学んだもの。

〔**題名**〕「朽チ果テタ船。ツナギステテナドシテ水ナドガ侵シ入ツタモノ。＝ステヲブネ」(山田美妙『日本大辞書』明治二十五―二十六年)。松本に見捨てられたお藤の境遇を喩える。

〔**梗概**〕百舌鳥屋《もずや》という口入宿を訪れた松本(洋服姿)と三谷(和服姿)は、妾志願の女性数人を目見えさせ、そこから松本はお藤という美しい娘を選ぶ。昨年父を失ったお藤母子は、貧に迫られて妾奉公を決めたものの、身を売る仕事に決意も揺らぐ。しかし、松本の物慣れた扱いにお藤はすぐに打ち解け、彼を恋い慕うようになる。やがて松本は仕事を口実に訪れなくなるが、お藤は彼が忘れられず衰弱する。母から事情を聞いた三谷は、出張から帰った松本を連れて行くが、時すでに遅く、お藤の死んだ後であった。

〔**校訂付記**〕本文中には一字分の空白が見られる。これは話者が交代する時や、間を置く時などに用いられており、本巻でも底本のままとした。

『二人女』
(春陽堂, 明治 25 年. 日本近代文学館蔵)

おぼろ舟

尾崎紅葉

（一）

[一]浅草第六《あさくさだい》天《てん》の後門前《うらもんまへ》に年古《としふ》る二階家《にかいや》あり。軒看板《のきかんばん》に雇人御請宿《やとひにんおんうけやど》[二]と律義《りちぎ》に見《み》せて、[三]田舎茶屋《ゐなかぢやや》行《ゆき》娼妓《しやうぎ》出稼《でかせぎ》など、不徳《ふとく》なる女人商売《をんなあきなひ》のあらゆる事《こと》に口利《くちき》かぬはなしといふ。この店《みせ》の一切《いつさい》は、外貌《つらがまへ》[四]一癖《ひとくせ》あるべき老女《ばゞ》[五]が手一《てひと》ッに切廻《きりま》はし、むづかしき談判《だんぱん》[六]などもさら〳〵と埒明《らちあ》ける事《こと》、血気《けつき》の男子《をとこ》も及《およ》ばず。慾《よく》に逐《お》ひ役《つか》はれて、[七]寸白《すばく》も血道《ちのみち》も覚《おぼ》ゆる間《ひま》[八]なく、佞弁《ねいべん》[九]べちやくちやと喧《かし》ましければ百舌鳥《もづ》[一〇]屋《や》と呼《よ》ばれて、相模屋《さがみや》といへば知人《しるひと》寡《すく》[一一]なし。はや店口《みせぐち》の暖簾《のれん》[一二]とりいれ、豆腐《とうふ》[一三]屋《や》の売声《うりごゑ》せわしく、腰高障子《こしだかしやうじ》[一四]を立《たて》て釣洋燈《つりらんぷ》[一五]を点《とも》す頃《ころ》、浅草橋《あさくさばし》[一六]にて鉄道馬車《てつだうばしや》[一七]を下《お》りたる男二人《をとこふたり》。一人《ひとり》は濃鼠《こいねずみ》の中山高《ちうやまだか》[一八]を冠《かぶ》り、黄糸勝《きいとがち》[一九]なるすこッちの[二〇]、頭巾《づきん》つきの[二一]二重外套《にぢうまはし》をぞろり[二二]と引懸《ひツか》け、裏白《うらじろ》の紺足袋《こんたび》[二三]に極低《ごくびく》の駒下駄《こまげた》[二四]を穿《は》き、右手《めて》の[二五]羽翼《はね》をうるさしと後《うしろ》へ跳《は》ね、琥珀首《こはくくび》[二六]の小太《こぶと》きぱいぷを取出《とりだ》し、かめおの[二七]函《はこ》に仕《し》[二八]込《こ》みたるおォるどごるどを挿《さ》して、蠟寸燐《らふまつち》[二九]の擦火《すりび》に一吹《ひとふき》くゆらし、調子高《てうしだか》に何《なに》

一 浅草区榊町(今の台東区柳橋一丁目)にあった榊神社(第六天社)。→地図。 二 雇い人などの身元を引き請けて就職の世話をする家。手数料一割。→補一。 三 娼妓が田舎の茶屋に出稼ぎに行くこと。→補二。 四 普通とはどこか違ったところ。 五 以下、振り仮名「ばゞ」「ば〻」混用するが、「ばゞ」に統一。 六 初出「などさら〳〵と埒を明ける事」。 七 「寸白」は女性の下腹痛。「血道(ちのみち)」は婦人病の総称。→補三。 八 初出「間なく奔走(かけある)き」。 九 へつらいの言。 一〇 初出「百舌屋(もずや)」と唱(とな)へられて」。→補四。 一一 初出「なし」。 一二 店じまいのさま。 一三 →補五。 一四 →補六。 一五 天井や梁などから吊り下げて使うランプ。 一六 神田川下流の橋。浅草区と日本橋区を結ぶ。→地図。 一七 鉄道線路を走る乗合馬車。→補七。→地図。 一八 頂の高さがあまり高くない山高帽子。 一九 黄糸の目立った。 二〇 スコットランド産の毛糸・毛織物。「「スコッチ」の背広に」(二葉亭四迷『浮雲』第一篇第一回、明治二十年)。 二一 和服の上に着る男性用の袖なし外套。「外套に於ては…明治十五六年頃から段々と二重廻しに傾向し」(藤沢衛彦『明治風俗史』五、昭和四年)。「とんび」とも言った。 二二 だらしなく着ているさま。 二三 足袋の色は紺・白があるが、「概して下流は紺足袋を用ふるもの多」(平出鏗二郎『東京風俗志』中巻、明治三十四年)かった。 二四 「台、歯、共ニ一木ニテ刳(ク)リ作レル下駄」(大槻文彦『言海』明治二十二―二十四年)。→補八。 二五 二重外套の幅広のケープを見立てたも

中山高鍔広帽
(平出鏗二郎『東京風俗志』中，明 34)

やら話《はな》しかけられし今一人《いまひとり》は、黒《くろ》の[一]高帽子《たかばうし》を前《まへ》のめりに載《の》せて、縞《しま》すこッちの[二]いいいいもおにんぐに、[三]洋袴《ばんたるうん》は藍《あゐ》と茶《ちや》の[四]牛蒡縞《ごばうじま》の[五]綾織《あやおり》細《ほそ》く仕立《した》て、羅紗入《らしやいり》の[六]釦占《ぼたんじめ》の深靴《ふかぐつ》を穿《は》き、俗《ぞく》に華族外套《くわぞくぐわいたう》とて裾短《すそみじか》なる、[七]鉄納戸《てつなんど》の[八]おぶあこおとに同《おな》じ色《いろ》の[九]天鵞絨《ヴエルウエツト》の襟《えり》をつけ、いかにも高等《かうとう》に見《み》せたる扮装《いでたち》。物言小音《ものいひせうおん》にて穏《おだや》かに、容貌《ようす》は同伴《つれ》とは[一〇]表裏《へうり》にて、女《をんな》にして見《み》まほしき[一一]華車形《きやしやがた》なり。三十には少《すこ》し間《ま》もあるべき年輩《ねんぱい》、[一二]新規《しんき》の学士《がくし》か、其《それ》にはちと砕過《くだけす》ぎたる所《ところ》あり。官吏《くわんり》といふ所《ところ》は[一三]てんからなく、是《これ》ほどの男前《をとこまへ》にては、通常《つうじやう》[一四]嫣嬈《にやけ》たきものなるを巧《たくみ》に避《さ》けて、[一五]小意気《こいき》に[一六]色《いろ》めかさず見《み》せかくるは、[一七]その道《みち》には[一八]狼《おほかみ》が羊《ひつじ》の皮冠《かはかぶり》なるべし。

和服《わふく》の男《をとこ》は色《いろ》黒《くろ》くでつぷりとして、四ツ五ツも兄《あに》と見《み》えたり。風俗骨格是《ふうぞくこつがらこれ》は商人《あきうど》に紛《まぎ》れなし。なれども店《みせ》に物品《しろもの》を列《なら》べ、[一九]常住帳場《じやうぢうちやうば》に萎《しな》びつかねばならぬ業体《げふてい》ならで、銭《ぜに》になりて身体《からだ》の楽《らく》なるより、[二〇]夜《よる》は家《うち》に寐《ね》られぬ曲者《くせもの》の種族《たぐひ》なり。

この男高笑《をとこたかわら》ひして、今日《けふ》は余《あま》り取急《とりいそ》ぎ、湯《ゆ》へは流石《さすが》に入《はい》りしが、髭《ひげ》を剃《そ》るのをはたと忘《わす》れた。此処《こゝ》に剃刀《かみそり》の[二一]あたらぬばかりに、二割方《にはりがた》[二二]男《をとこ》を下《さ》げたりといへば、洋服《やうふく》の男《をとこ》も笑《わら》ひ、八九分《はツくぶ》まで吸《す》ひつめたる[二三]葉巻《はまき》を捨《す》て、唾《つば》を吐《は》きて、まだ色気《いろけ》があるのか。

尚《まだ》とは何《なに》がまだ？　[二四]面皰《にきび》ふく十六の春《はる》から其年《そのとし》まで、一日も欠《か》ゝさず[二五]香水《かうすゐ》を用《つか》ひつめ、大方《おほかた》[二六]二万六千ほども瓶《びん》を空《あ》けしなるべし。[二七]其《それ》を[二八]ほやのこはれにや

の。「袖、広ク長クシテ、翅ノ如シ」(『言海』)「とんびガッパ」)。 二六 首が琥珀(黄色で透きとおった宝石の一種)製の。 二七 次行「おォるどごるど」とともに、舶来煙草の商品名。→補九。 二八 初出「仕込みし」。以下、同様の助動詞の改変が目立つが一々注しない。 二九 紙や綿糸をワックスで固めて軸木としたマッチ。→補一〇。

以上一二三頁

一 山高帽子。「洋服打出(いで)ちの高帽子」(松林伯知講演／加藤由太郎速記「花井お梅 酔月情話」九、『百花園』八十七号、明治二十五年十二月)。 二 モーニング・コート。男子の礼服の一つ。ズボンは縦縞を用いる。 三 ズボン。「黒の洋服(マントル)縞の洋袴(パンタルーン)着人(きて)によりては小意気なものなり」(「通俗石魂録」『読売新聞』明治二十三年五月十二日)。 四 ゴボウの根のような細い縦縞。 五 綾を織り出した美しい絹織物。 六 →補一一。 七 鼠がかった藍色。「鉄納戸の茄子で」(尾崎紅葉評「狂句」『我楽多文庫』三、明治二十一年七月)。 八 オーバーコート。防寒用外套。 九 ビロード。初出・底本の振り仮名「ウエルウエット」。意改。 一〇 対照的で。 一一 「花車…(二)容ノ美(ヨ)キコト」(『言海』)。 一二 帝国大学の新卒者。通常満二十三歳以上。 一三 てんで。 一四 「にやける…女女(メ)シク色メカシクアリ。(男子ニイフ)嫣冶」(『言海』)。「嫣嬈」は、あでやかでなまめかしい意。「金鎖をピカつかせ二十七八のニヤケ作り」(饗庭篁村「魂胆」十一、『むら竹』七、明治二十二年)。 一五 どことなく粋で。 一六 「いろめく…(二)…色ヲコノムラシクアル」(『言海』)。 一七 色ごとの道。 一八 恐ろしい下心を隠しているさま。「或時狼が楽な食ひ方をしたいものだと考て。羊の皮を着て姿を扮(か)へ。或牧羊(ひつじ)の群へ立ま

りし銭《ぜに》にても、小袖《こそで》の[二九]一襲《ひとかさね》は出来《でき》るほどなれば、[三〇]正味《しやうみ》のまゝ[三一]唐物屋《たうぶつや》よりの仕入《しいれ》高《だか》は、思《おも》ひやるだに身《み》の毛《け》も弥立《よだ》つばかりなれど、その割《わり》には[三二]格別羨《かくべつうらや》ましき話《はなし》もきかぬが、香水《かうすゐ》を[三三]媚薬《びやく》と心得《こゝろえ》た[三四]了簡《れうけん》が初々《うひ〳〵》しくて嬉《う》れしい。さればこそ[三五]花《はな》簪《かんざし》どもはとやかう[三六]いひもせめ。[三七]年増《としま》と御座《ござ》らばまづこの方《はう》の縄張内《なはばりうち》と、[三八]頤《あご》を突出《つきだ》して撫《な》でぬ。[三九]此挨拶《このあいさつ》にて此男《このをとこ》の[四〇]人相《にんさう》はあらかた知《し》れたり。同伴《つれ》の男《をとこ》は笑《わら》ふて聞流《きゝなが》し、浅草橋《あさくさばし》を渡《わた》りきる時《とき》、[四一]柳橋《やなぎばし》あたりより風《かぜ》が持《も》て来《く》る[四二]連弾《つれびき》の絃《いと》の音《ね》に耳《みゝ》を立《た》て、あれ〳〵[四三]黄金《かね》の飛《と》ぶ音《ね》がする。極楽浄土《ごくらくじやうど》にありと聞《き》く、妙《たへ》なる音楽《おんがく》とても及《およ》ぶ事《こと》ではあるまいといへば、其天楽《そのてんがく》も[四四]聞古《きゝふる》し、[四五]歌舞《かぶ》の菩薩《ぼさつ》も[四六]普賢《ふげん》様《さま》も[四七]鼻《はな》について可笑《をかし》からず。遊蕩《あそび》も大方尽《おほかたつ》きたり窮《きは》めたれば、色恋《いろこひ》は世間《せけん》の[四八]家《や》暮《ぼ》にまかして、[四九]我等《われら》は此道《このみち》の[五〇]非職願《ひしよくねがひ》。されど呼吸《いき》の通《かよ》ふ間《あひだ》は、[五一]何《なに》がな楽《たのし》みなくては忍《しの》び難《がた》く、[五二]其心《そのこゝろ》を外《ほか》に慰《なぐさ》むるよすがもがなと、貴公《きこう》が[五三]註文《ちうもん》栄《え》耀《えう》の餅《もち》の皮《かは》、其《それ》もまた[五四]味《あぢ》のあるものなるべしと、色々求《いろ〳〵もと》むれど[五五]扨《さて》ないものなり。去《さ》る[五六]家暮《やぼ》てんが語草《かたりぐさ》に、いひ出《だ》したる[五七]尾《を》を攫《つか》むで探訪《たんばう》して見《み》れば、いや〳〵[五八]うかとは死《し》なれぬ。世間《せけん》にはいくらも人知《ひとしれ》ぬ面白《おもしろ》き事《こと》ありて、聞捨《きゝずて》にならざる別世界《べつせかい》。これを[五九]銭《ぜに》をしみの奴輩《やつばら》に、こそ〳〵と独占《ひとりじめ》にさせておくこと無念《むねん》[六〇]といふべし。さりながら[六一]其《それ》も色気《いろけ》ありては興少《きようすくな》し。貴公《きこう》などはまだ〳〵[六二]如是畜生《によぜちくしやう》なれば、我《われ》の

ぢり」（渡部温訳『通俗伊蘇普物語』巻之五第一七七、明治六年）。二九 いつも帳場に生気なくしがみついていなければならない風体ではなく。三〇 夜遊びせずにはいられない一癖ある人物の類。三一 「あたる」は剃る意。三二 男としての価値（ここでは容姿）を下げた。三三 巻煙草に比べ高級。三四 初出「にきび」。以下、洋服の男のおしゃれぶりを茶化す。三五 男性も香水を用いた。田沢稲舟『五大堂』（明治二十九年）の今宮丁、尾崎紅葉『金色夜叉』（明治三十年）の富山唯継など。三六 一日一瓶としても七十一年はかかる。誇張表現。三七 底本一字アケ。同じ人物の言葉なので、初出に従い字アケしない。三八 ↓補一二。三九 小袖を数える単位。四〇 中身の入ったまま。三一 舶来物を売る店。「前には唐物屋と云つたが今では洋物屋と申ますさうで」（三遊亭円朝『英国孝子之伝』一、明治十八年）。三二 艶聞。三三 惚れ薬。三四 思案。三五 花簪（造花などで飾ったかんざし）を挿した娘たちはあれこれ騒ぐだろうが。↓補一三。三六 初出「いひもすべけれ」。三七 相手が年増女なら、こちらの得意とするところだ。「この方」は初出「此方（こッち）」。三八 得意のさま。三九 受け答え。四〇 人柄。世間ずれした人だということ。四一 浅草橋より一つ下流の、神田川が隅田川に出る手前に架かる橋。周辺は幕末から明治にかけ、花街として有名。↓地図。四二 「琴、三味線ナド、相合ハセテ弾クコト」（『言海』）。四三 散財するさまを連想。四四 何度も聞いて。四五 ↓補一四。四六 遊女。↓補一五。四七 飽きて嫌気が起きる。「鼻」は象に乗った「普賢」の縁語。四八 野暮。四九 自称。単数にも用いる。五〇 「非職」は官吏が身分はそのままで職務だけ免ぜられること（休職に近い）。↓補一六。五一 何か。五二 他に色遊びの手だて

如《ごと》くにはゆくまじけれど、もし執着《しふちやく》の一念動《ねんうご》きなば……。[一]やれ待《ま》ツた。さほどの[二]大智識《だいちしき》がなぜまた髭《ひげ》を剃《そ》らざりしを、今《いま》じだんだは蹈《ふ》みしぞ。[三]数《かず》の仙人《せんにん》の中《なか》には随分恋《ずゐぶんこひ》に脆《もろ》きがありて、[四]井戸端《ゐどばた》に落《お》ちたりし例《ためし》もあれば、[五]其格《そのかく》かと嘲《あざけ》れば、[六]額《ひたひ》を叩《たゝ》いては〻と笑《わら》ひ、婦人《をんな》に見《み》せうとて髭《ひげ》を剃《そ》らんといひし覚《おぼ》えは曾《かつ》て無《な》けれど、総躰髭《そうたいひげ》などゝいふものは、[七]鼻《はな》の下《した》に空地《くうち》のあるやつが蒔《ま》くものにて、[八]通《つう》の為《せ》ぬことなり。われ是《これ》を剃《そ》らずば、延《の》ばさん[九]下地《したぢ》かなぞと、人《ひと》の思《おも》はんも愧《はづ》かし。我家秘伝《わがいへひでん》の[一〇]一巻《いツくわん》に曰《いは》く《[一一]黄金《かね》のある間《あひだ》は髭《ひげ》を生《はや》すも苦《くる》しからず》[一二]とかく恋《こひ》には縁《えん》なきものなりと、多愛《たあい》なき事《こと》を言合《いひあ》ひ、百舌鳥屋《もづや》の門《かど》にて立《た》ち留《とま》り、何《なに》やら[一三]耳語《みゝこすり》して、すぐ其隣《そのとなり》の狭《せま》き路次《ろじ》にいり、闇《やみ》を手探《てさぐ》りして犬《いぬ》の足《あし》にも踏当《ふみあ》てず、[一四]勝手《カツて》はよく知《し》る様子《やうす》にて、和服《わふく》の男案内《をとこあんない》し、[一五]一間目《けんめ》の格子《かうし》がらりとあけて、婆《ばあ》さんとよべば老女《らうによ》飛《と》び出《だ》し、おや大分《だいぶ》お[一六]遅《おそ》いお入来《いで》、お待《ま》ち申《まを》しました。[一七]一同揃《どうそろ》うてをりまする。さあ〳〵といへば、和服《わふく》の男《をとこ》、格子《かうし》の外《そと》に[一八]立《た》てる同伴《つれ》に声《こゑ》をかけて奥《おく》へいりけり。よく見《み》れば此家《こゝ》も[一九]百舌鳥屋《もづや》。不《ふ》！　思《し》！　議《ぎ》！

（二）

婆《ばゞ》を先《さき》に[二〇]立《た》てゝ階子《はしご》[二一]しと〳〵と昇《のぼ》れば、三尺巾《じやくはゞ》の廊下《らうか》を堺《さかひ》にして、座敷《ざしき》

があればといふお前さんの望み。五三 度を越した贅沢のさま。→補一七。五四 面白いものだろうと。五五 はてさて。五六 至って野暮なこと。「年は二十一の男の花ざかりなれど着る物は親父のを直した野暮天の怪物(ばけもの)」(饗庭篁村『当世商人気質』巻二の一、明治二十二年)。五七 言葉の端をよりどころにして。五八 うっかり。五九 →一二九頁一三行目。六〇 初出「いッつべし」。六一 初出「此」。六二 「如是」は「カクノゴトキ」(『言海』)。「畜生」は人の道をわきまえないもの(ここでは色欲)。

以上一二五頁

一 呼びかけの語。おい。二 名僧。悟りすましたようなことを言う相手への戯言。三 「数ノ多キコト…」「一ノ物」「一ノ品」(『言海』)。四 久米仙人の故事を踏まえる。→補一八。五 同類か。六 一本取られた、としぐさ。七 鼻の下の長い(女にうつつを抜かす)男が生やすもので。八 色恋に通じた、さばけた人。「野暮」の対語。九 下準備。一〇 底本振り仮名「いちくわん」。初出に拠る。「秘伝の一巻」は権威づけのための出任せ。一一 金が物をいうから女にうつつを抜かしても差し支えない、の意。一二 なんにしても髭は恋とは無縁だ。お金に物いわせるのは恋ではないし、お金のない髭面の男がもてるはずもないから。一三 初出「耳擦(だ)り」。「耳へ口ヲ寄セテノ密話」(山田美妙『日本大辞書』明治二十五―二十六年)、「みみうち…ミミコスリ。耳語」(『言海』)。一四 具合。一五 「一軒目」に同じ。妾紹介用の出入り口。一六 初出「遅いお出で」。一七 初出「揃ツて居りますに。」。一八 初出「立ちし」。一九 初出「百舌屋なり。」。二〇 初出「立たせて」。二一 「静ニ歩ミナドスル状

[二二]二間《ふたつ》に分《わか》れたる二階《にかい》なり。[二三]表座敷《おもてざしき》の[二四]紙門《ふすま》に火影《ほかげ》洩れて、二人《ふたり》が昇《あが》らむとせし時《とき》には、話声《はなしごゑ》のするやうなりしが、足音響《あしおとひゞ》くと等《ひと》しくぱたりと[二五]寝《や》めば、二人《ふたり》は顔《かほ》を見合《みあは》せ、微笑《ゑみ》を[二六]交《かは》しつゝ、年少男《わかきをとこ》が和服《わふく》の男《をとこ》の腰《こし》を突《つ》けば、振返《ふりか》へりてまた笑《ゑ》みぬ。老女《ばゞ》は裏座敷《うらざしき》の障子《しやうじ》を開《あ》けて此《これ》へといふ。八畳《でふ》の座敷《ざしき》なり。畳《たゝみ》は大分《だいぶん》汚《よご》れて[二七]居心悪《ゐごゝろわる》げなれど、床間《とこのま》の前《まへ》に[二八]更紗《さらさ》の坐蒲団《ざぶとん》二ツ[二九]直《なほ》して、其前《そのまへ》に[三〇]真鍮《しんちう》の燭《しよく》台二《だいふた》ツに[三一]百目蠟燭《ひやくめらふそく》を点《とも》し、それから二十分《ぶん》も経《た》ちたるかと覚《おぼ》しきほど[三二]蠟涙流《らうるいなが》れて、[三三]心黒《しんくろ》く光明薄《ひかりうす》ければ、婆《ばゞ》は心切《しんき》りて少《すこ》し燭台《しよくだい》の位置《ゐち》を替《か》へたり。北《きた》の円窓《まるまど》には[三四]胡麻竹《ごまだけ》の格子《かうし》をいれて、西《にし》は[三五]茶壁《ちやかべ》[三六]一間押入《いッけんおしいれ》一間《いッけん》なり。二人《ふたり》は蒲団《ふとん》の上《うへ》に胡座《あぐら》を組《く》み、桐《きり》の[三七]角火鉢《かくひばち》を[三八]引寄《ひきよ》せて、手持無沙汰《てもちぶさた》に後方《うしろ》を見遣《みや》れば、可笑《をかし》や！　床《とこ》には無《な》くてかなはぬものと覚《お》ぼえたるも[三九]しほらしく、[四〇]紙表具古《かみへうぐふる》びたる細物《ほそもの》の幅《ふく》を掛《か》け、[四一]篆書《てんしよ》に髯題目《ひげだいもく》を等分《とうぶん》したる筆意《ひつい》に寿《じゆ》の字《じ》を認《したゝ》め、是《これ》にも[四二]落《らく》款《くわん》はあり。[四三]八兵衛謹書《はちべゑきんしよ》とでも有《あり》しなる可《べ》し。[四四]蟬形《せみがた》の籠花活《かごはないけ》を[四五]四谷丸太《よつやまるた》の床柱《とこばしら》に掛《か》け、莟《つぼみ》のまゝ萎《しな》びたる梅《うめ》の枝振悪《えだぶりわる》きを投入《なげい》れ、不思議《ふしぎ》なる形《かたち》の[四六]自然石《じねんせき》を、緋《ひ》[四七]めれんすの[四八]三蒲団《みつぶとん》に載《の》せたるは置物《おきもの》の心《こゝろ》か、疎《うと》まし。老女《ばゞ》は木綿《もめん》ずくめの[四九]小《こ》清浄《ざッぱり》としたる打扮《いでたち》。白髪《しらが》まじりの髪《かみ》を[五〇]おばこに結《ゆ》ひ、[五一]飴色《あめいろ》の[五二]笄《かうがひ》両端短《りやうはしみじ》かく、[五三]斑点《ばらふ》の油《あぶら》つきたる櫛《くし》をさして、客《きやく》の前《まへ》に額《ぬか》づき、手《て》を叩《たゝ》きて茶《ちや》をせき立《た》つるも

ニイフ語。シヅシヅ」（『言海』）。「心軽き御参詣。道もしづかにしと〳〵と」（並木千柳ら『源平布引滝』第二、寛延二年初演）。　二二　初出「二ツ」。　二三　家の表（客が出入りする側）にある座敷。　二四　「ふすま…カラカミ。紙門」（『言海』）。　二五　底本「寝」（浸す、積む意）。意改。初出「止めば」。　二六　初出「交しながら」。　二七　居心地。　二八　種々の模様を押し染めしたカナキン（目を固く細かく織った薄い綿布）・絹布。　二九　形を整える。「中年増が附いて来て座布団を直すと、そこへすわった」（森鷗外『キタ・セクスアリス』明治四十二年）。　三〇　銅と亜鉛の合金。細工が容易で器具の製造に使用。　三一　一本の重さがほぼ百匁（約三七五グラム）の大きな蠟燭。当時すでにランプが普及していたが、大きな料理屋や商店、また晴れの席では燭台を用いた。「真鍮の燭台へ百目がけの蠟燭を燈し」（梅亭金鵞『妙竹林語七偏人』五編上、文久三年）。　三二　点した蠟燭から流れる蠟を涙に喩えたもの。　三三　灯心。燃え残ると暗くなるので、切って明るくする。初出「真（しん）」。　三四　褐色に黒褐色の斑点のある竹。　三五　茶色の壁。　三六　柱と柱との間。六尺（約一・八メートル）。　三七　四角い形をした火鉢。　三八　初出「引寄せながら」。　三九　殊勝に。　四〇　表装した紙が古びた、小品の掛け軸。　四一　篆書と髯題目を足して二で割ったような書体で。「篆書」は「漢字ノ書体ノ古キモノ、…今モ印文額面ナドニ用ヰル」（『言海』）。「髯題目」は、日蓮宗で本尊として用いる「南無妙法蓮華経」の

篆書の「壽」

髯題目

馳走《ちそう》の一《ひと》ツなり。　旦那様《だんなさま》生憎《あやにく》今夜《こんや》は、よき子両《りやう》三人《にん》かねて目星《めぼし》をつけ置《お》きしものありましたれど、家《うち》に故障《さしつかへ》あるよしにて参《ま》ゐられず。されど昨日《きのふ》一昨日《をとつひ》の二日《ふつか》といふものは八方《はツぱう》に手《て》を分《わ》け、醜《みにく》からぬのを撰集《よりあつ》め、漸《やうや》く七人《にん》まで呼《よ》びまして、彼方《あちら》に一同《いちどう》待《ま》たせておきましたれば、只今直《たゞいまじき》にお目《め》に懸《か》けまするといへば、和服《わふく》の男《をとこ》頷《うなづ》きて、美好《よいの》が来《こ》ぬとは口惜《くちを》しき事《こと》なれど、来《こ》ぬものは是非《ぜひ》なし。下谷《したや》より浅草《あさくさ》くだりまで、お多福《たふく》拝《をが》みに態々《わざ〳〵》足《あし》を運《はこ》びしにはあらねど、来《き》た序《ついで》なれば辛抱《しんばう》して眼《めだま》を貸《か》してやるべし。先《ま》づ其処《そこ》へづらりと並《なら》べて見《み》せよ。日和《ひより》に今戸《いまど》をぶらつけば、幾個《いくら》も乾《ほ》してある代物《しろもの》なるべし。これは荒物《あらもの》の買《か》ひ出《だ》しに来《き》たやうなと笑《わら》へば、老女《ばゞ》は右手《めて》を挙《あ》げて打消《うちけ》し、聞《きこ》えますぞえ、お口《くち》の悪《わる》い。お子《こ》さん等《たち》の前《まへ》にてそのやうな事《こと》は決《けつ》して仰《おほ》せられな。真実《ほん》の生娘《きむすめ》なれば居《ゐ》たゝまれで遁《に》げて行《ゆ》かれましやう。扨子《さてこ》がらが悪《わる》いと申《まを》しても、此老女《このばゞ》が目鏡《めがね》を懸《かけ》て、とツくりと下見《したみ》せし上《うへ》の七人《にん》、悪《わる》いにも種類《しな》がござります。見《み》もならぬ先《さき》から其様《そのやう》におけなしなされて、万一《ひよつと》御意《ぎよい》に合《かな》ひましたお子《こ》のありました暁《あかつき》には、旦那様《あなたがた》は何《なん》と仰《おつし》やります。其時《そのとき》になりて此老女《このばゞ》に頼《たの》むとお手《て》を合《あは》せたまふな。いや、また此老女《このばゞ》も頼《たの》まれる事《こと》ではござりませぬと、すぼめる口《くち》に手《て》の甲《かふ》あてゝ、黒光《くろびか》りの歯《は》を少《すこ》し見《み》せて、ほゝと笑《わら》ふさまは、気《き》の善《いゝ》やう

題目の字の先を、ひげのように長く延ばして書いたもの。四二「書画ノ落成ノ証トシテ筆者ノ名ヲ記スコト」(『言海』)。四三 平凡な人物の通称。落語の熊公、八公の類。四四 竹や籐の籠の中に切花を生ける器で、蝉の形のもの。四五 杉丸太の皮を剝いで、鮫皮で磨いたもの。床柱等に用いる。四六 天然のままの石。四七 薄地で柔らかな毛織物の一種。メリンス・モスリン。四八 三枚重ねの布団。四九 小ぎれいな装い。「いでたち…(二)打扮」(『日本大辞書』)。五〇「〔祖母子髪(オバコガミ)〕ノ略」老婦ノ髪ノ風ノ名」(『言海』)。五一 半透明の黄色。五二 女性用髪飾りの一つで、髷(まげ)などに差すもの。鼈甲(べっこう)などで作る。五三「玳瑁(ベッカフ)ノ上ニ、黒キ斑ノ点点(マバラ)ニアルモノ」(『言海』)。

おばこ
(『東京風俗志』中)

以上一二七頁

一 奔走して世話をすることから「もてなし」の意。二「あやにくに…(二)…間(マ)ヲワロク。アイニク」(『言海』)。三「妾を買ふ者有れば則ち婆臂を倒まにして狗走し、一瞬命を東西に伝ひ、須臾にして忽ち数処女を聚め…客の択び取るに任す。…京鴉の活計約ね妾口より成る」(服部撫松『東京新繁昌記』五編「京鴉(けいあん)家」、明治七年)。四 初出「懸けましやう」。五 初出「事ながら」。六 浅草区の西に接する区名。七 くんだり。遠く隔たった土地の意。洋服の男(松本)の住居は下谷区花園町(→一六三頁注一二・地図)。八 お多福面のような醜い顔の女。「此の三平二満(おたふく)め」(饗庭篁村「駆落の駆落」五、『むら竹』

に見《み》えながら、[一八]又物凄《またものすご》き所《ところ》あり。　客《きやく》も哂《あざわら》ひて、其程強《それほどきつ》い口上《こうじやう》をいふには、[一九]腹《はら》に応《こたへ》がなくてはなるまじき事《こと》なり。　何時《いつ》までも気《き》を揉《も》ませずと、[二〇]手《て》なり足《あし》なり合《あは》せて頼《たの》むやうなのを、早《はや》く拝《をが》ませてくれぬかといへば、老女《ばゞ》はかしこまりて障子《しやうじ》の外《そと》に向《むか》ひ、お仕度《したく》が宜《よろ》しくば何卒《どうぞ》お一人《ひとり》づゝといひて、座《ざ》を壁《かべ》の方《はう》へ下《さ》ぐれば、障子《しやうじ》の外《そと》には四十恰好《がつかう》の番頭《ばんとう》、かねて呼出《よびだ》しの役《やく》とて[二一]待《まち》かけたるが、老女《ばゞ》の相図《あひづ》を[二二]聞《き》くより表坐敷《おもてざしき》の紙門《ふすま》を開《あ》け、入口近《いりくちちか》き女人《むすめ》に向《むか》ひ《あなた様《さま》》といふ。此坐敷《このざしき》を見《み》るに、かの老女《ばゞ》に召集《よびあつ》められ、[二三]日暮《ひくれ》より控《ひか》ふる女等《をんなども》の[二四]屯所《たまり》なり。　十六七の少女《むすめ》あり、又《また》は[二五]八九《はツく》のもあり、廿歳越《はたちこ》したるもあり、三十に近《ちか》きもあり。　少女粧《むすめづくり》の年若《わか》き女《むすめ》には、一々《いち〳〵》母親《はゝおや》らしき者附添《ものつきそひ》て、後面《うしろ》より襟《えり》を正《なほ》し、[二六]髱《たぼ》に心《こゝろ》を附《つ》け、帯《おび》を引張《ひツぱ》りなどして、時刻今《じこくいま》やと待構《まちかま》へたり。　中《なか》に芸者風《げいしやふう》の[二七]婀娜《あだ》に粧《つく》りたるは、二十四五より三十近《ちか》き女《をんな》に多《おほ》く、此等《これら》には介添《かいぞへ》といふものなけれど、更《さら》に憶《おく》せぬ顔《かほ》にて[二八]我《われ》と姿《すがた》をつくり、つんとして煙草《たばこ》をくゆらすなり。　これらの[二九]女人《ぢよにん》どもを何《なに》かと尋《たづ》ぬるに、孰《いづ》れも[三〇]妾奉公囲者《めかけほうこうかこひもの》、[三一]一月定《ひとつきぎめ》の閨房《なさけ》の商業《あきなひ》を望《のぞ》みにて、此《これ》を受宿《うけやど》に頼《たの》み置《お》けば、妾欲《めかけほ》しきといふ男《をとこ》の申込《まをしこ》み次第《しだい》、日《ひ》を定《さだ》めて[三二]目見《めみえ》させ、其上《そのうへ》にて客《きやく》の気《き》に合《かな》ひたる女人《をんな》は、此処《こゝ》にて給金《きふきん》を定《さだ》め、明日《あす》からは旦那《だんな》の出来《でき》る事《こと》なりといふ。　今宵《こよひ》はまさしく其目見《そのめみえ》なる

五、明治二十二年）。　九 見ておいてやる。

一〇 今戸人形のこと。浅草区今戸町（↓地図）で作られた素焼きのお多福顔の人形。↓補一九。　一一「草鞋（ワラヂ）、塵取、竹帚ナド、種種ノ粗キ器ノ称。（商ヒ物ナルニイフ）」（『言海』）。今戸人形の縁で、今戸焼の火鉢・蚊燻しなどを連想。　一二 おっしゃいますな。　一三 いたたまれないで。　一四 容姿・態度。　一五 等級や差異。　一六 初出「有（あッ）た」。　一七 鉄漿（おはぐろ）をした歯。福沢諭吉の『かたわ娘』（明治五年九月）などで批判された風習だが、老女などには依然として守られていた。　一八 ぞっとするような。　一九 心中に確かな自信がなければできないことだろう。　二〇 こちらが手や足を合わせて頼むような美しい女性を。「足なり」は強調表現。　二一 待ち受けていたのが。　二二 聞くや否や。　二三「ひくれ…（日暮）れ…夕方。＝黄昏」（『日本大辞書』）。　二四「たまり…ひかへどころ、屯、たむろ」（高橋五郎『漢英対照 いろは辞典』（明治二十一年）。　二五 十八、九歳。　二六 日本髪の後ろに張り出た部分。　二七「あだ…イロメキタル貌」（『言海』）。　二八 自分で容姿を整え。　二九 振り仮名、「によにん」の誤りとも思われるが、初出・底本のまま。　三〇 別宅などに囲って置く妾。　三一 一箇月ごとの契約で妾となること。「閨房」は夫婦の寝室、初出「情慾（なさけ）」。　三二「（二）奉公人ガ始メテ主人ニ会フコト」（『日本大辞書』）。以下、西鶴に学んだ設定。↓補二〇。

今戸人形
（『日本 百科大事典』明 41，三省堂）

と覚《おぼ》しく、先第《まづだい》一にいかなる女人《をんな》や顕《あら》はれんと、客《きやく》は膝《ひざ》を組正《くみなほ》[一]して障子《しやうじ》の開《あ》くを待《ま》ちかけぬ。

（三）

障子《しやうじ》さらりと開《ひら》く。それ！　と見《み》れば、見《み》たる処《ところ》廿一二なり。老女《ばゞ》[二]が後方《うしろ》をおづ〳〵と通《とほ》り、燭台《しよくだい》に遠《とほ》ざかりて坐《すわ》れば、も少《すこ》し前《まへ》へと老女《ばゞ》の言葉《ことば》にじりゝと進《すゝ》み、頭《かしら》を下《さげ》て手《て》を支《つか》へぬ。此奴心意気《こいつこゝろいき》が知《しれ》て最初《てん》[三]から可厭《いや》なるは其結髪《そのあたま》なり。お部屋様《へやさま》[四]は如此《かう》あるものと覚《おぼ》えたか、漣《さゞなみ》[五]うてる赤毛《あかげ》を三輪《みつわ》[六]に結《ゆ》ひて、紫鹿子《むらさきかのこ》[七]をふさ〳〵と繋《か》け、絹縮《きぬちゞみ》[八]の二度染《そめかへし》[九][一〇]ねぼけたる黒《くろ》の羽織《はおり》に、洗晒《あらひさ》らせし緋裏《ひうら》をちら〳〵見《み》せて、八丈《ちやう》[一一]の黄色濁《きいろにご》[一二]れる小袖《こそで》[一三]一枚着《まいき》て、見《み》すぼらしき姿《すがた》は我慢《がまん》もなるべきが、ちよつぽり[一四]眼眉間遠《まなこみけんどほ》に離《はな》れ、鼻低《はなひく》く頬紅《ほゝあか》みて脹《ふく》れたるに、面皰痱《にきびひし》[一五]と吹出《ふきだ》したるを、委細構《いさいかま》[一六]はず厚塗《あつぬり》の白粉斑《おしろひまだら》[一七]点づきにして、口紅《くちべに》[一八]けば〳〵しく光《ひか》り、其顔《そのかほ》にて羞《はづか》しげに見向《みむ》かれし時《とき》、二人《ふたり》はくツと笑《わら》ひを呑《の》み、我《われ》[一九]と股《もゝ》を抓《つめ》りて堪《こら》へぬ。老女《ばゞ》は優《やさ》しき声音《こわね》をつくり、貴嬢《あなた》は何処《どちら》にお住《すま》ひなさるゝやと尋《たづ》ぬれば、虫《むし》のやうな声《こゑ》をして赤城下《あかぎした》[二〇]といふ。御両親様《ごりやうしんさま》は揃《そろ》ふてお壮健《たツしや》かと重《かさ》ねかくれば、揃《そろ》ふて居《を》りますといふ。話《はな》し断《き》れてはしよげる[二一]と見《み》て、

一 初出「組正(なほ)し、障子の開くをぞ待ちける」。 二 老女の。 三 「天…(四)俗ニ、初(ハジメ)。…「一カラ出来ヌ」「一デイケヌ」」(『言海』)。「最初(てん)に艶言(せじ)も愛想(あいそ)もなく」(二世梅暮里谷峨『春色連理の梅』四編上、安政五年)。 四 「御部屋　貴人ノ妾(ソバメ)ナドノ尊称ニ用キル語」(『言海』)。 五 縮れた赤毛。縮れ毛や赤毛は美人の相ではない。 六 「婦人ノ髪風ノ名、髻ノ末ヲ三個ニ綰ヌルモノ」(『言海』)。妾などが結った。「三つ輪に結つて総(ふさ)の下つた被布を着るお妾さまに相違は無い」(樋口一葉『わかれ道』下、明治二十八年)。 七 紫の鹿子絞(かのこしぼり)。紫地に白い斑点模様を染め出したもの。手絡(てがら)＝髷の根元を飾る布切れ)として掛けた。 八 絹織の縮布で、横糸に撚りをかけて織ったもの。 九 色の褪めたものをもう一度染め直すこと。 一〇 色のはっきりしなくなった。 一一 黄八丈。黄色の地に茶などの縞のある絹織物。八丈島原産。 一二 初出「濁りし」。鮮明でないさま。 一三 袖が筒形で、丈の長い着物。現在の和服に近い。 一四 小さい眼が、左右に離れて付いていること。 一五 びっしりと。 一六 遠慮なしに。 一七 白粉ののりが悪いさま。 一八 紅花の花弁から採った泥状の紅を皿などに移し、筆で溶いて塗った。 一九 自分で自分の股をつねり、笑いをこらえた。 二〇 牛込区赤城下町。俗に「赤城明神下」。小邸宅の多い土地だった(『新撰東京名所図会』四十一、明治三十七年一月、東陽堂)。 二一 元気がなくなる。 二二 「等(ナド)ノ訛」(『言海』)。 二三 日本銀行券・郵

三　輪
（『東京風俗志』中）

老女《ばゞ》はまた、其《それ》はお仕合《しあは》せな事哉《ことかな》。何《なん》の御商売《ごしやうばい》を遊《あそ》ばしますと問《と》へば、商売《しやうばい》な[二二]ぞは致《いた》しませぬ。父親《ちゝ》は[二三]印刷局《いんさつきよく》へ勤《つと》めて居《を》りますといふに、此女《このをんな》大方《おほかた》[二四]御家人《ごけにん》抔《など》の娘《むすめ》ならむ。商売《しやうばい》なぞと賤《いや》しみ、[二五]官員《くわんゐん》といふが自慢《じまん》の心中可笑《しんちうをかし》かりし。お名《な》はと聞《き》けば[二六]玉江《たまえ》といふに、愈《いよ〳〵》可笑《をかし》くなりて、玉《たま》は玉《たま》なれど[二七]珠数子玉《じゆずごだま》か、[二八]但《たゞ》しは[二九]評判《ひやうばん》の玉江《たまえ》と囁《さゝや》きけり。年齢《とし》を尋《たづ》ぬるが目見《めみえ》の最後《さいご》にて、彼方《あちら》へと老女《ばゞ》がいふに任《まか》せ、立《た》たむとせしが、嬌羞《はづかしさ》に足《あし》がすくみたるやら、見苦《みぐる》しく[三〇]震慄《おどつき》、面《おもて》を火《ひ》のごとくにして挨拶《あいさつ》もそこ〳〵に出行《いでゆ》けば、入違《いれちが》うて顕《あら》はれたるは年輩《ねんばい》二十七八とも見《み》えて、眼《め》凹《くぼ》みて瞼色《まぶたいろ》づき、[三一]黒元結《くろもとゆひ》の汁《しる》に薄眉毛《うすまゆげ》を塗抹《なぞり》たれば、[三二]首尾《あとさき》気味《きみ》悪《わる》く際立《きはだ》ち、骨《ほね》ばかりに頰《ほゝ》こけ、唇《くちびる》薄《うす》く口大《くちおほき》く、歯列《はなみ》悪《わる》きが上《うへ》に煙草《たばこ》の脂《やに》に染《そ》まりて[三三]黄色《きいろ》に、闇《やみ》に出遭《であ》はゞたしかに幽霊《いうれい》なり。[三四]つぶし島田《しまだ》に[三五]葛《くづ》引《ひき》を繫《か》けて、小粒《こつぶ》なる紅玉《あかだま》の[三六]後《うし》ろ挿《ざし》を[三七]穂長《ほなが》に突込《つッこ》み、少《すこ》し身《み》を反《そ》らせて眉毛《まゆげ》をぴり〳〵と動《うご》かし、更《さら》に人《ひと》に[三八]おぢず、[三九]悠然《いうぜん》と押出《おしだ》したるは物凄《ものすご》し。赤糸《あかいと》まじりの[四〇]からみ縞《じま》の[四一]お召《めし》に、星《ほし》のごとき[四二]切附紋《きりつけもん》したる[四三]黒縮《くろちり》の羽織《はおり》、[四四]海老色《えびいろ》の短《みじ》かき[四五]四打《よつうち》の紐《ひも》を[四六]ちよツきり結《むす》び。ちらと見《み》し[四七]下着《したぎ》は紙《かみ》のごとき[四八]地薄《ぢうす》の縮緬《ちりめん》、白茶地《しらちやぢ》に[四九]置形《おきがた》の[五〇]古代更紗《こだいさらさ》。帯《おび》は[五一]唐繻子《たうじゆす》に[五二]綿繻珍《めんしゆちん》の[五三]腹合《はらあは》せ、[五四]延紙《のべ》にくるみたる[五五]懐中物《かみいれ》を帯《おび》の間《あひだ》に浅《あさ》く挿《さ》し、袖《そで》の中《うち》に[五六]張臂《はりひぢ》して[五七]小褄《こづま》をとり、万事芸者《ばんじげいしや》に紛《まぎ》らはしたき風《ふう》

便切手などの印刷を行う大蔵省の付属機関。明治十一年十二月、紙幣局を改称して成立。二四 初出・底本「後家人」。意改。近世、幕府直属の臣で、直接将軍に謁見する資格を持たない者。微禄であり、幕府瓦解後は士族の商法に失敗して衣食に不自由する者が多かった。二五 官吏。当時は官尊民卑の風が強かった。二六 美しい入江の意の「玉江」と、実際の容姿とのギャップに可笑しさが募る。二七 数珠の玉。二八 または。二九「評判の俵」(玩具の名、転じて評判の高いこと)のもじり。→補二一。三〇 おどおどして。「震慄」は震えおののく意。三一「元結」は髻(もとどり)を結び束ねる紐。元結を黒く塗る汁(松脂〈まつやに〉と柿渋と布海苔〈ふのり〉の煎じ汁との混合)を黛(まゆずみ)に転用。三二 初出振り仮名「かしらじり」。眉の両端。三三 初出「黄色く」。三四 芸娼妓や町娘が結った。→『二人女房』一九六頁注一四。三五 葛粉製の糊を引いた紙。根掛(髻にかける縮緬などの装飾品)にする。「根掛は…葛引・奴髻結(やつこもとゆひ)・金銀モールなど用ひらる。就中葛引は清高なるが上に其価も廉なれば最も賞用せらるべし」(『東京風俗志』中巻)。三六 後頭部に挿すかんざし。三七 かんざしを深く挿す。「穂」は尖端。三八 恐れず。三九 臆することなく人前に出たのは。四〇 よりがらみ縞のことか。「撚絡(よりがらみ)の縞阿召だと思った園枝の着物も」(小栗風葉『青春』秋、明治三十九年)。「縞柄は、男ならば縒搦(よりからみ)」(藤沢衛彦『明治風俗史』二)。四一「お召縮緬」の略。練り糸で織り、皺(しぼ＝表面の凸凹)を出した高級縮緬。四二 家紋を別の白い布きれに描いて、衣服に縫い付けたもの。借り着・古着に付ける。四三「黒縮緬」の略。四四 赤みを帯びた紫色。四五 四本の糸を組み合わせた紐。四六 手軽に結

俗《ぞく》。之《これ》も長座《ちやうざ》は神経《しんけい》の害《がい》とつぶやき、老女《ばゞ》が住居《すまゐ》を尋《たづ》ね、年齢《とし》を問《と》ひ、両親《りやうしん》の有無《うむ》などを聞《きく》こと前《まへ》に変《かは》らず。[一]どうで用《よう》なき代物《しろもの》と其《それ》には耳《みゝ》を借《か》さず、[二]匆々《さう〳〵》追《おひ》戻《もど》しぬ。　其次《そのつぎ》のは少女造《むすめづくり》。[三]唐人髷《たうじんまげ》を大《おほ》きく結《ゆ》ひ、両端《りやうはし》に菊《きく》の花《はな》のつきたる[四]鶸《ひは》茶《ちや》の[五]小狗懸《ちんころがけ》をして、櫛《くし》は[六]黒塗蒔絵《くろぬりまきゑ》の三日月形《みかづきがた》、簪《かんざし》は[七]洋銀足《やうぎんあし》に何《なに》やらうるさく飾《かざ》りたり。[八]甲州紬《かふしうつむぎ》の[九]鹿《か》がすりの[一〇]仕立《したて》おろしに、[一一]木綿八端《もめんはつたん》の下着《したぎ》とは見《み》るに可笑《をかし》けれど、此女《このむすめ》を目見《めみえ》に連《つ》れて行《ある》くが為《ため》に、[一二]なけなしの膏血《あぶら》を絞《しぼ》りての算段《さんだん》かと思《おも》へば、哀《あは》れにも覚《おぼ》えたり。帯《おび》は[一三]めれんす友禅《いうぜん》、紺地《こんち》に処々《とび〳〵》の[一四]扇流《あふぎなが》しを[一五]色入《いろいり》に染《そ》めて、[一六]半襟《はんえり》は[一七]海老茶《えびちや》の[一八]唐天《たうてん》、何《なに》から何《なに》まで至《いた》らぬ隈《くま》なく安《やす》いものずくめなり。顔《かほ》はいかにと見《み》るに、是《これ》ぞ[一九]堀出《ほりだ》し、ぽちやりとして色白《いろしろ》く、強《し》ひて言《い》はねば何処《どこ》といふて難《なん》なく、[二〇]頸足美《えりあしうつく》しく生際濃《はへぎはこま》やかに、丈《せい》はすこし無《な》けれど、無様《ぶざま》といふにあらねば、[二一]相場《さうば》だに気《き》にむかば随分《ずゐぶん》[二二]相談《さうだん》ものと、柱《はしら》に凭《もた》れし身《み》を起《おこ》し、屈《かゞ》みてじッと見《み》むとするに、蠟燭《らふそく》の[二三]火《ひ》に曠《はれ》がましと、背《そむ》けたる横顔《よこがほ》可愛《あい》く、[二四]御《ご》心《しん》なきにしもあらねば、住所《ぢうしよ》を語《かた》るに耳《みゝ》を立《たて》れば、じき[二五]黒船《くろふね》町、父親《てゝおや》は去年身《きよねんみ》まかり、今《いま》は母《はゝ》に弟《おとゝ》一人ありといふ。商売《しやうばい》を尋《たづぬ》れば小声《こゞゑ》にて何《なん》といふのやら聞《きこ》えず。二度《ど》三度《ど》問《と》ひ返《か》へせば、漸《やうや》く聞《きこ》えたり、荒物屋《あらものや》。年《とし》は、十一月生《うま》れの十八、よう〳〵！　こゝな[二六]花盛《はなざかり》め。散《ちり》も[二七]始《はじ》めず咲《さ》きも後《おく》れず、今《いま》が丁度《ちやうど》[二八]賞翫《しやうくわん》と、

ぶこと。かた結びなど。四七「上着ノ下ニ着ル衣」(『日本大辞書』)。四八 布地の薄い。四九 型紙を布にあて、直接絵の具をすりつけて模様をつけたもの。五〇「(二)古代ノ更紗ニ擬シタさらさ」(『日本大辞書』)。五一 中国の蘇州・杭州産の繻子(絹織物)。滑らかで光沢に富み、帯地などに用いる。五二 綿糸を用い、繻珍の製法によって模様を浮き出させた織物。五三 表と裏を違った生地で縫い合わせた女帯。五四 上質の鼻紙として用いられる和紙。のべがみ。五五 懐中用の小物入れ。三つ折・二つ折で、鼻紙・小金・薬などを入れた。五六 手を懐に入れてひじを張った様子。くつろいださま。五七 長い着物の褄(裾の端)を左手でつまみ上げて動きやすくする。多く、遊女や芸妓のしぐさ。

以上一三一頁

一 どうせ。二「草草(一)イソガハシク」(『言海』)。三「通常のまげに似て、髪毛の、たすきにかかるもの。多く、少女のゆふもの」(落合直文『ことばの泉』明治三十一年)。「十四五歳にも至れば、桃割れ・唐人髷・ふくら雀などにも結ひ」(『東京風俗志』中巻)。

唐人髷
(落合直文『ことばの泉』明 31)

四 黄緑色の黄ばんだもの。五 根掛の一種。「縮緬を、くけて、左右に、鈴などをつけたるもの。女の髪飾りに用ゐる」(『ことばの泉』)。狆(ちん)の首輪に似せたところから。六 黒い漆を塗り絵模様を描いたもの。七 かんざしの脚(普通二本)が洋銀のもの。洋銀は銅・ニッケル・亜鉛から成る銀白色の合金。安価で加工しやすいので

之《これ》に少《すこ》し現《うつゝ》をぬかし、和服《わふく》の男乗出《をとこのりだ》して見《み》るを、洋服《やうふく》の男《をとこ》は独《ひと》りくすり〳〵と笑《わら》ふにも心《こゝろ》を留《とめ》ず、尚頻《なほしき》りに眺《なが》めしが、其女《そのむすめ》が立上《たちあが》る時顔《ときかほ》を見合《みあは》せ、あッ！　といひ、ちえ！　と舌打《したうち》すれば、洋服《やうふく》の男《をとこ》いよ〳〵笑《わら》ひながら、お気《き》がつきましたか。　[二九]藪睨《やぶにら》みとは知《し》らざりし。

（四）

おひ〳〵と出《で》て来《く》るに、頰脹《ほゝふく》れて紅《あか》く、手《て》の指《ゆび》[三〇]新芋《しんいも》を揃《そろ》へたる[三一]下司造《げすづく》りは、今《いま》まで何処《どこ》かのお屋敷《やしき》に[三二]お末《すゑ》などせしものなるべし。此顔《このかほ》にても銭《ぜに》を取《と》る心持《こゝろもち》が恐《おそ》ろしく。[三三]肥満《ふとつちよう》の後《あと》には痩細《やせほそ》りたる年増《としま》の泣顔《なきがほ》なるが顕《あら》はれ、髪毛《かみのけ》のぬけ上《あが》りたるに凄《すご》くなりて下《さ》げさすれば、十四五かと思《おも》はるゝ小娘《こむすめ》がちよろ〳〵と出《で》て来《き》て、家《うち》の娘《むすめ》かと思《おも》へば、これも妾《めかけ》の目見得《めみえ》なり。　惣勢《そうぜい》七人七色《なゝいろ》の姿《すがた》、その中《うち》に最後《あと》より二番目《ばんめ》に出《いで》しは、[三四]葉草《はぐさ》の中《なか》の花菫《はなすみれ》。年齢《とし》は十七八にてもあるべし。大柄《おほがら》なれば打見《うちみ》は[三五]九《く》か丁度《ちやうど》なれど、おのづから[三六]仇気《あどけ》なき風情見《ふぜいみ》えて、これには[三七]四《よ》ツの膝《ひざ》も思《おも》はず進《すゝ》みぬ。　[三八]御守殿風《ごしゆでんふう》の高髷《たかまげ》に紫《むらさき》の[三九]菅糸《すがいと》を繋《か》け、後挿《うしろざし》は[四〇]定《ぢやう》紋付《もんつき》の銀《ぎん》の平打《ひらうち》なり。丸顔《まるがほ》にして肥《こ》えたるにもあらねど、肉《にく》つきしつくりとして肌理《きめ》濃《こま》かに、色《いろ》は透通《すきとほ》るまで白《しろ》きが、[四一]膩《あぶら》づきて潤沢《つや》けく、口元《くちもと》しまりて[四二]莟《つぼ》め

銀の代用とされた。　**八** 甲州産の紬（つむぎ糸で織った絹布）。日常の衣料。　**九** 蚊がすり。衣服の模様で、蚊が群がり飛んでいるような細かい模様のかすり。

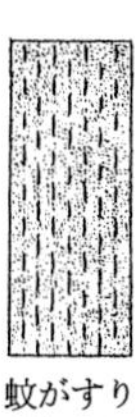
蚊がすり（『東京風俗志』中）

一〇 新調した衣服。　**一一** 高価な八端懸（はったんがけ）の絹織物に似せた綿織物。「綿八反の帯洋銀の簪位の御姿を」（幸田露伴『風流仏』団円、明治二十二年）。新調した上着とのアンバランスが可笑しい。　**一二** 僅かしかない膏血（あぶらと血）を絞って、やっとお金を工面した結果。「膏血を絞る」は苦労する喩え。　**一三** メリンス地に友禅模様を染め付けたもの。　**一四** 川に流れる扇を描いた模様。　**一五** 彩色入り。　**一六** 汚れ防止と装飾のため、着物の襟の上に掛ける細長い襟。ビロード・繻子などを用い、「襦袢、或ハ、婦人ノ褻（ケ）ノ服ナド」（『言海』）に掛けた。　**一七** 黒味を帯びた赤茶色。　**一八** 綿ビロードの一種。襟地・足袋・帽子などに用いられる。　**一九** 掘り出し物。　**二〇** 「項（ウナジ）ノ髪ノハエギハ」（『言海』）。　**二一** 妾としての手当。初出「相場さへ」。　**二二** 検討するのに値する女。　**二三** 初出「火曠がましと」。「曠」は、さえぎるものがなく明らかなさま。　**二四** お気持が動かないわけでもないので。「御心」は語り手が冷やかし気味に言ったもの。　**二五** 浅草区。今の台東区寿三丁目、駒形一・二丁目。東は隅田川に面する。榊町（↓一二三頁注一）から直線距離約一・二キロメートル。↓地図。　**二六** 女性の最も美しい年頃。　**二七** 初出「初（モ）めず」。　**二八** 「しやうくわん…愛（メ）デ弄ブコト」（『言海』）。　**二九** 両眼の視線が平行でなく、一眼が他方へ向くこと。斜視。　**三〇** その年に取れた、新しいサツマイモ。太い

る花《はな》を含《ふく》むが如《ごと》く、物《もの》をいふたび[一]片靨《かたゑくぼ》深《ふか》く入《い》り、眼《め》は画美人《ぐわびじん》に見《み》し[二]鳳眼《ほうがん》といふに髣髴《さながら》にて、これに[三]滴《た》るばかりの愛嬌《あいけう》籠《こも》り、眉《まゆ》は[四]三日月《づき》を懸《か》けたり。鼻筋《はなすぢ》のつんとしたるは、女人《をんな》には[五]権《けん》あり過《す》ぎてしほらしからぬものなり。此女《このむすめ》の高《たか》きにあらねど低《ひく》きにもあらず、眉間下《みけんした》より静《しづか》に山《やま》を上《あ》げて、鼻頭尖《はなさきとが》らず、そつと撫《な》でたるごとく、[六]小鼻《こばな》ふツくりと座《すわ》り、額《ひたひ》は[七]曠《ひろ》き方《かた》にて生際少《はへぎはすこ》し乱《みだ》れたり。

鼠地《ねずみぢ》に[八]中形《ちうがた》の尾花《をばな》を、一面《いちめん》に乱《みだ》したる[九]奉書紬《ほうしよつむぎ》の小袖《こそで》に、疎《あら》き[一〇]三条格子《さんぼんかうし》の黄八丈《きはちぢやう》の羽織《はおり》を着《き》て、[一一]袖裏《そでうら》の燃立《もえた》たぬは気毒《きのどく》なり。歩行《あるく》にも坐《すわ》るにも屈《かゞ》む癖《くせ》あり。よき事《こと》にはあらねど、[一二]内端《うちば》なる気質《きだて》見《み》えて、処女《むすめ》の難有《ありがた》き所《ところ》なり。[一三]見《み》る如《ごと》き衣裳《きつけ》にて、世間《せけん》の流行《はやり》を[一四]逐《お》はれぬ悲《かな》しさには、其身《そのみ》が[一五]小娘《こむすめ》の折《をり》に仕立《した》てたるを、縫直《ぬひなほ》せし小袖《もの》らしく、此歳《このとし》にしては模様《がら》は不釣合《ふつりあひ》なり、織物《もの》は不粋《やぼ》なり。されど其《それ》には[一六]めげぬ容色《ようしよく》、[一七]西子《せいし》も若耶《じやくや》の水《みづ》に襷懸《たすきがけ》せし折《をり》からは、誰《たれ》も心《こゝろ》はつかざりしといへば、是《これ》に[一八]今様《いまやう》の物《もの》を衣《き》せたらばと、二人《ふたり》は身《み》を顫《ふる》はせて[一九]坐《そゞろ》に悦《よろこ》びぬ。

目《め》見済《みえす》めば老女《ばゞ》は坐《ざ》を進《すゝ》めて、お目《め》に留《とま》りましたお子《こ》が御座《ござ》りましたかと、其女《そのむすめ》に気《き》のあるを見《み》ながら、知《し》らぬ顔《かほ》にて尋《たづ》ぬるに、和服《わふく》の男太《をとこふと》き溜息《ためいき》を吐《つ》きて、[二〇]勿体《もつたい》なしといへば、今一人《いまひとり》は美《うつく》しいものだと呟《つぶや》き、老女《ばゞ》に向《むか》ひて、扨《さて》手《て》を合《あ》はせて拝《をが》まねばならぬは、最後《あと》から二番目《ばんめ》の女《むすめ》なり。[二一]若干金《なにほど》にて相談《さうだん》

指の喩え。 三一 卑しげな化粧・身なり。 三二 台所仕事などする下女。 三三 太った人をからかい気味に言う語。 三四 草の葉の中の菫の花。多くの物の中で一つだけ目立つことの喩え。 三五 十九歳か二十歳。 三六 無心で愛らしい。 三七 和服・洋服二人の男の膝。 三八 御殿女中の結うような高島田(島田髷の根を高くしたもの)。若い女性の正装。 三九 生糸を細く分割しただけの撚りをかけていない糸。 四〇 銀を平たく打ち、家紋を彫りこんだかんざし。 四一 肌に脂肪が乗って。健康なさま。 四二 唇が花の莟のようで。

以上一三三頁

一 片方の頬に出来るえくぼ。 二 鳳凰の眼に似た眼。貴人の相。「鳳眼とやらん人のいふ魚尾(りし)上りの眼は」(幸田露伴『天うつ浪』其六、明治三十九年)。 三 初出振り仮名「したゝ」。 四 眉の形。「三日月眉匂やかに」(徳冨蘆花『不如帰』中の八、明治三十二年)。 五 「けん…険相(ケンサウ)ノ略。「―ノアル顔」」(『言海』)。 六 「鼻ノ端ノ左右、即チ孔ノ上ニ、小高クナレル処ノ称」(『言海』)。 七 「曠」は「広」の意。 八 「染模様ノ名、大形小形ニ対シテ云」(『言海』)。 九 「紬ノ精品ナルモノ、殆ド羽二重ニ近シ」(『言海』)。 一〇 三升格子。

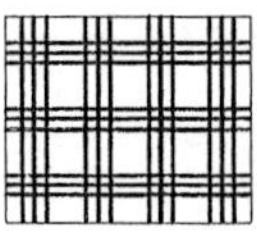

三升格子
(『東京風俗志』中)

一一 袖の裏地が赤色でない意。娘らしくないので「気毒」と言った。 一二 「うちば…物事ヲ扣目(ヒカヘメ)ニスルコト」(『言海』)。 一三 初出「見し如き」。 一四 ついて行くことのできない。 一五 「十三四五歳ホドノ少女(ヲトメ)ヲ称スル語」(『言海』)。 一六 負けない。 一七 中国春秋時代の絶世の美女西施も、越王勾践(こうせん)の臣、范蠡(はんれい)に見出さ

調《とゝの》ふべきや。　御意《ぎよい》にいりましたはあのお子《こ》の仕合《しあはせ》。母親《はゝおや》のつき添《そ》へば、まづ尋《たづ》ねて参《まゐ》るべしと坐《ざ》を立《た》ち、表坐敷《おもてざしき》へ行《ゆ》きて何《なに》やらいへば、遽《にはか》にがたぴしと犇《ひ》しめき合《あ》ひ、階子《はしご》を下《おり》てぞろぞろと人《ひと》の出《で》てゆくは、合格《がふかく》せぬ女《をんな》どもの帰《かへ》るなり。あとより両《りやう》三人の足音《あしおと》して静《しづか》に下《お》りゆくは、老女《ばゞ》が其娘《そのむすめ》と母親《はゝおや》を[二二]下座敷《したざしき》へ伴《ともな》ふと見《み》えたり。

（五）

後《あと》に和服《わふく》の男火鉢《をとこひばち》にとりつき、あれほどの容色持《きりやうも》ちながら、妾奉公《めかけぼうこう》とは慾《よく》を知《し》らぬといふものなり。一思《ひとおも》ひに娼妓《しやうぎ》にせば、[二三]五六本《ぼん》は我《われ》が請合《うけあ》ふて見《み》るべし。貴君一人《きみひとり》の自由《じいう》にさすは惜《をし》き物《もの》といへば、笑《わら》ひて、まだ相談《はなし》もつかぬに我物《わがもの》とは逸《はや》りたる言草《いひぐさ》なり。あの容色《きりやう》にて[二四]処女《ていらず》とならば、[二五]眼玉《めのたま》の出《で》るほどの事《こと》をいふべし。人手《ひとで》に渡《わた》すは無念《むねん》なれど、[二六]素《もと》が洒落《しやれ》なれば高《たか》くは出《だ》し難《がた》し。もはや銭《ぜに》金《かね》づくにあらず、給金高《きふきんたか》くして君《きみ》が[二七]手《て》にあはぬとあらば、[二八]此男《このをとこ》が借金《しやくきん》を質《しち》に入《い》れても囲《かこ》ふて見《み》すべし。あれほどの女《をんな》が[二九]むざとあるものならず、我等《われら》の[三〇]伽《とぎ》には[三一]職過《しよくすぎ》たれば、[三二]箱入《はこいり》にして[三三]樟脳《しやうなう》をいれ、真綿《まわた》に顔《かほ》を包《つゝ》み、年《ねん》に一度《ど》づゝ出《だ》して拝《をが》みてもよき慰《なぐさ》みになるべし。[三四]蕩遊飽果《いろあそびあきはて》の仙人《せんにん》が、今度此度《こんどこのたび》の[三五]惑溺《ふかばまり》、[三六]如是《によぜ》畜《ちく》

れる前、若耶渓で洗濯をしていた頃には、誰もその美しさに気づかなかったというから。「五月西施採る。人は看て若耶を隘(せま)くす」(李白「子夜呉歌」其二)。「諸曁(しょき)に苧羅(ちょら)山、若耶渓有り。傍らに東施家、西施家有り。西施色美なり」(宋・祝穆撰『事文類聚後集』巻十二「美女」)。 一八 今風の。 一九 むやみに。 二〇 妾勤めには惜しい、の意。 二一 どれほどの給金で。 二二 一階の座敷。「二階にゐるか下座敷か」(近松門左衛門『女殺油地獄』下之巻、享保六年初演)。 二三 五、六百円の前借金。一本は百両、明治では百円。「マア諸雑費を引いて、跡百円(あといっぽん)も残りやア」(橘家円喬口演/築轍速記「三軒長屋」『百花園』一二八号、明治二十七年八月二十日)。尾崎紅葉『むき玉子』(明治二十四年)のヒロイン喜代は「[娼妓に]売らば百円二百円」(九)。 二四 「是に験(こころみ)るに果して処女(テイラズ)也といひし故」(柳沢淇園『ひとりね』下、享保十年成)。 二五 高い金額に驚くさま。 二六 初出「もといたづらの慰みなれば」。今回の行動が気晴らしの遊びであることを示す。 二七 手に負えない。 二八 この俺(和服の男)が、自分の借金を質に入れて金を借り、それで妾にして見せよう。冗談。 二九 むやみに。 三〇 女が男の寝所に侍ること。「いともなまめく桔梗の前、命をとるもふびん故、命助けて閨の伽」(歌舞伎十八番『暫』)。 三一 荷が重いので。 三二 以下、箱入(大切にする意)を具体的に述べる。 三三 防虫剤。 三四 以下、洋服の男の言。色事に飽き果てたという和服の男(→一二五頁一〇行目)の禁欲ぶりを、仙人に喩える。 三五 夢中になって抜けられなくなること。 三六 →一二五頁注六二。私を「畜生」と呼んだあなたが、逆に女色に心を奪われた、との意。

生《しやう》とはそも〳〵誰《たれ》の事《こと》。今夜《こんや》の催《もよほ》し[一]といつぱ、一時洒落《ほんのしやれ》との約束《やくそく》にて、いかに心《こゝろ》に称《かな》ふ女人《をんな》ありとも、決《けツ》して[二]不了簡出《ふれうけんいだ》すまじくの[三]一札《いつさつ》を、取交《とりかは》さぬばかりに誓《ちか》ひたりしを、精神乱《たましひみだ》れて[四]真釼《しんけん》とは、若《わか》い〳〵。さほどの執心見《しふしんみ》るに[五]不敏《ふびん》なり。奇麗純潔貴殿《きれいさツばりきでん》に譲《ゆづ》らむほどに、心置《こゝろおき》なく寵《ちよう》し給《たま》へといへば、準備《てまはし》の好《いゝ》、もう悋気《りんき》かと、手《て》を拍《う》ちて高笑《たかわら》ひする時《とき》、老女《ばゞ》はいそ〳〵として入来《いりきた》り、旦那様《だんなさま》あなたは何《なん》たるお[六]仕合《しあはせ》、と言《い》はせも果《は》てず、なに仕合《しあはせ》とは、あの女《むすめ》が此方《このはう》を見染《みそ》めて、妾《めかけ》に欲《ほ》しいといふやうな事《こと》かと、和服《わふく》の男《をとこ》が真顔《まがほ》にいへば、老女《ばゞ》は笑《わら》ひて、まあそのやうなことで御座《ござ》りまする。只今《たゞいま》あのお子《こ》の母御様《おやごさま》に尋《たづ》ねましたれば、[七]何程《なにほど》なりともお思召次第《ぼしめししだい》と[八]大人《おとな》しき言分《いひぶん》、あなたはお仕合《しあは》せで御座《ござ》ります。何《なに》？　お思召《ぼしめし》？　お思召《ぼしめし》？　と二人《ふたり》は顔《かほ》を見合《みあは》せぬ。老女《ばゞ》は語《ことば》を継《つ》ぎ、先刻《さきほど》も此処《こゝ》にてあのお子《こ》がおつしやられし通《とほ》り、父親《てゝご》は去年亡《きよねんな》くなられて、あとには稼人《かせぎにん》なくなりたまひたれど、今《いま》まで月給《げつきふ》の[九]四十円《ゑん》もとつて居《を》られし方《かた》といひ、もとがお[一〇]旗下《はたもと》なれば、活計《くらし》も見苦《みぐる》しからず、よき[一一]道具等《だうぐなど》のありけるを、ぽつ〳〵と売喰《うりぐひ》にして今《いま》までを繋《つな》ぎたれど、今日《けふ》となりては絶躰絶命《ぜつたいぜつめい》、売《う》る可《べ》き品《しな》はなくなり、便《たよ》るべき血族《みより》も無《なき》まゝ、おいたはしやあのお嬢様《ちやうさま》を奉公《ほうこう》に出《だ》される[一二]仕誼《しぎ》、私《わたくし》も参《まゐ》つて存《ぞん》じて居《を》りまする、お住居《すまゐ》などもさまで見苦《みぐる》しからず、

一 というのは。主題となる語につき、その主題を提示する語。「この裸体画といつぱ仏国板にあらず」（「女学生の醜聞（続き）」『読売新聞』明治二十三年二月二十六日）。
二 心得違い。ここでは夢中になること。
三 後の証拠となるような文書。
四 「釼」は「剣」に通用。本来は別字（「鈍」の意）。「はやく釼（つるぎ）を解（とき）」（曲亭馬琴『椿説弓張月』〈文化四―八年〉五十一回）。
五 「不憫」の意。→『二人比丘尼色懺悔』三〇頁注三。
六 初出「お仕合な事」。
七 給金はお気持次第、そちらの言い値でよい、の意。
八 穏やかで柔順な。
九 明治二十年の白米一〇《キログラム》あたりの小売価格は四十六銭。現在の価格を四千円と見て約三十五万円（『値段史年表』週刊朝日編、昭和六十三年）。
一〇 江戸時代、徳川家直属の家臣のうち、知行一万石以下で将軍に面会できる者。
一一 調度・古道具類。
一二 仕儀。始末。

またあのお子《こ》の母親《はゝご》といふ人《かた》の人品《じんぴん》のよさ、一三よしある人《ひと》とは誰目《たがめ》にも見《み》えまする。御覧遊《ごらんあそ》ばしませ、彼御子様《あのおこさま》の初々《うひ〳〵》しさ。此席《このせき》へ出《で》ると一四上気《じやうき》して、碌々《ろく〳〵》お口《くち》も利《き》けず、されど行儀作法《ぎやうぎさはふ》の正《たゞ》しきこと、なか〳〵奉公《ほうこう》に一五出《だ》さう、出《で》やうといふ一六おはねとは違《ちが》ひます。私《わたくし》も年来《ねんらい》の渡世《とせい》、幾百人《いくひやくにん》のお子《こ》の世話《せわ》を致《いたし》ましたなれど、あのやうな容色《きりやう》の美《よ》い、おとなしい子《こ》を手掛《てが》けた事《こと》は覚《おぼ》えませぬ。今開化《いまかいくわ》の世《よ》は、華族様方《くわぞくさまがた》のお姫様《ひいさま》すらお一七世《よ》ずれ遊《あそ》ばされ、男《をとこ》などを芥《ごみ》ほどにも思《おぼ》されず、其《それ》は〳〵厚皮《あつかま》しい事《こと》と申したら、一八矢場《やば》の姉《ねえ》さんかとも思《おも》ふ世《よ》の中《なか》に、あれ位《くらゐ》のお子《こ》は一九鉄《かね》の草鞋《わらじ》でも、二人《ふたり》と有《ある》ものでは御座《ござ》りませぬ。容色《きりやう》がようておとなしうて、二〇身柄《みがら》がよいと三拍子《さんべうし》揃《そろ》ふた上《うへ》に、何程《なにほど》にても給金《きふきん》は此方《こち》のいふなり次第《しだい》とは、二一いかな御仕合《おしあはせ》な事《こと》でござりまする。年寄《としより》たれど私《わたくし》もし男《をとこ》ならば、あなた方《がた》のお手《て》へ渡《わた》す事《こと》ではござりませぬといふ。お思召《ぼしめし》とは難有《ありがた》けれど、さういはれて見《み》ればまた此方《こつち》から若干《いくら》とは切出《きりだ》し悪《にく》し。美醜《しな》によりて其方《そつち》に二二価格《ふりあひ》もあるべし、まづお前《まへ》の量見《りやうけん》にては、どれほどの相場《さうば》か聞《き》きたし。不当《ふたう》に二三蹈《ふ》み倒《たふ》すも無慈悲《むじひ》なればといへば、老女《ばゞ》は少時思案《しばらくしあん》し、御容色相当《ごきりやうさうたう》に申しなば随分《ずゐぶん》なるべけれど、先様《さきさま》にても此方《こなた》のよき様《やう》にといふ事《こと》なれば、之《これ》は此方様《こなたさま》のお二四徳《とく》として、これほどにてはと、片手《かたて》に「二五はさみ」を載《の》せて見《み》すれば、二六拝《をが》む〳〵

一三 由緒ある家柄の方。
一四 のぼせて顔がほてること。
一五 初出「出さうならう」。
一六 おてんば。「おはねの女生徒は…浮気実行説を建言するものありて」(「咲かでよき鬼薊」『読売新聞』明治二十三年二月二十三日)。
一七 世間擦れなさって。
一八 楊弓(小型の弓)を射させる遊戯場で、客の相手をし、売春する女性。浅草公園・日本橋馬喰町の郡代・芝神明前などにあり、明治二十四、五年頃まで繁昌した。→補二二。
一九 根気強く探し回る意。「今頃そんなとんちきが…欧羅巴(えうろつぱ)中鉄(かね)の草鞋をはいて尋ねたつてもあるものか」(総生寛『西洋道中膝栗毛』十三編下、明治七年)。
二〇 「身分ノ程」(『言海』)。「紳商は女客の身柄とその不孝の境界にある旨とを委(くはし)く告れば」(「黒装夫人(昨日の続き)」『読売新聞』明治二十三年一月六日。)
二一 どんなに。
二二 「ふりあひ」は、その場の具合、都合の意。
二三 払うべき金を払わないで相手に損害を与える。
二四 得。
二五 ひとさし指と中指で「はさみ」の形を示す。二十円の意。当時の相場では高額。→補二三。
二六 老女を大日如来に喩え、ありがたいと感謝する意。

老女大日如来《おつかあだいにちにょらい》。

（六）

[一]八万騎《き》の一人《いちにん》なるわと、[二]東叡山《とうえいざん》の花《はな》の中《なか》に[三]長刀《だんびら》[四]ひねりまはせしが、今《いま》は[五]木枯《こがらし》の夕暮《ゆふぐれ》、[六]三橋《みはし》の袂《たもと》に[七]泥障《どろよけ》のゆるみたる二人乗《にゝんのり》に、客《きやく》を待《ま》つ間《ま》の転寝《うたゝね》覚め易《やす》く、[八]糸真《いとじん》あはや尽《つ》くれど継易《つぎか》ゆる銭《ぜに》なく、[九]世《よ》を恨《うら》めしき人《ひと》は数《かぞ》ふるに尽《つき》じ。[一〇]その昔《むかし》思《おも》ひの露《つゆ》にしめり勝《がち》なる母子《おやこ》住居《くらし》。[一一]下谷《したや》西黒門町《にしくろもんちやう》の裏通《うらどほ》りに、[一二]曲《ゆが》みなりにも格子《かうし》戸《ど》立《た》て、出《で》牖《まど》の障子《しやうじ》は紙煤《かみすゝ》びて、其処《そこ》に出《だ》せる鉢栽《はちうゑ》二ツは、塵埃《すなほこり》に汚《よご》れたる[一三]万年青《をもと》と[一四]葉蘭《はらん》なり。湯帰《ゆがへ》りの娘《むすめ》お藤《ふぢ》が門口《かどぐち》にて、隣家《となり》の女房《にようぼう》に挨拶《あいさつ》して、すつとはいるを[一五]見送《みおく》り、[一六]つひになき此女《このむすめ》の朝湯《あさゆ》に首《くび》を傾《かたむ》け、これも内《うち》へいりけり。

お藤《ふぢ》は母親《はゝおや》の前《まへ》に両手《りやうて》を支《つか》へ、只今《たゞいま》戻《もど》りました。大分《だいぶん》速《はや》かりし。すぐと[一七]化粧《おしまひ》せよとあれば、手伝《てつだ》ふて下《くだ》さりましと、連立《つれだ》ちて二階《かい》に昇《あが》り、東窓《ひがしまど》の前《まへ》に鏡《かゞみ》を据《す》ゑ、其前《そのまへ》にお藤帯《ふぢおび》を寛《ゆる》めて両肌《りやうはだ》脱《ぬ》げば、[一八]刷毛《はけ》よ水《みづ》よと母親《はゝおや》は前後《ぜんご》に走廻《かけまは》り、いとゞ美《うつく》しくぞ仕立《したて》ける。やがて髪《かみ》を理《なほ》し衣装《いしやう》を[一九]更《か》へさせ、母親《はゝおや》は威儀《かたち》を正《たゞ》して、今事新《いまことあた》らしういふではなけれど、女人《をんな》の第一《だいゝち》に守《まも》るべきは貞操《みさを》といへ

一 旗本の数を俗に「旗本八万騎」と称した。
二 下谷区上野にある寛永寺の山号。旧境内だった上野公園は桜の名所。→地図。
三 「段平…刃ノ広い刀」(『日本大辞書』)。「侍が立腹(おこつ)て抜たやつさ　刀(だんびら)が光(ひかる)と」(『春色連理の梅』二編中第十齣)。初出「長刀を」。
四 もてあそぶ。旧幕時代、旗本が花見酒に酔った体。 五 実景に、現在の境遇を掛ける。
六 不忍池から上野公園への道に沿った忍川に三つ並んで架かっていた橋。→地図。 七 落ちぶれて、古びた人力車を曳くさま。→補二四。
八 提灯に点す蠟燭の糸芯が尽きようとしていても、新しいのに換えるお金もなく。「車夫(くるまや)が(しん)を切らうとした糸心(いとじん)の光りでチラと見れば」(饗庭篁村「駆落の駆落」三)。
九 世を恨めしいと思う人は数えきれない。
一〇 昔の栄華を懐かしむ涙に湿りがちの。
一一 下谷区上野西黒門町(今の台東区上野一丁目)。三橋の南南西約五〇〇《メートル》。→地図。
一二 格子戸はゆがんでいるが、どうやらこうやら一戸を構え。「曲りなりにも」と掛ける。
一三 ユリ科の常緑多年草。近世以降観賞用となり、明治五年、十三年、三十一年などに流行。投機の対象ともなり、多くの園芸品種が作られた。 一四 ユリ科の常緑多年草。観葉植物として栽培された。蘭の流行は明治十三年―十五年頃。「明治の初年は例の万年青の流行、…つづいて松葉蘭、今は誰も顧みぬが当時逸品は百金二百金…その頃〔明治二十年頃〕から蘭の流行で相当長く続いた」(山本笑月「豪華なりし盆栽趣味」『明治世相百話』昭和十一年)。
一五 主語は隣家の女房。 一六 かつてない。
一七 「しまひ…(二)仮粧(ケシヤウ)」(『言海』)。「早くお湯へ行ツて化粧(おしまい)をしてお置き」(饗庭篁村

り。されば其身《そのみ》[二〇]を失《うしな》ふまでも、此《これ》ばかりは破《やぶ》らぬ女《ひと》を婦女《をんな》の鑑《かゞみ》[二一]として、誰《だれ》もかくあるべしと、知《し》らねばいざ知《し》らず、よく合点《がてん》の上《うへ》にて、此度《このたび》[二二]そちに情《なさけ》[二三]を売《う》らせ、大事《だいじ》の身体《からだ》に玷《きず》[二四]をつけさせ、掛替《かけがへ》なき秘蔵《ひざう》のわが子《こ》を、一生《いッしやう》の棄《すた》[二五]り物《もの》にさすこと、お前《まへ》から言出《いひだ》し、得心《とくしん》もしての事《こと》ながら、その不心得《ふこゝろえ》を譴責《しかる》べき親《おや》の身《み》にして、今日《けふ》男《をとこ》に見《み》せむ為《ため》に色《いろ》[二六]づくる、手伝《てつだひ》までしやうとは、我《われ》ながら我身《わがみ》の畜生《ちくしやう》[二七]に呆《あき》れたり。親父様《おとつさま》が二三[二八]年前両国橋《ねんまへりやうごくばし》[二九]にて、山村《やまむら》の正五郎様《しやうごらうさま》にお遭《あ》ひなされ、十年《ねん》ぶりの対面懐《たいめんなつ》かしく、見《み》れば山村様《やまむらさま》は暑中《しよちう》といふに破袷《やぶれあはせ》[三〇]の引《ひき》[三一]ほどきに、襷《たすき》[三二]の様《やう》なる帯《おび》をして、申すも失礼《しつれい》なれど乞食同然《こじきどうぜん》のお姿《すがた》。いろ〳〵とお物語《ものがた》りの内《うち》に、お蓮様《れんさま》の事《こと》をお尋《たづ》ねなされたら、山村様《やまむらさま》は涙《なみだ》を翻《こぼ》し、万事《ばんじ》は推慮《すゐりよ》したまへ。いとし娘《むすめ》を苦界《くがい》[三三]に沈《しづ》めて、もはや五年《ねん》になれど、今《いま》に身脱《みぬけ》[三四]がならずして、此上《このうへ》は行末二階廻《ゆくすゑにかいまはし》[三五]とやら鑓手《やりて》[三六]とやらになりて、生涯真《しやうがいま》人間《にんげん》になられまじと、お蓮《れん》も生《い》きながら地獄《ぢごく》へ堕《お》ちし覚悟《かくご》なりと、山村様《やまむらさま》のお話《はな》しを、お帰《かへ》りの上《うへ》お物語《ものがたり》ありて、まだ〳〵我等《われら》は仕合《しあは》せなるぞ、美衣美食《びいびしよく》はせずとも。[三七]お藤《ふぢ》は立身《りッしん》[三八]させてとおつしやられしを思《おも》へば、山村《やまむら》のお蓮様《れんさま》の事《こと》を思《おも》ひ合《あは》せて、お前《まへ》の行末《ゆくすゑ》が気《き》に懸《かゝ》る。たとひ餓《かつ》えて死《し》ぬとも、なか〳〵[三九]お前《まへ》にいやしき事《こと》はさせまじき心《こゝろ》は山々《やま〳〵》なれど、二人枕《ふたりまくら》を並《な》らべて餓死《かつえじに》の境界《きやうがい》に近《ちか》づきて見《み》れば、口《くち》に

「蓮葉娘」五、『むら竹』十七、明治二十三年）。
一八 襟白粉（襟首から肩にかけてつける濃い白粉）。水で溶き、刷毛で塗る。
一九 初出「改めさせ」。
二〇 死ぬ。士族ゆえの大仰な訓戒。
二一 手本。
二二 「（二）下輩ニ用ヰル対称ノ代名詞」（『言海』）。
二三 妾奉公を指す。
二四 「玷」は玉のきず。初出「瑕瑾（きず）」。
二五 価値のないもの。
二六 異性の気を惹くような化粧・服装・髪型などをする。
二七 人の道をわきまえないこと。
二八 初出「両三年前（んぜ）」。
二九 神田川が隅田川に合流する地点より、やや下流に架かる木橋。当時は現在の位置より数十メートル下流にあった。↓地図。
三〇 「袷」は裏を付けて仕立てた着物で、初夏の風俗。暑中には裏布の付いていない単（ひとえ）を着るから、季節はずれの格好。
三一 一度解体し、再び縫った着物。
三二 古びて紐状になった帯。
三三 娼妓勤めに出し。「親の為に身を苦界に沈めて」（『当世商人気質』巻二の二）。
三四 前借の金を返して、遊廓から出ること。
三五 遊女屋で、二階の座敷・寝具・道具など一切を取り扱う者。多くは中年以上の女性の役。↓補二五。
三六 「遣手…（三）遊里ノくわしや」「くわしや…青楼（イウヂヨヤ）ニ居テ、諸事ノトリモチスル婆」（『言海』俗語）。
三七 句点は初出・底本のまま。倒置法。
三八 出世。↓補二六。
三九 決して。

は立派《りつぱ》な事《こと》をいふては見《み》たものゝ、卑怯《ひけふ》な心《こゝろ》や未練《みれん》な了簡《れうけん》起《おこ》りて、かほどまで[一]浅《あさ》ましき身《み》の上《うへ》となりけるか。思《おも》へば死《し》なれし親父様《おとつさま》に申訳《わけ》なく、今日《けふ》からはお位牌《ゐはい》に合《あ》はす顔《かほ》がない。お藤《ふぢ》！　どうしやうと泣出《なきだ》せば、娘《むすめ》もいふ可《べ》き言葉《ことば》なくて、涙《なみだ》に暮《く》れしが、なるほどおつしやれば其様《そのやう》なものなれど、お親父様《とつさま》も我等《われら》二人《ふたり》の餓死《かつえじに》を、よい気味《きみ》とはお思召《ぼしめ》すまじ。さればとて、申せし如《ごと》くお金《かね》のはいるべき道《みち》なければ、もとより[二]心《こゝろ》には染《そ》まぬ事《こと》ながら、この様《やう》な事《こと》を思《おも》ひつき、先々月《せん〱げつ》あたりから、毎日《まいにち》のやうにおせがみ[三]まをしたれど、露《つゆ》ばかりもお聞入《きゝい》れなかりし[四]にて、お母様《かゝさま》、あなたの御了簡《ごれうけん》は、あの世《よ》の親父様《おとつさま》もよう御存《ごぞん》じで御座《ござ》ります。[五]何科《なにとが》ありてあなたをお怨《うら》みなさるべきや。たゞ此藤一人《このふぢひとり》の[六]淫行《いたづら》にして下《くだ》さらば、それにて事《こと》は済《す》むべし………。　これ藤《ふぢ》！　何《なに》を[七]いふ。お前《まへ》を淫行《いたづら》ものに[八]させじと思《おも》へばぞ心《こゝろ》も砕《くだ》くなる。[九]われ一人好名《ひとりよきな》をとりても仏《ほとけ》様《さま》が見通《みとほ》したまふに。又《また》さる無慈悲《むじひ》を[一〇]得働《えはたら》く母《はゝ》と思《おも》ふか、情《なさ》けなや。

（七）

お藤《ふぢ》は母《はゝ》の言葉《ことば》を打消《うちけ》し、思《おも》ひも寄《よ》らぬ事《こと》をおつしやります。更《さら》〱左様《さう》した心《こゝろ》ではなけれど……[一一]若母上様《もしおつかさま》、今更《いまさら》いふても益《えき》なき事《こと》、もう言《い》はずに置《お》いて

一　情けない。さもしい。
二　気には入らない。
三　申し。
四　ことで。理由を示す。
五　どのようなあやまちがあると言って。
六　みだらな行為を批判的に言う語。「(二)男女私ニ通ズルコト」(『言海』)。「重二郎殿が親の許さぬ淫奔(いたずら)は出来ぬと仰しやッたから」(三遊亭円朝『英国孝子之伝』八)。
七　初出「いふぞ」。
八　初出「せじと思へばこそ心を砕くなれ」。「心を砕く」は、あれこれ気を揉む。
九　お前を犠牲にして、自分だけよい評判を取ったからとて、仏様(亡夫)はすべてお見通しだろうに。
一〇　進んで行うことのできる。
一一　「若」は「もしも」の意。これを相手に呼びかける感動詞「もし」に転用。「若(もし)、恐れながら此儀、よろしく奏聞を頼み上まする」(歌舞伎十八番『毛抜』)。
一二　たとえ卑しい仕事をしたとしても。「みすぎ…活業、…なりはひ」(『いろは辞典』)。
一三　人として踏むべき正しい道。正直。「及ばぬ迄も諫言致し、正路にかへし申さん為」(歌舞伎十八番『暫』)。
一四　隠喩。よい事もあろう、の意。
一五　毎晩違った男と同衾する。
一六　(下に打消しを伴って)必ずしも。

下《くだ》さりまし。[一二]たとひ賤《いやし》き営業《みすぎ》をすればとて、此心《このこゝろ》を[一三]正路《しやうろ》に持《も》たば、何日《いつ》か[一四]春風《はるかぜ》の吹《ふ》く事《こと》あるべし。人《ひと》を突倒《つきたふ》し自分一人《じぶんひとり》いゝ事《こと》して、幾万円《いくまんゑん》の身代《しんだい》に成上《なりあが》る人《ひと》もあれど、それ等《ら》には優《ま》して我等《われら》は心安《こゝろやす》し。二《ふた》ツには又娼妓《またしやうぎ》の勤《つとめ》とは自《おのづ》から異《こと》なりて、[一五]夜毎《よごと》に枕《まくら》の変《かは》るといふではなければ、[一六]あながち肌身《はだみ》を褻《けが》し、貞操《みさを》を壊《やぶ》るといふにもあらず。[一七]権妻《かりのつま》となりて只一人《たゞひとり》に[一八]冊《かしづ》く身《み》なれば、山村《やまむら》のお蓮様《れんさま》に比《くら》べては、幾段良《いくだんよ》いか知《し》れませぬ。此上《このうへ》はその方《かた》に[一九]貞実《ていじつ》を竭《つく》し、後々《のち〳〵》[二〇]冥利《みやうり》よろしき様《やう》、疎略《そりやく》に扱《あつか》はぬ様《やう》にいたしますほどに、あなたも[二一]御苦労《ごくらう》なされず、[二二]届《とゞ》かぬながらも気楽《きらく》にして、何時《いつ》までも年《とし》を老《と》らずに居《ゐ》て下《くだ》されと、手《て》をとり腰《こし》を押《お》して、坂道《さかみち》を辿《たど》らせらるゝやさしき言葉《ことば》に、母親《はゝおや》はいとゞ涙《なみだ》を催《もよほ》して、生《う》む時《とき》は[二三]老《おい》の今《いま》に心着《こゝろづか》ねば、我等《われら》に孝行《かうかう》せよとも祈《いの》らざりしが、[二四]此《これ》までの養育甲斐《そだてがひ》ありといふも面伏《おもぶせ》なお前《まへ》の心意気《こゝろいき》、我子《わがこ》でなくば拝《をが》まうものを、お藤嬉《ふぢうれ》しいぞや。不運《ふうん》な親父様《おとつさま》は――お前《まへ》のやさしい看病《かんびやう》でさへ泣《な》かれしものを――これ程《ほど》の事《こと》を見《み》ずに死《し》なれしは[二五]なんぼう御無念《ごむねん》なるべし。さりながら如此嬉《かくうれ》しきお前《まへ》の志《こゝろざ》しを見《み》るやうに[二六]成下《なりさが》りたる此身《このみ》は、[二七]運《うん》か但《たゞし》は不運《ふうん》か。さしあたりて此処《こゝ》にまた一《ひと》ツの当惑《たうわく》が、胸《むね》に痞《つか》へてとお藤《ふぢ》の顔《かほ》を見《み》れば、そりや何事《なにごと》でござんす、聞《き》かしてと進《すゝ》み寄《よ》る。母親《はゝおや》は[二八]ト息《いき》を吐《つ》き、お前《まへ》の旦那様《だんなさま》の事《こと》が心《こゝろ》に懸《かゝ》る。そ

一七 妾（「権」は副の意）。「GONSAI…（*kari no tsuma*）…Syn. MEKAKE, SHŌ」（ヘボン『和英語林集成』第三版、明治十九年）。明治初年から二十年前後まで使用（鏑木清方「明治の東京語」昭和十年）。「当時の成上りの田舎侍どもが郷里の糟糠の妻を忘れた新らしい婢妾は権妻と称されて紳士の一資格となり」（内田魯庵『おもひ出す人々』「淡島椿岳」十、大正十四年）。「蟠作に続いて出ましたのがおむら　只今で云ふ権妻です　お妾姿で髪は三ツ髷（わ）に結ひ」（三遊亭円朝『業平文治漂流奇談』十一、明治二十二年）。

一八 主人として大事に仕える。「或（あ）る）は夫児（つまこ）を誘引（いざなひ）つゝ、おのが家々に冊（かしづ）きて入つ」（『椿説弓張月』十九回）。

一九 まことある貞節。「米八もひとかたならぬ貞実なれば」（為永春水『春色梅児誉美』第二十四齣、天保四年）。

二〇 「神仏ノ冥加ノ利益（リヤク）。「―ガヨイ」」（『言海』）。

二一 心を痛めず。→『二人比丘尼色懺悔』二〇頁注九。

二二 私からのお世話は行き届かないでしょうが。

二三 年老いた現在の状況まで思い及ばないから。

二四 ここまで育てた甲斐があった、と自慢するのも恥ずかしく感じるほどの、立派なお前の心意気。

二五 どんなにか。

二六 初出「成行（なりゆ）きし」。

二七 運がいいと言うべきか、または悪いと言うべきか。

二八 思い悩んだりするときに思わず吐く息。「椽側（えんがは）の方（かた）に座し悟られぬやうト息を吐きぬ」（饗庭篁村「藪椿」十五、『むら竹』明治二十二年）。

りやまた何故《なにゆゑ》に。お前《まへ》は昨夜《ゆふべ》お目《め》に懸《かゝ》りたれば知《し》るべし。如何様《いかやう》なるお方《かた》ぞ。人品《じんぴん》は[一]什麼《いかに》、風体《ふうてい》は什麼《いかに》。人《ひと》は容貌《かたち》にて心《こゝろ》の善悪《よしあし》の知《し》るゝものなり。お前《まへ》の見《み》し処《ところ》を聞《き》かせよとあれば、お藤《ふぢ》はさつと顔《かほ》を赧《あか》め、あの座敷《ざしき》には男衆《をとこしゆ》二人《ふたり》居《ゐ》たり。それも年老《としより》やら若《わか》き人《ひと》やら見別《みわか》らず。障子《しやうじ》の内《うち》にいりしと思《おも》へば、[二]どき〳〵と胸跳《むねをど》り、顔《かほ》は焚《も》ゆるごとくほてり、[三]わく〳〵と頭重《あたまおも》くなりて、蹈《ふ》みしむる足元《あしもと》もさだかならず、只夢《たゞゆめ》の中《なか》を辿《たど》るやうにて、人顔《ひとかほ》など朧気《おぼろげ》にて、霧《きり》につゝまれしごとく……といふに、[四]母親《はゝおや》合点《がてん》して、然《さ》もありしならむ。さりながら心《こゝろ》に懸《か》かるといふは、其旦那様《そのだんなさま》の気質《きしつ》の邪正《じやしやう》一《ひと》ツによりて、此方《こちら》の身《み》の行末《ゆくすゑ》、破壊《こはれ》もすべく、[五]将実熟《はたみのり》もすべし。金銭《かね》に身体《からだ》を売《う》るにもせよ、常住睦《じやうぢうむつ》み親《した》しめば、世間不知《せけんしらず》はなほの事《こと》、其人《そのひと》に揉《も》まれて[六]蓬《よもぎ》の叢《うち》に独《ひと》り直《すぐ》には生難《おひがた》し。世中《よのなか》に[七]悪婆《あくば》とかいひて、女人《をんな》の[八]不敵《ふてき》ものゝ数多《かずおほ》けれど、生《うま》れしまゝの悪婆《あくば》は只《たゞ》の一人《ひとり》とてなく、もとはといへば、玉《たま》にも花《はな》にも[九]比《たぐ》ふべき処女《おぼこ》なりしを、[一〇]言葉《ことば》に蜜《みつ》を含《ふく》みて、舌《した》に剣鋭《つるぎするど》き「[一一]美麗《きれい》なる鬼《おに》」に仕立《したつ》る事《こと》、みな男子《をとこ》の仕業《しわざ》なり。とはいへ、[一二]男子《をとこ》ばかりの罪《つみ》にもあらで、[一三]情商売《なさけあきなひ》するものは、[一四]浮《う》きたる苦労《くらう》こそすれ、身《み》の利益《ため》となるべき[一五]苦楚《つらいめ》といふを知《し》らず、[一六]針《はり》は持《も》たねど小袖《こそで》にくるまり、甘《うま》い物《もの》ぐひしながら米醤油《こめしやうゆ》の相場《さうば》知《しら》で済《す》み、[一七]いさゝかも家事《くらしむき》の心配《しんぱい》なきのみか、

一「什麼」は中国の俗語。　二 初出「胸どき〳〵と跳り」。「ワク〳〵其様(そんな)事を思ふから逆上るんだ」(三遊亭円朝『真景累ヶ淵』十六、安政六年作、明治二十一年、薫志堂)。　四 初出「母親も」。　五「或ハ。又ハ」(『言海』)。　六 茎の曲がった蓬(よもぎ)の草むらでは、一本だけ真っ直ぐに生い立つことができないように、旦那の影響により、自然、悪に染まってしまう、の意。諺「よもぎに交じる麻」と同意。　七「心ノ善カラヌ女。毒婦」(『言海』)。　八「不敵 肝太ク物ヲ畏レヌコト」(『言海』)。　九 たとえられるような。　一〇 言葉は蜜のように甘く、弁舌は剣のように鋭い。　一一 外面は美しいが、内心は鬼のように険悪であること。「外面如菩薩内心如夜叉」に同じ。　一二 初出「此(これ)男子(をとこ)」。　一三 初出「情慾(なさけ)商売」。色を売る商売。　一四 色恋の苦労。　一五 辛苦。「楚」は「痛」の意。　一六 自分で縫わなくとも小袖を買って着て。↓補二七。　一七 初出「爰(こゝ)に家事の心配いさゝかなきのみか」。　一八 出入りの商人や職人に対しても、だらしない格好で接し。「ゐなり」は座った時の格好。　一九 ここでは、遊興のために温泉地に滞在すること。東京近辺では塩原・伊香保・草津温泉など。　二〇「(一)桜狩、紅葉狩、茸狩、ナド、山ニ遊ブコト。(二)転ジテ、スベテ、外ニ出デ遊ブコト。行楽」(『言海』)。亀戸の梅、入谷の朝顔、不忍池の蓮、団子坂の菊、百花園の秋草など。　二一「やつす」は、化粧する。　二二 旦那の機嫌を取る。「店へ出てお客の機嫌気妻の取れる人間ぢやアねえが」(三遊亭円朝『文七元結』四、明治二十二年)。　二三 くだらない苦労(本来の苦労ではない意)。　二四 気なぐさみ。心を楽しませ、疲れを休めるために置く女。　二五（打消しの言

姑《しうとめ》の気兼《きがね》なく、[一八]出入《でいり》るものに行儀《ゐなり》を崩《くづ》し、朝寐《あさね》、芝居《しばゐ》よ、[一九]湯治《たうぢ》、[二〇]遊山《ゆさん》とふざけまはり、[二一]入浴粉粧《やつす》と[二二]気褄《きづま》を取《と》るとに[二三]可笑《をかし》き苦労《くらう》を少《すこ》しするといへり。旦那《だんな》となる人《ひと》も、[二四]気保養《きぼやう》に置《お》く女《をんな》なればとて、[二五]怪我《けが》にも身《み》のため家《いへ》のためを念《おも》ふての[二六]艶気《つやけ》なき談話《はなし》は[二七]好《この》もしがらで、いつも〳〵恋慕《れんぼ》の[二八]うかれ節《ぶし》、[二九]偽口説《たくみくぜつ》、[三〇]作嫉妬《つくりりんき》、[三一]そんな事《こと》を此上《このうへ》もなく嬉《うれ》しがれば、女《をんな》も自然《しぜん》其《それ》に馴《な》れて、我知《われし》らぬ間《ま》に[三二]自堕落《じだらく》に成果《なりは》て、庭《には》の[三三]熟柿《じゆくし》の地《ち》に腐《くさ》れて、一生《しやう》拾《ひろ》ひてのなくなるこそ浅《あさ》ましけれ。

（八）

[三四]百舌鳥屋《もづや》のに旦那様《だんなさま》の様子《やうす》を薄々《うす〳〵》聴《き》けば、学問衆《がくもんひと》に優《すぐ》れて[三五]世才《せさい》に長《た》け、年若《としわか》なれど或《ある》[三六]商会《しやうくわい》の[三七]よい顔《かほ》にて、[三八]お国《くに》の御両親《ごりやうしん》は去年《きよねん》までに此世《このよ》を去《さ》られ、あとには兄弟《きやうだい》もなく、[三九]番町辺《ばんちやうへん》の官員様《くわんゐんさま》の[四〇]御内方《おうちかた》に伯母御《をばご》あるよし。今《いま》の所《ところ》は御独身《おひとり》にて[四一]上野辺《うへのへん》に借屋《しやくや》し、傭婆《やとひばゞ》を置《お》きて[四二]煮炊《にたき》の世話《せわ》させ、性質《きだて》やさしく万事《ばんじ》に行渡《ゆきわた》りたる旦那《だんな》と、あの[四三]婆《ばゞ》のいふ事《こと》なれば、虚言《うそ》半分《はんぶん》に聞《きい》てはおきしが、其実《そのまこと》半《はん》分《ぶん》の中《なか》に、性質《きだて》のやさしきといふ事入《ことはい》らば、それに増《ま》したる[四四]属望《のぞみ》なし。さりながら[四五]其《それ》は此方《こなた》の未練《みれん》とやいはむ。今日《けふ》から我等《われら》二人《ふたり》の[四六]守護神《まもりほんぞん》ともいふべき旦那《だんな》様《さま》を捕《とら》へて、申《まを》すは恐《おそ》れ多《おほ》き事《こと》ながら、たとへば青年《おわかいかた》にもせよ、[四七]妾手懸《めかけてかけ》を置《お》く

葉を伴って)間違っても。「今まではやつた隣の雪隠へは、行人（ゆくひと）怪我に一人もなく」(木室卯雲『鹿の子餅』明和九年)。 二六 色気のない。
二七 動詞「好もしがる」の未然形。初出「好もしからで」は形容詞「好もし」の未然形。次行の「嬉しがれば」と対応するので、底本のまま。
二八 「宴席などにて、三味線に合せてうたふ浮きたる俚歌」(『日本 百科大辞典』一、明治四十一年、三省堂)。 二九 わざと痴話げんかすること。
三〇 偽って嫉妬したふりをすること。
三一 初出・底本「そん事」。意改。
三二 「身持ノ取締リナキコト。フシダラ」(『言海』俗語)。 三三 熟した柿が地に落ちたまま腐って、誰も拾う者がなくなるように、もはや一生、結婚してくれる人がいなくなる、の意。
三四 前回に引き続き、母親の言葉。
三五 世渡りの才能。 三六 「商業ノタメニ結ブ組ミ合ヒ。=商社」(『日本大辞書』)。
三七 仲間のうち、勢力や信望のある者。
三八 故郷。「在所（おくに）に妻子のあるは承知」(饗庭篁村「雪の下萌」一、『むら竹』七、明治二十二年)。 三九 麴町区(現在の千代田区)内の地名。「今も他の市街と其趣を異にし。華族官吏等の住する者多し」(『新撰東京名所図会』十九「麴町区之部」下之二、明治三十二年六月、東陽堂)。
四〇 奥様。 四一 ↓一六二頁注一二。
四二 炊事。 四三 百舌鳥屋の老婆を指す。「一舌にして両家を釣り、…這の口亦た妙口ならず乎」(『東京新繁昌記』五編「京鴉家」)。
四四 「嘱望」に同じ。前途に期待を持つこと。
四五 そこまで期待するのは、こちらが思い切って妾となる決心がつかないでいるからだ、の意。
四六 経済的に二人を守ってくれる人。
四七 妾に同じ。類義・同脚韻の語を重ねたもの。

といふ事《こと》、誰《たれ》聞《き》くとも美事《よいこと》とはいふまじ。[一]親人《おやびと》ありて夫《それ》と聞《き》かれなば何《なに》とかいはむ。親類《しんるゐ》は申《まを》すにも及《およ》ばず、物堅《ものがた》き御朋友《ごほういう》の耳《みゝ》には、微塵《みぢん》も聞《き》かせともなき[二]行蹟《ぎやうせき》なり。さほどの事《こと》を為《し》たまふ方《かた》に、まづ頼《たの》もしきはなしといふを、[三]杓子《しやくし》定規《ぢやうぎ》とはいはせじ。十人が九人までは[四]心元《こゝろもと》なかるべし。淫行男《いたづらをとこ》の模様《ありさま》の大体《たいてい》を見《み》るに、[五]茶屋《ちやや》小屋《こや》這入《はいり》、娼妓芸者《しやうぎげいしや》をとらへての色遊《いろあそび》を第一着《はじめ》として、妾狂《めかけぐる》ひは悪行《わるさ》に[六]効《かう》を経《へ》てからの[七]蕩楽《だうらく》なり。之《これ》を思《おも》へば旦那様《だんなさま》の性質《ひとゝなり》が気遣《きづか》はれ、母《おや》が附《つき》添《そ》ひながら[八]何事《なにごと》ぞや、娘《むすめ》を悪婆《あくば》にすること、一時《いちじ》は思《おも》ひ切《き》りて面謁《めみえ》まで済《す》ませ、[九]いよ〱といふ今日《けふ》に逼《つま》りながら、流石心《さすがこゝろ》に愧《はぢ》らひ、益《えき》なきに長々《ながく》しき[一〇]繰《く》り言《ごと》を、[一一]毒《どく》を飲《の》ませてから薬《くすり》を勧《すゝ》め、旧悪《きうあく》を蔽《おほ》はむ詭計《たくみ》などゝ恨《うら》むで[一二]たもるな、お前《まへ》をいとしう思《おも》へばなるに。お藤《ふぢ》、無理《むり》なる頼《たの》みなれど、お前《まへ》も男《ひと》の[一三]玩弄物《もてあそび》にて果《は》つるにあらねば、常《つね》に其注意《そのこゝろがけ》を忘《わす》れず、必《かなら》ず身持《みもち》自堕落《じだらく》にならぬやう[一四]気《き》を占《し》めて、大事《だいじ》に奉公《ほうこう》してたもれといへば、お藤《ふぢ》も[一五]成果浅《なりはてあさ》ましき我身《わがみ》の情《なさけ》なく、かゝる事《こと》に[一六]「すれからし」の行末《ゆくすゑ》は、どうなる事《こと》かと心細《こゝろぼそ》く覚《おぼ》えて、男子《をとこ》ならば[一七]人力車《くるま》を引《ひい》てなりと済《す》むべきに、なまなか女子《をなご》に生《うま》れたるを悔《くや》みぬ。[一八]心弱《こゝろよわ》くて協《かな》はじと、お藤《ふぢ》は立上《たちあが》り、御母様《おッかさま》まあ此処《こゝ》を形附《かたづ》けましよ。おつしやる通《とほ》りに相違《さうゐ》はなけれど、何事《なにごと》も時節《じせつ》とあきらむるの外《ほか》なし。[一九]果敢《はか》なき事《こと》を言募《いひつの》らば、

「娘を妾てかけにし夫（それ）で本望とは何事ぞ」（饗庭篁村『蓮葉娘』四）。

以上一四三頁

一 親である人。親。 二 行い。品行。 三 融通のきかない考え方。ここでは、外に現れた行為によって内面を判断すること。 四 不安に思うだろう。初出は「心元ながるべし」。これだと、そういう気持を外に表す意。 五 色茶屋（私娼を抱えている茶屋）へたびたび出入りして遊ぶこと。「茶屋小屋」は類義・同脚韻の語を重ねたもの。「何しろ精進中の体だ、そいつを曳張出して茶屋小屋這入は」（尾崎紅葉『多情多恨』後編一、明治三十年）。 六 長い経験を積んでからの。 七 「道楽」に同じ。放蕩。「随分お蕩楽の末」（三遊亭円遊口演／酒井昇造筆記「穴蔵の泥棒」『百花園』四十七号、明治二十四年四月五日）。 八 どうしたことか。娘を悪婆にしようとする自らの行為を、自分でとがめる言葉。 九 金が不足してまさに今日の生活にも困りながら。「逼」は進退に窮する意。 一〇 同じことを何度も繰り返し言うこと。愚痴。 一一 娘が妾になろうというのをいったん認めながら、今さらためらったことを指す。 一二 して下さるな。「たもる」は「たまはる」の転。 一三 娼妓など、一時的な肉体関係の相手。「遊君云々とて徳川政治の下（もと）に於てかゝる玩弄物（もてあそび）の出来（いでき）しよしに書かれたるは」（「女権沿革史」批評『以良都女』五、明治二十年十一月）。 一四 注意して。 一五 なれのはて。特に、落ちぶれた末。 一六 世間の波にもまれて悪ずれすること。「たしかに薄情（うはき）の風に吹流された、すれからしと思ひの外に」（為永春水『春色梅児誉美』第十六齣）。 一七 →補二三。「先に人力車（くるま）代も払ひ」（仰天子「朱点ある一円紙幣」

[二〇]馬車《ばしや》にて往来《あるき》たまふ[二一]貴顕《うへつがた》にも、其相応《それさうおう》の御苦労《ごくらう》はあるものを、たとひ貧《ひん》すればとて、気《き》の持様一《もちやうひと》ツにて、さまでの苦《く》なく日《ひ》は送《おく》らるべし。楽《らく》にもなき身上《みのうへ》に、いらざる心配《しんぱい》を求《もと》むるは、寿命《じゆみやう》を我《われ》と縮《ちゞ》むるに似《に》たり。もう〳〵[二二]噯気《おくび》にも其様《そのやう》な事《こと》は言《い》ふて[二三]下《くだ》さるな。ようぞ言《い》ふてくれしと母親《はゝおや》は[二四]湿《うる》める眼元《めもと》を拭《ぬぐ》ひ、[二五]取散《とりち》らしたる化粧道具《けしやうだうぐ》を形附《かたづ》け、脱捨《ぬぎす》てし衣類《いるゐ》は[二六]袖畳《そでたゝみ》にして押入《おしいれ》に納《をさ》めて、お藤《ふぢ》は髪《かみ》に[二七]手拭《てぬぐひ》置《お》き、[二八]紙麾《はたき》を把《と》れば、母親《はゝおや》は階子《はしご》の欄干側《てすりわき》の柱《はしら》に懸《か》けたる、[二九]みご箒《はゝき》に手《て》を懸《か》けながら娘《むすめ》を制《せい》し、此処《こゝ》の掃除《さうぢ》は私《わたし》がする。衣物《きもの》も着替《きか》へ、化粧《おつくり》もすむ[三〇]だに、お前《まへ》は下《した》へ行《いつ》てお茶道具《ちやだうぐ》を奇麗《きれい》にして、火《ひ》をよく熾《おこ》して………。[三一]あい〳〵。

（九）

女人二人《をんなふたり》の夜間恐《よるおそ》ろしく、燈火点《あかりつ》けば表口《おもて》を鎖《とざ》すに定《さだ》めしに、今宵《こよひ》は戸《と》を一尺《しやく》も[三二]引残《ひきのこ》して、外面《そと》に障子越《しやうじごし》の火影《ひかげ》を見《み》せ、今《いま》や〳〵と、巡査《じゆんさ》の靴音《くつおと》、素通《すどほ》りの車《くるま》の響《ひゞき》に耳《みゝ》を[三三]峙《たて》て待《ま》つ間《ま》も、何時来《いつきた》らむも図《はか》られずと、聞《き》き苦《ぐる》しき[三四]内証話《ないしようばなし》を慎《つゝし》み、お藤《ふぢ》は紙門《ふすま》に映《うつ》る我影《わがかげ》を見《み》ては、幾度《いくたび》か髪《かみ》に手《て》をやり、[三五]から〳〵と[三六]湯《ゆ》気吹《げふ》く鉄瓶《てつびん》を、下《おろ》して懸《か》けて、懸《か》けて下《おろ》して、[三七]もう今《いま》にと言《い》ひ飽《あ》きし頃《ころ》、人力《じんりき》

『読売新聞』明治二十三年五月十日）。一八 心が弱くてはいけない、と。一九 つまらない言い分をあえて言い張るなら。次の、誰にもそれ相応の苦労があるという例を導く。二〇 自家用馬車としては箱馬車・母衣(ほろ)馬車があり、「何れも貴紳の乗物たり」（『東京風俗志』中巻）。→補二八。二一「うへつがた…身分貴キ人人」（『言海』）。二二 少しも口に出さない、の意。「噯気」は、げっぷ。二三 初出「給はるな」。二四 初出「湿みし」。二五 初出「取散らせし化粧、髪道具」。二六 着物類の簡単な畳み方。背を内側に二つに折り、両袖を合わせてそろえ、袖付の辺で折り返して縦に畳む。「お由は半纏羽織を脱で袖畳みにして居りますと」（三遊亭円朝『名人長二』三十五、明治二十八年）。二七 手拭をかぶり。塵。ほこり除けのため。二八 初出「「はたき」」。「麾」は本来軍勢の指揮に用いた具。形の類似から転用。二九 みご（わらの皮を取り去った茎）で作った小さい箒。三〇 済んだのだから。三一 はいはい。同意を示す語。女性・小児が用いる。三二 閉め残して。三三「峙」は、そば立てる意。耳に神経を集中させて。三四 うちわの話。三五 鉄瓶の湯のたぎる音。三六 初出「湯気を吹く」。三七 もう今に（来るだろう）、という言葉を飽きるほど言った頃。

以下一四六頁

一 当時の車輪は鉄輪だった。ゴム輪は明治四十年頃から（藤沢衛彦『明治風俗史』二）。二 つぶる。三 思わず知らず。四 かじ棒。「輗」は「轅(ながえ)」（長く突き出た二本の棒）の意。→補二四。五「目色ニテ知ラスルコト」（『言海』）。「目語」は目で意を通じる意。六 初出「脊くるに」。迎え

車門《しやかど》を勇《いさ》ましく轅《きし》[一]り、四五間行《けんゆき》て留《とま》りしが、車夫《しやふ》の声《こゑ》らしく、五番地《ばんち》は此《この》三軒《げん》といふ。母親頸《はゝおやくび》を延《の》ばし耳《みゝ》を澄《す》ませば、お藤《ふぢ》は胸《むね》を轟《とゞろ》かし、頰《ほゝ》の熱気《ほてり》強《つよ》く、目《め》を瞑《ねぶ》[二]りて火鉢《ひばち》に凭《もた》れ、我《われ》[三]にもあらで身《み》を縮《ちゞ》めぬ。我姓《わがせい》を呼《よ》びて、彼処《あすこ》といふ声《こゑ》聞《きこ》ゆるかと思《おも》ふ間《ま》に、其車後戻《そのくるまあともど》りして我家《わがや》の隣《となり》に引留《ひきと》まり、違《ちが》ひますといふ声《こゑ》して、此度《このたび》はいよ〱我門口《わがかどぐち》に轅《かぢ》[四]をおろせば、紛《まぎ》れなし、其《それ》と母親《はゝおや》は立上《たちあが》り様《ざま》に、お藤《ふぢ》と小声《こゞゑ》に呼《よ》び、戸外《おもて》に目語《めくばせ》[五]すれば、お藤《ふぢ》は立《た》ちもやらず、母親《はゝおや》を見《み》上《あ》げて顔《かほ》を脊《そむ》[六]くれば、彼《かれ》[七]は一人《ひとり》して入口《いりぐち》の障子《しやうじ》まで歩寄《あゆみよ》ると同時《どうじ》に、格子《かうし》[八]を明《あ》けながら御免下《ごめんくだ》さいと柔和《ものやわら》かなる案内《あんない》[九]。はいと母親《はゝおや》も障子《しやうじ》を明《あ》くれば、黒《くろ》く軟《やわら》[一〇]かき髪《かみ》を真額《まつかう》[一一]に分《わ》けたる、細面《ほそおもて》の色白《いろじろ》なる男《をとこ》、黒博多《くろはかた》[一二]の帯《おび》の横《よこ》にからみたる黄金鎖《きんぐさり》[一三]を、縞一楽《しまいちらく》[一四]の羽織《はおり》の陰《かげ》よりすこし見《み》せて、黒《くろ》の帽子《ばうし》を手《て》に持《も》てる立姿《たちすがた》、見《み》るに嬉《う》[一五]れしく、お出遊《いであそ》ばしましと慇懃《いんぎん》に挨拶《あいさつ》すれば、男《をとこ》は小腰《こゞし》を屈《かゞ》めて「松本《まつもと》」と名乗《なのる》を聞《き》くに、其人《そのひと》ぞと、お藤《ふぢ》も火鉢《ひばち》の傍《そば》に見《み》ては居《ゐ》られず、おづ〱母《はゝ》の後《うしろ》に膝行寄《ゐざりよ》[一六]り、何《なに》とも言《い》はず唯同《たゞおな》じ様《やう》に挨拶《あいさつ》したり。まづ此方《こちら》へといへ[一七]ば、会釈《ゑしやく》して男《をとこ》は上《あが》りながら、車夫《しやふ》を呼《よ》びて風呂敷包《ふろしきづゝみ》を取寄《とりよ》せ、車《くるま》を還《かへ》して、火鉢《ひばち》の傍《そば》に坐《すわ》らむとすれば、此処《こゝ》は余《あま》りに汚穢《むさくろ》し。同《おな》じ汚穢《きたなき》ながらも二階《かい》へと母親《はゝおや》先《さき》に立《た》ち、お藤《ふぢ》、お茶《ちや》をよ。貴下《あなた》おあぶなう御座《ござ》りますと、爪頭《つまさき》[一八]のあたる函《はこ》[一九]

に立つべきところだが気おくれしたさま。本来、「脊」に「そむく」の意はないが、「せなか」の意が「背」と共通するため、「そむく」意でも通用した。 七 母親を指す。 八 玄関の格子戸。「ソレ格子が明(あい)たお角さんだらうと親子忙(あは)てゝ見返れば」(饗庭篁村「蓮葉娘」五)。 九 「ーヲ乞フ。門ニオトナフ」(『言海』)。 一〇 初出「軟髪(やはらがみ)を」。 一一 額のまんなかで分けた。 一二 黒い博多織の帯。博多織は博多地方で多く織られる絹織物。「博多織…甚ダ厚ク精ナリ、…多ク、帯地トス。今、上野ノ桐生、武蔵ノ八王子、等ニテモ盛ニ擬製ス」(『言海』)。 一三 懐中時計に付け、帯などに巻き付けた金色の鎖。あからさまに見せないところが上品。→補二九。 一四 初出「縞の一楽」。一楽織は非常に精巧な絹織物。「貴きに至つては殆ど限なしといふべく、縮緬・御召・七子・紋羽二重・一楽織…等とす」(『東京風俗志』中巻)。 一五 以下の主語は母親。 一六 座ったまま移動すること。「端の方へ膝行(いざり)出給ふ」(上田秋成『雨月物語』「吉備津の釜」、安永五年)。 一七 初出「いふに」。 一八 一段の奥行きが短いこと。 一九 階段の側面を利用し、各段の下に引き出しを設けたもの。 二〇 初出「六畳一間中(かな)二畳に」。 二一 赤い毛布。「氈」は

函階子
(江島其磧『傾城色三味線』「江戸之巻」元禄14)

階子《ばしご》の急《きふ》なるを攀《よ》づれば、二階《かい》は[二〇]六畳《でふ》一間《ま》の二畳《でふ》に[二一]赤色氈《あかげつと》を敷《し》き、[二二]三分真《ぶじん》の洋燈《らんぷ》を低《ひく》く釣《つ》り、[二三]家飾具《かざり》とては何《な》にも[二四]なけれど、壁《かべ》に寄《よ》せて[二五]萌黄《もえぎ》古《ふる》びたる袋《ふくろ》入りの[二六]琴《こと》は一面《いちめん》ありけり。東西《とうざい》に窓《まど》ありて、東《ひがし》には細《こまか》き格子《かうし》を入《い》れ、西《にし》は二枚《まい》の障子《しやうじ》、この外《そと》は朽《くさ》りたる物干《ものほし》なるべし。母親《はゝおや》は[二七]武家《ぶけ》気質《かたぎ》の当世《たうせい》に砕《くだ》けず、此度《このたび》世話《せわ》になる事《こと》、世間見《せけんみ》ずの娘《むすめ》が我儘《わがまゝ》なる事《こと》、行届《ゆきとゞ》かぬ処《ところ》は譴責《しかり》てくれとの事《こと》、行末《ゆくすゑ》ともに頼入《たのみい》るとの事《こと》、くど〳〵と列《なら》ぶるほどに、当世風《いまやう》の男《をとこ》は挨拶《あいさつ》に[二八]あぐみ、只頭《たゞかしら》を上下《じやうげ》してはい〳〵と応答《うけこた》へ、やがて持参《ぢさん》の包《つゝみ》を解《と》けば、何《なに》か知《し》らねど反物一反《たんものいツたん》、つまらぬものなれど手土産《てみやげ》の[二九]しるし、[三〇]貴嬢《あなた》の[三一]半天《はんてん》にでも。外《ほか》に[三二]半《はん》襟二懸《えりふたかけ》をお藤《ふぢ》さんへと出《だ》せば、母親《はゝおや》は一々《いち〳〵》押戴《おしいたゞ》き、御念《ごねん》の入《い》りました銘々《めい〳〵》へのお土産《みやげ》と、言葉数《ことばかず》をいはず幾度《いくたび》か額《ぬか》づき、下《した》に向《むか》ひて藤《ふぢ》やと呼《よ》べば、はいと茶《ちや》盆片手《ぼんかたて》に、階子《はしご》をのぼる一段《だん》づゝの煩悶《せつなさ》。欲見《みたく》はあれど見《み》らるゝが可厭《いや》なり。見《み》らるゝが可厭《いや》にはあらねど、[三三]……見《み》らるゝが可厭《いや》にて、小憩《こやすみ》しつゝ昇《のぼ》れど、限《かぎり》ある段数《だんかず》の何時《いつ》まで尽《つ》きである可《べ》き。えゝ羞《はづ》かしや！　[三四]欄干《てすり》に手《て》の[三五]懸《かゝ》る時《とき》、其気《そのき》もなく俯視《うつむけ》し顔《かほ》を挙《あぐ》れば、男《をとこ》の顔《かほ》にはたと遇《あ》ひ、[三六]南無三《なむさん》！　と思《おも》ふ間《ま》なく、見《み》られたり！　見《み》たり！　此時《このとき》の心中人《しんちうひと》には[三七]語《かた》りがたし。お藤《ふぢ》はいとゞ羞《はづか》しくなりて、誰《たれ》か、[三八]力量《ちから》ある人《ひと》に後方《うしろ》より抱《だ》きすくめらるゝ様《やう》に覚《おぼ》えて、おのづと

「もうせん」（フェルト）。「辻車の腰掛、茶店の床几、芝居の桟敷、そのほかお花見や遊山の席など明治初年の赤毛布の流行は大したもの」（山本笑月「赤毛布の正体」『明治世相百話』）。

二二　平芯のランプで、幅が三分（約一センチメートル）のもの。あまり明るくなかった。↓補二九。

二三　装飾品。初出「糚飾具（かざり）」。

二四　初出「なきに」。　二五　黄がかった緑色。

二六　東京の「下流の少女」は三味線を、「中流以上にありては箏（こと）を翫ぶ」「女の嗜（たしな）みの重要なるもの」（『東京風俗志』下巻、明治三十五年）。昔の名残。琴は一面、二面と数える。

二七　物堅い武家気質で、今風には打ち解けず。以下、月ぎめの妾奉公なのに、まるで嫁にやるかのような口上。六行目「当世風の男」と対照。

二八　困りきり。

二九　寸志を表す品。「真（ほん）の土産のしるしに上げますから」（三遊亭円朝『業平文治漂流奇談』七）。　三〇　「貴嬢」は未婚女性に対する敬称。お藤の母は夫と死別しているから。

三一　半纏。普段の防寒着。「羽織ニ似テ、綿ヲ入レタルモノ、…賤人ノ用ナリ」（『言海』）。

三二　初出「半襟二枚」。↓一三二頁注一六。半襟は一懸、二懸と数える。「姉さんの手から、半衿（はんえり）一懸（かけ）くれたこともありもしないで」（徳田秋声『絶望』明治四十年）。

三三　下に「きまりが悪い」などの意を略す。それはつまり、「見らるゝが可厭」ということ。

三四　階段から二階に上がった所にある手すり。

三五　初出「懸りし時」。

三六　↓『二人比丘尼　色懺悔』三六頁注九。

三七　初出「紅葉（われ）も語るまじ」。作品世界に通じた語り手である作者が自己言及したもの。

三八　恥ずかしさのために動けないさま。

身体窘《からだすく》み[一]、上段《うへのだん》[二]に屈《かゞ》みてこはぐ〳〵茶盆《ちやぼん》を母《はゝ》の傍《そば》に差出《さしだ》し、遁《にぐ》るが如《ごと》く下《お》りむとするを、母親《はゝおや》に呼留《よびとめ》られ、此処《こゝ》へといふ。其処《そこ》は其方《そのかた》の正面《まむかふ》にて、火影《ひかげ》も耀《まば》[三]ゆく、いかにしてそんな処《ところ》にゐらるゝものぞ。心中《しんちう》には、御母様御自分《おッかさまごじぶん》[四]さへ可厭《いや》なれば、其処《そこ》を避《よ》けて居《ゐ》たまふにと、男《をとこ》よりは少《すこ》しも遠《とほ》ざかるやうに、母親《はゝおや》の右側《みぎかは》に陰《かく》れて後下《うしろざり》に小《ちひ》さく座《すわ》り、ようお出遊《いであそ》[五]ばしましと、思切《おもひき》[六]りたる口上《こうじやう》、幽《かすか》にして声《こゑ》[七]の影《かげ》の如《ごと》し。土産物《みやげもの》を母《はゝ》に見《み》せられ、丁寧《ていねい》に一礼述《いちれいのぶ》ると壁《かべ》に顔《かほ》を向《む》け、一《いち》[八]の難所《なんじよ》はまづ越《こえ》てと、ほつと安堵《あんど》の呼吸《いき》をつけば、心付《こゝろつ》きて気味悪《きみわる》き鳩尾両腋《みぞおちわきのした》[九]の冷汗《ひやあせ》、顔《かほ》はまた赫々《くわッ〳〵》として生際《はへぎは》[一〇]に熱汗《ゆのあせ》[一一]をにじめば、袂《たもと》のはんけちを取出《とりだ》し、忍《しのび》やかに拭《ぬぐ》ひて、何時《いつ》までさらぬ[一二]方《かた》を向《む》くも何《なん》とやら不躾《ぶしつけ》がましく、さればとて正面《まむき》にならむは、横顔《よこがほ》[一三]を見《み》らるゝかと気《き》が引《ひ》けて其《それ》もえせず[一四]。母親《はゝおや》の肩《かた》に陰《かく》れて、是《これ》ならば見《み》られじと流眄《しりめ》[一五]づかひに視《み》れば、目鼻立口元《めはなだちくちもと》孰《いづ》れか心《こゝろ》に染《そま》ぬはなく、態度《やうす》は品《しな》[一六]つくるにあらでおつとりとして、物《もの》いひ柔和《やはらか》なれど媚《なまめ》かず、妄《みだ》りに声《こゑ》を立《た》てず、さ[一七]もなき事《こと》にむだ笑《わら》ひせず、粋《いき》で高等《かうとう》[一八]とやらいふは、我知《われし》らねど如此人《かゝるひと》[一九]をやと、なほ隈《くま》なく見《み》[二〇]まはせば、右眉《みぎまゆ》の端《はし》に小《ちひ》さき黒子《ほくろ》あるを見《み》つけし時《とき》、男《をとこ》は何《なに》やら言《い》ひながら首《くび》を傾《かたむ》け、右《みぎ》の横顔《よこがほ》の陰《かげ》にならむとするを、我眼《わがめ》に逐《お》[二一]ひかけて、動《うご》きし顔《かほ》の生憎《あやにく》母《はゝ》の肩《かた》に触《ふる》れば、えゝ[二二]と我方《こなた》に向《む》くを、い

一 初出「縮み」。 二 階段を上りきらないで、茶盆だけ母に渡す動作。 三 三分芯(→一四七頁注二二)の洋燈の光さえまぶしいと感じるくらい、恥ずかしい意。 四 御母様自身でさえ、松本の正面が嫌なので避けて座っていらっしゃるのに、まして私(お藤)が正面に座れるわけがない、の意。お藤のために母が座を明けたのを誤解。 五 歓迎の気持を表す挨拶「お出なさいまし」の尊敬語。「まし」は「ませ」の転。 六 初出「思切(おもひきッ)ての」。 七 やっと聞き分けられるくらいの小声の喩え。 八 最初の難関。 九 胸と腹の間の中央、肋骨のはずれのくぼんだ所。 一〇 髪の生え際。 一一 湯のような汗。 一二 あらぬ方。視線を合わさないため。 一三 お藤は松本に対して横向きに座っているから。 一四 できない。 一五 初出「尻目つかひながら見れば」。「しりめ…後目 睛(ヒトミ)ノミ動カシテ後方(シリヘ)ヲ見ヤルコト」(『言海』)。「腕車を流眄(しりめ)に見て」(泉鏡花『義血侠血』二、明治二十七年)。→『二人比丘尼色懺悔』三〇頁注一。 一六 ことさら上品ぶるわけでもないのに。 一七 別に何でもないこと。 一八 風采などがすぐれていること。上品。 一九 こんな人を言うのだろうと思って。 二〇 初出「見まはすに」。 二一 初出「逐ひかけむと、動きしわが顔生憎(あいにく)」。 二二 えっ(どうかしたのか)と。主語は母親。 二三 初出「神(しん)ぞ恐ろしくも」。「神ぞ」は、神かけて、まことに、の意。「朝晩に心をつけ神(しん)ぞ思を尽せども」(近松門左衛門『五十年忌歌念仏』中之巻、宝永六年初演)。 二四 男に惹かれ始めているさま。「ぞつと…身ノ毛モイヨダツ状ニイフ語…―嬉シ」(『言海』)。「ゾツと身に染(そ)む恋風が抔(など)と台詞(せりふ)めかして」(饗庭篁

ゝへといへば、男《をとこ》はそれを好機《しほ》に、お藤《ふぢ》さん此処《こゝ》へお出《い》でなさいなと声《こゑ》を懸《か》けられ、可厭《いや》でもなく、恐《おそ》[二三]ろしくもなきに、ぞつと[二四]して背中《せなか》にまた冷汗《ひやあせ》。

（十）

松本《まつもと》は紙幣《さつ》[二五]一葉《いちまい》取出《とりだ》して母親《はゝおや》に渡《わた》[二六]し、お手数《てかず》ながら御酒《ごしゆ》[二七]を。肴《さかな》には所望《のぞみ》なし、何《なに》なりと見繕《みつくろ》うてといへば、承知《しようち》して、お藤《ふぢ》、私《わたし》は横町《よこちやう》へ行《ゆ》けば、其間《そのあひだ》此処《こゝ》にてお相手《あひて》をと立上《たちあが》れば、あれ！ 私《わたし》が参《まゐ》ります。其《それ》には及《およ》ばぬ。直《じき》に行《い》て参《まゐ》りますれば、少時《しばらく》お待《ま》ち遊《あそ》ばしてと、母親《はゝおや》は階子《はしご》を下《お》りゆく。お藤《ふぢ》は一人《ひとり》残《のこ》されて、片隅《かたすみ》に小《ちい》さくなりて、袖《そで》を掻合《かきあ》はせ俯向《うつむ》きて、針《はり》[二八]の蓆《むしろ》に坐《ゐ》る想《おも》ひなり。男《をとこ》は「ふらくらんど[二九]」を巻《ま》きながら、お藤《ふぢ》さんと呼《よ》べば、顔《かほ》を一寸擡《ちよつとあ》げながら屈《かゞ》みて、小声《こごゑ》にはいと答《こた》へ、居《ゐ》たゝまれぬばかり羞《はづ》かしがる風情《そぶり》を見《み》るに、如此処《こんなところ》に——目《め》には見《み》えねど——情児《キユピツト》[三〇]が舞狂《まひくる》ふなるべし。お藤《ふぢ》さんとまた呼《よ》べば、前《まへ》の如《ごと》き挙動《そぶり》をして、はいと返事《へんじ》も果《は》てぬに、一寸此処《ちよツとこゝ》へと軽《かる》く畳《たゝみ》を打《う》てば、其《それ》を見《み》ぬやうに見《み》て、会釈《あしやく》[三一]して俯向《うつむ》きぬ。この時《とき》のお藤《ふぢ》の思《おもひ》は、夢《ゆめ》に悪鬼《あくき》に攫《と》らはれ、盗人《ぬすびと》に白刃《しらは》揮《ふ》りて逐《お》はるゝなり。二度《ど》まで呼《よ》ぶに、石《いし》のやうになりて動《うご》かねば、松本《まつもと》も察《サツ》して強《しひ》ては言《い》はず。巻《ま》きし煙草《たばこ》をふかしきりて[三二]、茶《ちや》を

村「走馬燈」十六、『むら竹』二、明治二十二年）。二五 当時の紙幣は百円・五十円・十円・五円・一円・五十銭・二十銭札が流通。二六 初出「手渡して」。二七「酒ノ敬語」（『言海』）。二八 男と差し向かいに一人残され、心細いさまを喩える。二九 自分でライスペーパー（極めて薄く漉いた紙）を巻いて吸う外国煙草の名。「十本入の「ふらぐらんと」を角の新店で買ひ」（斎藤緑雨『油地獄』十四、明治二十四年）。三〇 ローマ神話の恋愛の神。キューピッドがお藤に恋心を起こさせたという見立て。「逐（お）へども去らぬ煩悩の。いぬる頃より愛情神（キユーピドー）に独り願ひをかく斗り」（桜田百華園『西の洋血潮の暴風（さあらし）』八、明治十五年）。図版は底本『二人女』口絵（武内桂舟画）。

『おぼろ舟』単行本初版の口絵
（『二人女』春陽堂，明25）

三一 初出「時宜（じぎ）」（おじぎの意）。一五二頁三行目の例も同じ。三二 吸いつくして。

注《つ》げば一杯《いッぱい》にて[一]したみたれば、急須《きふす》を取上《とりあげ》、何気《なにげ》なき顔《かほ》して、これにお湯《ゆ》をさして来《き》てたまはらぬかといへば、お藤《ふぢ》も何気《なにげ》なく立上《たちあが》り、急須《きふす》を持《もつ》て下《お》りける間《ま》に、松本《まつもと》は前《まへ》に在《あ》りし茶盆《ちやぼん》を我右側《わがみぎわき》に移《うつ》せしは、難《なん》なくお藤《ふぢ》を引寄《ひきよ》せむ詭計《たくみ》なり。[二]しと〳〵とお藤《ふぢ》は上《あが》りて見《み》るに、茶盆《ちやぼん》の位置《ゐち》[三]可笑処《をかしきところ》に替《かは》りたれど、さほどの事《こと》ありとも心付《こゝろづ》かねば、羞《はづ》かしと思《おも》ひながら、急須《きふす》持《も》つを好機《しほ》にすッと行《ゆ》きて茶盆《ちやぼん》の前《まへ》に跪《ひざまづ》けば、[四]電光石火《でんくわうせきくわ》！　男《をとこ》の手《て》は、はつとの間《ま》にお藤《ふぢ》の左《ひだり》の手《て》首《くび》に懸《かゝ》り、ぐッと牽《ひか》れて無理《むり》やりに膝《ひざ》を並《なら》ばされ、[五]遁《にげ》むにも女《をんな》の力《ちから》の敵《かな》ひ難《がた》く、顔《かほ》ばかりは他所《よそ》を向《む》けど、[六]暖鳥《ぬくめどり》の所為《せむ》なし。あれほど呼《よ》ぶに、聞《きこ》えながら何恨《なにうら》みありて来《き》てはたまはらぬ。此処《こゝ》に唯二人《ただふたり》さへ心細《こゝろぼそ》きに、遠《とほ》く離《はな》れて居《ゐ》て、話《はなし》一ッせぬにいよ〳〵寂《さび》しく、長居《ながゐ》せば[七]鼠《ねずみ》に喰《く》はるゝも知《し》らず。其内《そのうち》にまたゆるりと昼参《ひるまゐ》るべし。今夜《こんや》はさらばと、お藤《ふぢ》の手《て》を放《はな》して[八]帰支度《かへりじたく》を見《み》すれば、お藤《ふぢ》は可愛《かあい》や当惑顔《たうわくがほ》して、只今《たゞいま》お帰《かへ》しまをしては私《わたくし》が母《はゝ》に叱《しか》られます。少時《しばらく》、せめては母《はゝ》の帰《かへ》るまで、何卒《どうぞ》〳〵と詫《わび》れば、松本《まつもと》は微笑《ゑみ》を含《ふく》み、折角《せッかく》おつしやれば帰《かへ》る事《こと》は見合《みあは》すべし、其代《そのかは》りお前《まへ》も此処《こゝ》を遁《にげ》て下《くだ》さるなと座《すわ》れば、お藤《ふぢ》は男《をとこ》の心《こゝろ》を解《げ》せしか、にッと笑《わら》ひながら顔《かほ》を背《そむ》け、[九]母《はゝ》に叱《しか》られますと、朱唇《くち》を袂《たもと》に裏《つゝ》[一〇]めば、叱《しか》られなば詫《わ》びて進《しん》ずべしと、傍《わき》に在《あ》りし火鉢《ひばち》を二人《ふたり》の前《まへ》に直《なほ》し、この

一　残らず滴らせること。一杯分だけで急須が空になった意。「徳利の底を振つて、垂々（たら〳〵）と猪口（ちょこ）へしたむ」（泉鏡花『歌行燈』四、明治四十三年）。

二　→一二六頁注二一。

三　妙なところ。

四　動作のすばやい喩え。

五　初出「遁（にげ）る」。

六　鷹が寒夜に小鳥を捕らえ、その羽毛で足を暖めること。松本に引き寄せられ、身動きできないお藤を喩える。「「賢い君よ、啼泣（むつかり）給ふな。いざ懐（ふところ）へ。」と抱き入れて、濡れたるまゝにぬくめ鳥」（『椿説弓張月』五十四回）。

七　家の中に一人きりでいて寂しい喩え。「鼠に引かれそう」に同じ。

八　わざと帰るふりをして相手の反応を見る。

九　こんなに間近に居ては、の意。一二行目の「母に叱られます」とは対照的。

一〇　底本「裏」。初出に拠る。

一一　指の細さを、恋やつれゆえとした。痴話を仕掛けたもの。

一二　初出「のぞきながら」。この前後、お藤の恥じらいが徐々に消えていく。

一三　成語「愛嬌がこぼれる」に拠り、縁語「液体」を出した。「愛敬がポタ〳〵垂れる抔（など）は常のことドット流れて御住居（おすまゐ）の町内だけは水撒（みづまき）入費が助かるといふ程だ」（饗庭篁村「藪椿」二）。

寒《さむ》いにと、引《ひき》こむるお藤《ふぢ》の手《て》を執《と》り、一一いかなる恋《こひ》をしてかくは細《ほそ》りたまふか、少《すこ》しは聞《き》かせたまへと指《ゆび》を撫《な》づれば、存《ぞん》じませぬと手《て》を袖口《そでぐち》に引入《ひきい》れけり。格《かう》子《し》の明《あ》く音《おと》にお藤《ふぢ》は惶《あは》てゝ飛退《とびの》き、もとの席《せき》に復《もど》らむとすれば、男《をとこ》は手招《てまね》きして、声《こゑ》を低《ひく》め、まだ酒《さけ》の燗《かん》やら膳立《ぜんだて》やらに暇取《ひまど》るほどに、其間《そのあひだ》此処《こゝ》へ〳〵といへば、お藤《ふぢ》は階子《はしご》の昇降口《あがりぐち》を一二のぞき込《こ》み、抜足《ぬきあし》して男《をとこ》の傍《そば》へまた寄《よ》りけり。何《なに》がそれほど母親《おつかさん》が恐《こは》いかと聞《き》けば、何《なに》も言《い》はずに笑《ゑ》む顔《かほ》より、一三愛嬌液体《あいけうみづ》ならば滴《こぼ》るべし。

（十一）

肴《さかな》来るまでまづ一杯《いツぱい》と一四炙海苔《やきのり》にて勧《すゝ》め、軈《やが》て一五椀《わん》と二三品《びん》おし列《なら》べ、お藤《ふぢ》がわなゝく手《て》の酌《しやく》を、一六其味何《そのあぢなに》ともいへぬ佳肴《さかな》にして、男《をとこ》は二三杯《ばい》一七対手《あひ》なしに傾《かたぶ》け、一八盃洗《はいせん》なければ此《この》まゝ御免《ごめん》と母親《はゝおや》に進《させ》ば、戴《いたゞ》きますと受《う》けて、独語《ひとりごと》のやうに、家《や》暮《ぼ》にて一九成《な》らぬ口《くち》なればといへば、お藤《ふぢ》は二〇合点《がてん》して擬似《まね》ほどに注《つぎ》けり。男《をとこ》は二一如在《ぢよさい》なく、二二お肴《さかな》をと皿《さら》に手《て》を懸《かく》れば、惶《あは》てゝ圧《おさ》へ、二三甜《な》めるほどの口《くち》にお肴《さかな》はいりませぬ。まづ貴下《あなた》と其猪口《そのちよく》を戻《もど》せば、お藤《ふぢ》に注《つが》せながら、真実《しんじつ》成《な》りませぬかと尋《たづ》ぬるに、母親《はゝおや》は首肯《うなづ》き、亡夫《つれあひ》は少々《せう〳〵》成《な》りましたれど私《わたく》しは一向《かう》二四不重宝《ぶちようはう》なれば、

一四 即席の肴。江戸時代からの名産。岩海苔や柴海苔を刻み乾した乾海苔をあぶって食べた(野口勝一「浅草海苔」『風俗画報』一一〇号、明治二十九年三月十日、坪川辰雄「浅草海苔(続)」『風俗画報』一二七号、明治二十九年十一月十日)。「お吸物も何で御坐い升、詰らない種で御坐い升から海苔でも焼て上ませうか」(『真景累ケ淵』十八)。

一五 初出「椀に」。

一六 お藤のういういしいお酌を酒興にする意。

一七 酒の相手。初出振り仮名「おあひ」。「そんなら上戸(じやうご)がちよつとお相(あひ)を」(河竹黙阿弥『宇都宮紅葉釣衾(にしきのつりよぎ)』四幕目、明治七年初演)。

一八 酒席で盃をすすぐために水を入れておく器。

一九 酒の飲めないこと。「ふたりもなる口ゆへ、酒ときゝて少しこゝろひかされて」(十返舎一九『東海道中膝栗毛』〈文化元―六年〉三編上)。

二〇 事情を察して。

二一 初出「如才」。いずれも用いる。「じよさいなし…無如才 気転利キテ、遺失(ヌケメ)無シ」(『言海』)。「ジョサイナイ 無如在」(『和英語林集成』第三版)。

二二 母に勧めた。

二三 酒を飲むというより、舐めるというくらい。「甜める」は「舐める」の誤り(「甜」は「うまい」の意)だが、当時通用。「文明の真味を甜(なぶ)らせ」(落花漂絮「機姫物語」六(下続)、『読売新聞』明治二十二年十一月十一日)。一五四頁一四行目も同じ。

二四 酒をたしなまないこと。「私も一向不調法なのでございますよ。折角差上げたものですからお一盞(ひとつ)お受け下さいましな」(後編『金色夜叉』二の三、明治三十年)。

[一]対手《あひて》なきゆゑ甘《うま》く飲《の》めぬと、不断独語《ふだんつぶや》きましたと笑《わら》ふ。男《をとこ》も笑《わら》ひて、性来《しやうらい》[二]の嗜好《すき》でなくては、独酌《どくしやく》は味《あぢ》のなきものなり。お藤《ふぢ》さんは？　一《ひと》ッさしましやうと飲乾《のみほ》しぬ。進《さゝ》れてお藤《ふぢ》は手《て》をも出《だ》さず、私《わたくし》はといひ懸《か》けて会釈《ゑしやく》すれば、折《せッ》[三]角《かく》あなたのお進遊《さしあそ》ばしたを、受《う》けぬは失礼《しつれい》なり。失礼《しツれい》[四]の不礼《ぶれい》のといふほどにはあらねど、少《すこ》しは成《な》るならば対手《おあひ》を頼《たの》みたし。やあ！　見事《みごと》〳〵といひながら母親《はゝおや》を見向《みむ》けば、母親《はゝおや》は娘《むすめ》の顔《かほ》を見《み》て笑《ゑ》み、親父《おやぢ》に似《に》て娘《これ》は少《すこ》しは頂《いたゞ》く方《はう》なれど、妙齢女《わかきをんな》の飲《の》むは憎《にく》しとて、親父《おやぢ》も許《ゆる》さゞりしが、[五]我等《わたくしども》の及《およ》ぶ事《こと》では御座《ござ》りませぬ。座興《ざきよう》にいひしを、辱《はぢ》しめられしかとお藤《ふぢ》はしよげたり。松本《まつもと》はまた尽《ほ》して、御母様《おつかさん》に進《あげ》る所《ところ》なれど、汁粉《しるこ》[六]の方《はう》ならば無理強《むりじひ》は御迷惑《ごめいわく》なるべし。また一ッお藤《ふぢ》さんの見事《みごと》[七]なお手元《てもと》が見《み》たしと進《さ》せど、前《まへ》[八]に懲《こ》りて手出《てだ》しをせず、貴下《あなた》まづと徳利《とくり》を持《も》てど、男《をとこ》は肯《きか》ずして頻《しきり》に勧《すゝ》むるを母親《はゝおや》見《み》かねて、お藤《ふぢ》、私《わたし》に替《かは》りて対手《おあひて》をせよ。苦《くる》しくならぬほどは戴《いたゞ》けとあれば、それお母親《おッかさん》の御《お》許容《ゆるし》と盈々《なみくつ》注げば、残少《のこりすく》なになりけるを見《み》て、母親《はゝおや》はその徳利《とくり》を持《も》ちて座《ざ》を立《た》[九]ちぬ。お藤《ふぢ》はまた残《のこ》されて、其人《そのひと》の傍《そば》の可厭《いや》にはあらねど、初見《しよけん》[一〇]の馴染薄《なじみうす》きにおのづから座敷《ざしき》のしらくる[一一]を、紛《まぎら》すべき接応《あいそ》[一二]もならずして、ゆかしき[一三]ながらも可恐《こはき》は男子《とのご》[一四]なり。何《なに》を言《い》はれ、何《なに》をさるゝか知《し》れぬと思《おも》へば、此処《こゝ》[一五]に其身《そのみ》の在《あ》

一　亡夫の言葉。
二　「しやうらい…生来…ウマレツキ」(『言海』)。
三　母親の言葉。「あなた」は「あの方」の意で、松本を指す。
四　松本の言葉。
五　我々(父母)は酒量ではお藤にとてもかなわない、との冗談(座興)。
六　甘党というのなら。
七　杯を乾すお藤の見事な手付き。
八　六行目以下の母親の言葉をお藤は本気にしているので、また言われるかと思って。
九　初出「立ちけり」。
一〇　振り仮名、「しよけん」の誤りとも思われるが、底本のまま。
一一　白けるのを。
一二　愛想。「あいそ…あいさうノ約」「あいさう…人ニ対スル、ヤサシイモテナシ。—「あいそノ好イ子」」(『日本大辞書』)。
一三　心は惹かれるものの。
一四　振り仮名は「殿御」の意。初出振り仮名「をとこ」。
一五　ここに落ち着いて居る気になれなかった。「お露は少し気の揉める事あれば夫(それ)を聞く空はなけれど」(饗庭篁村「人の噂」四、『むら竹』四、明治二十二年)。
一六　「敵ニ取巻カレタル間ヲ切リ抜ケテ逃グル路」(『言海』)。
一七　初出「ぞ、下ける」。
一八　当時は濁るのが一般的。「ATSUGAN アツガ

る空《そら》はなかりき。下《した》にて藤《ふぢ》やと呼声《よぶこゑ》すれば、やれ嬉《うれ》しや血路《けつろ》[一六]を得《え》て、いそ〳〵と男《をとこ》に会釈《ゑしやく》して下《おり》[一七]けり。長《なが》くは待《ま》たせず昇来《あがりく》るを見《み》れば、お藤《ふぢ》に熱燗《あつがん》[一八]の銚子《てうし》持《も》たせて自身《じゝん》は出《で》て来《こ》ず、物堅《ものがた》くとも年齢《とし》だけに母親《はゝおや》は粋《すゐ》[一九]なりと男《をとこ》は感《かん》じぬ。お藤《ふぢ》は返盃《へんぱい》してお熱《あつ》[二〇]いのをとも言《い》はず、酌《しやく》せむとせしに、徳利《とくり》の熱《ねつ》に持《も》ちこらへず、はツと落《おと》せしごとく下《した》に置《お》き、麁想《そさう》[二一]を紛《まぎ》らし笑《わらひ》の身《み》を捻《ひね》りて、「はんけち」[二二]をあてがひ徳利《とくり》を持《も》たむとせしが、きたなし[二三]とや思《おも》ひけむ、袂《たもと》を持添《もちそ》へての酌《しやく》は、処女《おぼこ》[二四]なる機転《きてん》なり。此《これ》も珍《めづ》らしき肴《さかな》の一ツに松本《まつもと》は快《こゝろよ》く傾《かたむ》け、御母様《おッかさん》はと聞《き》けば、呼《よん》で参《まゐ》りましやうかと立懸《たちかく》るを、月《つき》[二五]に松《まつ》は風情《ふぜい》な時《とき》あり、邪魔《じやま》な時《とき》あり。御母様居《おッかさんゐ》ては、酒《さけ》を過《す》ごさば小言《こごと》をいはれむかと、気《き》がつまりて飲《の》[二六]めど身《み》に染《し》みず、それよりは二人《ふたり》して中好《なかよ》く。其処《そこ》に居《ゐ》ては遠《とほ》くて話《はなし》が通《つう》ぜず、此処《こゝ》へとまた傍《そば》に引寄《ひきよ》せ、飲《の》めぬといふは助《すけ》[二七]てやり、其恩返《そのおんが》へしに助《す》けさせ、此銚子《このてうし》も雫残《しづくのこ》[二八]さず虚《あけ》たれば、取《とり》に下《お》りむといふを引留《ひきと》め、時計《ウオツチ》[二九]を出《だ》して見《み》れば十時《じ》なり。長《なが》いはお母様《おッかさま》も御迷惑《ごめいわく》、もはや寐《やす》まんと伝《つた》へたまへといへば、海棠雨《かいだうあめ》[三〇]に頷《うなづ》きぬ。

ン 熱燗」(『和英語林集成』第三版)。「あつがん…熱燗」(『言海』)。

一九 二人きりにしたことを指す。「粋」は男女の機微に通じていること。

二〇 酒を勧める常套句。「入り代つて来て据わつた島田は、例の別品である。手には徳利を持つてゐる。／「あなた、お熱いところを」と、徳利を…つと差し出した」(森鷗外『青年』十七、明治四十四年)。

二一 失敗をごまかす笑い。

二二 「ハンケチ…〔英語、Hand-kerchief. ノ訛〕西洋人ノ用ヰル手拭、方形ナリ」(『言海』)。初出には「　」なし。「白絹のハンケチを」(石橋忍月『露子姫』一、明治二十二年)。

二三 普段手を拭くものだから。

二四 世慣れないとはいえ、よい思いつき。

二五 月に松の取り合わせは風流な反面、月をさえぎるので松が邪魔なこともある、の意。月をお藤に、松を母に喩えた。

二六 飲んでも安心して酔えない。

二七 注された酒を代わりに飲んでやること。「はておまい、最(も)一ツぱいかさねなされ。わしすけてあぎよわいな」(『東海道中膝栗毛』七編下)。

二八 初出「雫さへ残さず」。

二九 懐中時計。→一四六頁注一三。

三〇 「海棠」はバラ科の落葉低木。お藤のほんのり酔った色っぽいさまを雨に濡れた海棠に喩える。「雲髩稍乱れて髻根殆んど傾く、恰も是れ雨海棠を湿ほして紅涙滴るが如し」(『東京新繁昌記』五編「妾宅」。妾の寝起きのさま)。「「このレジイが大層別嬪で…「孰れも海棠の雨に悩める風情ありだナ」(春亭九華「翠窓漫筆」一、『我楽多文庫』十、明治十九年十二月)。

（十二）

恋《こひ》は阿片《アヘン》[一]の如《ごと》し。其味《そのあぢはひ》を知《し》らねば知《し》らでも済《す》むべきに、唯一時《たゞかりそめ》の一口《ひとくち》より心乱《こゝろみだ》れて、《[二]月《つき》も花《はな》も何《なん》でもない事恋《ことこひ》の道《みち》》、世界広《せかいひろ》けれども万物多《ばんもつおほ》けれども、是《これ》に換《か》ふ可《べ》きものなく、此一念驕《このいちねんをご》[三]るほどにおもしろき世《よ》も味気《あぢき》[四]なく、果敢《はか》なく、愁《つら》く、恨《うらめ》し。男《なん》、女《にょ》、智《ち》、鈍《どん》、何《いづ》れにしても初恋《はつこひ》[五]の対手《あひて》の懐《なつ》かしさは、死《し》しての暁白骨《あかつきはくこつ》に其人《そのひと》の名《な》を記《しる》せし処《ところ》は、灰《はひ》の中《うち》にも焚残《もえのこ》るべし。我《われ》より恋《こ》ひしにもあらず、或《また》は好《この》ましからぬにしても、[六]情愛《なさけ》を教《をし》へられし人《ひと》は、朝夕《てうせき》の思《おも》ひに恋慕《れんぼ》の面影去《おもかげさ》らず、まして初見《しよけん》より幽《ゆか》[七]しきには、其後《そのゝち》の執着一層深《なづみひとしほふか》[八]きの理《り》なり。お藤《ふぢ》は十八年《ねん》の今《いま》まで、一々《いちくし》知らざりし事《こと》を覚《おぼ》えて、[九]二十四時夢《ときゆめ》と現《うつゝ》に責《せ》められ、眼《め》に其顔《そのかほ》ちらつき、耳《みゝ》に呼声聞《よびこゑきこ》えて、あるまじき事《こと》ながら、母親《はゝおや》にそれとなく松本《まつもと》の噂《うはさ》[一〇]をしかけて、来《こ》ぬ時《とき》の消悶《こゝろやり》[一一]にぞしける。多《おほ》くも度重《たびかさな》らねど、雄物《それしや》[一二]なる男《をとこ》の打解《うちと》けたるうれしがらせに、つひ笑《わら》ふ事《こと》あり打《う》つ事《こと》あり、叩《たゝ》く事《こと》あり抓《つめ》る事《こと》あり。雑作《ざうさ》なく他人行儀《たにんぎやうぎ》を崩《くづ》され、肉身《おや》にも憚《はゞか》るべき、我儘気儘《わがまゝきまゝ》をいへど[一三]いふなりに通《とほ》され、甘《あま》ゆればあまやかされ、父母《おや》のとは別物《べつもの》の慈愛《じあい》に甜《なめ》られて、憂《うき》は此人《このひと》に語《かた》り、愁《つらき》は此人《このひと》に慰《なぐさ》められ、おもしろき手管《てくだ》[一四]にかゝりて、命《いのち》[一五]は

一 正常な感覚を麻痺させ、それなしには生きていけなくするものの喩え。
二 恋する身には、月や花のような風流なものも何の魅力も持たない、の意。
三 昂ぶれば昂ぶるほど。
四 「(二)面白ミナシ。妙ナラズ」(『言海』)。
五 初恋の人への思いは骨に刻まれ、死後火葬されても残るほどだ、の意。
六 色ごと。「「君が一夜(ひとよ)の情(なさけ)には、妾(うせ)が百年(ももとせ)の命を惜(をし)まず」とこそきけ」(『椿説弓張月』二十回)。
七 「なにとなくしたはし」(『ことばの泉』)。
八 思いを寄せること。「ある西国の蔵屋敷衆、身も捨給ふ程御なづみ深かりき」(井原西鶴『好色一代女』巻六「皆思謂の五百羅漢」、貞享三年)。
九 二十四時間。一日中。
一〇 自分から噂話をし始めて。
一一 「思ヒヲハラスコト」(『言海』)。
一二 その道(ここでは色ごと)に通じた人。「主(ぬし)の鼓はいから器用で、其者(それしや)も我(が)を折ます」(『鹿の子餅』「小鼓」)。「雄物」は「尤物」で優れた人の意。
一三 言うがままに。
一四 人を思い通りに操る手段。
一五 命が要らないほど男に惚れている意。「主さま」は対称で、遊女などが親しい男性に敬って言う語。「ぬしさまへは、此やうな事は申上げまじと存じ候へしかど」(山東京伝『孔子縞于時藍染』上、寛政元年)。「参る」は差し上げる。

いらぬ主《ぬし》さま参《まゐ》る。

早《はや》おふぢの馴染《なじ》めるを見《み》て、母親《はゝおや》は松本《まつもと》の[一六]対遇《あしらひ》に出《で》ることなければ、水不入《みづいらず》の小酒盛《こざかもり》、少《すこ》し酔《よひ》がまはれば男《をとこ》は其処《そこ》に倒《たふ》れ、お藤《ふぢ》の膝枕《ひざまくら》して、頭《あたま》が痒《かゆ》し、[一七]五分《ぶ》に摘《つま》ばやといへば、短《みじか》くはしたまふなと、[一八]鬢梳《びんかき》の油《あぶら》を拭《ふ》きて、雲脂《ふけ》を取《と》るやら梳《す》くやら、其後《そのあと》は耳垢《みゝあか》の掃除《さうぢ》して、男《をとこ》の眉《まゆ》を撫《な》でながら、此眉毛《このまゆげ》が欲《ほ》しやといへば、お前《まへ》の眼《め》と取替《とりか》へて、世界《せかい》の男《をとこ》を[一九]南極《かたはし》から[二〇]殺《ころ》して見《み》たいと、[二一]卒《そつ》のなき挨拶《あいさつ》に返《かへ》しかねて黙《だま》れば、松本《まつもと》はお藤《ふぢ》の膝《ひざ》を叩《たゝ》き、此間《このあひだ》一処《いッしょ》に連《つれ》し男《ひと》が……。　三谷様《みたにさま》か。　はや名《な》を覚《おぼ》えてか、其《それ》はいよ〳〵油断《ゆだん》がならぬ。三谷《みたに》が心底《しんそこ》お前《まへ》に焦《こが》れ、是非《ぜひ》今一度《いまいちど》伴《ともな》へといひしを、誰《たれ》の思《おもひ》も[二二]断腸《せつなき》ものと、[二三]粋《すゐ》を通《とほ》して此次《このつぎ》には連《つれ》むとまで約《やく》せしが、おまへもどうやら[二四]最上《もがみ》の稲舟《いなぶね》、[二五]迂闊《うか》とは伴《つ》れ難《がた》し。平常《つね〴〵》[二六]堅《かた》い口上《こうじやう》に気《き》をゆるさせ、露顕《ろけん》の上《うへ》は其日《そのひ》の出来心《できごゝろ》と[二七]ぬけるつもりかと、お藤《ふぢ》の手《て》を握《にぎ》れば、[二八]痕跡《あとかた》もない濡衣《ぬれぎぬ》、[二九]此方《こなた》よりまづ心《こゝろ》の知《し》れぬは誰様《どなた》かなり。此前夜《このまへのよ》はどうなされし事《こと》ぞ。御酒《ごしゆ》も沢山《たんと》はあがらず、平常《いつも》のやうなる御機嫌《ごきげん》にもなく、物思《ものおも》はしき風情《ふぜい》にて、ふいと夜更《よふけ》ての御帰宅《おかへり》。たゞ用事《ようじ》があるとのみにて子細《しさい》をおほせられねば、必定此身《ひつぢやうこのみ》に落度《おちど》ありて御気《おき》を損《そこ》ねしと、どれほど母《はゝ》に叱《しか》られましたか知《し》れず。其《それ》に引替《ひきか》へ貴郎《あなた》はさぞかしの[三〇]御愉快《おたのしみ》、其《それ》

一六　応対。
一七　五分刈りにしよう。「摘む」は、はさみなどで髪の先を切り取ること。
一八　鬢を掻きつくろうための小さい櫛。「油垢に染(そ)みたる木櫛の鬢梳(びんかき)と」(尾崎紅葉『巴波川』『新著百種』号外、明治二十三年)。櫛についた髪油の汚れを拭き取り。
一九　「南極」は南極点。「地軸の南端即ち地球の極南端の処」(『いろは辞典』)。「世界の男」を「かたはし」から、という見立て。
二〇　惚れさせて、骨抜きにしたい。
二一　抜け目のない世辞に返答しかねて。
二二　「断腸」は、はらわたがちぎれるほど憂い悲しむこと。
二三　気をきかして、いきに計らう。
二四　「もがみ川のぼればくだるいなふねのいなにはあらずこの月ばかり」(『古今和歌集』巻二十・東歌)により、「否にはあらず」(肯定)の意を示す。「稲舟」は稲を積んだ小舟。「合宿(あひやど)も否にはあらぬ稲舟のさそふ水なる魚心」(「名古屋帯旅寐の虚解」中、『仮名読新聞』明治九年十一月六日)。
二五　うっかりと。
二六　真面目な口ぶり。
二七　言い逃れる。
二八　根も葉もない。「世間の人が物好でも全(まる)で跡形のない噂はせぬもの」(饗庭篁村「人の噂」五)。
二九　私のことより。
三〇　他の女との逢瀬を楽しんだものと推した。

は棚《たな》に上《あ》げて、此身《ひと》に[一]なき名《な》を立《た》てゝ困《こま》らせ、沢山《たくさん》お慰《なぐ》さみになさりませ。[二]さりがたき用事《ようじ》のあればこそ、[三]夜深《やしん》に帰《かへ》る不愉快《つらさ》を察《さつ》せぬか何《なん》ぞのやうに、とやかくいひ囃《はや》すは、扨《さて》は今夜《こよひ》も早《はや》く帰《かへ》れとの[四]謎《なぞ》なるべし。明朝《あす》までゆるりとせむと、楽《たのし》みにして来《き》たりし身《み》の[五]帰《かへ》りともなけれど、三谷《みたに》の[六]奥様《おくさま》が折角《せつかく》のお言葉《ことば》なれば、[七]箒《はゝき》の立《た》たぬ間《ま》に参《まゐ》るべし。此方《こなた》ばかり惜《をし》き離別《わかれ》の名残《なごり》に、お可厭《いや》でもあるべきが一服《いツぷく》つけて下《くだ》されと、[八]露西亜革《ろしあがは》の巻莨入《まきたばこいれ》をお藤《ふぢ》の面前《めさき》へさし付《つく》れば、払除《はらひのけ》てそしらぬ顔《かほ》の外見《よそみ》なり。松本《まつもと》は莨《たばこ》をとり出《だ》し、是《こ》れをつけてたまはらぬか。返事《へんじ》のないはお否《いや》か。三谷様《みたにさま》の外《ほか》は誰《たれ》のいふ事《こと》もきかぬといふ約束《やくそく》ありしと見《み》えたり。無理《むり》に頼《たの》まば怒《おこ》る男《ひと》あらむ。[九]こゝろざしの煙草《たばこ》ならでは呑《の》むも味《あぢ》なし。早《はや》く返《かへ》りて独寐《ひとりね》の肌寒《はださむ》く、風《かぜ》を引《ひ》く夢《ゆめ》[一〇]なと見《み》るべしと起上《おきあが》れど、お藤《ふぢ》は[一一]手強《てづよ》く、見向《みむき》もせざれば、立上《たちあが》りて帯《おび》しめ正《なほ》し、窓下《まどした》に[一二]畳《たゝ》みてありし[一三]羽織《はおり》を索《さが》せど見《み》えねば、羽織《はおり》を知《し》らぬかといへども答《こた》へず。お藤《ふぢ》の後方《うしろ》へまはりて見《み》れば、袂《たもと》の下《した》に隠《かく》したるを、心付《こゝろつ》かぬ風《ふり》して、なるほど思《おも》へば羽織《はおり》は衣《き》ては来《こ》ざりしと、帽子《ばうし》を冠《かぶ》りて梯子《はしご》の口《くち》までづか〳〵と行《ゆ》けば、物《もの》をも言《い》はずお藤《ふぢ》は走付《はしりつ》き、其手《そのて》に縋《すが》りてぐツと引戻《ひきもど》すまゝに引《ひ》かれ、三谷様《みたにさま》への御伝言《ごでんごん》か。何《なん》なりと頼《たのま》るべしと立懸《たちかゝ》りていへば、お藤《ふぢ》は其裾《そのすそ》にとりつき、俯首《うつむ》ける様子《やうす》を怪《あや》し

一　根も葉もない評判。濡れ衣。
二　よんどころない用事。
三　夜更け。
四　謎を掛ける。遠まわしに悟らせようとすること。「危窮を救へ、と仰すべき、謎也と猜せしかば」(『椿説弓張月』三十四回)。
五　帰りたくもないけれど。
六　お藤のこと。三谷に思いを寄せていると、わざと邪推して言う。
七　箒を逆さに立て掛けるのは、長居の客を帰すまじない。「せんお開きとしませうね。／松山まあ、いいぢやありませんか。／雀八花魁(おいらん)、痩我慢をおつしやいますな。／小助腹の中に箒を立てゝおきなすつて」(河竹默阿弥『鼠小紋東君新形』三幕目、安政四年初演)。
八　若い雌牛の皮から精製した上質のなめし皮。強い香気があり、湿気や虫害に強い。
九　愛情のこもった煙草。
一〇　「なりと」の転。でも。
一一　手きびしく。
一二　初出「畳むで」。
一三　「羽織かくして袖ひき止て。何(どう)でも今日は行んすかと。言つゝ立て櫺子窓」(続帝国文庫『俗曲大全』「端唄之部」、明治三十四年)。

と見《み》れば、[一四]袖《そで》を噛《か》みてすゝり上《あ》げ、[一五]どうぞしたのかと尋《たづ》ぬる言葉《ことば》に、啼声立《なきごゑたて》むとすれば、松本《まつもと》は後方《うしろ》より抱上《だきあ》げ、腋《わき》の下《した》へ手《て》をやり、それ！　それ！　[一六]今啼《いまない》た烏《からす》がもう出《で》て笑《わら》ふ。

（十二）

此夜《このよ》の寝物語《ねものがたり》に、五六日《にち》は煩忙《せわしく》て顔《かほ》を見《み》られねば、眼《め》に染入《しみこむ》ほど[一七]思入《おもひいれ》見置《みおき》をせむなどゝ戯《たはむ》れて、其朝《そのあさ》は休日《きうじつ》にもあらぬに、長寐《ながね》せし上午後《うへひるすぎ》まで遊《あそ》び、美味《びみ》をとり寄《よ》せて母子《おやこ》を喜《よろこ》ばせ、お藤《ふぢ》が長《なが》らく芝居《しばゐ》を見《み》ぬといふを[一八]不敏《ふびん》がりて、いつか一日《いちにち》は好《この》む劇場《ところ》へ連《つ》れむと思《おも》ひしが、[一九]人寄場《ひとよせば》は観《み》る目《め》ありて、会社《くわいしや》のものに出遭《であ》はむも知《し》れねば伴《とも》なひがたし。是《こ》れにて二人《ふたり》して見物《けんぶつ》したまへと、外《ほか》に小費《こづかひ》まで添《そ》へて母親《はゝおや》に手渡《てわた》し、今日《けふ》は是《これ》にて帰《かへ》るべしといへば、母親《はゝおや》は、男子《をとこのこ》といふを持《も》ちし事《こと》なく、また良夫《をっと》に別《わか》れてよりは、世間《せけん》に頼《たの》む処《ところ》なき女人《をんな》ばかりの心細《こゝろぼそ》さに、いつも〳〵やさしくする松本《まつもと》を、婿《むこ》か我子《わがこ》のやうに[二〇]懐《なつか》しがり、今日《けふ》も今日《けふ》とて歓涙《うれしなみだ》を浮《うか》べて、さらば御用《ごよう》の済《す》み次第《しだい》、一日も早《はや》くお顔《かほみ》見るのを母子《ともぐ》に楽《たのし》みにお待申《まちまう》して居《を》ります。此頃《このごろ》のやうに夜毎《よごと》の[二一]火事《くわじ》沙汰《さた》に、[二二]この家《か》内《ない》なれば其《それ》が苦《く》になりて[二三]夢《ゆめ》さへおち〳〵結《むす》ばぬに、貴下《あなた》のお出《いで》の晩《ばん》が此《こ》の身《み》の

一四　泣き声を立てぬため。「唐紙の外に袖を噛しめて居た乳母は」（広津柳浪『残菊』明治二十二年）。
一五　どうかしたのか。「米八、おめへどうぞしたか」（為永春水『春色辰巳園』三編第一条、天保六年）。
一六　今まで泣いていたものがすぐ機嫌を直して笑うこと。「小児などの喜怒哀楽の変じ易きにいふ」（藤井乙男『諺語大辞典』明治四十三年）。
一七　思う存分、前もって見ておこう。
一八　不憫。→『二人比丘尼　色懺悔』三〇頁注三。
一九　人を寄せ集めて興行する所。「人寄場へよく行く。芝居とか、寄席とか、相撲場へ行く」（江見水蔭「赤裸々の紅葉」『紅葉山人二十七年忌記念展覧会誌』昭和四年十月）。
二〇　心ひかれ、離れがたく思う。
二一　火事のうわさ。
二二　女ばかりの家。→一四五頁一一行目。
二三　夢も安心して見られないくらい、よく眠れないので。

極楽《ごくらく》、気丈夫《きちやうぶ》にて朝《あさ》までぐツすりと、よい保養《ほやう》を致《いた》しますと、それより離別《わかれ》の挨拶済《あいさつす》めば、お藤《ふぢ》は一寸《ちよいと》と呼留《よびと》め、一散《いッさん》に二階《かい》へ昇《あが》れば、用《よう》ありげなりと松本《まつもと》も尾《つい》て昇《あが》り、「遠方御苦労《あんぼうごくらう》」[一]などをいはゞ肯《き》[二]かぬぞといへば、お藤《ふぢ》は両眼《りやうがん》に涙《なみだ》を浮《うか》べ、松本《まつもと》の手《て》に縋《すが》りて、何《なん》とも言《い》はでつれ[三]〳〵と顔《かほ》を見護《みまも》るに、男《をとこ》は心得《こゝろえ》難《がた》く、怪《け》[四]しからぬ様子《やうす》かな。心元《こゝろもと》なし、用《よう》とは何事《なにごと》なるか、早《はや》く聞《き》かせよとあれば、お藤《ふぢ》は袖《そで》にて眼《め》を拭《ぬぐ》ひ、貴郎《あなた》の今日《けふ》の様子《やうす》こそ一々《いち〳〵》合点《がてん》なり難《がた》けれ。もしや此《この》まゝの御訣別《おわかれ》にと、縋《すが》る手《て》に力《ちから》を籠《こ》めてはら〳〵と涙《なみだ》を滴《こぼ》せば、松本《まつもと》は呆《あき》れ顔《がほ》にて、思《おも》ひも寄《よ》らぬ！　何《なに》を見当《みあて》[五]にさる事《こと》を考《かんが》へつきしや。長《なが》くて一週《しう》間《かん》とは待《ま》たせじといふ[六]に、それまでに芝居《しばゐ》へ行《い》[七]て、とツくりと見物《けんぶつ》せし上《うへ》、狂《きやう》[八]言《げん》の筋《すぢ》を面白《おもしろ》く話《はな》して聞《き》かせたまへ、其《それ》を今度《こんど》来《く》る日《ひ》の楽《たの》しみにして居《ゐ》るぞと、袂《たもと》より白絹《しろぎぬ》のはんけちを取出《とりだ》し、涙《なみだ》を拭《ふ》けといへば、お藤《ふぢ》は袂《たもと》より対《つひ》[九]のはんけちを出《だ》して眼《め》を拭《ぬぐ》ひ、さうおつしやるを疑《うたが》ふではなけれど、きツと見捨《みす》てゝたまはるな。天成愚鈍《うまれつきたらはぬ》[一〇]は悔《く》ゆともせんなし。唯此女《たゞこのをんな》不敏《ふびん》と覚召《おぼしめ》して、必《かな》らず見《み》捨《すて》たまふな。もし五六日の中《うち》にお入来《いで》がなくば、神々様《かみ〴〵さま》かけてお恨《うら》み申ます。心《こゝろ》には思《おも》ふ事積《ことつも》りて山《やま》を成《な》せど、口不重宝《くちぶちようほう》[一一]にはあり、よしや[一二]言《い》[一三]うて言《い》はれぬ事《こと》なくとも、女《をんな》の口《くち》からとやかうと羞《はづ》かしい、勤《つとめ》[一四]の身《み》のする事《こと》と、万分《まんぶん》の一も得《え》

一　二階まで来させておきながら、何の用事もない、との意。
二　承知しないぞ。
三　じっと見つめるさま。つくづく。
四　不審に思うさま。おかしな。
五　見当。根拠。
六　言っているのだから。以下も松本の言。
七　初出振り仮名「いッ」。促音が略されたもの。→『心の闇』三七九頁注二七。一六二頁六行目の例も同じ。
八　「歌舞伎狂言」の略。芝居。
九　松本とおそろいのハンカチ。
一〇　振り仮名は「足らぬ」の意。愚か。
一一　ものの言い方が下手なこと。口べた。
一二　たとえ（…としても）。
一三　初出「申して申されぬ事」。
一四　再び来るようにかき口説くのは、娼妓のすることと我慢して。「勤め」は「浮川竹の勤め」の略。

申さず、何事《なにごと》も差控《さしひか》へて居《を》りまする。其心中《そのしんちう》はよく了解《しりぬい》て居《ゐ》ると、かねぐ〵おほせらるゝお言葉《ことば》が、何《なに》よりの依頼《たより》なり。　いふまでもなき事《こと》なり。約束《やくそく》せし日《ひ》より必《かなら》ず早《はや》く来《く》るを見《み》て、今更《いまさら》のやうに此男《このをとこ》の信実《しんじつ》[一五]に喫驚《びつくり》すなと、肩《かた》を打《たゝ》いて別《わか》れぬ。

（十四）

指折《ゆびを》りて待《ま》つ日《ひ》は長《なが》く、母《はゝ》もともぐ〵にいひ暮《くら》して、遅《おそ》くともといひし日限《にちげん》来《きた》れば、今宵《こよひ》こそと化粧《みじまひ》[一六]に心《こゝろ》を凝《こ》らし、二階《かい》は昼《ひる》より塵埃《ほこり》を払《はら》ひし毛氈《けッと》[一七]を敷《し》き、火鉢《ひばち》の灰《はひ》[一八]をふるひ、暮《く》れかゝるより洋燈《らんぷ》を点《とも》して、気《き》もわく〵[一九]といつもの時《じ》刻過《こくす》ぐるに見《み》えず。お藤《ふぢ》は二階《かい》へ昇《あが》るやら降《お》りるやら。母親《はゝおや》は格子《かうし》明《あ》けたり立《たて》[二〇]たり。果《は》ては火鉢《ひばち》の前《まへ》に顔《かほ》を見合《みあは》せ、推測《あてずいりよ》[二一]の数々《かずく》を語尽《いひつく》し、今宵《こよひ》はとても頼《たの》みなし。十二時《じ》過《す》ぎたればお藤《ふぢ》は母親《はゝおや》を寝《ね》かして、我《われ》は二時《じ》まで床《とこ》に入《い》らざりしが、此上《このうへ》は明日《あす》を頼《たの》むの外《ほか》なしと、うと〵寝入《ねい》りても、鼠《ねずみ》に目覚《めさ》[二二]まし風《かぜ》に驚《おどろ》き、夢《ゆめ》にはそれが格子《かうし》の明《あ》く音《おと》なり。翌日《あす》も其翌日《そのあくるひ》も剝啄《たより》[二三]なくて、離別《わかれ》てより十日は無雑作《むざふさ》に過《す》ぎぬ[二四]。此間《このま》に約定《とりきめ》[二五]の一月経《つきた》ちければ、かの請宿《うけやど》より人来《ひときた》りて、先《さき》の旦那様御出《だんなさまおいで》がなくば、また外《あと》に許多《いくら》もお客様《きやくさま》あれば目見《めみえ》に参《まゐ》るべしと再《さい》

一五　「真実　マコトナルコト。イツハラヌコト」（『言海』）。初出「心実」。

一六　「みじまひ　女ノ仮粧装束」（『言海』）。「今朝は化粧(みじまひ)をするのも太義(たいぎ)だ」（『春色梅児誉美』六編第十五齣、天保四年）。

一七　「ブランケット」の略。敷物に用いた毛氈。↓一四七頁注二一「赤色氈」。「毛屑を蒔いて毛氈(けッと)を採る」（「一トロ話」『読売新聞』明治二十二年五月十六日）。

一八　灰に交じっている粗大なごみなどをふるいわけ、きれいに盛り上げる。

一九　期待や心配で心が落ち着かないさま。

二〇　締めたり。

二一　はっきりした根拠も無しに勝手に推し量ること。「あてずい」とも。

二二　初出・底本振り仮名「めざ」。意改。

二三　「ほとほと（一）戸ヲ叩ク音ニイフ語。…剝啄」（『言海』）。「剝啄、君が膝を容るるの戸を扣(たた)き」（蘇東坡「秦少游の韻に次して姚安世に贈る」『蘇東坡詩集』巻三十六）。「剝喙(オトヅレ)の声あり」（『東京新繁昌記』五「妾宅」）。「ほとほと　剝啄」（尾崎紅葉『畳字訓』『紅葉遺稿』明治四十四年）。「コツ〵廊下から剝啄(ノック)をした者がある」（泉鏡花『婦系図』四十八、明治四十年）。

二四　初出「過ぎけり」。

二五　「一月定の閨房の商業」（一二九頁一三行目）。

〵々の使《つかひ》なり。是《これ》を聞《きく》に、[一]外妾《かこひもの》を置《おく》こと一月を一期《いつき》として、男其女《をとこそのをんな》が気《き》に入《い》らば、末々長《すゑ〴〵なが》く通《かよ》ふは勿論《もちろん》の事《こと》[二]なれど、[三]心《こゝろ》にいらぬか、または外《ほか》に事情《じじやう》ありて、廃止《やめ》にせむとするには、その女《をんな》に子細《しさい》を語《かた》るに及《およ》ばず、給金払《きふきんはら》ひし月《つき》だけ通《かよ》ひて、次月《つぎのつき》より足《あし》を止《とゞ》むれば、それにてさツぱりと関繋絶《くわんけいた》ゆる事黙約《こともくやく》なりといふ。受《うけ》宿《やど》は我周旋《わがせわ》せし旦那《だんな》の通《かよ》ふ間《あひだ》は、月々女《つき〴〵をんな》の家《うち》へ[四]口銭《こうせん》とりに行《ゆ》くなり。其序《そのついで》に松《まつ》本《もと》の来《こ》ぬと聞《き》きて、目見《めみえ》に来《こ》よと頻《しきり》に勧《すゝ》むれど、お藤《ふぢ》は[五]一天下《いつてんか》松本《まつもと》に見替《みか》ふる男《をとこ》なければ、是《これ》に心《こゝろ》を傷《いた》め、其人《そのひと》の事気《ことき》に懸《かゝ》れど、もしいひ出《いだ》して母親《はゝおや》が、[六]此《この》身《み》に飽《あ》きたらむ人《ひと》を待《ま》つとて、再《ふたゝ》び来《き》たまはんとも覚《おぼ》えず。今日《けふ》の活路《くらし》に逐《おは》るゝ[七]身上《しんしやう》なれば、[八]了簡《れうけん》せよといはれなば、とても逃《のが》るべき道《みち》なし。我《わ》が身一人《みひとり》ならばともかくもすべけれど、大事《だいじ》なる親《おや》を[九]干死《ひじに》にはなし難《がた》く、つまる所《ところ》は外《ほか》の男《をとこ》の[一〇]玩弄物《なぶりもの》にならねばならず。其上《そのうへ》に、外《ほか》の男《をとこ》を定《さだ》めてから、万《まん》が一松本様《まつもとさま》が思《おも》ひ出《いだ》されて尋《たづ》ねてくださらば、[一一]とりかへしのならぬ遺恨《むねん》は、死《し》ぬるにも替《か》へ難《がた》く、[一二]今想《いまおも》ふさへくやし涙《なみだ》を催《もよほ》せり。御母様《おッかさま》も常住《じやうぢう》おつしやるごとく、あの方《かた》に限《かぎ》りては、嘘無根《うそいつはり》をいふ事《こと》なく、[一三]真実《しんじつ》あり余《あま》りて外面《おもて》に顕《あらは》れ、誰《たれ》にもやさしくて深切《しんせつ》なること、今《いま》のわかき人《ひと》に似合《にあは》ずと誉《ほ》めたまへり。あれほどまでに見《み》捨《すて》ぬといはれしものを、よもや見捨《みすて》はしたまはじ。お出《いで》あり度《たく》もいろ〳〵御用《ごよう》

一　↓一二九頁注三〇。
二　底本「なれと」。初出に従う。
三　気に入らないか。
四　仲介手数料。
五　この世界で。
六　以下「了簡せよ」まで、お藤が母親の言葉を想像したもの。
七　「ミノウヘ」(『言海』)。
八　我慢せよ(別の旦那を取れ)。
九　「ひしぬ…餓ヱテ死ヌ。餓死」(『言海』)。
一〇　↓一四四頁注一三。性的に弄ばれる者。「御隠居のかみさまになぶりものとなりぬ」(『好色一代女』巻四目録)。
一一　初出「口惜(くや)さはとりかへしのならぬ遺恨は」。
一二　今、そうなることを予想してさえ。初出「今思ふだに」。
一三　誠意。
一四　些細なことまで気にして心配する性格。「此

に取紛《とりまぎ》れ、それに相違《さうゐ》あるまじ。さりながら其《それ》ならばお手紙《てがみ》の一通《ひとつ》は下《くだ》されて――この身《み》の[一四]苦労性《くらうしやう》なを御存《ごぞん》じありながら――安心《あんしん》させてたまはるべきに、それさへなきは[一五]もしやと思《おも》ひながら、また種々《いろ〳〵》と身勝手《みがつて》よき様《やう》に思《おも》ひ直《なほ》せど、いや〳〵[一六]男《をとこ》の心《こゝろ》はと、狭《せま》き[一七]胸《むね》は[一八]乱麻《らんま》のごとく、断然此判断《いつそこのはんだん》は御母親《おツかあさま》にと、口頭《くちさき》まで走《はし》りかゝるを呑込《のみこ》みけり。母親《はゝおや》の思《おも》ひとても変《かは》らず。あれほどの方《かた》はまた有《ある》まじく、お藤《ふぢ》もいとしく思《おも》ふて居《ゐ》るものを、今更心《いまさらこゝろ》に染《そ》まぬ人《ひと》に冊《かしづ》かせ、気弱《きよわ》き子《こ》なれば病気《びやうき》など[一九]煩《わづら》はれて、………さりながら此儘誰《このまゝたれ》を待《ま》つともなしに、二人面《ふたりおもて》を並《なら》べて営業《なりはひ》なしには暮《くら》しかぬれど、此度旦那《こんどだんな》を取《と》らせしさへ、お藤《ふぢ》の手前恥《てまへはづ》かしくもあり、気《き》の毒《どく》にもあるを、また新《あた》らしき男《をとこ》持《も》てとは、[二〇]どの口《くち》にていふべき。売女《ばいぢよ》の母親根性《はゝおやこんじやう》になりしかと娘《むすめ》の思《おも》はくもいかゞと、これも[二一]思案《しあん》に屈《くつ》しぬ。其月《そのつき》の十五日近《なかばちか》くになれど[二二]そよとの音信《おとづれ》あらざれど、母親《はゝおや》は外《ほか》に旦那《だんな》取《どり》せよとは[二三]壁訴訟《かべそせう》にもいはず。日毎《ひごと》に竈《かまど》の烟《けぶり》糸《いと》のごとく痩《や》すれば、近所《きんじよ》の人《ひと》に頼《たの》みて、此程《このほど》より[二四]鼻緒《はなを》の前緒《まへつぼ》を撚《よ》る事《こと》を始《はじ》めて、麻《あさ》に手《て》の皮剝《かはむ》きながら、千も撚《よ》りて[二五]十銭不足《せんたらず》の内職《ないしよく》。お藤《ふぢ》は見《み》るに勿躰《もつたい》なく、母《はゝ》の手業《てわざ》を見倣《みまね》に、私《わたし》も手伝《てつだ》ひましよといへば、妙齢女《わかきをんな》の遊戯《なぐさみ》にもする事《こと》にあらず。手掌革《てのひらかは》のやうになり、[二六]指《ゆび》は太《ふと》りて節立《ふしだ》ち、これより[二七]出世《しゆつせ》すべき姿《すがた》の損《そん》ずる[二八]ほどにといへば、かゝ

子はとかく苦労性で、他（ひと）のことまで気にしますは」（『春色辰巳園』後編第十回の下、天保五年）。
一五 見捨てられたのか、などの句を略す。
一六 あてにならない、などの句を略す。
一七 初出「胸中（きようちう）」。
一八 もつれた麻のように乱れ。「僕の心は乱麻の如し」（嵯峨の屋おむろ『無味気』明治二十一年）。
一九 死んでしまっては哀れだ、などの句を略す。
二〇 どんな口で恥知らずにも言えようか（言えない）。
二一 思いあぐねた。「何分長二を助命いたす工夫がございませんので、筒井侯も思案に屈し」（三遊亭円朝『名人長二』三十）。
二二 少しの便りもなかったけれど。「秋風は吹けども、荻の葉のそよとの、便りも聞かで」（謡曲「班女」）。
二三 相手に直接言わず、遠まわしに催促すること。「偶（また）には水ぐらゐ汲んでもと女房の壁訴訟」（饗庭篁村「走馬燈」五）。
二四 下駄・草履などの前の部分に縦に付いている緒。麻・木綿などを芯にして、ビロード・革などで巻く。
二五 麻裏草履の鼻緒の内職の場合、一日骨を折って百本縫っても並が二銭五厘、上が三銭五厘、割のよいシャツの内職でも六―七銭（「下等社会女の内職（つゞき）」『東京朝日新聞』明治二十三年五月一日）。「千も撚りて」は誇張か。↓補三〇。
二六 「嫁は内職の鼻緒を精出し過て指を脹（はら）し左りの手は利かぬ悩み」（『当世商人気質』巻一の二）。
二七 ↓一三九頁注三八。
二八 理由を示す接続助詞。…から。

るさもしげなる事《こと》したまはずとも、[一]賃仕事《ちんしごと》をなぜしたまはぬ。それならば針《はり》の運動《はこび》鈍《にぶ》きながら、稽古《けいこ》がてらに私《わたし》も手伝《てつだ》ひ、其上《そのうへ》に[二]此《これ》にはましたる賃銭《ちんせん》も得《え》らるべきに。其《それ》をお前《まへ》に教《をし》へてもらはうか。かく貧窮《ひんきう》に暮《くら》しても昔時《むかし》に変《かは》らぬお前《まへ》の世間不見《せけんみず》。縫仕事《ぬひしごと》あらば馴《な》れたる事《こと》とて楽《らく》にもあれば、いかで為《せ》ずに置《お》くべき。[三]今《いま》は世上《せじやう》一般《ばんふ》不景気《けいき》に寂《さび》れて、其職《そのしよく》のものが安直《やすね》に仕事《しごと》をとれば、なか〳〵素人《しろうと》の手《て》には渡《わた》らず。この鼻緒《はなを》すら望《のぞ》み手《て》多《おほ》く、知《し》らぬものが行《い》たとて、問屋《とひや》にて仕事《しごと》はくれぬほどなれば、[四]塗師屋《ぬしや》の女房《おかみさん》のを分《わけ》て貰《もら》ふた仕誼《しぎ》と語《かた》れば、お藤《ふぢ》は聞《きく》に[五]身《み》も世《よ》もあられぬ[六]切《せつ》なさ。身《み》を顫《ふるは》せて、お母様《ツかさま》！　えゝ喫驚《びツくり》した。私《わたし》は外《ほか》の旦那《だんな》を取《とり》ましよと涙《なみだ》を浮《うか》ぶれば、母親《はゝおや》は心快《こゝろよ》く笑《わら》ひて、此《こ》の世《よ》にも[七]一人《ひとり》松本様《まつもとさま》のやうな人物《かた》あらば、お前《まへ》が可厭《いや》でも旦那《だんな》にさすべし。さもなくば此母《このはゝ》が不承知《ふしようち》と、お藤《ふぢ》が[八]心《こゝろ》にもなき言葉《ことば》も我《われ》ゆゑにと、其心中《そのしんちう》思《おも》ひやりて、顔《かほ》を脊《そむ》けて目《め》を[九]しばたゝけば、娘《むすめ》は声《こゑ》を立《たて》て泣入《なきい》りぬ。[一〇]見《み》るに不敏《ふびん》や、おのれ！　其男《そのをとこ》、引捕《ひつと》らへて逢《あは》せてやりたし。

（十五）

お藤《ふぢ》の母《はゝ》は[一一]子《こ》を思《おも》ひの闇《やみ》に、煤《すゝ》けたる小《こ》提灯《ちやうちん》照《て》らして、上野《うへの》[一二]花園町《はなぞのちやう》にやう

一 出来高払いで賃金を受け取る手内職（特に仕立物）。「婦人らしき内職は洗濯仕立物なり」（「東京社会下層婦人の内職」『朝野新聞』明治二十四年一月二十四日）。「母は十二三から流離の苦を嘗めて、結婚前には東京でお針の賃仕事をしてゐたと云ふ事である」（有島武郎「私の父と母」『中央公論』大正七年二月）。
二 →一六一頁注二五。仕立物の場合、一日あたり「上手が九銭か十銭、甚しきは五六銭に当らざるもあり、之とて今日の不景気にては頼手（たのみ）少く先づ遊び勝にて」（「東京社会下層婦人の内職」）。→補三一。
三 明治二十二―二十三年、凶作による物価騰貴から日本初の経済恐慌が起こった。定期米の価は、明治二十二年八月下旬六円台だったのが九月下旬には八円台となり、翌年二―三月には九円台に上昇、六月には十円を突破（『朝野新聞』『東京日日新聞』）。明治二十二年十月以降、米騒動が各地で頻発した。→補二三。
四 漆器を製造する人、またはその家。塗師。
五 切実な嘆き・悲しみなどによって、わが身も世間体も考える余裕のないさま。
六 初出「つらさ」。
七 もう一人。
八 お藤が、内心では松本に恋い焦がれていることを、母は知っているから。
九 しきりにまばたきする。涙をこらえるさま。
一〇 語り手が直接顔を出し、登場人物を批判したもの。
一一 子を思うために親の心が道理にくらくなり、思い迷うことの喩え。「人の親の心は闇にあらねども子を思ふ道にまどひぬるかな」（『後撰和歌集』雑一・藤原兼輔）の歌に拠る。次の「小提灯」は「闇」の縁語。「執着の念深きに似たれど子

〳〵松本《まつもと》の住家《すみか》を尋《たづ》ねあて、格子戸《かうしど》の戸外《おもて》に佇《たゝず》み、もしや遠慮《ゑんりよ》すべき人《ひと》ありてはと、戸内《うち》の様子《やうす》を窺《うかゞ》ふに、火影《ひかげ》ありながら人気《ひとけ》なきやうにて、[一三]沓脱《くつぬぎ》に老女《らうによ》の穿《は》くかと思《おも》はるゝ、古《ふる》びたる桐《きり》の[一四]後歯《あとば》脱捨《ぬぎす》てたり。家《うち》が違《ちが》ひしかと、また提灯《ちやうちん》を挙《あ》げて見《み》れば、表札《へうさつ》の番地《ばんち》姓名《せいめい》、これに紛《まぎ》れなしと、小声《こゞゑ》に[一五]案内《あんない》すれば、誰方様《どなたさま》といふは[一六]年青女《わかきをんな》の声《こゑ》にあらで、出《で》て来《き》しは果《はた》して五十余《よ》の老女《ばゞ》、衣《い》類麁《るゐそ》末《まつ》にしてしかも[一七]前垂懸《まへだれがけ》なり。人品《じんぴん》も下賤《げせん》なるに、扨心付《さてこゝろづ》きたり、傭婆《やとひばゞ》と[一八]二人《ふたり》の家内《かない》と、松本様《まつもとさま》のいはれしに違《たが》はず、是《これ》ならば多《おほ》く憚《はゞか》る事《こと》なしと胸《むね》を落《おち》付《つ》け、旦那《だんな》様御《さまご》在宅《ざいたく》ならば一寸《ちよッと》お[一九]目《め》もじ願《ねが》ひたく、夜《や》中不躾《ちうぶしつけ》ながら参《さん》じました。それはお生憎《あいにく》な、旦那《だんな》様《さま》は御留守《おるす》でござりますといへば、お藤《ふぢ》の母《はゝ》は老女《ばゞ》の顔《かほ》をじつと眺《なが》め、残念《ざんねん》らしき[二〇]面色《おもゝち》なるを、気《き》の毒《どく》に思《おも》ひて、折角《せッかく》のお出《いで》の処《ところ》を………、まづおかけなされて一服遊《いッぷくあそ》ばしまし。して貴嬢《あなた》は[二一]何方様《どなたさま》。はい西黒門《にしくろもん》町よりと、お帰《かへ》りの上《うへ》は御伝《おつた》へ下《くだ》されまし。此《これ》は[二二]いかいお邪魔《じやま》を致《いた》しましたと、此家探《このいへさが》し当《あて》し時《とき》の元気《げんき》に引替《ひきか》へ、しほ〳〵と行《ゆ》く姿《すがた》、[二三]枯柳霜《こりうしも》に悩《なや》む[二四]池《いけ》の端《はた》を過《す》ぐるに、[二五]水禽《すゐきん》の鳴音《なくね》身《み》に染《し》みながら、風《かぜ》に悩《こた》へず[二六]寸白《すばく》も起《おこ》さず、子《こ》を思《おも》ふ一念《ねん》これにつけても難有《ありがた》し。明日《あくるひ》の夕暮《ゆふぐれ》また尋《たづ》ねて行《ゆ》けば、昨夜《ゆふべ》の婆《ばゞ》がまた出《で》て、まだ御帰《おかへり》宅はなしといふに、先方《さき》を疑《うたが》ふやうにて悪《わる》けれどと思《おも》ひ

を思ふ暗（やみ）に迷ふは一般（なべて）の親心」（饗庭篁村「人の噂」五）。

一二 下谷区花園町。東は上野公園、西は本郷区、南は不忍池に接する。→地図。

一三 「家ノ戸ロニテ、はきものヲ脱ギ棄ツル処」（『言海』）。

一四 前部を駒下駄のように作りつけ、後ろだけ歯を入れた下駄。「日和下駄は…女は特に丸形を用ひ、又後歯を用ふるなり」（『東京風俗志』中巻）。

後歯の日和下駄
（喜田川守貞『守貞謾稿』嘉永6）

一五 →一四六頁注九。

一六 「青」は「わかい」の意。

一七 前掛け姿。女中・奉公人のさま。

一八 一家二人。→一四三頁一〇行目。

一九 →『二人比丘尼 色懺悔』一六頁注一六。

二〇 初出「面色（おもゝち）なれば」。

二一 初出振り仮名「いづかたさま」。

二二 「いかいこと…タクサンニ」（『言海』俗語）。「いかいお世話様に成りました」（四世鶴屋南北『お染久松色読販（おそめひさまつうきなのよみうり）』中幕、文化十年初演）。

二三 お藤の母のしおれたさまを重ねる。

二四 上野不忍池の池畔の総称。→地図。

二五 水鳥。

二六 →一二三頁注七。

ながら、何処《どちら》へお越《こ》し遊《あそ》ばしましたのやら、お聞《きか》せ下《くだ》さりませといへば、会社《くわいしや》の御用《ごよう》にて[一]函館《はこだて》の北海道《ほくかいだう》とやらへお越《こ》しなされました。えゝ口惜《くちをし》や、偖《さて》は今朝《けさ》お立《たち》になりましたのか。いへ〳〵、先月《せんげつ》の二十九日の御出立《ごしゆつたつ》、来月《らいげつ》の半過《なかばすぎ》には御帰京《おかへり》のよし、申遺《まをしのこ》されましたと手《て》[二]もなく言放《いひはな》ちぬ。余《あま》[三]りとや思《おも》ひ設《まうけ》ぬ事《こと》なれば、お藤《ふぢ》の母《はゝ》は[四]得心《とくしん》せず、これはまさしく留守《るす》[五]をつかひたまふと覚《おぼ》えたり。お藤《ふぢ》が生娘《うぶ》[六]にておもしろき対手《あひて》成《なら》ぬに興《きよう》を薄《うす》がり、外《ほか》に外妾《おなぐさみ》[七]をお拵《こしら》えなされたを我等《われら》が聞《きゝ》つけ、[八]面倒《めんだう》なる事《こと》をいひに来《き》たとお覚召《ぼしめ》されてお逢《あひ》なされぬのか。[九]なか〳〵[一〇]去事《さること》にはあらぬを、[一一]地獄《ぢごく》には慈悲《じひ》の鬼《おに》なし、[一二]さもしき事《こと》をする娘《むすめ》の親《おや》なればと、邪推《じやすゐ》なされて隠《かく》れたまふかや。[一三]身貧《みひん》にはならぬものぞと、無念《むねん》の涙《なみだ》を呑《の》むでぞ帰《かへ》りける。かくまで賢《かしこ》き了簡《れうけん》つきながら、一日置《いちにちおい》てまた花園町《はなぞのちやう》を尋《たづ》ねぬ。[一四]何事《なにごと》かよく〳〵深《ふか》き子細《しさい》ありてなる可《べ》し。衣飾《みなり》のよからぬを自《みづか》ら耻《は》ぢもし、また松本《まつもと》が家内《かない》のものゝ手前《てまへ》いかゞと[一五]斟酌《しんしやく》して、昼間《ひるま》は避《さ》けて行《ゆ》かざりしが、いつも夕暮《ゆふぐれ》ときまれば、其人時《そのひとじ》刻《こく》を量《はか》りて不在《ふざい》すべければ、今日《けふ》こそは一《いち》か八《ばち》、身《み》にも人《ひと》にも替《か》へ難《がた》き一大事《いちだいじ》。会社《くわいしや》よりの退社《ひけ》を窺《うかゞ》ひ、否応《いやおう》なしにお目《め》に懸《かゝ》りてと、[一六]三時《じ》過《すぎ》に、老女《ばゞ》がいやな顔《かほ》を承知《しようち》にてまた尋《たづ》ねしに、其口上《そのこうじやう》いかにも真実《しんじつ》らしく、坐敷《ざしき》まで見《み》せてもらひしに、主人不在《しゆじんふざい》の有様《ありさま》に極《きは》まれば、お

一 「北海道の函館」とあるべき。この老女にとって縁のない土地ゆえの誤り。北海道庁の設置は明治十九年で、当時新開の土地として商業的にも期待されていた。「此の古着の下りを幸ひ多く仕入れて北海道へ持ち渡り…殊に寄らば北海道にて一旗揚げんと思ふなり」(『当世商人気質』巻二の三)。
二 (隠し立てされると思いのほか)造作なく。
三 余りにも予想外の言葉だったので。「五六日」(一五七頁五行)の予定のはずが、ここでは一か月半以上と言われたため。
四 「納得」(『言海』)。
五 居留守を使う。「夕部(ゆう)べ)みなく〳〵われ所へ参られたるを聞てゐたれ共、わざと留守をつかふた」(露の五郎兵衛『軽口露がはなし』巻四の五、元禄四年)。
六 男女の情に通じていないさま。うぶだと駆引きの面白みがない、ということ。「顔から火が出たぜ生娘のウブな娘(こ)に彼様な事を言って」(『真景累ヶ淵』十七)。
七 →一六〇頁注一。「おなぐさみ」は、娼妓など性的に弄ばれる者の意。「金で他(ひと)の娘をなぐさみものにするやうな人に誠がありませうか」(為永春水『松間花情 吾妻の春雨』二編上、天保三年)。
八 具体的には、娘が見替えられたことを非難し、金を要求する、など。
九 (否定表現を伴って)決して。
一〇 そんなこと。
一一 地獄のように苦しいこの世には、慈悲深い親切な人もいない、の意。「渡る世間に鬼はない」の対語。
一二 色を売ること。
一三 貧乏な身の上。「身貧にはござりまする。ど

藤《ふぢ》の母《はゝ》は面目《めんぼく》を失《うしな》ひ、此《これ》までの不礼《ぶれい》をひたすら詫《わ》ぶる言葉《ことば》に、動作《そぶり》に、面色《かほいろ》に、一七心《こゝろ》の愁《うれひみ》見ゆるを、老女《ばゞ》はいぶかしみて、この間《あひだ》より見馴《みな》れぬ貴嬢《あなた》が度々《たび〳〵》のお尋《たづ》ね、お名《な》を窺《うかゞ》へば唯《た》だ西黒門町《にしくろもんちやう》よりとばかりにて、何《なん》の事《こと》やら子細《わけ》わからず。今旦那様《いまだんなさま》が御遠方《ごあんばう》にありと聞《き》かれて、遽《にはか》に気落《きおち》を遊《あそ》ばす御様子《ごやうす》、一八一円合点《ゐんがてん》が参《まゐ》り難《がた》し。いかなる子細《わけ》やらお話《はな》しなされて悪《あし》からずば、委細《ゐさい》をお聞《きか》せなされませぬかと、情籠《なさけこも》れる言葉《ことば》に、お藤《ふぢ》の母《はゝ》はほろりと落《おと》一九して鼻《はな》をつまらせ、如此事《かゝること》は貴嬢《あなた》にお話《はな》し申して、よいやら悪《わる》いやら存《ぞん》じませねど、折角《せつかく》のお言葉《ことば》に甘《あま》えて何《なに》もおつゝみ申《まを》しませぬ。先月《せんげつ》より一女《むすめ》の藤《ふぢ》がお世話《せわ》になりまして、今月《こんげつ》は旦那様《だんなさま》のお出《いで》なきほどに、母《はゝ》の口《くち》より申悪《に》くけれど、一女《むすめ》の様子《やうす》を見《み》るに、旦《だん》那様《なさま》をお慕《した》ひ申すの余《あま》り、食事《しよくじ》はいたさず、夜《よる》は寐《やす》まず、二〇ぶら〳〵と煩《わづら》ひの床《とこ》に倒《たふ》れ、日《ひ》ましに瘠細《やせほそ》るを見《みる》につけ、お察《さつ》し下《くだ》されまし、私《わたくし》は気《き》も半乱《はんらん》、二一此身《このみ》は長《なが》く生《い》きて望《のぞ》みなけれど、寿命長《おいさきなが》き娘《むすめ》は、可愛《かあい》や十八ばかりを一期《いちご》にして、二二殺《ころ》しともなけれど、二三其良薬《そのりやうやく》は旦那様《だんなさま》、もう廿日と待《ま》たずして花《はな》は散《ち》るべき景色《けしき》、くちをしや！　無念《むねん》や！　助《たす》くる手術《てだて》あらば教《をし》へ二四たまへかし。

うもしがく〔金の工面〕の仕やうもなく」(二世竹田出雲ら『仮名手本忠臣蔵』第五、寛延元年初演)。

一四 語り手がお藤の母の深い思いを代弁したもの。

一五 先方の心中を推し量って遠慮すること。

一六 当時、官員の退出時刻は午後三時(『浮雲』第一篇第一回。新日本古典文学大系明治編18『坪内逍遙・二葉亭四迷集』二〇二頁注四参照)。松本の「商会」(一四三頁九行目)でもこれに準じた終業時間と推測したもの。

一七 初出「凋(しぼ)れ入る気色(けしき)見ゆれば」。

一八 「(二)サラサラ。一向。「―知ラズ」」(『言海』)。「親殺しのお処刑(しおき)に相成るものと心得ますに、御褒美をくださりますとは、一円合点の参りませぬ御裁判かと存じます」(三遊亭円朝『名人長二』四十)。初出「一円合点参り難し」。

一九 涙を落として。

二〇 恋煩い・気鬱症・労咳(肺結核)など、大して重くもならずに長引く病状を言う。ぶらぶら煩い。ぶらぶら病。「一人息子、よほどの日数(ひかず)をぶら〳〵わづらひ、薬や針の験(げん)も見へねば」(『鹿の子餅』「医案」)。「ブラ〳〵病いなら草津の湯でも癒らぬといふ例の症(やまひ)〔恋わずらい〕では有るまいか」(饗庭篁村「病の原因(もと)」『むら竹』七、明治二十二年)。

二一 半狂乱。「男の不実に気は半乱」(「迷路珍説喜美男誤(めいじちんせつきみだんご)」『仮名読新聞』明治九年十一月三十日)。

二二 死なせたくはないが。

二三 恋煩いの特効薬。

二四 初出「たまはれかし」。

（十六）

お藤《ふぢ》が母《はゝ》の物語《ものがたり》に傭婆《ばゞ》も貰泣《もらひなき》して、なるほど旦那様《だんなさま》にお逢《あは》せ申したけれど、函館《はこだて》へ御《お》巡視《みまはり》の役目《やくめ》にてお越《こ》しなされ、一処《ひとゝころ》に足《あし》を留《と》められねば、お手紙《てがみ》をさへ上《あ》げ難《がた》し。是《これ》は私等《わたくしども》の思案《しあん》に及《およ》びかぬれど、今《いま》お話《はなし》にお同伴《つれ》がありしよしなるが、旦那様《だんなさま》が無二《むに》の[一]御別懇《ごベツこん》といふは、[二]瀬戸物町《せともの ちやう》の三谷様《みたにさま》といふ御人《おかた》ならではなし。思《おも》ふに其時《そのとき》のお同伴《つれ》は是《これ》なるべし。応《おう》、三谷様《みたにさま》とおほせらるゝからは其人《そのかた》なり。参《まゐ》りてお願《ねが》ひ申すも[三]苦《くる》しかるまじきや。[四]よい段《だん》では御座《ござ》りませぬ。番地《ばんち》はしかぐ〳〵。[五]鉄道馬車《てつだうばしや》にて何処《どこ》まで行《ゆ》き、どの角《かど》をどう曲《まが》り、三目《みツつめ》の右《みぎ》の横町《よこちやう》の中頃《なかごろ》と、懇《ねんごろ》に教《をし》へられし通《とほ》りを、其翌朝《そのよくあさ》辿《たど》りて折《をり》よく三谷《みたに》に遇《あひ》けり。

男《をとこ》は流石《さすが》に[六]心強《こゝろづよ》き所《ところ》ありて、傭婆《ばゞ》のやうに迂濶《うか》とは涙《なみだ》を滴《こぼ》さず、たとひ処女《おぼこ》にもせよ、今時恋病《いまどきこひわづら》ひとは[七]時代過《じだいすぎ》て合点《がてん》がならぬと、心中《しんちう》にはこれを[八]狂言《きやうげん》のやうに思《おも》ひなして動《どう》ぜぬ景色《けしき》なれば、母親《はゝおや》は頼《たのみ》の綱《つな》を切《き》られて、いふべき言葉《ことば》につまりしが、[九]其《それ》よ！　[一〇]至誠《しせい》には水中《すゐちう》の鐘《かね》にも声《こゑ》あり、[一一]此一念《このいちねん》などか通《とほ》らざる可《べ》きと、目色《めいろ》変《かは》りて膝《ひざ》は進《すゝ》み、旦那様《だんなさま》に逢《あ》ひたしとは、またお世話《せわ》になりたき心《こゝろ》かとのお覚召《ぼしめし》は[一二]さる事《こと》ながら、神《かみ》も仏《ほとけ》も[一三]照覧《せうらん》あれ、[一四]子《こ》に替《か》ふ可《べ》き宝《たから》はなきもの

一「殊ニ親シキコト」（『言海』）。
二 日本橋区瀬戸物町（今の中央区室町一丁目）。日本橋の北約二〇〇（メートル）ほどのところにあり、東は伊勢町、西は室町に接する。↓地図。
三 差し支えないでしょうか。
四 よいどころでは御座いません。
五 日本橋で下車することになる。↓補七。
六 情にほだされないさま。
七 古めかしく大げさ過ぎて。
八 お芝居。筋書きをつくって本当らしく欺くこと。「声には泣ど目に泣ぬ親子が狂言」（文耕堂ら『ひらがな盛衰記』第二、元文四年初演）。
九 そうだよ。自ら合点した時に用いる感動詞。
一〇 真心に対しては、水底に沈んだ鐘でさえも感応して鳴る、の意か。典故未詳。
一一 どうして通じないことがあろうか（反語）。
一二 もっともなこと。
一三 神仏もよく御覧ください。相手に自分の誠意を示す誓語。「弓矢八幡箱根の権現も照覧あれそれがしは存ぜず候」（謡曲「調伏曾我」）。
一四 子と取り替えられる宝はない。「銀（しろがね）も金（くがね）も玉も何せむに勝れる宝子に及（しか）めやも」（『万葉集』巻五・山上憶良）。「子は三界の首械（くびかせ）とは悪い方の奥を云ひし俗諺（ことわざ）　子に増す宝世にあらめやとは善い方の上なし歌」（饗庭篁村「藪椿」十七）。

を、其命《そのいのち》助《たす》けたきばかりの此苦労《このくらう》、長《なが》くとは申《まを》さず、只《たゞ》一目《め》にて満足《まんぞく》すべし。此事《このこと》もし協《かな》はずば、無残《むざん》や、娘《むすめ》は思死《おもひじに》に死《し》して[一五]永劫輪廻《えいがふりんね》に迷《まよ》ひ、私《わたくし》とても前途《すゑ〴〵》の楽《たのし》みをなくなし、生効《いきがひ》なき身《み》の[一六]何日《いつ》まであるべき。母子《おやこ》二人の命《いのち》を助《たすく》るも殺《ころ》すも、貴下《あなた》お一人《ひとり》の御了簡《ごれうけん》にある事《こと》、二人《ふたり》見殺《みごろ》しにして不敏《ふびん》とも何《なん》ともお覚召《ぼしめ》さぬかと、あとはしやくり上《あ》げて袖《そで》を濡《ぬ》らしぬ。三谷《みたに》は黙然《もくねん》と[一七]手《て》を拱《こまぬ》きて下俯《うつむ》くは、投懸《なげか》けて頼《たの》む色《いろ》なる[一八]藤《ふぢ》に、松《まつ》も捨難《すてがた》き思《おも》ひなり。母親《はゝおや》は[一九]曇声《くもりごゑ》にて、老《おい》て此苦労《このくらう》をするも、[二〇]誰《たれ》をとてわが身《み》の外《ほか》に恨《うら》むべき方《かた》なし。娘《むすめ》に[二一]浅《あさ》ましき事《こと》させしが[二二]我畢生《われひッせい》の落度《おちど》なり。それも[二三]当人心《たうにんこゝろ》に染《そ》まざりし男《ひと》に逢《あ》ひもしなば、[二四]可厭《いや》といふを無理《むり》往生《わうじやう》に得心《とくしん》さするに、かほど胸《むね》は傷《いた》めまじきに、[二五]なまなかやさしき男《かた》に逢初《あひそ》めしばかりに、かうした事《こと》になりましたと、哀《あは》れに掻口説《かきくどけ》ば、三谷《みたに》も[二六]さらぬ体《てい》に鼻《はな》かみて涙《なみだ》を紛《まぎ》らし、一々《いち〳〵》至極《しごく》なる言葉《ことば》なれど、其《それ》はかうなりたる今《いま》になりては、[二七]いふても詮《せん》なき事《こと》なり。まことお藤殿《ふぢどの》がさほどまで思《おも》ひつめし事《こと》ならば、いかにもして逢《あ》はせ申可《べ》し。なれどもお藤殿《ふぢどの》がたしかに恋病《こひわづらひ》に[二八]きはまり、自身《じしん》の口《くち》よりも逢《あ》ひたきよしをいはるゝか。乙女心《をとめごゝろ》の万事《ばんじ》に羞《はぢ》らひ、なほ[二九]又内端《またうちば》なる気質《きしつ》なれば、親《おや》にも思《おも》ふ事《こと》をつゝみ、独《ひと》りくよ〳〵と物案《ものあん》じする性分《しやうぶん》なれば、旦那様《だんなさま》に逢《あ》ひたし、逢《あ》はせてくれとは得《え》申さねば、最初《はじめ》の程《ほど》は

一五 松本への執着から、永久に迷いの世界で生死を繰り返し。
一六 いつまで生きていられるでしょうか(反語)。
一七 腕組みをする。思案のさま。「為朝は手を叉(こま)(ぬ)き、黙然として在(は)(を)せしが」(『椿説弓張月』五十四回)。
一八 「藤」と「松」は縁語。お藤の母に頼られて三谷も無下に振り切れないさま。↓補二〇。
一九 涙ではっきり聞き取れない声。「云ふも涙の曇り声」(饗庭篁村「走馬燈」八)。
二〇 誰をといって、自分以外に恨むべき者はいない。
二一 妾奉公を指す。
二二 一生の。
二三 初めての妾奉公の相手が、松本ではなく、お藤の気に入らない男だったならば。
二四 今度新たに旦那を取らせるについて、当人がいやと言っても、こちらで無理に納得させるのにこれほど胸を痛めはしないだろうが。
二五 なまじっか。
二六 何げない様子で。
二七 言っても仕方のないこと。
二八 「きはまる 極 窮…(二)決(キ)(マ)ル」(『言海』)。
二九 ↓一三四頁注一二。

それぞとも心付《こゝろつ》かざりしに、旦那様《だんなさま》のお出《いで》があるやうに申せし日《ひ》二日三日過《すぐ》るより、私《わたくし》に向《むか》ひて、旦那様《だんなさま》は如何遊《いかゞあそ》ばされたやら、もはやお出《いで》はなき事《こと》かと、日に四五度《たび》も尋《たづ》ねしが、お音信《たより》なき日数《ひかず》の[一]積《つも》るにつけ、一時間《じかん》に何度《なんたび》といふ数《かず》を知《し》らず。たゞ[二]其《それ》のみをいひ続《つゞ》けて[三]案《あん》じ煩《わづら》ふを、明日《あす》は必《かなら》ず明後日《あさって》は必《かなら》ずと、よきやうに挨拶《あいさつ》しながらも、若《も》しやと容体《ようだい》に心《こゝろ》を付《つけ》て見《み》れば、朝起《あさおき》るより柱《はしら》に凭《もた》れ火鉢《ひばち》に倚《よ》り、座《すわ》れば其《その》まゝ動《うご》くことなく、半日《はんにち》一口《くち》も物言《ものい》はずに何《なに》やら思《おも》ひつめながら、[四]間《ま》がな隙《すき》がな、旦那様《だんなさま》はどう遊《あそ》ばされたのやら、もはやお出《い》ではなき事《こと》かと、是《これ》ばかりは聞《き》くにうるさきほど尋《たづ》ぬる上《うへ》、[五]古《ふる》き新聞《しんぶん》など取出《とりだ》して、少《すこ》し読《よ》みては深《ふか》く考《かんが》へ、心細《こゝろぼそ》げなる溜息《ためいき》つきて其《それ》も打遣《うちやり》、袂《たもと》より[六]絹《きぬ》のはんけちの畳《たゝ》みたるを出《いだ》して、膝《ひざ》の上《うへ》に置《お》き手《て》にとりあげ、顔《かほ》におしあて懐中《ふところ》に入《い》れ、片時《かたとき》もこれを放《はな》さず、夜《よる》は枕頭《まくらもと》におきて寝《ね》つくまで眺《なが》むるは、せめてもの[七]思出《おもひで》草《ぐさ》か、忘《わす》られぬ余《あまり》か。これ旦那様《だんなさま》が下《くだ》されしものなり。親《おや》の口《くち》からあるまじき、娘《むすめ》が[八]失徳《いたづら》の段々《だん〱》、必《かなら》ずおさげすみ下《くだ》されますなと、細《こま》やかに語《かた》るに虚言《うそ》なく、また此女《このをんな》虚言《うそ》をいふ可《べ》き人《ひと》にあらず。世《よ》はさま〴〵や、[九]お藤《ふぢ》が因果《いんぐわ》、[一〇]松本《まつもと》が果報《くわほう》。

一　重なる。
二　初出「其のみいひ続けて」。
三　あれこれ思い悩む。
四　暇さえあれば。
五　暇つぶしのために古い新聞を読むが、すぐに松本のことが気になって考え込む。
六　松本から贈られたもの。→一五八頁注九。
七　思い出の種となるもの。
八　→一四〇頁注六。初出「いたづらの」。妾奉公を指す。
九　前世の因果としか考えられないような、不幸な境遇。どうしても松本を思いきれないことを指す。
一〇　前世の報いがよいための幸せな境遇。お藤に深く思われていることを指す。

（十七）

お藤《ふぢ》の事心《ことこゝろ》に懸《かゝ》りながら、三谷《みたに》は商用《しやうよう》の繁忙《せわしき》まゝに、母親《はゝおや》が尋《たづ》ねし日《ひ》より二《ふつ》日《か》打捨《うちすて》て置《お》きしが、其日《そのひ》の夕暮《ゆふぐれ》母親《はゝおや》また来《きた》りて、旦那様《だんなさま》のお音信《たより》はあらぬか、お帰京《かへり》のほどは知《し》れぬか。お藤《ふぢ》の容躰《ようだい》日増《ひまし》に覚束《おぼつか》なく、[一一]霜《しも》に画《あが》ける花《はな》や、見《み》る間《ま》にじめ〳〵と衰《おとろ》へゆくにと、[一二]血眼《ちまなこ》になりていふことも後《あと》や前《さき》なるに、三谷《みたに》も驚《おどろ》きて、其明朝不取敢西黒門《そのあくるあさとりあへずにしくろもん》町に行《ゆ》けば、母親《はゝおや》は転《まろ》び出《で》て之《これ》を喜《よろこ》び、三谷《みたに》へ挨拶《あいさつ》かた〴〵お藤《ふぢ》〳〵と呼《よべ》ば、[一三]枕屏風《まくらびやうぶ》の陰《かげ》より返事《へんじ》もなく差出《さしだ》す顔《かほ》は、見《み》るも無残《むざん》や、[一四]恋《こひ》に削《けづ》られ思《おも》ひに枯《か》れて、明朝《あす》までとは見《み》えざりき。かほどまでとは三谷《みたに》も思《おも》ひ懸《が》けねば、唯呆《たゞあき》れて見護《みまも》るに、色《いろ》は褪《さ》め艶《つや》は失《う》せ、頰《ほゝ》は皮《かは》を残《のこ》して眼《まなこ》は深《ふか》く落入《おちい》り、小鼻高《こばなたか》くなりて凄《すご》かりき。されど哀《あは》れなるは、[一五]油濃《あぶらこ》く[一六]島田《しまだ》に結《ゆ》ひて、[一七]鬢《びん》に髱《たぼ》に一筋《ひとすぢ》の乱毛《みだれけ》なく、薄化粧《うすけしやう》して唇《くちびる》に[一八]臙脂《べに》をさしたり。憫然《ふびん》ともいぢらしともいふべき様《やう》なく、恋《こひ》なればこそと、三谷《みたに》は此《この》一事《じ》にお藤《ふぢ》が心中《しんちう》を見貫《みぬ》き、[一九]心底《しんそこ》より此《この》一命助《めいたす》くる所存《しよぞん》になりぬ。[二〇]常住《つねぐ》松本《まつもと》の話《はなし》に、三谷《みたに》は兄弟同《きやうだいどう》様《やう》なりと聞《き》き、伴合《つれあ》ふて酒飲《さけのみ》に来《きた》りし事《こと》もあれば、お藤《ふぢ》は三谷《みたに》の顔《かほ》を見《み》るより、[二一]其人《そのひと》に思寄《おもひよ》せて飛立《とびた》つばかり懐《なつ》かしがり、[二二]世《よ》に嬉《う》れしげなる面色《おももち》して、床《とこ》の上《うへ》

一一 霜に描いた花が、霜が溶けるとともに消えるように。はかなく消えやすいことの喩え。
一二 夢中になって、言うことも前後とり乱れてまとまらないので。
一三 枕もとに立てる小さな屏風。すきま風を防ぐのに用いる。
一四 恋ゆえに痩せ衰えて、明朝まで命がもつとは見えなかった。
一五 松本がいつ来てもよいように、整髪し、化粧したさま。
一六 若い女性の髪形で、日本髪の代表的なもの。種々の変形があった。→一三三頁注三八。
一七 「鬢」は両耳の前の髪。「髱」→一二九頁注二六。
鬢つけ油（蠟または松脂と油とを練り合わせ、香料を加えた固形の油）で固め、櫛で整える。
一八 丹に脂を加えた本来の臙脂ではなく、紅花から採った紅であろう。→一三〇頁注一八。
一九 紅葉は、『多情多恨』（明治二十九年）の葉山誠哉、『金色夜叉』（明治三十―三十六年）の荒尾譲介ら、主人公の友人で俠気に富む男性像を描いているが、三谷はその先蹤。
二〇 底本「當住」。初出に拠る。
二一 松本に結び付けて思う。
二二 実に。

にかしこまりて挨拶《あいさつ》すれば、母親《はゝおや》は傍《そば》に此体《このてい》を見《み》て、はら〳〵と涙《なみだ》を流《なが》すは、幾日《いくか》ぶりのお藤《ふぢ》の笑顔《ゑがほ》に、嬉《うれ》しさ余《あま》りてなるべし。お藤様御心持《ふぢさんおこゝろもち》はといひながら、三谷《みたに》は枕近《まくらちか》く[一]膝行《ゐざ》り寄《よ》り、お見舞《みまひ》のしるしにと[二]風月堂《ふうげつだう》の菓子《くわし》折《をり》を出《だ》して、此《こ》の中《なか》は松本《まつもと》が大好物《だいかうぶつ》なれば、[三]お前様《まへさん》のお口《くち》にも屹度合《きつとあ》ふつもりにて持参《ぢさん》せりと、憎《にく》いほど物馴《ものな》れたる口上《いひぶん》。つまらぬ物《もの》も是《これ》ゆゑに良薬《りやうやく》、お藤《ふぢ》は莞爾《につ》と笑顔《ゑがほ》を袖《そで》に陰《かく》し、[四]嬉《うれ》しさは之《これ》に見《あら》はれぬ。母親《はゝおや》はなほ喜《よろこ》び、[五]手《て》のない中《なか》を炭《すみ》をつぎ、湯《ゆ》を沸《たぎ》らせ、何卒《どうぞ》御ゆるりとゝ幾度《いくたび》か繰《くり》かへしぬ。三谷《みたに》は言葉《ことば》をあらため、今日何《けふなに》よりのお土産《みやげ》といふは、お藤様《ふぢさん》、今朝《けさ》函館《はこだて》から手紙《てがみ》が来《き》て……といひ懸《かく》れば、お藤《ふぢ》は[六]えゝと乗出《のりだ》し、母親《はゝおや》は茶椀《ちやわん》を持《もつ》て走《はし》り寄《よ》るを、三谷《みたに》は[七]眼語《めくば》せすれば、母《はゝ》親《おや》は[八]呑込《のみこ》みて、まあ〳〵其《それ》は結構《けつこう》な事《こと》で御座《ござ》りました。何《なに》も異状《おかはり》なうお暮《くら》し遊《あそ》ばすかと調子《てうし》を合《あ》はせて、火鉢《ひばち》の傍《そば》に戻《もど》れば、三谷《みたに》は其方《そのはう》を顧《かへり》みてまたお藤《ふぢ》に向《むか》ひ、[九]今月末《こんげつすゑ》には遅《おそ》くとも帰京《かへ》るべければ、其旨《そのむね》を此方《こなた》へ通知《つうち》してくれよ。この寒気《さむさ》に母様《おツかさん》は病気《びやうき》もおこらぬか。お藤《ふぢ》は壮健《たつしや》でゐるか。定《さだ》めて此頃《このごろ》は人《ひと》が悪《わる》くなりて、[一〇]殺文句《ころしもんく》など覚《おぼ》えしなるべし。我帰《わがかへ》るまでは浮気《うはき》せぬやう、時々《とき〴〵》行《ゆ》きて[一一]異見《いけん》してくれと、四五尺《しやく》もあるべき手紙《てがみ》に、真面目《まじめ》な所《ところ》は最初《さいしよ》五六行《ぎやう》、あとは残《のこ》らず[一二]愚《ぐ》にもつかぬことを、長々《ながなが》とお前《まへ》の[一三]惚話《のろけ》ばかり、今日《けふ》は是非《ぜひ》とも[一四]御馳《ごち》

一　↓一四六頁注一六。
二　「東京の菓子屋中尤も繁昌するは栄太楼と風月堂なり」（「菓子」『女学雑誌』一九七号、明治二十三年一月二十五日）。明治二十二年七月—十二月の売高は栄太楼一万五千八百三十円十二銭四厘、風月堂九千八百七十二円九十八銭六厘（同）。「就中著名なるは、京橋風月堂のカステーラ」（『東京風俗志』中巻「菓子」）。風月堂の菓子は贈答用の高級なもので、京橋区南伝馬町・日本橋区若松町・神田区淡路町などに店舗があった。「気取は門外に車を止(とゞ)め車夫に風月堂の菓子折を持たせて」（石橋忍月『露子姫』三）、「風月堂の大福ですが昨日貰ツたのだから固くなりました」（饗庭篁村「蓮葉娘」一）。三谷が鉄道馬車で来たのなら、日本橋から西黒門町に行く途中の万世橋で降り、淡路町の店で買ったものか。↓地図。図版は『東京買物独案内』（明治二十三年七月、上原東一郎）より。

神田淡路町風月堂
（『東京買物独案内』下，明 23）

三　松本の大好物なのであなたもお好きでしょう、の意。
四　初出「難有(ありがた)さうに時誼すれば、母親は」。
五　人手がない。
六　初出「えッと」。
七　↓一四六頁注五。初出「眼配せ」。松本から手紙が来たというのは嘘だと、母に知らせたもの。
八　理解して。

走《そう》うけに罷越《まかりこ》したと、[一五]仇口《あだぐち》いひて高笑《たかわらひ》すれば、お藤《ふぢ》は真《ま》にうけて、真実旦那様《しんじつだんなさま》からお手紙《てがみ》で御座《ござ》りましたか。　勿論《もちろん》！　虚言《うそ》いひに此処《こゝ》まで何《なに》しに来《く》るべきや。　さりながら今《いま》のお話《はなし》は虚言《うそ》なるべし。　其惚話《そののろけ》の一条《いちでう》かといへば、返事《へんじ》なしに笑《ゑ》むを[一六]暁《さと》りて、それほど疑《うたが》ふと知《し》らば、持参《ぢさん》して見《み》すべかりしを、我癖《わがくせ》としていつも手紙《てがみ》は見《み》ると鼻《はな》かみて捨《す》つるゆゑ、無証拠《むしようこ》となりて御馳走《ごちそう》の喰《くひ》はぐれをしたり。　残念至極《ざんねんしごく》と拳《こぶし》にて膝《ひざ》を叩《たゝ》きぬ。

（十八）

三谷《みたに》が見舞《みま》ひしより、お藤《ふぢ》の心少《こゝろすこ》し[一七]開《ひら》きて見《み》えしは、松本《まつもと》が[一八]入魂《じゆこん》の友《とも》に[一九]遇《あ》ひしと、二《ふた》ツには音信《たより》ありしといふに力《ちから》を得《え》てなれど、閑寂《しづか》なる夜深《よふけ》に、母親《はゝおや》が看病疲労《かんびやうづかれ》の小鼾《こいびき》を聞《き》きながら、寐《ね》もやらずして此《こ》の事《こと》を思《おも》ふに、松本《まつもと》より三谷《みたに》への手紙《てがみ》は真実《しんじつ》なるべけれど、我事《わがこと》を書列《かきつら》ねたりとは、我手前《わがてまへ》への[二〇]諛言《せじ》なる可《べ》し。　さほどまでに思《おも》ひたまふ方《かた》の、何《なに》として今《いま》まで[二一]沙汰《さた》なしにして置《おき》たまふ可《べ》きや。　函館《はこだて》へ行《ゆ》かるゝ事《こと》は以前《とう》に知《し》れてありしを推裏《おしつゝ》みたまひし事《こと》、此身《このみ》に心《こゝろ》あらぬ確乎《たしか》なる証拠《しようこ》なり。　もし又其日《またそのひ》に沸《ふ》つて湧《わ》きし旅行《たびだち》ならば、先方《さき》へ着《つ》かれし時《とき》、一寸一筆旅館《ちよつとひとふでやどや》にて次第《しだい》を認《したゝ》め、安心《あんしん》させて下《くだ》さるべきに、其等《それら》の事《こと》

九　「来月の半過」（一六四頁三行目）というのをそのまま伝えれば、お藤が落胆すると考え、わざと早めに言った。
一〇　男女間で、相手の気をひき、迷わせるような巧みな言葉。
一一　諫めてくれ。→『二人比丘尼 色懺悔』二一頁注二四。
一二　ばかばかしくて、話にもならない。
一三　「惚気。わが恋人の痴話を、他人に話すこと。俗語」（『ことばの泉』）。
一四　お前が松本ののろけを言うのを聞かされに参上した、の意。「大友は遂に其時から三年前の失恋談をはじめた。女中なら「御馳走様」位でお止（や）めになるところが、お正（しやう）は本気で聞いて居る」（国木田独歩『恋を恋する人』二、明治四十年）。
一五　むだ口。冗談。
一六　自分の話を本気にしていないと気づいて。
一七　（悩みなどが）晴れる。
一八　「じゆこん…入魂。懇意なること」（『ことばの泉』）。「入魂（じゆこん）の女友（いうぢよ）を聚（どつ）へて」（「女学生の醜聞（続き）」『読売新聞』明治二十三年二月二十七日）。
一九　遇ったことと。
二〇　お世辞。「諛」は「へつらう」意。「諛言（おもねり）の罪を」（『雨月物語』「白峰」）。
二一　便り。

はなくして、歩行《あるか》るゝ先方《さき》よりも一通《いつゝう》の音信《たより》をだにしたまはぬこそ怨《うら》めしけれ。之《これ》を思《おも》へば三谷様《みたにさま》の今日《けふ》のお話《はなし》は[一]不尽《みな》造事《つくりごと》にて、松本様《まつもとさま》が口癖《くちぐせ》のやうに、お前《まへ》が其気《そのき》ならば行末長《ゆくすゑなが》く見捨《みすて》ぬと、おほせられしもみな虚言《うそ》なり。なるほど松本《まつもと》様《さま》は気質《きだて》やさしく御容姿《ごきりやう》はよし、世《よ》にある女人《をなご》の一目《ひとめ》見《み》ば思《おもひ》に[二]あこがれぬものはあるまじく、行処々《ゆくさき〴〵》に持囃《もてはや》され、万事《ばんじ》に[三]如在《じよさい》なく行届《ゆきとゞ》きたる芸者《げいしや》などの、心《こゝろ》を籠《こ》めて[四]御意《ぎよい》をとれば、なか〳〵此身如《このみごと》き野暮《やぼ》なる女《をんな》が、兎角思《とかくおも》ひても[五]唾《つば》もかけたまはじ、[六]及《およ》ばぬことなり。[七]動《うご》かぬ石《いし》に手《て》をかけ、心《こゝろ》なき水《みづ》にものいひて、答《こた》へぬ山《やま》はと恨《うら》むもよしなし。[八]覚束《おぼつか》なき思《おも》ひに悩《なや》み、[九]世中《よのなか》を我《われ》から果敢《はか》なく考《かんが》へ、いつそ死《し》ぬがまし、死《し》にたやとまでに幾度《いくたび》か思《おも》ひつめしこと、返《かへ》す〴〵も[一〇]不所存《ふしよぞん》なりき。我《われ》もし亡《な》くならば、あの大事《だいじ》の御母様《おつかさま》を誰《たれ》が何《なに》とすべき。此《この》病気《びやうき》につきても[一一]一方《ひとかた》ならぬ御苦労《ごくらう》をかけ、看病《かんびやう》の枕《まくら》もとに鼻緒《はなを》の[一二]手業《てわざ》しげく、それに得《え》たる[一三]鳥目《おあし》に高価薬《たかきくすり》を飲《のま》せて下《くだ》さるに、われは独《ひと》り勝手《かつて》なる[一四]いたづら心《こゝろ》を増長《ぞうちやう》さすこと、[一五]後世《ごせ》よりも冥加《みやうが》よりも、今日《こんにち》のおそろしさ。一日《いちにち》も早《はや》く[一六]床《とこ》を上《あ》げて、御母様《おつかさま》を喜《よろこ》ばすが何《なに》よりの孝行《かうかう》なり、御恩報《ごおんがへ》しなりと、了簡《れうけん》もつき、其気《そのき》にもなれど、恋《こひ》は悪魔《あくま》か、[一七]其手《そのて》に握《にぎ》る「未練《みれん》」の毒槌《どくつゐ》に、「分別《ふんべつ》」[一八]粉微塵《こみじん》に砕《くだ》け、捨難《すてがた》き思《おも》ひむら〳〵と沸《わ》きて、せめては一目《め》なりと[一九]首尾《しゆび》して、其袖《そのそで》に

一「不尽」の用字、未詳。
二「あこがる…(二)思ヒコガル。胸ヲモヤス」(『言海』)。
三→一五一頁注二一。
四 ご機嫌を取る。
五「唾モ引掛ケナイ 少しも顧みぬ意」(『諺語大辞典』)。
六 無駄なことだ。思いはかなわない、の意。
七 動かそうとしても動かない石に手をかけたり、感情のない水に語りかけたりしながら、山が答えないなどと恨んでみても仕方がない。見当はずれな恨みごとの喩え。
八 松本が自分を愛しているかどうか悩み。「思ひ」は初出「情思(おもひ)」。
九 松本との仲。
一〇 心得違い。冷静に見れば、自分など松本に愛されるに値しないと気づき、もうくよくよするまい、ということ。
一一 並一通りでない。
一二 手内職絶え間なく。
一三 金銭。「おあし…銭(ゼニ)、ニ同ジ。(婦人ノ語)」「あし…〔世ニ通用スルコト、足アリテ行クガ如キ意〕銭(ゼニ)ノ異名」「鳥目…銭ノ異名」(『言海』)。「鳥目」は穴あきの銅銭のことで、中央の四角い穴を鵞鳥の目に見なしたもの。
一四 異性を求める淫らな心。
一五 死後、神仏によって下される報いより、現世で受ける罰のほどが恐ろしい。
一六 病から回復して。
一七 紅葉の初期文学に見られる擬人的用法。→『二人比丘尼 色懺悔』四三頁注一〇。
一八「KOMIJIN コミヂン」(『和英語林集成』第三版)、「こみぢん…粉微塵 砕ケテ粉トナリ微塵トナレルコト。コナミヂン」(『言海』)。
一九 うまく段取りすること。ここでは都合をつけて会うこと。「友之助は大に驚き 主人の家を首尾して抜け出し」(三遊亭円朝『業平文治漂流奇談』四)。

縋《すが》りて泣《な》き、其耳《そのみゝ》に口寄《くちよ》せて怨《うら》み、其《そ》の声《こゑ》も聞《き》きたく、其顔《そのかほ》もとつくり見《み》たく、此身《このみ》に飽《あ》いたとたしかなる御《ご》一言《いちごん》を聞《き》きし上《うへ》、殺《ころ》して下《くだ》さらずば[二〇]見事我手《みんごとわがて》に[二一]死《しん》でのけ、没後《なきあと》までも不敏《ふびん》のものやと、折々《をり〳〵》の思出草《おもひでぐさ》ともならば、[二二]死花《しにはな》の咲《さ》くが何《なに》よりの楽《たのし》みなれど、男心《をとこごゝろ》の強《つよ》くして、此心《このこゝろ》を聞知《きゝし》りたまふとも、捨《す》たる女《をんな》に用《よう》なしと、[二三]余所《よそ》にいとしがらるゝに紛《まぎ》れて、薄情《はくじやう》ならぬ松本様《まつもとさま》も、藤《ふぢ》の事《こと》は思《おも》ひ出《だ》しても[二四]下《くだ》さるまじ、顔見《かほみ》せても下《くだ》さるまじ。いつも酔《よ》ひたまへば、美声《いゝこゑ》して、《[二五]墨田川《すみだかは》さへ棹《さを》さしやとゞく》との[二六]唄《うた》の耳《みゝ》に残《のこ》るにつけ、此身《このみ》はよく〳〵御心《おこゝろ》に合《かな》はぬ[二七]因果《いんぐわ》のものなり。

これにまた思屈《おもひくつ》する余《あま》り、[二八]神経狂《しんけいくる》ひて何事《なにごと》も夢《ゆめ》のごとく、折々可笑《をり〳〵をかし》き事《こと》を口《くち》走《ばし》り、しほ〳〵と鬱《ふさ》ぐかと思《おも》へば、身《み》を震《ふる》はせて[二九]袂《たもと》を喰裂《くひさ》き、食事《しよくじ》も薬剤《くすり》も[三〇]打《うち》遣《や》りながら、朝々《あさ〳〵》の化粧《みじまひ》は忘《わす》れず、松本《まつもと》の事《こと》を[三一]尋《たづ》ねて已《や》まざるに母親《はゝおや》は涙《なみだ》を流《なが》し、此月《このつき》の[三二]晦日《みそか》も二三日なれば、其《それ》まで生《いき》て居《ゐ》てたもれ、命《いのち》に替《か》へても旦那様《だんなさま》に逢《あ》はするぞ。今此母一人残《いまこのはゝひとりのこ》して逝《ゆ》く事《こと》はならぬといへば、お藤《ふぢ》は枯枝《かれえだ》のやうなる手《て》を合《あは》せて、御母様《おッかさま》済《す》みませぬ。此《この》お詫《わび》はあの世《よ》から。えゝ[三三]鶴亀《つるかめ》〳〵。

二〇 「みごと」の転。語気を強める。初出振り仮名「みごと」。 二一 死んでやり。あえてする意。
二二 死にばえのするのが。「死花の咲く果報者、羨しいと言ひたいが」（河竹黙阿弥『蔦紅葉宇都谷峠』序幕、安政三年初演）。
二三 他の女を可愛がるのに気を取られ。
二四 初出「たまはるまじ」。下の「下さるまじ」も同じ。
二五 博多節「両国の橋の上から、文（ふみ）取落し、隅田川さへ棹差しや届く、何故に届かぬ我思ひ。オーイ若（も）し船頭さん、後生だから、みずに流して、アリヤドッコイショ、下しやんせ。世の中、好いた同士で暮らしやんせ。ハイ今晩は」（『日本音曲全集』七「俗謡全集」、昭和二年）の一節。博多節はもと博多の花柳街で歌われたが、日清戦争（明治二十七—二十八年）前後東京に入り流行した。 二六 初出「唄耳に」。
二七 前世の報いで、不幸なめぐり合わせにあう者。果報者の対語。
二八 明治初年以降、「神経病」（神経衰弱）は流行語であった。「炭屋の祖父が先づ神経病に罹（かゝ）りあられも無き事をのみ口走りて死亡せしより」（「乞食の述懐（昨日の続き）」『読売新聞』明治二十三年一月二十三日）。
二九 激情の余り、袂を食い破る。「袖もたもともくひさき〳〵乱れ心のみだれ髪」（『春色連理の梅』四編下、安政五年）。
三〇 無視して放っておく。 三一 初出「尋ねてやまぬに、母親はさめ〴〵と涙を流し」。
三二 今月の末日にもあと二、三日なので。
三三 不吉なことを言った時などに、それを追い払うために唱える縁起直しの言葉。「今死ぬものかなんぞの様に縁喜でもない鶴亀〳〵」（広津柳浪『残菊』明治二十二年）。

（十九）

三谷《みたに》は其後《そのご》一度《いちど》見舞《みま》ひて、十日ばかり尋《たづ》ねざりしが、お藤《ふぢ》の加減《かげん》よろしきかして、母親《はゝおや》泣付《なきつ》きにも来《きた》らず。此分《このぶん》にてはあれまでに近《ちか》づきし臨終《りんじう》、[一]まづは四五十年《ねんの》延びたり。何《なに》はともあれ、色男《いろをとこ》め早《はや》く帰《かへ》ればよきにと、今朝《けさ》も今朝《けさ》とて思《おも》ひし午後《ひるすぎ》、松本《まつもと》は其地《そのち》の名産《めいさん》を持《も》ちて、昨夜《ゆふべ》遅《おそ》く帰京《ききやう》せしとて来《きた》れば、三谷《みたに》は我《われ》を忘《わす》れ、手《て》を拍《う》てよく帰《かへ》ツたと大声《おほごゑ》揚《あ》[二]ぐれば、松本《まつもと》は胆《きも》[三]を消《け》し、いつにも似《に》ず、其歓喜《そのよろこび》はどうした事《こと》。雪《ゆき》に凍《こゞ》えてあの地《ち》に死《し》[四]ねばとて、涙一滴《なみだいつてき》[五]手向《たむ》けてもくれまじき薄情男《はくじやうをとこ》が、これは珍《めづ》らしい。旅費《りよひ》に剰余《あまり》ありと当込《あてこ》み、此若旦那《このわかだんな》を[六]そゝのかさむ下心《したごゝろ》かといへば、三谷《みたに》は横眼《よこめ》に睨《にら》み、そのやうに悪《にく》まれ口《ぐち》を叩《たゝ》く男《をとこ》に、何処《どこ》が好《よ》うて死《し》ぬほどまでに焦《こが》れしやら。[七]男《をとこ》にはつれなくとも女子《をんな》には大真実《だいしんじつ》、それゆゑに一度《ど》逢《あ》はゞ忘《わす》られぬと誰《たれ》[八]やらがぬかせしと、お藤《ふぢ》の事《こと》を知《しら》ねば何気《なにげ》なく[九]言伏《いひふ》せ、久《ひさし》ぶりにて一酌《いつしやく》、支度《したく》〳〵といへば、三谷《みたに》は口《くち》[一〇]を尖《とが》らせ、それ処《どころ》か、お藤《ふぢ》が恋病《こひわづらひ》をして、今宵《こよひ》[一一]もしれぬ風前《ふうぜん》[一二]の花《はな》を是《これ》より尋《たづ》ねてやり、顔《かほ》を見《み》せて人一人《ひとひとり》助《たす》けよとあれば、松本《まつもと》は冷笑《あざわら》ひ、余《あま》り[一三]旦那取《だんなどり》が過《す》ぎての恋病《こひわづらひ》なるべし。それを此方《こつち》の知《し》る事《こと》か。藤一人《あれひとり》が女人《をんな》でもあるまじきに、初《しよ》[一四]

一 お藤が回復し、寿命を全うするということ。「まづは」（ひとまず）と言いながら「四五十年」と大きく出たところが滑稽。

二 初出「揚ぐるに」。　三 非常に驚き。

四 死んだからといって。

五 死者に献じてその霊を慰める。

六 おだてて遊びに引っ張り込もうという下心。

七 松本の言葉。自分は男に対しては冷淡でも、女には大変誠実だから。さきの「悪まれ口」に対する弁明。

八 馴染みの女を指す。　九 相手を言いこめる。

一〇 不平不満を表わす顔つき。「母上(おっかさん)は頑固だの、直ぐ口を尖らしましてね」（『不如帰』下六の一）。

一一 今晩まで命がもつかどうかもわからない。

一二 風の吹き通るところに咲いて、今にも散りそうな花。はかない命の喩え。

一三 「旦那」は妾にとっての主人。妾奉公に馴染んで種々の手管を覚え、自分とよりを戻そうと仮病を使った、と解した。

一四 うぶな男のようにいつまでもお藤に執着しはしない、の意。松本にとっては「素が洒落」（一三五頁一一行目）なので、お藤のような感情は存在しない。

一五 初出「牽情(かゝりあふ)べき………」。「牽情」は、情にひかれる意。

一六 座りながらぐっと伸び上がり、怒りを含んでいきり立つさま。

一七 「貴兄」は、同等以上の男子に対して敬意をもって用いる対称。「ひと」は相手を客観化していう対称。　一八 誘い出す。

一九 事の真偽をここで言う必要はない。論より証拠、の意。

二〇 一人乗りの人力車を二台、の意。→一三八

心《しん》らしく何時《いつ》まで係《かゝ》[一五]りあふべき……。と後《あと》は言《い》はせず三谷《みたに》は居丈高《ゐたけだか》[一六]になりて、此罰当奴《このばちあたりめ》！　何《なに》が面白《おもしろ》くて貴兄《ひと》[一七]を釣《つ》[一八]るべき。有無《うむ》[一九]は此処《こゝ》にていふには及《およ》ばず、と衣服《きもの》を着替《きか》へながら、一人乗《いちにんのり》[二〇]二台大急《だいおほいそぎ》と下女《げぢよ》に命《めい》じて、独《ひとり》そは〳〵するに松《まつ》本《もと》はいぶかしく、三谷《みたに》、此《これ》はどういふ洒落《しやれ》[二一]と尋《たづ》ぬれば、三谷《みたに》は眼《め》を瞋《いか》らせ、罰《ばち》当奴《あたりめ》！　洒落《しやれ》とは何《なに》が洒落《しやれ》？　暫時《わづかのま》に此男《このをとこ》天晴《あつぱれ》[二二]なる田舎漢《ゐなかもの》に成済《なりすま》し、分別鈍《ふんべつにぶ》き土百姓《どびやくしやう》め！　お藤《ふぢ》が今日翌日《けふあす》おのれゆゑに焦死《こがれじに》するといふを、不敏《ふびん》とは思《おも》はぬか、可愛《かあい》とも思《おも》はぬか。車《くるま》はまだか、来《きた》[二三]りしと、松本来《まつもとこ》いと、敦圉暴《いきまきあら》[二四]く其手《そのて》をとれば、松本《まつもと》は嚙付《かみつ》く如《ごと》く罵《のゝし》られしに気《き》を奪《うば》はれ、立《たち》もやらできよろ〳〵三《み》谷《たに》の顔《かほ》を視《み》れば、なほもどかしがりて急立《せきたつ》るを暫時《しばし》とおさ[二五]へ、言葉《ことば》[二六]を和《やは》げて仔《し》細《さい》を尋《たづ》ぬれば、ありし[二七]次第《しだい》を手短《てみじか》に語《かた》[二八]れば、松本《まつもと》は夢《ゆめ》か小説《せうせつ》[二九]かと呆《あき》れて、あるまじき事《こと》とは想《おも》へど、三谷《みたに》が容子《ようす》の尋常《たゞ》ならぬに、もしやと半信半疑《はんしんはんぎ》ながら、急《せ》かるゝまゝに車《くるま》に乗《の》れば、虚《きよ》とも実《じつ》とも分別定《ふんべつさだ》まらぬ間《ま》に、お藤《ふぢ》の門口《かどぐち》に着《つ》きぬ。車《くるま》をかへして、[三〇]三谷《みたに》が先《さき》に格子《かうし》を明《あ》けて、馴《な》れし声音《こわね》の案内《あんない》に、母親《はゝおや》[三一]転出《まろびいづ》れば、三谷《みたに》と松本《まつもと》の立姿《たちすがた》、何《なに》ともいはでじつと眺《なが》むる眼中《がんちう》より、湧《わ》くがごとく涙《なみだ》を流《なが》せば、気遣《きづか》はしや何事《なにごと》ぞ。お藤《ふぢ》の病気《びやうき》はと尋《たづ》[三二]ぬれば、がばと伏《ふ》して啼声《なきごゑ》ながら、亡《な》くなりました！　[三三]南無三宝《なむさんばう》！　と二人《ふたり》も昇降口《あがりぐち》[三四]に臀《しり》をつき、

頁注七・補二四。
二一 「戯言、たはむれごと…Joke」（『いろは辞典』）。「ハヽア犬がきても、いけしやア〳〵として居おるから、さては狐（きやつ）ではねへ。ほんとうの北八か　北八「しれた事。わりいしやれだ」」（『東海道中膝栗毛』四編上）。
二二 見事な田舎者。田舎者は、人情の機微に通じていない者。野暮。「其の間抜けさ加減だから、露店（ほしみせ）の亭主に馬鹿にされるんだ。立派な土百性になりやあがつたな、田舎漢（ゐなかもの）め！」（『婦系図』前篇三十九）。
二三 来たというのか。
二四 勢い込んで、息遣いも荒々しく。「いきまく…敦圉、…せきこむ、怒」（『いろは辞典』）。初出「いきまき暴く」。「定正勃然として怒に堪ず…敦圉暴く下知しければ」（曲亭馬琴『南総里見八犬伝』第一五一回、天保十一年）。
二五 押しとどめ。主語は松本。
二六 今までの冷淡な言い方ではなく、穏やかに。「面（おもて）を和（やはら）げ言葉を和げ宜しく円滑に打消すべきに」（嵯峨の屋おむろ『無味気』）。
二七 今までの一部始終。　二八 初出「語るに」。
二九 「小説…A Story, novel, fiction」（『和英語林集成』第三版）、「小説、つくりばなし、…A novel, a romance」（『いろは辞典』）。次の「あるまじき事」の例。「華族の落し胤（だね）がこれ〳〵だと昔しの小説に有ふれた手術（てだて）にフワと乗ッて」（饗庭篁村「三筋町の通人」七、『むら竹』四、明治二十二年）。
三〇 初出「三谷先立ち」。
三一 転げるように急いで出ると。
三二 初出「尋ぬるに」。
三三 →『二人比丘尼 色懺悔』三六頁注九。
三四 玄関の土間から床に上がるところ。

見合《みあは》す眼《め》の中《うち》を溢《あふ》るゝばかり濡《ぬ》らして、松本《まつもと》はそッと奥《おく》を覗《のぞ》けば、線香《せんかう》の香《かほり》鼻《はな》を掠《かす》め、[一]逆屏風《さかさびやうぶ》の前《まへ》に机《つくゑ》を直《なほ》して、[二]一茎《いつぽん》樒《しきみ》[三]枕団子《まくらだんご》、[四]盛飯《もりめし》に立《たて》たる象牙《ざうげ》の箸《はし》も、水《みづ》を[五]供《そな》ふる[六]九谷《くたに》の湯呑《ゆのみ》も、一々《いち〳〵》見覚《みおぼ》えありて、我買《わがか》ふてやりしを[七]斜《なゝめ》ならず喜《よろこ》びしものなり。見《み》るに悲《かな》しく、三谷《みたに》に背向《うしろむ》けて留度《とめど》なき涙《なみだ》を拭《ぬぐ》へば、三谷《みたに》は曇声《くもりごゑ》にて、何時《いつ》の御臨終《ごりんじう》と問《と》へば、[八]やうやう顔《かほ》を上《あ》げて、呼吸《いき》を[九]つまらせつゝ噛占《かみしむ》る歯《は》の間《あひだ》より、昨夜《ゆふべ》の二時《じ》といふに、挨拶《あいさつ》しかねて黙《だま》れば、母親《はゝおや》は松本《まつもと》にむかひて、旦那様何卒死顔《だんなさまなにとぞしにがほ》なりと見《み》てやッて下《くだ》さりまし。[一〇]応《おう》、松本早《まつもとはや》く仏《ほとけ》に逢《あ》ふてやれと、二人《ふたり》は座敷《ざしき》へ上《あが》りぬ。母親《はゝおや》は茫《ばう》として魂離《たましひはな》れしごとく、最期《さいご》の有《あり》様《さま》、病中《びやうちう》の容躰《ようだい》、臨終《りんじう》の一言《ひとこと》、[一一]旦那《だんな》様《さま》は眠《ねぶ》りし眼《め》を開《ひら》きてと、唯其《たゞそれ》のみを繰《くり》返《かへ》し、[一二]行末《ゆくすゑ》の頼《たの》みなき事《こと》など、心細《こゝろぼそ》げに[一三]喞《かこ》てば、聞《き》くごとに二人《ふたり》は身《み》を絞《しぼ》るゝ思《おも》ひに咽《むせ》び入《い》り、[一四]吊詞《くやみ》もいはず、慰《なぐさ》めもせず、[一五]諸共《もろとも》に泣《な》くより外《ほか》はなかりき。松本《まつもと》は旅費《りよひ》の残金《のこり》三十円《ゑん》を紙《かみ》に包《つゝ》みて、[一六]心《こゝろ》ばかりの香奠《かうでん》とさし出《だ》せば、母親《はゝおや》は幾度《いくたび》か押戴《おしいたゞ》き、これを霊前《れいぜん》に供《そな》へて、お藤《ふぢ》これ見《み》よと、生《い》ける人《ひと》に物《もの》いふごとく、お礼《れい》を申《まを》せの、嬉《うれ》しかろのと、[一七]有程《あるほど》のいぢらしき事《こと》して、果《はて》は絶入《たえいる》ばかり泣狂《なきくる》ふを、二人《ふたり》は見《み》るに忍《しの》びず、瞑目《めいもく》して合掌《がつしやう》し、口中《くちのうち》にて[一八]頓生菩提南無阿《とんしやうぼだいなむあ》弥陀仏《みだぶつ》。

一 逆さに立てた屏風。死人の枕もとに立てる。「矢ッ張此奴(こいつ)ア逆さ屏風に枕団子一本花に線香と云ふので誠に御愁傷様で」(禽語楼小さん口演/加藤由太郎速記「☒〈ちきり〉伊勢屋」八、『百花園』一〇四号、明治二十六年八月二十日)。

二 一本花。新しい死人の枕もとに立てる花で、一本に限られる。多くは樒。

三 死人の枕もとに供えるなま団子。味をつけず、白いままで土器に盛る。「さし当り線香も枕団子も買へぬ始末なれば」(『当世商人気質』巻一の二)。

四 死人の枕もとには箸を立てた盛り飯を供える。「飯を山のやうに碗に盛つた上に箸が二本差されてあつて、枕団子が其傍に置かれてある」(田山花袋『生』六十八、『読売新聞』明治四十一年七月四日)。

五 初出「供へし」。

六 「九谷焼 加賀ノ江沼郡九谷村ヨリ産ズル磁器(ヤキモノ)、今ハ他ノ郡村ヨリモ出ス、質ハ瀬戸焼ニ似テ、染付ヲ佳(ヨ)シトスレド、赤絵、金襴手、却テ世ニ賞セラル」(『言海』)。「九谷の鉢に象牙箸を添へて」(『二人女房』二五五頁七行)。

七 「なのめならずノ転。オホカタナラズ…「喜ブコトー」」(『言海』)。

八 初出「やうやく」。

九 初出「つまらせながら、」。

一〇 初出「応、道理(だうり)なり」。

一一 病床で死に瀕した女主人公が恋人(夫)を求める構想は、尾崎紅葉『南無阿弥陀仏』(『百花園』明治二十二年五月—六月)や広津柳浪『残菊』(『新著百種』六、明治二十二年十月)などにも見られる。

一二 一人娘も失い、この先頼りにするものがいない。

おぼろ舟 畢

一三 「(二)…歎キイフ」(『言海』)。
一四 お悔やみ。人の死を悼み、弔ふ言葉。
一五 ↓補三三。
一六 ほんの気持ばかり。寸志。
一七 ありったけの。
一八 「頓証菩提」とも。「直ニ菩提ノ道ニ入ル」(『言海』)こと。死者の成仏を祈る言葉。「どふで身内の仏でござらふ。誰じや知らぬが頓生菩提」(菅専助ら『摂州合邦辻』「合邦内の段」、安永二年初演)。

二《に》人《にん》女《にょう》房《ぼう》

松村友視　校注

〔初出・底本〕明治二十四年八月二日発行の雑誌『都の花』(金港堂)第六十四号から翌二十五年十二月十八日発行の第九十七号まで十三回連載。署名は「紅葉山人」。武内桂舟、富岡永洗、水野年方による挿絵を付す。のち、明治三十年六月十五日発行の雑誌『太陽』(博文館創業十週年紀念臨時増刊)に「紅葉山人」の署名で、初出本文に修訂を施した上で再掲された。同号全体に共通する方針に沿い、本文区切りは句点のみを用いている。本巻では『太陽』再掲本文を底本とし、諸本と校合した。

〔諸本・全集〕『二人女房』は単行本には収録されず、『太陽』再掲本文を底本として博文館版『紅葉全集』第一巻(明治三十七年一月)に収められた。そのほか、全集としては、岩波書店版『紅葉全集』第三巻(平成五年十一月)が初出を底本とする本文を収める。

〔梗概〕芝に住む下級官吏丸橋新八郎の二人娘の姉お銀は、旧藩の主家の祝宴に手伝いに行った折、同藩出身の上級官吏である渋谷周三に見染められる。渋谷からの縁談にお銀は躊躇するが、願ってもない良縁と主張する父親に押されるように結婚を決意する(上巻)。嫁してみると渋谷は予想以上に妻思いだった。そんな暮らしぶりも見せたく、実母や妹を招いたりしたが、お銀の母の度々の来訪に姑は不快を示し始める。そんな折、周三の妹お滋が夫の転勤のため上京し、夫婦で長逗留することになり、格好の愚痴相手を得た姑は嫁の悪口に時を過ごす。ようやく家を見つけて移り住んだお滋からの借財の申し込みを周三が断ったことがもとで機嫌をそこねた姑はお滋の家に行ったきり戻らない。やむなく姑に月十円を仕送ることにしてひとまず落着した(中巻)。この騒動に実家でも気をもんでいた折、お銀ほど容色に恵まれない妹娘お鉄に三つの縁談が一度に舞い込む。三人の候補の中から、お鉄は幼なじみの職工石黒信之を選んだ。当初不満だった両親も石黒の篤実な人柄に納得して結婚を認め、祝言の日を迎える。一方、官制の変革によって周三はにわかに職を失い、家財を売って借家住まいとなったが、これを機に周三宅に戻った姑とお銀との関係は以前より幾分か穏やかになった。一方、姑も小姑もなく気ままな結婚生活を送っていたお鉄からの懐妊の知らせに喜んだ両親のもとに、数か月後、お銀からも手紙が届く。どうやらそれもめでたい知らせのようであった(下巻)。

二人女房

（上之巻）

（一）

紅葉山人

芝露月町《しばろげつちやう》[一]の藤《ふぢ》の湯《ゆ》とある長暖簾《ながのふれん》[二]を推分《おしわ》けて「浅《あさ》[三]くとも清《きよ》き流《ながれ》の杜若《かきつばた》」。と出《で》[四]端《ば》のありさうに顕《あらは》れたる女子《むすめ》二人《ふたり》。いづれも長湯《ながゆ》に磨《みが》ける顔色《かほ》は瑩々《てかく》[五]と赤《あか》く。十九ばかり対《つゐ》[六]の高島田《たかしまだ》に髪飾《かざり》も同《おな》じ好《この》み。年長《としたけ》たる方《かた》は。容貌《きりやう》優《すぐ》れて麗《うる》はしく。十九ばかりなり。他《ひとり》[七]は二歳《ふたつ》も年少《した》と見《み》えたるが。女子《をんな》には厚肉《あつにく》過《す》ぎて。色《いろ》さへ白《しろ》からず。額《ひたひ》の左《ひだり》に寄《よ》りて。薄《うす》けれども三日月状《みかづきがた》の創痕《きず》[八]あり。

美《うつく》しき方《かた》は声《こゑ》まで清《すゞ》やかに。弁舌爽快《べんぜつさわやか》[九]にして口数多《くちかずおほ》[一〇]く作《つく》らぬに愛嬌具《あいけうそな》はりて人《ひと》[一一]を逸《そら》さぬといふ性《たち》[一二]らしく。美《うつく》しからぬ方《かた》は口重《くちおも》[一三]く。常《つね》に物案《ものあん》じ貌《かほ》なる陰性《いんしやう》[一四]に。年齢《とし》よりは更《ふ》けて年長《あね》[一五]の様《やう》なり。

「鉄《てつ》ちやん。お前《まへ》の帯《おび》は彼《あれ》[一六]だから可《い》ゝけれど。」と舌敲《したうち》して。「可厭《いや》だねえ私《あたし》のは。衣服《きもの》が好《よ》くつたつて。帯《おび》が悪《わる》けりや依然《やつぱり》引立《ひつた》[一七]ちはしない。どうか為様《しやう》が無《な》

一　芝区北東部。現在の港区新橋五丁目付近にあたる。初出の振り仮名は「ろうげつちやう」。　二　暖簾の長いもので商家の入口などに掛けた。大槻文彦編『言海』（明治二十二―二十四年）には「なうれん」の見出しで「なんれんノ音便、或ハ、元明代ノ音トモイフ。…のうれんトモ書シ、略シテのれんトモイフ」とある。　三　湯帰りの女性のあでやかさを端唄の文句に重ねたもの。初出は「ぬれて来た文函（ふばこ）に添へし杜若」。→補一。　四　ここでは歌舞伎で、主役が登場する際の伴奏の意。「では」とも言う。　五　「瑩々（えいえい）」は、玉の光があざやかなさま。初出は「てかく」。　六　二人が共に高島田に結っていることを指す。「高島田」は、島田髷の根を高く結ったもので、明治以降は若い女性の正装として用いられた。

高島田
（『日本家庭百科事彙』冨山房, 明 39）

七　初出は「一人（ひとり）」。　八　「創痕（そうこん）」は、切り傷の跡。　九　話し方がはっきりしているさま。　一〇　言葉数が多く、化粧をしないのに。初出は「口数多く、粧（つく）らぬに」。　一一　他人の気分をそこねることがない。「応接（ひとづき）好くて、誰をも逸し給はぬやうに見ゆると申せば」（尾崎紅葉『不言不語』明治二十八年）。　一二　初出は「性（たち）なり。」で改行。　一三　初出は「口重く、楽（たの）しくても浮立（うきた）たず、常に」。　一四　消極的で陰気な性質。陽性の対義語。　一五　初出は「かへって年長（あね）の」。　一六　「例のあの帯だから」の意。二人が共通に理解している対象を指し、併せて、

いかねえ。」

年少《としした》のお鉄《てつ》は石鹸《しやぼん》[一]を包《つゝ》みたる濡手拭《ぬれてぬぐひ》にて。小鼻《こばな》[二]の傍《わき》に玉《たま》[三]なす汗《あせ》を一寸拭《ちよいとふ》き。

「あの帯《おび》で可《よ》ければ貸事《かしツこ》[四]をしやうか。」

「然《さう》してくれゝば私《あたい》[五]の方《はう》は可《い》いけれど。お前《まへ》が窮《こま》[六]るぢやないか。」

「私《あたし》や構《かま》やしない。」

「構《かま》はない！　そんなら後生《ごしやう》だから然《さう》しておくれな。其代《そのかはり》お礼《れい》をするよ。それから彼海鼠絞《あのなまこしぼり》[七]の半掛《てがら》[八]を。」

「屹《きツ》と？。」

「屹《きツ》とさ！。」

「また嘘《うそ》かも知《し》れないから。いつそ約束《やくそく》をしない方《はう》が可《い》い。」

と呟《つぶや》くやうにいふ。

「可厭《いや》な女《ひと》だよ。折角他《せつかくひと》[九]が深切《しんせつ》[一〇]に上《あ》げやうといふのに。」

「でも此間《このあひだ》の半襟《はんえり》[一一]もお流《なが》[一二]れになツてしまツたぢやないか。」

「だから彼半襟《あのはんえり》は上《あ》げられない理由《わけ》をいつて。あんなに謝罪《あやまつ》たぢやないか。あの事《こと》もあるし。帯《おび》の事《こと》もあるから。今度《こんど》は屹度《きつと》あげるよ。」

「有難《ありがた》う。」

これまでの会話が続いていることを示す。

一七 初出は「栄(はえ)やしない」。

以上一八一頁

一 「シャボン」はポルトガル語 sabão からきているとされる。ただし『言海』「シヤボン」の項には「西班牙(スペイン)語、Xabon. 仏語、Savon. 石鹸は其音訳字ナリ」とある。芳賀矢一・下田次郎編『日本家庭百科事彙』(明治三十九年、冨山房)の「石鹸(せっけん)」の見出しに「シャボンを見よ」とあるように明治時代を通じて「シャボン」という名称が一般的だったが、石井研堂『明治事物起原』(増補改訂版、昭和十九年)によれば、明治初年にはすでに「セキケン」という呼称の例がみられるという。

二 鼻の下方の左右に広がった部分。

三 玉のようになって吹き出ている汗。一八九頁二行目には「玉なす水」の用例がある。

四 互いに貸し与え合うこと。「事」は、ここでは互いにすることとの意で、「事」を「こ」と略して「取りかえっこ」「睨めっこ」などとも用いられる。

五 「わたし」の変化した自称。東京下町の若い女性が用いた。幼い男児が用いる場合もある。

六 「窮(きゅう)」は、物事が行き詰まって動きがとれないこと。

七 絞り染めの一種。布の形が海鼠に似ているところから言う。日本髪を結ぶ根掛けや手絡(↓次注)などに用いられた。「可愛らしき十六歳の高島田にかくるやさしきなまこ絞り」(樋口一葉『闇桜』明二十六年)。

八 普通は「手絡」と表記する。女性の日本髪の根元に掛ける装飾用の布。絞り柄のものが多く用いられた。「半掛(はんがけ)」は、本来「跳元結(はねもとゆい)」のことで、日本髪を結う元結の末が跳ね上がる形のものを言う。

談切《はなしき》れて無言《むごん》にて[一三]五六間行《けんある》く。

「姉《ねえ》さん。もう何時《なんじ》だらう？」

「もう九時《くじ》だらう。」

と[一四]言《い》はず語《かた》らず急足《いそぎあし》になる。姉《あね》は思《おも》ひ出《だ》したやうに。

「あのお[一五]四季施《しきせ》は何方《どなた》のお見立《みたて》だか。華美《はで》でなし。質素《じみ》でなし。実《まこと》に好柄《いゝがら》ぢやないか。[一六]銘仙《めいせん》も好《いゝ》ねえ。一寸見《ちよいとみ》ると宛然《まるで》お[一七]召縮緬《めしちりめん》のやうだよ。」


「大層立派《たいそうりつぱ》なものを下《くだ》すツたね。」

「だツてお前《まへ》。[一八]盂蘭盆《おぼん》と[一九]若様《わかさま》の[二〇]御卒業《ごそつげふ》の御祝《おいはひ》と。御祝宴《ごしゆくえん》の御手伝《おてつだひ》のお礼《れい》と。三件《みツつか》兼ねてるのだもの。」

「若様《わかさま》の御卒業遊《ごそつげふあそ》ばしたのは法律《はふりつ》だとね。ぢや[二一]代言人《だいげんにん》だね。あんなお[二二]人柄《ひとがら》なお方《かた》でも代言《だいげん》がお出来遊《できあそ》ばすかねえ。」

「代言人《だいげんにん》だつて人《ひと》の悪《わる》い代言《だいげん》ぢやないんだよ。」

「それぢや上等《じやうとう》の代言人様《だいげんにんさま》だね。」

「ほゝゝ様付《さまづけ》にしなくツても可《いゝ》ぢやないか。」

「だツて若様《わかさま》の事《こと》を呼捨《よびずて》にしちや[二三]勿躰《もつたい》ないよ。言葉遣《ことばづか》ひに気《き》を着《つ》けないとお母様《つかさん》に叱《しか》られるもの。」

九 ここでは相手の立場に立って自分のことを言ったもの。
一〇「親切」に同じ。「深切」は、本来、非常に懇切丁寧であることを言う。
一一 婦人の襦袢(→二四八頁注二)の襟の上に掛ける装飾用の襟。
一二 約束事や計画が実行されないままに終わること。
一三「一間」は約一・八《メートル》。
一四 互いに言葉に出さないままに。暗黙のうちに。尾崎紅葉の作品に『不言不語(いはずかたらず)』がある。
一五 普通は「お仕着せ」「お為着せ」などと表記する。季節などに応じて主人から奉公人などに衣服を与えること。また、その衣服。
一六 絹織物の一種で縞柄や絣(かすり)模様のものが多い。
一七 絹織物の一種。縮緬織の上等なもので、貴人が用いたためにこの名があるという。「縮緬」は、横糸に撚り方の強弱の異なる糸を用いて細かな皺を出したもの。
一八「盂蘭盆(うらぼん)」は、サンスクリット語 **ullambana** の漢語訳。陰暦七月半ばに行われる仏事で、祖先の霊を自宅に招いて祀る。一般には「お盆」と言う。
一九 主家や身分の高い家の年若い男子の敬称。
二〇 当時の東京帝国大学や他の大学(制度上は専門学校)、法律学校などでは、七月から八月にかけて卒業式が行われた。
二一 弁護士の旧称。→補二。
二二 ここは「品格のよい」の意。→『紅子戯語』九五頁注三六。
二三 恐れ多い。

姉《あね》は苦笑《にがわらひ》をして。何《なに》か言《い》はむとする時《とき》。通《とほ》りかゝる男《をとこ》に眄《ぢッ》[1]と顔《かほ》を視《み》られ。少《すこ》し横《よこ》を向《むい》て遣過《やりすご》し。

「お名前《なまへ》でもいふんなら様付《さまづけ》にしなくツちやならないけれど。何《なに》も代言人《だいげんにん》といふのに様《さま》が入《い》るものかね。代言人様《だいげんにんさま》といふと。何《なん》だか隣家《となり》の眇目《めっかち》[2]の三百《さんびやく》[3]にも様《さま》を付《つ》けてやるやうで可厭《いや》ぢやないか。」

「さうね。」と肚裏《はらのなか》では随分《ずゐぶん》可笑《をかし》かつたやうな顔色《かほつき》。

此二女子《このふたり》は某省《ばうしやう》の極卑《ごくひく》[4]いところを勤《つと》める丸橋新八郎《まるばししんばちらう》といふ士族《しぞく》[5]の娘《むすめ》にて。姉《あね》の名《な》は銀《ぎん》。妹《いもうと》は鉄《てつ》[6]。容貌《きりやう》は羽子板《はごいた》[7]の裏表《うらおもて》。肖《に》てはゐねど同腹《どうふく》[8]にて。姉《あね》は父親《てゝおや》肖《に》。妹《いもうと》は母親《はゝおや》肖《に》なり。

新八郎《しんばちらう》は桐村家《きりむらけ》[9]三代《さんだい》の家来筋《けらいすぢ》にて。今《いま》も律義《りちぎ》に主従《しうじう》の礼《れい》[10]を執《と》つて繁々《しげ〳〵》伺候《しこう》[11]すれば。同家《どうけ》にても至極心易《しごくこゝろやす》く[12]思《おも》ひ。事《こと》[13]ありて人手《ひとで》の足《た》らぬ折《をり》は。いつも此《この》同胞《きやうだい》[14]を借《か》りて重宝《ちようほう》[15]するを。此方《こなた》は結句《けつく》[16]有難《ありがた》い事《こと》におもふて。お邸《やしき》へ〳〵と栄誉《みえ》[17]にして吹聴《ふゐちやう》するほどなれば。此度《このたび》も桐村《きりむら》の若殿忠準《わかとのちうじゆん》の卒業祝宴《そつげふしゆくえん》に大客《たいきやく》[18]をするとて。例《れい》の如《ごと》く手伝《てつだひ》に招《よ》ばれたるなり。

母親《はゝおや》はお銀《ぎん》の立《た》てる後《うしろ》に廻《まは》りて帯《おび》を結《むす》むで遣《やり》ながら。

「奥様《おくさま》にお目《め》に懸《か》かつたら頂戴物《ちやうだいもの》[19]のお礼《れい》をよく申上《まうしあ》げなよ。」

一 「眄」は、眄の譌字。眄は眱・睇の古字で、みつめる、物を言はずにじっと見ること。
二 「めっかち」は、片方の目が見えないこと。「眇目（びょうもく）」も同義。
三 「三百代言」の略。代言人、もしくは、免許をもたない、もぐりの代言人の蔑称。江戸時代、訴訟の付添人に弁当代として三百文が支給されたところからこう呼ばれる。↓補二。
四 官吏としての階級が低いこと。二一四頁一五行目に「十三円の官員様」とある。↓補三。
五 明治維新後、旧武士階級に与えられた呼称。「華族」と「平民」の間に位置する。↓補四。
六 底本は「銕」（「鐵〈鉄〉」の古字）。底本には「鐵」「鉄」「銕」の三通りの表記が混用されているが、すべて「鉄」に統一した。
七 羽子板（羽根突きに用いる柄付きの板）の表と裏で美しさに差があることを、姉妹の容姿の差に重ねた表現。羽子板は、表に押し絵などで役者絵などの華麗な装飾を施し、羽根を突く側にあたる裏には縁起物の松竹梅などが簡潔に描かれる。
八 同じ母親から生まれた血のつながった姉妹であること。
九 主家にあたる桐村家の当代、先代、先々代の三代にわたって家臣として仕えた家系にあたること。「桐村家」は旧藩主と考えられる。明治維新後も、藩主と家臣の主従関係が引き継がれることが少なくなかった。
一〇 作法に従い礼儀を執り行なって。「執礼（しつれい）」を和風に言いかえたもの。
一一 目上の人を訪れて安否をたずねること。
一二 親しみを持ち。
一三 行事など特別の事があって。
一四 「同胞（どうほう）」は「同腹」と同義。

「あゝ。」と帯揚《おびあげ》[二〇]の結余《むすびあまり》を帯《おび》の中《なか》へ挿《はさ》みこむ。

お鉄《てつ》は自身《じしん》の容貌《きりやう》の醜《みにく》きを識《し》りて。余《あま》り念入《ねんいり》に化粧《けしやう》するを懌《よろこ》ばず[二一]。さればとて塗《ぬ》らねば[二二]母親《はゝおや》に叱《しか》られるゆゑ申訳《まうしわけ》のしるしに一寸《ちよい》〳〵と塗《ぬ》りたれば。生地《きぢ》[二三]の黒《くろ》いが衣服《きもの》を着更《きか》へたゞけ目立《めだ》つて。姉《あね》とならべるとお嬢様《ぢやうさま》と下女《げぢよ》の如《ごと》し。

母親《はゝおや》は見《み》かねて。

「鉄《てつ》や。お前《まへ》の白粉《おしろい》は薄《うす》いよ。」

「私《わたし》や余《あんま》り濃《こい》のは可厭《いや》。」

「濃《こ》くなくツても可《い》いけれど。それぢや余《あんま》り薄《うす》くツて傅《つ》け[二四]たのだか傅《つ》けないのだか知《し》れやしない。最《もう》ちツとお傅《つ》けよ。私《わたし》が今手伝《いまてつだ》つてあげるから。」

「沢山《たくさん》ですよ。これで。」

と急遽《あわてゝ》帯《おび》を結《しめ》に懸《か》かる。

「鉄《てつ》ちやん一寸此方《ちよいとこつち》を向《むい》てごらん。」

「もう沢山《たくさん》だよ。」

「沢山《たくさん》ぢやないよ。」と[二五]お銀《ぎん》は手《て》を伸《のば》してお鉄《てつ》の肩《かた》を摑《つか》まうとする。

「あれ凝然《じつと》してお在《いで》。」

後《うしろ》から母親《はゝおや》に引張《ひつぱ》られて。「ほゝゝゝ」と姉《あね》の笑声《わらひごゑ》に。壁《かべ》を向《むい》て帯《おび》を結《し》めて

一五 便利であること。
一六 結局は。結果的に。ここは、主家の手伝いに娘が使われることが、結局は当方の名誉になることを言う。
一七 主家との関係という栄誉を、他者に誇るべき体裁(見栄)と感じていること。
一八 大勢の客を招くこと。諸橋轍次『大漢和辞典』「大客(タイカク)」には「尊貴な客人」「賓客を呼ぶ敬称」とあるが、ここはその転か。
一九 いただいた品物。
二〇 帯の結び目が下がらないようにするために用いる布。
二一 「懌(えき)」は、よろこぶこと、心のしこりが解けること。
二二 白粉(おしろい)を塗らなければ。
二三 ここでは、素肌、地肌。
二四 「傅(ふ)」には、(白粉などを)塗る、つける、の意がある。

二五 初出は「と手を」。

ゐたるお鉄《てつ》は。一寸《ちよいと》此方《こちら》を向《む》くを。お銀《ぎん》は一目《ひとめ》見《み》て。

「あゝ真箇《ほんと》に薄《うす》い。もつと傅《つ》けておもらひよ。」

「沢山《たくさん》だツてば。」

「沢山《たくさん》な事《こと》があるものかね。」

と母親《はゝおや》は衝《づッ》[一]と行《い》つて。お鉄《てつ》の結懸《しめか》けたる帯《おび》を捉《と》つて。無理《むり》に鏡《かゞみ》の前《まへ》に坐《すわ》らせる。

「年齢《とし》[二]のいかないものゝ白粉《おしろい》の薄《うす》いのは生意気《なまいき》で下品《げひん》なものだ。ましてお邸《やしき》は厚化粧《あつげしやう》だから。矢張濃《やつぱりこ》くなくツちやいけないから。」

と最一層塗《もうひとかはぬ》れば。塗《ぬ》られる間《ま》も頻《しきり》に気《き》にして鏡《かゞみ》の方《はう》ばかり向《む》きたがる。

「其方《そつち》ばかり向《むい》ちやいけないねえ。」

と小言《こゞと》たらく\大分《だいぶ》厚塗《あつぬり》にして。

「さあ御覧《ごらん》!」

「あら宛然妖怪《まるでおばけ》のやうだ。私《あたし》や可厭《いや》。」

お銀《ぎん》は鏡《かゞみ》の中《うち》を見込《みこ》むで。

「そんな美《うつく》しい妖怪《おばけ》があツて堪《たま》るものかね。」

「姉《ねえ》さん多度《たんと》[三]おいひよ。」とお銀《ぎん》を流眄《しりめ》[四]に懸《か》けて。

「そりやア貴嬢《あなた》はお美《うつく》しうございます。」

一 「衝（しょう）」には「突き当たる」「向かう」の意があるため、ためらいなく動くさまにあてた。

二 平出鏗二郎『東京風俗志』中巻（明治三十四年）に当時の若い婦人の化粧のさまについて「淡粧を尚（たふと）びて甚だ清楚なり、偶（たまた）まこれを濃厚にするに従うて愈〻拙（つたな）し」とし、京都の厚化粧に対して「斯くの如きは到底都俗に於いて見ること能（あた）はず、殊に下町にては最も淡粧なるを生意ありとし、山の手の濃粧に傾けるを嘲れり」とある。下町風の薄化粧を好むお鉄と、山の手のお屋敷の風儀にならい厚化粧を薦める母親との対比が示される。

三 嫌味や憎まれ口をたくさん言うがいい。

四 「流眄（りゅうべん）」は、流し目で見ること。また「後目（しりめ）」「尻目」と同義で、視線だけ動かしながら後ろを見ること。

「あら可厭《いや》な。」と流眄《しりめ》に挂返《かけかへ》して。

「ねえお母様《つかさん》。ちッとも妖怪《おばけ》の事《こと》はありやしないね。」

とお[五]譲《ゆづり》らしい[六]銀金具《ぎんかなぐ》の帯留《おびどめ》をぱちんと懸《か》ける。

「白粉《おしろい》を傅《つ》けて妖怪《おばけ》なら。先刻《さつき》見《み》たやうに傅《つ》けないくらゐだツたら。なほ妖怪《おばけ》だ。[七]上《うへ》つ方《がた》の前《まへ》へ出《で》るのに白粉《おしろい》を傅《つ》けないのは此上《このうへ》もない失礼《しつれい》だよ。[八]官女《くわんぢよ》方《がた》を御覧《ごらん》な。私《わたし》のやうな年齢《とし》をしてゐる方《かた》でもみんなお化粧《けしやう》をしてゐるぢやないか。」

といひ〳〵火鉢《ひばち》の前《まへ》に坐《すわ》りて[九]煙草《たばこ》を吃《ふか》しながら。我娘《わがむすめ》の容姿《すがた》を心嬉《こゝろうれ》しく眺《なが》めてゐたりしが。とんと[一〇]吸殻《すひがら》をはたき。指頭《ゆびさき》に袖口《そでぐち》を巻《ま》きて。

「おほ熱《あつ》い。」と額際《ひたひぎは》の汗《あせ》拭《ふ》き。

「銀《ぎん》や。お前《まへ》の[一一]領《えり》は余《あん》り巻着《まきつ》いてるよ。」

お銀《ぎん》は鏡《かゞみ》の前《まへ》へ行《ゆ》きて一寸《ちよつと》領《えり》に手《て》を懸《か》け。

「此頃《このごろ》は[一二]抜衣紋《ぬきえもん》は流行《はや》らないよ。」

「でも余《あん》り巻着《まきつ》いてゝ。何《なん》だか可笑《をかし》いぢやないか。鉄《てつ》や一寸此所《ちよいとこゝ》へおいで。[一三]下前《したまへ》が下《さが》ツてる。」と上前《うへまへ》の[一四]褄《つま》を少《すこ》し引《ひ》いて。

「懐中《ふところ》から手《て》を入《い》れて少《すこ》しお引張《ひつぱ》り。あゝよし〳〵。」

五 目上の者や年長者から譲られた使用済みの品。お下がり。ここは、母からのお下がりと思われる。
六 銀細工の帯留。「帯留」は、ここは、帯の上に締める帯締に付属する金具を指す。貴金属などに細工を施したものが用いられる。
七 身分の高い人々。
八 宮中に仕える女性。女官。
九 ここは煙管（きせる）による喫煙のこと。→『恋山賤』補七。
一〇 煙管に詰めた煙草の燃えがら。
一一 襟の合わせ目が締まり過ぎている。
一二 和服の襟を後ろに押し下げて襟足が出るようにする着方。
一三 和服の前部で布地が重なる部分のうち、内側にあたる方。「上前」の対義語。
一四 和服の裾の端の部分。

となほ飽《あ》かず二子《ふたり》の容姿《すがた》を見較《みくら》べて。

「人力車[一]《くるま》の来《く》るまで其所《そこ》へお坐《すわ》りな。」

同胞《ふたり》は人形《にんぎやう》のごとく取繕《とりつくろ》ふて坐《すわ》る。母親《はゝおや》は左視右瞻[二]《ためつすがめつ》。

「まことに好衣裳《いゝきもの》だよ。よく似合《にあは》ふ事《こと》といつたら。」

お銀《ぎん》は大事《だいじ》さうに畳《たゝ》みたる絹《きぬ》の手巾[三]《はんけち》を取出《とりだ》して。胸《むね》の辺《あたり》を扇《あふ》ぎながら。お鉄《てつ》の髪《かみ》を見《み》てゐたりしが。窓《まど》より来《く》る風《かぜ》に鬢[四]《びん》の毛《け》の二《に》三茎《さんぼんほつ》解れたるを撫《な》でつけてやり。

「今日《けふ》の髪《かみ》は好《よ》く出来《でき》たね。母様《おつかさん》。」

「まことに上品《じやうひん》で好《いゝ》よ。」

がらくと車《くるま》の音《おと》の門口《かどぐち》に止《とま》りたるに三人《さんにん》斉《ひと》しく振向《ふりむ》けば。格子戸《かうしど》開《あ》きて。

「へえお車《くるま》が参《まゐ》りました。」

「そらツ」といふ声《こゑ》の下《した》どたばた。ばたく。

（二）

築地[五]《つきぢ》なる桐村家《きりむらけ》にては晩涼[六]《ばんりやう》よりの宴会《ゑんくわい》にて。当日《たうじつ》の上客[七]《じやうきやく》は。伯子男[八]《はくしだん》の華族《くわぞく》十余名《よめい》。外《ほか》に一族[九]《いちぞく》藩士[一〇]《はんし》五十余名《よめい》。広間《ひろま》の簾《すだれ》を高《たか》く掲《かゝ》げて。風《かぜ》を入《い》れ。庭《には》を見《み》せ。

一 人を乗せて人力で引く二輪車。↓補五。
二 「ためつすがめつ」は「左見右見（とみこうみ）」と同義で、いろいろな方向からよく見ること。ここでは二人の娘の姿を代わる代わるによく見るさま。「瞻（せん）」は、見ること（ことに仰ぎ見ること）。
三 ハンカチーフ（handkerchief）。↓補六。
四 「鬂」は「鬢」の俗字。
五 築地にある。「築地」は京橋区の南部、現在の中央区築地にあたる。 六 夕方の涼しさ。ここでは「涼しい夕方」の意。 七 賓客。大切な客。
八 華族の爵位のうち、第三位「伯爵」、第四位「子爵」、第五位「男爵」の略称。↓補七。
九 ここでは桐村家の家系に属する一族を指す。
一〇 藩主の家臣にあたる武士。 一一 葉かげ。木の葉の陰に一部が隠れること。 一二 星の光。ここは、葉かげにちらちらと揺れる「燈籠」の火を星の光に見立てたもの。 一三 庭に作られた小滝に、日光の華厳の滝にちなんだ名を与えたもの。
一四 初出は「人造瀑（つくりたき）」。 一五 直接見えないように灯火を配して。 一六 萩を群生させたところ。
一七 細竹などで作られた、虫を入れるための籠。
一八 体長二・五センチほどの淡褐色の昆虫で、夏から秋にかけて「チンチロリン」と鳴く。 一九 体長二センチほどの暗褐色の昆虫で、夏から秋にかけて「リーンリーン」と澄んだ音色で鳴く。 二〇 客に暑さを忘れさせる接待の演出。 二一 広々と見渡す。 二二 庭園などに造られた休息用の小屋。壁がなく、四方に葺（ふ）き下ろした屋根と四本の柱だけで構成される。「四阿（しあ）」は、家の周囲にめぐらした廊下の意だが、日本では「あずまや」の意にあてる。 二三 年経た松。松は古来、長寿を象徴するものとして庭木に用いられ、中でも樹齢の多い老松は珍重された。謡曲に長寿を寿ぐ「老松」がある。 二四 陰暦十八日の月。日

[一一]葉陰《はがくれ》の燈籠《とうろう》三《しよ》が所に火《ひ》を入《い》れて。[一二]星影《ほしかげ》を池水《いけみづ》に映《うつ》し。[一三]小華厳《せうけごん》といふ[一四]瀑《たき》の前《まへ》の岩《いは》陰《かげ》に灯《ひ》を[一五]伏《ふ》せて。坐敷《ざしき》より沼《はるか》に玉《たま》なす水《みづ》を見《み》せ。椽《えん》より遠《とほ》からぬ[一六]萩畠《はぎばたけ》の繁茂《しげみ》に[一七]虫籠《むしこ》を忍《しの》ばせ。[一八]松虫《まつむし》[一九]鈴虫《すゞむし》の声々《こゑぐ》席《せき》に乱《みだ》れて。[二〇]客《きやく》に扇《あふぎ》をつかはせぬ慇待《もてなし》の趣向《しゆかう》。衆人《ひとぐ》杯《さかづき》を片手《かたて》に[二一]見曠《みはら》す折《をり》から。[二二]四阿《あづまや》の後《うしろ》に聳《そび》ゆる[二三]老松《らうしよう》の梢《こずゑ》に[二四]十八日《にち》の月《つき》の懸《かゝ》りたるは。一段《いちだん》の[二五]馳走《ちそう》なり。来賓総代《らいひんそうだい》として某伯爵《ぼうはくしやく》が簡単《かんたん》に卒業《そつげふ》の祝詞《しゆくし》を述《の》ぶれば。忠準《ちうじゆん》[二六]答辞《たふじ》をなし。続《つゞ》いて一族総代《ぞくそうだい》の祝詞《しゆくし》。藩士《はんし》総代《そうだい》の祝詞《しゆくし》。之《これ》にも答辞《たふじ》ありて。満場《まんじやう》拍手《はくしゆ》の裏《うち》に表向《おもてむき》の儀式《ぎしき》が済《す》めば。[二七]座付《ざつき》は上客《じやうきやく》より乱《みだ》れ始《はじ》めて浪《なみ》の砕《くだ》くるごとく。[二八]末席《ばつせき》の方《かた》も次第崩《しだいくづれ》に崩《くづ》れかゝる頃《ころ》。[二九]無礼講《ぶれいこう》にして賑《にぎや》かに。とある[三〇]家令《かれい》の声懸《こゑかゝり》に。此上《このうへ》はいづれも[三一]君《きみ》の御為討死《おんためうちじに》といふ覚悟《かくご》で。いよく[三二]乱酒《みだれざけ》になる。

席《せき》の末《すゑ》の方《かた》に柱《はしら》を後《うしろ》にして。[三三]大礼服《ふろつくこーと》を[三四]いためつけて。[三五]白《しろ》りねんの[三六]胴衣《ちよつき》に[三七]黄金《きん》の鎖《ぐさり》を山形《やまがた》に懸《か》け。[三八]頸《くび》の括《くゝ》れるやうな前折《まへをり》の衿《カラア》に。[三九]針《ピン》は[四〇]黄金《きん》の浪《なみ》に旭《あさひ》と見《み》せたる紅玉《ルビー》を攫《つか》ませ。気《き》になるほど[四一]袖釦《そでぼたん》の煌々《ぴかつく》は[四二]金無垢《きんむく》の狂駒《くるひごま》。[四三]目貫《めぬき》の直《なほ》し物《もの》と見《み》えたり。年配《ねんばい》三十六七。大肥《でつぷり》として。髪《かみ》は濃《あつ》く。毛頭渦巻《けさきうづま》く癖《くせ》あり。口髭《くちひげ》は束《つか》ねて取着《とりつ》けたるごとく。硬《こは》くして長《なが》く黒《くろ》く。眉毛《まゆげ》は小気味《こきみ》よく一文字《いちもんじ》に際立《きはだ》ち。[四四]団栗眼《どんぐりまなこ》に一種《いつしゆ》の光《ひかり》を帯《お》びて。顔色《がんしよく》は[四五]古《ふ》りたる素銅《すあか》の如《ごと》し。

没後しばらくして昇るため「居待ち月」とも呼ばれる。二五 もてなしをすること。饗応。二六 答辞を述べ。「答辞」は、式典で、祝辞などに対して答える言葉。二七 座付。定められた席順。二八 席順の下の方の席。下座。二九 身分の区別なく礼儀を捨てて催される酒宴。三〇 華族などの家の運営を管理監督した人。三一 酒に乱れる座を、主君の命令によって命がけで酒宴に臨むさまに見立てた。三二 酒席の礼儀などを無視した酒の飲み方。三三 「大礼服（たいれいふく）」は、明治五年の「大礼服制」によって定められた男子官員の礼服の一つ。重要な公式行事に着用され、装飾の差異によって階級の違いが示された。ただし、フロックコートは大礼服ではなく、男子の昼間用の礼装で、結婚式などで着用された。↓『紅子戯語』七六頁注一二。三四 「いためつける」（撓め付ける）は、服装をいかめしく整えること。三五 白いリネン。「リネン」は「リンネル」とも言い、亜麻糸で織った薄地の織物で、夏物の衣料や、テーブルクロス、シーツ、ハンカチなどに用いられる。三六 洋服の上着の下に着る、袖のない短い衣服。三七 懐中時計をつなぐための金製の鎖。三八 「前折」は洋服のカラー（襟）の一種で、高く立った襟の先だけが前方に折れる形になっているもの。ウィング・カラー（wing collar）。ここは、カラーが高いために首が括られるように見えるさま。三九 装飾を施した襟止めの針。カラー・ピン。四〇 襟止めのピンの装飾の形容。金で波形を形づくり、そこに朝日に見立てた赤いルビーを配したもの。四一 シャツの袖口を止めるための、装飾を施したボタン。カフス・ボタン。「煌々（こうこう）」は、きらきらと輝くさま。四二 純金製のボタンに「狂駒」の絵柄が施されているさま。「狂駒」は、何かに驚いて走

実印《じついん》[一]を彫《ほ》りたる黄金《きん》の指環《ゆびわ》[二]を小指《こゆび》に穿《は》めたる。左手《ひだり》の拇指《おやゆび》と中指《なかゆび》と薬指《くすりゆび》との三本《さんぼん》にて「はばな」[三]の太巻《ふとまき》を軽《かろ》く持《も》ち。かの一種《しゆ》の光《ひかり》ある眼《め》[四]を側《そばだ》てゝ。始終《しじよう》お銀《ぎん》の挙動《たちゐ》に注《そゝ》ぐを。隣席《となり》にゐる藩士《はんし》の山口昇《やまぐちのぼる》といふ中老漢《ちうおやぢ》[五]が認《みと》めて。

「御意《ぎよい》に召《め》しましたか。」と突如《だしぬけ》に囁《さゝや》く。

黄金鎖《きんぐさり》。黄金釦《きんぼたん》。黄金針《きんのぴん》。黄金指環《きんのゆびわ》と。黄金《きん》ずくめの紳士《しんし》は某省《ぼうしやう》の会計課長《くわいけいくわちやう》にて。囁《さゝや》きしは属官《ぞくくわん》[六]なり。

「御意《ぎよい》に召《め》しましたか。」と星《ほし》[七]を貫《さ》されて。渋谷課長《しぶやくわちやう》は悖然《どツきり》[八]。然《さ》[九]あらぬ躰《てい》にてぎろりと山口《やまぐち》に瞳《ひとみ》を転《てん》じて。何《なに》とも言《い》はずに微笑《びせう》を含《ふく》めば。山口《やまぐち》は「で御坐《ござ》らうがネ。」といふ面色《おもゝち》で。

「あの紺飛白《こんがすり》[一〇]の……今《いま》立《た》ちました。彼《あれ》で……。」

と扇子《せんす》の尾《しり》で指《さ》せば。渋谷《しぶや》は大《おほ》きく空笑《そらわら》[一一]ひをして。

「まア一盃《ひとつ》[一二]差《さ》さう。」

と麦酒《びいる》[一三]の硝子盃《こつぷ》を山口《やまぐち》の前《まへ》に置《お》く。

「これは。」と一寸戴《ちよいといたゞ》[一四]き。前列《むかふがは》に酌《しやく》をしてゐるお銀《ぎん》を呼寄《よびよ》せる下心《したごゝろ》にて。

「一寸《ちよいと》お酌《しやく》を。」といへば。お銀《ぎん》が振向《ふりむ》くと斉《ひと》しく。横合《よこあひ》からする〱と来《き》て。

「麦酒《びいる》でございますか。」

り出した馬。四三「目貫」は刀の柄(かつ)に施した金属の装飾。「直し物」は、ここでは目貫をカフス・ボタンに作り直したことを言う。『我楽多文庫』第一号(明治二十一年五月)の石橋思案「巻頭の詞」に「鮹欄(さめづか)に光らしたる純金の目貫は空しく烟草入(たばこいれ)の金具に」とある。四四 丸くて、くりくりした眼。四五 古さびた純銅。ここは赤茶けた顔色の形容。

以上一八九頁

一 役所に登録して印鑑証明を得られるようにした印鑑。二 当時は男性も指輪をすることが珍しくなかった。↓『恋山賤』補一五。三 キューバの首都ハバナで産する葉巻。フィリピン産のマニラ葉巻と並んで高級品として好まれた。四 注意して見る、の意。「そばだてる」は、高く立たせる、の意で、通常「耳をそばだてる」(注意して聞く)と用いる語を目に流用したもの。五 中老の男。中程度の老人。「大縞の縕袍を着た五十ばかりの中老漢(ちゆうおやぢ)」(田山花袋『重右衛門の最後』明治三十五年)。六 部下の役人。属吏。七 言い当てられて。図星をさされて。八「悖(き)」は、どきどきする、胸騒ぎがする、の意。九 何事もなかったような素振りで。「渠(かれ)は然あらぬ体(てい)に答へたりき」(泉鏡花『義血侠血』明治二十七年)。一〇 紺地に白い絣(かすり)模様を散らした木綿織物。作業用などに用いられる。一一 おかしくもないのに笑うこと。一二 一杯注ごう。自分の杯を相手に与え、さらに返杯を受ける、という酒席の習慣がビールに応用されたもの。「杯を差す」は、相手に酒を勧

と罎《ボトル》の銃口《すぐち》[一五]を向《む》けたお敵《てき》[一六]は。名《な》[一七]もなく雑兵《ざふひやう》[一八]といふ面躰《めんてい》[一九]。但《たゞ》し甲冑《かつちう》[二〇]は目指《めざ》[二一]せし御《おん》大将《たいしやう》と同《おな》じく。此家《このや》の小間使《こまづかひ》[二二]にてお種《たね》といふ蓮葉《はすは》[二三]なり。

渋谷《しぶや》は山口《やまぐち》と眼《め》を見合《みあ》はせて。窃《ひそか》に苦笑《にがわらひ》を取交《とりか》はせ。余所《よそ》を向《む》いて煙草《たばこ》をふかり〳〵。知《し》つた顔《かほ》ゆゑ。山口《やまぐち》は折角酌《せつかくしやく》に来《き》たものを素気《すげ》[二四]なくもしかねて。

「お酌《しやく》[二五]は実《じつ》にお種《たね》さんの事《こと》だ。」

空々《そらぐ》しい愛想《あいそ》に渋谷《しぶや》はくす〳〵と笑《わら》へば。山口《やまぐち》も可笑《をかし》くなつて。くす〳〵。何《なん》だか理由《わけ》は解《わか》らねど。二人《ふたり》が笑《わら》ふから。お種《たね》もくす〳〵。

山口《やまぐち》は左手《ひだりて》を衝《つ》いて右肩《みぎかた》を斜《はす》に突出《つきだ》し。ぬつと頭《くび》を伸《のば》して。

「お種《たね》さん。」

「はあ。」と眉《まゆ》を揺《うご》かして顔《かほ》で嬌態《しな》[二六]をする。

「あの娘《むすめ》ね。」と頤《あご》[二七]で箝《すく》つて眼《め》で見当《けんたう》をつける。

「どれでございます。」

「其《それ》さ。」「お銀《ぎん》さん？」といふ声《こゑ》が大《おほ》き過《す》ぎたので我《われ》を呼《よ》ぶのかとお銀《ぎん》は振《ふり》向《む》いて。

「何御用《なにごよう》？」

「いゝえ呼《よむ》だのぢやないの。」

めること。

一三 bier（オランダ語）。麦芽を主原料として発酵させて作るアルコール飲料。↓補八。

一四「戴く」は、礼の意味をこめて頭の上にささげること。

一五「すぐち」は、銃口（じゆうこう）の別称。「巣口 小銃（コツツ）ノ孔ノ端」（『言海』）。ビール瓶の注ぎ口を銃口に見立てたもの。

一六 江戸時代の遊里で、客と遊女が互いに相手を呼ぶときの呼称。「敵方（あいかた）」などとも言う。この前後に戦の用語が用いられるのは、旧藩士族の儀礼の場であることと重ねて、このような風習をふまえる。

一七 初出は「名もなき」。

一八 身分の低い兵士。ここは、目指す美女（お銀）とは異なることを言う。

一九 顔つき。

二〇 戦の時に身につける鎧（よろい）と兜（かぶと）。ここでは女性の着ている着物を武具に見立てて言う。

二一 目指している女性を、討ち取るべき敵の大将に見立てたもの。

二二 主人の身辺の雑用をする女の召使い。

二三 女性の態度が派手で軽々しく浮わついているさま。また、そのような女性。「蓮葉を罷（や）めて優に艶（やさ）しく女性らしく成る筈（はず）もなし」（二葉亭四迷『浮雲』〈明治二十―二十二年〉第八回）。

二四 愛想もなく。冷淡に。

二五 お酌をしてもらうならお種さんが一番よい。

二六 媚びるような、なまめかしい様子を見せること。「品を作る」とも言う。「嬌態（きようたい）」は、なまめかしい様子。

二七 頤をしゃくるようにしておおよその方向を示し、視線で目指す対象を指し示すしぐさ。

「然《さ》う？」とまた後姿《うしろすがた》になる。

お種《たね》は声《こゑ》を潜《ひそ》めて。

「あれで御坐《ござ》いますか。」

「さうさ。あれはたしか御家来《ごけらい》の？」

「はあ丸橋《まるばし》といふ……。」

「うむ」と反身《そりみ》[一]になつて「さうだッ。」と膝《ひざ》を拊《う》つ。

「大層感心《たいそうかんしん》あすばしますのね。」

「なか〱別品《べつぴん》[二]だね」と扇子《あふぎ》[三]ぱッちり。

お種《たね》は手巾《はんけち》を口《くち》に当《あ》て〻首《くび》を縮《ちゞ》め。

「ふゝゝ。」

「何《なに》を笑《わら》ふんだ。え。何《なに》が可笑《をか》しうござる[四]。」

「でも貴下《あなた》は御前様《ごぜんさま》[五]の前《まへ》だと苦《にが》い顔《かほ》をして。真面目《まじめ》な事《こと》ばつかりおつしやつてゐらつしやる癖《くせ》に。今夜《こんや》に限《かぎ》つて否《いや》な事《こと》をおつしやるから……。」

「酒《さけ》を飲《の》むと誰《たれ》しもかうなるものだ。」「嘘《うそ》ばッかり。」

と様子《やうす》[六]笑《わら》ひをする。

一　上体を後ろに反らして胸を張ること。
二　非常に美しい女性。「別嬪」とも表記する。
三　扇を少しだけ開き、また閉じる動作。
四　「ござある」の転。ここは「ある」の意の丁寧語。武士階級の用いた語であり、ここも武士風の言い回しが出たもの。
五　使用人などが主人や身分の高い者を敬って言う語。
六　意味ありげな笑い。

（三）

山口《やまぐち》は用《よう》ありさうに真面目《まじめ》になつて。

「時《とき》にお種《たね》さん。」

「はい。」と釣込《つりこ》まれてお種《たね》も真面目《まじめ》になる。

「あの娘《こ》のお酌《しやく》といふので一盃《ひとつ》飲みたいね。」

お種《たね》はついと傍《わき》を向《む》いて。

「多度召上《たんとめしあが》りましな。」

「はゝゝ。一盃《いつぱい》願《ねが》ひましやう。美《うつく》しいのに。」と猪口《ちよく》[七]を出《だ》したは。余程御機《よほどごき》嫌《げん》を取《と》る気《き》なり。

「御遠慮《ごあんりよ》なく……。」とお種膝《たねひざ》の上《うへ》に手《て》を重《かさ》ねてちんと[八]澄《す》ます。

此所山口昇大忸怩《このところやまぐちのぼるおほてれ》[九]の気味合《きみあひ》にて。頻《しき》りに猪口《ちよく》[一〇]を荷《に》にして。お種《たね》の顔色《かほいろ》を覗《うかゞ》つてゐる。お種《たね》は何《なに》と思《おも》つたか銜《つツ》と銚子《てうし》を持《も》つて。

「どうせ私《わたくし》のやうなお多福《たふく》[一一]のお酌《しやく》では……。私《わたくし》は彼方《あちら》へ御遠慮申《ごあんりよまう》しませう。」

腹《はら》を立《た》ちましたよ。はい。真箇《ほんと》に腹《はら》を立《た》つたんですよと言《い》はぬばかりに。くつ〳〵と口《くち》を揺《うご》かして。傍《わき》を向《む》いて凛然《つん》[一二]と立懸《たちか》ける袂《たもと》を。竄《にが》[一三]してなろか。と山《やま》

七　「猪口」は、口の開いた小型の陶器で、酒の杯を指す場合が多い。「ちょこ」とも言う。
八　とりすまして坐っているさま。
九　大いに照れている、の意。「忸怩（じく）」は、心の中で恥じ入ること。
一〇　差し出した猪口のやり場に困って。
一一　顔立ちの美しくない女。「お多福」の面に似るところから言う。
一二　「凛然（りんぜん）」は、きっぱりとしたさま。
一三　逃がしてなるものか。「竄（ざん）」は、穴の中などに逃げ込むこと。

口《ぐち》が捉《とら》へて。

「さう何《なに》も怒《おこ》らんでもいゝぢやないか。」

「あら可厭《いやな》。怒《おこ》りはいたしませんよ。」

「怒《おこ》らんなら。そんなにぷり〱せんでも……。」

「どうせ心太《ところてん》[一]の拍子木《ひやうしぎ》でございます。」

「これは御挨拶《ごあいさつ》だ。」と少禿《すこはげ》[二]の頭顱《あたま》を撫《な》でゝ。

「まづ其処《そこ》で中和《なかなほり》にお酌《しやく》を。」と盃《さかづき》を出《だ》して。お種《たね》の顔《かほ》を覗《のぞ》いて。

「実《じつ》はね。あの娘《こ》の……何《なん》といふ名《な》だえ？　……知《し》らない？　ぢや其知《そのし》らんちやんのお酌《しやく》で。私《わたし》が飲《の》みたいなんぞツて。さう〱さうした訳《わけ》ぢやないのさ。此方《このかた》が。この渋谷《しぶや》さんが……のお酌《しやく》で是非《ぜひ》……。」

といひ懸《か》けると。渋谷《しぶや》はとんと山口《やまぐち》の肩《かた》を撞《つ》いて。

「怪《け》しからん事《こと》をいふ。我《おれ》は知《し》らんのだよ。」とどういふ気《き》でか真顔《まがほ》に弁明《べんめい》する。其顔《そのかほ》をお種《たね》が見《み》て。くつと可笑《をかしさ》を飲込《のみこ》み。此面相《このめんさう》[三]ならば。とても思《おも》つたのか。但《たゞ》[四]しはお銀《ぎん》を玩《なぶ》[五]らうとでもいふ了簡《れうけん》でか。後《うしろ》を振向《ふりむ》いて。

「お銀《ぎん》さん〱。」と呼《よ》びかけて一寸《ちよつと》手招《てまね》きをすると「何《なに》？」といひながら来《き》て。山口《やまぐち》の正面《むかふ》。お種《たね》の隣《となり》に坐《すわ》る。其手《そのて》をお種《たね》が矢庭《やには》に捉《とら》へて。

一 ところてんで作った拍子木を打つときのようにぷりぷりしている、の意。「ところてん」は寒天質を固めた食品で、麺状にする前の形が拍子木に似ている。
二 少し禿げかかった。
三 顔つき。容貌。渋谷の容貌ならお銀を引き会わせても間違いが起きることはあるまい、の意。
四 それとも。あるいは。
五 からかってやろう。
六 特定の異性に心引かれているさまをからかって言う語。

「山口《やまぐち》さん。 [六]御執心《ごしふしん》のお銀《ぎん》さん！」

「いやなお種《たね》さん。」とお銀《ぎん》は羞《はづ》かしさうに横《よこ》を向《む》く。

山口《やまぐち》は渋谷《しぶや》に[七]一寸目授《ちよつとめまぜ》をして。

「いやお銀《ぎん》さん。」と[八]透《すか》さず斫懸《きりか》けると。 お銀《ぎん》は窮屈《きうくつ》さうに会釈《ゑしやく》する。

「一杯戴《ひとついたゞ》きましやうかな。」

「お酌《しやく》を……。」と銚子《てうし》を持《も》つ。

「結構《けつこう》々々《〳〵》。」と猪口《ちよく》を出《だ》しながら。 お銀《ぎん》の顔《かほ》を[九]瞥見《ひとめ》に大概測量《おうかたそくりやう》して。 一寸気《ちよつとき》を変《か》へ。

「渋谷《しぶや》さん。 お銀《ぎん》さんのお酌《しやく》といふので御一盃如何《おひとついかゞ》でございます。」

渋谷《しぶや》は故《わざ》と然《さ》あらぬ顔《かほ》で。 冷淡《れいたん》に「可《よ》からう。」とばかり。 何《なに》も言《い》はず[一〇]大風《おほふう》にぐつと硝子盃《こつぷ》を差出《さしだ》せば。 お銀《ぎん》は[一一]膳《ぜん》を斜《はた》に向《む》けて。 少《すこ》し[一二]躙寄《にじりよ》つて酌《しやく》をする。 [一三]見《み》たいと思《おも》ふ人《ひと》の正面《まむかふ》には坐《すわ》るなの格言《かくげん》の通《とほ》り。 渋谷《しぶや》の[一四]烱々《けい〳〵》たる巨眼《おほめだま》も。 此場《このば》には平生《へいぜい》の力《ちから》を失《うしな》つて。 猪口《ちよく》を出《だ》す。 罎《びん》を出《だ》す。 [一五]其瞬間《そのモーメント》に瞥見《べつけん》したばかり。 年効《としがひ》もなく羞《はづ》かしいといふ気味《きみ》で。 好加減《いゝかげん》に盃《こつぷ》を引《ひい》て。 口《くち》に持《も》つて来《き》て。 飲《の》みながら盃越《こつぷごし》に可厭《いや》な眼《め》をして昵《ぢツ》と視《み》る。 お銀《ぎん》は山口《やまぐち》の眼色《めいろ》の[一六]可笑《をかし》らしいのを早《はや》くも見《み》て取《と》つて。 薄気味《うすきみ》悪《わる》く[一七]思《おも》つてゐる[一八]箭先《やさき》に。 [一九]さなきだに[二〇]好《す》かんたらしい

七 めくばせ。目で合図すること。「意味ありげな目交(まめ)ぜをして」(内田魯庵『社会百面相』明治三十五年)。

八 間をおかずに話を切り出すこと。

九 「瞥見(べつけん)」は、ちらりと見ること。ざっと見ること。

一〇 細かなことにはこだわらないという様子で。

一一 客の前に据えられた膳を除けるように斜めに動かして。脚つきの膳を各自の前に据えるのは武家における伝統的な食事の方法。

一二 正座したまま膝をするようにして寄って。

一三 見たいと思う人の正面に坐ると、緊張して却って見ることができない、の意。格言と言うよりも俗諺の類か。

一四 光り輝くさま。目つきの鋭いさま。

一五 moment。

一六 普通でない。異様である。

一七 底本は「思ゐる」。初出に従って改めた。博文館版全集(明治三十七年)は「思ひゐる」。

一八 矢先。ちょうどその時。

一九 それでなくてさえ。

二〇 いやらしい。いけ好かない。

以下一九六頁

一 媚びるような色っぽい目つき。本来「秋波(しゅうは)」は「秋の澄んだ水」の意から転じて、美人の涼しい目元、あるいは女性の媚びをふくんだ目つきを言う。 二 居心地(いごこち)。その場にいることからくる気分。 三 進むことも退くこともできず、困り果てて。「人亦有レ言、進退維谷(人また言あり、進退これきはまれり)」(『詩経』大雅・桑柔)。 四 「もじり〳〵」は、「もじもじ」と同義で、したいことができずにためらうさま。「咨(し)」は、意見を求める、嘆く、の意。「且」は繰り返しの意味で「咨咨」(嘆息するさま)を表

眼光《めつき》の渋谷《しぶや》に[一]秋波《いろめ》を注《そゝ》がれて悚然《ぞつ》として。何《なん》となく[二]居心《ゐこゝろ》の悪《わる》さに立《た》たうとすると。お種《たね》が袖《そで》の下《した》で手《て》を引張《ひツぱツ》てゐて一向放《いつかうはな》さず。立《た》たうにも立《た》たれず。居《ゐ》るのは快《こゝろよ》くなし。[三]進退維谷《しんたいこれきはま》つて[四]咨且《もじり〳〵》してゐる。

渋谷《しぶや》は飲《の》みながら是《これ》ぞ[五]好下物《かうかぶつ》といふ顔《かほ》で。お銀《ぎん》の容貌《すがた》を[六]眈視《たんし》する眼《め》から。例《れい》の刺《さ》す如《ごと》き光《ひかり》は射《さ》せど。それと[七]和《くわ》してまた[八]名状《めいじやう》すべからざる一種異様《しゆいやう》の光《ひかり》の見《み》えるは。恐《おそ》らく其刺《そのさ》す如《ごと》き光《ひかり》の「愛《あい》」に蕩《とろ》けたるならむ。と[九]難解言《むづかしくい》へば謂《い》ふのなり。

[一〇]話次分頭《それはさておき》。この席《せき》の酌人《しやくにん》は芸者半分《げいしやはんぶん》に素人半分《しろうとはんぶん》といふ[一一]調合《てうがふ》で。芸者《げいしや》は[一二]新橋《しんばし》の精選《よりぬき》と見《み》えて。流石《さすが》に[一三]可憐《かれん》の春色《しゆんしよく》も見《み》える。素人《しろうと》の方《はう》は一群尽《ひとくみことごと》く「[一四]つぶし」といふ中《なか》で。お銀《ぎん》の美貌《うつくしさ》は光明《くわうみやう》を放《はな》つかとばかり際立《きはた》つて芸者《げいしや》も頻《しきり》にお銀《ぎん》の[一五]進退《たちゐ》には[一六]目《め》を側《そばだ》てゝ囁《さゝや》き合《あ》ふほどなれば。無論満坐《むろんまんざ》の客《きやく》は[一七]現《うつゝ》になつて。[一八]衆心一《しゆうしんいち》人《にん》を逐《お》ふて移《うつ》るといふ状《かたち》で。[一九]一見《いちけん》の客《ひと》も名《な》を聞覚《きゝおぼ》えて。お銀《ぎん》が前《まへ》でも通《とほ》ると。為懸《しか》けた談話《はなし》を[二〇]輟《や》めて。「お銀《ぎん》ちやん！」などゝ[二一]温言《おんげん》で呼留《よびと》める。

就中某伯《なかんづくばうはく》[二二]と来《き》たら。[二三]眼《め》を糸《いと》の如《ごと》くして。お銀《ぎん》〳〵と懊悩《うるさ》いほどのお声懸《こゑかゝ》りで。少《すこ》し御自身《ごじしん》の前《まへ》に見《み》えぬと。酒《さけ》を飲《のん》でも甘《うま》うない。と[二四]金閣寺《きんかくじ》の大膳懸《だいぜんがゝ》りで。頸《くび》を延《の》ばして「お銀《ぎん》は居《を》らぬか」と[二五]御意《ぎよい》ある時《とき》の[二六]鼻下《はなのした》の寸《すん》を玉八《たまはち》といふ人《ひと》の悪《わる》い

すか。五 よい酒の肴（さかな）。六 楽しむようにしげしげと見ること。七 溶け合って。「虫声の喞々（しよくしよく）に和（わく）して」（広津柳浪『蜃虫楼』明治二十年）。八 言い表しがたい。九 あえて難しく言えば、そのような言い方になる。初出は「難解（むづかし）く言つて見たものさ」。一〇「話次」は、話のついで。「分頭」は、分かれる。『紅子戯語』八四頁一一行目には「話は物分かれ」の意味での用例がある。一一 混ぜ合わせる分量の割合。一二 新橋芸者のこと。江戸時代、木挽町にあった芝居小屋の賑わいに伴って町芸者が起こったのがはじまりとされ、明治維新後は銀座や官庁街を控えて第一等の花街となった。一三 愛らしくなまめかしい女性。一四 つぶし島田のこと。島田髷の髷の部分を押しつぶしたように結う髪型。

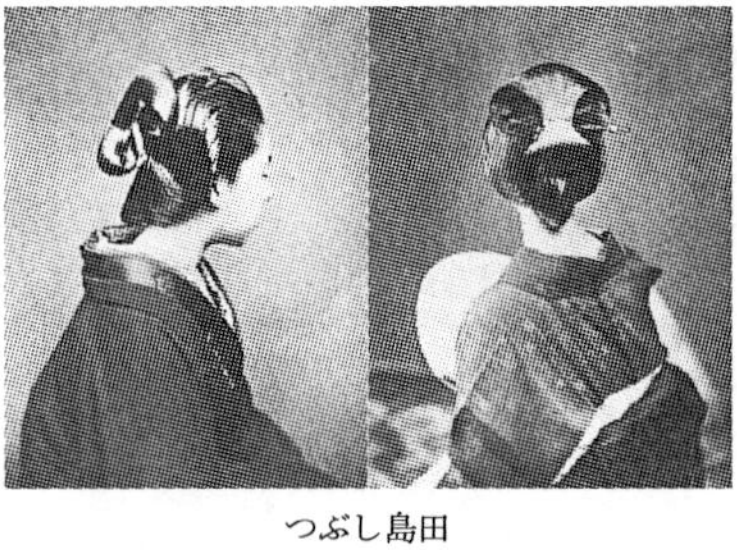

つぶし島田
（『百年前の日本 セイラム・ピーボディー博物館蔵 モース・コレクション写真編』小学館，1983年より）

一五「進退（しんたい）」は、ふるまい、行動。 一六 →一

老妓《らうぎ》[二七]が。杉箸《すぎはし》を鉛直《えんちよく》[二八]に立《た》てゝ。遠《とほ》くから測量《そくりやう》して。高島屋《たかしまや》[二九]の忠弥《ちうや》といふ身《み》[三〇]をやつて。妹芸者《いもとげいしや》[三一]を笑《わら》はせてゐる。

遂《つひ》に此所《こゝ》に居《を》る事《こと》がお目《め》に留《とま》つて。早速彼《さつそくあれ》を喚《よ》べとの御意《ぎよい》に。お為《ため》といふ小《こ》間使《まつかひ》が勅使三度《ちよくしさんど》[三二]に及《およ》ぶといふ始末《しまつ》。

「お銀《ぎん》さん。一寸《ちよいと》でも可《い》いから来《き》て下《くだ》さいよ。私《わたし》が窮《こま》るわ。」と泣声《なきごゑ》を放《はな》つ。

「はい唯今《たゞいま》。」と立《た》たうとするを。此時《このとき》は山口大分酩酊《やまぐちだいぶんめいてい》の呂律《ろれつ》[三三]で。

「まあ可《い》いぢやないか。何《なに》。室山《むろやま》の御前様《ごぜんさま》のお召《めし》だ？　然《さ》う？」

とつまらなさうな顔色《かほつき》。ぺろりと舌《した》を長《なが》く出《だ》して唇《くちびる》を舐《なめ》ずり。

「あの御前《ごぜん》も御高齢《ごかうれい》[三四]にましましながら。いつも〳〵お助兵衛《すけべゑ》[三五]な御前《ごぜん》だ。」

「あれ聞《きこ》えますよ。」とお為《ため》とお種《たね》が口《くち》を揃《そろ》へて注意《ちうい》する。

「へゝゝ」と冷笑《れいせう》して。「聞《きこ》えるものなら勝手《かつて》にお聞《きこ》えなさい。」

と身体《からだ》はぐな〳〵。眼《め》ばかり据《す》ゑて。一向多愛《いつかうたあい》[三六]ない事《こと》を立派《りつぱ》さうに云《い》ふ。いつかお銀《ぎん》が立《たつ》て了《しま》つたとは気《き》が着《つ》かず。

「お銀《ぎん》ちやん。ねえ丸橋銀子《まるばしぎんこ》ちやん。気《き》を着《つ》けないと不可《いけま》せんよ。あの御前《ごぜん》といふものが。いやはや尋常《なみ》ならぬ助前《すけぜん》[三七]だからね。高《たか》い声《こゑ》では申《まを》されぬが。[三八]（どうか声色《こはいろ》のやうなれど。誰《たれ》のやら当《あて》なし）一躰華族《いつたいくわぞく》[三九]といふものは士族平民《しぞくへいみん》[四〇]

九〇頁注四。　一七 →『恋山賤』一一四頁注五。　一八 多くの人の心が一人の人間に集中し、その動きに左右されること。　一九 料亭などで、なじみでなく初めて来た客を呼ぶ語。「いちげん」とも言う。　二〇「輟（つて）」は、やめること、中断すること。　二一 優しい言葉つき。　二二 ある伯爵。　二三 いかにもうれしそうに眼を細めて。　二四 浄瑠璃『祇園祭礼信仰記（ぎおんさいれいしんこうき）』（中邑阿契ほか合作、宝暦七年初演）の四段目「金閣寺」の段で、敵役の松永大膳が画師狩野雪村の娘雪姫に自分の妾になるように迫る設定をふまえる。「懸り」は、ある物事に似ていることを言う。　二五 おおせ。お指図。　二六 鼻の下の長さ。女に甘いさまを「鼻の下を伸ばす」「鼻の下を長くする」と言うのをふまえる。　二七 年をとった芸者。　二八 水平面に対して垂直の方向。初出は「水平」。　二九 歌舞伎『慶安太平記』（河竹黙阿弥作、明治三年初演）で、丸橋忠弥が千代田城の濠の幅を手にもった煙管ではかる場面をふまえる。「高島屋」は、四世市川小団次の系統を指す屋号で、初代市川左団次（天保十三年―明治三十七年）がこれにあたり、忠弥はその当たり役だった。「左団次〔二世〕が、本郷座に来たとき、学校の近くであつたから、われ〳〵はいく度も堀ばたの忠弥を見に行つた。久米は、盛んに「高島屋！」と、どなつた」（菊池寛『半自叙伝』昭和三

初代市川左団次演じる丸橋忠弥

より一倍《いちばい》お好色《すき》で。お執濃《しつこ》くてゐらつしやる訳《わけ》のもんだから。お給仕《きうじ》は辛《つら》いよ。ねえお銀《ぎん》ちやん。」と再舌舐《またしたなめ》ずりをして。細《ほそ》い眼《め》を無理《むり》に睜《みひら》いたが。

「おや不在《ゐない》！　不在《ゐない》ねお銀《ぎん》ちやん。いや遁《にが》したく。お前《まへ》たちは。」

（四）

渋谷《しぶや》は翌日《よくじつ》の退省《ひけ》[一]に山口《やまぐち》を伴帰《つれかへ》り。客間《きやくま》[二]の椽近《えんちか》に。マ[三]ホガニーの小卓子《こテーブル》を据《す》ゑて。これに淡泊《あつさり》とした者《もの》を三品《みくさ》[四]ばかり列《なら》べ。献酬《やりとり》[五]なしと定《き》めて。小《ちひ》さな台付《だいつき》の硝子盃《こつぷ》と京焼《きやうやき》[六]の小徳利《こどくり》を銘々《めいめい》に控《ひか》へ。山口《やまぐち》は葛布《くづふ》[七]の洋服《やうふく》をば。糊《のり》にぴんと張《は》つた客浴衣《きやくゆかた》に衣更《きか》へて。紅革《べにかは》[八]の裀《しとね》の上《うへ》に割膝《わりひざ》[九]をして。庭《には》の盆栽棚《ぼんさいだな》[一〇]に咲懸《さきか》けた柘《せき》[一一]榴《りう》の盆栽《ぼんさい》をまじく眺《なが》めながら髭《ひげ》を撚《ひね》つて待《ま》つ所《ところ》へ。主人《あるじ》も浴衣《ゆかた》になりて。濡《ぬれ》髪《がみ》を拭《ふ》きながらのつしくと出《で》て来《き》て。

「いや山口《やまぐち》さん。貴下《あんた》も冷水《れいすゐ》で一寸顔《ちよつとかほ》をお洗《あら》ひなさらんか。」とどつかり裀《しとね》の上《うへ》に胡坐《あぐら》を掻《か》く。

「いえ私《わたし》はこれで結構《けつこう》でございます。」

「水《みづ》で顔《かほ》を洗《あら》ふより。これで口《くち》を嗽《ゆす》ぐ方《はう》がいゝですか。」「うふ」と笑《わら》ひながら山口《やまぐち》の盃《こつぷ》に盈々《なみなみ》と注《つ》ぐ。

―四年）。三〇 姿を自らまねて。三一 妹分にあたる年下の芸者。三二 天皇から三度も使者が遣わされるほど懇願されること。ここは「某伯」の意を受けて小間使いが度々お銀を呼ぼうとしていることを言う。「玉体安全雷除の加持有らんと勅使三度の召しに応じ」（浄瑠璃『菅原伝授手習鑑』並木宗輔ほか合作、延享三年初演）。三三 言葉の調子。三四 いらっしゃりながら。三五 好色であるという意味の「助平」「助兵衛」をわざと丁寧に言ったもの。三六 普通「他愛ない」と表記する。取るに足りない。とりとめのない。「たわいない」とも言う。三七 「助兵衛な御前」を略した語。三八 なんとなく誰かの声色をまねているようだが。「声色」は、歌舞伎役者のせりふ回しや声つきをまねること。三九 明治維新後に規定された貴族階級に位置する身分。↓補七。四〇 明治維新後に規定された身分で、「皇族」「華族」「士族」を除く従来の農・工・商の総称。

以上一九七頁

一 役所としての省を退出すること。当時の退庁時刻は現在より早く、一般には午後三時前後であった。二葉亭四迷『浮雲』冒頭には「廿八日の午後三時頃に神田見附の内より塗渡（とわた）る蟻、散る蜘蛛の子とうよくぞよく沸出で来る」役人たちの姿が描かれている。なお、二二二頁一〇行目には、奏任官である渋谷周三について「朝八時から出勤で。四時頃帰つて来る」とある。二 「椽近」は庭に面した縁側の近く。初出は「庭前（にはまへ）の十畳の客間」。三 センダン科の常緑高木。緻密で堅く木目が美しいため高級家具材などに用いられる。初出は「「まほがにい」」。四 ここは三種類の酒の肴を指す。「くさ」は「種

「これはく。貴下《あなた》まあ。」と徳利《とツくり》に手《て》を懸《か》けるより早《はや》く。渋谷《しぶや》は[一二]独酌《どくしやく》してぐつと一息《いき》に飲干《のみほ》し。

「あゝ[一三]蘇生《そせい》した。貴下《あなた》も早《はや》く蘇生《そせい》なさい。」

と無雑作《むざふさ》に茶椀《ちやわん》の汁《つゆ》をちゆうと吸《す》ふ。山口《やまぐち》は盃《こつぷ》を一寸戴《ちよつといたゞ》いて口《くち》を着《つ》け。下《した》に措《お》いた手《て》で箸《はし》を取《と》つて。[一四]洗魚《あらひ》の[一五]摺山葵《すりわさび》を醤油皿《しやうゆさら》の中《なか》に摘《つま》み込《こ》むで。二つ三つ掻廻《かきまは》しながら。

「時《とき》に彼《あれ》は[一六]真実《まつたく》[一七]御媒妁《ごばいしやく》をいたすのでございますか。」

「勿論願《もちろんねが》ひたい。」

「然《しか》しちと若過《わかす》ぎはいたしませんか。」

「若《わか》い方《はう》なら過《す》ぎても苦《くる》しからずだね。はゝゝゝゝ。」

「そりやまあ老婦《ばアさん》よりは宜《よろ》しいに相違《さうゐ》ございませんけれど。どうも此家《こなた》の[一八]経済《けいざい》を[一九]切廻《きりまは》さうといふには。」

と軽《かる》く首《くび》を拈《ひね》つて。「どうでございましやうか。」と尻上《しりあが》りに言切《いひき》る。

「そんな事《こと》は構《かま》はんぢやないか。経済《けいざい》といふた所《ところ》が格別至難《かくべつむづかし》い事《こと》は要《い》らんし。二月《ふたつき》か三月《みつき》も慣《な》るれば。誰《たれ》にでも出来《でく》る事《こと》だ。」

「へえ。」と山口《やまぐち》は[二〇]思案《しあん》してゐる。

（さく）」で、種類のこと。

五 儀礼的な杯のやり取りをしないこと。

六 清水焼など、京都で産する陶磁器類の総称。

七 葛の蔓の繊維と絹または木綿の糸を織り合わせた布で、水に強く、雨具・袴などに用いられた。江戸時代以来、掛川特産として知られる。

八 紅色に染めたなめし革で作った敷物。「紅革 紅色ノナメシガハ、元ハ蘭人ノ舶来品ナリ」（『言海』）。『我楽多文庫』第八号（明治二十一年九月）の尾崎紅葉「風流京人形」第四回付言に、前号の「夏むき更紗の蒲団は暑苦しくはないか」という評を受け「早速紅革の坐蒲団と致しました」とある。

九 男子の正座の一種で、左右の膝をやや外側に開いた坐り方。

一〇 鉢植えの盆栽を並べるための棚。

一一 ざくろ。ザクロ科の落葉高木で、六、七月頃に五－七弁の花をつける。

一二 自分の盃に自分で酒を注ぐこと。

一三 生き返った。わざと漢語を用いた知識人ぶった言い回し。

一四 新鮮な魚肉を薄切りにし、氷水などにさらして身をしまらせた刺身の一種。

一五 生山葵をすりおろしたもので、刺身の香辛料とする。

一六 ほんとうに。一時のきまぐれではないことを確認する語。

一七 結婚に至るために仲立ちをすること。

一八 ここは、家庭における金銭の出入りを管理すること。家計。「経済 …一身、一家、一国ノ費ヲ省キ、富ヲ増シ、生計ヲ成スコト」（『言海』）。

一九 やりくりしようというには。

二〇 初出は「沈吟（しあん）」。

「出来《でき》んのなら白痴《ばか》ぢや。白痴《ばか》ぢやあるまい。山口《やまぐち》さん。」

「白痴《ばか》な事《こと》は。それは。[一]那麼事《そんなこと》はございません。」

「白痴《ばか》でない以上《いじやう》は出来《でく》るよ。我《わし》が保証《ほしよう》する。」

「所《ところ》で貴下《あなた》は宜《よろ》しいと致《いた》して。いかゞでございますか。お母様《つかさま》の御意見《おかんがへ》は？」

「母《はゝ》の？　母《はゝ》の妻《さい》ぢやなし。我《わし》が可《よ》ければ別《べつ》に不服《ふふく》のある理《わけ》はない。」

「然《しか》し一応《おう》は兎《と》も角《かく》もお相談《はなし》になツて……。」

「昨夜《ゆふべ》はや話《はな》した。」

「御不服《おふふく》はございませんか。」

「母《はゝ》も喜《よろこ》むでをる。」

「左様《さやう》なら一《ひと》つ先方《せんばう》へ話《はな》して見《み》ましやう。」

「先方《さき》はどうぢやらう。承知《しようち》をしやうか。」

「此方《こなた》が二度目《にどめ》といふ所《ところ》が少々何《せうくなん》でございませうけれど。お子様《こさま》はなし。[二]御《お》姑御様《しうとごさま》はお一人《ひとり》といふのですから。申分《まをしぶん》はございませんな。」

「[三]さういふ注文《ちうもん》にいつてくるれば可《よ》いが。」

何《なに》かふと思《おも》ひ出《だ》したと言《い》ふ発端《きつかけ》に。卓子《てえぶる》の端《はし》をとんと拍《う》つて。

「品行《ひんかう》はどうぢやらう？」


一「那（な）」は、あの、あれ、などの指示語。「麼（も）」は指示語について語調を整える助字。

二「姑」を丁寧に言ったもの。「姑」は、しゅうとめ、即ち配偶者の母親。配偶者の父親にあたる「舅（しゅうと）」もふくめて共に「しゅうと」と呼ぶこともある。

三 こちらの注文どおり。

「左様《さやう》。」と洗魚《あらひ》を一臠口《ひときれくち》へ入《い》れて。もぐもぐと何《なに》を言《い》ふのやら全然解《さつぱりわか》らず。

「なあ品行《ひんかう》は？」と問《とひ》なほされて。慌《あわ》てゝ嚥込《のみこ》み。手掌《てのひら》で[四]口角《くちのはた》を横摩《よこなで》して。

「其点《そのてん》は私《わたくし》にも解《わか》りかねます。一《ひと》つ[五]紏《たゞ》して見《み》ましやう。」

「何分願《なんぶんねが》ひます。」と奥《おく》の方《はう》を向《む》いて。「こら酒《さけ》を持《も》て来《こ》んか。」

「はい」といふ声《こゑ》が聞《きこ》えて。四十余《あまり》の中老女《ちうばあさん》が徳利《とくり》を両手《りやうて》に持《も》つて来《き》て。空《あ》いたのと換《か》へて行《ゆ》く。

渋谷《しぶや》は「熱《あつ》いのを」と一本《ぼん》を山口《やまぐち》の前《まへ》に置《お》き。自身《じしん》も一杯注《ぱいつ》いで。半分《はんぶん》ばかりきゆうと飲《のむ》で。椽続《えんつゞ》きの隠居所《いんきよじよ》を軒《のき》の[六]葭簾《よしず》の下《した》から覗込《のぞきこ》むで。

「御母様《おつかさま》？」と又覗《またのぞ》いて。「一寸《ちよつと》」と呼《よ》べば。六畳《でふ》の隠居所《いんきよじよ》に新聞《しんぶん》を読《よん》でゐた六十五六の[七]剪髪《きりかみ》の女隠居《をんないんきよ》が。[八]洋銀縁《やうぎんぶち》の目鏡《めがね》の上《うへ》からまづ坐敷《ざしき》を[九]透《すか》して。やがて目鏡《めがね》を取《と》つて。新聞紙《しんぶんがみ》の[一〇]文鎮《おさへ》にして。「やツと」と小《ちい》さな掛声《かけごゑ》で立《た》ち上《あが》り。腰《こし》もしやつきりとして。坐敷《ざしき》へ入《はい》つて来《き》て。山口《やまぐち》を見《み》ると。

「よう入《い》らつしやいました。」と[一一]田舎訛《ゐなかなまり》の[一二]濁声《だみごゑ》で。ぺつたり坐《すわ》つて[一三]時誼《じぎ》を述《の》べる。山口《やまぐち》は急《きふ》に[一四]裍《しとね》をすべり落《お》ち。はつと[一五]平伏《へいふく》して。[一六]慇懃《いんぎん》に挨拶《あいさつ》をする。

渋谷《しぶや》は盃《こつぷ》に手《て》を懸《か》けて母親《はゝおや》を見遣《みや》りて。

「一杯《ぱい》どうですか。」

四 唇の両端の部分。

五 事実を問い調べて。

六 葦の茎を編んで作ったすだれ。普通は「葦簀」もしくは「葭簀」と表記する。

七 女性の髪型の一つ。もとどりを束ね、その先を短く切りそろえたもの。夫を亡くした武家の婦人などが用いた。

切り髪
（喜田川守貞『守貞謾稿』女扮，嘉永6）

八 縁を洋銀（ニッケルなどによる銀白色の合金）で作った眼鏡。

九 透かし見て。

一〇 紙などが風でめくれたりしないようにするためのおもし。

一一 ある地方特有の訛りがあること。お国訛り。以下、隠居が地方出身であることが何度か語られる。渋谷家も、徳川幕藩体制崩壊を受けて明治維新後に地方から東京に移り住んだ士族の一つと考えられる。

一二 低くにごった声。もしくは、訛りのある声。

一三 時にかなった挨拶。社交的な挨拶。

一四 慌てて敷物から降りる様子。ここは、隠居に対してへりくだった意を表すために敷物の上から降りるさま。「座蒲団をすべり降り新まつて」（尾崎紅葉『社幹美妙斎著夏木立』明治二十一年）。

一五 両手をつき、頭を低くして礼をすること。

一六 初出は「頻（しきり）に慇懃（いんぎん）に」。

「今《いま》は欲《ほし》うないから又晩《またばん》に。」

「少々召上《せうくめしあが》りまし。」と山口《やまぐち》は自身《じしん》の盃《こつぷ》を干《ほ》して献《さ》さうとする。

「私《わし》は晩《ばん》と極《き》めてをりますから。」と徳利《とくり》を取《とつ》て。

「まア〳〵貴下《あんた》最《も》一《ひと》つ。」といはれて山口《やまぐち》は軽《かる》く額《ひたひ》を圧《おさ》へ。

「然《しか》し先刻《せんこく》から余程《よほど》頂戴《ちやうだい》いたしてをります。」

渋谷《しぶや》は椰子実《やしのみ》[一]の煙草入《たばこいれ》に銀《ぎん》の長煙管《ながぎせる》[二]を添《そ》へて。雪洞《せつとう》[三]を懸《か》けた紫檀《したん》[四]の煙草盆《たばこぼん》[五]を母親《はゝおや》の傍《わき》へ廻《ま》はすと。隠居《いんきよ》は背《せ》を屈《かゞ》めて膝《ひざ》の上《うへ》に両肱《りやうひぢ》を持《も》たせながら。煙管《きせる》を取《と》つて。すう〳〵と二度《ど》ばかり吹《ふ》いて。煙草《たばこ》を埋《つ》めながら。上眼《うはめ》で人《ひと》を見《み》る癖《くせ》あり。渋谷《しぶや》の眼《め》の大《おほ》きくて可恐《こはい》のは。遺伝《ゐでん》[六]と見《み》えて。此隠居《このいんきよ》の眼《め》にも同《おな》じ大《おほき》さと。同《おな》じ可恐《こはさ》があるが。老年《とし》[七]に落凹《おちくぼ》むで奥《おく》の方《はう》でひか〳〵[八]するだけ。いとゞ可恐《こはく》も凄《すご》くも見《み》える。顔色《かほいろ》は日《ひ》に焼《や》けた渋紙《しぶかみ》[九]の如《ごと》く。顴骨《けんこつ》[一〇]高《たか》く秀《ひい》でゝ。顋《あご》の先《さき》まで痩細《こけほそ》り。七十にも近《ちか》からうといふに髪《かみ》は濃《こ》くして。目《め》に着《つ》くほどの白髪《しらが》もなく。唯老年《たゞとし》の悲《かな》しさには。天辺《てつぺん》が焼原《やけはら》のごとく円《まろ》く赤兀《あかはげ》に兀《は》げてゐる。歯《は》は貝《かひ》[一一]を含《ふく》めるやうに揃《そろ》つて。一枚《まい》とても瑕《きず》のあるはなく。恐《おそ》らく衆《ひと》は入歯《いれば》と想《おも》ふべし。年老《としより》の髪《かみ》の黒《くろ》いのと。歯《は》の脱《ぬ》けてないのは。いかにも憎体《にくてい》[一二]に見《み》えるものなるが。此隠居《このいんきよ》はそれに最《も》一つ普通《なみはづ》[一三]れて。可恐眼《こはいめ》といふものを控《ひか》へたれば。一

一 椰子の実の殻を細工して作った煙草入れ。煙草は、煙管に詰めて用いる刻み煙草のこと。
二 羅宇(おら＝火皿と吸口をつなぐ竹製の部分)が長い煙管。女性が多く用いた。「僕の母は髪を櫛巻きにし、いつも芝の実家にたつた一人坐りながら、長煙管ですぱすぱ煙草を吸つてゐる」(芥川龍之介『点鬼簿』大正十五年)。→『恋山賤』補七。
三 木や竹の枠組みに紙を貼ったもので、炭火を絶やさないための囲いとして用いる。ここは、煙草盆の炭火の周囲を覆う形のものを指す。
四 インド原産のマメ科の常緑高木で、堅くて木目の美しい心材を高級家具などに用いる。平出鏗二郎『東京風俗志』中巻には「煙草盆も種々ありて、桑・紫檀などを以て作れる枡形のもの最も多く行はる」とある。
五 刻み煙草を吸うための火入れ、灰吹きなどを入れた盆や小箱。

煙草盆
(武内桂舟画・坪内逍遙『当世書生気質』明18-19)

六 親の形質が遺伝子によって子孫に伝わること。この語の用例としては早い。→補九。
七 年をとったせいで眼が落ちくぼんで。
八 光り輝くさま。
九 貼り合わせた和紙に柿渋を塗って強度を増したもので、赤黒い色をしている。
一〇 頬の上部の高くなった部分の骨。ほうぼね。
一一 輝く貝を口に含んだように、きれいに歯がはえそろっているさま。
一二 憎々しいさま。かわいげがないさま。
一三 「並外れて」の意。程度などが普通と甚だし

目《もく》して邪慳《じやけん》の気《き》が人《ひと》に逼《せま》る。

山口《やまぐち》は酒《さけ》を飲《の》みながら頻《しき》りに[一四]此相《このさう》を観《み》て。「あゝ嫁《よめ》になる身《み》は[一五]不便《ふびん》だ。」とつくゞ思《おも》つたが。「幸《さいは》ひに渋谷《しぶや》は。此隠居《このいんきよ》の相《さう》が表《あら》はす如《ごと》き性質《たち》ではなくて。外貌《みかけ》によらぬ[一六]実意《じつい》のある好人物《かうじんぶつ》であるから。嫁《よめ》を世話《せわ》しやうともいふのだけれど。あの姑《しうと》は他人《たにん》の我《われ》ながら[一七]気《き》が置《お》けて。何《なん》となく薄気味《うすきみ》の好《よ》くない人物《じんぶつ》だ。」と思《おも》へば酒《さけ》もどうやら旨《うま》くなくなつて[一八]来《く》る。

「[一九]御隠居様《ごいんきよさま》にあの御話《おはなし》を。」

「何《なに》かい。嫁《よめ》の？」渋谷《しぶや》は首肯《うなづ》く。

「可《よ》からう。少《すこ》し若《わか》いやうに思《おも》ふけれど。な山口《やまぐち》さん。」

「其所《そこ》です。」

「何所《どこ》かな。」と言《い》つて見《み》て。「はゝゝゝゝ」[二〇]と渋谷《しぶや》は笑《わら》ふ。

「なるほど若《わか》いやうではございますけれど。女子《をんな》といふものは老易《ふけやす》いものでございますから。」

「私《わし》なども去年《きよねん》までは余程《よほど》若《わか》うございましたけれど。」

「左様《さやう》でございましたな。はゝゝゝ。」「真箇《ほんに》。ほゝゝゝ。」

隠居《いんきよ》はなほ前《まへ》のごとく屈《かゞ》むで。緩《ゆる》く煙管《きせる》を持《も》つて。[二一]鴈首《がんくび》で畳《たゝみ》の目《め》を横《よこ》に摩《こす》り

くかけはなれていること。
一四 ここは、容貌に表れた性格を言う。
一五 気の毒なこと。かわいそうなこと。「不憫」「不愍」とも表記する。
一六 まごころ。誠実さ。
一七 遠慮がちになって。気遣いさせられて。
一八 初出は「来た」。
一九 初出は「御母様（おっかさま）あの話は是（こ）でしやう」。
二〇 「と渋谷は笑ふ。」は初出になし。
二一 煙管の先端の部分。

ながら。鼻《はな》の孔《あな》からふうと太《ふと》い烟《けぶり》を出《だ》して。

「私《わし》の嫁《よめ》といふのではござらんから。此人《このひと》の気《き》にさへ入《い》つたら。私《わし》は構《かま》ひません。」

「なるほど。」

「士族《しぞく》でありましたな。」と上眼《うはめ》で見《み》る。

「たしかに士族《しぞく》で。手前《てまへ》と同藩《どうはん》のもので。」

「一小身《せうしん》ですか。」

「私《わたくし》は交際《つきあつ》たことがございませんから。詳《くは》しくは存《ぞん》じませんが。」

「まゝ小身《せうしん》でも士族《しぞく》なら……。平民《へいみん》は不可《いかん》。」と憎々《にく〱》しく顰面《しかめつら》をして首《くび》を掉《ふ》る。

「何故《なぜ》な？」と渋谷《しぶや》が笑《わら》ひながらいふと。怪《け》しからむ事《こと》を聞《き》くとばかりの腹《はら》立顔《だちがほ》で。

「私《わし》は好《す》かん。平民《へいみん》なんぞは。」

「今《いま》は士族《しぞく》も平民《へいみん》も無《な》いです。」

「否《いや》。有《あ》る。」といよ〱腹立《はらだ》つて。

「貴下《あんた》が平民《へいみん》の娘《むすめ》なんぞを嫁《よめ》にしたら。私《わし》が先祖《せんぞ》へ申訳《まをしわけ》が立《た》たん。」と火《ひ》の様《やう》になる。余《あま》り腹《はら》を立《た》たしたら此話《このはなし》が二〇《ふい》にならうか。と山口《やまぐち》は案《あん》じて。

一 禄高の低い武士。

二 すべてが空しい結果になること。努力などが無駄になること。「〇」は、「丸ごと」「全て」の意とも「ゼロ」の意とも考えられる。

「それは何《なん》と申《まを》しても士族《しぞく》の事《こと》でございます。」と隠居《いんきよ》の意《い》三を迎《むか》へると。「何《なん》といふても然《さう》でござるよ。」と庭《には》を向《む》いて煙草《たばこ》を吹《ふ》く。これで坐《ざ》が白《しら》けて。いづれも少時《しばし》無言《むごん》なり。

「山口《やまぐち》さん。兎《と》も角《かく》も先方《あちら》へ相談《はなし》をして見《み》て下《くだ》さらんか。」

「承知《しようち》いたしました。」と盃《こつぷ》の底《そこ》にある酒《さけ》を干《ほ》して。

「大分《だいぶ》頂戴《ちやうだい》いたしました。」

「まあ」と渋谷《しぶや》は徳利《とくり》を向《む》けると。四其頸《そのくび》をおさへて。

「否《いえ》。もうどうも。」

「何《なん》のあればかり。」と無理《むり》に注《つ》げば。山口《やまぐち》は盃《さかづき》に盈《みつ》るのを見《み》ながら。「どうももう是《これ》は。」などゝ呟《つぶや》いてゐる。

隠居《いんきよ》は勃然《むつ》として。ふかく〳〵煙草《たばこ》ばかり燻《くゆ》らして居《ゐ》たが。急《きふ》に吹殻《ふきがら》を撃《はた》いて。

「山口《やまぐち》さん。それぢや何分《なにぶん》お頼《たの》み申《まを》しまする。緩《ゆる》りとお上《あが》んなさい。まだ戸外《おもて》は暑《あつ》うござる。」と言捨《いひす》てゝ隠居所《いんきよじよ》へ入《はい》る。後《あと》を見送《みおく》つた山口《やまぐち》は声《こゑ》を低《ひそ》めて。

「御隠居様《ごいんきよさん》は御立腹《ごりつぷく》ぢやございませんか。」

「なあに。いつもの癖《くせ》だ。」

三 他人の意向に従って、気に入られるようにすること。迎合すること。

四 差し出された徳利の首の部分を押しとどめて。

「左様《さやう》でございますか。」と山口《やまぐち》は隠居所《いんきよじよ》を見込《みこ》む。

（五）

やゝ煤《すゝ》けたのは去年《きよねん》から持越《もちこし》。といふ一岐阜提灯《ぎふぢやうちん》を。二出窓《でまど》の格子《かうし》の中《なか》に釣《つる》して。燈《ひ》は其《それ》ばかりの三畳《さんでふ》の薄《うす》くらがりに。蚊《か》を払《はら》ふ団扇《うちは》の音《おと》を絶間《たえま》なく立《た》てゝ。姉妹二人《きやうだいふたり》三行水後《ぎやうずゐあがり》の浴衣姿《ゆかたすがた》で。肩《かた》と肩《かた》と相摩《すれあ》ふほどに密着《ひつつ》いてゐる。

平生《つね》に異《かは》りてお銀《ぎん》は一向《いつかう》に冴《さ》えぬ顔色《かほつき》。窓外《そと》の方《はう》を眤《ぢつ》と眺《なが》めて。団扇《うちは》の柄《え》で膝《ひざ》を小刻《こきざ》みに敲《たゝ》いてゐる。

お鉄《てつ》は姉《あね》の顔《かほ》を不思議《ふしぎ》さうに多時《しばらく》見込《みこ》むでゐたが。小声《こごゑ》に「姉《ねえ》さん」と呼《よ》べど。返事《へんじ》なければ。手《て》を把《も》つて

「姉《ねえ》さんてば。」

「えゝ。」と振向《ふりむ》く。

「そんなに四考《かむが》へなくつても可《い》いぢやないか。」

「何《なに》も考《かむが》へはしないよ。」

「考《かむが》へてるよ。先刻《さつき》から。」

推返《おしかへ》して然《さう》ではないとも言《い》はず。然《さう》だとも言《い》はず。お鉄《てつ》の顔《かほ》を五懵乎《ぼんやり》注視《みつめ》なが

一 岐阜特産の提灯で、秋草などの模様が描かれ、房を垂らした釣り提灯の形式が一般的。盆提灯として用いられることが多い。初出挿絵（左図）の右上に描かれている。

『二人女房』初出挿絵
（武内桂舟画「姉妹の心情春と秋との如し」，『都の花』68号，明24・10・4）

二 壁面から外側に張り出すように作られた窓にはめた格子。出窓格子。三三五頁掲載の初出挿絵の右上に描かれている。

三 湯・水を入れたたらいの中で体を洗うこと。

四 初出は「沈思（かむがへ）」。以下、二〇七頁一四行目の「考へ」まで同様。

五 「懵乎（ぼうこ）」は、おろかなさま。こころが乱れるさま。

ら又考《またかむが》へてゐる。お鉄《てつ》は少《すこ》し焦《ぢ》れ気味《ぎみ》で。

「姉《ねえ》さんてば。」と力《ちから》を入《い》れて呼《よ》ぶと。

「あいよウ。」と「よウ」を長《なが》く引張《ひつぱ》る。

「否《いや》だ。私《あたし》は。」

「なぜ？」と平気《へいき》。

「お目出《めで》たいのに那麼《そんな》にお鬱《ふさ》ぎでないよ。」

「否《いや》な子《こ》だよ。」とお鉄《てつ》の肩《かた》を軽《かろ》く拍《うつ》て。眼中《めのうち》には嬉《うれ》しさうな色《いろ》も見《み》える。此嬉《このうれ》しさうな色《いろ》を見《み》て取《と》るお鉄《てつ》の眼中《めのうち》には。その「嬉《うれ》しさうな」を嘲《あざけ》るやうな色《いろ》が見《み》えて。「お目出《めで》たいのに。」と繰返《くりかへ》せば。「否《いや》な。」とお銀《ぎん》の方《はう》でも繰返《くりかへ》す。

「何日《いつ》適《ゆ》[六]くの？」

「何処《どこ》へ？」

「お目出《めで》たい所《ところ》へさ。」と姉《あね》の膝《ひざ》を一寸突《ちよいとつ》く。

「否《いや》な。」と内向《うつむ》いて。又考《またかむが》へ始《はじ》める。

「真箇《ほんと》に冗談《じようだん》は退《の》けて。何日《いつ》に極《きま》つたの？」

「何《なに》がさ。」と手強《てづよ》[七]く不知《しら》[八]をきると。

六「適（てき）」には「嫁ぐ」「嫁に行く」の意味がある。初出は「嫁（ゆ）く」。
七 きびしく。手ごわいさまで。「其の事なら最う聞くまい、と手強く念を入れると」（泉鏡花『婦系図』明治四十年）。
八 知っていて知らぬふりをすること。しらばっくれること。普通「白を切る」と表記するが、ここでは「しら」に、本来の語義から「不知（しらず）」の字をあてた。

以下二〇八頁

一「戯言」「戯語」などと同様の「たわむれの言葉」の意。ただし「戯謂」は『大漢和辞典』にない。「戯謔」（たわむれる、ふざける）の誤植とも考えられる。

「否《いや》だあ。」と甘垂《あまた》れたやうに言《い》ふ。

「否《いや》だあツて。何《なん》の事《こつ》たか些《ちつと》も解《わか》りやしないやね。」

と怺《こら》へやうとするほど。喜色《うれしさ》は却《かへ》つて眼中《めのうち》で舞《をどり》を跳《をど》る。

「そんなら可《い》いよ。」と少《すこ》し激《げき》して。お鉄《てつ》はわざと横《よこ》を向《む》く。

お銀《ぎん》は眼中《めのうち》の微笑《ゑみ》を満面《まんめん》に広《ひろ》げて「鉄《てつ》ちやん！」と呼《よ》べど無言《だんまり》。「鉄《てつ》ちやん！」いよ〳〵無言《だんまり》！　ます〳〵横《よこ》を向《む》いて。竟《つひ》にはくるりと背《せなか》を向《む》ける。お銀《ぎん》は二本指《ほんゆび》でお鉄《てつ》の背筋《せすぢ》をむづ〳〵やると。「あれ」と身《み》を顫《ふる》はせて。「知《し》らないよ。」と後様《うしろさま》に払《はら》ふ手《て》を。透《すか》さず摑《つか》むで。片手《かたて》を肩《かた》に懸《か》けて。ぐつと力《ちから》を入《い》れて此方《こちら》を向《む》かせる。

「知《し》らないよ。」とぷり〳〵するのをお銀《ぎん》は面白半分戯謔半分《おもしろはんぶんからかひはんぶん》。

「さうお怒《おこ》りなさるもんぢやございませんよ。」

とぬつと手《て》を出《だ》してお鉄《てつ》の頤《あご》の下《した》を擽《こそぐ》る。頸《くび》を縮《ちゞ》めて。怒《おこ》りたいにも可笑《をか》しくて怒《おこ》られず。仕方《しかた》なしに揉潰《もみつぶ》したやうに笑《わら》ひながら。お銀《ぎん》の手《て》を振払《ふりはら》つて。

「否《いや》。もう姉《ねえ》さんは。」と顔《かほ》を見《み》てゐて。

「もうお嫁入《よめいり》をして。居《ゐ》なくなると思《おも》つて。妄《むやみ》に他《ひと》を虐《いぢ》めるよ。」

「お目出《めで》たいの。お嫁入《よめいり》だの。とおいひだけれど。未《ま》だ決定《きまり》はしないんだよ。

二 わざと相手が返答に窮する問いをかけようとするわけでもなく、の意。ジレンマ(dilemma 英語・ラテン語)は、どちらを選んでも望ましくない結果をもたらす相反する二つの事柄の間で選択できずにいる状態。板ばさみ。「ジレンマの角」(the horns of a dilemma)は、その状態にある二つの選択肢を言う。「Dilemma n. Tohō ni kureru koto, tōwaku, madoi」(J・C・ヘボン『和英語林集成』第三版、明治十九年)。

三 相手を言い負かすこと。「其を是非説破して引張出すんだ」(泉鏡花『婦系図』)。「角に懸ける」は、角で突くこと。

四 今戸で作られた素焼きの土器。今戸は、隅田川沿いの地名で、現在の台東区北東部にあたる。人形や招き猫など庶民日常の焼物を多く産する。

五 煙でいぶして蚊を追い払うために用いる素焼きの器で、猪をかたどったもの。古くは瀬戸などで作られたが、のちには豚の形が一般化し、今戸焼の代表的な焼物となった。↓補一〇。

瀬戸窯野猪蚊遣
(『星岡』第19号，昭7)

六 炭を入れるために藁・萱(かや)・葦などで筒状に編んだもの。「炭俵の口」は、俵の口を袋状に閉じるための藁縄、もしくは俵の口の編み余りの部分を言うか。「陳皮」は蜜柑の皮を乾燥させたもの。蚊遣り火の材料には、萱、蓬(よもぎ)、蜜柑の皮、松・杉のおがくずなど、匂いの強い植物が用いられた。「旅寝して香わろき草の蚊遣かな」(向井去来)。

七 呉服屋から季節ものの景品としてもらった団

そんな事《こと》は。」

「決定《きま》らないから心配《しんぱい》して鬱《ふさ》ぐの？」

「ぢれむま[二]」の角《つの》に懸《か》けやうでもなく。何気《なにげ》なしの言葉《ことば》が。厳《きび》しくお銀《ぎん》の感情《じやう》を突《つ》いたか。流眄《ながしめ》をして。「否《いや》な。」と苦々《にがく》しく刎返《はねかへ》せば。

「だつて鬱《ふさ》いでるぢやないか。」となほ執念問窮《しふねくとひつ》める。

「鬱《ふさ》ぎはしないよ。」と叱《しか》るやうに説破《せつぱ》[三]する。

「さう？」と真面目《まじめ》に。おとなしく聞流《きゝなが》して。後《あと》は双方無言《そうはうだんまり》。

奥《おく》には今戸焼《いまどやき》[四]の蚊遣猪《かやりしゝ》[五]に。炭俵《すみだはら》[六]の口《くち》の刻《きざ》むだのと陳皮《ちんぴ》とを燻《いぶ》して。その煙《けむり》を呉服屋《ごふくや》[七]の景物団扇《けいぶつうちは》で女房《にようばう》が扇《あふ》ぐ傍《そば》に。新八郎《しんぱちらう》は洗晒《あらひさら》した阿波縮《あはちゞみ》[八]の浴衣《ゆかた》に。寐《ね》ぼけ[九]色《いろ》の浅黄《あさぎ》めりんすの三尺《さんじやく》[一〇]を前結《まへむす》びにして。塩漬《しほおし》[一一]の古茄子《ふるなす》ほど平坦《べたん》となつた木綿更紗《めんさらさ》[一二]の座蒲団《ぶざとん》に。藻《も》[一三]に鯉《こひ》の印附《かたつき》の。即効紙《そくこうし》[一四]のやうな色《いろ》をした擬油団《まがひゆたん》[一五]を上敷《うはしき》にして。胡座《あぐら》を搔《か》き。座敷《ざしき》の真中《まなか》に釣《つる》した小洋燈《こらんぷ》の火《ひ》を借《か》りて。赤《あか》[一六]くなつた野代《のしろ》の膳《ぜん》を控《ひか》へて。鰺《あぢ》の塩焼《しほやき》が二尾《にひき》と。生乾《なまび》[一七]の雷干《かみなりぼし》で。泡盛《あわもり》[一八]をきこしめ[一九]してゐると。手水鉢《てうづばち》[二〇]の上《うへ》に釣《つ》てある玻璃細工《びいどろざいく》[二一]の風鈴《ふうりん》が。無性《むしやう》にチリン〳〵チンチリンと鳴《な》る。

「おゝ好涼風《いゝかぜ》だ。」と女房《にようばう》がいへば。新八郎《しんぱちらう》も「豪気《がうぎ》[二二]だ。」と和《くわ》して。向脛《むかふづね》[二三]に来《き》た蚊《か》をぽんと撲《う》つて。

扇。「景物」は商品などに添えられる品物。景品。[八] 阿波国（現在の徳島県）で産する木綿の縮み織りの布。縞柄が多く、浴衣などに用いる。縮み織りは、横糸に強く撚った糸を用いて細かな皺を出す織り方で、夏の衣服に用いられる。[九] ぼんやりした色。「浅黄」は、薄い青色（浅葱〔あさぎ〕）、もしくは薄い黄色を指す。「めりんす」は merinos（スペイン語）で「モスリン」とも言い、薄い平織りの毛織物のこと。[一〇] 三尺帯のこと。三尺（約一メートル）の長さの木綿の帯。[一一] 塩漬けの茄子が、時間が経って水分が抜けて平たくなったような、の意。[一二] 木綿製の更紗染の布。「更紗」は saraça（ポルトガル語）で、花鳥や幾何学模様を染めた布のこと。室町時代にインド産やペルシア産のものがもたらされた。[一三] 鯉の周囲に藻を配した夏向きの模様。[一四] 鎮痛剤などを塗った紙。頭痛のときにこめかみに貼るなどして用いた。「蒼い顔を蹙（しか）めながら即効紙の貼つてある左右の顳顬（こめかみ）を縫ひ物捨てゝ両手で圧へる」（幸田露伴『五重塔』明治二十四―二十五年）。[一五] 「油団」は、「ゆとん」とも言い、和紙を何枚も貼り合わせた上に荏胡麻（えごま）の油や漆を塗って仕上げた夏用の敷物。「擬油団」は、油団のまがいもので、高級品であった油団の材料や手間を省いて安価に仕上げたもの。「円型（まるがた）の油団の前には野代の膳」（尾崎紅葉『風流京人形』初版、明治二十二年）。[一六] 「野代」は「能代春慶塗（のしろしゆんけいぬり）」のこと。平出鏗二郎『東京風俗志』中巻には「膳は平常多く春慶塗の脚つきを用ふ」とある。春慶塗は、木地の表面を黄または赤に着色した上に透漆（すきうるし）を塗って木目を生かす漆塗りの技法で、中でも能代春慶塗は飴色（黄褐色）に仕上げるところに特徴がある。ここは、能代塗の膳が、年代を経たために焼け

「然《しか》し。中分《まをしぶん》はない誠《まこと》に結構《けつこう》な口《くち》さ。」

「でも二度目《にどめ》といふのに。年齢《とし》がちつと違《ちが》ひますから。」と女房《にようばう》は幾分《いくぶん》か二《に》[一]の足《あし》の語気《ごき》なり。

「年齢《とし》が違《ちが》ふつて。幾許《いくら》違《ちが》ふものか。三十六だと？」

「さうでございます。」

「[二]十九で二九の十八と。倍《ばい》は違《ちが》ひはしない。」

「可哀《かあい》さうに倍違《ばいちが》つて堪《たま》るものですかね。其《それ》も初婚《はじめて》ならまだ何《なん》ですけれど。」

「女子《をんな》とは違《ちが》ふ。男子《をとこ》の事《こと》だ。初婚《はじめて》でなくつたつて。嬰孩《こども》[三]がないから仕合《しあは》せさ。」

「二度目《にどめ》で。嬰孩《こども》があつて。姑《しうと》があつて。加之《おまけに》[四]叔父《をぢ》ほど年齢《とし》が違《ちが》つたら。第一相談《てんではなし》にはなりませんわね。」

「といふがの。今時《いまどき》の娘《むすめ》はなかく〵那麼事《そんなこと》を言《い》つてはゐないよ。髪《かみ》の出来《でき》が気《き》に入《い》らないといつて。飯《めし》も食《く》はずに一日泣潰《にちなきつぶ》したなどゝいふ。お前《まへ》の娘時代《むすめじだい》とは全然《まる》[五]了簡《でれうけん》が別《べつ》だといふ事《こと》さ。」

「いくら利口《りこう》のやうでも。やつぱり十九《つゞ》[六]や廿歳《はたち》の処女《むすめ》でございますよ。阿郎《あなた》[七]不断《ふだん》[八]の挙動《しうち》を御覧《ごらん》なさいな。まるで孩嬰《ねんね》[九]ぢやございませんか。」

て赤くなっていることを言う。一七 十分に干し足りない雷干。「雷干」は、螺旋状に連なるように切った白瓜を塩漬けにして天日に干したもの。「軒に縄を渡して阿母さんが干した瓜の雷干を見て居ると暈眩（めまひ）がする」（与謝野寛『蓬生』明治四十二年）。一八 沖縄産の焼酎で、米を発酵させて作る。焼酎は一般に暑気払いとして好まれた。一九 お飲みになって。「きこしめす」は、飲む・食うなどの尊敬語だが、ここから転じて、酒を飲むことを戯れて言うときに用いる。二〇 手を洗う水を入れる鉢。多くは石で作られた。ここは庭先に据えられたものを指す。

手水鉢
（佐山半七丸著・速水春暁斎画『都風俗化粧伝』文化10）

二一 ガラス細工。「びいどろ」は vidro（ポルトガル語）で、ガラスのこと。二二 すばらしいさま。派手で威勢のよいさま。二三 脛（足の膝下からくるぶしの上まで）の前の部分。

―――以上二〇九頁

一 ためらうこと。二歩目で足踏みするという意

「然《さう》でないつて事《こと》さ。」と徳利《とくり》を持《も》つと。何時《いつ》軽《かる》くなつて。ちよろ〳〵と猪口《ちよく》に半分《はんぶん》ばかり。倒《さかさ》にして。ぽたり〳〵と滴《た》らして。情《なさけ》なさゝうな貌《かほ》を。女房《にようばう》は横《よこ》を向《む》いて見《み》ぬ風《ふり》でゐる。

「もう少《すこ》し。」と思《おも》ひ切《き》つて徳利《とくり》を出《だ》す。

「一〇過《す》ぎますよ。また明日《あした》の事《こと》になさいまし。」

「お銀《ぎん》は子供《こども》でもいゝが。一一乃公《おれ》まで子供扱《こどもあつかひ》にするな。もう少《すこ》しだ。」

「召上《めしあが》るのは可《よ》うございますけれど。今夜《こんや》は彼子《あれ》の事《こと》で相談《さうだん》をしなければならないんですから。お控《ひかへ》なさいましよ。また過《すぎ》ると。相談《はなし》も何《なに》も出来《でき》やしませんわね。」

「道理《もつとも》だよ。酔《よつ》てしまつて相談《はなし》が出来《でき》んと思《おも》へば。控《ひか》へろとも言《い》ひたからう。けれど一二前祝《まへいはひ》と思《おも》つて。少《すこ》し。真《ほん》のすこウしだ。これツぱかり……。」

と徳利《とくり》の底《そこ》を五分《ごぶ》ほど指《ゆび》で画《くぎ》つて見《み》せて。

「また一三後《あと》を引《ひ》くと思《おも》ふと。止《と》めたからうが。決《け》して後《あと》を引《ひ》くのではないよ。前祝《まへいはひ》だ。前祝《まへいはひ》と思《おも》へば。憎《にく》くはなからう。前言《ぜんい》ふ通《とほ》り前祝《まへいはひ》に飲《の》むので。酔《よ》はうなぞと思《おも》つて飲《の》むのではない。決《け》して〳〵。いかな事《こと》があつても酔《よ》はない。あゝ酔《よ》はない。酔《よつ》た日《ひ》には第一前祝《だいいちまへいはひ》に対《たい》しても済《す》まん理《わけ》だ。別《べつ》に一四断《た》つて飲《の》みたく

味の「二の足を踏む」を略した語。

二 お銀の年齢の十九を二倍するため、まずひとけた目の九の二倍を計算している。十九歳の二倍の三十八歳よりは若いということ。

三 「嬰孩（えいがい）」は、生まれたばかりの赤ん坊。

四 「加之」は「之（これ）に加えて」の意で「おまけに」の意味になる。

五 考え方。感じ方。

六 「つづ」は、弓術で二矢ずつ五度で十矢すべてを射当てることから、本来「十」を言う語だが、「十（つづ）や二十歳（はたち）」という形で用いられたものが、やがて「十九や二十歳」の意味で用いられるようになった。「十九（つづ）や二十の年輩（としばえ）」で、器量発明優れた娘」（浄瑠璃『摂州合邦辻（せっしゅうがっぽうがつじ）』菅専助ほか合作、安永二年初演）。

七 「阿」は、「阿母」「阿兄」など、親しんで呼ぶときの接頭語。「郎」は、ここでは妻が夫を呼ぶときの語。

八 日頃のふるまい。初出は「毎日（ふだん）の」。

九 「ねんね」は、年齢の割に幼稚な女性のこと。「孩嬰（がいえい）」は「二、三歳の子供」の意。

一〇 限度を過ぎていますよ。

一一 「乃公（だいこう）」は、男性が目下の者と話すときの自称。

一二 よい結果になることを願い、あるいはよい結果を予測して、前もって祝うこと。

一三 与えられたものだけで満足せず、引き続いて欲しくなること。

一四 無理に。どうしても。

もないけれど。真《ほん》の前祝《まへいはひ》に飲《の》むのだから。」

「飲《の》みたくないものなら。浪費《つひえ》[一]な事《こと》ですから。なほの事《こと》お舎諸《よし》[二]なさいまし。」

「そんな皮肉《ひにく》はいひつこなし。後生《ごしやう》だから持《も》つて来《き》てくれ。もう猪口《ちよく》に二三盃《ばい》も飲《の》まして見《み》ろ。いよ〳〵相談《はなし》が捗《はか》どる。といふのは。実《じつ》は此所等《こゝら》に。」と鳩尾《みづおち》[三]の下《した》を圧《お》して。「好分別《いゝふんべつ》や文珠《もんじゆ》[四]の智恵《ちゑ》なんぞが雑然〳〵《ごちやごちや》小《ちい》さくなつて窘《すく》むでゐるのだ。之《これ》を迎《むか》ひに行《ゆ》かなければ出《で》て来《こ》ない。迎《むか》ひには誰《たれ》が可《よ》からうといふと。それ酒《さけ》だ。之《これ》を迎《むか》ひ酒《ざけ》[五]といふ。」

と真面目《まじめ》にやられて女房《にようばう》も可笑《をかし》くなり。仕方《しかた》なしのくす〳〵笑《わら》ひ。渋々《しぶしぶ》[六]台所《だいどころ》へ行《ゆ》き。現金《げんきん》[七]に少《すこ》しばかり注《つ》いで来《き》て。徳利《とくり》を膳《ぜん》の上《うへ》に。印《いん》でも捺《お》すやうに。しかと置《お》きながら。新八《しんぱち》の顔《かほ》を覗《のぞ》いて。

「もう是限《これきり》ですよ。」

「今度《こんど》は狆扱《ちんあつか》ひ[八]だ。余《あと》のはお預《あづ》けかね。」とにた〳〵笑《わら》ひながら徳利《とくり》を持《も》つて。余《あま》り軽《かる》いのに驚《おどろ》いて思《おも》はず「ほい。」と声《こゑ》を懸《か》けて。少時考《しばらくかんが》へたが。

「怪《け》しからん。酒《さけ》だと思《おも》つたら。此中《このなか》に子供《こども》を入《い》れて来《き》たな。」

「また冗談《じやうだん》ぢやありませんよ。早《はや》く吃《あが》るなら吃《あが》つて了《しま》つて。相談《はなし》を決《き》めませうよ。」

一「つひえ」は、不要な出費のこと。費え。
二 漢語の「舎」には、やめる、とどまる、すてる、の意がある。「諸」は「これ」の意の助字。「舎諸」は「これをやめる（捨てる）」の意。「山川其舎レ諸（山川其れ諸を舎てんや）」（『論語』雍也）。
三 胸の中央部分にあるくぼんだところ。
四 きわめてすぐれた知恵。「文殊」は、普通は「文珠」と表記する。知恵をつかさどる文殊菩薩のこと。
五 本来は、二日酔いの不快を解消するために飲む酒、の意だが、ここではそれを駄洒落にしている。
六 初出は「徳利を持(つも)て台所に行き、現金にすこウしばかり」。
七 ここは、利害に応じて必要最小限のことだけをするような態度。
八「是限ですよ」という酒の出し方が、犬に餌を与えるときのさまに似ている、の意。「狆」は、中国原産の小型の愛玩犬。
九 ここは、意外な、の意。
一〇 陶磁器の底の部分。土で器などの形を作ったあと、糸を用いて底を切り取るところから言う。糸切り。ここでは、伏せた茶碗の一番上の部分。
一一「おはち」は「お鉢」の意で、炊いた飯を入れ

「いや何《なん》でも子供《こども》が入《はい》つてゐる。」

「なぜで御座《ござ》いますよ。」と[九]希有《けう》な顔《かほ》をする。

「なぜでも可《い》いから。一寸《ちよいと》振《ふ》つて見《み》な。」

女房《にようばう》は何《なん》の気《き》も着《つ》かず振《ふ》つて見《み》る。

「そら。そら。ぼッちやゝゝん〳〵。」

「えゝもう洒落所《しやれどころ》ぢやありません。」と茶漬茶碗《ちやづけちやわん》の[一〇]糸底《いとぞこ》に載《の》せた猪口《ちよく》に溢《あふ》れるほど注《つ》ぎ。早《はや》く形附《かたつ》けやうといふ下心《したこゝろ》から。[一一]飯櫃《おはち》を担出《かつぎだ》して側《そば》に引着《ひきつ》け。[一二]胴中《どうなか》を撫《なで》て見《み》たり。蓋《ふた》をこと〳〵と。指頭《ゆびさき》で[一三]責鼓《せめつゞみ》を鳴《なら》して。[一四]短兵急《たんぺいきふ》に押寄《おしよ》せたりしても。一向落城《いつかうらくじやう》の様子《やうす》が見《み》えぬに[一五]飽倦《あぐ》むで。最後《さいご》の策《さく》は。蓋《ふた》を取《と》つて。[一六]杓子《しやくし》を入《い》れて。飯《めし》を捏返《こねかへ》して。誰《だれ》か[一七]実《じつ》のある人《ひと》は一膳食《いちぜんた》べてくれさうなものだ。と謂《い》はぬばかりにして見《み》せる。
[一八]其時亭主《そのときていしゆ》は少《すこ》しも騒《さわ》がず。[一九]悠然自若《いうぜんじじやく》として[二〇]傍《かたはら》に飯《めし》なきが如《ごと》く。ちびり〳〵と旨《うま》さうに。飲《の》むといふよりは寧《むし》ろ舐《な》めて楽《たのし》むでゐる。舐《な》めても齅《か》いでも。もと〳〵三四杯《はい》の酒《さけ》は。竟《つひ》に一滴《いつてき》も残《のこ》らぬまでに[二一]飲尽《のみつく》して。虚《から》になつた徳利《とくり》を名残《なごり》惜《を》しげに膳《ぜん》から下《おろ》して。やうやく不承《ふしよう》々々《〴〵》に茶椀《ちやわん》を取上《とりあ》げると。[二二]かねて期《ご》したる女房《にようばう》は。[二三]一番槍《ばんやり》と呼《よ》ばゝらぬばかりの勢《いきほひ》で。茶碗《ちやわん》を[二四]奪取《ばひとつ》て飯《めし》を盛《も》りつける。

ておくための木製の器。「飯櫃（めしびつ）」「お櫃（ひつ）」とも言う。檜の丸桶に蓋のついた形のものが一般的。
一二 胴の中ほどの部分。もしくは太鼓の胴の中ほどのふくらんだ部分。
一三 「攻鼓」とも表記する。敵陣を攻撃するときに打ち鳴らす太鼓。「越王責鼓を打（う）つて進まれける間、越の兵我先にと轡（くつばみ）を双べ懸入（かけい）る」（『太平記』四）。初出は「責鼓（せめつゞみ）を撾（う）つて」。
一四 武器をとっていきなり攻撃しかけるさま。だしぬけに行動するさま。
一五 行き詰まること。もてあますこと。「攻めあぐむ」などと用いる。
一六 飯をすくったり盛りつけたりするための扁平な道具。しゃもじ。
一七 まごころのある人。誠意のある人。
一八 物事に動じないさまを言う常套表現を流用したもの。「その時義経少しも騒がず、打ち物抜き持ち、うつつの人に、向ふが如く、言葉をかはし、戦い給へば」（謡曲「船弁慶」）。
一九 落ち着いてゆったりしているさま。泰然自若。
二〇 近くに飯があるという様子も見せず。近くに誰もいないかのように、という意味の「傍若無人」を訓読みした「傍らに人なきが如く」という常套表現を流用したもの。
二一 初出は「飲了（のみつ）めて、」。
二二 以前から待ち設けていた。
二三 「一番槍」は、合戦場で一番最初に槍をもって敵陣に攻め入ること。「呼ばわる」は大声で叫ぶ意で、ここは戦の勲功を大声で宣言すること。「我こそは一番槍」と叫ばぬばかりの勢い、の意。
二四 奪（ばう）い取って。

新八大《しんばちおほ》[一]とろんこの眼色《めざし》になつて。箸《はし》どりの模様《もやう》[二]なども余程覚束《よほどおぼつか》なく。此分《このぶん》では食事《しよくじ》が済《す》み次第《しだい》。前後不覚《ぜんごふかく》の高鼾《たかいびき》と女房《にようばう》が察《さつ》して。今《いま》の内《うち》に相談《はなし》をしかける。

「ぢやあ阿郎《あなた》の御了簡《ごれうけん》は。お銀《ぎん》を嫁《や》らうといふのですか。」

「大《おほ》やりさ。お前《まへ》の考《かむが》へはどうだ?」

女房《にようばう》は黙《だま》つて飯櫃《おはち》に縋《すが》つてゐる。

「嫁《や》るに決《き》めなさい。大《たい》した結構《けつこう》の口《くち》だ。まづ大磯《おほいそ》[三]の方《はう》に二千円《ゑん》[四]ほどの地面《ちめん》があつて。さ。よしか[五]。地坪《ちつぼ》[六]が二百三十坪《つぼ》で。建坪《たてつぼ》[七]百坪《つぼ》といふ居宅《すまゐ》が。自分《じぶん》[八]の家作《かさく》で。婢女《をんな》[九]が二人《ふたり》に書生《しよせい》[一〇]が一人《ひとり》。お抱《かゝ》[一一]へ車《ぐるま》で車夫《しやふ》が一人《ひとり》さ。奥《おく》には六十五になる姑《しうとめ》が唯一人《たつたひとり》で。当人《たうにん》は奏任《そうにん》[一二]の百円《ゑん》といふ身分《みぶん》で。よしかい。実意《じつい》があつて。優《やさ》しいといふのだから。此上《このうへ》の望蜀《のぞみ》[一三]はありやしない。年齢《とし》も。二度目《どめ》も。要《い》[一四]つた理《わけ》のものぢやない。」

「それはもう結構《けつこう》は知《し》れてゐますけれど。適《ゆ》く身《み》にもなつてごらんなさいましな。妾《めかけ》[一五]にでもなるのぢやなし。ちつとやそつとは註文《ちうもん》[一六]もありましやうわね。」

「註文《ちうもん》があるならして見《み》なな。どらほど[一七]の註文《ちうもん》か知《し》らないけれど。註文通《ちうもんどほ》りより余程上出来《よつぼどじやうでき》だと我《をれ》は思《おも》つてゐる。十三円《ゑん》[一八]の官員様《くわんゐんさん》の娘《むすめ》に奏任《そうにん》の婿《むこ》は。註文《ちうもん》より過《す》[一九]ぎてやうぢやないか。慾《よく》をいつたら際限《きり》がない。実《じつ》は我《おれ》も最一杯飲《もういつぱいの》みた

一 酒に酔って目つきがひどくぼんやりしているさま。「其宮へかくれたのを――とろんこの目で御覧(ごらう)じたわ」(泉鏡花『天守物語』大正六年)。
二 ありさま。様子。
三 神奈川県南部の地名。相模湾に面し、日本最初の海水浴場であると同時に、伊藤博文の滄浪閣をはじめとする政財界の要人の別荘地として知られた。
四 時価で二千円相当の土地。『二人女房』発表の翌年にあたる明治二十五年当時、東京で標準の白米十キログラムあたり六十七銭であった(週刊朝日編『値段史年表』昭和六十三年)。
五 いいかね。念を押すときの語。
六 地面の坪数。「建坪」に対して言う。土地面積。一坪は、約三・三平方メートル。「二百三十坪」は約七百六十平方メートルにあたる。初出は「五十坪」。
七 建物が建っている部分の土地の坪数。初出は「二十五坪」。
八 自分で作った持ち家。
九 家事などの下働きをする女性。下女。はしため。
一〇 本来は「学生」の意だが、ここは、他人の家に寄宿して家事手伝いなどをしながら学問をしていた学生を指す語。
一一 自家用の人力車。
一二 奏任官で月給が百円であること。「奏任官」については→補三。
一三 「望蜀(ぼうしよく)」は、「隴(ろう)を得て蜀を望む」という『後漢書』などの故事にもとづく語で、ある望みがかなって、さらにその上を望むこと。
一四 取りあげるほどの理由にはならない。
一五 正妻のほかに、妻に準ずる関係をもちながら養っている女。囲いもの。↓補一一。

いのだけれど。かうやつて控《ひか》へてゐる。お前《まへ》も控《ひか》へて[二〇]諾《うむ》と我慢《がまん》をするが可《い》い。」といかにも睡《ね》むさうな顔《かほ》を「[二一]べろん」して。遂《つひ》にばたりと横《よこ》になる。今《いま》仆《たふ》れたかと思《おも》ふ間《ま》に。すや〱と寐入《ねい》る。酒《さけ》は是《これ》だから可厭《いや》だといふ顔《かほ》で。女房《にようばう》は膳《ぜん》を片寄《かたよ》せ。直《ずつ》と夫《をつと》の傍《そば》に寄《よつ》て。肩頭《かたさき》を揺動《ゆすぶ》りながら。

「阿郎《あなた》〱々。お風《かぜ》を引《ひ》きますよ。阿郎《あなた》。」

「うゝ。う。」といふ声《こゑ》に。手《て》を退《ひ》けば。一向多愛《いつかうたあい》なく又寐入《またねい》る。

「お銀《ぎん》や。お鉄《てつ》や。」と呼《よ》べば。二人《ふたり》はぱた〱と馳《か》けて来《く》る。

「此所《こゝ》を形附《かたづ》けておくれ。」

「おや大層《たいそう》な鼾《いびき》だこと。」「ほゝゝ。」と姉妹《ふたり》は手分《てわけ》をして膳《ぜん》を引《ひ》く。[二二]流元《ながしもと》に[二三]手洋燈《てらんぷ》を点《つ》ける。[二四]跡《あと》を掃《は》く。茶碗《ちやわん》を洗《あら》ふ。[二五]揚板《あげいた》を踏《ふ》む。がら〱。ばたすたと騒々《さう〲》しい中《なか》で。新八《しんぱち》は心持好《こゝろもちよ》さゝうに[二六]熟睡《うまゐね》して。折々《をり〱》顔《かほ》に来《く》る蚊《か》を現《うつゝ》で撲《たゝ》く。女房《にようばう》は頻《しき》りに揺動《ゆりうご》かして「もし」と「阿郎《あなた》」の二三十唱《とな》へてもお通《つう》じ無《な》しゆゑ。頸《くび》に手《て》を懸《か》けて。うんと引起《ひきお》こせば。[二七]有繋《さすが》に少《すこ》し正気付《しやうきづ》いて。

「何《なん》だ〱。」と[二八]寐惚声《ねぼれこゑ》を出《だ》す。

「さあお起《お》きなさいよ。先刻《さつき》の相談《はなし》はどうするのでございますよ。」

「[二九]蠅帳《はへちやう》へでも入《い》れて置《お》け。むにや〱〱。」

一六　条件や希望を示すこと。注文。
一七　「どれほど」に同じ。「(女)ホンニどら程残りがござんすへ。(客)三十両のうへある」(山東京伝『傾城買四十八手』寛政二年)。
一八　月給十三円の役人。「奏任」は奏任官(→補三)。「官員様」は自ら嘲った表現。
一九　さらにそれ以上だろう。
二〇　「諾(だく)」は、承知すること、同意すること。
二一　ひとなでして。
二二　台所の洗い場。
二三　手近のものを照らすための、取っ手のついた小さなランプ。「火のついてる麁朶(そだ)を一つとつて手ランプを点(つ)けて上(あが)り框(がまち)の柱へ懸けた」(長塚節『土』明治四十三年)。
二四　膳を片付けたあとを箒で掃く。
二五　床下の物入れから物を出し入れするために取り外せるようにした床板。
二六　「うまいね」は、ぐっすり眠ること。うまい。「駁者は夢にも知らで熟睡(うまゐね)せり」(泉鏡花『義血俠血』)。
二七　初出は「流石」。
二八　ねぼけ声。
二九　蠅が入らないように網などを張った食品保存用の小型の戸棚。はいちょう。

之《これ》を聞《き》くと。台所《だいどこ》では姉妹《ふたり》が腹《はら》を抱《かゝ》へて。きやつ〳〵と笑《わら》ふ。女房《にようばう》も持余《もてあま》して。手《て》を放《はな》せば。又《また》ころりと寐《ね》て。足《あし》をばたん。

（六）

[一]子《こ》を見《み》ること親《おや》に如《し》かずといへど。[二]子《こ》を見損《みそん》ずるも親《おや》に如《し》かず。女親《をんなおや》はお銀《ぎん》の容色《きりやう》をば。たしかに[三]実価《じつか》の五倍《ごばい》も買《か》ひ冠《かぶ》つてゐて。お銀《ぎん》ほど美《うつく》しいものは世間《せけん》に二人《ふたり》とは無《な》いものゝやうに想《おも》つてゐる。

これまでに数度《すど》の縁談《えんだん》も。母親《はゝおや》が[四]主唱《さきぼう》に立《た》つて[五]毛嫌《けぎら》ひをして。彼《あゝ》でもない此《かう》でもないと皆壊《みなこは》した。といふのも。[六]畢竟《ひつきやう》お銀《ぎん》を[七]宝《たから》にし過《す》ぎて。[八]慾《よく》を乾《かは》かしたからではあるが。また一概《いちがい》に慾《よく》ばかりとも謂《い》はれぬ。女親《をんなおや》の身《み》にもなつて見《み》たら。[九]いかさま十九年来《ねんらい》の[一〇]丹精《たんせい》。[一一]二葉《ふたば》から培養《てしほ》に懸《か》け。[一二]雨《あめ》に風《かぜ》に心《こゝろ》を傷《いた》めて。やう〳〵花《はな》の咲《さ》くまでに仕立《した》てたものを。[一三]むざと手放《てばな》すは。いかにも口惜《くちを》しからう。世話《せわ》の焼《や》けるまでは散々《さん〴〵》世話《せわ》を焼《や》かされて。これから手助《てだすけ》にも相談対手《はなしあひて》にもならうといふ頃《ころ》に。ふいと持《もつ》て行《ゆ》かれては無念《むねん》なるべし。又一面《またひとつ》は。可愛《かあゆ》くて〳〵[一四]片時《へんし》も傍《そば》を離《はな》しかねるといふが。母親《はゝおや》が毛嫌《けぎらひ》の原因《げんいん》でもあつたらしい。けれども慾《よく》の方《はう》が勝《かつ》てゐたには相違《さうゐ》ない。して女親《をんなおや》の理想《りさう》の婿《むこ》といふのは？　ま

一　子供のことを最もよく見、よく知っているのは、その親である、という意味のことわざ。「子を知るものは親」とも言う。
二　見まちがえる。見そこなう。ここは、親としての感情ゆえに正しい評価ができないこと。
三　実際の価値。
四　「さきぼう」は「先棒」で、駕籠の棒の前の方を担ぐ人の意から転じて、人の先頭に立って行うこと。「主唱（しゆしよう）」は、中心となって意見や主張を述べること。
五　理由もなく嫌うこと。
六　結局は。要するに。
七　宝物のように大切に扱い過ぎて。
八　欲をかいた。「かわく」は、他人の好ましくない行いを罵って言う語。「第一に己の慾を渇く算段に掛る」（内田魯庵『社会百面相』）。
九　なるほど。たしかに。「いかさまやすいはうがいゝ」（十返舎一九『続膝栗毛』七編、文化十三年）。
一〇　心をこめて物事を行うこと。ここは、心をこめて育ててきたこと。
一一　幼い頃から自分の手で世話をして。「二葉」は芽を出したばかりの二枚葉のことで、人の幼いことを言う。「てしおにかける」は「手塩に懸ける」で、自分の手でこまごまと世話をすること。ここは、子供を育て養うさまを、盆栽などを育てることにたとえた表現。
一二　心をこめて育てている植物のことを雨や風の度に心配すること。ここは、事あるごとに娘の身を気づかってきたこと。
一三　むざむざと。やすやすと。あっさりと。
一四　わずかな時間も。片時（かたとき）も。

づ今度《こんど》の話《はな》しほどの身柄《みがら》で。舅姑《しうと》が無《な》くて。年齢《とし》が二十五六で。容貌《をとこまへ》の好《いい》。性質《きだて》の優《やさ》しい。自分等夫婦《じぶんたちふうふ》を親《おや》のやうに大事《だいじ》にしてくれる。ぐらゐの男《ひと》なれば。渋谷《しぶや》に就《つい》ては未《ま》だ[一五]二三条《にさんがでう》の不服《ふふく》がある。男親《をとこおや》の方《はう》はさほど不当《ふたう》な[一六]思想《かんがへ》は持《も》たぬ。娘《むすめ》の[一七]価値《かち》を稍正《やゝたゞ》しく知《し》つて。此上《このうへ》も無《な》い福《さいはひ》ゆゑ。どうか纏《まと》めて。早《はや》く安心《あんしん》がしたいといふのを。女親《をんなおや》の眼《め》から見《み》ると。何《なに》も我子《わがこ》を然《さ》う卑《やす》く見《み》て。[一八]損物《ひけもの》の強売《おしつけうり》でもするやうに。急促《あせつ》て手放《てばな》したがらなくても可《よ》さゝうなものだが。男親《をとこおや》といふものは。実《まこと》に女《をんな》の子《こ》には情《じやう》の薄《うす》いものだ。と其《それ》とは言《い》はねど。心中《しんちゆう》には恨《うら》めしく思《おも》つてはゐるものゝ。此縁談《このえんだん》が頭《あたま》から不服《ふふく》でもなく。さればとて。[一九]二《ふた》つ返事《へんじ》といふほどでもなし。

昨夜《ゆふべ》は一晩《ひとばん》[二〇]まんじりともせずに考《かんが》へ明《あか》して。今朝《けさ》になつて見《み》た所《ところ》が。別《べつ》に決《けつ》心《しん》が出来《でき》たわけでもなし。[二一]随分《ずゐぶん》嫁《や》つても可《い》い。父親《てゝおや》も承知《しようち》。当人《たうにん》も承知《しようち》ならば。嫁《や》つても可《い》いやうなものではあるが。唯《たゞ》「二度目《どめ》」といふのが気《き》になつてならぬ。尤《もつと》も二度目《どめ》といつた所《ところ》が。新婚《はじめて》といつた所《ところ》が。二度目《どめ》だから女房《にようばう》を疎末《そまつ》にする。新婚《はじめて》だから大事《だいじ》にするといふ理《わけ》もなし。[二二]仕立《したて》おろしの衣服《きもの》でも。一度着《いちどき》たのでも。着心《きこゝろ》に格別《かくべつ》の異《かはり》はなし。と思案《しあん》をして見《み》れば。[二三]勘弁《かんべん》もなるけれども。同《おな》じ嫁《や》るものなら。外《ほか》に口《くち》が無《な》いではなし。[二四]嫁《や》る所《ところ》に事《こと》を欠《か》いて。二度目《どめ》の所《ところ》

一五 二、三のことがら。
一六 初出は「思慮(かんがへ)」。
一七 初出は「価直(かち)(よく)」。
一八 傷物をむりやり売りつけること。「引けもの」は、傷などがあって値引きしてある商品。
一九 快く承知すること。
二〇 少しも眠らず。「まんじり」は、ちょっと眠るさま。
二一 ここは、たしかに、の意。
二二 (衣服を)新しく作ったばかりであること。
二三 納得がいく。許容できる。
二四 嫁にやる先はほかにもあるのに、よりによって。

以下二一八頁

一 物好き。普通は「酔狂」と表記する。
二 「いっそ」は、思い切って。いっそのこと。
三 疑問の意を表す「かしら」「かしらん」の原義「か知らぬ」にあたる。初出も同じ。

を撰《よ》るといふのも馬鹿《ばか》々々《く》しい。これが此方《こつち》も二度目《どめ》といふのなら当然《あたりまへ》であるけれど。何《なん》にしろ初婚《はじめて》で。年齢《とし》は十九で。容色《きりやう》が優《すぐ》れて美《いゝ》と来《き》てゐるのだから。それに何《なに》も[一]酔興《すゐきよう》な。二度目《どめ》の所《ところ》へ嫁《や》るにも当《あた》らない。[二]断然《いつそ》嫁《や》るまい[三]かしらぬ? 兎《と》も角《かく》も夫《をつと》が退省《ひけ》てからの相談《はなし》と。煙草盆《たばこぼん》を引寄《ひきよせ》て。すぱり〳〵と嘘《ふか》しながら。懵然《ぼんやり》母親《はゝおや》は沈思《かむがへ》てゐる。姉妹《ふたり》は彼《かの》三畳《でふ》に人気《ひとげ》無《な》きが[四]如《ごと》く[五]寂然閑《ひつそりかん》と[六]継物《つぎもの》をしてゐる。

やがて新八郎《しんぱちらう》は[七]朴歯《ほゝば》の下駄《げた》を曳《ひ》きずつて。疾歩《いそぎあし》に帰《かへ》つて来《く》る。[八]猪口《ちよく》を捺《お》したやうな[九]五紋《いつゝもん》の紗《しや》の羽織《はおり》の。どう畳《たゝ》むでも。[一〇]鎮《おし》を置《お》いても。[一一]自躰《じたい》[一二]糸《いと》が性《しやう》を失《うしな》つて。揉《も》めたら些《ちと》伸《の》びにくい皺《しわ》が。最《もつとも》多《おほ》く裾《すそ》の辺《あたり》に[一三]髣髴《はうふつ》たるを。特更《ことさら》に折目《をりめ》正《たゞ》しく着做《きな》したるが。一心《いつしん》に道《みち》を急《いそ》いだ所為《せゐ》か。四分五厘《ぶりん》ほど[一四]抜衣紋《ぬきえもん》になつて。然《しか》のみならず[一五]背縫《せぬひ》が二十三度《ど》ばかりも曲《まが》つて。御紋《ごもん》の[一六]上《あが》り藤《ふぢ》が風《かぜ》に吹《ふ》かれてゐる。いつそ煤《すゝ》けたなりに[一七]委《お》いたら可《い》いものを。[一八]山梔子色《くちなしいろ》に[一九]色揚《いろあげ》をした[二〇]麦藁帽子《むぎわらぼうし》を。[二一]子細《しさい》らしく入口《いりくち》で脱《ぬ》いで。右手《みぎて》に小《ちひ》さく握《にぎ》つた手拭《てぬぐひ》で。額際《ひたいぎは》の汗《あせ》から。ぼつ〳〵と湯気《ゆげ》の立《た》つ頭顱《あたま》まで。一刷毛《ひとはけ》に拭《ふ》き〳〵。顔《かほ》を顰《しか》めて「熱《あつ》いわ〳〵」といふ掛声《かけごゑ》で入《はい》れば。姉《あね》は帽子《ぼうし》を請取《うけと》つて。奥《おく》の[二二]承塵《なげし》の[二三]折釘《をりくぎ》に懸《か》ける。妹《いもうと》は[二四]粉《こ》の散《ち》る白韋《しろなめし》の朴歯《ほゝば》を[二五]下駄箱《げたばこ》に形附《かたつ》ける。鼻《はな》に皺《しわ》を寄《よ》せて又《また》「熱《あつ》い〳〵」と呻《うな》りな

四 初出は「かのやうに」。 五 「ひっそりかん」は、静まりかえったさま。「寂然(せきぜん・じゃくぜん)」は、ひっそりと静かなさま。 六 衣服の破れをつくろうこと。つくろいもの。 七 朴(ほお)の木で作った下駄の歯。朴の木は、モクレン科の落葉高木で、材質が軽いため下駄などに用いられる。 八 猪口の口で紋所を捺したように、古びて周囲の円形だけが目立つ、の意。 九 五つ紋付きの、紗でできた夏物の羽織。「五紋」は羽織や着物の背、両袖、両胸に付いた五つの紋。「紗」は、織り目が粗く薄い織物。「羽織」は、和服の長着の上に着る丈の短い着物で、胸元を紐で結んで着る。判任官以下の男子役人は五紋の羽織が通常服であった。↓補一二。 一〇 押さえつけるために使う重い物。おもし。ここは、しわ伸ばしのためのおもし。 一一 もともと。元来。 一二 羽織の織り糸が本来の性質を失って。 一三 ここでは、はっきりと見えるさま、の意。 一四 ↓一八七頁注一二。 一五 背中の中心線に沿った縫い目。 一六 紋所の一つで、藤の花を上向きに配したもの。ただし、二三五頁七行目には「定紋下り藤」とある。

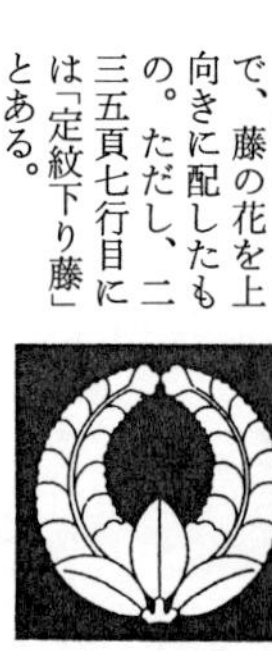

上がり藤
(日本染織刊行会編『図解いろは引 標準紋帖』京都書院, 昭60)

一七 そのままにしておいたら。「委」は、まかせる、すてる、の意。初出は「置(お)いたら好(よ)いものを」。 一八 山梔子の果実で染めた濃い黄色。山梔子はアカネ科の常緑低木で秋に赤黄色の果実をつける。 一九 色あせたものを染め直すこと。 二〇 麦藁で編んだ帽子。「麦わら帽子を内地にて製出することは、明治十一年ころよりの事なり」(石井研堂『明治事物起原』増補改訂版)。

がら。真裸体《まつぱだか》になると。お銀《ぎん》は透《す》かさず濡手拭《ぬれてぬぐひ》を持《も》つて来《き》て。背《せなか》を拭《ふ》けば。老者《としより》は「げい〱」と二つ三つ。いかにも[二六]胸《むね》が開《す》いたらしさうに凄《すさ》まじい[二七]嗳気《おくび》を放《はな》つ。お鉄《てつ》は[二八]藍地《あゐぢ》に紺万筋《こんのまんすぢ》の[二九]嘉平治《かへいぢ》も。今《いま》は寄《よ》[三〇]る年浪《としなみ》の[三一]法躰《ほつたい》で[三二]何斎《なにさい》といひさうな袴《はかま》を。[三三]最《もつと》も鄭重《ていちよう》に畳《たゝ》むで。簞笥《たんす》に納《をさ》めてから。弁当《べんたう》の包《つゝみ》を解《と》いて。[三四]鉄葉細《ぶりきざい》工《く》の漆髹《うるしぬり》を取出《とりだ》し。梅干《うめぼし》の[三五]核《さね》を[三六]水口《みづぐち》へ捨《す》てに行《ゆ》くと。[三七]狆面《ちんづら》の[三八]額白《ひたいじろ》の[三九]隻眼《めつかち》の黒毛《くろい》牝犬《めいぬ》が。変《へん》に鼻《はな》を鳴《な》らして。今《いま》にも千切《ちぎ》れるほどに尾《を》を掉《ふつ》てゐるのを。叱々《しつ〱》と追《お》ひまくつて。やがて弁当箱《べんたうばこ》を洗《あら》ひに懸《か》かる。お銀《ぎん》は父親《おやぢ》の御所望《おこのみ》とあつて。[四〇]飯糊《ごぜんのり》の一袋《ひとふくろ》を余《あま》さず摺込《すりこ》むだかとも想《おも》はれる。ごわ〱した白地《しろぢ》の浴衣《ゆかた》を着《き》せる。宛然《まるで》[四一]軽焼《かるやき》を背負《せおふ》たやうだ。と哄《どつ》と[四二]悪落《わるおち》が来《き》さうなり。

姉妹《ふたり》はかの相談《はなし》が始《はじま》りさうな気色《けしき》を見《み》て。[四三]揃《そろ》つて次《つぎ》へ遠慮《ゑんりよ》して。針《はり》を持《も》つと。

「どうだ？　いよ〱嫁《や》るに決《き》めたか。」と父親《てゝおや》の声《こゑ》。お鉄《てつ》は之《これ》を聞《き》いて。姉《あね》はどういふ顔《かほ》をしてゐるだらうと見《み》れば。下《した》を向《む》いて。わざと一心《しん》に針《はり》を動《うご》かしてゐる。

凡《およ》そ小一時間《こいちじかん》ほども相談《はなし》が有《あ》つてから。

「お銀《ぎん》や。一寸《ちよいと》。」と母様《はゝおや》の呼《よ》ぶ声《こゑ》。聞《き》くとお銀《ぎん》は針《はり》を停《と》めて。[四四]午後《ごゞ》四時《じ》ばかりなる縹色絹《はないろぎぬ》を膝《ひざ》から推下《おしおろ》して立起《たちあが》る処《ところ》を。お鉄《てつ》がわざと徐《そつ》と顔《かほ》をば見上《みあ》げる

二一　心得顔に。もったいぶった様子で。　二二　柱と柱の間に横に渡した板状の装飾用の材木で、ものを懸けるためにも用いられる。一般的には「長押」と表記する。「承塵（しょうじん）」は、天井板や、なげし、かもいなどを言う。「承塵（なげし）の方より其の色朱を指（さし）たる如くなる鼠狼（いたち）一つ走り出で」（『太平記』五）。　二三　頭部が直角に曲がった釘で、柱などに打ち付けて物を懸けるのに用いる。折れ釘。　二四「白韋」は染めてないなめし革。ここは、白韋でできた鼻緒が古びて粉を吹いているさま。「韋（い）」は、なめし革のこと。　二五　はきものを入れるための棚状の家具。
二六　胸がさっぱりした様子で。　二七　げっぷ。
二八　藍で染めた生地に紺の細い縦縞の入った。
二九　嘉平次袴のこと。藤本嘉平次の発明した銘仙の袴地（嘉平次平〈かへいじひら〉）でできた袴。紺に縞柄が特徴。以下、この名に懸けて「嘉平治」を擬人化している。尾崎紅葉『金色夜叉』（明治三十―三十六年）にも「嘉平治平の袴の焼海苔を綴れる如きを穿ち」の用例があるが、二三五頁三行目には「嘉平次の袴」とある。　三〇「年が寄る」に「波が寄る」を掛けて、年を取ることを言ったもの。「寄る年波には勝てない」と成語として用いられることが多い。　三一　法体。髪を剃って僧侶の衣を着た出家の姿。ここは、袴の生地が古びて表面の毛がなくなっているさま。　三二「…斎」は文人などの雅号に添える語だが、隠居した人や隠者など世間から離れた老人の号に用いられることが多い。『書言字考節用集』には「斎」について「今按、本朝隠士所ㇾ称…皆以ㇾ執ㇾ幽居之義ㇾ」（今按ずるに、本朝隠士の称する所…皆以て幽居の義を執る）」とある。ここは、「まるで何々斎と名乗りそうなほど（嘉平次袴が）古びている」の意。　三三　極めて。　三四　ブリキ製のものに

と。澄《す》まして。すうと立《た》つて二三歩《ぼ》行《ゆ》きかけたが。彼事《あのこと》だなと思《おも》ふ心《こゝろ》があれば。何《なん》となく改《あらた》まつたやうな。気羞《きはづ》かしいやうな。恐《こは》いやうな。異《い》[一]な気持《きもち》がして。赫《くわつ》と顔《かほ》が熱《あつ》くなつて。胸《むね》が轟《とゞろ》いて。足《あし》が窘《すく》む。母親《はゝおや》を少《すこ》し離《はな》れて。父親《ちゝおや》を遠《とほ》く離《はな》れて。[二]風入《かぜいり》の好《よ》さゝうな。[三]誂《あつらへ》のむづかしい所《ところ》に陣取《ぢんと》つて。両親《ふたり》の顔色《かほいろ》を忍《しの》びやかに覗《うかゞ》ふ[四]様子《やうす》はいかにも。[五]不気味《ぶきみ》らしい。遠慮《ゑんりよ》があるらしい。[六]麁想《そさう》した下女《げぢよ》が[七]譴責《こゞと》を[八]吃《く》ひに[九]呼出《よびだ》された。と云《い》ふ風情《ふぜい》に似《に》てゐる。

母親《はゝおや》威儀《ゐぎ》を正《たゞ》し。と云《い》ふ[一〇]態度《みえ》で。

「お銀《ぎん》。」と頗《すこぶ》る厳格《おごそか》に口《くち》を切《き》ると。改《あらた》まつて出《で》られた言葉《ことば》に釣込《つりこ》まれて。

「[一一]はい。」とお銀《ぎん》も改《あらた》まる。

「概略《あらまし》は昨日《きのふ》の談話《はなし》で聞《きい》たらうけれど。お前《まへ》ももう妙齢《としごろ》だし。いつまでも家《うち》に居《ゐ》る訳《わけ》にはいかない身分《からだ》だし。幸《さいは》ひ実《まこと》に似合《にあ》はしい縁《えん》があるから。取極《とりき》めやうかと思《おも》つて……。」

「やうかと思《おも》ふぢやない。取極《とりき》めるのだ。」と[一二]横鎗《よこやり》を入《い》れられて。

「まあ阿那《あなた》。」と女房《にようばう》は懊悩《うるさ》さうな貌《かほ》を夫《をつと》に向《む》けて。やがてお銀《ぎん》の方《はう》を見向《みむ》いて。

「先方《さき》は二度目《どめ》ぢやあるけれど……。」

漆を塗った安物の弁当箱。ブリキ(原語はオランダ語 blik)は、錫をメッキした薄い鉄板で、「鉄葉」の表記は幕末から用いられている。三五 種(ねた)。三六 台所。三七 狆のような、くしゃっと押しつぶしたような顔。三八 額に白い毛が混じっていること。三九 「めっかち」は、片方の眼が見えないこと。「隻眼(せきがん)」も同義。四〇 飯粒を練って作った糊。衣類に糊付けするためなどに用いる。四一 軽焼煎餅のこと。餅米に砂糖を加えて平らに伸ばして焼いた煎餅。ここは、かたく糊付けした浴衣を揶揄したもの。四二 「悪落」は、演者の失敗によって、意図しないところで観衆が失笑すること。初出は「悪落が来る」。四三 「次」は「次の間」の意で、主な部屋に付属する小部屋。両親の間で縁談話が始まりそうな気配に、姉妹揃って次の間に席を外して、の意。本人の意志ではなく親の意向で結婚が決定していた当時の家制度のありようを示している。四四 「縹色」は薄い藍色。「はなだいろ」とも言う。「午後四時ばかりなる」は、縹色の絹地の藍色が、ちょうど午後四時頃のたそがれはじめた空の色に近いこと。

——以上二一九頁

一 妙な。変な。
二 風通し。
三 難しい注文にかなった場所。
四 初出は「様子は、いかにも不気味」。博文館版全集は「様子は。いかにも。不気味」。
五 ここは、なんとなく不安なさま。
六 不注意な失敗。しくじり。普通は「粗相」と表記する。
七 「譴責(けんせき)」は、過失をとがめること。
八 「吃(きつ)」は、食うこと。
九 初出は「呼出されたかの風情」。

と言《い》ひ懸《か》けると。父親《ちゝおや》が突然《だしぬけ》に！

「これ。直《ぢき》に二度目《どめ》々々《〳〵》といふよ。」と竹篦返《しつぺいがへ》し[13]の恐《こは》い眼《め》をする。

「でも貴方《あなた》[14]……。」

「えゝ！」と睨《にら》みつけて。「おれが話説《はなし》をする。銀《ぎん》。何《なん》[15]だ。その先方《さき》は小石川《こいしかは》[16]水道町《すゐだうちやう》でな……。」

「あれ貴方《あなた》。小日向水道町《こひなたすゐだうちやう》[17]でございますよ。」

「町所《ちやうところ》ぐらゐは如何《どう》でも可《い》いわな。喧《やか》ましい。」と顔《かほ》を顰《しか》めて。「小日向水道町《こひなたすゐだう》町《ちやう》で。渋谷周三《しぶやしゆうざう》といふ人物《ひと》[18]だ。奏任《そうにん》[19]四等《とう》の上月俸《じやうげつぽう》といふから百円《ゑん》の月給《げつきう》で。なかなか評判《ひやうばん》の好《い》い有用人物《つかへるひと》[20]ださうだ。住居《すまゐ》は自分《じぶん》の家作《かさく》で。下女部屋《をんなべや》。車夫部屋《しやふべや》。書生部屋《しよせいべや》。湯殿《ゆどの》[21]がある。物置《ものおき》がある。何《なん》のかのと云《い》つて。間数《まかず》が九間《くま》もあらうといふのだ。表《おもて》の桝形《ますがた》[22]の門《もん》から玄関《げんくわん》まで十間《じつけん》もあつて。庭《には》なぞは宏々《くわう〳〵》[23]として。立派《りつぱ》な物《もん》ださうだ。それで六十五になる女隠居様《をんないんきよさん》が唯一人《たつたひとり》で。小姑《こじうと》も何《なに》も無《な》しで。当人《たうにん》といふのは三十六になつて。大肥《でつぷり》した長《せ》の高《たか》い……」

「お前《まへ》お見《み》だらう。此間《このあひだ》お邸《やしき》の御宴会《ごゑんくわい》の時《とき》に。見《み》たはずだよ。」と母親《はゝおや》が言《い》ふ。

昨日橋《きのふはし》[24]わたしに来《き》た男《ひと》は。其晩酔《そのばんよ》つて喋《しやべ》つた山口《やまぐち》といふ人《ひと》。いかにも見覚《みおぼ》えてゐる。其人《そのひと》の話《はなし》[25]を聞《き》いた時《とき》に欲《ほ》しいといふ人《ひと》も察《さつ》した。おぼろ気《げ》に名《な》も覚《おぼ》え

一〇 「みえ」は「見得」。「様子」の意味で「…の見得で」と用いる歌舞伎脚本風の言い回し。

一一 初出は「お銀も「はい。」と」。

一二 話の途中で横から口を出すこと。

一三 された行為に対して即座に仕返すこと。しっぺがえし。「竹篦」は、座禅で用いる竹製の杖。

一四 初出は「阿郎」。六行目も同。

一五 適当な言葉が見つからない場合に用いる語。「まあ、何だ」などと言う。

一六 小石川区水道町。現在の文京区春日一－二丁目、水道一丁目、後楽二丁目にあたる。

一七 小石川区小日向水道町。現在の文京区小日向一－二丁目付近にあたる。

一八 初出は「男（ひと）」。一六行目の二か所の「人」も同。

一九 奏任官にあたる高等官四等のうち上級の月俸の待遇であること。

二〇 「有用（ゆうよう）」は、役に立つこと。

二一 「湯殿」は、風呂場、浴室。自家に浴室があることは富裕の証であり、銭湯を利用している丸橋家と対比されている。

二二 「枡形門」のこと。本来は城郭に用いられる門の形式であり、周囲を枡形に四角く塀で囲い、一辺に第一の門を構え、直角に位置する他の一辺に第二の門を構えて敵の侵入に備えたものを言う。ただし、尾崎紅葉『YES AND NO.』（明治二十二年）に「升形（ますがた）の檜門（ひのきもん）」を這入る男」とあることなどからみて、二本の柱の上部に冠木（かぶき）を貫き渡した「冠木門」などを想定していたとも考えられる。

二三 ひろびろとしたさま。

二四 間に入って仲立ちをすること。ここは縁談を仲介すること。

二五 初出は「話談（はなし）」。

て居《ゐ》るが。見《み》たとは。どうやら[一]鉄面《あつかま》しくて言悪《いひにく》い。[二]まんざら見《み》ないとも亦言悪《またいひにく》いのは。山口《やまぐち》が来《き》た時挨拶《ときあいさつ》に出《で》て。先晩《せんばん》はなど〻言《い》はれた事《こと》もある。そこで。「よく知《し》りません。」と「よく」の字《じ》を冠《かぶ》せて[三]跡《あと》を晦《くら》ますと、深《ふか》く斬込《きりこ》む必用《ひつよう》も無《な》い所《ところ》から。

「さうかい。」と[四]長追《ながおひ》もせずに母親《はゝおや》も[五]手《て》を退《ひ》く。

入代《いれかは》つて父親《てゝおや》が咳払《せきばら》ひを一つして。

「あゝ見《み》なかつたか。肥《ふとつ》た長《せ》の高《たか》い。誠《まこと》に男《をとこ》らしい立派《りつぱ》な[六]人品《じんぴん》だとよ。」

「立派《りつぱ》な人品《じんぴん》だとよ。」とはお銀《ぎん》も少《すこ》し可笑《おかし》かつた。

「それに姑《しうとめ》は始《し》終隠居所《じよういんきよじよ》にばかり引籠《ひつこ》むでゐて。三度御飯《さんどごぜん》を食《た》べる時《とき》の外《ほか》は。一切座敷《いつさいざしき》へ出《で》て来《く》る事《こと》なしで。主人《しゆじん》は朝《あさ》八時《じ》から出勤《しゆつきん》で。四時頃帰《じごろかへ》つて来《く》る。其間《そのあひだ》は用《よう》なしだ。用《よう》があつた所《ところ》が。下女《をんな》が二人《ふたり》ゐるから。奥様《おくさま》は用無《ような》しで。晩《ばん》に一杯飲《ばいの》む肴《さかな》の[七]見繕《みつくろ》ひぐらゐが役目《やくめ》だといふ。どうだ。[八]女子《をんな》は十九が厄年《やくどし》といふが。お前《まへ》は。去年劇《きよねんひど》く[九]流行性感冒《インフリユーエンサ》をやつたから。[一〇]前厄《まへやく》で厄払《やくはらひ》をして了《しま》つたから。今年《ことし》が[一一]大当《おほあたり》なのだ。どうだ。」

（七）

一「あつかましい」は、ずうずうしいさま。「鉄面(てつめん)」は、恥を恥とも思わないこと。厚顔。「鉄面皮(てつめんぴ)」とも言う。
二 必ずしも。あとに二重の否定語を伴って「まんざら…しないとも限らない」などと用いる。
三 行方がわからないようにする。ここは、具体的な事実をぼかすこと。
四 敵を遠くまで追いかけること。深追い。
五 それまで関わっていたことから離れること。ここは、戦の手勢を引き上げる、の意に重ねて、話を切り上げることを言う。
六 人柄。品性。七 適当な品を選ぶこと。
八「厄年」は陰陽道にもとづき、災難の多いとされる年齢。女性は十九歳と三十三歳がこれにあたる。「女子」の振り仮名は、初出は「をなご」。
九 インフルエンザ（influenza）。ウイルス性の風邪の一種で、高熱を伴い、肺炎などを引き起こすことがある。初出は「「いんふりゆえんざ」」。「流行性感冒」の訳語は「明治二十三年の春、我が邦にインフルエンツアの大流行ありしとき、新に用ひられたる名称」（富士川游『日本疾病史』大正元年）という。『和英語林集成』第三版には「INFLUENZA, n. Fūja, jaki, kambō」とある。明治二十四年初頭には「お染風」と呼ばれるインフルエンザが流行した。『風俗画報』二十五号（明治二十四年二月）には「此度(このたび)の流行性感冒(インフルエンザ)をばお染風と名附けたるは伝染病の染の字を取りしものなる由抑(そもく)此流行性感冒(はやりかぜ)は昨年の夏頃も大いに府下に伝播し一家此禍(わざわい)を蒙らざる者なく」とある。
一〇 厄年を「本厄」と言うのに対し、前年を「前厄」、翌年を「後厄(あとやく)」と呼ぶ。「厄払」は災難を取り除くために神仏に詣でてお祓(はら)いなどをしてもらうこと。ここでは、感冒にかかった

父親《てゝおや》は独《ひと》り悦《えつ》に入《いつ》て欣々然《きん〱ぜん》[一二]と話《はな》すに引換《ひきか》へて。難有《ありがた》[一三]くもないといふ顔色《かほつき》で。「二《に》度《ど》目《め》」といふ事《こと》を忘《わすれ》たのか。わざと言《い》はぬのか。何《なに》にも為《せ》よ言《い》はいで[一四]措《お》かうか。と唇《くちびる》を蠕々《むづ〱》[一五]させて。夫《をつと》の言語《ことば》の断《き》れるのを待構《まちかま》へてゐた母親《はゝおや》は。

「唯《たゞ》[一六]お前《まへ》もどうだかと思《おも》ふのはね……。」

「俺《おれ》が今《いま》に言《い》つて聞《き》かせるわな。」と圧潰《へしつぶ》[一七]すやうに言《い》はれて。

「早《はや》く話《はな》してお遣《や》んなさいましな。」

父親《てゝおや》の心《こゝろ》になつて見《み》れば。勿論《もちろん》「二度《ど》目《め》」の事《こと》も言《い》つて聞《き》かせる気《き》なれど。もし之《これ》を言出《いひだ》したらば。お銀《ぎん》が二の足《あし》を践《ふ》むかも知《し》れぬ。そんな物《もの》を践《ふま》れたら此御父親《このおとつさん》大凹《おほへこみ》[一八]と躊躇《ちうちよ》してゐるのを。女房《にようばう》が「二度《ど》目《め》」といふのを讐敵《かたき》のやうに気《き》にして。跟《つ》[一九]けつ廻《まは》しつやいく〱言《い》ふゆゑ。もしやお銀《ぎん》が悪《わる》[二〇]く取《と》つて。何《なに》か可厭事《いやなこと》のあるのを裹《つゝ》[二一]むのではあるまいかと気味《きみ》を悪《わる》がつて。談《はなし》[二二]が破《やぶ》れるやうなことでもあつては大変《たいへん》[二三]と。言《い》つて聞《き》かせるに決心《けつしん》して。

「子供等《こどもなど》があるわけではないが。実《じつ》はその渋谷《しぶや》といふ人《ひと》は前妻《せんさい》があつたので。二年前《ねんまへ》に亡《な》くなつたのださうだ。二度《ど》目《め》の家《ところ》へ此方《こつち》が年齢《とし》が若《わか》くて初婚《はじめて》で適《ゆ》くといふのが少《すこ》し気《き》にも入《い》るまいけれど。さうでもなければ大分《だいぶ》格《かく》の違《ちが》ふ今度《こんど》の話《はなし》のやうな家《ところ》へは。我家《うち》あたりからは適《い》[二四]けるものぢやない。二度《ど》目《め》といふのも

ことが厄払いにあたるとしている。

一二 たいへんな当たり年であること。「当たり年」は、幸運に恵まれた年。

一三 よろこぶさま。

一四 三行目まで、初出は「母親は難有（ありがた）くもないといふ顔色（かほつき）で聞（い）てゐたりしが、「二度目」といふ言（こと）を忘れたのか、わざと言はぬのか、何（なに）にもせよ言はいでおかうか、と唾（つ）を溜（た）めて唇をむづつかせて新八の言語（ことば）の断（き）れるを待構（まちかま）へ、それ！と手綱（たづな）を弛（ゆる）めたる如く、馬は空様（そらさま）に後足（あとあし）を踢上（あけ）げて驀地（まつしくら）といふ奔逸（いきほひ）にて、」。

一五 言わずにいられようか。

一六 「蠕々（ぜんぜん・じゆじゆ）」は、虫がうごめくさま。

一七 次行「言はれて。」まで、初出は「「唯お前もどうだかと思ふのは…。」／と真一文字に躍（をど）りかゝるを、／「我（おれ）が今にいって聞かせるといふのに。」／と喰止（くひと）めむとすればなほ暴（あ）れる。」。

一八 おさえつける。「へす」は、押しつける、圧倒する、の意。

一九 失敗などでしょげ返ること。「恥をかき大凹みの所へ」（瀧亭鯉丈・為永春水『滑稽和合人』文政六年―弘化元年）。

二〇 つきまとうようにして執拗に。事あるごとに。

二一 誤解して。悪いように理解して。初出は「悪く解（とい）て、」。

二二 「裹（か）」は、すっぽりと包むこと。底本は「裏む」。「裏」にも「心の中」などの意はあるが、誤植と判断して改めた。

二三 縁談がこわれる。破談になる。初出は「却（かへ）つて縁談（はなし）が」。

二四 初出は「いよ〱大変」。

初出は「適（ゆ）けぬといふものだ。」。

子供《こども》でもあるのなら随分思案《ずゐぶんしあん》ものだが。そんな面倒《めんだう》はないのだから。知《し》りさへしなけりや初婚《はじめて》も同《おんな》じ事《こと》だ。男子《をとこ》は三十五六で初婚《はじめて》のものは許多《いくらも》[一]ある。初婚《はじめて》と思《おも》へば初婚《はじめて》で済《す》む事《こと》[二]だらう。女子《をんな》と違《ちが》つて男子《をとこ》は二度目《どめ》[三]が三度目《どめ》でも。那様事《そんなこと》は少《すこ》しも瑕《きず》にはならない。」

お銀《ぎん》は話説《はなし》の始終顔《しじうかほ》を下《さ》げて一面《めん》[四]は聞《き》き一面《めん》は分別《ふんべつ》。万更否《まんざらいや》でもなけれど。「二度目《どめ》」といふのが。女気《をんなぎ》[五]には異《かは》る事《こと》なく母親《はゝおや》と同感《どうかん》で。咄嗟《とつさ》の間《あひだ》に挨拶《あいさつ》をしかねて忸怩《うじうじ》[六]してゐる。

「どうだえ。」と母親《はゝおや》に促《せ》かれて胸《むね》は悸々《どきどき》。徐《しづか》に顔《かほ》を擡《あ》げて。まづ父親《てゝおや》の眼色《めいろ》を見《み》て。母親《はゝおや》の顔《かほ》を窺《うかゞ》つて。また首《くび》を垂《た》れて黙然《だんまり》。

此処《こゝ》で「否《いや》」ときつぱり断《ことわ》つたら御父様《おとつさん》が怒《おこ》る。又自分《またじぶん》にもきつぱり「否《いや》」といふほど否《いや》でもなし。さうかといつて否《いや》とも応《おう》[七]ともいはなかつたら父親《てゝおや》が疳癪《かんしやく》を発《おこ》す。母親《はゝおや》の様子《やうす》を見《み》るのに父親《てゝおや》ほど乗《のつ》てはゐないらしいから。兎《と》も角《かく》も母親《はゝおや》を味方《みかた》に頼《たの》むで。好《いゝ》やうにしてもらはう[八]と。

「私《わたし》はどうでも御父様《おとつさん》と御母様《おつかさん》さへよければ……。」

と言《い》ふを速《とし》[九]や遅《おそ》し。新八郎《しんぱちらう》は衝《づッ》と乗出《のりだ》して。

「御父様《おとつさん》は善《い》いとも〳〵大賛成《だいさんせい》だ。お前《まへ》はどうだ。」

一　「許多(きょた)」は、かなりたくさん、の意。
二　初出は「事だ、喃(なう)。」。
三　二度目だというのが仮に三度目だったとしても。
四　一方では話を聞きながら、その一方では話の内容について考えをめぐらしている。
五　女の気持ちにとっては違いはなく。
六　「忸怩(じくじ)」は、心の中で恥じている様子。初出は「うぢ〳〵」。
七　承知すること。初出は「諾(おう)」。
八　初出は「もらはう。／如此(かう)いへば剣先が母親へ向く、そこで母親が何(なん)とかいふ、如彼(あゝ)いふだらう。父親(てゝおや)が其所(そこ)でかういふ、私(わたし)がかういふと腹案を拵(こしら)へて、」。
九　「疾(と)しや遅し」の意で、いくら急いでもまだ遅いと感じるほど急ぐこと。ただちに。「夫の声に女房が、としやおそしと納戸を出で」(浄瑠璃『近江源氏先陣館』近松半二ほか合作、明和六年初演)。

と女房《にようばう》を見向《みむ》けば。

「さうですね。」と娘《むすめ》の顔《かほ》を見《み》る。

「そんな生返事《なまへんじ》をするな。しつかりした所《ところ》をいへ。しつかりした所《ところ》を。」と歯《は》痒《がゆ》さうに言《い》ふ。

「私《わたし》は宜《よろし》うございまさあね。貴方《あなた》[一〇]さへ宜《よろし》くば」

「えゝ。他人《たにん》がましい事《こと》を言《い》ふな。貴方《あなた》[一一]も此方《こなた》も要《い》るものか。胸《むね》[一二]を聞《き》くのだ。お前《まへ》の胸《むね》をよ。」

「私《わたし》は宜《よろし》うございますけれども。当人《たうにん》が肝心《かんじん》ですから両親《おや》ばかりが善《い》いといつても……。」

「それだからよ。それだから当人《たうにん》も今御《いまお》父様《とつさん》御母様《おつかさん》が善《い》いならと……。」

「言《い》つたからつて信《あて》[一三]にはなりませんわね。」

父親《てゝおや》は頬《ほゝ》を脹《ふく》らして。

「何《なに》。信《あて》にならぬ事《こと》があるものか。」

「でも然《さ》うはいきませんよ。まあ今日《けふ》は彼《あれ》[一四]にとつくりと考《かんが》へさせて。而《さう》して私《わたし》が明日《あした》すつかり胸《むね》を聞《き》いて見《み》ませうから。」

かういふ事《こと》は表立《おもてだ》つて聞《き》いては実《じつ》[一五]を吐《は》かぬもの。と自身《じしん》の旧時《むかし》にも経験《おぼえ》のあ

一〇 初出は「阿郎」。
一一 初出は「彼方《あなた》も此方《こなた》も入るものか。」。
一二 心の中の考えを尋ねている。
一三 初出は「措信《あて》」。一三行目も同じ。
一四 初出は「娘《あれ》」。
一五 本当の思いを語らない。

る母親《はゝおや》の[一]調和《あつかひ》に。一時《じ》の[二]圧服《むりおしつけ》は後来《のちく》の[三]風波《もめ》の基《もと》と。[四]悍切《いきりき》つた父親《てゝおや》も一歩《ぼ》を譲《ゆづ》つて其意《そのい》に従《したが》ひ。「それぢや彼方《あつち》へ行《い》つて善《よ》く考《かんが》へて見《み》な。」

嫁入《よめいり》は女子《をんな》一生《いつしやう》の大事《だいじ》なり。可《ゆかう》か否《ゆくまい》かは風邪気《かぜけ》の時《とき》に浴《ゆ》の分別《ふんべつ》をするとは大《おほ》きに[五]寸法《すんぽう》が違《ちが》へば。お銀《ぎん》は頗《すこぶ》る案《あん》じ[六]煩《わづら》つて。[七]二畳《でふ》に還《もど》つて再《ふたゝ》び針《はり》を把《と》つては見《み》たものゝ。[八]悵然《ちやうぜん》として[九]溜息《ためいき》ばかり吐《つ》いてゐる。胸《むね》の中《うち》では。どうせう。御父様《おとつさん》もいふ通《とほ》り先方《さき》の身分《みぶん》には実《まこと》に申分《まをしぶん》はない。[一〇]玉《たま》の輿《こし》だと世間《ひと》はいふだらう。媒妁人《なかうど》の山口《やまぐち》はお邸《やしき》の祝宴《しゆくゑん》の時《とき》[一一]お金《きん》さんに私《わたし》を呼《よ》ばせて酌《しやく》をしろといつた人《ひと》だ。渋谷《しぶや》といふ人《ひと》は。なるほど右隣《みぎとなり》の柱《はしら》に凭《もた》れてゐた太《ふと》つた。色《いろ》の黒《くろ》い。眼《め》の可恐《こは》い。髪《かみ》の縮《ちゞ》れた。口髭《くちひげ》のもや〳〵と生《は》へた。あゝいふ風《ふう》だから更《ふ》けては見《み》えるけれど。三十五六？　那様《そんな》ものだらう。私《わたし》が十九で先方《さき》が三十五六。大分《だいぶ》違《ちが》ふけれど女子《をんな》は更《ふ》け易《やす》いから直《ぢき》に丁度好《ちやうどよ》くなる。最少《もうすこ》し若《わか》いと好《い》いけれど。三十一二……二十七八……五六なら何《なんに》も申分《まをしぶん》はない[一二]けれど。さう又若《またわか》くつては些《ほん》の書生上《しよせいあが》りで。自分《じぶん》の力《ちから》であれほどの身分《みぶん》になれやう訳《わけ》もなし。年齢《とし》の所《ところ》はどうにも我慢《がまん》は出来《でき》るとして。それから[一三]男振《をとこぶり》だが。役者《やくしや》や芸人《げいにん》ではないのだから。男振《をとこぶり》なんぞはどうでも可《い》いやうなものだけれど。又然《またさ》うもいかない。醜《わる》いにも[一四]次第《しだい》がある。同《をんな》じ醜《わる》いながら何所《どこ》となく愛嬌《あいけう》のあるのがよく有《あ》るものだが。

一 「あつかい」は、争い事などの間に立って仲裁すること。「調(ちょう)」には、利害などの格差を整える、の意がある。 二 「圧服(あっぷく)」は、おさえつけて従わせること。 三 「もめ」は、もめごと、争いごと。「風波(ふうは)」も同義。 四 勢い立った。「いきる」は勢い込むこと。「悍(かん)」は気が強く荒々しいこと。 五 基準がちがうので。 六 初出は「煩ひの體(てい)にて」。 七 二畳間。二一九頁一〇行目の「次」(次の間)にあたる部屋だが、二〇六頁四行目に「三畳の薄くらがり」、二一八頁五行目には「彼三畳に人気無きが如く」とあり、二四六頁四行目には「二畳にある包を」とあって、一定しない。 八 思い切れず、心が残るさま。 九 初出は「語(かた)らず、無闇(むやみ)に溜息ばかり」。 一〇 「玉の輿に乗る」すなわち貴人のための美しい輿に乗る、の意から、女性が結婚によって富貴の身分になること。底本「玉の與」を誤植として改めた。 一一 正しくは「お種さん」。 一二 底本は「けれどさう。又」。博文館版全集に従って改めた。 一三 男としての容貌や外見。初出は「容貌(をとこぶり)」、次行も同じ。 一四 順序。序列。 一五 いやいやながらも承知すること。「なかやどのまへもあるから不承してもつては来たが」(仮名垣魯文『安愚楽鍋』明治四―五年)。 一六 根性が悪そうな。腹黒そうな。 一七 「然」は、同意するときの言葉。そうだ。しかり。「矣(い)」は文末に付けて断定の意を表す助字。 一八 ここは麴町区永田町(現在の千代田区永田町)の日枝(ひえ)神社を指す。同社の祭神が山王権現であることからこう呼ばれる。太田道灌が江戸に築城の際、川越山王社を勧請し、以後、徳川家および江戸の守護神として祀られ、何度かの遷座を経て赤坂に造営されて今日に至る。明治維新後は皇居鎮守の社として明治十五年に官

那様《そんな》のならまあ〳〵可《い》ゝとして[一五]不承《ふしやう》もするけれど。どう考《かんが》へても彼人《あのひと》の目《め》が可厭《いや》だ。何《なん》だか[一六]腹《はら》の黒《くろ》さうな。えゝ誰《だれ》かに似《に》てゐるよ。えゝと誰《だれ》かに……[一七]然矣《さう〳〵》[一八]山王《さんわう》様《さま》のお祭礼《まつり》の時酔払《ときよつばら》つて[一九]佩剣《さあべる》を揮舞《ふりま》はした兵隊《へいたい》の眼色《めつき》に宛然《そつくり》！　本当《ほんと》に可厭《いやな》眼色《めつき》だつちやありやしない。媒妁人《なかうど》は。実意《じつい》のある。優《やさ》しいことゝ云《い》つたら外貌《みかけ》に拠《よ》らない男《ひと》だといふけれど。[二〇]媒妁口《なかうどぐち》だもの何《なん》だか分《わか》りやしない。あんな眼色《めつき》の人《ひと》に限《かぎ》つて。邪慳《じやけん》で執念強《しふねんつよ》くて。薄情《はくじやう》でやかましやで。気心《きごゝろ》の知《し》れない[二一]しんねりむつゝりが多《おほ》いものだ。そんな人《ひと》に添《そ》ふ事《こと》は否々《いや〳〵》。一月《つき》か二月《つき》なら機嫌《きげん》も取《と》れやうけれど。これから一生涯《しやうがい》……あゝ思出《おもひだ》しても肩《かた》が凝《こ》るやうだ。けれども[二二]人《ひと》は眉目《みめ》より心《こゝろ》といふから何《なん》でも心《こゝろ》が肝心《かんじん》だ。容貌《きりやう》はまあ彼《あれ》でも可《い》ゝとしてどうだらう。心《こゝろ》が？　それがさ。邪慳《じやけん》で薄情《はくじやう》でやかましやで……とは想《おも》ふけれど。[二三]虫《むし》も殺《ころ》さないやうな顔《かほ》をしてゐて随分邪慳《ずゐぶんじやけん》な人《ひと》もあるし。[二四]地主様《ぢぬしさま》の隠居《いんきよ》様見《さんみ》たやうに赤鬼《あかおに》のやうな貌《かほ》をしてゐながら慈悲深《じひぶか》い人《ひと》もある。さうして見《み》れば彼人《あのひと》だつて優《やさ》しいかも知《し》れない。[二五]容貌《きりやう》は当座《たうざ》の花《はな》で[二六]夫婦《ふうふ》は相互《たがひ》の気心《きごゝろ》といふから。生白《なましろ》い人形《にんぎやう》のやうな亭主《ていしゆ》を持《も》つた所《ところ》が。それが永久《いつまで》どうといふではなし。あゝ容貌《きりやう》の事《こと》なんぞはもう〳〵考《かんが》へまい。考《かんが》へまい！

　それから二度《ど》目《め》の事《こと》だ。之《これ》が第《だい》一気《き》に入《い》らない。二度《ど》目《め》だから如何《どう》といふ事《こと》

幣中社となり、大正元年に官幣大社に列せられた。六月十五日の大祭日を中心に行われる同社の祭礼(日枝山王祭)は神田明神の祭礼とともに江戸二代祭とされてにぎわった。

一九 Sabel(オランダ語)、もしくはSäbel(ドイツ語)。西洋風の方刃の長刀で、巡査や軍人が腰に吊り下げる形で身につけた。片手持ちで、柄(かつ)の部分に手を防護するための枠が付いているのが特徴だが、刀身に日本刀が用いられることも多かった。「佩剣(はいけん)」は、腰に下げる剣のこと。「抑ゝ(そもそも)軍刀は西洋刀(Saber)の範式に準じたる制にして、明治の初年兵制改革の際従来の日本刀を廃し、軍人の戦闘員たる各兵科曹長以上及憲兵・騎兵・輜重兵・下士卒の佩用すべき規定なりしが」(『日本百科大辞典』第三巻、明治四十三年、三省堂書店)。→補一三。

憲兵とサーベル(大田臨一郎『日本服制史』下、文化出版局、平1)

二〇 縁談の仲介をする人が相手方を実際以上にほめて言う言葉。二一 思っていることをはっきり言わない陰気な性質。二二 人は顔かたちの美しさよりも心の美しさの方が大切だ、の意。「みめ」は「見目」で、見た目のこと。「眉目(びもく)」は、顔かたち、容貌。尾崎紅葉「文家雑談」(明治三十一年、談話)に「女は矢張容貌(みめ)より心だね」とある。二三 穏やかでおとなしそうな顔つき。二四 (丸橋家が)借りている土地の地主を指す。二五 容貌の美しさは一時的なものでやが

もないけれど。何《なん》だか他人《ひと》のお[一]古《ふる》を引請《ひきう》けるのは可厭《いや》だ。先方《さき》は[二]甚麼《どんな》好い家《ところ》かも知《し》らないけれど。此方《こつち》は十九の嫁入盛《よめいりざかり》で初婚《はじめて》で。[三]年齢《とし》の更《ふ》けた二度《ど》目《め》の[四]所《ところ》へ嫁《ゆ》くのはつまらない。それも此方《こつち》が疵物《きずもの》で他《ほか》に[五]娶《もら》ひての無《ない》といふのなら為《し》方《かた》もないけれど。娶《もら》ひては世間《せけん》に許多《いくら》もある。それぢや二度《ど》目《め》がどういふ理《わけ》で可厭《いや》なのだといはれて見《み》ると。かういふ理《わけ》だと返答《へんたふ》も出来《でき》ないけれど。誰《だれ》だつて二度《ど》目《め》は可厭《いや》だ。一寸譬《ちよつとたと》へて見《み》ると。古衣《ふるぎ》を買《か》つて仕《し》立直《たてなほ》して着《きる》よりは。同《おな》じ直《ね》段《だん》なら誰《だれ》しも新《あたら》しいものを買《か》ふ。古衣《ふるぎ》の方《はう》が品《もの》が良《よ》くても新《あたら》しい方《はう》が着心《きごゝろ》が好《い》いわけだ。どう考《かんが》へても二度《ど》目《め》は気《き》に入《い》らない。否《いや》だと言《い》はうか知《し》らん？

否《いや》に決《き》めやうと思《おも》へば扨又《さてまた》[六]眷恋《けんれん》として棄《す》つるに忍《しの》びざる処《ところ》もある。月給《げつきふ》が百円《ゑん》。家《か》作《さく》が有《あ》つて。地面《ぢめん》を持《も》つて。[七]中《ちう》の上《じやう》。上《じやう》の下《げ》といふ生計《くらし》。[八]這麼唐縮緬《こんなたうちりめん》のくちやくちや帯《おび》をしてゐる丸橋《まるばし》の娘銀《むすめぎん》が忽《たちま》ち奏任官《そうにんくわん》の奥様《おくさま》！　なりたい。否《いや》どころではない。[九]願《ねが》つたり協《かな》つたりだ。[一〇]男振《をとこぶり》が好《い》いの年《とし》が若《わか》いのといふのは些《ほん》の当《たう》座《ざ》の事《こと》だ。当座《たうざ》より行末《ゆくすゑ》を考《かんが》へなければならない。末《すゑ》の事《こと》を思《おも》へば此上《このうへ》もない良縁《いゝえん》だ。と[一一]奥《おく》の手《て》に[一二]悟入《ごにふ》して見《み》れば。なるほど父親《てゝおや》の喜《よろこ》ぶ胸中《むねのうち》も全然《すつかり》読《よ》めたといふわけ。そんならいよいよ適《ゆ》くに決《き》めたかといへば。色気《いろけ》も大有《おほあり》。未練《みれん》も大《おほ》有《あり》で。せめて並《なら》むで行《ある》いても[一三]可慙《はづか》しくないくらゐの容貌《きりやう》の男《ひと》にしたい。那《あれ》では

て衰えてしまう、という意味のことわざだが、ここでは、容貌の美しさは夫婦の関係にとっては一時的な華やぎに過ぎない、の意味で用いられている。　二六 夫婦の関係は互いの心の持ち方次第である。

以上二二七頁

一 使い古したもの。
二 「甚（じん）」は、何、何の、の意。「甚麼」は「そも」とも訓む。「麼（も）」は→二〇〇頁注一。
三 初出は「容色（きりやう）は此通（このとほ）り（どの通〈とほ〉り）と伺〈うかゞ〉ひたいわけなれど腹中〈はらのうち〉の味噌〈みそ〉なれば此儘〈このまゝ〉差許〈さしゆる〉しておく）と来（き）てゐるのに、年齢（とし）の」。
四 初出は「人（ところ）」。
五 嫁としてもらってくれる先。「娶（しゆ）」は、めとること、嫁をもらうこと。
六 思って忘れられないこと。思い慕うこと。「眷（けん）」は心が引かれる、愛着を感じる、の意。
七 「中の上」は、中程度よりは上であること。「上の下」は、最上よりは下であること。
八 「這（しや）」は、この、これ、などの指示語。「麼（も）」は→二〇〇頁注一。「唐縮緬」は「メリンス」のこと。→二〇九頁注九。
九 願いどおりに実現すること。
一〇 初出は「容貌（をとこぶり）」。
一一 秘訣、とっておきの手段、の意だが、ここは、ものごとの奥深い領域、の意。
一二 仏教で、悟りを開くこと、の意だが、ここは、考えが奥深い領域に達する、の意。
一三 「慙（ざん）」は、恥じること。「可レ慙」（恥ずべき）で、恥ずかしい、の意になる。初出は「愧（はづ）かしく」。二二九頁三行目「可慙か敷」も同じ。

どうもと。　復分別《またふんべつ》が立戻《たちもど》る。
[一四]胸《むね》一つに置《お》きかねて妹《いもと》に相談《さうだん》をしかけると。まづ「あの人《ひと》かい」と[一五]馬蚿《げぢ〳〵》を撮《つま》む時《とき》のやうな顔《かほ》をされて。妹《いもと》に対《たい》しても彼《あれ》を我夫《うちのひと》はちと可慙《はづ》か敷《しく》。[一六]舎《よ》さうかとも思《おも》つて見《み》る。否々《いや〳〵》よく〳〵本当《ほんと》によく〳〵〳〵考《かんが》へて見《み》ると。依然適《やつぱりゆ》く方《はう》が可《い》い。私《わたし》でさへ容貌《きりやう》の事《こと》を[一七]左《と》う右思《かうおも》ふのだもの。年歯《とし》の長《ゆ》かないお鉄《てつ》がさう思《おも》ふのは無理《むり》もない。行末《ゆくすゑ》を[一八]考《かんが》へて見《み》れば那様事《そんなこと》を言《い》つちやゐられない。もう誰《だれ》が何《なん》と言《い》つても適《ゆ》かう〳〵〳〵。

一四　自分の心の中だけにとどめておくことができないで。
一五　顔をしかめる様子のたとえ。「げじげじ」は、「げじ(蚰蜒)」の俗称で、ムカデ綱の節足動物のこと。体長二—三センチ、百足(むかで)に似て多くの足をもつが、足は百足より長い。「馬蚿」「蚿」は、「やすで」のこと。体長一—五センチのヤスデ綱の節足動物で、百足に似るが毒はない。「馬陸」とも表記する。　ここは百足に似た多足の節足動物の総称か。
一六　初出は「破談(よさう)」。
一七　「とやかく」に同じ。あれやこれやと。ああしようか、こうしようかと。初出は「とやかう」。
一八　初出は「慮(かんが)へて」。

（中の巻）

（一）

若《わか》き女子《をんな》は[一]箸《はし》の転《こ》けたも可笑《をかし》く。笑《わら》ひ興《きよう》ずる心《こゝろ》の中《うち》にも仍《なほ》苦労《くらう》は絶《た》えずして。老《ふ》けぬ間《ま》に縁附《えんづ》きたや。好婿《よきむこ》取《と》りたや。世帯《せたい》持《も》つとも苦労《くらう》なきやうにと。金持《かねもち》も容色美《きりやうよし》もいづれか[二]身《み》のをさまりを案《あん》じて。[三]朝暮《てうぼ》の憂慮《わづらひ》とせざるはなし。思《おも》へば女子《をんな》の身《み》は夏《なつ》の[四]牡丹餅《ぼたもち》のごとし。[五]餒易《すゑやす》くして売《う》れ難《がた》し。之《これ》を抱《かゝ》ふる心配《こゝろづかひ》は実《まこと》[六]にさもあるべし。

縁《えん》は[七]出雲《いづも》の神《かみ》の思召《おぼしめ》すまゝとかや。容色《きりやう》の美醜《よしあし》に由《よ》らず。身代《しんだい》の貧富《ひんぷ》に拘《かゝは》らず。[八]持《ぢ》参《さん》が二万円《ゑん》[九]お台所《だいどころ》をも持《も》ち。御齢《おんとし》十九にまし〳〵て容顔美麗《ようがんびれい》なる姫君《ひめぎみ》の。[一〇]二年《ねん》良媒《りやうばい》をもとめて[一一]今《いま》に几帳《きちやう》の陰《かげ》に物思《ものおも》はせたまふもあれば。[一二]味噌漉《みそこし》に五厘《りん》が剝肉《むきみ》買《かひ》に行姿《ゆくすがた》の[一三]かいぐ〳〵しきを。[一四]至極《しごく》の世話女房《せわにやうばう》と見立《みた》てゝ望《のぞ》めば。[一五]綿銘仙《めんめいせん》の礼服《れいふく》にて[一六]車《くるま》にも乗《の》らざる輿入《こしいれ》に[一七]埒明《らちあ》くもあれば。[一八]縁《えん》は抽籤《くじどり》の当《あたり》の知《し》れざるに。世間《せけん》の娘身《むすめみ》を案《あん》じ親《おや》の髪白《かみしろ》くなりて。昨日今日《きのふけふ》[一九]空《あだ》に過行《すぎゆ》くを手《て》を空《むなし》うして。[二〇]気《き》のみは苛《いら》てど所為《せむ》なく。横町《よこちやう》の鰹節屋《かつぶしや》に河豚《ふぐ》のやうなる嫁《よめ》の来《き》たるさへ恨《うら》まれ

一　普通の出来事でさえおかしがって笑うこと。
二　身の行き着く所。受け入れられる場所。
三　いつも心から離れない心配事。
四　餅米を混ぜた米飯をこねて作った餅に小豆あんや黄粉をまぶしたもの。おはぎ。
五　（夏の牡丹餅は）暑さのせいで腐敗しやすい上に売れにくい、ということを、女子は結婚の適齢をすぐに過ぎてしまう上になかなか嫁ぎ先が見つからない、ということに掛けたもの。
六　もっともであろう。
七　縁結びの神。毎年十月に諸国の神々が出雲に集まり、それぞれの氏子の縁結びをするという俗信にもとづく。
八　持参金のこと。結婚に際して嫁が嫁ぎ先に持っていく金。↓補一四。
九　ここは、「台所方」（専属の料理人）を指すか。
一〇　ここは、仲人によってもたらされる良い縁談。
一一　今なお自家にあって几帳の奥で物思いに沈んでいらっしゃる方もいれば。「几帳」は寝殿造の部屋などで用いる、布を垂らした間仕切り用の調度品。
一二　「味噌漉」は味噌を漉すために用いる道具。薄板で丸く枠取った中に細かな網を張ったもの。「五厘」は一銭の半分。「剥肉」は、アサリなどの貝の殻を取り去った肉の部分。味噌漉をさげて安い剝き身の貝を買いに行く姿、の意で、庶民の娘のさまを言う。
一三　きびきびと働くさま。
一四　この上なく面倒見のよい女房になると見込んで結婚を申し入れると。
一五　横糸に綿糸を用いた銘仙で仕立てた普段着のまま嫁入りすることを言う。
一六　人力車にも乗らない手軽な「輿入れ」（嫁入り）の意。
一七　片が付く。事がおさまる。
一八　男女の縁はくじ引きと同じで当たりはずれなどわからないのに。
一九　空しく時が過ぎゆくのに何もできないまま。
二〇　気ばかり焦るが仕方がなく。
二一　縁起のよい出来事の方向がこちらに向いて。

けり。

此国《このくに》の人口男子《じんこうをとこ》一人《ひとり》に女子《をんな》百人《にん》といふ比例《わり》にもあらざれば。何《なん》のかのと案《あん》ずる間《ま》に吉事《きつじ》[二一]の剣頭向《けんさきむ》きて。図《はか》らざる方《かた》より持込《もちこ》む縁談《えんだん》は上々吉《じやう〳〵きち》[二二]。願《ねが》ふ所《ところ》と家内《かない》[二三]愁眉《しうび》を開《ひら》き。前祝《まへいはひ》の鰻飯嫌《うなぎめしきら》ひなものは鰌鍋《どぜうなべ》[二四]と。食過《くひす》ぎてか寝《ね》られぬほどの歓喜《うれしさ》。[二五]鏡台《きやうだい》は何所《どこ》で見《み》て置《お》いた。箪笥《たんす》の扉附《とびらつき》は今行《いまはや》らず。長持《ながもち》は邪魔《じやま》もの。用《よう》に立《た》つは用心籠《ようじんかご》なれど。彼《あれ》[二六]も道具《だうぐ》の花《はな》なれば。と深夜《しんや》を知《しら》ぬ寝物語《ねものがたり》[二七]。傍《そば》に娘《むすめ》は寝《ね》たる風《ふり》して後来《ゆくさき》[二八]の取越苦労《とりこしぐらう》。其中《そのうち》に小袖《こそで》[二九]の染色《そめいろ》。模様《もやう》の工夫《くふう》も挿《はさ》みて。嬉《うれ》しさ。気《き》遣《づかは》しさ。楽《たの》しさ。心元無《こゝろもとな》さ。打混《うちこん》じて一塊《ひとつ》となり。胸《むね》に幅《はば》[三〇]たく込上《こみあ》げて。我《われ》と我心《わがこゝろ》を持余《もてあま》すべし。

粋《すゐ》[三一]なる婿殿《むこどの》の万事《ばんじ》を察《さつ》して。支度金《したくきん》[三二]百円結納《ゑんゆひなふ》[三三]の目録《もくろく》に取添《とりそ》へ。帯代《おびだい》[三四]として贈《おく》り来《こ》しければ。甘露《かんろ》[三五]庭《には》の落葉《おちば》に降《ふ》りたるばかり両親《りやうしん》胆《きも》を潰《つぶ》して有難《ありがた》がり。さあ何《なん》でも買《か》へと奮《はず》[三六]みあがれば。所望《のぞみ》の品《しな》を殖《ふや》してお銀《ぎん》の嘆願《ねだりごと》。其《それ》も是《これ》も一諾《おほよし》[三七]に承《う》けこみ。思《おも》ふまゝなる支度出来《したくでき》て。約定《さだめ》の日《ひ》を遅《おそ》しと待《ま》つのみ。

嫉妬深《ねたみぶか》き近所《きんじよ》の誰彼目《たれかれめ》[三八]を側《そば》め。聞耳清《きゝみゝすま》して。分外《ぶんぐわい》[三九]なる方《かた》へ適《ゆ》くさへ合点《がてん》のならざるに。聞《き》けば支度金《したくきん》まで出《で》たるよし。容色美《きりやうよ》くても然《さ》ほどの代物《しろもの》にもあらざれば。准妻准妻《おめかおめか》[四〇]。其《それ》[四一]に極《きは》まれり。日比《ひごろ》は鉄橋《てつのはし》[四二]を舟《ふね》で渡《わた》るやうな厳格《たしか》な言《こと》ばか

三二　この上なく縁起がよいこと。　三三　心配事が解けて安心すること。　三四　→『紅子戯語』補五八。　三五　鏡台以下、箪笥、長持、用心籠は、いずれも嫁入り道具。→補一五。　三六　長持は大きくて邪魔にはなるが、あれも嫁入り道具の中で人目を引く華やかさがあるから、の意。　三七　寝ながら話すこと。　三八　これから先のことについてあれこれ考えて心配すること。　三九　→『紅子戯語』八一頁注四〇。　三〇　幅一杯に広がるような感じで。「幅ったい」とも言う。「変に稜（かど）のある答（うけこたへ）をして、幅たいやうにしてゐる」（尾崎紅葉『多情多恨』明治二十九年）。　三一　人情の機微に通じている婿殿が。　三二　結納（→次注）に際し、婚礼の準備のための金として贈られる金。本来は男性側から帯地を、女性側から袴地を贈った習慣が金銭に代わったとされる。結納金。

三三　「結納」は、婚姻成立の証として男性側から女性側に金品を贈ること、またはそれに伴う儀礼。本来は仲人以外の第三者が贈答の仲介をするが、仲人がこれを行う場合や両家が一堂に会する場合もある。その際、贈られるべき金品を一覧として記載した目録が渡される。　三四　支度金（→注三二）は「帯代」もしくは「帯料」と表書きされる。　三五　本来は、天から降る不老不死の霊薬、の意だが、「甘露の雨」すなわち天からの恵みの雨、の意で用いられることも多い。　三六　にわかに勢いづくと。　三七　「一諾（いちだく）」は、承知して引き受けること。ここは、すべてまとめて承知する意を含む。　三八　横目で見ること。　三九　分際を超えていること。　四〇　「おめか」は「おめかけ」すなわち妾のこと。「准妻」は「妻に准ずる」の意で妾の意味になる。　四一　きっとそれに違いない。　四二　鉄橋をさらに用心して舟で渡るように、慎重な上にも慎重なこと。

りいうて居《ゐ》ても。其《それ》は栄曜《えいえう》と云《い》ふもう〳〵それは〳〵尊《たふと》い有難《ありがた》い神様《かみさま》から。運《うん》といふお使《つかひ》が来《こ》ぬ前《さき》の瘠我慢《やせがまん》なり。早《はや》くお銀様《ぎんさん》の三輪《みつわ》か束髪《そくはつ》に結《ゆ》うて。大方旦《おほかただん》那《な》のお召古《めしふる》しを土産《みやげ》にして。帰寧《さとがへり》の美《うつく》しき姿《すがた》が見《み》たしと囁《さゝや》き合《あ》ひけるを。お鉄《てつ》が聞《き》きつけて口惜《くちおし》と母親《はゝおや》に告《つ》ぐれば。腹立《はらだ》てゝまた之《これ》を父親《てゝおや》に語《かた》りぬ。

新八郎《しんぱちらう》は独《ひと》り打笑《うちわら》ひ。捨《す》てゝ置《お》け。法界悋気《ほふかいりんき》の仂《はした》なき長家者《ながやもの》。陰《かげ》にては大臣《だいじん》の事《こと》も彼此《かれこれ》いひくさる人《ひと》の口《くち》なり。そのやうな事吐《ことぬか》す日償貸《ひなしかし》のお爪《つめ》が娘《むすめ》は。下水浚《どぶさらひ》の鳶《とび》の弥助《やすけ》と腐《くさ》り合《あ》ひ。金銭《かね》まで摑出《つかみだ》して新網《しんあみ》に遁《に》げ。今《いま》はさながら乞《こ》食《じき》の境涯《きやうがい》。また合羽屋《かつぱや》の女房《かゝ》めは我娘《わがむすめ》を茶屋《ちやゝ》奉公《ばうこう》に出《だ》して。三十に足《あし》を懸《か》けたる身《み》に亭主《ていしゆ》も持《も》たせず。淫楽《いたづら》の応報《むくい》は此頃頸《このごろえり》に吹出《ふきで》て病院入《びやういんいり》の不始末《ふしまつ》。他事《ひとごと》よりは銘々《めい〳〵》の事《こと》を構《かま》ふべき身《み》の猜忌《そねみ》と思《おも》へば。腹立《はらだ》つ処《どころ》か不便《ふびん》といふべし。妬《ねた》まるゝほどの銀《ぎん》の出世《しゆつせ》は目出度《めでたい》々々々《〳〵〳〵》と取合《とりあは》ざれば。なる程《ほど》と会得《ゑとく》して。其後《そののち》は又《また》もや嫁入《よめいり》の障礙《さはり》ともならむ根《ね》も無《な》き取沙汰《とりさた》を虞《おそ》れ。ふつとお銀《ぎん》を戸外《おもて》へ出《いだ》さず。首尾《しゆび》よく荷物《にもつ》も送《おく》りすまして。吉日《きちにち》もいよ〳〵二三日《にち》に迫《せま》れば。親類《しんるゐ》へ暇乞《いとまごひ》の次手《ついで》。小癪《こしやく》に障《さは》る近所《きんじよ》を廻《まは》るは快《こゝろよ》からねど。祝《いは》うてくれたるものを捨《すて》も置《お》かれず挨拶《あいさつ》に行《ゆ》けば。陰言《かげごと》とは雲泥《うんでい》なる軽薄《けいはく》たら〳〵。お銀様《ぎんさん》に感《あやか》れと小娘《こむすめ》引出《ひきだ》して挨拶《さいさつ》させし。悪口《わるくち》の頭領株《とうりやうかぶ》小間物《こまもの》の「じやらくら」女房《にようばう》はいよ〳〵憎《にく》くこそ。

一 富み栄えること。「えよう」とも言う。
二 三輪髷のこと。女性の髪の結い方の一つで、もとどりの先を三つに分けて束ねたもの。妾などの結い方とされる。「束髪」は→『紅子戯語』九五頁注三二。 三 「里帰り」は、女性が結婚後に実家に帰ること。ここは、結婚後五日目もしくは七日目に初めて実家に帰る慣習を指す。「帰寧（きねい）」は、結婚した娘が実家に帰って親の安否をたずねること。初出は「省親（さとがへり）」。
四 無関係の人間に対して嫉妬すること。「「色だ ナニ夫婦サ ト法界悋気の岡焼連が目引袖引（めひきそでひき）取々（とりどり）に評判するを」（二葉亭四迷『浮雲』第七回）。 五 下品な。いやしい。 六 長屋住まいの者たち。→『紅子戯語』八〇頁注六。
七 「言う」を罵って言う語。ぬかす。 八 「日済し貸し」の意で、毎日少しずつ返済する約束で金を貸すこと。またはその人。尾崎紅葉の句に「朝々や外套古き日済貸」（明治三十四年）がある。
九 下水を流す溝（どぶ）にたまった泥やごみを掃除すること。またはそれを仕事にする人。
一〇 鳶職。ここは土木工事の人足のこと。
一一 不倫な関係になること。「しゞみ川の天まやのはつめとやらとくさりあひ」（浄瑠璃『曾根崎心中』近松門左衛門作、元禄十六年初演）。
一二 芝区東部の新網町。現在の港区浜松町二丁目にあたる。当時は貧民窟があった。
一三 合羽を商う店。「合羽」は、雨よけのために着たり荷物に懸けたりした綿布や油紙製の雨具。
一四 遊び茶屋（遊興のための茶屋）の女中として働くこと。遊女として働くことも言うが、「亭主も持たせず」とあるから前者。
一五 まもなく三十歳になる。
一六 男遊びにふけった結果として受ける災難。
一七 （性病の兆候が）首のあたりに現れて。

[二八]前日《まへび》には[二九]例規《さだめ》の立振舞《たちふるまひ》とて。[三〇]一升炊《いっしょうだき》の赤飯《あかめし》に[三一]家内《うち〱》の盃事《さかづきごと》。父親《てゝおや》は目出《めで》たい〱と口《くち》にはいへど。[三二]常《つね》に酒《さけ》に対《むか》ふほどの元気《げんき》は無《な》くて萎《しほ》れたる顔色《かほつき》。母《はゝ》は脆《もろ》くも涙《なみだ》を浮《うか》べて。[三三]今日《けふ》ばかり物懐《ものなつ》かしげにお銀《ぎん》の顔《かほ》をのみ眺《ながむ》れば。庭《には》に柿《かき》の落《おち》葉《ば》する風《かぜ》も哀《あはれ》を誘《さそ》ふ心地《こゝち》して。お鉄《てつ》もしみ〲悲《かな》しく覚《おぼ》えぬ。

お銀《ぎん》は淑《しとやか》に[三四]盃《さかづき》を納《おさ》め。これまでは長々《なが〱》お世話《せわ》になりましたと。後《あと》はいはず俯《うつ》むけば。母《はゝ》は堪《た》へかねて涙《なみだ》を流《なが》す。父親《てゝおや》は鼻声《はなごゑ》にて。[三五]凡女子《をよそをんな》の身《み》一たび人《ひと》に嫁《とつ》がば。生《いき》て其家《そのいへ》を出《い》でむと思《おも》ふなかれといへり。他人《たにん》の中《なか》へ出《い》づるからは。むづかしからでも両親《ふたおや》の手許《てもと》にある時《とき》とは。大分了簡《だいぶんれうけん》を違《ちが》へねばならぬ事《こと》なり。今改《いまあらた》めて一《いち》々いふまではなけれど。第《だい》一夫《をっと》を大切《たいせつ》にし。姑《しうと》をやさしくし。奉公《ほうこう》人《にん》を憐《あは》れみ。他人《ひと》には信《まこと》を以《もっ》て交《まじ》はるべし。

我等《われら》もさま〲苦労《くらう》して育《そだ》てあげたる効《かひ》ありて。此度《このたび》は[三六]仕合《しあはせ》の出世《しゅつせ》。家《いへ》の面《めん》目《ぼく》。此上《このうへ》は無《な》き両親《りやうしん》の満足《まんぞく》なり。年寄《としよ》れるものに苦労《くらう》懸《か》けまじきやう心《こゝろ》して。夫《をっと》の[三七]気《き》に称《かな》ひ。姑《しうとめ》の機嫌《きげん》損《そん》ぜぬやう。[三八]随分油断《ずゐぶんゆだん》なく[三九]仕《つか》ふべし。尚又女房《なほまたにょうばう》は内《うち》を治《をさ》むる大役《たいやく》にして。家《いへ》の栄《さか》ゆるも衰《おとろ》ふるも女房《にょうばう》の所為唯一《はたらきひとつ》なれば。華美《はで》を好《この》まず。冗費《つひえ》を慎《つゝし》む事肝要《ことかんえう》なり。人《ひと》情は咽喉《のど》元《もと》過《す》ぐれば熱《あつさ》を忘《わす》れ。[四〇]苦《くる》しかりし時《とき》は憶《おも》はで。在《あ》る時《とき》の心奢《こゝろおご》り易《やす》きは[四一]身上《みのうへ》の大毒《だいどく》なれば。其方《そち》も[四二]些少《させう》なる官員《くわんゐん》の娘《むすめ》の

一八「そねみ」は、うらやみねたむこと。「猜忌（さいき）」は、他人の才能をねたみ嫌うこと。
一九「さわり」は差しさわり。障害。「障礙（しょうがい）」も同義。
二〇 世間の評判。初出は「風評（とりさた）」。
二一 全く。「FUTSU フッ adv. —*to*, —*ni*, positively; entirely; quite」（『和英語林集成』第三版）。
二二 本人のいないところで言う悪口とは打って変わって、機嫌を取るような言葉（おべっか）を連ねるさま。
二三「あやかる」は、他人の影響を受けて自分も好ましい状態になること。「感」には、強い刺激を受ける、の意がある。
二四 ここは、中心人物の意。
二五 ここは小間物屋のこと。日用雑貨などを売る店。
二六 ふざけていてだらしないさま。
二七「憎くこそあれ」の略。憎らしく思われることだ。
二八 婚礼の前日。
二九 儀礼やしきたりとして定められた行い。
三〇 初出は「赤飯（あかのめし）」は一升炊」。
三一 家族だけで祝いの盃を取り交わすこと。
三二 普段のように。
三三 今日ばかりは。
三四 盃の酒を飲み終わり。「ふたつつづけてのんでをさめて」（浮太郎冠者実名与志〔西沢一風〕『御前義経記』元禄十三年）。
三五 女というものは一旦嫁いだら生きてその婚家を出ようと思ってはいけないと言われる、の意。当時の家父長制度の中で、女性にとって結婚は新たな「家」への完全な従属を意味した。
三六 幸運。よい巡り合わせ。初出は「幸福（しあはせ）」。
三七 気持ちに合わせるようにして。
三八 せいぜい。できる限り。
三九 仕えるようにしなくてはいけない。
四〇 一旦豊かになると、窮乏していた時のことを忘れてぜいたくになりやすい。
四一 自分の一生に大きな災いをもたらすもの。
四二 ここは、つつましやかな、の意。

今日《けふ》を。奥様《おくさま》になりすましての後《のち》も[一]努々《ゆめ〱》忘《わす》るまじきぞ。嫁入《よめい》りては渋谷《しぶや》周三《しうざう》の妻《さい》。過失《あやまち》あらば夫《をつと》がいふべし。我娘《わがむすめ》と思《おも》うての意見《いけん》も此限《これかぎり》なれば。[二]疎略《そりやく》には聞《き》くまいと。此時《このとき》は父《ちゝ》も涙《なみだ》を催《もよほ》しけり。

我娘《わがむすめ》と思《おも》うての意見《いけん》も此限《これかぎ》りとの言葉《ことば》を。何《なに》と聞《き》きたるか母《はゝ》は悲哀《かなしみ》を強《つよ》め。余《あま》りの名残惜《なごりをし》さに更《さら》に酒盃《さかづき》を取挙《とりあ》げ。今一盃《いまひとつ》其方《そなた》の[三]飲《の》みさしを母《はゝ》がもらはんとは。其子《そのこ》に知《し》られぬ親《おや》の情《なさけ》。こぼるゝほどお鉄《てつ》が酌《しやく》すれば。多《おほ》しとお銀《ぎん》のいへるに母様《おつかさん》の余《あと》に私《わたし》がと。一盃《いつぱい》の酒《さけ》に親子《おやこ》三人《みたり》の涙《なみだ》を酌交《くみかは》して。[四]納《をさめ》を父親《てゝおや》に献《さ》し。姉《あね》はお鉄《てつ》の手《て》を執《と》りて。[五]我跡《わがあと》にては二人分《ふたりぶん》[六]親人《おやびと》を大事《だいじ》にして。世話《せわ》焼《や》けぬやう[七]おとなしう仕《つか》へよ。お前《まへ》も[八]身《み》を厭《いと》うて病《わづら》はぬやうになどゝ。別《わか》れては長《なが》く会《あは》れぬか何《なん》ぞのやうに心細《こゝろぼそ》げなる事《こと》いうて。後《あと》は涙《なみだ》に湿《しめ》りがちなるを。[九]何時《いつ》までも尽《つ》きじと。父親《てゝおや》酔《ゑひ》に紛《まぎ》らして小声《こごゑ》に[一〇]謡《うたひ》を始《はじ》むれば。其顔《そのかほ》が可笑《おかし》きとて真先《まさき》にお鉄《てつ》が笑《わら》ひ出《だ》せば。いづれも笑顔《ゑがほ》は[一一]雨後《うご》の月《つき》。これぞ[一二]末吉《すゑきつ》やれ目出《めで》たし。

（二）

先方《さき》は財産家《ものもち》の何不足《なにふそく》も無《な》く。隠居様《いんきよさま》は長持《ながもち》の底《そこ》より[一三]白無垢《しろむく》の下着《したぎ》を出《だ》して。帯《おび》も名《な》ある織物《をりもの》。今日《けふ》は[一四]かゝり息子《むすこ》の嫁取《よめとり》と。一際《ひときは》あらたまりたる服装《いでたち》にて控《ひか》

一 けっして。夢にも。 二 いいかげんに聞いていてはいけない。初出は「疎略には聞(いき)てくれるなと、」。 三 飲みかけ。 四 納めの盃。飲み納めの最後の盃。初出は「最後(をさめ)」。 五 私がいなくなったあとは。 六 親である人。「親者人(おやじゃびと)」とも言う。初出は「両親(おやびと)」。 七 大人びたしっかりした態度で。 八 体を大切にして。 九 いつまで名残を惜しんでいても限りがあるまい。 一〇 能楽の詞章に節をつけたもの。また、それを謡うこと。謡曲。婚礼に際しては「高砂」など祝儀の曲が謡われる。 一一 雨上がりに現れる月。ここは、涙のあとの笑顔を言う。 一二 あとになってから運が開ける運勢。

『二人女房』初出挿絵
（富岡永洗画「女子の嫁するや母之を送る」，『都の花』71号，明24・11・15）

一三 染めていない真白な着物。 一四 老後に養ってもらう息子。あととり息子。 一五 いかにも両親であるという顔。 一六 参上する。 一七 あるはずがない。 一八 ありさま。 一九 仕方がない。や

へらるゝ坐敷《ざしき》へ。我等《われら》の嫁《よめ》の[一五]両親顔《おやどもがほ》して[一六]罷出《まかりい》づべき衣裳《みなり》の用意《ようい》[一七]あるべきにあらず。願《ねがは》くは次間《つぎのま》にて御免《ごめん》を蒙《かうふ》りたき[一八]仕義《しぎ》なれど。此《これ》も礼《れい》なれば[一九]是非《ぜひ》に及《およ》ばず。膳《ぜん》に列《なら》ぶ段《だん》になれば父親嘉平次《おやぢかへいじ》の袴《はかま》にてもならず。母親柳条《おふくろしま》[二〇]の小袖《こそで》にても済《すま》し難《がた》し。さりとて知人《しりびと》に借《か》るべき方《かた》はなし。また世間《せけん》に知《し》れて陰言《かげごと》の種《たね》となるも愁《つら》けれど。娘《むすめ》の肩身《かたみ》を狭《せま》くせむには替《か》へられじと。かゝる時《とき》の[二一]重宝《ちようほう》は裏《うら》の路次《ろじ》の口《くち》に。[二二]差配《さはい》の質屋《しちや》が[二三]損料貸《そんれうかし》するを幸《さいは》ひに。[二四]父親《てゝおや》一走《ひとはし》り行《ゆ》きて恥辱《はぢ》を話《はな》し。家《いへ》[二五]の定紋下《ぢやうもんさが》り藤《ふぢ》をつけたる女小袖御坐《をんなこそでござ》るかと問《と》へば。縹色裏《はないろうら》の[二六]小紋縮緬《こもんちりめん》[二七]二枚襲《にまいがさね》を持《も》ち合《あ》はせたりといふ。

染色《そめいろ》も質素《じみ》にて[二八]間《ま》に合《あ》ふは仕合《しあはせ》なり。次《つぎ》に黒《くろ》の同《おな》じ紋附《もんつき》の男物《をとこもの》はと尋《たづ》ぬれば。[二九]黒羽二重《くろはぶたへ》の[三〇]中古《ちうふる》あれど。惜《をし》き事《こと》には紋《もん》が少《すこ》し違《ちが》ふと亭主頭《ていしゆあたま》を掻《か》く。いかなる紋《もん》かと聞《き》くに。藤《ふぢ》は藤《ふぢ》なれど[三一]上《あが》り藤《ふぢ》に大字《だいのぢ》とはいかさま持余《もてあま》し物《もの》。此小袖《このこそで》六年《ねん》の間前後《あひだぜんご》に借人唯《かりてたゞ》の二人《ふたり》と迷惑《めいわく》さうなる顔色然《かほつきさ》もあるべし。

亭主《ていしゆ》のいひけるは。[三二]いづれ御羽織御着用《おはおりごちやくよう》なるべし。さらば大字《だいのじ》でも天字《てんのじ》でも見《み》えぬ処《ところ》なれば[三三]御量見《ごりやうけん》なるべしと教《をし》へぬ。なるほど。羽織《はおり》だに脱《ぬ》がずば何《なん》の事《こと》もあるまじ。されど羽織《はおり》も此方《このはう》に持合《もちあ》はせざれば之《これ》もお宅《たく》の御厄介《ごやくかい》なり。羽織《はおり》には大字《だいのじ》の附《つ》かぬがござりまするかとあれば。亭主少時小首《ていしゆしばらくこくび》を傾《かたふ》け。[三四]損料物《そんれうもの》の

むをえない。 二〇 縞織物のこと。「条」は細い枝や筋、の意。「縞 …古ク、島物。布帛ノ織様ニ種種ノ染糸ヲ経緯(タテ ヌキ)ニシテ、線(スヂ)ヲ織リ出セルモノノ総名。柳条」(『言海』)。前頁掲載の初出挿絵で左端の母親が身につけているものが「柳条の小袖」にあたる。 二一 便利なこと。 二二 貸家や貸地を、持ち主の代わりに管理する人。 二三 使用料を取って衣類などを貸すこと。 二四 初出振り仮名は「おやぢ」。次頁八行目も同。 二五 家ごとに決まっている紋所。「下がり藤」は紋所の一つで、藤の花を下向きに配したもの。二一八頁一一行目には「御紋の上り藤」とある。前頁掲載の初出挿絵では、婚礼の仕度をする父親や娘の紋所に下がり藤が用いられている。

下がり藤
(『図解いろは引標準紋帖』)

二六 「小紋」は、細かな模様を無数に散らした型染めの技法による染め模様。 二七 長着を二枚重ねて着ること。和服の正装。 二八 用が足りる。必要な条件を満たす。二九 黒の羽二重。「羽二重」は絹織物の一種で、なめらかで艶がある。 三〇 使用したために少し古くなっている品物。 三一 上がり藤に大の字を組み合わせた紋所。「那須藤」「大久保藤」とも言う。

上がり藤に大の字紋
(『図解いろは引標準紋帖』)

三二 いずれにしても羽織をお召しになるはずです。 三三 なんとか処理なさることができるでしょう。我慢なされるでしょう。 三四 損料貸(↓注二三)の品物。

中《うち》には無《な》けれど。今月《こんげつ》質《しち》[一]に取《と》りたる中《なか》に在《あ》れば。一日二日《いちにちふつか》の御用《ごよう》ならば。御懇《ごこん》意《い》の間《あひだ》がら極内《ごくない》[二]にて御用達申《ごようだてまう》すべし。されば酒汚箸《さかしみはし》[三]の雫《しづく》など随分御用心下《ずゐぶんごようじんくだ》されたし。いかにも心得《こゝろえ》ました。今一《いまひと》つ仙台平《せんだいひら》[四]の袴《はかま》をと望《のぞ》めば。其《それ》には至極上等《しごくじやうとう》ありとて。多時《しばし》待《ま》たせおきて注文《ちうもん》の品々《しな〴〵》を渡《わた》しけるを。懐中《ふところ》にせし三布風呂敷《みのぶろしき》[五]の萌黄《もえぎ》[六]も春過《はるす》ぎて夏《なつ》と茂《しげ》り。秋《あき》も末冬《すゑふゆ》の初《はじめ》の枯草色《かれくさいろ》なるを。そと広《ひろ》げて大事《だいじ》に包《つゝ》み。夜《よる》を幸《さいは》ひに長家《ながや》の前《まへ》を忍《しの》びて我家《わがや》の裏口《うらぐち》に着《つ》けば。見識《みし》[七]るはずの犬《いぬ》めに吼《ほ》えられけり。

此夜《このよ》父親《てゝおや》は長年《ながねん》の重荷《おもに》を卸《おろ》して草臥《くたびれ》の高鼾《たかいびき》。耳《みゝ》にうるさく寝《いね》[八]がての母《はゝ》は。明日《あす》こそいとし子《ご》を浮世《うきよ》[九]の潮《しほ》に突放《つきはな》し。許多《いくそばく》[一〇]の苦労《くらう》の為始《しはじめ》と。はや行末《ゆくすゑ》を予想《おもひや》りては。また更《さら》に過去《こしかた》[一一]の事《こと》を喚起《おもひおこ》し。とかくに別離《わかれ》の暗愁胸《つらさむね》に満《み》ちて。此折《このをり》から目出度心地《めでたきこゝち》せぬを。何故《なにゆゑ》と我《われ》さへ知《し》らず人《ひと》に奪《うば》はれて遠《とほ》き国《くに》へ我子《わがこ》の送《おく》らるゝやうにも想《おも》はれて唯悲《たゞかな》しかりき。

お銀《ぎん》は親妹《おやいもと》に別《わか》れむ時《とき》のいよ〳〵逼《せま》りて。銀滅金《ぎんめつき》[一二]の指環《ゆびわ》を玩弄《もてあそ》びて流元《ながしもと》に転《ころ》がし。遂《つひ》に庇間《ひあはひ》[一三]の下水《げすゐ》に墜《おと》して涙《なみだ》の出《で》るほど母親《はゝおや》に叱《しか》られ。父親《おやぢ》を頼《たの》みて探《さが》してもらひしが今《いま》[一四]に見《み》えざるなど。幼稚《をさなたち》[一五]の古蹟《こせき》[一六]多《おほ》き馴染《なじみ》の住家《すまひ》も今夜《こよひ》を見納《みをさめ》。明日《あした》の今頃《いまごろ》は知《し》らぬ坐敷《ざしき》の屏風《びやうぶ》[一七]の中《なか》と。かゝる古借家《ふるじやくや》も故郷《こきやう》となれば懐《なつか》し。

一　貸した金の質草として受け取った。
二　きわめて内密に。
三　酒をこぼしたり箸から滴る汁などで汚すこと。
四　仙台で織られる男子用の絹の袴地。
五　普通の幅の布を三枚合わせた大きさの風呂敷。
六　風呂敷が本来もっていた春の若草が萌え出るような萌黄色(黄味を帯びた緑色)が、使い古して夏の盛りを過ぎ、秋の末や初冬の枯草のような色になっているのを。
七　顔を見知っているはずの。
八　寝られずにいるさま。
九　世間で生きていく上でのさまざまな困難や浮き沈みを海の潮にたとえたもの。
一〇　どれほど多くの。ここは、数多くの、の意。
一一　「こしかた」は「来し方」で、これまで過ごしてきた時、すなわち過去のこと。
一二　銀で表面をメッキした。「めっき」は普通「鍍金」の漢字をあてるが、ここは音によるあて字。
一三　建て込んだ家の庇と庇の間の狭い場所。
一四　いまだに見つかっていないこと。
一五　「おさなたち」は、「幼立ち」で、幼い頃の生い立ち。「幼な立ちより武芸を好むは末頼もしく思ふより」(浄瑠璃『伊賀越道中双六』近松半二ほか合作、天明三年初演)。
一六　ここは、過去のさまざまな記憶にまつわる場所、の意。
一七　寝間の屏風の中、の意。婚礼の夜、夫婦が初めて寝床を共にする「床入り」が念頭にある。

来年《らいねん》は廿歳《はたち》と女子《をんな》の春《はる》もやう〳〵過《す》ぎ行《ゆ》くを悲《かな》しみ。此度《このたび》の相談《はなし》を良縁《よきえん》と心急《こゝろせ》かれしまゝ。たしかなる思慮《かんがへ》もなく一図《いちづ》に取極《とりき》めたるものゝ。其姑《そのしうと》尋常《なみ》勝《すぐ》れて気《き》むづかしく。夫《をつと》なる男《ひと》も情薄《なさけうす》くして。居辛《ゐづら》き家《ところ》なりせば如何《いかに》すべき。[一八]暇取《いとまと》るにしても。気《き》に染《そ》まぬ主取《しゆうと》りたる奉公《ほうこう》とは訳違《わけちが》ふて容易《たやす》き事《こと》にあらず。[一九]離《き》れてどうぞなるかといへば。どうもならで疵物《きずもの》で[二〇]棄《す》たるべし。もし又縁《またえんき》切りたくも切《き》られぬ義理《ぎり》など起《おこ》りて。厭忌《いや》を忍《しの》び苦艱《くげん》を怺《こら》へて[二一]荊棘《いばら》の床《とこ》に起臥《おきふし》の。[二二]世《よ》に在《あ》る思出《おもひで》もなくて暮《くら》さむには。一思《ひとおもひ》に死《し》なむよりなほぞ辛《つら》かるべき。

分別《ふんべつ》の上《うへ》にも分別《ふんべつ》して。よく〳〵添《そ》ふべき人《ひと》と見立《みた》て。縁附《えんづ》くべき方《かた》と断定《つきと》めての後《のち》ならでは。返事《へんじ》は嘘《うそ》にもすまじき事《こと》なるを。と思《おも》へば思《おも》ふほど身上《みのうへ》の[二三]気遣《きづかは》しさに後悔《こうくわい》の汗流《あせなが》れて。[二四]身毛《みのけ》は弥立《よだ》つばかりなり。

悪《わろ》き事《こと》のみ考《かんが》へ窮《つ》めて行《ゆ》く処《ところ》まで行《ゆ》けば。又我《またわれ》を慰《なぐさ》むる意《こゝろ》も発《おこ》りて。否々《いや〳〵》さにもあらじ。[二五]此方《こなた》だに真実《まこと》を尽《つく》し自己《おのれ》を正《たゞ》しく[二六]せむには。祈《いの》らずとても[二七]神《かみ》や恵《めぐみ》を垂《た》れたまはむ。[二八]鬼《おに》を欺《あざむ》く人心《ひとごゝろ》も自《おのづ》から和《やはら》ぎて楽《たのし》き目《め》をも見《み》るべし。誰《たれ》もかく後来《ゆくさき》を案《あん》じ人《ひと》を怖《おそ》れなば。世間《せけん》に嫁入《よめいり》する女子《むすめ》はあるまじく。嫁入《よめい》りても孫《まご》を見《み》る母《はゝ》はなかるべきに。一軒《いつけん》の家《いへ》には其々《それ〴〵》の女房《にようぼう》ありて。[二九]同乗《あひのり》して花見《はなみ》に行《ゆ》くもあれば。[三〇]黒《くろ》くなりて倶稼《ともかせぎ》するもあり。是皆案《これみなあん》ずるほどにはあらぬ証拠《しようこ》なり。

一八 離縁して婚家を出ること。二七七頁一五行目には「離縁（ひま）も取らうし」とある。
一九 離縁して。
二〇 面目を失ったままおとろえるのだろう。
二一 （刺〈とげ〉の突き出た床で寝起きをするように）絶えざる苦しみの中で日々を送ること。
二二 この世に生きてあることの思い出になるような出来事もないまま暮らしていくことになるのなら。
二三 不安。心配。
二四 不安のあまりに全身の毛が逆立つようだ。
二五 自分の方さえ。
二六 したならば。
二七 神様がきっと恵みを与えてくださるだろう。
二八 鬼のような人の気持ちでさえ。
二九 ここは、人力車に夫婦で一緒に乗ること。
三〇 揃って身を粉（こ）にして働く夫婦もある。

女一代《をんないちだい》に一度《いちど》は誰《たれ》しも夫《をつと》を持《も》つべき身《み》なれば。此縁夫《このえんぷ》[一]を危《あやぶ》みて破談《はだん》にすとも。其次《そのつぎ》の縁夫《えんぷ》にも必《かなら》ずこれほどの取越苦労《とりこしぐらう》はあるべきを。女子《をんな》を愚痴《ぐち》[二]とは恁《かゝ》る処《ところ》をぞ謂《い》ふなるべき。今更何程案《いまさらなにほどあん》じても悔《く》いても復《かへ》[三]らぬ事《こと》と心《こゝろ》を定《さだ》めて。鶏《とり》の初《はじ》めて鳴《な》く頃少《ころすこ》し交睫《まどろ》みしが。覚《さ》むれば小春《こはる》[四]の日《ひ》[五]影麗《かげうらゝか》に鶴《つる》[六]も舞《ま》ふべき天《そら》と。両《りやう》親《しん》に語《かた》れば斜《なゝめ》[七]ならず歓《よろこ》びぬ。

「いよ〳〵今日《けふ》」の今朝《けさ》は。心地清《こゝちすゞ》[八]しく胸《むね》は隈《くま》なく霽《は》れて。思《おも》ふ事無《ことな》く考《かむが》ふる事無《ことな》く。唯食事《たゞしよくじ》の進《すゝ》まざるは平常《つね》[九]に変《かは》る験《しるし》かと自《みづか》ら思《おも》ふのみにて。昨夜《ゆふべ》までは涙《なみだ》も出《い》で汗《あせ》も湧《わ》き。悲歎《なげき》に裹《つゝ》まれ憂慮《きづかひ》に悩《なや》まされ。骨《ほね》も瘠《や》せ血《ち》も冷《ひ》ゆるかと疲《つか》れ果《は》てし其悲歎《そのなげき》も憂慮《きづかひ》も。涙《なみだ》も汗《あせ》も。今日《けふ》[一〇]を焦点《せうてん》なる今日《けふ》となりて。我境《わがきやう》遇《ぐう》の遽《にはか》に一変《いつぺん》したらむやうに。不知不識《しらじら》[一一]しくも心落着《こゝろおちつ》きたるは。何故《なにゆゑ》との疑念《うたがひ》は融《と》けざりき。

姉《あね》と同伴《つれだつ》も今日《けふ》[一二]を納《をさ》めなれば。随分中好《ずゐぶんなかよ》く洗《なが》[一三]しあうて。今《いま》まで喧嘩《けんくわ》せし回復《とりかへし》して後悔《こうくわい》の種《たね》を遺《のこ》すなと母親《はゝおや》に笑《わら》はれて。石鹼垢摩[一四]朴木炭《しやぼんあかすりほゝのきずみ》[一五]。糠袋《ぬかぶくろ》[一六]には平素《いつ》よりも多分《たぶん》の洗粉《あらひこ》[一七]を仕込《しこ》み。頸白粉《えりおしろい》[一八]の小蓋物《こふたもの》。取揃《とりそろ》へて新《あたら》しき手拭《てぬぐひ》に裹《つゝ》み。母《はゝ》は用《よう》あれば一足後《ひとあしあと》より。二人《ふたり》は混《こ》[一九]まぬ中《うち》にと立出《たちい》づる後影《うしろかげ》[二〇]を父親《てゝおや》見送《おく》りて。まだ一人重荷《ひとりおもに》がと大息吐《ためいきつ》けば。散々《さんぐ》に世話《せわ》を焼《や》かされ。物《もの》[二一]を懸《か》けられて。頓《やが》ては手《て》

一 夫になるべき男。 二 愚かで道理を解さないこと。 三 元に戻すことができない事。 四 陰暦十月のこと。もしくは「小春日」すなわち、小春の頃の穏やかな気候。縁談の持ち上がったのは夏の盛りのことだが、婚礼は晩秋のこととして描かれている。二三三頁三行目に「庭に柿の落葉する風も哀を誘ふ心地して」ともある。 五 陽射し。 六 鶴が飛びそうな好天。冬鳥である鶴は多く秋に日本に飛来するため、実景としてのイメージをふまえるが、同時に、長寿や吉兆の象徴である鶴に婚礼のめでたい気分を重ねている。 七 ひととおりでなく。たいそう。 八 すがすがしく。 九 特別の日であることの現れ。 一〇 (それまでの不安が)集中していた、まさにその今日になって。 一一 しらばくれてでもいるように。「不知不識」は、普通は「知らず知らず」の意で用いられる。 一二 今日が最後なので。 一三 風呂で互いに背中を流し合って。 一四 入浴の時に垢をこすり落とすために用いる道具。へちまなどが用いられる。 一五 朴の木を焼いた炭。材質が緻密で、入浴の際にかかとなどをこするために用いた。 一六 米ぬかを入れた布袋。入浴の際に体を洗うために用いた。 一七 入浴の際に体を洗うために用いる化粧品。↓補一六。 一八 襟首から肩のあたりにかけて塗る白粉。「小蓋物」は、蓋付きの小さな入れ物。 一九 銭湯が混まないうちに。 二〇 うしろ姿。 二一 費用や労苦を費やさせられて。 二二 費やした費用や労苦の半分が損になる。 二三 髪を結うことを職業とする人。 二四 「花客(かかく)」は、ひいきの客、とくい。 二五 「はれ」は、表立ってはれがましいこと。普

助《だすけ》にもなる頃唯他《ころたゞひと》に取《と》られ。女子《をんなのこ》持つは[二二]五割《わり》の損《そん》と。母親《はゝおや》はつく〴〵愚痴《ぐち》をこぼしぬ。

湯《ゆ》より帰来《かへりく》れば[二三]髪結待懸《かみゆひまちか》けて。御祝儀戴《ごしふぎいたゞ》くばかりにもあらず。[二四]花客様一代《おとくひさまいちだい》に一度《いちど》の[二五]曠《はれ》と。腕《うで》を揮《ふる》へば[二六]時間《ひま》も入《い》りて。見事《みごと》なる[二七]髩形《びんつき》。[二八]髷《まげ》の形《なり》も[二九]高等《かうとう》に出来《でき》て[三〇]聊《いさゝか》も言分《いひぶん》なし。[三一]其鏡仕舞《そのかゞみしま》ふにも及《およ》ばず化粧急《みじまひいそ》ぎて。やう〳〵首《くび》から上《うへ》の仕揚《しあが》りたる頃《ころ》十二時《じ》の鳴《な》りければ。それ二時《じ》には媒妁人《なかうど》の[三二]入来《おいで》と支度《したく》を急《いそ》ぎ。父親《てゝおや》は例《れい》の羽織《はおり》。母《はゝ》は例《れい》の小紋縮緬《こもんちりめん》。借《か》りものとは想《おも》はれぬ衣装附《いしやうつき》[三三]由々《ゆゝ》しげに推列《おしなら》び。上座《じやうざ》にはお銀《ぎん》が黒縮緬《くろちりめん》の目立《めだ》たぬ[三四]袘模様《ふきもやう》の小袖《こそで》に。下着《したぎ》は[三五]鴿羽鼠地《はとばねずみぢ》の更紗《さらさ》縮緬《ちりめん》。[三六]白茶繻珍《しろちやしゆちん》の[三七]丸帯《まるおび》して帯揚《おびあげ》は[三八]緋無地《ひむぢ》の縮緬《ちりめん》。[三九]模様縁《もやうべり》の絹手巾《きぬはんけち》を畳《たゝ》みて左《ひだり》に持《も》ち。右手《みぎて》の[四〇]遣端《やりば》に迷《まよ》ひつゝ。[四一]置床《おきどこ》の前《まへ》に[四二]端坐《たんざ》したる姿《すがた》を。之《これ》が我姉《わがあね》かと驚《おどろ》く許《ばか》りに見違《みちが》へて。お鉄《てつ》も頻《しきり》に眺《なが》め入《い》るほど艶《えん》なり。間《ま》も無《な》く媒妁人車《なかうどくるま》にて駈着《かけつ》け。彼此談合《かれこれうちあはせ》の間《ひま》にざつと祝《いはひ》の盃《さかづき》出《い》でゝ。[四三]時分《じぶん》は好《よし》といふ頃日《ころひ》は落《お》ちて[四四]戸外《かど》も闇《くら》うなりぬ。

娘《むすめ》に附添《つきそ》ひて両親出《りやうしんで》払《はら》ふ後《あと》に。夜分《やぶん》お鉄一人《てつひとり》は気遣《きづか》はしと。かねて心易《こゝろやす》き[四五]お針《はり》の老女《ばゞ》を午後《ひるすぎ》より頼《たの》みて。留主《るす》は二人《ふたり》の役随分気《やくずいぶんき》を着《つ》けよ。遅《おそ》くとも十時《じ》には還《かへ》らむと[四六]契《ちぎ》り置《お》きて。人力車《くるま》も揃《そろ》ひたれば。いざと一同席《いちどうせき》を立《た》てば。媒妁人《なかうど》を

通「晴」と表記する。「曠(うこ)」は、明るいさま、広々としたさま。 二六 時間もかかって。
二七 日本髪の鬢の形。「髩」は「鬢」の俗字。→『恋山賤』補一〇。 二八 →『恋山賤』補一〇。
二九 上等。上品。
三〇 文句のつけようがない。申し分ない。
三一 髪結いに用いた鏡を片付ける間もなく、そのまま鏡に向かって急いで化粧をして。
三二 「入来(にゅうらい・じゅらい)」は、人の訪れを敬って言う語。 三三 立派な様子。
三四 婦人の和服の裾から袘にかけて染めた模様。「袘」は、袖口や裾の部分の裏地を表側に折り返して縫いとめたもの。「明治二〇年代(一八八七～九六)に細かい裾模様を袘から裏裾にまでひろげて置くことがあらわれ、これを袘模様と称した」(文化出版局編『最新きもの用語辞典』昭和五十八年)。
三五 鳩の羽根のように青紫がかった鼠色の地色。
三六 婦人の帯地に用いる薄茶色の絹織物。「繻珍」は厚地の絹織物である繻子に模様を織り出した布で、多く帯地に用いる。「文金の高髷ふつくりした前髪で、白茶地に秋の野を織出した繻珍の丸帯」(泉鏡花『縁結び』明治四十年)。
三七 幅広の帯地を二つ折りにして仕立てた、婦人の礼装用の帯。
三八 緋色(深紅色)で模様のないもの。
三九 縁に刺繡などで模様を施したもの。
四〇 初出は「位置(やりは)」。 四一 床の間の代用にする移動可能な台で、花瓶を置くなどして用いる。
四二 姿勢を正して坐ること。 四三 ちょうどよい頃合いだ。 四四 「かど」は「門」の意で、ここは、家の出入り口あたりを言う。二四〇頁四行目には「門外(そと)」とある。 四五 針仕事のために雇われる女性。お針子。 四六 約束しておいて。

先《さき》に次《つぎ》は父親《てゝおや》。花嫁《はなよめ》を取囲《とりかこ》みて[一]殿《おさへ》は母親《はゝおや》。しづ〳〵と立出《たちい》づれば。坐敷《ざしき》の隅《すみ》に物思《ものおも》はしき顔《かほ》して。音《おと》も立《た》てず沈《しづ》みゐたりしお鉄《てつ》はばた〳〵と駆来《かけきた》り。姉様《ねえさん》と[二]袂《たもと》に縋《すが》りて泣出《なきいだ》せば。お銀《ぎん》も一足《ひとあし》づゝ迫《せま》る別離《わかれ》に胸塞《むねふさ》がれる折《をり》から。堪《た》へかねて手巾《はんけち》を嚙緊《かみし》め。顔《かほ》を背《そむ》けてお鉄《てつ》の手《て》を[三]緊《し》むれば。なほ泣立《なきた》つるを門外《そと》には人《ひと》の居《ゐ》るぞ。[四]見悪《みにく》しと母《はゝ》は小声《こゞゑ》に叱《しか》りて引放《ひきはな》せば。仆《たふ》れたるまゝ袂《たもと》を敷《し》きて涙《なみだ》は[五]歇《や》まざりけり。せめては別離《わかれ》の一言《ひとこと》と。姉《あね》は物《もの》を言《い》はむとするに。涙咽喉《なみだのど》に塡《つま》りて声《こゑ》は出《い》でず。唯一目《たゞひとめ》見返《みかへ》りて車《くるま》に乗《の》れば。門《かど》の外《そと》には一町内《いつちやうない》の男女皆《ひと〴〵みなこ》此処《ゝ》に集《あつ》まるかと覚《おぼ》えて。[六]黒山《くろやま》のごとく[七]立重《たちかさな》れり。

（三）

[八]馬《うま》には乗《の》つて見《み》ろ。人《ひと》に添《そ》つて見《み》れば。年齢《とし》は三十六であるが。醜男子《ぶをとこ》ではあるが、二度目《にどめ》ではあるが。渋谷周三《しぶやしゆうざう》が何《なん》の〳〵可厭《いや》な訳《わけ》ではない。その訳《わけ》ではない訳《わけ》は謂《い》ふに謂《い》はれぬ訳《わけ》で。之《これ》を識《し》るものは当人《たうにん》のお銀《ぎん》。其[九]一斑《そのいつぱん》を聞《き》いたものは独《ひと》り[一〇]母親《おつかさん》である。

半月《はんつき》ばかりの内《うち》に衣類《きもの》が出来《でき》る。簪《かんざし》が出来《でき》る。[一一]黄金指環《きんのゆびわ》が出来《でき》る。[一二]家重代《いへぢうだい》の[一三]黄金装《きんつくり》の一刀《いつたう》の目貫《めぬき》を剝《はが》して[一四]帯留《ばちん》が出来《でき》る。時計《とけい》が出来《でき》る。此上《このうへ》は早《はや》く子供《こども》の

一　「おさえ」は、列の最後尾にいて隊列を整えたり敵の追撃を防ぐ役割の人。「しんがり」とも言う。「殿（でん）」も同義。初出は「後（あと）には」。
二　初出は「振袖（ふりそで）の袂（たもと）」。
三　握りしめると。初出は「じつと緊（し）むれば、」。
四　見苦しい。みっともない。
五　止まらなかった。
六　大勢の人が一箇所に集まっているさま。
七　初出は「立重（たちかさ）なり、若衆（わかいしゆ）など金切声を立てゝ行春（ゆくはる）を送りぬ。」。
八　「馬には乗ってみよ、人には添うてみよ」ということわざをふまえる。馬のよしあしは乗ってみなければわからない、同様に配偶者の人柄のよしあしも共に暮らしてみなければわからない、の意。ここは、そのことわざのように実際に共に暮らして見ると、ということ。
九　一部分。
一〇　初出は「母親（おつかさん）なり。」。
一一　→『恋山賎』補一五。
一二　家に代々伝わること。
一三　柄や鞘に金を用いた装飾を施してある刀。「目貫」は→一八九頁注四三。
一四　帯留の金具を留めるときの擬音からこう呼んだもの。平出鏗二郎『東京風俗志』中巻に「帯留は組物は衰へ、唐織物の平ぐけ、繻珍の丸ぐけ、絹糸編のパチン付（きつ）等行はる」とある。

出来《でき》るやうにと。両親《りやうしん》は大熱望《おほまちうけ》の大歓喜《おほよろこび》。然《しか》し我女房《わがにようぼ》の事《こと》なれば婿殿《むこどの》は然《さ》もあらうけれど。一五蚊遣火《かやりび》の烟《けぶ》たき姑《しうと》はどうか。と陰《かげ》ながら心配《しんぱい》した隠居《いんきよ》は。なるほど人附《ひとづき》の悪《わる》い。愛想気《あいそけ》の無《な》い。一六竹筒《たけづゝ》を藤蔓《ふぢづる》で縛《しばつ》たといふやうな性《たち》である代《かは》り。万事《ばんじ》に無頓着《むとんちやく》な。一七朴訥《ぼくとつ》だけに面倒《めんだう》入らずで。家内《かない》も一八無為《ぶゐ》にして化《くわ》すとは何《なに》よりなり。

旦那様《だんなさま》は御寵愛遊《ごちようあいあそ》ばさるゝ。御隠居様《ごいんきよさま》とのお中《なか》も至極好《しごくよ》くお見受申《みうけまう》せば。婢《をんな》も書生《しよせい》も車夫《しやふ》も奥様《おくさま》〳〵と奉《たてまつ》り。一九威令自《ゐれいおのづ》から行《おこな》はれて勢旭日《いきほひあさひ》の登《のぼる》ごとく。昨日《きのふ》の娘《むすめ》の身《み》を考《かむが》へて見《み》れば。今日《けふ》の奥様《おくさま》の我身《わがみ》が我身《わがみ》ながら不思議《ふしぎ》でならぬほど不思議《ふしぎ》で。これが玉《たま》の輿《こし》かと乗《の》つて見《み》れば異《い》なもの。

庭《には》は広《ひろ》し。二〇花卉果木《はなものなりもの》は多《おほ》し。裏《うら》には畑《はたけ》もある。家宅《うち》は大《おほ》きくて坐敷《ざしき》は奇麗《きれい》で。旨《うま》いものも食《たべ》られる。嗚呼《あゝ》母様《おつかさん》やお鉄《てつ》にも佸《かう》した所《ところ》で保養《ほやう》がさせたい。といふ念《ねん》の起《おこ》るは人情《にんじやう》の常《つね》。近日呼《きんじつよ》むで御馳走《ごちそう》でもしたいと思《おも》つたものゝ。日数《ひかず》も経《た》たぬ内《うち》から我儘《わがまゝ》らしいと怺《こら》へてゐれど。帰寧《さとがへり》の時《とき》に妹《いもうと》にかうだあゝだと種々《いろ〳〵》話《はなし》をしたれば。是非近《ぜひちか》い内《うち》に。呼《よ》ぶとも〳〵呼《よ》ばなくて何《なん》としやうと。堅《かた》く約束《やくそく》したを待遠《まちどほ》に思《おも》つてゐやう。と想《おも》ふほどなほ一日《いちにち》も早《はや》く呼《よ》びたい。妹《いもうと》の方《はう》でも来《き》たい。母《はゝ》は尚更逢《なほさらあ》ひたいは二一山々《やま〳〵》なれど。先方《さき》は二二男女《なんによ》の四五人《にん》も役《つか》つて居《ゐ》る

一五　蚊遣り火の煙のように煙たい。「烟たき」は、気安く接することができない、の意。
一六　さっぱりした性格を意味する「竹を割ったような」の正反対の性格、の意。竹筒を丈夫な藤の蔓で縛ったように決して割ることができない、ということ。
一七　無口で飾り気のないこと。
一八　作為を弄さないでも自ずから天下が治まること。「故聖人云、我無為而民自化（故聖人云く、我無為にして民おのづから化す）」（『老子』五十七章）、「無為而万物化（無為にして万物化す）」（『荘子』天地）。
一九　自然に人を従わせる威厳と命令。
二〇　「花卉（かき）」は、花の咲く草、もしくは花を観賞するための植物。「果木（かぼく）」は、果実のなる木。
二一　心から望んではいるが実際にはできないというもどかしい気持ち。
二二　下働きの男や女。

家《うち》へ。あれが奥様《おくさま》の母様《おつかさん》か妹《いもと》か。といはれるやうな服装《みなり》で行《ゆ》きたくない。お銀《ぎん》の恥辱《はぢ》と。切《せつ》ない思《おもひ》をして辛抱《しんぼう》[一]してゐるとの事《こと》。なるほど然《さ》う聞《き》けば道理《もつとも》ではあるが。さらば渋谷《しぶや》へ行《ゆ》く曠衣《はれぎ》は何時《いつ》出来《でき》るのか。博多結城《はかたゆふき》[二]の布子《ぬのこ》か。縮緬《ちりめん》の蔽膝《まへだれ》[三]ぐらゐは出来《でき》る事《こと》もあらうけれど。小袖《こそで》はまづ難《むつか》しい。さうして見《み》れば姉《あね》の処《ところ》へ遊《あそ》びにゆくは協《かな》はぬやうなものだ。とお鉄《てつ》は折々《をり〳〵》母親《はゝおや》に壁訴訟《かべそしよう》[四]の愚痴《ぐち》を吐《こぼ》す。

渋谷奥《しぶやおく》[五]よりの手紙《てがみ》が二三通《つう》も来《き》て。呼《よ》ぶほどの用《よう》も無《な》いに。好猫《いゝねこ》の子《こ》を貰《もら》つたから見《み》に来《こ》いの。羊羹《やうかん》とカステラ[六]が戸棚《とだな》に一杯《いつぱい》もらつてあるから。お鉄《てつ》を伴《つ》れて是非々々《ぜひ〳〵》などと。気楽《きらく》な事《こと》をいつて寄来《よこ》してお鉄《てつ》の心《こゝろ》[七]を挘《むし》る。もう耐《たま》らなくなつて。母様《おつかさん》よう〳〵。[八]ようつてばと鼻《はな》[九]を鳴《な》らせば。父親《おやぢ》が可恐《こは》い眼《め》をして。解《わか》らない奴《やつ》だとぐつと一睨《ひとにらみ》。これに縮《ちゞ》むで陰《かげ》へ廻《まは》つて母親《はゝおや》に摩《こす》りついて。泣《な》くがごとく悲《かなし》むがごとく。忿《いか》るがごとく怨《うら》むがごとく口説《くど》き立《た》つれば。母親《はゝおや》は不《ふ》便骨髄《びんこつずゐ》[一〇]に徹《てつ》して。鏡《かゞみ》[一一]の裏《うら》に虎子《とらのこ》の金子《きんす》もあらば。紙《かみ》を引剝《ひつぺが》して此急場《このきふば》の間《ま》に合《あ》はせたいほどなれば。泣付《なきつ》かれる体《み》を持余《もてあま》して。衣裳《きもの》の工夫《くふう》に肝胆《かんたん》[一二]を砕《くだ》いても。無《な》い袖《そで》[一三]は振《ふ》られぬで。当惑《たうわく》の極《きよく》は吐《と》息虹《いきにじ》[一四]のごとく。最少《もうすこ》し辛棒《しんぼう》しなと親《おや》の口《くち》から言憎《いひにく》さうな挨拶《あいさつ》[一五]にお鉄《てつ》は失望《しつぼう》して此上《このうへ》強請《ねだ》る元気《げんき》も亡《な》く。めそ〳〵と泣《な》き出《だ》

一 初出は「辛抱してゐる。」。
二 「博多結城」は「博多織」(博多地方で産する絹織物)ふうに織った「結城木綿」(結城地方で産する縞織物)か。「布子」は木綿の綿入れ(綿を入れた防寒着)。「博多結城のひとへに角帯しめて羽織は着ず」(樋口一葉日記『水の上』明治二十八年六月二日)。
三 前垂れ。調理の時などに腰の前面を覆うように懸ける布。前掛け。「蔽膝」は、膝を蔽(おお)う、の意。
四 それとなく頼みこむこと。
五 手紙の差出人の署名で「渋谷家主人の妻より」の意。「奥」は、武家などで夫人や奥女中がいる場所。
六 スペインのカスティリア地方の菓子が日本にもたらされたのが始まりとされ、江戸時代には長崎を中心に作られた。明治時代にも高級菓子として広く好まれた。「見れば新開(しんかい)の日の出やがかすていら、おや此様(こん)な好(い)いお菓子を誰れに貰って来た」(樋口一葉『にごりえ』明治二十八年)。
七 ここは、こらえようとしている気持ちをつのらせて、一層つらい思いをさせる、の意。
八 底本は「ようてつば」。博文館版全集に「ようってば」とあるのに依って改めた。初出は「ようてッば」。
九 甘えたような態度を示すと。
一〇 骨身にこたえる。心の底までしみこむ。
一一 鏡の裏に隠した秘蔵の金でもあるのなら。ここは「へそくり」のことを指している。
一二 心労を尽くしても。
一三 無いものは動かせない、の意で、してやりたくても財力がなければどうにもならない、ということ。

す傍《そば》に。母親《はゝおや》は硯箱《すゞりばこ》に向《むか》つて。用事《ようじ》があつて行《ゆ》きかねると返事《へんじ》を認《したゝ》め。お鉄《てつ》が投函《とうかん》に行《い》つて[一六]ポストの蓋《ふた》が裂《わ》れるやうな八当《やつあたり》。[一七]小腹《こはら》を立《た》てゝ二三日《にち》はつんくしてをる所《ところ》へ。お銀《ぎん》は右《みぎ》の返事《へんじ》を見《み》て。隠居《いんきよ》が親類廻《しんるいまは》りの留主《るす》を覗《うかゞ》ひ。今日《けふ》は書物《かきもの》だといふ夫《をつと》に留主《るす》を頼《たの》み。車《くるま》を飛《とば》して来《き》て見《み》ると。おやまあと母親《はゝおや》は駈出《かけで》て煙草盆《たばこぼん》を蹴飛《けと》ばす。台所《だいどころ》で水仕事《みづしごと》をしてゐたお鉄《てつ》は。妙《めう》な顔《かほ》をして入口《いりくち》を覗《のぞ》けば。束髪《そくはつ》の美《うつく》しい…………。「あら姉《ねえ》さん！」と持《も》つてゐた束藁《たわし》を水瓶《みづがめ》の中《なか》に投込《はふりこ》み。飛着《とびつ》かむばかりの勢《いきほひ》で駆着《かけつ》ければ。威厳《ゐげん》備《そな》はる[一八]奥方扮装《おくがたでたち》悠々《いうく》として立《た》ちたまふのに拍子《ひやうし》が抜《ぬ》けて。笑《わら》ひたいやうな。[一九]たくないやうな。不思議《ふしぎ》な顔《かほ》をして[二〇]襷《たすき》を取《と》りながら。[二一]ぴしやんと坐《すわ》つて極《きまり》の悪《わ》るそうに挨拶《あいさつ》する。

お銀《ぎん》ちやんは旧時《むかし》の事《こと》。今《いま》は渋谷《しぶや》の奥様《おくさま》。改《あらた》まつた挨拶《あいさつ》をして。

「おやお前大層髪《まへたいそうかみ》が壊《こは》れてるぢやないか。」

「あゝ。」とお鉄《てつ》は悲《かな》しい顔《かほ》をして。[二二]憒《じ》れたさうに髷《まげ》を捻《ひね》くりまはす。

「何処《どこ》か悪《わる》いのかえ？」と聞けど黙《だま》つてゐる。

「なあに少《すこ》し御機嫌《ごきげん》の悪《わる》い事《こと》がありますのさ。」

と母親《はゝおや》は茶《ちや》を煎《い》れながら。お鉄《てつ》を尻目《しりめ》に掛《か》けて笑《わら》ふと。[二三]義理《ぎり》に逼《せま》つた苦笑《にがわらひ》をして。お鉄《てつ》は横《よこ》の方《はう》を向《む》く。

一四「吐息」は、ためいき。「虹を吐く」は、意気盛んなさまを言うが、ここは、深いためいきが盛んに出ることを言う。「臂（ひぢ）を把（と）りて大言壮語し、気を吐くこと虹の如くなりし」（泉鏡花『義血俠血』）。
一五 初出は「挨拶に、はつと失望して」。
一六 郵便ポストの差し出し口に付いた雨よけの蓋。→補一七。

明治時代の郵便ポスト
（小林永濯「郵便現業絵図」より，部分）

一七 少し腹を立てて。
一八 奥方風の身なり。「奥方」は身分の高い人の妻。初出は「奥方扮装、曳裾（ひきずり）の姿（すがた）悠々として」。
一九「笑ひたくないやうな」を略した言い方。
二〇 仕事をするとき動きやすくするため、和服の袖をたくし上げておくのに用いる細ひも。普通は「襷」（国字）と表記する。「襻（はん）」は、つけひも、衣のひも、の意。
二一 かしこまった様子で。
二二 もどかしそうに。いらだたしそうに。初出は「ぢれつたさうに」。
二三 その場の状況や礼儀の上から、やむなくしなければならない、の意。

「どうしたの?」

「へゝゝ」と母親《はゝおや》はお銀《ぎん》とお鉄《てつ》とに当《あ》てゝ。意味両用《いみりやうよう》[一]といふ笑《わらひ》[二]を為《す》る。

お銀《ぎん》も之《これ》は何《なに》か曰《いは》[三]くのありさうな。其曰《そのいは》くは何《なに》か可笑《をかし》な曰《いは》くであらうと笑《わら》ひかけて。

「どうしたの? 鉄《てつ》ちやん。」

お鉄《てつ》はくるりと母《はゝ》の方《はう》を見向《みむ》いて。

「お母様《つかさん》いはうか。」と姉《あね》を得《え》たので勇気《ゆうき》日頃《ひごろ》に十倍《じふばい》[四]する。

「何《なん》だね。いはうかなんて。[五]」

「何《なん》だよ。」とお銀《ぎん》に言《い》つても可《よ》からうかと母《はゝ》の気色《けしき》を窺《うかゞ》つてゐるお鉄《てつ》の膝《ひざ》を突《つ》く。

「あのね。羞《はづ》かしいから止《よ》しませう」と問答《もんだふ》の中《なか》へ母親《はゝおや》が。

「先日《せんじつ》はまた度々手《たびくて》紙《がみ》を。」と横鎗《よこやり》を入《い》れる。

「何故《なぜ》来《こ》られないの?」とは竜《りよう》[六]の腮《あぎと》の珠《たま》に手頭《てさき》の触《さは》るやうな心持《こゝろもち》。お鉄《てつ》は機《き》[七]一発《いつぱつ》と身《み》を硬《かた》くして。俯《うつむ》いて片唾《かたづ》[八]を飲《のむ》でゐる。

「用事《ようじ》があるなんて他人《たにん》がましいぢやありませんか。」

「実《じつ》はね……」と母親《はゝおや》も言出《いひだ》しかねて。

一 受取り手によって異なる二つの意味を同時にもっていること。
二 初出は「重宝（ちようはう）な笑（わら）ひをする。」。
三 こみいった事情。
四 初出は「十倍して甘（あま）たれる。」。
五 初出は、次行との行間に「そんなら申上（まうしあ）げましやうか。」と笑ふ。／「奥様（おくさま）にかえ?・」と奥様の二字にわざと力を入れてお銀の顔を見ると、／「否（いや）な御母様（おつかさん）」と袖（そで）を顔に当てゝ、」とある。
六 竜のあごの下にある宝玉に触れるように、きわめて危険なものに手を触れるときのような心持ち。「夫千金之珠、必在二九重之淵、而驪竜頷下一（それ千金の珠、必ず九重の淵、而して驪竜（りりゆう）の頷（あご）の下に在り）」（『荘子』列禦寇）。
七 予期していることが今すぐに起きそうな状態。
八 息をこらして事の成り行きを見守っているさま。「片唾」は、普通「固唾」と表記する。

「お茶《ちや》を」とお銀《ぎん》の前《まへ》へ籐編《とうあみ》[九]の茶托《ちやたく》に露根蘭《ろこんらん》[一〇]の金色燦爛茶碗《きんぴかちやわん》[一一]を載《の》せて出《だ》せば。

「おや綺麗《きれい》だ事《こと》。家《うち》の茶碗《ちやわん》？」と取挙《とりあ》げて眺《なが》める。

「失礼《しつれい》な事《こと》をおいひなさいな。此急須《このきふす》も宅《たく》の品《しな》でございますよ。」

と母親大自慢《はゝおやおほじまん》で。茶碗《ちやわん》と対《つゐ》に買《か》つた急須《きふす》を見《み》せると。

「おや〳〵。」といひながら手《て》に取《と》つて見《み》れば。蓋《ふた》の鼻鈕《つまみ》の蘭《らん》の花《はな》は好《よ》けれど。葩《はなびら》が一枚欠《いちまいか》けてゐるのにぷうと噴出《ふきだ》して。急須《きふす》を下《した》に置《お》いて吃々《くつ〳〵》と笑《わら》ふ。

二人《ふたり》は何《なん》の事《こと》やら解《わか》らず。お銀《ぎん》の独《ひと》りして笑《わら》ふを呆《あき》れて見《み》てゐる。

「おや御母様《おつかさん》。気《き》が着《つ》かないの？」

「何《なに》が」といふ目前《めさき》に急須《きふす》を出《だ》して。

「蘭《らん》の葩《はなびら》が一枚無《まいな》いよ。御覧《ごらん》なさいな。」

どれ〳〵と視《み》て。「おや〳〵〳〵。」といふ声《こゑ》に節《ふし》が附《つ》いて可笑《をかし》いとて。

姉妹《ふたり》が哄《どつ》と笑《わら》ふ中《なか》に自若《じじやく》[一二]として。母親《はゝおや》は真面目《まじめ》に希有《けう》な顔色《かほつき》で。

「怪《け》しからん事《こと》だねえ。鉄《てつ》の麁相《そさう》かゑ？」

「あら御母様否《おつかさんいや》な。買立《かひたて》から私《わたし》は傚《かう》いふ花《はな》だと想《おも》つてゐたら。目《め》が悪《わる》いものだから御母様《おつかさん》。自分《じぶん》が勧工場《かんこうば》[一三]で欺《だま》されて来《き》たのだよ。」

「さうかね。まあそれでも此間《このあひだ》御父様《おとつさん》は頻《しき》りに捻繰《ひねくり》まはして。どうも此鼻鈕《このつまみ》

九　籐で編んだもの。「籐」は、ヤシ科の蔓性植物。その蔓で籐細工や籐椅子などを作る。

一〇　東洋画で樹木を描く技法（樹法）の一つで、蘭の根もとに土を描かない画法を言う。中国の元・清代、異民族に国土を征服されたことへの抵抗から生まれたとされる。

一一　金色にぴかぴか光り輝く茶碗。金色の釉薬などを用いた華やかな湯飲み茶碗を指す。「燦爛（さんらん）」は、きらきらと輝くさま。

一二　ものごとに動じず落ち着いているさま。

一三　多くの商店が提携して店を構えていた総合的な展示即売場。「勧工場物」は安物の代名詞でもあった。→補一八。

の花《はな》の恰好《かつかう》が好《よ》く出来《でき》てゐるといつて。大層賞《たいそうほ》めてお在《いで》だつたよ。否《いや》ぢやないかね。」

といふを聞《き》きながらお銀《ぎん》は茶《ちや》を一口飲《ひとくちの》むで。

「おや。お土産《みやげ》を出《だ》すのを忘《わす》れて居《ゐ》た。鉄《てつ》ちやん二畳《にでふ》にある包《つゝみ》を一寸《ちよつと》。」

お鉄《てつ》が取《とり》に行《い》つて見《み》ると。萌黄羽二重《もえぎはぶたへ》の定紋附《ぢやうもんつき》の[一]袱紗《ふくさ》の大包《おほつゝみ》。菓子《くわし》ではあるまいと持上《もちあ》げれば。下《した》には衣類《きもの》でも在《あ》るやうなり。

お銀《ぎん》の指揮《さしづ》に解《と》いて見《み》れば。[二]四棹入《よさをいり》の羊羹二折《やうかんふたをり》。カステラ[三]一釜《ひとかま》。[四]到来《たうらい》ですよと出《だ》せば。

「其《それ》はまあ沢山《たくさん》に。御父様大喜悦《おとつさんおほよろこび》。」と母親《はゝおや》は[五]蕩《とろ》けさうな顔《かほ》をして。他人《たにん》に百円《ゑん》もらつたより[六]大恐悦《だいきようえつ》なり。

袱紗《ふくさ》の底《そこ》に残《のこ》りたるは水色縮緬《みづいろちりめん》の羽織《はおり》と。其下《そのした》の一枚《いちまい》は。嫁入《よめいり》の半年《はんとし》ばかり前《まへ》に出来《でき》た[七]糸織《いとおり》の。其縞《そのしま》の好《よ》さといつたら。もう〳〵〳〵とお鉄《てつ》が其時身《そのときみ》顫《ぶるひ》をした小袖《こそで》なれば。彼《あれ》をどうする心算《つもり》かと薄々横目《うす〳〵よこめ》を遣《つか》つてゐると。お銀《ぎん》は此二品《このふたしな》をお鉄《てつ》の前《まへ》に出《だ》して。

「代《かは》りが出来《でき》たからお前《まへ》に上《あ》げやうと思《おも》つて。」

聞《き》くや見《み》るや胸悸々《むねどき〳〵》！　[八]唐茄子《たうなす》と薩摩芋《おさつ》と芝居《しばゐ》が。[九]手《て》を引《ひ》かれて誘《さそ》ひに来《き》た

一 進物の上にかけたり物を包んだりするための絹布。
二 「棹」は、羊羹など細長い菓子を数える場合の助数詞。「折」は、折り箱や折り詰めなどを数える場合の助数詞。
三 「釜」は、釜で製したものを、釜一杯分ごとに数える場合の助数詞。カステラは引き釜と呼ばれる釜で焼いて作られた。
四 お銀の言葉。「到来」は到来物、すなわち、もらい物。

『二人女房』初出挿絵
（武内桂舟画「春風暖かなる辺新婦帰寧す」，『都の花』74 号，明 25・1・3）

五 ひどくうれしそうな顔。
六 たいそう喜ぶこと。
七 絹糸織のこと。絹の撚糸（よりいと）で平織にした布。
八 いずれも女性が好むとされるもの。「唐茄子」は、かぼちゃの別称。「女の好きは芝居、蒟蒻（こんにゃく）、芋（いも）、南瓜（カボチャ）」という成句がある。
九 互いに手を引かれて。手をたずさえて。

やうな気持《きもち》がして目《め》[一〇]の眩《ま》ふほどの嬉《うれ》[一一]しさ。母親《はゝおや》は思《おも》はず乗出《のりだ》して。

「お前《まへ》まあ這麼《こんな》に可《い》ゝのかえ。代《かは》りが出来《でき》たつて不断着《ふだんぎ》にでも為《す》れば可《い》いのに。可《い》いのかい。」

「鉄《てつ》ちやんのが無《な》からうと想《おも》つて」

「無《な》からうの段《だん》ぢやありやしない。あの銘仙《めいせん》のね。彼《あれ》と棒縞《ぼうじま》のと。古《ふる》うい鳥《とり》[一二]籠縞《かごしま》の黒手《くろで》[一三]の八丈《はちぢやう》。そんな物《もの》だけれど。着《き》て出《で》られるやうな衣《もの》は無《な》し。実《じつ》は其《その》一条《いちでう》で二三日《にち》大不機嫌《おほふきげん》でね。」

「さう。何《なに》か強請《ねだ》つたの?」

「強請《ねだ》つたつて目的《あて》はありやしないけれど。之《これ》が(と自分《じぶん》の衣服《きもの》を指《さ》して)無《な》いものだから。折角手紙《せつかくてがみ》をおくれだけれど行《い》けないところから。御父様《おとつさん》に叱《しか》られたり何《なに》か大世話場《おほせわば》[一四]があつて。御愁嘆《ごしうたん》の処《ところ》を。鉄《てつ》どうだい。否《いや》な子《こ》だよ。那麼《あんな》顔《かほ》をして。お礼《れい》でもおいひなさいな。」

「姉《ねえ》さん………。」と何処《どこ》か擽《こそぐ》つたいといふ恰好《かつかう》[一五]で会釈《あしやく》をする。

「さう。まあ。」と大方右《おほかたみぎ》の如《ごと》く鑑定《かんてい》[一六]を着《つ》けたお銀《ぎん》は。始《はじ》めて知《し》つたやうな顔《かほ》をして。

「ぢや之《これ》が間《ま》に合《あ》へば。別《べつ》に手離されない用事もないのでしやうから。二三

一〇 目がくらむほどの。

一一 初出は「嬉しさ。余《あま》りの事に愕然《ぎよつ》として、吭《のど》が塞《つま》つて、涙が出て、「いつそもうどうしやう」と当惑して惘然《ぼんやり》してゐる。」。

一二 鳥籠の目のような細い縦縞。

一三 黒八丈のこと。「八丈」は八丈島で産する絹織物で、黄色が主体の黄八丈、黒が主体の黒八丈などがある。「フラネルの浴衣《ゆかた》に重ねし黒出八丈の綿入れ」(幸田露伴『対髑髏』明治二十三年)。

一四 「世話場」は、歌舞伎・浄瑠璃で、庶民の貧しい暮らしぶりを見せる場面。「大世話場」はそれを強調した言い方。

一五 初出は「恰好で、慇懃《いんぎん》のやうな存在《ぞんざい》のやうな礼をする。」。

一六 状況から事情を判断していた。

日《にち》の内《うち》にお出《いで》な。御母様《おつかさん》と。」

[一]因《そこ》でお鉄《てつ》の御機嫌《ごきげん》は直《なほ》る。母親《はゝおや》は弥《いよ〳〵》喜《よろこ》ぶ。お銀《ぎん》も満足《まんぞく》する。御父様《おとつさん》が早《はや》く退省《おひけ》になれば可《い》いにと噂《うはさ》をしながら午餐《ひるめし》も済《す》めば。また茶《ちや》を煎《い》れかへて。女同士《をんなどうし》の話《はなし》は愚《ぐ》にもつかぬ事《こと》を。大事《だいじ》さうに問《と》ふたり答《こた》へたり。誰《たれ》さんが引越《ひつこ》してしまつたから。此町内《このちやうない》に柿《かき》のなる家《うち》は亡《な》くなつたの。[二]襦袢《じゆばん》の袖《そで》を色揚《いろあげ》にやつたら。[三]紬《つむぎ》と違《ちが》へて縮緬《ちりめん》が来《き》て。亭主《ていしゆ》が謝《あやま》りに来《き》た事《こと》の。[四]唐菜《たうな》は柔《やはら》かいが。沢庵《たくあん》は刻《きざ》むで鰹節《かつぶし》を懸《か》けたのが好《す》きになりましたの。椽下《えんのした》で鼠《ねずみ》が九ツ《こゝの》子《こ》を産《う》むだの。[五]釣瓶《つるべ》に釣《つ》られて裏《うら》の春《はる》ちやんが井戸《ゐど》へ陥《お》ちて助《たす》けられたの。一昨日《をとゝひ》初霜《はつしも》が降《ふ》つたが御覧《ごらん》かい。昨夜《ゆふべ》の火事《くわじ》は[六]半鐘《はんしよう》が鳴《な》らなかつたの。巨燵《こたつ》は毒《どく》だの。山《やま》の手《て》は寒《さぶ》いの。雪《ゆき》の降《ふ》る日《ひ》は地面《ぢめん》が白《しろ》いの。梅《うめ》が咲《さ》くと香《にほ》ひがするの。何《なん》のかのと話《はな》して居《ゐ》る内《うち》に[七]時計《とけい》がちん〳〵。

「二時《じ》かね。長話《ながばなし》をしました。」とお銀《ぎん》が袱紗《ふくさ》を捻《ひね》くれば。

「まあ最直《もうぢき》に御父様《おとつさん》もお帰宅《かへり》だから其《それ》まで。長《なが》い事《こと》はない後一時間《あといちじかん》。」

と留《と》められて見《み》れば。[八]どうで今《いま》まで居《ゐ》たものを。会《あ》はずに帰《かへ》るも気《き》が済《す》まぬ。[九]と立《たち》かけた膝《ひざ》を敷《し》いて又何《またなに》か話《はなし》の種《たね》を拵《こしら》へて。火鉢《ひばち》の[一〇]側《はた》に[一一]巴《ともゑ》のごとく額《ひたひ》を寄《よ》せてゐる所《ところ》へ。御父様《おとつさん》のお帰宅《かへり》。

一 初出は「嬉しい！ 唐茄子（たうなす）と薩摩芋（おさつ）が口の中（なか）へ飛込（とびこ）むと、一所に芝居が眼の中（なか）へ這入（はい）るとは此時の心持！ 持つべきものは姉なりけり、と心の中（うち）では手を合はせたるべし。／お鉄のご機嫌は直る、」。

二 gibaõ（ポルトガル語）。和服用の下着。

三 真綿からつむいだ紬糸で織った上等な絹織物。大島紬、結城紬などがある。

四 唐菜は柔らかいのが（好きになった）、の意。「唐菜」は白菜の一種で、漬物にする。ふゆな。

五 井戸水を汲むために縄や棹に桶をつけたもの。

六 火の見やぐらなどに釣り下げ、火災などの危急の際に警報としてならす小型の鐘。

七 初出は「壁隣（かべとなり）の時計が」。

八 どうせ。「どうで一日か二日の命」（尾崎紅葉『二人比丘尼色懺悔』明治二十二年）。

九 立ちかけて再び坐って。

一〇 底本は「例（はた）」。初出は「端（はた）」。博文館版全集に依って改めた。

一一 紋所の一つで、渦巻きのように中心に向かってめぐる図形。ここは「三つ巴」を言う。

三つ巴
（『図解いろは引標準紋帖』）

「すばらしい駒下駄《こまげた》[一二]があると思《おも》つたら。お銀《ぎん》か。よく来《き》た。御馳走《ごちそう》をしたか。御母《おつか》渋谷《しぶや》様《さん》は御機嫌《ごきげん》よしか。我《おれ》[一三]も一寸《ちよつと》上《あが》[一四]らうとは思《おも》ひながら御無沙汰《ごぶさた》ばかり。御母《おつか》様《さん》にも御機嫌好《ごきげんよし》か。お前《まへ》も風《かぜ》も引《ひ》かんかえ。結構《けつこう》々々《〱》。彼所《あすこ》に居《ゐ》て這麼処《こんなところ》へ来《く》ると。何《なん》だか鼻《はな》[一五]が支《つか》いて息《いき》が塞《つま》るやうだろう。否彼《いやあれ》くらゐの家《うち》は東京《とうけい》[一六]にも巨多《たんと》は無《な》いて。今日《けふ》は何《なん》ぞ用《よう》か。御機嫌伺《ごきげんうかゞ》ひだと。伺《うかゞ》はれるほどの御機嫌《ごきげん》ではないが。いつも達者《たつしや》でまづ〱[一七]目出《めで》たい。時《とき》[一八]に久《ひさ》しぶりでお銀《ぎん》が酌《しやく》で一盃《ばい》飲《の》みたいものだが。何急《なにいそ》ぐと。なるほど。御隠居《ごいんきよ》の隙《すき》を覗《うかゞ》ひ。極内《ごくない》で怪《け》しからん事《こと》だ。微行《おしのび》[一九]といふ洒落《しやれ》か。なるほど。我《おれ》の帰宅《かへり》を待《ま》つてゐた。遅《おそ》くならん内《うち》に帰《かへ》る。いや其《それ》は。はい〱。はい[二〇]どうか渋谷様《しぶやさん》に暮々《くれ〲》もよろしくよ。はい〱。気《き》を着《つ》けて行《い》きなよ。車《くるま》は余《あま》り駈《か》けさせせんが可《い》い。緩々《ゆる〱》[二一]とな。」

（四）

姉《あね》の来《き》た次日《つぎのひ》に髪結《かみゆひ》が来《き》て明日《あした》はといふ声懸《こゑがゝ》りの所為《せゐ》か至《し》極《ごく》御意《ぎよい》[二二]に協《かな》つた島《しま》[二三]田《だ》の出来《でき》。宛然《まるで》姉様《ねえさん》のあの時《とき》の様《やう》だと後生大事《ごしやうだいじ》に髱《たぼ》[二四]を劬《いたは》り。蝸牛《まい〱つぶろ》[二五]が日和《ひより》[二六]を見《み》るといふ頸状《くびつき》をして。洗物《あらひもの》でもさせると小桶《こをけ》の水《みづ》に映《うつ》る影《かげ》[二七]を撓《た》めつ直《すが》めつ眺《なが》めてばかり。「それほど気《き》になるなら戸棚《とだな》へでも仕舞《しま》つておけ。」と父親《おやぢ》に窘《たしな》めら

一二 同じ木材から台と歯をくり抜いて作った下駄。

駒下駄の一種
（二段小町，『風俗画報』170号，明31・8・10）

一三 底本振り仮名は「われ」。初出に従って改めた。博文館版全集は「わし」。八行目も同じ。

一四 参上しよう。おうかがいしよう。渋谷家への敬意をふまえた表現。

一五 鼻がつかえて。狭苦しく感じて。

一六 明治二十年前後まで「東京」は「とうけい」と発音されることが多かった。「かれも東京(とうけい)の名物ものだ」（仮名垣魯文『安愚楽鍋』明治四―五年）。

一七 ともかく。何はさておき。 一八 ところで。それはそうと。話題を変えるときに用いる語。

一九 「おしのび」は、高貴な人が身分を隠して非公式に出かけること。「微行(びこう)」も同義。

二〇 底本は「どをう」。初出に従って改めた。

二一 初出は「ゆる〱とな。」／「あなた、可愛さうに病人ぢやありませんわね。」」。

二二 お気に召した。

二三 島田髷のこと。→『紅子戯語』九五頁注三四。

二四 日本髪で後ろに張り出した部分。→『恋山賤』補一〇。

二五 「まいまいつぶろ」は、かたつむりの別称。まいまい、でんでんむし、ででむし、などさまざまな呼び名がある。柳田国男『蝸牛考』（昭和二年、同十八年改訂版）によれば、「マイマイ系」の呼び名は関東を中心に分布している。「蝸牛(かぎゆう)」も同義。

二六 空模様を見ること。

二七 水や鏡に映った姿。

れても。[一]猶且気《やつぱりき》になつて。窃《ひそか》に一策《さく》を案《あん》じ。戸棚《とだな》に鏡《かゞみ》を立《た》てゝ置《おい》て。隙《すき》を覗《ねら》つては一寸《ちよい》〳〵見《み》に来《く》るといふ寸法《すんぱふ》。「いくら。大事《だいじ》にしても寝《ね》たら形《かた》なしさ。」[二]と母親《はゝおや》の言《い》つたのが。ぐつと[三]警策《けいさく》になつて寝像頗《ねざうすこぶ》るおとなしく。常《つね》よりは凡《およ》そ二時間《じかん》も[四]蚤起《はやおき》をして。無性《むしやう》に朝飯《あさめし》を急《いそ》ぎ立《た》て。甚《はなは》だ相済《あひす》まん事《こと》だと。律義《りちぎ》を言《いひ》張《は》る父親《てゝおや》を。昨夜《ゆふべ》から[五]飛付二人懸《とびつきふたりがゝ》りでやう〳〵負《ま》かして。病気届《びやうきとゞけ》で役所《やくしよ》を休《やす》ませの。扨留守居《さてるすゐ》の我一人《おれひとり》が貧乏鬮《びんぼうくぢ》だと。先《さき》から愚痴《ぐち》の出《で》ぬ中此方《うちこつち》から一合増《いつがふまし》といふ[六]触込《ふれこみ》に。父親《てゝおや》は酔《よ》はぬ前《さき》から口《くち》が利《き》けずに頷《うなづ》いて。早御自身《はやごじしん》に徳利《とくり》を提《さ》げて裏口《うらぐち》から買《か》ひに出《で》られるといふ手廻《てまはし》の好《よ》さ。此方《こつち》も早《はや》くと[七]塗《ぬ》る。着《き》る。車《くるま》が来《く》る。乗《の》る。走《はし》る。

車《くるま》の上《うへ》で衣紋《えもん》を繕《つくろ》ふやら。襟《えり》を直《なほ》すやら。何《なに》を急《せ》くのか。誰《たれ》に逐《お》はれるのか。一向解《いつかうわか》らずに。母《はゝ》はお鉄《てつ》に急《せ》かれるからなれど。お鉄《てつ》は夢中《むちう》で唯急《たゞいそ》ぎ散《ち》らし。車《くるま》に乗《の》つてから少《すこ》し落着《おちつ》いて考《かんが》へて見《み》ると。[八]通魔《とほりま》がさしたやう。

[九]無紋稍古《むもんすこふる》の二人乗《ににんのり》。車夫《しやふ》は[一〇]中屈《ちうかゞみ》の[一一]草鞋《わらぢ》ばきで。[一二]白地《しろぢ》に竹《たけ》に虎《とら》といふ蔽膝《まへかけ》では。玄関《げんくわん》まで曳込《ひきこ》ませるには大《おほい》に憚《はゞか》りあり。と角《かど》で下《お》りて[一三]裙《すそ》を叩《たゝ》き。帯《おび》を直《なほ》して直《づゝ》と[一四]玄関《げんくわん》から懸《か》かれば。[一五]襠《ひだ》の無《な》い袴《はかま》を穿《は》きて。右《みぎ》の硝子《がらす》に裂《ひゞ》の入《い》つた眼鏡《めがね》を懸《か》けた書生《しよせい》が[一六]取次《とりつぎ》に出《で》て。変《へん》に訛《なまり》のある声《こゑ》をして。[一七]何方《どちら》からといひながら蜘蛛《くも》の如《ごと》

一 初出は「依然(やつぱり)」。 二 初出は「といふ母親(はゝおや)の冷語(れいご)が、」。 三 鞭で打って戒め自覚を促すこと。または、座禅のときに戒めとして用いる平たい板。 四 「蚤起(そうき)」は、朝早く起きること。 五 ここは、父親の説得にやっきになること。 六 前もって知らせておくこと。前宣伝。 七 白粉などを塗る。化粧をする。 八 通り魔に一瞬心を奪われたような。「通り魔」は、突然現れ、通りすがりの人に災いをもたらして消え去るという魔物。「魔が差す」は、心に魔物が入り込むこと。初出は「通魔がさしたやうだ。」。 九 紋所の付いていない、やや古びた二人乗りの人力車。抱え車(自家用の人力車)を持たないため雇い車に乗っているのである。「抱へ車は多く一人乗なり。総べて制作美しく、黒漆を以て塗り、背(そびら)に家々の紋章をつくし」(平出鏗二郎『東京風俗志』中巻)。二人乗の人力車は→『おぼろ舟』補二四。 一〇 腰が少し前屈みになっていること。 一一 人力車夫は一般には足袋をはいたが、お抱えの車夫を除けば、車夫の多くは貧しく、中には股引もはかず、はだしの者も少なくなかった。→補一九。 一二 乗客用の膝掛けの柄。 一三 ほこりを払い身だしなみを整えるさま。 一四 玄関からまず案内を乞うと。「懸かる」は、ここでは、取っかかりとする、最初のよりどころとする、の意。 一五 はき古した袴。 一六 間に立って、来客の意向などを伝えること。 一七 どちらからいらっしゃいましたか。どちら様でしょうか。 一八 鬢のこと。頭の側面の髪。→『恋山賎』補一〇。 一九 癇性のこと。 二〇 異なる布地で表と裏を仕立てた女帯。 二一 西洋風の髪型に結っていることを「生意気」と言ったもの。「生意気」には、「気取った」「ハイカラな」という意味合いもある。「NAMA-IKI ナマイキ adj. …

く踞《かしこ》まると。小鬢《こびん》[一八]に一団《ひとかたまり》浮いてゐた雲脂《ふけ》が。ちら〱肩《かた》へ降積《ふりつも》る眺望《ながめ》の気味《きみ》の悪《わる》さにお鉄《てつ》はぞつとして。「姉《ねえ》さんは疳性《かんしやう》[一九]の癖《くせ》に。よくまあ彼《あれ》を何《なん》ともいはない。」と入《い》らぬお世話《せわ》を気《き》にしてゐる。

取次《とりつぎ》が引込《ひきこ》むとお銀《ぎん》が。家《うち》にゐた時分《じぶん》は命《いのち》から二番目《ばんめ》であつた他所出《よそゆき》の糸織《いとをり》に。今度《こんど》出来《でき》たらしい黒繻子《くろじゆす》と更紗縮緬《さらさちりめん》の昼夜帯《ちうやおび》[二〇]をしめて。生意気《なまいき》[二一]な束髪《そくはつ》に結《ゆつ》て微塵飾気無《みぢんかざりけな》[二二]しといふ頭《あたま》で。肉白粉《にくおしろい》[二三]を傅《つ》けて臙脂《べに》[二四]を一寸点《ちよいとさ》して。粋《すゐ》[二五]な粋《すゐ》な！父親《おやぢ》が見《み》たら苦《にが》い顔《かほ》をしさうな姿《すがた》で出《で》て来《き》て。

「おや。さあ此方《こちら》へ。よく早《はや》[二六]くねえ。」といひながら案内《あんない》する後《あと》に跟《つい》て行《ゆ》けば。四畳《よでふ》の玄関《げんくわん》の次《つぎ》が十畳《でふ》の応接間《おうせつま》。食《た》べたいほど綺麗《きれい》な天鵞絨氈《びろうどせん》[二七]を一面《めん》に敷詰《しきつ》め。真中《まなか》に浅黄地《あさぎぢ》に花鳥《くわてう》の縫模様《ぬひもやう》のある薄羅紗《うすらしや》[二八]の卓子被《てえぶるかけ》をした円卓《まるしよく》[二九]を据《す》ゑて。一間《いつけん》の板床《いたどこ》に古薩摩《こざつま》[三〇]の唐冠《たうくわん》[三一]の香炉《かうろ》[三二]。幅《ふく》[三三]は一蝶《てふ》が浮世人物《うきよじんぶつ》の二幅対《にふくつゐ》。床脇《とこわき》[三四]が寝覚棚《ねざめだな》。袋棚《ふくろだな》の上《うへ》には古銅《こどう》[三五]の楊柳観音《やうりうくわんおん》[三六]。違棚《ちがひだな》には古代蒔画《こだいまきゑ》[三七]の手文函《てぶんかう》[三八]。並《なら》べて印譜《いんぷ》[三九]二帙《にちつ》。白磁《はくじ》[四〇]の匾壺《へんこ》[四一]には庭《には》のを奥様《おくさま》が入《い》れたとも想《おも》[四二]はる。山茶花《さゞんくわ》[四三]が一輪《いちりん》。此下《このした》に古竹提《こちくてい》[四四]梁式《りやうしき》の菓盆《くわぼん》に仏手柑《ぶしかん》[四五]を盛《も》つて。額《がく》は大小《だいせう》二面《めん》[四六]を相対《あひむかひ》[四七]に懸《か》けて。一面《めん》は東湖《とうこ》[四八]自筆《じひつ》の七絶《ぜつ》[四九]。一面《めん》は某大臣《それだいじん》[五〇]の揮毫《きがう》[五一]なり。此次奥《このつぎおく》[五二]の間《ま》の正面《しやうめん》。鋪込袋棚《しきこみふくろだな》の下《した》に西洋式《せいやうがた》の書棚耶蘇《しよだなやそ》[五三]の厨子《づし》のごとく。此中《このなか》の書籍《ほん》が凡《およ》そ千円《せんゑん》と聞《きい》て御母親《おつかさん》吃驚《びつくり》。

— *na hito*, an affected person.」(『和英語林集成』第三版)。二二 微塵も。少しも。二三 肌の色に近い色をした白粉。二四「べに(紅)」は紅花から採った赤色の染料で、口紅や頬紅として用いる。「臙脂(えんじ)」も同義。二五 ここは、垢抜けていること。いきなこと。二六 よくこんなに早く来られましたね、の意。二七 天鵞絨の敷物。「天鵞絨」(veludo ポルトガル語)は、毛を立たせる織り方に特徴がある織物。二八 薄い羅紗。「羅紗」(raxa ポルトガル語)は、紡いだ毛糸で作られる目のつんだ毛織物。二九「まるしょく」は、丸卓(まるしょく)のこと。本来は茶道に用いる円形の棚だが、ここは丸テーブルの意。三〇 初期の薩摩焼。文禄の役の折に薩摩藩主島津義弘が連れ帰った朝鮮の陶工らによって始まるとされ、ことに高級品である「白薩摩」が有名。香炉などに名品が多い。三一 江戸時代の兜の形の一つで、左右に「纓(えい)」と呼ばれる飾りが二対ついたもの。とうかむり。ここは、「唐冠」をかたどったことを言う。三二 香を焚くための器。三三 幅(掛け軸)は英一蝶が描いた浮世人物図の、二幅一対のもの。英一蝶(承応元年—享保九年)は江戸時代中期の画家で、最初狩野派の技法を学んだが、やがて都市風俗を描く洒脱な画法を確立した。俳人としても知られる。三四 床の間に隣接する部分で、違い棚・袋棚などが設置される。以下、床脇の棚については→補二〇。三五 古い銅製品。三六 諸病を癒す観音として知られ、右手に柳の枝を持つ。薬王観音とも言う。三七 古代の蒔絵。蒔絵は、漆や金粉などで絵や文様を描いたもの。三八 書類や文具などを入れておく小箱。手文庫。三九 諸家の印影を集めた本。「帙」は、帙(和書などを保護するための覆い)に入ったひとまとまりの書物を数える場合

隅《すみ》に紫檀《したん》の大机《おほづくゑ》を据《す》ゑ。其前《そのまへ》に縮緬《ちりめん》の座蒲団《ざぶとん》。脇《わき》に[一]手炉《てあぶり》。[二]茶道具《ちやだうぐ》。煙草盆《たばこぼん》な[三]どよろしく。総《すべ》て[四]主人居間《しゆじんゐま》の躰《てい》。隠居所《いんきよじよ》の咳《しはぶき》の声《こゑ》にて幕開《まくあ》くといふ[五]誂《あつらへ》。お鉄《てつ》は始終[六]信夫《しじうしのぶ》が吉原《よしはら》に尋《たづ》ねて来《き》たといふ見得《みえ》で唯《たゞ》きよろ〳〵。母親《はゝおや》はまご〳〵。旋《やが》て奥方《おくがた》の居間《ゐま》に通《とほ》れば。下女《げぢよ》が黄八丈《きはちぢやう》の[七]茵《しとね》を持《も》つて来《く》る。[八]手炉《てあぶり》が出《で》る。茶《ちや》が出《で》て少時《しばらく》すると。隠居《いんきよ》は羽織《はおり》を着換《きか》へて挨拶《あいさつ》に出《で》て来《く》る。

「此所《こゝ》は汚《むさ》うござる。彼方《あちら》へ〳〵。」と切《しきり》に勧《すゝ》められて母親《はゝおや》は立上《たちあが》る。

「貴方《あんた》も〳〵。」といはれて。お鉄《てつ》は何《なに》も言《い》はずに会釈《ゑしやく》ばかりしてゐると。

銀「これは宜《よろ》しうございますよ。」

「沢山御馳走《たくさんごちそう》しておもらひんさい。はゝゝ。」と男《をとこ》のやうな高笑《たかわらひ》をして。

「さあ。あんた。」と母親《はゝおや》を伴《つ》れて出《で》て行《ゆ》く後影《うしろかげ》をお鉄《てつ》は昵《ぢつ》と見送《みおく》つて。

「可恐《こは》い顔《かほ》だねえ。」と極小《ごくちひ》さな声《こゑ》。

お銀《ぎん》は何《なん》ともいはず唯莞爾《たゞにつこり》。

「姉《ねえ》さん旦那様《だんなさま》はお役所《やくしよ》？」

「あゝ。」と横《よこ》を向《む》いて。何《なん》だか耳《みゝ》の底《そこ》が痒《かゆ》さうな面色《かほつき》でゐたが。傍《そば》に在《あ》る長煙管《ながきせる》を取《と》つて。

「鉄《てつ》ちやん。煙草《たばこ》を吃《の》むで鼻孔《はな》から出《だ》して見《み》せうか。」

の助数詞。四〇 白い素地に透明な釉薬をかけて焼いた白色の磁器で、古代中国で興った。四一 壺の腹の部分が扁平になっているもので、一輪挿しなどに用いる。扁壺。四二 初出は「想(おも)はるゝ山茶花一輪外方(そつぱう)を向(むい)てゐる」。四三 ツバキ科の常緑小高木。晩秋から冬にかけて紅色などの椿に似た花をつける。四四 古い竹で作った、持ち手が上部に梁のように渡っている果物盆。四五 インド原産のミカン科の常緑低木。秋、先が指のように分かれた黄色い果実をつける。四六 「面」は平らなものを数える場合の助数詞。四七 互いに向き合うように。四八 藤田東湖(文化三年―安政二年)。幕末の思想家。水戸藩主徳川斉昭側近として藩政の改革にあたった尊皇攘夷論者として知られる。四九 七言絶句のこと。漢詩の形式の一つで、七言四句から成る。五〇 ある大臣。五一 毛筆で書などを書くこと。五二 奥座敷。家の奥の方にある部屋。五三 キリスト教徒の用いる厨子、もしくはキリスト像を収めた厨子。「耶蘇」は、キリストもしくはキリスト教・キリスト教徒のこと。「厨子」は、仏像などを安置するための両開きの仏具のことだが、ここは、隠れキリシタンがひそかにキリスト像やマリア像を安置した厨子を指す。

以上二五一頁

一 手を暖めるのに用いる小型の火鉢。
二 ここは、日常的に茶を飲むための道具類のこと。
三 適当に取り揃えて、の意。以下、歌舞伎脚本のト書き風の表現が用いられている。
四 主人の居間といったしつらえ。芝居のト書きで舞台装置を示すときの表現をまねたもの。
五 注文して作らせたもの。ここは、歌舞伎で作者などの注文に応じて作らせた装置の意を重ね

とは余程《よほど》修行《しゆぎやう》を積《つ》みて。自慢《じまん》の一芸《いちげい》と見《み》えたり。

「馬鹿《ばか》々々《く》しいぢやありませんか。」
[九]奥方《おくがた》は蚤《のみ》を捕《と》るやうな指頭《ゆびつき》をして煙草《たばこ》を捻《ひね》つて。雁首《がんくび》に詰《つ》めると。ちと余計《よけい》の分《ぶん》を毟取《むしりと》つて。
「いゝかい〱。」[一〇]鶏子《たまご》に手裏剣《しゆりけん》といふ恰好《かつかう》ですう〱と吸《す》ひ。ふうと見事《みごと》に二条《ふたすぢ》の煙《けぶり》を立《た》てる。此処《こゝ》に到《いた》りてお鉄《てつ》も[一一]感《かん》に堪《た》へたか。

「おや〱。」と極《きは》めて賞讃《しやうさん》すると図《づ》に乗《の》り。最一服《もういつぷく》と取懸《とりか》かる時人《ときひと》の足音《あしおと》。煙管《きせる》を推陰《おしかく》すと隠居《いんきよ》が入《はい》つて来《く》るので。二人共慌《ふたりともあわ》てゝ[一二]居住《ゐずまひ》を正《なほ》す。

「お銀《ぎん》さん。御酒《ごしゆ》の支度《したく》でもなさらんか。」

「母《はゝ》ならば[一三]一向不《いつかうぶ》調法《てうはふ》でございますが。」

「お飲《の》みんさらんか。それなら御膳《ごぜん》の……。」

「あなたはお一盃召上《ひとつめしあが》りまし。」

「私《わし》も一人《ひとり》なら[一四]預《あづ》けませう。お鉄《てつ》さんちとお出《いで》んさい。」と[一五]捨言葉《すてことば》で出《で》て行《ゆ》く。

お鉄《てつ》はかねて姉《あね》に逢《あ》いたひ〱で。胸《むね》には一杯話柄《いつぱいはなし》が溜《たま》つてゐれど。扨逢《さてあ》つて見《み》れば昔日《むかし》のお銀《ぎん》ちやんにあらざる渋谷《しぶや》の奥方《おくがた》は。流石《さすが》に奥方《おくがた》の[一六]見識《けんしき》が附《つ》いて。自分《じぶん》とはまるで段《だん》の違《ちが》ふ人《ひと》のやうに考《かんが》へられて。[一七]左右《さう》なくは[一八]撃《うつ》て蒐《か》かられ

る。
六　浄瑠璃『碁太平記白石噺（ごたいへいきしらいしばなし）』（紀上太郎ほか合作、安永九年初演）で、父の仇を討つために奥州から江戸へ出て今や吉原で全盛の太夫となっている姉の宮城野と、田舎ものの妹信夫が偶然出会う「新吉原揚屋の段」をふまえる。「見得」は、ここでは「外見」「様子」の意。
七　座蒲団。
八　初出は「唐木（からき）の手炉（てあぶり）」。
九　初出は、この前に「と此処（このところ）お鉄ちゃん大出来（おほでき）なり。」とある。
一〇　片手に卵を持ち、片手に手裏剣を持つような手つき、の意か。初出は、この前に「と懸声（かけごゑ）で、」とある。
一一　深く感じ入ったか。「味噌汁を装ふ白々とした手を、感に堪へて見て居たが」（泉鏡花『婦系図』）。
一二　坐っている姿勢を正す。きちんと坐り直す。
一三　たしなみや心得がないこと。ここは、酒が飲めないことを言う。
一四　遠慮しておきましょう。「預ける」は、勧められた酒を遠慮すること。「御酒は一向不調法でござりますし、今日はお預け申しまするでござります」（歌舞伎『三人吉三郭初買（さんにんきちさくるわのはつがい）』河竹黙阿弥作、安政七年初演）。
一五　立ち去る間際に言い捨てておいて返事を求めない言葉。捨てぜりふ。
一六　気位。あるいは、立場に相応しい考え方。
一七　ためらわずに。無造作に。
一八　攻撃を仕掛けることができない、の意だが、ここは、ものを言いかけたり何かをしかけたりすることができないことを言う。

ず。何《なん》となく変《へん》に他人《たにん》を見《み》るやうな心地《こゝろもち》がしてならぬ。

其癖《そのくせ》姉《あね》の方《はう》では打解《うちと》けて煙草《たばこ》の曲芸《きよくげい》もして見《み》せる。相互《たがひ》の外《ほか》には他《ひと》の知《し》らぬ秘密事件《ひみつじけん》に就《つい》て冗談口《じようだんぐち》も吐《き》く。[一]お銀《ぎん》は依然《やつぱり》お鉄《てつ》の姉《あね》の定《つもり》なれど。妹《いもうと》の方《はう》で気怯《きおくれ》がして。兎角《とかく》[二]奥歯《おくば》に物《もの》を介《はさ》むでゐる。其著《そのいちじる》しき証拠《しようこ》は。何《なに》かにつけて遠慮《ゑんりよ》をするやうな気色《けしき》が見《み》える。

どうも隔心《へだて》があつて真実《しんじつ》の妹《いもうと》のやうに思《おも》はれぬ。親類《しんるゐ》の娘《むすめ》が遊《あそ》びに来《き》たやうな[三]塩梅《あんばい》で。其《それ》では面白《おもしろ》くないからと。お銀《ぎん》がいろ〳〵手《て》を尽《つく》して此隔《このへだて》を打壊《うちこは》しに懸《か》かれど。お鉄《てつ》は固《かた》く気《き》を緊《し》めて。或親《あるした》しい奥様《おくさま》のやうに[四]遇《あつか》つてゐる。想《おも》ふに。之《これ》はお鉄《てつ》の気質《きしつ》がちと[五]偏人《へんじん》の方《はう》ゆゑ。姉《あね》だな。お銀《ぎん》ちやんだなと心《こゝろ》の中《うち》では思《おも》つても。奥様《おくさま》の姿《すがた》が強《つよ》く眼《め》に染《し》みて。多《おほ》くの奉公人《ほうこうにん》が気味《きみ》の悪《わる》いほど唯々《はい〳〵》いふやら。其所等《そこら》の戸棚《とだな》を開散《あけち》らして。立派《りつぱ》な道具《だうぐ》を惜気《をしげ》もなく取出《とりだ》すやら。此宏々《このくわうくわう》とした家内《かない》を自在《じざい》にする[六]威権《ゐけん》を非常《ひじやう》に驚《おどろ》くと倶《とも》に。那様威権《そんなゐけん》ある人《ひと》を崇《うやま》ふ念《ねん》が出《で》て。どうも[七]狎《な》れにくいのである。[八]二つには。かねぐ〳〵両親《ふたおや》にいはれた言《こと》がある。姉《あね》も渋谷《しぶや》の奥様《おくさま》になつたからは。家《うち》に居《ゐ》た時分《じぶん》のお銀《ぎん》ちやんと同《おな》じに思《おも》つて。仂《はした》なく狎々《なれ〳〵》しくする事《こと》は決《けつ》してならぬ。姉《あね》の[九]顔《かほ》にかゝる事《こと》だと。其《それ》も[一〇]感化《かんくわ》の力《ちから》はあらうけれど。[一一]首《おも》には含羞《はにかみ》が先《さき》に立《た》つて。おのづから思《おも》ふ事《こと》も控《ひかへ》

一 初出は「お銀の精神は」。
二 言いたいことが言えずにいる。
三 ものごとの具合。
四 応対している。
五 普通とは変わった性格の人。変わり者。
六 他人を従わせるような力と権力。
七 なれなれしくしにくい。
八 二つ目の理由としては。
九 面目にかかわる。
一〇 影響を与えること。
一一 第一には。主な理由としては。
一二 楽しめない気分になる。
一三 ここでは、適当に配置すること。
一四 銀製の湯沸かし。「火鉢に掛けし銀瓶の湯を急須に移して徐（しづか）に飲み畢り」（末広鉄腸『花間鶯』明治二十一―二十一年）。

目《め》にして言《い》はぬやうになるのを。お銀《ぎん》は不満《ふまん》に感《かん》じて[一二]興無《きような》がる。お鉄《てつ》の方《はう》でも逢《あつ》て見《み》れば想《おも》つたよりは楽《たのしみ》が少《すく》ない。

時分《じぶん》といふので御膳《ごぜん》が出《で》ると。尋常《ひとゝほり》ならぬ馳走《ちそう》で。皿《さら》の数々《かず〳〵》所狭《ところせま》く。箸《はし》が戸惑《とまどひ》して。見《み》たばかりでも腹中《おなか》が一杯《いつぱい》になる。旋《やが》てお銀《ぎん》の案内《あんない》で庭《には》を巡覧《みまは》り。裏木戸《うらきど》から畑《はたけ》の方《かた》へ出《で》て坐敷《ざしき》に還《もど》れば。食事《しよくじ》の跡《あと》を一掃除《ひとさうぢ》して。人数《ひとかず》ほど褥《しとね》を敷《し》き。前《まへ》とは変《かは》つた茶道具《ちやだうぐ》を[一三]安排《あんばい》して。[一四]銀瓶《ぎんびん》がふう〳〵と[一五]煙《けぶり》を吹《ふ》いてゐる。茶《ちや》菓子《くわし》は[一六]切籠《きりこ》細工《ざいく》の硝子《がらす》の[一七]大蓋物《おほふたもの》に[一八]西洋懸物《せいやうかけもの》と。[一九]九谷《くたに》の鉢《はち》に象牙箸《ざうげばし》を添《そ》へて。色《いろ》〳々の[二〇]蒸菓子《むしぐわし》が[二一]山盛《やまもり》にしてある。隠居《いんきよ》も同席《どうせき》で[二二]四方山《よもやま》の談話《はなし》の内《うち》に車《くるま》の音《おと》がら〳〵。[二三]お帰《かへ》りい。それとお銀《ぎん》は急《いそ》いで出迎《でむかひ》に立《た》つと。「あ。然《さ》うか。」といふ声《こゑ》がして椽先《えんさき》に現《あら》はれたのは主人《しゆじん》の渋谷《しぶや》周三《しうざう》。[二四]小豆色《あづきいろ》の[二五]小外套《こがいたう》を被《き》て。思《おも》ふ様《さま》縁《ふち》の反《そつ》た茶《ちや》の[二六]山高帽子《やまたかばうし》を冠《かぶ》り。[二七]荒布《あらめ》革《かは》の書類入《しよるゐいり》の裂《さ》けさうに脹《ふく》れたのを小脇《こわき》にして。一寸会釈《ちよつとゑしやく》をして次間《つぎのま》に入《はい》り。頭髪《あたま》を撫《な》でながら直《すぐ》に[二八]出《で》て来《く》る。

縁談《えんだん》のあつた時《とき》は。「あの人《ひと》かい。」と[二九]顔《かほ》を顰《しか》めたお鉄《てつ》も。つら〳〵視《み》るのに。我姉《わがあね》の夫《をつと》と思《おも》ふ所為《せゐ》か。容貌《きりやう》は悪《わる》い。悪《わる》いけれども気障《きざ》な処《ところ》が無《な》くて。いつそ武骨《ぶこつ》らしい処《ところ》が却《かへ》つて好《いゝ》。様子《やうす》も言語《ものいひ》も顔《かほ》に似《に》ず柔和《にうわ》で。[三〇]気《き》も善《よ》さゝうな。かうして姉様《あねさん》と並《なら》べて見《み》ると[三一]松《まつ》の樹《き》に藤《ふぢ》が咲《さ》いたやう。容色《きりやう》の揃《そろ》はない夫婦《ふうふ》は

一五 湯気のこと。「けぶり …(二)塵、埃(ホコリ)、水ナドノ、飛ビ散リテ烟ノ如ク起(タ)ツモノ」(『言海』)。
一六 ガラス器の表面に様々な切り込み模様や彫刻をほどこしたもの。「切子細工」とも表記する。江戸切子などが有名。
一七 大型で蓋のある器。
一八 砂糖をかけた西洋菓子。「懸物」は干菓子の一種で、金平糖など、砂糖をかけた菓子の総称。「打ち物」「蒸し物」などに対して言う。
一九 九谷焼。石川県の九谷地方を中心に産する色絵磁器で、華麗な色彩で知られる。
二〇 蒸して作った和菓子の総称。まんじゅう、蒸し羊羹などがある。
二一 初出は「一つお摘(つま)み下さいといふ状(かたち)をしてゐる。(むづかしい状〈かたち〉なり)」。
二二 種々雑多な世間話。よもやま話。
二三 主人の帰宅を告げ知らせる使用人の声。
二四 初出は「樺色(かばいろ)」。
二五 短めの外套のことか。
二六 男子の礼装用の帽子。フェルト製で上部が丸く盛り上がった形をしている。洋装和装を問わず、明治前半期に最も一般的に用いられた。

山高帽子
(『日本百科大辞典』三省堂書店，大6)

二七 荒布に似た黒褐色のなめし革。「荒布」は広く分布する大型の海草で「かじめ」とも言う。
二八 初出は「出て来て挨拶する。」。
二九 底本は「頭(かほ)を」。初出に従って改めた。
三〇 人柄もよさそうな。
三一 無骨な松の木にあでやかな藤の花が咲いたようだ。

[一]照応《うつり》が悪《わる》いとばかり想《おも》つてゐたが。決《け》してさういふ事《こと》はない。男《をとこ》の異《いや》に生白《なましろ》いのと。女《をんな》の美《い》ゝのと伴立《つれだつ》て行《ある》くのは。信《まこと》に[二]見《み》ばの好《よ》くないものだが。此人《このひと》と姉《ねえ》さんは信《まこと》に照応《うつり》が好《い》ゝよ。真箇好《ほんとにい》ゝよと[三]感心《かんしん》した。

三十分《ぶん》許《ばかり》[四]愛想《あいそ》をして。此《これ》から宴会《えんくわい》があるからと挨拶《あいさつ》をして又出《またで》て行《い》く。夕飯《ゆうはん》を食《た》べてから帰《かへ》れと。[五]陰《いん》にお銀《ぎん》が留《と》める。[六]陽《やう》には隠居《いんきよ》も。此方《こちら》の暇乞《いとまごひ》の挨拶《あいさつ》を一向取合《いつかうとりあ》はずにやい〳〵と抑留《とめ》はすれど。今日《けふ》[七]散財《さんざい》を懸《か》けるほど。お銀《ぎん》が姑《しうとめ》に対《たい》して其丈心労《それだけこゝろづかひ》をしなければならず。[八]又《また》実家《さと》が良《よ》くないだけに[九]口善悪《くちさが》ない奉公人《ほうこうにん》に陰言《かげごと》をきかれるのも辛《つら》し。何《なん》のかのと[一〇]母親《はゝおや》は母親《はゝおや》だけに気《き》を働《はたら》かせ。若《わか》いものゝ思《おも》ひつかぬ。綿密《めんみつ》な思慮《かんがへ》を持《も》つて無理《むり》に帰《かへ》るとなつて玄関《げんくわん》に出《で》れば。達者《たつしや》さうな車夫《しやふ》が綺麗《きれい》な二《に》人乗《にんのり》を[一一]格子外《かうしそと》まで附《つ》けて待《ま》つてゐる。菓子《くわし》やら残《のこ》りの料理《れうり》やらを。蓋《ふた》の持上《もちあが》るほど塡《つ》めた[一二]二重箱《ふたぢうばこ》の包《つゝみ》を下女《をんな》が先《さき》に持《もつ》て出《で》て。[一三]滴《こぼ》れ物《もの》だからと車夫《しやふ》によろしく頼《たの》む。

之《これ》に乗《の》れば[一四]往《ゆき》はよい〳〵還《かへり》は早《はや》いで。日没前《ひくれまへ》に家《うち》に着《つ》くと。洋燈《らんぷ》掃除《さうぢ》で[一五]火屋《ほや》を壊《こは》して。指《ゆび》を切《きつ》て狼狽《まご〳〵》してゐた父親《てゝおや》が。やれ待兼《まちか》ねたと[一六]飛《とん》で出《で》る。

（五）

一　釣り合い。調和。「照応（しょうおう）」は相互に対応し合っていること。
二　「見場」すなわち、見かけ、外見のこと。
三　初出は「感心してゐる。」。
四　もてなしのための応対。おあいそ。
五　それとなく。ここは、心中の思いを控えめに示すこと。
六　表立って。お銀とは逆に、儀礼の意味もふくめて表立っているさま。初出は「陽には隠居もたつてと、」。
七　多くの金銭を費やさせること。
八　実家の身分が高くない。初出は「実家が富（よく）ない」。
九　無遠慮に他人を批評することを好む。
一〇　母親は、さすがに母親というだけのことはあって。
一一　玄関の格子戸の外。
一二　二段重ねの重箱。
一三　容器の中に汁の出るものが入っていること。
一四　行きは期待で気分が高まっているが、帰りは同じ道のりが早く感じられる、の意。子供遊び「通りゃんせ」の「行きは良い良い帰りは恐い」という文句のもじり。
一五　ランプの炎の周囲を覆うガラス製の筒。
一六　初出は「飛で出る。お鉄はかの包を提（さ）げて駈込（かけこ）み、「何（なん）だか父様（おとっさん）当（あて）てごらんなさい。」」。

其後《そののち》は天下《てんか》泰平《たいへい》家内《かない》無事《ぶじ》で。お銀《ぎん》からの手紙《てがみ》にも。旦那様《だんなさま》がどう遊《あそ》ばされたの。母様《おつかさま》はかう仰《おほ》せられたといふ愚痴《ぐち》も無《な》く。それが何《なに》より結構《けつこう》と生家方《さとかた》[一七]の歓喜《よろこび》。此上《このうへ》の願《ねがひ》は。初孫《ういまご》の顔《かほ》を見《み》たいのと。お鉄《てつ》に好婿《よいむこ》を娶《と》りたいの二件《ふたつ》であるが。女親《をんなおや》は家《うち》に掛替《かけがへ》[一八]のお鉄《てつ》といふものがありながら。離《はな》れてゐる姉《あね》のお銀《ぎん》が案《あん》じられるやら恋《こ》ひしいやらで。火事《くわじ》でもあればお銀《ぎん》の方《はう》ではないか。風《かぜ》が吹《ふ》けばお銀《ぎん》の方《はう》は寒《さむ》くはあるまいか。旨《うま》い物《もの》でもあれば。あゝお銀《ぎん》に一口《ひとくち》と。何《なに》かに就《つ》けて念《おもひ》に懸《か》かるはお銀《ぎん》の事《こと》ばかり。因《そこ》[一九]でお鉄《てつ》は。母親《はゝおや》の「お銀《ぎん》〳〵」に聞飽《きゝあ》きて。又《また》かいと可厭《いや》な顔《かほ》をして。私《わたし》の事《こと》も適《たま》[二〇]には言《い》つてくれても可《よ》さゝうなものを。同《おな》し胎《はら》の子《こ》でないかと少《すこ》し妬《や》ける気味《きみ》なり。母親《はゝおや》の曰《いは》く。其《それ》は同《おな》じ子《こ》だものを。彼《あれ》が可愛《かあい》くて此《これ》が憎《にく》いといふ理《わけ》はさら〳〵なけれど。お前《まへ》は私《わたし》の手許《てもと》に居《ゐ》る。お銀《ぎん》は遠《とほ》く離《はな》れてゐればこそ。雨《あめ》に風《かぜ》に案《あん》じられる。其《それ》はお前親《まへおや》の情《じやう》といふものだ。其証拠《そのしようこ》には二人一所《ふたりいつしよ》にゐた頃《ころ》には。少《すこ》しでも分隔《わけへだて》[二一]をした覚《おぼえ》は無《な》い。一個《ひとつ》の物《もの》を尺度《ものさし》を当《あ》てゝ二個《ふたつ》に折《を》つて。分《わ》けて遣《や》るほどにしてゐたではないか。と切《しきり》に分疏《いひわけ》[二二]をいへば。それでも内々《ないない》は姉様《ねえさん》の方《はう》を余計《よけい》に可愛《かあい》がつてゐた証拠《しようこ》が又私《またわたし》の方《はう》にもある。其《それ》は謂《い》はれないけれどもなどゝ未《ま》[二三]だ拗《すね》る。係《かゝ》る次第《しだい》なれば。儘《まゝ》[二四]になる事《こと》なら毎日《まいにち》でも母親《はゝおや》はお銀《ぎん》の家《ところ》に行《い》つてゐたい。

一七 初出は「丸橋（さとかた）」。

一八 代わりとなる同種のもの。

一九 それが原因で。そのために。

二〇 「適（てき）」には「たまたま」の意があるため、「たま」の音にあてたもの。

二一 人の扱いに差別をつけること。

二二 「分疏（ぶんそ）」は、言い訳すること、細かに分けて説明すること。

二三 初出は「恨（うらみ）の端緒（こぐち）を見せかける。／お前は真箇（ほんと）に継子根性（まゝここんじやう）だよと母親の機嫌が少しく斜（なゝめ）なるに驚き、言過（いひす）ぎたなとお鉄も其（それ）なりけりに口を噤（つぐ）みて、腹の中（なか）では、私（わたし）もいつそ嫁入をして可愛がられて見たいと呟（つぶや）くなるべし。」。

二四 思いどおりになることなら。

行《い》つてどうするといふ事《こと》もなし。会《あ》つてからといふ話説《はなし》のあるではなけれど。唯行《たゞゆ》きたい。会《あ》ひたいといふ。其処《そこ》が親《おや》の情《じやう》かも知《し》れず。[一]矢《やー》も楯《たて》も耐《たま》らぬほど行《ゆ》きたくても。今《いま》は我子《わがこ》ではない渋谷《しぶや》の奥方《おくがた》。其家《そこ》には主人《しゆじん》もあれば親《おや》もある。我出店《わがでみせ》でも見巡《みまは》るやうに繁々《しげ〳〵》は行《ゆ》きかねる。行《ゆ》きかねるほど[二]意固持《いこぢ》に念《おもひ》は増《ま》す。

そこで。用《よう》も無《な》いに繁々出入《しげ〳〵ではいる》は不良《よくない》と知《し》りつゝ。何《なん》とか用《よう》を拵《こしら》へては出懸《でか》ける。お鉄《てつ》も一所《いつしよ》に其都度伴《そのつどつ》れたい事《こと》は山々《やま〳〵》なれど。さうしては[三]廉立《かどだ》つて[四]遊山臭《ゆさんくさ》くなるから。色々《いろ〳〵》に宥《なだ》めては三度《ど》に二度《ど》は留守番《るすばん》をさせる。それ又愚痴《またぐち》をいふ。御母様《おつかさん》は一人《ひとり》でお楽《たのし》みつまらないのは御父様《おとつさん》と私《わたし》ばかり。私《わたし》が一所《いつしよ》ではどうせお邪魔《じやま》になりませうからと泣顔《なきがほ》をするのを。父親《てゝおや》が見兼《みか》ねて。行《ゆ》くものなら伴《つ》れて行《ゆ》けと。家《うち》では責《せ》められる。彼方《あちら》では。さしたる用《よう》のあるでもないのに。何《なん》のかのといつて好《よ》く来《く》る親《おや》だ。とまづ隠居《いんきよ》が顔《かほ》を顰《しか》める。といふほど実際度《じつさいたび》〳〵出入《ではい》るではなけれど。姑《しうと》は姑根性《しうとこんじやう》で。生家《さと》の親《おや》の余《あま》り来過《きす》ぎるのは。畢竟嫁《つまりよめ》の心《こゝろ》の[五]鈍《なま》る原因《もと》で。何時《いつ》までも生《うみ》の親《おや》を恃《たの》む気《き》が抜《ぬ》けぬと。自然《しぜん》[六]姑《しうと》が麁末《そまつ》になりたがると。異《おつ》に僻見《ひがみ》を出《だ》す。母親《はゝおや》からは之《これ》を僻見《ひがみ》といへど。[七]万更僻見《まんざらひがみ》とも謂《い》はれぬのである。

姑《しうと》は最《も》一《ひと》つ僻見《ひがみ》を抱《いだ》く其僻見《そのひがみ》は[八]起《おこ》るの日《ひ》に起《おこ》るにあらずして。遠《とほ》く此嫁《このよめ》の来《き》

一 気持ちを押しとどめることができない。じっとしていられない。

二 意地を張ること。考えを押し通そうとすること。普通は「意固地」「依怙地」と表記する。初出は「意気地(いこぢ)」。

三 人の注意を引くほど目立って。

四 遊びのための遠出めいた感じになる。

五 ここは、甘えた気分が出ること、気持ちにしまりがなくなること。

六 姑を大切に扱わないようになる。

七 初出は「万更僻見ともいへず、其傾向(かたむき)はあり勝なり」。

八 (僻みが)起きるのは、その日の出来事が原因ではなく。

た時《とき》からともいふべし。[九]身分《みぶん》の己《おのれ》より優《すぐ》れた家《ところ》から嫁《よめ》は娶《もら》ふなといふ格言《かくげん》は隠《いん》居《きょ》も承知《しょうち》してゐるが。さればといつて余《あま》り不釣合《ふつりあひ》の貧家《ひんか》の娘《むすめ》を娶《もら》ふのは家《いへ》の恥《ち》辱《じょく》といふものでござるよ。今《いま》は知《し》らねど往時《むかし》はと。媒妁人《なかうど》と周三《しうざう》を並《なら》べて置《お》いて。[一〇]底意《そこい》を知《し》れがしな言《こと》をいふたれど肯《き》かれずに。お銀《ぎん》を娶《めと》る事《こと》に決《きま》つたものを。隠居《いんきょ》の身《み》で[一一]故障《こしやう》をいふ理《わけ》もなしと[一二]目《め》を瞑《ねふ》りて。お銀《ぎん》が来《き》て見《み》れば気《き》は着《つ》く。優《やさ》しくはする。[一三]当人《たうにん》に言分《いひぶん》は少《すこ》しも無《な》けれど。生家《さと》の[一四]家筋《いへすぢ》の卑《ひく》いのが頗《すこぶ》る御意《ぎょい》に召《め》さずして。先方《さき》は磁石《じしやく》で此方《こち》が鉄《てつ》。[一五]いづれ吸《す》はるゝに極《きま》つてゐると。其《それ》ばかりを苦《く》にして。私《わし》の亡後《ないのち》は[一六]彼東京弁《あのとうきやうべん》の[一七]ちやほやと[一八]世辞《せじ》の好《い》い母親《はゝおや》が這入《はいり》こむで。どういふ事《こと》をするか知《し》れたものでないと念《おも》つてゐる矢先《やさき》へ。此頃《このごろ》はもう其《その》[一九]下拵《したごしらへ》か。手廻《てまはし》の好《い》い。懊悩《うるさい》ほど出入《でいり》を為始《しはじ》めたが。[二〇]会計《くわいけい》はお銀《ぎん》の預《あづか》りゆゑ。どんな[二一]幻術《てじな》も自由自在《じいうじざい》なれば。其処《そこ》を見込《みこ》むで強請《ねだり》に来《く》るのかも知《し》れぬ。事情《わけ》をいつて泣付《なきつ》かれて見《み》れば。親《おや》だもの。苦《くる》しい思《おもひ》をしても貢《みつ》ぎたいは人情《にんじやう》。まして[二二]財布尻《さいふじり》を握《にぎ》つてゐて見《み》れば。摑出《つかみだ》して袂《たもと》へ捻込《ねぢこ》ませるは知《し》れた事《こと》。[二三]十《じふ》が九《く》まで其《それ》に相違《さうゐ》はない。

金銭《きんせん》の事《こと》は扨置《さてお》き。来《く》る度《たび》に何《なに》か知《し》らぬ包《つゝみ》を提《さ》げて帰《かへ》るのを。[二四]お増《ます》に聞《き》いて見《み》たれば。買《か》つて置《お》いた魚《さかな》だとか。肉《にく》だとか。到来《たうらい》の菓子折《くわしをり》だとか。時《とき》によれ

九 「嫁は門（どか）から貰え」（「門」は譜代の下人）、「嫁は木尻から、婿は横座から」（「木尻」は炉端の隅、「横座」は主人の席）、「嫁は下から婿は上から」「嫁は藪から取れ」などのことわざを指す。

一〇 言わなくても本心を分かって欲しいとでも言いたげな物言い。

一一 異論をとなえる理由もない。

一二 目をつぶって。見ないふりをしてとがめだてをしないで。

一三 嫁自身に対して文句は少しもないが。

一四 家系。「一家代代相続ノ系（ヂス）」（『言海』）。

一五 どうせそのうち財産の一部をうまくもっていかれる。

一六 東京特有の言葉遣い。東京言葉。→補二一。

一七 相手のご機嫌を取るさま。

一八 愛想のよい口のきき方をする。

一九 初出は「計画（したくこしらへ）」。

二〇 中流階級の家柄の家では一般に家計は当主の妻が担当した。『二人女房』成立の年にあたる明治二十四年に制度化した高等女学校などでは「出納」「家計簿記」などが教育され、「家政経済」は良妻賢母教育の重要な柱でもあった。

二一 「幻術（げんじゆつ）」は、手品、あるいは魔法のこと。ここは巧みに金をごまかすことを指す。

二二 金銭を管理する権利。

二三 十のうち九まで、の意。ほとんど確実に。十中八九。

二四 初出は「お金」。

ば沢庵《たくあん》のやうなものまで。[一]新漬《しんづけ》だの。味《あぢ》が好《いゝ》のといつて持《もた》せて帰《かへ》すさうだ。其《その》[二]奉行《ぶぎやう》はお[三]光《みつ》が[四]鼻薬《はなぐすり》を貰《もら》つて[五]忠義立《ちうぎだて》に勤《つと》めるといふ事《こと》まで知《し》つてゐる。

其《それ》だから言《い》はぬ事《こと》ではないに。周三《しうざう》もまた周三《しうざう》だ。美貌望《きりやうのぞ》みで娶《もら》つたとはいひながら。あれほど[六]鼻毛《はなげ》を延《の》ばさずともの事《こと》を。お銀《ぎん》がいふ事為《ことな》す事[七]是《ことぜ》が非《ひ》でも唯々《うゝ》と。馬鹿《ばか》になつて聴《き》いてゐる事《こと》もないものだ。あれだからお銀《ぎん》も[八]好事《いゝこと》に思《おも》つて[九]精々《せつせ》と運《はこ》ぶのだ。此家《このうち》を嫁《よめ》の親《おや》などに掻廻《かきまは》されて耐《たま》るものか。と浮世《うきよ》を十五年前《ねんぜん》に捨《す》て。隠居所《いんきよじよ》に籠《こも》つた姑《しうと》も。[一〇]政権藤原氏《せいけんふじはらし》に帰《き》すると見《み》て。痛嘆悲憤《つうたんひふん》の余奮然《あまりふんぜん》[一一]被布《ひふ》の袂《たもと》を攘《かゝ》げて[一二]大《おほ》いに為《な》すあらむといふ意気組《いきぐみ》で。此頃《このごろ》は前《まへ》のやうに[一三]隠宅《いんたく》の隅《すみ》に屈《かゞ》むで。[一四]絵入新聞《ゑいりしんぶん》のお家騒動《いへさうだう》ばかりを苦《く》にしてはゐず。居間《ゐま》の火鉢《ひばち》の正面《しやうめん》。[一五]張臂《はりひぢ》をして烟草《たばこ》を吃《ふか》しながら。まづ嫁《よめ》の挙動《そぶり》から奉公人《ほうこうにん》の働振《はたらきぶり》をじろり〳〵。[一六]八方睨《はつぱうにらみ》といふ眼色《めつき》をして。何《なに》も言《い》はずに[一七]腹《はら》の中《なか》の小言帳《こごとちやう》に委細《ゐさい》留《と》めてゐるといふ様子《やうす》。

恪《かく》とは知《し》らず母親《はゝおや》は有《あり》もせぬ用《よう》を拵《こしら》へて来《き》て見《み》ると。之《これ》はどうした事《こと》。隠居《いんきよ》どのは[一八]日暮《ひくれ》の梟《ふくろふ》といふ顔《かほ》で。まじ〳〵と火鉢《ひばち》の正面《むかふ》に座《すわ》つてゐる。[一九]眼中《がんちゆう》の容体《ようたい》。眉間《みけん》の皺《しわ》の具合《ぐあひ》。いかにも尋常《たゞ》ならぬ様子《やうす》で。奉公人《ほうこうにん》はまた心中大《しんちうおほい》に憤《いきどほ》る処《ところ》あるがごとく。外貌《おもて》は頗《すこぶ》る慎《つゝし》む処《ところ》あるが如《ごと》く。常《つね》は[二〇]竈前《かまどのまへ》に笑声《わらひごゑ》のするのが。今《け》

一 新しく漬けた漬物。 二 上の者の命令によって物事を執り行うこと。ここは、お銀の指図を受けて実家の母親に土産を持たせることを指す。 三 初出は「お新」。 四 少額のわいろ。袖の下。 五 忠義を通すこと。 六 「鼻毛を延ばす」は、女にうつつをぬかし、でれでれとすること。 七 よいことも悪いことも区別なく。 八 いい気になって。 九 ここは、次々と母親に物を与えること。 一〇 藤原氏は奈良時代・平安時代を通じて最も有力な氏族であり、娘を皇后の位につけるなどして次第に政治の要職を占め、同氏出身の摂政・関白が天皇に代わって政治を行う摂関政治によって長期にわたって政権を掌握した。したがってこれに敵対する勢力も少なくなかった。「政権藤原氏に帰すると見て」という表現は政権掌握の初めの時期を想定していると見られるが、具体的な対象は不明。 一一 表着の上にはおる外衣で、前を深く重ね、襟元を紐で留める。江戸時代の茶人などが着用したが、やがて武家の奥方の外出着などを経て女性用の上着になった。 一二 大いにやってやろう。 一三 隠居所。 一四 挿絵入り、振り仮名つきで通俗的な内容を売り物にする大衆向けの新聞の総称。『東京絵入新聞』(明治八年創刊の『平仮名絵入新聞』の後身)、『絵入朝野新聞』『絵入自由新聞』などがあ

被　布
(『明治節用大全』博文館，明27)

日《ふ》に限《かぎ》りて火《ひ》[二一]の消《き》えたか。水《みづ》を打《う》つたかと想《おも》ふほど寂寥閑《ひつそりかん》として。流元《ながしもと》で大根《だいこん》を切《き》る音《おと》が妙《めう》に冴《さ》えて聞《きこ》える。

お銀《ぎん》を見《み》れば。いつもならば火鉢《ひばち》の前《まへ》に天鵞絨《びろうど》の茵《しとね》を鋪《し》き。隠居所《いんきよじよ》へ上《あ》げる茶《ちや》でも淹《い》れてゐる傍《そば》に。[二二]小説本《せうせつぼん》の[二三]読末了《よみさし》が伏《ふ》せてあるといふ[二四]筋《すぢ》なるに。今日《けふ》は台所《だいどころ》に[二五]自身出馬《じしんしゆつば》とありて。午飯《ひるめし》の菜《さい》の指揮《さしづ》をしてゐる。

母親《はゝおや》は入《はい》つて来《き》たは来《き》たれど。変《かは》つた様子《やうす》に気《き》を奪《のま》れて。ちと足《あし》が進《すゝ》みかねるといふ状《かたち》。婢等《をんなども》は「お入来《いで》なさいまし」と襷《たすき》を外《はづ》しながらばたく[二六]下坐《げざ》をする。

「もうお[二七]支度《したく》ですか。」と[二八]愛想《あいそ》を与《く》れてから簡略《かんりやく》に親子《おやこ》の挨拶《あいさつ》がある。

此時《このとき》お銀《ぎん》は余《あま》り嬉《うれし》くない顔《かほ》をする。[二九]

「光《みつ》や。之《これ》が煮《に》えたら直《すぐ》にお魚《さかな》を架《か》けておくれ。」と母《はゝ》を伴《つ》れて[三〇]中間《なかのま》に入《はい》り。

「此頃《このごろ》はちつと御機嫌《ごきげん》が悪《わる》いのだから。」と耳語《みゝうち》をする。

「然《さ》うかい。」極小《ごくちひ》さな声《こゑ》に極力《ごくちから》を籠《こ》めて。母親《はゝおや》は直《つッ》と居間《ゐま》に通《とほ》ると。隠居《いんきよ》は一目《ひとめ》見《み》て。「また来《き》た。」といはぬばかりの顔色《かほつき》で[三一]鯁膠《にべ》ない挨拶《あいさつ》をして。後《あと》は物《もの》を言《い》ふのも太儀《たいぎ》でござるといふ風《ふう》なり。

此処《こゝ》でちやほやしてくれゝば母親《はゝおや》も居易《ゐやす》いといふ訳《わけ》なれど。根《ね》が格別《かくべつ》の用事《ようじ》

り、記事の内容としては、社会面記事やゴシップ記事などの「雑報」や、毒婦ものや歴史ものなど実録風の「続きもの」が多かった。「お家騒動」は、大名家の相続争いなどにもとづく争い事。芝居の題材に多く用いられ、「お家騒動物」というジャンルが作られた。ここは、「お家騒動」を題材にした歴史小説、もしくは「お家騒動」仕立ての物語を指している。 一五 手をふところに入れてひじを左右に張り出すような格好。威勢を示すさまなどに言う。 一六 四方八方に目を向けて気をつけていること。初出は「八方睨といふむづかしい眼色(めつ)をして、」。 一七 不満に感じたことがらをこまごまと胸のうちに記憶しておくことのたとえ。 一八 日が暮れてこれから活動を始めようとする梟のように眼を光らせて獲物を待っているさま。 一九 目つきに表れた感情。

二〇 煮炊きをする竈の前、すなわち、台所のあたり。 二一 あたり一帯がしんと静まりかえっているさま。「火の消えたよう」は、急に寂しくなるさま。「水を打ったよう」は、大勢の人が静まりかえるさま。「火」「水」ともに台所の縁語。

二二 小説が書かれている本。「小説本」には「通俗読み物」といった意味合いがある。→補二二。

二三 読みかけ。途中まで読みかけていること。

二四 筋書き。決められたとおりの展開。

二五 自ら進んでその場に出かけて。「出馬」は、大将が自ら戦場に出ること、あるいは、地位の高い人が自らその場に行くこと。 二六 身分の高い人に対して、座を下がってひれ伏すこと。

二七 昼食の用意。 二八 お愛想を言って。人あたりのよい態度を示して。 二九 初出は、このあとに「母様(おつかさん)斜(なゝめ)ならず不平(ふへい)なり。」とある。 三〇 玄関や居間と奥の間との間にある部屋。

三一 そっけない。愛想がない。「心は左程に無け

も無《な》くて来《き》たのゆへ。余《あま》り度々《たび〳〵》来《く》るのを変《へん》に想《おも》つて。隠居《いんきよ》の機嫌《きげん》でも悪《わる》くなければ好《い》ゝがと。案《あん》じてゐる処《ところ》へうんと一睨《ひとにらみ》。ぐつと肝頭《きもさき》[一]に徹《こた》へたのである。然《しか》し自身《じしん》が来《き》てから急《きふ》に不機嫌《ふきげん》といふのではなし。[二]むか腹立《ばらたち》と兼《か》ねて聞《き》いてゐれば。何《なに》か些事《つまらぬこと》を気《き》に懸《か》けてゐるのであらうから。どうか機嫌《きげん》を取直《とりなほ》すやうにしたいと。種々《いろ〳〵》[三]御意《ぎよい》に入《い》りさうな事《こと》をいつて見《み》れど。[四]蒟蒻《こんにやく》に吸瓢《すひふくべ》を懸《か》けたほども利《き》かず。「然《さ》やうでござるかなう」などゝ張合《はりあひ》のない応答《うけこたへ》ばかりして寄着《よせつ》けず。忌々《いま〳〵》しい婆《ばゝ》めと勃然《むつ》とはしたれど。可愛娘《かあいむすめ》の姑《しうと》。姑《しうと》の不機嫌《ふきげん》の捨所《すてどころ》は嫁《よめ》の身一《みひと》つ。お銀《ぎん》の難儀《なんぎ》になる事《こと》なればと。目《め》を瞑《ねぶ》つて下《した》[五]から出《で》れば増長《ぞうちやう》して。遂《つひ》には新聞《しんぶん》を取《と》つて読始《よみはじ》める。さほど対手《あひて》にするが否《いや》なら隠居所《いんきよじよ》へ引籠《ひつこ》むだが可《よ》さゝうなものを。どうして此処《こゝ》が[六]一寸《いつすん》でも動《うご》けるものかとは隠居《いんきよ》の腹《はら》なるべし。

かくまでにしても隠居《いんきよ》に見放《みはな》された母親《はゝおや》は。此上《このうへ》の手段《てだて》は無《な》しと諦《あきら》めたが。お銀《ぎん》を対手《あひて》にして談話《はなし》を始《はじ》むれど。例《れい》の用無《ような》しゆゑ談話《はなし》らしい談話《はなし》は出来《でき》ず。少《すこ》しは話《はなし》の無《な》いではなけれど。其《それ》は隠居《いんきよ》を憚《はゞか》る事《こと》のみなれば。母親《はゝおや》も戸惑《とまどひ》して此処少時《このところしばらく》黙然《だんまり》。隠居《いんきよ》は澄《すま》して新聞《しんぶん》を読《よ》む。お銀《ぎん》は灰《はひ》[七]に○《まる》や□《しかく》や十文字《じふもんじ》を画《か》いたり消《け》したり。母親《はゝおや》は[八]鉄瓶《てつびん》の霰《あられ》を食指《ひとさしゆび》で摩《な》でながら。湯気《ゆげ》の立《た》つのを眤《ちつ》と見《み》

れども言葉に膠(にべ)の無さ過ぎる返辞をすれば」(幸田露伴『五重塔』)。「にべ」は、ニベ科の魚で、その浮袋から粘着性の強い膠(にかわ)が取れる。

以上二六一頁

一 心に強くひびいた。初出は「肝頭(きもさき)に徹(こた)へて、どうしやうかと途方に暮れてゐる。」。
二 わけもなく腹を立てる性格。
三 お気に召しそうな。お心にかないそうな。
四「蒟蒻」は湿布などにも用いられる。「吸瓢を懸ける」は、半球型のガラス器の中を熱して吸盤のように体につけて体内の毒素を抜く療法を言う。ガラス器の一方に付いたゴム球で中の空気圧を下げる形のものもある。ここは、湿布のために貼った蒟蒻の上から吸瓢を懸けたほどにも効果がないことを言うか。
五 こちらがへりくだった態度を示せば、つけあがって。
六「一寸」は約三センチ。ここは、ほんのわずかな距離、の意。
七 火鉢の中の灰。
八 南部地方(青森県東部から岩手県北部)で産する鉄瓶に特徴的な紋で、鉄瓶の表面に浮き出ている霰のような粒状の突起のこと。

てゐたが。

「それからね。お鉄《てつ》の縁談《えんだん》だがね。」と漸《やうや》く一条《いちでう》の血路《けつろ》[九]を開《ひら》く。お鉄《てつ》の縁談《えんだん》といつても極模糊《ごくぼんやり》した事《こと》で。未《ま》だ相談《さうだん》に来《く》るほど出来《でき》たのではなけれど。隠居《いんきよ》の手前子供《てまへこども》ではなし。万更用無《まんざらような》しで遊《あそ》びに来《き》たと想《おも》はれるのが苦《くる》しさに。不図《ふと》考《かんが》へて。さも用《よう》あり気《げ》に恷《かい》う言《い》つて見《み》た[一〇]のである。

お銀《ぎん》は母親《はゝおや》の切々《さいくく》[一一]来るのを隠居《いんきよ》が快《こゝろよ》く念《おも》はぬとは薄々《うすくし》知つたゆゑ。今日《けふ》も亦《また》来《き》たのを南無《なむ》[一二]三首尾《さんしゆび》[一三]悪《わる》し。どうか隠居《いんきよ》の前《まへ》へ取繕《とりつくろ》はなければと心《こゝろ》を痛《いた》めてゐる処《ところ》へ。妹《いもと》の縁談《えんだん》とは成程親《なるほどおや》の来《く》るのも尤《もつとも》な用事《ようじ》。何《なん》の用《よう》で来《き》た。来《こ》ずともの事《こと》をといふ顔《かほ》の隠居《いんきよ》へ是見《これみ》よがしに。

「おや。お鉄《てつ》の……而《さう》して大概極《たいがいきま》つたんですか。」

「極《きま》つたといふほどでもないけれども。まあ良《よ》さゝうな話《はなし》だから。お前《まへ》にも急《きふ》に言《い》つて相談《さうだん》して来《こ》いつてね。また御父様《おとつさん》が彼性急《あのせつかち》だものだから。何《なん》でもかでも今日《けふ》行《いつ》て是非話《ぜひはな》しをして来《こ》いつて。突出《つきだ》されるやうにして来《き》ましたのさ。」

隠居《いんきよ》は何《なに》も聞《き》かぬ顔《かほ》で頻《しきり》に新聞《しんぶん》を読《よ》むではゐるが。甚麼談話《どんなはなし》をするかと引立《ひつたて》[一四]耳《みゝ》で。其方《そつち》にばかり気《き》を取《と》られてゐるゆゑ。目《め》はお留守《るす》になつて同処《おなじところ》を繰返《くりかへ》して読《よ》むでゐる。

九 敵の包囲を破って逃げる道を見つけること。転じて、困難を切り抜ける方法を見出すこと。

一〇 初出は「見たものさ。」。

一一 「切々(せつせつ)」は、思い迫った様子。ここは「再々(さいさい)」(たびたび、再三の意)に重ねた表記。

一二 「南無三宝」の略。仏教で、仏・法・僧の三宝に帰依することを言うが、突然の出来事に驚いたり、あるいは失敗したりした時に発する語としても用いられる。しまった。

一三 折が悪い。ここは、都合の悪いときに来たものだ、の意。

一四 聞き耳を立てること。他人の話を聞き取ろうと耳を澄ませること。

「さうでしたか。見合《みあひ》は？」

「四五日内《にちうち》にしやうかとも思《おも》つてゐるのだけれど。其前《そのまへ》に少《すこ》しお前《まへ》に相談《さうだん》をしたい事《こと》があつてね。」

と言未了《いひさし》[一]てわざと忸怩《もじ/\》する。忸怩《もじ/\》などはせず[二]とも事《こと》なれど。これからは他聞《たぶん》[三]を憚《はゞか》る秘中《ひちう》の秘密《ひみつ》。隠居《いんきよ》は其《それ》と気《き》を利《き》かして大方遠慮《おほかたゑんりよ》をするであらうと思《おも》ひの外《ほか》。猶且悠然自若《やつぱりいうぜんじじやく》として新紙《しんし》[四]を眺《なが》めてゐる（読《よ》むでゐるにあらず）母親《はゝおや》は此業突張《このがふつくばり》[五]といはぬばかりの悔《くや》しさうな目《め》をして。隠居《いんきよ》の様子《やうす》を眤《ぢッ》と視《み》てゐる。

「さうして先方《さき》の身分《みぶん》は？」

お銀《ぎん》は此話《このはなし》を真《ま》に受《う》けてゞもゐるやうに。突込《つゝこ》むで来《く》るので。母親《はゝおや》は大《おほ》いに避易《へきえき》[六]して持余《もてあま》す気味《きみ》あれども。目顔《めがほ》[七]で知《し》らせる事《こと》もならず。為《せ》う事《こと》なしに落着《おちつ》き払《はら》つて。

「父様《おとつさん》の上役《うはやく》の方《かた》の周旋《しうせん》で。お役所《やくしよ》は違《ちが》ふけれどもやつぱり勤吏《つとめにん》[八]さ。」

「それはまあ大相好《たいさういゝ》ぢやありませんか。」

「まだ最一《もうひと》つあるのだよ。」

「外《ほか》に？」「外《ほか》にさ。其方《そのはう》は会社《くわいしや》へ勤《つと》める人《ひと》だが。之《これ》も相応《さうおう》の口《くち》さ。それで

一 途中まで言いかけたままで。初出は「欲語（いひさし）て」。
二 しなくてもよいこと。
三 話を他人に聞かれること。人聞き。
四 新聞紙のこと。Newspaper の直訳。「貴重の新紙を埋めんこと。最も心なき業に似たれば」（坪内逍遙『当世書生気質』明治十八―十九年）。
五 ひどく強情で意地っ張りなこと。本来、欲が深いことを言うが、「強突張り」（意地っ張りなこと）と混用される。
六 相手の勢いに尻込みすること。正しくは「辟易」。
七 言葉に出さず、目つきや表情でそれとなく分からせる。
八 役所に勤務する人。役人。

……。」

と九娘《むすめ》ならば畳《たゝみ》を毟《むし》るか。のゝ字《じ》を書《か》くかといふ処《ところ》なれど。母様《おつかさん》なれば。雁首《がんくび》の煙脂《やに》を火筯《ひばし》で抉《ほじ》つて。少時思《しばらくおも》ふ処《ところ》あるがごとく。遠慮《あんりよ》する処《ところ》あるがごとく。其《その》内《うち》に雁首《がんくび》の掃除《さうぢ》も出来《でき》てすうと一服吸《いつぷくす》つて。一〇とんと一一敲《たゝ》き。最一服吸《もういつぷくす》つて敲《たゝ》いても。隠居《いんきよ》は更《さら》に蠢《びく》ともせず。例《れい》の通《とほ》り新聞《しんぶん》を眺《なが》めてゐる。

「裏《うら》の山茶花《さざんくわ》は盛《さかり》だらうねえ。」と一二禅《ぜん》の問答《もんだふ》でもするやうな縁《えん》のない言《こと》を突然言出《ひよつくりいひだ》す。

「盛《さかり》はもう過《す》ぎて今《いま》は何《なに》も無《な》いけれど。もう少《すこ》し経《た》つと梅《うめ》がね。」

「梅《うめ》は好《い》ゝねえ。一三花《はな》はもう梅《うめ》の事《こと》だ。」

「あゝ。庭《には》の一四枝折戸《しをりど》の側《そば》の蜜柑《みかん》が余程黄《よつぽどきば》みましたよ。」

「あの蜜柑《みかん》が？　さぞ見事《みごと》だらうね。」

「行《い》つて御覧《ごらん》なさいな。」

「一五蜜柑《みかん》なんぞは八百屋《やをや》に列《なら》むでゐるのより外《ほか》に見《み》た事《こと》のない人《ひと》だから。ほゝゝゝ。」

一六蜜柑《みかん》を玉《たま》につかつて此場《このば》を免《のが》れる計略《けいりやく》。やれ嬉《うれ》しやと母親《はゝおや》はお銀《ぎん》と伴立《つれだ》ち。隠居一人置去《いんきよひとりおきざり》にして庭《には》に出《で》る。と。隠居《いんきよ》は急《きふ》に新聞《しんぶん》を捨《す》てゝ伸上《のびあが》り。一七硝子障子《がらすしやうじ》

九　若い娘ならば、畳のささくれをむしったり、畳に「の」の字をいくつも書いたりして手持ち無沙汰をまぎらすところだが。

一〇　初出は「吸(す)ひ、ふうと烟(けむ)を吐(は)き、」。

一一　吸い終わった煙管(きせる)の吸い殻を灰吹きの縁で敲いて落とすこと。

一二　禅宗の修行僧が師と交わす問答のこと。難解で飛躍が多いため、話のかみ合わない珍妙な会話をこれにたとえる。

一三　花と言えば梅がなにより一番だ、の意。

一四　丸竹の枠に割竹や細竹を交差するように組んで縄紐で結びとめた小さな扉。

一五　都会育ちで、木に実った蜜柑を見たことがない、の意。『恋山賤』(一一〇頁一〇行)には蕨(わらび)を「藁で束ねたより見たことなき女達(をんなども)」という一節がある。

一六　蜜柑を話題にすることで窮地を脱することを言う。「玉につかう」は策略の手段にする、の意。蜜柑の丸い形を「玉」に見立てた表現。

一七　紙の代わりにガラスを張った障子。「玻瓈障子(はりしやうじ)は鎖(さ)せども、内と外とを貫徹(とほ)に」(仮名垣魯文『西洋道中膝栗毛』明治三―九年)。

から二人《ふたり》の影《かげ》を透《す》かして。

「何《なに》を談《はな》しくさるか」と鉄瓶《てつびん》を下《おろ》して火《ひ》[一]を撥《あら》け。手《て》を暖《あぶ》るとて火鉢《ひばち》の縁《ふち》に懸《か》けた肘《ひぢ》が外《はづ》れて灰《はひ》にすぽり。はつと思《おも》つて挙《あ》げる袖《そで》に扇《あふ》られて雲《くも》のごとく灰《はひ》が舞《ま》ひ立《た》つ。

「これ誰《たれ》か。増《ます》[二]！　光《みつ》！」

女《をんな》が駈着《かけつ》けて。おや〳〵と箒《はゝき》に団扇《うちは》。水《みづ》に雑巾《ざふきん》。拭《ふ》いたり敲《たゝ》いたり。隠《いん》居《きよ》も耐《たま》らず陣《ぢん》[三]を退《ひ》いて本城《ほんじやう》に遁籠《にげこ》む。

二人《ふたり》は庭《には》から裏《うら》へ出《で》ながらこそ〳〵話《ばなし》。

「どういふものだか此頃《このごろ》は大変機嫌《たいへんきげん》が悪《わる》いのだから。当分御母様《たうぶんおつかさん》も来《こ》ない方《はう》が可《い》いよ。」

「何《なん》で那様《そんな》に機嫌《きげん》が悪《わる》いのだえ？」

「何《なん》だか解《わか》らないけれども。何《なに》か旦那《だんな》に言《い》はれたらしいの。」

「お前《まへ》にも辛《つら》く抵《あた》るかい。」

「何別《なにべつ》に。辛《つら》く抵《あた》つたところが悖《さから》はずにそつとして置《お》くから構《かま》ひはしない。誰《たれ》が来《き》てもあゝいふ仏頂《ぶつちやう》[四]な顔《かほ》をしてゐるのだから。御母様《おつかさん》も来《く》れば側杖《そばづゑ》[五]を食《く》ふから当分来《たうぶんこ》ない方《はう》が可《い》いよ。」

一　炭火をかき広げて火をかき立てて。「あらける」は、離ればなれにする、間をあける、の意。「馳走ぶりに火を撥ける」（尾崎紅葉『多情多恨』）。
二　初出は「金（きん）！　清（せい）！」。
三　戦の軍勢を引き上げて。ここは、やむなく隠居所に引き下がること。
四　不機嫌な顔。仏頂面（ぶつちょうづら）。
五　とばっちりを受ける。自分には関係のない災難に巻き込まれる。
六　ふところに入れてある財布や時計などのこと。

「あゝもう懲々《こり〴〵》した。来《き》やしないよ。ぢや別《べつ》に用《よう》も無《な》いのだから私《わたし》は帰《かへ》るよ。」

「まあ御膳《ごぜん》でも食《た》べて。」

「あの目《め》で睨《にら》まれて吭《のど》へ通《とほ》るものかね。」

「ぢやあお帰《かへ》りか。」と帯《おび》の間《あひだ》から懐中物《くわいちうもの》[六]を出《だ》して。紙幣《さつ》を一枚紙《いちまいかみ》に包《つゝ》むで。

「御父様《おとつさん》に何《なに》か。」

「おや然《さ》うかい。」と気《き》の毒《どく》さうに請取《うけと》る。

（六）

帰途《かへり》に母親《はゝおや》独《ひとり》以為《おもへら》く[七]。隠居《いんきよ》の今日《けふ》の不機嫌《ふきげん》はどういふ理由《わけ》であらう。銀《ぎん》が何《なに》か気《き》に入《い》らぬ事《こと》をしたのか知《し》らぬ。さうも想《おも》ふけれど。聞《き》いて見《み》れば旦那《だんな》に何《なに》かいはれたらしいといふから。さうかも知《し》れぬ。あゝいふ風《ふう》の姑《ひと》だから。我《おれ》[八]は親《おや》だよ。大事《だいじ》な御母様《おつかさん》[九]だよ風《かぜ》を吹《ふ》かし過《す》ぎたので。旦那《だんな》も勃然《むかつ》として何《なん》とか[一〇]言《い》ひなすつたのが気《き》に障《さは》つて。一同《みんな》に八当《やつあた》りのお相伴《しやうばん》[一一]をさせるのかも知《し》れぬ。一同《みんな》のお相伴《しやうばん》は兎《と》も角《かく》も。私《わたし》にまで当《あた》る事《こと》は無《な》からう。私《わたし》を何《なん》だと思《おも》ふのだ。馬鹿《ばか》々々《〴〵》しい。私《わたし》は銀《ぎん》の親《おや》ぢやないか。銀《ぎん》の親《おや》なら周三様《しうざうさん》にも親《おや》だ。して見《み》れ

ここは財布を指す。

『二人女房』初出挿絵
（水野年方画「母子園中に紙幣を授受す」，『都の花』77 号，明 25・2・21）

七 思うところは。以下に思っていることがらがつづく。漢文風の表現。
八 「おれ」は、江戸時代を通じて男女の別なく用いられた一人称だが、江戸末期以降、女性はあまり用いなくなった。「自称ノ代名詞、我(ワレ)ニ同ジ、今、多ク ハ下輩ニ対シテ用キル」（『言海』）。 九 いかにも母親だという態度を見せつけすぎた。「風を吹かせる」は、わざとらしくそれらしい態度を示すこと。「役人風を吹かせる」など、名詞に添えて用いることが多い。初出は「母様(おつかさん)だよと風を吹かし過ぎたので、」。「お邸風を吹かしたり、お惣菜並に扱ふから」（泉鏡花『婦系図』）。 一〇 初出は「いったのが、怪(け)しからず気に障って」。
一一 いっしょにもてなしを受けること。ここでは、いっしょにとばっちりを受けること。

ば隠居《いんきよ》とは親《おや》と親同士《おやどうし》で同等《どうとう》の位《くらゐ》ぢやないか。それでも娘《むすめ》が世話《せわ》になると思《おも》ふから。一段下《だんした》に出《で》て御隠居様《ごいんきよさま》々々々々といつてやれば[一]好気《いゝき》になつて。他《ひと》を目下《めした》に見《み》て大《おほ》きな顔《かほ》をしてゐる。何《なん》の事《こつ》た！

娘《むすめ》が可愛《かあい》からこそ腰《こし》を卑《ひく》くして月《つき》に一度《いちど》でも行《い》つてやるのだ。何《なん》のあの仏頂面《ぶつちやうづら》に用《よう》でもある事《こと》か。もう〳〵〳〵〳〵用《よう》があらうが。何《なに》があらうが。行《い》つてやる事《こつ》ちやない。馬鹿《ばか》々々しい。

憶起《おもひだ》しても腹《はら》が立《た》つ。今日《けふ》の[二]始末《しまつ》は何《なん》だ。我《ひと》が話《はなし》を為掛《しか》ければ。[三]何処《どこ》に火事《くわじ》があるといふ顔《かほ》をして新聞《しんぶん》を読《よ》みくさる。母親《はゝおや》が娘《むすめ》に会《あ》ひに行《ゆ》くからは。色々《いろ〳〵》話《はなし》のあるのは知《し》れた事《こと》だ。側《そば》に他人《たにん》にゐられては[四]骨肉同士《みうちどうし》の話《はなし》は為悪《しにく》いぐらゐは誰《たれ》でも知《し》つてる事《こと》だ。それが解《わか》らないくらゐなら[五]山出《やまだ》しの田舎《ゐなか》ものだ。お[六]ゝ田舎《ゐなか》ものだつけ。第一《だい》隠居《いんきよ》といふものは隠居所《いんきよじよ》へ引籠《ひつこ》むで。[七]猫火鉢《ねこひばち》にかぢりついて新聞《しんぶん》でも見《み》てゐれば可《い》いのだに。妙《めう》にしや〳〵り出《だ》して奈何《どう》いふ意《つもり》だらう。

噫《あゝ》それにつけてもお銀《ぎん》はさぞ辛《つら》からう。私《わたし》なぞは半日《はんにち》ゐても這麼《こんな》に腹《はら》が立《た》つて悔《くや》しくて耐《たま》らないのを。御母様《おつかさん》々々々々と何事《なにごと》も[八]風《かぜ》の柳《やなぎ》に受流《うけなが》して。機嫌《きげん》を取《と》るといふのは大躰《たいてい》な事《こつ》ちやない。それにあの娘《こ》は鉄《てつ》と比《くら》べると。[九]気《き》の快濶《さばけ》た[一〇]発揮《はき》々々した娘《こ》であつたが。彼所《あすこ》へ嫁《い》つてから大層落着《たいそうおちつ》いて。落着《おちつ》いたといふより

一　初出は「好気になつてつけ上(あが)り、我(ひと)を」。
二　事のなりゆき。ありさま。
三　自分とは無縁だという顔つき。
四　「骨肉(こつにく)」は血を分けた親子や兄弟のこと。
五　田舎の出身。田舎から出てきたばかりであること。
六　そういえば実際に田舎ものだったな。江戸っ子が地方出身者に対して示す侮蔑の表現。確認する意味での「…だっけ」は、江戸語もしくは東京語の言い回し。初出は「おゝ田舎ものだつけ。江戸子(えどつこ)には薄鈍(うすのろ)でもあんな気の利(き)かない厄介(やくかい)ものはありやしない。」。
七　周囲に数個の穴をあけた素焼きや陶製の火鉢。上に綿入れなどをかぶせて手足を暖めるのに用いる。
八　風になびく柳のように相手に逆らわずに。「柳に風と受け流す」「柳にあしらう」とも言う。
九　気性のさっぱりした。「快濶(かいかつ)」は、さっぱりとして物事を気にしないさま。
一〇　「発揮(はっき)」に、自分の特性を外に示すこと、の意があることから、「はきはき」の音に重ねたもの。

何《なん》と無《な》く鬱《ふさ》いで。始《し》終《じう》考事《かんがへごと》でもしてゐるやうな塩梅《あんばい》で。家《うち》に居《ゐ》た時《じ》分《ぶん》のやうでないのは。勿論《もちろん》一家《いつけ》の主《あるじ》となつたのだから然《さ》うもあらうけれど。一つはあの隠居《いんきよ》に何《なん》のかのと苛《さいな》まれるので。自《し》然《ぜん》と気《き》が弱《よわ》くなつたのに違《ちが》ひない。なるほどどこれだから世《せ》間《けん》では姑《しうと》のある家《うち》へ娘《むすめ》を遣《や》るのを否《いや》がるのだ。尤《もつとも》だ。無《む》理《り》はない。

那様事《そんなこと》をいつちや[一一]何《なん》ぼう何《なん》でも済《す》まないけれど。あの又隠居《またいんきよ》が来年《らいねん》や再《さ》来年《らいねん》[一二]お目《め》出《で》度《たく》なるやうな格《がら》ぢやない。もう六十六になるといふのに。髪《かみ》は[一三]茸々《ふさ〳〵》として皺寡《しわすくな》で。腰《こし》は屈《かゞ》まず目《め》はたしかで。馬《うま》のやうな歯《は》で沢庵《たくあん》の厚切《あつぎれ》を咬《かぢ》るから。惣入歯《そういれば》だと想《おも》つたら入歯《いれば》は唯《たつた》四枚《まい》だといふ。第《だい》一骨太《ほねぶと》の[一四]巌畳造《がんでふづくり》で。ぽちや〳〵と[一五]水沢山《みづたくさん》とは[一六]因果《いんぐわ》な事《こと》ぢやないか。まだ十年《ねん》はあの娘《こ》も苦労《くらう》を為《す》ることだらう。

「おや〳〵行過《ゆきす》ぎた。車《くるま》やさん[一七]二軒後《けんあと》の家《うち》だよ。」

「あら御母様《おつかさん》！」とお鉄《てつ》が格子《かうし》を啓《あ》けて待《ま》つと。気《き》の無《な》い声《こゑ》で。「今帰《いまかへ》つたよ。」

と毛《け》糸細工《いとざいく》の[一八]シオールを渡《わた》す。之《これ》はお鉄《てつ》の所有品《しよいうひん》なるを。今日《けふ》は寒《さむ》いからとて[一九]時借《ときがり》をしたものと知《し》るべし。

「御母様《おつかさん》。午飯《おひる》は？」「未《まだ》さ。」と[二〇]五音《おん》の調子《てうし》は頗《すこぶ》る不《ふ》平《へい》を帯《お》[二一]びてゐる。

一一 いくらなんでも。
一二 死ぬこと。「死ぬ」の語を忌んでこう言う。「お前さんの留守に師匠はおめでたくなってしまったが」（三遊亭円朝『真景累ヶ淵』明治二十一年刊）。
一三 「茸々（じようじよう）」は、柔らかい毛がふさふさとしているさま。
一四 がっしりした体格。丈夫な体。
一五 みずみずしいこと。
一六 不運な巡り合わせにあること。
一七 二軒うしろ。
一八 ショール（Shawl）。防寒などのための婦人用肩掛け。明治前期の娘風俗として、振袖などの和装にショールを掛けることが流行した。明治三十二年二月の『風俗画報』一八二号に「肩掛（ショール）は数年前の流行なりしも漸く影を失ひ」とある。初出は「肩被（しおいる）」。

ショール
（水野年方画「三井好 都のにしき」明 37，都立中央図書館東京誌料文庫蔵）

一九 少しの間だけ借りること。
二〇 「ごいん」とも言う。ここは、声つき、声音のこと。 二一 初出は「帯びたり」。

「さう。なぜ食《た》べて来《こ》なかつたの。」

「今日《けふ》はそれ所《どころ》ぢやなかつたよ。あゝお腹《なか》が空《す》いた。お前《まへ》もう済《す》むだのかい。」

「今《いま》し方《がた》。一人法師《ひとりぼッち》でおいしくなかつたよ。」

「何《なに》かお菜《かず》を拵《こしら》へて？」

「魚屋《さかなや》がね。大変《たいへん》味美《おいしい》から味噌煮《みそに》につてね。鯖《さば》を置《お》[一]いて行《い》つたから味噌煮《みそに》にしたよ。本当《ほんと》に旨《うま》い鯖《さば》。仕度《したく》をしやうか。」

「あゝ早《はや》く為《し》ておくれ。」

おゝ餒《ひもじ》[二]い〳〵といひながら帯《おび》を解《と》いて。暖《あたゝ》めてある不断着《ふだんぎ》を取《と》らうとして火燵《こたつ》を啓《あ》けると。櫓《やぐら》[三]が焦《こ》げて黄臭《きなくさ》[四]いほどの火気《くわき》。

「まあ此《これ》は！」と慌《あわ》てゝ火筋《ひばし》を取《と》つて。おや〳〵〳〵と埋《い》[五]けながら。

「お前《まへ》まあ此火《このひ》はどうしたんだねえ。襦袢《じゆばん》が焦《こ》げやしないかね。」と衣類《きもの》を探《さが》すと櫓《やぐら》の上《うへ》には無《な》くて。辷落《すべりお》ちて壁《かべ》の方《はう》に固《かた》つてゐる。

「何《なん》だねえ。鉄《てつ》。」と不承《ふしよう》々々《ぐ》に拾《ひろ》ひ上《あ》げると。

「何《なに》。どうしたの？」と台所《だいどころ》から覗《のぞ》いて。

「あら落《お》ちてゐたの？」ふゝゝゝゝゝと笑《わら》ふ。

一　江戸時代から明治時代を通じて、都市の魚屋は、天秤棒に下げた盤台(浅いたらい)に魚を入れて得意先などに売り歩いた(→三三五頁掲載の初出挿絵)。「まず盤台から天秤棒、残らず新規に拵(こしら)へて、魚は芝の活物(いけもの)を安く売るのでじきに売れ」(歌舞伎『新皿屋舗月雨暈(しんさらやしきつきのあまがさ)』河竹黙阿弥作、明治十六年初演)。

二　空腹であること。「餒(だい)」は飢えること。初出は「空腹(ひもじい)〳〵」。

三　置きごたつは、火鉢の上に、木を組み合わせた格子状の櫓を伏せ、その上にこたつ布団を懸けた。

四　ものが焼けるときの焦げくさいにおいがすること。

五　(火の勢いを弱めるために)炭火を火鉢の灰の中に埋めながら。

「笑《わら》ひ事《ごつ》ちやないよ。おゝ冷《つめ》たい。ほう冷《つめ》たい。」と面《かほ》を顰《しか》めながら幾度《いくたび》も身《み》顫《ぶる》ひをして着《き》て仕舞《しま》ふと。火鉢《ひばち》の側《そば》に坐《すわ》つて先一服《まづいつぷく》。

其内《そのうち》にお鉄《てつ》は効々《かひぐ》しく[六]膳立《ぜんだて》をして母親《はゝおや》の前《まへ》に据《す》ゑて。脱捨《ぬぎす》てゝある衣類《きもの》を畳《たゝ》みに懸《か》かる。

「御母様《おつかさん》。姉様《ねえさん》は何《なに》をしてゐて？」

「別《べつ》に何《なに》もしてゐなかつた。」と飯《めし》に茶《ちや》をかける。

「何《なん》とかいひましたか。」

「別《べつ》に何《なに》もいひはしなかつた。」

「あら可厭《いや》な御母様《おつかさん》。」と手《て》を停《やす》めて母親《はゝおや》の顔《かほ》を見込《みこ》むで。

「どんな様子《やうす》だつたか些《ちつ》と話《はなし》をなさいなね。」

「別《べつ》に話《はなし》をするほどの事《こと》はなかつたよ。」と鯖《さば》の骨附《ほねつき》の肉《み》を[七]一口入《ひとくちい》れて。[八]菜漬《なづけ》を挿《はさ》むで又一口入《またひとくちい》れて。其箸《そのはし》を茶椀《ちやわん》の中《なか》の茶《ちや》でさら〳〵と濯《ゆす》いで。[九]木地塗《きぢぬり》の二箇所《にかしよ》ほど剥《は》げた箸函《はしばこ》にしやんと納《おさ》めて。[一〇]襟《えり》の小楊枝《こやうじ》を抜取《ぬきと》つて。「大層《たいそう》おいしい鯖《さば》だつた。」と膳《ぜん》を少《すこ》し前《まへ》へ押遣《おしや》り。[一一]物思《ものおも》はしい顔《かほ》をして歯《は》を[一二]鑿《せゝ》つてゐる。

お鉄《てつ》は[一三]此躰《このてい》を見《み》て合点《がてん》がゆかず。

六 食事の準備を整えること。お膳立て。

七 初出は「せゝつて一口入れて、」。

八 白菜・水菜・高菜などの漬け物。

九 木地の木目が透かし見えるように漆を薄く塗ること。

一〇 「小楊枝」は、爪楊枝のこと。使い捨てにせず、襟の縫い目などに差して何度か用いた。

一一 気がかりなことがありそうな顔。

一二 楊枝で繰り返し突ついている。

一三 様子。ありさま。

「御母様《おつかさん》何《なん》だか鬱《ふさ》いでゐるのねえ。いつも姉様《ねえさん》の処《ところ》から帰《かへ》つて来《く》ると御機嫌《ごきげん》が良《い》いのに。どうしたの。」

之《これ》を聞《き》くと母親《はゝおや》は懵然《ぼんやり》畳《たゝみ》を瞶《みつ》めてゐながら。一寸《ちよいと》苦笑《にがわら》ひをしたばかり。直《すぐ》に又真面目《またまじめ》に復《かへ》つて思案《しあん》してゐる中《うち》に。啣《くは》えてゐた楊枝《やうじ》をぷつゝり前歯《まへば》で咬折《かみを》る。

どうも異《をか》しな様子《やうす》を気《き》にしてお鉄《てつ》が又訊《またたづ》ねる。

「どうぞしたの？　御母様《おつかさん》。」

「なあに。」と素気《そつけ》の無《な》い応答《うけこたへ》で払《はら》はれて。お鉄《てつ》は希有《けう》な眼色《めつき》で母親《はゝおや》の様子《やうす》を測量《そくりやう》しては見《み》たものゝ。一向理《いつかうわけ》は解《わか》らず。但不思議《たゞふしぎ》な事《こと》だと[一]腑《ふ》に落《おと》しかねてゐる。衣物《きもの》も羽織《はおり》も帯《おび》も襦袢《じゆばん》も畳《たゝ》むで。箪笥《たんす》に蔵《しま》はうと。起《た》つて火炬《こたつ》の側《わき》を通《とほ》ると。紙《かみ》に包《つゝ》むだ物《もの》が遺《お》ちてゐるから。拾《ひろ》つて開《あ》けて見《み》ると[二]弐《に》円札《ゑんさつ》が一枚《いちまい》。一寸《ちよいと》小首《こくび》を傾《かたふ》けて。背後《うしろ》へ隠《かく》して。御母様《おつかさん》と呼《よ》び懸《か》け。

「遺失物《おとしもの》をした覚《おぼ》えはないの？」

「遺物《おとしもの》？」と母親《はゝおや》は少《すこ》し考《かんが》へて。あゝと両手《りやうて》で火鉢《ひばち》の縁《ふち》を拍《う》つて。

「あるとも。大事《だいじ》なものを。」

「[三]無料《たゞ》は還《かへ》さないよ。」と出《だ》して見《み》せる。

母親《はゝおや》は笑《わら》ひかけて。「何所《どこ》に遺《お》ちてゐたえ。」

一　合点がゆかないで。納得できないで。

二　明治四年の「新貨条例」に伴い明治五年に発行された政府発行紙幣（明治通宝）の中の一つを指すか。ただし、明治二十年代には、明治十七年から発行が開始された日本銀行券や旧来の国立銀行発行紙幣など、複数の紙幣が同時に流通していたため、特定はできない。

三　初出は「無報酬（たゞ）は還（かへ）しませんよ。」。

「御母様是《おつかさんこれ》はどうしたの。」

「どうするものかね。私《わたし》が持《もつ》てゐたのさ。」

「ほゝゝゝゝ。不可《いけません》よ。隠《かく》しても。」

「何《なに》を隠《かく》すものかね。」と極真面目《ごくまじめ》。

「不可《いけません》よ。一寸此《ちよいとこの》四芳芬《にほひ》を嗅《か》いでごらんな。」

と包紙《つゝみがみ》を母親《はゝおや》の鼻頭《はなさき》へ持《も》つて行《ゆ》く。嗅《か》ぐと香水《かうすゐ》の芳芬《いゝにほひ》がする。

「好《い》い匂《にほひ》がしませう。」

「するとも。」

「いけませんよ。隠《かく》しても。」

「何《なん》だねえ。」と母親《はゝおや》は叱《しか》るやうな目《め》で視《み》る。

どんな眼《め》をしてもお鉄《てつ》は一向平気《いつかうへいき》で。「いけませんよ」を又繰返《またくりかへ》して。

「これはね。これは。ほわ……ほわあ……五ほわると薔薇《ロース》といふ六舶来《はくらい》の香水《かうすゐ》の匂《にほひ》で。姉様《ねえさん》が手巾《はんけち》に布《つ》けるのに持《も》つてるのをちやあんと知《し》つてゐますよ。」

七四相《しさう》を悟《さと》る重忠《しげたゞ》がといふ塩梅《あんばい》で。佶《きつ》と八見《み》えをするほどお鉄《てつ》の仕済《しす》まし顔《がほ》。御《おつ》母様《かさん》ぎつくり。殆《ほとん》ど已《や》むことを得《え》ず。

「さうかねえ。」と苦笑《にがわらひ》。


四「芳芬（ほうふん）」はよい香りのこと。

五「ホワイトローズ（White Rose）」のこと。イギリスのアトキンソン社製の香水。初出は「ほわあと薔薇（ろおず）」。→補二三。
六 外国から輸入されること。外国製。
七 すべてを知っている、という意の成句。「四相を悟る」は、四相、すなわち万物の生滅変化する四つの段階（生相、住相、異相、滅相）すべてを知ること、聡明なこと。「重忠」は鎌倉初期の武将畠山重忠。ここは、浄瑠璃『ひらかな盛衰記』（文耕堂ほか合作、元文四年初演）の「逆櫓」の段で樋口次郎兼光が「槌松（つちまつ）」に暇乞ひとは四相を悟る重忠の御情（おんなさけ）」と語る場面をふまえる。浄瑠璃『出世景清』（近松門左衛門作、貞享二年初演）にも「景清は二相を悟り候へ共、重忠は四そうをさとる」とある。
八 見えを切るしぐさでもしそうな。「見えを切る」は、歌舞伎の見せ場で役者が一瞬動きを止め、にらむようなしぐさで感情の高ぶりを表現すること。

「でしやう。」とお鉄《てつ》は意有《いあ》るがごとく首《くび》を傾《かし》げて母親《はゝおや》の顔《かほ》を覗《のぞ》きこむ。

「[一]奢《をご》らうよ。」「何《なに》を。御母様《おつかさん》。」

「何《なん》でも好《い》いものを。」「何《なん》にしませうね。」

お鮨《すし》にせうか。お蕎麦《そば》にせうか。いや〳〵直《づッ》と飛《とん》でお[二]鰻《うな》にせうか。其《それ》が一番《いちばん》好《い》いのだけれど。余《あん》り増長《つけあが》つて[三]熱《ねつ》を吹《ふ》くと叱《しか》られるに違《ちが》ひない。それぢやいつそ鰻《うなぎ》に似《に》てゐる[四]骨抜鰌《ほねぬき》にせうか。お刺身《さしみ》も好《い》いし。蒲鉾《かまぼこ》を買《か》つて[五]附焼《つけやき》にするのも[六]随分旨《ずゐぶんうま》し。

母親《はゝおや》は[七]舌《した》の痛《いた》くなるのも忘《わす》れて[八]思案煙草《しあんたばこ》を吃《ふか》しながら。切《しきり》に今朝《けさ》の無念《むねん》を思《おも》ひ返《かへ》してゐる。[九]

お鉄《てつ》は一思《ひとおも》ひに鰻飯《うなぎめし》と決《き》めて言出《いひだ》して見《み》やうか。「何《なん》だね。そんな大相《たいさう》な事《こと》を。」と遣《や》られはしまいかと暫《しばら》く躊躇《ためらひ》て。[一〇]任《まゝ》よと遂《つひ》に切出《きりだ》す。

「御母様《おつかさん》。」とまづ呼《よ》むで見《み》たれど一向返事無《いつかうへんじな》し。

「御母様《おつかさん》。」と最《も》一度《いちど》。それでも返事《へんじ》なし。

「一寸《ちよいと》。御母様《おつかさん》。御母様《おつかさん》てば。」三度目《どめ》は一寸《ちよいと》といふ[一一]冠《かむり》と。てばといふ[一二]沓付《くつつき》で。余程念入《よほどねんいり》に呼《よ》むだれば。通《つう》じた代《かは》りに。「何《なん》だね。」と思《おも》つたより手厳《てきび》しい挨拶《あいさつ》。其声斜《そのこゑなゝめ》ならず不機嫌《ふきげん》なり。

一（嘘をついた罰として）何かご馳走しよう。
二 鰻飯のこと。喜田川守貞『守貞謾稿』には「鰻飯 京坂にて「まぶし」、江戸にて「どんぶり」と云ふ。鰻丼飯の略なり」とある。初出は「お鰻（うな）のお丼（どんぶり）」。
三 大きなことを言う。明治二十年頃、もりそば一杯一銭に対し、鰻飯は二、三十銭の値であった。
四 骨抜きの鰌を鍋にしたもの。→『紅子戯語』補四二。
五 醬油とみりんを合わせて作ったたれなどを付けて焼くこと。
六 初出は「随分旨し。と今年十七初花（はつ）（はな）の色盛（いろざ）（かり）、暴（あ）（ら）い風にも袖を翳（か）（ざ）して「あれえ」といふ娘も、其心底（しん）（てい）は誰（た）（れ）も異（か）（は）らずかうしたものなり。」。
七 煙草の吸いすぎで舌が痛くなること。
八 考え事をしながら煙草を吸うこと。
九 初出は「灰（は）（ひ）を屹（き）（つ）と見詰（み）（つ）めてゐる。」。
一〇 なるようになれ。
一一 ここは、和歌や俳句で、各句の最初と最後に一連の音を詠み込む「沓冠（くつか）（むり）」という詠み方をふまえる。
一二 「初め」を意味する「冠」に対して「終わり」の意になる。→前注。

お鉄《てつ》は愞然《ぎよつ》として黙然《だんまり》。右《みぎ》の食指《ひとさしゆび》で左《ひだり》の掌《てのひら》に鰻《うなぎ》のうの字《じ》を続《つゞ》け様《ざま》に幾許《いくら》も画《か》いた跡《あと》を摩《こす》りながら。[一三]愞返《しよげかへ》つて母《はゝ》の様子《やうす》を視《み》てゐたが。旋《やが》て火鉢《ひばち》の傍《そば》へ擦寄《すりよ》つて。また「御母様《おつかさん》。」と極小《ごくちい》さな声《こゑ》をして小当《こあた》りに当《あた》つて見《み》ると。従前《じうぜん》の通《とほ》り[一四]墨々《まじ〳〵》として深《ふか》く思案《しあん》に暮《く》れてゐる。火鉢《ひばち》の縁《ふち》に持《もた》せて啣《くは》えてゐる煙管《きせる》を見《み》ると。雁首《がんくび》は疾《とう》に殻《から》になつてゐるのを夢中《むちう》ですぱ〳〵やつてゐる。お鉄《てつ》はそつと煙草《たばこ》を撚《ひね》つて塡《つ》めても知《し》らず。[一五]火《ひ》を挟《はさ》むで点《つ》けたのも知《し》らず。例《れい》の通《とほ》りすぱ〳〵とやると。[一六]卒《にはか》に来《き》た煙《けふり》を吸過《すひす》ぎて。「えへ〳〵。あは〳〵。」ほゝゝゝゝとお鉄《てつ》は笑《わら》ひ転《こ》ける。

「何《なに》を為《し》たんだねえ。」と猶且《やつぱり》煙草《たばこ》の事《こと》は知《し》らず。正気《しやうき》に復《かへ》つた処《ところ》が[一七]機会《しほ》と。お鉄《てつ》は奢《をご》つてもらふ註文《ちうもん》をすると。

「大業《おほげふ》な事《こと》をいふぢやないかね。」と察《さつ》しの如《ごと》く御採用《おとりあげ》がない文句《もんく》なれど。其《その》裏自《うちおのづ》から調子《てうし》の弱《よわ》い処《ところ》あつて。此処《こゝ》から撃《う》つて来《こ》いとはいはぬばかりの隙《すき》を[一八]覘《ねら》つて口説立《くどきた》てれば。

「まあ御父様《おとつさん》に伺《うかゞ》つて。」と意《い》あるがごとく。遁《に》げるごとく。然《さ》はさせじと追《おひ》窮《つ》めて。到頭《たう〳〵》唯《うん》といはせて。

[一九]「まあ嬉《うれ》しい。」

一三 「愞(だ)」は弱いこと、臆病なこと。

一四 「まじまじ」は、じっと見つめるさま。初出は「まじ〳〵」。「墨々(ぼくぼく)」は、無言のさま。

一五 炭火を火箸で挟んで煙管の煙草に火をつけた。

一六 「卒(そつ)」は、にわかに、だしぬけに、の意。

一七 「しお」は「潮時」すなわち、ちょうどよい時、の意。

一八 初出は「覘つて、やいの〳〵と口説立てると、果せるかな一支(ひとさゝ)へも支へず色めき立(つた)て、」。

一九 初出は「「まあ嬉しい。」／「喰心坊(くひしんばう)だよ。」」。

（七）

豊作《ほうさく》には[一]一粒万倍《りふまんばい》。[二]手習《てならひ》には[三]一字《じ》千金《せんきん》。[四]毛詩《もうし》には[五]一日《にち》三秋《しう》。軍記《ぐんき》には[六]一騎《き》当《たう》千《せん》。一の数《すう》を百。千。万に当《あ》てた語《ことば》は幾多《いくら》もあるが。茲《こゝ》に[七]小姑《こしうと》は鬼《おに》千疋《びき》と唱伝《いひつた》へて。誰《たれ》が割出《わりだ》したものやら。不思議《ふしぎ》な[八]数理《すうり》がある。

[九]愚案《ぐあん》ずるに。何様《いかさま》小姑《こしうと》といふものは嫁《よめ》の身《み》にしては鬼《おに》千疋《びき》でもあらう。尤《もつと》も雪《ゆき》は白《しろ》いに極《きま》つていながら。[一〇]年代記《ねんだいき》には[一一]紅《くれなひ》の雪降《ゆきふ》るといふ事《こと》もあり。[一二]仙家《せんけ》の雪《ゆき》は[一三]紫《むらさき》としてあるから推《お》して見《み》たら。中《なか》には小姑《こしうと》でも仏《ほとけ》一躰《たい》といふやうなのが無《な》きにしもあらざるべし。石《いし》といふものは重《おも》いに定《さだ》まつてゐても。気紛《きまぐ》れに[一四]おらは水《みづ》に浮《う》いて見《み》たい。と軽石《かるいし》といふ奴《やつ》があるのも同《おな》じ理窟《りくつ》かも知《し》れぬ。けれども雪《ゆき》といへば白《しろ》い。石《いし》といへば重《おも》いに。人《ひと》が合点《がてん》する其理《そのり》で。まづ小姑《こしうと》といへば。嫁《よめ》たるものは。[一五]蛾眉《がび》を顰《ひそ》めて。あゝ鬼《おに》！　と念《おも》ふが多《おほ》く。実際《じつさい》もまた其《それ》が多《おほ》いやうに見受《みう》けられる。

[一六]同種《ひとつたね》の人間《にんげん》である小姑《こしうと》が。何《なに》が故《ゆゑ》に鬼《おに》であるか。其又鬼《そのまたおに》の一疋《びき》ならず。百疋《びき》ならず。千疋《びき》であるかと考《かんが》へて見《み》るに。凡《およ》そ嫁《よめ》といふ身上《みのうへ》は殆《ほとん》ど一種《しゆ》の居候《ゐそふらふ》で。かの[一七]雨《あま》だれほどに戸《と》を叩《たゝ》いたり。鉄納戸《てつおなんど》の茄子《なす》を食《く》つたりする軟骨動物《なんこつどうぶつ》のごと

一　わずかな元手から大きな利益があること。　二　文字の書き方を習うこと。習字。　三　一字の価値が千金に値するほど価値のある文字（または文章）であること。秦の呂不韋（りよふい）が『呂氏春秋』を撰したとき、この文章の一字でも改め得たら千金を与えようと言ったという『史記』の故事にもとづく。　四　『詩経』の別名。毛亨（もうこう）、毛萇（もうちよう）によって伝えられたものだけが現存するためにこう呼ばれる。五経の一つで、中国最古の詩集。　五　一日会わないと三年も会わないと思われるほど待ちこがれること。「一日不レ見、如二三秋一兮（一日見ざれば、三秋の如し）」（『詩経』王風・采葛）。　六　一騎で千人の敵を相手にできるほど強いこと。「是等は皆一騎当千の兵（つはもの）にて」（『太平記』二十八）。　七　嫁にとって小姑は鬼千匹に相当するほど厄介な存在であるということ。「小姑」は配偶者の兄弟姉妹を言うが、ことに夫の兄弟姉妹を指すことが多い。　八　計算の方法。　九　私が考えるところでは。　一〇　出来事を年を追って記した歴史書。　一一　田登仙編『本朝年代記』（貞享元年（一六八四））に、長治元年（一一〇四）六月、および文明九年（一四七七）七月に北国で紅雪が降ったという記録がある（東京府学務部社会課編『日本の天災・地変』上、昭和三十年による）。　一二　仙人のすみか。仙人の住むような仙境に降る雪は紫色をしている、の意。出典未詳。前注「紅の雪」とも併せ、「仙家には紅の雪をくひ紫の菊をのみ命を宝と思ひて齢をのふる事也」（平康頼撰『宝物集』）などをふまえるか。　一三　と書かれていることから推測して。　一四　おれ。おいら。主に庶民階級の男性が用いる一人称代名詞。　一五　三日月形の美しい眉。　一六　人間であることに変わりはないこと。

く。[一八]食無魚《しよくむぎよ》と出無車《しゆつむしや》が愚痴《ぐち》の種《たね》になつて。[一九]女主人《きたのかた》の[二〇]不興《ふきやう》をおそれみ〳〵。気軽《きがる》に水《みづ》を汲《く》むで。言《い》はれぬ前《さき》に[二一]障子《しやうじ》の切張《きりばり》をするぐらいで。責任《せきにん》が尽《つ》くせるやうな生易《なまやさ》しい[二二]食客《しよくかく》とは訳《わけ》が違《ちが》つて。所謂《いはゆる》[二三]任重《にんおも》うして道遠《みちとほ》く。苦労《くらう》が多《おほ》くて[二四]不羈《のんき》の寡《すくな》い居候《ゐそふらふ》である。

はて何故《なぜ》といつて[二五]御覧《ごらう》じろ。第《だい》一に夫《をつと》といふ。護謨《ごむ》の釣竿《つりさを》のやうな馬鹿《ばか》に取《とり》扱《あつか》ひにくい物《もの》の世話《せわ》をせねばならぬ。鶯《うぐひす》のやうな小鳥《ことり》一羽《は》飼《か》つてさへ。少《すこ》し[二六]放神《ぼんやり》してゐると。さあ事《こと》だといふ始末《しまつ》になる。[二七]況《いはん》や万物《ぶつ》の霊長《れいちやう》をやで。其手《そのて》の懸《か》かること。世話《せわ》の焼《や》けること。骨《ほね》の折《を》れること。気《き》の傷《いた》むこと。[二八]髪結《かみゆひ》さん少時《しばらく》と髪《かみ》を握《にぎ》り。あれお帰《かへ》りと哺《ほ》を吐《は》くなどは。恐《おそ》らく[二九]九牛《きうぎう》の一毛《もう》であらう。其《それ》で[三〇]又貞女《またていぢよ》は両夫《りやうふ》へ見《まみ》えざる事《こと》になつてゐて。[三一]女大学《をんなだいがく》にも唐土《もろこし》には嫁《よめいり》を帰《かへ》るといふ。我家《わがいへ》に帰《かへ》るといふ事也《ことなり》として。[三二]愁《つら》くとも後《あと》は寝易《ねやす》き蚊遣《かやり》かなどゝ。どのやうにも辛抱《しんばう》をしろ。死《し》ぬとも夫《をつと》の家《いへ》を出《で》るなとまでに訓《をし》へられてある。そこで[三三]針《はり》の莚《むしろ》に坐《すわ》らせられてもと怺《こら》へて。[三四]三界《がい》に家無《いへな》しと諦《あきら》めねばならぬ事《こと》にしてあるから。一種《しゆ》の居候《ゐそふらふ》で。また一種《しゆ》の[三五]終身懲役《しうしんちやうえき》でもあらうか。然《しか》し夫《をつと》の無理《むり》とか。姑《しうと》の非道《ひだう》とか。其外添遂《そのほかそひと》げ難《がた》き事情《じじやう》があれば。無論離縁《むろんひま》も取《と》らうし。家《うち》へも還《もど》る。其《それ》をあの女《をんな》が違《まちが》つてゐるといふものは。一人《ひとり》も無《な》い。

一七 以下は居候や書生などを言う。「鉄納戸」は、鉄色を帯びた納戸色、すなわち暗い灰青色。↓補二四。一八 劉向編『戦国策』の故事をふまえる。↓補二五。一九 「きたのかた」は「北の方」で、多く正殿の北の建物に住んでいたことから、貴人の妻を指す。二〇 機嫌をそこねることを恐れながら。二一 障子の破れ目を補修すること。

二二 居候。他家に住み込んで養われている人。

二三 任務が重くしかも容易には成し遂げられないこと。「任重而道遠」(『論語』泰伯)。

二四 「不羈(ふき)」は、束縛されず自由であること。

二五 ご覧なさい。考えてもごらんなさい。

二六 「放神(ほうしん)」は、心が束縛されないさま。

二七 まして相手が万物の霊長である人間であった場合にはなおさら。↓補二六。

二八 「握髪吐哺」の故事をふまえる。↓補二七。

二九 取るに足らないほど小さなこと。

三〇 「貞女は両夫に見(まみ)えず」という成句をふまえる。貞節な女は、夫と離別・死別しても別の夫をもつことはしない、の意。

三一 『女大学』は、江戸中期から明治にかけて広く読まれた女子教訓書。↓補二八。

三二 最初は蚊遣りの煙に悩まされても、やがて蚊がいないために寝やすくなる、ということ。ここは、結婚当初はつらくても我慢をしていれば暮らしやすくなる、の意を重ねる。出典未詳。

三三 針を植えた筵。「針の筵に坐る」は、逃げ場のないまま周囲の非難や冷遇に耐え続けるさま。

三四 女三界に家無し。女は幼いときは親に従い、嫁に行けば夫に従い、老いては子に従い、生涯どこにも安住すべき場所をもたない、ということ。「三界」は仏教語で「全世界」の意。

三五 終身刑の一つで、生涯懲役に服する刑。死刑に次いで重い刑罰にあたる。

けれども。其身《そのみ》の不幸《ふかう》とはいひながら。[一]去《さ》られたにせよ。おん出《で》たにせよ。両《りやう》夫《ふ》に見《まみ》えるといふ事《こと》は。兎《と》にも角《かく》にも女《をんな》の身《み》には此上《このうへ》もない玷《きず》であるから。誰《たれ》も死《し》ぬのゝ次《つぎ》ぐらゐに可厭《いや》がる。さほどに可厭《いや》がる離縁沙汰《りえんさた》であるから。自家《おのれ》から求《もと》むるやうな事《こと》の無《な》いやうに〳〵。と[二]寐覚《ねざめ》にも思《おもひ》の種《たね》にして装《み》を慎《つゝし》まぬものはない。慎《つゝし》む心《こゝろ》になるが[三]常情《じやう〳〵》であらう。慎《つゝし》まぬのも随分《ずゐぶん》ある。其《それ》は人《ひと》の屑《くづ》といつて。紙屑《かみくづ》。糸屑《いとくづ》。鋸屑《をがくづ》ほども役《やく》に立《た》たねば。好《よ》くしたもので買手《かひて》もない。

扨嫁《さてよめ》といふものはこれほどに為《し》なければならぬものであるから。無能無効《むのうむかう》な猫《ねこ》の抜毛《ぬけげ》のやうなものかと思《おも》へば。[四]寡夫《をとこやもめ》に蛆《うじ》が生《わ》くといつて。一家内《かない》には[五]米塩《べいえん》薪炭《しんたん》の筆頭《ひつとう》たる大事《だいじ》の品物《しなもの》で。[六]家内《ホーム》の女王《クヰン》であるから[七]内君《ないくん》といひ。内宝《ないはう》といふから宝《たから》でもある。さほど有難《ありがた》くもまた尊《たふと》き品《しな》でありながら。給金《きふきん》を貰《もら》つた例《ためし》もなく。褒美《はうび》を戴《いたゞ》いた話《はなし》も聞《き》かぬ。而《そ》して居候《ゐそふらふ》のごとく。懲役《ちやうえき》のごとき。境界《きやうがい》に堕《おと》されて。[八]花散《はなち》りて空《むな》しく梅法師《うめぼし》となり。[九]嫁古《よめふる》うして姑《しうと》となる頃《ころ》。やう〳〵楽《らく》をするのでもあらうが。其頃《そのころ》にはもう[一〇]戒名《かいみやう》が出来《でき》てゐる。

右《みぎ》の通《とほ》り嫁《よめ》の身《み》は夫一人《をつとひとり》で十分《ぶん》で。沢山《たくさん》で。精《せい》一杯《ばい》で。之《これ》でも如何《どう》かすると。[一一]揮舞《ふりまわ》しきれない。いかにも人間《にんげん》一匹《びき》の始末《しまつ》をするのであるから。此取扱《このとりあつかひ》は随《ずゐ》分至難《ぶんむつかし》いには相違《さうゐ》ないけれども。先方《さき》も一人《ひとり》。此方《こちら》も一人《ひとり》。ところで先方《さき》は夫《をつと》

一 離縁させられたにせよ、自分から進んでとび出したにせよ。 二 目覚める度に心配して。 三 普通の人間の感情。 四 男の一人暮らしが不潔になりやすい、ということわざ。「女やもめに花がさく、男やもめにうぢがわく」（太田全斎『諺苑』寛政九年成）。 五 家庭生活の基礎となるもの。 六 「家系」としての家ではなく、夫婦親子などの単位で構成される家庭としての「ホーム」の概念は、明治維新後、キリスト教とともに導入されたとされる。「家庭の女王」は、聖母マリアを前提として妻を家の一つの中心とする近代的な家庭像をふまえる語。

七 「内君」も「内宝」（内方のこと）も、他人の妻の敬称。ただし、ここでは、わざと家庭内での主君の位置に読みかえている。 八 結婚して若い娘としての花が散り、やがては出家に近い身になる、の意に、梅の花が終わり、やがてその実が梅干しになる、の意を重ねる。「梅干し」には老女を嘲って言う「梅干し婆あ」の意味が掛けられている。 九 嫁がやがては姑になる、の意に、「嫁」という字のつくりを「古」にすると「姑」になる、の意を掛ける。同時に「嫁が姑になる」「姑は嫁の古手」などのことわざをふまえる。

一〇 あの世に行っている。「戒名」は仏教で、死者に対して僧侶がつける名前。初出は「戒名が出来てゐる、噫（あゝ）、つまらない!!!」。

一一 初出は「振舞（ふりまひ）はしきれないことは、稽古中の長井兵助（ながゐひやうすけ）で、」。

一二 天が人それぞれの善悪に報いたり、能力や機会などをほどよく配分するやり方は、不思議なほど巧みなものだ。

一三 天然に生み出されたもの。

一四 「きしり」は、物と物とがこすれ合って音を立てること。「軋轢（あつれき）」は、争い合うこと。

で此方《こつち》は女房《にようばう》である。一二天《てん》の配剤妙《はいざいめう》なる哉《かな》は此処等《こゝら》であるか。男女《なんによ》の間《あひだ》には愛情《あいじやう》といふものが天然《てんねん》と出《で》る仕掛《しかけ》になつてゐて。一三此天産物《このてんさんぶつ》の脂《あぶら》が両性《りやうせい》の間《なか》を和《やわら》げて。一四軋轢《きしり》を遏《と》めること一五請合《うけあひ》の妙薬《めうやく》に出来《でき》て。歌《うた》にも一六番《つが》ひ離《はな》れぬ鴛鴦《をしどり》の。詩曰《しにいはく》 一七死《しゝて》為㆓同穴塵㆒《どうけつのちりとなる》、まづ一八恁云《かうい》ふ格《かく》に行《ゆ》く訳《わけ》のものになつてゐる。因《そこ》で此愛情《このあいじやう》といふ和《わ》合剤《がうざい》の脂《あぶら》が。始《はじめ》は水《みづ》のごとく。後《のち》にはとろ〳〵になるほど多量《たりやう》に分泌《ぶんぴつ》されると。夫婦《ふうふ》二《に》体《たい》が粘着《ねばりつ》いて。其《それ》から其上《そのうへ》に脂《あぶら》が凝《かた》まつて粉衣《ころも》を被《か》けたやうになると。どれが夫《をつと》の鼻《はな》だか。どれが女房《にようばう》の口《くち》だか分《わか》らぬやうになつてしまふ。此時《このとき》を一九二身同体《しんどうたい》といつて。彼《かれ》も無《な》く我《われ》も無《な》く。夫《をつと》の心《こゝろ》は妻《つま》の心《こゝろ》。今日《けふ》は花見《はなみ》に行《ゆ》かうか。二〇向島《むかふじま》へね。其《それ》が可《いゝ》。お酒《さけ》はおよしなさい。うゝよさう。と恁云《かうい》ふ場合《ばあひ》には二一琴瑟《きんしつ》和合《わがふ》の二二関々雎鳩《くわん〳〵たるしよきう》のといふ語《ご》などは已《すで》に二三迂《まだる》こしい。

百人《にん》が百人恁《にんか》う行《ゆ》きはせぬけれど。恁《か》うもなるべき特効《とくかう》のある脂《あぶら》であるから。嫁《よめ》が夫《をつと》に事《つか》へるのは主人《しゆじん》に事《つか》へるやうなものではない。よし那様《どんな》ものであつたにした所《ところ》が。二四女蘿非独生《ぢよらどくせいにあらず》であれば。頼《たの》む二五喬木《けうぼく》に搦《から》むで。其恵《そのめぐみ》を受《う》けるだけの義理《ぎり》はせずには置《お》かれまい。二六夫《をつと》一式《しき》の世話《せわ》は女房《にようぼう》の役目《やくめ》である。それくらゐは固《もと》より覚悟《かくご》の前《まへ》で嫁《よめ》にゆく。

然《しか》し。また攻撃《かうげき》するやうで恐《おそ》れ入《い》るが姑《しうと》なるものは。実《じつ》に二七贅肉《こぶ》さ。贅肉《こぶ》とい

一五 保証すること。

一六 「うちきらしはれぬそらにもをしどりのつがひはなれぬ雪の夕ぐれ」（『千五百番歌合』通光卿）などをふまえる。鴛鴦は死ぬまで夫婦が離れることがないとされることにもとづく。「鴛鴦の番離れぬ二人連れ」（浄瑠璃『神霊矢口渡』福内鬼外〔平賀源内〕作、明和七年初演）などの用例もある。

一七 「生為同室親、死為同穴塵（生きては同室の親となり、死しては同穴の塵となる）」（白居易「贈内」）をふまえる。「同穴」は、夫婦が死後同じ墓穴に葬られること、すなわち仲むつまじいことのたとえ。

一八 こういう決まりのとおりに。

一九 夫婦の体がまるで一人の体になったかのようであること。「一心同体」はしばしば「一身同体」と誤記されるが、ここはそれをあえてもじったものか。

二〇 浅草の対岸に位置する隅田川の東岸一帯。隅田川土手の桜や百花園などで知られる。

二一 琴（小さな琴）と瑟（大きな琴）が調和すること、すなわち、夫婦仲のよいこと。

二二 川の中州でみさごが仲良く鳴き交わすさま、すなわち、夫婦仲のよいこと。「関々」は鳥ののどかな鳴き声。「雎鳩」は、猛禽類の鶚（みさご）。「関関雎鳩、在㆓河之洲㆒（関々たる雎鳩、河の洲にあり）」（『詩経』周南・関雎）。

二三 「迂（う）」は、まわりくどいこと、遠回りすること。

二四 「女蘿」は、さるおがせ。地衣類の一種で、針葉樹の幹や枝に互いにからまりあって群生する。寄生植物である女蘿は一人だけでは生きられないことを言う。出典未詳。

二五 背の高い木。高木。

二六 夫に関して必要とされることがらすべて。

二七 「こぶ」は、筋肉が固まって皮膚の表面が一部分だけ隆起したもの。「贅肉（ぜいにく）」は、体に必要以上についた余分な肉。

ふは嫁《よめ》たるものゝ味方《みかた》をしていつた言《ことば》で[一]道《みち》をいへば夫《をつと》の母《はゝ》であるから[二]則是我《とりもなほさずわが》母《はゝ》で。贅肉《こぶ》とは勿体《もつたい》ない。大《たい》した尊像《そんざう》ではあるが。彼《かれ》と我《われ》との間《あひだ》には愛情《あいじやう》の脂《あぶら》（夫婦《ふうふ》の和合剤《わがふざい》）といふ代物《しろもの》が湧《わ》かないから。何処《どこ》までも[三]心《しん》は他人《たにん》で。此他人《このたにん》の[四]気《き》を抜《ぬ》くには。例《れい》の脂《あぶら》より外《ほか》に薬《くすり》がないのだから為様《しやう》がない。で。他人《たにん》といふものは離《はな》れてゐると大相具合《たいさうぐあひ》が好《よく》。あの人《ひと》はと慕《した》はしいのは。舞台《ぶたい》の上《うへ》で役者《やくしや》を見《み》ると同《おな》じで。近《ちか》づいて見《み》ると[五]大星力弥《おほゝしりきや》に皺《しわ》があつたり。[六]中将姫《ちうじやうひめ》に青髭《あをひげ》があつたりする[七]雑風景《ざつぷうけい》は免《まぬ》かれない。欠点《あら》が見《み》える。[八]襤褸《ぼろ》が出《で》る。口論《こうろん》もすれば摑《つかみ》合《あ》ふやうな事《こと》にも及《およ》ぶ。其中《そのうち》にも女《をんな》は。[九]豚肉《ぶた》に虫《むし》のゐるごとく。僻見《ひがみ》と嫉妬《ねたみ》と意地悪《いぢわる》の三毒分《さんどくぶん》を含《ふく》む有機物《いうきぶつ》なれば。[一〇]女《をんな》の字《じ》を二つ書《か》けば「あらそふ」。三つは誰《たれ》も知《し》る「かしまし」で。途上《とじやう》に娘《むすめ》の行合《ゆきあ》ふのを見《み》てゐると。まづ相対《あひたい》してゐる内《うち》は。お姫様《ひめさま》が花道《はなみち》に出《で》たやうな状《かたち》で。擦違《すれちが》ふかと思《おも》ふと。双方《さうはう》の首《くび》が同時《どうじ》に捻《ねぢ》れて。髷《まげ》の毛筋《けすぢ》が通《とほ》つてゐないとか。木履《ぼつくり》が何寸減《なんずんへ》つてゐるとか。精細《ことこまか》に観察《くわんさつ》して。やうやく得心《とくしん》して別《わか》れる。

　此執念《このしうねん》の恐《おそ》ろしさは。[一一]女難《ぢよなん》といつて男《をとこ》の[一二]相《さう》に表《あらは》れるほどの邪気《じやき》を持《も》つたものである。これほどの恐《おそ》ろしいものが。此度《このたび》は不思議《ふしぎ》な御縁《ごえん》とはいひながら。一家内《かない》に落合《おちあ》ふのであるから。嫁姑《よめしうと》の間《なか》の[一三]四合《しつくり》行《ゆ》かぬのに[一四]論《ろん》は無《な》いといふべし。

一 世間の道徳に沿って言うなら。
二 「とりもなおさず」は、すなわち、ほかでもなく。「則是（ぞく ぜ）」は、すなわちこれの意。
三 本心。もしくは物の中心部分。
四 気持ちをわやらげる。
五 浄瑠璃『仮名手本忠臣蔵』（並木宗輔ほか合作、寛延元年初演）などに登場する若侍。赤穂浪士を擬した役柄。
六 右大臣藤原豊成の娘で大和の当麻寺（たいまでら）に伝わる曼陀羅を織ったとされる伝説上の人物。ここは、中将姫伝説を題材とする浄瑠璃『鶊山姫捨松（ひばりやまひめすてまつ）』（並木宗輔作、元文五年初演）などに登場する役柄を指す。
七 初出も同じ。「殺風景」と同義で用いた語か。「殺風景」は、趣がなく興ざめすること。ここは、雑然としている、という意味を込めるか。
八 欠点や短所が表に現れること。
九 一般に豚肉には寄生虫や病原菌が発生しやすいため加熱処理が必要とされる。『日本家庭百科事彙』には「豚肉を料理するに当りては、特に注意すべきものあり。これ其の筋肉中に、寄生虫を埋存することあるによるなり」とある。
一〇 「奻（だん）」は、言い争う、いさかいをする、の意。「姦（かん）」は、かしましい、よこしま、の意。
一一 女性との関係から生じる災い。
一二 運命の吉凶が顔つきなどに現れていること。ここは「女難の相」を指す。
一三 「四合（しごう）」は、四つのものが四方から一つに合わさること。
一四 無論。当然であること。

これがもし同等《どうとう》の権《けん》を持《も》つたことなら。家内《うち》は[一五]修羅《しゆら》の巷《ちまた》。各《おの》〳〵の[一六]得手《えて》々々で。[一七]舌《ぜつ》戦《せん》もあらう。[一八]組打《くみうち》もあらう。[一九]目覚《めざ》ましくも又浅《またあさ》ましいであらうけれど。それ姑《しうと》は[二〇]母《はゝ》といふ御《み》旗《はた》を飜《ひるがへ》して[二一]扣《ひか》へたるがゆゑに。嫁《よめ》は[二二]百歩《ぽ》を譲《ゆづ》り。[二三]三舎《しや》を避《さ》けるは。敢《あへ》て其威《そのゐ》を懼《おそ》るゝばかりではない。[二四]南方深《なんばうふか》く不毛《ふもう》の地《ち》に入《い》り。孤軍糧竭《こぐんれうつ》きて夜《よる》胡笳《こが》の声《こゑ》を聞《き》く有様《ありさま》であるから。心細《こゝろぼそ》いことは夥《おびたゞ》しい。[二五]援兵《えんぺい》と頼《たの》む夫《をつと》は敵《てき》が母《はゝ》者人《じやひと》の御事《おんこと》であれば。[二六]弓《ゆみ》を彎《ひ》くことが協《かな》はぬ。それでは更《さら》に[二七]後楯《うしろだて》にはならぬ。こゝが嫁《よめ》の窘《くるし》む所《ところ》。姑《しうと》の悍《いき》る所《ところ》で。[二八]今《いま》は心安《こゝろやす》しと[二九]鑓襖《やりぶすま》を造《つく》りて無二無三《むにむざん》に突蒐《つゝか》かる。嫁《よめ》の方《はう》は何時《いつ》も敗走《はいそう》して。小座敷《こざしき》の隅《すみ》に匿《かく》れて。しく〳〵泣寐入《なきねいり》に事《こと》が極《きま》つてゐる。

といつて。姑《しうと》が何処《どこ》のも無理《むり》といふのではなく。嫁《よめ》にも落度《おちど》はあらう。あらうから姑《しうとめ》の気《き》にも入《い》らぬといふ話《はなし》になるのだが。[三〇]我子《わがこ》の非《ひ》は見《み》えず。他《ひと》の子《こ》の徳《とく》は見《み》ゑぬ親心《おやごゝろ》で。嫁《よめ》のわづかの過失《あやまち》は精細《こまか》に眼《め》に入《い》るところから。自然疎《しぜんうと》ましくもなり。憎《にく》くもなる。麁想《そさう》があつたから言《い》つてやらうと思《おも》つても。他人《たにん》だから先々《まあく》と控《ひか》へる。其控《そのひか》へる勘定《かんぢやう》が段々《だん〳〵》溜《たま》つて来《く》ると。胸《むね》がむか〳〵為《し》だす。いよ〳〵為《す》る事《こと》が癪《しやく》に障《さは》る。不和《ふわ》の基《もと》となる。其処《そこ》までに到《いた》つては回復《とりかへし》のなるものでないから。と嫁《よめ》たるものは此禍《このわざはひ》を未《み》

一五　激しい戦闘が行われる戦いの場。
一六　（それぞれがもつ）得意技。
一七　言いあらそい。
一八　取っ組み合い。
一九　目を見張るさまであり、同時に見苦しい光景でもある、ということ。
二〇　義母であるという動かし難い権威、の意。「御旗」は戦に際して主君から拝領した旗や官軍の「錦の御旗」など、自らの権威を保証するもの。
二一　行動の時を待って待機している。ここは、大将が戦陣の奥で時を待っているさまを重ねる。
二二　あえて強く自分の主張をおさえて。
二三　相手を避けて遠く距離をおくこと。「舎」は、古代中国の軍隊における一日単位の行軍距離。「三舎」は約三六キロメートル。
二四　戦に敗れて南方の不毛の奥地で敵に囲まれ、援軍もなく食糧も尽きた中、夜、敵地の楽器である「胡笳」の悲しげな音色を聞く、の意で、この上ない孤独と寂しさの表現。漢の武将李陵が北方の匈奴を討つために出兵して孤立し匈奴に下ったという『史記』などの記事をふまえる。「胡笳」は中国北方の異民族である胡人が用いた、葦の葉を巻いて作った笛。悲しげな音色として漢詩などに多く詠まれる。
二五　味方を助けるための兵。援軍。
二六　敵対する。そむく。
二七　かげで力を貸すこと。またはその人。
二八　もはや何の気がかりもないと。
二九　無数の槍をすきまなく突き出して構えるさま。
三〇　親の目には、自分の子供の欠点が見えず、他人の子供の長所が見えないということ。「我が子の悪事は見えぬ」なども言う。

然《ぜん》に防《ふせ》がむ為《ため》に。まだ来《き》て間《ま》もなく。姑《しうとめ》も物珍《ものめづら》しく。私《わたくし》の内《うち》も嫁《よめ》が出来《でき》まして。と吹聴《ふいちやう》がてらに風呂《ふろ》へも連《つ》れて。御母様《おつかさん》お危《あぶな》うございますなどを言《い》はれると。無性《むしやう》に嬉《うれ》しくなつて。まあ〳〵雪《ゆき》のやうだと背《せなか》を無理《むり》に流《なが》してくれる時分《じぶん》から。第《だい》一に機嫌《きげん》を損《そん》ぜぬやうに。落度《おちど》の無《な》いやうに。お気《き》に入《い》られるやうにと勖《つと》める。此気苦労《このきぐらう》が業《すで》に一通《ひとゝほ》りのものでない。加《くわ》ふるに[一]主任《しゆにん》には夫《をつと》といふものがある。[二]二兎《にと》を逐《お》ふのであるから難《かた》い。然《しか》し其《それ》をも難《かた》しとせずに勤《つと》めなければならぬ身上《みのうへ》だから。[三]大抵《たいてい》の侠《きやん》やお刎《はね》は尾鰭《をびれ》を動《うご》かしもせず。[四]俎板《まないた》に載《の》せられた鯉《こひ》のやうに。唯恨《たゞうら》めしい顔《かほ》をして責苦《せめく》に遇《あ》はせる人《ひと》を横眼《よこめ》で昵《じつ》と睨《にら》むばかり。これほど可哀《かあい》さうなものはない。其《それ》でも姑《しうとめ》の意《こゝろ》は得難《えがた》くて。半歳《はんとし》一年《ねん》の間《うち》には機嫌《きげん》も損《そこ》ねる。[五]尻尾《しつぽ》も捉《つか》まる。[六]やつさもつさが起《おこ》る結極《つまり》は。母親《はゝおや》の貯金《へそくり》と嫁《よめ》の身《み》はいびられる事《こと》になつて了《しま》ふ。

凡《およ》そ女《おんな》と生《うま》れ。人《ひと》の嫁《よめ》となるものは。[七]前世《ぜんせ》いかなる[八]宿業《しゆくがふ》のありしかは知《し》らねど。かくまで苛《さいな》まれたら大方《おほかた》の[九]罪《つみ》は消滅《せうめつ》しさうなもの。せずば社会《みんな》が相談《さうだん》の上《うへ》で帳消《ちやうけし》にしてやつても可《い》いわけなのに。[一〇]最《もつと》も罪《つみ》の深《ふ》かゝりし女中衆《ぢよちうしう》でゝもあるか。此大姑《このおほしうと》の上《うへ》に小姑《こしうと》といふ[一一]小附《こづけ》のある重荷《おもに》を背負《せお》はされる御方《おかた》がある。此小《このこ》姑《しうと》が小敵《せうてき》と見《み》て侮《あなど》るべからずで。姑《しうとめ》の[一二]隠目附《かくしめつけ》を勤《つと》めて。嫁《よめ》の挙動《きよどう》は細大洩《さいだいもら》さず

一 主たる任務。
二 同時に二つのことをしようとすること。「二兎を追う者は一兎をも得ず」ということわざをふまえる。
三 並のおてんば娘やはねっかえり娘は。
四 相手の意のままになるしかないと諦めたさま。「俎の鯉」とも言う。
五 しくじりや隠しごとなどが見つかってしまうこともある。
六 もめごと。いざこざ。
七 仏教で、この世に生まれてくる前にいた世界のこと。
八 現世で受ける報いの原因になった前世での行い。多くは悪事に言う。
九 前世で犯した罪。
一〇 前世で最も罪の深かった女性ででもあったのか。
一一 重い荷物の上にさらに荷物が加わること。
一二 幕府の命を受けて密かに大名や旗本の動向を探る役目。隠密(おんみつ)。

密告《みつこく》する。何日《いつか》の何時頃《なんじごろ》お客《きやく》へ出《だ》す茶菓子《ちやぐわし》の何《なに》を撮《つま》むで。二口半《ふたくちはん》に食《た》べた事《こと》から。旦那《だんな》に強話《ねだ》つて蒔絵《まきゑ》の櫛《くし》を買《か》つてもらつて。用箪笥《ようたんす》の何番目《なんばんめ》の抽斗《ひきだし》の何辺《どのへん》に入《い》れてある。嘘《うそ》と思《おも》ふなら持《もつ》て来《き》て見《み》せましやうかまで附言《ふげん》する。此中《このうち》[一三]に種《いろ》々《く》潤色《じゆんしよく》[一四]をして。姑《しうとめ》が気《き》を悪《わる》くするやうに話《はな》すこと尤《もつと》も妙《めう》[一五]なり。

之《これ》が又《また》どういふ理《わけ》であるかといふに。例《れい》の豚肉塊《ぶたのにく》に外《ほか》ならずで。この嫁《よめ》が幅《はゞ》[一六]をする様《やう》に見《み》えて。おのれはいはゞ厄介物《やくかいもの》。と異《おつ》[一七]う邪魔《じやま》にするのが気色《きしよく》[一八]に障《さは》る。といふ僻見《ひがみ》から面《つら》[一九]が憎《にく》くなつて。返報《しかへし》がしたいにも力《ちから》の及《およ》ばぬ為《ため》に。虎《とら》[二〇]の威《ゐ》を仮《か》りやうと御《ご》[二一]注進《ちうしん》をやる。此注進《このちうしん》が私怨《しあん》を帯《お》びてすることゆゑ。姑《しうとめ》が自身《じしん》に見《み》たよりは一層利《そうきゝ》[二二]が強《つよ》い。で。単嫁《たゞよめ》の非《ひ》を許《あば》くばかりでなく。私《わたし》が係《かゝ》された那《あゝ》されたと陰《かげ》ではどのやうにか小突廻《こづきま》はされる事《こと》を情《なさけ》なさゝうに哀訴《あいそ》するから。親子《おやこ》の情《じやう》で之《これ》が又《また》一層利《そうきゝ》が強《つよ》い。

薪《たきゞ》[二三]に油《あぶら》を沃《そゝ》がれては一大事《だいじ》と思《おも》ふから。目《め》下《した》ながらも嫁《よめ》は待遇《あつかひ》を善《よ》くして。無理《むり》も聞《き》き。我儘《わがまゝ》をも通《とほ》してやれば。其《それ》では此《この》千疋鬼《びきおに》が満足《まんぞく》せずに又其上《またそのうへ》を望《のぞ》む。望《のぞ》む慾《よく》が満《み》たされなければ御《ご》注進《ちうしん》で困《こま》らせる。困《こま》るから其慾《そのよく》をも満《み》たしてやると。増長《ぞうちやう》して其上《そのうへ》々々と募《つの》らす。我《われ》[二四]に法律《はふりつ》なくして彼《かれ》に制裁《せいさい》ありと頼《たの》むから。其兇悪《そのきようあく》は鬼《おに》といふより外《ほか》はない。一疋《びき》の鬼《おに》では係《か》う手酷《てひどく》は行《ゆ》くまいから。

一三 姑への報告の中で。
一四 事実を誇張したりして作りかえること。
一五 巧みである。
一六 幅をきかせる。大きな顔をする。
一七 おつに。変に。妙に。
一八 気分を害する。不快な気分にさせる。
一九 顔を見るのも憎らしくなって。
二〇 他人の権威をかさに着ようと。「虎の威を借る狐」という成句をふまえる。
二一 目上の者に事件を急ぎ知らせること。ここは、告げ口をすること。
二二 強い効き目がある。
二三 さらに勢いを加えること。「火に油を注ぐ」と同義。
二四 自分を律することがないのに、相手には制裁を望むこと。初出は「北条高時の犬と同じ事で、我に法律なくして彼に制裁ありと頼むから、」。

鬼《おに》千疋《びき》！　と嫁《よめ》は怖毛《おぞけ》[一]を震《ふる》ふのである。

（八）

扨爰《さてこゝ》[二]に哀《あは》れを止《とゞ》めたのは渋谷《しぶや》夫人《ふじん》銀子《ぎんこ》で。彼《かれ》は尋常《なみ》ならぬ「むづかしや」の姑《しうと》を持《も》つてゐるが。始《はじ》めは然《さ》したる事《こと》もなかつたのが。月日《つきひ》の経《た》つほど箔《はく》[三]が剝《は》げて。おひ〳〵に木地《きぢ》が見《あら》はれて来《く》る。此頃《このごろ》の様子《やうす》では。素人畑《しらうとはたけ》[四]の胡瓜《きうり》を見《み》るやうに。姑《しうと》の心《こゝろ》が変《へん》に曲《まが》り出《だ》して。余程持余《よほどもてあ》ましの態《かたち》。之《これ》さへあるのに鬼《おに》千疋《びき》の小姑《こしうと》が突然出現《とつぜんしゆつげん》した。小姑《こしうと》のあることは媒妁《なかうど》の話《はなし》には無《な》かつたものを。と今更《いまさら》いつた所《ところ》で為方《しかた》がない。

其小姑《そのこしうと》といふは周三《しうざう》の妹《いもうと》でお滋《しげ》[五]といつて。熊本鎮台《くまもとちんだい》[六]の工兵中尉《こうへいちうゐ》[七]の城井泰造《しろゐたいざう》といふものゝ家内《かない》である。なるほど媒妁《なかうど》も話《はな》さなかつた理《はず》。白歯《しらは》[八]で家《うち》に居《ゐ》るではなし。余所《よそ》へ縁附《えんづ》いてゐた所《ところ》で。東京《とうきやう》にゐるのではなし。遠《とほ》い熊本《くまもと》に世帯《せたい》を持《も》つてゐるのであるから。此鬼《このおに》とお銀《ぎん》との関係《くわんけい》は。娑婆《しやば》[九]の人《ひと》が牛頭《ごづ》[一〇]馬頭《めづ》を地獄変相《ぢごくへんさう》[一一]の図《づ》で見《み》るくらゐのものであらう。これならば呵責《かしやく》[一二]に遇《あ》ふ理《わけ》がないから。有《あつ》ても無《な》くても同《おな》じ事《こと》[一三]である。

ところが。此度城井中尉《このたびしろゐちうゐ》は東京詰《とうきやうづめ》[一四]になつて突然出京《とつぜんしゆつきやう》すると。旅装束《たびしやうぞく》[一五]で直入《つゝかけ》

一 震えるほど恐ろしく感じる。
二 つらさや悲しみを一身に受けたのは。とりわけ哀れなのは。浄瑠璃などの常套表現。「ここに哀れをとどめしは我がすみなれし一叢（ひとむら）の」（浄瑠璃『蘆屋道満大内鑑（あしやどうまんおおうちかがみ）』竹田出雲作、享保十九年初演）。
三 うわべをとりつくろっていた態度が失われて、次第に本心が現れてくる。四 素人が作った胡瓜のように。曲がっていることのたとえ。
五 初出は「お滋といつて、菜の花盛（はなざかり）の大年増（おほどしま）で、」。
六 「鎮台」は、地方に駐屯する軍隊。明治六年の徴兵制の開始にあわせて六管区鎮台制が設けられ、東京、仙台、名古屋、大阪、広島と並んで熊本に鎮台が置かれた。明治二十一年には師団と改称。七 陸軍における兵科（兵の職種）の一種で、戦時における土木工事や鉄道敷設などの技術面を任務とする。明治十七年の軍管配備表により各鎮台には工兵一大隊が置かれた。
八 お歯黒をつけていないこと。また未婚の女性を指す。既婚女性がお歯黒をつける風習を批判した福沢諭吉『かたわ娘』（明治五年）などを契機に行われなくなりつつあったが、明治二十年代前半には、お歯黒はまだ一般的な風習だった。
九 仏教語で、現世のこと。この世。
一〇 仏教で地獄の牢番とされる、牛や馬の頭をした鬼。一一 地獄のありさまを描いた絵画。
一二 きびしく責め苦しめること。ここは、地獄で受ける苦しみ。一三 初出は「事なり。」。
一四 東京勤務。一五 旅支度のまま、ただちに。
一六 紐をかけた荷物。
一七 「車轄」は、車輪を車軸にとめるためのくさび。「車轄を炙る」は、車軸のくさびが焼けるほどに車が回り続けること、すなわちここでは母

に渋谷《しぶや》へ飛込《とびこ》むで。居宅《うち》の見当《みあ》たるまでと梱《こり》[一六]の縄《なわ》を解《と》いて。何年《なんねん》ぶりといふ親《おや》子《こ》の対面《たいめん》であるから。三日《か》でも四日《か》でも車轄《しやかつ》[一七]を炙《あぶ》るやうに。隠居《いんきよ》とお滋《しげ》の物語《ものがたり》は絶《た》えぬ。絶《た》えた所《ところ》で物見《ものみ》遊山《ゆさん》[一八]となる。

毎日《まいにち》のやうに親子《おやこ》連《づれ》で朝《あさ》から出懸《でか》けて。今日《けふ》は歌舞伎座《かぶきざ》[一九]。明日《あす》は上野《うへの》。浅草《あさくさ》の凌雲閣《りやうゝんかく》[二〇]。玉乗《たまのり》[二一]。花《はな》は無《な》くとも久《ひさ》しぶりで向島《むかふじま》。何《なん》のかのと七日《か》ばかりも保養《ほやう》を為続《しつゞ》ける。家《うち》の人《ひと》でも今《いま》は城井《しろゐ》といふものゝ妻《さい》で。ともかくもお客《きやく》であつて見《み》れば。総菜《そうざい》[二二]で御膳《ごぜん》といふ訳《わけ》にも行《ゆ》かぬ。まして近頃《ちかごろ》は隠居《いんきよ》の機嫌《きげん》が好《よ》くない那裏《さなか》[二三]で。此《この》お滋《しげ》がお気《き》に入《いり》と来《き》てゐるのであるから。どうでも善《よ》くしなければいよ〳〵姑《しうと》の感情《かんじやう》を害《がい》する。其報《そのむくひ》は覿面《てきめん》お銀《ぎん》の真向《まつかう》[二四]へ祟《たゝ》つて来《く》る。

因《そこ》でお銀《ぎん》が手《て》の懸《か》かることは普通《ひとゝほり》でない。女《をんな》の癖《くせ》に酒《さけ》を飲《の》む。隠居《いんきよ》も飲《の》む。城井《しろゐ》も飲《の》む。夫《をつと》は勿論《もちろん》飲《の》む。毎晩《まいばん》夕方《ゆうがた》から四人《にん》一座《ざ》で始《はじ》めて。十二時《じ》近《ちか》くまでちびる[二五]から一升《しよう》余《あまり》[二六]も入《い》る。それくらゐの事《こと》は我慢《がまん》をしても。お銀《ぎん》を始《はじめ》として婢等《をんなども》から書生《しよせい》に至《いた》るまで。之《これ》が為《ため》に奔走《ほんそう》させられた挙句《あげく》。夜《よる》は一時頃《じごろ》でなくては寝《ね》られぬのに。朝《あさ》はまた六時頃《じごろ》に起《お》きねばならぬ。隠居《いんきよ》やお客様方《きやくさまがた》は夢《ゆめ》の七つも見《み》るほど寝《ね》て。手水《てうづ》[二七]をつかふと間《ま》も無《な》く午砲《どん》[二八]。

奉公人《ほうこうにん》の嘆《こぼ》すことは！　陰《かげ》では城井《しろゐ》の事《こと》を「長《なが》」。お滋《しげ》の異名《いみやう》を「お長《なが》」と

子がしゃべりつづけているさま。一八 あちらこちら見物して歩くこと。観光。一九 京橋区木挽町（現在の中央区銀座）にある劇場。明治二十二年に近代的な劇場として創設された。平出鏗二郎『東京風俗志』下巻（明治三十五年）には「今大劇場には歌舞伎座、明治座、市村座、本郷座、新富座、改良座、東京座の七座あり。…就中（なかんづく）歌舞伎座最も壮麗にして、観客の定員一千八百三十五人を入るべし」とある。→『紅子戯語』補六〇。二〇 浅草公園内にあった煉瓦造り十二階建ての建物。展望台や商品展示場などを兼ね、日本で最初のエレベーターがあった。「十二階」とも呼ばれた。明治二十三年に完成し、関東大震災で倒壊した。

凌雲閣（『風俗画報』26号、明24・3・10）

二一 曲芸の一種。大きな玉の上に人や動物が乗ってさまざまな芸を見せるもの。浅草公園の見世物などで演じられた。二二 普段の食事のおかず。二三「那裏（なり）」は「その中」の意。二四 真正面。額（ひたい）の真中。二五 ちびちびと飲むこと。二六 初出は「二升づゝ」。二七 手洗い場に行くこと。顔を洗ったりすること。二八 丸の内で正午の時報として鳴らした空砲。明治四年に兵部省管轄で始まり、明治八年に東京鎮台の管轄となった。「正午の号砲（どん）の音たかく、かゝる折ふし殊更胸にひゞくものなり」（樋口一葉『大つごもり』明治二十七年）。

つけて雑言《ざふごん》[一]をいひあふ。お銀《ぎん》の苦労《くらう》はまた這麼《こんな》ものではない。姑《しうと》といふものは湯屋《ゆや》で会《あ》つても。御法談《ごはふだん》[二]の席《せき》でも。嫁《よめ》の讒訴《ざんそ》[三]をいひあふが古《こ》今《こん》の例《れい》であるから。我娘《わがむすめ》といふ敵手《あひて》を獲《え》た日《ひ》には耐《たま》らぬ。渋谷《しぶや》は役所《やくしよ》へ出《で》る。城井《しろゐ》は公用《こうよう》で留守《るす》になると。母子隠居所《おやこいんきよじよ》へ立籠《たてこも》つて。猫《ねこ》が水《みづ》を舐《な》めるやうな音《おと》をさせて。密談《みつだん》の種《たね》はお銀《ぎん》。からだあゝだと隠居《いんきよ》は小言帳《こごとちやう》を繰返《くりかへ》して平常《ひごろ》[四]を打《ぶち》撒《ま》ける。其勢《そのいきほひ》といふものは。銀河《ぎんが》[五]の九天《てん》より落《お》つるかと想《おも》ふばかりで。僻見《ひがみ》七分《ぶ》の愚痴《ぐち》三分《ぶ》で。「今《いま》では周三《しうざう》まで一処《しよ》になつて私《わし》を邪慳《じやけん》にする。もとはお前《まへ》も知《し》つての通《とほ》り。実《まこと》に優《やさ》しい子《こ》であつたのが。此頃《このごろ》は宛然《とんと》生《うま》れ変《かは》つたやうに慳貪《けんどん》になつて。何《なん》[六]といふと私《わし》が悪《わる》いやうなことをいひくさる。それといふのも全《まつた》くお銀《ぎん》が那麼《あんな》に為《し》てしまうたのだ。」などゝ両眼《りやうがん》に涙《なみだ》を浮《うか》べて口説《くど》くから。お滋《しげ》は。「どうも怪《け》しからん。」と捨置《すてお》かれぬ気《き》の先走《さきばし》り[七]がお銀《ぎん》を憎《にく》む心《こゝろ》となつて。「あんな優《やさ》しい顔《かほ》をして。猫撫声《ねこなでごゑ》を出《だ》して。御母様《おつかさん》どうだの。お滋様《しげさん》辷《すべ》つ[八]たのと。懐《なつ》[九]つこい言《こと》をいふ口《くち》と腹《はら》とは反対《あべこべ》で。えゝ小癪《こしやく》に障《さは》る。」の念《ねん》があるから。お銀《ぎん》のする事為《ことな》す事其裏《ことそのうら》ばかり見《み》えて。「なるほど御母様《おつかさま》のおつしやる通《とほ》りです。」「然《さ》うぢやらうとも。」と合体《がつたい》して変《へん》に突懸《つゝか》る挙動《そぶり》をする。味方《みかた》が一人殖《ひとりふ》ゑたゞけ隠居《いんきよ》の偏僻《ねぢくれ》[一〇]が一倍劇《ばいひど》くなつて。お銀《ぎん》は手《て》も足《あし》も出《で》なくなる。

一　さまざまな悪口。
二　仏教の教義などを説く説教の場。
三　かげ口。
四　日頃のうっぷんを一度に吐き出す。
五　天の川の水が遥かに高い天から一度に落ちてきたような勢いということ。「疑是銀河落二九天一」(疑うらくは是れ銀河の九天より落つるかと)」(李白「望廬山瀑布」)。
六　何かというと。
七　早合点していち早く行動すること。またはその人。お先走り。
八　他人についてなんだかんだと言う、の意で「…がすべったの、…が転んだのと言う」などと用いる。
九　なれ親しんだような。人なつっこい。
一〇　心がかたよって僻むこと。

中尉《ちうゐ》も着京《ちやくきやう》して精々《せい〴〵》一週間《しうかん》も休《やす》むだら。出勤《しゆつきん》せねばならぬ身《み》であるから。其《その》内《うち》に借家《しやくや》を探《さが》して。一日《にち》も早《はや》く引移《ひきうつ》るが至当《あたりまへ》であるのに。二週間経《しうかんた》つても二十日《はつか》経《た》つても。未《ま》だどうも思《おも》はしい家《うち》がないといつて此家《こゝ》から出勤《しゆつきん》してゐる。[一一]貸家《かしや》一目《ひとめ》といふものさへ出来《でき》てゐる此東京《このとうきやう》に。どれほどの家《うち》を借《か》りるのか知《し》れぬが。中尉殿《ちうゐどの》の住《すま》はふ家《うち》なら四五円《ゑん》の店賃《たなちん》が精々《せい〴〵》であらう。そんな家《うち》は腐《くさ》るほどあるのに。あの「長《なが》」は何処《どこ》を探《さが》しあるいてゐるのか知《し》らぬ。四五円《ゑん》で土《ど》蔵附《ざうづき》の邸《やしき》仕立《したて》の家《うち》などは花《はな》のお江戸《えど》にはございませんよ。熊本《くまもと》の山《やま》の中《なか》とは[一二]土《つち》の直段《ねだん》が少々違《せう〳〵ちが》ひます。一月《ひとつき》でも店賃《たなちん》と米代《こめだい》を[一三]庇《かば》はうと思《おも》つて。無《な》い〳〵といつて御厄介《ごやくかい》になつてゐやがる。一体《いつたい》[一四]お国《くに》もの[一五]といふと根性《こんじやう》が汚《きたな》くつて。[一六]無慚《づう〳〵》しくつて。[一七]貪婪《あたじけなし》が多《おほ》いよ。と婢等《をんなども》は聞《きこ》えよがしに陰言《かげごと》をいふ。之《これ》が耳《みゝ》に入《い》つたら悉皆《みな》自《じ》分《ぶん》の咎《とが》になること。とお銀《ぎん》は独《ひと》り心《こゝろ》を傷《いた》めて。止《と》めても一向肯《かうき》かずに。[一八]尻《しり》の長《なが》いのと。[一九]手《て》の長《なが》いのと。[二〇]舌《した》の長《なが》いのが。癈人《かたわ》の中《うち》の一番厄介物《ばんやつかいもの》だ。と之《これ》に[二一]手前節《てまへぶし》を附《つ》けて。車夫《しやふ》は門内《もんない》の艸拶《くさむし》りをしながら鼻唄《はなうた》で諷《ふう》する。

この尻《しり》の長《なが》い由来《わけ》は。中尉《ちうゐ》のづう〳〵しいばかりでない。お滋《しげ》が貪婪《あたじけなし》の根《こん》性《じやう》から隠居《いんきよ》を旨《うま》く説付《ときつ》けて。借家《うち》の見当《みあた》らぬのを口実《こうじつ》にして。居《ゐ》られるだけ長《なが》く居《ゐ》て。家賃《やちん》と米代《こめだい》を[二二]掠《かす》らうといふ肚《はら》から。中尉《ちうゐ》には。生家《さと》だから幾日《いくか》居《ゐ》ても

一一 貸家の情報が一覧できるものか。未詳。
一二 土地の値段。地価。土地の値段がきわめて高いことを「土一升金一升」などと言う。
一三 払わずにとっておこう。浮かせよう。
一四 田舎者。地方出身者。
一五 初出は「といふ奴(やつ)は、」。
一六 「無慚(むざん)」は、恥じる気持ちがないこと。
一七 「あたじけなし」は、けちであること。「貪婪(たんらん)」は欲が深いこと。
一八 他人の家に長居をすること。長尻。
一九 盗み癖があること。手癖が悪い。
二〇 おしゃべりなこと。
二一 自分勝手な節。
二二 ここは、払わずに済ませよう、の意。「掠る」は、他人の目をかすめて自分のものにすること。

構《かま》はないと御母様《おつかさん》がおつしやるから。まあゆつくりお探《さが》しなさいなどをいふと。城井《しろゐ》に於《おい》ても[一]押《おし》は軽《かる》くない方《はう》であるから。「然《さ》やうかの。」ぐらゐで依然其方針《やつぱりそのはうしん》を取《と》つてゐる。扨《さて》一月《つき》にもなると。[二]汗漫《おほまか》の質《たち》の周三《しうざう》も余《あま》りの事《こと》に思《おも》ふ矢先《やさき》へ。お銀《ぎん》も女《をんな》の事《こと》であれば相応《さうおう》に苦情《くじやう》を鳴《な》らすから。[三]実《げ》にもと嬉《うれ》しくない顔色《かほつき》が母子《おやこ》の目《め》に見《み》える。もう[四]お倉《くら》に火《ひ》が着《つ》いたと暁《さと》つて。やう〳〵立退支度《たちのきしたく》にかゝる。それも断乎《てきぱき》とは[五]やらずに。最《も》う二三日《にさんにち》もゐたらどうか。と誰《だれ》か言《い》ひさうなものだと云《い》ふ顔《かほ》をして荷物《にもつ》を纏《まと》めてゐても。[六]留《と》めては一人《ひとり》もない。味方《みかた》の隠居《いんきよ》が独《ひと》り噪《さわ》いで留《と》めても。同《どう》ずるものがないから渋々《しぶ〳〵》出《で》たのが一月《ひとつき》と二日目《ふつかめ》！

それも距《はな》れて家《うち》でも持《も》つことか。[七]人力車《くるま》なら三銭《やみ》といふ距離《ところ》に構《かま》へて。隔日《かくじつ》にも往来《ゆきゝ》をしやうといふ肚《はら》。閑散《かんさん》の身《み》の隠居《いんきよ》は。当座《たうざ》朝夕《あさゆふ》にちよこ〳〵と会《あ》ひに行《ゆ》く。其度《そのたび》に。「[八]お銀様《ぎんさん》。何《なに》か到来《たうらい》の菓子《くわし》がござらう。一《ひと》つ下《くだ》され。」と抱《かゝ》へ出《だ》す。「鶏子《たまご》か。鰹節《かつぶし》の折《をり》はござらんかな。」と提《さ》げて行《ゆ》く。其《それ》も種《たね》が尽《つ》きると。午飯《ひる》の総菜《そうざい》を重箱《ぢうばこ》に詰《つ》めさして持《も》つて行《い》つて。自分《じぶん》も先方《さき》で食事《しよくじ》をする。新漬《しんづけ》を運《はこ》ぶ。薤《らつきよう》を持出《もちだ》す。種々《いろ〳〵》[九]蚕食《さんしよく》して了《しま》ふと。其後《そのご》は何《なん》でも手当《てあた》り次第《しだい》。干鯣《するめ》でも[一〇]切干《きりぼし》でも。高野豆腐《かうやどうふ》でも[一一]青豆《あをまめ》でも。菜《さい》になりさうなもの。お滋《しげ》の世帯《せたい》の足《たし》になりさうな。と見《み》た物《もの》は[一二]精々《せい〳〵》と運《はこ》ぶ。これしきの事《こと》はお銀《ぎん》も何《なん》とも念《おも》はぬ。

一　それなりにあつかましい。

二　「汗漫（かんまん）」は、広々としているさま。また、しまりがないさま。

三　どうやらそうらしいと、の意。

四　事態が差し迫ってきた。最後の局面を迎えた。

五　初出は「やらず、ぐづりぐんづり」。

六　「留め手」のこと。留めてくれる人。

七　「やみ」は、陰暦三十日が闇夜であることから「三」「三十」「三百」を意味する駕籠かきや人力車夫などの符丁。人力車は、当時、三銭で十丁（約一・一一キロメートル）ほど走った。→補二九。

八　底本は「お銀様（ぎんさま）」。初出に従って改めた。博文館版全集は底本に同じ。

九　片端から食い尽くしていくこと。

一〇　ここは切り干し大根のこと。「切乾 秋、大根ヲ竪ニ切リテ、細条トシ、日ニ乾シタルモノ、煮、又、漬物トシテ食フ」（『言海』）。

一一　大豆の一種で粒が大きく淡緑色。緑大豆。

一二　つとめはげむさま。二六〇頁六行目には「精々（せっせっ）と運ぶ」の用例がある。初出は「精々（せっ〳〵）と」。

然《しか》し女《をんな》といふものは心《こゝろ》の細《こまか》な。気《き》の小《ちひ》さいものであるから。這麼《こんな》ことでも快《こゝろよ》いではないが。高《たか》の知《し》れた事《こと》と一度《ど》も可厭《いや》な顔《かほ》を見《み》せず。唯々《はい〳〵》と言《い》ふなり次第《しだい》にしてゐるが。外《ほか》に可厭《いや》な事《こと》は。なにほど良《い》い嫁《よめ》でも中位《ちうぐらゐ》の我娘《わがむすめ》のやうには行《ゆ》かぬ。他人《たにん》であつて見《み》れば嫁《よめ》でも遠慮《ゑんりよ》がある。気兼《きがね》がある。又気兼《またきがね》も遠慮《ゑんりよ》もあつたで好《い》いもの。これを取外《とりはづ》された日《ひ》には嫁《よめ》の骨《ほね》[一三]が粉《こ》になる。それが。恁《か》う娘《むすめ》と行通《ゆきかよひ》をすると。愛情《あいじやう》が其方《そつち》へばかり傾《かたむ》くから。自《おのづ》から嫁《よめ》に疎《うと》くなる。嫁《よめ》に優《やさ》しい言《こと》をいはれるより。娘《むすめ》の所《ところ》へ行《い》つて剣突《けんつく》[一四]を食《た》べる方《はう》が心地《こゝろもち》が快《い》いやうなもので。此処《こゝ》が親子《おやこ》の情《じやう》で。嫁《よめ》といへば現在《げんざい》の娘《むすめ》。我子《わがこ》といへば過去《くわこ》の娘《むすめ》。どちらも娘《むすめ》なら親《おや》の仕向《しむけ》に二《ふた》つはなさゝうなものだが。実子《じつし》と義子《もらひこ》を並《なら》べて手一《てひと》つに傅《もり》[一五]をしたなら甚麼《どんな》ものであらう。一枚《まい》の煎餅《せんべい》を分《わ》けてやるのに。四分《ぶ》六分《ぶ》に割《わ》るであらう。此情《このじやう》は自然《しぜん》のものであるから。其《それ》が強《あなが》ち善《よ》くないといふではなけれど。おのれも一度《ど》は嫁《よめ》をして来《き》た身《み》。可愛《かはゆ》く思《おも》ふ娘《むすめ》も今嫁《いまよめ》の身《み》である事《こと》を念《おも》つたなら。我嫁《わがよめ》へも煎餅《せんべい》の情《じやう》を等分《とうぶん》にするやうに勉《つと》めるが姑《しうとめ》の本分《ほんぶん》でありさうなもの。[一六]口《くち》に忠義《ちうぎ》を言《い》ふのと同《おな》しで。之《これ》が容易《ようい》のものでない。其《それ》には小姑《こじうと》の無《な》いに越《こ》したことはないが。あつたにしても離《はな》れてゐれば。嫁《よめ》は[一七]一厄遁《ひとやくのが》れるといふものだが。かういふ事情《わけ》では到底耐《とてもたま》るまい。

一三　「骨を粉にする」「粉骨砕身」などは、いずれも「懸命に働く」の意だが、ここは、文字どおり苦労に耐えずに心身が粉々になるという意味で用いている。

一四　「剣突を食う」をわざと丁寧に言ったもの。とげとげしく小言を言われること。

一五　「傅（ふ）」は、守（もり）をする、かしづく、養育する、などの意。

一六　口先で忠義ぶったことを言うこと。

一七　災難を一つまぬかれる。

日毎《ひごと》に往来《ゆきゝ》して会《あ》ふ度《たび》の話《はなし》の種《たね》はいつもお銀《ぎん》で。隠居《いんきよ》は記録《きろく》でも読上《よみあ》げるやうに。[一]楊枝《やうじ》せゝりに昨日《きのふ》の所為《しよち》を恁《かう》だ那《あゝ》だと陳《の》べると。お滋《しげ》が[二]為《し》たり顔《がほ》で之《これ》に一々《いち〳〵》注釈《ちうしやく》をする。姑《しうとめ》の会《あ》ひに行《ゆ》くも。一《ひと》つは懐《なつ》かしいからではあるが。半分《はんぶん》は嫁《よめ》の不平《ふへい》を泄《もら》すのが楽《たのし》みで出懸《でか》けるのだから。今《いま》は嫁《よめ》にどうされやうとも。お滋《しげ》といふ味方《みかた》があるといふ心持《こゝろもち》から。おのづと家《うち》に居《ゐ》てもさあ来《こ》いといふ風《ふう》で。お銀《ぎん》に抗《あた》るやうな処《ところ》がある。お銀《ぎん》は之《これ》が為《ため》にいとゞ遇《あしら》ひかねて。辛《つら》いのを飲込《のみこ》むでも飲込《のみこ》みきれぬから周三《しうざう》に訴《うつた》へる。周三《しうざう》は自躰《じたい》[三]小事《せうじ》に屑々《せつ〳〵》たらざる性《たち》だから。一々《いち〳〵》取上《とりあ》げぬ。「唯然《うんさ》うか。辛抱《しんばう》しろ〳〵。我《おれ》が附《つ》いてゐるから。」ぐらゐで。張合《はりあひ》のないこと。綿《わた》を摑《つか》むで打着《たゝきつ》けるやう。

まゝよ。生《うま》れて持《も》つた身分《みぶん》から見《み》れば。数等《すとう》立勝《たちまさ》つた今《いま》の身上《みのうへ》。家《うち》にゐた頃《ころ》は。[四]二子《ふたこ》か[五]瓦斯糸《がすいと》に。[六]めれんす友禅《いうぜん》の帯《おび》といふのが。かうして縮緬《ちりめん》の羽織《はおり》を寐《ね》起《おき》から着《き》て。黄金《きん》の指環《ゆびわ》を穿《は》めてゐられる身上《みのうへ》になつたのを念《おも》へば。これぐらゐの苦労《くらう》はありさうなもの。肝腎《かんじん》の夫《をつと》が優《やさ》しくしてくれるのだから。之《これ》に優《ま》した事《こと》はない。あの姑《しうと》だからとて生涯《しやうがい》附《つ》いてゐるのでもなし。此家《このうち》に波風《なみかぜ》の起《おこ》るのも起《おこ》らぬのも自分《じぶん》一人《ひとり》の了簡《れうけんし》次第《だい》。と父様《おとつさん》に聞《き》かせたら。然《さ》ぞ[七]有為《うゐ》奴《やつ》と喜《よろこ》びさうな健気《けなげ》な分別《ふんべつ》をして。何事《なにごと》も姑《しうと》の心《こゝろ》に悖《さから》はぬやうにして。お滋《しげ》にも可厭《いや》な

一 爪楊枝で歯をほじりながら、すなわち、食後の話題に。
二 得意げな顔。
三 細かなことにこだわらない性質。「屑々」は、こせこせするさま。
四 単糸を二本撚り合わせた木綿糸。ここは二子糸で織った木綿織の着物のこと。
五 表面のけばをガスで焼いてなめらかにした木綿糸。ここは瓦斯糸で織った木綿織の着物のこと。
六 メリンス友禅。メリンスの布地に友禅模様を染め付けたもの。「新衣(はれぎ)にメレンス友禅の帯したるが」(尾崎紅葉「正月八景」明治二十九年)。「帯はメリンス友仙」(小杉天外『魔風恋風』明治三十六年)。メリンスは→二〇九頁注九。
七 愛(う)い奴。可愛い奴。「有為」は音をあてたもので、「有為(ゆうい)」は才能があり役立つこと。仏教語「有為(うい)」は、移り変わるすべての現象。

顔《かほ》をせず。自分《じぶん》が妹《いもうと》でもあるやうに下《した》から出《で》て。腫物《はれもの》八にさはる柳《やなぎ》のしなひかな。まづ雪折《ゆきを》九れもなしに過《す》ぎた。

それから一月余《ひとつきあまり》経《た》つて。お滋《しげ》は隠居《いんきよ》の口《くち》を藉《か》りて三十円《えん》の借用《しやくよう》を申込《まうしこ》むだが。隠居《いんきよ》も周三《しうざう》へは言出《いひだ》し悪《にく》いと見《み》えて。お銀《ぎん》に頼《たの》一〇むとの御意《ぎよい》。此隠居《このいんきよ》が近頃《ちかごろ》「頼《たの》む」などゝいふ重《おも》い語《ことば》を用《つか》ふのは。殻蜊《からあさり》一一の裏《なか》から真珠《しんじゆ》が出《で》るよりも珍《めづ》らしいので。流石《さすが》に気毒《きのどく》と思《おも》つたか。何《なに》となく言語《ことば》が重複《ちようふく》して。「あのな」「誠《まこと》にの」などゝ煮切《にえき》らない文句《もんく》を挟《はさ》むで。「お前《まへ》さんから周三《しうざう》へ言《い》ふて見《み》ておくん一二さい。どうでも用達《ようだ》てゝもらはんければ。城井《しろゐ》が差当《さしあた》つてえらう困《こま》るので。」

義理《ぎり》の悪《わる》い借財《しやくざい》があるといふやうな事《こと》を徹見《ほのめか》す。

「どうございますか一三。後刻旦那《のちほどだんな》様《さま》にお話《はな》しをいたして見《み》ませうけれど。此頃《このごろ》は何《なん》だか御都合《ごつがふ》が……。」

此《この》「が」と聞《き》いた時《とき》。隠居《いんきよ》の目《め》は鮑貝《あはびかひ》一四を日向《ひなた》で一寸動《ちよつとうご》かしたやうに。ぎらりと光《ひか》つてお銀《ぎん》の眉間《みけん》を睨《にら》一五みつけたのである。

「今晩《こんばん》にも御返事《ごへんじ》をいたしませう。」

「何分《なにぶん》お頼《たの》み申《まを》した。」とつんく隠居所《いんきよじよ》へ入《はい》つて。羽織《はおり》を着更《きか》へて城井《しろゐ》へ出《で》向《む》かれる。

八 「腫物にさわる」(恐る恐る接すること)と「柳のしなひ」(柳が風にしなうように逆らわないこと)とを重ねて川柳風に言ったもの。
九 つらさに負けることもなく。「柳の枝に雪折れなし」ということわざをふまえる。よくしなう柳は雪の重みにも枝が折れない、ということ。
一〇 初出は「「頼む」と御意(ぎよ)遊ばされる。」。
一一 あさりの貝殻。
一二 「おくれなさい」の訛ったもの。ください。
一三 どうでございましょうか。
一四 鮑の貝殻の内側は真珠質の光沢がある。これを日当たりの中で動かしたように複雑に光るさま。
一五 初出は「睨みつける。」。

（九）

お銀《ぎん》は周三《しうざう》が晩酌《ばんしやく》の間《あひだ》に此話《このはなし》をすると。[一]以《もつて》の外《ほか》の機嫌《きげん》で。

「貸《か》すことはならん。」と言放《いひはな》つ。其勢《そのいきほひ》に呑《の》まれてお銀《ぎん》は次《つ》ぐ言葉《ことば》もなく。煙管《きせる》を拈《ひね》つてゐると。

「今月《こんげつ》は大分《だいぶ》都合《つがふ》も悪《わる》いのだ。好《よ》かつたところが貸《か》しはせん。」と宛然《さながら》お銀《ぎん》が借主《かりぬし》でゝもあるやうに慍《おこ》りつける。

「でもお母様《つかさん》が那麼《あんな》におつしやるものでございますから。どうか御都合《ごつがふ》なすつて半分《はんぶん》でも……。」

「成《な》らんよ。今月《こんげつ》はあゝいふ事情《わけ》の費用《ものいり》で窮《こま》つてをるのぢやないか。都合《つがふ》の為様《しやう》も無《な》いさ。然《しか》し。そりや都合《つがふ》して出来《でき》んことはないけれど。それほどまでにして貸《か》す義理《ぎり》はない。お前《まへ》は知《し》らんけれど従来《これまで》幾度《いくど》貸《か》したか。ついに返《かへ》したこともない。第《だい》一あの家《うち》で那様《そんな》に金銭《かね》の入《い》る訳《わけ》はないのだ。城井《しろゐ》は是《これ》といふ道《だう》楽《らく》のない男《をとこ》で。酒《さけ》は飲《の》まうけれど。芸者《げいしや》を買《か》ふでもなし。[二]球戯《たまつき》ぐらゐは滋《しげ》の芝《しば》居《ゐ》を見《み》るから思《おも》へば軽《かる》い事《こと》だ。それに二人暮《ふたりぐら》しに婢一人《をんなひとり》で。月給《げつきふ》で足《た》りぬといふ事《こと》は決《けつ》して無《な》い。滋《しげ》が自分《じぶん》の好《す》きな真似《まね》をして足《た》らぬやうにするのだ。熊本《くまもと》

一 思いもよらないほどの。

二 ビリヤード。日本で一般に導入されたのは、四つ玉の撞球場が初めて開設された明治四年のこととされる。「室内運動と呼びて行はるゝは球突（たまつき）とす。所在に球戯場を設けて営業とするものあり、また西洋料理店などには特にこれが設けあるものあり」（平出鏗二郎『東京風俗志』下巻）。

球戯場
（『東京風俗志』下巻）

にゐる時《とき》も貸《か》せ〳〵いつて来《き》て。お母様《つかさん》の前《まへ》があるから何程《なにほど》か貸《か》してやつたけれど。然《さ》う度々《たびく》は此方《こつち》も出来《でき》ん。あれば貸《か》してやる。無《な》いからいかん。さういうてお母様《つかさん》によう断《ことわ》るが可い。」

「はい。」とは言《い》つたが[三]此役《このやく》は儲《まう》からぬ。

「どうぞ貴方《あなた》からお母様《つかさん》へ然《さ》うおつしやつて下《くだ》さいまし。私《わたくし》からは何《なん》だか申《まうし》悪《にく》くつて……。」

いかにもと思《おも》つたか。周三《しうざう》は領《うなづ》いて。酒《さけ》が済《す》むと隠居所《いんきよじよ》へ話《はなし》に出懸《でか》けた。

噫《あゝ》。またこれから一層《いつそう》御母様《おつかさん》の目《め》が光《ひか》るであらう。お滋様《しげさん》からは憎《にく》まれるであらう。ひよんな事《こと》が出来《でき》たと独《ひと》り心《こゝろ》を傷《いた》めてゐたが。果《はた》して翌朝《よくてう》の隠居《いんきよ》の顔《かほ》色《いろ》と云《い》つたら。何《なん》ともかとも謂《い》はうやうが無《な》い。

鋭《するど》く睨《にら》めたり。慳貪《けんどん》な声《こゑ》をするのは。蓋《けだ》し未《いま》だ不平《ふへい》の十分《じうぶん》ならざる時《とき》の事《こと》で。此一段上《このいちだんうへ》を行《い》つたら[四]憤死《ふんし》するかと想《おも》ふばかりの[五]険相《けんさう》で。睨《にら》みもせねば顔《かほ》も見《み》ない。声《こゑ》も出《だ》さない。唯是《たゞこれ》[六]死灰《しくわい》のごとく枯木《こぼく》のごとく。冷然《れいぜん》として沈思《ちんし》してゐる。朝飯《あさめし》も食《く》はず。湯《ゆ》を一《ひと》つ飲《のま》ず。全《まつた》く隠居所《いんきよじよ》に閉籠《とぢこも》つて坐敷《ざしき》へは影《かげ》も見《み》せず。[七]義《ぎ》周《しう》の粟《ぞく》を食《くら》はずといふ意気組《いきぐみ》で。時々《ときぐ》思《おも》はせぶりに[八]唾壺《はひふき》を撃《たゝ》く音《おと》をいつもより暴《あら》かに響《ひゞ》かせる。[九]藁人形《わらにんぎやう》に五寸釘《すんくぎ》を打《う》たれるよりも胸苦《むなぐる》しく。お銀《ぎん》は得《え》もいは

三 損な役まわりであること。

四 憤りのあまり死ぬこと。

五 けわしい顔つき。初出は「容体(ようだい)」。

六 生気を失ったさま。「死灰」は、火の気がなくなった灰。「腰掛の隅に頭(かうべ)を垂れて、死灰の如く控えたから」(泉鏡花『高野聖』明治三十三年)。

七 周の武王が殷を滅ぼそうとしたことを諫めていれられなかった伯夷と叔斉が、義を重んじ、「周の粟を食らわず」と言って首陽山に隠(こも)って餓死した、という『史記』などの故事をふまえる。

八 「はいふき」は「灰吹き」すなわち煙管(きせる)の吸い殻を入れる筒状の容器で竹製が多い。「だこ 唾壺 室ノ隅ナドニ置キテ、唾ヲ吐ク承(ウケ)トスル壺。又、灰吹」(『言海』)とあるように、「唾壺(だこ)」は、ここでは「灰吹き」の別称。「やがて唾壺(はいふき)打つ音二つして」(尾崎紅葉『風流京人形』明治二十一―二十二年)。

九 「丑の時参り」の呪法。七晩続けて丑の刻(午前二時頃)に寺社に詣で、呪うべき相手に見立てた藁人形を五寸釘で神木などに打ち付けると、満願の日に呪われた人が死ぬとされる。

れぬ心地《こゝろもち》で火鉢《ひばち》に取着《とりつ》いて額《ひたひ》を抑《おさ》へてゐる。

かねて合図《あひづ》やしたりけむ。午《ひる》が過《す》ぎて間《ま》もなくお滋《しげ》が来《き》て珍《めづ》らしくお銀《ぎん》に[一]喋《てふ》喋《〱》しく挨拶《あいさつ》をして。今日《けふ》の結髪《おぐし》は大相好《たいさうよ》くなどゝ空々《そらぐ》しい世辞《せじ》をいひながら。立《た》つて隠居所《いんきよじよ》へ行《い》つたが。少時《しばし》密談《みつだん》がありて出《で》て来《く》る顔《かほ》は！　お銀《ぎん》が当時《たうじ》を追《つゐ》想《さう》して魘《うな》される料《たね》にでもなると気毒《きのどく》であるから。明細《めいさい》に書《か》くのを遠慮《ゑんりよ》するが。其《それ》は真《しん》に凄《すご》かつた。御母様《おつかさん》いらつしやいと。呼吸《こきふ》の迫《せま》つた調子《てうし》で呼懸《よびか》けて。襖《ふすま》障子《しやうじ》の開閉《あけたて》を仂《はした》なく手暴《てあら》にして。隠居《いんきよ》を伴《つ》れて。お銀《ぎん》には一言《いちごん》の挨拶《あいさつ》も無《な》く。ぷういと。出《で》たぎり夜《よる》になつても還《かへ》らぬから。夫婦《ふうふ》は心配《しんぱい》して。車夫《しやふ》の友蔵《ともざう》を城《しろ》井《ゐ》へ見《み》せに遣《や》ると。今晩《こんばん》は一宿《おとまり》。翌日《よくじつ》も翌々日《よくよくじつ》も御帰宅《ごきたく》無《な》しで。四日目《かめ》に城《しろ》井《ゐ》の婢《をんな》が来《き》て。御隠居所《ごいんきよじよ》の箪笥《たんす》の一番上《ばんうへ》の抽斗《ひきだし》の紬《つむぎ》のお羽織《はおり》と。三番目《ばんめ》にある[二]霜降《しもふり》の[三]南部《なんぶ》の小袖《こそで》と[四]ふらねるの[五]単衣《ひとへもの》と。足袋《たび》を二足《そく》お渡《わた》し下《くだ》さいといふのは。当分帰《たうぶんかへ》らぬ心算《つもり》と見《み》えたり。其《それ》も承知《しようち》して。お銀《ぎん》は[六]玉簾《たまだれ》一折《ひとをり》と到来《たうらい》の[七]鱧《はも》の蒲鉾《かまぼこ》に。[八]新版《しんばん》の小説《せうせつ》を二冊添《さつそ》へて。いつ頃《ごろ》お帰《かへ》りでございますか。お待《ま》ち申《まう》してをります。と伝言《ことづて》をして還《かへ》したが。攷《かんが》へて見《み》るに。是《これ》は容易《ようい》ならず腹《はら》を立《た》てゝ。私《わたし》を苛《さいな》む仕掛《しかけ》に相違《さうゐ》ない。飛《とん》でもない事《こと》になつたと。お銀《ぎん》は気《き》が気《き》で無《な》く。周《しう》三《ざう》が退省《ひけ》るを待《ま》つて此次第《このしだい》を話《はな》して。

一　調子よく。大げさに。

二　霜が降りたように白い斑点のある布地。

三　南部織のこと。南部地方(青森県東部から岩手県北部)で産する絹織物。

四　フランネル(flannel)。布の表面に軟らかな毛を立てた毛織物。ネル。

五　裏地をつけていない着物。

六　菓子舗栄太楼で作られていた菓子の名。みじん粉と山芋とわさびをまぜ合わせ求肥(ぎゆうひ)で包んだもの。

七　鱧のすり身を原料としたかまぼこ。鱧は鰻に似た海魚で吸い物などにする。

八　刊行されたばかりの小説本。「小説」については→補二二。

「どう致《いた》しませう。お迎《むか》ひにまゐつた所《ところ》が迚《とて》もお帰《かへ》りなさる事《こと》はございますまい。」といふと。周三《しうざう》は「つまらぬ真似《まね》をしたものだ」と思《おも》ふらしい苦笑《にがわらひ》をして。

「まあそつとして構《かま》はん方《はう》が可《よ》からう。滋《しげ》が好《よ》くない。」と舌鼓《したうち》をして。

「そつとして置《お》くが可《い》い。」と至極《しごく》落着《おちつ》いてゐる。

お銀《ぎん》の身《み》になつて見《み》れば落着《おちつ》いてはゐられぬ。姑《しうと》を突出《つゝきだ》した。余程酷《よつぼどむご》い事《こと》をするに違《ちが》ひない。年寄《としより》が可愛《かあい》さうだ。といはれるに極《きま》つてゐる。親類《しんるゐ》の手前《てまへ》も面目《めんもく》ない。[九]女房《にようばう》に巻《ま》かれて非道《ひだう》を働《はたら》き。親《おや》を麁末《そまつ》にするとは。[一〇]学者《がくしや》にも似合《にあ》はぬ[一一]鈍漢《うつけもの》だ。と夫《をつと》までが恥辱《はぢ》を掻《か》かねばならぬ。其罪《そのつみ》は皆嫁《みなよめ》の身《み》が被《き》なければならぬ。して見《み》れば世間《せけん》へ対《たい》し。親類《しんるい》へ対《たい》し。我身上《わがみのうへ》に大事《だいじ》が起《おこ》らねば済《す》みさうもない。

夫《をつと》に相談《さうだん》すれば構《かま》ふなと言《い》ふけれど。構《かま》はずにはゐられぬ。此上《このうへ》は是非《ぜひ》が無《な》いから。年寄《としより》に心配《しんぱい》を懸《か》けるのは気毒《きのどく》だけれど。生家《さと》へ話《はなし》をして力《ちから》を藉《か》りるより外《ほか》に手段《てだて》はない。手紙《てがみ》では思《おも》ふやうに事情《わけ》が解《わか》らぬから。御母様《おつかさん》を呼《よ》むで話《はな》さうか。否否《いやいや》隠居《いんきよ》の留守《るす》を[一二]乗《つけこ》むで。母親《はゝおや》を引入《ひきい》れて好事《いゝこと》をしたなどゝ言《い》はれぬとも限《かぎ》らないから。明日《あした》生家《さと》へ行《い》つて篤《とつく》り相談《さうだん》をして来《こ》やう。と其《それ》とは言《い》はず

九 女房の言いなりになって。女房に丸めこまれて。

一〇 学問をした人間。「学問ニ長(タ)ケタル人」(『言海』)。「Learned, a. … — man, gakusha」(『和英語林集成』第三版)。

一一 「うつけもの」は、愚か者。「鈍漢(どんかん)」は、愚かな男。

一二 「乗(じよう)」には「機会につけこむ」の意がある。

に明日暇《あしたひま》をくれといふと。夫《をつと》は心快《こゝろよ》く承諾《しようだく》した。

然《しか》し無人《ぶにん》[一]であるから。正午《ひる》[二]に周三《しうざう》が退《ひ》けて来《く》ると入替《いりかは》りに出懸《でか》けて。直《すぐ》に帰《かへ》つて来《く》る心算《つもり》で。朝《あさ》の間湯《うちゆ》にも行《ゆ》き。丁度結日《ちやうどゆひゞ》[三]で髪《かみ》も出来《でき》て。さあと待《まつ》てゐると。十二時《じ》二十分頃《ぶんごろ》轔々《がら〳〵》[四]といふ車《くるま》の音《おと》。お帰《かへ》りかと出《で》て見《み》ると。三池《みいけ》といふ周《しう》三《ざう》の叔父《をぢ》で。苦《にが》い顔《かほ》をして帽子《ばうし》を取《と》る。続《つゞ》いて車《くるま》が又一輛《またいちだい》。これには伯父《をぢ》の樫《かし》村《むら》といふ。此一門《このいちもん》での名高《なだか》い御意見番《ごいけんばん》[五]。二人《にん》が格子《かうし》を入《はい》ると又車《またくるま》が。其《それ》は此方《こち》[六]の人《ひと》である。

二人《ふたり》は顧《かへり》みて。「これは丁度好《ちやうどよ》かつた[七]。」

周三《しうざう》は衣服《いふく》も更《あらた》めず挨拶《あいさつ》に出《で》ると。直《すぐ》に酒《さけ》の支度《したく》をとお銀《ぎん》を呼《よ》ぶ。

「否《いや》。今日《けふ》は御酒《ごしゆ》どころではない。」と三池《みいけ》が口《くち》を切《き》ると。御意見番《ごいけんばん》の樫村《かしむら》は詮議《せんぎ》[八]の筋有之《すぢこれあり》といふ顔《かほ》でお銀《ぎん》を一睨《いちげい》[九]する。大方《おほかた》[一〇]さうとお銀《ぎん》は察《さつ》[一一]するほど無気味《ぶきみ》で。こそ〳〵と次間《つぎのま》へ竄《に》げて酒《さけ》の支度《したく》に取懸《とりか》かる。

其内《そのうち》に話《はなし》が始《はじ》まつた。聢《しか》[一二]とは聞《き》こえぬけれど。「御母様《おつかさん》を」「お銀様《ぎんさん》」「風波《ふうは》が」「辛《つら》くあたる」等《など》の不祥《ふしやう》[一三]の語《ことば》が耳《みゝ》に入《はい》る。聊《いさゝか》も我心《わがこゝろ》に疚《やま》しいところはなけれど。背《せなか》から冷汗《ひやあせ》が出《で》て。身《み》が竦《すく》むやうな心地《こゝろもち》がする。

燗《かん》も出来《でき》て。下物《さかな》[一四]は後《あと》にしても。先《まづ》一盃《ばい》と膳《ぜん》を出《だ》すところなれど。どうも坐《ざ》

一　「無人」は、人がいない状態。ここは、誰もいないといけないから、の意。

二　土曜日のため午前で役所の勤務が終わることを言うか。

三　定期的に髪を結うことになっている日。「今日結日ではあるけれど」（歌舞伎『梅雨小袖昔八丈（つゆこそでむかしはちじょう）』河竹默阿弥作、明治六年初演）。

四　「轔轔（りんりん）」は、車の走る音。

五　主君に対し、さまざまな事柄について意見や忠告をする役割。ここは、何かにつけて相談に乗ったりまとめ役になったりする人のこと。

六　うちの人。妻からみて夫を指す語。

七　初出には、次行との行間に「お銀には丁度悪（わ）るい機会（つぼ）で、かの一件に就（つい）て、渋谷の海（うち）に今や微風徐（おもむろ）に来（きた）つて、細波（さゞなみ）が立ちつゝあるやうに想（おも）はれる。」とある。

八　取り調べるべき事柄がある。奉行所などでの取り調べ風に、わざといかめしく表現したもの。

九　ひとにらみすること。

一〇　きっと例のことだ。

一一　察するにつけても。

一二　たしかに。はっきりと。「聢」は国字。

一三　好ましくない言葉。いまわしい言葉。

一四　「下物（かぶつ）」は、「下酒物（かしゅぶつ）」すなわち、酒のさかな。

敷《しき》へ出《で》悪《にく》いから。婢《をんな》に運《はこ》ばせやうかとも思《おも》つたが。親類《しんるゐ》が来《き》たのに応待《もてなし》に出《で》ぬといふ方《はう》はない。いつも出《で》るのを今日《けふ》に限《かぎ》つて出《で》なかつたなら。心《こゝろ》に一五怯《ひけ》る事《こと》があるから顔《かほ》が出《だ》せないと想《おも》はれやう。と婢《をんな》に手伝《てつだ》はせて襖《ふすま》を啓《あけ》ると。話《はなし》がぷつゝり断《き》つたやうに一六寝《や》むで。客《きやく》の四《よつ》の目《め》が一直線《いつちよくせん》に我額《わがひたひ》に注《そゝ》ぐと思《おも》ふと。赫《くわつ》として心《むね》が悸々《どきどき》。

何《なに》か言《い》はれるかと気遣《きづか》ひながら。銘々《めいめい》へ配膳《はいぜん》して酌《しやく》をして退《さが》らうとすると。周三《しうざう》が。「少《すこ》し待《ま》て。」「はい。」と坐《すわ》つたが。その手持無沙汰《てもちぶさた》なこと。何処《どこ》へも顔《かほ》の遣端《やりば》が無《な》くつて。身体《からだ》が荷厄介《にやくかい》になつてどうもかうも成《な》らぬ。

旋《やが》て御意見番《ごいけんばん》が和《やはら》かな調子《てうし》で。「扨《さて》な」を冒頭《まくら》に。此度《このたび》の始末《しまつ》を一通《ひとゝほ》り陳《の》べて。昨日隠居《きのふいんきよ》からの手紙《てがみ》で。不取敢今日《とりあへずけふ》城井《しろゐ》へ行《い》つて一々《いちいち》聞《き》いた所《ところ》が。恁云《かうい》ふ話《はなし》で。と隠居《いんきよ》とお滋《しげ》との口上《こうじやう》を聞《き》いて見《み》ると。お銀《ぎん》もえゝ！　と吃驚《びつくり》。

半分《はんぶん》は痕跡《あとかた》もない一七虚誕《うそ》で。三分《さんぶ》は僻見《ひがみ》で。残《のこ》る二分《ぶ》は一八鷺《さぎ》を鴉《からす》といひくろめた一九片口《かたくち》で。被《き》せられた罪《つみ》は二〇綿《わた》まで透《すか》した濡衣《ぬれぎぬ》で。余《あま》りの事《こと》に弁解《べんかい》にも当惑《たうわく》して。可恐人等《こはいひとたち》と思《おも》はず周三《しうざう》の顔《かほ》が見《み》られる。

それから筋路《すぢみち》を正《たゞ》しく始終《しじう》を話《はな》して。御母様《おつかさん》に然《さ》う取《と》られますのは私《わたくし》の到《いた》らぬ二一ゆゑ此後《このご》は十分気《ぶんき》を着《つ》けてお世話《せわ》をいたしませうから。何卒《どうぞ》お帰《かへ》り下《くだ》さるや

一五 やましく感じる。「怯（きょう）」は、おじけづくこと。
一六 中断して。「寝（しん）」には、やめる、の意がある。
一七 「虚誕（きょたん）」は、いつわり、でたらめ。
一八 道理に合わないことを強引に言い張ること。
一九 一方の側だけの言い分。初出は「私言（かたくち）」。
二〇 「濡衣」（無実の罪）も甚だしいこと。濡衣の水が中に詰めた綿にまでしみ込んでいる、の意。
二一 初出は「ゆゑでございますが、此後は」。

うに貴下方《あなたがた》の御骨折《おほねをり》を願《ねが》ひますと頼《たの》めば。樫村《かしむら》は理《わけ》の分《わ》かる性《たち》ゆゑ大概疑念《たいがいうたがひ》が解《と》けて。

「どうも然《さ》うであらうよ。隠居様《いんきよさん》だつて余《あま》[一]り負《ま》けてゐる方《はう》ではない。若《わか》い時《じ》分強盗《ぶんがうたう》が三人押込《にんおしこ》むだ時《とき》。長刀《なぎなた》の鞘《さや》を払《はら》つて水車《みづぐるま》のごとく揮舞《ふりま》はした事《こと》もあつたのだから。」と酒《さけ》も身《み》に染《し》みて来《き》た様子《やうす》。

然《しか》るに三池《みいけ》の叔父《をぢ》の方《はう》は。元来隠居贔負《ぐわんらいいんきよひいき》で。血系《ちすぢ》だけに似《に》てゐる性《ところ》もあり。酔《よ》へば即《すなは》ち[二]撚上戸《ねぢじやうご》。醒《さ》むれば[三]可《か》なり偏屈《へんくつ》といふ人物《じんぶつ》であるから。心中大《しんちうおほい》に[四]服《ふく》せず。此女《このをんな》の柔和《にうわ》に見《み》えるほど肚《はら》は[五]善《よ》くないのだと只管念込《ひたすらおもひこ》むで。樫村《かしむら》がお銀《ぎん》の肩《かた》を持《も》つなら。我《おれ》は何処《どこ》までも隠居《いんきよ》の尻押《しりおし》をしてやらうと両派《りやうは》に分《わか》れて見《み》ると。敵《かたき》の酒《さけ》は美《うま》くないか。これから城井《しろゐ》へ行《い》つて。まだ話《はな》す事《こと》もあるからと先《さき》へ還《かへ》る。

此三池《このみいけ》が一人《ひとり》あるばかりで話《はなし》が纏《まとま》らず。姑《しうと》とお滋《しげ》は益々《ますく》悍立《いきりた》つて。彼嫁《あのよめ》を[六]出《だ》せと喧《やか》ましく言出《いひだ》して。お銀《ぎん》のゐる間《あひだ》は決《け》して還《かへ》らぬといふ悶着《もんちやく》になつて。親《しん》類《るゐ》の誰彼《たれかれ》が毎日《まいにち》のやうに渋谷《しぶや》と城井《しろゐ》へ往来《わうらい》して。どうで御座《ござ》るの。あゝで候《さふら》ふのと結極《まとまり》が附《つ》かず。とにかく敵手《あひて》は親《おや》といふので渋谷《しぶや》の方《はう》でも苦戦《くせん》で。今《いま》の所《ところ》ではどういふ事《こと》に極《きま》るか。運命《うんめい》は独楽《こま》のごとく廻《まは》つてゐる。

一 相当に勝ち気であること。
二 酒に酔うとからむ癖があること。
三 かなり。相当。
四 承服しない。納得しない。
五 初出は「好悪（よくない）」。
六 離縁せよ。家から追い出せ。

之《これ》を聞《き》くと生家《さと》の心配《しんぱい》といふものは謂《い》ふにも謂《い》はれぬ。新八郎《しんぱちらう》は苦労性《くらうしやう》の老《らう》人《じん》であるから。もしもの事《こと》でもあつた日《ひ》には。と夜《よる》も碌々《ろく〳〵》寐《ね》ずに考《かむが》へて。一日《いちにち》隔《おき》に媒妁人《なかうど》のところへ様子《やうす》を聞《き》きに行《ゆ》く。母親《はゝおや》は母親《はゝおや》で。女《をんな》だけに取越苦労《とりこしぐらう》をして。[七]鬱《うつ》とりと攷《かむが》へてばかりゐる。

御父様《おとつさん》は焦躁《せか〳〵》。御母様《おつかさん》は懵然《ぼんやり》。お鉄《てつ》は中《なか》へ挿《はさ》まつて狼狽《うろ〳〵》。日《ひ》に四五度《たび》づゝは欠《か》かさず剣突《けんつく》を啖《く》はされて脹《ふく》れてゐる。

七　心が沈んだ様子でぼんやりと。「鬱（うつ）」の音と意味をあてたもの。

(下の巻)

(一)

扨《さて》も[一]隠居《いんきよ》の心《こゝろ》は石《いし》に匪《あら》ず。転《まろば》すべからず。どうあつてもお銀《ぎん》を出《だ》さなければ。私《わし》は家《うち》へは還《かへ》らぬと力《りき》む。樫村《かしむら》は[二]手《て》甲摩《かふす》つて扱《あつか》つたれど。お滋《しげ》。三池《みいけ》といふ二人《ふたり》の[三]影武者《かげむしや》が附《つ》いてゐるので。隠居《いんきよ》は益《ますく〵》我《が》を張《は》つて。牡牛《をうし》の乳《ちゝ》を搾《しぼ》つてお目《め》に懸《か》けたら。といふやうな[四]難題《なんだい》をいつて弱《よわ》らせる。

いかにも。大事《だいじ》の母《はゝ》なり。一人《ひとり》の親《おや》ではあるが。無理《むり》は無理《むり》だと渋谷《しぶや》も腹《はら》を立《た》てゝ。罪《つみ》の無《な》いものは離縁《りえん》は出来《でき》ませぬ。と断然《きつぱり》した挨拶《あいさつ》をすると。さういふ了簡《れうけん》なら。私《わし》も[五]渋谷家《しぶやけ》代々《だい〳〵》の位牌《ゐはい》にはなるまい。と隠居《いんきよ》も凄《すご》いことをいふ。それではお互《たがひ》に穏《おだやか》でないから。と諸親類惣立《しよしんるゐそうだち》で宥《なだ》めたけれど。兎角《とかく》隠居《いんきよ》が無《む》理《り》ばかり言募《いひつの》るので。いづれも此処《こゝ》は手《て》を退《ひ》いて。今《いま》に目《め》が覚《さ》めて。皆様《みなさま》頼《たの》むといふ時《とき》があらうから。其折《そのをり》[六]思入《おもひい》れ「構《かま》うて下《くだ》さるな」といつた口《くち》の端《はた》を[七]抓《つめ》つてやらう。今日《けふ》の所《ところ》はまづ〳〵黙《だま》つて[八]すつこむ事《こと》になつたが。周三《しうざう》の身《み》になつて見《み》れば。敵味方《てきみかた》と別《わか》れても。縁《えん》は繋《つな》がる親《おや》と子《こ》の間《あひだ》であれば。城井《しろゐ》の[九]食客《いそ》に

一 隠居の心は石ではないから簡単に動かすことはできない、の意。『詩経』の一節をもじったもの。→『紅子戯語』六八頁注二五。
二 手の甲をするようにしてご機嫌をとって。
三 ここは、背後に控えている同類の人間、の意。「影武者」は本来、敵の目をあざむくため主君そっくりに仕立てられた人物、もしくは影で物事を操る人物を指す。
四 不可能な要求。
五 渋谷の家系とは縁を切ることにしよう、の意。
六 思いっきり。「抓って」に掛かる。
七 つねって。
八 引っ込む。引き下がる。
九 「いそ」は「いそうろう」の略。

して。知《し》らぬ顔《かほ》もしてゐられぬといふので。月《つき》十円《ゑん》づゝ扶持《ふち》[一〇]を送《おく》る事《こと》にして。

一時《いちじ》落着《らくちやく》した。

然《しか》し。先方《さき》[一一]が無理《むり》とはいひながら。親《おや》を別居《べつきよ》させた紛擾《ごたく》[一二]の発頭人《ほつとうにん》[一三]であつて見《み》れば。お銀《ぎん》は寐覚《ねざめ》に之《これ》が懸念《きがゝり》で如何《どう》も快《こゝろよ》くない。

「親《おや》を逐出《おひだ》した」といふ調《ひゞき》は我耳《わがみゝ》にも障《さは》る。無理《むり》をいはれても親《おや》は親《おや》。邪慳《じやけん》にされても姑《しうとめ》は姑《しうとめ》。それを辛抱《しんばう》するが嫁《よめ》の身《み》の務《つとめ》なり。又《また》いかにも邪魔《じやま》を払《はら》つて爽然《さばく》したやうに。いゝわ[一四]で黙《だま》つてもゐられぬ夫《をつと》の手前《てまへ》。そこで義理《ぎり》と人情《にんじやう》が絆《から》むで。可憐《しほら》しい哀願《あいぐわん》となつたけれど。周三《しうざう》は母親《はゝおや》の気《き》の折《を》れるのも今《いま》にと見《み》てか更《さら》に騒《さわ》がず。愸《なまじ》[一五]ひ手《て》を着《つ》けると不可《よくない》から構《かま》ふな。と一向《いつかう》取合《とりあ》[一六]はぬので。其《それ》[一七]なりけりになつてしまつた。

生家《さと》では此紛擾《このごたく》が起《おこ》ると。両親《ふたおや》は幾《ほとん》ど狂気《きやうき》の沙汰《さた》であつたが。一先《ひとまづ》かういふ事《こと》になつたと聞《き》いて。がつくりと腰《こし》の抜《ぬ》けるほど安心《あんしん》して。お銀《ぎん》から手紙《てがみ》の来《き》た翌日《あくるひ》赤豆飯《あかのめし》[一八]を炊《た》いたが。馬鹿《ばか》に目出度《めでたい》のだからと赤豆《あづき》沢山《たくさん》にして。いつその事《こと》麦《むぎ》[一九]の飯《めし》にしたら。恐《おそ》らく一生《いつしやう》[二〇]脚疾《かつけ》は患《わづら》ふまい。と父親《てゝおや》が洒落《しやれ》たほどだから。余程《よほど》目出度《めでた》かつたに相違《さうゐ》ない。

[二一]さる親《おや》の申《まを》した。凡《およ》そ世中《よのなか》に麦麨《むぎこがし》[二二]をもらふのと女子《をんなのこ》を持《も》つほど損《そん》なものは無《な》

[一〇] 食費。「扶持」は「扶持米」すなわち主君が家臣に給与として与えた米のこと。転じて「食糧」「食費」の意になる。
[一一] 相手の方が道理をはずれている。
[一二] 「紛擾（ふんじよう）」は、もめごと、争いごと。
[一三] 張本人。初出は「発端人（ほつたんにん）」。
[一四] 「いいわ（好きにするがいい）」と言って。
[一五] なまじ。なまじっか。中途半端にしない方がむしろよいことを言う。「愸（ぎん）」は、そうありたいと願う、の意。
[一六] 初出は「取合はない。「それでも、どうか」何（なに）かいって半襟（はんえり）の縫（ぬひ）の糸（いと）を拈（ひね）くりて、」。
[一七] それきり。そのままになること。「北海道に渡ったといふ、音信があつて、其なりけり」（泉鏡花『湯島詣』明治三十二年）。
[一八] 赤飯。
[一九] 麦飯。米に大麦を混ぜて炊いた飯。
[二〇] 「脚疾」は「脚気」のこと。当時、脚気の原因は不明だったが、小豆や麦を食べると脚気が治ると信じられていた。→『紅子戯語』八二頁注四。
[二一] ある親がこんなことを言った。
[二二] 大麦を煎って粉にしたもの。砂糖を混ぜて練って食べたり、菓子にまぶしたりする。香煎（こうせん）。ここは、安価であることや、それ自体では食べられず他の材料や手間が必要であることを言う。

い。女子《をんなのこ》にはいかほど丹精《たんせい》しても金《かね》を懸《か》けても。[一]預《あづか》り物《もの》で。遂《つひ》には手放《てばな》さねばならぬに極《きま》つてゐる。扨外《さてほか》へ遣《や》つてしまつたから其《それ》で縁《えん》が切《き》れて。死《し》ならうと活《い》きやうと構《かま》はぬかと思《おも》へば。我子《わがこ》は何処《どこ》までも我子《わがこ》であるから。苦楽《くらく》を倶《とも》にせずには措《お》かれぬ。して見《み》れば生涯《しやうがい》の厄介《やつかい》で。[二]損《そん》は立《た》つとも徳《とく》にはならぬのが女子《をんなのこ》である。もし親《おや》たちの[三]不心得《ふこゝろえ》から[四]左団扇《ひだりうちは》と目懸《めが》けたら。これほど徳《とく》の行《ゆ》くものはあるまいけれど。親《おや》が女《むすめ》の厄介《やつかい》になるやうでは。相互《おたがひ》の不仕合《ふしあはせ》といふもの。

丸橋《まるばし》ではお銀《ぎん》を良家《いゝところ》へ形附《かたづ》けて。ほつと呼吸《いき》を吐《つ》く間《ま》も無《な》く。今度《こんど》のやうな事《こと》が起《おこ》つて苦労《くらう》をする。其苦労《そのくらう》が一息寝《ひといきや》むだかと思《おも》ふと。直《すぐ》に胸《むね》に痞《つか》へるのは妹《いもうと》のお鉄《てつ》の身上《みのうへ》。

さる銀行《ぎんかう》に勤《つと》めて。今新潟《いまにひがた》に出張《しゆつちやう》してゐる新輔《しんすけ》といふ[五]長男《ちやうなん》があるから。お鉄《てつ》も[六]他《よそ》へ遣《や》りもので。今年《ことし》は十八になるから今《いま》が[七]嫁入《よめいり》の旬《しゆん》で。十九までは盛《さかり》といふやうなもの〻。お銀《ぎん》などは容色《きりやう》が好《い》〻から。廿《はたち》が廿一《にじふいち》でも乞《もら》ひては許多《いくら》もあるけれど。妹《いもうと》の方《はう》は三割《さんわり》も四割《しわり》も[八]品《しな》が落《お》ちるから。一歳《ひとつ》でも若《わか》い内《うち》が花《はな》で。女子《をんなのこ》を縁付《えんづ》けるのは。縁日《えんにち》の植木《うゑき》と同《おな》じ事《こと》で。時刻《じこく》が遅《おそ》くなるほど[九]捨売《すてうり》にしなければならぬ。と[一〇]口《くち》を探《さが》しに懸《か》かると無《な》いもので。[一一]長《なが》し短《みじ》かし。細《ほそ》し太《ふと》し。円《まる》かつ

一 預り物と同じで。
二 苦労する分だけ損で、利益になることがない。
三 よくない心がけ。まちがった考え。
四 「左団扇」は、安楽な生活のこと。ここは、娘を玉の輿に乗せて自分たちが裕福で安楽な暮らしをしようと望んだら、の意。
五 当時の家制度は長子相続を前提としていたため、長男がいる以上、その姉妹は婿養子を迎えて家を継ぐことはできなかった。
六 他家へ嫁がせなければならないもの。
七 嫁入りに最も適した年齢。
八 品質。商品としての価値。
九 売れにくくなった商品を損を覚悟で安値で売ること。投げ売り。
一〇 嫁入り口。嫁入りすべき先。
一一 長すぎたり短すぎたり。「帯に短し襷に長し」と同義。
一二 一箇所で出会って。一度に重なって。
一三 一度に三つの縁談が続いてやって来たことのたとえ。前後に一間ずつの距離を置いて合わせて三間のあいだに、の意。
一四 一円札二十枚、すなわち月給二十円。
一五 「砲兵」は、陸軍における兵科（兵の職種）の一種で、火砲を使用して戦う兵のこと。「砲兵工廠」は陸軍の兵器工場で、元治元年に旧幕府によって関口水道町に開設された大砲・小銃製造所を引き継いで明治元年に「兵器司」が設置さ

たり角張《かくばつ》たりで。兎角《とかく》四合《しつくり》と適《あ》ふやうなのが見当《みあた》らない。然《さ》うかと思《おも》ふと。有《あ》り出《だ》すと又迷《またまよ》ふほど落合《おちあ》[一二]つて。都合《つがふ》三間《さんげん》[一三]といふもの前後《ぜんご》に言込《いひこ》むで来《き》たのは。一番《いちばん》に官員《くわんゐん》。二番《ばん》に商人《あきうど》。三番《ばん》が職工《しよくこう》。官員《くわんゐん》といふのは年齢《とし》が廿五《にじふご》で郵便局《ゆふびんきよく》へ出《で》て二十五円《にじふごえん》の月給《げつきふ》。男親《をとこおや》が一人《ひとり》ある。商人《あきうど》といふのは横浜《よこはま》の商館勤《しやうくわんづとめ》で二十《にじふ》[一四]枚《まい》の給料《きふれう》。これは両親附《りやうしんつき》の代《かは》り。地面家作《ちめんかさく》が少々《せうく》あり。年齢《とし》は廿七《にじふしち》。職工《しよくこう》といふのは砲兵第一方面旧砲兵工廠《はうへいだいいちはうめんきうはうへいこうしやう》[一五]の小銃製造所《せうじうせいざうじよ》[一六]に勤《つと》める鉄砲鍛冶《てつぱうかぢ》[一七]で。年齢《とし》は廿八《にじふはち》。月給《げつきふ》は廿円《にじふえん》。之《こ》れ全《まつた》く係累無《けいるゐな》しで。喧《やかま》しい伯父《をぢ》があるが。別《べつ》に世帯《せたい》を持《も》つてゐる。かう列《なら》べた所《ところ》で。まづどれが好《い》いと母親《はゝおや》がお鉄《てつ》に質《たづ》ねると。官員《くわんゐん》は何《なん》だか嫌《きら》ひ。商人《あきうど》はどうも否《いや》。腕《うで》に芸《げい》のある職工《しよくこう》がといふ好《この》みに。両親《りやうしん》は胆《きも》を潰《つぶ》した。蓋《けだ》し父親《てゝおや》は。官員《くわんゐん》といふものを徳川時《とくせんじ》代《だい》[一八]の武夫《ものゝふ》のやうに考《かんが》へて「花《はな》[一九]は桜《さくら》に。人《ひと》は喃《なう》」などゝ直《ちき》にやらかす質《たち》だから。当時《たうじ》では何《なん》でも官員《くわんゐん》で無《な》ければならぬやうに念《おも》つてゐる。母親《はゝおや》は。誰《だれ》に聞《き》いたか。商人《しやうにん》が一番割《いちばんわり》の好《い》い利益《まうけ》の多《おほ》いものだ。と素人了簡《しろうとれうけん》の商売気《しやうばいぎ》を出《だ》してどうか商人《しやうにん》へ遣《や》りたい。それに横浜商人《よこはましやうにん》といふのは。異人《いじん》を敵手《あひて》で格別儲《かくべつまう》かると。渋谷《しぶや》ぐらゐになれば大丈夫《だいじやうぶ》だけれど。卑《ひく》[二〇]い処《ところ》では免《めん》が恐《こは》いといふ肚《はら》で。二十枚《にじふまい》と目懸《めが》けたのである。

お鉄《てつ》も夫《をつと》に持《も》つなら。奇麗《きれい》な仕事《しごと》をする人《ひと》を思《おも》はぬではない。足《あし》[二一]で飯炊《まゝた》い

れたのに始まる。その後、明治四年に小石川の旧水戸藩邸内に砲兵工廠が新設され、度々増設されて関東大震災まで存続した。明治八年に「砲兵本廠（砲兵第一方面）」と改称されたのち、明治十二年制定の砲兵工廠条例により「東京砲兵工廠」が正式名称と定められた。「旧砲兵工廠」は旧称としての「砲兵本廠」を指すか。

一六 この時期に製造されていた「小銃」は、十八年式村田銃もしくは二十二年式村田連発銃を指すと思われる。

一七 鉄砲を製造する職工のこと。従来の火縄銃の鉄砲鍛冶とは異なり、当時すでに近代的な金属加工技術が導入されていた。明治十九年二月十二日付『朝野新聞』は、東京砲兵工廠の職工数を一五五六人と伝えている。↓補三〇。

一八 江戸時代。「とくせん」は「徳川（とくがわ）」を音読みにしたもの。「徳川家」を「とくせんけ」とも呼んだ。

一九 「花は桜に（「桜木」とも言う）人は武士」という成句のこと。花の中では桜が最もすぐれており、人の中では武士が最もすぐれている、の意。「喃」は、相手に言い聞かせたり注意をうながすときの語。「人はなあ」の意。「花は桜木人は武士と申せども、いつかないつかな武士も及ばぬ御所存」（『仮名手本忠臣蔵』）。

二〇 下級役人ではいつ免職になるかわからないから恐ろしい、の意。「免」は「免職」のこと。↓補三一。

二一 「嫁に行くなら鍛冶屋に行きゃれ、足で飯炊き手で金伸ばす」という成句。鍛冶屋は足でふいごを使って火をおこし、その火で飯もたき、手では金属を延ばす鍛冶仕事をする、の意から、鍛冶屋は暮らしやすい職業であることを言う。「飯」と「金」は生活の基本をも意味する。

て手《て》で金延《かねの》ばすなどゝいふ洒落《しやれ》から。鍛冶屋様《かぢやさん》と極《き》めた訳《わけ》ではなけれど腕《うで》に芸《げい》のあるのが世《よ》を渡《わた》るに一番安心《いちばんあんしん》。所帯臭《しよたいくさ》く考《かんが》へて。眼中常《がんちうつね》に官員無《くわんゐんな》しでゐたが。鍛冶屋《かぢや》とは少《すこ》し予想外《よそうぐわい》であつた。

腕《うで》にある芸《げい》といつても。あながち職人《しよくにん》には限《かぎ》らぬ。[一]何《なに》も縁《えん》で職人《しよくにん》でも否《いや》は言《い》はないけれど。鍛冶屋《かぢや》の女房《にようばう》は[二]御《ご》思案《しあん》であるべき娘気《むすめぎ》に。ぐつと色気《いろけ》を捨《す》てゝ。一思《ひとおも》ひに其《それ》が望《のぞ》みといふには仔細《しさい》がある。

この鍛冶屋《かぢや》を尋常《たゞ》の鍛冶屋《かぢや》と想《おも》ふと大《おほ》いに了簡《れうけん》が違《ちが》ふ。[三]七八年前《ねんぜん》まで近所《きんじよ》に住《す》むでゐた石黒信之《いしぐろのぶゆき》といふ。兄新輔《あにしんすけ》とは幼稚馴染《をさななじみ》で。自分《じぶん》も識《し》つてゐる男《をとこ》である。其頃評判《そのころひやうばん》の孝行者《かうくもの》で。[四]堅人《かたじん》で。物《もの》の道理《だうり》も解《わか》つた。お銀《ぎん》ちやんなども。あの人《ひと》はと噂《うはさ》をした息子《むすこ》であつたが。父親《てゝおや》に早《はや》く訣《わか》れて。学問《がくもん》の修行《しゆぎやう》もしかねる所《ところ》から。十七《じふしち》の歳《とし》鉄砲鍛冶《てつぱうかぢ》になつて。わづか二年《にねん》ばかりの間《あひだ》に驚《おどろ》くほど腕《うで》を上《あ》げて。母親《はゝおや》をどうやら[五]過《すご》せるやうになつたと聞《き》いたが。砲兵工廠《はうへいこうしやう》へ出《で》る事《こと》になつて。[六]小《こ》石川《いしかは》の方《はう》へ引越《ひつこ》してからは。久《ひさ》しく音信《たより》を聞《き》かずにゐた。其信様《そのゝぶさん》だ。職人《しよくにん》でも。鍛冶屋《かぢや》でも。[七]彼人《あのひと》ならば添《そ》つて見《み》たいといふお鉄《てつ》の所思《おもわく》で。御母様《おつかさん》。あの石黒《いしぐろ》の信様《のぶさん》ですよといふと。然《さ》うさ。まあ不思議《ふしぎ》ぢやないか。あの信様《のぶさん》がもう[八]二十七になるかねえ。人間《にんげん》は極良《ごくいゝ》けれど職人《しよくにん》がどうも。と一向《いつこう》[九]進《すゝ》まぬ形《かたち》で。

一 何事も縁だから。初出は「之(これ)も縁なり」。
二 娘の気持ちにとっては考えものであるはずなのに。
三 初出は「十余年」。
四 律儀な人。堅物。
五 養っていける。「私が母親を過さにやならんのだ」(泉鏡花『義血侠血』)。
六 三〇九頁四行目には石黒信之の住居が「小石川柳町」とある。砲兵工廠は小石川区小石川町(現在の文京区後楽一丁目)にあった。
七 初出は「彼(かの)気質ならば」。
八 三〇三頁六行目には「廿八」とある。
九 気が進まない様子。

御父様《おとつさん》も子供《こども》の時分《じぶん》知《し》つてゐる石黒《いしぐろ》の息子《むすこ》なら不足《ふそく》は無《な》い方《はう》なれど。[一〇]右同断鍛《みぎどうだんか》治屋《ぢや》といふのが不承知《ふしようち》で。最少《もすこ》し外《ほか》に職《しよく》がありさうなものだと首《くび》を拈《ひね》る。

けれども。お鉄《てつ》が切《しき》りに進《すゝ》むでゐるから。当人《たうにん》の縁《えん》だからと母親《はゝおや》の思飜《おもひかへ》したのは。あの信様《のぶさん》といふ処《ところ》に惚《ほ》れて。あの子《こ》ならば確《たしか》だと父親《てゝおや》に相談《さうだん》すると。長《なが》らく職人《しよくにん》をしてゐたのだもの。気質《きしつ》も変《かは》らずにゐるものか。子供《こども》の時分《じぶん》の堅気《かたぎ》[一一]ではゐまい。と一応有理《いちおうもつとも》な言葉《ことば》に。母親《はゝおや》もなるほどゝ気《き》が着《つ》いて。お鉄《てつ》にも此《この》事《こと》を言聞《いひき》かせる。それでは。旧時《むかし》の気質《きしつ》か気質《きしつ》でないか。調《しら》べて見《み》て下《くだ》さいなとも言《い》はれず。お鉄《てつ》は可厭《いや》な顔《かほ》をして失望《しつばう》の様子《やうす》であつたが。其代《そのかは》り郵便局《ゆふびんきよく》も否《いや》。横浜《よこはま》も否《いや》と皆撥附《みなはねつ》けて。どうとも話《はなし》は煮《に》えずに。毎日紛擾《まいにちごた〱》してゐる内《うち》。喧《やか》[一二]ましいのと触込《ふれこみ》のあつた。信之《のぶゆき》の伯父《をぢ》の瀬川又之丞《せがはまたのじよう》が。中《なか》に入《はい》つたものから丸《まる》橋《ばし》の娘《むすめ》といふ事《こと》を聞込《きゝこ》むで。なるほど之《これ》は好《よ》からう。と信之《のぶゆき》に聞《き》いて見《み》ると。悪《わる》くはない挨拶《あいさつ》で。まことに不思議《ふしぎ》な御縁《ごえん》だ。と早速丸橋《さつそくまるばし》に尋《たづ》ねて来《く》る。

伯父《をぢ》の瀬川《せがは》から段々《だん〱》様子《やうす》を聞《き》いて見《み》ると。味方同士《みかたどうし》の片口《かたくち》であるから。一《いち》から十《じふ》まで信《あて》にはならぬけれど。十分証拠《じふぶんしようこ》のある事《こと》が許多《いくら》もあつて。信之《のぶゆき》の堅気《かたぎ》なことは十余年前《じふよねんまへ》の信様《のぶさん》に異《かは》らず。伯父《をぢ》の口《くち》からいふは可笑《をかし》なものだけれど。御遠慮無《ごゑんりよな》しに申上《まをしあ》げると。あれなれば実《じつ》にお薦《すゝ》め申《まを》したいとまで言出《いひだ》した。

一〇 右に同じく。母親と同様、の意。

一一 まじめで、しっかりしていること。

一二 何かにつけて小言を言いたがる人物と前評判のあった。

一体《いつたい》彼工場《かのこうぢやう》で二十五円以上《にじふごえんいじやう》取るものは上等《じやうとう》の職工《しよくこう》で。弟子《でし》の四五人《しごにん》づゝも使《つか》つて。皆職人風《みなしよくにんふう》の勇肌《いさみはだ》で。大工《だいく》の棟梁《とうりやう》とか。左官《さくわん》の親方《おやかた》とかいつたやうな身持《みもち》[一]で。宵越《よひこし》の銭《ぜに》をつかはず。年中《ねんぢう》ぴい〳〵してゐるのを鋪強《みえ》[二]にして。華美《はで》がつてゐるのが風習《ならはし》であるけれど。信之《のぶゆき》は決《けつ》して然《さ》うで無《な》い。第一服装《だいいちみなり》からして堅気《かたぎ》に作《つく》つて。行蹟《おこない》も職人風《しよくにんふう》で無《な》い。実直過《じつちよくす》ぎて偏屈《へんくつ》のやうで交際《つきあひ》を外《はづ》すでも無《な》く。優《やさ》しくて実意《じつい》のあるのが愛嬌《あいけう》になつて。上役《うはやく》にも可愛《かはゆ》がられゝば。下《した》へも通《とほ》りが好《よ》く[三]。職《しよく》[四]も悪《わる》くない所《ところ》から。随分用《ずゐぶんもち》ゐられてもゐる。

昨年《さくねん》の暮《くれ》母親《はゝおや》が亡《な》くなつたが。それまでに。不自由《ふじゆう》だから女房《にようばう》を持《も》てと度々《たび〳〵》勧《すゝ》めたけれど。未《ま》だ早《はや》いと云《い》つて下女《げぢよ》を置《お》いて母《はゝ》の世話《せわ》をさせて。自分《じぶん》は不相変《あひかはらず》孝行《かう〳〵》にして面倒《めんだう》を見《み》てゐたが。親《おや》の亡後《ないのち》は男《をとこ》の身一《みひと》つでは所帯《しよたい》が持切《もちき》れず。此《この》度嫁《たびよめ》を探《さが》す事《こと》になつたが。信之《のぶゆき》の行蹟《おこなひ》が甚麼《どんな》であるか。私《わたくし》が喋《しやべ》つたばかりでは御得心《ごとくしん》が行《ゆ》くまいから。兎《と》も角《か》くも一日《いちにち》お出下《いでくだ》さいまして。当人《たうにん》の様子《やうす》も見《み》。また家《うち》の様子《やうす》も御覧下《ごらんくだ》さいまし。申悪《まをしにく》[五]いことではございますが。職人風情《しよくにんふぜい》の住居《すまひ》とは見《み》えませぬくらゐ。整然《ちん》[六]と致《いた》してをりまする。

一口《ひとくち》に職人《しよくにん》と申《まを》すと。どうやら鐍合《けぬきあは》[七]せの衣服《きもの》に尻《しり》[八]こけの三尺帯《さんじやくおび》をして。袖《そで》[九]の中《なか》に握拳《にぎりこぶし》をして往来《わうらい》を鼻謡《はなうた》で行《ある》くやうな人物《じんぶつ》と思召《おぼしめ》しませうが。彼《あれ》の気質《きしつ》の堅《かた》

一　品行。行動ぶり。
二　強がってみせること。
三　初出は「好く、こんな事を申すは異(い)なものだが、」。
四　技術。職人としての腕前。
五　身内をほめるようで言いにくい。
六　「ちんと」は整っているさま。きちんと。
七　布の端をそろえて表と裏の出入りがないように縫い合わせること。
八　帯を尻のあたりまで下げて結ぶこと。「尻こけに八端の細帯を気取つて締めて居る処から」(小杉天外『はやり唄』明治三十五年)。
九　「弥蔵」のこと。着物の懐の中で握り拳を作り肩を突き上げるようにする格好で江戸の職人などが好んだ。「軽く容れて拳を旨く丸めてゐる工合本式の弥造に、手拭を肩へ引懸ける。いい形の人たらないものだ」(篠田鉱造『明治百話』)。

い所《ところ》へ。私《わたし》が大《だい》の偏人《へんじん》で喧《やかま》しやでございますから。決《け》して然《さ》やうな不行蹟《ふぎやうせき》[一〇]はございませぬ。と伯父《をぢ》だか媒妁《なかうど》だか知《し》れぬほど。感心《かんしん》な次第《しだい》を種々《いろ〳〵》並立《ならべた》てたので。丸橋夫婦《まるばしふうふ》の心《こゝろ》は稍動《やゝうご》き始《はじ》めて。どうやら一思案《ひとしあん》して見《み》る気《き》になつた。

（二）

瀬川《せがは》の話《はなし》に拠《よ》れば。一口《ひとくち》に鍛冶屋《かぢや》といつても了《しま》はれぬ様子《やうす》で。活計《くらしむき》も余《あま》り苦《くる》しからず。厄介《やつかい》[一一]は一人《ひとり》も無《な》しで。当人《たうにん》は子供《こども》の時《とき》に変《かは》らず実躰《じつてい》[一二]といふ訳《わけ》になつて見《み》ると。まづ相手《あひて》に取《と》つて不足《ふそく》は無《な》い。[一三]それに如何《どう》いふものか。お鉄《てつ》が切《しき》りに進《すゝ》むでゐるから。此話《このはなし》は纏《まと》めて見《み》やうかといふ念《ねん》も起《おこ》つたが。今度《こんど》は母親《はゝおや》が乗《の》らぬ加減《かげん》で。渋谷《しぶや》の顔《かほ》に対《たい》しても。妻《さい》の妹《いもうと》が鍛冶屋《かぢや》の女房《にようばう》では嬉《うれし》くあるまいといふ遠慮《ゑんりよ》もあつて。之《これ》は一寸《ちよつと》お銀《ぎん》にも談《はな》して見《み》ずは。と出掛《でか》けて了簡《れうけん》を聞《き》くと。信様《のぶさん》なら可《い》いぢやありませんか。職工《しよくこう》といつたつて種々類《いろ〳〵しな》がありますわね。それくらゐの顔《かほ》[一四]になれば。慭《なまじ》ひ小官員《こくわんゐん》よりはどれほど好《いゝ》か知《し》れはしません。伯父様《ちさん》とやらの話《はなし》の通《とほ》りなれば。決《け》して悪《わる》くは無《な》いと思《おも》ひますから。尚能《なほよ》く一《ひと》つ調《しら》べて御覧《ごらん》なさいまし。と何《なん》の苦《く》も無《な》く極《き》められて。母親《はゝおや》はなほ〳〵迷《まよ》ひ出《だ》して。兎角職工《とかくしよくこう》といふのに我慢《がまん》が為《し》きれず。鍛冶屋《かぢや》といふのにうんざりして。横《よこ》

一〇 品行がよくないこと。身持ちが悪いこと。

一一 扶養されている親族。または同居人。「奉公人でもなく、厄介でもなく、泊客でもなければ、万更預りものでもない」（尾崎紅葉『多情多恨』）。

一二 まじめなこと。実直。

一三 底本は「それは」。初出に従って改めた。

一四 世間で評判や信用が通っていること。

『二人女房』初出挿絵
（武内桂舟画「鍛鉄の力良妻を打成す」，『都の花』84号，明25･5･5）

浜商人《はましやうにん》にまだ未練《みれん》を残《のこ》してゐたが。二日過《ふつかす》ぎて瀬川《せがは》からの手紙《てがみ》で。明日《あす》は日曜《にちよう》で信之《のぶゆき》も家《うち》であるから。家内中《かないぢう》で遊《あそ》びに来《き》てくれといふのは。家《うち》の様子《やうす》見《み》やら見合《みあひ》やら兼《か》ねて。何《なに》とも付《つ》かず手軽《てがる》に呼寄《よびよ》せやうといふ肚《はら》。

こゝは鉄《てつ》を伴《つ》れていつては拙《まづ》い。我《おれ》が一人《ひとり》で行《い》つて見《み》やう。と新八《しんぱち》が出向《でむ》く事《こと》になると。母親《はゝおや》は気《き》を揉《もむ》で。

「貴方《あなた》は惚《ほれ》つぽいから可《い》けませんよ。独《ひと》り惚込《ほれこ》むで。うつかり約束《やくそく》なんぞをしてお出《い》でなすつちや困《こま》りますよ。」

「宜《よろ》しいよ。心得《こゝろえ》てゐるよ。」と五六《いつゝむ》つ頷《うなづ》くと。お鉄《てつ》は後《うしろ》から羽織《はおり》の衿《えり》を反《かへ》しながら。

「御父親《おとつさん》よく見《み》て来《き》て下《くだ》さいよ。」

「柄《がら》の好《いゝ》のがあつたら買《か》つて来《こ》やうか。」

と一同笑《いちどうわら》つて目出《めで》たく門出《かどで》をする。

どんな様子《やうす》であらうかと二人《ふたり》は言暮《いひくら》[一]してゐると。午後《ごゞ》三時頃《さんじごろ》に父親《てゝおや》は門口《かどぐち》[二]で噯気《おくび》をして。折詰《をりづめ》を二箇《ふたつ》ぶら挈《さ》げて御機嫌《ごきげん》で帰《かへ》つて来《く》る。待兼《まちか》ねた母親《はゝおや》とお鉄《てつ》は左右《さいう》から詰寄《つめよ》せて。さま〴〵な事《こと》を問懸《とひか》けるので。何《なに》と応答《こたへ》をして可《い》いのやら。さう一度《いちど》に話《はな》す事《こと》は出来《でき》んよ。二人《ふたり》とも控《ひか》[三]へてゐて。我《おれ》が一通《ひととほ》り話《はな》して聞《きか》

一 そのことばかりを話題にしつづけて。

二 初出は「げえいと噯気(おくび)を門口でして、」。

三 黙って待っていて。「控へてゐろ」などの誤植とも考えられるが底本のままとする。初出・博文館版全集も同じ。

四 東京馬車鉄道会社の新橋停車場を指す。芝区汐留町(現在の港区東新橋一丁目)にあった。

五 鉄道軌道上を走る乗合馬車。馬車鉄道とも言う。明治十五年六月、東京馬車鉄道会社によって新橋—日本橋間に開通したのが最初で、市街電車の普及する明治三十年代半ばまで市内交通の中心的な役割を果たした。明治二十三年当時の運賃は一区内二銭。→『おぼろ舟』補七。

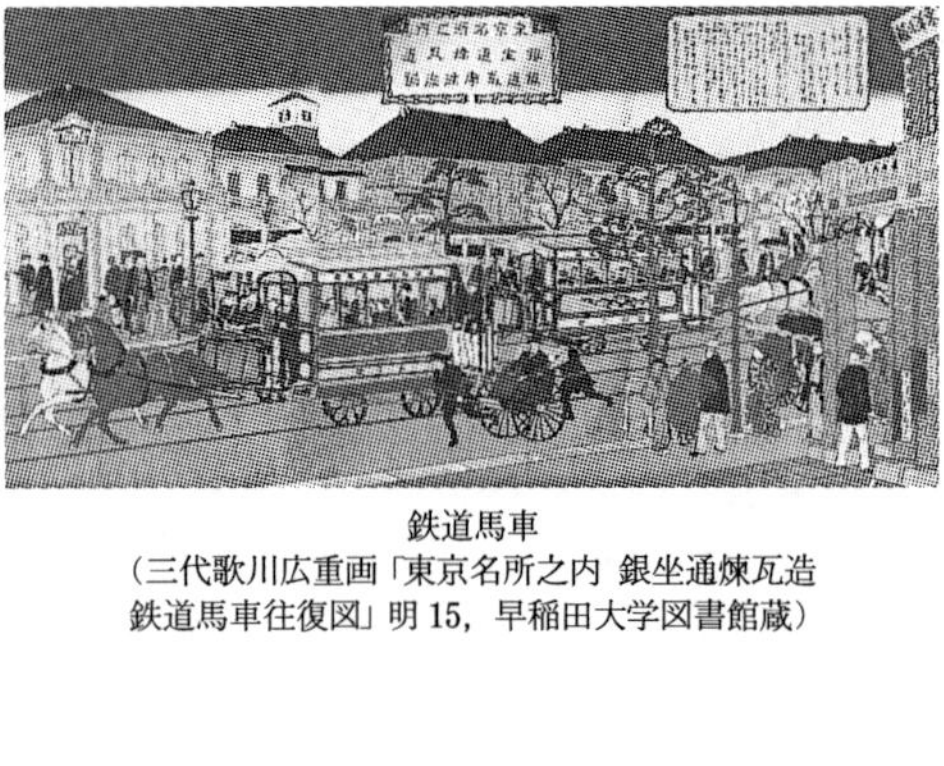

鉄道馬車
(三代歌川広重画「東京名所之内 銀坐通煉瓦造鉄道馬車往復図」明 15，早稲田大学図書館蔵)

せるから。扨《さて》な。まづ家《うち》を出《で》て[四]新橋《しんばし》から[五]鉄道馬車《てつだうばしや》に乗《の》ると。[六]本町通《ほんちやうどほ》りで[七]線路《せんろ》を外《はづ》しての。と言出《いひだ》すとお鉄《てつ》が可悶《もどかし》がつて。

「御父様《おとつさん》。那様事《そんなこと》はどうでも可《い》いから。先《さき》へ行《い》つた所《ところ》から話《はなし》して下《くだ》さいよ。」

「さうか。そんなに先《さき》を急《いそ》ぐなら。道中《だうちう》は[八]端折《はしをつ》て[九]小石川柳町《こいしかはやなぎちやう》にまづ着《つ》いたとする。柳町《やなぎちやう》といふ所《ところ》は[一〇]新開町《しんかいまち》での……。」

「そんな事《こと》も端折《はしを》つて下《くだ》さいよ。」

「無闇《むやみ》と端折《はしを》らせる。[一一]鈍漢《ぐづ》が驟雨《ゆふだち》にでも遭《あ》つたやうだ。註文《ちうもん》なら為方《しかた》が無《な》いから。思入《おもい》れ端折《はしを》るよ。づゝと端折《はしを》つて。石黒《いしぐろ》の家《うち》を尋当《たづねあ》てたとする。貸家《かしや》ではあるが。一軒建《いつけんだて》の極新《ごくあた》らしい一寸《ちよつと》した家《うち》よ。格子造《かうしづくり》での。出窓《でまど》の下《した》には[一二]矯柏《チヤボひば》が植《う》ゑてあつて。南向《みなみむき》の二階屋《にかいや》だ。我《おれ》が[一三]案内《あんない》をするとの。瀬川《せがは》が直《ぢき》に出《で》て来《き》て。皆様《みなさん》も御一所《ごいつしよ》だと心待《こゝろまち》にしてゐたのに。残念《ざんねん》だ〳〵といつての。まづ二階《にかい》へ通《とほ》した。」

「信様《のぶさん》は居《を》りましたか。」と母親《はゝおや》が嘴《くちばし》を容《い》れるとお鉄《てつ》は俯《うつむ》いた。

「まあ急《せ》くなよ。追々《おひ〳〵》話《はな》すから。二階《にかい》へ昇《あが》つて見《み》るとの。八畳一間《はちでふひとま》だけれど。実《まこと》に小瀟洒《こざつぱり》として。[一四]道具建《だうぐだて》が好《よ》かつた。[一五]堺段子《さかひだんつう》を一杯《いつぱい》に敷塡《しきつ》めて。更紗《さらさ》の裍《しとね》が三枚《さんまい》。[一六]桐《きり》の刳抜《くりぬき》の手爐《てあぶり》に[一七]桜炭《さくらずみ》が埋《いか》つて。此方《こつち》から三人《さんにん》行《ゆ》くつもりで待受《まちう》けてゐ

六 日本橋本町を通る大通り。明治十五年に、日本橋から本町通りを通り、大伝馬町方面に行く鉄道馬車が開通した。
七 脱線して。
八 「端折る」は、ここでは、途中を短く省略すること。
九 小石川区柳町。現在の文京区小石川三丁目付近にあたる。
一〇 最近開けた市街地。「今の柳町辺は。大概屋敷町にて。一時水田と化し。明治二十年頃より再び開きたる町屋(まち)なり。…通街を柳町新開と称す」(『風俗画報』三四八号、明治三十九年九月)。→補三二。
一一 直前の「無闇と端折らせる」を受けたしゃれ。「端折る」には着物の裾をからげて帯などにはさみ込む、の意があり、愚か者が夕立にあった時のように無闇に端折る、の意を掛けたもの。
一二 「ちゃぼひば」は檜を小型化した園芸品種で、庭木などにされる。
一三 案内を乞う。他家を訪れた時に取り次ぎを頼むこと。
一四 調度品などのしつらえ。
一五 中国の段通(だんつう)を模して大阪・堺で作られる厚みのある綿織物で、敷物として用いられる。
一六 桐の木の幹をくりぬいて中に灰を入れた小型の火鉢。以下に列記される調度類は、持ち主の文人趣味を表している。
一七 佐倉炭のこと。千葉県佐倉地方で産する良質の木炭。

たのだ。床《とこ》には蘭《らん》が二鉢《ふたはち》。[一]掛花活《かけばないけ》には梅《うめ》が入《い》れてあつて。置物《おきもの》には。何《なん》だか[二]自《じ》然木《ねんぼく》に[三]蠟石《らふせき》のやうな青《あを》い玉《たま》が載《の》つて。[四]墨画《すみゑ》の山水《さんすゐ》の軸《かけもの》だ。[五]時代《じだい》な竹《たけ》の聯《れん》に[六]詩《し》のやうなものが彫《ほり》つけてあつて。[七]斑竹《はんちく》の編《あ》むだ[八]短冊掛《たんざくかけ》に何《なん》とかいつたつけ。信之《のぶゆき》の句《く》ださうだ。[九]発句《ほつく》があつた。それから[一〇]袋戸棚《ふくろとだな》の下《した》に[一一]唐机《たうつくゑ》が一脚《いつきやく》。これに種々《いろ〳〵》硯《すゞり》だの。[一二]水滴《みづいれ》だの。[一三]筆架文鎮《ふでかけぶんちん》のやうなものを列《なら》べて。筆筒《ふでたて》に[一四]孔雀《くじやく》の尾《を》が二本《にほん》ばかり。右《みぎ》の方《はう》には書物《しよもつ》が五六冊《ごろくさつ》。其側《そのそば》に桐《きり》の手頃《てごろ》な本箱《ほんばこ》が[一五]対《つゐ》あつて。[一六]胡麻竹《ごまたけ》の[一七]茶棚《ちやだな》に[一八]大分《だいぶん》茶器類《ちやきるゐ》が奇麗《きれい》に飾《かざ》つてあつた。北《きた》の窓《まど》には小銃製造場《せうじうせいざうば》の写真《しやしん》が金縁《きんぶち》の額《がく》にして懸《か》けてある。床《とこ》の向《むか》ふが押入《おしいれ》での。[一九]磯《いそ》に千鳥《ちどり》の形《かた》のある襖《ふすま》で。明取《あかりとり》の好《い》い。風通《かぜとほし》の好《よ》さゝうな二階《にかい》よ。南《みなみ》は[二〇]掃出《はきだ》しになつてゐて。下《した》が庭《には》で。庭《には》は中々《なか〳〵》手入《ていれ》が届《とゞ》いたものだ。裏《うら》へ通《かよ》ふ処《ところ》に枝折戸《しをりど》があつて。其外《そのそと》には盆栽《ぼんさい》が沢山《たくさん》列《なら》べてあつた。我《おれ》は瀬川《せがは》に挨拶《あいさつ》をしてゐると。階子《はしご》の音《おと》がとん〳〵〳〵。誰《たれ》だと想《おも》ふ。信様《のぶさん》だ?。大違《おほちが》ひ。四十《しじふ》ばかりの婢《をんな》がお茶《ちや》を持《もつ》て来《きた》のだ。それから又《また》とん〳〵〳〵。今度《こんど》のは石黒《いしぐろ》だ。我《おれ》を見《み》て少《すこ》し笑《わら》ひかけた処《ところ》に子供《こども》の時《とき》の面影《おもかげ》はあるが。いやどうも立派《りつぱ》な男《をとこ》になつた。我家《うち》の新《しん》の所《ところ》へ来《き》て。[二一]お神楽《かぐら》の真似《まね》をして遊《あそ》むでゐた頃《ころ》とは大《おほ》きな違《ちが》ひだ。十六七《じふろくしち》の頃《ころ》も一向生意気《いつかうなまいき》な風《ふう》の無《な》い。親孝行《おやかうかう》でもしやうといふ子《こ》だから何処《どこ》か違《ちが》つて。物柔《ものやはらか》な裏《うち》に端然《しやん》とした処《ところ》のあ

一 花を生けるための筒状の花器で、柱などに掛けて用いる。 二 天然木。ここは天然木の形を生かした置物もしくは置物の台を指す。
三 「蠟石」は、石蠟のような光沢のある岩石や鉱物の総称で、印材や置物にされる。青い蠟石はごくまれにしかなく、珍重される。
四 墨一色で描かれた山水画。山水画は、中国で成立した風景画の一種で、山岳や河を主たる題材とする。水墨画の代表的な画題であり、掛け軸に多く用いられる。
五 年代ものの竹製の聯。「聯」は、漢詩などを書いて門や柱に掛ける細長い板。本来は二つ一対であるためこう呼ばれる。 六 漢詩。
七 幹の表面にまだらな模様のある竹。
八 短冊(和歌や俳句などを書いた細長い厚紙)を柱などに掛けるための工芸品。
九 俳句。複数の人間が順に付けていく連句の最初の一句、もしくはそれだけが独立したもので、五・七・五音で構成される。 一〇 袋棚のこと。↓補二〇。 一一 中国風の机。
一二 硯で墨をするときに差す水を入れる小型の容器。「水滴(すいてき)」とも言う。
一三 毛筆をもたせかけておくための凹凸や飾りのついた文鎮。 一四 羽根ペンとして用いた。
一五 一対、すなわち、同型のものが二つあって。
一六 クロチクの一品種で幹の表面に胡麻のような黒い斑点がある。
一七 茶道具などを載せておく棚。
一八 相当。かなり。「奇麗に」に掛かる。
一九 磯に遊ぶ千鳥を図案化したもので、襖絵や着物の柄などに多く用いられる。
二〇 掃き出し窓。下端が床と同じ高さに作られた小窓。 二一 ここは里神楽のこと。各地の神社で祭礼の折などに奉納される歌舞。

る。依然其通《やつぱりそのとほ》りで。[二二]最一息威《もうひといきゐ》が付《つ》いての。どうもそれは[二三]人品《じんぴん》なものだ。[二四]八字髭《はちのじひげ》を生《はや》して。髪《かみ》を撫附《なでつ》けて。糸織《いとおり》の小袖《こそで》に白縮緬《しろちりめん》の[二五]兵子帯《へこおび》をして。黒《くろ》の[二六]奉書《ほうしよ》の[二七]三《みつ》紋《もん》の羽織《はおり》で。屹《きつ》とした扮装《こしらへ》よ。挙止《たちゐ》も閑雅《しとやか》で。口上《こうじやう》も確《たしか》なものさ。総躰《そうたい》しつとりとした塩梅《あんばい》は。どうしても[二八]氏《うぢ》といふ奴《やつ》は争《あらそ》はれんよ。誰《たれ》が[二九]見《み》たとつて職工《しよくこう》ぢや承知《しようち》が出来《でき》ない。まづ四五十円《しごじふえん》も取《と》らうかといふ官員《くわんゐん》だ。鉄砲鍛冶《てつぽうかぢ》だといふから。我《おれ》は鼻《はな》の下《した》や眼《め》の辺《ふち》を炭《すみ》だらけにして。[三〇]棕櫚箒《しゆろばうき》のやうな頭髪《あたま》で。臍《へそ》の穴《あな》を黒《くろ》くして。鼠色《ねずみいろ》の[三一]犢鼻褌《ふんどし》に。襦袢一枚《じゆばんいちまい》で出《で》て来《く》るかと想《おも》つたら。さうで無《な》い。それから酒《さけ》が出《で》て中々《なか〱》の御馳走《ごちそう》よ。[三二]場末《ばすゑ》だと云《いつ》ても馬鹿《ばか》には出来《でき》ないものだ。」

といひながら折《をり》の[三三]莎縄《くゞなは》を解《と》いて。[三四]勿躰《もつたい》らしく蓋《ふた》を取《と》つて。

「この通《とほ》りだ。こゝに[三五]鱵《さより》があるだらう。これは[三六]味噌吸《みそずひ》の種《たね》だ。この汁《しる》の加減《かげん》といふのが無《な》かつた。[三七]飲《の》めたよ。」

「そんな事《こと》はどうでも可《よう》ございますから。それから後《あと》は。」

「信様《のぶさん》も御父様《おとつさん》御酒《ごしゆ》をお上《あが》んなさるの？」

「結構《けつこう》な事《こと》には大《だい》の[三八]下戸《げこ》で。」といふと。母親《はゝおや》は妙《めう》に真面目《まじめ》で。

「それが何《なに》より。」と[三九]諷《ふう》する所《ところ》あるが如《ごと》くに言《い》ふ。

「何《なに》よりとは情無《なさけな》いのう。然《しか》し若《わか》いものゝ飲《の》むのは憎《にく》いものよ。」

二二 その上に威厳が加わって。二三 品格のよい。二四 鼻下に八の字の形に生やした髭。端を上にはね上げるように生やすことも多い。官僚や職人など一般に広く行われた。当時の流行歌に「猫や釈子に至るまで 鼻下にたくはふ八字髯」とある(補三五の引用歌参照)。二五 普通は「兵児帯」と表記する。子供や男性が着物の上から締めるしごき帯。二六 奉書紬のこと。羽二重に似た上等の紬で、紋付羽織などに用いられる。二七 背と両袖の後ろ側とに紋があること。二八 家柄や生まれつきというものは隠しようもなく自然に表れるものだ。三一四頁二行目に「東京府士族石黒信之」とある。二九 見たとて。見たとしても。三〇 棕櫚の幹を覆う茶褐色の毛を束ねて作ったほうき。ここは、ばさばさと乱れた髪のたとえ。三一 男子の下着の一種。一本の細長い布を股間と腰まわりに巻いて用いる。下帯。肌帯。洋装の普及とともに次第に用いられなくなったが、陸軍では第二次大戦まで支給された。三二 市街の中心部から離れたところ。ただしここでは「東京の場末」といった意味が込められている。『風俗画報』三十三号(明治二十四年十月)には「田舎と云ふて田舎ならぬ東京近郷」のさまが「東京場末」の標題で描かれている。三三 くぐ(「はますげ」とも言う)の茎を割いたものを綯(な)った細縄。初出は「縄」。三四 もったいぶって。ことさら重々しい態度で。三五 普通は「針魚」「細魚」と表記する。全長四十センチほどの細長い魚で、下あごが針のように突き出ている。肉は白身で淡泊。三六 味噌仕立ての吸い物。日本料理の膳立てにおける本膳(一の膳)に添えられる。三七 酒が飲めた。味噌吸を肴にしたせいで酒が進んだ、の意。三八 酒の飲めない人。三九 遠回しに批判する。

「老人《としより》の飲《の》むのは厄介《やつかい》なものですよ。」

はつくしよいと大《おほ》きな嚔《くさめ》をして。

「誰《だれ》か我《おれ》の噂《うはさ》をしてゐると見《み》える。」

「それから御父様《おとつさん》どうしました。」

「それからの。勧《すゝ》めて二三盃《にさんばい》さしたらの。いつの間《ま》にか一梅酢漬《うめすづけ》の生薑《しやうが》見たやうに。二爪指《つまさき》まで赤《あか》くなつて。この通《とほ》り不重宝《ぶちようほう》でございますといふとの。何処《どこ》のも酒客《のみて》は同《おな》し事《こと》をいふと思《おも》つて可笑《をかし》くてよ。瀬川《せがは》がいふには。まあ〳〵飲《の》まないに越《こ》した事《こと》は無《な》い。おれくらゐの年齢《とし》になれば少《すこ》しは飲《の》むが薬《くすり》でと。悪《わる》く澄《す》ましてゐたから。我《おれ》も一寸《ちよいと》。「御同様《ごどうやう》に」と愛想《あいそ》をいふと。瀬川《せがは》は如何《いか》にもといつて笑《わら》ひ出《だ》したて。」三
「飲《の》むのが二人《ふたり》聚《あつ》まつて。信様《のぶさん》はさぞ迷惑《めいわく》でしたらう。」と四意《こゝろ》あるが如《ごと》き母親《はゝおや》の詞《ことば》に。父親《てゝおや》は故《わざ》と五無貪着《むとんちやく》に答《こた》へた。

「さうでも無《な》かつた。誠《まこと》に喜《よろこ》むでの。どうか沢山召上《たくさんめしあが》つて〳〵と。我《おれ》の飲《の》みやうが足《た》らんで不足《ふそく》に思《おも》つてゐたかも知《し》れぬ。」

「何《なん》の貴方《あなた》。そんな事《こと》を不足《ふそく》に思《おも》つて耐《たま》るものですか。」

「それから瀬川《せがは》に案内《あんない》されて。家探《やさがし》でもするやうに家中残《うちぢうのこ》らず見《み》て来《き》た。下《した》

一 梅酢しょうが。紅しょうが。梅酢に漬けるため紅く染まる。
二 ここは、指の爪の先。
三 底本は鉤括弧（」）がなく、改行せずに「飲むのが」と続く。博文館版全集に依って改めた。
四 何か言いたいことがありそうな。
五 普通は「無頓着」と表記する。ものごとにこだわらないさま。初出は「無頓着（むとんちやく）」。

は玄関《げんかん》が三畳《さんでふ》。中間《なかのま》が六畳《ろくでふ》。奥《おく》が八畳《はちでふ》だが。全《まつた》く瀬川《せがは》のいつた通《とほ》り。男世帯《をとこじよたい》とは想《おも》はれんほど片附《かたづ》いて。何処《どこ》も彼《か》も劃然《きちん》六と極《きま》つたものだ。余程《よほど》世帯持《しよたいもち》七の好《い》い男《をとこ》と見《み》える。

我《おれ》は別《べつ》に不服《ふふく》は無《な》し。お銀《ぎん》も至極同意《しごくどうい》だし。本人《ほんにん》は勿論《もちろん》の事《こと》だから。どうだ。極《き》めやうぢやないか。鍛冶屋《かぢや》といつたつて。鼻下《はなのした》を黒《くろ》くしてゐる鍛冶屋《かぢや》とは違《ちが》ふよ。此日本帝国《このにほんていこく》八を守護《しゆご》する兵士《へいし》の。最《もつと》も有用《いうよう》なる武器《ぶき》を製造《せいぞう》する役人《やくにん》だ。どうだ合手《あひて》に取《と》て不足《ふそく》は無《な》からう。日本帝国《につぽんていこく》を守護《しゆご》する…………。」

「もう解《わか》りましたよ。」

「解《わか》つたなら言《い》つて見《み》な。」

「言《い》はなくつても解《わか》つてゐますよ。」

「何解《なにわか》るものか。日本帝国《につぽんていこく》の武器《ぶき》を守護《しゆご》する。兵士《へいし》の最《もつと》も有用《うよう》なる製造《せいぞう》の……どつこい。」

「おほゝゝゝゝ御父様《おとつさん》違《ちが》ひました。」

「それ御覧《ごらん》なさいな。貴方《あなた》だつて其通《そのとほ》り…………。」

「なに我《おれ》は違《ちが》つてゐても解《わか》つてゐるのだ。」

「貴方《あなた》は実《まこと》に惚《ほれ》つぽいから可《い》けませんよ。」

六「劃然（かくぜん）」は、区別がはっきりしているさま。初出は「きちん」。
七 生計などの暮らしぶり。
八 明治二十二年二月に発布され翌二十三年十一月から施行された「大日本帝国憲法」では、日本の正式国号は「大日本帝国」とされる。明治二十三年十月には「教育勅語」も発布されており、『二人女房』の発表された同二十四年には国民一般に新八郎の発言にみられるような国体観念が浸透していたとみてよい。初出振り仮名は「にっぽんていこく」。

「惚《ほ》れて可《い》いものなら早《はや》く惚《ほ》れるのが目《め》[一]があると謂《い》ふのだ。恐多《おそれおほ》[二]くも日本帝《にっぽんてい》国《こく》を守護《しゅご》し奉《たてまつ》る。兵士《へいし》の最《もっと》も有用《いうよう》なる武器《ぶき》を製造《せいぞう》する役人《やくにん》。東京府士族石黒信《とうきやうふしぞくいしぐろのぶ》之《ゆき》の妻鉄子《つまてつこ》か。鍛冶屋《かぢや》の女房《にようぼ》に鉄子《てつこ》は合性《あひしやう》だ。」

「可厭《いや》。父様《おとつさん》は！」

（三）

母親《はゝおや》は独《ひとり》で不[三]得心《ふとくしん》な顔《かほ》をして見《み》たものゝ。当人《たうにん》が得心《とくしん》で。父親《てゝおや》が得心《とくしん》で。お銀《ぎん》がまた得心《とくしん》で。都合三得心《つがうさんとくしん》に敵《てき》しかねたる一不得心《いつふとくしん》。皆《みんな》が然《さ》ういふ事《こと》ならと。爰《こゝ》に始《はじ》めて四得心《しとくしん》となつた処《ところ》へ。瀬川又之丞《せがはまたのじよう》が来《き》て。どうで御坐《ござ》らう。御承知《ごしようち》は下《くだ》さるまいかといふに。此方《こなた》からも望《のぞ》む所《ところ》と。目出度話《めでたくはなし》が纏《まと》まつて。然《しか》らば[四]紅葉《かけはし》をした羽田氏《はだうぢ》に媒妁《ばいしやく》を頼《たの》みませう。そこで之《これ》も儀式《ぎしき》でござるから。一寸見《ちよつとみ》合《あひ》といふやうな事《こと》を。　なるほど何処《どこ》に致《いた》したが可《よ》うござらう。　左《さ》やう此見《このみ》合《あひ》といふものは。お互《たがひ》に手持無沙汰《てもちぶさた》な。妙《めう》に冷《つめ》たい汗《あせ》の出《で》る不気味《ぶきみ》なものでござるから。家《うち》の中《なか》で顔《かほ》を合《あは》せるのは廃止《やめ》にいたして京橋《きやうばし》[五]の勧工場《くわんこうば》で落合《おちあ》ふといふのは甚麼《どんな》ものでござりませう。　之《これ》は新《あたら》しくて至極《しごく》[六]お思附《おもひつき》で。と来日曜《きたるにちえう》の午《ご》後《ゝ》二時《にじ》を合図《あひづ》に約束《やくそく》をして瀬川《せがは》は立帰《たちかへ》る。

一 見る目があること、すなわち、ものの価値を見分ける力をもっていること。二 本来、身分の高い人などに対して恐縮すべきことである、の意だが、多く、天皇に関することがらを言う場合に、つつしみの意を示すために用いられる。三 納得がゆかないような。四「紅葉良媒」の故事をふまえる。中国唐の時代、于祐(うゆう)という男が宮中を流れる川で詩を記した紅葉を拾い、自分も同様に紅葉に詩を書いて流した。やがて結婚した于祐は、先の紅葉を流したのが自分の妻であり、また于祐の流した紅葉を拾ったのも妻であったことを知る(出典は『清瑣高議』の「流紅記」など)。「もみじの媒(なかだち)」とも言う。

京橋勧業場
（深満池源次郎編『東京商工博覧絵』下，明 18）

お鉄《てつ》は此前《このまへ》姉《あね》の事《こと》を哂《わら》[七]つたが。今我身上《いまわがみのうへ》になつて見《み》ると。依様《やつぱり》[八]誰《たれ》の情《じやう》にも差違《かはり》はないもので。気《き》の揉《も》めるやうな。嬉《うれ》しいやうな。変《へん》に。不思議《ふしぎ》に。余程《よほど》妙《めう》な心地《こゝろもち》になつて。懵然《うつとり》として了《しま》ふ。之《これ》をむづかしくいふと万感《ばんかんこもぐ》[九]交《こもぐ》到《いた》るで。泥鰍《どぜう》[一〇]の笊《ざる》へ酒《さけ》を沃《か》けたといふ恰好《かつかう》で。心裏《むねのなか》で何《なに》か無上《むしやう》に悶《もだ》ゆるやう。さしあたつて夜寐《よるね》られず。昼夢《ひるゆめ》を見《み》て。御飯《ごはん》が吭《のど》へ通《とほ》らず。何《なに》か気《き》になつて。而《そ》して唯《たゞ》粧《めか》したくなる。其中《そのうち》に絶躰絶命《ぜつたいぜつめい》の日《ひ》が来《き》て。京橋《きやうばし》の勧工場《くわんこうば》へ出懸《でか》けたが。此日《このひ》は父親《てゝおや》が留守番《るすばん》で。仲人《なかうど》の羽田《はだ》と母親《はゝおや》と三人連《さんにんづれ》。入口《いりぐち》は絵草紙《あざうし》[一一]と玩具《おもちや》。曲《まが》ると瀬戸物《せともの》に小間物《こまもの》。もう二時《にじ》を打《う》つたから先方《さき》も直《ぢき》に来《く》るであらう。後《あと》から来《く》るか。それとも出口《でぐち》から入《はい》つて。待伏《まちぶせ》をしてゐるだらうか。と会《あ》ふのが主意《しゆい》で来《き》ながら。其合《そのあ》ふのゝ辛《つら》さ。辛《つら》さといふのは妥当《おだやか》で無《な》い。辛《つら》いやうな心地《こゝろもち》。此《この》「やうな」の三字《さんじ》が最《もつと》も力《ちから》がある。約言《やくげん》[一二]すれば羞《はづ》かしいの極《きよく》で。少《すこ》しの間《ま》でも会《あは》ぬやうにと。一寸逃《いつすんのが》[一三]れの気《き》が出《で》て。もし出会《であ》つたら身《み》を匿《かく》さうといふ下心《したごゝろ》から。母親《はゝおや》と仲人《なかうど》の間《なか》に挟《はさ》まつて。店《みせ》の品物《しなもの》を見《み》る目《め》を偸《ひそか》に油断《ゆだん》なく働《はたら》かせて。前後《ぜんご》の人《ひと》声《ごゑ》にぎよつとし。跫音《あしおと》にびくりとして。顔《かほ》は上気《じやうき》して火《ひ》のごとく。胸《むね》は早鐘《はやがね》[一四]を撞《つ》いてゐる。

母親《はゝおや》が。まだ見《み》えませんねといふと。羽田《はだ》が頻《しきり》に前後《ぜんご》を眴《みまは》して。もう見《み》えな

五 当時京橋区には三つの勧工場があったが、ここは京橋区銀座一丁目（現在の中央区銀座一丁目）にあった「京橋勧業場」を指すと思われる（右図）。勧工場については→二四五頁注一三。
六 よい思いつき。
七 「哂（しん）」は、含み笑いをすること。
八 「依様（いよう）」は、「様（よう）に依（よ）る」すなわち、手本をまねること。三二一頁一行目「依然（やっぱり）」との使い分けがなされている。
九 さまざまな感情が次々にわき起こること。
一〇 鰌を料理する前に、臭みを取るために酒をかけると鰌は悶えるように動き回る。そのさまにたとえたもの。「泥鰍（でいしゆう）」は、どじょうのこと。初出は直前に「種々雑多の思慮（かむがへ）が一度に込上（こみあ）げて、」とある。
一一 ここは錦絵（→『恋山賤』補一四）のこと。ただし、錦絵のうち、殊に児童向けのものを指すと考えてよい。→補三三。
一二 ひと言で言えば。
一三 その場をとりつくろって逃げること。当座のがれ。いっとき逃れ。
一四 心臓が激しく動悸を打つさま。初出は「早鐘を撞（つい）て、眼が眩（くら）む。」。

ければ成《な》らない理《はず》ですがと話《はな》す一言毎《ひとことごと》に。毛孔《けあな》から汗《あせ》がたら〱と浸出《しみだ》す気《き》の不快《わるさ》。[一]いよ〱時刻《じこく》も迫《せま》つて来《き》たと思《おも》ふほど。横《よこ》を向《む》くことも出来《でき》なくなつて。造《つく》りつけられたやうに。見《み》たくも無《な》い物《もの》を[二]まんじりと視《み》て。中頃《なかごろ》まで来《く》ると。「おや前面《むかふ》から」と羽田《はだ》の声《こゑ》。そらと思《おも》ふと体《からだ》が竦《すく》むで。足《あし》が挙《あ》がらなくなる。

「さあ鉄《てつ》や」と母親《はゝおや》に手《て》を曳張《ひつぱ》られて。我《われ》にもあらず歩《ある》き出《だ》して。[三]唐木細工《からきざいく》の店《みせ》の前《まへ》で。はたと出会《であ》ふと。首《くび》がぐつたり。

双方《さうはう》で頻《しき》りに挨拶《あいさつ》を始《はじ》めると。[四]姨様《をばさん》いつもお変《かは》りなくといふのは信之《のぶゆき》の声《こゑ》。旧時《むかし》とは全《まる》で変《かは》つて大人染《おとなじ》みた。底《そこ》に濁《にごり》のある。響《ひゞ》く声《こゑ》が耳《みゝ》に入《はい》る。窃《そつ》と顔《かほ》を挙《あ》げやうと思《おも》つても。どうも挙《あ》げる事《こと》が出来《でき》ない。「お鉄《てつ》や。御挨拶《ごあいさつ》を。」と母《はゝ》親《おや》に曳張《ひつぱ》り出《だ》されて。もう[五]協《かな》はない。一寸顔《ちよいとかほ》を挙《あ》げた其間《そのま》は。電光《でんくわう》。石火《せきくわ》。刹《せつ》那《な》。瞬時《モーメント》。ちらと信之《のぶゆき》の顔《かほ》を見《み》たばかりで。後《あと》は唯腰《たゞこし》を屈《かゞ》めて。先方《さき》にばかり物《もの》を言《い》はせて。それでも挨拶《あいさつ》になつて。下《した》ばかり向《む》いてもゐられぬからと。趣《おもむき》を変《か》へて今度《こんど》は横《よこ》を向《む》く。それから。御一所《ごいつしよ》にと。これでもう〱沢山《たくさん》なのに。五人一群《ごにんひとむれ》になつて。旧《もと》の道《みち》へ還《かへ》す。此時《このとき》の方《はう》が陰《かげ》にゐられて。却《かへ》つて能《よ》く信之《のぶゆき》を見《み》る事《こと》が出来《でき》る。

煉瓦通
(曜斎国輝画「第一大区従京橋新橋迄煉瓦石造商家蕃昌貴賤藪沢盛景」明 6，国立国会図書館蔵)

一 取り外したり動かしたりできないように最初から作られてでもいるかのように。
二 ここは、じっと見つめるさま。
三 紫檀・黒檀など、中国経由でもたらされる銘木で作られた工芸品。
四 「姨(い)」は、母方の伯母・叔母や、妻の妹などを指す語だが、ここでは、親族ではない年上の婦人の呼称として用いている。初出は「をば様(さん)」。
五 「協(きょう)」には「叶(かな)う」の意味がある。
六 普通は「煉瓦通」と表記する。銀座通りのこと。銀座一丁目の京橋勧業場から芝方面に行くには銀座通りを新橋方面に歩くことになる。↓補三四。

勧工場《くわんこうば》を出《で》ると双方《さうはう》へ別《わか》れる。今度《こんど》の挨拶《あいさつ》は前《さき》よりは幾分《いくら》か確《たしか》に出来《でき》たつもりで。信之《のぶゆき》の顔《かほ》もどうやらかうやら見《み》て。まづ気《き》が澄《す》むで。ぶら〳〵煉化通《れんぐわどほり》[六]を帰《かへ》り道《みち》に。母親《はゝおや》は今日《けふ》の見合《みあひ》で大分惚込《だいぶんほれこ》むだ様子《やうす》で。羽田《はだ》を捉《とら》へて切《しき》りに褒《ほ》めるのを聞《き》く。お鉄《てつ》の心地《こゝろもち》は不快《わるく》は無《な》い。

翌日羽田《あくるひはだ》が結納《ゆひのふ》を持《も》つて来《く》る。酒《さけ》を出《だ》す。目録《もくろく》を披《ひろ》げて。噫《あゝ》。美事《みごと》な手蹟《しゆせき》[七]だ。石黒《いしぐろ》が認《した》めたのでござるかと父親《てゝおや》が恐悦《きやうえつ》がると。媒妁《なかうど》は当惑《たうわく》した顔《かほ》で。左《さ》やう。伯父様《をぢさん》がお認《した》めになつたやうでといはれて。まごつく。

二日過《ふつかす》ぎて。お銀《ぎん》の処《ところ》から祝儀《いはひ》として。惣桐《そうぎり》[八]の重箪笥《かさねたんす》が来《く》ると。母親《はゝおや》は嬉《うれ》しさに価《ね》ぶみをして。安《やす》[九]くふむで父親《てゝおや》に叱《しか》られる。お鉄《てつ》は此中《このなか》に一杯《いつぱい》になるほど衣類《きもの》が無《な》いとて気《き》を揉《も》む。漆臭《うるしくさ》[一〇]い道具《だうぐ》が毎日二《まいにちふた》ツ三《み》ツ宛《づゝ》殖《ふ》えて。坐敷《ざしき》に飾附《かざりつ》けてある前《まへ》に。綿《わた》[一一]が列《なら》ぶ。鰹節《かつぶし》[一二]が列《なら》ぶ。長持《ながもち》と箪笥《たんす》に場《ば》を取《と》られて。父親《てゝおや》は今夜《こんや》から独《ひと》り二階《にかい》に寐《ね》ることになる。

当日《たうじつ》も逼《せま》るといふ大騒《おほさわ》ぎの最中《さいちう》へ。お銀《ぎん》が顔出《かほだ》しに来《く》ると。おやまあ大層《たいそう》だ事悉皆揃《ことすつかりそろ》ひましたね。と妙《めう》に笑《わら》ひかけてお鉄《てつ》の顔《かほ》をじろりと見《み》る。お鉄《てつ》は嚮《さき》に姉《あね》を散々冷《さんぐひや》かした廉《かど》[一三]があるし。さうでなくても。お銀様《ぎんちやん》は一躰他《いつたいひと》を冷《ひや》かしたがる方《はう》だから。どんな事《こと》をいつて謔《からか》はれるかも知《し》れないと大《おほ》きに恐《おそ》れて。坐敷《ざしき》の

七 筆跡。
八 いくつかの抽出を重ねて用いる形の箪笥で、すべて桐製のもの。平出鏗二郎『東京風俗志』中巻に「箪笥は多く桐を以て作りたれども、下品なるは前を桐にして、余は檜・杉・樅（もみ）などを以てせり。概ね白木作（しらきづくり）にして、上下に別れ、各々抽斗（ひきだし）二つを具ふ」とある。「惣桐」は底本「想桐」。初出に従って改めた。
九 安く値を見積もって。
一〇 まだ漆のにおいのする新調の婚礼調度のこと。
一一 婚礼蒲団用の綿。
一二 結納品の目録と共に贈られるもので、一連に束ねて台の上に載せ、松竹梅などの飾り物を添える。
一三 ここは、うしろめたく思う理由。

結納品一式（松飾りの前が鰹節）
（平出鏗二郎『東京風俗志』下巻，明 35）

隅《すみ》に小《ちひ》さくなつて悄《しよ》げてゐると。

「お鉄《てつ》ちやん此度《このたび》はお目出《めで》たうございます。」とわざ〳〵前《まへ》へ来《き》て。改《あらた》まつて挨拶《あいさつ》をされて。居耐《ゐたゝ》まらずに台所《だいどころ》へ遁込《にげこ》むと。迹《あと》には三人《さんにん》で笑《わら》ふ声《こゑ》がする。もう出《で》ることが出来《でき》なくなつて。竈《へつゝい》の前《まへ》に立《た》つて釜《かま》の縁《ふち》を撫《な》でゝゐる中《うち》に。幻《まぼろし》の如《ごと》く信之《のぶゆき》の姿《すがた》が現《あら》はれて。自分《じぶん》と盃《さかづき》をしてゐる。あゝ死《し》にたいほど極《きま》りが悪《わる》いと思《おも》ふ途端《とたん》。[一]空中楼閣《くうちうろうかく》ががた〳〵と壊《こは》れる一声《ひとこゑ》「鉄《てつ》や」と母親《はゝおや》[二]に呼《よ》ばれて。振向《ふりむ》くと障子《しやうじ》を開《あ》けられた。

火鉢《ひばち》の端《はた》に三人坐《さんにんすは》つて。皆此方《みなこつち》を向《む》いてゐるから。又顔《またかほ》を背《そむ》けて釜《かま》の縁《ふち》を撫《な》でゝゐると。父親《てゝおや》が肚《はら》では笑《わら》つてゐるらしい真面目《まじめ》な顔《かほ》をして。

「姉《ねえ》さんに御祝《おいはひ》の御礼《おれい》を言《い》はんのか。」

其《それ》は知《し》つてはゐるけれど。其処《そこ》へ行《ゆ》き難《にく》くて。忸怩《もぢ〳〵》してゐると。母親《はゝおや》が又《また》。

「如何《どう》いふもんだね。」と窘《たしな》める。

「鉄《てつ》ちやん〳〵。」とお銀《ぎん》は例《れい》の気軽《きがる》に呼《よ》ぶ。それでも返事無《へんじな》しでゐると。

「可厭《いや》な鉄《てつ》ちやんだね。含羞《はにか》むでさ。そんな事《こと》で信様《のぶさん》のお嫁《よめ》になれるものかね。」

とお銀《ぎん》が譃《からか》ひつゝ窘《たしな》める。

一　空中に築かれた高層建築、すなわち想像の中だけで作り上げられたものごと。絵空事。蜃気楼のことも言う。

二　初出は「の呼ぶ声に、」。

何《なに》と言《い》はれても動《うご》[三]かざること山《やま》のごときに。お銀《ぎん》も張合抜《はりあひぬけ》がして捨置《すてお》いて。母親《はゝおや》と話《はなし》を始《はじ》めると。父親《てゝおや》が今度《こんど》は極真面目《ごくまじめ》に。

「鉄《てつ》。」と呼《よ》ぶから。もう好頃《いゝころ》とやうやう坐敷《ざしき》へ出《で》て。母親《はゝおや》の陰《かげ》から。

「姉様《ねえさん》。一昨日《いつさくじつ》は有難《ありがた》うございます。」といふと。お銀《ぎん》は話《はなし》を輟《や》めて。

「どういたしまして。貴方《あなた》も石黒様《いしぐろさま》へ御縁《ごえん》がお極《きま》りで。さぞお嬉《うれし》くつてゐらつしやいませう。あのお婿様《むこさま》は当時《たうじ》[四]何処《どちら》に御住《おすま》ひで。」

お鉄《てつ》は俯《うつ》むいて黙然《だんまり》。

「お幾歳《いくつ》でゐらつしやいます。」と畳《たゝ》みかければ未《ま》だ黙然《だんまり》。

「おや石黒様《いしぐろさん》の奥様《おくさん》はお唖《をし》ね。」と笑《わら》ふと。お鉄《てつ》は有合《ありあ》[五]ふ煙管《きせる》を把《と》つて。窃《そつ》とお銀《ぎん》の膝《ひざ》を雁首《がんくび》でぐい。

「あ痛《いた》。」と不意《ふい》に駭《おどろ》いて立《た》てた声《こゑ》に。両親《ふたおや》は吃驚《びつくり》して。「何《なん》だ。」「どうお為《し》だ。」と目《め》を円《まる》くして訊《たづ》ねる。

お鉄《てつ》は澄《す》まして。可笑《をかし》さを忍《しの》むでゐると。お銀《ぎん》が。「鉄《てつ》ちやんだね。」と肩《かた》を一寸衝《ちよいとつ》く。「何《なに》を？」と恍《とぼ》ける顔《かほ》をお銀《ぎん》は眤《ぢつ》と視《み》て。

「お婿様《むこさん》が附《つ》いてると思《おも》つて。他《ひと》を虐《いぢ》めること。」と為《わざ》と悔《くや》しさうにいへば。

「姉様《ねえさん》はもう否《いや》。」と袂《たもと》を払《はら》つて。佛然《ふつぜん》[六]といふ塩梅《あんばい》に立上《たちあが》る所《ところ》を。

三 じっとして動かないことを山にたとえる。中国の兵法書『孫子』軍争篇中の「其疾如レ風、其徐如レ林、侵掠如レ火、不レ動如レ山、難レ知如レ陰、動如二雷霆一（其の疾（はや）きこと風の如く、其の徐（しづか）なること林の如く、侵掠すること火の如く、動かざること山の如く、知り難きこと陰の如く、動くこと雷霆の如し）」の一節。武田信玄がここから一部を採って軍旗に「風林火山」と記したことで知られる。

四 現在。「差当リタル今（イマ）ノ時」（『言海』）。

五 たまたまその場にあった。

六 むっとするさま。

「まあ石黒様《いしぐろさん》の奥様《おくさん》。」と留《と》める。

「姉様《ねえさん》はもう…………。」と母親《はゝおや》の方《はう》を向《む》いて。

「御母様《おつかさん》。姉様《ねえさん》が種々《いろん》な事《こと》を言《い》つて。」と憐《あはれみ》を乞《こ》ふと。母親《はゝおや》は嬉《うれ》しさうに。一吃《くすり》々《〳〵》笑《わら》つて取合《とりあ》はず。父親《てゝおや》は妙《めう》に二眼底《めのそこ》で笑《わら》ひながら。

「石黒《いしぐろ》の奥様《おくさん》に違《ちが》ひないぢやないか。」

「だから私《わたし》が石黒《いしぐろ》の奥様《おくさん》……。」

「解《わか》りましたよ。姉様《ねえさん》だつて渋谷様《しぶやさん》の奥様《おくさま》。」

「はい何《なん》でございます。」と落着《おちつ》き払《はら》つて。「石黒様《いしぐろさん》。何御用《なにごよう》でございます。」

「私《わたし》はもう知《し》らないわ。」

（四）

結納《ゆひなふ》の交換《とりかはせ》も済《す》み。三三荷《さんが》の荷《に》も目出度《めでたく》送《おく》り込《こ》むで。お鉄《てつ》は唯《たゞ》わく〳〵してゐる中《うち》に。はや四黄道吉日《くわうだうきちにち》も今日《けふ》となる。

お天気《てんき》で仕合《しあはせ》だと喜《よろこ》むだも午前《ひるまへ》の事《こと》で。二時頃《にじごろ》からぽつり〳〵と落《お》ちて来《き》たのが。しと〳〵と降出《ふりだ》して。雪《ゆき》にもならず寒《さむ》いこと。

「今《いま》はどういふものか行《はや》らないけれど。五三頸《みつえり》の方《はう》が好《い》いやうだね。」

一　「吃々（きつきつ）」は、笑いさざめくさま。
二　はっきりとは表さないが眼の奥の方で。
三　「三荷」は、「三荷（さんが）揃い」「三つ揃い」とも言い、簞笥・長持・挟箱（もしくは両掛）の三種の道具を指す。「荷（か）」は荷物の数を数える場合の助数詞。
四　陰陽道で、何事を行うにもよいとされる日。日柄のよい日。
五　三枚の着物を、それぞれの襟が少しずつ見えるようにずらして重ね着すること。

とお鉄《てつ》の頸《えり》に濃厚《こつてり》と塗《ぬ》りながら。

「お前《まへ》[六]お赤飯《せきはん》にお茶《ちや》をかけた事《こと》があるだらう。だから這麽《こんな》に雨《あめ》が降《ふ》るんだよ。」

と妙《めう》な事《こと》を責《せ》めると。又《また》お鉄《てつ》の応答《こたへ》が妙《めう》。

「お鮨《すし》にお茶《ちや》をかけた事《こと》はあるけれど。」

父親《てゝおや》は火鉢《ひばち》の傍《そば》で此妙《このめう》な問答《もんだふ》を聴《き》いて笑《わら》ひ出《だ》し。

「鮨《すし》[七]にお茶《ちや》をかけると。大方《おほかた》お彼岸《ひがん》に降《ふ》られるだらう。」と二人《ふたり》を笑《わら》はせて。

「天気《てんき》の好《い》いのに幌《ほろ》[八]をかけるのは可笑《をかし》いものだ。雨《あめ》で幸《さいは》ひよ。」

と極無理《ごくむり》な負惜《まけをし》みを言《い》ふ。

こんな事《こと》を言《い》ひ〳〵。仕度《したく》の出来《でき》た所《ところ》へ媒妁夫婦《なかうどふうふ》が乗込《のりこ》む。そこで簡略《かんりやく》な立《たち》振舞《ふるまひ》があつて。いづれ先方《せんぱう》でゆつくり。といふやうな吝《けち》[九]な口上《こうじやう》で膳《ぜん》[一〇]を退《ひ》き。五《ご》台《だい》の人力車《くるま》を揃《そろ》へて小石川《こいしかは》を指《さ》して急《いそ》がせる。

旋《やが》て石黒《いしぐろ》の近所《きんじよ》まで来《く》ると。此所彼所《こゝかしこ》の辻《つぢ》や軒下《のきした》に。骨《ほね》の折《を》れた蝙蝠傘《かうもり》やら。番傘《ばんがさ》[一一]やらさしかけて。[一二]お神様達《かみさんたち》娘子供《むすめこども》が花嫁子《はなよめご》を見物《けんぶつ》に出《で》てゐる。車《くるま》の音《おと》を聞《き》くと斉《ひと》しく。彼地《あつち》の窓《まど》から首《くび》が出《で》る。此地《こつち》の格子《かうし》から体《からだ》が現《あらは》れる。それらが無遠慮《ぶあんりよ》に噪《さわ》ぎ立《た》てゝ。其甚《そのはなはだ》しきに至《いた》りては。從ゝ《つか〳〵》[一三]と車《くるま》に近寄《ちかよ》つて。[一四]阿部宗任《あべのむねたふ》

六 赤飯に茶(もしくは汁)をかけて食べると婚礼のときに雨(もしくは雪)が降る、という俗説が各地にある。赤飯に湯(もしくは水)をかけて食べると葬式のとき雨が降る、とも言う。
七 地域によっては彼岸にいなり寿司や五目寿司などを供えたり近所に配ったりする習慣があることをふまえる。
八 人力車の雨おおいの幌をかけること。「幌をかける」と「お茶をかける」とを掛けている。
九 簡略化した儀式上の挨拶のこと。
一〇 婚礼の儀式としての祝いの膳を片付け、の意。
一一 竹の骨に厚い油紙を貼った実用向きの和傘。
一二 おかみさん。俗に主婦を指して言う語。「神」は当て字。「手桶に水を汲んで来た神さんが」(夏目漱石『夢十夜』第四夜、明治四十一年)。
一三 「從々(しよう)」は、速いさま。
一四 前九年の役を素材にした浄瑠璃『奥州安達原』(近松半二ほか合作、宝暦十二年初演)で安倍宗任が、父安倍頼時の仇を討とうと、博打うちの南兵衛に身をやつし、わざと捕らえられて八幡太郎義家に近づくことをふまえる。「寝息をうかがう」は、ここでは、暗殺するために眠っていることを確かめようとすること。

が八幡太郎《はちまんたらう》の寐息《ねいき》を候《うかゞ》ふといふ身《み》で。幌《ほろ》の内《うち》を瞰《のぞ》きこむのがある。暗《くら》[一]い中《なか》に白《しろ》いものが見《み》える許《ばかり》で。あれは紀国蜜柑船《きのくにみかんぶね》だか。何《なん》だか解《わか》るものでは無《な》い。お鉄《てつ》は[二]前桐油《まへどうゆ》を楯《たて》に車外《おもて》の様子《やうす》を見《み》て。自分《じぶん》も那《あゝ》して近所《きんじよ》へ来《き》た嫁《よめ》を見《み》に出《で》た事《こと》もあつたつけ。それが今《いま》は見《み》られる身《み》になつたか。と難《むづか》しくいへば俯仰今昔《ふげうこんせき》[三]の感《かん》に堪《た》へず。御父様《おとつさん》や御母様《おつかさん》も年齢《とし》を取《と》つた理《はず》だ。と思《おも》へば坐《そゞろ》に心細《こゝろぼそ》くなる。

姉様《あねさん》が渋谷様《しぶやさん》へ嫁《ゆ》く時《とき》には。別《わか》れるのが悲《かなし》くつて。袂《たもと》につかまつて泣《な》いたらば。姉様《ねえさん》も泣《な》いて。私《わたし》の手《て》を握《にぎ》つて放《はな》さなかつた。今日《けふ》は家《うち》を出《で》る時《とき》。誰《だれ》も残《のこ》つてゐる人《ひと》が無《な》かつたから。それほどでは無《な》かつたけれど。随分可厭《ずゐぶんいや》な心地《こゝろもち》だつた。よく考《かんが》へて見《み》れば。かうして。御父様《おとつさん》や御母様《おつかさん》と一所《いつしよ》に来《き》たやうなものゝ。今夜《こんや》は私一人《わたしひとり》置《おい》て行《ゆ》かれるのだ。明朝《あした》からは石黒《いしぐろ》の家《うち》の人《ひと》になるのだ。年《ねん》に幾度《いくたび》と勘定《かんぢやう》するほどしか家《うち》へ行《ゆ》くことの出来《でき》ない軀《からだ》だ。御父様《おとつさん》の肩《かた》が凝《こ》つても揉《も》むものは無《な》い。御母様《おつかさん》が頭痛《づつう》で寐《ね》たら台所《だいどころ》を為《す》るものがあるまい。姉様《ねえさん》とも今《いま》までのやうには逢《あ》へない。

と念《おも》ふと浮《うか》む涙《なみだ》を指頭《ゆびのさき》で拭《ふ》いて。おや白粉《おしろい》が剝《は》げはしないかと。懐中鏡《くわいちうかゞみ》[四]を取《とり》出《だ》して見《み》る。どうもなつては居《ゐ》ない。鏡《かゞみ》を出《だ》した次手《ついで》と。ほんの少《すこ》しばかり曲《まが》つたかとも想《おも》はれる前髪《まへがみ》を理《なほ》して。[五]延紙《のべがみ》で油手《あぶらて》を拭《ふい》て鏡《かゞみ》を仕舞《しま》ふ同時《どうじ》に。狭《せま》い

一 幌をかぶせた人力車の暗がりの中に、花嫁の白い顔や着物が見えること。「かっぽれ」の一節をかけたもの。俗謡の「かっぽれ」にある「沖の暗いのに白帆が見える…あれは紀伊国蜜柑船じゃエ」という詞章をふまえる。「かっぽれ」は住吉踊りなどを原型として幕末に座敷芸として定着したもので、とりわけ明治十年代から二十年代半ばにかけて流行した。添田啞蟬坊・添田知道『流行歌明治大正史』(昭和八年)は「自由民権運動時代(明治十四年―二十一年)」の項目に「かっぽれ」を掲げ、「かつぽれ、深川ともに明治以前のものであるが、此の頃かの梅坊主〔注、豊年斎梅坊主〕が、大道で盛んに踊つて、追随をゆるさぬ至芸を示した」と記している。 二 雨よけのために人力車の前にかける桐油紙。「桐油紙」は、美濃紙に油桐(あぶらぎり)から採った油を塗った防水性のある油紙。「向ふの俥が桐油を下して」(芥川龍之介『開化の良人』大正八年)。 三 これまでを振り返ると、余りの変わりように驚かざるを得ない。 四 携帯用の小鏡。 五 鼻紙。縦七寸・横九寸の杉原紙(もと播磨国産の上質紙)が用いられた。 六 道の一方の側だけに並んでいる長屋。 七 よその土地。 八 米や麦などを煎って作った粉に香料を混ぜて湯で煮出したもの。「宇治の華族様香煎湯一杯を惜み玉ふとも」(幸田露伴『対髑髏』)。 九 嫁の敬称。花嫁御寮。「婿殿ごろりとなり、嫁御寮の袖を率(ひ)き」(尾崎紅葉『風雅娘』明治二十二年)。 一〇 初出は「頭痛はする。わく〳〵、せか〳〵、此(この)八字写し得て最も妙(めう)なり。〔改行〕」。 一一 平出鏗二郎『東京風俗志』下巻には「娵(よめ)、婿の家に入れば、設けの部屋にて化粧をつくろひなどして、さて式の席に臨み、婿と対(むか)ひて坐す」とある。 一二 三方(檜の白木板で作った儀式用の台)に載

路《みち》の[六]片側長屋《かたかはながや》の格子戸《かうしど》の前《まへ》に車《くるま》が停《とま》る。お鉄《てつ》は幌《ほろ》の中《なか》から窃《そつ》と見《み》ると父親《てゝおや》の話《はなし》に違《たが》はぬ結構《かまへ》で。窓《まど》の前《まへ》に垣《かき》があつて。矮柏《チヤボひばう》が植ゑてある。

此処《こゝ》で下《お》りて。媒妁夫婦《なかうどふうふ》両親《ふたおや》に前後《ぜんご》を囲《かこ》まれて。俯《うつむ》いたまゝ。玄関《げんくわん》から中間《なかのま》を通《とほ》つて奥《おく》の八畳《はちでふ》へ入《はい》ると。我家《うち》から送《おく》つた荷物《にもつ》の飾《かざ》つてあるのを見《み》れば。[七]他《た》国《こく》で知人《しりびと》に会《あ》つたやうに何《なん》と無《な》く懐《なつ》かしい。

話《はなし》に聞《き》いてゐた婢《をんな》が[八]香煎湯《かうせんゆ》を持《も》つて出《で》て。お鉄《てつ》の顔《かほ》を上視《うはめ》と斜視《よこめ》とで見《み》て退《さが》る。[九]嫁御寮《よめごりやう》は此時既《このときすで》に三分《ぶん》の正気《せうき》を失《うしな》つて。懵《ぼう》としてゐながら心《こゝろ》は落着《おちつ》かず。腋下《わきのした》から汗《あせ》を出《だ》して。顔《かほ》は熱《ほて》る。[一〇]頭痛《づつう》はする。少時《しばらく》にして媒妁《なかうど》が[一一]彼方《あちら》へと合図《あひづ》に来《く》ると。母親《はゝおや》が唯《はい》と挨拶《あいさつ》をして。

「さあ。お鉄《てつ》。」といつても。お鉄《てつ》は逡巡《うじ〳〵》してゐるから小《ちひ》さな声《こゑ》で。

「お盃《さかづき》だよ。」と聞《き》くと。心臓《むね》がどき〳〵。裂《さ》けて一時《じ》に血《ち》が出《で》たかと。想《おも》ふほど。動気《どうき》で。火《ひ》に翳《かざ》されたやうに惣身《そうしん》が熱《あつ》くなる。此時《このとき》ははや七分《しちぶ》の正《しやう》気《き》を失《うしな》つて。何《なに》が何《なに》やら一向瘖心《いつかううつゝこゝろ》で。二階《にかい》まで伴《つ》れられたが。ふと坐敷《ざしき》の障《しやう》子《じ》の硝子越《がらすごし》に人影《ひとかげ》が見《み》えたので。また心臓《むね》がどき〳〵。

坐敷《ざしき》へ入《はい》ると。[一二]三方《さんばう》の長熨斗《ながのし》。[一三]三組盃《みつぐみさかづき》。[一四]雌蝶雄蝶《めてふをてふ》の銚子《てうし》など。[一五]草冊紙《くさざうし》の[一六]大団円《しまひ》で能《よ》く見《み》る道具《だうぐ》が眼前《まのあたり》。[一七]下坐《しもざ》に羽織袴《はおりはかま》で。両手《りやうて》を膝《ひざ》の上《うへ》に置《お》いて。俯首《うつむき》

せた熨斗あわび（長く延ばしたあわび）。婚礼祝儀の品の一種。 一三 大中小の三つの盃を重ねたもの。三三九度の儀式に用いる。

雌蝶の銚子
（『日本家庭百科事彙』）

一四 婚礼の盃の儀式に用いる二つの銚子に折形（紙を折った飾りもの）を添えたもの。折形は、雌の蝶と雄の蝶をかたどった「蝶花形」を用いる。 一五 普通は「草双紙」と表記する。江戸中期から明治初期にかけて作られた、庶民向けの挿絵入り読み物。赤本・黒本・青本・黄表紙のほか、黄表紙を合冊にした合巻などがある。とくに合巻だけを草双紙と呼ぶ場合もある。最初は子供向けの内容だったが、やがて浄瑠璃などを題材にしたものや当世風俗を風刺したものなどの大人向けのものに変わり、長編化した合巻には伝奇的な要素が強い。草双紙のハッピーエンドには婚礼の場が設定されることが少なくない。 一六 芝居や物語などの結末の部分。たとえば、柳亭種彦の短編の多くはその結末を婚礼などの祝いの場とし、「めでたし〳〵」という結びで終わっている。『比翼紋松鶴賀（ひよくもんまつにつるが）』（文政六年）の末尾には次のようにある。「合せて三夫婦三々九度又改ためて取結ぶ婚礼姿の対の白無垢鶴も比翼に島台の松の相生（あひおひ）色替へず男女多数（あまた）の子をまうけ忠をはげみ孝につかへ増々行ひたゞしければ目出度（めでたき）ことのみかさなりけり…めでたし〳〵〳〵〳〵〳〵〳〵〳〵」。 一七 目下のものが坐る席。ここは、客を迎える側であるため、低い位置の席にいるのである。

になつて控《ひか》へてゐるのは。花聟《はなむこ》の信様《のぶさん》(では無《な》い)石黒信之《いしぐろのぶゆき》。

お鉄《てつ》は赫《くわつ》として眼《め》がくら〳〵。脚《あし》がわな〳〵。汗《あせ》がたら〳〵。前後不覚《ぜんごふかく》の中《うち》に[一]盃《さかづき》が済《す》むで。下坐敷《したざしき》に還《もど》つて来《く》ると。始《はじ》めて人心地《ひとこゝち》がついたやうな。間《ま》も無《な》く。二階《にかい》で[二]親類《しんるゐ》の盃《さかづき》が始《はじ》まつた様子《やうす》。また彼処《あすこ》へ出《で》るのか。と那様事《そんなこと》を苦労《くらう》にしながら。お鉄《てつ》は独《ひと》り茫然《ぼんやり》。[三]肱懸窓《ひぢかけまど》を開放《あけはな》して顔《かほ》を冷《ひや》して逆上《のぼせ》を下《さ》げてゐる所《ところ》へ。媒妁《なかうど》が呼《よ》びに来《く》ると。続《つゞ》いて母親《はゝおや》も衣替《きがへ》の世話《せわ》に下《お》りて来《き》て。鬢《びん》を掻《か》いてやる。顔《かほ》をなほしてやる。彼此気《かれこれき》を揉《も》むで坐敷《ざしき》へ伴《つ》れて行《ゆ》く。

そこで。鏡餅《かゞみもち》は重《かさ》ねるもの女夫《めうと》は並《なら》ぶもの。此出来立《このできたて》のほや〳〵の夫婦《ふうふ》も。否応《いやおう》なしに上席《じやうせき》に直《なほ》[四]されて。信之大《のぶゆきおほ》いに閉口《へいこう》し。忸怩《もじ〳〵》と外方《そつぽう》を向《む》けば。お鉄《てつ》は尚以《なほもつ》て。横《よこ》を向《む》く。悪《わる》く洒落《しやれ》たら。[五]雛段《ひなだん》の地震《ぢしん》といふ趣《おもむき》がある。媒妁《なかうど》は此処《こゝ》を見計《みはか》らつて[六]高盛《たかもり》を出《だ》し。[七]本尊《ほんぞん》は[八]床入《とこいり》で片附《かたづ》けて了《しま》ひ。さあこれからは此方《こつち》のものと。袴《はかま》を脱《ぬ》ぐ。扇子《せんす》を捨《す》てる。三人《さんにん》とも[九]大童《おほわらは》にもなつて。おもしろさうに飲《の》み始《はじ》め。十二時頃《じふにじごろ》までに二升五合《にしやうごんごふ》といふものを[一〇]傾《かたむ》けた。

(五)

[一一]話説《はなし》お銀《ぎん》の身上《みのうへ》にかへる。例《れい》の紛擾《ごた〳〵》以来《いらい》引続《ひきつゞ》いて。隠居《いんきよ》は城井《しろゐ》の一間《ひとま》に祀《まつ》ら

一 夫婦の契りを約して盃を取り交わす儀式が終わり。
二 両家の親族の間で盃を取り交わすこと。
三 坐ったままで肱が掛けられるほどの高さに下枠がある窓。
四 しかるべき座に坐らせられること。ここは、上座に坐らせられて。
五 地震のあとの雛壇の男雛女雛のように、それぞれ別の方を向いていること。
六 椀などに食べ物を高く盛りつけること。ここは、婚礼のときに夫婦で一椀を共に食べる高盛飯を指す。
七 寺などで中心にまつられている仏像、転じて、ものごとの中心となる当人を言う。ここは、新夫婦を指す。
八 婚礼のあと、新夫婦がはじめて寝床を共にすること。
九 「大童」は夢中になるさま。底本の振り仮名は「おほわらべ」。初出に従って改めた。
一〇 初出は「傾(かたふ)けた」。然(しか)し忌詞(いみことば)のもどすものも無く、万端首尾好く、お開きとは、「いや、めえたい〳〵。」」。
一一 話の内容。説話。

れて。当坐《たうざ》は頻《しき》りに崇《あが》められてゐた。其理《そのはず》。拾円《じふゑん》といふ扶持《ふち》がついてゐるのであるから。城井家《しろゐけ》に取《と》つては少《すこ》しも損《そん》の立《た》つ話《はなし》でない。まづ五円《ゑん》を[一二]食雑用《くひざうよう》に入《い》れて。剰余《のこり》の五円《ゑん》といふものは私費《こづかひ》として。[一三]蝦夷錦《えぞにしき》の[一四]仕合袋《しあはせぶくろ》の底《そこ》に。番号《ばんごう》の揃《そろ》つた。折目《をりめ》の無《な》いのを。二折《ふたつをり》にして仕舞《しま》つてあるのを。お滋《しげ》は殆《ほとん》ど毎月《まいげつ》の[一五]書入《かきいれ》にして。「御母様済《おつかさんす》みませんけれど二《に》三日《さんにち》………。」などゝ言《い》ふと。其処《そこ》は親《おや》子《こ》の情《じやう》で。又色々《またいろ〳〵》世《せ》話《わ》にもなるといふ心《こゝろ》から。唯々《あい〳〵》と貸《か》してやる。返《かへ》してもらはう気《き》も無《な》ければ。返《か》へさうといふ了簡《れうけん》も無《な》しで。

如此重宝《かくのごとくちようはう》な。[一六]秀郷《ひでさと》が竜宮《りうぐう》からもらつて来《き》た米俵《こめたはら》のやうな。[一七]無尽蔵《むじんざう》の臍《へそ》を持《も》つてゐる御母様《おつかさん》の事《こと》であるから。何《なに》かと気《き》を着《つ》けてお滋《しげ》は[一八]孝行《かう〳〵》をする。城井《しろゐ》も此魂胆《このこんたん》を表向《おもてむき》は知《し》らぬ顔《かほ》の御存《ごぞん》じであるから。隠居《いんきよ》を邪魔《じやま》にする所《どころ》では無《な》い。[一九]口《くち》には税《ぜい》が賦《かゝ》らぬと思《おも》つて。[二〇]虎髭《とらひげ》で掩《おほ》はれてゐる鰐口《わにぐち》を窄《すぼ》めて。御母様《おつかさん》から遊《あそ》ばせ。あゝなさいませ。おや嚏《くしやみ》が出《で》ましたな。お風邪《かぜ》を召《め》すとなりません。滋《しげ》や其《そ》の私《わし》の[二一]褞袍《どてら》を。いや今日《けふ》の飯《めし》は硬《こは》うてならん。[二二]貴方《あなた》には好《よ》うない。粥《かゆ》にして上《あ》げるが可《え》え。[二三]なのかのと至極優《しごくやさ》しい言《こと》をいふ。

隠居殿《いんきよどの》は真《ま》に受《う》けて。ほく〳〵喜《よろこ》び。実《じつ》の子《こ》でも無《な》い城井《しろゐ》が。軍人《ぐんじん》のやうにも無《な》く。きつう優《やさ》しうしてくれる。[二四]其《それ》に。周三《しうざう》は如何《どう》いふものぢやあらう。嫁《よめ》

一二 食費や雑費。
一三 青地に金銀の糸で竜や牡丹などを織り込んだ絹織物。原産地中国から北海道にもたらされたためこの名がある。
一四 四合わせ袋のこと。「幸せ」を掛けている。長方形の布を四枚縫い合わせて巾着風に作った袋。
一五 書き入れ金のこと。証文に抵当物件を書き入れたため、抵当契約による借金をこう呼ぶ。ここでは、借金の意で用いている。
一六 平安中期の武将藤原秀郷(俗称・俵藤太)が近江三上山の大むかでを退治した礼に琵琶湖の竜宮から米の尽きない米俵をもらうという伝承が御伽草子『俵藤太物語』などにある。
一七 いくら遣っても尽きることのないへそくり。
一八 初出は「孝行をする。此(この)孝行なら一番やつて見たいものさね。」。
一九 しゃべったことがらに税はかからない、の意で、口で言うだけなら簡単だ、ということ。「口に年貢はいらぬ」「口に地代は出ない」などとも言う。
二〇 髭でおおわれている口のたとえ。「鰐口」は、ここでは大きな口、の意。
二一 綿を入れた厚手の防寒用の着物。
二二 初出は「慈母(あなた)」。
二三 なんのかのと。あれやこれやと。
二四 それに引き替え。

と心《こゝろ》を合《あは》せくさつて。私《わし》を邪魔《じやま》にして。年寄《としよ》つたものを[一]流人同様《ながしものどうやう》に遇《あつか》うて。[二]私《わし》を城井《しろゐ》の門《かど》から葬式《とふらひ》を出《だ》す事《こと》か。それでも。滋《しげ》といひ。城井《しろゐ》といひ。揃《そろ》うて優《やさ》しうしてくるゝものがあるから。不仕合《ふしあはせ》の中《うち》の仕合《しあはせ》じや。

と周三夫婦《しうざうふうふ》を情無《なさけな》く怨《うら》むだけ其丈城井《それだけしろゐ》を頼《たの》もしく嬉《うれ》しがる。[三]焉《いづく》んぞ知《し》らむ。周三《しうざう》といふものが無《な》く。月十円《つきじふゑん》といふ扶持《ふち》を仕送《しおく》る源《ところ》が微《な》[四]かつせば。隠居《いんきよ》の境《きやう》遇《ぐう》は甚麼《どんな》ものであらう！

奥《おく》の四畳半《よでふはん》に置炬燵《おきごたつ》をして。好《す》きだといつて。床《とこ》に花《はな》を絶《た》えせず。牛乳《うしのちゝ》は異《い》人臭《じんくさ》うて飲《の》めんから。[五]鶤《しやも》は細《こまか》く砕《たゝ》いて。[六]歯齦《どて》でも潰《つぶ》せるやうに調《こしら》へさせて。半熟《はんじゆく》の鶏卵《たまご》を二顆《ふたつ》に。食塩《やきしほ》とスプーンを添《そ》へて。午餉《ひる》には寸方《すんぱう》に行《ゆ》くものと心得《こゝろえ》らるゝか。晩《ばん》が五勺《ごしやく》などゝいふ。これ大《おほ》いなる不了簡《ふれうけん》の極度《ゆきあたり》。まづ世間《せけん》の手本《てほん》を見《み》るに。いはれぬ前《さき》に気《き》を利《き》かせて。天気《てんき》の好《い》い日《ひ》にては洗濯《せんたく》の一《ひと》つも為《せ》ねばならぬ。[七]孩児《ちひさい》のがあれば。孫《まご》の可愛《かあい》さの酔興《すゐきやう》からといふやうな貌《かほ》をして。傅《もり》もせずばならぬ。と一々数《いちくかぞ》へ立《た》てたらば。[八]下女奉公人《げぢよほうこうにん》のすなる事《こと》をも敢《あへ》て辞《じ》せず。喜《よろこ》んで其労《そのらう》を執《と》るやうにせねば。我娘《わがむすめ》はともあれ。聟殿《むこどの》が好顔《いゝかほ》をすることではあるまい。太甚《はなはだ》しきに至《いた》りては。我孫《わがまご》を坊様《ぼつちやま》の嬢様《ぢやうさま》のと。[九]不倫千万《ふりんせんばん》な尊号《そんがう》を奉《たてまつ》りて。湯屋《ゆや》の女房《にようばう》に雇婆《やとひばゝ》と間違《まちが》へらるゝほどに身《み》を堕《おと》さなければ。台所《だいどころ》の

一 江戸時代の死刑に次ぐ重刑である流罪（るざい）によって島や辺地に流された人。「るにん」とも読む。
二 私を帰宅させないまま城井の家で死なせるつもりか、の意。
三 （以下のことを）どうして知っていようか、いや知るはずもない、の意。漢文風の表現。
四 「なかりせば」の音便。無かったならば。「微（び）」には「無い」の意がある。
五 軍鶏。鶏の一種。気性が荒いため闘鶏用に飼われるが、食用としても珍重される。「鶤（こん）」は、まるまるとした鶏、の意だが、ここでは「軍鶏」の表記を一字にしたものとして用いている。
六 「どて」は歯茎のこと。「歯齦（しぎん）」も同義。
七 「孩児（がいじ）」は二、三歳の子供。
八 下女や奉公人がするような仕事でも。紀貫之『土佐日記』冒頭「男もすなる日記といふものを、女もしてみむとてするなり」をふまえる。
九 はなはだ道義に反する。孫に対して尊称を用いることは、家父長制度を支えている儒学の道義に反する。

隅《すみ》になりと舎《お》いて。死水《しにみづ》を取《と》つてやらうといふ聟《むこ》が多度《たんと》あるものではない。已《すで》に此位《このくらゐ》にしても。十人《じふにん》が九人《くにん》までは無《な》[一〇]くもがなと念《おも》はれる。嫁《よめ》にやつた先方《さき》の厄介《やつかい》になるのと。茶呑友達《ちやのみともだち》を欲《ほ》しがるのは。[一一]寿長《いのちなが》き女《をんな》の恥辱《はぢ》としてある。

[一二]鮮魚《さかな》と珍客《ちんきやく》は三日《みつか》おけば臭《にほ》ふといふ。西洋《あつち》の諺《ことわざ》があるが。当分《たうぶん》は隠居《いんきよ》も珍《めづら》しいのと。十円《じふゑん》の扶持《ふち》といふので。珍重《ちんちよう》されたやうなものゝ。日《ひ》が経《た》ち。月《つき》が累《かさな》るに就《つ》けて。第一《だいいち》の要素《えうそ》の「珍《めづ》らしい」が消《き》えて。差代《さしかは》りまして「厄介《やくかい》な」といふ感情《かんじやう》が先《ま》づ城井《しろゐ》の心《むね》に萌《きざ》し始《はじ》めると。踵《つ》いで第二《だいに》要素《えうそ》の「月十円《つきじふゑん》」も。補充《たし》になる。重宝《ちようほう》にはなるが。唐辛子《たうがらし》も食慣《くひつ》けると辛味《からみ》が鈍《にぶ》くなるがごとく。今《いま》では尋常《なみ》のやうな気持《きもち》になつて。これ丈《だけ》でも入《はい》らなかつたら一寸困《ちよいとこま》るのだが。さて入《はい》りつけて見《み》るとさまで有難《ありがた》くも無《な》いやうな理窟《りくつ》で。自分《じぶん》の方《はう》の為筋《ためすぢ》[一三]になる事《こと》は少《すこ》しも感《かん》じずに。不利益《ふりえき》になる一塊《いつくわい》の老肉団《らうにくだん》が。悪《わる》く厄介《やつかい》で。兎角邪魔《とかくじやま》で。所《ところ》で近来《きんらい》は余《あま》り「御母様《おつかさん》」を唱《とな》へない。少《すこ》しお滋《しげ》がちやほやいふと。城井《しろゐ》の御《ご》機嫌《きげん》が麗《うるは》しからぬ。

城井《しろゐ》は軍人《ぐんじん》で。軍人《ぐんじん》といへば多《おほ》く。杯《はい》[一四]を呼《よ》び妓《き》を聘《へい》し。一酔王公《いつすゐわうこう》を軽《かろ》んずる的気象《てききしやう》の者《もの》であるが。城井《しろゐ》は其例《そのれい》で無《な》い。[一五]斗《と》酒《しゆ》も敢《あへ》て辞《じ》せずの豪飲《がういん》はやるが。頗《すこぶ》る[一六]愚痴《ぐち》上口《じやうご》で。尤《もつと》も不断《ふだん》から[一七]量《りやう》の小《ちひ》さな。所帯臭《しよたいくさ》い。戦場《せんぢやう》に臨《のぞ》むだら。敵《てき》の

一〇 無いほうがよい。いないほうがよい。

一一 長寿であること。「寿（じゆ）」は、いのちの長いこと。

一二 鮮魚と同様、どんなに珍しい客でも三日いると鼻につく、の意。イギリスのことわざ **Fresh fish and new-come guests smell in three days.** の訳。**Fish and guests stink after three days.** とも言う。

一三 ためになることがら。

一四 酒を命じ、女をはべらせ、ひとたび酔えば王侯貴族でさえ軽んずる、の意。小事にこだわらず度量が大きいさまを漢文風に表現したもの。

一五 一斗の酒でさえ辞退せずに飲むこと。ただし古代中国の「一斗」は日本の約一升にあたるとされる。「斗酒なお辞せず」という常套句にもとづく表現。

一六 酒に酔うと愚痴を言う癖があること。「上口」は「上戸」の意。

一七 「小量（しようりよう）」すなわち、心が狭いこと。度量が小さいこと。

首《くび》よりは[一]分捕《ぶんどり》を専一《せんいち》に働《はたら》きさうな性《たち》であるから。面《めん》と向《むか》つて否《いや》な言《こと》こそ言《い》はないが。頻《しきり》に心《こゝろ》の色《いろ》を面《おもて》に表《あら》はして。[二]悟《さと》れがしに仕向《しむ》ける。けれども。お滋《しげ》が中《なか》に立《た》つて。色々《いろ〳〵》遠回《とほまは》しに宥《なだ》めるので。隠居《いんきよ》も心地《こゝろもち》は好《よ》くないけれども。今急《いまきう》に渋谷《しぶや》へ澄《すま》した顔《かほ》で還《かへ》る訳《わけ》にも行《ゆ》かぬ所《ところ》から。節《せつ》を屈《くつ》し。疳《かん》を抑《をさ》へて。[三]潜竜無レ用《せんりうもちゐるなかれ》と忍《しの》むでゐる。其処《そこ》で破裂《はれつ》も無《な》しに。[四]納《をさ》まらぬやうに納《をさ》まつてはゐるが。正《まさ》に是機《これき》一発《いつぱつ》といふ処《ところ》。[五]所謂《いはゆる》七分《しちぶ》三分《さんぶ》の兼合《かねあひ》。

一夜《あるよ》城井《しろゐ》中尉《ちうゐ》が飲過《のみす》ぎから舌《した》を辷《すべ》らして。ちくと[六]癪《しやく》を言《い》ふと。[七]腹《はら》を立《た》てる段《だん》では。自分《じぶん》が無理《むり》でも膨《ふく》れる代物《しろもの》の隠居《いんきよ》だから。況《いは》んや理《り》あるに於《おい》てをや。無《た》料《ゞ》で置《お》いてもらひはしまいし。怪《け》しからん事《こと》をいつたものだ。と散々《さん〴〵》に立腹《りつぷく》して。憤《ふて》て翌日《あくるひ》は[八]二食《ふたかたけ》絶食《ぜつしよく》をするといふ勢《いきほひ》。お滋《しげ》が種々《さま〴〵》に詫《わ》びたので。晩《ばん》には快《こゝろよ》く五椀《いつゝ》召上《めしあが》つて下《くだ》さる事《こと》にはなつたものゝ。隠居《いんきよ》は肚裏《はらのうち》に。此家《こゝ》は長《なが》く留《とゞ》まる処《ところ》で無《な》いと始《はじ》めて暁《さと》つたのである。

時《とき》に不運《ふうん》なるかな。[九]官海《くわんかい》の風波《ふうは》穏《おだや》かならず。[一〇]鯰鰌《ねんいう》大《おほ》いに[一一]恐慌《きやうくわう》の折《をり》から。渋谷《しぶや》周三《しうざう》も[一二]非《ひ》の字《じ》となつて。[一三]官制改革後《くわんせいかいかくご》であるから。[一四]三年間《さんねんかん》の涙金《なみだきん》は下《さが》らぬ始末《しまつ》。手許《てもと》に現金《げんきん》といつては。愧《はづ》かしながら従来《じうらい》の生計《せいけい》を二月《ふたつき》と続《つゞ》けるほども無《な》い。幾分《いくぶん》か気強《きづよ》いのは。地所《ちしよ》と我住《わがす》むでゐる家作《かさく》と。外《ほか》に株券《かぶけん》が少《すこ》しばかり。差当《さしあた》

一　戦場で敵のものを奪い取ること。
二　遠回しに分からせるように。
三　淵に潜む竜はじっとしたままでいる方がよい、の意で、すぐれた人物であっても、機会に恵まれないときは無理に動くべきではない、ということ。『易経』の故事にもとづく。正しくは「潜竜勿用」と表記する。
四　納まらないなりにも表向きはひとまず納まっている。
五　「七分三分」は、一方が七分、他方が三分の割合でようやく保たれている危うい均衡のこと。初出は「処で、軽業(かるはざ)の所謂(いはゆる)七分三分の兼合ぢや」。
六　人を怒らせるようなことを言う。
七　いざ腹を立てるとなったら。
八　「かたけ」は「片食(かたけ)」で、食事の回数を数える場合の助数詞。
九　浮き沈みの多い官僚の世界を海にたとえたもの。
一〇　なまずとどじょう。明治初年以降、髭の形から、官僚を「鯰」、下級役人を「鰌」に見立てることが庶民を中心に一般化した。↓補三五。
一一　恐れあわてること。「恐慌し、狼狽し、悩乱し」(尾崎紅葉『金色夜叉』)。ここは、官僚機構の大幅な整理統合がもたらす混乱を指していると考えられる。
一二　「非職」のこと。官吏としての身分や地位は保持されたまま、職務だけ免ぜられること。休職。↓補三一。↓『おぼろ舟』一二五頁注五〇。
一三　ここで言う「官制改革」は、次注をふまえると、明治十七年以降に行われた改革を指すと考えられる。↓補三六。
一四　非職中に支給される俸給のこと。明治十七年一月制定の「官吏非職条例」には「第四条　非職

つては之《これ》を売喰《うりぐひ》[一五]にしてなりとも。命《いのち》の蔓《つる》にありつくまでは。籠城《ろうじやう》[一六]しなければならぬ。それも一二年《いちにねん》の中《うち》に有附《ありつ》けば好《よ》けれど。長引《ながび》かれると大事《おほごと》になる。

まづ此家作《このかさく》を売払《うりはら》つて。四五円《しごゑん》の借宅《しやくたく》に蟄居《ちつきよ》[一七]と極《き》めて。時節《じせつ》[一八]の到来《たうらい》を待《ま》つの外無《ほかな》しと。恩顧《おんこ》[一九]の奴婢《めしつかひ》に暇《ひま》を出《だ》す。入《はい》[二〇]るものは書籍屋《ほんや》[二一]。道具屋《だうぐや》[二二]。近所《きんじよ》へは面目《めんぼく》無《な》し。自分《じぶん》は心細《こゝろぼそ》しで。お銀《ぎん》は夫《をつと》[二三]が切腹《せつぷく》せぬ顔世御前《かほよごぜん》といふ思《おもひ》で。混雑《こんざつ》する中《なか》に半病人《はんびやうにん》で鬱《ふさ》いでゐる。

係《かゝ》る次第《しだい》なれば。此際《このさい》[二四]どうか勘弁《かんべん》して一所《いつしよ》[二五]になつて下《くだ》さい。それともお可厭《いや》ならば。六円《ろくゑん》に減《げん》じて不承《ふしよう》してもらひたい。此二者《このうち》何方《どつち》か一《ひとつ》といふ。掛合《かけあひ》を城《しろ》井方《ゐかた》へ差向《さしむ》けると。隠居《いんきよ》も吃驚《びつくり》。憎《にく》いの怨《うら》めしいのと謂《い》へば謂《い》ふものゝ。懸《かゝ》り息子《むすこ》が一世《いつせい》の浮沈《ふちん》。厩《うまや》[二六]まで属《つ》いてゐる家《うち》を出《で》て。背《せ》の低《ひく》い疎《まばら》な杉垣《すぎがき》に歳古《としふ》る丸《まる》太《た》の御門《ごもん》といふ構《かまへ》は。余《あま》り嬉《うれし》くは無《な》い。辛《つら》からうと夫婦《ふうふ》の心《こゝろ》の中《うち》も思《おも》ひやられる。又自分《またじぶん》にしても。今《いま》こそ係《かう》して聟《むこ》の家《うち》の客分《きやくぶん》になつて。何不足無《なにふそくな》く暮《くら》してゐるのも。原《もと》はと云《い》へば。周三《しうざう》といふ確《しか》とした後楯《うしろだて》があるからで。お滋《しげ》も大事《だいじ》にしてくれるには違《ちが》ひないが。老《おい》の杖《つゑ》となるのは周三《しうざう》ぐらゐの事《こと》は隠居《いんきよ》も心得《こゝろえ》てゐる。(但《たゞ》し之《これ》は近来悟《きんらいさと》つたことゝ知《し》るべし。)其証拠《そのしようこ》は。覿面六円《てきめんろくゑん》といふ減《げん》額《がく》。六円《ろくゑん》では小遣《こづかひ》も浮《う》かぬ。然《しか》し此上《このうへ》は出《だ》し切《き》れぬといふ其《それ》も道理《もつとも》。ではある

ハ三年ヲ一期トス期満レハ其官ヲ免ス」「第五条非職中ノ俸給ハ現俸三分ノ一ヲ支給ス」とある。

一五　手持ちの財産などを少しずつ売りながら生活すること。

一六　敵に囲まれて城にたてこもること、転じて、ある場所に籠もって外に出ないこと。ここは勤めに出ないで家にいること。

一七　江戸時代に武士に科せられた刑罰の一つで、一定期間一室に閉じこめられて謹慎させられたこと。ここは、狭い家に閉じこもって出ないこと。

一八　好い機会がめぐって来ること。世の中の状況が好転すること。

一九　目をかけること。面倒をみること。

二〇　出ていく者が多い中で家に入って来る者と言えば。

二一　ここでは、不要の書籍を買い取りにくる古書籍商を指す。

二二　古道具屋。

二三　「顔世御前」は『仮名手本忠臣蔵』などの忠臣蔵ものにおける塩冶判官(史実では浅野内匠頭)の妻の名(史実では阿久里)で、芝居では夫判官の死を知らされて嘆き悲しむ。ここは、夫の免職の知らせを受けて混乱と落胆の中にいるお銀を顔世にたとえたもの。

二四　初出は「此際中々月十円宛(づゝ)仕送る訳には行かぬから、どうか」。

二五　同居して。初出は「同居(いつしよ)になつて」。

二六　馬小屋。ここは、役所との往復に乗るための馬を飼う小屋のこと。三三二頁一二行目には「馬上優に出勤した」とある。

が此方《こつち》も窮《こま》る。其《それ》で勘弁《かんべん》が出来《でき》ぬといふなら。一所《いつしよ》になれといふ。今更一所《いまさらいつしよ》になるも意気地《いくぢ》が無《な》さ過《すぎ》る。六円《ろくゑん》でどうか我慢《がまん》はなるまいか。それとも[一]胸《むね》を撫《さす》つて一所《いつしよ》にならうか。何方《どつち》にしても昨日《きのふ》に変《かは》る身上《みのうへ》を。心細《こゝろぼそ》く考《かんが》へるばかりで。どうとも分別《ふんべつ》が着《つ》かぬ。

是《これ》は扨置《さてお》いて。隠居《いんきよ》は当座《たうざ》ほど珍重《ちんちよう》されぬのを。面白《おもしろ》く思《おも》つてゐないのに。根《ね》が我儘《わがまゝ》の方《はう》であるから。一寸《ちよいと》した事《こと》まで腹《はら》が立《た》つて。こんな訳《わけ》のものではあるまいにと。御母様風《おつかさんかぜ》の吹《ふ》かせ損《そくな》ひをして。独《ひと》り[二]胸《むね》を悪《わる》くしてゐる。お滋《しげ》も亦《また》親子《おやこ》の[三]心易立《こゝろやすだて》から。長《なが》い月日《つきひ》には随分麁末《ずゐぶんそまつ》な待遇《とりあつかひ》もすれば。気《き》に障《さは》る言《こと》をいひもする。始《はじ》めの内《うち》こそ。嫁《よめ》の優《やさ》しい言葉《ことば》よりは。娘《むすめ》の剣突《けんつく》が嬉《うれ》しくもあつたが。此頃《このごろ》になつて見《み》ると。城井《しろゐ》の所為《しうち》の面白《おもしろ》くない所《ところ》から。自然僻見《しぜんひがみ》を及《およ》ぼして。お滋《しげ》も余《あま》り[四]香《かうば》しくもなくなつて来《き》た。

因《そこ》で折々《をりく》は嫁《よめ》の事《こと》も憶出《おもひだ》される。周三《しうざう》も優《やさ》しかつた。と考《かんが》へると稍《やゝ》[五]帰心《きしん》が動《うご》き初《そ》めて。家《うち》の様子《やうす》はどんなであらう。一寸一晩泊《ちよいとひとばんどまり》で遊《あそ》びに行《い》つて見《み》たいけれど。未練《みれん》らしくて其《それ》も否《いや》だ。

先方《さき》から詫《わび》を入《い》れて。帰《かへ》つてくれといつて来《く》れば。其《それ》を機《しほ》に帰《かへ》りたいものだが。今《いま》となつて此方《こつち》から口《くち》を切《き》る訳《わけ》にも行《ゆ》かぬ。と些《ほん》の意地《いぢ》ばかりで持《も》つてゐる

一 怒りをおさえて。「今日まで胸を摩(さす)つて居りましたが」(三遊亭円朝『怪談牡丹燈籠』明治十七年)。

二 不快な思いをしている。むかむかしている。

三 親しいために無遠慮になること。「心易立から、浸々(しみじみ)お礼も言はずに居た」(尾崎紅葉『金色夜叉』)。

四 芳(かんば)しくも。「芳しい」は、好ましい。期待にかなっている。

五 帰りたいと思う心。

た矢先《やさき》へ。六円《ろくゑん》といふ一大事《いちだいじ》が起《おこ》つたので。さあ爰《こゝ》が考《かんが》へもの。渋谷《しぶや》の言分《いひぶん》には。十円《じふゑん》では送《おく》りかねるから。六円《ろくゑん》で免《ゆる》してくれ。もし其《それ》で勘弁《かんべん》がならぬなら還《かへ》つて下《くだ》さいと。此挨拶《このあひさつ》では心《しん》から我《われ》に還《かへ》つてくれろと頼《たの》む気《き》は無《な》いので。六《ろく》円《ゑん》で否《いや》ならと。どうでも可《い》い了簡《れうけん》なのを。有難《ありがた》さうに喜《よろこ》んで還《かへ》る事《こと》もない。最《もう》少《すこ》し辛《つら》い思《おもひ》をしても。客分《きやくぶん》でゐて見《み》やう。周三《しうざう》だつて一人《ひとり》の親《おや》をいつまで妹《いもと》に預《あづ》けて苦労《くらう》をさせもしまい。今《いま》は未《ま》だ還《かへ》る時節《じせつ》でないと。其趣《そのおもむき》を渋谷《しぶや》へ答《こた》へたのは立派《りつぱ》であつたが。六円《ろくゑん》の[六]声《こゑ》が懸《か》かると。忽《たちま》ちお膳《ぜん》に其反響《そのはんきやう》がして。二尾《にひき》の魚《さかな》は一尾《いつぴき》となる。鶏卵《たまご》のお羹《つゆ》が葱《ねぎ》ばかりとなる。その理窟《りくつ》ではあるが。今更《いまさら》のやうに隠居《いんきよ》は顔《かほ》を顰《しか》めた。金拾円《きんじふゑん》でさへも飽《あ》かれたのが。殆《ほとん》ど半分《はんぶん》の減額《げんがく》であるから。これではほんの米代《こめだい》だけで。少《すこ》し孝行《かう〳〵》の真似《まね》でもすると。忽《たちま》ち喰込《くひこ》む始末《しまつ》。それも城井《しろゐ》の会計《くわいけい》に。ちつとでも[七]余裕《ゆるぎ》があるのなら兎《と》も角《かく》も。従来《これまで》隠《いん》居《きよ》の臍《へそ》を予算《よさん》に入《い》れて[八]繰廻《くりまは》してゐたほどの[九]内証《ないしよう》であるから。[一〇]世話《せわ》の焼《や》けるだけも損《そん》に立《た》つと。実《じつ》の親《おや》であつて見《み》れば。お滋《しげ》も[一一]そらほど精算《せいさん》をしてかゝる訳《わけ》でもあるまいけれど。打明《ぶちあ》けて言《い》つて見《み》た所《ところ》で。十円《じふゑん》の時《とき》ほど嬉《うれ》しくないには相《さう》違《ゐ》あるまい。是《こゝ》に於《おい》て城井《しろゐ》は随分煩《ずゐぶんうるさ》くお滋《しげ》に[一二]気障《きざ》な言《こと》をいふ。隠居《いんきよ》は隠居《いんきよ》で亦《また》お滋《しげ》に否味《いやみ》をならべる。中《なか》でお滋《しげ》が大弱《おほよわ》り。此分《このぶん》では[一三]迚《とて》も納《をさ》まりさうも無《な》いか

六 話が伝わると。

七 「ゆるぎ」は、ここでは、ゆとりの意。

八 やりくりしていた。

九 ここでは、家計。暮らし向き。

一〇 世話が焼ける分だけ損になる。

一一 それほど。二二四頁一四行目には「どらほど」の用例がある。「いやまだそらほどではおざんせん」（田舎老人多田爺〔丹波屋利兵衛〕『遊子方言』明和七年）。

一二 不快な思いをさせること。

一三 初出は「到底（とても）」。

ら。いつそ大悶着《おほもんちやく》の起《おこ》らぬ内《うち》に。渋谷《しぶや》へ還《かへ》したが得策《とくさく》と。此筋《このすぢ》を隠居《いんきよ》に微見《ほのめか》して見《み》ると。どうか[一]物《もの》になりさうな塩梅《あんばい》であるから。かねて[二]一味《いちみ》の親類《しんるゐみ》三池方《いけかた》へ出向《でむ》いて。[三]自一至十《いちぶしじふ》を話《はな》して。[四]旧《もと》の鞘《さや》に納《をさま》るやうに話《はなし》をしてくれと頼《たの》むと。其《それ》は我《おれ》の口《くち》からは言難《いひにく》い。樫村《かしむら》めに其見《それみ》ろといはれるのが業腹《ごうはら》だ。我《おれ》からでは却《かへ》つて稜《かど》が立《た》つて好《よ》くないから。お前《まへ》が自身《じしん》に周三《しうざう》に会《あ》つて然《さ》う言《い》つたが好《よ》からうと斥《はね》られた。

（六）

彼此悶着《かれこれもんちやく》があつて。結極《つまり》お滋《しげ》が[五]我《が》を折《を》り。隠居《いんきよ》が[六]角《つの》を折《を》つて。多《おほ》く謂《い》ふ[七]本木《もとき》に勝《まさ》る末木《うらき》無《な》しで。姑《しうとめ》は矢張嫁《やつぱりよめ》の世話《せわ》になるといふ事《こと》に納《をさ》まつた。

[八]水《みづ》の流《ながれ》と人《ひと》の身《み》は。今日《けふ》に知《し》られぬ飛鳥川《あすかがは》。と歌《うた》でゝも聞《き》くと豪勢意気《がうせいいき》であるが。[九]淵《ふち》が瀬《せ》に変《かは》られた身《み》のつまらなさ。外套《ぐわいたふ》の裾《すそ》を朝風《あさかぜ》に飜《ひるがへ》して。はばなの煙《けぶり》を口髭《くちひげ》に炷籠《たきこ》めながら[一〇]馬上優《ばじやうゆたか》に出勤《しゆつきん》した姿《すがた》は。玄関《げんくわん》に跽《かしこ》まつて見送《みおく》るお銀《ぎん》も[一一]適《あつぱ》れ殿振《とのぶり》と心勇《こゝろいさ》むだものが。此頃《このごろ》では[一二]建附《たてつけ》の悪《わる》い格子《かうし》をがたくり引開《ひきあ》けて。葱《ねぎ》の味噌汁《みそしる》の噫気《おくび》をしながら[一三]ぽく〳〵出《で》て行《ゆ》くのを見《み》るにつけて。情無《なさけな》いやら。味気無《あぢきな》いやらで。胸《むね》が一杯《いつぱい》になる。

一　思い通りにことがはこびそうな。
二　以前からこちらの味方である。
三　「一より十に至る」すなわち、物事の最初から最後まで、の意。普通は「一部始終」と表記する語句の「いち」と「じゅう」の音に数字をあてたもの。
四　仲違いや離縁をしていた者が再び元の関係に戻ること。ここは、元いた家に戻ること。
五　自分の意志をまげて。
六　怒りをおさえて。
七　幹にまさる枝はない、すなわち、何度取り替えてみたところで結局は最初の相手が一番よい、という意味のことわざ。
八　水の流れの行く先と人の身の行く末は、流れの定めない飛鳥川ではないが、今日ではなく明日にならなければわからない、の意。「水の流れと身のゆくえ」「水の流れと人の末」などとも言う。浄瑠璃では、『冥土の飛脚』（近松門左衛門作、正徳元年初演）に「鳴くは鴨川川千鳥、水の流れと身のゆくゑ、恋に沈みし浮名のみ」とあり、また『仮名手本忠臣蔵』では、宝井其角が大高源五に「年の瀬や水の流れと人の身は」と前句を与える場面が知られる。「飛鳥川」は、奈良県飛鳥地方を流れる川で、流路がたびたび変わったことから、定めない世のたとえとして、古来、歌などに多く詠まれた。また「明日」に掛かる語としても用いられる。「世の中は何か常なる飛鳥川昨日の淵ぞ今日は瀬になる」（『古今和歌集』雑下・読人しらず）。
九　前注引用の「世の中は…」の歌から導かれた言葉。「淵」は川などの水が淀み深いところで、ここでは安楽な生活を意味する。「瀬」は流れの浅く急なところで、ここでは窮乏する生活を意味している。

それがお銀《ぎん》ばかりでは無《な》い。親《おや》は親《おや》だけに。老婦《としより》は老婦《としより》だけに悲《かなし》さも勝《まさ》る。あのやうに身《み》を卑《おと》して苦労《くらう》をしてゐるのに。と有繋《さすが》に隠居《いんきよ》も我儘《わがまゝ》を[一四]節《たしな》むで神妙《しんめう》にしてゐられると。[一五]角《かく》に出《で》はせぬ窓《まど》の月《つき》だから。お銀《ぎん》も自《おの》づと優《やさし》くして上《あ》げたくなる。其処《そこ》でやさしく為《す》る。喜《よろこ》ぶ。喜《よろこ》ばれる。やさしくするで。爰《こゝ》が家内《かない》の治《をさ》まる[一六]大本《たいほん》とも謂《いひ》つべく。御母様《おつかさん》といへばお銀様《ぎんさん》やと。[一七]和気《わき》靄然堂《あいぜんだう》に満《み》つる渋《しぶ》谷家《やけ》今日《こんにち》の有様《ありさま》に於《おい》て。[一八]貧《ひん》は諸道《しよだう》の障碍《さまたけ》としてある[一九]本文《ほんもん》が大《おほ》いに疑《うたが》はれる。

案《あん》じられるのは。此家内和合《このかないわごふ》の楽《たのしみ》は恐《おそ》らく周三《しうざう》が再《ふたゝ》び出世《しゆつせ》の暁《あかつき》に忽《たちま》ち霧消《むせう》して了《しま》ふであらう。して見《み》れば。他日《たじつ》の栄華《えいぐわ》は寧《むし》ろ今日《こんにち》の[二〇]貧楽《ひんらく》に如《し》かざる訳《わけ》であるが。それは唯《ほん》の理窟《りくつ》で。富《とみ》と貴《たつと》きとは人《ひと》の願《ねが》ふ所《ところ》。少々《せう〳〵》家内《かない》に風波《ふうは》があつても。不自由《ふじゆう》の無《な》い方《はう》が先《まづ》。と色気《いろけ》を出《だ》すが常情《あたりまへ》で。一日《いちにち》も早《はや》く好《い》い[二一]官途《くち》があれば。と隠居《いんきよ》もお銀《ぎん》も只管《ひたすら》それぱかりを念《ねん》じてゐる。

他《はた》の思《おも》ふほどにも無《な》く。本人《ほんにん》の旦那様《だんなさま》は綽々然《しやく〳〵ぜん》として[二二]呑気《のむき》で。大概《たいがい》隔日《かくじつ》に例《れい》の[二三]見《み》そぼらしいぽく〳〵で出《で》かけて。[二四]飛乗《とびのり》の辻車《つぢくるま》で四方《しはう》を推廻《おしまは》し。[二五]同藩出身《どうはんしゆつしん》の大臣《だいじん》やら。[二六]局長《きよくちやう》やら。然《しか》るべき処《ところ》の頼《たの》みにあるきながら。思《おも》はしい口《くち》も無《な》くて帰《かへ》つて来《く》るのに。一向《いつかう》苦労《くらう》さうな顔《かほ》もせぬから。少《すこ》しは好話《いゝはなし》でもあるのかと思《おも》つて。どうでございましたとお銀《ぎん》が気《き》にして聞《き》くと。さうお前《まへ》のやうに急《せ》いた

一〇 馬に乗って堂々と落ち着いているさま。
一一 ああ、立派な男振りだ。
一二 戸や障子などの作りが悪い。
一三 徒歩で行くさま。
一四 つつしんで。「節（せつ）」には、勝手な行いを抑える、の意がある。
一五 明治時代の尻取り歌の一節。「丸い卵も切り様で四角、角に出やせぬ窓の月、月にむら雲花に風」と続く。いくら窓が四角くてもそこに出る月は丸い、の意で、無理に角張ってばかりもいられない、ということ。
一六 物事の一番もとになること。おおもと。「わがこゝろざしは国家の大本にあり」（樋口一葉日記『塵中につ記』明治二十七年三月）。
一七 なごやかな気分が家中に満ちている。
一八 貧乏は何をするにも妨げになる、ということわざ。
一九 「古書ナドニアル典故（カガミ）トスベキ文句」（『言海』）。
二〇 貧乏であるために、かえって気楽であること。
二一 「官途（かんと）」は、官吏としての職務。
二二 のんきで。
二三 みすぼらしい。貧弱な。「みそぼらし みすぼらしノ訛」（『言海』）。
二四 その場でつかまえて人力車に乗ること。「辻車」は、道で客待ちをしていたり、走りながら客の呼び止めるのを待っている人力車のこと。
二五 明治の政治機構は「藩閥政治」であり、維新で活躍した薩摩・長州などを中心とする旧藩の人脈が人事に大きく反映した。
二六 「局」は各省の下部組織の最上位のものであり、その長官である局長は、官界では、ほぼ最上位にあたる。

つてあるものでは無《な》い。半年《はんとし》や一年《いちねん》で腐《くさ》るものでもないから。気長《きなが》に待《ま》つが可《え》えなどゝ。[一]鰹節《かつぶし》でも乾《から》しておくやうなことを言《い》つて。根《ね》[二]から合手《あひて》にならぬ。お銀《ぎん》は独《ひと》り鬱勃念《やきもきおも》つても。[三]向河岸《むかふがし》の火事《くわじ》へ柄杓《ひしやく》の水《みづ》を打懸《ぶつか》けるやうに。気《き》[四]の揉栄《もみばえ》も為《せ》ぬといふもので。後《のち》には根負《こんまけ》をして余《あま》り言《い》はなくなる。口頭《くち》にこそ出《だ》さぬが。心《こゝろ》の中《うち》の苦労《くらう》は常尋《ひとゝほり》で無《な》い。然《さ》れど苦労《くらう》にしたからといつて。其《それ》でどうといふ事《こと》は無《な》し。結句《けつく》心《こゝろ》を痛《いた》めるだけが損《そん》とは思《おも》ふものゝ。そこが凡夫《ぼんぶ》[五]の浅《あさ》ましさには。兎《と》角《かく》行末《ゆくすゑ》が案《あん》じられて。苦労《くらう》も心配《しんぱい》も為《せ》ずには居《を》られぬ。周三《しうざう》が一向無頓着《いつかうむとんちやく》でゐるのを。隠居《いんきよ》も余《あま》りの事《こと》と腹《はら》は立《た》つけれど。面《めん》と向《むか》つて[六]諤々《つけ〳〵》言《い》はれぬところから。何《なん》と無《な》く其鋒《そのほこさき》をお銀《ぎん》の方《はう》に向《む》けて。聞《き》き辛《つら》いことを聞《き》かせられるからお銀《ぎん》は耐《たま》らぬ。余《あま》り切《せつ》なさに。無駄《むだ》とは知《し》りながら折々《をり〳〵》周三《しうざう》に口説《くど》くと。[七]おつに飜弄《はぐら》かされて。[八]太平楽《たいへいらく》の仕舞《しまひ》は[九]定文句《ちやうもんく》の。我《おれ》を誰《だれ》だと想《おも》ふ。渋谷《しぶや》周三《しうざう》だ。お前《まへ》たちを乞食《こじき》にはさせぬからと大《おほ》きく蔽冠《おつかぶ》せられて。すごく〳〵お酌《しやく》をするが例《れい》[一〇]である。

[一一]却説《こゝに》お鉄《てつ》の方《はう》は睨《にら》む姑《しうとめ》も無《な》く。面倒《めんだう》な親類《しんるゐ》も無《な》く。旦那様《だんなさま》は幼稚馴染《をさななじみ》の信様《のぶさん》で。成人《せいじん》したお坊様《ばうさん》と飯事《まゝごと》するやうな楽世帯《らくせたい》。慾《よく》を謂《い》つたら蚤起《あさおき》が辛《つら》いか知《し》らねど。亭主《ていしゆ》の出勤《しゆつきん》を送出《おくりだ》して了《しま》へば。其《それ》から五時頃《ごじころ》までは[一二]一人天下《ひとりてんか》である。お[一三]

一 鰹節は、その製造工程で長時間乾燥させる。 二 はじめから取り合おうとしない。 三 対岸の火事に小さな柄杓で水を掛ける、の意で、全く効果がないことのたとえ。「向河岸の火事」は「対岸の火事」と同じで、自分とは無関係なことを意味する成句。 四 心配のしがいがない。 五 凡人の情けなさ。「凡夫」は、凡人、道理のわからない人、無学な人。 六 「諤々（がくがく）」は、ありのままをはばからず言うこと。 七 巧みに。 八 言いたい放題。 九 きまり文句。おきまり。 一〇 いつものありさま。 一一 さて。ところで。「ここに」も「却説（きやくせつ）」も、ともに話題を転換するときの語。 一二 一人思うままに振る舞って気兼ねがいらないこと。 一三 薩摩芋のこと。 一四 お腹がいっぱいになったら。 一五 実の兄。 一六 江戸っ子気質のこと。「憚（はばか）んながら」は「はばかりながら」の音便で、大きな口をきくようだが、の意。「宵越しの銭は持たねえ」は、けちけちと貯め込むようなことはせずに、かせいだ金はその日のうちに遣ってしまう、ということ。「肌」は、気質。平出鏗二郎『東京風俗志』上巻には「江戸ッ児気質」として「都人は財貨に吝ならずして、貯積の念に乏し。…自らも曰く、「宵越（よひごし）の銭は使はず」と。蓋し其日に獲る所の金銭は、其日に費ひ尽くすの謂なり」とある。 一七 生まれつき。 一八 昨日大晦日が過ぎたばかりなのに、元日の朝から一年後の大晦日の心配をすること、すなわち、きわめて慎重であることのたとえ。尾崎紅葉「洒落図解 心の心」（明治二十七年）に「元日や後（うしろ）に近き大晦日だと？」とある。 一九 石井研堂『明治事物起原』増補改訂版には「明治八年四月、郵便貯金預規則を発布して、先づ東京府下に実施し、同年十二月より全国一般に施行したるを始めとす」とある。

薩《さつ》の蒸焼《むしやき》をして寐《ね》ながら食《た》べて。[一四]お腹《なか》がよくなつたら昼睡《ひるね》をしても。誰《たれ》が何《なに》と言《い》ふものも無《な》い。但戸鎖《たゞとじまり》をしておかぬと。此近辺《このきんぺん》は下駄《げた》泥棒《どろぼう》が行《はや》るから。と叔《を》父《ぢ》さんの言《い》つた通《とほ》りの始末《しまつ》で。嫁《よめ》に参《まゐ》りましたと謂《い》はうよりは。[一五]舎兄《にいさん》の処《ところ》に助手《てつだひ》に来《き》た方《はう》が適当《てきたう》らしい。

身分《みぶん》を謂《い》はゞ職工《しよくこう》。月《つき》の入高《いりだか》も軽少《けいせう》なもので。其《それ》に応《おう》じて活計《くらしむき》もお麁末《そまつ》ではあるが。[一六]憚《はゞか》んながら宵越《よひごし》の銭《ぜに》は持《も》たねえのさの肌《はだ》ではなくて。[一七]生《うま》れ得《え》て元来篤《ぐわんらいとく》実一遍《じついつぺん》。[一八]元朝《ぐわんてう》から後《うしろ》に近《ちか》き大晦日《おほみそか》の事《こと》を慮《おもんばか》る質《たち》の信様《のぶさん》であるから。吝嗇《けち》にはせぬが奢侈《をごり》がましい真似《まね》も為《せ》ぬといふもので。月給《げつきふ》の四分《しぶん》の一は毎月《まいげつ》相違《さうゐ》無《な》く[一九]郵便貯金通帳《いうびんちよきんかよひてう》に記入《きにふ》されて。月《つき》に二度《にど》ほどは日曜日《にちえうび》に夫婦連《ふうふづれ》で遊山《ゆさん》にも出懸《でか》ける。其内《そのうち》に懐姙《くわいにん》の噂《うはさ》があつて。実家《さと》の両親《れうしん》はころ〳〵懽《よろこ》ぶ。[二〇]五月《いつゝき》の帯《おび》といふ頃《ころ》。丸橋《まるばし》の神棚《かみだな》の燈明《とうみやう》に三晩《みばん》続《つゞ》けて大《おほ》きな[二一]丁子《ちやうじ》が耀《かゞや》いたので。阿母様《おつかさん》は無上《むしやう》に目出《めで》たがつてゐると。果《はた》せる哉《かな》。渋谷内《しぶやうち》[二二]よりの文《ふみ》。何《なに》を知《し》らせて来《き》たか。皆々様御《みな〳〵さまご》[二三]推《すゐ》もじ被下度候《くだされたくそろ》。（完）

『二人女房』初出挿絵
（富岡永洗画「阿妹いつか是一家の細君」，
『都の花』97号，明25・12・18）

二〇 岩田帯のこと。妊娠五か月目に、腹部や胎児の保護のために腹に巻く帯のことで、五か月目の戌(ぬい)の日に着ける風習がある。『言海』の「ゆは〔ワ〕だおび（結肌帯）」の項に「堅固ヲ祝シテ岩田帯ナドトモイフ」とある。二一 灯心の燃えさしの先にできる塊を、丁字の実に似ているところから「丁子がしら」といい、吉兆とされる。二二 家の中に住む配偶者の意だが、多く妻の自称として用いられる。二三 ご推測ください。「推もじ」は「推文字」のこと。最初の一語を残し、後の語を「もじ」と略す女房言葉をまねたもので、ここは「推測」「推量」などの意を含む。「此あとは書ずと御推もじなどゝひどく邪慳な事をいつて」（尾崎紅葉「戯評乙女心」明治二十二年）。「被下度候」は手紙特有の書き方で、「…してください」を丁寧に言ったもの。この部分、お銀から届いた手紙の文面に重ねる表現になっている。

心《こころ》の闇《やみ》

須田千里　校注

『心の闇』初版表紙（日本近代文学館蔵）

〔初出・底本〕初出は『読売新聞』明治二十六年六月一日—七月十一日。全三十回。休載は六月十四日—十九日（発行停止のため）と、二十四日—二十七日・七月五日。のち単行本『心の闇』（明治二十七年五月一日、春陽堂）に川上眉山『行水《ゆくみづ》』とともに収録。本巻はこれを底本とし、富岡永洗による口絵（次頁）も収めた。初出・底本とも総振り仮名。両者の間に細かな字句の相違がある。

〔全集〕博文館版『紅葉全集』第三巻（明治三十七年五月）、春陽堂版『紅葉集』第一巻（明治四十二年八月）、岩波書店版『紅葉全集』第四巻（平成六年一月）など。

〔成立〕『早稲田文学』六十三号（明治二十七年五月十日）「新刊」欄に、「著者がはる〴〵宇津（ママ）宮まで出向き実地観察の上にて物せし作と聞こえたり」とあるように実際の地理が踏まえられている。また、田山花袋『小説作法』（明治四十二年六月、博文館）九「明治名作解題」に、「聞く処に由ると、此小説の材料は門下生泉鏡花が持つて居た種」だったが、「誇張した風」だったため自ら筆を執ったものと言う（→解説「恋のかたち」）。

〔題名〕佐の市とお久米の思い惑う心理を歌語「心の闇」（→四一〇頁注七）に託したもの。

〔梗概〕宇都宮第一の旅籠屋千束屋に毎晩按摩療治に訪れる盲人佐の市には、その一人娘お久米と世間話するのが楽しみであった。東京から来た役人が千束屋に宿泊した際、お久米がその役人に売春を強制されたとの噂が流れたため、千束屋では結婚を急ぎ、県会議員の子息との話がまとまる。それを知った佐の市のいつもと変わった様子、自分には恋人がいると言うのを聞いたお久米は、その晩、夫婦約束を破ったと佐の市に責められる夢を見る。婚礼の夜、婚家の外で佐の市が巡査に見咎められたのを知ったお久米は、その執念におののくが、佐の市の気持は知れず、疑うばかりであった。

〔評価〕発表当時から好評で、「優に美術的の約束を備へて、去年の五重の塔ほどにも思はる」（「今年の傑作」『文学界』九、明治二十六年九月三十日）、「「心の闇」の自然なる、……佐野（ママ）市が一生、永く悲恋の闇に漂ふて余清尽くるところを知らず」（雪丸「不言不語を読む」『文学界』二十七、明治二十八年三月三十日）などの同時代評がある。正宗白鳥や本間久雄等も、『多情多恨』とともに紅葉の最高傑作とする（→解説）。

〔校訂付記〕底本には誤植が目立つほか、濁音表記が少ないため、適宜初出を参照して訂した。

『心の闇』初版口絵（日本近代文学館蔵）

絵　深夜手水に起きたお久米と、塀の外から様子を窺う佐の市（四〇六頁以下参照）。富岡永洗画。

心の闇

紅葉

(一)

[一]日光山《につくわうざん》は[二]野州花《やしうばな》、石南花《しやくなげ》の盛《さかり》とて、初夏《しよか》の候《ころ》より[三]宇都宮停車場《うつのみやステエシヨン》の混雑《こんざつ》は、や[四]がて[五]紅葉《もみぢ》の秋《あき》の末《すゑ》まで絶《た》ゆることなし。

[六]伝馬町《てんまちやう》に[七]千束屋《ちつかや》といふ旅籠屋《はたごや》は、此土地《このとち》に第一《いち》と知《し》られて、外《ほか》に数《かず》ある客舎《やど》は然《さ》も無《な》きに、独《ひと》り賑《にぎ》はゝしき夕暮《ゆふぐれ》の門《かど》を、[八]撫肩《なでがた》の後姿《うしろつき》悄然《しよんぼり》と入来《いりく》る[九]按摩《あんま》あり。年齢《としのころ》は二十四五なるべし。剃立《そりたて》の[一〇]頭顱《つぶり》は、鬘冠《かつらかぶ》りたるかと見《み》ゆるばかりに状好《かたちよ》く円滑《すつぺり》として、顔《かほ》の色《いろ》は[一一]精霊棚《しやうりやうだな》の白茄子《しろなす》の如《ごと》く、両眼《りやうがん》ともに[一二]膠《にかは》もて粘《つ》けたらむやうに[一三]直《ひた》と盲《し》ひたり。

仕立《したて》おろしと見《み》ゆる[一四]手織木綿《ておりもめん》の[一五]袷《あはせ》に、やゝ古《ふる》びたる[一六]鉄納戸《てつなんど》の[一七]絹紬《けんちう》の羽織《はおり》を、何急《なにいそ》ぎてか[一八]襟《えり》も反《かへ》さず。[一九]茶小倉《ちやこくら》の帯《おび》を[二〇]胸高《むなだか》に結《むす》びて、[二一]毛繻子《けじゆす》の襦袢《じゆばん》の襟《えり》を吭《のど》の扼《しま》るほど[二二]緊《き》と合《あは》せ、洗晒《あらひざら》しの白足袋《しろたび》に、似合《にあ》はしくも穿馴《はきな》らしたる[二三]日光下駄《につくわうげた》の行歩覚束《あしもとおぼつか》なからず、杖《つゑ》さしのべて閾《しきゐ》の内《うち》を攪探《かいさぐ》りつ、わざとらしく笑《わら》ひかけて、

一 男体山(二四八四メートル)。別名二荒山〈ふたらさん〉を主峰とする日光連山の総称。初出「今を日光山は」。「日光山に遊び」(田山花袋「日光山の奥(一)」『太陽』明治二十九年一月五日)。 二 やしおツツジ(栃木県の県花)とシャクナゲ。↓補一。
三 明治十八年開業。↓地図。↓補二。
四 そのまま。 五 ↓補三。
六 宇都宮駅前の大通りを西に約二キロメートルの所にある町名。日光街道と奥州街道の分岐点に位置する。「でんまちょう」とも。↓地図。
七 底本の振り仮名は「ちつかや」「ちづかや」混在。初出では多く「ちつかや」。以下、「ちつかや」に統一。「千束」は数の多い意。手塚屋・白木屋がモデル。↓補四。
八 「イカリ聳エヌ肩ノ形チ」(山田美妙『日本大辞書』明治二十五―二十六年)。 九 「(一)一種ノ医術。手デ体ヲ揉ンデ悪血ナドヲ散ラス業。今ハ多ク盲人ノ仕業トナル。…(二)按摩ヲ行フ人」(『日本大辞書』)。↓補五。 一〇 つむり。あたま。
一一 盂蘭盆(うらぼん)の時に、祖先の霊魂を迎えるために供物を載せるよう設けた棚。「白茄子」は、そこに供えられた表皮の緑白色のナス。↓補六。
一二 獣類、魚類の皮・骨などを煮つめ、固めたもの。接着用。 一三 「ヒツタリ」(大槻文彦『言海』明治二十二―二十四年)。
一四 素人が織った木綿。工人の織りに対する称。「手織木綿の田舎縞」(饗庭篁村「蓮葉娘」五、『むら竹』十七、明治二十三年)。
一五 布に裏地を付けた和服。
一六 ↓『おぼろ舟』一二四頁注七。
一七 紬(つむぎ)の一種で、柞蚕(さくさん)＝野蚕の一種)の糸で織った絹織物。太さが一様でない、節のある糸のため、光沢がなく粗い感じがある。
一八 襟が立っているさま。 一九 小倉織(豊前小倉

今晩《こんばん》はどうやらお寒《さむ》いことでございまするとと挨拶《あいさつ》すれば、番頭《ばんとう》は帳附《ちやうつ》けながら、[二四]佐《さ》の市様《いちさん》か、と首《くび》を挙《あ》げて、今晩《こんばん》は大分早《だいぶんはや》う見《み》えられたな。まだ何《ど》のお座敷《ざしき》も[二五]お膳《ぜん》が下《さが》らねば、一服《いつぷく》して待《また》つしやれ。[二六]はい〳〵、其間《そのま》に一寸奥《ちよつとおく》へ参《さん》じまして、御挨拶《ごあいさつ》をいたしましよ、と勝手知《かつてし》りたる廊下伝《らうかづた》ひに、中庭《なかには》の噴水《ふんすゐ》を聞《き》きながら、右《みぎ》へ折《をれ》て正面《つきあたり》は主人《あるじ》の居間《ゐま》と、入口《いりぐち》に[二七]小腰《こごし》を屈《かゞ》むれど、誰《たれ》か言葉《ことば》を懸《か》くるものもあらず。挨拶《あいさつ》すれど応答《こたへ》は無《な》くて、[二八]柱時計《はしらどけい》の軋《きし》る音《おと》のみ。

佐《さ》の市《いち》は苦笑《にがわらひ》して、これはお留守《るす》と、悄々還《すごくもど》る後《うしろ》の方《かた》に、聞《き》こゆる跫音《あしおと》は誰《たれ》かと佇立《たちど》まれば、佐《さ》の市様《いちさん》と媚《なま》めく呼声《よびごゑ》。

佐《さ》の市《いち》は慌《あは》たゞしく会釈《ゑしやく》して、おやお久米様《くめさま》でございまするか。何方様《どなたさま》も皆《みな》お留守《るす》、と[二九]揉手《もみで》しつゝ[三〇]佇《たゝず》めば、お久米《くめ》は居間《ゐま》に入《い》りながら、父様《おとつさん》も母様《おつかさん》もお座《ざ》敷《しき》へ御挨拶《ごあいさつ》に出《で》ましたれど、もう今《いま》に還《もど》らるゝ筈《はず》。まあお茶一盌上《ちやひとつあ》[三一]げましよ。此方《こちら》へお入《はい》りなさいまし、と愛想好《あいさうよ》くさるゝほど佐《さ》の市《いち》は[三二]忸怩《しりごみ》して、難有《ありがた》うぞんじまする。何方様《どなたさま》もお留守《るす》なれば、また後刻《のちほど》に伺《うかゞ》ひまする、と行《ゆ》かむとするを、そのやうに謂《い》はずとも、私《わたし》の入《い》れるお茶一盌《ちやひとつ》、上《あ》げやうと思《おも》うて取《とつ》ておいたお菓子《くわし》もある。さあ此方《こつち》へと[三三]理《わり》なく勧《すゝ》められ、其《それ》ははや恐入《おそれい》りまする。左様《さやう》なれば思召《おぼしめし》に甘《あま》えまして、と佐《さ》の市《いち》はおづ〳〵座敷《ざしき》と[三四]椽《えん》を半分《はんぶん》づゝ、閾《しきゐ》の上《うへ》に

産の木綿織物）の茶色の帯。小倉織は厚手で強く、商人や職人の帯地・袴地に用いた。 二〇 帯などを高く胸のあたりに締めているさま。 二一 綿を縦糸、毛を横糸にして織った織物。「船来ノ毛織物、滑ニシテ光ルコト、繻子ノ如シ」（『言海』）。 二二 きゅっと。 二三 日光から産する駒下駄。表が竹の皮製。 二四 江戸時代、盲人には検校・別当・勾当・座頭などの位階が与えられ、剃髪して、―市などの市名（いちな）を名乗った。上の位階に登るためには大金が必要だったため、本業の琵琶・琴・三味線の他、按摩・鍼や高利貸しをするものが多かった。そのため、金銭への執着が強いとされ、明治四年十一月の太政官布告でこの制度が廃された後になってもそうしたイメージが残っていた。 二五 食事が終わっていない。 二六 底本・初出ともここで行末。次の「はい〳〵」から改行の可能性もあるが、改行の際の一字下げがないため、前文に続ける。 二七 ちょっと腰をかがめて挨拶する。 二八 最も制作に容易で、明治十五、六年頃には民間でも使用されるようになった（田代善吉『栃木県史』巻十四「文化編」、昭和十四年、下野史談会）。→補七。 二九 両手をすり合わせ、揉むようにすること。ご機嫌取りの動作。 三〇 「イ（たたず）みて渓に望めばそゞろに寒し」（饗庭篁村「塩原入浴の記（つゞき）」『読売新聞』明治二十一年六月十六日）。 三一 「盌」は「碗」の本字。 三二 「忸怩」は恥じるさま。「うぢうぢ 忸怩」（尾崎紅葉『畳字訓』『紅葉遺稿』明治四十四年）。 三三 無理やり。 三四 縁側。

日光下駄
（平出鏗二郎『東京風俗志』中，明 34）

[一]跽《かしこ》まりて、煙草《たばこ》吸《す》はねば、かゝる折《をり》の手持無沙汰《てもちぶさた》。

出《で》もせぬ咳払《せきばらひ》して[二]霎時《しばし》待《ま》つほどに、餅菓子《もちぐわし》四顆《よつ》ばかりを紙《かみ》に包《つゝ》みて、茶盌片《ちやわんかた》手《て》にお久米《くめ》は佐《さ》の市《いち》の傍《ほとり》に進寄《すゝみよ》り、さあ此《これ》へ置《お》きまするといふを、模索《てさぐり》に把《と》り戴《いたゞ》き、一口飲《ひとくちの》むより[三]鼓舌《したうち》して、今日《こんにち》のお茶《ちや》は格別結構《かくべつけつこう》でござりまする。毎日《まいにち》このやうなお茶《ちや》を戴《いたゞ》いてをりましたらば、[四]さぞやと謂懸《いひか》けて飲尽《のみほ》せば、嘸《さぞ》や何《なん》でござんすとお久米《くめ》は笑《わら》ひて、佐《さ》の市様《いちさん》のお[五]世事《せじ》の好《よ》さ。それでこそ誰《たれ》にも可《か》愛《あい》がらるゝ理《はず》と謂《い》へば、佐《さ》の市《いち》は真顔《まがほ》になりて、此様《このやう》な身《み》は人様《ひとさま》に憎《にく》まれませねば其《それ》が幸甚《しあはせ》、可愛《かあい》がられうなどゝは、夢《ゆめ》にも想《おも》ひよりませねど、何《どう》ぞいたして一生《いつしやう》の中《うち》に、[六]一度《いちど》は可愛《かあい》がられて死《し》にたうござりまする、と[七]洒落《しやれ》にもあらず[八]思入《おもひい》りたる気色《けしき》なり。

お久米《くめ》はわざと口軽《くちがろ》く、誰《たれ》しも可愛《かあゆ》う念《おも》ふ中《なか》に、格別憐《かくべついとし》がる人《ひと》もありましよと笑《わら》へど、何《なん》の御冗談《ごじようだん》ばかり。このやうな廃人《かたは》をば誰《たれ》が何《なに》と思《おも》うてくれませう、と味気無《あぢきな》げに[九]大息吐《ためいきつ》けば、お久米《くめ》は[一〇]無用《よしなき》ことを言出《いひい》だして、物思《ものおも》はする気毒《きのどく》さと、卒《にはか》に説柄《はなし》を反《そ》らせども、佐《さ》の市《いち》は尚《なほ》その愚痴《ぐち》を[一一]賤《しづ》の苧環《をだまき》、[一二]くりかへしてぞ哀《あはれ》を聞《き》[一三]かせ貌《がほ》なる。

一 「跽」は、ひざまずく意。
二 しばらく。「霎時（しば）憩はばやと」（曲亭馬琴『椿説弓張月』〈文化四―八年〉十回）。
三 「したうち…物ヲ味フトキ、…ナドニスルコトナリ。…鼓舌」（『言海』）。「どふもこらへられぬ。…ト 一ぱいついでのみ したうちしながら 酒だく〳〵」（十返舎一九『東海道中膝栗毛』四編上、文化二年）。
四 「結構な事で御座いませう」などの語を略す。
五 「世事…（二）人ニ応対スル愛相。…＝追従」。「世事ヲイフ」」（『日本大辞書』）。「世事と愛敬（あいきやう）をふりまいたうへ」（饗庭篁村『当世商人気質』巻五の二、明治二十二年）。
六 六行目の「誰にも可愛がらるゝ」を、恋人に愛される意に転じたもの。
七 その場の座興でもなく。
八 思いつめた。
九 「ためいき…＝大息」（『日本大辞書』）。
一〇 意味のない嬉しがらせを。
一一 「いにしへのしづのをだまき繰りかへし昔を今になすよしも哉（なが）」（『伊勢物語』三十二段）に拠り、「繰り返し」の序とする。「賤の苧環」は「倭文（しし）の苧環」で、日本固有の古い織物を織る材料の苧環（紡いだ麻を環状に巻いたもの）。「其事彼事と談話は倭文の苧環くりかへし尽きず」（幸田露伴『酔興記』、明治二十六年『枕頭山水』所収）。
一二 一事に執着する佐の市の性質を示す。↓三四三頁七行目・三五二頁四行目など。
一三 聞かせたい様子であった。

（二）

[一四]お久米《くめ》は独《ひと》り持余《もてあま》したる、折《をり》から母親《はゝおや》の帰来《かへりきた》りて、忽《たちま》ち繰言《くりごと》の寝《や》みけるほども無《な》く、[一五]二十九番様《ばんさん》のお療治《れうぢ》、と喚立《よびた》てらるゝ声《こゑ》の下《した》より、佐《さ》の市《いち》は匆々《そこ〳〵》に暇《いとま》乞《ごひ》して、[一六]裏階子《うらばしご》を昇行《のぼりゆ》く擦違《すれちが》ひに、声《こゑ》を懸《か》くるはお勝《かつ》といふ婢《をんな》なり。名高《なだか》くも悪臭《わるくさ》き口《くち》を佐《さ》の市《いち》の耳《みゝ》に寄《よ》せて、[一七]先刻《さきほど》はお楽《たのし》みと言捨《いひずて》に遁《に》ぐるを、何故《なぜ》と問《と》へど応《こた》へず、崩《くづ》るゝ[一八]やうに高笑《たかわらひ》して走行《はしりゆ》きぬ。

佐《さ》の市《いち》は見《み》えぬ眼《め》にもお勝《かつ》の方《かた》を見送《みおく》りて、[一九]にたく〳〵と笑《わら》ひ、先刻《さきほど》はお楽《たのし》み、と口《くち》の内《うち》に繰返《くりかへ》しては頷《うなづ》きつゝ、二十九番《ばん》の座敷《ざしき》に入《い》りぬ。

客《きやく》の男《をとこ》は独旅《ひとりたび》の徒然《つれ〴〵》に、[二〇]宵《よひ》ながらはや床《とこ》の上《うへ》に腹這《はらば》ひて、今日《けふ》汽車《きしや》にて買《か》ひし新聞《しんぶん》の、見残《みのこ》したる処《ところ》を[二一]拾読《ひろひよみ》にして居《ゐ》たりしが、佐《さ》の市《いち》を見《み》るよりむく〳〵と起上《おきあが》り、胸毛《むなげ》顕《あらは》に寝衣《ねまき》の寛《はだ》けたるは其《その》まゝに帯《おび》締《し》めなほして、やつこらさと[二二]胡坐《あぐら》かく。佐《さ》の市《いち》は脱《ぬ》ぎたる羽織《はおり》を手早《てばや》く[二三]袖畳《そでだゝみ》にして、客《きやく》の背後《うしろ》に居《ゐ》去寄《ざりよ》れば、[二四]強《きつ》くとの注文《ちうもん》も此《これ》では道理《だうり》なる体格《からだつき》、脊幅《せはゞ》は広《ひろ》く板《いた》の如《ごと》く、肩《かた》の肉《にく》は摑《つか》むに余《あま》るを、[二五]力《ちから》では揉《も》まぬといふ貌《かほ》して、手頭《てさき》軽《かる》げにはたく〳〵と鳴《な》らしつゝ、佐《さ》の市《いち》は先《ま》づ口《くち》を開《ひら》きて旦那《だんな》様《さま》明日《あす》は[二六]日光《につくわう》へ御《ご》参詣《さんけい》でござりまするかと尋《たづ》ぬれば、所《しよ》

一四 初出ではここから第二回。
一五 千束屋の客室番号。
一六 客ではなく主に家内の者が使う階段。
一七 お久米と二人で話すさまを、恋人同士の逢瀬と見立ててからかったもの。
一八 初出「やう高哄(たかわらひ)して」。
一九 冗談とわかっていても、まんざらでもないさま。
二〇 まだ宵のうちなのに早くも。
二一 文章全体ではなく、気の向いた部分などを選び出して読むこと。「新聞を拾読してゐたお政は」(二葉亭四迷『浮雲』三篇十七回、明治二十二年)。
二二 初出「胡坐かけば、」。
二三 →『おぼろ舟』一四五頁注二六。
二四 強く揉んでくれ、の意。
二五 力まかせに揉むのではなく、揉むポイントを外さない技量がある、の意。
二六 日光東照宮・輪王寺・二荒山神社などが有名。

用《よう》ありて[一]足尾《あしを》へ行《ゆ》くものなるが此家《こゝ》に美《うつく》しき娘《むすめ》ありと聞《き》き、一目《ひとめ》拝《をが》みたさに、わざ〳〵宿《やど》を取《と》りたれど、未《いま》だそれぞと思《おも》ふ顔《かほ》を見《み》ず。どのやうな娘《むすめ》がゐる事《こと》かと、真面目《まじめ》なる人《ひと》も存外戯《ぞんぐわいたは》けたる言謂《ことい》ひて、[二]旅《たび》は気散《きさん》じ、恥《はぢ》は掻捨《かきずて》と問《と》ひかくれば、其処《そこ》が旦那《だんな》さま盲目《めくら》の悲《かな》しさには、毎日会《まいにちあ》ひまする此家《こゝ》の娘《むすめ》の、声《こゑ》は聞《き》けども姿《すがた》は見《み》えず、[三]思《おも》ふお方《かた》は時鳥《ほとゝぎす》でござりまする、と思《おも》ひも懸《か》けず洒落《しやれ》のめされて、此奴《こいつ》が〳〵とばかり、客《きやく》は[四]二句《にのく》も続《つゞ》かざりけり。

お客様《きやくさま》は十人《にん》が七人《にん》まで、何方《どなた》も娘《むすめ》のお噂《うはさ》でござりまするが、いかさま此宇《このう》都宮中《つのみやぢう》[五]三万四千人《にん》からの数《かず》の中《なか》に、二人《ふたり》より無《な》い容色《きりやう》とて、此間《このあひだ》も[六]娘鏡《むすめかゞみ》といふものが出来《でき》まして、[七]東《ひがし》の関《せき》は此二町《このにちやう》ほど上《かみ》の[八]肥料問屋《ひれうどひや》の娘《むすめ》。西《にし》の関《せき》が此家《こゝ》のでござりまするさうな。お名《な》はお久米様《くめさま》と申《まを》して、年紀《とし》は十八でござりまする。細面《ほそおもて》の色《いろ》のくつきり白《しろ》い、眼《め》のぱつちりとして清《すゞ》やかな、色気《いろけ》のある、口元《くちもと》のきりつとした、中肉中丈《ちうにくちうぜい》の、如何《いか》にも姿《すがた》の好《よ》い、[九]閑雅《ひとがら》な、怜悧《りかう》なお子《こ》だと申《まを》しまするが、第一性質《だいいちきだて》がよろしうござりまする。真《まこと》に温良《をとなしやか》な、情深《なさけぶか》い、それで誰《だれ》にも調子《てうし》が好《よ》くて、失礼《しつれい》ながら[一〇]東京《とうけい》にも多度類《たんとるゐ》はござりますまいと称賛《ほめた》つれば、はてさう聞《き》いて唯《たゞ》は舎《お》かれぬ。[一一]客《きやく》の座敷《ざしき》へは出《で》まいかと、皆《みな》まで謂《い》はせず佐《さ》の市《いち》は首《くび》を掉《ふ》り〳〵、[一二]滅相《めつさう》な、千束屋《ちつかや》が[一三]一粒種《ひとつぶだね》の秘蔵娘《ひざうむすめ》、大事《だいじ》の上《うへ》にも大事《だいじ》

一 栃木県西部の地名。渡良瀬川に沿い、足尾銅山とともに発展した鉱山町。明治十年代末から足尾銅山の鉱毒問題はメディアを賑わせていた。二 旅は気楽なものだから、旅先での恥は特に気にする必要はない、の意。客の体格(三四三頁一三行目)からみて、鉱山関係者であろう。三 ホトトギスは夜鳴くことから、声はしても姿は見えない、の意。「何にしろ時鳥でつまらねへ　声ばかりで姿は見せずか」(二世梅暮里谷峨『春色連理の梅』初編中、嘉永五年)。都々逸「見たや逢ひたや山ほとゝぎすすがたならずはこゑにても」(続帝国文庫『俗曲大全』明治三十四年)。四 次の文句が出てこない。底本の振り仮名「にく」。初出に拠る。五 明治二十二年十二月の人口は二万九三七〇人(「宇都宮町統計」『下野新聞』明治二十三年七月二十三日)、明治三十一年十月末の人口三万五二三一人(春圃居士『宇都宮繁昌記』明治三十一年十二月)。六 美人番付の名前。七 東の大関。西より上位なので、第一の美人娘の意。八 草木の葉を肥料とする苅肥と、糞肉類・糖類などの身肥があった(田代善吉『栃木県史』巻十四「文化編」)。九 人品のしとやかなこと。「当世(きい)で上品(ひとがら)でとんだ宜(い)」(『春色連理の梅』三編上)。一〇 明治二十年代までは「とうけい」が一般的、やがて「とうきょう」が主となる(ケイは漢音、キョウは呉音)。「とうけい　東京、とうきやう」(高橋五郎『漢英対照　いろは辞典』明治二十一年。「とうきやう」の項なし)。一一 給仕などのため。一二 とんでもない。「ア、、滅相な。そんな者は通りませぬわいの」(並木正三『幼稚子敵討(おさなごのかたきうち)』五つ目、宝暦三年初演)。一三 「最愛のひとり子。俗語」(落合直文『ことばの泉』明治三十一年)。

にして、滅多《めつた》に店口《みせぐち》[一四]へも出《だ》すことではござりませぬ。吁儘《あゝまゝ》[一五]になるものなれば、一目なりともお目に懸けたらうございますると謂ふを、それでは嚮《さき》に女中《ぢよちう》から聞《き》いたとは倍《ばい》[一六]の相違《さうゐ》、按摩《あんま》さん些《ち》と懸直《かけね》[一七]があらう。

佐《さ》[一八]の市《いち》は屹《きつ》となりて、えゝ何《なん》の、嘘《うそ》の無《な》いところでござりまする。女中達《ぢよちうたち》は主《しう》家来《けらい》の弁別《みさかひ》なく、女同士《をんなどうし》の猜忌《そねみ》から、お客様方《きやくさまがた》が兎《と》角《かく》娘《むすめ》のことばかりおつしやるを胸悪《むねわる》[一九]く、そのやうな讒訴《ざんそ》[二〇]を申《まを》すのでござりまする、と痛《きつ》[二一]い贔負《ひいき》[二二]を客《きやく》は心可笑《こゝろをかし》さに、こりやどうで[二三]も若干金《いくら》[二四]か貰《もら》つたに違《ちが》ひ無《な》いと囃《はや》[二五]せば、佐《さ》の市《いち》は赫《くわつ》と急立《せきた》ち、若干金《いくら》か貰《もら》ひましたか、もらはぬかは、娘《むすめ》を御覧《ごらん》じたらば知《し》れまする。見《み》も[二六]なさらいで何《なに》を証拠《しようこ》にお貶《けな》しなされまするると、声《こゑ》[二七]も顫《ふる》ひて詰《なじ》りかゝれば、客《きやく》はおもしろがりて、応《おう》[二八]さ、其方《そち》の謂《い》ふ通《とほ》り、未《ま》だ見《み》ぬ女子《をんな》[二九]なれば、悪《わる》いとは謂《い》はねど好《よい》とも謂《い》はれぬ。それは我《おれ》ばかりで無《な》[三〇]く、其方《そち》とても知《しつ》た顔《かほ》して褒《ほ》めはすれど、見《み》た訳《わけ》ではあるまいがと捩《ねぢ》[三一]れば、佐《さ》の市《いち》はぐつと塞《つま》[三二]るほど焦《せき》心《ごゝろ》になりて、それはおつしやるまでも無《な》く、見《み》たいとても見《み》えぬ盲人《めくら》の悲《かな》しさは、確《たしか》にかうと硬《つよ》[三三]いことは申《まを》されませぬが、十三箇《が》年《ねん》の長《なが》の歳月《としつき》、この千束屋《ちつかや》には毎日出《まいにちで》入《いり》いたしておりまする私《わたくし》[三四]、設《たと》[三五]ひ姿《すがた》は見《み》ぬまでも、眼《め》の見《み》えませぬ代《かは》りには、尋常勝《ひとなみすぐれ》て聞《きこ》ゆる耳《みゝ》に、人《ひと》の噂《うはさ》や取沙汰《とりざた》にて、大約《おほよそ》どれほどの容色《きりやう》とい

一四 店の表口。 一五 こちらの思い通りになるものならば。已然形に「ば」が付いても、ここでは順接仮定条件を表す。「なれば」は初出「ならば」。 一六 二倍の違い。 一七 物事を大げさに言うこと。 一八 初出ではここから第三回。 一九 しゃくにさわって。 二〇 「人ノ善ヲ悪トシテ、謗リ告グルコト」(『言海』)。 二一 大した。 二二 初出「娘贔屓」。 二三 どうあっても。 二四 だから褒めるのだろう、の意。 二五 言い立てる。「(三)俗ニ、声立テテ嘲ル」(『言海』)。 二六 なさらないで。 二七 興奮の余り声が震える。 二八 「応」は問いかけにこたえる語。 二九 初出「女」。以下の例も同様。 三〇 初出「にもあらで」。 三一 初出「捏」(こねまわす意)。 三二 反論する言葉が出て来ないので、なおさらいらだって。 三三 確かなこと。 三四 初出「私なれば」。 三五 「設」は、もし、たとえ、の意。仮定の助字。

以下三四六頁

一 いつも出入りしていること。 二 「わけあひ、道理」(『いろは辞典』)。 三 あるいは。対立する内容の疑問文などを二つ以上並べるのに用いる。 四 そうは言うもののやはり。「さすがに…有繫」(『言海』)。「宿るべき木陰だになければ、有繫(さすが)に心細きまゝに」(巌谷小波『こがね丸』四、明治二十四年)。 五 大いに(好くて)。「此令嬢は「頗る」といふ副詞付の美人にて」(「雪の朝(あした)」『読売新聞』明治二十二年一月三日)。 六 お嬢様としての育てられ方、しつけを受けたこと。「お嬢さま育ちで居たのですが」(三遊亭円朝『真景累ヶ淵』八十七、安政六年作、明治二十一年、薫志堂)。 七 栃木県にハンセン病が

ふことは、はい憚《はゞか》りながら能存《ようぞん》じてをりまする。また其気質《そのきだて》やら行為《しうち》やら、眼《め》のある方《かた》が一目《ひとめ》見《み》ては分《わか》らぬことも、[一]毎日常浸《まいにちじやうびたり》にいたしてをりますゆゑ、自《おの》づと識《し》るゝ[二]理合《りあひ》のもの。そこで私《わたくし》が褒《ほ》めましたのが無理《むり》か、[三]但《たゞし》は旦那《だんな》のお貶《けな》しなさるゝが有理《もつとも》か。こりや一《ひと》つ議論《ぎろん》いたしたうござりまするとと悍立《いきりた》つ。

客《きやく》は[四]有繋《さすが》に返《かへ》さむ辞《ことば》無《な》く、なるほど〳〵。此議論《このぎろん》は私《わし》が敗《まけ》として、いかにも其方《そち》が謂《い》ふ通《とほ》りに、此家《うち》の娘《むすめ》は顔色《きりやう》が[五]頗《すこぶ》るで、調子《てうし》が好《よ》くて、気質《きだて》が優《やさし》くて、情深《なさけぶか》くて、[六]お嬢様《ちやうさま》育《そだち》の秘蔵娘《ひざうむすめ》として措《お》かうが、高《たか》い声《こゑ》では謂《い》はれぬが、聞《き》けば[七]この土地《とち》は[八]癩《なり》が大層行《たいそうはや》るとやら。[九]勝《すぐ》れて美《よ》い女子《をんな》には[一〇]得《え》てあるもの、と古来《むかしから》の伝説《いひつたへ》。もしやその類《たぐひ》ではあるまいか。そのやうに美《うつく》しいだけ気味《きみ》が悪《わる》い、と又弄《またなぶ》りかゝれば佐《さ》の市《いち》は益々《ますく》腹立《はらだ》ち、えゝ何《なに》おつしやります。彼謂《あゝい》へば此謂《かうい》ふと、此家《こゝ》の娘《むすめ》に限《かぎ》りては、そのやうな者《もの》ではござりませぬ。御執心《ごしふしん》でわざ〳〵お出《いで》なされたに、顔見《かほみ》られぬ口惜紛《くやしまぎ》れから、[一一]根拠《あてこと》も無《な》い難附《なんつ》けて、[一二]犬糞《いぬのくそ》で復讐《かたき》とやら、さりとは男《をとこ》らしうも無《な》いお方《かた》、と[一三]空嘯《そらうそぶ》きて哂《あざわ》らへば、否《いや》、何程《なにほど》娘《むすめ》と懇意《こんい》でも、病《やまい》の出《で》ぬ前《さき》に此《これ》ばかりは分《わか》るまい。此土地《このとち》は癩《なり》の多《おほ》い所《ところ》と謂《い》ふからには、随分油断《ずゐぶんゆだん》はならぬ話《はなし》。今度機会《こんどをり》があつたらば、[一四]眉毛《まゆげ》へ触《さは》つて見《み》るが早《はや》わかり。[一五]優曇華《うどんげ》を撫《な》でるやうに、ほや〳〵と薄《うす》いのが何《なに》よりの証拠《しようこ》。[一六]百年《ひやくねん》の

多いという統計的データはない。初出「此土地」。↓補八。八 ハンセン病、またはそれを病む人を言う語。「なり〔癩(カタキ)〕ニ成リ、ノ隠語カ」カタキ。癩病」(『言海』)。在原業平が眉を落として額の上に引き眉していることから関連付けられた。↓補九。九 ↓補一〇。

一〇 初出「癩(なり)があると」。一一 途方もない難癖をつけて。「どうして人の足で一さんにかけたとて、猪(しし)に追ッつかれるものかナ。あてこともねへ」(『浮世風呂』二編下、文化七年)。

一二 卑劣な手段(ここでは中傷)で復讐する喩え。「狗糞で敵…面と向(むか)って云事もならざる心のせまき者狗の糞なりとも投込迷惑させ」(後露月庵『童蒙世諺和解集』四、万延元年成)。「とんだ処(こと)でしつけへ〔失敬〕をいはれるぜ これがほんの印度糞(いんどくそ)でかたきをとられるのだね」(仮名垣魯文『西洋道中膝栗毛』五編下、明治四年。北八がインドで坊主の糞をパンと間違って食べた話)。「犬の糞で横面(そつぼう)を打曲(はりま)げる」(『浮雲』一編六回、明治二十年)。

一三 他人など眼中にないという態度。

一四 ハンセン病は末梢神経・皮膚を冒し、眉毛や頭髪の脱落をきたすこともある。「眉なき人と見て彼病人〈癩〉に准へ」(喜多村筠庭『嬉遊笑覧』十一、文政十三年序)。↓補一一。一五 クサカゲロウが産み付けた卵の俗称。「(四)一種ノ虫ノ、其卵ヲ草木ノ枝、或ハ屋内ノ器物ナドニ着クルモノ、長サ四五分、白キ糸ノ如クニシテ、頭ニ白ク小キ卵アリテ、花苞ノ如シ」(『言海』)。

一六 長い間続いて来た恋心が一時に冷めること。

一七 言い抜ける。「いひぬける…言ヒクロメテ逃(ノガ)ル」(『言海』俗語)。一八「あひて…(二)相向ヒテ闘フ人。…敵手」(『言海』)。一九「落着カズ取急グ状ニイフ語」(『言海』)。二〇 思い切り。

恋《こひ》もそこで覚《さ》めうと、此処《こゝ》を禦《ふせ》げば彼処《かしこ》へ[一七]抜《ぬけ》て、散々《さんぐ》に厭《いや》がらせければ、沸立《にえたつ》ばかりに腹《はら》は立《たて》ど、口頭《くちのさき》では抗《かな》はぬ[一八]敵手《あひて》と、佐《さ》の市《いち》は[一九]匆々《そこく》に腰《こし》を揉《も》みて、こんな憎《にく》い奴《やつ》には[二〇]思入《おもひい》れ高売《たかうり》しても[二一]冥利《みやうり》は尽《つ》きまじと、療治《れうぢ》を[二二]端折《はしを》るが上《うへ》に、[二三]上下《かみしも》六銭《せん》の規定《さだめ》を十銭《せん》と謂《い》へば、十銭《せん》かと妙《めう》な声《こゑ》して渋々《しぶく》出《だ》す銭《ぜに》を、礼《れい》も良《よ》くは謂《い》はず引手繰《ひつたくり》て立出《たちい》づれば、客《きやく》は驚《おどろ》きて、此地《こゝ》は癩病《らいびやう》と[二四]干瓢《かんぺう》の外《ほか》に、気《き》の強《つよ》い按《あん》摩《ま》も名物《めいぶつ》かと呟《つぶや》きぬ。

[二五]佐《さ》の市《いち》は此面憎《このつらにく》き客《きやく》を[二六]口開《くちあけ》に、都合五回《つがふいつゝ》の療治《れうぢ》を仕舞《しま》へば、[二七]文珠堂《もんじゆだう》の寝《ね》よとの鐘《かね》は十二時《じ》を告《つ》げぬ。

階下《した》の奥座敷《おくざしき》に酒飲《さけの》む客《きやく》の[二八]高話《たかばなし》の[二九]響《ひゞ》くと、折々《をりく》店《みせ》に声《こゑ》する外《ほか》は、何処《いづこ》も静《しづ》まりて死《し》せるが如《ごと》く、廊下《らうか》の[三〇]燈火白《ともしびしろ》く、物陰《ものかげ》の晦《くら》きに[三一]居《ゐ》ぎたなき下女《げぢよ》の臀横《ゐしきよこた》はりて、[三二]呪《のろ》ひの社前《しやぜん》に現《あら》はるゝといふ牛《うし》の姿《すがた》にも似《に》たりけり。

[三三]行燈部屋《あんどんべや》の側《わき》を、佐《さ》の市《いち》が帰《かへ》り際《ぎは》にいつも帯締《おびし》め直《なほ》し、[三四]銭《ぜに》の重《おも》りに崩《くづ》るゝ財《さい》布《ふ》の始末《しまつ》しどころ。此処《こゝ》を立出《たちい》でゝ主人《あるじ》の居間《ゐま》へ挨拶《あいさつ》に行《ゆ》けば、銀蔵《ぎんざう》は娘《むすめ》の酌《しやく》に微酔《ほろゑひ》の機嫌《きげん》にて、いや佐《さ》の市様《いちさん》か。よく精《せい》の出《で》る[三五]事《こと》。まづ一杯《いつぱい》といふところ[三六]なれど、お前《まへ》は[三七]之《これ》より苦《にが》い方《はう》が勝手《かつて》であろ。久米《くめ》や茶《ちや》を入《い》れて上《あ》げな、何《なに》か菓子《くわし》も、と謂《い》ふを抑《おさ》へて、否々《いえく》先刻《さきほど》もう十分御馳走《じふぶんごちそう》になりましたれば、今晩《こんばん》は

二一 初出「冥理に」。冥利(→『おぼろ舟』一四一頁注二〇)を失うこともあるまいと。 二二 はしょる。省いて簡単にする。 二三 按摩をする部位で、肩と腰とを言う。「按摩上下三百文」(「宇都宮繁昌記(十一)旅店《はたごや》」『下野新聞』明治二十四年五月五日。三百文はおよそ三銭)。

二四 ユウガオの実を細長く切って乾燥させた食品。寿司の具などに用いる。→補一二。「癩病」と「干瓢」で語呂を合わせる。

二五 初出ではここから第四回。

二六 「(二)事ノハジマリ」(『言海』)。

二七 文殊菩薩を安置してあるお堂。

二八 大声で話をすること。 二九 響くのと。

三〇 当時はすでにランプもあったが、格式の高い旅籠屋では行燈が一般的だった(→一二行目「行燈部屋」)。 三一 ぐっすり寝入っている下女のお尻。疲れてうたたねするさま。

三二 丑の刻参りの絵に、牛の姿を書き加えて幻怪性を高めたものがある。図版は鳥山石燕『今昔画図 続百鬼』(安永八年)上より(『鳥山石燕 画図百鬼夜行』、平成四年、国書刊行会)。葛飾北斎『絵本女今川』(弘化元年成)にも見える。

此《これ》にて御免《ごめん》を蒙《かうむ》りまする。[一]左様《さやう》なれば何方様《どなたさま》もお寝《やす》みなされましと立起《たちあ》がれば、そんなら佐《さ》の市様之《いちさんこれ》を持《もつ》てと、お久米《くめ》は菓子《くわし》の紙包《かみづゝみ》を手渡《てわた》しての別《わか》れ際《ぎは》に、気《き》を着《つ》けてお出《いで》なさいといふ一言《ひとこと》を、[二]何《なに》より難有《ありがた》く推戴《おしいたゞ》きて店口《みせぐち》に出《い》づれば、未《ま》だ睡《ね》ぬ一人《ひとり》の[三]宿引《やどひき》が、此処《こゝ》は[四]関所《せきしよ》だになぜ其手形《そのてがた》を置《お》いてゆかぬと声《こゑ》を懸《か》くる。[五]魅入《みい》られたが最期《さいご》、免《のが》れぬところと覚悟《かくご》して、一《ひと》つだよと出《だ》せば、宿引《やどひき》は[六]旨《うま》さうなのを摘《つま》みながら、何処《どこ》で貰《もら》つたと、問《と》ふには応《こた》へず、ひゝと笑《わら》ひ、ごそ〳〵と[七]潜戸《くゞりど》を出《い》でぬ。

戸外《おもて》は月無《つきな》き夜半《よは》の凄涼《すごさ》、おのづから見《み》えぬ身《み》にも浸《し》みて、心寂《こゝろさび》しうなるほど念《おも》ふことのいとゞ深《ふか》く念《おも》はるゝに任《まか》せて、[八]往来《ゆきゝ》の邪魔《じやま》無《な》きを幸《さいは》ひと、後生大事《ごしやうだい》じに菓子《くわし》を片手《かたて》に杖撞鳴《つゑつきな》らして、大路《おほぢ》を西《にし》へ二町《ちやう》ばかり行《ゆ》けば、住家《すみか》は其《それ》より程無《ほどな》き[九]堺町《さかひちやう》の端《はづれ》なり。

何思《なにおも》ひけむ佐《さ》の市《いち》は、

[一〇]命懸《いのちか》けても添《そ》はねばおかぬ、

添《そ》はにや生《い》きてる効《かひ》が無《な》い。

と唱《うた》へば、高《たか》くもあらぬ声《こゑ》の遠響《とほひゞ》くに驚《おどろ》きて、思《おも》はず頸《くび》を縮《すく》め、二《に》三歩《さんぽ》は[一一]鷺歩《ぬきあし》して、再《ふたゝ》び口《くち》の裏《うち》に同《おな》じ唄《うた》を唱《うた》ひては思案《しあん》し、思案《しあん》しては唄《うた》ひつゝ、やうやう

三三 昼間行燈をしまっておく、狭くて暗い部屋。「一文なしゆゑ帰る事もならず余儀なく居残りとなつて行燈部屋へ拘留されたが」(『東京絵入新聞』明治十年十月二十六日)。 三四 稼いだ銭の重さで財布の形が崩れるのを直すところ。財布は四角く深い袋状で、口を紐でくくる。 三五 初出「事だ」。 三六 初出「だが」。 三七 酒よりもお茶の方が好みだろう。

以上三四七頁

一 それでは。 二 初出「佐の市は何より」。 三 客引き。 四 通行料として、佐の市からお菓子をせしめようとするさま。「手形」は関所通(せきしょとほり)手形で、関所を通過する際に提示した身元証明書。 五 いったん見込まれてしまえば。 六 底本「旨さうのを」。初出に従う。 七 表戸を締めた後、出入りに使う小さな戸。 八 深夜のこととて通行人のいないのを幸い。 九 千束屋のある伝馬町(→三四〇頁注六)の西二町(約二一八(メートル))にある境町のこと。→地図。 一〇 類唄に、都々逸「いのちかけてもそはねばならぬ、人にいはれたこともある」「一夜(ひとよ)なりともそはねばならぬ、かたい約束したからは」(藤沢衛彦『明治流行歌史』昭和四年)。 一一 足音のしないように、足を抜き上げるように上げて静かに歩くこと。鷺の歩き方に似るので言う。「闇室にてうかゞひ足に足をあぐるを鷺足と云ふ」(太田全斎『俚言集覧』)。「鷺足(ぬきあし)に忍び寄りて」(尾崎紅葉『三人妻』下十三、明治二十五年)。 一二 寝ぼけ声。「臥(ふし)たる老女(おうな)、寝惚(ねぼれ)たる声に」(『椿説弓張月』四回)。 一三 初出はここで改行。 一四 初出「佐の市を子にしては若きに過ぎたり。相貌」。 一五 「瓜の蔓に茄子は生らぬ」という諺とは違い、子に似ない親、という意。

我家《わがや》の門《かど》に来《きた》りぬ。

立寄《たちよ》りてこと〱と打叩《うちたゝ》けば、あいよと[12]寐惚声《ねぼれごゑ》して、やがて戸《と》を引開《ひきあ》くるは母親《はゝおや》のお民《たみ》なり。[13]年紀《としごろ》は四十五六かとも見《み》えて、[14]相貌《かほだち》少《すこ》しも肖《に》たる処《ところ》は無《な》く、[15]何《なに》の蔓《つる》に何《なに》が生《な》りたりとや謂《い》はむ。[16]飯台面《はんだいづら》の色《いろ》赭黒《あかぐろ》く、[17]額《ひたひ》は鉢割《はちわ》れて、眼《め》の間《あひ》遠《とほ》く、[18]ほや〱眉毛《まゆげ》、[19]ちよつぴり鼻《ばな》、艶《つや》やかに[20]鉄漿《かね》つけたる歯《は》は巨《おほ》きなる口《くち》一《いつ》杯《ばい》に見《み》えて、髪《かみ》は[21]お盥《たらひ》といふに結《ゆ》ひ、小肥《こぶと》りに肥《ふと》りて脊低《せいひく》く、長屋《ながや》の嚊《かゝ》といふ人品《じんぴん》なり。

肩頭《かたさき》から乳《ちゝ》の下《した》まで寛《はだ》けたる襟《えり》を[22]掻合《かきあ》はせ、覚《さ》めても睡《ね》ぶたき眼《め》を無理《むり》に[23]睁《みひら》きて、おやお帰《かへ》りか。もう彼此《かれこれ》一時《じ》だろ、と早口《はやくち》の[24]頓狂声《とんきやうごゑ》。

佐《さ》の市《いち》は頷《うなづ》きて、一時《いちじ》は過《す》ぎたかも知《し》れぬ。御母様《おつかさん》お土産《みやげ》がある、と[25]框《かまち》を上《あが》れば、お民《たみ》は戸鎖《とじまり》しながら、[26]欠《あくび》まじりに、おや〱其《それ》は難有《ありがた》いね。

（三）

[27]鉄瓶《てつびん》の湯《ゆ》のから〱と沸立《にえた》つ火鉢《ひばち》の側《わき》に、[28]布帛《ふきん》懸《か》けたる[29]溜塗《ためぬり》の[30]八寸《はつすん》の膳《ぜん》は、宵《よひ》の口《くち》より人待顔《ひとまちがほ》に出《い》でたり。佐《さ》の市《いち》は[31]其処《そこ》に坐《すわ》りて、何思《なにおも》ふらむ[32]鬱乎《うつとり》と、[33]傾《かたむ》く首《くび》の次第《しだい》に俯《うつむ》くを識《し》らざりし。

一六 「ばんだいづら〔俗〕 盤台面、ひらたきかほ A flatface」(『いろは辞典』)。「飯台」は食卓(ちやぶだい)、「盤台」は浅くて大きな長方形のたらい(魚屋などが用いる)。「例の真赤(まあか)なる飯台面(ばんだいづら)を」(小栗風葉『亀甲鶴』三、明治二十九年)。
一七 額の左右が出っ張っていること。「艶々と赭(あか)らみたる鉢割(はちわれ)の広き額の」(尾崎紅葉『続金色夜叉』一の五、明治三十一年)。
一八 柔らかく薄い眉毛。 一九 小さい鼻。「ぐるり高のちよつぽり鼻」(達田弁二ら『伊達競阿国戯場(だてくらべおくにかぶき)』第八、安永八年初演)。「チヨンボリとした摘(つま)み鼻(ばな)と」(二葉亭四迷『浮雲』一篇一回)。以上、醜貌の形容。
二〇 お歯黒。歯を黒く染めた既婚者の風俗。
二一 「頭の毛を輪にして、その穴に、簪を通し、残りたる毛を、その簪に、ぐるぐると巻きたるもの」(『ことばの泉』。図版参照)。芸妓・待合の女・遊芸師匠・外妾など、堅気でない年増女の結う髷(『東京風俗志』中巻、明治三十四年)。

お盥髪

二二 初出「掻合はせつゝ」。 二三 初出「開(あ)きて」。
二四 だしぬけの調子はずれな声。
二五 上がり框。家の上がり口にある床の横木。
二六 初出「おや〱其は難有いねと欠まじり。」。
二七 初出ではここから第五回。
二八 佐の市の帰りが遅いので、埃よけのため。
二九 「漆塗ノ色ニ、赤黒キモノ」(『言海』)。
三〇 会席料理を盛る八寸四方(一説に高さ八寸)の膳。 三一 初出「此前(このまへ)に」。
三二 何かに心を奪われ、ぼうっとしているさま。
三三 初出「傾けたる首」。

やがてお民《たみ》は飯櫃《めしびつ》を持来《もちきた》りて、さあ佐《さ》の市《いち》[一]御膳《ごぜん》と謂《い》ふに、慌《あは》てゝ[二]布帛取除《ふきんとりの》け、茶碗《ちやわん》を出《だ》して、飯《めし》を盛《も》る間《ま》の少時《しばらく》も、また前《まへ》の如《ごと》く物思《ものおも》ふ風情《ふぜい》なりしが、やう〳〵箸《はし》を執《と》りて後《のち》も、仍《な》ほ[三]空《うつゝ》に一膳《いちぜん》搔込《かきこ》み、二膳目《にぜんめ》の初《はじ》めに御母様《おつかさん》、と卒然《だしぬけ》に声《こゑ》を懸《か》くれば、お民《たみ》は土産《みやげ》の菓子《くわし》を口《くち》の内《うち》の返事《へんじ》は、唯《たゞ》もぐ〳〵と聞《きこ》ゆるのみ。

佐《さ》の市《いち》は其《それ》にも笑《わら》はず、その菓子《くわし》は誰《たれ》に貰《もら》つたと[四]想《おも》ひなさる、と真顔《まがほ》に問《と》ひ懸《か》くる。[五]行年《ぎやうねん》二十五歳《さい》の男《をとこ》の辞《ことば》には[六]あらじ。

親《おや》は然《さ》りとも思《おも》はねば、同《おな》じ様《やう》に調子《てうし》を合《あ》はせて、今晩《こんばん》のはお客様《きやくさま》からでもあらうかと謂《い》へば、佐《さ》の市《いち》は首《くび》を掉《ふ》りながら、[七]違《ちが》ふゝゝと微笑《ゑみ》を含《ふく》みて、言《い》はぬほど母親《はゝおや》も[八]乗地《のりぢ》になりて、そんなら内儀様《おかみさん》かと謂《い》へど、仍笑《なほわら》へば、そんなら旦那様《だんなさん》、あゝ女中衆《ぢよちうしう》からであらうと、此《これ》で[九]直星《づぼし》中《あ》てた気《き》の母親《はゝおや》を冷笑《せゝらわら》ひ、実《じつ》を謂《い》へば、それはお久米様《くめさん》が下《くだ》すつたのさ。いつも調子《てうし》の好《い》い、やさしい[一〇]方《かた》、と心《こゝろ》に浸《し》みたる顔色《かほつき》なり。

また母親《はゝおや》は訳《わけ》も無《な》く合槌撃《あひづちう》ちて、其《それ》は今更《いまさら》の事《こと》では無《な》い。容色《きりやう》といひ、気質《きだて》といひ、さういつては済《すま》ぬけれど、旅籠屋《はたごや》の娘《むすめ》には惜《をし》いもの。後来《ゆく〳〵》は千束屋様《ちつかやさん》が[一一]左団扇《ひだりうちは》の種《たね》なれども、金銭《かね》に不自由《ふじいう》をせぬお店《みせ》といひ、また御夫婦《ごふうふ》が揃《そろ》ひての堅気《かたぎ》なれば、[一二]他《ひと》の思《おも》ふやうではあるまいと語《かた》るを、[一三]聴澄《きゝすま》して、なるほど、あ

一「食事、飯(シメ)、ノ敬語」(『言海』)。
二 初出「布帛を」。
三 夢みごこちに。
四 初出「想ふ」。
五「行年」は「年齢」(『言海』)。大人の男性の言葉とは思えないような幼稚な質問の意。
六 初出「あらず」。
七 初出「違ふ〳〵」。
八 調子付いて。
九「図星 見込ノ処。的。「ーニ中ル」」(『言海』俗語)。
一〇 初出「方だ、と心に浸々(しみ〳〵)感じたる顔色なり」。
一一 安楽に暮らす材料(団扇を、利き手の右で忙しく使うのではなく、左手でゆったり扇ぐことから言う)。お久米が玉の輿に乗るなどして、実家に多くの金銭をもたらすだろう、の意。「お磯さんが左様(さう)いふ所へお片付なされば是までの御苦労は昔話し夫(それ)こそ左り団扇では有ませんか」(饗庭篁村「雪の下萌」四、『むら竹』七、明治二十二年)。
一二「左団扇の種」にはしないだろう、の意。
一三 十分に聴き終えて。初出「佐の市は聴澄して」。

のお店《みせ》に限《かぎり》ては、妾同様《めかけどうやう》の嫁入《よめいり》させることはあるまい。今晩《こんばん》もお客《きやく》が噂《うはさ》に聞《き》いたとて、お久米様《くめさん》が見《み》たさにわざ〳〵宿《やど》を取《とつ》た、と冗談《じようだん》ながら私《わたし》への話《はなし》。其折《そのをり》も何《どう》いふ相貌《かほだち》と聞《き》かれたゆゑ、此眼《このめ》では見《み》たこともなけれど、常々人《つね〴〵ひと》から聞《き》いた様子《やうす》を、かう〳〵だと詳《くは》しう話《はな》したが、実《じつ》は自分《じぶん》にも一向訳《かうわけ》は分《わか》らず。真《ほん》の所《ところ》は一体《いつたい》どういふ女《をんな》で一四ある、と飯《めし》の後《あと》にはいつも二杯《はい》も飲《の》む湯《ゆ》を一五忘《わす》れて、一心《しん》に訊《たづ》ぬれど、母親《はゝおや》は頻《しき》りに睡《ねむ》たき一六生欠《なまあくび》して、どんなといつて、口《くち》で言《い》つては分《わか》らねど、まづ東京《とうきやう》にも彼《あの》くらゐの娘子《おこ》は寡《すくな》かろ。色《いろ》の白《しろ》い、細面《ほそおもて》の、眼《め》の清《すゞ》しい、髪《かみ》の濃《こ》い、すらりとした姿《すがた》の好《よ》さ。女《をんな》でも惚々《ほれ〴〵》するほどの一七標致《きりやう》さ、と謂《い》ふかと思《おも》へば、飯櫃《めしびつ》をがたつかして、お前《まへ》もう御膳《ごぜん》はお仕舞《しまひ》か。お湯《ゆ》をお飲《の》みな。早《はや》くお寝《ね》と、匆々《そこ〳〵》に膳片附《ぜんかたづ》けて寝衣《ねまき》を持来《もちきた》れば、佐《さ》の市《いち》は一八不承《ふしよう》〳〵に着更《きか》へて、床《とこ》には入《い》れど、心《むね》に蟠《わだか》まる塊《かたまり》ありて、寝附《ねつ》かれぬ耳元《みゝもと》に、母親《はゝおや》の無遠慮《ぶゑんりよ》なる高《たか》鼾石臼《いびきいしうす》の響《ひゞ》くに似《に》たり。

佐《さ》の市《いち》は懊悩《うるさゝ》に堪《た》へかねて、耳《みゝ》を塞《ふさ》ぎもし、夜衣《よぎ》をも冠《かぶ》りて試《み》れど、睡《ねむり》を催《もよほ》さゞるに困《こう》じ果《は》てゝ、右《みぎ》へごろり、左《ひだり》へごろり、俯《うつぶし》になれば切無《せつな》く、仰《あふの》けば一九寝勝手《ねがつて》ならず。円《まろ》き頭《あたま》を枕《まくら》から辷落《すべりおと》し、両手《りやうて》を長《なが》く差出《さしだ》して悶《もだ》ふる間《うち》に、続《つゞ》け様《ざま》のはつ二〇嚔《くさめ》、遽《にはか》に鼻《はな》の詰《つ》まりたる不快《こゝろわる》さ。

一四 初出「あらう、」。
一五 初出「全く忘れて、」。
一六 十分に出ない小さなあくび。
一七 「器量…(二)…カホバセ。ミメ」(『言海』俗語)。「標致(きりやう)は良いが教育が足らぬと」(「婚礼の当日に於ける花婿の心事」『読売新聞』明治二十三年十月九日)。
一八 「イヤイヤナガラ」(『言海』)。
一九 寝ごこちがよくない。初出「寝勝手にあらず」。
二〇 くしゃみ。はっくしょん。

以下三五二頁

一 胸のみぞおちのあたり。転じて、心中。
二 眼が冴えて眠れぬさま。初出「もじ〳〵と」。
三 初出ではここから第六回。
四 「涼台」は「すずみをする時の腰掛」(『ことばの泉』)。涼み台くらいの狭い縁側に並べた、縁日の露店で買った粗末な盆栽。 五 「神輿」「御輿」の当て字。座りこんで。「さらば、御腰(みこし)をかき上げべいか」(歌舞伎十八番『暫』)。
六 清潔で感じのよいさま。「鮮潔」は新しく清らかな意。初出「小瀟洒(こざっぱり)」。
七 半纏(→『おぼろ舟』一四七頁注三一)を着ること。職人風の身なり。「草履穿(ば)きの半纏着」(泉鏡花『歌行燈』九、明治四十三年)。

二時《にじ》は疾《と》くに鳴《な》りて、戸外《おもて》に二三頭《にさんびき》の犬《いぬ》の遠吠《とほゞえ》[一]心頭《むなさき》に響《ひゞ》けば、いよ〳〵睡《ねむ》られぬに慣《じ》れて勃《むく》と起《お》き、盲目《めなし》は闇《やみ》も昼《ひる》に異《かは》らず、戸惑《とまど》ひもせず手捜《てさぐ》りに、火鉢《ひばち》の傍《そば》に捨《す》てたる菓子《くわし》の包紙《つゝみがみ》を拾《ひろ》ひ取《と》りて床《とこ》に帰《かへ》り、臥《ね》ながら皺《しわ》を伸《の》して四《よ》つに畳《たゝ》みたるを、幾度《いくたび》か両《りやう》の頬《ほゝ》に推当《おしあ》て、臭《にほひ》を嗅《か》ぎちらして、果《はて》は内懐《うちぶところ》にしかと納《をさ》め、肌身《はだみ》に添《そ》へて、三時《じ》過《す》ぐる迄《まで》[二]まじ〳〵。

[三]お民《たみ》は七時頃《じごろ》に起出《おきい》で、狭《せま》き台所《だいどころ》を彼方向《あちらむ》き此方向《こちらむ》き、手捷《てばしこ》く朝飯《あさめし》の拵《こしら》へして、それからの払拭掃除《ふきさうぢ》、[四]涼台《すゞみだい》ほどの椽《えん》に排《なら》べたる縁日《えんにち》ものゝ盆栽《はちうゑ》に、水遣《みづや》るが最後《しまひ》にて、やう〳〵火鉢《ひばち》の前《まへ》に[五]御腰《みこし》をおろし、二三服《にさんぷく》ふかしてから、やいの〳〵と佐《さ》の市《いち》を曳起《ひきおこ》して、食事《しよくじ》の済《す》み次第《しだい》出《で》て行《ゆ》くが例《ならひ》なり。前垂懸《まへだれがけ》に[六]鮮潔《こざつぱり》したる[七]半纏着《はんてんぎ》。素足《すあし》に[八]日和下駄《ひよりげた》引懸《ひつか》けて、懐中《ふところ》には古《ふる》びたる革《かは》財布《ざいふ》の大《おほ》きなるを捻込《ねぢこ》み、雨《あめ》にも風《かぜ》にも毎日出《まいにちで》るからは、何《なに》か商売《しやうばい》なるべし。折々《をり〳〵》は[九]世帯道具《せたいだうぐ》の類《るゐ》を挈《さ》[一〇]げて帰《かへ》ることあり。風体良《ふうていよ》からぬ男女《もの》の出入《でい》ることもあり。

佐《さ》の市《いち》は、此地《このち》に小勝《こかつ》とて余《あま》り人《ひと》には知《し》られぬ芸者《げいしや》の父無子《てゝなしご》、三歳《みつ》から[一一]里流《さとなが》れになりて、六歳《むつ》にて眼病《がんびやう》を患《わづら》ひ、療治届《れうぢとゞ》かずして今《いま》の盲目《めくら》になりぬ。

お民《たみ》が夫《をつと》仙太郎《せんたらう》といふは[一二]車力《しやりき》の頭分《かしらぶん》にて、相応《さうおう》に実入《みいり》ある[一三]株《かぶ》なりしが、[一四]常浸《じやうびた》

日和下駄
（平出鏗二郎『東京風俗志』中，明34）

八 晴天の日にはく低い下駄で、歯を台に差し込んだもの。上品な履物ではない（→『おぼろ舟』一六三頁注一四）。
九 生活用品。底本の振り仮名は「せいたいだうぐ」。初出に拠る。
一〇 「挈」は、ひっさげる意。
一一 里子（母乳不足など家庭の事情により、他に預けて養育させる子）がそのまま里親のところに居着いてしまうこと。
一二 三四九頁三行目「相貌少しも肖たる処は無く」の理由はこれ。
一三 「車ニテ荷ヲ運送スルヲ業トスル者」（『言海』）。「手伝て押て遣たがかけ声の美音なのにやア車力も驚いたのサ」（梅亭金鵞『妙竹林話七偏人』五編下、文久三年。明治十六年、万字堂）。

車　力
（清水晴風『江戸明治 世渡風俗図会』三，昭61，国書刊行会）

一三 地位、身分。「行きゃア隠居と立られて、見舞の初穂を喰ふ株だが」（河竹黙阿弥『小袖曾我薊色縫』第二番目序幕、安政六年初演）。
一四 いつも、飲酒と賭け事とのために。
一五 家計が非常に苦しいことの喩え。「私の目には見ませんが他（そと）の人が伯母さんの家は火が

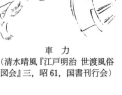

りに飲《の》むと賭《う》つとに、家内《かない》は[一五]火《ひ》の粉《こ》の降《ふ》る如《ごと》く、[一六]寒《かん》の中《うち》も単衣《ひとへもの》着《き》て凌《しの》ぐほどの[一七]七顚《しつてん》なりければ、[一八]里扶持《さとぶち》も来《こ》ぬ不具《かたは》の児《こ》は邪魔《じやま》になるべきを、夫婦《ふうふ》心《こゝろ》を揃《そろ》へて甘《あま》やかし、[一九]そのまゝ子《こ》にして育《そだ》てける十歳《とう》といふ年《とし》、仙太郎《せんたらう》は[二〇]酒毒《しゆどく》の為《ため》に命《いのち》を果《は》たしけり。

お民《たみ》は稼人《かせぎにん》を失《うしな》ひて、[二一]身《み》一《ひと》つにあらぬ厄介《やくかい》は、不仕合《ふしあはせ》にも盲目《めくら》といふに、当《たう》座《ざ》の難渋《なんじふ》は謂《い》ふべくもあらざりし。[二二]生《い》きてゐる効《かひ》には人《ひと》の門《かど》に立《た》ちて、猫《ねこ》も食《く》はぬ腐飯《くされめし》乞《もら》ふも愁《つら》く、女子《をんな》ながらも足腰《あしこし》の達者《たつしや》なるにと、小器用《こぎよう》に髪結《かみゆ》ふより思着《おもひつ》きて、[二三]島田《しまだ》、円髷《まるまげ》、銀杏返《いてうがへし》、手《て》にまかせて結《ゆ》ひまはり、巧《うま》く出来《でき》ぬかはりには、[二四]何《なん》でも一銭髪結《いつせんがみゆひ》と重宝《ちやうはう》されて、佐《さ》の市《いち》が一人前《いちにんまへ》になるまでを[二五]繋《つな》ぎぬ。

盲目《めくら》のことなれば商売《しやうばい》はいづれ揉療治《もみれうぢ》と、十一の歳《とし》より[二六]杉山流《すぎやまりう》を習《なら》はせ、十三から[二七]笛吹鳴《ふえふきな》らして往来《わうらい》を流《なが》させけるに、人々《ひとぐ》[二八]殊外《ことのほか》不便《ふびん》がりて、彼《あれ》を呼《よ》んでやれと、慈悲《なさけ》から贔負附《ひいきつ》きて、色白《いろしろ》く目鼻立《めはなだち》も陋《いや》しからず、小奇麗《こぎれい》なると、温順《おとなしき》が[二九]愛嬌《あいけう》になりて、想《おも》ひの外《ほか》に繁昌《はんじやう》し、幽《かすか》ながらも[三〇]小腕《こうで》に活計《くらし》を助《す》けて、十五六の頃《ころ》からは[三一]一廉《いつかど》の稼《かせぎ》する身《み》になれるも、千束屋《ちつかや》のお蔭《かげ》ぞかし。

覚束《おぼつか》なくも佐《さ》の市《いち》が商売始《しやうばいはじめ》の日《ひ》、慙《はづ》かしさにや笛《ふえ》の音《ね》も[三二]乱雑《しどろ》に店頭《みせさき》を過《す》ぐるを、哀《あは》れの[三三]小盲人《こめくら》、と先《ま》づ千束屋《ちつかや》の奥《おく》へ呼込《よびこ》まれしが縁《えん》となりて、それより夜《よ》

降ると云ひますよト」（饗庭篁村「藪椿」一、『むら竹』四、明治二十二年）。一六 一年で最も寒い寒中（立春の前の約一箇月間）に、単衣（裏地のついていない夏用の衣）を着て。一七 初出「逼顚（ひつてん）」。「ひってん…皆無。俗語」（『ことばの泉』）。無一文の意。江戸語では「し」「ひ」通用するので「しつてん」も同じ意。「ひつてんな客とみてあしくするのか」（山東京伝『仕懸文庫』四、寛政三年）。一八 里子の養育費。「田舎の里親にキチンキチンと里扶持を遣つて」（田山花袋『髪』三十三、大正元年）。一九 そのまま自分たちの子どもとして。二〇 飲酒による害毒。二一 自分以外に扶養しなければならない者は。二二 生きているからには食べていかねばならないが、他人の門口に食を乞うて、猫も食べないような腐った飯を貰うのもつらく。二三 「島田」は若い女性の、「円髷」は人妻の、それぞれ代表的な結い方。「銀杏返」は少女から年増まで、「簡易にして手づからにも結はるれば、最も行はれ」（『東京風俗志』中巻）た髪形。二四 何でも一銭で結う髪結、の意。→補一三。二五 食いつないだ。二六 検校杉山和一が十七世紀後半に創始した鍼の一流派。術が容易で学びやすかったので流行した（中山太郎『日本盲人史』昭和九年）。「盲人は鍼治を兼る」（喜田川守貞『守貞謾稿』五「按摩」、嘉永六年成）。「近藤某と云ふ杉山流の針治（しんぢ）先生の処へ…弟子入りに出掛けました」（禽語楼小さん口演／加藤由太郎速記「幇間（たいこ）針」一、『百花園』一一八号、明治二十七年三月二十日）。二七 「蓋三都諸国ともに振り按摩は小笛を吹を標とす」（『守貞謾稿』五「按摩」）。二八 「不便…(二)…憐ムベキコト。カハイサウナルコト」（『言海』）。二九 好ましく思わせる要素となって。三〇 か弱い腕で。「十五

毎《ごと》の出入《でいり》を許《ゆる》され、まだ〳〵客《きやく》へは出《だ》されねばとて、長《なが》らく夫婦《ふうふ》の肩《かた》[一]に縋《すが》りて、利《き》きもせぬ療治《れうぢ》に尋常《なみなみ》の賃銭《ちんせん》くれて、万般《よろづ》の世話《せわ》になりて、今世間《いまひとさま》に佐《さ》の市《いち》といはるゝは、偏《ひと》へに千束屋様《ちつかやさま》の御引立《おひきたて》と、母子《おやこ》は不断此恩《ふだんこのおん》[二]を忘《わす》れず。

然《さ》れば二十九番《ばん》の客《きやく》との口論《こうろん》にも、お久米《くめ》の様子《やうす》は眼《め》[三]にこそ見《み》ざれ、能《よ》く識《し》ると、誇貌《ほこりがほ》[四]に謂《いひ》しも宜《うべ》なり。お民《たみ》は女世帯《をんなぜたい》を張《は》りて我食《わがく》ふ飯《めし》を我《われ》[五]と稼《かせ》ぐ身《み》に、世渡《よわたり》といふことの難《むつか》しきを知《し》りて、夫《をつと》といふもの在《あ》りし時《とき》のやうに、曳《ひき》[六]ずりてはいられぬと分別《ふんべつ》着きて、一厘《いちりん》[七]の銭《ぜに》も疎《おろそか》にせず、始末《しまつ》[八]を第一《だいゝち》にして、茶漬《ちやづけ》の菜《さい》[九]は一摘《ひとつまみ》の塩《しほ》に極《き》めてからは、紙幣《さつ》[一〇]を握《にぎ》りて晦日《みそか》を越《こ》すことの気安《きやす》さを覚《おぼ》え、兎《と》角楽《かくたのし》みは是《これ》と、母子《おやこ》の稼高《かせぎだか》を合《あ》はせて、其半分《そのなかば》を月々遺《つきゞのこ》[一一]して積《つ》みたる金《かね》の額《たか》になりければ、軈《やが》て佐《さ》の市《いち》の手一《てひと》つにて二人《ふたり》が活計《くらし》の立《た》つやうになれるを見計《みはか》らひ、一銭髪結《いつせんかみゆひ》は廃《や》めて、お民《たみ》は外《ほか》[一二]の商売《しやうばい》を始《はじ》[一三]めけり。

既往《むかし》[一四]に較《くら》ぶれば今《いま》のお民《たみ》は全《まつた》く別人《べつじん》の如《ごと》く、彼《あれ》が仙太《せんた》の嚊《かゝ》か、と識《し》れる人《ひと》を驚《おどろ》かしぬ。細帯一《ほそおびひと》[一五]つにて鉄棒曳《かなぼうひ》[一六]いて飛廻《とびまは》りし影《かげ》は無《な》く、今《いま》も善《よ》く弁《べん》じ、善《よ》く喚《わめ》けど、服装《みなり》は常住《いつも》しやんとして、てきぱきしたる挙止《をりかゞみ》[一七]、我勢《がせい》[一八]に効々《かひゞ》しき女房風《にようぼうぶり》になりぬ。

相好《さうがう》[一九]の下作《げさく》[二〇]なるは今更治《いまさらなほ》すべき名薬《めいやく》もあらず、天資《うまれつき》[二一]ほど悲《かな》しきは無《な》し。貴人《きじん》に

にだも足らざる小腕にて、目にあまる賊兵を、防ぎ留(とむ)べきやうもなく」(『椿説弓張月』四十五回)。 三二 人並みの。「やう〳〵佐の市も一人前になりて」(三五六頁一六行目)とあるので、「格段ニ勝レテ」(『言海』)の意ではない。 三三 「しどろ…乱レル体ノ形容」(『日本大辞書』)。 三四 子どもの盲人。

以上三五三頁

一 肩を揉んで。 二 「(二)…平生。平常」(『言海』)。 三 眼では見ていないが。 四 誇らしそうに言ったのももっともなことだ。 五 自分で。 六 身なりばかり飾って、ろくに働かないこと。「ひきずり…㈠なまめきてのみ居る女を、嘲りいふ語。俗語」(『ことばの泉』)。 七 一銭の十分の一。 八 「(四)…倹約」(『言海』)。 九 「オカズ」(『言海』)。 一〇 月末に掛け取りの支払いをした後でも、お金の残っていること。 一一 毎月積み立てていき、その金が相当な額になったので。 一二 →四〇九頁一三行目。 一三 初出「始めたり」。 一四 初出ではここから第七回。 一五 「細き紐の如き帯。婦人などの、常の帯の下に用ゐるもの」(『ことばの泉』)。外見を構っている余裕のないこと。 一六 「かなぼうひき (二)オシヤベリシテ町内ヲフレ廻ツテ歩クコト、又、ソノ人」(『日本大辞書』)。今でも大声で言い立てはするけれども、以前のような鉄棒曳きの面影はなく、の意。→補一四。 一七 「㈡『身体を折り屈みする意』…動作」(『ことばの泉』)。立居振舞。 一八 「がせいに 我精 骨ヲ惜マズ励ミ勉ムルニイフ語「—働ク」」(『言海』)。 一九 「人相」(『言海』)。 二〇 「品格の、いやしく下れるもの。俗語」(『ことばの泉』)。「アノ、下作な顔わいのふ」(歌舞伎十八番『助六』宝暦十一年初演)。 二一 初出「天性」。「抑(そも)も人の栄達は一(ひとつ)は

も[二二]痘痕《あばた》のあるあり、黒痣《くろあざ》の顕《あら》はなるもあるべし。それも[二三]下様《しもざま》の疵《きず》のやうに醜《みにく》からざるは、あながち見《み》る人《ひと》の気《き》の所為《せゐ》ばかりにもあらず、心《こゝろ》は自《おのづ》から形《かたち》に表《あら》はれて、[二四]貧相《ひんさう》なるも金持《かねも》てば福相《ふくさう》に変《かは》り、[二五]悪相《あくさう》なるも発心《ほつしん》して仏《ほとけ》の道《みち》に入《い》りたるは、尊《たふと》くも見《み》ゆるぞかし。

お民《たみ》も[二六]飲抜《のみぬけ》の車力《しやりき》が嬶《かゝ》にて、年中《ねんぢう》[二七]不如意《ふにょい》に暮《くら》せし頃《ころ》と違《ちが》ひて、今《いま》では善《よ》き仕事《ごと》する佐《さ》の市《いち》のお袋《ふくろ》にて、家賃《やちん》も滞《とゞこ》ほらさず、[二八]義理《ぎり》首尾《しゆび》も欠《か》かず、長家住居《ながやずまゐ》な[二九]がらちんまりと片附《かたづ》け、台所《だいどころ》の[三〇]揚板《あげいた》を鏡《かゞみ》のごとく光《ひか》らせ、狂《くる》へども鳴《な》りはする柱時計《はしらとけい》を掛《か》けて、客《きやく》には別《べつ》に茶道具《ちやだうぐ》もあり。額《たか》は知《し》らねど近頃《ちかごろ》は小金《こがね》を貯《た》めて、日毎《ひごと》に其《それ》が[三一]子《こ》を産《う》むと聞《き》けば、心裕《こゝろゆたか》に[三二]耳朶《みゝたぶ》はおひ〳〵垂《た》るゝばかり。彼《かれ》が真《ほん》の[三三]寡婦《をんなやもめ》に花《はな》が咲《さ》いたの、と専《もつぱ》ら近所《きんじよ》に噂《うはさ》せり。

[三四]国亡《くにほろ》びて忠臣顕《ちうしんあら》はれ、家貧《いへまづし》くして孝子出《かうしい》づとはいへど、銭無《ぜにな》くては親子《おやこ》の摑《つかみ》合《あひ》も起《おこ》る例多《ためしおほ》く、ましてや為《な》[三五]さぬ間《なか》は[三六]葛藤《いさくさ》のあり勝《がち》なるに、お民《たみ》は子《こ》を懐《おも》ひ、佐《さ》の市《いち》は親《おや》を念《おも》ふが上《うへ》に、不自由《ふじいう》は無《な》き此頃《このごろ》の、日毎《ひごと》に運《うん》の開《ひら》けゆくほど心《こゝろ》は迭《たが》ひに和《やは》げば、折《をり》には気《き》まづき事《こと》の無《な》きにもあらねど、[三七]腹《はら》には溜《たま》らず、[三八]溶《と》けてしまいぬ。[三九]明朝《あした》の薪《まき》も無《な》き家《いへ》にては、世帯《せたい》の苦労《くらう》の[四〇]むしやくしや腹《ばら》から、[四一]気《き》に障《さ》へでものことまでが気《き》に障《さは》りて、喧嘩《けんくわ》の種《たね》の尽《つ》くることにはあらず。

天資(うまれつき)一は勉強」(『当世商人気質』巻五の一)。
二二 疱瘡の直った後、顔にできる窪み。
二三 「(二)身分ナキ世ノ民。シモジモ」(『言海』)。貴人の「痘痕」「黒痣」などが醜く見えないのは、相手を貴人と思うからだけでなく、貴人としての心ばせが自然とその顔に表れるからだ、の意。
二四 貧乏たらしい顔つき。 二五 悪い人相。
二六 「大酒する人をあざけりていふ語。俗語」(『ことばの泉』)。 二七 「(二)生計(クラシ)ニ物乏シ」(『言海』)。 二八 世間的なつきあい。
二九 「ツヅマヤカニ。程好ク小ク」(『言海』俗語)。
三〇 「板ノマノユカニ設ケタ、アケタテノ出来ル板」(『日本大辞書』)。 三一 利子がつく。↓四〇九頁一三行目。 三二 いわゆる福耳になること。富貴の相。「さちあるものを耳たぶによると云」(『嬉遊笑覧』巻九下「言語」)。
三三 諺。女がやもめ(未亡人)になると、かえって身ぎれいになる意。「女孀(やもめ)に花が咲き男孀に蛆が涌くとか申しまして男一人は汚ない勝のものゆゑ」(真龍斎貞水講演/今村次郎速記「双蝶々廓達引(ふたつちようくるわのたてひき)」二十一、『百花園』五十二号、明治二十四年六月二十日)。ここでは経済的な豊かさの意に転用。
三四 ↓補一五。
三五 血のつながっていない親子の間柄。
三六 「イサクサ…Contention〈論争〉; row〔騒ぎ〕; brawl〔口論〕」(ヘボン『和英語林集成』第三版、明治十九年)。「後で紛紜(いさくさ)の起らないように」(三遊亭円朝『名人長二』二十八、明治二十八年)。 三七 不満が心にたまることもなく。
三八 初出「ついと溶けて」。
三九 初出はここで改行。
四〇 むしゃくしゃ腹を立てること。「佐賀右ェ門はむしゃくしゃ腹。頬(らっ)ふくらしてゐたりけ

佐《さ》の市母子《いちおやこ》は[一]睦《むつ》ましう倶稼《ともかせぎ》して、[二]齷齪一日《あくせくいちにち》も休《やす》まず。晦日《みそか》には必《かな》らず蕎麦食《そばく》ふ外《ほか》に、無駄《むだ》なる銭《ぜに》は費《つか》はず、[三]何娯楽《なにたのしみ》といふこともあらざらむやうに[四]見《み》えながら、其身《そのみ》になりては無上《むじやう》の楽《たのしみ》、母子《おやこ》[五]気《き》を揃《そろ》へて金溜《かねた》むる事《こと》なり。此楽《このたのしみ》を教《をし》へしは十三歳《さい》の佐《さ》の市《いち》なりし。渠《かれ》は其眼《そのめ》の見《み》えぬ不自由《ふじいう》を、子心《こゞころ》にも深《ふか》く感《かん》じたりけむ、金銭《かね》といふもの持《も》たぬ心細《こゝろぼそ》さは、[六]勝手《かつて》知《し》らぬ路《みち》に杖《つゑ》を奪《と》られて、突放《つきはな》されたるも同《おな》じと謂《い》へり。

其折《そのをり》お民《たみ》は夫《をつと》に別《わか》れて、俄寡婦《にはかやもめ》の年齢《とし》は若《わか》かりけれど、[七]誰《たれ》[八]お多福《たふく》に構《かま》ふもの無《な》く、身《み》は[九]破鍋《われなべ》の砕《くだ》けたる後《あと》に、果敢《はか》なく残《のこ》る綴蓋《とぢぶた》と、例《れい》の安髪結《やすかみゆひ》して二人口《にんぐち》を過《す》ごせる[一〇]便無《びんな》さに、かゝる時《とき》に欲《ほ》しきは金銭《かね》なりと、其《それ》までとても欲《ほ》しからざりしにはあらざる金銭《かね》の、いとゞ〳〵欲《ほ》しかりし心頭《むなさき》に、佐《さ》の市《いち》が一言《いちごん》[一一]拗《ひし》と徹《こた》へて、早速《さつそく》その翌日《あくるひ》より魂魄《たましひ》を入《い》れかへ、買食《かひぐひ》も昼寝《ひるね》も断物《たちもの》にして、精《せい》も根《こん》も続《つゞ》かむ限《かぎ》りは、と思立《おもひた》ちて見《み》れば、世間誰一人《せけんたれひとり》[一二]袖手《ふところで》してゐるもの無《な》く、木《き》で出来《でき》たる水車《みづぐるま》も転《まは》れば、稗食《ひえく》つてゐる[一三]高麗鼠《こまねずみ》も廻《まは》る。兎角《とかく》は足手《あして》を働《はたら》かすに定《さだま》りたる世中《よのなか》に、こりやかうしてはゐられぬと襷懸《たすきか》けて、[一四]昧《くら》きより昏《くら》きまで駈回《かけまは》り、[一五]持《もつ》て来《こ》い二《に》十《じふ》でも三十《さんじふ》でも、結《ゆ》はせる女《ひと》のあるに任《まか》せて、二三年《ねん》が間《あひだ》に、少《すこ》しは[一六]安心《あんしん》の種《たね》をこしらへし頃《ころ》には、やう〳〵佐《さ》の市《いち》も一人前《いちにんまへ》になりて、

る」（並木千柳ら『夏祭浪花鑑』第二、延享二年初演）。**四** 気にさわらなくてもいいようなこと。

以上三五五頁

一 当時は「むつまし」（『言海』『日本大辞書』）と清む形もあった。初出は「睦まじう」。

二 「齷齪」の誤りとも思われるが、底本のまま。「二十余件の縁談皆意に称（かな）はで、今日が日迄も仍（ほな）其事に齷齪（あくさく）して」（『金色夜叉』一の六、明治三十一年）。

三 初出「何を」。

四 初出「見えし。／其身に」。

五 二人、心を一つにして。

六 様子のわからない路。

七 初出「誰か」。

八 お多福面のような醜い顔の女。→三四九頁四行目。

九 諺「破れ鍋に綴じ蓋」（どんな者にもそれ相応の伴侶があること）を踏まえ、夫（破鍋）の死後お民（綴蓋）が一人取り残されたことを言う。「亭主に別れて仕様のないのは十人並に勝れた中低（なかびく）、…とぢ蓋のないわれ鍋ゆゑ、救うてくれ手がござんせぬ」（河竹黙阿弥『宇都宮紅葉釣衾（にしきのつりよぎ）』四幕目返し、明治七年初演）。

一〇 頼りなさ。

一一 「拗」は、ねじる意。佐の市の言葉が深く心中に突き通った、の意。

一二 手を懐にいれて何もしないこと。「虎「棟梁さんは毎（つい）も懐手で好い身の上だねへ。清「己（れお）は遊人じやアねへよ」（三遊亭円朝『英国孝子之伝』四、明治十八年）。

一三 休みなく動き回っているものの喩え。「高麗鼠」は中国産二十日鼠の日本での飼育変種で、独楽のように回る習性がある。「其身は車を廻す高麗鼠のグル〳〵廻り」（『当世商人気質』四の

それから今《いま》に[17]雀百歳《すゞめひやく》まで躍《をどり》を忘《わす》れぬ心懸《こゝろがけ》。眼《め》には[18]不自由《ふじいう》にても[19]此《これ》に事欠《ことか》かねば、眼明《めあき》の貧乏《びんばふ》よりは数等幸甚《はるかしあはせ》と、母親《はゝおや》に語《かた》りて常《つね》に佐《さ》の市《いち》は慰《なぐさ》みけり。

[20]然《さ》れども其胸裏《そのこゝろ》には、五十年《ごじふねん》の命《いのち》を半分《はんぶん》に、三度《さんど》の食《しょく》を一度《いちど》にしても、一双《ふたつ》の眼《め》をこそ、[21]と[22]望《のぞ》むなるべし。

有《あ》るべきことならねど、もし然《さ》もあらば、按摩《あんま》は罷《や》めて[23]県庁《けんちやう》の役人《やくにん》とならむものを、と折《をり》に触《ふれ》ては母《はゝ》に[24]喞《かこ》てば、[25]天《そら》へ梯子掛《はしごか》けてお星様《ほしさま》を拾《ひろ》ふやうな、出来《でき》ない相談《さうだん》。用無《ような》いことを思《おも》はうより、お金銭《かね》を貯《こしら》へるのが第一《だいいち》、とお民《たみ》は一向《いつかう》取合《とりあ》はざりき。

取合《とりあ》はれねばとて断念《あきらめ》もならず。思出《おもひいだ》しては堪《こら》へ[26]かねて、なほ執拗《しつくど》く同《おな》じ言《こと》を繰返《くりかへ》すに、母《はゝ》も佐《さ》の市《いち》の情《こゝろ》を酌《く》めば、今更《いまさら》のやうに可憫《いぢらしさ》は胸《むね》に逼《せま》りて、素気《すげ》無《な》くも得言《えい》はず。[27]任意《まゝ》になるならば、百円《ゑん》が二百円《ゑん》でも所持金《ありがね》総額《みな》でも、さら〳〵吝《をし》む事《こと》にはあらじ。[28]お前《まへ》ゆゑならばどのやうな事《こと》しても、其眼《そのめ》の見《み》ゆるやうにしたけれど、人手《ひとで》はおろか神《かみ》や仏《ほとけ》の力《ちから》でも、[29]迨《およ》ばぬ事《こと》ゆゑ諦《あきら》めて、もう〳〵其様《そのやう》な愚痴《ぐち》は謂《い》はぬもの。先《さき》の世《よ》にて作《つく》りし罪《つみ》の応報《むくひ》は是非無《ぜひな》き身《み》と、[30]今《こん》度《ど》の世《よ》には清《すゞ》やかな、お久米様《くめさま》のやうな眼《め》を持《も》つて、美《うつく》しう生《う》まれて来《く》るやう、

二)。お民の勤勉な仕事ぶりの喩え。
一四 朝早くから晩まで。「昧」は夜明けの、「昏」は日暮れの、薄暗がり。
一五 結わせる髪があるならいくらでも持って来い、の意。
一六 貯蓄。
一七 諺「雀百まで踊り忘れぬ」。身についた習慣は年を取っても変わらない、の意。佐の市・お民の勤勉な仕事振りを指す。
一八 初出「不自由しても」。
一九 按摩の仕事に不自由しない。
二〇 初出ではここから第八回。
二一 「欲しけれ」などの語を省略。
二二 初出「と佐の市は望みたりし」。
二三 →補一六。→地図。
二四 愚痴をこぼす。
二五 不可能なことの喩え。「竿の先で星を打」(『俚諺集覧』)の類。「さるむすこ、月夜に長ざをもつて、そらをかつ(=打つ)。親仁見て、何をする。むす子きゝ、ほしをかつとゆふ」(露の五郎兵衛『軽口あられ酒』巻一の十七、宝永二年)。
二六 初出「かねつ、尚ほ」。
二七 「思フトホリ。…「―ナラズ」」(『言海』俗語)。
二八 お前のためならば。
二九 「迨」は「及」に同じ。
三〇 来世。

心懸《こゝろが》くるより外《ほか》は無《な》い。未練《みれん》は謂《い》ふまい、お前《まへ》も男《をとこ》では無《な》いか、と曇《くも》[一]れる声《こゑ》に窘《たしな》められては、返《かへ》す辞《ことば》もあらざりけり。

幾度《いくたび》か言出《いひ》[二]だしつ、幾度《いくたび》か窘《たしな》められつ、この眼《め》が見《み》えたらば、と例《いつ》も言出《いひ》だせば、任意《まゝ》にならばとて例《いつ》も慰《なぐさ》めらるゝのみなるに、後《のち》には佐《さ》の市《いち》も弗《ふつ》[三]と愚痴《ぐち》を謂《い》はずなりけれど、未練《みれん》の念《ねん》の絶《た》えたるにはあらず、謂《い》ふも効《かひ》なければとて[四]纔《わづか》に口外《こうぐわい》せざるのみ。

内《うち》の思《おもひ》はいよ〳〵焚《も》えて、心《こゝろ》や炙《あぶ》らるゝ此頃《このごろ》の胸苦《むなぐるし》さを、人《ひと》に語《かた》られず、慰《なぐさ》めらるゝ友《とも》も無《な》ければ、果敢《はか》なくも我《われ》[五]と歎《かこ》ち、我《われ》と憐《あはれ》み、[六]おのれと怨《うら》み、おのれと聞分《きゝわ》けても、[七]なか〳〵に憂《う》き身《み》を独《ひと》り持余《もてあま》[八]しぬ。

佐《さ》の市《いち》が盲目《めくら》になりしは六歳《むつ》の折《をり》にて、それから十九年《じふくねん》になりぬ。今更事《いまさらこと》新《あたら》しう愚痴言《ぐちい》ふまでもあらじ。物心着《ものごゝろつ》きし頃《ころ》より早《はや》、不自由《ふじいうし》知らぬ人《ひと》の幾許《いかばかり》か羨《うらや》ましかりつらむを、好程《よきほど》に断念《あきらめ》はせで、昨日《きのふ》からの盲目《めくら》などのやうに、さ[九]りとは苦《く》に病《や》むを母親《はゝおや》の知《しら》ば、定《さだ》めて気遣《きづか》はしくも訝《いぶか》るべく、衆《ひと》は可笑《をかし》くも異《あやし》むべし。佐《さ》の市《いち》も亦自《またみづか》ら訝《いぶか》しくも異《あやし》くも思《おも》ふべきに、[一〇]我真意《わがこゝろ》を識《し》らむものは、誰《たれ》か至理《ことわり》とも可憐《あはれ》とも思《おも》はざるべき、と渠《かれ》は独《ひと》り合点《がてん》したりけり。

その至理《ことわり》とも可憐《あはれ》とも、他《ひと》の思《おも》ふべしとの、佐《さ》の市《いち》が真意《こゝろ》を識《し》る者《もの》とては、

一　涙声。
二　「…つ…つ」は、二つの動作が継続して起こる場合に用いる。…たり、…たり。
三　「ふつと…断エテ…フツリ」（『言海』）。下に打消しを伴う。
四　「纔…カラウジテ」（『言海』）。
五　自分で。
六　自分で。前注と同じ。
七　かえって。
八　初出「持余しけり」。
九　そのように非常に苦にするのを。
一〇　私の心を知る人がいたら、その人はきっと私のこうした気持をもっともだと思い、憐れだと思ってくれるだろう。佐の市が自分の執着心に無自覚であることを示す。

佐《さ》の市《いち》の外《ほか》にあらざれど、宇都宮中《うつのみやぢう》に唯一人《たゞひとり》、[一一]朧気《おぼろげ》ながら識《し》れる人《ひと》ありとは、佐《さ》の市《いち》が胸《むね》に絶《た》えせぬ思《おもひ》なり。

但《たゞ》し、其人《そのひと》の識《し》るといふも、確然《さだか》ならざる佐《さ》の市《いち》が[一二]推量《すゐりやう》にて、真偽《しんぎ》は其人《そのひと》の外《ほか》に識《し》るものあらじ。

昼《ひる》は母親《はゝおや》の留守《るす》に眠《ね》たいほど眠《ね》て、覚《さ》めても眼《め》の楽《たのしみ》無《な》ければ、仍《なほ》ごろ〳〵と肱枕《ひぢまくら》。多時《しばらく》は寂《しづか》に[一三]案《あん》じ入《い》りて、頓《やが》て大息《ためいき》の後《あと》は小声《こゞゑ》に節附《ふしつ》けて、[一四]命懸《いのちか》けてもといふ例《れい》の[一五]都々《どゞ》一《いつ》。

[一六]お民《たみ》は昼飯前《ひるめしまへ》に[一七]小戻《こもどり》して[一八]箸《はし》を措《お》くより駈出《かけい》だし、やう〳〵点燈頃《ひともしごろ》に帰《かへ》れば、入替《いりかは》りて暮方《くれがた》から夜半《よなか》までは、佐《さ》の市《いち》が仕事《しごと》に出《い》づるなり。

為《な》す事《こと》も無《な》く[一九]一日垂籠《いちにちたれこ》めて、酒《さけ》は飲《の》まず、煙草《たばこ》は吸《す》はず、[二〇]茶《ちや》ばかり飲《の》めば偏《へん》徹《てつ》も無《な》く腹《はら》のだぶつくのみにて、気《き》の鬱《ふさ》ぐ留守番《るすばん》よりは仕事《しごと》に出《で》て、陽気《やうき》なる千束屋《ちつかや》の座敷《ざしき》に、客《きやく》の戯言《じようだんき》聞きながら療治《れうぢ》する間《あひだ》は、何事《なにごと》も忘《わす》らるゝに、些少《すこし》の病気《びやうき》などは[二一]推《お》しても千束屋《ちつかや》へ行《ゆ》かぬ日《ひ》は無《な》し。

夕暮《ゆふぐれ》を待《ま》ちかまへて我家《わがや》を出《い》づる毎《ごと》に、闇路《やみぢ》を迷《まよ》ふ人《ひと》の、山《やま》の端《は》白《しろ》く旭《ひ》の影《かげ》を認《みと》めたらむ想《おもひ》す。やがて千束屋《ちつかや》の門《かど》を入《い》れば、店《みせ》も奥《おく》も二《に》階《かい》もごた〳〵と騒《さわ》がしき響《ひゞき》は、我思《わがおも》ふ人《ひと》の搔鳴《かいな》らす琴《こと》の調《しらべ》の如《ごと》く、[二二]聞《き》くに心《こゝろ》も融々《とけ〴〵》となりぬ。

一一　そうした自分の気持を漠然とではあるが知っている人がいると、佐の市は常に思っていた、の意。

一二　初出「推慮（すゐりよ）」。

一三　初出「考へこみて」。

一四　→三四八頁注一〇。

一五　都々逸。七・七・七・五の二十六音から成る小唄。都々一坊扇歌によって寄席芸となり、天保（一八三〇-四四）から明治にかけて全国的に流行。

一六　初出ではここから第九回。

一七　（自宅）にちょっと戻って。

一八　食事を終えるや否や。初出「箸を措くが否や」。

一九　家に閉じこもって。

二〇　お茶ばかり飲んでいるので、当り前のことながら、腹がだぶだぶになるばかりで。

二一　無理しても。

二二　初出「心も融々と佐の市の耳を悦ばせぬ」。

来《ゆき》と去《かへり》には必《かなら》ず主人《あるじ》の居間《ゐま》へ顔出《かほだし》する爾時《そのとき》の、嬉《うれし》さ、懐《なつか》しさには[一]慄然《ぞつと》して、[二]何《なに》かあらぬ小半時《こはんとき》の茶話《ちやばなし》も、身《み》は此処《こゝ》に此《この》まゝ[三]装置《つくりつけ》になれと冀《ねが》ふばかりに、心《しん》酔《すゐ》の快楽《たのしみ》を覚《おぼ》ゆるなり。

夜《よ》も更《ふ》けたるに長居《ながゐ》は邪魔《じやま》と遠慮《あんりよ》して、千束屋《ちつかや》の潜戸《くゞりど》を出《い》づる、[四]味気無《あぢきな》さ、忌《いま》はしさは、此一時《このいちじ》に幾許《いくばく》か寿《いのち》の縮《ちゞ》む心地《こゝち》して、我宿《わがやど》ながら寂《さび》しき枕上《まくらもと》に、蛙《かはづ》の鳴音《なくね》を聞《き》かされて、唯何《たゞなに》と無《な》く寐《ね》る身《み》の果敢《はか》なさを思《おも》へば、杖《つゑ》も動《うご》かず、足《あし》も窘《すく》みて、其《それ》に就《つ》けても盲目《めくら》は悲《かな》しく、按摩《あんま》は可厭《いや》。[五]醜《みにく》うはあらぬ此顔《このかほ》に、唯《たゞ》一双《ふたつ》の眼《め》が明《あい》てゐたらば、とまた例《れい》の天《そら》へ梯子《はしご》掛けて星《ほし》を拾《ひろ》ひたき慾《よく》、[六]及《およ》ばぬことのなほ悔《くや》しかりき。

今日《けふ》も亦一日《またいちにち》さま〴〵の事《こと》を思《おも》ひつゞけ、果《はて》は異《あや》しう胸塞《むねふさ》がりて気分《きぶん》も快《よ》からず、[七]紛《まぎ》れかねたる折好《をりよ》くも母親《はゝおや》の帰来《かへりき》にけり。

程無《ほどな》く日暮《ひく》れて、此《これ》から我物《わがもの》と、いつよりも嬉々《いそ〳〵》立出《たちい》でゝ千束屋《ちつかや》に来《き》て見《み》れば、家内《かない》の混雑常《こんざつつね》に倍《ばい》して、[八]何《なに》とやら事《こと》ありげなるに、店口《みせぐち》をうろつく[九]床番《とこばん》の老漢《おやぢ》に質《たづ》ぬれば、東京《とうきやう》の大臣方《だいじんがた》の直下《すぐした》の[一〇]お役人様《やくにんさま》、内海様《うつみさま》とおつしやるお方《かた》が今《いま》し方《かた》お到着《つき》にて、逐附《おつゝ》け[一一]知事様《ちじさま》も[一二]光臨《おいで》とて家中《うちぢう》の大騒《おほさわぎ》。お坐敷《ざしき》は奥《おく》二階《かい》の[一三]上《じやう》段《だん》の間《ま》と聞《き》き、其《それ》は何《なに》にしても結構《けつこう》な事《こと》、お店《みせ》は益《ます〳〵》御繁昌《ごはんじやう》の[一四]瑞相《ずゐさう》。時《とき》に私《わたくし》は

一「身ノ毛イヨダツ状ニイフ語。…「―嬉シ」(『言海』)。
二 何でもない三十分程の茶飲み話でも。「小半時」は「今ノ三十分」(『言海』)。
三「さうち 装置 ツクリタテ」「つくりつけ…取放シノナラヌヤウニ、取付ケテ作リタルコト」(『言海』)。
四「たのしみなき、…つまらぬ」(『いろは辞典』)。
五 三五三頁一二行目「色白く目鼻立も陋しからず」。
六 望みのかなわないことが、やはり悔しかった。
七 気分を紛らわすことができなかったその時、うまい具合に。
八 何やらわけがありそうなので。
九 寝床の支度や雑用をする使用人。「喜助どん〳〵と床番を呼んで居る」(広津柳浪『今戸心中』一、明治二十九年)。
一〇 初出「お役人様で、」。
一一 明治十九年七月、県令から県知事に名称変更。明治十八年一月から二十二年十二月は樺山資雄、以後明治二十七年一月までは折田平内が知事(春圃居士『宇都宮繁昌記』「管轄沿革」、『宇都宮市地誌』昭和九年十月、宇都宮市教育会)。
一二「光来…オイデ。光臨」(『言海』)。
一三 貴人など、上位の人が着座する部屋。「上段の座敷に華長者の悠々たる殿を安置し奉り」(「宇都宮繁昌記(十一)旅店(はたごや)」)。「奥の上段の間へ請じ」(饗庭篁村「魂胆」八、『むら竹』七、明治二十二年)　一四 吉兆。
一五 →『おぼろ舟』一三五頁注二二。
一六「なに、人をつけにした」(何を、人を馬鹿にしたことを言うか)の略。何を馬鹿な、の意。「なに人」「なに人を」「なんの人を」などとも。「なんの他(ひと)其様(そんな)ことはあんじずとも宜

[一五]下坐敷《したざしき》のお客衆《きやくしゆ》へ、療治《れうぢ》に廻《まは》つても差支《さしつかへ》はと懸念《けねん》すれば、[一六]何《なん》のひと、千束屋《ちつかや》を御買切《おかひきり》といふでは無《な》し。さあ〳〵遠慮《ゑんりよ》無《な》しに[一七]上《あ》がつたり、と駈入《かけい》る老漢《おやぢ》の後《あと》に踵《つゞ》きて、佐《さ》の市《いち》は例《れい》の通《とほ》り奥《おく》へ挨拶《あいさつ》に行《ゆ》けば、内儀《ないぎ》はいつもほどに辞《ことば》も懸《か》けず、取込《とりこ》みたる気勢《けはひ》なれど、[一八]直《すぐ》に立《た》ちもやらで、まじ〳〵と様子《やうす》を覗《うかゞ》へば、お久米《くめ》は俄《にはか》に化粧《けしやう》して、今衣服《いまきもの》を着更《きか》ふると覚《おぼ》しく、[一九]褄《つま》が[二〇]下着《したぎ》がといふ声《こゑ》の間《うち》に、[二一]硬《こは》さうなる帯扱《おびこ》く音《おと》も聞《きこ》えて、[二二]得《え》ならぬ衣《きぬ》の香《か》は芬々《ふん〳〵》と鼻《はな》を襲《おそ》ひぬ。

内儀《ないぎ》は起居《たちゐ》忙《せは》しく、呼吸《いき》促《はづ》まして、お久米《くめ》が服装《きつけ》の世話《せわ》するは、今頃何事《いまごろなにごと》の起《おこ》りたる、と佐《さ》の市《いち》は合点《がてん》行《ゆ》かず。何処《どちら》へかお外出《でかけ》でござりまするかと、邪魔《じやま》にならぬやう側《わき》の方《はう》から窃《そ》と訊《たづ》ぬれば、今晩《こんばん》は知事様《ちじさま》からのお客《きやく》を預《あづ》かりて、外《ほか》ならぬ[二三]彼方《あなた》が懇切《たつて》の御所望《ごしよまう》に、久米《くめ》をお給仕《きふじ》に出《だ》すとて此始末《このしまつ》、と内儀《ないぎ》の辞《ことば》に佐《さ》の市《いち》は領《うなづ》きて、左様《さやう》でござりまするか。それはお[二四]大躰《たいてい》ではござりませぬ。これまでに随分御《ずゐぶんご》大身《たいしん》のお客様方《きやくさまがた》の光臨《おいで》もござりましたが、お久米様《くめさま》をお座敷《ざしき》へお出《だ》しなされたことはござりませぬに、今度《こんど》に限《かぎ》つて如此《かう》といふのは、よく〳〵立派《りつぱ》なお方様《かたさま》と見《み》えまするといふを、[二五]聞僻《きゝひが》めてや内儀《ないぎ》は[二六]勃然顔《むつとがほ》、知事様《ちじさま》の[二七]御意《ぎよい》なれば御辞退《ごじたい》も申《まを》しかねて、御給仕《おきふじ》には出《だ》すものゝ、此方《こちら》から[二八]好《この》むだ次第《しだい》では無《な》い、と思懸《おもひが》け無《な》く[二九]捩《ねぢ》られて、佐《さ》の市《いち》は吃驚《びツくり》。へい〳〵左様《さやう》でござります

（いよ）ヨ」（『春色連理の梅』初編中、嘉永五年）。「なんの人色男のひとりや半分なくッて苦界が勤まッておたまりこぼしが有（あり）ますものか」（山々亭有人『春色恋廼染分解（しゆんしよくこいのそめわけ）』二編中、万延元年）。

一七 上がんなさい。「たり」は行動を促す時に用いる。

一八 主語は佐の市。

一九 褄（着物の腰から下の部分のへり）が乱れないように整える。

二〇 →『おぼろ舟』一三一頁注四七。

二一 ごわごわした感じの帯をしごいて締める音。

二二 着物の、言うに言われぬよい香り。「風が、得ならぬ春の香を送つて」（国木田独歩『画の悲み』明治三十五年）。

二三 あの方。同等以上の人に用いる。

二四 ひととおりのことではない。

二五 聞き違えて悪い意味に取ること。客に迎合したとの皮肉に取った。

二六 機嫌を損じてむっとした顔つき。「詞（ことば）つきの大へいさ。又平むっと顔に立ちはたかって返事もせず」（近松門左衛門『傾城反魂香』上、宝永五年初演）。

二九 （言葉に乗じて）逆に責められて。 二七 思し召し。 二八 好んだ。

以下三六二頁

一 初出「拝見したう」」。

二 こっそり静かに。「旦那は狐鼠々々（こそ〳〵）と戸棚の中（ちう）へ身を隠しました」（禽語楼小さん口演／酒井昇造速記「かつぎや五兵衛」二、『百花園』十五号、明治二十二年十二月五日）。

三 →三四三頁注一六。初出ではここから第十回。

四 「やどさがりニ同ジ」「やどさがり…宮女、奴婢、ナドノ、暇ヲ乞ヒテ、暫シ己ガ家ニ帰ルコト。ヤブイリ。ヤドオリ」（『言海』）。

るとも、知事様《ちじさま》の御所望《ごしよまう》では、此《これ》は如何《どう》も御道理《おだうり》でござりまする。其《それ》につけてもお久米様《くめさま》の立派《りつぱ》にお召更《めしかへ》なされました姿《ところ》を、一生《いツしやう》の思出《おもひで》に唯一目《たゞひとめ》拝見《はいけん》[一]いたしたうござりまする、と謂《い》ふかと思へば狐鼠々々《こそくく》[二]と遁出《にげい》だしぬ。

（四）

[三]裏階子《うらばしご》の下《した》に立話《たちばなし》する婢二人《をんなふたり》、宿下《やどおり》[四]かと想《おも》はるゝばかりに着飾《きかざ》りて、捧銃《さゝげつゝ》[五]の如《ごと》く麦酒《ビール》の罎《びん》を持《も》てるは、内海秘書官《うつみひしよくわん》の席《せき》の給仕《きふじ》なるべく、一人《ひとり》は茶代《ちやだい》[六]の請取《うけとり》を盆《ぼん》と共《とも》に摑《つか》みて片手《かたて》に提《さ》げたり。

あら一寸《ちよツとみ》見せたいよと足蹈《あしぶみ》[七]するは麦酒《ビール》を持《もて》る婢《をんな》なり。請取《うけとり》の方《かた》は鼠鳴《ねずみなき》[八]して、そんなに消《に》てゐるかい、見《み》たいね。後《あと》で行《ゆ》くから其節《そのせつ》は何分《なにぶん》お頼《たの》み申《まをし》ます、と故《わざ》とらしく挨拶《あいさつ》すれば、あゝお出《いで》よ。消《に》[九]てゐるどころではない、彼《あれ》の好《いゝ》のさ。

おや憚《はゞか》[一〇]りさまと請取《うけとり》が拗《すね》れば、これは沢村君失敬《さはむらくんしつけい》[一一]。到底彼《とてもあれ》には抗《かな》ひませんが、それは余程様子《よつぼどやうす》[一二]が好《いゝ》のだよ。而《そう》して大分《だいぶ》お久米様《くめさま》に気在名古屋《きありなごや》[一三]で、お久米様《くめさん》の方《はう》でも同断《ぼちく》[一四]らしいから、お前油断《まへゆだん》がならないよと、前後《ぜんご》[一五]も知《し》らず囀《さへづ》る横合《よこあひ》から、飄然出《ひよつこりで》たる人影《ひとかげ》に、二人《ふたり》は魂消《たまげ》て、わつと声《こゑ》を立《た》つれば、吃驚《びつくり》して退歩《あとじさ》[一六]る青《あお》[一七]坊主《ばうず》。

五 軍隊で銃を持っている時の敬礼の一つ。両手で銃を身体の前に近づけ、垂直に捧げ持つ。

捧　銃

（『風俗画報』81 号，明 27・11・25）

六 チップの領収証。「宿泊料、茶代、祝儀それぐの請取を持つて来た女中が」（森鷗外『青年』二十四、明治四十四年）。 七 もどかしく思うさま。「われは足蹈して心いらてり」（泉鏡花『龍潭譚』『躑躅が丘』明治二十九年）。 八 「ねずなき…ロヲ窄メテ息ヲ吸ヒ込ンデチウチウト音ヲサセルコト。＝ネズミナキ」（『日本大辞書』俗語）。待ち人の来るまじない。また、期待を示すしぐさ。「「チウくチウ」の鼠泣(ねずみなき)に頸を捻(ひね)つて勝手へ向き「阿母(おつか)さん今日は必定来(きつとくる)よ」」（「東京下層社会婦人の内職（前号の続）」『朝野新聞』明治二十四年一月二十五日）。「お金さんは私の為にも金箱だよと鼠鳴きする猫又婆」（饗庭篁村「蓮葉娘」十）。 九 似ているどころか、あれ（沢村玉之助→注二二）よりもよい、の意。 一〇 「恐れ入ります」の意。大げさな相手の言葉に皮肉を込めて応じたもの。 一一 請取を持った女（お福）が沢村玉之助贔負なので、さっきは大げさに言い過ぎたと戯れて言ったもの。「君」「失敬」は本来、書生言葉。

おや可厭《いや》な佐《さ》の市様《いちさん》だよ。晦《くら》いところから唐突《だしぬけ》に出《で》て来《き》てさ。あゝ吃驚《びつくり》したと膺《むね》を撫《なづ》れば、佐《さ》の市《いち》は苦笑《にがわらひ》して、[一八]私《わたし》も吃驚《びつくり》しました。何《なに》やら大相面白《たいさうおもしろ》さうなお話《はなし》、私《わたし》にも聞《き》かして下《くだ》さいましと寄添《よりそ》へば、お福《ふく》さん、お前佐《まへさ》の市様《いちさん》におのろけよと謂捨《いひすて》に、麦酒《ビール》持《も》てる婢《をんな》は一散《いつさん》に階子《はしご》を駈昇《かけのぼ》りぬ。

お福《ふく》は佐《さ》の市《いち》に逼《せま》らるゝまでも無《な》く、合手《あひて》は按摩様《あんまさん》でも耳《みゝ》があるからは、承《う》[一九]けさせるに差異《かはり》は無《な》いといふ気《き》か、吐処《はきば》に窮《こま》りし満腔《まんこう》[二〇]の惚話《のろけ》を、浴《あび》せるほどに散々聞《さんざんきか》せぬ。

其概略《そのあらまし》は、都座《みやこざ》[二一]といふ小劇場《せうげきぢやう》に沢村玉之助《さはむらたまのすけ》[二二]なる立女形《たておやま》ありて、お福《ふく》は此《これ》が大贔負大執心《だいひいきだいしふしん》の舞台面《ぶたいづら》[二三]に、肖《に》[二四]たとはおろか、それより美《よ》き男《をとこ》、内海《うつみ》の座敷《ざしき》に在《あ》りといふ筋《すぢ》[二五]なり。

承賃《うけちん》[二六]さへもらはぬ上《うへ》に、お楽《たのし》[二七]みと反対《あべこべ》に一《ひと》つ拊《たゝ》[二八]いて逃《に》げられ、佐《さ》の市《いち》は惘然《ばうぜん》として霎時佇《しばしたゝず》みたりしが、やがて嚮《さき》[二九]に現《あらは》れし横合《よこあひ》へ退込《ひきこ》みて、何処《いづく》へか行《ゆ》きけむ、姿《すがた》は見《み》えずなりけり。

奥二階《おくにかい》の上段《じやうだん》の間《ま》は秘書官内海《ひしよくわんうつみ》、属僚《ぞくれう》[三〇]三人《にん》、当県知事《たうけんちじ》の一座《ざ》。酒《さけ》[三一]は今礼《いまれい》に始《はじ》まりて、寛《くつろ》がぬ談話《はなし》の間《うち》に折々世事《をりくせじ》[三二]らしき笑声《わらひごゑ》の起《おこ》るのみ。各自《おのく》窮屈《きうくつ》[三三]の膝《ひざ》を正《たゞ》して、髭《ひげ》あるものは無性《むしやう》に捻《ひね》り、無《な》きものは専《もツぱ》ら煙草《たばこ》を吹《ふ》かして、厳粛《おごそか》なる席《せき》

一二 姿かたちが好い。 一三 気がある、の意。「大変に惚れて気あり名古屋と来やしたらう…是は尾張名古屋の洒落なんで」（禽語楼小さん口演／酒井昇造速記「お節徳三郎 恋の仮名文」一、『百花園』十二号、明治二十二年十月二十日）。 一四 「ぽちく…愚按、又点点を云」（『俚諺集覧』）。おどり字「ゝゝ」「、、」のことで、同じ、の意。「夫（それ）でこそト一（といち）＝「上」の隠語）、、、（ぼち〳〵）のおやまさんなれ」（成三楼主人『通気多志 婦足髷（ふたりかむろ）』享和二年）。「「…こんな者に手を持たれたのは、恐らく娑婆以来だらう、」／「多見、手前（てめへ）だつて、、、、、、（ぼち〳〵）だ」」（泉鏡花『風流線』七十七、明治三十七年）。 一五 周りに頓着せずお喋りする。「客が少し合（あひ）になると女中達は片隅に屯集し安俳優（やすやくしや）の評判客の譏訴」（饗庭篁村「走馬燈」一、『むら竹』二、明治二十二年）。 一六 初出「退歩るは佐の市なり」。 一七 髪を剃りたての、青々とした頭の人。佐の市を指す。「まさか今の世に青禿（あをばうず）になツて先様へお詫に行くわけにもなるまいから」（「後の月（続）」『読売新聞』明治二十二年十月二十日）。 一八 急に「わつと声を立」（三六二頁一四行目）てられたから。 一九 のろけを聞かせる。 二〇 身体中に満ち満ちたのろけ。 二一 →補一七。 二二 立女形（一座の最高位の女形）沢村田之助（三代目一八四五-七八・四代目一八五七-九九）をもじった名か。 二三 舞台に立った時の顔だち。 二四 似ているどころではない。 二五 主旨。 二六 のろけの聞き賃。「あなた抔（など）へ女の文（ふみ）の参る事はない事ゆへ…よめ兼るものでございますテ。…なんぞ受賃が。なければどふも」（瀧亭鯉丈『花暦 八笑人』三編上、文政六年）。 二七 佐の市は、千束屋ではお久米との仲の良さをからかわれていた（→三四三頁五行目）。

に[一]嫺《なら》はぬ婢等《をんなども》は、進退《たちゐ》に手足《てあし》顫《ふる》ひ、座《すわ》れば燈火《ともしび》の前《まへ》に照《て》れて、[二]片唾《かたづ》を呑《の》むもあり、咳払《せきばらひ》するもあり。お久米《くめ》は淡紅《うすくれなゐ》に染《そ》めたる面色《おもて》の、人《ひと》を怯《おそ》れて退込《ひきこ》みがちなるに、辞《ことば》を懸《か》くればあながち素気《すげ》無《な》くもあらず。[三]意無《こゝろな》く見《み》る眼《め》にも情《なさけ》を含《ふく》みて、物言《ものい》ふ毎《ごと》に自《おのづ》から微笑《ゑみ》を帯《お》ぶるなど、[四]露《つゆ》の滴《た》るばかりなる愛嬌《あいけう》、客《きやく》の腸《はらわた》に浸《し》みて、酒《さけ》よりは先《ま》づ之《これ》に酔《よ》はされぬ。[五]就中《とりわけ》内海《うつみ》秘書官《ひしよくわん》は[六]思召尋《おぼしめした》常《ゞ》ならぬ御《お》景色《けしき》にて、切《しき》りに御側《おんそば》へ引寄《ひきよ》せむとしたまへり。

長官《ちやうくわん》の御前《ごぜん》なれば、君臣《くんしん》の礼《れい》を重《おもん》じ、畏敬《ゐけい》の意《い》を表《へう》して、木像《もくざう》の如《ごと》く端然《たんねん》と跽《かしこ》まる属官《ぞくくわん》の中《うち》に、最《もつと》も年齢《とし》若《わか》くして美男《びなん》なるが、稲葉《いなば》といふ姓《せい》を婢等《をんなども》もいつか覚《おぼ》えて、是《これ》ぞ沢村玉之助《さはむらたまのすけ》に肖《に》たりとて騒《さわ》がるゝ人《ひと》なりける。

衆《ひと》にもさほどに思《おも》はるゝ容貌《をとこまへ》なれば、本人内心《ほんにんないしん》の得意《とくい》想《おも》ふべく、一度会《ひとたびあ》ひし女《をんな》に惚《ほれ》られざりし例無《ためしな》し。[七]へえん[八]桃李《たうり》言《ものい》はざれど其下自《そのもとおのづ》から蹊《みち》を成《な》す。此娘《このむすめ》も今《いま》に先方《さき》からお酌《しやく》と押懸《おしか》けて、[九]離《はな》れがたなくして見《み》せむと、硝子盃《コツプ》を挙《あ》げて反《そり》身《み》になる時《とき》、[一〇]先生《せんせい》の[一一]意気《いき》八荒《はつくわう》を呑《の》み、眼中秘書官《がんちうひしよくわん》も知事《ちじ》もあらざりけり。

[一二]人数《ひとかず》ほども空壜《あきびん》の並《なら》ぶ比《ころ》には、黒《くろ》き顔《かほ》も[一三]銅色《あかがねいろ》に[一四]醺《くん》じて、主客《しゆかく》ともにやう〱打解《うちと》けたる語気《はなしぶり》。公務《こうむ》の用談《ようだん》も片附《かたつ》きて、此《これ》からが酒《さけ》も身《み》に浸《し》みる、今《いま》までは茶《ちや》も同然《どうぜん》、さあ[一五]一杯頂戴《ひとつちやうだい》、と知事《ちじ》も愛想《あいさう》に席《せき》を立《た》てば、お久米《くめ》を中間《なか》に据《す》ゑて、

二六「拊」(打つ意)は初出・底本「揹」(撫でる意)。意改(三六五頁一〇行・三七四頁一〇行・三七五頁一四行の例も同じ)。　二九 さっき出て来た横の方へ(→三六二頁一三行目)。　三〇 下役。　三一「酒ハ礼ニ始マリ乱ニ終ル」(藤井乙男編『諺語大辞典』明治四十三年)に拠る。　三二 お世辞。　三三 窮屈そうに正座して。→三四二頁注五。

以上三六三頁

一「嫺」は慣れる意。「礼に嫺(な)らはん野人の特色ぢやから」(田口掬汀『女夫波』前編十一、明治三十七年)。　二「固唾。事のなりゆきを気遣ひ、物いはずして居る時など、口中にたまる唾。…片唾」(『大増訂 ことばの泉』明治四十一年)。　三 何気なしに見る眼の中にも。主語はお久米。　四 こぼれんばかりの愛嬌が。→『おぼろ舟』一五一頁注一三。　五 初出ではここで改行。　六 異性に対する特別な関心。　七 相手(ここではお久米)を軽んじる意。「えへん」(自分の魅力を威張る意)の誤りとも思われるが、底本・初出のままとする。→補一八。　八 諺。桃やスモモが何も言わなくても、その花や実にひかれて人が来て、自然その下に小道ができる。徳ある人は自然に人が心服する意(『史記』李将軍列伝第四十九の論賛)をひねって、何も言わなくても容貌の好い男の所には自然に女が集まってくる、の意とした。　九 離れ難くして。「がたなし」は、むずかしいの意を表す補助形容詞。　一〇 稲葉をからかい気味に言ったもの。　一一 意気は全世界を我がものとするように壮大で。「八荒」は八方の遠い果てまでの地。全世界。　一二 初出ではここから第十一回。　一三 初出「赤銅(しやくどう)色」。　一四 (酔いのため)染まって。　一五 知事がお久米

お前《まへ》は幾歳《いくつ》になるかなどゝ、内海秘書官膝《うつみひしよくわんひざ》の頽《くづ》るゝを覚《おぼ》えず、ぢり〴〵と詰寄《つめよ》せて一杯飲《いつぱいの》まぬか。嫌《きら》ひだとて差《さ》した杯《さかづき》を承《う》けぬとは情無《つれな》いぞ。一口《ひとくち》でも飲《の》むでくれ。酔《ゑ》うたらば私《わし》が介抱《かいはう》するさ、と大分斫込《だいぶんきりこ》[一六]まるゝ様子《やうす》を見《み》たる属官《ぞくくわん》[一七]たち、時《とき》や臻《いた》れりと気《き》を寛《ゆる》して飲《の》みはじめ、甚麼《どう》だ姉様《ねえさん》[一八]と、呂律《ろれつ》[一九]を乱《みだ》しかくるもあれど、[二〇]いづれかお久米《くめ》に所思《おもはく》のあらざるは無《な》ければ、彼《かれ》[二一]を見《み》て此《これ》を見《み》るに、前《まへ》に侍《はんべ》る婢等《をんなども》は、殆《ほとん》ど[二二]牛肉《ぎう》に於《お》ける葱《ねぎ》の相違《さうゐ》にて、[二三]牛肉《ぎう》は彼方《むかふ》へ引揚《ひきあ》げられの、我《われ》等《ら》に残《のこ》るは葱《ねぎ》ばかり。此《これ》[二四]では飲《の》めぬと謂《い》ひながら、飲《の》むものは飲《の》めども、深《ふか》く嗜《たし》[二五]まぬ稲葉《いなば》は惘然柱《ぼんやりはしら》に凭《もた》れて、頻《しき》りにお久米《くめ》の方《かた》を見遣《みや》れども、此美男《このびなん》が眼《め》には入《い》[二六]かぬか、お久米《くめ》は始終秘書官《しじうひしよくわん》の敵手《あひて》にばかりなりて、此方《こなた》を向《む》きもせぬに、不興《ふきよう》なる面色《かほ》してゐるを、婢等《をんなたち》は気《き》にして懊悩彼此言《うるさくかれこれい》ふを、左右《さいう》の同僚《どうれう》に拊《たゝ》かれて、稲葉《いなば》頼《たの》むよ、などゝ持《も》[二七]たせらるゝ気色《きしよく》の悪《わる》[二八]さ。折《を》[二九]ることも高嶺《たかね》の花《はな》や、お久米《くめ》はいつ迄《まで》も其処《そこ》を立《た》たず。立《た》たむとしても秘書官《ひしよくわん》が立《た》たせず、頗《すこぶ》る恐《きやう》[三〇]悦《えつ》の体《てい》にて限無《かぎりな》く飲《の》むほどに、何時切揚《いつきりあぐ》るとも見《み》えざりけり。

思《おも》ふお酌《しやく》は傍《そば》へも寄《よ》らず、飯《めし》もはや済《す》まして席《せき》に在《あ》る効無《かひな》く、稲葉《いなば》は飄然《ふらり》と廊下《らうか》に出《い》づれば、此坐敷《このざしき》の後《うしろ》なる物置《ものおき》やうの狭《せま》き一間《ひとま》の黒闇《くらやみ》へ、ごそ〳〵と人《ひと》の遁入《にげい》る気勢《けはひ》せしは、婢《をんな》などの我《われ》に戯《たはむ》るゝかと、誰《だれ》だと声《こゑ》を懸《か》くるに応《こたへ》なけれ

に対して、さあ一杯いただこう、と親しく席を立つと、彼女を間にはさんで内海秘書官の方も。
一六 詰め寄られる。 **一七** 「属僚」（→三六三頁注三〇）に同じ。「元大蔵省の属官を勤め」（「銷魂録」『読売新聞』明治二十六年四月七日）。
一八 お久米以外の女中を指す。
一九 酔って話し振りが乱れかける者もいたが。
二〇 下役人たちはみな、お久米に特別の関心を持っていたので。 **二一** お久米を見て、それから目の前の女中を見ると。
二二 牛鍋（牛肉をネギと煮て食べる）における牛肉とネギの相違があって。牛肉はお久米、ネギは女中。「鍋のうちは正肉（しやうみ）は喰つくし五分切の葱が…沸（に）る」（仮名垣魯文『西洋道中膝栗毛』六編下）。なお、宇都宮の牛肉店では八百駒、住吉軒が有名（「宇都宮繁昌記（十二）牛肉店」『下野新聞』明治二十四年五月六日）。
二三 お久米は知事や秘書官に独り占めされ。「の」は並列関係を表す助詞。初出「牛肉は彼方へ引揚げられて残るは」。
二四 ネギのような女中相手では酒は飲めない、と文句は言いながらも、飲むだけは飲んだが。
二五 「〔たしなむ〕ノ約カ」…コノム」（『言海』）。「賭をこのみ酒を嗜（たし）み」（『椿説弓張月』十一回）。
二六 入らないのか。初出「着かぬか」。
二七 頼りにされる。稲葉が愛想よく女中たちの相手をすれば、自分たちも女中たちと親しくなれるから。 **二八** 底本「悪き」。初出に従う。
二九 初出ではここで改行。手折ろうにも手の届かない高い嶺の花（内海秘書官に独り占めされたお久米）の意。 **三〇** ひどく喜んだ様子で。「渡辺は夫（それ）と見るより大恐悦サア〳〵此方（こちら）へと」（「失望（昨日のつゞき）」『読売新聞』明治二十二年八月十一日）。

ば、薄気味悪《うすきみわる》くなりて其《それ》よりは得進《えすゝ》まず、兢々様子《こはぐ〲やうす》を侯《うかゞ》ひて霎時立《しばらくた》てども、音《おと》もせざるに弥《いよ〱》異《あや》しく、折《をり》からお悦《えつ》といふ婢《をんな》の階子《はしご》を升来《のぼりく》るを手招《てまね》けば、希有《けう》[一]なる顔《かほ》して忍《しの》び来《きた》り、何《なん》でございますると小声《こごゑ》を出《だ》しぬ。

稲葉《いなば》も小声《こごゑ》になりて、今此室《いまこのなか》へ這入《はい》りたるものあれば、何物《なにもの》なるか燈火《あかり》を早《はや》くと促立《せきた》てられて、お悦《えつ》は[二]興覚《きようさ》め、大方店《おほかたみせ》の男衆《をとこしゆ》でも何《なに》か出《だ》しに来《き》たのでござりましよ。そんなものにお構《かま》ひ無《な》く、お座敷《ざしき》へお出《いで》なすつて最一杯召上《もひとつめしあ》がれ、と袂《たもと》とる手《て》を払《はら》ひのけて、兎《と》も角《かく》も燈火《あかり》をと真顔《まがほ》になれば、[三]しやう事無《ことな》しにお悦《えつ》が持来《もてき》たる燭台《しよくだい》を、稲葉《いなば》は請取《うけと》りて高《たか》く翳《かざ》しつ、[四]富士《ふじ》の人穴《ひとあな》もかくやと室《へや》の内《うち》へ踏入《ふみい》れば、[五]屏風二《びやうぶに》双立掛《そうたてかけ》たる陰《かげ》に、消《き》えよとばかりに跼《かゞ》まる人影《ひとかげ》あり。

[六]そりやこそ曲者《くせもの》。何《なん》だ貴様《きさま》はと喚《わめ》けば、お悦《えつ》はきやつと叫《さけ》びて逃出《にげい》だす物音《ものおと》を、何事《なにごと》かと座敷《ざしき》は騒立《さわぎた》ちて、[七]爛酔《へゞれけ》の属官《ぞくゝわん》二人《ふたり》を真先《まつさき》に、知事《ちじ》も秘書官《ひしよくわん》もお久米《くめ》も婢等《をんなども》も、[八]珠数《ずゝ》繋《つな》ぎに推寄《おしよ》すれば、稲葉《いなば》は勇気《ゆうき》日頃《ひごろ》に百倍《ひやくばい》して、曲者《くせもの》の[九]領《えり》髪無図《がみむづ》と攫《つか》み、難無《なんな》く曳出《ひきい》したる燈火《あかり》の前《まへ》。

[一〇]曲者《くせもの》は[一一]戦々《おど〱》顫《ふる》ひながら面《おもて》を挙《あ》ぐれば、此奴按摩《こいつあんま》だと稲葉《いなば》が喚《さけ》ぶ後《うしろ》より、佐《さ》の市様《いちさん》かとお久米《くめ》は進出《すゝみい》でゝ、どうしてこんな処《ところ》へはと訊《たづ》ぬれば、佐《さ》の市《いち》は嬉《うれ》しいやら面目無《めんぼくな》いやら、おやお久米様《くめさま》でござりまするか。好《よ》い所《ところ》へお出《い》で下《くだ》さい

一 不思議そうな顔。「希有…フシギナルコト」(『言海』)。

二 期待が外れてがっかりすること。美男の稲葉に手招きされたものの、単に用事を言いつけられただけなので。

三 仕方なく。「せうことなし…〔せうハ為(せ)ム、ノ音便〕…セムスベナシ」(『言海』)。

四 静岡県富士宮市人穴にある洞窟。建仁三年(一二〇三)仁田四郎忠常が源頼家の命で五人の従者とともに探検し、唯一人帰還したことで有名。御伽草子『富士の人穴』はこれに取材。ここでは、得体の知れない暗い穴のような所の喩え。

五 屏風の面を曲と言い、二―十曲で一帖(一個)。二帖で「一双」と呼ぶ。

六 そら!(思ったとおりだ)。

七 「へべれけ 泥酔。…俗語」(『ことばの泉』)。「爛酔」も泥酔の意。

八 多くの物を一繋ぎにすること。「家人を残らず珠数繋(じゆずつな)ぎとなしたる上」(「強盗質屋に入る」『読売新聞』明治二十六年二月五日)。

九 首の後ろの辺の襟。「曲者待てと領上(えりがみ)取ッて引戻せば」(饗庭篁村「人の噂」十五、『むら竹』四、明治二十二年)。

一〇 初出ではここから第十二回。

一一 「戦々」は、おののくさま。

ました。何卒《どうぞ》貴孃《あなた》からお客様《きやくさま》へ、胡散《うさん》[一二]なものでは無《な》いと、好《よ》う弁疏《いひわけ》をなされて下《くだ》されまし。はいお客様方《きやくさまがた》、私《わたくし》は決《け》して怪《あやし》いものではござりませぬ、と顔色《がんしよく》土《つち》の如《ごと》くなりて、唯管《ひたすら》[一三]詫入《わびい》れば、お久米《くめ》は事《こと》も無《な》げに、あゝ何《なん》の其《その》やうに心配《しんぱい》することはありませぬ。お客様《きやくさま》へは私《わたし》からお詫《わび》をせうほどに、さあ〳〵早《はや》く彼方《あちら》へ、と謂《い》はるゝを機会《しほ》[一四]に立《た》たむとすれば、属官《ぞくくわん》の一人《ひとり》角田《かくだ》某《なにがし》、酒気《しゆき》に乗《じよう》じて声《こゑ》も暴《あらゝ》かに、やあ、ならぬぞ。怪《あやし》く無《な》いものが何《なん》で用無《ような》き他《ひと》の座敷《ざしき》を覗《うかゞ》[一五]ひ、見咎《みとが》められてこんな処《ところ》へ隠《かく》れたのだ。其理由《そのわけ》聞《き》から、盲目坊主《めくらぼうず》めと哮《たけ》りかゝれば、佐《さ》の市《いち》は胆魂《きもたましひ》[一六]も身《み》に添《そ》はず、額《ひたひ》を畳《たゝみ》に摺附《すりつ》けて、途方《とはう》に暮《く》れたる涙声《なみだこゑ》、詫入《わびい》るのみにて弁疏《わけ》を言《い》はねば益《ます〳〵》疑《うたが》はれ、今一人《いまひとり》の属官《ぞくくわん》まで[一七]肩臂《かたひぢ》怒《いか》らして詰《なじ》りかゝる。

気毒《きのどく》なる佐《さ》の市《いち》の様子《やうす》を見《み》るに見《み》かねて、釈《ゆる》[一八]してやれと知事《ちじ》の声懸《こゑがゝり》に、酔漢《へゞれけ》輩《たち》の勢《いきほひ》も挫《くぢ》けたる隙《すき》に、お久米《くめ》は佐《さ》の市《いち》の手《て》を執《と》りて、さあ此方《こつち》へと囲《かこみ》[一九]を突《つ》き、裏階子《うらばしご》から奥《おく》へ伴《つ》れゆく途《みち》も、人《ひと》の逐来《おひく》るかと佐《さ》の市《いち》は心焦《こゝろせ》きて、走《はし》らむとするほど幾度《いくたび》か躓《つまづ》くを、お久米《くめ》の繊弱《かよわ》き腕《うで》に縋《すが》りて、やう〳〵居間《ゐま》に入《い》れば、両《ふた》親《おや》は驚《おどろ》きて、こは何事《なにごと》と問《と》ふに、在《あ》[二〇]りし仔細《しさい》を辞簡《ことばみじか》に語《かた》りて、お久米《くめ》は内海《うつみ》の座敷《ざしき》へ還《かへ》[二一]しぬ。

一二 「疑ヒ怪シムベキコト」(『言海』)。

一三 初出「ぶる〳〵声にて唯管」。

一四 「(二)潮(ウシホ)ノ差引ノ汐合ノ意ヨリ転ジテ、ホドアヒ。ヲリ。…機会」(『言海』)。

一五 「覗」は下の者が分に過ぎたことをうかがい望む意。

一六 (驚き・恐れなどのため)正気をなくす。

一七 威張って。

一八 「(二)…自由ニセサス。免宥釈」(『言海』)。

一九 包囲をつき破って。軍勢に囲まれたとの見立て。

二〇 これまでの細かな事情。

二一 引き返した。軍記物語で、再び敵に当る場合に用いるのを転用。→注一九。「何クマデ逃(グニ)ルゾ。蓬(キタナ)シ返セト」(『太平記』巻十「鎌倉兵火事付長崎父子武勇事」)。初出「還りぬ」。

以下三六八頁

一 演劇改良運動を背景に、福地桜痴が中心となり明治二十二年十一月二十一日東京の京橋区木

はや一同《どう》も席《せき》に復《かへ》りて、人待貌《ひとまちがほ》に寂《さび》しげなる秘書官《ひしよくわん》は、お久米《くめ》を見《み》るより笑《わら》ひかけて、今按摩《いまあんま》を引抱《ひつかゝ》へて衢《つ》と走出《はしりで》た所《ところ》は、宛然演劇《まるでしばゐ》であつた。[一]歌舞伎座《かぶきざ》ですれば、[二]福助《ふくすけ》のお久米《くめ》に按摩《あんま》は[三]新蔵《しんざう》かな。角田《かくだ》は[四]猿之助《えんのすけ》であらうなと謂《い》へば、稲《いな》葉《ば》は意《こゝろ》ありげにお久米《くめ》の顔《かほ》を見《み》て、新蔵《しんざう》の按摩《あんま》でござりますれば、どういたしましてもお久米《くめ》と[五]事情《わけ》がありさうでござりまする、と[六]異《おつ》に言《い》ひまはせば、秘書《ひしよ》官《くわん》は我意《わがい》を得《え》たりといはむやうの面色《おもゝち》にて、無論《むろん》の事《こと》さ。お久米《くめ》、どうも左様《さう》であらうと肩頭《かたさき》を推《お》されて、それは何《なん》の事《こと》でござりまする。新蔵《しんざう》とやら福助《ふくすけ》とやら。私《わたくし》は田舎者《ゐなかもの》にて東京《とうきやう》の芝居《しばゐ》を見《み》たことがござりませぬゆゑ、少《すこ》しも事情《わけ》が分《わか》りませぬ、と知《し》らぬ顔《かほ》する。

あれまあ可哀《かあい》さうなことをおつしやいます、と信《のぶ》といふ年増《としま》の婢《をんな》が[七]助鉄砲《すけでつぱう》の口《くち》を出《だ》せば、[八]扨《さて》はお前《まへ》だなと横合《よこあひ》から稲葉《いなば》に[九]塗付《ぬりつ》けられて、[一〇]可哀《かあい》さうにと膨《ふく》る ゝ顔《かほ》は、余《あま》り可哀《かあい》さうでもないやうだ、と稲葉《いなば》は心《こゝろ》に可笑《をかし》かりき。

はや十二時《じ》といふに、知事《ちじ》は暇乞《いとまごひ》して立起《たちあが》れば、[一一]一座《いちざ》惣立《そうだち》となりて店口《みせぐち》まで見送《みおく》り、還《かへ》れば座敷《ざしき》の取乱《とりみだ》したるに今更興覚《いまさらきようさ》め、もう寐《ね》るとせう、と内海《うつみ》は厠《かはや》へ立《た》ちし跡《あと》に、お久米《くめ》は[一二]次間《つぎのま》に夜具《よるのもの》展ぶる婢《をんな》に何《なに》やら囁《さゝや》きて、此座敷《このざしき》を消《き》えてしまひぬ。

挽町三丁目に開場した劇場。九世市川団十郎、五世尾上菊五郎、初世市川左団次などが出演、歌舞伎界をリードした。新日本古典文学大系明治編27『正岡子規集』二一九頁注三参照。

歌舞伎座
（「歌舞伎十八番之内勧進帳興行」
『都新聞』附録，明 26・5・17．国立劇場蔵）

二 五世中村歌右衛門（一八六五―一九四〇）の前名。明治十四年四世中村福助（成駒屋。通称・新駒）を襲名。九世市川団十郎、五世尾上菊五郎などの相手役として知られた。「福助と団十郎の押絵のある美しき羽子板を」（「雪の朝（あした）」『読売新聞』明治二十二年一月三日）。福助以下三者の共演した芝居はいくつかあるが、ここでは本作品連載中の五月六日―六月十四日の『十二時会稽曾我（じゆうにどきかいけいそが）』『勧進帳』『梅雨小袖昔八丈（つゆこそでむかしはちじよう）』を当て込んでいよう。ここで福助は大磯の虎・源義経・白子屋お熊を演じた。↓補一九。↓

（五）

一三お久米《くめ》は内海《うつみ》の座敷《ざしき》より退《さが》れば、はや佐《さ》の市《いち》は帰《かへ》りて在《あ》らざりし。何《なに》として佐《さ》の市《いち》は彼処《かしこ》の物置《ものおき》に忍入《しのびい》りしにや、少《すこ》しも思《おも》ひあたる節《ふし》はあらず。なるほど渠《かれ》が一四性行《ひごろ》を知《し》らぬ人《ひと》は、異《あや》しとも胡散《うさん》とも一五思《おも》ひけらし。然《さ》りとて陋《さも》しき一六心《こゝろ》などあるべき佐《さ》の市《いち》ならずと一七知《し》れるほど、お久米《くめ》はいとゞ異《あや》しく、一八とかうの推量《すゐりやう》だに附《つ》かざりければ、直々《ぢきぢき》に事情《わけ》を聞《き》かばやと思《おも》ひしに、一九帰《かへ》り し跡《あと》とて所為無《せむな》く、母親《はゝおや》に訊《たづ》ねければ、佐《さ》の市《いち》はかういうてゐたとて、聞《き》きしまゝを語《かた》りけるは、二階《かい》の三十番《ばん》の療治《れうぢ》を済《す》まして立出《たちい》でけるに、上段《じやうだん》の間《ま》の賑《にぎ》はしさに心牽《こゝろひ》かされて、足《あし》の向《む》くまゝに近寄《ちかよ》りて、霎時内《しばしうち》の二〇景気《けいき》を立聴《たちぎゝ》してゐたりしに、障子《しやうじ》を開《あ》けて出来《いでく》る人《ひと》あり。見咎《みとが》められては極悪《きまりわる》しと、慌《あは》てしゆゑに二一度《ど》を失《うしな》ひ、道《みち》ある方《かた》へ逃《に》げはせで、つい物置《ものおき》へ這入《はいり》しを、見着《みつ》けられしが運《うん》の尽《つき》。怪《あや》しき奴《やつ》と思《おも》ひこまれしほど、出《で》るには出《で》かねて窘《すく》みたりしを、いよいよ曲者《くせもの》にされて押《おさ》へられ、どうなる事《こと》かと二二恐慌《どぎまぎ》して、口《くち》も開《き》かれず、顫《ふる》ひあがりて、懼《おそ》ろしかりし所《ところ》へ、お前《まへ》が折好《をりよ》う二三出《で》たばかりに災難《さいなん》を免《のが》れたとて、大層《たいそう》な二四懽《よろこ》びやう。よろしく礼《れい》をいうてくれ、と二五暮々《くれぐ》も言《い》ひおいて帰《かへ》つた、と聞《き》いて見《み》れば何《なん》

『紅子戯語』八六頁注三二。三 五世市川新蔵（一八六一―九七）。明治二十二年中村座で名題に昇進。前注の舞台では二宮太郎・曾我団三郎・亀井六郎を演じた。↓補一九。四 二世市川段四郎（一八五五―一九二二）の前名。明治二十三年十一月市川猿之助を襲名。明治二十四年名題に昇進。時代物の立役・敵役を得意とした。注二の舞台では範頼入道・海老名源八・京の小次郎・片岡八郎を演じた。↓補一九。五 色ごとを暗示。「お前と娘が情由（けわ）ある事は敏（うと）から夫（それ）と知つては居れど」（『東京絵入新聞』明治十年十一月十八日）。六 変にもってまわった言い方をする。七 助太刀。「是から紅葉君も 助鉄砲として続々本社へ…渋いところを打放（ぶっぱな）して」（「裸美人」予告、『読売新聞』明治二十二年十一月二十日）。八 按摩と「事情」があるのはお前だな、だからかばうのだな、の意。九 なすりつけられて。濡れ衣を着せられて。一〇 信は口ではお久米のことを可哀そうにと言っていても、本心ではおもしろがっているようだ、の意。

一一 秘書官から女中まで、みな。
一二 次の間で布団を敷いている女中に。
一三 初出ではここから第十三回。
一四 普段の性質や行い。一五 思ったであろう。「けらし」は「けるらし」の約で、過去の事実を推量する意。一六 初出「心などの」。一七 知っているだけに。一八「とかく」の転。あれこれ。
一九 初出「佐の市は帰りし跡」。
二〇「（一）ケハヒ」（『言海』）。二一 取り乱す。
二二「どぎまぎと 物事に狼狽するさまにいふ。…俗語」（『ことばの泉』）。二三 初出「出たばかりで災難を免れたと、」。二四「懽」は「歓」同様、声や表情に表れるよろこび。二五「クリカヘシテ…「くれぐれモ頼ム」」（『日本大辞書』）。

の事《こと》も無《な》く、それなりにお久米《くめ》の疑念《うたがひ》は霽《は》れぬ。

明《あ》くる日《ひ》の暮方《くれがた》には例《いつも》の時刻《じこく》を違《たが》へず、佐《さ》の市《いち》は千束屋《ちつかや》の店《みせ》に入来《いりきた》りぬ。[一]昨夜《ゆふべ》の不出来《ふでかし》を面目無《めんぼくな》く、隅《すみ》の方《はう》から狐鼠々々《こそくく》と這上《はひあが》りて、店《みせ》のものへは常《つね》より丁寧《ていねい》に会釈《あしやく》するなど、[二]傷《しほ》らしくも気毒《きのどく》なる態度《そぶり》に、誰《たれ》も遠慮《ゑんりよ》して其事《そのこと》を言出《いひいだ》さず。[三]心易《こゝろやす》く関《せき》を通《とほ》さむとせしに、佐《さ》の市《いち》は小声《こごゑ》にて、昨夜《ゆふべ》のお客様《きやくさま》はもう御出発《おたち》になりましたか、と[四]心許無《こゝろもとな》げに訊《たづ》ねけり。

あのお客様《きやくさま》は明朝《あした》の[五]二《に》番《ばん》で御出発《おたち》、と聞《き》くより佐《さ》の市《いち》は愕然《ぎよつ》として、えゝ未《ま》だ在《ゐ》らつしやいますかと[六]頭《あたま》を撫《な》で、それはくと呟《つぶや》きながら奥《おく》へ入《い》る後《あと》に、番頭《ばんとう》を始《はじ》め居合《ゐあ》はす男等《をとこども》の、くすく笑《わら》ふ声耳《こゑみゝ》に入《い》れば、佐《さ》の市《いち》は人《ひと》も見《み》ぬ処《ところ》に顔《かほ》を赧《あか》めて、此先《このさき》の難所《なんじよ》は[七]口善悪《くちさが》なき婢等《をんなたち》、また何《なん》とか謂《い》うであろ。

居間《ゐま》にはお久米《くめ》の在《ゐ》ぬ様子《やうす》。聞《き》けば今宵《こよひ》も上段《じやうだん》の間《ま》へ給仕《きふじ》に出《で》たりとの内儀《ないぎ》の辞《ことば》に、佐《さ》の市《いち》は昨夜《ゆふべ》の事《こと》や憶出《おもひい》だしけむ、浮《う》かぬ顔《かほ》してゐたりしが、雑談《はなし》にも身《み》が入《い》らず、茶《ちや》も碌《ろく》に飲《の》みもせず、また後刻《のちほど》にと、ふいと立《た》ちて療治《れうぢ》に行《ゆ》きぬ。

呼《よ》ばれたる座敷《ざしき》に松《まつ》といふ[八]小婢《こをんな》のゐたるに[九]伝言《ことづて》を托《たの》みて、お久米様《くめさま》に佐《さ》の市《いち》が昨夜《ゆふべ》はお世話様《せわさま》になりました。今夜《こんや》お目《め》に懸《か》かりまして、よろしうお礼《れい》を申《まをし》

一 初出ではここで改行。
二 控えめでつつましいさま。「傷」は思いわずらう意。
三 気軽に奥へ通してやろうとしたが。「関」は関所(→三四八頁注四)の意で、「難所」(一〇行目)に同じ。
四 心配そうに。
五 明治二十六年四月十一日改正の「全国汽車発著時刻及乗車賃金表」(→補二)では、始発が宇都宮発午前六時二十分、二番は午前九時十五分(上野着午後十二時四十五分)。ちなみに、それ以前の同年一月二十八日改正では二番汽車は八時五十五分発、同二十五年十一月一日改正では九時発。
六 当惑したさま。
七 「サモ悪ルクアルヤウニ言ヒフラス」(『日本大辞書』)、「くちをつつしまぬ」(『いろは辞典』)。「口善悪(くちさが)なきものは聞苦しき噂などする程なりしが」(「当世饅頭娘(続)」『読売新聞』明治二十三年三月三十日)。
八 初出「少婢」。「(三)年ユカヌ下婢(ハシタメ)。小婢」(『言海』)。
九 初出「ゐたるに、佐の市は伝言を」。

上《あ》げまする[一〇]心算《つもり》でございましたが、今晩《こんばん》もお座敷《ざしき》といふことで、お目《め》に懸《かゝ》る事《こと》も出来《でき》ますまいから、乍陰厚《かげながらあつ》くお礼《れい》を申《まを》してをりますると、から謂《い》うて下《くだ》さりまし。もしお松様忘《まつさんわす》れずに屹度頼《きつとたの》みましたと謂《い》へば、[一一]ひよとかすると忘《わす》れるか[一二]も知《し》れません、と[一三]湯沸《ゆわかし》提げて[一四]蒼皇《そゝくさ》出《で》て行《ゆ》くを覚束無《おぼつかな》く、お松様《まつさん》々々《〳〵》と[一五]居去《ゐざ》り出《だ》せば、客《きやく》の老人《おやぢ》は恐《こは》い顔《かほ》して、お松様《まつさん》は不用《いゝ》から、我《おれ》の肩《かた》を揉《も》むでくれ。

[一六]此夜《このよ》は例《れい》ならず療治《れうぢ》立込《たてこ》みて、十二時《じふにじ》過《す》ぐるまで手《て》の隙《す》く[一七]間《ま》もあらざりしが、大方《おほかた》お久米《くめ》も坐敷《ざしき》から退《さが》りたる時分《じぶん》。[一八]暇乞《いとまごひ》ながら昨夜《ゆふべ》の礼《れい》を、と会《あ》ひに行《ゆ》けば、居間《ゐま》には内儀《ないぎ》唯一人《たゞひとり》、そこら取片附《とりかたづ》けて寝支度《ねじたく》せるところなり。

今《いま》お帰《かへ》りか。今晩《こんばん》は大分忙《だいぶせは》しかつたと見《み》える。[一九]商売《しやうばい》の繁昌《はんじやう》なのは何《なに》より結構《けつこう》な事《こと》と、帯解《おびと》きかけて寝衣《ねまき》を着更《きか》へむとするに、佐《さ》の市《いち》は有繫《さすが》に閾《しきゐ》より内《うち》へ入《い》ることならねば、障子《しやうじ》の外《そと》から顔《かほ》だけ出《だ》して、旦那様《だんなさま》は最《もう》お寝《やすみ》でございますか。お久米様《くめさま》もお還《かへ》りなさいましたか、と世事《せじ》らしう尋《たづ》ぬれば、今朝《けさ》が些《ち》と蚤《はや》かつたゆゑ、皆《みな》もう臥《ふせ》りました。商売《しやうばい》とはいひながら、夜《よ》が更《ふ》けてお前《まへ》も睡《ねむ》かろと謂《い》はれて、[二〇]欲為《しやう》ことなしに、左様《さやう》なれば御機嫌《ごきげん》好《よ》うと、望《あて》が外《はづ》れて[二一]龍鍾《すご〳〵》[二二]立起《たちあが》る。

佐《さ》の市《いち》が無上《むじやう》の娯楽《たのしみ》は、千束屋《ちつかや》の奥《おく》に来去《ゆきかへり》の茶話《ちやばなし》なり。何《なに》は措《お》きても此居間《このゐま》の畳《たゝみ》の温《あた》たまるほど坐《すわ》りて、茶《ちや》を飲《の》むことは三杯以上《さんばいいじやう》、迭《たが》ひに快《こゝろよ》う[二三]一段雑談《ひとくさりはなし》

一〇 「つもり…（三）…ココログミ。心算」（『言海』）。
一一 初出「ひよつとかすると」。いずれも、ひょっとすると、万一、の意。「ひよつとかすると居るかとも思ふが」（島崎藤村『犠牲』二、明治四十四年）。栃木県・東京都八王子で採集された方言（『日本方言大辞典』平成元年、小学館）。最早（もう）名倉さんの方へ帰つて居るかとも思ふ
一二 初出「知れませんよと、」。
一三 「薬鑵ニ似テ小キモノ、銅製、甚ダ薄ク、湯、甚ダ速ニ沸ク」（『言海』）。
一四 「さうくわう…倉皇 アワタダシク」（『言海』）。
一五 座りながら進む。
一六 初出ではここから第十四回。
一七 初出「間は」。
一八 暇乞いかたがた。「一寸お見舞ながらお歳暮にもあがりますので」（式亭三馬『浮世風呂』三編上、文化九年）。
一九 初出「さうして商売の」。
二〇 →三六六頁注三。
二一 「すごすご…興醒メテ草草ニ去ル状ナドニイフ語」（『言海』）。「龍鍾」は、失意のさま。「是非無く、龍鍾（しは〳〵）門を出でゝ」（尾崎紅葉『後篇三人妻』四十七、明治二十五年）、「諦めて、龍鍾（すご〳〵）火鉢場へ還れば」（小栗風葉『亀甲鶴』三）。
二二 初出「立起りぬ」。
二三 初出「一章（ひとさり）」。ひとしきり話さないでは。

をせでは、[一]奥歯《おくば》に物《もの》の介《はさ》まりたらむ心地《こゝち》して、その夜《よ》は帰《か》へるにも力無《ちからな》く、寝《ね》るにも張合無《はりあひな》く、明朝起出《あしたおきい》づるに励《はげみ》も無《な》く、[二]唯其事《たゞそのこと》を果《はた》さゞりしが、何《なに》とは無《な》けれども心《こゝろ》に懸《かゝ》りて、[三]一日不愉快《いちにちふゆくわい》の種《たね》となりぬ。

昨夜《ゆふべ》は例《れい》の騒動《さうどう》に取紛《とりまぎ》れて、常《つね》の如《ごと》く悠々《ゆるゝ》茶《ちゃ》も飲《の》まず、旅人《たびゝと》の[四]懸茶屋《かけぢやや》に憩《やす》み[五]たらむやうに、我《われ》と我心《わがこゝろ》に逐立《おひた》てられて帰《かへ》りし賠償《とりかへし》に、今宵《こよひ》こそと楽《たのし》みしも空《あだ》となりて、座敷《ざしき》へも入《い》らず、内儀《ないぎ》には懊悩《うるさ》がられ、二晩続《ふたばんつゞけ》の失望《しつばう》は佐《さ》の市《いち》の心《こゝろ》を[六]激《いらだ》てゝ、宿《やど》に還《かへ》りても[七]不興《ふきやう》の面色喧嘩《かほつきけんくわ》せし後《あと》のごとく、母親《はゝおや》が十言《とこと》を一言《ひとこと》に応答《うけこた》へして、茶漬《ちやづけ》掻込《かきこ》むも手暴《てあら》く、無雑作《むざうさ》にごろりと寝《ね》たりしが、睡《ねむ》られぬまゝに熟《つくゞ》く思《おも》ひかへせば、[八]明夜《あした》も無《な》きにはあらずと、其《それ》だけはやうゝ慰《なぐさ》めても、外《ほか》にはまだ[九]一事如何《ひとついかに》しても慰《なぐさ》められぬことありて、寝苦《ねぐるし》き夜《よ》は命《いのち》を縮《ちゞ》められむ想《おもひ》なりかし。

次日《つぎのひ》は午刻《ひる》から二時間《じかん》ばかり暇《ひま》ありとて、お民《たみ》が内《うち》に居《ゐ》[一〇]るより遽《にはか》に思立《おもひた》ちて、佐《さ》の市《いち》は[一一]月代剃《さかやきそり》に出《い》でぬ。

町外《まちはづ》れには[一二]刈込《かりこみ》二銭《せん》、髭剃《ひげそり》八厘《りん》といふ[一三]髪結床《かみゆひとこ》もあり。然《さ》りとて[一四]木鋏《きばさみ》にて刈込《かりこ》み、[一五]竹篦《たけへら》にて剃《そ》るにもあらず。[一六]縮《ちゞ》れたれども姿見《すがたみ》あり、臭《くさ》けれども[一七]香水《かうすゐ》を用《もち》ゐるなど、[一八]六銭《せんと》取る店《みせ》に異《かは》りたること無《な》ければ、[一九]自家剃《うちぞり》にても済《す》む按摩《あんま》の頭顱《あたま》を、

一 何か引っかかるものがあって、心が満ち足りないさま。「近頃は何故か奥歯に物のはさまりし様に、何時(いつ)帰りても機嫌よからぬ母の、今夜(こよ)は珍らしく莞爾(にこ)顔を見せられて」(徳冨蘆花『不如帰』中の十六、明治三十二年)。
二 千束屋での長話。
三 初出「一日の」。
四 路傍や社寺の境内などで、通行人を休息させる粗末な茶屋。
五 「(二)…ムダナルコト」(『言海』)。
六 「激」は高ぶらせる意。
七 「機嫌ヲ損ジタルコト」(『言海』)。
八 明日の晩を楽しみにしよう、の意。
九 お久米と内海秘書官との関係を危ぶんでいる、との意。
一〇 いることから。
一一 ここでは、頭髪を剃り落とすこと。初出「髪を剃に」。
一二 「㊂特に、頭髪を剪み刈ること」(『ことばの泉』)。
一三 「(二)〔通ジテ〕散髪ナド業トスル家」(『日本大辞書』)。「刈込床の繁昌此所(ここ)を若い者達の小クラブにしてむだの相談及ばぬ望みを吐き合ふもまた気散じか」(饗庭篁村「廻り車」三、『むら竹』十二、明治二十三年)とあるように、庶民の社交場でもあった。
一四 植木の刈込みなどに用いる、長い柄のついた大形の鋏。
一五 竹製のへら。糊を練ったり、植物を掘り取ったりするのに用いる。
一六 ゆがんで波状になっているけれど、大きな鏡もあり。
一七 「(二)…特ニ化粧品トシテ用キル香ヒノイイ流動体。薔薇、丁子、菊、菫菜ナドスベテ芳香

安《やす》いが何《なに》より、分《ぶん》にも相応《さうおう》なれば、彼所《あすこ》へ行《ゆ》けと、お民《たみ》は出《で》る度《たび》に謂《い》へど外聞《ぐわいぶん》が悪《わる》い。彼《あれ》は車夫《しやふ》や土方《どかた》の行《ゆ》く所《ところ》とて、二〇小泉町《こいづみちやう》に小奇麗《こぎれい》なる二一万床《まんどこ》といふを馴染《なじみ》にして通《かよ》ひけり。

髪結床《かみゆひどこ》を遊場《あそびば》にして半日《はんにち》も昼寝《ひるね》して帰《か》へるといふ人物《じんぶつ》、二二餝屋《かざりや》の吉《きち》といふ二三血気《けツき》壮《さかり》の懶惰漢《なまけもの》、壁側《かべぎは》の二四腰懸《こしかけ》に長々《ながく》と臥《ね》そべりて、お二五先煙草《さきたばこ》をふかしながら、刈込《かりこみ》に忙《せは》しき主人《あるじ》の万吉《まんきち》を捉《とら》へて無駄話《むだばなし》するを、椅子《いす》に倚《か》かれる二六店者風《たなものふう》の男《をとこ》も折々《をりく》二七嘴出《くちだ》して、三人寄《さんにんよ》りて彼一句《かれいつく》此一句《これいつく》、或《ある》ひは笑《わら》ひ、或《ある》ひは真面目《まじめ》、さうだ、かうだと喧《やか》ましきは、宇都宮中《うつのみやぢゆう》の評判娘《ひやうばんむすめ》千束屋《ちつかや》のお久米《くめ》が噂《うはさ》なり。

折《をり》から佐《さ》の市《いち》の入来《いりく》るを見《み》るより、万吉《まんきち》は二八空鋏《からばさみ》を鳴《なら》しながら吉《きち》を見向《みむ》きて、論《ろん》より証拠《しようこ》は佐《さ》の市様《いちさん》に聞《き》いて見《み》るがいゝ。そしたら大概様子《たいがいやうす》が知《し》れやう、と謂《い》ふを佐《さ》の市《いち》は聞着《きゝつ》けて、親方《おやかた》二九何《なに》をと、火鉢《ひばち》の側《わき》に腰《こし》を懸《か》くれば、吉《きち》は徐《しづか》に起《おき》返《かへ》りて、さうさ、佐《さ》の市様《いちさん》なら知《しつ》てゐるだろ、千束屋《ちつかや》の娘《むすめ》の三〇一件《いつけん》さ。はて一件《いつけん》とはと佐《さ》の市《いち》が眉《まゆ》を顰《ひそ》むれば、親方此調子《おやかたこのてうし》では無益《だめ》らしいぜと吉《きち》は苦笑《にがわらひ》す。

一件《いつけん》といふ語《ことば》が聞流《きゝなが》されず、佐《さ》の市《いち》はやゝ急心《せきごゝろ》になりて、親方一件《おやかたいつけん》とは甚麼《どう》いふ事《こと》と頸《くび》を出《だ》せば、三一一《いつ》けんは二間《にけん》の半分《はんぶん》さ、と吉《きち》が洒落《しやれ》、こんなのは宇都宮《うつのみや》でも今《いま》は行《はや》らじ。

ノアル植物ナドカラ取ル」（『日本大辞書』）。「此から開けるのださうでげすなア。斬髪（ざんぱつ）に成て仕舞へば、香水抔（など）も売れますぜ」（『英国孝子之伝』一）。

一八 東京の調髪平均料金（顔剃り含まず）は、明治二十三年五銭、二十七年四銭（週刊朝日編『値段史年表』昭和六十三年、朝日新聞社）。ただし東京でも、刈込二銭、髭剃一銭の「二一床」があった（「たゞで鬚（ひげ）の剃れる所」『東京朝日新聞』明治二十五年十一月二十日）。

一九 家で、自分で剃ること。

二〇 未詳。類似の町名に泉町（伝馬町の北東に接する）がある。↓地図。

二一 仮構の名であろう。↓補二〇。

二二 「餝職 金類（カネ）ニテ、簪、金具ナド造ル工人。餝屋」（『言海』）。

二三 身体は活力に満ちて元気だが、髪結床で無駄話をするような怠け者。矛盾するような言い回しが滑稽。

二四 「…多ク、其製ノ横長クシテ、数人連坐スベキモノニイフ」（『言海』）。

二五 行った先で、主人側から接待に出す煙草。「接待煙草（おさきたばこ）二三服ふかして」（尾崎紅葉『夏痩』十三、明治二十三年）。

二六 「商家ニ勤ムル番頭手代ナドノ称」（『言海』）。

二七 初出「嘴を出して」。

二八 物を切らないで、鋏だけを動かし鳴らすこと。

二九 初出「何（な）ん（ん）ですねと」。

三〇 例の事件。

三一 「一件」を「一間」に掛けた洒落。

[一]万吉《まんきち》は[二]据腰《すゑごし》になりて客《きやく》の[三]頸足《えりあし》を[四]摘揃《つみそろ》へながら、佐《さ》の市様御存《いちさんごぞん》じなしかい。其《それ》は不思議《ふしぎ》だといふ[五]尾《を》に附《つ》きて、吉《きち》は誰《たれ》の仮声《こわいろ》やら、[六]知《し》らざあ謂《い》つて聞《きか》せやう。彼店《あすこ》の娘《むすめ》のお久米《くめ》ね、評判《ひやうばん》の[七]箱入《はこいり》であつたが、いよ〳〵時節到来《じせつたうらい》して、目出度《めでたく》御祝儀《ごしふぎ》が済《す》むだといふ話《はなし》さ。それでは何《いつ》の間《ま》にやら縁談《えんだん》が極《きま》つて、もう結納《ゆひなふ》の交換《とりかはせ》が済《す》みましたかと、佐《さ》の市《いち》は仰天顔《げうてんがほ》。万吉《まんきち》は笑出《わらひだ》して、佐《さ》の市様《いちさん》は正直者《しやうぢきもの》だ。吉様《きちさん》、[八]符牒《ふてふ》では通《つう》じないから、こりや[九]正札附《しやうふだつき》で話《はな》したが可《よか》らう。それぢや佐《さ》の市様《いちさん》、正札附《しやうふだつき》だから[一〇]直切事無《ねぎりこな》しだよと謂《い》へば、[一一]吉様《きちさん》、また[一二]冗《むだ》を言《い》ふよ。それだから尚《な》ほ話説《はなし》が分《わか》らなくなるのだ。[一三]吉様《きちさん》でも親方《おやかた》でも、早《はや》く話《はな》して聞《き》かせて下《くだ》さい、と佐《さ》の市《いち》は[一四]悶《もど》かしがる。

吉《きち》は[一五]額《ひたひ》を拊《たゝ》きて、難有《ありがて》え〳〵。人情《にんじやう》といふ奴《やつ》は異《おつ》なもので、按摩様《あんまさん》でも[一六]婦女《たぼ》の話《はなし》は好《い》ゝと見《み》える。そりや按摩《あんま》だとて人間《にんげん》[一七]なりや、人情《にんじやう》はありまする、と佐《さ》の市《いち》は勃然《むつ》とする。

ありまするどころか、眼《め》の無《な》い人《ひと》ほど有過《ありすぎ》るといふが、佐《さ》の市様《いちさん》なども過《すぎ》る方《はう》の口《くち》らしい。扨長《さてなが》らくの[一八]間打囃《あひだうちはや》しましたれば、[一九]前口上《まへこうじやう》な略仕《りやくつかま》つりまして、いよ〳〵千束屋《ちつかや》の[二〇]名代娘《なだいむすめ》お久米《くめ》の色事一件《いろごといつけん》に取懸《とりかゝ》らせます。[二一]あい来《き》た、[二二]ちやんかく〳〵、と手匣《てばこ》の中《なか》から[二三]張子《はりこ》の達摩《だるま》を[二四]摘《つま》み出《だ》すやうな手模《てつき》をすれば、佐《さ》の市《いち》に

一 初出ではここから第十五回。 二 腰を据えて上半身をまっすぐにして崩さない姿勢。 三「項（ジウナ）ノ髪ノハエギハ」（『言海』）。 四 切りそろえながら。 五 相手の言葉に続いて。 六 河竹黙阿弥『青砥花紅彩画（あおとぞうしはなのにしきえ）』（文久二年初演、通称「白浪五人男」「弁天小僧」）三幕目「浜松屋の場」で、変装を見破られた弁天小僧の台詞「しらざあ言つて聞かせやせう」による。明治二十二年十月新富桐座での上演時は五世尾上菊五郎（一八四五－一九〇三）が扮した。「知らざア云て聞かせやう。又此小僧め口を出すよ」（饗庭篁村「蓮葉娘」十七）。 七 箱入り娘。「雛ぢやなけれど箱入むすめ、しやうのわるさに虫がつく」（藤沢衛彦『明治流行歌史』）。 八 仲間だけで通用する合い言葉、隠語。「御祝儀」（四行目）を指す。「然（そ）んならそうと早く云つて下されば宜（い）いに符牒で云ふが解りやせん」（古今亭今輔口演／酒井昇造速記「羽織の女郎買ひ」一、『百花園』十三号、明治二十二年十一月五日）。 九 ここでは、相手の話を実際より大げさだなどと言うこと。「正札附」の縁語。 一〇 ここでは、誇張せず正直に話す意。 一一 佐の市の言葉。 一二 むだ口。 一三 佐の市の言葉。 一四 じれったがる。 一五 喜悦のしぐさ。「我ながら果報者よと頭をたゝいて鼻毛を伸し」（『当世商人気質』巻四の三）。「「難有い。」と額を叩く」（『歌行燈』七）。 一六「㊁若き婦人。東京の語」（『ことばの泉』）。「ころ〳〵とした婦人（ぼた）の」（梅亭金鵞『妙竹林話 七偏人』五編下）。 一七「なれば」の転。 一八 囃しを奏する。ここでは、長らく期待させてきた、の意。以下見世物などの口上を模す。 一九 前口上は。→補二一。 二〇 評判娘。 二一 それ来た。「あい」は調子を整えるかけ声。 二二「早速ながら本芸に取掛らせまする。…ありや

は何《なん》の事《こと》やら解《わか》らねど、万吉《まんきち》も客《きやく》も一度《ど》に失笑《ふきだ》すに誘《さそ》はれて、苦笑《にがわらひ》してゐたりけり。
[二五]扨《さて》はや佐《さ》の市様《いちさん》や、と吉《きち》はまた妙《めう》な声《こゑ》して他《ひと》を笑《わら》はせ、やう〳〵真面目《まじめ》になりて、先刻一件《さつきいつけん》といつたのも、御祝儀《ごしふぎ》と云《いつ》たのも、あれは皆色事《みないろごと》の符牒《ふてふ》さ。暴露《さらけだ》していへば、あのお久米《くめ》が客《きやく》の[二六]枕上風月《なぐさみもの》になつた事実《わけ》と、後段《あと》は聞《き》きもせず佐《さ》の市《いち》は擦寄《すりよ》りて、吉様《きつさん》、それは[二七]真《ほん》の事《こと》ですかと、心元無《こゝろもとなげ》に問《と》ひ懸《か》くれば、その真《ほん》か虚《うそ》かゞ瞭然《はつきり》しないから、それで此方《こつち》からお前様《まへさん》に訊《たづ》ねたのだが、そんな話《はなし》はちつとも聞《き》かずですか、と万吉《まんきち》は合点《がてん》の行《ゆ》かぬ気色《けしき》なり。
一体《いつたい》それは何頃《いつごろ》の事《こと》、と佐《さ》の市《いち》が首《くび》を捻《ひね》れば、何頃《いつごろ》どころかい、出来《でき》たてのほや〳〵、一昨夜《をとゝひのばん》と昨夜《ゆふべ》と二晩続《ふたばんつゞけ》。それをお前様《まへさん》が知《しら》ぬとは、えゝ[二八]明盲《あきめくら》といひかけて、本物《ほんもの》だから仕方《しかた》が無《な》いがと呟《つぶや》きしが、佐《さ》の市《いち》にも聞《き》こえて、眼《め》は見《み》えずとも耳《みゝ》があれば、それくらゐの事《こと》は分《わか》りますが、而《そう》して其客《そのきやく》といふのは。東《とう》京《きやう》の官員《くわんゐん》で、知事《ちじ》の朋友《ともだち》だとやら、今朝《けさ》の二番《にばん》で立《た》つたさうだと、吉《きち》が辞《ことば》になるほどと、佐《さ》の市《いち》は思《おも》はず[二九]小膝《こひざ》を拊《う》てば、[三〇]何《なん》と思《おも》ひあつたか。さあ〳〵いよ〳〵此《これ》は本物《ほんもの》だよ。[三一]有難《ありがて》え〳〵、と吉《きち》は無性《むしやう》に懽《よろこ》べば、[三二]何《なん》の[三三]難有《ありがて》えことがあるものか、[三四]自分《じぶん》でも出来《でき》はしまいし。熟考《よくかむが》へても見《み》な、面白《おもしろ》くも無《ね》え、宇都宮《うつのみや》の

来た、よいよいよい扨」(泉鏡花『義血侠血』七、明治二十七年。水芸の口上)。「アイ来た、と手品師が箱の中から拇指(おやゆび)で摘(つま)み出しさうな中親仁(ちうおやぢ)」(泉鏡花『国貞ゑがく』二、明治四十三年)。 二二 鳴り物の擬音か。
二三 木型に紙を貼り付け、乾いてから型を抜き取って、赤く彩色した達磨。「摩」は底本のまま。
二四 つまみ食い(軽い気持で女に手を出し情交すること)の手まね。「模」は真似る意。「ヱヘン旦那　トつまみぐひをする手まねをしながら　ちッとおたしなみ被成(なせ)ましアハ、、、」(『春色連理の梅』三編下、嘉永五年)。「手匣」は「箱入」(→注七)の縁語。
二五 さてまあ。「はや」は、調子を整えたり、軽く意味を強めたりする感動詞。
二六 一時の弄びもの。「慰み者にされた事まで名古屋一杯に広がる道理…貴君(あんた)も妾(わた)も不義の罪」(「名古屋帯旅寐の虚解」下、『読売新聞』明治九年十一月九日)。男女間の情事。「太尉ハ年七十余ノ人ナレバ風月ノ事ハスデニナシ」(淡斎主人訳『通俗古今奇観』巻五「売油郎独占花魁」下、文化十一年)。 二七 本当のこと。
二八 目は見えても何も気づかない人。「自分らも矢ッぱり明きめくらか　目くら千人の内に蠢(こうめ)き居ながら」(「己惚れかゞみ(前号の続き)」『読売新聞』明治二十三年十月三十日)。
二九 はっと思い当たった時などに、手で膝を打つこと。「舜天丸(すてまる)小膝を礙(はた)と拍(ちう)、「これにて思ひあはすることあり」」(『椿説弓張月』六十六回)。 三〇 どうだ、気がついたのか。「思ひあてた」の促音便。 三一 しめた。 三二 どうして。以下、万吉の言葉。 三三 「有難い」「難有い」いずれも用いる。 三四 自分でお久米を慰み者にできるわけでもあるまいし。

[一]耻辱《はぢ》だわなと[二]説破《つゝこ》めど、吉《きち》は[三]沮《ひる》まず、それでも妙齢《としごろ》の娘《むすめ》をあゝして推籠《おしこ》めておいて、[四]病《むし》でも出《で》たら可愛《かあい》さうだと思《おも》へば、我《おら》は腹《はら》も立《た》たねえ。[五]はて[六]飛《とん》だ情深《なさけぶか》いお人《ひと》だと万吉《まんきち》が謂《い》へば、[七]立《た》ちたくても立《た》たれないのであらう、と客《きやく》の店者《たなもの》は冷《ひや》かす。佐《さ》の市《いち》は黙然《もくねん》と[八]腕《うで》を拱《こまぬ》きて、思案《しあん》に暮《くれ》たる風情《ふぜい》なり。

[九]佐《さ》の市様何《いちさんなに》をそんなに考《かむが》へ込《こ》むでお在《いで》だ。思《おも》ひあたることでもありますかね、と万吉《まんきち》に問《と》はれて、重《おも》たげに顔《かほ》を挙《あ》げ、吉様《きちさん》のお話《はなし》の通《とほ》り、東京《とうきやう》の身分《みぶん》ある官《くわん》員《ゐん》とやらのお客《きやく》はありました。娘《むすめ》も其座敷《そのざしき》へ給仕《きふじ》に出《で》たことは出《で》ましたが、[一〇]請《うけ》合《あひ》そんな事《こと》はありませぬ。大方其《おほかたそれ》は世間《せけん》の悪口《わるくち》。あの店《みせ》に限《かぎ》つて、さうした醜猥《みだら》なことは決《け》して〳〵、と首《くび》を掉《ふ》れど、吉《きち》はなか〳〵承知《しようち》せず。何《なん》の無《な》いと極《きま》るものか。此方《こつち》が幾許堅《いくらかた》くしても、敵手《あひて》が敵手《あひて》だ。[一一]よしかい、先方《むかふ》には知事《ちじ》といふものが附《つ》いてゐるよ。此奴《こいつ》が[一二]鶴《つる》の一声《ひとこゑ》で媒介《とりもち》をした日《ひ》には、[一三]齳《はぬけ》が物《もの》を喰《く》ひはしまいし、堅《かた》いも柔《やはら》かいもあるものか。それ能《よ》く言《い》ふ奴《やつ》だが、[一四]泣《な》く子《こ》と地《ち》頭《とう》には勝《かた》れぬだ。それも、無料《たゞ》で何《どう》しやうといふぢや無《な》しさ、我達《おらたち》が口説《くど》くのとは大《おほ》きに事情《わけ》が違《ちが》ふ。[一五]思召次《おぼしめしゝ》第《だい》で四十や五十は前銭《まへせん》で並《なら》べて見《み》せて、それで唯一度《たゞいちど》なら慾《よく》も出《だ》さずには居《ゐ》られめえ。そこへ知事様《ちじさま》の一睨《ひとにらみ》、[一六]おつな言《こと》の一句《ひとつ》も謂《い》はれたら、否応無《いやおうな》しに[一七]承知《しようち》ものだ。箱入《はこいり》だの、堅《かた》いのと、評判《ひやうばん》は大《たい》したも

一 お上の威勢に負けて、宇都宮一、二の美しい娘が慰み者になったから。
二 相手の言い分に鋭く切り込むこと。
三 「沮」は、くじける、ひるむ意。以下、吉のこじつけ。 四 腹痛や癪を起こす体内の虫。「積（しゃく）の虫がおこれり」（井原西鶴『日本永代蔵』四の一、貞享五年）。
五 初出ではここで改行。
六 大した情け深いお人だ。万吉の皮肉。
七 腹を立てたくても、県知事の威光に恐れ入って立てられないのだろう。
八 腕組みする。考え込むさま。
九 初出ではここから第十六回。 一〇 間違いなく。
一一 いいかい。相手に念を押す言葉。
一二 諺。「その人のいひいでたる詞の、衆言を排して用ゐらるること」（『ことばの泉』）。
一三 歯の抜けた人は食物の固さに気を使うものだが、それとは違って、いくら身持ちを堅くしても無駄だ、の意。 一四 諺。泣く子のだだと権力者の無理は、そのまま通すしかない。地頭は鎌倉時代には横暴を極めた。
一五 その人のお気持ち次第で、四十円や五十円は前金で出して見せて。
一六 変な言葉。権威を笠に着た文句。
一七 必ず承知する事柄。
一八 華族などの高貴な家柄。
一九 若い女を軽んじて言う語。「いけ騒（さう）ぐしいあまつちよめらだ」（『浮世風呂』三編上）。
二〇 滝のように淀みなく言い立てるさま。
二一 →『二人比丘尼 色懺悔』一九頁注二一。
二二 「しがなし…貧シ。物乏シ」（『言海』俗語）。「貧しい」ので「憫れむべき」との意。 二三 「風情」は自らへりくだる意で用いる。按摩なんぞ。
二四 恐れてびくびくするさま。「土段場へ直した

のだが、高家《かうけ》[一八]のお姫様《ひめさま》といふぢやなしよ、高《たか》が旅籠屋《はたごや》の娘子《あまつちよ》[一九]だ。何《どう》されたか知《し》れたものぢやねえ、と弁舌滝《べんぜつたき》[二〇]の如《ごと》く滔々《たうく》と驀《まく》しかくれば、佐《さ》の市《いち》は躍起《やつき》となりて、苛立《いらだ》つほどなほ口籠《くごも》[二一]り、何《なに》、高《たか》が旅籠屋《はたごや》の娘子《あまつちよ》だ。お丶其《それ》は謂《い》ふまでも無《な》い、旅籠屋《はたごや》の娘子《あまつちよ》さ。その旅籠屋《はたごや》が、尋常《たゞ》の旅籠屋《はたごや》とは旅籠屋《はたごや》が違《ちが》ふ。何《なん》だ四十や五十の端金《はしたがね》、可憫《しがない》[二二]按摩《あんま》[二三]風情《ふぜい》の私《わたし》でさへ、そればかりのことに驚愕《びくしやく》[二四]するものか。まして千束屋《ちつかや》は評判《ひやうばん》の内福者《ないふくしや》[二五]。毎晩《まいばん》の客《きやく》の茶代《ちやだい》[二六]でも、それしき[二七]が額《もの》はあるに、大事《だいじ》の秘蔵娘《ひざうむすめ》を切売《きりうり》[二八]させやう道理《だうり》が無《な》い。また知事様《ちじさま》のお声懸《こゑがゝ》りがあらうとも、ちつとも恐《こは》いことも、怖《おそ》ろしいことも無《な》い。それは平《ひら》に御免《ごめん》を蒙《かうむ》ります、と立派《りつぱ》に拒絶《ことわり》をいつたとて、豈敢《まさか》[二九]警察署《けいさつしよ》へも揚《あ》[三〇]げられまい。旧時《むかし》は知《し》らず今日《こんにち》開化《かいくわ》の世中《よのなか》に、権柄尽《けんぺいづく》[三一]で威《おど》しつけ、それでも言《い》ふことを可《き》かぬとて、罪《つみ》も無《な》いものに縄打《なはう》[三二]つて責呵《せめさい》なむやうな、そんな役人《やくにん》があるものか。物《もの》を識《し》らぬにも程度《ほど》があると、平生《ひごろ》[三三]にも似《に》ず、直入《づかく》[三四]と思切《おもひき》りたる物《もの》の言《い》ひやう。

此方《こなた》は血気《けつき》の吉五郎《きちごらう》、理窟《りくつ》で負《ま》けたら腕《うで》[三五]で来《こ》い、一鉄無法《いつてつむはふ》[三六]の我武捨良《がむしやら》[三七]なれば、箇《この》[三八]按摩《あんま》鍼《はり》[三九]と謂《い》ふより早《はや》く、がんと一撃頭《ひとつあたま》を吃《くら》[四〇]はして、驚《おどろ》くところを撞倒《つきたふ》せば、不意《ふい》を打《う》たれし佐《さ》の市《いち》は、腰懸《こしかけ》[四一]にたまり得《え》ず、呀《あ》といひながら仰様《のけさま》に、づてん[四二]撻《だう》と転堕《ころげお》ちたり。

うなぎの様に、びくしやくしても歯はたゝねへぜ」(為永春水『春色梅児誉美』巻の四第八齣、天保三年)。 二五 見かけより裕福な者。
二六 心付け。チップ。
二七 それくらいの金額はあるのだから。
二八 一晩ずつに限って身を売ること。「大名方へ上て一夜(ひとよ)二夜其身を切売に致して莫大なる金子(かね)を得て」(放牛舎桃林講演／加藤由太郎速記「茶道の夢」六、『百花園』八十六号、明治二十五年十一月二十日)。
二九 「豈敢」は、どうして思い切って…しようか(反語)の意。「まさか」は打消の語を伴って、よもや…しまい、の意。
三〇 拘引されまい。 三一 権力をかさに着て。
三二 縄で縛る。 三三 初出「平生の佐の市に似ず」。
三四 無遠慮に言い立てるさま。ずけずけと。「直入」は、まっしぐらに入る意。
三五 腕力で勝負だ。
三六 気が強く、道理を無視した。
三七 血気にはやって乱暴なこと。「やあ、豊島町のガムシヤラだぜ」と沮(ひる)ンで居ります所へ」(三遊亭円朝遺稿・門人円橘口演『後の業平文治』五、明治三十六年)。 三八 「箇」は、この、あの、など、物や場所を指す語。
三九 按摩と鍼療治を業とする者。→三五三頁注二六。「愚老も元は按摩鍼だが」(『小袖曾我薊色縫』第一番目大詰)。「「按摩ア針」と諸所を流し廻りつゝ」(探偵叢話其二十一「清水定吉」二十六、『都新聞』明治二十六年五月十三日)。
四〇 「俚語。ナグル」(『日本大辞書』)。
四一 こらえきれず、腰掛から落ち。
四二 勢いよく転倒するさまを表す擬態語。「さしもの清盛目くるめき椽より下へ頭転倒(づでんだう)」(並木千柳ら『源平布引滝』初段、寛延二年初演)。

其《それ》と見《み》るより万吉《まんきち》は吉五郎《きちごらう》に飛着《とびつ》きて、[一]なほ蹂躙《ふみかへ》さむと暴《あ》るゝを掣《おさ》ふれば、女房《にようばう》は駈出《かけい》で、客《きやく》は[二]立騒《たちさわ》ぎて介抱《かいはう》する傍《そば》に、万吉《まんきち》は[三]口《くち》を尖《とが》らせ、[四]眼《め》を円《まる》くして、頻《しき》りに吉《きち》の無法《むはふ》を責《せ》めながら、押出《おしだ》し押出《おしだ》し障子《しやうじ》の外《そと》に突放《つきはな》せば、吉《きち》は膨面《ふくれつら》して、坊主《ばうず》め覚《おぼ》えてゐやがれと喚《わめ》けば、佐《さ》の市《いち》も[五]肯《き》かぬ気《き》に、応《おゝ》、覚《おぼ》えてゐるからと立起《たちあが》るを、三人《さんにん》して、まあ〳〵まあ。

[六]吉《きち》に撲《う》たれし処《ところ》は然《さ》したる事《こと》なけれど、[七]蹉《たふ》れて地《ち》に打着《うちつ》けし[八]後脳《こうなう》の疼痛《いたみ》に眩暈《めまひ》して、髪《かみ》を剃《そ》る所《どころ》にはあらず、頭抱《あたまかゝ》へて佐《さ》の市《いち》はふら〳〵と帰《かへ》りぬ。

母親《はゝおや》は此体《このてい》を見《み》るに気遣《きづかは》しく、子細《しさい》を問《と》へば云々《しかじか》と、[九]涙《なみだ》を流《なが》して無念《むねん》がれば、今《いま》はともあれ其昔《そのむかし》は、二日《ふつか》に一度《いちど》づゝは亭主《ていしゆ》と喧嘩《けんくわ》して、[一〇]随分《ずゐぶん》[一一]負《ま》けぬ気《き》のお民《たみ》は腹《はら》に据《す》ゑかね、あの無法者《むはふもの》の吉《きち》の野郎《やらう》め。[一二]眼界《めがい》の見《み》えぬものを、よくもこんな目《め》に遭《あ》はせやがつたな。[一三]うぬ何《どう》するか見《み》ろ、と血相変《けつさうか》へて立起《たちあが》れば、佐《さ》の市《いち》は裾《すそ》に縋《すが》りて、母親《おつかさん》、腹《はら》の立《た》つのは道理《もつとも》だ。私《わたし》も口惜《くやし》い、讐《かたき》は復《とつ》てもらひたけれど、さうしたら此後《このご》彼奴《あいつ》に会《あ》つた時《とき》、またどんな目《め》に遭《あ》はうも知《し》れねば、何《なに》をいつても対手《あひて》が悪《わる》い。私《わたし》も勘弁《かんべん》するから母親《おつかさん》も、今日《けふ》の所《ところ》は勘弁《かんべん》して、短気《たんき》なことしておくれでない。あゝ頭痛《づゝう》がしてならぬ、と頭顱《あたま》を撫《な》でゝ、[一四]即功紙《そつこうし》は無《ない》かと聞《き》けば、母親《はゝおや》はなほ[一五]敦圉《いきまきあら》暴く、これから行《いつ》て即功紙《そくこうし》を買《か》ふて来《く》ると、立《たち》

一 佐の市をさらに踏みつけようと吉五郎が暴れるのを、万吉が制止したところに。
二 初出「立騒ぎ、とかく佐の市を介抱する」。
三 怒ったさま。
四 眼を大きく見開く。怒ったさま。「それを聴くと彼の父は眼を丸くして怒った」(志賀直哉『清兵衛と瓢簞』大正二年)。
五 →『二人比丘尼 色懺悔』五三頁注一二。
六 初出ではここから第十七回。
七 「蹉」は、つまずき倒れる意。
八 後頭部。
九 初出「佐の市は涙を」。
一〇 程度が相当であるさま。大いに。
一一 負けん気。負けず嫌い。
一二 目の見えない。「眼界」は視界。「眼界の見えぬ不便(ふびん)さに」(河竹黙阿弥『蔦紅葉宇都谷峠』三幕目、安政三年初演)。
一三 おのれ。相手に対する激しいののしり言葉。
一四 薬を塗布した紙片で、頭痛などの際患部に貼るもの。「Sokkōshi…即効紙 The name of a medicinal plaster」(『和英語林集成』第三版)。「火鉢の引出(ひきだ)しに赤膏薬と即功紙が有たぢやアねへか」(『七偏人』五編上)。「腹などは…血を止め油をぬり即効紙を貼るべし」(「急病の手あて 切創(きりきづ)」『以良都女』十二号、明治二十一年六月)。「あゝ心配に頭脳(あたま)の痛む、…即効紙の貼つてある左右の顱顬(こめかみ)を」(幸田露伴『五重塔』三、明治二十四年)。
一五 →『おぼろ舟』一七五頁注二四。

出《い》づるを引留《ひきとめ》て、嘘《うそ》だ〳〵。やつぱり吉《きち》の家《ところ》へ何《なに》か言《いひ》に行《ゆ》くお前《まへ》の心《こゝろ》。後来《あと》の災難《さいなん》を念《おも》つたら、何卒《どうぞ》このまゝ[一六]了簡《れうけん》して、と手《て》を放《はな》さぬに、[一七]悍立《いきりた》つ母親《はゝおや》も[一八]我《が》を折《お》りて、ええ腹《はら》が立《た》つ。お前《まへ》がそんなに留《と》めぬなら、あの野郎唯措《やらうたゞお》く奴《やつ》では無《な》い、と[一九]切歯《はがみ》をして口惜《くやし》がる。[二〇]佐《さ》の市《いち》も心《こゝろ》の中《うち》の無念《むねん》さを推隠《おしかく》して、撲《う》たれても殴《たゝ》かれても、千束屋様《ちつかやさま》の為《ため》と思《おも》へば少《すこ》しも悔《くや》しいことは無《な》い。武人《さむらひ》ならば此《これ》も忠義《ちうぎ》の[二一]為《ため》だ、と笑《わら》ふてしまひぬ。

母親《はゝおや》は医者《いしや》に診《み》てもらふたらばと謂《い》へど、然《さ》ほどの事《こと》にあらねばと、[二二]火鉢《ひばち》の抽斗《ひきだし》に在合《ありあは》せの即功紙《そつこうし》を貼《は》りつけ、[二三]直《ぢき》に癒《なほ》ると、枕《まくら》を出《だ》して横《よこ》になりぬ。お民《たみ》は[二四]用《よう》ありて出《で》ることは其方退《そちのけ》にして、[二五]まめやかに介抱《かいはう》すれば、もとより軽《かろ》き怪我《けが》とて、日没《ひぐれ》には頭痛《づつう》も大方《おほかた》に薄《うす》らぎ、殴《う》たれし跡《あと》の瘤《こぶ》の疼痛《いたみ》も微《ほのか》になりけり。

はや仕事《しごと》に出《い》づる時刻《じこく》になれば、佐《さ》の市《いち》は起上《おきあ》がりて、千束屋《ちつかや》へといふを母《はゝ》親《おや》は切《せつ》に止《とゞ》めて、惰《なま》けて休《やす》むといふにあらねば、少《すこ》しも義理《ぎり》の済《す》まぬことはあらじ。よう[二六]分疏《ことわり》いひに、一走《ひとはしり》[二七]行《い》て来《く》る間《あひだ》留守《す》してと、[二八]醜《みにく》からぬほどに着更《きか》へて、何《なに》か旨《うま》いものをお土産《みやげ》に買《か》つて来《き》てやろ、とお民《たみ》は[二九]尻軽《しりがる》に出《い》でゝ行《ゆ》きぬ。

佐《さ》の市《いち》は頭痛《づゝう》に悩《なや》まされて睡《ねむ》りも得《え》ず、独《ひと》り寂《さび》しく待詫《まちわ》びたりしが、やがて

一六 ↓『おぼろ舟』一六〇頁注八。
一七 怒って興奮する。「悍」は猛々しい意。
一八 降参して、怒りを鎮める。
一九 歯ぎしりする。無念をこらえるさま。
二〇 初出ではここで改行。
二一 初出「為だと、笑ひぬ」。
二二 箱火鉢（木製の箱形長火鉢）には下部に引き出しが付いており、小銭や日常よく使う小物などが入っていた。注一四の『七偏人』の用例参照。「火鉢の際に座（すはり）、（ちよく＝猪口）を引出しより出して」（『春色梅児誉美』巻の九第十七齣、天保四年）。「長火鉢の曳出（ひきだし）からお宝を出して」（『歌行燈』十九）。
二三 すぐに治ると言って。
二四 用事で外出するはずなのも構わずに。
二五 「（二）深切ニ働キテ。カヒガヒシク」（『言海』）。
二六 「ことわり…（一）告ゲテ置クコト。＝予メ断ツテ置クコト」（『日本大辞書』）。
二七 「行って」の促音が略されたもの。「足も空に行（い）って見れば」（『小袖曾我薊色縫』第二番目二幕目）。
二八 見苦しくない程度に。
二九 動作の身軽なさま。「お酣（かん）に立つにも尻軽ゆゑどの客にも受（うけ）がよい」（『仮名読新聞』明治九年九月十六日）。

門《かど》の戸《と》のがたつくに嬉《うれ》しく、母様《おつかさん》かと寐床《ねどこ》を這出《はひだ》せば、お民《たみ》は閾《しきゐ》を跨《また》ぎながら、大変《たいへん》に長話《ながばなし》をして、十時《じふじ》の鳴《なつ》たのに吃驚《びつくり》して、大急《おほいそ》ぎで帰《かへ》つて来《き》た。熱《あつ》い〱と、佐《さ》の市《いち》の枕上《まくらもと》に座《すわ》れば、おや何《なに》かお土産《みやげ》を買《かつ》て来《き》たねと、風呂敷包《ふろしきづゝみ》を置《お》く音《おと》にそれと暁《さと》れば、買《かつ》て来《き》たのでは無《な》い、千束屋様《ちつかやさま》からお前《まへ》のお見舞《みまひ》。それ〱かういふ物《もの》と、取出《とりい》だす[一]重《ぢう》の内《うち》は、品々《しな〴〵》の料理《れうり》、一々《いち〳〵》何々《なに〳〵》と言聞《いひき》かすれば、[二]其隠見豆《そのいんげんまめ》が少《すこ》し喰《た》べたいと謂《い》ふ。他《あと》は[三]籜包《かはづゝみ》が[四]餅菓子《もちぐわし》、二袋《ふたふくろ》は干菓子《ひぐわし》に煎餅類《せんべいるゐ》。お久米様《くめさま》からは[五]不日《いづれ》といふこと。

（六）

[六]千束屋夫婦《ちつかやふうふ》は話上手《はなしじやうづ》のお民《たみ》に佐《さ》の市《いち》が災難《さいなん》の始末《しまつ》を聴《きか》されて、人《ひと》の[七]口《くち》は善悪《さが》なく、[八]痕跡無《あとかたな》き噂《うはさ》も、立《た》ちたるからは[九]是非無《ぜひな》けれど、娘《むすめ》に傷《きず》つきては、と銀蔵《ぎんざう》は腹立《はらだ》ち、女房《にようばう》は気《き》を揉《も》めども、敵手無《あひてな》ければ面々《めんめん》むづかしき顔《かほ》して、心々《こゝろ〴〵》に他《ひと》を恨《うら》むやら、[一〇]我《われ》を悔《くや》むやら。お久米《くめ》は露《つゆ》ほども身《み》に覚《おぼ》えのあるにはあらねど、[一一]余《よ》の事《こと》ならぬ取沙汰《とりざた》、これ[一二]女《をんな》にして慙《は》づべきの第一《だいいち》と、濡衣《ぬれぎぬ》ながら[一三]有繋《さすが》に面目《めんぼく》無《な》くて、[一四]在《あ》るにもあられぬ想《おもひ》なり。

店《みせ》の者《もの》もしげ〴〵と顔《かほみ》見て通《とほ》り、婢等《をんなども》は陰《かげ》にて囁《さゝや》くなど、皆《みな》それゆゑにかと

一　「ぢゆう…重箱ノ略。「―ノ内」」（『言海』）。
二　隠元豆。マメ科のつる性一年草。熟していないさや、もしくは熟した種子を食用とする。名は、隠元和尚が中国から伝えたことに拠ると言う。
三　「籜」は竹の皮。「其の塩鯖の籜包（かはづゝ）みを」（幸田露伴『雁坂越』四、明治三十六年）。
四　「菓子　食事ノ外ニ茶請（チヤウケ）ニ食フモノノ総名。…餅ト餡トナドナルヲ餅―トイフ。…粉ト砂糖トナドナルヲ乾（ヒ）―トイフ」（『言海』）。
五　近いうちにあらためて…、の意。「不日…多クノ日ヲ歴ズシテ」（『言海』）。
六　初出ではここから第十八回。
七　↓三七〇頁注七。
八　根も葉もない噂。
九　仕方ないけれど。
一〇　自分で自分の行動を後悔する。お久米を給仕に出したことを指す。
一一　他ならぬ、自分の貞操に関する噂。
一二　「栄耀栄華をなさんために一夜の情を売るところの娼妓の如く夫にもあらざる人に我身を任せるは此上もなき耻かしきことなり」（『伝家宝典　明治節用大全』「男女行儀作法　婦人平素の心得」明治二十七年四月、博文館）。
一三　↓三四六頁注四。
一四　いたたまれない気持。

心《こゝろ》に咎《とが》められて、用《よう》ありても居間《ゐま》の外《そと》へは出難《でにく》く、一日垂籠《いちにちたれこ》[一五]めてのみゐたりし夕《ゆふべ》、はや怪我《けが》は癒《なほ》りたるか、然《さ》れども何処《どこ》やら平素《つね》よりは萎《しほ》れたる風情《ふぜい》にて佐《さ》の市《いち》の入来《いりきた》りぬ。

銀蔵夫婦《ぎんざうふうふ》は見《み》るよりの歓喜《よろこび》[一六]、殊《こと》[一七]に内儀《ないぎ》が歓待《もてなし》[一八]ぶりの挨拶《あいさつ》は、心《こゝろ》[一九]から懐《なつ》かしげなりし。奥間《おくのま》より嬉々《いそ〳〵》お久米《くめ》も出来《いできた》りて、待詫《まちわ》びたりし人《ひと》に会《あ》ひたらむやうに、まあ佐《さ》の市様《いちさん》と、後《あと》は語無《ことばな》くて面《おもて》を瞶《まも》[二〇]るのみ。

銀蔵《ぎんざう》はまづ怪我《けが》はと訊《たづ》ぬる。内儀《ないぎ》は負傷《きず》を見《み》せよと擦寄《すりよ》れば、同《おな》[二一]しやうにお久米《くめ》も擦寄《すりよ》る。此《これ》でござりまするとと見《み》せ栄《ばえ》のする大怪我《おほけが》にもあらず。当座《たうざ》は割《わ》れむばかりに頭痛《づゝう》もせしが、今《いま》は紀念《かたみ》[二二]の瘤《こぶ》も退《ひ》きかけて、否《いえ》もう大概癒《たいがいなほ》りまして、と佐《さ》の市《いち》は我《われ》と撫《な》で〳〵頭顱《あたま》を出《だ》せば、旋毛《つむじ》[二三]のあたりに小《ちい》さき兀《はげ》の燈《あかり》に照《て》らさるゝ陰《かげ》に隆起《むつくりと》したるを、内儀《ないぎ》に撫《な》でられて顔《かほ》を顰《しか》[二四]め、血《ち》の出《で》ませぬ割《わり》には痛《いた》いものでござりますと喞《かこ》[二五]つを、皆《みな》に慰《なぐさ》められて、それより結髪床《かみゆひどこ》の一条《いちでう》に話《はなし》移《うつ》りて後《のち》、烏滸《をこ》[二六]がましいこと[二七]申《まを》すやうではござりまするが、此後《このご》どのやうな御《お》方《かた》がお出《い》でなされましても、お久米様《くめさま》をお座敷《ざしき》へお出《だ》しあそばさぬが宜《よろ》しうござりまする。世間《せけん》といふものも、何《なん》の彼《か》のと、いやもう懊悩《うるさい》もので、どんな言《こと》をいひふらすか、知《し》れたものではござりませぬ、と按摩風情《あんまふぜい》に意見《いけん》されて、口《くち》[二八]

一五 部屋に閉じこもって。
一六 お久米の噂を打ち消したために負傷した佐の市が、久しぶりに来たので。
一七 初出「特(とこ)に」。
一八 歓待の意を表した応対。
一九 初出の振り仮名「しん」。
二〇 「まもる…(二)目ヲ放タズシテ見ル」(『言海』)。初出の振り仮名は「みまも」。「瞶」は、じっと見つめる意。
二一 「同じ」「同し」両用。
二二 「きねん…紀念…カタミ」(『日本大辞書』)、「かたみ…過ぎし事を思ひ出さしむるための紀念」(『ことばの泉』)。
二三 頭髪が渦巻き状になっているところ。
二四 初出「顰めながら」。
二五 →三五七頁注二四。
二六 差し出がましい。
二七 初出「ことを」。
二八 口の達者な。「巧ニ物言フ人」(『言海』)。

利《きゝ》の銀蔵《ぎんざう》も一言無《いちごんな》く、[一]外《ほか》ならぬ知事様《ちじさま》が懇切《たつて》の御所望《ごしよまう》と、其晩勃然《そのばんむつ》とせし内儀《ないぎ》はなほ[二]慚《はづか》しく、妙齢《としごろ》の娘持《むすめも》てる親《おや》は何《なに》につけても苦労《くらう》の絶《た》えぬものと、そんな話《はなし》に紛《まぎ》らしてしまひぬ。

佐《さ》の市《いち》はこれから仕事《しごと》にといふを、銀蔵《ぎんざう》は、最一晩今夜《もうひとばんこんや》も保養《ほやう》するがよかろ。我《おれ》は此《これ》から酒《さけ》だ、鮨《すし》でも馳走《ちそう》せうから、ゆるりと話《はなし》して行《ゆ》きやれと謂《い》へば、はや内儀《ないぎ》は婢《をんな》を呼《よ》びて、[三]玉鮨《たまずし》へ走《はし》らせけり。

もとより否《いや》にあらねば、難有《ありがた》く礼《れい》を述《のべ》て座《ざ》に着《つ》けば、内儀《ないぎ》が彼《あれ》をといふにお久米《くめ》は立《た》ちて、奥間《おくのま》より縫《ぬ》ひかけの[四]浴衣地《ゆかたち》を持来《もちきた》れば、お見舞《みまひ》といふもお礼《れい》といふも異《い》なものなれど、久米《くめ》からお前《まへ》へ此浴衣《このゆかた》を[五]上《あ》げうとて、今仕立最中《いましたてさいちう》。明後日《あさつて》は出来《でき》やうと、佐《さ》の市《いち》に持《も》たすれば、へい、あの[六]此《この》お浴衣《ゆかた》を。どうもそれは恐入《おそれい》りまする、と先《ま》づ[七]戴《いた》だきて、撫《な》でつ、摩《さす》りつ悦喜《えつき》の顔色《かほいろ》。其《それ》は[八]東京染《とうきやうぞめ》で、白地《しろぢ》に[九]浅黄《あさぎ》の[一〇]籃目《かごめ》、ちと[一一]意気《いき》過《すぎ》るか知《し》らねど、浴衣《ゆかた》なれば少《すこ》しは意気《いき》なのも可《よ》かろと、此《これ》にしたと内儀《ないぎ》が謂《い》へば、佐《さ》の市《いち》は意気《いき》といふを[一二]無《む》上《じやう》に喜《よろこ》び、お久米《くめ》が手《て》づからの裁縫《したて》と聞《き》きて、[一三]無上《むじやう》の上《うへ》の喜悦《よろこび》に堪《たへ》ぬ折《をり》から、[一四]鮨《すし》は好物《かうぶつ》の鮪沢山《まぐろだくさん》、これも喜《よろこ》びの一《ひと》つぞかし。

一 ↓三六一頁一四行目。 二 いっそう。
三 仮構の名か。「寿司屋としての第一位は池上町の小松鮨なり、次で相生町の鮨万、卯の花等あり」(春圃居士『宇都宮繁昌記』「仙郷」)。
四 浴衣(「(一)綿布製ノ単衣」『日本大辞書』)用の布地。 五 上げよう。「う」は意志の助動詞「む」の転。初出「上げやう」。
六 感激の余り、言葉に詰まった時の感動詞。
七 高くささげて。
八 東京出来の染物。宇都宮で染めたものより高級なイメージ。「東京染(とうけいぞめ)の手拭」(饗庭篁村「走馬燈」二)。舞台は京都)。「東京風(とうけいふう)に染め出すと」(『当世商人気質』巻三の三。舞台は大阪)。
九 「浅黄」は「淡黄」(『言海』)、音の同じ「浅葱」は「藍色ノ淡キモノ」(同)。両者混同されたため、「浅黄」も淡い藍色を指すことがある。ここも薄青色。「浅黄と赤で撫子(なでしこ)と水の繻珍(しゅちん)の帯腰」(泉鏡花『婦系図』十一、明治四十年)。
一〇 「籃目」は籠目。「籠目。竹かごの目の如き形。(模様、紐の編み目などにいふ)」(『ことばの泉』)。
一一 「意気」は洗練されていておしゃれなこと。
一二 「むじやう…無上 此上モ無イコト」(『日本大辞書』)。初出の振り仮名「むしやう」。「其処らを無上(むしやう)に探りまはれど」(『七偏人』五編上)のように、「無性」(むやみに)と混同された。
一三 底本・初出の振り仮名は「むしやう」。意改。
一四 ここは自然発酵させた馴鮨(なれずし)ではなく、酢飯に魚介類を配した早鮨。ちらし鮨・にぎり鮨・巻鮨など。
一五 諺。世間がとやかく話題にするのも一時のことで、間もなく忘れられてしまう、の意。「人の噂も七十五日の格で近処でも忘れて居(を)

（七）

一五人《ひと》の噂《うはさ》は七十五日《しちじふごにち》とやら、当座《たうざ》は珍《めづ》らしがりて、此処彼処《ここかしこ》に其沙汰《そのさた》もありしが、千束屋《ちつかや》夫婦《ふうふ》が心《こゝろ》に懸《か》けしほどにも無《な》くて、一月《ひとつき》も過《す》ぎて後《のち》は、誰言《たれい》ふものもあらずなりぬ。

之《これ》に懲《こ》りて、妙齢《としごろ》の娘《むすめ》を何日《いつ》まで未婚《ひとり》おくべきにあらず。まして客商売《きやくしやうばい》の家《いへ》には一六井戸側《ゐどがは》に茶碗《ちやわん》、危《あぶ》ないことゝ、此頃《このごろ》より縁《えん》を急《いそ》ぐ気《き》になりて、夫婦《ふうふ》暇《ひま》あればその事《こと》の一七内談《ないだん》のみ。

お久米《くめ》は今《いま》の一八渡世《とせい》を好《この》ましからず、一九官員《くわんゐん》などの二〇内方《うちかた》が心《こゝろ》の望《のぞみ》にて、かねて母《はゝ》親《おや》までかくと打明《うちあ》けたるを、いつか銀蔵《ぎんざう》も承知《しようち》にて、千束屋《ちつかや》の二一家督《あとめ》には我甥《わがをひ》を二二直《なほ》して此家業《このかげふ》を継《つ》がせなば、其《それ》にて先祖《せんぞ》への義理《ぎり》は立《た》つといふもの。久米《くめ》は性情《こゝろさま》二三向上《かうしやう》に生《う》まれつきたれば、此商売《このしやうばい》に肌《はだ》の合《あ》はぬも道理《ことわり》なり。さりとて二四好《よき》聟《むこ》あらばまた推附《おしつけ》にする方《はう》もあれ、家《いへ》の為《ため》ともなるべき聟《むこ》を望《のぞ》むは、二五日中《ひなか》に大《たい》金《きん》を拾《ひろ》はむとする如《ごと》く、二六廻合《まはりあはせ》にて手《て》に入《い》らぬには限《かぎ》らねど、まづは例《ためし》の無《な》きことに諦《あきら》むるが二七無事《ぶじ》なるべし。

適《あつぱ》れ家《いへ》を興《おこ》すべき二八器量《きりやう》あらむ人物《もの》、誰《たれ》か我女房《わがにようばう》に一目《いちもく》置《お》きて、寝酒《ねざけ》も酔《よ》ふほ

るよしなれど」(「女学生の醜聞(続き)」『読売新聞』明治二十三年二月二十四日)。初出ではここから第十九回。

一六 「井戸側」は、井戸に落ちないよう地上の部分を囲んだもの。ちょっと触れただけで井戸に落ちてしまうことから、危ないことの喩え。「井戸ノハタニ茶ワン」(松本愚山『愚山雑稿』「百一諺」文化・文政頃成。『随筆百花苑』五所収)。「井戸のはたの茶わんとやら、あぶないものと存れど」(四世鶴屋南北『お染久松色読販《おそめひさまつうきなのよみうり》』序幕、文化十年初演)。

一七 「ウチワノハナシ」(『言海』)。

一八 「ナリハヒ。生業」(『言海』)。旅籠という家業。

一九 「官吏。=ヤクニン」(『日本大辞書』)。明治期は官尊民卑の風が強く、官員は憧れの職業。

二〇 →『二人比丘尼 色懺悔』六四頁注三。「身分ある殿御の内方ともなりて」(「当世饅頭娘(続)」『読売新聞』明治二十三年三月二十九日)。

二一 「あとめ…跡目…父兄ノ家督ニ代ハルコト」(『言海』)。 二二 人をある地位に据えること。

二三 「高尚…(二)…スベテ、ケダカクアルコト(学術外ノ物ゴトニイフ)」(『日本大辞書』)。だから客商売には向いていない、との意。

二四 いい聟がいればお久米を無理に押し付けるという方法もあるが、しかしそうした家業を継いでくれる聟を願うのは。「推附」は「押付 強ヒテ人ニ寄スルコト」(『言海』)。

二五 人目につきやすい昼間に大金は落ちていないことから、極めて稀なことの喩え。

二六 「メグリアハセ」(『言海』)。

二七 「無難」(『言海』)。

二八 「物ノ用ニ堪フベキ才能」(『言海』)。聟養子は肩身が狭い、ということ。

どは飲《の》まれぬ身上《みのうへ》を難有《ありがた》がるべき。それも[一]徴兵除《ちようへいよけ》の往時《むかし》は知《し》らぬ事《こと》。何《なに》に掛《か》けても[二]一器量無《ひときりやうな》き[三]愚太郎《ぐうたら》、次男《じなん》に生《う》まれたる身《み》の置所《おきどころ》に窮《こま》りて、人《ひと》の家《うち》へ駈込《かけこ》み、ある金《かね》を珍《めづ》らしく、闇雲《やみくも》に費《つか》ひ捨《す》て、やがて老舗《しにせ》も[四]素封《ものもち》も潰《つぶ》るゝは、聟《むこ》か但《たゞ》しは[五]三代目《さんだいめ》の世《よ》に限《かぎ》れり。

それよりは当人《たうにん》の望《のぞみ》もあれば、然《しか》るべき方《かた》を見立《みた》てゝ嫁《よめ》にやるが上分別《じやうふんべつ》と、夫婦《ふうふ》談合《だんがふ》して、事《こと》は其《それ》に極《きは》まりぬ。

然《さ》れども宇都宮《うつのみや》の千束屋《ちつかや》が一人娘《ひとりむすめ》、[六]誰方《たれかた》へ縁附《えんづ》きたりと謂《い》はれて、愧《はづ》かしき合手《あひて》へは遣《や》りがたし。なるほど遣《や》つた理《はず》、もらつた理《はず》と、何方《どちら》も[七]退《ひ》けぬやうな処《ところ》をと[八]念懸《ねんが》くれば、[九]あるは[一〇]提灯《ちやうちん》に釣鐘《つりがね》、[一一]杖《つゑ》に杉箸《すぎばし》、[一二]さりとは似合《にあは》しき縁《えん》無《な》く、秋《あき》も過《す》ぎて[一三]時雨月《しぐれづき》、此月《このつき》は[一四]出雲《いづも》の大社《おほやしろ》に神々《かみぐ》の会《あつ》まり給《たま》ひて、世間《せけん》の縁《えん》を結《むす》ばるゝといへば、夫婦《ふうふ》は心《こゝろ》に頼《たの》もしく思《おも》ふなるべし。

爰《こゝ》に[一五]容色《きりやう》を望《のぞみ》にて嫁《よめ》を求《もと》むる方《かた》あり。[一六]県会議員《けんくわいぎゐん》築居《つくゐ》喜六《きろく》の長男《ちやうなん》、喜一郎《きいちらう》といひて今年《ことし》二十六になりぬ。

父《ちゝ》が立《た》てたる[一七]肥料商会《ひれうしやうくわい》の[一八]支配《しはい》するも名《な》のみにはあらず。世間《せけん》普通《なみ》の素封家《ものもち》の悴《せがれ》の如《ごと》く、家《うち》に在余《ありあま》る金銭《かね》に心《こゝろ》を[一九]縦《ゆる》して、[二〇]自助《じよ》の精神《たましひ》無《な》く、[二一]一円《いちゑん》の稼《かせぎ》の路《みち》の心得《こゝろえ》も無《な》くて、[二二]百五十円《ゑん》の金時計《きんどけい》をさげ、人先《ひとさき》に[二三]世留《せる》の単衣着《ひとへものき》て、新形《しんがた》の帽子《ばうし》

一 以前は、徴兵免除のため有能な男でも養子になった。↓補二二。 二 怠け者。
三 以下、冷遇されてきた無能な次男が、聟養子になって急に金回りがよくなり、むやみに無駄遣いした挙句、養家を没落させるという話。
四 大金持ち。「そほう…素封…A very wealthy person」(『いろは辞典』)。
五 川柳「売り家と唐様で書く三代目」(初代が苦労して築いた財産も、三代目ともなると遊芸などで使い果たし、挙句「売り家」と書いた札は中国風の難しい書体だった、との意)を踏まえる。
六 誰それの所に嫁に行った。
七 引け目を感じないような。 八 心がける。
九 「あるひは＝同ジ」(『言海』)。二つ以上の事柄を列挙する場合に用いる。 一〇 形は似ていても大小異なることから、釣り合いが取れないことの喩え。 一一 前注に同じ意だが、大小の順が逆。家柄が、千束屋と釣り合わないほど良かったり、または悪かったり、ということ。 一二 それはまた。前の事柄を受けて、後の判断を示す接続詞。
一三 「時雨ノ多ク降ル月。陰暦十月ノ異名」(『日本大辞書』)。初冬。「冬をば告る寂しさに。心も空も時雨月」(曲山人『仮名文章娘節用』〈天保二―五年〉三編下)。 一四 陰暦十月すなわち神無月は、俗に全国の神々が出雲大社に集まり、縁結びをするという。「こんな因果な悪縁を出雲とやらの神さんが結び違へて」(『蔦紅葉宇都谷峠』五幕目大切)。「はやく出雲へ飛脚を立てゝ、結び戻してもらひたい」(『明治流行歌史』)。
一五 容貌を第一にして。 一六 ↓補二三。
一七 春圃居士『宇都宮繁昌記』「実業」には、肥料商として村山金平(大工町)・上野松次郎(本郷町)など二十名いるが、類似の名はない。「商会」は「商社＝同ジ」(『言海』)。

を冠《かぶ》り、二十二三の頃《ころ》から廃学《はいがく》して、無上《むしやう》に[二四]実業《じつげふ》〳〵と惰《なま》けてゐる輩《やから》と違《ちが》ひ、[二五]世事《せじ》に賢《かし》こく、学問《がくもん》もありて、商業《しやうげふ》は機敏《きびん》にやってのけ、交際《かうさい》も上手《じやうづ》にして、かゝるを[二六]明治《めいぢ》年間《ねんかん》の息子気質《むすこかたぎ》とも謂《い》ひつべき為人《ひとゝなり》。父親《てゝおや》は殊外《ことのほかたの》頼みにして、万般《よろづ》に[二七]次官《じくわん》といふところを勤《つと》めさせ、商会《しやうくわい》大方《おほかた》一手《いつて》に委《まかせ》て少《すこ》しも懸念《けねんな》無く、この息子《むすこ》[二八]大当《おほあた》り、喜六様《きろくさん》の若《わか》き頃《ころ》はあの半分《はんぶん》、と親類一門《しんるゐいちもん》の誉物《ほめもの》なり。

かゝれば親《おや》も尋常《なみ〳〵》の[二九]部屋住《へやずみ》にして捨《すて》ては措《お》かれず、此《こ》の程母屋《ほどおもや》から廊下《らうか》つゞきの別座鋪《べつざしき》を風雅《ふうが》に新築《しんちく》して、[三〇]普請雑作《ふしんざふさく》に[三一]手《て》を尽《つく》したること本宅《ほんたく》に越《こ》えたり。

これ[三二]不日嫁《おつゝけよめ》もらふべき支度《したく》、と衆《ひと》の噂《うはさ》せしに違《たが》はず、今年《ことし》の内《うち》に良縁《よきえん》あらむことを願《ねが》ひて、八方《はつばう》を捜《さが》せば、かの娘鑑《むすめかゞみ》に東《ひがし》の関《せき》にすわりたる肥料問屋《ひれうどひや》[三三]伊豆定《いづさだ》の娘《むすめ》、お村《むら》はと推挙《すゐきよ》するものあり。

[三四]彼《あれ》ならばと、委《くは》しき様子《やうす》を捜《さぐ》らせしに、是《これ》は極々《ごく〳〵》の秘密《ひみつ》、未《いま》だ世間《せけん》に知《し》るものもあらず、店《みせ》の治三郎《ぢさぶらう》と[三五]出来合《できあ》ひて、はや疵物《きずもの》との[三六]注進《ちうしん》なり。

外《ほか》には千束屋《ちつかや》のお久米《くめ》、容色《きりやう》は[三七]少《すこ》しく下《くだ》れど、人《ひと》の妻《つま》としては言分《いひぶんな》無き[三八]娘形《むすめがた》なるが、惜《をし》きことには家督《あととり》。聞合《きゝあ》はせるまでも無《な》しと[三九]除物《のけもの》にして、其外《そのほか》宇都宮《うつのみや》中《ちう》の娘《むすめ》らしき娘《むすめ》の身元《みもと》賤《いや》しからぬは、漏《もれな》無く穿鑿《せんさく》せしに皆思《みなおも》はしからず。

此上《このうへ》は東京《とうきやう》にてと、取引先《とりひきさき》を首《はじめ》として、それ〴〵に手分《てわけ》、人頼《ひとだのみ》、残《のこ》る方《かた》もあ

一八 取締りをするのも名目だけのことではない。
一九 「縦」は解き放す意。
二〇 「自ラ助クト云コトハ、能ク自主自立シテ、他人ノ力ニ倚（ヨラ）ザルコトナリ、自ラ助クルノ精神（タマシヒ）ハ、凡ソ人タルモノヽ才智ノ由テ生ズルトコロノ根原ナリ」（斯邁爾斯（スマイルス）著・中村正直訳『西国立志編 原名自助論』第一編一、明治三年）。
二一 どうすれば自分で一円稼げるか、その方法もわからないくせに。
二二 高級懐中時計。↓補二四。
二三 「せる 舶来ノ織リ物。ふらねるト同ジク、洋服又ハ単衣ナドニスル」（『日本大辞書』）。薄地の毛織物。「春去り夏来らんとし、袷にもつかず、単衣（ひとへ）ともつかざる五月六月の頃に着るべきは「フランネル」と「セル」なり」（『日用百科全書』六「衣服と流行」、明治二十八年十月、博文館）。人に先駆けておしゃれするさま。
二四 「実業」は「農、工、商ナド、実地ニ行フ事業（ナリハヒ）。（学問理論ノ業ナドニ対ス）」（『言海』）。学問より実際の事業が大事だ、と口では言いながら、実際は怠けている、の意。
二五 「ヨノナカノコト」（『言海』）。
二六 江島其磧の浮世草子『世間子息気質（せけんむすこかたぎ）』（正徳五年）は、放埒に身を滅ぼす当時の息子通有の性癖を描いたもの。これとは対照的な明治の息子の性癖、の意。
二七 「長官ノ次ギノ官。主ニ大臣ノ次ギ」（『日本大辞書』）。ここは比喩で、自分の補佐役の意。
二八 大成功。芝居などで大好評を博す意。
二九 「嫡子ノ、未ダ家督ヲ相続セズシテアル間ノ称」（『言海』）。「今金五郎が…こなたを内へ呼ぶときは、部屋住の事ゆゑ、世けんへすまず」（『仮名文章娘節用』後編下）。「金満家（けたい）の遊

らざりしが、嫁《よめ》を捜《さが》すは[一]茸狩《たけがり》に同《おな》じく、[二]大方鼻先《おほかたはなさき》に在《あ》るべきをも知《し》らで過《す》ぎながら、さて無《な》いものと飽《あぐ》みたる折《をり》から、お久米《くめ》が事《こと》を耳《みゝ》に入《い》れて、彼《あれ》は喜一《きいち》郎《らう》の思《おも》はくを聞《き》けば、[三]兎《と》も角《かく》もといふ。念《ねん》の為《ため》いろ〳〵調《しら》べしに、露《つゆ》ばかりも否《いや》なる処無《ところな》し。[四]但曇《たゞくも》りといふは、人《ひと》の噂《うはさ》の秘書官一条《ひしよくわんいちでう》と、[五]根掘《ねほ》り葉掘《はほ》りて、確《たしか》なる筋《すぢ》より其事《そのこと》は無根《むこん》と知《し》れ、此上《このうへ》に分別《ふんべつ》は入《い》らず、善《ぜん》は急《いそ》げと、然《しか》るべき人《ひと》して[六]言入《いひい》るれば、千束屋方《ちつかやかた》は願《ねが》ひても無《な》き仕合《しあはせ》と、一《いち》も二《に》も無《な》く承知《しようち》して、結《むす》ばる縁《えん》は捗《はかど》ること早《はや》く、見合《みあひ》の日《ひ》も粗定《ほゞさだ》まりて、媒妁《なかうど》は[七]大町《おほまち》の材木問屋吉野屋《ざいもくとひやよしのや》与兵衛《よへゑ》なれば、この縁組《えんぐみ》の立派《りつぱ》さ。いよ〳〵其《それ》と極《きま》らば、土地《ところ》の大評判《おほひやうばん》なるべし。

結納《ゆひなふ》の受与《とりかはせ》あるまでは、[八]内証《ないしよう》と伏《ふ》せたる事《こと》も、何処《いづく》よりか泄《も》れけむ、はや世《せ》間《けん》に[九]沙汰《さた》するものありて、お民《たみ》は出先《でさき》にて不図《ふと》聞込《きゝこ》みしを、[一〇]好土産《よきみあげ》のつもりにて佐《さ》の市《いち》に語《かた》りけるに、また[一一]例《れい》の風聞《ふうぶん》とて信《まこと》にせず。毎日出入《まいにちでいり》してゐる私《わたし》の耳《みゝ》にさへ入《い》らぬものが、縁《えん》も無《な》い余所《よそ》から知《し》るゝといふことはあるまい。それに又《また》お久米様《くめさま》は一人娘《ひとりむすめ》。あの人《ひと》が他《わき》へ片附《かたづい》たら、千束屋様《ちつかやさま》の跡《あと》を誰《たれ》が取《と》る。考《かんが》へても知《し》れた[一二]虚聞《うそ》、虚聞《うそ》さ〳〵と独《ひと》り虚聞《うそ》にしてしまへど、母親《はゝおや》は[一三]いかな[一四]閉口《へこ》まず。理窟《りくつ》を謂《い》へばそんなものだが、千束屋様《ちつかやさま》に又《また》どういふ了簡《れうけん》があつて、嫁《よめ》に

倅（へやずみ）」（『春色連理の梅』三編中）。三〇 造作。建築。三一 できる限りの手間をかける。三二「程ナク」（『言海』俗語）。三三 仮構の名か。春圃居士『宇都宮繁昌記』に類似の名なし。→三八四頁注一七。三四 初出ではここから第二十回。三五「できあひ…㈡私通して、夫婦となりたるもの。野合」（『ことばの泉』）。店の奉公人などと密かに肉体関係がある、ということ。三六 部下などが情報を知らせること。三七「少シ、ニ同ジ」（『言海』）。三八 娘としての姿形。三九 除外して。

以上三八五頁

一 きのこ取り。
二 だいたいすぐ鼻の先にあるものなのに、それを知らず通り過ぎておきながら、はてさて無いものだ、などと困り果てるものだが、ちょうどそういう時に。
三 どうなりとご随意に。相手の意図にまかせ、従う意。「ともかくもと回答（いらへ）しかば、…やがて日をト（えらみ）、…為朝に白縫を妻（め）あはせけり」（『椿説弓張月』五回）。
四「（四）疑ヒ。＝不審」（『日本大辞書』）。
五 徹底的に追究して。
六 結婚の話を申し込んだところ。「石の橋を叩いて、…渡らうとする縁談だから、…いづれ真砂町様（さん）へ言入れるに違ひますまい」（泉鏡花『婦系図』二十三）。
七「大町」（→地図）は実在の町名だが、「吉野屋与兵衛」は架空の名か。→補二五。
八「ナイショ。内密」（『言海』）。
九「（三）世ノウハサ。評判。「世ノ―」」（『言海』）。
一〇 いい土産話。振り仮名「みあげ」は初出では「みやげ」。いずれも用いる。

やらるゝか知《し》れぬものを、お前《まへ》のやうに独合点《ひとりがてん》することも無《な》い。私《わたし》も極確《ごくたしか》な処《ところ》から聞《き》いて来《き》たのゆゑ、[一五]万更《まんざら》の虚聞《うそ》とは思《おも》はれぬと謂《い》へば、佐《さ》の市《いち》は不機嫌《ふきげん》にて、それでも唯一人《たゞひとり》の娘《むすめ》を余所《よそ》へ遣《やつ》ては、あの千束屋《ちつかや》といふ立派《りツぱ》な[一六]名跡《みやうせき》を立《た》てるものが無《な》いではないか。[一七]理窟《りくつ》の分《わか》つたあの旦那《だんな》が、そんな無法《むはふ》な事《こと》をなさらう道理《だうり》が無《な》い。お久米様《くめさま》は家督娘《あとゝりむすめ》だといふに、と[一八]畳《たゝみ》を拍《たゝ》きて諭《さと》し貌《がほ》に言《い》へば、お民《たみ》は口数多《くちかずおほ》き女子《をんな》、そのまゝに黙《だま》りかねて、家督娘《あととりむすめ》は私《わたし》だとて知《しつ》てゐる。それゆゑ千束屋様《ちつかやさま》に[一九]どういふ了簡《れうけん》があつて、と後《あと》は言《い》はせず、あるも無《な》いもありはしない、と言《い》はむとすれば母親《はゝおや》は遮《さへぎ》りて、あるか無《な》いか分《わか》るものかね、お前《まへ》が千束屋様《ちつかやさん》の旦那《だんな》ではあるまいしと謂《い》へば、それは大概理窟《たいがいりくつ》で分《わか》ります。其理窟々々《そのりくつ〳〵》が間違《まちが》つてゐる。一人娘《ひとりむすめ》だから嫁《よめ》にはやられぬといふ御規則《ごきそく》も[二〇]無《なけ》れば、了簡次第《れうけんしだい》で随分嫁《ずいぶんよめ》にもやりさうなもの。遣《や》つたが奈何《どう》した、悪《わる》いかえと腹立声《はらだちごゑ》。[二一]南無三《なむさん》、[二二]よしなき事《こと》を争《あらそ》ひて、[二三]母《はゝ》の機嫌《きげん》を傷《そこ》ねたるかと、佐《さ》の市《いち》は遽《にはか》に[二四]気《き》を変《か》へて[二五]呵呵《からから》と笑《わら》ひ、何《なん》の事《こと》だ、宛然内《まるでうち》の娘《むすめ》でも嫁《よめ》にやるやうな。母様《おツかさん》は[二六]真面目《むき》になつて可笑《おか》しい、と頻《しき》りに笑《わら》へば、お民《たみ》も心着《こゝろづ》きて、真箇《ほん》に馬鹿《ばか》々々しい。嫁《よめ》にやらうと、遣《やる》まいとは先方《さき》の勝手《かつて》、[二七]関繋《かけかまい》無《な》き他人《たにん》が大《おほ》きにお世話《せわ》、お茶《ちや》でも煎《い》れて飲《の》まうよと、[二八]粉炭《こずみ》浚《さら》ひこみて鉄瓶《てつびん》の下《した》を吹立《ふきた》つれば、佐《さ》の市《いち》は[二九]済《す》まぬ顔《かほ》

一一 ↓三七五頁五行目以下。
一二 「虚聞」は無根の噂の意。
一三 いっかな。（下に打消しの語を伴って）どうしても。
一四 「へこむ…（二）閉口スル」（『日本大辞書』）。
一五 まったくの。
一六 ↓『二人比丘尼 色懺悔』三〇頁注六。
一七 物事の筋道。
一八 激しく人を責める時のしぐさ。初出「畳を拍（う）ちつゝ」。「『コラ。』と母は畳を叩く真似をした。／子供等は頬張りながら逃出して行った」（島崎藤村『犠牲（続篇）』三）。
一九 どんな考えがあってのことか知らないけれど、などの言葉を途中でさえぎったもの。
二〇 無いのだから。
二一 ↓『二人比丘尼 色懺悔』三六頁注九。
二二 自分と無関係な、意味のないこと。
二三 初出「母親（はゝおや）」。
二四 気分を変えて。
二五 「（一）サハヤカニ高ク笑フ声ノ形容。呵呵（カカ）」（『日本大辞書』）。
二六 底本「真而目」。初出に従う。
二七 「かけかまへ…カマフトコロ」（『日本大辞書』）。「関係」に同じ。↓『おぼろ舟』一六〇頁四行目。
二八 「炭ノ砕ケテ粉トナレルモノ」（『言海』）。火力を直ぐに強めるのに用いる。
二九 申し訳なさそうな顔をして。

して火鉢《ひばち》の縁《ふち》を撫《な》でゝ、[一]時《とき》ならぬ時分《じぶん》に、[二]はてなあと呻《うめ》き出《だ》せば、母親《はゝおや》は驚《おどろ》きて[三]覗《みつ》むる佐《さ》の市《いち》の眉《まゆ》の、愁《うれ》はしげに顰《ひそ》めるこそ、はてなあ！

[四]お久米《くめ》が嫁入《よめいり》とは佐《さ》の市《いち》の腑《ふ》に落《お》ちず。大方先頃《おほかたさきごろ》の噂《うはさ》と同《おな》じく、例《れい》の人《ひと》の口《くち》の[五]出放題《ではうだい》とも想《おも》ひしが、かの秘書官《ひしよくわん》の[六]伽《とぎ》せしとの取沙汰《とりざた》も、[七]形《かたち》ありての影《かげ》とやら、なるほど邪推《じやすゐ》もされさうな事実《こと》はありしを思《おも》へば、今度《こんど》の噂《うはさ》とても少《すこ》しは[八]臭《くさ》きことのあらむも知《し》れず。兎角《とかく》は実否《じつぴ》を糾《たゞ》さむと、其夜《そのよ》千束屋《ちつかや》へ行《ゆ》きて、此《この》度《たび》はお久米様《くめさま》もお目出度事《めでたいこと》でござりまする、と然《さ》り気《げ》無《な》く祝儀《しうぎ》を述《の》ぶれば、内《ない》儀《ぎ》は不思議《ふしぎ》がりて、其《それ》を誰《たれ》から聞《き》かれたと、想《おも》ひの外《ほか》の辞《ことば》に佐《さ》の市《いち》は吃驚《びつくり》したる余《あま》り、[九]鉤《かま》をかけたることは忘《わす》れて、それでは[一〇]真実《まつたく》の事《こと》でござりましたか。他《わき》からちらと承《うけた》まはりましたといふ語《ことば》の、甚麼《いか》なるゆゑにか鋭《するど》く膺《むね》に徹《こた》へて、お久《く》米《め》は心《こゝろ》の底《そこ》に何《なに》とやらむ怖《おそ》ろしかりき。なほ佐《さ》の市《いち》はお久米様《くめさま》お楽《たのし》みでござりまする、と冗談《じようだん》らしう謂《い》ひながら世事《せじ》笑《わら》ひせる顔色《かほつき》、平生《いつも》見《み》るとは変《かは》りて、その物凄《ものすご》さ、[一一]襟元《えりもと》に風《かぜ》の浸《し》む心地《こゝち》して、お久米《くめ》は思《おも》はず母親《はゝをや》に寄添《よりそ》ひぬ。

なるほどさういふ話《はなし》の無《な》いでもなけれど、[一二]聢《しか》としたる事《こと》ならねば、まだ家内《うち〳〵》のものにも知《し》らさぬに、他《わき》からとは何処《どこ》からと訊《たづ》ぬれば、佐《さ》の市《いち》は[一三]嘲《あざ》むが如《ごと》く打笑《うちゑ》みて、何方《いづかた》から聞《き》いて参《まゐ》りましたやら、先刻《さきほど》お袋《ふくろ》が帰《かへ》りまして、かういふ

一　思いもよらぬ時に。だしぬけに。
二　強い不審を示す感動詞。
三　「覗」は、明らかに見る意。
四　初出ではここから第二十一回。
五　「口ニ任セテ虚言ナドイフコト。デタラメ」(『言海』俗語)。
六　→『おぼろ舟』一三五頁注三〇。
七　物があってこそ影ができるように、噂の元にはそれ相応の事実がある、の意。「火の無い所に煙は立たぬ」と同じ。
八　「くさシ…(二)スベテ、稍其ケブリガアルラシクアル。＝アヤシクアル」(『日本大辞書』)。
九　「鉤」は鎌。「鎌…㊃とひおとしにおなじ。俗語」(『大増訂　ことばの泉』)。自分が知りたいことを相手が不用意にしゃべるように、巧みに誘いをかけること。初出「罠《なわ》」。
一〇　本当のこと。
一一　ぞっとするさま。
一二　「聢」は国字で、耳で定かに聞きとめる意。間違いのない。
一三　さげすむ。本来「あさむ」だが江戸時代以降「あざむ」とも言った。「アザム…Same as *azakeri*」(『和英語林集成』第三版)。

噂《うはさ》があるが、実《ほん》の事《こと》であらうかと申《まを》しましたゆゑ、それは不思議《ふしぎ》な。一向《いつかう》そんな御様子《ごやうす》も無《な》ければ虚聞《うそ》であろ。一人子《ひとりご》のお久米様《くめさま》なれば、他《わき》へおやりなさるゝことは無《な》い理《はず》と、このやうに私《わたくし》は申《まを》しておきましたが、それでは矢張実《やつぱりほん》の事《こと》でござりましたかと呆《あき》るれば、内儀《ないぎ》は娘《むすめ》と面《おもて》を見合《みあ》はせ[一四]、何処《どこ》から漏《も》れたかと、是《これ》も呆《あき》れたる気色《けしき》なりしが、実《じつ》は未《ま》だ行先《ゆくさき》も極《きま》らぬほどの事情《わけ》なれば、と謂《い》はせも果《は》てず[一五]、佐《さ》の市《いち》はにや〳〵と笑《わら》ひかけて、あれ未《ま》だ〳〵お隠《かく》しなされまする。肥料商会《ひれうしやうくわい》の築居様《つくゐさま》の若旦那《わかだんな》。御媒妁《おなかうど》は大町《おほまち》の吉野様《よしのさま》と、それまで存《ぞん》じてをりまするにと、底《そこ》[一六]を叩《たゝ》きて振《ふる》ひて見《み》せらるゝほどに謂《いは》れて、内儀《ないぎ》も我《が》[一七]を折り、よう其《それ》まで知《しつ》てゐると、呆《あき》れもしかねてお久米《くめ》も共《とも》に笑《わら》へば、佐《さ》の市《いち》も義理《ぎり》[一八]ゆゑの苦笑《にがわらひ》して、お見合《みあひ》も御近日《ごきんじつ》のやうに承《うけた》まはりましたが、何日頃《いつごろ》でござりますると聞《き》けば、それこそ未《ま》だ極《きま》らぬと謂《い》へど、佐《さ》の市《いち》は気《き》を廻《まは》して、亦《また》お隠《かく》しなされまするかと怨《うら》めしげに謂《い》ふ。

折《をり》から銀蔵《ぎんざう》の還《もど》りければ、久米《くめ》が縁談《えんだん》をはや佐《さ》の市《いち》が知《しつ》てゐて、どうにも隠《かく》し畢《をほ》せず、今《いま》も大笑《おほわらひ》のところと内儀《ないぎ》が語《かた》れば、銀蔵《ぎんざう》は頷《うなづ》きて、佐《さ》の市《いち》のお袋《ふくろ》は宇都宮《うつのみや》の地廻《ぢまはり》[一九]、警察《けいさつ》の知《し》らぬ事《こと》でも、彼《あれ》に聞《き》けば知《し》らぬといふこと無《な》ければ、その理《はず》の事《こと》。然《しか》し最早《もはや》世間《せけん》で噂《うはさ》してゐるか。これだもの、悪事《あくじ》は出来《でき》ぬ世界《せかい》。

一四　初出「見合ひて」。
一五　すっかり言い終わる前に。
一六　全部出し尽くして。「なひ智恵の底を叩（たゝ）いて、工夫仕出した金唐革も」（平賀源内『風来六部集』下「飛だ噂の評」、安永九年序）。
一七　恐れ入って降参する。
一八　お付き合いで苦笑いして。佐の市にしてみれば笑うどころの話ではない、の意。
一九　その土地に育ち、事情に通じている者。↓三五四頁一三行目・補一四。本来は「(一)其土地ヲ常ニ巡リ歩ク遊ビ人」(『日本大辞書』)。

今《いま》に佐《さ》の市《いち》、お前《まへ》の情婦《いろ》[一]のあることも知《し》れるであらうから、気《き》を着《つ》けたがいゝと一同哄《いちどうどつ》と笑《わら》ふ間《なか》に佐《さ》の市《いち》は、私《わたくし》の情婦《いろ》は[二]なか〳〵知《し》れることではござりませぬ、と真面目《きまじめ》なるを内儀《ないぎ》は可笑《をかし》がりて、おや感心《かんしん》な、お前《まへ》も情婦《いろ》があるのかと[三]弄《あそ》べば、ます〳〵真顔《まがほ》になりて、これでも一人《ひとり》ござりまするとと謂《い》ふ。ついぞ無《な》く、今夜《こんや》に限《かぎ》りて[四]飄化《へうげ》た言《こと》をいふとて内儀《ないぎ》は訝《いぶか》りぬ。お久米《くめ》は始終《しゞう》佐《さ》の市《いち》の様《やう》子《す》を視《み》てのみ、辞《ことば》をも交《かは》さざりき。

[五]佐《さ》の市《いち》は茫然《ばうぜん》として千束屋《ちつかや》を出《い》でぬ。其態《そのさま》は[六]大晦日《おほみそか》に金遺《かねおと》せし人《ひと》の[七]所往無《ゆきどころな》く、[八]生死二者《しやうしふたつ》の分別《ふんべつ》に彷徨《さまよ》ひたらむ如《ごと》く、涙《なみだ》を出《だ》さぬ泣顔《なきがほ》も哀《あは》れに、やう〳〵暇《いとま》乞《ごひ》せし声音《こわね》の悲《かな》しさ、帰《かへ》りて後《のち》までも耳《みゝ》の底《そこ》に残《のこ》りて、お久米《くめ》は枕《まくら》に就《つ》けども眠《ねぶ》られず、心《こゝろ》に懸《か》かる佐《さ》の市《いち》が変《かは》りし様子《やうす》を念《おも》ふに、その理由《わけ》は少《すこ》しも分《わか》らず、不審《ふしん》の積《つも》る間《うち》に、[九]明白《あきらか》に其《それ》とも無《な》く、我身《わがみ》に罪《つみ》のあらむやうに覚《おぼ》えて、異《あや》しう心快《こゝろよ》からぬを、そんな理《はず》は無《な》けれども、今夜《こんや》に限《かぎ》りてどうしたものか、口《くち》も碌《ろく》[一〇]にきかなんだのは私《わたし》が悪《わる》い。不具者《かたは》といふものは直《ちき》に[一一]僻見《ひがみ》を出《だ》して、些少《わづか》の事《こと》をも気《き》に懸《か》けるとやら。其中《そのうち》にも明《め》の失《な》いものは不便《ふびん》も[一二]一入《ひとしほ》なれば、何《なに》かに就《つ》けて優《やさ》しう[一三]劬《いたは》つてやれ、と平素《ひごろ》から父様《おとつさん》の[一四]おつしやりつけ。[一五]それゆゑに気《き》を悪《わる》くして、あんな顔色《かほつき》して帰《かへ》つた理《わけ》ではあるまいけれど、明日《あした》の晩《ばん》は機嫌好《きげんよ》く話《はなし》

一　「いろ…(十二)情夫。＝情婦」(『日本大辞書』)。「先刻此処(こゝ)へ来た方の情婦(ろい)か権妻と見え」(「失望(昨日のつゞき)」『読売新聞』明治二十二年八月十一日)。
二　「(五)…容易ニハ。「—出来ヌ」」(『言海』)。
三　「あそブ…(五)人ヲヒヤカス。＝オモチヤニスル」(『日本大辞書』)。
四　「へうげル…[へうきんノ転]。気軽ニフザケル」(『日本大辞書』)。
五　初出ではここから第二十二回。
六　大晦日は一年の取引の決算日であり、また新年の準備で金が必要。
七　底本の振り仮名は「どころゆき」。意改。初出「行所(ゆきどころ)」。
八　生きるか死ぬかの判断に迷う。
九　明らかにそれが原因と指摘することはできないものの。
一〇　初出「きかなかつた」。
一一　「ひがみ…僻ムコト。心、ネヂケタルコト」(『言海』)。「其は自分の僻見(ひがみ)で彼人(あのひと)に限っては那様(そんな)心は微塵もないのだ」(『金色夜叉』六の二、明治三十年)。
一二　「一入…ヒトキハ」(『言海』)。
一三　「劬」は「労」と同意で、ねぎらう、いたわる意。「劬…説文 労也」(『康熙字典』)。「イタハシク思ツテ、親切ニトリアツカフ。＝アハレミヲカケル」(『日本大辞書』)。
一四　お言いつけ。「何事も仰有(おッしや)りつけは背(そむ)きますまい」(泉鏡花『高野聖』十一、明治三十三年)。
一五　父様のお言いつけ通り、日頃から優しくいたわっているのだから。
一六　初出「しよ。」。

して、平生《いつも》のやうに嬉《うれ》しがらせてやりま[一六]せう。十何年《じふなんねん》のあひだ出入《でいり》して、顔《かほ》を見《み》ぬ日《ひ》は[一七]無《な》い佐《さ》の市《いち》なれど、私《わたし》も近々《ちか〲》に[一八]片附《かたづ》いてしまへば、今《いま》までのやうに会《あ》ふこともあるまい。幼稚馴染《をさななじみ》は[一九]万更《まんざら》の他人《たにん》とも思《おも》はれぬに、[二〇]稟性素直《うまれつきすなほ》の上《うへ》に格《かく》別《べつ》の主思《しゆおも》ひ。少《すこ》しも憎《にく》いところはないものを、と[二一]思《おも》ひつゝ寝《ぬ》ればや夢《ゆめ》に佐《さ》の市《いち》は、寝間《ねま》の窓《まど》より覗《のぞ》きこみて、お久米様《くめさま》おめでたうござります。へゝゝと三声《みこゑ》の笑声《わらひ》[二二]肝頭《きもさき》に徹《こた》へて凄《すさ》まじく、声《こゑ》を立《た》てむとすれば吭塞《のどふさ》がり、[二三]夜衣《よぎ》引被《ひきかつ》がむとすれば釘附《くぎづけ》の如《ごと》く、顔《かほ》に袖《そで》して俯《うつむ》けば、佐《さ》の市《いち》は窓《まど》より入《い》らむとして、下駄《げた》の歯《は》に[二四]蔀《したみ》を蹈辷《ふみすべ》らす音《おと》、がり〲と響《ひゞ》くと思《おも》へば、参《まゐ》りましたよといふ声耳《こゑみゝ》を貫《つらぬ》きて、はや枕上《まくらもと》に座《すわ》りたり。

お久米《くめ》は[二五]在《ある》にも在《あら》れず身《み》を竦《すく》むれば、佐《さ》の市《いち》は詰寄《つめよ》せて、貴嬢《あなた》はいよ〱築《つく》居様《ゐさま》へお出《いで》なさるのでござりまするか。もし、それではお久米様《くめさま》、[二六]此起請《このきしやう》が[二七]反古《ほぐ》になりませう、と懐中《ふところ》より取出《とりい》だせしは、[二八]此夏《このなつ》やりし籃目《かごめ》の浴衣《ゆかた》に[二九]血染《ちぞめ》の夫婦約束《ふうふやくそく》。これが反古《ほぐ》にと眼前《めのまへ》に突着《つきつ》けられ、今《いま》にも執殺《とりころ》されむかと、[三〇]怖《おそろ》しきこと限無《かぎりな》し。

[三一]佐《さ》の市《いち》は浴衣《ゆかた》を緊抱《だきし》めて、ほろ〱と涙《なみだ》を流《なが》し、怨言《うらみ》の数々《かず〲》搔口説《かきくど》きて、この約束《やくそく》が誠《まこと》ならば、築居様《つくゐさま》との縁《えん》は破談《はだん》にして、此佐《このさ》の市《いち》に添《そ》うて下《くだ》され。返《へん》

一七 初出「無かつた」。
一八 嫁入りする。「(二)嫁(ツト)ガス」(『言海』俗語)。
一九 ↓三八七頁注一五。
二〇 「うまれつき…稟性」(『いろは辞典』)。「稟性」は生まれつきの性質。
二一 小野小町「思ひつゝぬればや人のみえつらん夢としりせばさめざらましを」(『古今和歌集』恋二「題しらず」、『伊勢物語』一四二段など。恋しいあなたを思いながら寝たのであなたが夢に見えたのだろうか、夢とわかっていたら覚めなければよかったのに、の意)を踏まえる。ただし、ここは恋のイメージではない。
二二 胸に突き通って。
二三 夜着(↓『二人比丘尼 色懺悔』四三頁注一五)を引きかぶろうとすると、それが釘着けしたように動かないので。
二四 「したみ 下見(蔀(シトミ)ノ転ナルベシ)」家ノ四面ノ壁ヲ板ニテ被ヒテ風雨ヲ防グモノ。壁板」(『言海』)。
二五 生きた心地もせず、身を竦めると。初出「怖ろしさに身を窘(くす)めてゐれば」。
二六 「誓ヲ立テテ、其事ヲ文書ニ記スモノ。誓紙」(『言海』)。起請文。署名、血判する。
二七 「ほぐ…反故…(二)無用。=不用。」―「約束ヲほぐニスル」」(『日本大辞書』)。「菊「…起請などを書かんでも。大「いや反古(ごほ)になっても心嬉しいから書いてくれ」」(三遊亭円朝『菊模様皿山奇談』二十一、『円朝全集』九、昭和二年、春陽堂)。
二八 ↓三八二頁一二行目。
二九 佐の市とお久米とがそれぞれ自分の血で書いた、結婚を約束する誓いの言葉。
三〇 初出「恐(は)きこと」。
三一 底本は「限無し」で行末。改行は初出に従う。

事《じ》をなさらぬは不得心《ふとくしん》[一]か。それでは此起請《このきしやう》を何《なに》として下《くだ》さる。あゝこれほど謂《い》うても緘黙《だんまり》[二]なのは、不承知《ふしようち》に相違無《さうゐな》い。貴嬢《あなた》に見捨《みす》てられては生効《いきがひ》の無《な》い、佐《さ》の市《いち》、長《なが》らへてゐれば、言替《いひか》[三]はした女《をんな》の他《よそ》へ適《ゆ》[四]くに、祝《いはひ》の表《しるし》[五]を持《も》て来《こ》ねばならまい。いつそ死《し》なう。死《し》ぬと覚悟《かくご》した。其代《そのかは》り此恨《このうらみ》は忘《わす》れぬと、留《と》むるを振放《ふりはな》して、飛鳥《ひてう》の如《ごと》く窓《まど》より躍出《をどりい》づるを、追蒐《おひか》けむとする後《うしろ》より、お久米《くめ》と呼《よ》ばれて振向《ふりむ》けば、意気《いき》なる洋服扮装《やうふくでたち》[六]は築居喜一郎《つくゐきいちらう》、慚《はづ》かしやと思《おも》ひながら挨拶《あいさつ》すれば、男《をとこ》も山高《やまだか》[七]の帽子《ばうし》を脱《と》[八]るに剃立《そりたて》の坊主頭《ばうずあたま》！　其《それ》はと見《み》るに顔《かほ》は佐《さ》の市《いち》。余《あま》りの事《こと》に仰天《ぎやうてん》して、僵《たふ》るゝ拍子《へうし》に夢《ゆめ》[九]は覚《さ》めけり。

盗汗《あせ》[一〇]は寐衣《ねまき》を浸《ひた》して、心《むね》の動気《どうき》[一一]は今《いま》も止《や》まず。大息吐《ためいきつ》[一二]きて四辺《あたり》を見廻《みまは》せば、そこより佐《さ》の市《いち》が入《い》りし窓《まど》の戸《と》に風触《かぜふ》れて、棚《たな》に鼠《ねずみ》の物噬《ものか》むも、蔀《したみ》を辷《すべ》らす下駄《げた》の音《おと》に通《かよ》[一三]ひて、また来《く》るかと恐《おそ》ろしく、それなりに眼《め》は冴《さ》えて、夢《ゆめ》とは謂《い》ひながら、さりとは痕跡《あとかた》[一四]も無《な》き夫婦約束《ふうふやくそく》。血起請《ちぎしやう》[一五]といふこそなほ愚《おろ》かしく、否味《いやみ》[一六]らしき心《こゝろ》は露無《つゆな》き佐《さ》の市《いち》が、あんな事《こと》を、と合点行《がてんゆ》かぬ首尾《しゆび》[一七]をさま〴〵考《かむが》ふれど、固《もと》より夢《ゆめ》、夢《ゆめ》、実在《まこと》には思《おも》ひ合《あ》はさるゝ事《こと》も無《な》し。

昨夜《ゆふべ》[一八]の夢《ゆめ》に窓《まど》より覗《のぞ》きし佐《さ》の市《いち》の面影《おもかげ》、朝《あした》になりても眼前《めさき》にちらつきて、憶《おもひ》出《い》だせば今《いま》でも怖《おそ》ろしき不思議《ふしぎ》を、お久米《くめ》は母《はゝ》に語《かた》らむとせしが、外《ほか》の事《こと》とは

一　不承知。
二　「だんまり　黙（ダマリ）ノ音便訛」（『言海』俗語）。「緘黙」は口を閉じて物を言わないこと。
三　→『二人比丘尼　色懺悔』四四頁注二。
四　「（三）適く　娵ニ行ク」（『日本大辞書』）。「私は適（い）くことは適くのだけれど、貫一さんの事を考へると情無くなつて…」（『金色夜叉』前編七十二）。
五　「表」は目印の意。初出「験（しるし）」は証拠の意（四〇〇頁五行目の例も同じ）。
六　「いでたちノ約」（『日本大辞書』）。「いでたち…みなり、扮装」（『いろは辞典』）。「羽織なしの一枚袷と云ふ扮装（でたち）の所為（せゐ）で」（『婦系図』七十二）。
七　山高帽子。「山高は官吏又は紳士向なり」（『日用百科全書』六「衣服と流行」）。「ペイ〳〵の癖に山高帽子目深に」（「千里眼（昨日の続き）」『読売新聞』明治二十二年八月二日）。→『二人女房』二五二頁注二六。
八　初出「脱れば剃立の坊頭頭、それはと」。
九　これに類した設定が『蔦紅葉宇都谷峠』や『真景累ヶ淵』に見える。→補二六。
一〇　「ねあせ…（寐汗）…寐テキテオノヅカラ出ル汗（疲労ナドノ時）。＝盗汗」（『日本大辞書』）。
一一　→『二人比丘尼　色懺悔』五四頁注七。
一二　初出「ほと大息」。
一三　「かよふ…（二）相似ル」（『言海』）。
一四　根も葉もない。
一五　自分の血で書いた起請文。強い決意を示す。「これが那女（あいつ）の血起請さ」（『春色連理の梅』五編中、安政五年）。
一六　変に色気のある心。「仇無く、苦労無げなる所ろ」（三九九頁一六行目）と対照。「久しく色気白歯〔「知らず」と掛ける〕の生娘、いやみなしに

違《ちが》ひて、夢《ゆめ》とは雖《いへ》ど、嫁入前《よめいりまへ》の身《み》に取《と》りては、忌《いま》はしき[一九]怪談《くわいだん》と、[二〇]心一《こゝろひと》つに納《をさ》めて人《ひと》には知《し》らさゞりき。

今日《けふ》も午後《ひるすぎ》より媒妁来《なかうどきた》りて、奥座敷《おくざしき》に二時間《じかん》ばかり相談《さうだん》ありて、見合《みあひ》はいよ〳〵明後日《あさって》、吉野屋《よしのや》の[二一]寮《れう》にてと定《き》まりたれば、彼此其日《かれこれそのひ》の事《こと》ども物語《ものがた》る間《ま》に、日《ひ》ははや[二二]入相《いりあひ》の鐘《かね》に、泊《とまり》を急《いそ》ぐ旅人《たびゞと》、店《みせ》は客足繁《きやくあししげ》く、階子《はしご》、廊下《らうか》の轟《とゞろき》十二時《じ》頃《ごろ》まで少時《しばらく》も絶間《たえま》はあらず。

神棚《かみだな》に燈明供《とうみやうそな》へて、[二三]父親《てゝおや》が晩酌《ばんしやく》の膳《ぜん》ごしらへ、この二《ふた》つをお久米《くめ》の役《やく》にして、今果《いまは》てしところへ、障子《しやうじ》の外《そと》より、へい今晩《こんばん》はお寒《さむ》うござりまするといふ声《こゑ》。お久米《くめ》は悚然襟元寒《ぞっとえりもとさむ》く、折《をり》も折《をり》とて誰《だれ》も居合《ゐあ》はさゞるに一入物凄《ひとしほものすご》く、遽《にはか》に声《こゑ》の出《で》ぬまゝに返事《へんじ》もせざりければ、そろりと障子《しやうじ》を開《あ》けて、少《すこ》しく[二四]羸《やつ》れて蒼白《あをざめ》たる顔《かほ》を差入《さしい》れ、内《うち》の様子《やうす》を窺《うかゞ》ふ気色《けしき》は、唯其《たゞその》まゝの夢《ゆめ》の面影《おもかげ》。昨夜《ゆふべ》は窓《まど》から今夜《こんや》は廊下《らうか》から、今《いま》にも座敷《ざしき》へ踏入《ふみい》るかと、怖《おそろ》しさは、是《これ》も夢《ゆめ》かと疑《うたが》はしかりき。

返事《へんじ》するもの無《な》かりければ、留守《るす》とおもひて内《うち》へは入《い》らで行《ゆ》きぬ。お久米《くめ》は胸《むね》を撫下《なでおろ》して、[二五]窃《そ》と立《た》ちて障子《しやうじ》を開《あ》け、たしかに[二六]後影《うしろかげ》見送《みお》くりて火鉢《ひばち》の前《まへ》に復《かへ》れば、其跡《そのあと》ながら気味悪《きみわる》く、頻《しき》りに前後《ぜんご》を[二七]見廻《みまは》せば、格別気《かくべつき》の退《ひ》ける北窓《きたまど》は、

て有けるものが」(為永春水『春色辰巳園』初編巻之三第五回、天保四年)。

一七　「(二)…始末」(『言海』)。

一八　初出ではここから第二十三回。

一九　「奇怪なるはなし」(『ことばの泉』)。

二〇　密かに、自分の心だけに納めて。

二一　「(四)別荘」(『言海』)。

二二　日没を知らせる鐘。「日が入る」と「入相」の掛詞。

二三　父親の。

二四　「羸」は、痩せる、疲れる、の意。

二五　初出「大息(ためいき)しながら窃(そ)と」。

二六　後ろ姿。初出「後影を」。「是も夢かと疑はし」(一二行目)く思ったので、夢でないことを確認したもの。

二七　初出「見廻して」。

生憎風《あやにくかぜ》あたり絶《た》えずして、外《そと》より人《ひと》の推開《おしあ》けむとする音《おと》にも似《に》たり。

心《こゝろ》を鎮《しづ》めて熟《つら》〳〵思《おも》へば、[一]何《なに》が佐《さ》の市《いち》の怖《おそ》ろしき。昨夜《ゆふべ》の事《こと》は夢《ゆめ》[二]にして、夢《ゆめ》の不思議《ふしぎ》は羽翼《はね》もあらぬに天《そら》を翔《かけ》るなど、さま〴〵想設《おもひまう》けぬことを見《み》[三]れば、固《もと》より愚《ぐ》にもつかぬ夢《ゆめ》と知《し》りつゝ、其《それ》を根《ね》[四]に持《も》ちて、あれほど[五]稟性良《こゝろだてよ》き佐《さ》の市《いち》を、理由《いはれ》無く疎《うと》まむこと、然《さ》りとは我身《わがみ》ながら浅《あさ》ましき。帰《かへ》りに寄《よ》らば、例《いつも》に変《かは》らず[六]待遇《もてな》して、歓《よろこ》ぶ顔《かほ》を見《み》るならば、此後《このゝち》またとはかういふ心《こゝろ》も起《おこ》るまいと、茶《ちや》道具《だうぐ》取揃《とりそろ》へて、菓子《くわし》鉢《ばち》[七]にかすてらの山盛《やまもり》、残余《のこり》は土産《みやげ》に持《も》たせてとまで心構《こゝろがまへ》して、程無《ほどな》く親子《おやこ》巨燵《こたつ》の[八]団居《まとゐ》に、明後日《あさって》の話出《はなしい》でゝ、それからづゝと後《あと》の事《こと》まで。此縁《このゑん》はや取極《とりきま》りたらむやうに、夫婦《ふうふ》は喜《よろこ》びの[九]眉《まゆ》を開《ひら》き、そのつもりで、どれ前《まへ》祝《いはひ》、と[一〇]銀蔵《ぎんざう》の膳《ぜん》に向《むか》ふ折《をり》から、へい今晩《こんばん》は、と入来《いりく》るは佐《さ》の市《いち》なり。

夫婦《ふうふ》は不相変《あひかはらず》機嫌《きげん》好《よ》くして遇《あつか》へど、佐《さ》の市《いち》は[一一]玉火屋《ぎよくぼや》の洋燈《らんぷ》の明《あか》るきに、寂《さび》しき[一二]姿影《すがたかげ》の如《ごと》く、見咎《みとが》められて、大分《だいぶん》色沢《いろつや》も悪《わろ》く、何処《どこ》とも無《な》く羸《やつ》れたる具合《ぐあひ》は病《びやう》気《き》か、と銀蔵《ぎんざう》に問《と》はれて、何《なに》ともござりませぬと[一三]想気無《そつけな》き挨拶《あいさつ》。[一四]然《さ》りとは健《すぐ》[一五]れぬ処《ところ》ありげに見《み》えぬ。

此処《こゝ》にかうしてゐるが第一《いち》の楽《たのし》み、といふ佐《さ》の市《いち》の、今夜《こんや》はさる[一六]べき様子《やうす》も無《な》く、是《これ》といふほどの話《はなし》もせずに暇乞《いとまごひ》するを、例《いつも》より早《はや》いと留《と》めても可《き》かず、

一 何で佐の市が怖ろしいことがあろうか(反語)。 二 夢であって。 三 見るものなので。 四 くよくよいつまでも忘れないで。 五 「こころだて…資性…きだて」(『いろは辞典』)。→三九一頁注二〇。 六 「もてなす…款待…待遇」(『いろは辞典』)。 七 天正年間(一五七三‐九二)に南蛮人によって伝えられたが、一般に行われるようになったのは明治期。風月堂のカステラ(→『おぼろ舟』一七〇頁注二二)のような高級贈答用から、『明治節用大全』「家事経済編」にあるような、家庭で作られるものまであった。「コレヨ、茶と菓子を持って来いヨ、かすてらがよいよ」(『英国孝子之伝』七)。 八 「まとゐ…一ツ座敷ノ寄合。団欒」(『言海』)。「けふの団居(まとゐ)は、深き契の金蘭会」(鳥井忱「金蘭会新作唱歌」『以良都女』四、明治二十年十月)。 九 心配事がなくなり、晴れ晴れした顔つきになること。「師直喜悦ノ眉ヲ開キ」(『太平記』巻二十七「御所囲事」)。 一〇 初出「銀蔵が」。 一一 ランプの火をおおう、ガラス製の丸い筒。「婢(をんな)は竹筒のやうな台の洋燈に、俗に玉火屋といふのを懸けたのを右手(めて)に持て」(斎藤緑雨『油地獄』十、明治二十四年)。 一二 しょんぼりして、存在感の薄いさま。「横顔ながら俯向(うつむ)いて、たゞ影法師のやうにイ(たた)ずむのがあつた」(『歌行燈』二)。 一三 愛想の無い返答。 一四 →三八四頁注一二。 一五 「すぐる…(二)スコヤカナリ…健」(『言海』)。 一六 それにふさわしい様子。 一七 主語は佐の市。 一八 必要以上に遠慮して。(一)章での態度(→三四八頁一一‐一三行目)と対照的。 一九 「はづみ…機、をり」(『いろは辞典』)。「下太郎が、体にどッさり打付(ぶつか)れば、郤含(はずみ)に彼方へおし飛され」(『七偏人』四編上)。「郤」は「却」の別体)。

お久米《くめ》は菓子《くわし》を裹《つゝ》む間《ま》に[一七]はや立出《たちい》づる。喚《よ》べども聞《きこ》えぬ風《ふり》して行《ゆ》くを追懸《おひか》け、廊下《らうか》にて引住《ひきと》め、これを母様《おつかさん》にと、紙《かみ》に包《つゝ》みたるを出《だ》せば、[一八]悪遠慮《わるゑんりよ》して手《て》にだに触《ふ》れず。強《し》ひて取《と》らせむとすれば、取《と》らじと争《あらそ》ふ[一九]却含《はづみ》にばつたり堕《おと》し、これはと謂《い》ひしまゝにて、構《かま》はず[二〇]店口《みせぐち》へ急《いそ》ぎぬ。

[二一]これ[二二]遺《や》ろと[二三]頭上《あたま》に草履《ざうり》載《の》せられても、千《ち》束屋《つかや》親子《おやこ》の業《わざ》ならば、難有《ありがた》うござりますと戴《いたゞ》きもすべき、平素《ひごろ》の佐《さ》の市《いち》に似《に》ず、お久米《くめ》が深切《しんせつ》を無《む》にして、わざ〳〵持《も》て来《き》てくれし菓子《くわし》を堕《おと》して、拾《ひろ》ひもせぬのみか、詫一言謂《わびひとことい》はで、[二四]ついと出《で》て行《ゆ》きし仕打《しうち》の[二五]ふてくされたるに、憎《にく》いとも、[二六]気障《きざ》とも、[二七]何《なに》とも此《か》とも、お久米《くめ》は唯呆《たゞあき》れて、紙《かみ》ばかり手《て》に残《のこ》り、[二八]据眼《すゑまなこ》になりて姑《しばら》く佐《さ》の市《いち》の後姿《うしろすがた》を眺《なが》めたりしが、あゝ否《いや》だと眉《まゆ》を[二九]顰《ひそ》めて、菓子《くわし》を[三〇]拾《ひろ》ふより早《はや》く障子《しやうじ》の内《うち》へ走《はし》りこみぬ。

佐《さ》の市《いち》は千《ち》束屋《つかや》を出《い》づれば、考事《かんがへごと》して[三一]疎《おろそ》かになれる足元《あしもと》、小石《こいし》に躓《つまづ》きて僵《たふ》れかゝり、[三二]突支《つきさゝ》へたる杖《つゑ》を其《その》まゝ、大地《だいち》に突立《つきた》て〳〵、もう駄目《だめ》だと繰返《くりかへ》しては首《くび》を掉《ふ》るさま、[三三]慊《かな》はぬ望《のぞみ》に未練《みれん》ある心《こゝろ》を、我《われ》と窘《たしな》めむとするに似《に》たり。

更行《ふけゆ》く夜《よ》風霜《かぜしも》を含《ふく》みて鼻《はな》に痛《いた》く、杖持《つゑも》つ手頭《てさき》は[三四]性無《しやうな》く氷結《こほりつ》きて、[三五]行潦《ぬかるみ》の[三六]薄氷《うすらひ》かさ〳〵と踏割《ふみわ》るゝ音《おと》。毛織羅紗《けおりらしや》の[三七]味噌漉《みそこし》に坊主頭《ばうずあたま》を裹《つゝ》みて、[三八]白綿《しろめん》ねるを領《えり》に巻附《まきつ》け、此寒《このさむ》さの中《なか》を格別急《かくべついそ》ぐ気色《けしき》も無《な》く、それでも好心地《いゝこゝろもち》だつた、突返《つきかへ》して

二〇 初出「店口をさして行(ゆ)きぬ」。
二一 初出ではここから第二十四回。
二二 底本「遺ろ」。初出に従う。
二三 足に履く草履を頭に載せられるような侮辱を受けても。
二四 動作のすばやいさま。さっと。
二五 不満で、反抗的な態度を取ること。
二六 「きざはり」の略「きざはり…気ニサハルバカリ嫌ハシクアルコト。=イヤミガアルコト。=キザ」(『日本大辞書』)。
二七 何とも言いようがないと。
二八 眼がじっとある所を見つめて動かないこと。
二九 初出「顰(しか)めて」。
三〇 拾うや否や。
三一 不注意になった。
三二 杖を突いて身体を支えた後も、歩き出さずにその杖を大地に何度も突きたてて。
三三 「かなふ…慊 協」(『いろは辞典』)。「慊」は満足する意。
三四 寒さにかじかんで、手先の感覚が無くなる。「性…(四)性根。=元気。一「しやうガナクナル」」(『日本大辞書』)。
三五 「行潦」は「にはたづみ」で、「雨ノ降リテ俄ニ地上ニ溜リテ流ルルモノ」(『言海』)だが、ぬかるみの意に流用。「行潦(ぬかるみ)も避(よ)けては通らぬ男」(尾崎紅葉『七十二文命の安売』明治二十四年)。「行潦(ぬかるみ)へ左の足を」(レオ・トルストイ作・森鷗外訳『出家《パアテル・セルギウス》』三、大正二年)。
三六 「ウスキコホリ」(『言海』)。
三七 味噌漉頭巾。味噌漉(竹の輪にざるを取り付け、味噌のカスを漉すのに用いる)のような形の頭巾。「役員は…其味噌漉帽子を脱げり」(泉鏡花『義血俠血』十五)。
三八 フランネルに模して織った白い綿布。「フランネル…西洋舶来ノ毛織物、地、薄ク寛(ユル)ク、甚ダヤハラカナリ、肌着ナドトス。略シテ、ネル」(『言海』)。「兄は…、此も綿ネルのシャツなど著て」(徳田秋声『新世帯』二、明治四十一年)。

やる拍子《ひやうし》にかすてらは悉皆《みんな》堕《お》ちてしまつた。誰《だれ》があんな物《もの》を貰《もら》ふものか。否《いや》に人《ひと》の機嫌《きげん》なんぞを取《と》りやがつて、と呟《つぶや》きて後《のち》は大息《ためいき》まじりに、駄目《だめ》だ〳〵と、また鬱勃肚《むしやくしやばら》に杖突立《つゑつきた》て、一昨日《をとつひ》よりは昨夜《ゆふべ》、昨夜《ゆふべ》よりは今夜《こんや》と、次第《しだい》に乱《みだ》れたる心《こゝろ》になりて帰《かへ》りぬ。

家《うち》に入《い》れば母《はゝ》は介抱《かいはう》に睡《ねむ》きを厭《いと》はず、暖《あたゝ》かき寐衣《ねまき》を着《き》せて、安火《あんくわ》したる床《とこ》の内《うち》に入《い》れ、そこまで持運《もちはこ》ぶ膳《ぜん》の上《うへ》には、好物《かうぶつ》とて鍋焼温飩《なべやきうどん》の、あつき情《なさけ》を念《おも》ふにつけて、余所《よそ》での不興《ふきよう》を内《うち》で腹立《はらだ》ちては、済《す》まぬことゝ知《し》りながら、つい辞《ことば》に稜《かど》も立《た》つを、此頃《このごろ》疳《かん》の起《おこ》りたることゝ、母親《はゝおや》は寄《よ》らず触《さは》らず、兎角《とかく》は毒《どく》にならぬ雑談《はなし》などしかけて、食事《しよくじ》を済《す》まして寐《ね》るまでの御意《ぎよい》を取《と》りけるに、いつしか千束屋《ちつかや》の噂《うはさ》になれば、佐《さ》の市《いち》は悔《くや》しげに舌鼓《したうち》して、あのお久米様《くめさま》のやうな人《ひと》は無《な》いと謂《い》ふ。

此七八年《このしちはちねん》讃《ほ》めとほせし人《ひと》を、一夜《いちや》の内《うち》に難《くさ》しはじめたるも可笑《をかし》く、それは又《また》何故《なぜ》にと聞《き》けば、今度《こんど》築居《つくゐ》へ嫁《よめ》に適《ゆ》くとなつてから、我《おれ》は歴《れき》とした奥様《おくさま》だ。按《あん》摩風情《まふぜい》に相識《ちかづき》は無《な》い、と謂《い》はぬばかりの大威張《おほゐばり》が、鼻《はな》の頭《さき》にぶら〳〵と、小面《こづら》の憎《にく》いほど高《たか》く宿《とま》つて、此三四日《このさんよつか》といふものは、相対《むかふまへ》に座《すわ》つてゐながら、挨拶《あいさつ》も碌《ろく》にせず。それは固《もと》より主人筋《しゆじんすぢ》の娘《むすめ》なれば、朋友同様《ともだちどうやう》にもなるまいから、言《こと》

一　→三五五頁注四〇。
二　「(一)…セワスルコト」(『言海』)。
三　「行火。足を暖むる具。…こたつ。安火」(『大増訂 ことばの泉』)。「裾へ安火(あんくわ)を入れて寝た」(徳田秋声『新世帯』十四)。
四　「熱き」と「篤き」とを掛ける。
五　→三七二頁注七。
六　言葉に険を含んで角々しくなる。「角(一)…稜」(『言海』)。
七　ちょっとしたことも気に障って、こらえ性がなくなる。「疳」は「癇」(「神経質ノ甚ダシイモノ。…想像スルドク、不平鬱悶ナドニシヅムモノ。＝カンシヤク」『日本大辞書』)。
八　結局は。
九　→『おぼろ舟』一七二頁注四。
一〇　「したうち …意ノ如クナラズイマイマシク思フトキ、…ナドニスルコトナリ」(『言海』)。
一一　「くさす…誹(シツ)ル。ケナス」(『言海』)。
一二　→『二人比丘尼色懺悔』四四頁注一〇。
一三　富貴の家の妻などを敬って言う語。「お上さん」(下層)、「ご新造さん」(中層)などに対する。
一四　自慢が、表情や言動にはっきり表れているさま。
一五　「こづらが憎イ…ニクラシイ。＝ニクテイデアル」(『日本大辞書』)。「ちっとの内に大人びて。小面の憎い此口が私(しわ)は因果で可愛いもの」(紀海音『八百屋お七』上、正徳五年頃初演)。
一六　尊大な態度を取る。「風見の鳥を見るやうに高くとまってすまアして居るも小癪に障らア」(『浮世風呂』三編下)。
一七　向こう前。真正面。「あひたい…相対…差シ向ヒデ居ルコト」(『日本大辞書』)。「余念なげなる相対(さしむかひ)」(『春色連理の梅』初編上)。

葉《ば》を懸《か》けてくれぬのも可《よ》けれど、今迄《いまゝで》さうもせずにゐて、急《きふ》に人《ひと》を眼下《がんか》に見《み》て、お大名《だいみやう》が乞食《こじき》にでも会《あ》つたやうに、仕打《しうち》を変《か》へてあのやうに為《さ》れるのが口惜《くちをし》い。何《なに》もそれまでに為《せ》ずとも可《よ》さゝうなものと思《おも》ふが、母様《おつかさん》は何《なん》と思《おも》ふと問《とは》れて、我子《わがこ》の言《い》ふことながら腑《ふ》に落《お》ちず。あの方《かた》に限《かぎ》つて、そのやうな事《こと》は[一八]怪我《けが》にも無《な》い理《はず》。それは全《まつた》くお前《まへ》の僻見《ひがみ》であらう。気分《きぶん》の悪《わる》い折《をり》には、お前《まへ》だとて[一九]随分《ずいぶん》物《もの》を言《い》はぬこともあれば、大方《おほかた》お久米様《くめさま》もそんな事《こと》にて、[二〇]冴々《さえぐ》なさらぬのを、お前《まへ》が[二一]気《き》を廻《まは》したに違《ちが》ひ無《な》いといへど、他《ひと》の辞《ことば》は能《よ》くも聴《き》かず、築居《つくゐ》へ嫁《ゆ》くのが大自慢《おほじまん》で、[二二]玉《たま》の輿《こし》へでも載《の》つた気《き》であろ。好玉輿《いゝたまのこし》だ。築居《つくゐ》の奥様《おくさま》にお詞《ことば》を懸《か》けてもらはずとも、この佐《さ》の市《いち》は少《すこ》しも窮《こま》りませぬと、鼻《はな》の頭《さき》で[二三]ふゝと[二四]哂《わら》へば、そのやうな[二五]陰言《かげごと》いひて、もし[二六]先様《さきさま》に聞《きこ》えたら、大體《たいてい》の御腹立《おはらだち》ではあるまいに、と母親《はゝおや》は懸念《けねん》すれど、疳《かん》の起《おこ》りたる最中《さいちう》なれば、言過《いひすご》しては此上《このうへ》に機嫌《きげん》を損《そん》ぜむと、[二七]加減《かげん》して得心《とくしん》のなるやうに[二八]意見《いけん》すれば、有繫《さすが》に従順《おとな》しう、固《もと》より此場《このば》ぎりの話《はなし》、またとは口《くち》にも出《だ》すまい、千束屋様《ちつかやさま》へ行《ゆ》きても、そんな挙動《そぶり》は見《み》せまいと謂《い》ふ。

口《くち》にも出《だ》さず、挙動《そぶり》にも見《み》せぬだけでは済《すま》ぬ、心《こゝろ》にも念《おも》はぬがよい。十五の年《とし》から今《いま》にお世話《せわ》になる大事《だいじ》の顧客様《おとくいさま》のこと、[二九]疎《おろそ》かに思《おも》うたら罰《ばち》があたらう、

一八 →『おぼろ舟』一四三頁注二五。
一九 （否定表現を伴って）決して。
二〇 気持が晴れ晴れしない。
二一 余計な所まであれこれ考える。邪推する。
二二 女性が富貴の人と結婚して、不相応の身分になること。諺「女は氏(うじ)無くして玉の輿に乗る」に拠る。「白菊 あゝ、思いがけないこの身の出世。／玄白 なるほど、女は氏なうて玉の輿とは。／三人 この事だ」（河竹黙阿弥『敵討噂古市』二幕目返し、安政四年）。
二三 初出「ふゝん。そのやうな」。初出では「そのやうな」から第二十五回。
二四 底本「と」で行末、「哂」は次行末に「御腹哂／立(おはらだち)」と誤植。意改。
二五 かげ口。
二六 先方（千束屋）。
二七 適当に手加減して、納得のいくように。
二八 「異見」（→『二人比丘尼 色懺悔』二一頁注二四）に同じ。
二九 「粗略ニ」（『言海』）。

と段々《だん〴〵》謂聞《いひき》かせければ、其《それ》をも合点《がてん》したる様子《やうす》に、お民《たみ》は安堵《あんど》して眠《ねむり》に就《つ》きぬ。

母親《はゝおや》は知《し》らぬ事《こと》、佐《さ》の市《いち》が不興《ふきよう》なる顔《かほ》も、腹立《はらた》てる様子《やうす》も、お久米《くめ》が碌《ろく》に口《くち》もきかざりしゆゑにはあらず。其実《そのじつ》は別《べつ》に深《ふか》き仔細《しさい》あり。

譬《たと》へば吝嗇者《りんしよくもの》の金銀貨《きんぎんくわ》を椽《ゑん》の下《した》の土深《つちふか》く埋《うづ》めおきて、人《ひと》には言《い》はず語《かた》らず、其上《そのうへ》の畳《たゝみ》に寐《ね》腹這《はらば》ひて、銭《ぜに》無《な》き顔《かほ》はすれど、土《ど》中《ちう》に何百円《なんびやくゑん》と、取出《とりい》だしては見《み》ねど心《こゝろ》に楽《たのし》く、これぞ命《いのち》から二《に》番目《ばんめ》と恃《たの》める宝《たから》。その後堀起《のちほりおこ》せば、瓶《かめ》はあれども実《なか》は虚《から》になりたる、その驚駭《おどろき》と、失望《しつばう》と、悲歎《かなしみ》と、憤恨《うらみ》も、なか〳〵逮《およ》ぶべくもあらざるは、佐《さ》の市《いち》が心《こゝろ》の中《うち》なり。

眼《め》に物見《ものみ》ねば、それほどは常人《ひと》より楽《たのし》みの欠《か》けたる廃人《かたは》が、之《これ》をと念懸《ねんが》[一]けたる執着《しふぢやく》は幾許《いくばく》ぞや。

燈火《ともしび》の無《な》き夜《よる》の座敷《ざしき》に起《お》きてゐて、一時間《いちじかん》も堪《た》へらるゝものにはあらざるを、盲人《めくら》は一生花《いつしやうはな》の色《いろ》を識《し》らず、日《ひ》[二]の影《かげ》を見《み》ず、不便《ふびん》[三]は最愛《さいあい》なる親《おや》の顔《かほ》さへ知《し》らず、罪無《つみな》くして土牢《つちらう》[四]の生埋《いきうづめ》。[五]これに生《う》まれつきたればこそ、世界《せかい》は闇《くら》く、音《おと》ばかりして、形《かたち》のみあるものと覚《おぼ》えて、それなりに生《い》きてもをれ、人《ひと》[六]の所業《しわざ》にてかゝる目《め》に遭《あ》ひ、一生《いつしやう》を闇黒《くらがり》に送《おく》るに運極《うんきはま》らば、いかに「し」[七]の字嫌《じぎらひ》の人《ひと》も、舌咬切《したくひきり》て自殺《じさつ》すべし。

一　心がけた。
二　日の光。
三　憐れなのは、最愛の親の顔も知らないで。
四　崖などに横穴を掘って作った牢。
五　生まれつき眼が見えないのなら、この世は暗く、音と、手で触った形だけだと思って、それなりに生きてもおられようが。
六　他人のせいで目が見えなくなってしまって、一生を暗闇の中で過ごす運命と決まったならば。佐の市の場合は六歳の時の眼病が原因。↓三五二頁一五行目。
七　「し」は「死」に通じることから、どんなに死ぬのが嫌な人でも、の意。次の「舌」の「し」は、これを掛けて言ったもの。禽語楼小さん口演／酒井昇造速記「かつぎや五兵衛」(『百花園』十四号、明治二十二年十一月二十日)にも「予(おれ)は決してシの字を云はん。シぬ、シくじる、…と云ふからシの字に善い事はない」云々とある。また、落語の「しの字嫌い」では、口のへらない権助を困らせてやろうと、隠居が「死」に通じるから「し」の字を言ってはいけない、言ったら給金をやらない、もしこちらが言ったら銭を遣る、と約束する。どうしても言わない権助に、隠居が最後に「シ太へ野郎だ」と言う。
八　盲人であっても。
九　係累。自由を束縛するもの。
一〇　自分で首をつって。
一一　「くんじゅ…多人数、群(ラム)ガリアツマレル

[八]盲人《めくら》になりとも此世《このよ》に生《う》まれては、それ〴〵に心牽《こゝろひ》かさるゝ[九]絆《ほだし》ありて、[一〇]我《われ》と縊《くび》れて死《し》ぬこともならず。一年向島《ひとゝせむかふじま》の土手《どて》を若《わか》き盲人三人杖《めくらさんにんつゑ》をならべて、花見《はなみ》の[一一]群集《くんじゆ》を分《わ》けゆくことありしに、人々《ひと〴〵》嘲《あざけ》りて、[一二]按摩《あんま》の花不見《はなみず》と口々《くち〴〵》に囃《はや》せしが、[一三]然《さ》りとは哀深《あはれふか》く、心《こゝろ》ある人酔《ひとゑひ》を醒《さま》して、[一四]花《はな》の露《つゆ》ならぬ涙《なみだ》に袖《そで》を沾《ぬら》せし。

佐《さ》の市《いち》が面影《おもかげ》の羸《やつ》れたるも、色《いろ》の蒼白《あをざめ》たるも、憒《じ》れて辞気《ことば》に稜立《かどだ》つも、お久《く》米《め》が[一五]志《こゝろざし》を投出《なげだ》せしも、母《はゝ》に向《むか》ひて恩人《おんじん》を[一六]誣《し》ひしも、饑《う》ゑたるものゝ食《しよく》の如《ごと》く、其外《そのほか》には何《なに》の願《ねがひ》も望《のぞみ》もあらぬ、唯一《たゞひとつ》の楽《たのし》みを奪《うば》はれたる、失望《しつばう》と悲歎《かなしみ》と憒恨《うらみ》とに攪乱《かきみだ》されたる心《こゝろ》の業《わざ》なるべし。

昼間《ひるま》は[一七]兀然《つくねん》と壁《かべ》に向《むか》ひ、首《くび》を[一八]俛《た》れて一時思《ひとしきりおもひ》に沈《しづ》み、忽《たちま》ち心着《こゝろづ》きて勃起《むく》と面《おもて》を挙《あ》げ、駄目《だめ》だ〳〵と、やゝ大声《おほごゑ》に呟《つぶや》くかと見《み》れば俯《うつむ》きて、[一九]少焉《しばらく》ありて横様《よこさま》に[二〇]撻《だう》と倒《たふ》れ、畳《たゝみ》を蹴《け》りて苦《くる》しげに呻《うめ》き、やがて静《しづ》まりてまた蹶起《はねお》き、壁《かべ》に[二一]靠《もた》れて前《さき》のごとく物思《ものおも》ふ。

[二二]日暮《ひくれ》より千束屋《ちつかや》へ仕事《しごと》に出《い》づることは平生《つね》に変《かは》らねど、主人《あるじ》の居間《ゐま》にては口《くち》数寡《かずすくな》く、笑《わら》ふこと無《な》く、辞《ことば》など[二三]発揮《はき》とせず、[二四]始終思案《しじうしあん》したる様子《やうす》。今《いま》までとは違《ちが》ひて、此頃《このごろ》は盲人《めくら》染《じ》みて来《き》たやうな、と内儀《ないぎ》が陰言《かげごと》。佐《さ》の市《いち》はおとなしけれど陰気《いんき》ならず、年齢《とし》よりは若々《わか〳〵》しくて[二五]仇無《あどな》く、[二六]苦労無《くらうな》げなる所《とこ》ろをこそ、人《ひと》に

コト」（『言海』）。「群集（くんじゆ）の人を掻分け〳〵」（三遊亭円遊口演／酒井昇造速記「姫かたり」一、『百花園』十六号、明治二十二年十二月二十日）。
一二 按摩は目が見えないので、「花見」を「花見ず」と洒落た。
一三 さてまあ。前の事柄を受けて、後の判断を感情的に言う接続詞。
一四 花の露ではなく涙の露に。「花の露」は花の上に置いた露。「花見」の縁語。
一五 贈り物。カステラを受け取らなかったことを指す。→三九五頁三行目。
一六 そしる。
一七 「つくねんと…為ルコトナクボンヤリシテキル体ノ形容」（『日本大辞書』）。「兀然（こつぜん）」は動かぬさま。
一八 「俛」は首をたれる意。初出「低」。
一九 「少焉」は、しばらくたって、の意。「蜂の唸声（うなりごゑ）の外には何も聞えん。少焉（しばらく）あつて」（ガールシン作・二葉亭四迷訳『四日間』明治三十七年）。
二〇 擬音語。「忽地（たちまち）撻（だう）と倒れ給ふ」（『椿説弓張月』二十六回）。
二一 「靠」は、依る、もたれる意。初出「倚」。
二二 「ひくれ…夕方」「ひぐれ…ヒクレ」（『日本大辞書』）。
二三 「はきと…ハツキリト。＝分明ニ」（『日本大辞書』）。
二四 初出「思案してゐる」。
二五 「あどけなしノ略」「あどけなシ…無邪気デアル」（『日本大辞書』）。「わらひをふくみて答（いらへ）をせぬはあどなきおぼこ娘なるかな」（『春色連理の梅』初編下）。
二六 初出「無さゝうなる所（ところ）を、人に好かれしが」。

は好《す》かれしが。

（八）

[一]吉野屋《よしのや》の寮《れう》にての[二]見《み》合《あひ》首尾《しゆび》好《よ》く、双方《さうはう》に些《すこし》の異存《いぞん》無《な》く、[三]其月《そのつき》の末《すゑ》に結納《ゆひなふ》の受授《とりかはせ》あり。

それと事極《こときま》れば、祝賀《いはひ》の表人《しるしひと》に後《おく》れてはならじと、[四]紅白《こうはく》の真綿《まわた》[五]一台《いちだい》、出入《でいり》の按摩《あんま》からにしては[六]分《ぶん》に過《す》ぎたれど、小金《こがね》貯《た》めたるも、まさかの時《とき》の用意《ようい》、義理《ぎり》は欠《か》かされぬ恩人《おんじん》への寸志《こゝろざし》と、お民《たみ》は大奮発《おほはづみ》にて、此品《このしな》持《も》ちて不取敢《とりあへず》千束屋《ちつかや》へ出懸《でか》けぬ。

銀蔵夫婦《ぎんざうふうふ》は気毒《きのどく》がりて、眼下《めした》から過分《くわぶん》の物《もの》もらふこと少《すこ》しも嬉《うれ》しからず。[七]志《こゝろざし》は松《まつ》の葉《は》でも、[八]竹《たけ》の端《はし》でも。[九]憖《なまじ》い外見張《みえば》りて[一〇]血《ち》の出《で》しことゝ思《おも》へば、迷惑《めいわく》して眉《まゆ》を顰《ひそ》むる本意《ほんい》を知《し》らず、[一一]一番驚《いちばんおどろ》かしたのを、お民《たみ》は腹《はら》の中《うち》で手柄《てがら》にして、お久米《くめ》も気毒《きのどく》さの余《あま》り、此品《このしな》を嬉《うれ》しき顔《かほ》すれば、いよ〳〵鼻高《はなたか》にて、例《れい》の多弁《たべん》の出《で》るまゝに長物語《ながものがたり》して帰《かへ》りぬ。

家《うち》には佐《さ》の市《いち》が、火《ひ》の気《け》の薄《うす》き炬燵《こたつ》に身《み》を埋《うづ》めて、[一二]櫓《やぐら》を枕《まくら》にうつら〳〵と、何為《なにす》るも懶《う》き気色《きしよく》にて、寝《ね》たるにもあらず、起《お》きたるにもあらず。元気無《げんきな》き声《こゑ》

一 初出ではここから第二十六回。
二 →補二七。
三 結婚式は十二月十日(→四〇二頁一四行目。明治二十六年では旧暦十一月三日)。「時雨月」(→三八四頁注一三)の末の結納では間がないようだが当時は普通。「見合もすみ結納も既に昨日取替せしほどゆゑ此四五日内には吉日を択みていやが応でも是非醬油屋へ嫁入らねばならぬ山村の娘おふみ」(「後の月(続)」『読売新聞』明治二十二年十月十九日)。従ってここは十一月末の意であろう。
四 「婚礼の進物…其他真綿、…等は嫁婿何れへも贈るなり」(『家庭日用 婦女宝鑑』明治四十四年、大倉書店)。「真綿」は、生糸にならない屑繭を煮て、引き伸ばして作った綿。純白で光沢があり、柔らかくて軽い。着物の中に入れる綿(中綿)が外に白く透くのを防ぐため、紅・桃色・浅黄などに染めた(染綿と言う)。
五 「台」は進物を載せる台。綿は「一把(わ)」(または「一包」)と数える(『家庭日用 婦女宝鑑』)。
六 身の程を超えているが。
七 諺「志は松の葉(木の葉)に包め」の略。真心さえこもっていれば、贈り物はほんの松の葉に包むような僅かなものでもよい、の意。「心ざしは松の葉」(『俚諺集覧』)。
八 竹の切れ端(役に立たない、つまらないものの喩え)。「松の葉」の縁で言った。
九 「なまじひに…手ヲ出サズトモ善イノニ手出シシテ」(『日本大辞書』)。
一〇 出費のかさんだ。
一一 「いちばん…ココロミニ。 ＝チヨツト」(『日本大辞書』)。
一二 こたつ布団を掛けるために、木を組み合わせて立方形に作り上げたもの。

して、今《いま》お帰《かへ》りかと謂《い》へば、お民《たみ》は彼品《かのしな》を千《ち》束屋《つかや》にて歓《よろこ》ばれし始末《ひとゝほり》を語《かた》りて、お久米《くめ》の様子《やうす》をも悉《くは》しう聞《き》かせ、私《わたし》の推量《すゐりやう》どほりお前《まへ》の僻見《ひがみ》に違《ちが》ひ無《な》い。私《わたし》は始《はじ》めから、あの娘子《おこ》はそんな人《ひと》では無《な》いと謂《い》[一三]はぬことか。[一四]七度《なゝたび》捜《さが》して人《ひと》を疑《うたが》へとは、噫好《あゝよ》く言《い》つた[一五]ものと、窘《たしな》むるやうに謂《い》はれて、佐《さ》の市《いち》は徐《しづか》に顔《かほ》を挙《あ》げ、祝賀《いはひ》の品《しな》をもらひながら、借金取《しやくきんとり》が来《き》たやうな顔《かほ》も出来《でき》まい。それは誰《たれ》にしても人情《にんじやう》さ、と[一六]手《て》も無《な》く言放《いひはな》して、また俯《うつむ》きけり。

小面《こづら》の憎《にく》き言草《いひぐさ》とは思《おも》へど、[一七]気分《きぶん》の悪《わる》さに[一八]稜々《いら〳〵》してゐる故《ゆゑ》、とお民《たみ》は堪忍《かんにん》して、何《なに》も言《い》はで措《お》きぬ。

佐《さ》の市《いち》は其夜《そのよ》千《ち》束屋《つかや》へ行《ゆ》けば、夫婦《ふうふ》を始《はじ》めお久米《くめ》にも祝《いは》ひものゝ礼《れい》を謂《い》はれて、此方《こちら》からも一通《ひとゝほ》り祝儀《しうぎ》の口上《こうじやう》を謂《い》はねばならず。改《あらた》まりて其由《そのよし》を抒《の》ぶれば、夫婦《ふうふ》は[一九]紅白《こうはく》の真綿《まわた》よりも懽《よろこ》びて、[二〇]おつゝけお前《まへ》の嫁《よめ》は我《おれ》が世話《せわ》せうと、かねて[二一]お袋《ふくろ》へも話《はな》しておいたれば、来年《らいねん》の春頃《はるごろ》にはと銀蔵《ぎんざう》が辞《ことば》を、打消《うちけ》して、[二二]難有《ありがた》うございますが、私《わたくし》は女房《にようばう》は入《い》りませぬ。かうして独身《どくしん》が却《かへつ》て気楽《きらく》ゆゑ、一生《いつしやう》持《も》ちませぬつもりでございますと謂《い》へば、それでも[二三]曩日《いつぞや》[二四]お前《まへ》は情婦《いろ》があるといつたではないか。その女《をんな》でも女房《にようばう》に持《も》つ気《き》は無《な》いのか、と内儀《ないぎ》に笑《わら》はれて、これは思《おも》ひも懸《か》けず、佐《さ》の市《いち》は苦笑《にがわらひ》して、彼《あれ》はほんの冗談《じようだん》でございます。私《わたくし》のや

一三 前に言っておいた通りではないか。
一四 諺「七度尋ねて人を疑へ」（物をなくした時は十分に探し、むやみに人を疑ってはならない）。ここでは単に、むやみに人を疑ってはならない、の意。「七度探して人を疑ぐれ　よく考へて見ねへな」（『西洋道中膝栗毛』十五編上）。
一五 初出「ものだと、」。
一六 「容易（スタヤ）ク」（『言海』）。
一七 初出「気分が悪くて」。
一八 「いらいら　稜々」（尾崎紅葉『畳字訓』）。「稜」は「角（どか）」の意。→三九六頁注六。
一九 →注四。千束屋は裕福なので、物よりもその気持の方がうれしい、ということ。
二〇 →三八五頁注三二。
二一 お民を指す。
二二 初出「難有うはござりますが」。
二三 「いつぞや…過ギシ頃」「さきに　過ギシ頃ニ。…曩」（『言海』）。
二四 →三九〇頁二行。

うな不具者《かたはもの》は、いくら此方《こちら》で思《おも》ひましても、誰《たれ》も嫁《よめ》に来《き》てくれる女《ひと》はござりませぬ。いかに眼《め》が見《み》えませぬとて、[一]隻眼《めつかち》だの[二]鼻欠《はなつかけ》、痣《あざ》のあるのや[三]大痘痕《おほあばた》は、やつぱり人並《ひとなみ》に嬉《うれ》しうはござりませぬ。然《さ》ればと申《まを》して、大勢《おほぜい》の騒《さわ》ぐやうな美《うつく》しいお方《かた》は、[四]先様《さきさま》が真平《まつぴら》でございましよ。生意気《なまいき》なことを申《まを》すやうではござりまするが、それくらゐならば持《も》たぬが勝《まし》と、一生独身《いつしやうどくしん》に極《き》めました、と[五]実《まこと》は面《おもて》に表《あら》はれて、不便《ふびん》の[六]心根《こゝろねき》聞くに愁《つら》きはお久米《くめ》なり。

[七]いつぞやの夢《ゆめ》に思合《おもひあ》はせて、今日《けふ》は昼《ひる》の程祝物《ほどいはひもの》を持来《もちきた》り、今《いま》また此愚痴《このぐち》、一《いち》く々胸《むね》に徹《こた》へて、[八]もしやと思《おも》ふほど恐《おそ》ろしく、夢以後《ゆめこのかた》は佐《さ》の市《いち》の顔《かほみ》見る度《たび》に[九]異《い》な心地《こゝち》して、物言《ものい》ふも厭《いと》はしければ、側《そば》に居《ゐ》るのも不気味《ぶきみ》なれど、何故《なぜ》やら其理《そのわけ》は少《すこ》しも識《し》れず、大方気《おほかたき》の迷《まよ》ひからと思《おも》へば、佐《さ》の市《いち》の挙動《そぶり》に[一〇]異《あや》しき廉《かど》の無《な》きにもあらざらむやうに見《み》えて、お久米《くめ》が此頃《このごろ》の胸裏《むねのうち》は、嬉《うれ》しさと、気遣《きづか》はしさと、異《あや》しさと、怖《おそ》ろしさの、四《よ》つに悩《なや》みて、千筋《ちすぢ》に乱《みだ》るゝ。

（九）

[一一]十二月十日《じふにぐわつとをか》、[一二]此日《このひ》は吉日《きちじつ》とて[一三]輿入《こしいれ》に定《さだ》まりぬ。両家《りやうけ》、諸親類《しよしんるゐ》、出入中《でいりちう》昨夜《ゆふべ》の空《そら》を気遣《きづか》ひしに、払暁《よあけ》よりの[一四]初雪《はつゆき》、これも折《をり》から[一五]目出度《めでたい》、と縁起《えんぎ》を祝《いは》ひて暮《くれ》を

一　「偏目（カタメ）ニ同ジ。（東京）」（『言海』俗語）。「せうく〳〵はめつかちでもはなつかけでも、そこにやア頓着はござりやせん」（『東海道中膝栗毛』八編下）。
二　「はなかけ…鼻のかけたる人。（黴毒などのために）」（『ことばの泉』）。
三　痘痕（→三五五頁注二一）の目立つもの。「兄弟同時にした疱瘡が、兄は軽く、弟は大痘痕になつて」（森鷗外『安井夫人』大正三年）。
四　先方が、私のことを真っ平だと思うでしょう。
五　真情は顔に表れて。
六　「心ノ底」（『言海』）。
七　→三九一頁四行目以下。
八　もしかすると何かあるのではないか、と。次行に「何故やら其理は少しも識れず」とあり、お久米には佐の市の思いがはっきり伝わっているわけではない。
九　変な気持。
一〇　いつもと違った変なところ。
一一　初出ではここから第二十七回。
一二　→補二八。
一三　「新婦（ハナヨメ）ノ輿ヲ、新夫（ハナムコ）ノ家へ舁（カ）キ入ルルコト」（『言海』）。
一四　→補二九。
一五　初雪の純白を新婦の純潔になぞらえたもの。
一六　千束屋の屋号や紋印をつけた番傘をさし。
一七　「ミエ」（『言海』）。威勢。
一八　雨だと足元が悪くなるから、雪でよかったなどと、自分から見物に出て来たくせに、これはまあ迷惑らしい言い草だ。
一九　およめさま。「御寮」は嫁に対する敬称。
二〇　江戸時代、上流武家婦人が、帯を締めた小袖の上から打ち掛けて着た丈長の小袖。武家に

待《ま》つ。やう〳〵時刻《じこく》になれば、千束屋《ちつかや》の店頭《みせさき》は送《おく》りのもの丶提灯星《ちやうちんほし》の如《ごと》く、[一六]番傘《ばんがさ》さしつらねて勢揃《せいぞろ》ひの[一七]景気《けいき》に、此嫁入見物《このよめいりみもの》と、伝馬町《てんまちやう》の賑《にぎは》ひ夜《よ》とも覚《おぼ》えず。道筋《みちすぢ》の両側《りやうがは》に群集《ひとだかり》して雪《ゆき》を蹴散《けち》らし、[一八]雨《あめ》で無《な》くて仕合《しあはせ》と、頼《たの》まれもせぬに出《で》て来《き》て、然《さ》りとは迷惑《めいわく》さうな言草《いひぐさ》なり。

急《いそ》げども手間《てま》取《ど》る[一九]嫁御寮《よめごれう》の支度《したく》、土地《ところ》の風俗《ふうぞく》とて、むかしながらの[二〇]裲襠姿《うちかけすがた》、島田《しまだ》に[二一]角帽子《つのかくし》。介添《かいぞへ》に扶《たす》けられて[二二]車《くるま》に乗《の》れば、門外《おもてのかた》の俄《にはか》に動揺《どよ》めくに心躍《むねをど》りて、如何《いかゞ》はせむと思《おも》ふ間《ま》に[二三]幌《ほろ》を下《お》ろしければ、[二四]雲《くも》めが月《つき》を隠《かく》した、と見物《けんぶつ》は名残惜《なごりをし》く、蹤《あと》からぞろ〳〵尾《つ》いて行《ゆ》く。

お久米《くめ》が此途上《このみち〳〵》の心《こゝろ》の中《うち》は、何《なん》に譬《たと》へむやうもあらず。総身《そうしん》焚《も》ゆらむ如《ごと》く、わく〳〵と[二五]上気《じやうき》して、殆《ほとん》ど前後《ぜんご》の弁《わきま》へ無《な》く、唯今宵《たゞこよひ》の早《はや》く過《す》ぎよと祈《いの》るばかりなりし。

[二六]池上橋《いけがみばし》を渡《わた》る比《ころ》、[二七]第一《だい》銀行《ぎんかう》の角《かど》より[二八]按摩《あんま》の流《なが》し笛《ぶえ》の節悲《ふしがな》しく聞《きこ》えしに、氷《こほり》などの走《はし》るらむやうに、全身《みうち》忽《たちま》ち冷《ひ》えわたりて、今《いま》までの逆上《のぼせ》も引下《ひきさ》げられ、[二九]毛髪《みのけ》は弥《よ》竪《だ》ち、顔色《かほいろ》も変《かは》りたらむ、と我《われ》と其思《そのおもひ》ありし。

築居《つくゐ》方《かた》より[三〇]相生町《あひおひちやう》まで[三一]出迎《でむかへ》の[三二]人数《にんず》、定紋《ぢやうもん》の提灯《ちやうちん》降積《ふりつ》む雪《ゆき》を照《て》らして、景気《けいき》よく待受《まちう》けたるに、[三三]此方《こなた》の同勢《どうぜい》合《あは》せて七十人《しちじふにん》ばかり、前後《ぜんご》に附添《つきそ》ひて、花々《はなぐ》しく

倣って、遊女や、富裕な町家の婚礼で花嫁が着た。派手な意匠が多い。「娵は上流には古風に白無垢に裲襠を着るもあれば」（『東京風俗志』下巻、明治三十五年）。

二一 婚礼の際、新婦が頭に被る白い布。

二二 「車…㊁特に、人力車の称」（『大増訂 ことばの泉』）。「人力車（くるま）の梶棒を持つて」（『英国孝子之伝』二）。「吉凶慶吊詣神展墓等の如き人力車を要せざるは幾もあることなく」（野口勝一「人力車の発明」『風俗画報』一二五号、明治二十九年十月二十日）。お抱えの車夫に、定紋を入れた自家用の車を引かせることもあった。宇都宮では明治五年前後より使用（『栃木県史』巻十四「文化編」）。

二三 日よけ、雨雪よけのための被い。→『おぼろ舟』補二四（図版）。「最早（もう）晴（あが）り際の小降である。…幌人車（ほろぐるま）が威勢よく駈て居る」（国木田独歩『窮死』明治四十年）。

二四 月を花嫁に、幌を雲に喩えた。

二五 「逆上（ノボセ）」（『言海』）。

二六 本通りの池上町と杉原町の間で、釜川（田川の支流）に架かる都橋のことであろう。伝馬町の東側が池上町、その東側が杉原町。→地図。

二七 明治二十年九月、第一銀行宇都宮支店が杉原町（→注二六）に開業。明治二十七年七月第四十一銀行に譲渡（『宇都宮市史』七）。

二八 →三五三頁注二七。→補三〇。

二九 「みのけ…皮膚ノ毛穴。「―モヨダツ」」「よだつ…弥立（イヨダ）ツ、ノ約」（『言海』）。

三〇 杉原町の東にあり、千手町の西側にある町名。→地図。

三一 →補三一。

三二 「（二）多勢ノ人」（『言海』）。

三三 →補三二。

築居《つくゐ》の門《かど》に乗込《のりこ》みけり。

[一]善美《ぜんび》心《こゝろ》を驚《おどろ》かす座敷《ざしき》の結構《けつこう》、それにも劣《おと》らず献立《こんだて》の見事《みごと》さ。万事《ばんじ》に心《こゝろ》を尽《つく》したるに、お久米《くめ》は我荷《わがに》[二]物《もつ》の此等《これら》に[三]合《あ》はせて[四]品下《しなくだ》りたるを慙《はづ》かしく、[五]よしや我身《わがみ》までも、かゝる大家《たいけ》には応《そぐ》はぬか、と今更心元無《いまさらこゝろもとな》さに、いとゞ身《み》を縮《ちゞ》めて、昼《ひる》より眩《まばゆ》き燈影《ひかげ》を曠《はれ》がましく、手持無沙汰《てもちぶさた》に上席《じやうせき》に座《すわ》れり。

人《ひと》は見《み》て然《さ》は思《おも》はじ。喜一郎《きいちらう》と並《なら》べて[六]今様《いまやう》の雛《ひな》は是《これ》。振袖《ふりそで》の裲襠《うちかけ》、空色地《そらいろぢ》に[七]桜《さくら》と檜扇《ひあふぎ》の[八]惣模様《そうもやう》、下《した》は[九]朱鷺色縮緬《ときいろちりめん》の[一〇]無垢《むく》に、白《しろ》を二枚《にまい》襲《かさ》ねて、緋《ひ》の[一一]紋縮緬《もんちりめん》の[一二]長繻絆《ながじゆばん》、[一三]紅葉《もみぢ》に置《お》く霜《しも》の[一四]羽二重足袋《はぶたへたび》、帯《おび》は金入《きんいり》の[一五]厚板《あついた》、[一六]厚緦《あつし》に[一七]雪形《ゆきがた》の[一八]織紋《おりだし》。[一九]練《ねり》絹《ぎぬ》の角帽子《つのかくし》を懸《か》けて、[二〇]御守殿風《ごしゆでんふう》に厚化粧《あつげしやう》したる、宛然《さながら》絵《ゑ》にかける何姫《なにひめ》の如《ごと》く、面影《おもかげ》常《つね》に変《かは》りて、又更《またさら》に可愛《かはゆ》くも妖艶《あでやか》なり。

築居《つくゐ》夫婦《ふうふ》は一座《ざ》の親類等《しんるゐたち》へ内心大自慢《ないしんおほじまん》にて、息子《むすこ》は喜一郎《きいちらう》のやうなもの、嫁《よめ》はまた此通《このとほ》り、と歓喜《うれしさ》に込上《こみあ》げられて、特《こと》に女親《をんなおや》は[二一]きよと〱と、何《なに》も手《て》には着《つ》かざりし。

席《せき》は一先《ひとまづ》十時《じ》に[二二]開《ひら》きて、彼方《あなた》にはなほ笑《わら》ひさゞめく声聞《こゑき》きながら、離座敷《はなれざしき》に[二三]床盃《とこさかづき》の式《しき》も済《す》みて、窓打《まどう》つ雪《ゆき》の寂《さび》しく、鐘《かね》は[二四]陰々《いん〱》として[二五]物凄《ものすご》き[二六]閨《ねや》の中《うち》は、羞《はづ》かしながら男《をとこ》を[二七]力草《ちからぐさ》。話《はなし》しかけられても捗々《はか〲》しう応答《こたへ》はならねど、互《たが》ひに今宵《こよひ》

一 立派で美しいさま。 二 嫁入り道具。 三 比べて。 四 品格が落ちている。 五 「よしや」は逆接の仮定条件(仮に…だとしても)を示すが、下に条件節がない。「もしや」の誤りか。自分の嫁入り道具が見劣りするので、自分までも劣っているか、と心配する意。 六 当世風のお雛様。「よき聟迎へて活(い)きた雛様のまゝ事眺むるを楽みに暮せしが」(「君が一夕の情妾が百年の身を誤る」『読売新聞』明治二十六年五月四日)。 七 檜(ひの)き)の薄板をとじ合わせた扇。

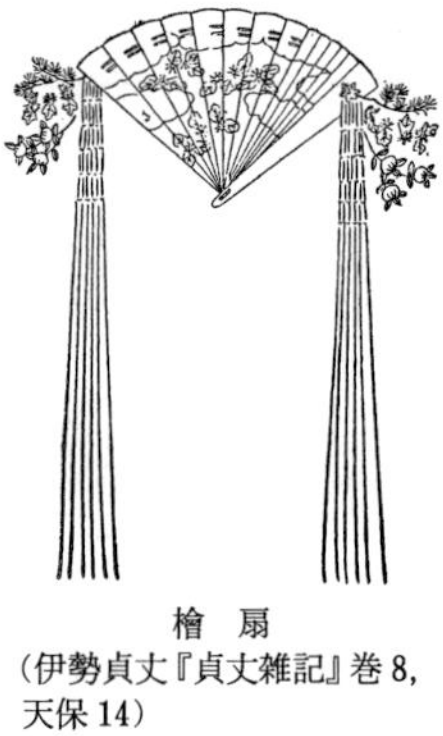

檜扇
(伊勢貞丈『貞丈雑記』巻 8, 天保 14)

八 着物全体に模様があること。裾模様の対語。 九 「薄紅ノ灰色ヲ帯ブルモノ」(『言海』)。淡紅色。 一〇 無地で同色の布地(白色とは限らない)。 一一 紋様を織り出した縮緬。 一二 女性用の、着物と同じ丈の襦袢(肌着)。礼装用。半襦袢(上半身用の襦袢)の対語。「婦女の晴れには縮緬若くは紋羽二重等の長襦袢大いに行はる」(『東京風俗志』中巻)。 一三 長襦袢の緋色を「紅葉」に、白足袋を「霜」に喩える。 一四 木綿足袋に対する、礼装用の贅沢な足袋。「羽二重」は純白の練り糸を使った絹布。 一五 「絹ノネリイトヲ経トシ、生糸ヲ緯トシタモノ。オモニ帯ナドニツカフ」(『日本大辞書』)。

は睡《ねぶ》りかねて、[二八]違棚《ちがひだな》の[二九]飾時計《かざりどけい》[三〇]しほらしき音《ね》に一声《ひとつ》[三一]鳴《な》る比《ころ》、[三二]お久米《くめ》は[三三]大名縞《だいみやうじま》の[三四]糸《いと》織《おり》の寝巻《ねまき》に緋縮緬《ひぢりめん》の[三五]扱帯《しごき》して、肌寒《はださむ》げに起出《おきい》で、枕頭《まくらもと》なる[三六]手燭《てしよく》点《とも》して、素足《すあし》に廊下《らうか》を冷《つめ》たく、用足《ようた》して[三七]手水口《てうづぐち》の切戸《きりど》を開《あ》くれば、庭《には》は雪明《ゆきあかり》に[三八]築山《つきやま》の風情《ふぜい》をかしく、竹《たけ》は臥《たふ》れ、梅《うめ》は埋《うづ》もれて、[三九]思《おも》ひの外《ほか》なる雪《ゆき》になりぬ。

まだ歇《や》むべき気色《けしき》は無《な》くて、ちら〳〵顔《かほ》に降《ふ》りかゝるより、衿元《えりもと》に浸《し》む風《かぜ》を寒《さむ》く、[四〇]戸《と》を立《た》てむとして、不図《ふと》聞着《きゝつ》けたる塀外《へいそと》の人声《ひとごゑ》。不気味《ぶきみ》ながら耳《みゝ》を澄《す》ませば、一方《いつぱう》は声高《こゑたか》く、一方《いつぱう》は低《ひく》く、談柄《ことがら》は定《さだ》かに聞取《きゝと》れざれど、此夜深《このよふけ》に立《たち》話《ばなし》、何《なに》とも合点《がてん》ゆかぬほど怖《おそ》ろしく、音《おと》せぬやうに戸鎖《とざ》して[四一]洞房《ねま》に逃還《にげかへ》り、云々《しかぐ》と此由《このよし》を喜一郎《きいちらう》に告《つ》ぐれば、勃起《むく》とおきて帯締《おびし》めなほし、再《ふたゝ》び手水口《てうづぐち》を開《あ》けて、聴耳《きゝみゝ》立《た》つる後《うしろ》に、お久米《くめ》は恐《こは》さと寒《さむ》さに[四二]胴顫《どうぶるひ》して佇《たゝず》みけり。

喜一郎《きいちらう》は雪《ゆき》をも厭《いと》はず、首差出《くびさしだ》して聴《き》けば、怪《あや》しき者《もの》を人《ひと》の咎《とが》めて、[四三]推問答《おしもんだふ》すると覚《おぼ》しけれど、隔《へだ》たりたれば能《よ》くも聞《きこ》えず。

お久米《くめ》は[四四]忍音《しのびね》に何《なん》でござりませうと問《と》へば、喜《き》一郎《らう》は半《なかば》は戸外《おもて》に気《き》を奪《うば》はれて、何《なん》だか、と仍少焉《なほしばし》耳《みゝ》を傾《かたむ》けたりしが、見《み》て来《く》ると[四五]礑《はた》と戸《と》を立《た》つる。

あれ、およし遊《あそ》ばせ、とお久米《くめ》は危《あやぶ》みて止《と》めても可《き》かず、頭《あたま》から外套《ぐわいたう》引被《ひつかぶ》り、椽《えん》の戸《と》推開《おしあ》けて庭《には》に下立《おりた》てば、雪《ゆき》は足首《あしくび》を没《うづ》めて路《みち》も見《み》え分《わ》かず。お危《あぶ》なうご

一六「アッシ　厚子〔蝦夷語〕あつにノ樹ノ皮ヲ剝ギテ、績ギテ織レル布、蝦夷人製シテ常ノ服トス」(『言海』)。「緦」は、細い麻糸を用いて織った布目の粗い布、の意。一七 雪の結晶をかたどった紋の名。一八 地を一部分変えて紋様を織り出したもの。ここは、厚板の帯に、厚緦で雪形の紋様を織り出した、ということ。

雪　形
(『図解いろは引標準紋帖』京都書院, 昭60)

一九 砧で打ったり、灰汁(あく)で煮たりして柔らかくした絹。「生絹(すずし)」の対語。二〇 →『おぼろ舟』一三三頁注三八。二一 うれしさの余り、あたりを見回したりして落ち着かないさま。二二 お開きになって。「ひらク…(四)〔帰るヲ忌ンデ〕婚礼ノ席カラ退散スル」(『日本大辞書』)。二三 婚礼の夜、夫婦が床に入る前に盃を取り交わすこと。「部屋入の盃ごと　この事精(くは)しう云はずたゞ幾久しく栄えて松の色の変らぬ契をこめ給ふべし」(飯田生「婚礼の順序」『風俗画報』七十五号、明治二十七年七月二十八日)。「当日目出度(めでたく)婚礼の式畢(をは)つて是からお床盃となつて」(三遊亭円遊口演/今村次郎速記「角兵衛の婚礼」一、『百花園』四十五号、明治二十四年三月五日)。二四「いんいんと…陰陰。物寂しき状にいふ。「いんいんとして、山寺鐘遠く聞こゆ」」(『ことばの泉』)。二五「ものすごし…ものごと、何となくすごし」(『ことばの泉』)。「牛満告(つぐ)る遠寺の鐘かう〳〵として物すごく」(為永春水『花間情話 吾妻の春雨(あずまのはるさめ)』二篇中、天保三年)。二六「夜、寝ル室。=ネマ」(『日本大辞書』)。二七「スベテ頼リトスルモノ」(『日本大辞書』)。「今より誰を力草　杖とも頼む夫に

ざりますと、お久米《くめ》は戸《と》の陰《かげ》より顔《かほ》を出《だ》して、風《かぜ》に消《け》されし手燭《てしよく》を持《も》てるまゝ、夫《をつと》の足場《あしば》を気遣《きづか》ひつゝ、一奇《き》體《たい》なる後姿《うしろすがた》を覸《みま》もりけるが、喜《き》一郎《いちらう》はざく〳〵大胯《おほまた》に二踏込《ふむご》みて、勢好《いきほひよ》く築山《つきやま》の麓《ふもと》に着《つ》きたる比《ころ》、木根《きのね》に躓《つまづ》きて一辷《ひとすべり》、三おつと来《き》たと、手近《てぢか》の柳《やなぎ》の枝《えだ》に縋《すが》りしに、脆《もろ》くも折《を》れて横倒《よこたふし》に、石燈籠《いしどうろう》を四枕《まくら》にすてんころり。

お久米《くめ》は我《われ》を忘《わす》れて庭《には》に飛下《とびお》りけるを、喜《き》一郎《いちらう》は起上《おきあ》がりながら、来《く》るなと手真似《てまね》に制《せい》して、何処《どこ》も傷《いた》めず、五のそ〳〵と植込《うゑこみ》の間《なか》に分入《わけい》りて、塀際《へいぎは》に身《み》を寄《よ》すれば、外《そと》の問答《もんだふ》は手《て》に取《と》るまでに聞《きこ》えたり。

六九州訛《きうしうなまり》の七濁声《どすごゑ》厳《いかめ》しげに、今頃何用《いまごろなにやう》あるかと詰問《きつもん》すれば、問《と》はるゝ方《かた》は、いかにも驚《おどろ》き戦《おのゝ》ける声音《こわね》にて、つい此近辺《このきんべん》まで召《よ》ばれまして、宅《たく》へ帰《かへ》る道《みち》が判《わか》らなくなりましたれど、尋《たづ》ねたくも人《ひと》は通《とほ》らず、起《お》きてゐる家《うち》はござりませず、途《と》方《はう》に暮《く》れてをりましたと答《こた》ふれど、訊《たづ》ぬる方《かた》は執念《しふね》く、先刻《さき》から彼《あれ》にて見《み》てゐれば、此家《こゝ》の塀《へい》の前《まへ》ばかり八徘徊《はいくわい》して、一向路《いつかうみち》を求《もと》むる様子《やうす》の無《な》きは、貴様《きさま》の申《まをし》立《たて》と相違《さうゐ》するぞ。警察署《けいさつしよ》へ九拘引《かういん》すべきなれど、今申《いままを》せし住所《ぢうしよ》に詐《いつはり》無《な》くば、これより同道《どうだう》すべしとあるに、嫌疑者《けんぎしや》は嬉《うれ》しく、へいへい、少《すこ》しも怪《あや》しいものではござりませぬ。左様《さやう》なれば恐入《おそれい》りまするが御伴《おつ》れ下《くだ》さいましと、はや立去《たちさ》ら

別れて」(「銷魂録」『読売新聞』明治二十六年四月七日)。二八 二、三の棚板があって、左右段違いになっている棚。普通、床の間の脇に作り付けになっていた。→『二人女房』補二〇。二九 装飾兼用の置時計。三〇 控えめな小さい音で。三一 初出「鳴る。おやもう一時でございますよ。」。三二 初出ではここから第二十八回。三三「織物の竪縞の細かきもの」(『ことばの泉』)。白地に紺か、紺地に白が一般的。三四「絹ノヨリ糸デ織ッタオリモノノ名。今、オモニハレギニツカフ」(『日本大辞書』)。

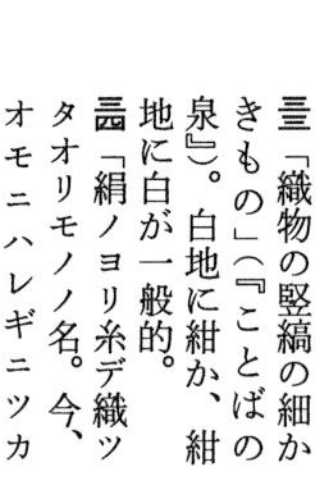

大名縞
(『東京風俗志』中巻)

三五「しごき…一幅ノ布ヲ然ルベキ長サニ切リ、シゴイテ帯ビトスルモノ」(『日本大辞書』)。三六 屋内携行用の、柄のついた小型の燭台。単行本口絵(→三三九頁)では行燈になっている。三七 →補三二。三八「園庭ナドニ築キ立テタル小キ山」(『言海』)。三九 思った以上の。四〇 戸を閉ざす(開き戸にも引き戸にも言う)。四一 寝室。四二「胴震 全身ノワナナキフルフコト。(甚シク畏レ、又ハ烈シク寒サニ感ジテ)」(『言海』)。四三 双方が同じ事を言い合って譲らないこと。四四 あたりを憚って出す低い声。四五 戸を激しく閉ざす擬声語。→『二人比丘尼色懺悔』三六頁注八。

以上四〇五頁

一 奇異で変わっていること。頭から外套を被った喜一郎の後ろ姿を指す。二「ふみこむ」の転。足を踏み出して深みにはまる。「人に断りもなく座敷へ踏込(ふんご)んで」(饗庭篁村「蓮葉娘」八)。

む様子《やうす》なるに一人《ひとり》は巡査《じゆんさ》、咎《とが》められたるは何奴《なにやつ》かと、喜一郎《きいちらう》はやう〳〵節孔《ふしあな》を見着《みつ》けて覗《のぞ》けば、黒《くろ》き羽織《はおり》に白《しろ》き衿巻《えりまき》、一〇杖突《つゑつ》きてとぼ〳〵行《ゆ》くは盲人《めくら》なり。先立《さきだ》つ巡査《じゆんさ》は振返《ふりかへ》りて、何《なに》の市《いち》といつたかなと問《と》へば、小腰《こごし》を屈《かゞ》めて、へい佐《さ》の市《いち》と申《まを》しまする、と其《それ》まで聞届《きゝとゞ》けて、寒気《さむさ》に堪《たま》らず、飛《と》ぶが如《ごと》くに駈戻《かけもど》れば、お久米《くめ》は待《ま》ちかねて、何《なん》でござりました。もう何処《どこ》へか参《まゐ》りましたかと訊《たづ》ぬる。喜一郎《きいちらう》は濡足《ぬれあし》を拭《ふ》かせながら、按摩《あんま》だ〳〵。

一一按摩《あんま》と聞《き》きて、お久米《くめ》の顔色《かほいろ》は変《か》はりぬ。一二ありし様子《やうす》を聞《き》けば、一三然《さ》らぬだに其盲人《そのめくら》の異《あや》しきに、名《な》は佐《さ》の市《いち》といはれて、眼前《めのまへ》に雷《かみなり》の落《お》ちたらむやうに一四顫《ふる》ひあがりて、其瞬時《そのしゆんじ》は殆《ほとん》ど吾《われ》を覚《おぼ》えぬばかり驚《おどろ》きつ、怖《おそ》れつ。

道《みち》に迷《まよ》ひて此辺《このあたり》を彷徨《さまよ》ふといへるは一五信《まこと》しからず。彼《かれ》の一六感《かん》の良《よ》きことは知《し》らぬ人無《ひとな》し。療治《れうぢ》の帰途《かへり》といへど、夜毎《よごと》に我実家《わがさと》へ出入《でいり》する外《ほか》は、一七一切何方《いつせついづかた》へも召《よ》ばれざるに、仕事一八仕舞《しごとしま》ひてから夜更《よふけ》に出療治《でれうぢ》とは、いよ〳〵有《あ》るまじき事《こと》なり。之《これ》を一九惟《おも》ふに、佐《さ》の市《いち》が此庭《このには》の塀外《へいそと》を彷徨《さまよひ》しは、道《みち》に迷《まよ》ひしにはあらで、外《ほか》に思《おもは》くありてなるべし。その思《おも》はくとは何《なに》ぞ。明白《さだか》に知《し》るべくもあらざれど、もしや夢《ゆめ》に見《み》しやうの心《こゝろ》ありて、此処《こゝ》まで跟《つ》けしにはあらざるか。佐《さ》の市《いち》が我《われ》を念《おも》へる二〇気色《けぶり》は、二一我僻目《わがひがめ》にも、他《ひと》の余所目《よそめ》にも懸《かゝ》らざりければ、其《それ》か非《あら》ぬか、孰《いづ》

三 とっさの出来事に反応する掛け声。「僕に女将軍から御下問であッたからオット来り引受けた一ト勘考して見やうと」（饗庭篁村「三筋町の通人」三、『むら竹』四、明治二十二年）。
四 初出「枕にして」。五 初出「のそ〳〵植込の」。
六 巡査の声。警視庁初代長官川路利良（としよし）が薩摩藩出身だったため、巡査も薩摩出身者が多かった。日夜巡回し、夜間は角燈を携帯した。「次第に更けて人の通りの少なくなるを心待にして西へ東へと行かへるうち巡行の巡査の見咎むる所となり御身は何の所用ありて此橋上を徘徊さるゝぞと問はれたり」（饗庭篁村「良夜」『国民之友』五十八号、明治二十二年八月二日）。
七 「どすごゑ…濁声。だみたるこゑ。…俗語」（『ことばの泉』）。「九州辺の出生と見へて、西国訛りのふとき声」（高畠藍川『怪化百物語』下「書生の化物」、明治八年官許）。
八 「何処ヘトモナク歩キマハルコト」（『言海』）。
九 「訊問すべきために、警察、或は、裁判所へ召し連れて行くこと」（『ことばの泉』）。
一〇 単行本表紙画（→三七三頁扉）はここを描く。
一一 初出ではここから第二十九回。
一二 さっきの話の様子。
一三 名前がわからない場合でさえ。
一四 初出「お久米は顫ひあがりて」。
一五 本当らしくない。
一六 勘。「勘。…さとり。「かんのよき盲人」」（『ことばの泉』）。「実に眼の有るものも及ばん程感が宜いノウ」（三遊亭円生口演／酒井昇造速記「花曇中も宵月」『百花園』六号、明治二十二年七月二十日）。一七 「いつさいノ誤」（『言海』）。「一切（いつせつ）出来ません」（『英国孝子之伝』三）。
一八 「しまフ…為シヲハル。＝済マス」（『日本大辞書』）。一九 「惟」は、いろいろ思案する意。

れとも知難《しりがた》し。但我《たゞわれ》ながら異《あや》しき此秋《このあき》の夢《ゆめ》は、影《かげ》の如《ごと》く心《こゝろ》に添《そ》ひて、疑団《うたがひ》[一]は今《いま》に霽《は》れず。

気《き》に懸《か》かれば、人《ひと》に夢《ゆめ》といふものを質《たゞ》ねしに、五臓《ござう》[二]の疲《つかれ》とて、種々《さまぐ》の不思議《ふしぎ》を見《み》れども、固《もと》より根《ね》の無《な》き事《こと》にて、信《まこと》とすべきにあらずと謂《い》ふもあれば、一《いち》概《がい》に然《さ》りとも謂《い》ひ難《がた》し。古来夢《これまでゆめ》[三]にて災難《さいなん》を知《し》り、行末《ゆくすゑ》を見《み》、知《し》らぬ事《こと》を覚《さと》りし例《ためし》も寡《すくな》からず。十《じふ》が七八《しちはち》までは当事《あてこと》[四]も無《な》けれど、中《なか》には信《まこと》なるもあり、と謂《い》ひし人《ひと》もあり。

もし彼夢《かのゆめ》の信《まこと》ならば、今夜《こんや》の事《こと》は我推量《わがすゐりやう》[五]に違《たが》はじ。信《まこと》ならずとせば、いとゞ異《あや》しく、寐覚《ねざめ》も心快《こゝろよ》からぬ身上《みのうへ》かな。

不具《かたは》ほど執念深《しふねんぶか》く、一度《いちど》思《おも》ひこみては命《いのち》を其《それ》に捨《す》つると聞《き》けば、万《まん》が一《いち》にも佐《さ》の市《いち》が我身《わがみ》を念《おも》ふやうならば何《なに》と為《せ》む。此夜深《このよふけ》の雪《ゆき》をも厭《いと》はず、幾時間《いくじかん》か塀《へい》の外《そと》に立尽《たちつく》して、内《うち》の様子《やうす》を覗《うかゞ》はむとせし執念《しふねん》にて、何処《どこ》までも附絡《つきまと》はれなば、設《たと》ひ此身《このみ》は石壁《いしかべ》の土蔵《くら》の裡《うち》に潜《ひそ》み、多勢《おほく》の人《ひと》に外《おもて》を固《かた》めさせむとも、其一念《そのいちねん》[六]は鉄《てつ》をも貫《つらぬ》きて、終《つひ》には執殺《とりころ》されてしまふべし。恐《おそ》ろしき者《もの》に見込《みこ》まれたる不仕《ふし》合《あはせ》、かゝる良家《よきいへ》に縁附《えんづき》ながら、是一《これひと》つが邪慳《じやけん》[七]の姑《しうとめ》持《も》てるにも劣《おと》るまじき苦労《くらう》、と思過《おもひす》[八]ごせば胸塞《むねふさ》がりて、憎《にく》き佐《さ》の市《いち》と腹立《はらだ》たしく、枕《まくら》に近《ちか》き喜一郎《きいちらう》の顔《かほ》を見《み》

三〇 「気振 ケハヒ。ソブリ」(『言海』)。
三一 (謙遜して)見損ない。自分が見ても、他人が見ても、そうした様子はなかった、の意。「伯爵議員が鬱散(うさばらし)の場所と見たは僻目(ひがめ)であるまいと為(し)たり顔に云ば」(「美人の顔」『読売新聞』明治二十六年三月十三日)。

以上四〇七頁

一 「ぎだん…ウタガヒ。=疑念」(『日本大辞書』)。
二 諺「夢は五臓の疲れ」(悪い夢は五臓の疲労から見る)に拠る。「どこにどうしてゐることか忘れぬ胸に五臓の煩ひ、ほんに夢とはいひながら」(河竹黙阿弥『鼠小紋東君新形(ねずみこもんはるのしんがた)』三幕目、安政四年初演)。「夢を屛風に探るとは気がつかず…さては五臓の疲れと悟れば」(「当世饅頭娘(続き)」『読売新聞』明治二十三年四月一日)。「昔時(むかし)より夢は五臓のつかれと唱へ素より取留もなき事を夢みるにて取立て彼是云ふは痴人の業(わざ)なれど」(「夢の話」『大阪毎日新聞』明治三十年一月二日)。
三 いわゆる「夢知らせ」のこと。縁者が夢枕に立つ、などの類。『占夢早考(ゆめうらないはやかんがえ)』(明治二十五年十月、京都府平民寺田栄助)、木公軒一翠『夢判断独占考(ゆめはんだんひとりうらない)』(明治二十七年七月、筆耕館)など、夢占いの書物も出版されていた。
四 途方もないことだが。→三四六頁注一一。
五 道に迷ったのでなく、「夢に見しやうの心」(四〇七頁一五行目)からここまでやってきた、との推量。
六 諺「一念岩をも徹(とお)す」に同じ。強い信念で事に当たれば出来ないことはない、の意。「鉄」は「石壁」の縁語。
七 「邪険 慈悲ノ心ナク、惨(ごム)タラシク人ヲ扱フコト」(『言海』)。
八 「アラヌ事マデ思フ」(『言海』)。

れば、嬉《うれ》しさ、羞《はづか》しさ身《み》に浸々《しみぐ》と、その一目《ひとめ》に忽《たちま》ち何事《なにごと》も忘《わす》られつ。

（十）

九 其後《そのゝち》お久米《くめ》は佐《さ》の市《いち》に会《あ》ふことあらざりし。

然《さ》れども月《つき》に二三度《にさんど》づゝは夢《ゆめ》に来《きた》ることあり。或時《あるとき》は死人《しびと》の如《ごと》く病耄《やみほゝ》けて、或時《あるとき》は怪物《ばけもの》の如《ごと》く怖《おそ》ろしき顔《かほ》して、怨《うら》みに来《く》る夜《よ》あり。泣《な》いて帰《かへ》る時《とき》あり。一〇面影《おもかげ》は見《み》る度毎《たびごと》に変《かは》れども、心《こゝろ》は一《ひと》つ、協《かな》はぬ恋《こひ》を今《いま》に捨《す》てかねてなり。此苦悩譬《このくるしみたと》ふべくもあらざれど、形無《かたちな》き夢《ゆめ》一一にしあれば如何《いかに》ともしがたく、なほ人《ひと》に語《かた》ることもならで、一二我《われ》と心《こゝろ》に責《せ》めらるゝのみ。

佐《さ》の市《いち》は今《いま》も折《をり》ふし、

命《いのち》かけても添《そ》はねばおかぬ
添《そ》はにや生《い》きてる効《かひ》が無《な》い

と人《ひと》に聞《き》かさず独《ひと》り唱《うた》へど、強《あなが》ち死《し》なむともせず、命《いのち》あらむ限《かぎ》りは銭《ぜに》の欲《ほ》しげに、毎夜《まいよ》千束屋《ちつかや》へ療治《れうぢ》に行《ゆ》けば、之《これ》に負《ま》けじと、お民《たみ》も汗水垂《あせみづた》らして一三小金貸《こがねかし》、親子《おやこ》の商売《しやうばい》いづれも繁昌《はんじやう》せり。

かくて、外《ほか》に苦労《くらう》のあるべきやう無《な》きに、佐《さ》の市《いち》の一四一度蒼白《ひとたびあをざめ》たる顔色《かほいろ》は昔《むかし》に

九 初出ではここから第三十回。

一〇 初出ではここで改行。

一一 「し」は強意の副助詞。

一二 自分で、そうした自分の推量に。

一三 ちょっとした金貸。「緘唇（くちどめ）に貰った贈遺（はなぐすり）をチビ〳〵貯めて小金貸」（三遊亭円朝『名人長二』三十七）。

一四 「少しく羸れて蒼白たる顔」（三九三頁一〇行目）を指す。

復《かへ》らず、貌《かたち》の羸《やつ》れたるは其儘《そのまゝ》にて、常《つね》に愁然《しうぜん》として物《もの》を思《おも》ひぬ。

　命懸《いのちか》けてもと唱《うた》ふ恋人《こひびと》は誰《たれ》にかあらむ。お久米《くめ》は人《ひと》の妻《つま》となりたれば、はや[一]佐《さ》の市《いち》は生効《いきがひ》のあらざらむ身《み》なるを、なほ死《し》なむともせざるを見《み》れば、或《あるひ》はお久米《くめ》は命懸《いのちか》けたる人《ひと》にはあらざらむか。[二]その誰《たれ》なるを、佐《さ》の市《いち》は曾《かつ》て人《ひと》に明《あ》かせしこと無《な》ければ、自家《おのれ》の外《ほか》に知《し》るものも無《な》し。

　お久米《くめ》は異《あや》しき夢《ゆめ》より、頻《しき》りに佐《さ》の市《いち》を疑《うたが》へども、[三]然《さ》りとは人伝《ひとづて》にも聞《き》きしにあらざれば、唯疑《たゞうたが》ふのみにて、真偽《しんぎ》を識《し》らず。

　[四]言《い》はずして思《おも》ひ、[五]疑《うたが》ひて懼《おそ》る。[六]是《これ》も恋《こひ》か、[七]心《こゝろ》の闇《やみ》。

（をはり）

一 もしお久米が佐の市の思う人なら、もはや佐の市は生きがいのない身のはずなのに。

二 初出ではここで改行。

三 佐の市が自分を思っているとは。

四 四行目「その誰なるを、佐の市は曾て人に明かせしこと無ければ」を指す。

五 六行目「お久米は…頻りに佐の市を疑へども」を指す。

六 相手に告げず思いを募らせ、またその相手も、自分は思われているのではないかと疑いこわがる、という形も、恋と言えるのではないか、の意。

七 分別を失った心を闇に見立てて言う語。ここでは恋の煩悩を指す。「かきくらす心のやみにまどひにきゆめうつゝとは世人(よひと)さだめよ」(『古今和歌集』恋三・在原業平。『伊勢物語』六十九段では末句「こよひさだめよ」)。

補　注

二人比丘尼　色懺悔

一　例の九華……（三頁注二）　丸岡九華（一八六五‐一九二七）、本名久之助。香夢楼緑（一八六六‐一八九〇）、本名松野徳之助。石橋思案（一八六七‐一九二七）、本名助三郎。喜多川麻渓（生没年未詳）、本名金吾。巌谷小波（一八七〇‐一九三三）、本名季雄。川上眉山（一八六九‐一九〇八）、本名亮（あきら）。『紅子戯語』補注三（石橋思案）・四（香夢楼緑）・五（山田美妙）・六（春亭〔丸岡〕九華）・七（巌谷小波）・八（川上眉山）参照。「眉山」の振り仮名「びさ」は、『紅子戯語』（八一頁一〇行目）参照。

二　好色の書（三頁注三）　この「色懺悔」という題は、過去の色ごとを懺悔する意に取られやすい。石橋思案「社幹紅葉山人著色懺悔盲評」（『文庫』二十号、明治二十二年五月二日。以下「思案評」と略）は、硯友社員江見水蔭が大阪のある書店で『色懺悔』はないかと聞いたところ、若い店員が苦笑いして「左様な猥褻な……」と答えた話を紹介する。

三　妙齢の比丘尼（三頁注七）　人里はなれた庵で妙齢の女性二人が出会う設定に、鈴木正三の仮名草子『二人比丘尼』（寛永九年頃成立）がある。夫須田弥兵衛討死の後、その跡を弔った妻（十八歳）は、晩秋に「木のはちりしき、のきばかたぶきたる」（『徳川文芸類聚』第三、明治四十三年九月）住まいを訪い、「いというなるかたち」の「はたちあまり」に見える女性に迎えられ、ともに身の上を語り合う。夫（恋人）と死別した女性が庵で暮らし、互いに身の上話をして同情しあう設定が本作品と共通する。また御伽草子『三人法師』も、三人の僧が一夜集まって互いの身の上を語り合う設定である。かつて恋女房を盗賊に殺され、それゆえに出家した、と第一の僧が語ると、その犯人こそ自分だ、自分もそれがもとで出家した、と第二の僧が語る。一人の女の死が二人の出家の原因となったこと、その相手（仇）が今目の前にいることが一夜の懺悔話によって明らかになる設定は、男女を逆転させれば本作品と共通する。さらに、男が女に一目惚れし、主君の仲介によって結ばれるが短期間で死別、出家する点も同じである。こうした先行作品について、藤の屋（内田魯庵）「紅葉山人の『色懺悔』（其二）」（『女学雑誌』一五九号、明治二十二年四月二十七日。以下「藤の屋評（二）」と略）は『二人比丘尼』『三人法師』を、福洲学人（石橋忍月）「新著百種の『色懺悔』」（『国民之友』四巻四十八号、明治二十二年四月二十二日。以下「福洲学人評（一）」と略）も『三人法師』を、それぞれ指摘。これらとの関わりについては、岡保生「『色懺悔』序説」（『尾崎紅葉――その基礎的研究――』昭和二十八年四月、東京堂）が検証している。加えて、『平家物語』巻一「祇王」でも、出家して嵯峨の奥の山里に庵を結ぶ祇王（二十一歳）祇女（十九歳）とその母のもとに、尼となった仏御前（十七歳）が訪れる場面がある。一人の男の寵愛を争った女性二人が出家し、やがて山里の庵で出あう点で、本作品冒頭の設定に類似する。紅葉はアンケート「書目十種」（『国民之友』四巻四十八号、明治二十二年四月二十二日）で、『太平記』『風俗文選』『娘節用 人情本』『鶴五人娘』（井原西鶴『好色五人女』のこと）とともに『平家物語』を挙げており、また丸岡九華の回想に「先以つて平家物語や方丈記などの手近いありふれたものは勿論、気の付いた参考書は出来るだけ渉猟して居た」（「紅葉山人著色懺悔について」、明治文学名著全集第七篇『色懺悔』大正十五年九月、東京堂）とあるから、本作品執筆時にこれらの諸書が参照されたことがわかる。

四　一字一涙の大著作（三頁注一〇）　尾崎紅葉自身も、本作品の「怨言の巻」を執筆した際、涙を流したという。丸岡九華の談話に拠れば、ある日九華が遊びに行った時、紅葉は「目の下を真黒にして居る。両方とも、不思議な面躰なんです、何うしたんだと云つたら、実は此『怨言の巻』と云ふのがある、此『怨言の巻』といふ処を書いて居つて、余り自分が思ひ詰めたものだから、ひどく悲しくなつて涙が出たのだ、手に墨がついて居（を）るのを知らずに擦（こす）つたものだろ（ママ）うと言つた、……尾崎には此例が多かつた様です」（丸岡九華君談「二十年前の尾崎君」「紅葉山人追想録」第五、『新小説』明治三十六年十二月）。

五　薄汚なき原稿（三頁注一一）　何度も手直しした原稿、の意。丸岡九華の回想に拠れば「書ては書直し〳〵て、原稿など幾度塗潰し貼紙した事か殆んど想像も出来ぬ」、後年九華が発行者の吉岡哲太郎と再会した時、吉岡は「あの原稿なども書直し〳〵てそれは〳〵実に汚ない物で、初めて見た時小説家の原稿といふものはこんなに汚いものかと私も肝を潰したのであつたと話された」（「紅葉山人著色懺悔について」）（→補三二）とある。

六　茶番狂言の飯炊場（三頁注一五）　本作品を茶番狂言で演じる「飯炊場」に見立て、情愛のない悲しい内容であるはずはない、という意。「茶番狂言」は、素人が歌舞伎の真似をしておどけて演じた寸劇。茶番。「飯炊場」は、歌舞伎・浄瑠璃『伽羅先代萩（めいぼくせんだいはぎ）』の御殿の場（歌舞伎なら二つ目、浄瑠璃なら第六）の通称。乳母（めのと）政岡が、幼君鶴喜代の毒殺を懸念して自ら飯を炊く場面。左記は歌舞伎による引用（『歌舞伎台帳集成』三十四、平成九年、勉誠社）。

〔鶴喜代〕　乳母　モウひもじいと言ふても大事ないかよ
〔政岡〕　ヲヽ　お道理〳〵　今日は思わぬ彼是で　飯（まゝ）拵へが遅ふ成て　殿様始千松にも昨夜（ゆうべ）の儘で嘸かし〳〵　良ふ御辛抱遊した　良ふ辛抱しやつたのふ　モウ〳〵御飯を差上升
〔鶴喜代〕　そんなら是を食べうのふ
〽有合膳を引寄れば　やがて止（とゞ）めて
〔政岡〕　アヽ　申々　此程は怪しい事共　併此御膳は為村様の言付た膳部　よもやとは思へ共　油断のならぬ人心　どう回（まわ）つてどう有ふやら　君子は危きに近付ずと言へば　気遣ひのない御飯を　いつもの様に此乳母（うば）が拵へて差上升　今少しの間　御辛抱被成て下さりませへ
〔鶴喜代〕　それでも俺や　きつふ空腹な　是食べさして呉いやい
〔政岡〕　是はしたり　又無理を御意なさるゝがな　乳母がお為にならぬ事を申升ふか　ひもじいは千松も同じ事　本にそなたは言付て置た事を良ふ聞て　賢いわいの
〔千松〕　私（わし）がひもじいと言ふと　殿様が猶やんちやおつしやる　武士は辛抱が第一じや　忠義といふ物はひもじい目を堪（こた）へる物じやと　お前が言わしやつたよつて　ひもじいけれど辛抱してゐるわいのふ
〔政岡〕　ヲヽ　出来（でか）しやつた〳〵　それが忠義じや　侍じやト泣
ホヽヽ　ヲヽ強いわいの　強（つわ）者じや　強い〳〵
〔千松〕　ひもじい目を辛抱すると　強いかや
〔政岡〕　ヲヽ　強い〳〵
〔鶴喜代〕　そんなら俺も辛抱せう
〔政岡〕　アノ　殿様にも御辛抱被成升か　扨もお強いことの　是には又千松も叶はぬ〳〵　したがモウ追付炊いて上升ぞへ　ドレ　御飯の拵へせうか
……
〔鶴喜代　千松〕　あれ　モウ飯（まゝ）を炊くのじや〳〵
……〔政岡〕襷掛け　手拭の替りに袱紗で手を拭き　風炉の火を煽ぎ小キ盆を出し　塗盥にて米を洗ひ……
〔政岡〕　モウ今炊いて上升程に　もちつとじや　御辛抱遊せや
〔鶴喜代〕　ヲヽ　早く食わしてくれいよ
〔千松〕　私（わし）も食わしてや
〔政岡〕　ヲヽ　食べさゝいで何とせう　御飯の出来る間殿様の退屈

お気に入の雀の雛鳥　モウ親鳥の来る時分じや　そこへ直しや……

モウ押付上升　是　モウ火が熾(おこ)つた　掛けるとすぐに飯(まま)に成

千松は辛抱すると今(いんま)言ふて　其顔は何じや……

用例は、「まゝたきの政岡ならぬ相馬家の老女御家の騒動に骨身を砕きて(「相馬家の大奥」『読売新聞』明治二十六年七月二十四日)、「まるで田舎俳優(やくしや)ですからお恥しう存じます。……場末の小屋がけ芝居に、お飯炊(まんまたき)の世話場ばかり勤めます、おやまですわ」(泉鏡花『婦系図』六十五、明治四十一年)。

七　**悲哀小説**(三頁注二〇)　明治二十年代初頭の文学状況を反映。当時、男女の「人情」を中心に、悲劇的結末に至る人情世態小説が流行していた。坪内逍遙の『細君』(『国民之友』四巻三十七号附録「藻塩草」、明治二十二年一月二日)や、時代小説では例えば山田美妙の『武蔵野』(『読売新聞』明治二十一年十一月—十二月)、『蝴蝶』(『国民之友』「藻塩草」、同前)などである。福洲学人評(一)は本作品を「多量多色の哀と愛とを描き」「人情の極意極妙を流麗に点出せし」と賞賛、第一回は「望夫の哀愛……同情同患相憐むの哀愛」、第二回は「勇士の哀愛、骨肉の哀愛、戦陣中の哀愛」、第三回は「乙女の恋愛、壮士の義愛、慈悲の愛、懐旧の愛、怨恨の愛、裂胸砕骨の愛を哀中に描き」、第四回は「生別の哀、死別の哀、節義の哀、無念の哀、恩情の哀を愛中に描きたり」とした。後に北村透谷は「当世文学の潮摸様」(『女学雑誌』一九四号、明治二十三年一月一日)で、「誰か時代を慮(おもんばか)るの小説家詩人は無きや滔々たる文学家中何ぞ一滴の涙(なんだ)(新著連の涙とは異れり)を真(まこと)に国家の為に流す者なきや」と記したが、本作品はその代表格と言える。

八　**鴝鵒**(三頁注二二)　生き物にはそれぞれ生存に適した場所があることの喩え。『淮南子』巻一「原道訓」に「今夫(か)の樹を徙(うつ)す者、其の陰陽の性を失へば、則ち枯槁(ここう)せざるなし。故に橘樹、江北に之(ゆ)けば則ち化して橙と為り、鴝鵒(くよく)は済を過ぎず、貈は汶を渡れば死す。形性は易(か)ふべからず、勢居は移すべからざればなり」(いま樹をうつそうとする者が、その陰陽自然の性を見失うと、樹は必ず枯れてしまう。だから橘の樹を江北にうつすと化して橙となり、鴝鵒は済水を越えることなく、貈は汶水を渡れば死んでしまう。定まった性を易えることはできず、自然の居所を移すことはできないのである。——訳文は『新釈漢文大系』を参照)とある。「橘」「橙」ともにミカンの一種。「鴝鵒」はムクドリ科の八哥(はっか)鳥。九官鳥のように人語を真似る。「貈」はむじな。「済」「汶」ともに川の名。紅葉『風流 京人形』八(『我楽多文庫』十五号、明治二十二年一月)にも「地味かはれば南の橘——北の枳殻(からたち)」とある。

九　**向横町の東坡**(三頁注二七)　紅葉の仮構した人物であり、実際は紅葉その人であろう。後年の例だが、なにかし(田山花袋)・紅葉山人『笛吹川』(明治二十八年、春陽堂)の「横町の老友　三俠　一素」の序に「此本作者を紅葉山人　なにかし〔原文割書〕と並べたるからは、二人の合作に疑あるべからず。紅葉山人は人も知れり、さて「なにかし」は誰ならむ……」とあたかも別人のように書いているが、「三俠」は紅葉の俳号、「一素」もその可能性があること(『紅葉全集』第九巻「解題」、平成六年、岩波書店)から、「三俠　一素」も紅葉本人である可能性が高い。ここでの「向横町」(表通りの向こう側にある横町)は、『笛吹川』序の「横町」に類する。「お向ふのきいさんも横町のみいさんも見てきてお話しですから」(饗庭篁村『当世商人気質』四編第八回、『読売新聞』明治十九年五月六日)とあるように、近所の喩えと考えられる。そこに住む「東坡」(中国北宋の文人蘇軾(一〇三六—一一〇一)の号)は、次の「貧家は浄く地を掃き」を導くためのものであって、知見に富む先達という点で「老友」に近い。

一〇　**シエークスピア**(四頁注四)　丹羽純一郎『欧洲奇事 花柳春話附録』(明治十二年)六に「彼ノ世幾須比亜ノ演劇ノ如キハ一濃一淡、正奇迭用(テツヨウ)能ク観者ヲシテ倦厭(たいくつ)セザラシム」とある。「書目十種」(『国民之友』四十八—四十九号、明治二十二年四月二十二日—五月二日)のアンケート結果を見ても、大西祝「シェーキスピヤー」、福地源一郎「シェーキスピア全集」、小池靖一「ハムレット」、合川正道「シェークスピア詩集」、阪谷芳郎「セーキスピア氏全集」、関直彦「セクスピア院本」などが挙がっており、第一流の文学者というのは衆目の一致するところだった。ただし、ここでことさらシェイクスピアを引き合いに出し、自分がはるかに及ばないと言っているのは、山田美妙の『夏木立』(明治二十一年八月、金港堂)の広告を意識していよう。「或は文学世界の左甚五郎と云ひ或は東洋のシエークスピーヤと云ひ」(『朝野新聞』明治二十一年九月二日)とあったのに対して、紅葉は「社幹美妙斎著夏木立」(『我楽多文庫』九号、明治二十一年十月十日)で「金港堂の広告に左甚五郎ノ　シエーキスピアのと大業にかゝれしは山人固より美妙兄が指図にあらざる事を信ずれどもあのやうに浅草の富士へのぼりつめたる文句は御謹慎ある方しかるべくやとぞんずる」と批判的であった。しかしこれ以後も、不知庵主人(内田魯庵)「蝴蝶」(『以良都女』二十号、明治二十二年二月)では「実に新日本の大詩人。カリダサは印度のシエーキスピーヤと称せられましたが。知らず、日本のシエーキスピーヤは果して美妙斎氏なるか」とあった。なお、石橋思案談「好きな唄」(松原至文『明治文豪伝之内　尾崎紅葉』明治四十年九月、文禄堂書店)に拠れば、「紅葉君は酒の席で十八番(おはこ)に唄ふ唄が一つ限り極まつて有つた。「私の好きなは世界に二人井原西鶴シエキスピヤ」と云ふのが即ちそれである。以て如何に西鶴とシエキシピアに私淑して居たかゞ知れる」とある。同様の指摘は江見水蔭『硯友社と紅葉』(昭和二年四月、改造社)の「紅葉の身の上話」にも見える。

二　**時代を説かず**(六頁注三)　ここで「時代を説かず」と言っているが、鉄砲への言及がある(二七頁一三行目)ので、鉄砲の伝来した天文十二年(一五四三)以降であることは明らか。麴橋一人「二人比丘尼色懺悔」(『出版月評』十九号、明治二十二年四月二十五日。以下「麴橋一人評」と略)に「戦場の有様より戦具の形容よりして見れば彼の麻の如く乱れし足利の末世にありしと云ふ著者の心構は顕はれたり」、また緑葉山人「新著百種色懺悔の漫評」(『朝野新聞第四千六百五十五号附録』明治二十二年四月二十一日。以下「緑葉山人評」と略)にも「何時の事にや知らねども、戦国の頃にはまぎれもなし」とある通り。ただし、本文中に適宜指摘したように、この時代の語彙として問題のあるものが散見する。福洲学人「新著百種の「色懺悔」(接前号)」(『国民之友』四十九号、明治二十二年五月二日。以下「福洲学人評(二)」と略)も、本作品の欠点として時代の錯誤を挙げ、「第一、色懺悔はお化(けば)なり。場所を定めず時日を言はず新工風の段は天晴(あっぱれ)の御見識、然れども山人が是故に本書をお化となしたるは天晴の大失策なり、山人は甲の性情乙の習慣丙の風俗丁の言語等手当り次第に、無頓着に一所に集め来りて吾人が想像する能はざる一種異様の時代を描かれたり、……源平時代には銃丸砲薬なし、今本著を点検すれば近世風の性情あり徳川時代の習慣あり足利時代の風俗あり鎌倉時代にも近代にもなき言語ありそれかと思へば遠く隔りたる欧米風の性情をも加味しあるが如し」と批判。

三　**雅俗折衷**(六頁注七)　坪内逍遙『小説神髄』(明治十八―十九年、松月堂)下「文体論」では、雅言の目立つ地の文と、俗語からなる会話文との「氷炭の相違」について「同じ言葉の文句のうちにてさながら時代の違ひしごとくに其性質の異なれるは甚だ妙ならぬ次第ならずや……時代物語を綴る折には俗文体を用ふることきはめて不都合多かるべければ雅俗の言葉を折衷せる他の文体をとり用ひて其趣をば叙すべきなり」(「俗文体」)とした上で、「稗史(よみほん)体は地の文を綴るには雅言七八分の雅俗折衷の文を用ひ詞(ことば)を綴るには雅言五六分の雅俗折衷文を用ふ　さるからに地と詞と相齟齬するが如き患(うれひ)もなく雅なる趣を叙するには雅言をもてし野なる趣を写すには俗言をもてし臨機応変に貴賤雅俗を写し分つに便なり」(「雅俗折衷体」)と述べた。紅葉の場合、「『我楽多文庫』時代に、頻(しき)りに雅俗折衷躰といふものを唱導した。つまり西鶴文を根本に置いたのだが、今ではまた、地の文と会話とを分けて書くやうになつた」(荷葉生記「故紅葉山人談片」「地の文と会話」、『新小説』明治三十七年一月)とあり、当時は地の文・会話ともに雅俗折衷だったことがわかる。ここでは「在来の」雅俗折衷からの脱皮が図られている。

三　**言文一致**(六頁注九)　紅葉は「読者評判記」其三「贔負の掛合」(『百千鳥』四号、明治二十二年十月二十日)で、女学生の論争に借りて雅俗折衷と言文一致について、「雅俗折衷ね。一名攘夷鎖港文章。こんな物を見ると思想が陳腐になるワ」、言文一致は「邪道婆天連《ばてれん》文章落語家《はなしか》の傍聴筆記売女《ばいた》用文」と述べる。特に言文一致は、「第一　作文の下手がやつても襤褸が陰《かく》せる事」「第四　同じ事を生酔《なまゑひ》が管《くだ》をまくやうに幾度もく繰返して長たらしく書て紙をつぶすから苦労なくして金銭《おあし》になる事」と批判的であった。「言文一致体の文章も随分変遷して、初め山田美妙斎やなんぞが書いた時分には、実は僕大嫌で、全《まる》で女郎の文《ふみ》見たやうだと罵倒した事があつた」(「地の文と会話」〔→補一二〕)。「抑《そもそ》も自分は言文一致を書かぬ迄は、凡《およ》そ天下に文と名《なづ》くべきものゝ中《ちう》で、言文一致ほど無責任に易しいものは無からうと念《おも》つた。……言文一致？　あれは誰にも出来る、講談や落語を速記したならば、適《あつぱ》れ一部の好著作と、自分は言文一致こそ正しく拙文家の隠形術と、窃《ひそか》に憫笑に堪へなかつた」(尾崎紅葉「隠形術」、星野麦人・篠山吟葉編『紅葉遺文』明治四十三年一月、隆文館)。硯友社と袂を分ち、一歩先んじて文名のあがった山田美妙への屈折した感情もあろう。

一四　**一風異様の文体**(六頁注一一)　本作品の文体について、同時代評では賛否両論があった。「句対寔に流暢平易」(思案評)、「優美に高尚なる一派の開山と慥に見受けたり」(緑葉山人評)という賛辞の反面、「文章は一種妙です。……悪く曰へば極彩色の凧絵《たこゑ》、気韻さらになし」(藤の屋評(二))、「新奇異様に失して解し難きこと」(福洲学人評(一))と否定的なものも目立つ。

一五　**浄瑠璃体**(六頁注一四)　「浄瑠璃」は三味線に合わせて語る語り物の音曲で、義太夫節が代表的。坪内逍遙『小説神髄』(明治十八―十九年、松月堂)「文体論」では、雅俗折衷体の難点として、俗体に偏った場合「浄瑠理本または端歌《はうた》めきたる文体に流れ易く音調は実に滑《なめらか》なる所もあれど其声いやしうしてほとく読むにたへざるものあり」とする。藤の屋評(二)は「僕の友人曰く下手義太夫を速記法にて筆記したるが如しト」、福洲学人評(一)は「結構口調事実の戯曲に傾き過ぎて小説の躰裁を遠かること」と批判。

一六　**罌粟は**……(七頁注一八)　『風俗文選』(宝永三年)は『本朝文選』の改題本。紅葉は「書目十種」(『国民之友』四十八号、明治二十二年四月二十二日)で本書を挙げている。「百花譜」は三十二種の花々を女性になぞらえたもの。本文を通行の版本(野田治兵衛尉版、京都大学文学部蔵五冊本)と対比すると、「髪長し」は版本では「髪ながく」。同様に「露ばかりも」は「露ばかり」、「恨」は「うらみ」、「業」は「わざ」。紅葉は「花の木蔭」(『以良都女』十号、明治二十一年四月)でも「百花譜」から「桃」の項を引用していた。

なお、藤の屋(内田魯庵)「紅葉山人の「色懺悔」(其一)」(『女学雑誌』一五八号、明治二十二年四月二十日。以下「藤の屋評(一)」と略)は「許六の百花譜を引証ありしは妙、ダガ他の巻にお手づくりは妙ならず」、麴橋一人評も「本文の首に古人の詩歌文章を置く事は西洋小説に於て多く見る処　日本小説にも稀れに有る事なり　本篇発端に附せし許六が百花譜の一節は殊に巻中の文章に因縁浅からずして妙なり　著者は何故に第二第三の巻に於て適合の詩歌若くは文章を添へざりしや恨むべし」と述べる。ただし、幸田露伴『露団団』(『都の花』九―二十号、明治二十二年二月十七日―八月四日)でも、各回の題は芭蕉の句(一箇所例外あり)から取られている(例えば第一回は「古池や蛙とび込む水の音」)。

一七　**都さへ**……(七頁注二六)　「奇遇の巻」でも特にこの冒頭部は、博文館版『紅葉全集』(明治三十七年一月)第一巻所収本文(以下〈全集〉と略)との異同が激しい。勝本清一郎に拠れば、紅葉が博文館版『紅葉全集』のために「「色懺悔」の全文を加筆清書した原稿が残っている」という(伊藤整編『近代日本の文豪』I、昭和四十二年七月、読売新聞社)。ちなみに、〈全集〉の冒頭部は次のとおり(総振り仮名を適宜略した。以下同じ)。

蕭寂《さびしさ》はそも如何《かい》ならん。片山里の時雨あと。晨《あした》より夕《ゆふべ》まで。昨日も今日も凩《こがらし》の烈く。あるほどの木々の葉――峯の松のみ残して――大方吹落しぬれば。山は面瘠《おもや》せて哀《あはれ》に。森は骨立ちて凄《すさま》じ。

なお、江見水蔭『硯友社と紅葉』(昭和二年四月、改造社)「硯友社と旅行」は、この初出冒頭部について、『新葉和歌集』巻三の後醍醐天皇「みやこだにさびしかりしを雲はれぬ芳野のおくの五月雨の比《ころ》」に基づくとするが、むしろ『千載和歌集』巻六「中納言定頼よをのがれてのち、山ざとに侍りけるころ、つかはしける　中納言定頼女／都だにさびしさまさる木がらしにみねの松かぜおもひこそやれ」の方が近い。

ここで、〈全集〉との異同について述べておく。〈全集〉は、全体としては、文章を切り詰めることで引き締まった表現を目指し、また同時代評に批判された、浄瑠璃調・芝居がかった言い方や生硬な言い回しを削除する方向で推敲されている。主なものは注釈中に示したが、他には次のような例がある(↓の下が〈全集〉)。

1「……」の省略。

筧の水……水ほどにもなく　↓　筧の。水ほどにもなく

目を見開き……今眠りしと思ひしに……　↓　目を見開きて。今眠りしと思ひしに。

御発心か……お道理……　↓　御発心か。お道理や。

など。

2、口語的表現から文語的表現への改変。

難義を致します。　↓　難義を致しまする。

御坐りませんが。　↓　「御座りませぬが。

さしくべる榾　↓　さしくぶる榾

など。

3、カタカナ表記からひらがな・漢字表記への改変。

二ツ　↓　二つ

あァつ　↓　噫《ぁ》。

など。

4、助詞の省略。

呼吸《いき》を詰まらして　↓　呼吸《いき》つまらせて

夢を破られし　↓　夢破られし

など。

5、漢字表記の改変。

門外《おもて》　↓　外面《おもて》

夫《それ》　↓　其《それ》

言葉《ことば》　↓　語《ことば》

など。

6、送り仮名の改変。

疎ら　↓　疎

現はれ　↓　現れ

など。

7、意味の切れ目に応じて作った、一字―数字分のアキを除き、通常の組み方に改変(ただし、全てではない)。

8、会話文を示す(　)を「　」に改変。

なお、木村有美子による注釈(『紅葉・露伴文学選』、平成六年四月、和泉書院)が本文異同の傾向について詳しく調査している。

一六　**谷陰に**……(七頁注三〇)　井原西鶴『好色一代女』(貞享三年)巻一「老女のかくれ家」の挿絵(図版参照)がこの辺の描写に示唆を与えたか(岡保生「『色懺悔』序説」〔→補三〕)。『好色一代女』本文にも「里離《さとばなれ》なる北の山陰《かげ》」「萩の枯垣まばらに」「軒はしのぶ草、すぎにし秋の蔦の葉残れり」「筧《かけひ》音なして」など、本作と類似

の表現がある。また、『太平記』巻三十「持明院殿吉野遷幸事」にも、「黒木ノ柱竹椽（タルキ）。囲フ垣ホノシバシダニモ。栖（スミ）ヌベクモナキ宿リ也。……年経テ頽（クツレ）ケル庵室（アンジツ）ノ。軒ヲ受タル杉ノ板屋。目モアハヌ夜ノ寥（ビサ）シサヲ」と類似の箇所がある（岡保生「『色懺悔』序説」〔→補三〕）。紅葉が当時『太平記』を愛読していたことは、「書目十種」以外でも、「紅子戯語」自叙（『我楽多文庫』十号、明治二十一年十月二十五日）で「紅葉子太平記ぶりのつくり笑ひして」とあり明らか。なお、丸岡九華は冒頭部の描写について、「第一回の片山里の寂しい庵室を描写した条下など僅に数行の文字であるが、然し此数行を書上げるまでには実に苦心惨憺であつた。先以つて平家物語や方丈記などの手近いありふれたものは勿論、気の付いた参考書は出来るだけ渉猟して居た。それでも気が済まずに実地描写で当時郊外の目黒国分寺綾瀬辺などの廃寺草庵など探廻して歩いた」（「紅葉山人著色懺悔について」〔→補三〕）と述べる。

一九　**かくてもなを捨難き**……（七頁注三一）　この庵のありさまは、『徒然草』第十一段の「神無月の比（ころ）、栗栖野（くるすの）といふ所を過て、ある山里にたづね入事侍しに、遥なる苔の細道ふみわけて、心細くすみなしたる庵あり。木の葉に埋（うづ）もるゝ懸樋（かけひ）の雫ならでは、露おとなふものなし。閼伽棚に菊・紅葉など折散らしたる、さすがにすむ人のあればなるべし。／かくてもあられけるよと、あはれに見るほどに」を踏まえ、それを「かくてもなを捨難き」と逆転させたもの。

二〇　**鐘も鳥も**……（八頁注八）　時の鐘を打つ寺も、朝を告げる鶏を飼う家も、近くにないことから言う。「鳥もなく鐘も聞へぬ里もがな、二人寐（ぬ）る夜の陰家（かくれが）にせん」（増穂残口『艶道通鑑』「雑之恋」十四、正徳五年序）、「山里のやどり貝鐘も聞えず」（上田秋成『雨月物語』「青頭巾」、安永五年）。

二一　**来たる**（八頁注一三）　『新著百種』の重版（以下〈重版〉と略）では、明治二十二年六月十日再版と、同年十二月十五日五版を確認したが、これらには初版と異なる箇所が散見される。以下、注釈欄で〈重版〉との主な異同についても注記する。なお、表紙においても、下部に印刷された「第壹号」の字体、カッコの有無が初版「（第壹号）」とあるのと異なっている。さらに、初版でも「第壹号」がカッコでくくられていないものがある。初版と〈重版〉との異同を見ると、〈全集〉が推敲のための底本とした本文が初版であることがわかる。『文庫』二十号（明治二十二年五月二日）の『新著百種』広告には、「第一号ハ非常ノ売高ニテ、鉛版ヲ以テ度々摺増候ヘドモ、尚ホ売切、何分同ジ鉛版ハ、ソヲ〳〵使用モ致兼候間、今般更ニ訂正増補ノ上、不日出版致候。夫迄ハ売切レ〳〵〳〵」、また『文庫』二十二号（明治二十二年六月十八日）巻末広告には「毎号一万部内外印刷」とあり、初版を何度か摺り増しした後で、「訂正増補」版（ただし「増補」の跡はない）が発行されたと思われる。ちなみに原稿料は、「確か三十円と極まつて居たかと思ふ」（巖谷小波『我が五十年』「硯友社の知己」、大正九年五月、東亜堂）、「原稿料として吉岡から二十円貰つたと記憶する」（丸岡九華「紅葉山人著色懺悔について」〔→補三〕）と二説あるが、売れ行きがよかったため小波が『妹背貝』（『新著百種』四、明治二十二年八月）を出した時には増額されていたのかもしれない。なお本作品は、『新著百種　傑作集一』に収録され、明治二十四年十一月二十九日、吉岡書籍店・学齢館から再刊された（→解題）。本文は新組（七一―八一頁）だが、こちらは〈重版〉に拠ったと推定される。その他、清濁・送り仮名・仮名遣い・字アキ・リーダー（……）の長さの異同、誤植の訂正もなされている。また、助詞や振り仮名などに独自の異同があるが、たとえば初版「肩上（かたがみ）」（二四頁一三行目）、「お言葉か。」→「お言葉。」（二九頁一二行目）、「味方に」→「味方と」（三〇頁一四行目）などのように、かえって本文として悪くなっており、これら独自の改変箇所は、紅葉の意志を反映したとは考えられない。

二二　**挿絵**（九頁）　落款は「応需　芳年画」。「円活刀」は彫師の名。芳年は別号一魁斎。幕末―明治に活躍した浮世絵師。奇抜な構想、生々しい色彩、写実的描法で知られる。「英名二十八衆句」（落合芳幾と分担執筆）、「月百姿」などの浮世絵の他、新聞錦絵でも活躍した。挿絵では二葉亭四迷『浮雲』が知られ、紅葉作品では新作十二番『此ぬし』（明治二十三年九月、和田篤太郎)がある。

二三　**夜を護る行燈**(一〇頁注一二)　藤の屋評(一)は、「枕辺に夜を護る行燈――ヨモ煌然(キラ〳〵)とする事はあるまじ、それに「鮮やかに読まれ」とあるはいぶかし」と批判。なお、若葉尼が小四郎の書置を紙帳に貼ったのは「夫と添寝を致す思ひ」からだが、この設定について、思案評は「若(わか)比丘尼の心中思ひ遣らる。涙を流す処は此処等辺(こゝら/あたり)にあると思はれ歎賞の外はあるべからず」と賞賛。しかし藤の屋評(二)は、「紙帳に張つた書置は天晴なる御工夫なるが是も酷に評すれば余りに奇に走りすぎた様である」とし、また「百川依田先生の書翰」(『新著百種』第二号「色懺悔批評」、明治二十二年五月二十九日。以下「依田学海評」と略)も「大切にして置たる書置の文を紙帳に張りおきて見知らぬ人に見せしはかゝる精細の婦人にはあるまじき」「小瑕疵」とし、緑葉山人評も「我恋ひ慕ふ夫の遺留文、そもこれを尋常の婦人ならんにはなどかむげに紙帳に……(ママ)瓦礫同然の反古紙と肩を並べて……(ママ)貼襯つけ得可くもあらじ」と批判。古木山人(多田漁山人)「「新著百種」色懺悔の細評」(『新婦人』八、明治二十二年四月十五日。以下「古木山人評」と略)も同様。

二四　**金子五十両**(一二頁注一一)　戦国時代を背景とする(→補一一)本作品では時代錯誤。計数貨幣としての金一両は慶長六年(一六〇一)から。ただし、江戸時代の読本、人情本、歌舞伎・浄瑠璃などでは、北条氏・足利氏など近世以前の時代を表向き背景としながら、実際は近世の社会・風俗を描いていた。例えば曲亭馬琴『南総里見八犬伝』は室町時代(十五世紀)の物語でありながら、鉄砲が登場し(→一八頁注二)、また「五百文に候へば、金(かね)にして弐分なり」(第一三八回、天保十年)などとある。近世後期の人情・風俗を描く本作品の場合も、好意的に見ればこうした枠組みの中にあると言える。以下、注には同様の時代錯誤の例を指摘するが、結局これらも、こうした枠組みの中にあると考えられる。

二五　**小四郎様に**……(一二頁注二〇)　手紙の読み手の尼(芳野)は、まだ庵に住む尼(若葉)と小四郎との関係に気付かない。これについて藤の屋評(二)は、「芳野が紙帳の書置を見てハテと首を傾けしのみか若葉の物語を聞きても気が附かぬとは頗る迂濶だ」、渺茫居士「色懺悔を評す」(『読売新聞』明治二十二年五月十五日。以下「渺茫居士評」と略)も、手紙の末尾に「若葉殿」と記されていながら「客の尼は自分が死ぬ程迄に思ふてゐた。しかも許嫁(いひなづけ)の男が婚礼をしたのを聞いても。何と云ふ女と婚礼をしたのか。其女の名は聞かなかツたのでしやうか。……若し知ツて居たのなら「若葉殿」と云ふ名宛(なあて)を読み「小四郎様に似た手跡」と迄に感じたならば。継(つゞ)いて妙な感じを感じさうな者に。……(ママ)此れは作者の失策ではありませんか」と批判。緑葉山人評・古木山人評も同様。

二六　**人伝に**……(一四頁注七)　戦闘は陣貝や宝螺貝の聞こえる近場でなされた(六〇頁一一行目)にもかかわらず、主人の尼(若葉)は夫小四郎の死の真相を知らない。福洲学人評(二)は「若葉が夫の戦死を確かめずして軽忽に尼となるが如き」を「人情の極意を忘れたる点」と批判。

二七　**アレ**(一五頁注二五)　「アレ」は、意外なことに驚いた時などに発する感動詞。「丹「サア〳〵あついうちマアたべなト、飯を盛(よそつ)てやれば　長「アレわちきがよそいませうト茶わんをとる」(為永春水『春色梅児誉美』初編巻之三第六齣、天保三年)。「弄る」は面白がってからかう、冷やかす意。「喜の いつもうるはしいおかほつきね。しあん 何かむしやうにきれへでござりやす。玉夕 なぶつておくんなんすな」(山東京伝『通言総籬』其二、天明七年)。福洲学人評(二)に言う「近世風の性情」に当たるだろう。

二八　**そンなら**……(一七頁注二〇)　思案評は「読み来ツてます〳〵其浅果(あさはか)なるを覚ゆ。責めて一週間夫れ程でなくとも三四日逗留の後姉上様と呼んでも遅うはあるまいに……(ママ)一夜シカモ半夜で姉妹(をとゝひ)の契りは早まツたワイ」と批判、福洲学人評(一)も二人が「姉妹の誓をなすことは互ひに懺悔物語した後にすべきを其前になせしこと」と批難。しかし、仮名草子『三人法師』に拠り(→補三)、一夜の語りで互いの身の上が明らかになる設定にしたため、二人の仲は急接近する必要があった。なお、藤の屋評(二)はこの箇所を挙げて、「詞を浄瑠理風にせられし故丸(まる)で芝居かと思ふ処あり」と、小説としての無理を指摘。〈全集〉では、以下三行分を削除(→一七頁注二一)して、芝居の臭味を除いた。

二九　**恋婿**(一八頁注一九)　「立派な媒酌人(なかうど)を立て当家(こ)の主人(あるじ)に成れば、お嬢さんの恋聟さまに成れるぢやアないかと」(禽語楼小さん口演／酒井昇造速記「お節徳三郎 恋の仮名文」、明治二十二年十月二十日『百花園』十二号)。脚注に引用した『春色連理の梅』は、学校時代の紅葉が「本書の妙文を讃嘆し、同時にその得難き珍本なるを以て、自ら之れを浄写して、巻頭に推賞の所感文を附し、以て之れを製本せしめて秘蔵」していたという(村上静人「解題」『人情本刊行会』第二十五輯、大正六年)。これは泉鏡花の弟斜汀の所持であったが、のち勝本清一郎が入手した。勝本「紅葉の展示品について」(『明治の文豪展 出品目録』、昭和四十二年六月。『近代文学ノート』三、昭和五十五年六月、みすず書房)に拠れば、標題「春色連理楳(うめ)」、五冊、奥書の日付は明治十七年八月二十二日。

三〇　**おッしやッては**(二〇頁注二)　藤の屋評(一)は、これは尊敬語だから「夫に対する詞にて他人(よそびと)に物語るとは思はず」とある。その通りではあるが、二〇頁七行目に「つれなかりし夫の前に。啣つ如く口説たてられ」とあり、「是をそもじと……」(一九頁一四行目)の夫の言葉の引用あたりから話し手の感情が高ぶってきて、ここでは直接夫に口説きかける語法になったと考えられる。次文以下の「恨みで御坐ります」「夫とお話下すッたら」等、こうした語法はこの段落の末尾まで続く。

三一　**気の毒――主人は**(二〇頁注八)　欧文脈の移入によるこうした倒置法について、岡保生「「色懺悔」の文体」(『尾崎紅葉――その基礎的研究――』昭和二十八年四月、東京堂)は具体的には山田美妙に倣ったものと指摘。例えば『武蔵野』(『夏木立』明治二十一年八月、金港堂)上に「跡は降ッた、剣の雨が。草は貫ッた、赤絵具を。」とある。

三二　**如来様の**……(二〇頁注一四)　井原西鶴『好色一代女』巻六「皆思謂(おもはく)の五百羅漢」に、色勤めをやめ、後世を願って寺に参った老年の主人公が、五百羅漢の堂を覗き、「惣じて五百の仏を心静(しづか)に見とめしに、皆ゝ逢馴(あひなれ)し人の姿に思ひ当らぬは独(ひとり)もなし」とある(図版はその挿絵)。後世を願う女が、仏像の顔に恋人の面影を見る点で一致する。ここは、それをただ一人に限ることで、夫への深い愛着を示している。

三三　**かういふ訳で**……(二二頁注一二)　依田学海評は、「若葉の物語を略して吉野(ママ)の物語を詳にせられし詳略の権衡妙あり」「若葉は情あり　吉野は識あり　若葉は色に深く　吉野は義に富めり」とするが、藤の屋評(二)は「キヤラクター」を欠くと言い、「遠山左近之助を除くの外は芳野も若葉も殆んど区別に苦しむ、諸共に画美人――京美人にしてトント活(い)きた処なし」、福洲学人評(二)も「色懺悔は一人比丘尼なり。……何となれば若葉と芳野は名こそ異なれ、其心情性質互ひに相同じく随つて何となく言語も体度も同じやうに見聞さるゝなればなり」と批判。

三四　**卯花威**(二三頁注一三)　「白糸と萌黄糸にて威すなり。白は花の色、萌木(ママ)は葉の色なり。上は白糸を用ひ、草ずりの下二段をもえぎにて威すなり」(伊勢貞丈『軍用記』三、天保十四年)。萌黄色は「黄ト青トノ間色。……緑」(『言海』)。なお「鎧ヲ、全体、白糸ニテ縅シタルモノ」(『言海』)もあった。「威」は「緒通し」の意で、札(さね)＝甲冑を構成する一片の煉革または鉄)を上下に連接する糸のこと。「土岐悪五郎ハ。其比天下ニ名ヲ知レタル。大力ノ早ワザ。打物取テ達者也ケレバ。卯ノ花威ノ鎧ニ鍬形打テ」(『太平記』巻三十一「八幡合戦事付官軍夜討事」)。「判官伊勢三郎を召して、小桜威、卯花威の鎧を二人に下されけり」(『義経記』巻八)、「白き物明障子に庭の霜・卯花絨」(仮名草子『犬枕』)。

三五　小四郎(二三頁注一五)　『作家苦心談(其七)』「尾崎紅葉氏が『色懺悔』『南無阿弥陀仏』『此ぬし』等の由来及作に関する逸話」(『新著月刊』四、明治三十年七月)で紅葉は、本作品の材料について「彼(ぁ)れは『信長記』か何かに、若武者が雪の中で討死するところが、如何にもいゝ心持であッたのか何かゝら、思ひ附いたので」「唯卯の花威の鎧でも着た若武者が、討死をするてなものが書きたかッたので」と述べる。『信長記』巻一之上「光源院殿御最後事」に、「近習ノ人々周章(アハテ)騒(サハヒ)デ見ヘシ処ニ。小(コ)川ノ住人美濃屋ノ小四郎　生年十六　容貌(ミメカタチ)世ニ勝(スグ)レシカバ。御寵愛浅カラデ。常々左右ニ侍(ハンベ)リシガ。其時モ間親(マヂカ)ク御供申シケレバ。得タリ賢シト　三条吉則(ヨシノリ)二尺五寸　抜(ヌケ)バ玉散(タマチル)計ナルヲ以テ。和泉ガ細頸(ホソクビ)露モタメズ打落シ　手モトニ廻ル者共。五六人迄切フセ　是マデト云儘ニ　腹十文字ニ掻(カキ)切テ　名ヲ後代ニ止(トヾメ)タリ。誠ニ若年トシテ立所ニ主ノ恩ヲ報ゼシトテ　世皆感(カンス)レ之ヲ」(寛永元年整版本)とあり、名前が一致するほか、太刀も類似している(岡保生「『色懺悔』序説」〔↓補三〕)。加えて、「若年トシテ」「主ノ恩ヲ報」じたことも本作品の小四郎と同様。

三六　鋸に柄や附けたる(二三頁注二一)　藤の屋評(一)は「不思議、柄のなき鋸はそも何処(いづく)にやある」と批判。〈全集〉では「鋸に柄や附けたる……」を削除。

三七　草摺(二三頁注二四)　草摺のほか、大鎧と兜の名称を、新日本古典文学大系45巻『平家物語』(下)の付図によって示す(下図①・②)。

三八　射向の袖の……(二三頁注二七)　このあたりの描写は、『太平記』巻三十一「武蔵野合戦事」の「義興甲(カブト)ノ錣(シコロ)袖ノ三ノ板切落サレテ。小手ノ余リ。臑当(スネアテ)ノハヅレニ。薄手(ウスデ)三所負(ヲハ)レタリ。義治ハ太刀カケ草摺ノ横縫。皆突切レテ。威毛(ヲドシゲ)計続(ツヾキ)タルニ鍬(クワ)形両方被二切折一。星モ少々削ラレタリ。太刀ハ鐔本(ツバモト)打折ヌ」とある部分を踏まえていよう。下図③(朝倉景衡『本朝軍器考集古図説』元文五年)参照。

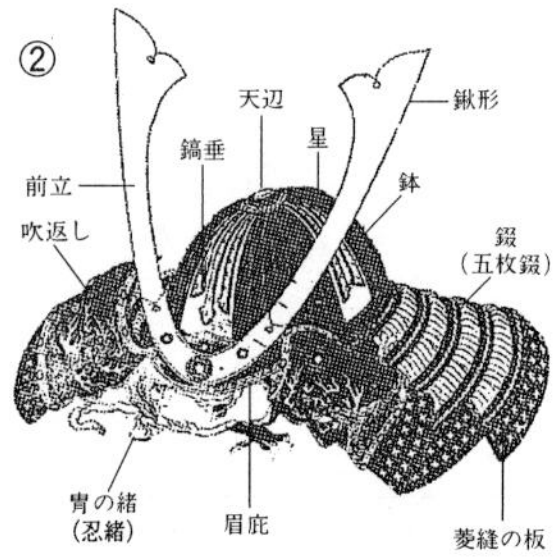

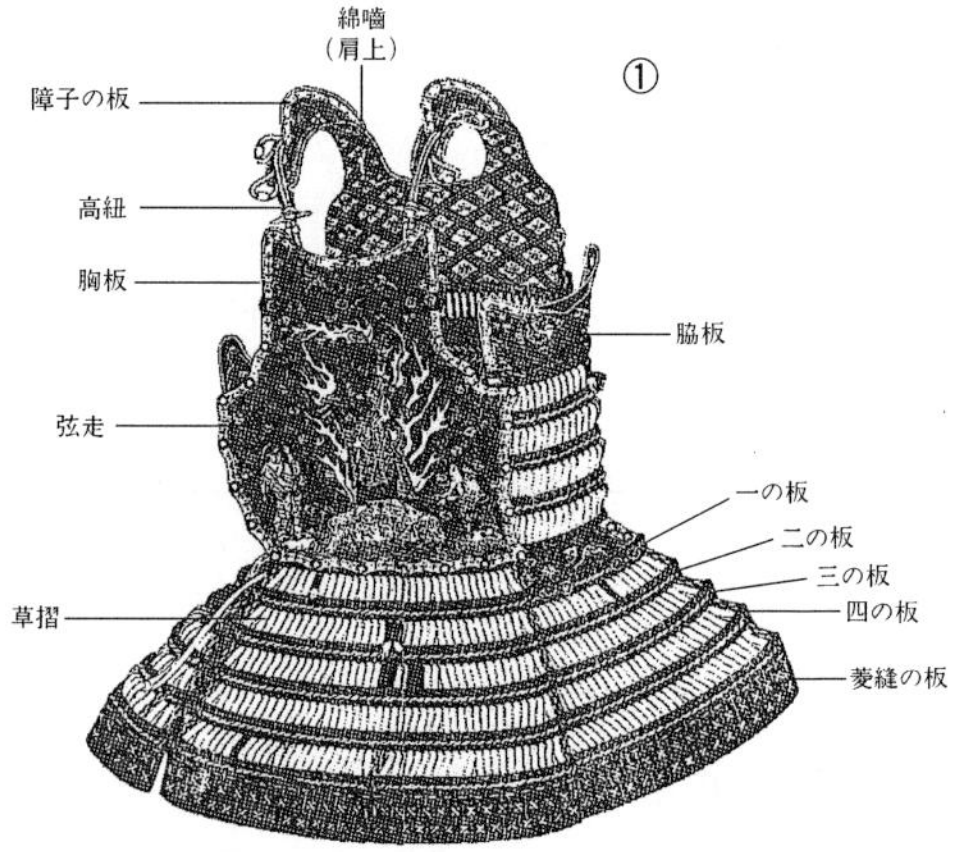

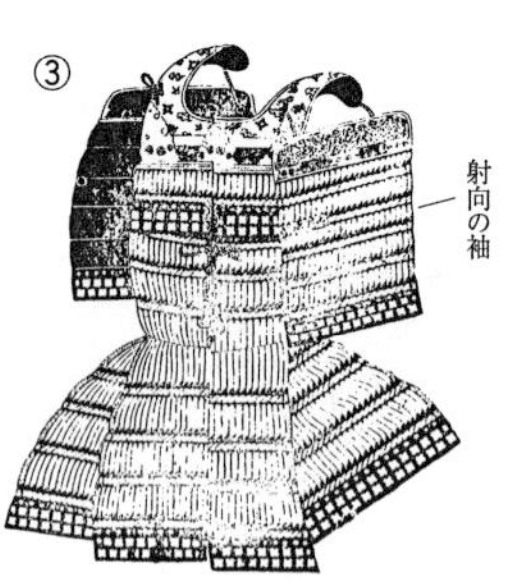

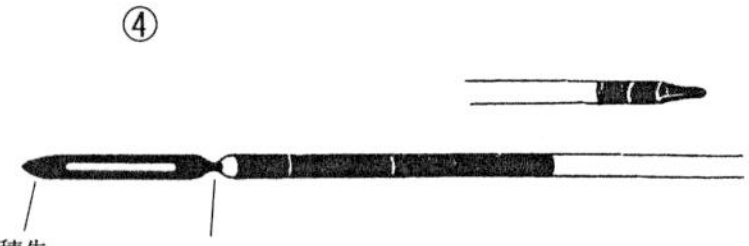

三九　**汐首**（二四頁注一二）　下図④（栗原信充『武器袖鏡』天保十一年）参照。

四〇　**青総かけたる**……（二五頁注二四）　「六波羅ノ勢ノ中ヨリ。年ノ程五十計〔バカリ〕ナル老武者ノ黒糸ノ鎧ニ。五枚甲（カブト）ノ緒ヲ縮（シメ）テ。白栗毛（シラクリゲ）ノ馬ニ。青総（フサ）懸テ乗タルガ馬ヲシヅ〳〵ト歩マセテ」（『太平記』巻九「六波羅攻事」）に拠る。

四一　**大笹穂**（二五頁注三二）　「武具甲冑の調査で図書館や遊就館などへ幾度となしに出掛けた。鎗は大笹穂がいゝ。鎧は緋威や萌黄威しなどより小桜威が若武者に相応するなどゝ、調査した事を自慢気に自分にも聞かせた」（丸岡九華「紅葉山人著色懺悔について」〔→補三〕）。

四二　**此は**……（二五頁注三三）　補注四〇の引用箇所の前に「爰ニ官軍ノ中ヨリ。櫨匂（ハヂニホヒ）ノ鎧ニ。薄紫ノ母衣（ホロ）懸タル武者只一騎。敵ノ前ニ馬ヲ懸居（カケスヘ）テ。高声ニ名乗ケルハ。其身人数（カズ）ナラネバ。名ヲ知人ヨモアラジ。是ハ足利殿ノ御内ニ。設楽（シタラ）五郎左衛門尉ト申者也。六波羅殿ノ御内ニ。我ト思ハン人アラバ。懸合テ手柄ノ程ヲモ御覧ゼヨト云儘ニ」（『太平記』巻九「六波羅攻事」）とある。

四三　**挿絵**（二五頁）　落款「応需　緑芽」。画者は松岡緑芽、別号劇雅堂。本名鉦吉。法学士。筆写回覧本『我楽多文庫』時代からの友人（紅葉「硯友社の沿革」『新小説』明治三十四年一月）。『都の花』の挿絵のほか、紅葉作品では『やまと昭君』（明治二十二年八月、吉岡書籍店）がある。藤の屋評（一）は、この挿絵について「一等の出来」としながら、小四郎が鉢巻をしているのが二三頁一二行目の「顱巻もなく鬢髪大童にふり乱し」と齟齬すると指摘。

四四　「……」**の多用**（三五頁注一三）　ただし藤の屋評（一）では、五七頁一行目の「風に揉れて。明……滅」について「敬服、……の効能爰（こゝ）に到て判然たり」と言う。「此著者が曾て曰はれた」云々は、紅葉の『社員麻渓居士著真美人の評判』（『我楽多文庫』十号、明治二十一年十月二十五日）で、「…………の多きは我楽多の小説一般にしかりとの御注告屢ゝ（たび〳〵）山人が木耳に入（いる）る所なり　これには深い様子のある事　其内説明仕るで御座らう　本社ゝ員の如く…………好きでも困るが五郎の君（きみ）の如く…………が多いから馬鹿らしくして如何にも称讃の語を加ふる事難しといふほどお嫌ひでも困る」とあるのを指す。ここで「其内説明仕る」とあるが、後に紅葉は『文盲手引草』一（『文庫』二十六―二十七号、明治二十二年九月―十月）で、その効果を、言懸（いひかけ）・言遺（いひのこし）・節略（一名云々（しか〳〵））・思入（一名余情）の四つに分類して説明している。なお、「――」（ダーシ）についても、『文盲手引草』第五（『小説群芳第壱　初時雨』明治二十二年十二月）で、「前に述べたる語（ことば）なり文なりを一層深く理解せしめむが為に意味を強めむとて、いひ足したる文または語の榜示杭（ばうじくゐ）」「或は前文の意味を繰返して別の点から説くこともあり　括弧と同じ勤をする事もあり」と説明。山田美妙「文章符号の解釈」（『以良都女』三十四号、明治二十二年十二月）に拠れば、「……（ドット又ハポツ々々）」の創始者は坪内逍遙、「――（ダッシ）」は紅葉、次に美妙とする。正岡子規『筆まかせ』第一編「妹と背鏡」に拠れば、「……」がはじめて現れたのは逍遙の『新磨 妹と背かゞみ』（明治十八年十二―十九年九月、会心書屋。ただし実際の発行は十九年一月以降）だが、実際には『当世書生気質』第十五回（明治十八年十一月）にすでに見える（新日本古典文学大系明治編27巻『正岡子規集』九八頁注一）。

四五　**守真の心の「箭」は**……（四三頁注一〇）　山田美妙作品から類例を挙げると、『ふくさづゝみ』第五回（『以良都女』八号、明治二十一年二月）、宮雄が愛する女性（直子）たちから嘲弄された後の場面で、「妾（あたし）たち二人の胸は福神の巣、笑が羽を展（の）して飛出した。……けれど優柔不断の鹿は猶急湍（はやせ）の滸（ほとり）で喘いで居た」と、その場を立ち去りかねる宮雄を「鹿」に喩えている。さらに、その時の宮雄の心理を「終には塒（ねぐら）と為やうと思ツて香を齅（か）ぎに来た蝶々も無常な横風に羽を狂はされて仕舞ツて、花の色は眼の前にあるが、それに近づく事も出来なかツた」と説明するが、ここでは直子が「花」に、彼女への思いが「蝶々」に、障害が「横風」に、それぞれ喩えられている。また、『花の茨、茨の花』（『夏木立』明治二十一年八月）でも、「牧羊児（ひつじかひ）の胸には「恐い」、「悲しい」、「神さま」、「番卒」などの専門語が走馬燈（まはりどうろう）をやッて居る」とあり、牧羊児のさまざまな気持が動的に捉えられている。

四六　**呉起**（四六頁注二）　『史記』呉起列伝第五に、「呉起は衛人なり。好んで兵を用ふ。嘗て曾子に学び、魯君に事（つか）ふ。斉人、魯を攻む。魯、呉起を将とせんと欲す。呉起、斉の女を取（めと）つて妻と為す。而して魯、これを疑ふ。呉起、ここに於いて名を就（な）さんと欲し、遂にその妻を殺して、以て斉に与（くみ）せざらんことを明らかにす。魯、卒（つひ）に以て将となす。将として斉を攻め、大いにこれを破る。魯人、或いは呉起を悪（のの）しつて曰く、「起の人となりや、猜忍の人なり……」と。魯君、これを疑ひて、呉起を謝す。呉起、ここに於いて魏の文侯の賢なるを聞き、これに事へんと欲す」とある。

四七　**編笠やれ鼓**（四六頁注一四）　柳沢淇園『ひとりね』（享保十年頃成）下に、「余がいつぞや去かたを通りしに、きれたる編笠をかぶり手に扇をもちて、べつの事なき、色三味線にかきし傾城かいの藁人形を見るやうなる男、／法師〳〵は木のはしと、おもふはやぼよわけしらぬ／といふ一中ぶしをうたひながら門にたゝずむ。扨（さて）こそ、きやつは物もらひにてこそ。あはれや、此男もむかしは大臣といはれし事もあらんが、かゝる花子（こじ）の姿と成しこと、色故なるものならんと、心にて色〳〵かんがへて帰りぬ」とある。これは傾城買いの挙句、破産して乞食になった男のことだが、風体は類似する。そうした男の姿は、井原西鶴『諸艶大鑑』（貞享元年）巻七の二にも、「まだ秋ながら、素紙子を着て、深編笠に竹杖、たよりなき風情して、宿の門口に立しを」と描かれている。

四八　**馬革に裹むべき屍を**……（四七頁注三七）　死体を馬革に包むのは戦死した兵士の待遇。『後漢書』「馬援伝」の「男児まさに辺野に死なば、馬革を以て尸を裹み、還つて葬ふべきのみ」に拠る。一方、藁席（むしろ＝わらで編んで作った敷物）に巻かれるのは普通の死者の扱い。「其泥交りの雪道を、おつぎさんの凍つた身躰（からだ）は藁蓆（わらむしろ）の上に載せられて、巡査小吏（やくにん）なぞに取囲まれて、静に担（つか）がれて行きました。薦（こも）が被（か）けて有りましたから、死顔は見えません、濡乱れた黒髪ばかり顕れて居たのです」（島崎藤村『旧主人』五、『新小説』明治三十五年十一月）。

紅子戯語

一　**去ル十日**（六七頁注三）　巌谷小波『戊子日録』の明治二十一年十月十日の項に硯友社に出向いた旨の記述はないが、翌十一日には次のようにある。

　十一日　曇　登校　退校途高階ト硯友社ヘヨル　思案居合ス　又緑、眉山、澤田来合ス　九号ノ三部受取リ帰ル　三時半　夜筆記清書

尾崎紅葉「自叙」の記述が事実を踏まえているとすれば、この十一日のことに基づいていると考えられるが、必ずしも特定できない。

二　**硯友社**（六七頁注四）　明治十八年創立当初は遊戯的な同人組織だったが、のちに川上眉山・巌谷小波・広津柳浪・江見水蔭らも加わり、尾崎紅葉を中心として明治二十年代の文壇の主要勢力となった（結社としての会員組織は明治二十二年八月に終わるが、同人間の連帯はその後も継続された）。硯友社は結社であると同時に、機関誌『我楽多文庫』の発行所の名でもあり、『紅子戯語』中での「硯友社」もその意味で用いられている。

『我楽多文庫』は、明治十八年五月から十九年五月の間に、いわゆる「筆写回覧本」として第一集から第八集まで八冊が作成回覧され、次いで十九年十一月から二十一年二月の間に「活版非売本」として第九集から第十六号まで八冊が刊行された（第十一号から「集」を「号」と改称）。さらに明治二十一年五月から二十二年二月までの間に「活版公売本」として、号数を改めて第一号から第十六号まで公刊販売された。その後『文庫』と改題されたが号数は引き継がれ、明治二十二年三月から同年十月までの間に第十七号から第二十七号まで刊行された。本巻で言う『我楽多文庫』は、特に注記しない場合は「活版公売本」を指している。

公売本『我楽多文庫』発行所としての硯友社は、当初は麹町区飯田町五丁目二十三番地の尾崎紅葉宅にあったが、明治二十一年七月に同町二丁目二番地、いわゆる中坂に専用の発行所を設けた。『我楽多文庫』第四号（明治二十一年八月五日印刷、同十日刊）の「社告」には「従来の発行所手狭に付麹町区飯田町二丁目二番地（里俗中坂乃中坂）へ引移り候間左様承知被下度候」とある。第三号（明治二十一年七月十六日印刷、同二十五日刊）の奥付発行所は「飯田町五丁目廿三番地」となっていること、巌谷小波日記の同年八月九日に「石橋思案を訪フ　氏ハ中阪新設硯友社ニありと　乃ち其場に出向く」とあることなどを考え併せれば、中坂への硯友社の正式な移転は七月末のことだったと思われる。

尾崎紅葉は『硯友社の沿革』（明治三十四年）で次のように回想している。

　印刷所も飯田町の中坂に在る同益社と云ふのに易へて、其頃私は山田の家を出て四番町の親戚に寄寓して居ましたから、石橋と計つて、同益社の真向うに一軒の家を借りて、之に我楽多文庫発行所硯友社なる看板を上げたのでした、雑誌も既に売品と成つた以上は、売捌（うりさばき）の都合や何や彼やで店らしい者が無ければならぬ、因（そこ）で酷算段（ひどさんだん）をして一軒借りて、二階を編輯室、下を応接所兼売捌場に充てゝ、石橋と私とが交る〲詰める事にして、別に会計掛を置き、留守居を置き、市内を卸売に行（ある）く者を傭ひ其勢旭の昇るが如しでした

丸岡九華『硯友社文学運動の追憶』（大正十四―十五年）には、中坂移転時の硯友社の様子が次のように語られている。

　さらぬだに手狭き尾崎が書斎に、とても七人の膝を容るべき方法とてなければ、彼処此処と探したる結果、九段中坂上活版業共益社の向側に、一軒の空屋ありて、右隣は倉庫左隣は塀に仕切つた一軒建、是れこそ屈強今度こそ二階下から小言いふ老爺も居ず組打をやらうと刺違へやうと尻を持ち込む近所もなし、尾崎石橋の中央に位して活版屋とは向ひ合なり、是より屈強な処はなしと議一決して、店借人は石橋助三郎店受人が尾崎徳太郎入口の格子戸に幅五寸長さ尺五寸程の硯友社の木札を掲げて、玄関の三畳は応接間一脚子の卓と椅子一二脚とを石橋方より持来りて体裁を飾り、新聞雑誌なぞ備えて来客の覧に供へ、其奥の六畳と台所は、頓と用なければ玄関の障子を〆切りたる儘鼠とのら猫の遊場に任す、玄関より右手段梯子を登れば二階は三畳と六畳、此処硯友社の本城にして、編輯室ともなり倶楽部ともなり、脛推し腕相撲の道場ともなり、団子蕎麦鮨の競食場ともなり、西鶴シエキスピ

ヤ三馬京伝、デッケン金聖嘆研究所明治文壇の檜舞台文豪詞宗の梁山泊と自称す「今夜君あすこへ行つて見やう。一寸乙なのが居て材料になるよ」なぞと飛だ秘密会議の議場ともなつて、硯友社第二の発芽地とも云ふべきものなり。

また内田魯庵「硯友社のむかしの憶出」（『きのふけふ』大正五年三月）には次のような記述がある。

硯友社同人たち．前列右より，尾崎紅葉，石橋思案，巖谷小波，後列右より，江見水蔭，川上眉山，武内桂舟．（江見水蔭『硯友社と紅葉』昭和２年，改造社）

不思議にも此の中坂は文豪馬琴の史蹟であると共に、明治の文壇史に一エポックを作つた硯友社の発祥地でもある。

中坂上の南側に秀光舎といふ印刷所がある。此の秀光舎は三十年前には同益社と云つてゐた。……此工場と相対（むかひあ）つてる北側に、今でも残つてるが、附属の倉庫となつてる白壁の土蔵があつて、硯友社といふ小さな標札が此土蔵の戸口に掛つたのが明治二十一年の夏初めであつた。尤も『我楽多文庫』は夫より二タ月前から公刊されてゐたが、今の國學院大学の横町の尾崎の家を編輯所としてゐた頃には誰にも余り目に着かなかつたが、人通りの多い中坂上に看板を掛けた時初めて人の注目を牽いた。

三　**思案外史**（六七頁注六）　小説家。本名助三郎。横浜生まれ。『花盗人』（明治二十二年）、『京鹿子』（同）、『わが恋』（明治二十四年）などの作品がある。当時飯田町三丁目十八番地に住んでいた。尾崎紅葉・山田美妙とともに硯友社の社幹であり、公売本『我楽多文庫』第一号に「巻頭乃詞」を掲げている。尾崎紅葉は『硯友社の沿革』（明治三十四年）で硯友社設立の頃の石橋思案について次のように回想している。

硯友社の興（な）るに就いて、第二の動機となつたのは、思案外史と予備門の同時の入学生で相識つたのです、其頃は石橋雨香と云つて居ました、是は私の竹馬の友の久我某が石橋とはお茶の水の師範学校で同窓であつた為に私に紹介したのでしたが、其の理由は第一私と好を同うするし、且面白い人物であるから交際して見給へと云ふのでありました、是から私が又山田〔校注者注、美妙〕と石橋とを引合わせて、先づ桃園に義を結んだ状（かた）です、……さて其頃の三人の有様は如何にと云ふに、山田は勉強家であつたが、学科の方はお役目に遣つて居て、雑書のみを見て居た、石橋は躰育熱心の遊ぶ方で、競争は遣る、器械躰操は遣る、ボートは善く漕ぐ、水練は遣る、自転車で乗廻す、馬も遣る、学科には平生苦心せんのであつたが、善く出来ました、試験の成績も相応に宜しかつた、……処へ或日石橋が来て、唯恁（かう）して居るのも允（つま）らんから、練習の為に雑誌を拵へては奈何（どう）かと云ふのです、いづれも下地は好（すき）なりで同意をした、就ては会員組織にして同志の文章を募らうと議決して、三人が各自（てんで）に手分をして、会員を募集する事に成つた、学校に居る者、並（ならび）に其以外の者をも語合つて、惣勢二十五人も得ましたらうか、其内大半は予備門の学生でした、

四　香夢楼緑（六七頁注七）　弘前生まれ。公売本『我楽多文庫』第一号巻末に「以来戯号を香夢楼緑と叫（さけ）び我楽多紙上にては最早本名相用ひず候まゝ左様御承知を乞ふ」という広告を掲げている。『我楽多文庫』第十一—十八号に「作者身上話」としてW・スコットやシェークスピアの伝記を連載。早世したため硯友社同人によって追悼文集『手むけ草』が編まれた。香夢楼緑については、柳田泉に「香夢楼みどりのこと」（『愛書趣味』第十一号、昭和二年七月）と題する略伝がある。これによれば、『手むけ草』は明治二十三年二月二日に催された香夢楼の四十九日追悼会の手向けとして編まれたものであり、香夢楼の死を明治二十二年十二月十六日のこととしている。『日本近代文学大事典』（講談社）の香夢楼緑の項には明治二十三年二月二日を死去の日とする記載があるが、柳田泉の文に基づき没年を明治二十二年とした。ただし『手むけ草』本編は未見である。

五　美妙斎美妙（六七頁注一一）　本名山田武太郎。小説家・評論家・詩人。東京神田生まれ。作品に『嘲戒小説天狗』（明治十九—二十年）、『武蔵野』（明治二十年）、『いちご姫』（明治二十二—二十三年）、『胡蝶』（明治二十二年）などの小説のほか、新体詩集や、『日本大辞書』（明治二十五—二十六年）などがある。硯友社結成時以来の社幹であったが、明治二十一年創刊の雑誌『都の花』（金港堂刊）の主幹に招かれたのを機に硯友社を離れた。尾崎紅葉『硯友社の沿革』（明治三十四年）には、硯友社設立に至るまでの美妙との関わりについて次のような回想がある。

抑も硯友社の起つたに就ては、私が山田美妙君（其頃別号を樵耕蛙船と云ひました）と懇意に成つたのが、其の動機でありますから、一寸其の交際の大要を申上げて置く必要が有る、明治十五年の頃でありましたか東京府の構内に第二中学と云ふのが在りました、一ッ橋内の第一中学に対して第二と云つたので、それが私が入学した時に、私より二級上に山田武太郎なる少年が居つたのですが、此少年は其の級中の年少者で在りながら、漢文でも、国文でも、和歌でも、詩でも、戯作でも、字も善く書いたし、画も少しは遣ると云つたやうな多芸の才子で、学課も中以上の成績であつたのは、校中評判の少年でした、……段々話合つて見ると、五六才の時分には同じ長屋の一軒置いた隣同士で、何でも一緒に遊んだ事も有つたらしいので、那様（そんな）事から一層親密に成つて、帰路も同じでありましたから連立つても帰る、家へ尋ねて行く、他（さき）も来る、そこで学校外の交（まじはり）を結ぶやうに成つたのです、……それから大学予備門に入つて二年経つ迄、山田とは音信不通の状（かたち）で居たのです、……すると、私が二級に成つた時、山田が四級に入つて来たのです、……さて話をして見ると、山田は文章を以つて立たうと云ふ精神、私も同断だ、私の此志を抱いたのは、予備門に入学して一年許（ばかり）過ぎての事であるが、山田は彼の第二中学に居る時分から早く業（すで）に那様了見が有つたらしいのです、

一方、美妙と紅葉および硯友社との間が疎遠になった経緯については次のように記している。

（『我楽多文庫』）十三号の発刊に臨んで、硯友社の為に永く忘るべからざる一大変事が起つた、其は社の元老たる山田美妙が脱走したのです、いや、石橋と私との此時の憤慨と云ふ者は非常であつた。……此時金港堂の編集には中根淑氏が居たので、即ち此人が山田の詞才を識つたのです、其と与（とも）に一方には小説雑誌の気運が日増に熟して来たので、此際何か発行しやうと云ふ金港堂の計画が有つたのですから、早速山田へ密使が走つたものと見える。……其内に金港堂に云々（しかじか）の計画が有ると云ふ事が耳に入つた、其前から達筆の山田が思ふやうに原稿を寄来（よこ）さんと云ふ怪しむべき事実があつたので、這（こ）は捨置き難しと石橋と私とで山田に逢に行きました、すると金港堂一件の話が有つて、硯友社との関係を絶ちたいやうな口吻（くちぶり）、其は宜いけれど、文庫に連載してある小説の続稿だけは送つてもらひたいと頼んだ、

承諾した、然るに一向寄来さん、石橋が逢ひに行つても逢はん、私から手紙を出しても返事が無い、もう是迄と云ふので、私が筆を取つて猛烈な絶交状を送つて、山田と硯友社との縁は都の花の発行と与に断れて了つたのです、刮目して待つて居ると、都の花なる者が出た、本も立派なれば、手揃でもあつた、而して巻頭が山田の文章、憎むべき敵ながらも天晴書きをつた、彼の文章は確に二三段進んだと見た、さあ到る処都の花の評判で、然(さ)しも全盛を極めたりし我楽多文庫も俄に月夜の提灯と成つた、けれども火は消えずに、十三、十四、十五(翌二十二年の二月出版)と持支(もちこた)へたが、それで到頭落城して了つたのです、

『我楽多文庫』第一号から第十二号まで、「社幹」に山田美妙・尾崎紅葉・石橋思案が名を連ねるが、第十三号(明治二十一年十二月発行)から美妙の名が消えていることがこの事実を裏書きしている。

六 **春亭九華**(六七頁注一三)　延春亭などとも号した。本名丸岡久之助。小説家・詩人。江戸生まれ。新体詩のほか、劇詩に『東台四季の月』(明治二十一年)、小説に『散浮花』(明治二十一―二十二年)などがある。田口杏村「丸岡九華氏のことなど」(『愛書趣味』第十三号、昭和三年二月)には、次のように記されている。

　九華氏は早くから身を実業界に投じて、文筆に遠ざかつた為め、高橋太華山人ほどの作品をも遺さない。新しいものとしては、明治四十年頃前田曙山氏の園芸文庫の別巻として『花間笑語』を出しただけで、外に新聞や雑誌に花卉に関するいろ〳〵な随筆を寄せてるが、之は大抵署名がないから関係者以外には知られてない。元来、筆が立つ人だから、外国の新聞雑誌などを読んで、面白い記事があると早速これを取入れて、シャボテンの話、カーネーションの話、ダーリヤの話、グラヂオラスの話などと、いろ〳〵な原稿を作成しておいて、同好者が来ると読んで聞かせてゐた。従つて新聞社雑誌社などから、談話筆記の交渉でも受けると、この原稿を提出して責を果す場合が多かつた。それ故新聞雑誌に「九華氏は左の如く語つた」と前置のある記事は実は、談話筆記でなく、氏自身の筆になつたものが多い。

　紅葉山人の全盛時代には、氏は高田商会にあつて羽振りもよかつたが、明治の末期、高田商会を退いてからは何となく寂しかつた。即ち倒れかゝつた向島花壇に関係したが遂に支へ切れなくなつて解散し、残党を率ゐて番町に東京園芸商会を起したが、之も余り思はしからず、其後英国サン火災会社の代理店を経営して今日に及んだのである。

七 **漣山人**(六七頁注一五)　本名巌谷季雄。小説家・児童文学者。東京麴町生まれ。明治二十年に硯友社に入社。初期の小説に『五月鯉』(明治二十一年)、『妹背貝』(明治二十二年、吉岡書店刊)などがあるが、『こがね丸』(明治二十四年)の成功を機に児童文学作家として迎えられ、『少年世界』(博文館)などの少年雑誌の主筆を務めるかたわら『日本昔噺』(明治二十七年)や『世界お伽噺』(明治三十二年)を編纂するなど、児童文学に果たした役割もきわめて大きい。尾崎紅葉『硯友社の沿革』(明治三十四年)は硯友社参加当時の巌谷小波について次のような印象を記している。

　漣山人は此頃入社したので、夙(かね)て一六翁の三男に其人有りとは聞いて居たが、顔を見た事も無かつたのであつた所、社員の内に山人と善く識る者が有つて、此人の紹介で社中に加はる事になつたのでした、其頃巌谷は独逸協会学校に居まして、お坊さんの成人したやうな少年で、始て編輯室に来たのは学校の帰途(かへり)で、黒羅紗の制服を着て居ました、此人は何でも十三四の頃から読売新聞に寄書して居たので、其の文章を見た目で此人を見ると、丸で虚(うそ)のやうな想がしました、

八 **眉山人**(六七頁注一七)　梅枝田夫、傀儡堂鬼仏、黛子などとも号した。本名川上亮(あきら)。小説家。大阪生まれ。明治十九年に硯友社に入社。初期の小説に『黄菊白菊』(明治二十二年)、『墨染衣』(明治二十三年、吉岡書店刊)などがあり、日清戦争の頃から『大さかづき』(明治二十八年)、『書記官』(同)、『うらおもて』(同)など、社会矛盾を主題としたいわゆる観念小説で注目された。紀行文に『ふところ日記』(明治三十年)がある。

九 **曾呂利……赤裸なるべし**(六七頁注二一)　豊臣秀吉の寵臣で頓知機才に富んでいたとされる曾呂利新左衛門に不正への憤りがあるはずもなく、

親孝行の曾参が女房と母衣(ほろ)をかけて勝母の村を走ることなどあり得ない。また、秦の大商人呂不韋が昭王の太子の庶子で趙の人質になっていた子楚に出会い、「奇貨居くべし」(掘り出し物だから今のうちに買っておこう)と、人間を商品のように扱ったのも、歌舞伎で知られる白井権八が刀の柄をたたいて小紫が、小紫が、と言ったのも、いずれも赤裸々な人間の心の現れである、の意。

曾参の記事は、孔子の弟子である曾参は親孝行であったため「勝母」(母に勝つ)という名をもつ村里に入ることをしなかったという故事を踏まえる。「曾参立レ孝、不レ過二勝母之閭一」(曾参孝を立て、勝母の閭を過ぎず)」(『淮南子』説山訓)。「女房とほろかけて……走る」は、母衣をかけた馬車(あるいは人力車)に女房と相乗りするさまを言うか。また、呂不韋の故事は、『史記』呂不韋伝を踏まえる。

権八は鳥取藩士平井権八がモデルとされる。平井は同僚殺害の後、江戸に出て遊女小紫の馴染みとなり、金欲しさに辻斬りを働いて処刑されたとされる。この話をもとに歌舞伎『其小唄夢廓(そのこうたゆめもよしわら)』(舞踊劇、文化十三年初演)、『浮世柄比翼稲妻(うきよづかひよくのいなずま)』(鶴屋南北作、文政六年初演)などに「白井権八」の名で舞台化され、広く知られた。曲亭馬琴『小説比翼文』(享和四年)など読本にもなっているが、ここは歌舞伎の一場面を指すものと思われる。「権八」の振り仮名「ごんぱ」は、「ごんぱち」の脱字とも考えられるが、略称と判断して底本のままとした。「鮹柄」は「鮫柄」の誤記か。鮫柄は滑り止めに鮫皮を貼った刀の柄を言う。

一〇　**字のかける卒八楊次郎**(六七頁注二三)　「卒八」は、瀧亭鯉丈の滑稽本『花暦 八笑人』(文政三年―嘉永二年)に登場する八人の滑稽人の一人。「楊次郎」は、瀧亭鯉丈・為永春水の滑稽本『滑稽 和合人』(文政六年―弘化元年)に登場する七人の遊び人の一人。いずれも滑稽茶番の趣向を仕組むが失敗する。「惣勢すくつて八名」(六七頁七行目)の洒落のめした諧謔づくしは『花暦 八笑人』を範としている。

一一　**『紅子戯語』**(七〇頁注一)　『紅子戯語』がその表題をもじった『孔子家語』は中国の儒書で、孔子と弟子との問答などのうち、『論語』に収められなかったものを収録したとされる。漢代以前に成立した原本は二十七巻だったが、現行本は魏の王粛による偽作とされる十巻本で、日本には慶長年間(一五九六―一六一五)以前に伝わり、『論語』と並んで広く読まれた。

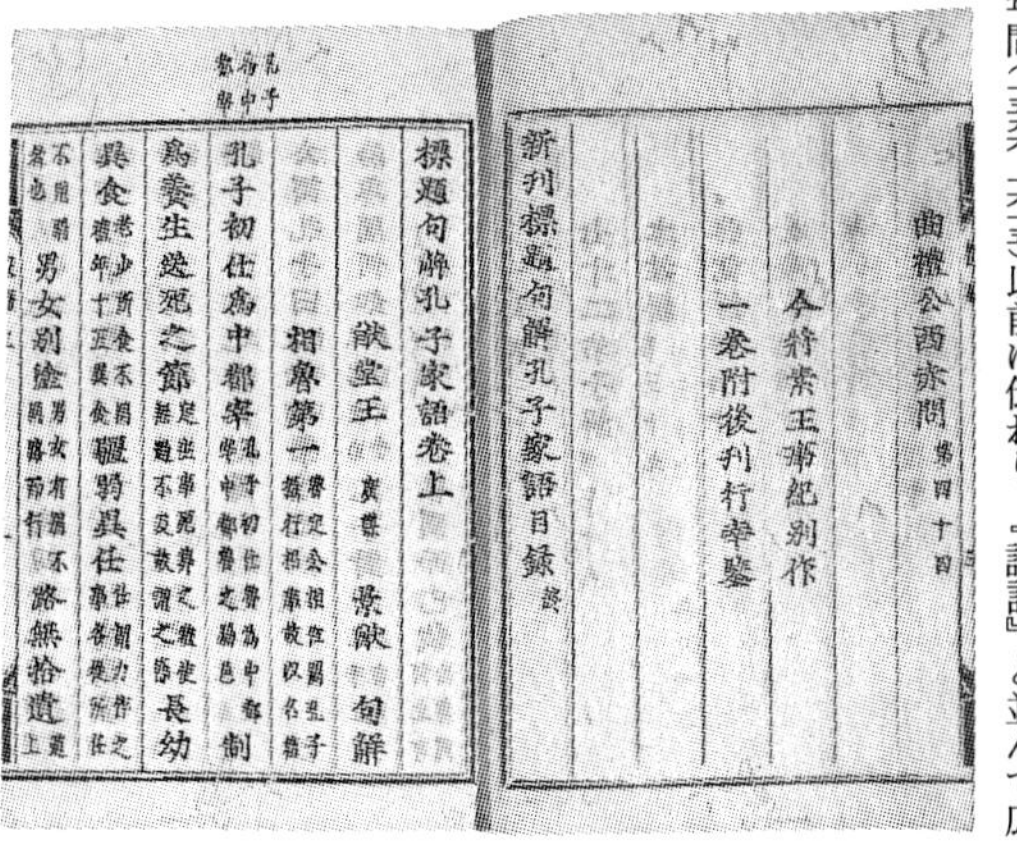

慶長四年版『標題句解孔子家語』
(国立国会図書館蔵)

なお『孔子家語』のパロディとしては、江戸後期の戯作者である振鷺亭による『格子戯語』(寛政二年)があり、「格子」の弟子である「顔艶」「志路」「支向」や遊女の会話形式によって遊里での遊びのさまが描かれる。形式においては『孔子家語』よりもむしろ『格子戯語』の方が『紅子戯語』に近く、その祖形の一つになったとも考えられる。

三 **霞か雲か**（七一頁注二五） 歌詞は、左のとおり。

一 かすみか雲か。はたゆきか。
とばかり匂ふ。その花ざかり。
百鳥（ももとり）さへも。歌ふなり。

二 かすみははなを。へだつれど。
隔てぬ友と。きてみるばかり。
うれしき事は。世にもなし。

三 かすみてそれと。見えねども。
なく鶯に。さそはれつゝも。
いつしか来ぬる。花のかげ。

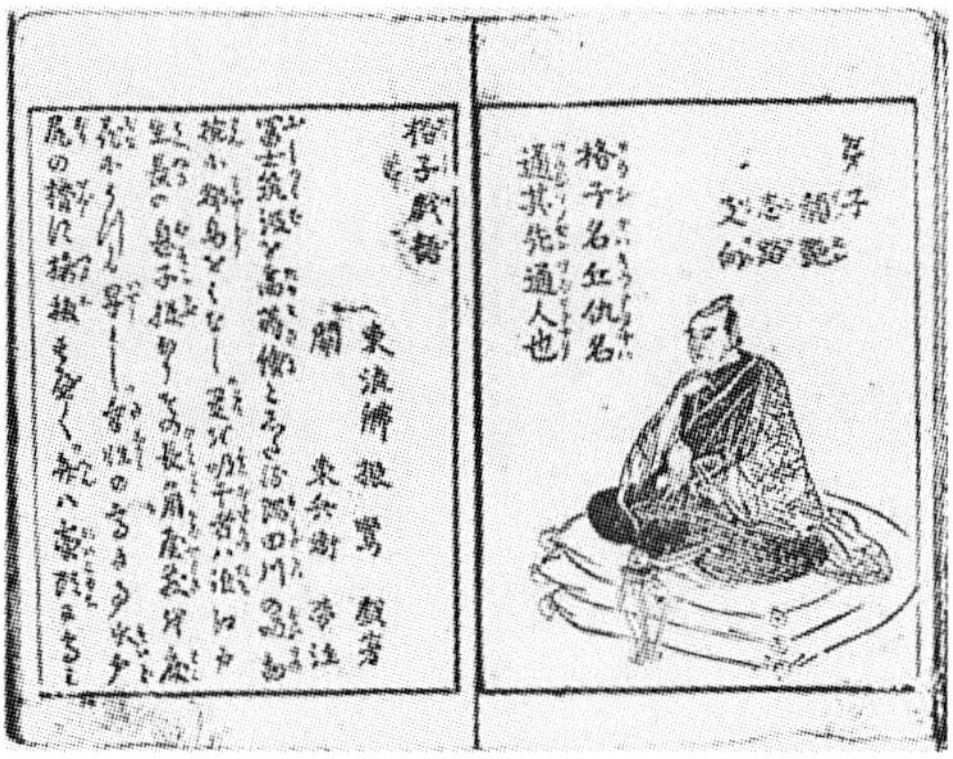

振鷺亭『格子戯語』（寛政2年）
（東京大学総合図書館蔵）

一三 **春雨**（七一頁注二六） 嘉永年間（一八四八-五四）に江戸で流行した端唄の代表曲。柴田花守作詞。

春雨に しつぽり濡るゝ鶯の 羽風に匂ふ梅が香や 花にたはむれしをらしや 小鳥でさへも一と筋に ねぐら定めぬ気はひとつ わたしや鶯主（ぬ）は梅 やがて身まゝ気儘になるならば サア鶯宿梅ぢやないかいな サアサなんでもよいわいな

一四 **とんだ山科だ**（七一頁注三四） 直前の「御無用〱」を受け、『仮名手本忠臣蔵』九段目（山科閑居の段）で、大星力弥との許嫁の約束を反故にされた娘小浪を母が斬ろうとするところに「御無用」と声がかかる場面を掛けて「とんだ山科だ」と言ったもの。

一五 **決闘**（七二頁注八） 『紅子戯語』の書かれた明治二十一年前後には決闘が流行した。「猫も杓子も寄ると障ると決闘々々とせり詰め、終にもしや草紙までも乙樫決闘次てふ人物を出すに至りぬるは、実に盛んなりと云ふべし」（『東京日日新聞』明治二十二年一月十一日）というありさまだった。同時代のドイツでは学生の間で決闘が盛んに行われていたことをはじめとして、ヨーロッパの習慣の影響と考えられる。中江兆民は「決闘」（『東雲新聞』明治二十一年十月十四日）で、「決闘の如き特に欧州風の決闘の如きは介添人を頼み書翰を送る等随分手順の掛ることにて其間彼の忿気が持続すること故、決闘に於ける忿気は随分高度に昇りたるものと判断せざるを得ず、且又其れには男前を磨かんと欲する栄誉心が十二分の量に加はり居ることなり」と述べている。当時の決闘について石井研堂

『小学唱歌集 第二編』所収「霞か雲か」（明治16年）

『明治事物起原』(増補改訂版、昭和十九年)には次のようにある。

果し合といへば、武士の廉恥を重んじたつ時代に行はれたることなれども、『決闘』といへば仏蘭西流の果し合に聞えるも妙なり。明治二十一年、雑誌〔日本人〕の社員松岡好一、高島炭坑内の惨状を其の紙上に訐くや、犬養毅は之を否認したる記事を〔朝野新聞〕紙上に掲げたり。松岡即ち三宅雄次郎、志賀重昂二人を介添人として決闘せんことを犬養に挑む。犬養は、決闘は野蛮の遺風なりとて之に応ぜざりし。されども、光妙寺三郎の如きは、決闘は文明の華なりといふ論説等を出し、一時世上の問題となれり。

このような状況を受けて明治政府が「決闘罪ニ関スル件」を公布して法的に決闘を禁止したのは明治二十二年十二月のことである。同法律の第四条に「決闘ノ立会ヲ為シ又ハ立会ヲ為スコトヲ約シタル者ハ証人介添人等何等ノ名義ヲ以テスルニ拘ラズ一月以上一年以下ノ重禁錮ニ処シ五円以上五十円以下ノ罰金ヲ附加ス」とあるように、正式な決闘には、双方の介添人や、勝敗を見届ける証人などの立会人が必要とされた。

一六　**二人ぬる夜のかくれ家にせん**(七四頁注二)　「世の中に鳥も聞えぬ里もがなふたりぬる夜の隠家にせん」の歌は、後朝の別れの時を告げる朝の鳥の声が聞こえぬ里があるなら、二人共寝する夜の隠れ家にしたいものだ、の意。この鳥の音を、朝の時を告げる鐘の音に代えて用いた。なお、右の歌は「み吉野の山のあなたに宿もがな世の憂き時の隠れ家にせむ」(『古今和歌集』雑下・読人しらず)を本歌とするものと思われる。

一七　**かふべしいたゞく兜巾ないかに**(七五頁注八)　歌舞伎『勧進帳』で、奥州に逃れようとする源義経を無事安宅の関を通すため、弁慶ら家臣は、頭に兜巾を着けた山伏の姿になる。関守の富樫は弁慶に対し、「仏徒の姿にありながら、頭に頂く兜巾はいかに」と問い掛ける。

一八　**フロックコート**(七六頁注一二)　上着の丈が膝まであり、縞柄のズボンと併せて着用する。「通常礼服として正午より夕刻まで着用するものとす。又平服にも用ひらる」(『日本百科大辞典』第九巻、大正七年、三省堂)。『風俗画報』一一四号の「東京の流行物」(明治二十九年五月)には、「(フロックコート)には繻子目、小魚子等の薄地の綾羅紗にて色は黒なり、袴(ずぼん)には藍鼠、鼠等の竪縞羅紗抔よし、代価は絹裏の極上にて一組三十五円、上にて三十円、中にて廿五円下にて廿円位なり」とある。

フロック・コート(中山千代『日本婦人洋装史』吉川弘文館、昭和62年)

一九　**ミルトン**(七六頁注一四)　石橋忍月「想実論」(『江湖新聞』明治二十三年三月三十日)に「吾人は恐る彼等をして若しレッシング、ゲエテー、シルレル、ミルトン、バイロン等の時代に生れしめ、大詩人大著作を目前にぶらつかせても、猶ほ前述の如き言を吐かんことを……吾人は今の世にミルトン、ゲエテー之れ有りとは明言せず、然れども時日は偉人を成長せしむるものなれば、ミルトン、ゲエテーとなるべき人、何処にか埋没しをるやも知れず」とあるように、次項のバイロンとともに、当時、世界最高峰の詩人の一人として位置づけられていた。同時にまた北村透谷が「国民と思想」(『評論』明治二十六年)で「プラトーの真善美もミルトンの虚想も人間をして正当に人間たる位地に進ましむるに浩大なる裨益のあることを信ずるなり」と言うように、「キリスト教的人文主義」と呼ばれるヒューマニズムを前提とした近代思想の側面においても広く受容された。『日本百科大辞典』第九巻(大正七年、三省堂)には「ミルトンの詩たるや、韻律の駆使自在にして、端厳醇美の姿態を竭し、思想の深沈、結構の雄大、手法の精練、智力の明徹にして、しかも敬虔の念溢るゝが如きところ、彼実にイギリス国に於ける空前絶後の叙事詩人にして、又世界詩壇の第一等星たり」とある。

二〇　**バイロンの肖像**(七六頁注一六)　ケンブリッジ大学トリニティ・カ

レッジのバイロン像は、バイロンの死後、友人たちによってデンマークの彫刻家 Thorvaldsen に依頼して作成されたものであり、ウェストミンスター寺院内に設置されることが希望されていたが許可されず、一八四五年、トリニティカレッジ内の Wren Library に設置された。

その激しい反抗精神や強い自我意識において、バイロンは、明治期の日本にあって最も広く受容された詩人の一人である。同時に、明治二十年前後の文学界においては、とりわけその厭世的傾向が、いわゆる「バイロニズム」として思想的側面において多大な影響をもたらした。北村透谷は「マンフレッド及びフオースト」(『女学雑誌』没後明治二十八年十月)で次のように言う。「ゲエテも厭世家なり、バイロンも厭世者なり、……然れどもゲエテは其厭世家たるの分量に於て遥かにバイロンに及ばざりき。抑もバイロンが、天地を跼促たりとし、人生を悲戯の最極と観ずるに至れるは、其揺籠の中にありし時より、否な寧ろ彼の幼少なるバイロンの為に泣き、又た屢々小バイロンをして暗室に欷歔徹宵ならしめし母氏の胎中にありし時より既に其厭世的迷想の根蔕を固ふしたるを見るべし」。

二一　漁村柳(七九頁注四)　『我楽多文庫』第十四号(明治二十二年一月)の漁村柳「近世の一大奇書」もまた、内容や表現からみて紅葉作と考えられる。『紅葉全集』第十巻(岩波書店、平成六年)には紅葉作として「近世の一大奇書」が収録され、巻末解題には「筆者漁村柳は、『紅子戯語』の「筆記者」なので、紅葉の変名と推定される」とある。

二二　柳原(七九頁注八)　尾崎紅葉『硯友社の沿革』(明治三十四年)に「私は又紫ヅボンと云れて、柳原仕入の染返の紺ヘルだから、日常(ひなた)に出ると紫色に見える奴を穿いて」とある。柳原については、『風俗画報』二〇三号「新撰東京名所図会」第二十二編(明治三十三年一月)中の「柳町並神田柳原川岸」に、「稲荷河岸は、柳原河岸のうちなり」として、「初午の稲荷河岸にも油揚のやうな布団をうれる古着や　梅星」「稲荷河岸ひさく古着の化し物狐色なるもみの額うら　檜園」の狂歌を掲げ、「むかし堤の内は、古着商の、ばかし物を鬻(さひ)げる、柳原の雨店なれば、稲荷河岸にかけて、かくは詠みたるなり」とあり、また『新撰東京独案内図会』(明治二十三年)の「買物の場所」の項の最初に「古着市場　神田元柳原町、日本橋区久松町」とある。ただし、篠田鉱造『明治百話』(昭和六年)には、左のような聞き書き証言もある。

明治時代には、衣類や洋服は、安物を柳原とか、日陰町とかいひ、安い商品は、勧工場物とされたものでした。……洋服でも新調すると『柳原かい』コノ柳原といふことは、私共山の手のものには、いっそ『日陰町かい』といはれた方が、適切に感じました。柳原も日陰町も、ともにツルシン坊で、既製品が吊り下げてあつて、安いものでしたが、スグ間に逢ふもので、便利でした。

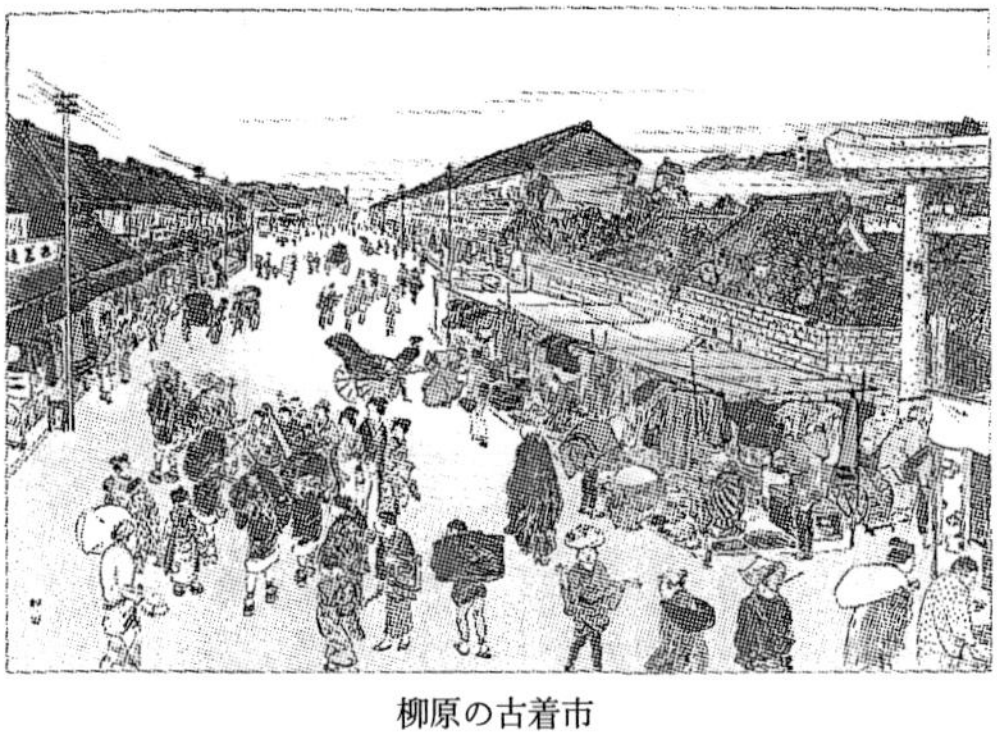

柳原の古着市
(『風俗画報』203号，明治33年1月)

二三　翁屋・愛黛道士(七九頁注一三)　「翁屋」は明治二十一年開業。「花

の雲」などの化粧品で知られた。『以良都女』の同年四月号の「薬舗開業御披露」広告のほか、『我楽多文庫』『都の花』にも度々広告が掲載されている。また『以良都女』第十号広告には「医学士竹中成憲先生授方おしろい下(にきびとり)　花の雲」として、翁印八銭から梅印五銭まで四種類が掲げられている。『我楽多文庫』第一号広告にも戯文とともに同様の広告がある。「翁屋」主人安川政次郎の号「愛黛道士」は、本来は尾崎紅葉の別号だったが、これを安川に譲ったもの。安川については、巌谷小波「紅葉山人追憶録 第一」(『新小説』明治三十六年十二月)に次の記事がある。「今度尾崎君が病気になつてから久振りで帰つて来て、白屈菜(くさのわう)に付いても大変働いた翁屋、あの安川と云ふ薬剤師ですね、あれが尾崎君と交際して居る、私も小児の時学校で知つて居る、処が其男が薬屋を始めるので開業式をやると云ふんですが、妙な男で硯友社の者と交際があつて招待したのです、……私はそんな事の打合わせに安川君の店(裏神保町)へ行つた、行くと偶然尾崎君と川上君に会つたのですが……」。また丸岡九華「紅葉山人追憶録 第五」(同前)は安川政次郎について次のように伝えている。「今度死ぬ時でも大変世話をした安川政治(こ)郎君と云ふ人があります。此人が昔し南神保町に翁屋といふ薬店を開いて居たことがある。それで白粉や薬なぞを売つて居つた時に、それに使ふ引札は大抵尾崎君が書いたと云つても宜しい。美妙にも頼んだ。翁屋も謂はゞ商売人で少々は図々しいのかも知れませんが、君一つ書いてくれ、宜しいと云ふので、こんな『花の雲』とか、毒薬に貼る『御用心御要慎』とか、屠蘇袋の字なんどまで皆尾崎が書いて居る。……畢竟安川なども、今度は尾崎の病気が面白くないと聞いて大阪から飛んで来て、死ぬまで看病したと云ふやうな訳は此様な関係があるからで……」。

二四　以良都女(七九頁注一五)　成美社発行。編集人は新保磐次らから始まり、後半は山田美妙に移った。女性啓蒙誌として出発したが、山田美妙の編集発行になるに従って文芸雑誌の性格を強めた。成美社の創刊当時の住所は本郷区湯島天神町。その後、神田駿河台などを経て、第二十五号からは神田区平永町の山田美妙宅に移った。

『以良都女』第16号
(明治21年10月15日発兌)

二五　都の花(七九頁注一八)　明治二十年代は総合雑誌や女性雑誌をふくめ雑誌創刊ブームの時期にあたるが、明治二十一年創刊の『都の花』は、そうした中で、日本における最初の商業文芸誌としての史的位置を担っている。創刊号巻頭の「都の花発行のゆゑよし」で香亭迂人(発行兼編集人の中根淑)は発刊の意図を次のように語っている。

今世の作者は往時の作者と異なりて、作り物とはいへ誠の事を分毫の差(がち)ひなきまでに真に逼らせ、且又其主意も古の勧善懲悪とのみいふにも止らざれば、読む人の益を得ること固より古き小説の比(たぐひ)には非ざれど、是迄の出板の仕方にては、価も自然低からず、購ふ人の便も宜しからねば、今度此書を発行し、雑誌の方法に倣(なら)ひて、心安く求め得られん事を謀り、且其作為の異なるもの五つ六つづゝ取り合せ、次を追ひ編を続いで、諸賢の高覧に供へんとす。

同人雑誌的な性格の強い『我楽多文庫』が毎号二、三十頁仕立てであったのに対して、『都の花』は創刊時で菊判七十頁、全体を平均しても百頁前後の内容をもち、しかも月に二回刊行されたため、掲載作品数も相当数にのぼる。最も多いのが実質的な編集主幹にあたる山田美妙だが、むしろ、二葉亭四迷『めぐりあひ』『浮雲』(第三篇)、嵯峨の屋おむろ『初恋』『野末の菊』、幸田露伴『露団々』『毒朱唇』、尾崎紅葉『恋のぬけがら』『二人女房』、樋口一葉『うもれ木』『暁月夜』など、明治二十年代前半の重要な作品の発表媒体としての役割を担った点に注目される。

なお、『都の花』発刊をめぐって美妙と紅葉および硯友社との間に生じた軋轢については、補注五参照。

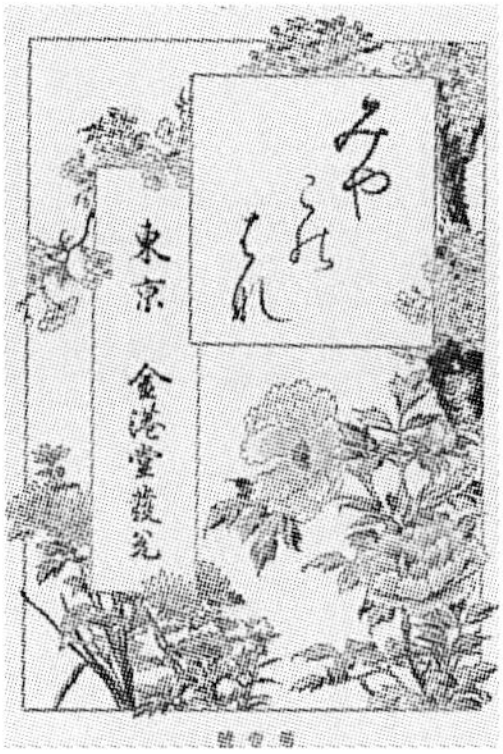

『都の花』第１号
（明治21年10月）

二六　秋月女史（七九頁注二一）　『都の花』第二号掲載の『許嫁の縁』第一回末尾に左のような付記があり、掲載の経緯がうかがえる。

男もすといふ小説といふものを女もして見んとにや札幌なる秋月女史が右の物語を作りて、先に其地の新聞に寄せられたり。然るに近頃重ねて一綴りの冊子に製りたきよし我が方に申し越されたりしを、たま〳〵都の花発行の折なれば、其中に掲げまほしきむね申し送りて、やがてぬしの許しを得たれば、今より章を追ひて此中に載せぬ。かのをみなへしの一時をくねるもあるべしといひたるは、是等のたぐひになん。編者識す

また笑雪女史・拝史女史合作（紅葉の匿名）『自惚娘作者』上（『我楽多文庫』第十五号、明治二十二年一月）には「それぢや貴嬢（あなた）は、曙（あけぼの）女史や秋月女史の様な、「いざさせ給へ」の方がお好きなんですね」とある。

二七　著者の写真を巻頭へ……（八〇頁注一）　石橋思案は、『明治の細君』巻頭に著者の写真が掲げられていることについて、『我楽多文庫』第三号（明治二十一年七月）に「鉛筆将軍」の署名で掲載した「明治の細君の七不思議」で「第一　御尊影を巻首へ掲げられし事、随分是迄伝記詩集抔へ肖像を挿みし書籍見当り候得共日本の小説へ著者御自身の御尊影を掲げられし御自惚の程誠に不思議の一に有之候」と揶揄している。

二八　葦屋のよつちゃん（八〇頁注三）　芦屋よし子の経歴は未詳だが、『夜の錦』最終回に次の付記があり、外圧によって連載を短期で切り上げたことがわかる。女性の小説執筆に対する同時代の意識を示す端的な例と言ってよい。

饗庭篁村申す芦屋よし子女史の夜の錦は斯く俄にめでたし〳〵になる積りにあらず秩父にて別れ再び会ふまでの間が最も眼目の所にて入り組みたる筋もあるとの物語なりしがよし子女史はまだ或る学校に居たまふ御身にて小説など書くは怪（け）しき事なりと誡めらるゝ節ありて思ひのまゝに筆も走らせられずとて惜き錦の織かけ機（はた）を断れたるなり小説を陋（いや）しきものと思ふ旧習去りがたき事情あるこそ憾なれ

二九　ナショナルの読本（八〇頁注一五）　明治十九年四月に公布された「小学校令」（「第一次小学校令」明治十九―二十三年）によって、高等小学校に英語科が取り入れられた。当時の英語教科書の多くは輸入版であり、ウィルソン、チェンバーズ、ロングマンなどとともにナショナルの読本（第一読本―第五読本）が用いられた。ことにナショナルの読本は、英語教科書史におけるいわゆる「翻刻時代」にあたる明治十八年から三十年にかけて、高等小学校や中学校を中心に最も広く用いられた

ナショナル第一読本

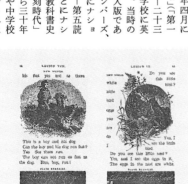

（高梨健吉・大村喜吉『日本の英語教育史』昭和五十年参照）。二葉亭四迷『浮雲』第一篇（明治二十年）には、女学校に通うお勢の英語に関して「『ナショナル』の『フォース』と言へばなか〳〵難敷（むづかし）物だ　男子でも読ない者は幾程（いくら）も有る」という一節がある。巌谷小波『当世少年気質』（明治二十五年）には「今年十二に成て高等科まで昇級（のぼ）り、今では横文字も習つて居りますと、ナショナルのリーダア一冊読めば、はや異人と会話の出来る様に覚えて」とある。

三〇　**巻煙草**（八二頁注一〇）　紙巻煙草は明治初年から輸入されていたが、日本で製造されたのは明治五年とされる。やがて明治十七年に岩谷商店が銀座に開店して「天狗」印の煙草を発売、さらに村井兄弟商会が明治二十三年に日本初の両切煙草を発売するなど、明治二十年前後を境に急激に普及した。幸田露伴『いさなとり』（明治二十年）には東京の風景として「商売の手代らしきまでが一本五厘とか六厘とかに当る巻煙草をふかし行くを見ては只呆れるばかり」とある。

三一　**口調が出ました**（八三頁注一四）　山田美妙『情美人』第一回（『我楽多文庫』第一号、明治二十一年五月）には、「年齢？　否さ、さう騒がなくても申しますよ。顔？　それも言はなくては義理が済みません」といった語り手の口調が見られる。また巌谷小波は『五月鯉』連載第十二回（『我楽多文庫』第十二号、明治二十一年十一月）で『紅子戯語』の一節を踏まえ、「此度（このたび）の災難の遠因？……イ、ェ近因なる田崎某」と記している。

三二　**黄色な紙**（八三頁注一八）　明治時代にコレラは度々流行したが、ことに明治十五年初夏から晩秋にかけては全国規模に達し、死者三万数千人に及んだ。さらに明治十九年には死者は全国で十万人を超えた。明治期を通じたコレラによる死者は通算で三十数万人にのぼった。コッホによるコレラ菌の発見は一八八三年（明治十六年）のことであり、治療法や防疫法が確立していなかった当時にあっては患者の隔離だけが唯一の方法であった。そのため患者は警察によって強制的に「避病院」へ送られ、患者の発生した家にコレラ発生を示す黄色の紙を貼り出して交通を遮断するなどの措置が取られた。岡本綺堂の短編『黄い紙』（大正十四年十二月）には明治十九年のコレラ流行を背景として次のような一節がある。「番衆町へ来てから足かけ三年目が明治十九年、すなはち大コレラの年でございます」「今までは山の手方面には比較的少かつたコレラ患者がだん〳〵に殖（ふえ）て来まして、四谷から新宿の方にも黄い紙を貼りつけた家が眼に注（つ）くやうになつてまゐりました。その当時は、コレラ患者の出た家には丁度かし家札のやうな形に黄い紙を貼り付けておくことになつてをりましたので、往来をあるいてゐて、黄い紙の貼つてある家の前を通るのは、まことに忌（いや）な心持でございました」。また、尾崎紅葉には、牛込の紅葉宅に住み込んでいた小栗風葉をめぐるコレラ騒ぎを描いた『青葡萄』（明治二十八年）がある。ここでも患者発生とともに警察の検疫係が訪れる場面があるが、こうした行政のやり方に対する民衆の反撥がいわゆる「コレラ一揆」の発生を生んだりもした。明治十五年のコレラ流行の年には「いやだ〳〵よじゆんさはいやだ／じゆんさコレラの先走り／チョイト〳〵」という「チョイト節」が流行した。

三三　「…………」（八三頁注二二）　尾崎紅葉『社員麻渓居士著真美人の評判』（明治二十一年）に「……の多きは我楽多の小説の一般にしかりとの御忠告屢々山人が木耳に入る所なり」とあるように、この記号は山田美妙のみならず、硯友社員の著作に多用された。紅葉は『文盲手引草』（明治二十二年）を「……」の説明で始めているが、その中に次の一節がある。

　おつりきな符牒がなくツちや了解（わか）らねエといふなア畢竟作者が未熟からの事よそれだからといひかけると側（はた）から娘が《おじいさんもウ沢山あとは……にしておいてください》

三四　**夏木立**（八三頁注二三）　短編集『夏木立』は明治二十一年八月、金港堂刊。『籠の俘囚（とりこ）』『玉屋の塵（みせ）』『花の茨、茨の花』『柿山伏』『仇を恩』『武蔵野』の六編を収める。言文一致体小説のいち早い試みであり、たとえば『武蔵野』には次のような特徴的な表現が見られる。「夜は根城を明渡した。竹藪に伏勢を張ツて居る村雀はあらたに軍議を開初め、闇の隙間から斫（きり）込んで来る暁の光は次第に四方の闇を追退け、遠山の角には茜の幕がわたり、遠近（をちこち）の渓間からは朝雲の狼烟（のろし）が立昇る」「世にいぢらしい物は幾許（いくら）もあるが、愁歎の玉子ほどいぢらしい物はない。既に愁歎と事がきまればいくらか愁歎に区域が出来るが、まだ正真の愁歎が立起らぬ其前に、今にそれが起るだらうと想像するほど否（いや）に胸ぐるしいものはない。此様な時には涙などもあながち出るとも決ッて居ず、時には自身の想像でわざと涙をもよほしながら（決して心でそれを好むのではないが）なほ涙が出ることを愁歎の種として色々に心をくるしめることが有る。／だから母は不動明王と睨めくらで、経文が一句、妄想が一段、経文と妄想とがミドローシアンを争つて居る」。このように、擬人法や、理屈っぽい言い回し、また「……」を多用した会話などの特徴を踏まえて「夏木立の後編」と言ったのである。

三五　**タカノコモコー**……（八五頁注二二）　当時の硯友社の様子を描いた泉鏡花『薄紅梅』（昭和十二年）に、依田学海がはじめて硯友社を訪れる次のような場面がある。

「頼まう！」

人の気勢もない。

「頼まう。」

途端に奇なる声あり。

「ダカレケダカ、ダカレケダカ。」

（中略）

「頼まう。」

「そいつも、一つ、タカノコモコ、と願ひたいよ。……何しろ、米八、仇吉の声ぢやないな。」

三六　**二十字までは十五銭**（八五頁注二三）　明治政府は明治十八年に電報料金の国内均一制を導入し、十字以内の場合、市内五銭、内地相互間十五銭とした。なお『我楽多文庫』第一号に「広告案文潤筆直段」として「一字より百字まで　金十五銭」とあるが、文脈から見て電報料金と考えられる。

三七　**真白に細き手を**……（八六頁注一）　硯友社における素人芝居の一こまと考えられる。『南総里見八犬伝』の雛衣・大角を素材にした歌舞伎に天保七年（一八三六）初演の『花魁莟八総（はなのあにつぼみのやつふさ）』があるが、ここは硯友社独自の脚色と思われる。江見水蔭『硯友社と紅葉』（昭和二年）の「硯友社と文士劇」に次のような一節がある。

演劇改良の声が漸く高まりかけた明治二十三年の正月、硯友社は、初めて文士劇を実演した。それまでに各所で素人芝居が開演されぬでは無かつたが、たとへそれは遊戯的に終つたとしても、兎に角文士が揃つて新作の脚本を上演したといふ事は、当時に於て一大驚異で有つたのだ。……けれども昔からの型の有る物をやつては、到底団十郎、菊五郎には及ばないから、新作物で競争しやうといふ鼻息、それで、先づ紅葉が提案したのが『八犬伝』で、常磐津の富山の段を、馬琴の名文を多く取入れて、別に又新らしく書けといふので有つた。

今のやうに現代語に訳すといふ智慧も勇気も出ず、いくら新らしく書いても、馬琴の名文は動かしやうが無いので有つたが、扨て脚本が出来上つて見ると、伏姫の小波は納まつたが（大助は自分）犬の八房に成る思案が納まらない。人を馬鹿にしてゐる。俺を犬にするとは怪しからん。好し、それなら俺の方にも考へがある。犬を飽くまで写実で行つて、伏姫の膝に鼻を擦りつけたり、チン〳〵もすれば、お預けもする、といふ大変物騒な事に成つて来た。

一方には又、石橋の八ッ房も好いが、あんな大きな頭の犬が。何国（どこ）に有るといふ異論も出て、到頭『八犬伝』はお蔵と成つた。

三八　**喃**（八六頁注一二）　斎藤緑雨「小説評註」（明治二十三年）に「喃とは我より彼を呼かける義なり其原（もと）は八犬伝の喃角太ぬしと云るより出づ雛衣は喃の発売本舗にて」とある。

三九　**文学座の新駒**（八七頁注三二）　内田不知庵書簡中の尾崎紅葉『社幹美妙斎著夏木立の評判』（明治二十一年）に、「多病なる才子美妙大人の健康を祈り併せて小説界の新駒に蕪言を呈せし罪を江湖の貴婦人令嬢に謝す」という「夏木立」評の一節が紹介されている。四世中村福助は当時「新駒」「新駒屋」と呼ばれ、美形の女形として、とりわけ女性たちに評判だった。明治二十二年十月千歳座の「太功記」をめぐって、同月十七日付

『東京朝日新聞』に左の文章がある。

「おとよちやん、お前は大層源平を贔屓におしだが、マア福ちやんの重太郎を見て御覧よ。」「オヤおかくちやん、お前は福助をちやん付にして、源平さんを呼捨におしだねへ。」「そりやア知れた事さ。新駒は大芝居、紀の国屋は鈍帳だもの、其位の段は付ても宜(い)のさ。」

尾崎紅葉『風流京人形』(明治二十一―二十二年)にも「《アヽ見てよ……見てよ……実に好男子ネ》……《マア御存じないノ。〇〇学校の新駒》」とあるほか、紅葉作品には度々中村福助への言及がある。また、文学界を芝居に見立てる言い方には、紅葉『是は近頃大評判の雑誌』(明治二十一年)に「学界居士といへば今小説座の団洲とも謂ふ可き人なり」などの例がある。

四〇　薩摩の書生羽織(八七頁注三六)　石井研堂『明治事物起原』(増補改訂版、昭和十九年)に次の記事がある。

明治五年版〔新聞雑誌〕第七十号に、都下の異風変態を図し、『散髪(ザンギリ)ニテ書生羽織ヲ着ス』の挿絵あり。殆ど袴の裾と同長にて、足の甲の隠るゝ程長き羽織を示せり。〔年表〕近き頃世に行はれし物の中に、『外套(はをり)長きを好み用ふ』と挙げたるによく合へり。

明治七年刊〔東京膝栗毛〕に、『道路小石を敷詰めて書生衆の帯取肌かの長羽織も、裾引するに、犬の糞のうれひなく』と云ふも、書生の長羽織をうたへるなり。十年版〔京都明治新誌〕にも『絡繹肩摩、長掛(ながはおり)、倒頓(まちなか)を穿つ者有り』と、明治初期の長羽織を挙ぐるを見る。

明治二十九年ごろの書生羽織と云へば、たけは普通となりて、黒木綿を多とし、その代り、白紐の長きこと、普通の二、三倍もあり、頸に引かけて歩き居る者を沢山見かけたり。

江見水蔭『硯友社と紅葉』(昭和二年)に、明治二十六年の吉野旅行のさまを写して「何処までも書生流が好いと云ふので、四人とも揃ひの大黒帽に薩摩飛白(さつまがすり)の書生羽織……」とあり、京都で撮影した書生羽織姿の写真を掲げている。

書生羽織を着た硯友社同人：右から渡部(大橋)乙羽，中村花痩，尾崎紅葉，江見水蔭，巌谷小波
(江見水蔭『硯友社と紅葉』改造社，昭和２年)

四一　思入れあつて……トヾ(八八頁注九)　このあたり全体に芝居に縁のあるやりとりが続く。「思入れあつて……トヾ」という言い回しも、歌舞伎のト書き特有の表現を踏まえている。たとえば河竹默阿弥『蔦紅葉宇都谷峠』(安政三年初演)には次のような一節がある(引用は『名作歌舞伎全集』による)。

もし十兵衛様、旦那様。(ト向うへ思入れあって)あ、もうおいでなされたようだ。(ト思入れあって)人の心は知れないものだ。……夜明けぬうちにすこしも早く、道を急いで、おゝそうじゃ。

ト時の鐘、山おろし。すこし凄みの合方になり、文弥上手へ行きかゝる。十兵衛うしろより脇差を抜き、切ろうとして悪いという思入れ二、三度あって、結局（とゞ）うしろから思いきって一刀あびせる。

四一　**生を人間にうけた時**（八八頁注一四）　一般に、仏教の輪廻転生説では、生あるものは解脱しないかぎり六道を輪廻しながら生まれ変わるとされる。六道は、十界の一部にあたり、十界は、地獄・餓鬼・畜生・阿修羅・人間・天上・声聞・縁覚・菩薩・仏の各界を指す。このうち地獄・餓鬼・畜生の三界を「三悪道」、阿修羅・人間・天上の三界を「三善道」と言い、併せて「六道」と言う。生あるものは、この六道を輪廻転生しながら、業（ごう）すなわち前世における善悪の行いに従って、いずれかの界に生を享（う）けて生まれることになる。したがって、人間界に生まれたのもまた、そうした輪廻の一つの過程にほかならない。

四二　**人情を写す**（八九頁注二〇）　硯友社の文学活動はことに初期において遊戯的気分が横溢していたが、一方では、坪内逍遙『小説神髄』（明治十八年）を通じて近代的な小説観にも触れていた。「人情を写す」という語は、『小説神髄』「小説の変遷」に「小説すなはちノベルに至りては之れと異なり、世の人情と風俗をば写すを以て主脳となし、平常世間にあるべきやうなる事柄をもて材料として而して趣向を設くるものなり」とあるように、近代小説はリアルな人間の情を写実的に写し出すという主張を踏まえていると考えられる。

『紅子戯語』に「微妙な処を写す」（八九頁五行）とあるのも、『小説神髄』「小説の主眼」に「小説の主脳は人情なり、世態風俗これに次ぐ。人情とはいかなるものをいふや。曰く、人情とは人間の情慾にて、所謂百八煩悩是れなり」「此人情の奥を穿ちて、賢人、君子はさらなり、老若男女、善悪正邪の心の中の内幕をば洩す所なく描きいだして周密精到、人情を灼然として見えしむるを我が小説家の務めとはするなり。……稗官者流は心理学者のごとし。宜しく心理学の道理に基づき、其人物をば仮作（つく）るべきなり」などの主張を踏まえていると考えられる。

四四　**一とせ芳野へ……**（八九頁注三〇）　八九頁注三一に示したように「これは〳〵」以下が安原貞室の句を踏まえることを考えれば、「一とせ芳野へいったとき」以下は、譬え話と考えられる。紅葉は明治二十六年に実際に吉野に行っており、この時の様子は江見水蔭『硯友社と紅葉』（昭和二年）にくわしいが、この折に詠んだ句について紅葉は明治二十六年五月八日付『読売新聞』に左のような文章を掲げている。

旅の記（其六）

霞の奥は知らねども見ゆる限りは桜なりけりとは歌人の嘘、春入二桜花一満山白とは詩客の嘘、居ながら知りし名所は嘘の嘘。一見は百聞に如かず、名物にうまき物無し。

夢に見し吉野は花の名所哉

右の文章からも、明治二十年以前に紅葉が吉野に行った経験はなかったとみてよい。

四五　**肉美的の愛・心美的の愛**（八九頁注四〇）　後藤宙外・伊原青々園編『唾玉集』（明治三十九年）所収の紅葉談話「恋愛問答」中に、左の発言がある（談話は明治三十一年時点のもの）。

紅葉氏曰。過般米坡〔校注者注、千歳米坡〕と此処（明進軒）へ来て恋愛論をしたんだが彼れの説は全で正太夫〔校注者注、斎藤緑雨〕のと同じことだ。詰り恋愛は肉交に外ならず、と云ふんだね、私は爾（さう）ぢやない、精神的の愛がなくッちや、恋愛は成立たないと云ッたんだが、彼れは恋愛は閨房の外（ほか）に出ないと云つてる。彼れは学問もないし、趣味も低いから、優美な、微妙な、精神的の愛などを解し得ないんだね。詰り頭が悪い、且つその境遇の然らしむる所なんだ。私などの議論は経験に乏しい、書生論で、からもう若くッて相手にならんと云ふんだ。其れア男の数に触れた事や何かは、我々は及ばないは勿論だが、彼れは到底高尚な恋愛の味は知らんのだね。……真実（ほんたう）の恋愛は肉交なしには成立たないけれども、肉交三分で、精神七分だらう。否肉交一分で九分通りは精神かもしれない。

この談話にも現れているように、明治二十年代には、プラトニズムなどの西洋思想や芸術の影響下で、知識人を中心に、性欲と不可分な旧来の恋愛観から、より精神的な恋愛観への推移が見られた。中江兆民は『理学鉤玄』(明治十九年)で、プラトンの恋愛観に関して次のように言う。

愛モ亦二有リ一ハ肉体ノ愛ニシテ一切五官ノ接触スル処ノ実質ニ係ル者ニシテ前ニ挙グル所ノ精神ノ機能中情慾ノ出ダス所ナリ一ハ虚霊ノ愛(アムール、イデアール)ニシテ至善ヲ愛シ至美ヲ愛シ至真ヲ愛スルノ謂ニシテ精神ノ機能中智慧ノ出ダス所ナリ蓋シ肉体ノ愛ヨリ漸次ニ進ミテ虚霊ノ愛ニ入ルコトモ亦猶ホ前ニ挙グル所ノ俗見(オピニヨン)ヨリ漸次ニ進ミテ真識ニ入ルガ如シ故ニ肉体ノ愛ハ之ヲ名ケテ下界色身の愛(アムール、デユ、モンド、テレストル)ト曰ヒ虚霊ノ愛ハ之ヲ名ケテ天堂智慧ノ愛ト曰フ

このような流れの上に、明治二十年代後半における北村透谷の精神至上的な恋愛観が位置することになる。

四六　**劇雅堂**(九一頁注一七)　松岡緑芽について、尾崎紅葉『硯友社の沿革』(明治三十四年)には「此写本の挿絵を担当した画家は二人で、一人は積翠(工学士大沢三之介君)一人は緑芽(法学士松岡鉦吉君)積翠は鉛筆画が得意で、水彩風のも画き、器用で日本画も遣つた、緑芽は容斎風を善く画いたが、素人画ではないのでありました」とあり、丸岡九華『硯友社文学運動の追憶』(大正十四―十五年)には「劇雅堂主人とは、即ち松岡緑芽君にして、当時予備門の同窓生にして、常に画を以て称せられ、この八巻中にも時々彩筆を揮ひたり」とある。また鶯亭金升『明治のおもかげ』(昭和二十八年)中の「劇雅堂」には、次のような記述がある。

下谷の松岡緑堂画伯の子息緑芽は、芝居が好きで劇画を得意としたので「劇雅堂」と号したが、画は道楽に描き、法学を表芸として判事になつた。五代目菊五郎が『加賀鳶』の狂言に死神を出す時、緑芽の工夫した死神の画に依つて扮装を決めた事もあり、劇道には貢献した。

鳥居清忠画伯は「二代目劇雅堂」と号し、商売人が素人の二代目を継いだのは面白い。併し松岡判事は素人ではなく立派な画伯であるが画家振らなかつた。静岡地方裁判所に勤め同地で終つたが、或人氏の画を見て「判事さんは立派な画を描く」と驚嘆したさうな。東京では「画家が判事になつた」と噂していた。

ただし、内田魯庵『思ひ出す人々』(大正十四年)には「緑芽も亦硯友社員で当時は仏法科の学生であつた。卒業後間もなく、千葉の裁判所に在任中早世して余り現れなかつたが、画才があつてキヤリケーチユアに長じていた」とあり、千葉を終焉の地としている。また石橋思案「思案日記抄」(『明治文学』昭和八年)中の明治二十九年五月二十六日付日記に「何年振リニテ松岡緑芽ニ面会シタリキ」とあり、丸岡九華『紅葉山人追憶録』(明治三十六年十二月)には「今は亡られたが松岡緑芽と云ふ人があつて」とあるので、この間に没したことになる。

四七　**我楽多の表紙**(九一頁注一九)　『我楽多文庫』(活版公売本)は第十号(明治二十一年十一月)から体裁を一新して刊行された。尾崎紅葉『硯友社の沿革』(明治三十四年)には「拾号からは又大いに躰裁を改めて(十月廿五日出版)頁数を倍にして、別表紙を附けて、別摺(べつずり)の挿絵を二枚入れて定価を十銭に上げました。表紙は朱摺(しゅずり)の古作者印譜の模様で、形は四六倍、然(さ)して紙数は無かつたけれど、素人の手拵(てごしらえ)にした物としては、頗る上出来で、好雑誌と云ふ評が有つたので、是が我楽多文庫の第四期です」と記されている。また『出版月評』第十五号(明治二十一年十月)には「あらすさまじの体裁改良」の見出しで、硯友社による広告が掲げられている。

『我楽多文庫』第10号表紙

四八　**チヤリネ曲馬団**(九二頁注三)　海外の曲馬団は、幕末以来何度か来日している。明治四年には東京九段の招魂社で、フランスのスリエ曲馬団

が初めて洋風の曲馬を演じたが、大規模な曲馬団の来日は明治十九年のチャリネ曲馬団が最初であり、秋葉原にテント掛けして大人気を博した。チャリネ曲馬団はその後も来日している。『都の花』第五十八号（明治二十四年三月）には次のような記事がある。

明治十九年の夏より十一月迄、伊太利人ジー、チャリネといふ曲馬師が、男女二十余人と芸人と、外に黒人と支那人二十余人に、馬は固より、虎・獅子・象・駝鳥・猿などを携へ、神田秋葉原の興行に、大入り繁昌を占めた。其後このチャリネ程の評判は無かつた。

また内田魯庵は『明治以降――『見せ物』の変遷』（大正十二年）でその様子を次のように伝えている。

何と云つても日本へ来た外国興行師の中で一番目鮮しかつたのは伊太利のチャリネの大曲馬だつた。到着前から宣伝も極めて巧妙であつたが、実際に規模が大掛りで小屋掛けその他の設備が善美を尽し、テント張りと云ひながら如何にも清潔で当時の大劇場よりも却て気持が宜く、その上に技芸は堂に入つたもので、汗を流すやうな離れ業が少しも危け気なく面白く見られ、シカモ日本の見世物のやうに野卑な鳴物や口上が無く、監督の座長は燕尾服で態度が極めて紳士的で鷹揚で、出場の演技者の衣裳は何れもキラ〳〵と眩しいやうに美しく、殊に馬匹が日本の曲馬のやうに惻隠の感を抱かせる老馬でなく、筋骨逞しい肥大の駿足を乗りこなして精妙な技術を示すのだから、丁度羅馬史の武技の試合の挿画を目のあたりに彷彿する心地がして忽ち万都の人気を湧かした。

且、一つはその頃は外国の勝れた技芸者が滅多に来なかつたからであらうが、チャリネの本国の声誉も高かつたものと見えて東京の外交団を初め京浜の在留外国人が奮つて毎日見物に来た。テントの周囲は馬車で一杯だった。

依田学海も明治十九年九月七日付の日記で「その場、帳幕をもて作りかまへて、帳中に大円場を開き、はじめ曲馬の戯あり」以下、その様子を詳細に伝えている。十一月一日には明治天皇・皇后も観覧した。

揚州周延画「チャリネ大曲場御遊覧ノ図」
（部分．明治19年，国立劇場蔵）

四九　**蘇東坡が洞簫をきく**（九三頁注一九）　蘇軾「赤壁賦」に次の一節がある（近藤光男『蘇軾』〈漢詩選11、平成八年、集英社〉に基づく）。

客有吹洞簫者、倚歌而和之。其声嗚嗚然、如怨如慕、如泣如訴。余音嫋嫋、不絶如縷、舞幽壑之潜蛟、泣孤舟之嫠婦。蘇子愀然、正襟危坐、而問客曰、何為其然也。

客に洞簫を吹く者有り。歌に倚《よ》りて之に和す。其の声嗚嗚然《おおぜん》として、怨むが如く慕ふが如く、泣くが如く訴ふるが如く、余音嫋嫋《じょうじょう》として、絶えざること縷《る》の如し。幽壑《ゆうがく》の潜蛟を舞はしめ、孤舟の嫠《り》婦《ふ》を泣かしむ。蘇子愀然《しょうぜん》として襟を正し、危坐して客に問うて曰く、「何為《なん》れぞ其れ然るや」と。

五〇　**黄金**（九四頁注五）　明治二十一年十一月頃、森田思軒と須藤南翠が文芸雑誌『黄金』の発刊を計画し、『以良都女』にも広告が載った。巌谷小波日記『戊子日録』明治二十一年十一月八日に「帰塾すれば南翠子ヨリ小説萃錦と書状来り「黄金」発行加盟の依頼書なり」とあり、翌九日には「登校前紅葉ヲ訪フ　同人の元へも南翠の書状来れりとぞ　又今朝　南翠へ返事辞退の件」とある。

五一　そしろが笑ふが(九五頁注二三)　明治二十年前後の流行歌「縁かいな」の中に「人が誘(そし)ろが、笑はうが／互ひの心相性と／三世相にもかいてある／二世をちぎりの、縁かいな」という歌詞がある。添田唖蟬坊・添田知道『流行歌・明治大正史』(昭和八年)には「「縁かいな」も明治前のものであるが、此頃徳永里朝がうたつて改めて流行を生じ、其後幾度か作替が出来て長くその命脈を保つてゐる」とある。

五二　小説宗(九五頁注二五)　小説創作の道を宗教に譬える発想は『紅子戯語』の翌年に書かれた斎藤緑雨の『小説八宗』(明治二十二年)にもみられる。ここで緑雨は同時代の主要な小説家六名を取り上げ、それぞれを各宗派に見立てた(本来八名となるはずだったが、六名でうち切られた)。取りあげられているのは、おぼろ宗(坪内逍遙)、二葉宗(二葉亭四迷)、篁村宗(饗庭篁村)、美妙宗(山田美妙)、紅葉宗(尾崎紅葉)、思軒宗(森田思軒)で、このうち紅葉については左のように記している。

硯友大師の縄張内に在て一段逞しきを紅葉宗と云ふ紅葉はもみぢなりもみぢの錦神のまに〳〵この宗神仏混淆と見る雅俗折衷と云ふも蓋し所以あるなり……西鶴と称する尊像を安置し省筆々々とやたら無精勝に世を送るなり少々は俗物に解せざるも雅客には矢張通ぜざる程を上加減とす是雅俗折衷の本旨にして容易に内兜を見透されぬ法なり……兎角この宗はインキの高下に拘らず節倹を旨とし言ひたきこと半分で見合せて然かも腹の減らぬ宗旨なり二月の花よりもくれなゐと云へば節倹或ひは吝嗇なるやも知る可からずこの宗子飼の納所ひとりあり悪太郎と呼ぶ中々まめなる奴なり

五三　束髪(九五頁注三二)　髪をひとまとめに束ねる形に特徴があり、ことに女学生などに好まれた。西洋上げ巻、英吉利結び、まがれいとなど、いくつかの型がある。明治十八年には「日本女子束髪会」が発足している。同年九月三日付『朝野新聞』は「発起者の一人なる石川氏の居宅番町辺にては、束髪会を賛成し西洋風に改むる者多く、また弊社員堀口昇の妻女もつとにこれを賛成し、去月二十日より英吉利結(イギリスゆい)に改めしかば、同人の知己には束髪に改良したる婦人多しと云ふ。中にも感心なるは今川小路十六番地に住む女髪結古沢タキにて、早くも日本婦人の束髪は衛生に害あり、かつ不経済にて便利悪しく、到底長く存在すべからざるを悟り、日夜西洋結髪の方法を学び、昨今大いに上達し、上巻(あげまき)にても英吉利結にても差閊(さしつかえ)なく結び得るより、諸方の開化婦人より依頼を受け、日々忙しくよほどの利益もあるとの事、何事にまれ社会の風潮に乗じ便利の道を就かざるは、害ありて益なきことと申すべし」と報じている。二葉亭四迷『浮雲』第二回には、お勢の描写として「英学を初めてからは、悪あがきもまた一段で、襦袢がシャツになれば唐人髷も束髪に化け」とある。また明治二十一年から流行した川上音二郎の「オッペケペー節」には、「おつむは当世の束髪で、言葉は開化の漢語にて、晦日の断り洋犬(かめ)抱いて、不似合だ、およしなさい」という歌詞がある。

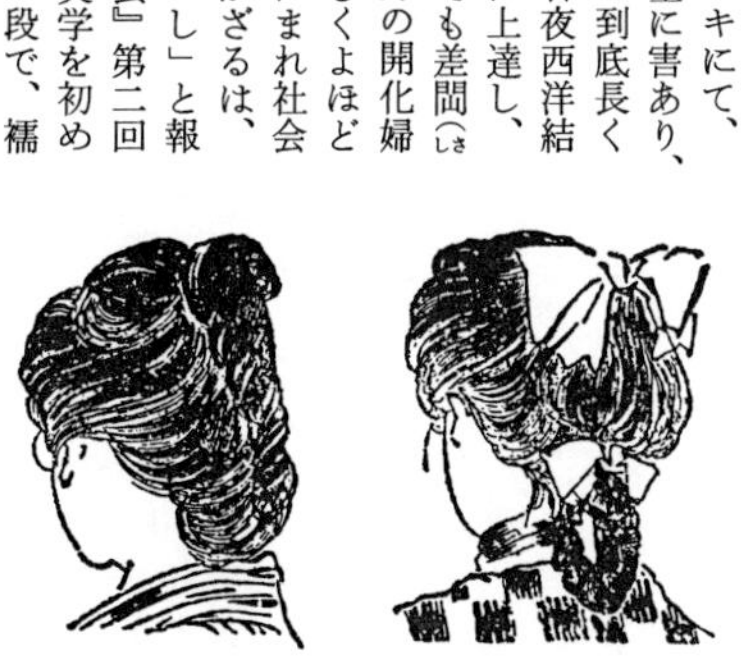

束髪．イギリス結び(右)，まがれいと(左)
(『春山行夫の博物誌Ⅲ　髪』平凡社，平成元年)

五四　奥山(九九頁注一六)　明治二十一年当時、浅草公園地は七区に分けて管轄されており、江戸以来の遊興の地であった奥山はその第五区にあたる。ただし、明治三十年四月の『風俗画報』一三九号に「奥山見世物の名称今も残りて。昔は本堂の後五区の地に於て興行し来りしを、明治十七年公園改正の際。花屋舗を除くの外悉皆六区に移転す」とあるように、明治二十一年当時は、かつての奥山ではなく、第六区にあたる地に移転した後の遊興街を「奥山」と呼んだものと思われる(四四〇頁上段の図版参照)。

五五　決闘状(九九頁注一七)　明治二十一年十二月二十八日付『東京日日新聞』には、壮士が青森県議宛に送った決闘状の内容が掲げられている。まず「決闘状」と前書きし、決闘申込の理由を述べたのち「よりて決闘状、件のごとし」とし、自身の住所・氏名、相手の氏名(敬称つき)を記し、

「浅草公園六区見世物小屋の図」(補注 54)
(『風俗画報』139 号，明治 30 年 4 月)

さらに「二伸　決闘の場所、時刻は、明二十二日午後四時、東津軽郡役所前に待ち受け申し候」とある。「決闘」については補注一五参照。

五六　都ゝ一の欄(九九頁注二〇)　『我楽多文庫』第一号から続いて掲載されていた石橋思案選による「懸賞都々一」は、第十一号をもって終わり、第十二号には「前都々逸撰者　石橋思案」の署名による左のような「都々逸を送る文」が掲げられた。

物の本に。詩は志なりとありて。思ふ所をのべ。都々逸また心意気をひねつて。胸の中を明かにするもの也。されど恋を心にすればにや。淫詞に流れ易く。巴人下里の調といやしまれて。君子の耳にいらず。われこれをかなしみ。そもじが為に文庫に一欄をかりうけ。改良に力を尽して。斯道の全盛を望みしも。石部金太夫等わが心を御すいもじなく。一図一徹に。野郎娼婦のまねびをすと心得。文庫の格をさげ候の。社員の顔にかゝはり候のと。日夜の意見ういぞつらいぞ。いかに都々逸の君。御身一人があるゆへにひと様の名什を傷くるならば罪は深く祟や恐ろし。……心元なけれど。一人旅して。何処の里へなりと身を忍ばし。花さく春を待ちたまへ。縁もあらばそんじよそこに。一猪口微酔の夕。御めもじのふしは。昔馴染のわれなわすれそ

石橋思案には「都々一文学者講義」(『筆と紙』明治二十三年)という戯文があり、その「第一講」で都々逸を定義して、'Dodoitsu' is the science of music, which express a thought of mankind most easily and cheerfully.' と述べている。

五七　警察署御願済(九九頁注二一)　明治政府は明治初年から、言論や風俗に対してさまざまな形での統制を行なった。とりわけ出版メディアに対する統制は厳格であり、かつ、具体的な規制を伴う処分が頻繁に実施された。出版に対する主な法的規制としては、明治二年の「出版条例」(明治八年改正、二十年全面改正)、明治八年の「讒謗律」「新聞紙条例」(明治十六年改正強化、二十年改正)等があり、それらを基準に、新聞・雑誌などのメディアへの強い言論統制を行なった。違法性の判断は一方的なものであり、違反した新聞・雑誌は「発売禁止」「発行禁止」などの処分を受け、著者や発行者らには禁獄(禁固)や罰金の刑が科せられた。学術雑誌を除く雑誌に対する法的規制としては「新聞紙条例」が適用された。明治二十年改正「新聞紙条例」の第一条および第十九条を左に掲げる。

第一条　新聞紙ヲ発行セントスル者ハ発行ノ日ヨリ一週日以前ニ発行地ノ管轄庁(東京ハ警視庁)ヲ経由シテ内務省ニ届出ベシ

第十九条　治安ヲ妨害シ又ハ風俗ヲ壊乱スルモノト認ムル新聞紙ハ内務大臣ニ於テ其発行ヲ禁止シ若クハ停止スルコトヲ得

「警察署御願済」とはこの第一条の規定を踏まえている。

五八　どうせうなら骨ぬきに限る（九九頁注二四）　渡辺実『日本食生活史』（昭和三十九年）によれば、江戸時代の文献に「ほねぬきどぜう」を商う店として挙がっているのは、「浅草片町代地の玉屋甚八の店と浅草花川戸の板倉屋の二軒だけになっている」という。またどじょう鍋の代名詞ともいうべき柳川鍋の発祥については諸説あるが、いずれにせよ、骨抜きどじょうを鍋にしたのが好評だったことから広まったとされる。

五九　進化論（一〇一頁注一八）　明治十年に生物学者エドワード・モース（一八三八－一九二五）が東京大学でダーウィンの進化論を講義したのが日本における進化論導入のはじまりとされる。その後、モースの後任として明治十一年にアーネスト・フェノロサ（一八五三－一九〇八）が来日し、ハーバート・スペンサーの「社会進化論」を講義した。これらの影響下で、知識人の歴史観念は、従来の儒学的な歴史観からいわゆる「進歩史観」へと大きく変わり、進化論的な発想方が広く流行した。内田魯庵は「近時の小説に就て」（『太陽』明治四十年十一月、談話）で、「十九世紀は科学の時代である。科学は実にダーウキンの大旆に乗じて潮の如く押寄せ来り、哲学でも宗教でも政治でも経済でも如何なるものでも進化論の影響を受けざるは無く、且細心精緻なる科学者の研究的態度は有らゆる方面に其勢力を逞うした」と要約している。

歌舞伎座開場の図
（『風俗画報』11 号，明治 22 年 12 月 10 日）

六〇　歌舞伎座（一〇一頁注一九）　ここは、歌舞伎を上演することを主たる目的とする劇場（歌舞伎劇場）の意か。当時の東京の歌舞伎劇場には、市村座、中村座、河原崎座、新富座などがあった。木挽町の歌舞伎座が開場したのは明治二十二年十一月のことであり、この時点ではまだなかったが、二十一年七月には歌舞伎座建築の旨が公表されているから（須田敦夫『日本劇場史の研究』昭和四十一年、相模書房）、やがて完成する近代的歌舞伎劇場の意味を込めたとも考えられる。

六一　春木座（一〇一頁注二〇）　秋庭太郎『東都　明治演劇史』（昭和十二年）には、春木座の鳥熊芝居について次のように記されている。「斯かる徹底した観客優待の芝居は、空前絶後のものであつて、春木座の鳥熊芝居は満都の評判を博し、毎興行とも大入続きの盛況であつた。……特に安値で入費のかからぬ手軽な芝居といふ事が、好評を博した主因であつたと思ふ。……此の鳥熊の春木座は、明治十八年五月から十九年末に跨（またが）つて、非常な勢力を持続して興行し来つたのであるが、……次第に客足が尠（すく）なくなり、二十一年の中頃に熊吉が退いて、遂に此の一座は解散して了（しま）つた」。四四二頁下段の図版参照。

六二　女学雑誌（一〇二頁注一五）　キリスト教精神に基づいて女性の地位や権利の向上をはかり、明治期における女性啓蒙の中心的な位置を担った女性雑誌だが、男性読者も少なくなかった。その性格は、正負両面において主宰者である巌本善治の考え方にかかっていた。巌本は、キリスト教的な「HOME」を理想とする結婚観、家庭観を基盤に封建的な家族制度を批判し、男女平等の視点から「恋愛」を肯定した。しかし他方、「良妻賢母」育成という理念は儒学的な精神とも無縁ではなかった。『女学雑誌』は明治二十三年前後から、北村透谷の「時勢に感あり」（明治二十三年）や「厭世詩家と女性」（明治二十五年）を掲げるなど次第に文芸的な傾向を強め、やがて文芸的な側面が独立する形で、透谷らを中心に明治二十六年に雑誌『文学界』が創刊されることになる。

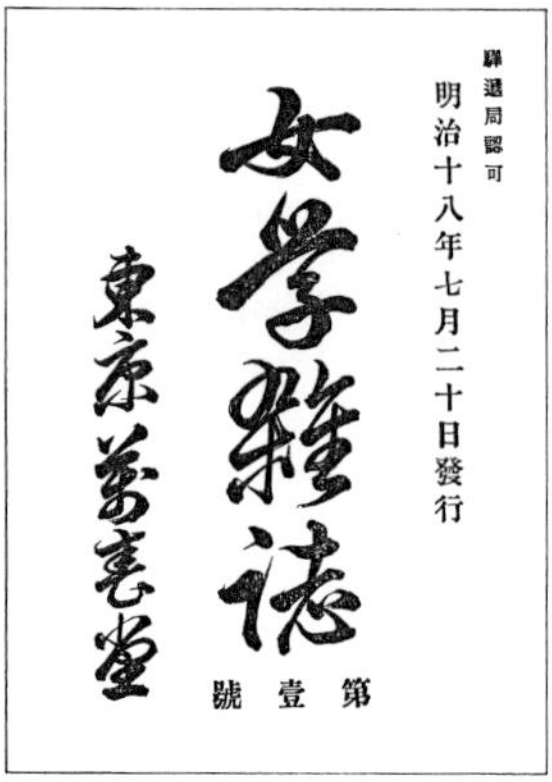

『女学雑誌』第1号
（明治18年7月20日発行）

六三　**あれさおよしよ……ほれてほれられて**（一〇三頁注三二）　「どん／＼節」に「あれさおよしよそりや鑑札だ、ドン／＼見られちや隠した年が無駄 隊長かね、ソカネ ドン／＼……」という歌詞がある（添田啞蟬坊・添田知道『流行歌・明治大正史』昭和八年）。合いの手や囃し言葉を除けば都々逸の形式になる。「どん／＼節」には「惚れて惚れられて 惚れられて惚れて ドン／＼ 惚れて惚れられた 試しやない 隊長かね、ソカネ／＼」という歌詞をもつものもある。

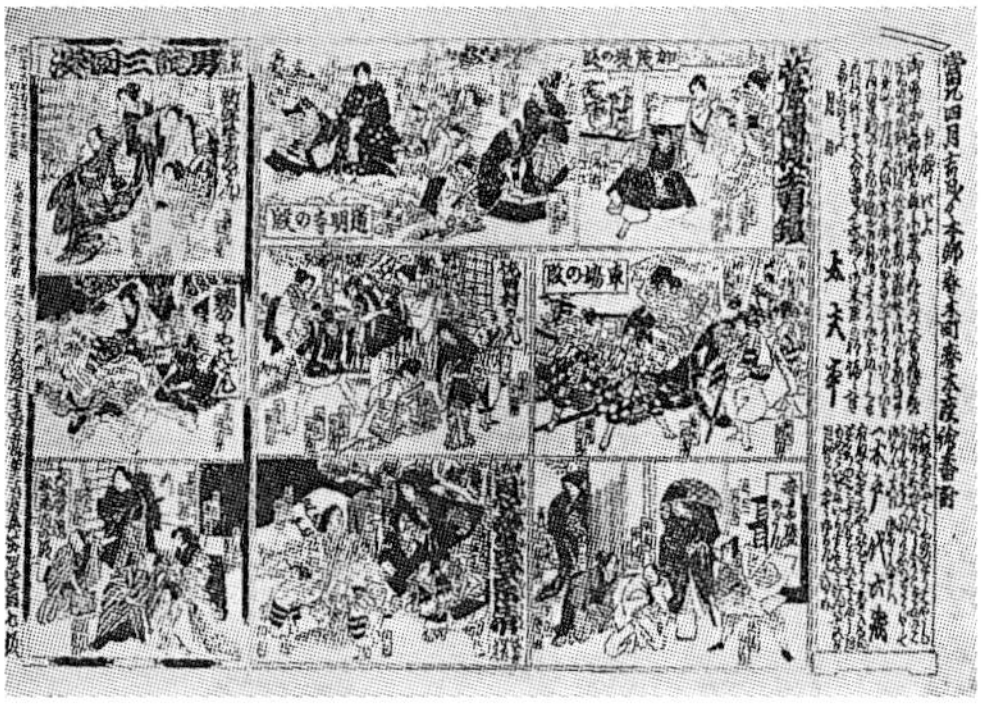
春木座鳥熊芝居第一回興行の絵番付（補注61）
（秋庭太郎『東都 明治演劇史』中西書房，昭和12年）

恋山賤

一　**恋山賤**（一〇七頁注一）　「山がつの垣ほに這へる青つづら人はくれどもことづてもなし」（『古今和歌集』恋四・源寵）、「山賤の住みぬと見ゆるあたりかな冬にあせゆく静原の里」（西行『山家集』雑歌）など、古歌に「山がつ」の用例は多く、山里に対する都人の思いが詠み込まれている。このように「山賤」は「都」と対置されるイメージを負っており、「恋山賤」の表題に託された「山賤」と「恋」との取り合わせの意外性も、都人の視点から山賤の姿を描くという構造を背景にしているとみてよい。

二　**長閑き春は……**（一〇七頁注二）　この一節をはじめとする春の情景描写には、たとえば「山里は春のあそびのはてぞなきすそのすみれ峰の早蕨」（木下幸文『亮々遺稿』春之部）などにつながる古典的な「雅」のイメージが強い。以下、桜、雉子、山鳥、菫、蕨、椿、蝶、鶯など、「春」の歌語もしくは季語、古典的な美意識に基づく表現が多用されており、山中の景ではありながら、語り手の基本的な立場には古典文学などによって形成されてきた「雅」の美意識が漂う。

三　**蕨とり**（一〇七頁注一一）　『風俗画報』四三二号（明治四十五年五月）に「蕨取り」の小見出しで「春の気候温暖なるに乗じ。弁当持ちの村女等熱心に山又山を跋渉し。沢山に採り大風呂敷に包み。晩景に背負ひて帰るあり。又日曜などには佳人淑女等空しく家に居るを欲せず。一時凌ぎの昼食として菓子等を携へ。近山に出て小風呂敷に少し許り採り。数時間を費して帰宅するもあり」（佐藤一林「甲斐風俗所見 其七」）とある。『恋山賤』一一二頁二行目にも「小風呂敷は破裂るほど膨れかへる実入に」とあるように、『恋山賤』に描かれるのは、まさに「佳人淑女」の蕨採りの景である。ただし『風俗画報』の記事が山梨県の風俗であるのに対し、一方、平出鏗二郎『東京風俗志』下巻（明治三十五年）には「摘草」として、「山に遠ければ山の遊びなし、近く蕨の生ふる野辺もなければ、蕨採の興も、大宮辺までは出かけざるべからず」と記されている。徳富蘆花『不如帰』（初版単行本、明治三十三年）には、主人公である武男と浪子が新婚間もなく伊香保で「蕨狩」をする次のような場面がある。

此処等あたりは一面の草原なれば、春の頃は野焼の痕（あと）の黒める土より、さまぐの草萱萩桔梗女郎花の若芽など、生え出でゝ毛氈を敷けるが如く、美しき草花其間に咲き乱れ、綿帽子着た銭巻（ぜんまい）、ひよろりとした蕨、此処も其処もたちて、一たび此処に下り立たば春の日の永きも忘る可き所なり。

武男夫婦は、今日の晴れを蕨狩りすとて、姥の幾と宿の女中を一人つれて、午食後（ひるご）よりここに来つ。

また、「山がつの時ぞともなきすさびにもをりはわすれぬ春の早蕨」（『新続古今和歌集』春上・栄仁親王）など、古歌中に「蕨」と「山がつ」「山人」を取り合わせた歌は少なくない。

蕨とり
（『風俗画報』27号，
明治24年4月）

四　**いかさま……不器量もの**（一〇七頁注一四）　容貌を身分や職業の貴賤と結びつける描き方は同時代の文学作品に一般的にみられる。尾崎紅葉『社員麻渓居士著真美人の評判』（明治二十一年）には「美人は美人らしく形容し下女は下女らしく形容せずばなるまいと考へる」とある。二葉亭四迷『浮雲』（明治二十―二十二年）第一編第一回には、「傍の坐舗（ざしき）の障子がスラリ開いて、年頃十八九の婦人の首、チョンボリとした摘（つまみ）ツ鼻と、日の丸の紋を染抜いたムックリとした頬とで、その持主の身分が知れるといふ奴が、ヌット出る」という下女の描写がある。

五　天狗（一〇八頁注五）　幼時に天狗にさらわれ、のちに帰還したとされる人物の聞き書きによる記録である平田篤胤『仙境異聞』（文政五年）が示すように、幕末から明治初期にかけて、天狗による神隠しをめぐる信仰はまだ生きていた。だが、このような庶民信仰は近代化による合理的世界観の浸透によって「迷信」とみなされ、明治二十年頃には失われつつあった。三遊亭円朝は『真景累ヶ淵』（明治二十一年刊）の冒頭で次のように語っている。

　今日より怪談のお話を申上げまするが、怪談ばなしと申すは近来大きに廃りまして、余り寄席（せき）で致す者もございません。と申すものは、幽霊と云ふものは無い、全く神経病だと云ふことになりましたから、怪談は開化先生方はお嫌ひなさる事でございます。……狐にばかされるといふ事は有る訳のものでないから、神経病、又天狗に攫はれるといふ事も無いからやつぱり神経病と申して、何でも怖いものは皆神経病におつつけてしまひますが、現在開けたえらい方で、幽霊は必ず無いものと定めても、鼻の先へ怪しいものが出ればアッと云つて臀餅（しりもち）をつくのは、やつぱり神経が些（ち）と怪しいのでございませう。

『恋山賤』一〇八頁一二行目に「虚談（うそ）半分にも」とあるように、天狗についてはすでに半信半疑でありながら、都会暮らしの女たちにとって山中はなお理解を越えた領域であり、同時にそれは、後半の展開の伏線にもなっている。

六　四辺（一一〇頁注八）　漢語・和訓を組み合わせた表記は、近世文学ではむしろ一般的だが、尾崎紅葉は明治二十年代以降もこれを多用した。岡保生は『尾崎紅葉――その基礎的研究――』（昭和二十八年、東京堂）で、『三人妻』（明治二十五年）における紅葉特有の表記として、「四辺（あたり）」「概略（あらまし）」「行（ある）く」「自家（おのれ）」「容色（きりょう）」「有繋（さすが）」「剛（しか）と」「天辺（てっぺん）」「流声（ならうて）」「間（ひま）」「房（へや）」「古来（むかし）」「前面（むこう）」などを挙げている。

七　煙草管（一一一頁注一三）　「煙管」は中国や東南アジアを経て渡来したのち、天正年間（一五七三-九二）頃から日本でも製造されるようになり、明治中期の紙巻煙草（→『紅子戯語』補三〇）の普及まで、代表的な喫煙具となった。煙管は男女ともに用いられたが、紙巻煙草の普及後も、花柳界の女性など一部の例外を除いて、女性は専ら煙管を用いた。尾崎紅葉『二人女房』（明治二十四年）には、嫁して煙草を覚えた姉娘が妹に煙管で煙草を吸ってみせる場面がある。森銑三『明治逸聞史』（昭和四十四年）が明治二十六年の『時事新報』記事として伝えるように、林董主宰の園遊会では二階の一室に数十本の煙管を備えた貴婦人用の喫煙室を設けて好評を博したという。なお、幸田露伴『五重塔』（明治二十四―二十五年）に「肩ぐるみに頭をついと一ッ下げて煙草管を収め、壺屋の煙草入三尺帯にさすがは気早き江戸ッ子気質」とあり、釣紀行『鼠頭魚釣り』（明治三十二年）にも「舟子は聞かざるが如く煙草管啣みて空嘯けり」とあるように、紅葉・露伴は「煙草管」の表記を用いている。ただし紅葉には「銀煙管」（『多情多恨』明治二十九年）という表記もある。

八　まつち（一一一頁注一四）　石井研堂『明治事物起原』（増補改訂版、昭和十九年）によれば、日本におけるマッチ製造は明治八年創立の「新燧社」によって始められ、同十六年には東京市内十数社による摺付木製造組合が結成されるに至っている。また同書に掲げられた統計から、明治十五年前後を境にマッチの輸出が輸入を上回り、やがて輸出産業として急速に発展して行く推移がみてとれる。ただし『日本家庭百科事彙』（明治三十九年、冨山房）には、粗悪品製造によって一旦輸出が減少したのち、品質改良によって「十八年頃より、漸次に昔日の衰況を挽回し、二十三年頃よりは著しく増進」したとある。いずれにせよ『恋山賤』発表時にはマッチは広く一般に普及していたと考えられる。槌田満文『明治大正の新語・流行語』（昭和五十八年）には「早付木」「摺付木」ということばが使われたのは、明治二十年代前半までで、好事家のあいだでマッチ・ペーパーの収集がさかんになった明治三十年代半ばごろには、ほとんど用いられなくなっている。／代わりに「マッチ」という外来語に「燐燧」「木燧」「洋火」などのさまざまな漢語があてられ、結局「燐寸」に定着するにいたった」とある。尾崎紅葉『袖時雨』（明治二十四年）に「鬢黒々とした壮夫の燐枝（まち）

さゝら売りて」の用例があり、泉鏡花『義血俠血』（明治二十七年）には「馭者は言下に莨入（たばこいれ）と燐枝（マッチ）とを手渡して」の例がある。

九　前渡り（一一一頁注二四）　秋山虔編『王朝語辞典』（平成十二年）の「まへわたり」の項（古賀典子執筆）に次のような解説がある。

その地点に立ち止まらずに、その前を通り過ぎること。もともとは何の変哲もない語義だが、恋人や夫に素通りされる女の憤りや悲しみ、あるいは自分の待ちうけている相手を無視して通り過ぎる男の思い、というニュアンスを含む語として定着するのは、『蜻蛉日記』以後のことである。……「前渡り」は『蜻蛉日記』の世界を象徴する語ともなって、ひいては一夫多妻が実情であったこの時代の女たちの苦しみを担う、王朝文学の代表的な語彙となった。

「前渡りせさせたまはぬ世界もやある」（『蜻蛉日記』）、「今日もこの蔀の前渡りしたまふ」（『源氏物語』夕顔）など、王朝文学にその用例は多い。

一〇　鬢（一一三頁注二三）　日本髪は、基本的に髷（まげ・わげ）・鬢（びん）・髱（たぼ）・前髪の各部分から成る。この結髪の形は江戸中期以降に定着したとされるが、女性の髪型は、時代や身分階層、女性の年齢等によっても変化した。ここで娘が結っているのは、江戸時代の早い時期に考案されたとされる島田髷（→『紅子戯語』九五頁注三四）と考えられる。島田髷の系統は、江戸時代から明治時代を通じて、未婚女性や芸妓などによって用いられた。『風俗画報』一五〇号（明治三十年十月）の鷗夢生「婦人の髷」には「島田髷（わげ）」として「唐輪（からわ）より以来髷（わげ）の変遷は多かりしかど、今も尚都鄙を問はず、貴賤の別なく、若き婦人の中に持囃さるゝはこの島田髷なるべし」という記述がある。

一一　自由（一一四頁注三）　明治初期の啓蒙思想や自由民権運動などを介して西欧の「Liberty」「Freedom」の概念が「権利」などの概念とともに導入されることにより、「自由」の語義は大きく変容し、一種の流行語として普及した。ただしそれは翻訳語による抽象名詞としての「自由」の概念であり、他方、思いのまま、という意味の「自由」の用法は、漢語に基づいて古くから用いられている。ここでの用法もそれにあたる。「世を軽く思ひたるくせものにて、よろづ自由にして、おほかた人に従ふといふことなし」（『徒然草』六十段）。「万端思ふまゝといふまでにはいたらぬも大抵は我意を通して、……若い者よりは自由を利かせ」（幸田露伴『辻浄瑠璃』明治二十四年）。

一二　伽羅とも梅花ともいはれず（一一四頁注一三）　尾崎紅葉『紅懐紙』（明治二十二年）に「遊女に馴るゝことを男の花にして、揚屋酒に浸らぬ腸（はらわた）は和（やわら）がずと、伽羅ぷンと香（にほ）ふ間に、十百両消えても」とある。紅葉には『伽羅枕』（明治二十三年）、『伽羅もの語』（明治二十四年）など、題名に「伽羅」を用いた作品もあり、「伽羅」は〈女物語〉の書き手である紅葉にとって、女性美の粋と艶の象徴とも言える。一方、さまざまな香料を調合して練り合わせた練香は、炭火などで焚いて用いるため空薫物（そらだきもの）とも言い、その製法の基本は、梅花・荷葉・菊花などの六種類とされる。紅葉『袖時雨』（明治二十四年）に「梅花薔薇（しやうび）の芳芬（かをり）に鼻を摘（つま）む」のように梅の花の香を指す例もあるが、ここでは「伽羅」と併置されていることから、香の一種と考えるのが自然であろう。

一三　戸長（一一四頁注一七）　明治四年に発布された「戸籍法」に基づき、地方の戸籍管轄のための役職として設定された。翌五年、廃藩置県が行われ、新しい府県制度の下で編成が行われたいわゆる「壬申戸籍」の成立に伴って大区・小区制度が確立され、戸長は小区の戸籍事務だけでなく、中央政府の意思伝達機関として末端行政を担うことになった。小区は、おおむね数町村を合わせて組織され、戸長には庄屋や名主といった地方の有力者が任命されたが、町村が自然発生的な集落単位であったのに対して大小

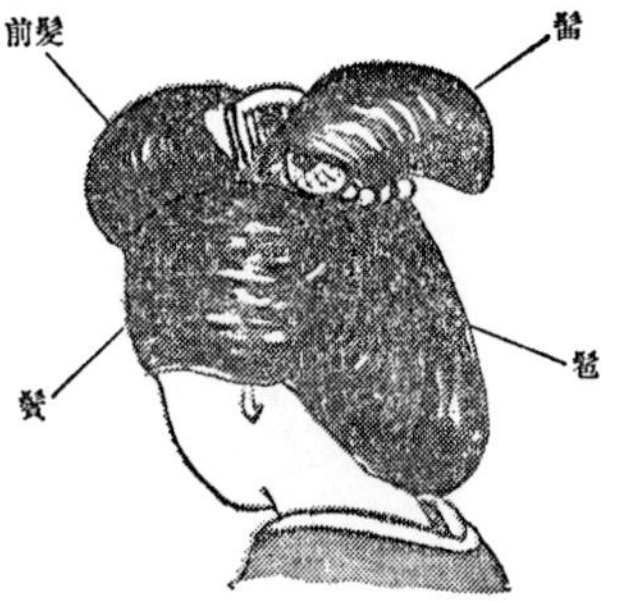

日本髪（丸まげ）の構造
（増田家淳『きものの生活史』新草出版，昭和62年）

区は人為的な単位であり、かつ中央集権的な政治体制下で中央政府の管轄下に置かれた。明治十一年に公布された三新法（郡区町村編制法・府県会規則・地方税規則）によって大区・小区制から郡区町村制に移行することによって戸長は町村の長となり、さらに明治二十二年四月一日の市制・町村制の施行に伴い、戸長制度は廃止された。『恋山賤』初出発表の明治二十二年七月は郡区町村制施行の三か月後にあたるが、作品内容は新制度導入以前が想定されていると考えられる。「戸長様へ東京からの客来」という設定も、戸長と中央とのつながりを思わせる。

一四　**東京土産の錦絵**（一一五頁注二四）　「錦絵」は、江戸中期の浮世絵師鈴木春信が彫師や摺師らとともに技術を開発し商品化したのが始まりとされる。錦のように華麗な色彩を特徴としたため「錦絵」と呼ばれた。江戸を中心に発展したため「江戸絵」「吾嬬《あずま》絵」とも言い、江戸名物の一つとされた。明治維新以降も錦絵は制作され、月岡芳年の「東京自慢十二ヶ月」「風俗三十二相」などの美人画や歴史画、西洋の画法を取り入れた小林清親の風景画をはじめ、役者絵や、戊辰戦争・日清戦争を題材にした戦争画など、さまざまな錦絵が作られた。平出鏗二郎『東京風俗志』下巻（明治三十五年）には東京の土産物として「殊に都下の名産を以て称せらるゝは錦絵とす。錦絵は画題多く高雅を趁《お》ひ、彼の田舎源氏の表紙絵の如き風を尚び、或は古への貴族の生活の有様を写し、或は当今婦女の礼式を描けるもの行はる。美人画もまた多く、一時裸体画の美を唱ふるものありしより、漸くこれに靡かんとせしが、その禁を布かれて頓に廃れたり」とあり、以下、武者絵、俳優の似顔絵などを挙げている。森鷗外『キタ・セクスアリス』（明治四十二年）には明治十年代初頭のこととして「涅麻《くりそ》は絵草紙屋の前に立ち留まつた。おれは西南戦争の錦絵を見てゐると」という一節がある。また服部撫松『東京新繁昌記　後編』（明治十四年）には「勧工場《かんこうば》」（→『二人女房』補一八）の景として「第二区は則ち錦絵類と粧髪具とを併列す。錦絵は旧に仍つて新劇打扮するの俳優肖像多く」（原漢文）と記されている。しかし、銅版画や石版画、あるいは写真の普及などに押されて明治三十年前後を境に錦絵は次第に制作されなくなった。早く『東京新繁昌記　初編』（明治七年）に「写真の都下に行はるや未だ十年を出ず、而して已に錦画と頡頏す」とあり、また『日本家庭百科事彙』（明治三十九年）には錦絵について「明治に入りても、其の流行中々盛んにして、時勢と共に推移して、種々の絵柄を生じ、これを鬻《ひさ》げる所謂絵草紙屋の店頭《みせさき》には、今なほ常に人の群衆せるを見る。されど、其の彩色のみ徒に巧なるのみにて、歌麿、豊国時代の名作は、更に目撃する能はざるが如し」という記述がみられる。一方、明治初期の新聞の発達はニュース性を盛り込んだ「新聞錦絵」を生み、『東京日日新聞』の落合芳幾、『郵便報知新聞』の月岡芳年などが描く新聞錦絵が明治七―十年頃に流行して東京土産とされた。ただし、『恋山賤』の設定はそれ以降のことと思われ、生々しい事件を扱った新聞錦絵とは題材も異なることから、ここでの「東京土産の錦絵」は、絵草紙屋や勧工場などで売られていた、江戸・東京の粋な風俗を描いた美人画と考えられる。

一五　**黄金の指環**（一一六頁注四）　「指輪」は、ポルトガルや中国からの伝来として江戸時代にも広く用いられたが、西洋的な風俗の装身具としての指輪が流行したのは明治十年代に入ってからである。『風俗画報』三九四号（明治四十二年三月）の渡邊天香「指輪の由来」には次のように記されている。

明治十年上野公園で第一回の内国勧業博覧会が開かれた以来、装飾界に大変革を起し、西洋風を崇拝する男女が増加すると共に、指輪の流行を来《きた》し、外国式の廉物《やすもの》の模造より、漸次贋《にせ》宝石入の指輪が盛に行はれ、明治二十年以後は又一変して真珠、ルービー、オーパル等の宝石入り流行し、今日に至つてはダイヤモンド入か美術彫刻を施したものでなくては流行の好みとは言はれぬ状況となつた。尤も純金の指輪を三個も嵌めて居る人もあるが、男子のは三四分より六七分の井戸側多く、女子のは宝石入と彫刻物多し。

尾崎紅葉には、一つの「銀の指輪における二十年の変遷」の物語である『銀』（明治三十年）という短編がある。明治時代、装身具としての指輪は男女を問わず用いられたが、紅葉は『金色夜叉』の富山唯継に三百円のダイヤの指輪をさせており、それ以前にも『三人妻』（明治二十五年）で「お大尽は白檀の床柱にもたれて、大様に頤髯掻きなづる指の金剛石」という姿を描いている。

一六　**唐草の毛彫**（一一六頁注五）　『風俗画報』一七〇号（明治三十一年八月）の花涙生「貴金属及美術袋物類の流行品」は「指輪」の項で、当時の流行として「二重詰めの宝石入、いけ込みの唐草彫、きつたての象眼入、同高彫宝石入頻りに流行す、宝石には、ダイヤ、サミヤ、ルビー、オーパース、エムラール、トパース、シンダイヤ、真珠各種あり、価廉なるは五円位より其最高価は二千円迄」と記している。「いけこみ」は「埋け込み」すなわち、埋め込むこと。尾崎紅葉『銀』（→補一五）の話題の中心である銀の指輪は「二匁五分掛つて、分厚の蒲鉾形で、甲には「松皮菱に蔦」を毛彫にした」ものであった。

一七　**恋**（一一七頁注二〇）　厨川白村は『近代の恋愛観』（大正十年）で、「日本語には英語の「ラブ」に相当する言葉が全く無い。「恋」とか「愛」とか云ふ字では感じがひどくちがう。"I love you" や "Je t'aime" に至つては、何としても之を日本語に訳すことが出来ない。さう云ふ英語や仏蘭西語にある言語感情（ウオルトゲフユウル）が、全く日本語では出ないのである。……言葉が無いのは、それによつて現はさるべき思想が無いからだ」と記している。これはギリシア以来の系譜を引く西欧の恋愛観と日本の伝統的な恋愛観との本質的な差異の確認にほかならない。一方、明治二十年代には、西欧の思想や芸術の影響下で、男女の相互的関係における精神的な恋愛観が次第に浸透しつつあった。ただしそれは一部の知識人に限られたことであり、多くの人々にとっては、性的な関係と未分化な旧来の恋愛観が一般的であったと考えられる。とりわけ、文化的な領域とのへだたりの中で生きてきた山賤にとって、東京の娘の高貴さや身体的な魅力がかきたてる欲求は、対象の人格とは無縁なところで「恋」の思いにつながるのである。『紅葉遺文』（明治四十三年）収録の小説腹案「恋の写真」には「終に添ふ能はざる男の其女の写真焼くとて乾したる内に、風に飛びておのれのと密着して割くべからざるをそのまゝ封じて女の許に送る事」とあり、また「金色夜叉腹案覚書」冒頭には「恋ゆゑの高利貸し」とある。「恋」の概念には、相互的な恋愛関係というよりも「恋フコト」（大槻文彦『言海』明治二十二―二十四年）という語義が端的に示すように、思いかなわぬゆえにつのる恋慕という意味への傾きがあるか。

一八　**死罪**（一一九頁注一一）　一般には死に至らしめる刑罰を総称して言うが、江戸時代の裁判制度では、死をもって罪を購う刑罰に「獄門」「死罪」「磔《はりつけ》」など六段階があった。「獄門」についで重い刑罰である「死罪」は、打ち首の上、家屋敷や家財は没収され、死骸は刀の試し切りに供された。ヨーロッパの法制度を取り入れた明治十三年公布の「刑法」（旧刑法）以降、死刑は絞首刑だけになった。津田真道「死刑論」（『明六雑誌』四十一号、明治八年八月）など訳語としての「死刑」は早くから用いられたが、ヘボン『和英語林集成』第三版（明治十九年）には「Shizai 死罪 n. Capital punishment, execution」とあって「死刑」に相当する項目はなく、また大槻文彦『言海』（明治二十二―二十四年）の「死刑」の項には「死罪ヲミヨ」とあるように、明治期においては「死刑」より「死罪」の語が一般的であったことがうかがえる。

一九　**大赦**（一一九頁注一二）　佐竹昭『古代王権と恩赦』（平成十年）が記すように犯罪者の刑を減免する「赦」の制度は古代以来行われており、改元等に際して天皇の恩恵の一つとして行われた。江戸時代にこの権限は将軍に移行したが、明治時代に再び天皇の権能となり、「大日本帝国憲法」（明治二十二年二月十一日発布）第十六条において「天皇ハ大赦特赦減刑及復権ヲ命ス」として、天皇の大権の下で恩赦令によって行われることが制度化された。そして憲法発布と同日、勅令第十二号によって「大赦令」が公布され、自由民権運動の政治犯らが多数釈放された。北村透谷『楚囚之詩』（明治二十二年）の末尾の一節「遂に余は放《ゆる》されて、／大赦の大慈《めぐみ》を感謝せり」はこれを踏まえるが、同年七月に発表された『恋山賤』にもこの事実が反映していると考えられる。なお、「日本国憲法」（昭和二十一年公布）では恩赦の権限は内閣に移行した。

おぼろ舟

一　**請宿**（一二三頁注二）　『明治二十四年　警視庁事務成績』（『警視庁統計書　明治二十四年』一九九七年、クレス出版）に拠れば、明治二十三年現在東京府では五〇六人。「板面、男女雇人請宿の六字を書して、之を檐端に掲げ以て招牌と為す」（服部撫松『東京新繁昌記』五編「京鴉（けいあん）家 一名雇人請宿」明治七年）。「女の奉公も口多し……雇人受宿もとより誰彼に依怙（えこ）なく雇ふ者雇はるゝ者また始めより相識る者ばかりに限らず其身々々の廻り合せ善きも悪（あし）きも働らきぶりと深切の心一つなり」（饗庭篁村「藪椿」十六、『むら竹』四、明治二十二年）。

請　宿
（平出鏗二郎『東京風俗志』上巻，明治 32 年）

二　**田舎茶屋行**（一二三頁注三）　「芸妓（げいしや）の桂庵を専門にしてゐる者があるので唯の桂庵とは桂庵が違うと云くらゐなものだ。屋根の上にペンキ塗の看板を出して、芸娼妓周旋など書いたのは、田舎行の芸妓（げいしや）を世話するのが主（おも）で」（与屈亭「半玉」『文芸倶楽部』増刊「花柳風俗誌」、明治三十八年七月十五日）。

三　**寸白も血の道も**（一二三頁注七）　「寸白……（二）東京ニ、婦人ノ疝気（センキ）ノ隠語」「疝　大小腸、腰腹ノ辺ノ病ノ泛称。疝気」（大槻文彦『言海』明治二十二―二十四年）。「心配を致しました揚句で母親がキリ〳〵瘕（しやく）が起りまして寸白の様で」（三遊亭円朝『真景累ヶ淵』八十、安政六年作、明治二十一年五月、薫志堂）。「血の道……（二）病気ノ名。多ク婦人ニアル。血ガ騒イデノボセルモノ。＝子宮病」（山田美妙『日本大辞書』明治二十五―二十六年）。血行不順から女性に起こる、頭痛・のぼせ・精神不安定・子宮病など。「此心で嫉くのは一番有害（どく）で、……逆上（のぼせ）で頭痛がするとか血の道が起るとか云ふ事のみで御坐い升」（『真景累ヶ淵』十六）。「忍び〳〵に溜息（ためいき）を吐いて居れば母親が聞咎めて、「阿園、御前血道（ちのみち）でも起ッたかえ」と尋ねる」（山田美妙『ふくさづゝみ』二、『以良都女』五、明治二十年十一月）。

四　**百舌鳥屋**（一二三頁注一〇）　百舌鳥は、秋、縄張りを主張して鋭くけたたましい鳴き声をする。この「百舌鳥屋」にはモデルがあった。尾崎紅葉の『作家苦心談』其四（『新著月刊』明治三十年六月）に、「彼所（あすこ）に百舌屋といふ口入屋のことをかいてある、が是れは見る人が見れば、あゝ彼処の家（うち）か、と直（すぐ）わかる有名な口入屋が浅草辺にありますがね、彼（あ）れが『読売』へ出ると、其処（そこ）の主人が日就社へ人をよこして、如彼（あゝ）いふことを書かれると、世間躰もわるし、公然あゝ云ふやうな家業をしてゐるやうに思はれては、政府に対しても困るから、取消をして呉れと云つて来ましたが、小説は架空なもので、決して取消を出すべき性質のものでない、と能くいつて返したさうです、が其れを心配してそこの主人が病気づいたとか何とかで、社員の方へ手をまはしたりして、取消運動をしたさうですよ」とある。「百舌鳥屋」の名の由来は、「下流で人の媒介（とりもち）

をすることを「雀屋をする」といふ、其れを私は百舌屋ともぢつたのであつた」(同)。

豆腐屋
（平出鏗二郎『東京風俗志』中巻，明治 34 年）

五　豆腐屋の売声（一二三頁注一三）　坪井正五郎「響き言葉」(『東洋学芸雑誌』一〇五、明治二十三年六月)に拠れば、東京では「とーうーい、うあうーい」といふ呼び声だった。また「鐸うち鳴らして売りありくは豆腐屋、富貴豆売、夜鷹蕎麦、新聞の号外売など」(平出鏗二郎『東京風俗志』上巻、明治三十二年)とあるように、鈴を鳴らしたりもした。「声高らかに呼ばはりて振売さへしてありけば、三度の惣菜も坐(ゐ)ながらに調へ得べく」「豆腐の類には、金柑あげ・吉原あげ・つと豆腐・なまあげ・雁もどき・焼岡部など、いろ〳〵あり」(同中巻、明治三十四年)。

六　腰高障子（一二三頁注一四）　「腰を高く三尺ばかり板にて張りたるを腰高障子といひ、納戸又は台所の出口などに多く用ふ」(『日本百科大辞典』五、明治四十四年、三省堂書店)。「腰」は障子の下部のこと。図版参照。

腰高障子
（式亭三馬『浮世床』文化 10 -文政 6 年）

七　鉄道馬車（一二三頁注一七）　東京馬車鉄道会社により、明治十五年六月二十五日、新橋―日本橋間で営業開始。順次線路を延ばし、同年十月二十五日までに日本橋―万世橋、万世橋―上野広小路、上野広小路―浅草広小路、浅草広小路―浅草橋、浅草橋―日本橋が開通(→地図)。各々を一区域とし、その運賃は当初三銭、翌年八月に二銭に値下げ。日本橋から、下谷区・浅草区にかけては環状に通じていた。停車場以外でも乗客が手を上げれば停止し、途中乗車できた。明治十六年上半期の乗客数は一日平均七三八〇人、運転里数九万六十三里三町、鉄線路長のべ七万二千二十八尺、切符売高は五万二千九百二十二円九十銭。線路の約三分の二は複線であった。所要時間は新橋―日本橋十四分、日本橋―万世橋十四分、上野―浅草雷門十八分、雷門―浅草橋十八分、浅草橋―日本橋十四分、各区の停車時間は三―七分。馬匹数は六月末で二六四頭。明治二十一年下半期の場合、一日平均乗客数二万六五五人、運転里数二十万三千六百八十八里三十町十五間、鉄線路長のべ七万七千二十二尺、切符売高八万二千五百二十四円八十三銭。複線は線路の約七割に達した。各区の距離は、新橋―日本橋二十町二十三間余、日本橋―万世橋十五町六間余、万世橋―上野三橋十三町五十二間余、上野三橋―浅草雷門二十二町四十三間余、雷門―浅草橋十八町十二間余、浅草橋―日本橋十八町四十三間余。馬車進行の速度は一時間につき二里(時速八キロメートル)。各区の停車時間は三―七分(馬付け替え共)。馬匹数は十二月末で四四四頭。なお、万世橋―浅草橋(十五町二十間余)もあったが、乗客数が少なかったため、明治二十三年四月に運賃を一銭に低減、やがて明治二十五年に廃止された(『東京市史稿 市街編』六六―八四、昭和四十九―平成五年、東京都)。三谷の家のある瀬戸物町は日本橋に近く、そこから百舌鳥屋に近い浅草橋までは運賃二銭で十四分ほどで到着する。また、お藤の母が三谷を訪ねる場合、下谷西黒門町に近い上野三橋から日本橋まで、運賃は四銭で二十五分位かかる。内田魯庵「二十五年間の文人の社会的地位の進歩」(『太陽』「雄飛二十五年」明治四十五年六月)には、「二十五年前には東京市内には新橋と上野浅草間に鉄道馬車が通じてゐただけで、ノロ〳〵した痩馬のガタクリして行く馬車が非常なる危険として見られて「お婆アさん危いよ、」といふ俗謡が流行(はや)つた」とある。明治三十六年市街電車に取って代わられた。当時の用例を掲げる。「浅草橋より二銭を費して鉄道馬車で爰(ここ＝日本橋品川町辺)へ来たりしなりと知られたり」(饗庭篁村「人の噂」二十一、『むら竹』四。初出『読売新聞』明治十九年七月)。「日本橋辺まで編物に使ふ毛糸を買ひに来たり　立帰らんとする本町通りにて上野の方より来(きた)る鉄道馬車　浅草の方より来ると二輛続けさまに来りしに」(「藪椿」十六。初出、『読売新聞』明治二十年三月)。「一区二銭だから此位(このくらゐ)便利な結構なものは無いが」(三遊亭円遊口演/酒井昇造速記「船徳」二、『百花園』十一号、明治二十二年十月五日)。→『二人女房』三〇九頁注五。

八　**駒下駄**(一二三頁注二四)　駒下駄は、男物では堂島が代表的。

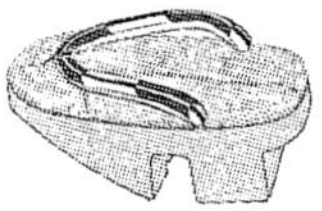

駒下駄
(『風俗画報』170号,
明治31年8月10日)

九　**かめお**(一二三頁注二七)　カメオ(CAMEO)・オールドゴールド(OLD GOLD)ともに、明治二十年頃輸入されたアメリカ製紙巻煙草。カメオはW. Duke Sons社製の十本入り一函六銭で、十本入り一函二銭五厘—三銭(同)のオールドゴールド(W. M. S. KIMBALL社製)やピンヘッド(W. Duke Sons社製)に比べ高級だった(山本笑月「我朝煙草の変遷史」『明治世相百話』昭和十一年、第一書房。『民営時代たばこの意匠』昭和四十九年三月、専売事業協会)。カメオの函に他の安いタバコを入れ見栄を張る話は、斎藤緑雨「ひかへ帳」(『太陽』明治三十一年一月—十二月)七に、「カメオの烟おそろしきまで珍重されしころ、某小説家のいつも其箱をひけらかすに似ず、折々袂(たもと)よりそつと一本づゝ採出すことあるを、某批評家の嘲りて、あゝいふ時は屹度(きつと)ピンヘッドだ」と見える。

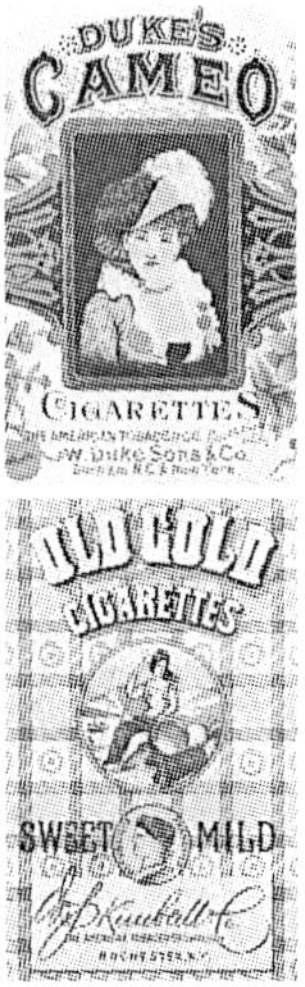

カメオ(上)とオールドゴールド
(『民営時代たばこの意匠』専売事業協会,
昭和49年)

一〇　**蠟寸燐**(一二三頁注二九)　蠟寸燐は、軸木全体が火口となるので消えにくかった。「だれかメッチ〈附木〉を持たねへか　はやく〳〵へトせりたてるにいちざのうちにてろうつけぎをもちたるものやうやくつけぎに火をすりつけ〉」(仮名垣魯文『西洋道中膝栗毛』二編上、明治三年)。「袂から蠟マッチ……を出してチウと遣つて吸付るから」(南新二「閑々亭に雨を避て佳人に会(あふ)」『東京絵入新聞』明治十四年四月一日)。

二　**釦占の深靴**(一二四頁注六)　ボタンで留める、足首まで入る靴(ブーツ)。

ボタン掛けのブーツ
(平出鏗二郎『東京風俗志』中巻,明治34年)

三　**ほやのこはれ**(一二四頁注二八)　「ほや」は「火屋……(二)洋燈(ランプ)ノ上ニ被ヒテ、火ヲ囲ム硝子(ガラス)ノ筒」(『言海』)。和製の火屋はガラスが破損しやすかったため、その回収を業とする者があった。ここでは、それに香水の空瓶を売ったと見たのであろう。「ホヤの毀(こは)れや空瓶を買ひ行(ある)く一人の汚なき老婦が」(「めぐりあひ」『読売新聞』明治二十六年五月三日)。空き瓶の相場はラムネで一銭五厘—三銭、恵比寿ビールは一銭八厘、「硝子の破片(こはれ)」は一貫目(約三・七五(キログラム))につき十一銭(「硝子と空壜」『文芸倶楽部』二巻十五編、明治二十九年十二月)。「或る芸妓(げいしや)が明壜(あきびん)を買(かひ)に来る娘の美しいのを見て　お前こんな事を仕ないでも私の所へお出(いで)　少し骨を折れば立派な芸妓になれるよと深切顔に勧めると　イエ有難うございますがまだ夫程(それほど)は落ぶれませんと娘が答へたので」(饗庭篁村「水の流れ」三、『むら竹』五、明治二十二年)。

香水瓶
(『以良都女』18号,
明治21年12月)

三　**花簪ども**(一二五頁注三五)　「花簪」は娘の挿すもの。「今日のお嬢さまのお服飾(なり)は……薔薇の花搔頭(かんざし)でネ」(『浮雲』第一篇第一回、明治二十年)。「箍輪(たが)が下宿に居る母親(おふくろ)守護の花簪薔薇の香伝ふハンケチの」（饗庭篁村「面目玉」二、『むら竹』十一、明治二十二年、初出は同年四月）。「花簪の虚空に連なりて五人七人組をなし」（幸田露伴『落語 真美人』中の巻上、明治二十三年一月十八日）。「此大島田に折ふしは時好の花簪さしひらめかしてお客を捉らへて」（樋口一葉『にごりえ』五、明治二十八年。若作りのさま）。「簪には種類多く、少女のかざす花簪より島田用・丸髷用に至るまで種類多く」（『東京風俗志』中巻。図版参照）。なお、東京での花簪の元祖「花亀」は、明治十九年大阪から上京して販売、花柳界のお酌が挿し始めたのが最初で、やがて花柳界全体に広まり、山の手の官員のお嬢さん方にも流行。奇麗な縮緬細工だったが、糊づけのつまみ細工だったため壊れやすく売れあしが早かったため、東京市内に二百人の家持職人を抱えるまでになり、最終的には三十万円儲けたという（篠田鉱造「花簪の元祖花亀」『明治百話』昭和六年十月、四条書房）。

一四　歌舞の菩薩（一一二五頁注四五）　芸妓を歌舞の菩薩（極楽で歌舞を演奏し、如来や往生を遂げた人を讃歎する菩薩）に喩えたもの。「伴左「……通ひ曲輪（くるわ）の大門を、はいればたちまち極楽浄土」山三「歌舞の菩薩の君達が妙なる御声音楽は、まことに天女あまくだり、花降かゝる仲の町」」（歌舞伎十八番『鞘当』）。「父の形見の惜しけれど　是を売りて五丁町〔吉原遊郭の意〕へ花を降し誠に天女の天降る極楽浄土と云はせたし」（饗庭篁村「三筋町の通人」七、『むら竹』四、明治二十二年）。

花　簪
（平出鏗二郎『東京風俗志』中巻，明治34年）

花　簪
（石橋思案「京鹿子」『小説群芳』第二，明治23年）

一五　普賢様（一一二五頁注四六）　書写山の性空上人（平安中期の僧）が生身の普賢を見たいと祈ったところ、神崎の遊女の長者を見るがよいとの夢告げがあり、そこに赴いて歌舞する遊女の長者に対し目を閉じて合掌すると、白象に乗った普賢菩薩に見えたとの故事（『古事談』三、『十訓抄』三、『撰集抄』六など。謡曲「江口」では西行が主人公）に拠る。「吉原花（浜辺黒人）西行のおめにかけたき普賢象はなの中よりはでな道中」（大田南畝編『徳和歌後万載集』巻一、天明五年）。

一六　非職（一一二五頁注五〇）　「非職」は明治十八年末から十九年にかけての官制改革で行われ、流行語になった。喩えとしての使用例では、芸妓が猪口の回りの悪い人に対して「お暇らしいから一つ上ませうと云ふ処を非職らしいからお一ッと云ひ……俳優（やくしや）は座の休業中遊んで居る事を非職でございますと云ひ芸妓（げいぎ）がお茶を挽くも当時非職と云ひ」（「流行（はやり）言葉」『読売新聞』明治十九年一月二十二日）や、「眼は当分非職を仰せ付けられて見えもせぬ地面を見つめ……しばらくすると耳はまた非職となり眼は時めきて勇ましげに瞬き二つ三つして」（饗庭篁村「藪椿」二十二、『読売新聞』明治二十年四月一日）などがある。→『二人女房』三二八頁注一二。

一七　栄耀の餅の皮（一一二五頁注五三）　贅沢に慣れると餅の皮までむいて食べるようになる、の意から出た諺。ここでは、自分は芸妓娼妓との色遊びに飽きたのだが、洋服の男の願いに任せ、まだ経験したことのない色ごとをさらに探った、ということ。「面白い事を一度覚えたら夫（それ）を忘れやうとて忘れられぬが普通の人情　だん〳〵栄耀の餅の皮　玉子で巻いた鰻登り」（饗庭篁村「人の噂」八、『むら竹』四、明治二十二年。「玉子で巻いた鰻」も同じ意）。「われは生れて惚れられしといふ事なければ　いかなる味のものか知らねど　決して悪き気分のものにはあるまじと思ふに　栄耀の餅の皮とは貴様のことなり」（続き物「ふうじ文」『読売新聞』明治二十三年二月十七日。醜女に恋文を付けられた美男がそれを引き裂き捨てたことに対する、友人の言）。

一八　井戸端に落ちたりし例（一二六頁注四）　久米仙人が飛行中、吉野川で衣を洗う若い女性の白い脛を見て欲心を起こし、通力を失って落下した話（『今昔物語』巻十一の二十四など）を踏まえる。「洗濯」の連想から「井戸端」と誤ったもの。「久米ノ仙人ハ。大和ノ州上(カミ)ノ郡(コホリ)ノ人ナリ。……アル時虚空ヲ飛行(ヒギヤウ)シテ。故郷ヲトヲリケルニ。河岸ニ窈窕(タヲヤカ)ナル女ノ衣服ヲ洗ケルガ。ソノ足ノ白クウルハシキヲ見テ。タチマチ執著ノ心ヲ生ジ。即時ニ地ニ落テ女ト契ヲムスビ。又人間ノマジハリヲナス……／虎関禅師ノ賛ニイハク。……久米白キ脛(ハギ)ヲ見テ墜(ツ)。故アルカナ。アヽ色ノ人ヲヤブルコト。ツヽシマザルベケンヤト」（田中玄順『本朝列仙伝』巻二「久米仙人」、貞享三年）。「白い臑(すね)見ては通を得し仙人でも雲の台を踏外して落たる話しあり」（幸田露伴『対髑髏』二、明治二十三年一―二月）。

久米仙人
（田中玄順『本朝列仙伝』巻二，貞享3年〈『古典文庫』第341冊，昭和5年〉）

一九　今戸を……（一二八頁注一〇）　「いゝきりやうのふりをして　てめへかゞみをみやアしめへ　てめへがつらはな　ちやうど今戸焼のあねさまといふつらだは」（松風亭如琴『大磯新話 風俗通』四、寛政十二年自序）。「一山二銭の翫物店(おもちやみせ)には。さとり皃(ほが)の達磨。今戸焼のおいらんと膝相摩し」（坪内逍遙『当世書生気質』十一、明治十八年）。「爰(こ)に今戸焼の姉えさんとていと優しき塑像あり　紙のお蒲団の上に坐つて一山百文の正札に客の足ひきもきらず　縁日のお土産之に越したるはあらじ」（花涙生「今戸焼」『風俗画報』一三〇号、明治二十九年十二月十日）。

二〇　目見させ（一二九頁注三二）　近藤忠義「尾崎紅葉論」（『明治文学作家論』上、昭和十八年三月、小学館）は、この口入屋の場面を井原西鶴の『好色五人女』（貞享三年）巻三の一「姿の関守」の模倣と指摘。遊蕩仲間の四天王と呼ばれた男たちが、安井の藤見から帰る京美人を茶屋から眺めて目利きする、という趣向で、最初の女は、口を開いたとき下歯が一本抜けていたのがわかり恋心がさめ、次の女も最後に、片頬に七分あまり（約二センチメートル）の打ち傷の痕があった。三人目は、身なりは悪いが顔は何一つ欠点がなく、思いの種を残した。四人目は身なりも器量も申し分なかったが、子が年子で三人おり、あとから下女に抱かせてきたので大笑いした。最後に通ったのが女主人公（おさん）で、今朝から眺め尽した美人たちもこれに圧倒されるばかりだった、というもの。女性を次々に目利きする点、ちょっと見には美しいが最後に欠点が顕れる点、やがて欠点のない女性が登場する点などが、本作品と共通。近藤説に加えて言えば、藤の長い房をかざすおさんは本作品のヒロインの名「藤」と関わる。なお、「姿の関守」にあるように、「松」と「藤」は縁語（俳諧の付合）。諺「惆悵（嘆き悲しむこと）の藤は松に離れて便りなし」「男は松、女(おな)ごは藤」などもあり、お藤・松本はこれらに拠った擬人名的名前と考えられる。服部撫松『東京新繁昌記』五編「妾宅」（明治七年）に「妾が身、蔦蘿の松梢に纏ふが如し」、饗庭篁村「人の噂」十四（『むら竹』四、明治二十二年）に恋人同士が「手を取ればまた手に縋る　松に葛のまとひては離れがたなき有様なり」とある。蔦蘿・葛もつる草で、藤と同じ意。

また、本作品を『伽羅枕』（明治二十三年）とともに西鶴のスタイルを学んだものとする暉峻康隆「紅葉と西鶴」（『明治大正文学研究』九、昭和二十七年十二月）は、近藤説に加え、『好色一代女』（貞享三年）巻一の「国主の艶妾」を指摘。これは、京都に主君の妾を抱えに来た大名の老臣が、口入屋の世話で「兼て見立し美女を、百七十余見せけれども、ひとりも気に入ざることをなげ」いたが、最後に一代女を目見えさせたところ注文通りだった、という設定。妾候補として多くの女性を目見えさせ、最後に主人公が合格する点で本作品と共通。付言すれば、一代女が連れて行かれたのは浅草の下屋敷で、本作品と場所が類似する。

実際紅葉は、『作家苦心談』(→補四)で「実は始め彼の口入屋の所をかいて見たかつたので、文章はさうでもないが、彼所（あすこ）は西鶴風でやつたつもりなんです。西鶴でもかいたら如彼（あゝ）いふところは面白いでせうがね」と、西鶴との関係を認めている。ただし、明治期でも類似のものはもちろんあった。服部撫松『東京新繁昌記』五編「妾宅」には、「妾を択ぶ者合山（ナコフド）家に到れば、則ち主婆忽ち春檄を四方に飛ばし、須臾にして数処子を引き来る」などと、梅・桜・海棠などに喩えられた妾志願者について叙述され、「或は陋巷の君子花父の為めに愛を売り、或は幽房の隠逸花母の為めに香を鬻ぐ」とある。饗庭篁村「蓮葉娘」三(『むら竹』十七、明治二十三年)では、妾を欲しがる男の邸へ「白粉真白の嫌らしい女を口入が連れて目見に来たところ」の場面がある。

二　評判の玉江(一三一頁注二九)　「評判の俵」とは、赤と黄色の紙で繭のようなものを作り、中に粘土の珠を入れ、箸箱などの上から転ばせて遊ぶ玩具で、江戸後期にできた。「評判の俵〳〵、扇箱でも箸箱でもひよこり〳〵ひよこり、ひよこりの俵が四文」と呼びながら売り歩いたという。山中共古『続砂払』後(岩波文庫版)に、田にし金魚『妓者（げいしや）呼子鳥』(安永六年)の「それにいきなり計（ばか）りしてあるくから、江戸中で今助六と評判のたはらでござる」を引き「評判のたわらとは、此頃ぴよこり〳〵の俵といふ玩具、評判のぴよこり〳〵俵とて売りに来りしより、かく云えることとなり」とある。禽語楼小さん口演/加藤由太郎速記「小夜千鳥」一(『百花園』八十六号、明治二十五年十一月二十日)に、「ヒヨコリ〳〵は俵が四文　此音（これ）はポコリ〳〵と音が為る　色男の処へ来る音だ」とあり、明治でも通用する言葉だった。

三　矢場の姉さん(一三七頁注一八)　「今この楊弓は浅草寺の境内、神明宮の城内、湯島の公園、愛宕の山下等にありて乃ち盛（さかん）ならず衰へず興らず亡びざるの中間にあり……/抑もこの楊弓は遊戯の具にして　大弓のごとく講武を主とするものにあらず　故に各所の店頭には妖粧の婦女、盛飾の阿娘を畜へ　にへ花しぶ茶の饗応（もてなし）にて客を引くの種とす　昼間は店頭寂寥たりといへども　夜に至れば書生も往き職工も往き僧侶商買も亦みな往くを以て雑沓の様いはん計りなし」(多稼の家「楊弓」『風俗画報』一〇二号、明治二十八年十一月十日)。

(「楊弓」『風俗画報』102号, 明治28年11月10日)

「店先に紅粉を装へる怪婦が坐つて、男が通ると遊んでいらつしやい、モシ〳〵貴郎（あなた）よと、頻く呼叫ぶ……素より弓を彎（ひ）からなど丶する者はなく、女を的(まと)としての艶語競べ……余程目の下つた大丈夫な客と見込んだら、直ぐに例の一件に相談を及ぼす……所は自分の家の座敷に引き込む店もあるが、大抵は警官の目が蒼蠅(うるさい)から他の御定まりの家に引張り行く」(「楊弓店」『文芸倶楽部』増刊「花柳風俗誌」、明治三十八年七月十五日)。

三三　**はさみ**(一三七頁注二五)　明治七年頃の相場では、妾の「上等は則ち一月の養金三十円〈三十円以上は則ち概ね絃妓の化物に属す―割注〉中等にして二十乃至拾五円、下等に至ては則ち三円を出でず」(服部撫松『東京新繁昌記』五編「京鴉(けいあん)家」、明治七年)。明治十九年頃の相場は「俄かに下落し上物五六円下物二円五十銭より二円位にて近来にない安値を現し」(「権妻の相場」『読売新聞』明治十九年一月二十二日)た。「下等社会女の内職(つゞき)」(『東京朝日新聞』明治二十三年五月一日)に、両親が旗本だったという十七歳の娘が妾となり、一箇月に二人も三人も旦那を取っている話があるが、その手当ては一人につき七円。周旋屋の世話料が二割五分、従って三人の旦那だと一箇月十五円七十五銭の稼ぎになる。「これといふのも世の中が不景気で貧乏人は年々に貧乏するばかりですからさ」とある。ちなみにこの「下等社会女の内職(つゞき)」では、裏長屋の人妻が夜になると化粧して外出し、一晩五十銭の内職(売春)をする話も紹介されている。また「銷魂録(つゞき)」(『読売新聞』明治二十六年四月八日)では、夫の死後、借金のために高利貸の妾になったお三重(二十一歳)の給金が月四円。

三四　**泥障のゆるみたる二人乗に**……(一三八頁注七)　泥障は人力車の部位で、はねあげる泥が飛び散らないように車輪の上に取り付けたもの。「辻待ちなどには随分小汚い古車も多く」(山本笑月「乗り物の閉口時代」『明治世相百話』昭和十一年)。明治二十年代前半には二人乗の人力車は人気がなくなり、台数も下降していった。明治二十年は東京市内で一人乗一万二〇四一台、二人乗二万三〇三四台だったのが、二十二年には一人乗一万八五六六台、二人乗一万八二一九台で逆転、二十四年になると一人乗二万五四一八台、二人乗一万三九三一台(『明治二十四年　警視庁事務成績』〔→補一二〕)。明治三十五年の東京府下での数は、一人乗四万〇一六一台、二人乗はわずか三一一二台(石井研堂『増補改訂　明治事物起原』明治文化全集別巻、昭和四十四年)。「二人乗の車は明治六七年頃の発明にて　愛婦情郎の相抱て乗る者　親朋義友の相話して乗るもの　皆之を便利とせり　然れども今日にては二人乗車の数次第に減少するの風あり　其原因を繹(たづ)ぬれば　曰く車体の体裁悪きに因る　曰く重量多くして足力(そくりよく)遅きに因る　曰く労力多くして車賃其割合に少し　曰く二人同行の客を待たざるべからず」(大田多稼「人力挽」『風俗画報』一三〇号、明治二十九年十二月十日)。「若い衆さんこう汚い車は往(い)けないヨ　二人乗は困ッちまう　梶棒の反(そつ)た底の深い事　心棒に草鞋が八足半(かたし)ぶら下てるのは御免蒙むろ」(三遊亭円遊口演／酒井昇造速記「成田小僧」『百花園』一号、明治二十二年五月十日)。ここも、流行遅れの古い二人乗の人力車を引く体。

人力車
(『風俗画報』7号，明治 22 年 8 月 10 日)

人力車夫には、零落した士族も多かった。「独り憫むべきは挽夫の境遇なり　其居住する処は横町の裏店(うらだな)にして……一旦病に臥せば一家飢を免れず　彼等の生活亦難からずや……今日は士族の零落せるもの書生の喰外(くひはぐ)れせるものも亦此組合に投ずるもの多し」(大田多稼「人力挽」『風俗画報』一三〇号、明治二十九年十二月十日)。「客待の辻車夫　辻車夫は常に辻に佇み昼夜飛乗りの客を索めて何処へなりとも客人指定の地まで輓行き多くもあらぬ賃金を得て其日暮しの果敢なき生業を営む／……さる筋目正しき歴々の一時落魄して露の宿(やどり)もがなとしばし此社会に身を潜(ひそ)むるもあるべし　浮沈は兎角時の運　賤の緒手巻(をだまき)繰返しなば涙の種も多かるべし」(花涙生「人力車夫の生活」『風俗画報』一三四号、明治三十年二月十日)。一日あたりの収入は通常五六十銭―一円内外、少ない時は十銭足らずで、妻が内職(マッチの箱張り、麻縄綻りなど)する者も多かった(同前)。「私(わし)は今じやア零落(おちぶ)れて裏家住居して、人力を挽く賤しい身の上」(三遊亭円朝『英国孝子之伝』六、明治十八年)。「車夫(くるまひき)にも落ちずして」(饗庭篁村『当世商人気質』巻二の二、明治二十二年)。「今日比較上如何なる無職者にても最も成りて銭の得易きものも亦た恐くは人力車夫なるべし」(天涯茫々生〔横山源之助〕「都会の半面」「人力車夫」『毎日新聞』明治二十八年十二月二十四日)。一人乗(昼)一里(三十分)あたり八銭以内、二人乗では十二銭以内。一人乗(夜・風雨昼)一里で十銭以内、風雨夜では十二銭以内。ただし「乗客ト相対ニ定ムル賃銭ハ此限ニアラズ」(同前)。

二人乗の人力車
(『以良都女』3号，明治20年9月)

二五　二階廻し(一三九頁注三五)　「二階一切の事を取締る役で、引附(ひきつけ)の取捌(とりまはし)、燭台や火鉢は勿論、台物(だい)の配り方等の注意で、匆匆(なかく)忙(せわ)しい役目」(大久保葩雪『花街風俗志』明治三十九年)。「娼妓(おいらん)。幇間(たいこもち)……二階廻は。皆うそといふ無形の者を。仮に人にしたるまでの者なり」(坪内逍遙『当世書生気質』六、明治十八年)。

二六　立身(一三九頁注三八)　当時の女性の場合、多くは富貴の男性との結婚(もしくは権妻・妾になること)を意味した。饗庭篁村「雪の下萌」(『むら竹』七、明治二十二年)のお磯は、鹿沼という銀行のお役人に見染められ、「貰いたい」と言われたのを、女髪結が「お磯さんの身の出世」(三)と喜ぶ。プロクター原作・若松賤子訳『忘れ形見』(明治二十三年)でも「殿がフト御覧になつてからは、……遂々(とうく)奥方にと御所望なさつたんだそうです。……あの通り此上もない出世をなすつて重畳の幸福と人の羨む」とある。ここで父の言う「立身」も、そうした結婚を指すと考えられる。

二七　針は持たねど……(一四二頁注一六)　服部撫松『東京新繁昌記』五編「妾宅」にも、妾の生活について「春霄は甚だ短ふして昼寝最も可なり。寤めては則ち春画本(ワライボン)を閲みし、倦んでは則ち浄瑠璃を歌ひ、未だ曾て縫針を穿たず(シゴトモセズ)。未だ曾て箕箒を執らず(ソウジモセズ)。驕恣懶惰、枕藉を理し脂粉を塗るの外一事を為さず……寝る常に遅ふして、起る亦た必ず遅そし」とある。

二八　馬車(一四五頁注二〇)　「馬車は本と豪富の物にして一時の貨物に非ざる也。……謂はゆる大名道具也」(服部撫松『東京新繁昌記』初編「人力車附馬車会社」、明治七年)。「麹町の番町あたりに来ると、当路の大官……の大きな邸宅などがあつて、ひろい平坦な通を箱馬車が勇しく駆けて行つた」(田山花袋『東京の三十年』「明治二十年頃」、大正六年)。「明治の顕官貴紳は黒塗金紋の箱馬車、山高帽子の馭者に黒鴨仕立の馬丁、毛並を揃へた二頭立の駿足を駆つて、威風四辺を払ふ勢ひ」(山本笑月「高等貸馬車の繁昌」『明治世相百話』昭和十一年）。「明治三十六七年頃が頂上で、その後は自動車に押されてポツポツ減少、四十年前後にはホテル専属の外、数ヶ所の貸馬車業も閑散の体、終には全く姿を隠して」（同前）。

二九　**黄金鎖**（一四六頁注一三）　「金鎖りをだらしなく白縮緬の帯へ捲き付け」（饗庭篁村「蓮葉娘」十、『むら竹』十七、明治二十三年、春陽堂）。「大金持の振をなし時計を質に置きて金鎖を買ひ之を胸にかけて金側時計でも持つ振をすると云ふ質（たち）なれば」（「支那の落語」『読売新聞』明治二十六年四月二十八日）。値段は、「真性十八金鎖」十匁（一匁は約三・七五（グラム））に付き三十一円五十銭、二十匁に付き五十七円（日瑞時計商会広告、『東京朝日新聞』明治二十三年十二月七日）、十八金十五匁四十七円四十二銭―九金十匁二十円八十銭、金着せ鎖では六円五十銭―一円五十銭（天賞堂広告、『東京朝日新聞』明治二十四年十一月二十八日）。

三〇　**三分芯の洋燈**（一四七頁注二二）　ランプの「一般の普及は二十年代」（山本笑月「明治時代の街の灯」『明治世相百話』昭和十一年）。ランプの芯には平芯と巻芯（丸芯）があったが、芯を丸めてある巻芯の方が火口が幅広く、明るかった。平芯には二分芯・三分芯・五分芯・八分芯などがあり、三分芯のランプは台所・茶の間・廊下などで使用された。「台所には三分心の玻璃燈（ランプ）が黯澹（あんたん）として」（尾崎紅葉『青葡萄』三、『読売新聞』明治二十八年九月十八日）や、「暗い三分心（さんぶじん）の光は煤けた壁の錦絵を照して、棚の目無達磨は煙の中に朦朧として見える」（島崎藤村『藁草履』二、明治三十五年）のように、薄暗かった。

三一　**十銭不足の内職**（一六一頁注二五）　「女髪結の外は何れも十銭以内飯代がヤットの事」（「東京下層社会婦人の内職」『朝野新聞』明治二十四年一月二十四日）。明治三十一年二月の調査では、「貧民家庭の内職仕事頗る多し、巻煙草、マッチの箱張、ラムプの笠張、……足袋縫、鼻緒縫、鼻緒の心、状袋張……。／其賃銭は実際取る所大抵六銭乃至七銭なるを通例とす」（横山源之助『日本之下層社会』第一編第八「貧民の内職」、明治三十二年、教文館）。

三二　**此にはましたる賃銭**（一六二頁注二）　「東京下層社会婦人の内職」（『朝野新聞』明治二十四年一月二十四日）に拠れば、「手の早き婦人」が「日永の時節」に縫った場合、七―九銭の単衣物が二枚、八―十銭の袷が一枚、十―十四銭の綿入れなら三日で二枚というから、八―十八銭の収入となる。「東京下層社会婦人の内職（前号の続）」（同二十五日）に拠れば、二銭五厘―三銭の紀州ネル単衣物の仕立ての場合、「荒縫」で「手早き」は一日四枚で、十―十二銭の収入。遅い人でも二枚は縫えるが、「随分此れも不景気に推されて閑勝ち」であるという。

三三　**諸共に泣くより外はなかりき**（一七六頁注一五）　この二人の男の涙について、石橋忍月「おぼろ舟及び紅葉の全斑」（『国民之友』八十号、明治二十三年四月二十三日）は、紅葉の作品をいくつか挙げた上で、松本とお藤の関係をお藤の「片愛」と見、松本がお藤の「死したる日に仏前に向つて南無を唱ふ」る涙を「虚涙」とする。その上で、本作品の「注視点」をお藤の「清純なる心」、その「純白清霊なるものゝ動作を描くに在り」とし、「其人物が妾たると其行為が不徳なると、亦た焉んぞ顧みるに及ばんや」と論じた。一方依田百川（学海）「おぼろ舟を読む」（『江戸紫』二、明治二十三年七月五日）は、「浮薄なる男子が色を玩び情を弄し　終に貞白の女子を気死せしむるを主として　その浮薄を戒むるものに似たり」と概括。その叙事の妙を「哀れに悲しき処よりは初めの蕩（たは）けき浮きたる方に最も多かる」として、年少男女への悪影響を懸念した。北村透谷「二人女」（『女学雑誌』甲三二〇号、明治二十五年六月四日）は、松本を「軽薄なる男」と見、「汚されつゝも神聖なるお藤が彼を慕ひて病に伏すところなど真に迫りて面白し」、お藤は「いかに優しき心の処女なりけむ」と述べた。三谷はともかく、松本を軽薄男子とすることでは共通する。

二人女房

一　**浅くとも清き流の杜若**（一八一頁注三）　四代目十返舎一丸《ママ》編の『江戸端唄集』（高野辰之編『日本歌謡集成』第九巻、昭和三年所収）に

浅くとも清き流のかきつばた　飛でゆきゝのあみ笠をのぞいてきたかぬれつばめ　顔が見とふはないかいな

とある。また尾崎紅葉『文盲手引草』（明治二十二年）に

端唄浅くともの文句を引用するとき／飛でゆきゝの編笠をのぞいて来たか濡燕鳥（ぬれつばめ）……

とある。

二　**代言人**（一八三頁注二一）　明治の法制度の下に定められた弁護士にあたる職業で、明治九年に布達された「代言人規則」により免許制となった。「免許は受けぬが君の代言、法律上で押して参つても揚代を払ふには及びませぬ」（歌舞伎『水天宮利生深川（すいてんぐうめぐみのふかがわ）』河竹黙阿弥作、明治十八年初演）とあるのはこれを受けている。

法律の知識を必要とする新しい職業として尊敬される一方で、法律の知識をたてに、他人の意を受けて金銭問題などを口先で言いくるめる存在として侮蔑の対象にもなった。「借金家に養はれて言訳代言人となる」（宮崎湖処子『帰省』明治二十三年）、「客といふも、大方借金取りか代言人だらう」（歌舞伎『人間万事金世中』河竹黙阿弥作、明治十二年初演）などその例であり、「三百代言」という蔑称が一般に用いられた。「梯子のりのまねびに、アレ、忍びがへしを折りました、と訴へのつべこべ、三百といふ代言の子もあるべし」（樋口一葉『たけくらべ』明治二十八—二十九年）。「日本の労働者は三百代言にも劣つた陰険な心を持つとるのか」（木下尚江『火の柱』明治三十七年）。

三　**明治の官僚制度**（一八四頁注四）　明治期の官僚制度は厳密な階級制によって運営された。官員には大別して「高等官」と「判任官」の二種があり、高等官は天皇の勅命もしくは勅裁を受けて任命され、判任官は各行政官庁が任用した。

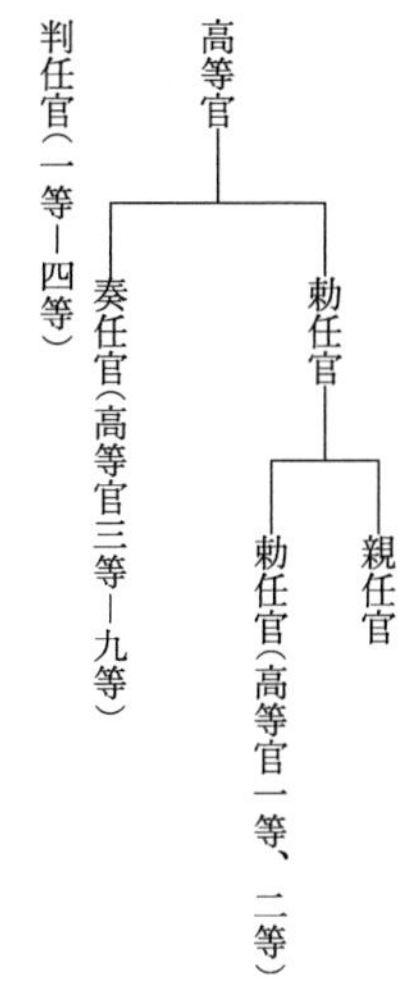

丸橋新八郎は、本文に「某省の極卑いところ」とあることからすれば、判任官の三、四等あたりに位置していたと考えられる。

四　**士族**（一八四頁注五）　明治維新後に旧武士階級に与えられた「士族」の呼称が制度化するのは、明治二年六月二十五日付行政官達に「一門以下平士に至る迄総て士族と可称事」と記載されたのを初めとし、さらに明治五年二月に施行されたいわゆる「壬申戸籍」には華族・士族・平民の階級が明記された。これによって旧武士階級の中での厳格な階級は失われ、すべてが「士族」の呼称のもとに一括されるとともに、制度上の特権は失われた。しかし、「平民」に対する階級意識はにわかにはなくならず、法的な家父長制度に支えられた「家意識」を背景として、武士階級としての権威や差別意識（いわゆる「士族意識」）は引き継がれた。なお、「士族」の呼称は昭和二十二年の日本国憲法施行まで続いた。

五　**人力車**（一八八頁注一）　平出鏗二郎『東京風俗志』中巻（明治三十四年）は、人力車の創始について左のように記している。

是れ明治三年、和泉要助・鈴木徳次郎・高山幸助の創製せし所にして、当初は車上に四柱を樹て、屋根を設けたりしに、漸く今の制に改め、布母衣（ぬのほろ）とし、更に護謨母衣（ごむほろ）に代へ、車輪に泥除（どろよけ）をも附するに至れり。

この人力車創始の経緯については石井研堂『明治事物起原』（増補改訂版、昭和十九年）に詳しい。これによれば、明治初年に輸入された馬車を見た和泉がこれを人力に応用しようと企て、明治二年に最初の人力車を発明し、

これに改良を加えて知人の鈴木・高山とともに明治三年に営業許可を申請したのが普及の始まりとされる。以後、その簡便さゆえに急激に普及し、東京市内で、明治四年に一万千台、明治九年に約二万四千台、明治三十年に四万二千台、と、明治三十五年の四万三千台を頂点に増加した。しかし、その後は馬車や市街電車の普及などに伴って次第に衰微した。

明治開化期風俗を諷刺した成島柳北『柳橋新誌』第二編（明治七年）には、その急激な普及のさまが次のように描かれている（原漢文、読み下しは『明治文学全集』第四巻（昭和四十四年、筑摩書房）による。次の引用も同じ）。

輦（テクルマ）に似て輦に非ず、轎（カゴ）に似て轎に非ず、乗る者は仰いで踞（きよ）し推す者は俯して奔（はし）る、鉄輪木轅（ぼくえん）轣轆（ゴロ〳〵）声を作（な）して来る者は人力車也。一酒楼上数妓欄に憑（よ）つて観る。一妓左右を顧みて曰く、陋（ケチ）なる哉（カナ）車也（ヤ）、近来此の車街衢（マチ〳〵）に遍満し、東轆（キシリ）西轟（トドロク）咄々怪事（オカシナコト）。

一方、同じ漢文戯作である服部撫松『東京新繁昌記』（明治十四年）は、開化の世相を謳歌しつつ、次のように書いている。

人の足無うして奔り翼無うして飛ぶ者は、街頭肩輿（ヨツデカゴ）の旧力也。二脚にして四脚を兼ね、一人にして二人を載（のせ）る者は御免人車の新力也。彼は則ち牛に騎つて善光寺に詣るが如く〔緩の極也〕、是れ則ち虎に鞭うつて、千里の藪を超ゆるに似たり〔急の極也〕。便と迂と、緩と急とは、同力の論に非ざる也、是れ乃ち肩輿の潜伏して人車の跋扈（ばっこ）する所以（ゆえん）也。人車の始めて都下に行はるや己巳の年に在り。今を距（へだた）る僅か六年間にして其の数六万に幾（ちか）し。出駕招燈（デカゴノアンドン）出車の沢山と為り、咿唖（ホイ）の声音請恕（ゴメンナサイ）の二字と化す。八百八街、坊と御免燈〔燈必ず御免の二字を書す〕を見ざる無く、再三再度、車として徒行人に勧めざるは無し。王侯（トノサン）載す可く、賤夫載す可く、老婆（バアサン）亦宜し、阿娘（ネイサン）最も可なり矣。

いずれにせよ、人力車は、明治文明開化を象徴する事物であり、都下の人々の行動範囲や生活形態をも変えるだけの要素をもっていた。

他方、その陰で、人力車夫たちの多くが低い賃金の中で窮乏生活を強いられていたことは、松原岩五郎『最暗黒之東京』（明治二十六年）や横山源之助『日本之下層社会』（明治三十二年）に具体的に描かれている。

六 **ハンケチ**（一八八頁注三）　石井研堂『明治事物起原』増補改訂版の「ハンケチ」の項に次の記事がある。

明治四年秋編の〔往来〕に **Handkerchief** を訳して、袋巾の字を充て、くわいちうてぬぐひと訓じたると、四年の〔新聞雑誌〕十八号、洋服店の広告に、『手袋手拭に至るまで、時々の流行に従ひ』ともあれば、当時尚ハンカチーフにては、通りあしかりしなるべし。

J・C・ヘボン『和英語林集成』第三版（明治十九年）は「**Handkerchief**」の訳語として「**Tenugui, hankechi**」を充てている。また芳賀矢一・下田次郎編『日本家庭百科事彙』（明治三十九年、冨山房）は、「ハンケチ 手巾」の見出しに対して「ハンカチフを見よ」とし、「ハンカチフ」の見出しで「手巾（Handkerchief）英語なり。また訛りてハンケチともいふ。地質大小等種々あれども、凡そ方一尺位なるものより、一尺四五寸、二尺程まであり。一般に男子用は大にして、婦人持のものは小なり」という解説文を掲げている。大槻文彦『言海』（明治二十二—二十四年）には「ハンケチ 手帕〔英語、**Hand-kerchief** ノ訛〕西洋人ノ用キル手拭、方形ナリ」とある。

ハンカチーフは明治以降の洋装の流行とともに広まった。二葉亭四迷『浮雲』（明治二十一—二十二年）第二回に登場する西洋かぶれのお勢の描写に「襦袢（じゅばん）がシャツになれば唐人髷（たうじんわげ）も束髪に化けハンケチで咽喉（のど）を緊（し）め鬱陶敷（うっとうしい）を耐（こら）へて眼鏡を掛け」とある。一方、福井県などで作られた刺繡を施した絹製のものは、当時の日本の重要な欧米向け輸出品目でもあった。

七 **爵位**（一八八頁注八・一九七頁注三九）　江戸時代に用いられた公卿・諸侯の称が明治二年に廃止されたのを受け、これらを合わせた形で、士族の上位として華族の地位が設けられた。さらに明治十七年七月の華族令によって、爵位は、それぞれ左のような家格に対応する形で、公・侯・

伯・子・男の五等に分けられた。

公爵…五摂家(藤原氏のうち近衛・九条・二条・一条・鷹司の五家)、旧徳川将軍家、維新に勲功のあった公家や旧藩主

侯爵…旧清華家(摂関家に次ぐ公家の家格)・中山家(藤原氏)、維新に勲功のあった十五万石以上の旧藩主

伯爵…五万石以上の旧藩主、旧三卿(徳川氏直系の田安・一橋・清水の三家)、大臣家・羽林家・名家など

子爵…五万石未満の旧藩主、半家《はんけ》、士族の功臣など。

男爵…公家や諸侯の分家、維新時に諸侯に列せられたものなど

華族制度は、昭和二十二年の日本国憲法の施行によって廃止された。

八　麦酒(一九〇頁注一三)　日本にビールが輸入されたのは幕末以降であり、明治に入って外国人技士の指導による工場生産が始まった。明治二年にアメリカ人コープランドが横浜に設立したスプリング・バレー・ブルワリーはキリンビールの前身となり、また明治九年に創設された官立の北海道開拓使麦酒醸造所は、同二十一年に払い下げられて札幌麦酒会社となった。また明治二十年に日本麦酒醸造会社、同二十三年に大阪麦酒会社が設立された。日本のビール生産は明治二十年代に入って飛躍的に増大し、消費も大幅に拡大した。

九　遺伝(二〇二頁注六)　近代遺伝学の起点は、普通、一九〇〇年のメンデルによる遺伝法則再発見に位置づけられる。したがってそれは『二人女房』の後の出来事だが、生物学の一分野としての遺伝学は、たとえばモーペルテュイ『人間および動物の起源』(一七四五年)などを先駆として十八世紀に基礎が形づくられた。また、エミール・ゾラが、近代実験医学の成果をふまえた『実験小説論』(一八八〇年)で、人間を決定する体質の形成要素として遺伝と環境に注目したように、十九世紀末には文学の領域でも遺伝の重要性は次第に認識されつつあった。近代日本文学においていち早くゾラに触れた紅葉ら硯友社の文学者たちの関心は自然主義(ゾライズム)を焦点にすえたものではなかったが、ゾラなどを通じて「遺伝」への関心が生じたことは考えられる。井上哲次郎編『哲学事彙』(明治十四年)に「Atavism」の訳語として「間歇遺伝」を、「Heredity」の訳語として「形質遺伝」を充てている例が見られるが、『和英語林集成』第三版には「Iden」および「genetics」(遺伝学)の見出しはなく、「Heredity」(遺伝)の訳語として「Keishitu-iden, seishū, inshū」が掲げられているのみであることを考えれば、『二人女房』における「遺伝」は早い用例として注目される。

一〇　蚊遣猪(二〇九頁注五)　星岡窯研究所編『星岡』第十九号(昭和七年六月)掲載の「蚊遣の『野猪公』」という文章で北大路魯山人は、猪形の蚊遣について次のように書き記している。

坊間至る処に豚の形をした蚊遣器を売つてゐる。今戸か何かで焼けるものだ。愚なものであるが一寸とぼけた処もあるので面白くも感じて居つた。然し此豚の形態が現代人の好みとしては少し意表に出て居る点がある為めに、何に拠つて斯う云ふデザインが蚊遣器として生れたかを思ふともなしに気にして居つた。処が此図(二〇八頁脚注図版)に見るが如き古瀬戸の野猪を形どる蚊遣器を前にして、ハタと案を打つた。今の人間が蚊遣器に豚の形を用ひて居つた謎は解けたのだ。実際今の人間が考へたんぢや無かつた。疾くの昔、百年も二百年も前から瀬戸で斯う云ふ野猪の蚊遣器が生れて居つたんだと見て良い。この写真にある物は伝来したるその一つだ。今の豚の型は此処から発足してゐることは云ふまでも無い。

一一　妾(二一四頁注一五)　徳川幕府政権下の武家社会を支えた直系男子による家の継承制度のもとで、男子をもうけるために妾(側室)を置くことは制度的に認められ、広く行われた。明治期になっても家父長制は存続され、妾もまた制度の中に組み込まれて認知された。また、家督継承とは関わらない形での性的対象としての妾も広く一般に存在し、明治元勲たちから平民に至るまで、妾を養うことが、むしろ男子の誇りと見なされる風習があった。

家族制度などが法的に規定されるのは明治三十一年七月の民法典の施行以後のことだが、これ以前にも、等親制において妾は二等親と定められて

いた。すなわち正妻と同等の位置であり、妾の子を認知した庶子もまた家督相続の権利を与えられていた。明治十二年には妾を二等親とする現状への是非が論じられ、同十三年には元老院で廃妾論も議論されたが制度化されるには至らず、同十五年の法改正によって妾に関する法制度上の規定はなくなった。ただし、現実において蓄妾の風習がなくなったわけではない。紅葉には、一人の富豪と三人の妾との関わりを描いた『三人妻』(明治二十五年)がある。

一二　役人の服装(二一八頁注九)　明治十七年に官吏の通常服として、勅任官・奏任官はフロックコート着用が定められた。判任官以下の男子は黒羽二重五つ紋付きの羽織に仙台平の縞の袴を最上とした。『二人女房』の丸橋新八郎は下級官吏であり、したがって「五紋の羽織」が通常の通勤姿であったということになる。

二葉亭四迷『浮雲』冒頭に、神田見附からぞろぞろと退庁する役人たちの姿が次のように描かれている。

髭に続いて差(ちが)ひのあるのは服飾(みなり)　白木屋仕込みの黒物(くろいもの)づくめには仏蘭西皮(ふらんすがわ)の靴の配偶(めうと)はありうち、之(これ)ヲ召す方様(かたさま)の鼻毛は延びて蜻蛉(とんぼ)をも釣るべしといふ　是(こ)れより降(だく)つては背皺(せじわ)よると枕詞の付く「スコッチ」の背広にゴリ〳〵するほどの牛の毛皮靴、そこで踵(かゝと)にお飾(かざり)を絶さぬ所から泥に尾を曳く亀甲洋袴(かめのこづぼん)、いづれも釣(つる)しんぼうの苦患(くげん)を今に脱せぬ貌付(かほつき)、デも持主は得意なもので髭あり服あり我また奚(なに)をか覓(もと)めんと済した顔色(がんしよく)で火をくれた木頭(もくづ)と反身(そつくりかへ)ッてお帰り遊ばす　イヤお羨しいことだ　其後より続いて出てお出でなさるは孰(いづ)れも胡麻塩頭　弓と曲げても張の弱い腰に無残や空弁当を振垂(ぶらさ)げてヨタ〳〵ものでお帰りなさる　さては老朽しても流石(さすが)はまだ職に堪へるものか　しかし日本服でも勤められるお手軽なお身の上　さりとはまたお気の毒な

上等な白木屋仕立ての黒ずくめのフロックコートに次ぐのがスコッチの背広であり、最後に登場する「日本服でも勤められる」老役人は「お手軽なお身の上」として「お気の毒」な同情の対象になっている。役人の和服姿は、いわば下級官吏としての記号だったのである。

一三　佩剣(さあべる)(二二七頁注一九)　明治九年の廃刀令以後に帯刀を許されたのは巡査や軍人など一部の職位のみであり、士族出身者が多かった巡査や軍人のサーベルは、平民にとって、国家と結びついた権力を象徴するものでもあった。泉鏡花『夜行巡査』(明治二十八年)には、規則に厳しい居丈高な巡査のことを「チヨッ、べら棒め、洋刀(サアベル)がなけりや袋叩(ふくろだたき)にして遣らうものを、威張るのも可い加減にして置けえ」と罵る職人風の若者の姿が描かれている。「往来は其うちにも人の目口うるさきに、洋刃(さあべる)の厄介も御身分がら如何(いかゞ)や」(樋口一葉『うもれ木』明治二十五年)というように、巡査や軍人を指す語としても用いられた。

また『二人女房』発表の三か月前にあたる明治二十四年五月には、ロシア皇太子ニコライの琵琶湖巡遊に際して警備のために配置された巡査津田三蔵がサーベルで斬りつけるという事件(大津事件)が起きている。

一四　持参金(二三〇頁注八)　本来は、貴族社会において、結婚に際し妻が実家から持参し、自身の管理下において使用する財産としての意味をもっていたが、中世以降、家父長制にもとづく結婚制度が次第に成立・定着するにしたがって、貴族・武士階級の結婚に際し「化粧料」などの名目で妻の実家から婚家に贈られる財産の意味をもつようになった。同時にそれは、家父長制下における婚姻が、女性にとって、家同士の間での金銭を伴う交換授受(婚資 bride-wealth)としての意味をもっていたことを示してもいる。

一五　鏡台……箪笥……長持……用心籠(二三一頁注二五)　「鏡台」は、化粧用の鏡を立てる台。

「箪笥」の中でも、桐箪笥には観音開きの扉の付いたものが少なくない。平出鏗二郎『東京風俗志』中巻には「近時当用箪笥と称し、抽斗(ひきだし)を設けずして、数層の棚を架(わた)し、抜き差しを自由ならしめ、前に両扉を設けたるもの間々行はる」とある。ただし、「箪笥の扉附は今行(はや)らず」という流行については未詳。

「長持」は、衣服や調度品を入れておくための長方形の蓋付きの箱。漆塗りなどの装飾が施されたものなど種々あり、長さが一間（一・八メートル）近いものもある。江戸中期頃から次第に簞笥に取って代わられるようになったが、嫁入り道具一式の中では「簞笥・長持」として併置されることが多い。初出中編の挿絵（富岡永洗画）には、長持の上に結納飾りが描かれている。↓二三四頁掲載の初出挿絵。

「用心籠」は、火事などの際に家財道具を入れて運び出すために家の入口の天井などに吊られていた竹製の籠。

一六　**洗粉**（二三八頁注一七）　江戸時代の『都風俗化粧伝』（佐山半七丸著・速水春暁斎画、文化十年）には、「糠袋の中へ、あらい粉、膩（あぶら）落とし薬を入れて顔の肌を洗えば膩をよく去り、色を白くし、きめを細かにする良き法也」とあり、「化粧下あらい粉」の原料として菉豆（ぶんどう）、滑石（かっせき）、白止（びゃくし）、白附子（びゃくぶし）、白檀（びゃくだん）、甘松（かんしょう）、竜脳（りゅうのう）を挙げ、「右、粉にして絹にふるいこし、葛を篩（ふる）いこし、等分に合わせ、湯をつかう時、少し手の掌（ひら）に置き、水にてとき、顔、肌膚（はだえ）にすりこむべし。或いは、ぬか袋に入れて顔を洗うもよし」と記されている（引用は東洋文庫版による）。「洗い粉」は、女性の化粧品の中心的な品であり、後のことになるが、明治三十九年に神戸の中山太陽堂が「クラブ洗粉」を発売し、派手な宣伝を展開した。

一七　**郵便ポスト**（二四三頁注一六）　明治四年の郵便制度開始と同時に、主要都市などに「書状集箱」を設置したのが郵便ポストの最初とされ、明治三十四年に円筒形ポストが採用されるまでは四角い柱形のポストが用いられた。「蓋」は、差し出し口の雨蓋を指し、明治二十年には雨蓋に「郵便POST」と表示された。石井研堂『明治事物起原』増補改訂版には「郵便集め箱の始」として「本邦最初の郵便集書函は、旧幕時代目安箱の制を其まゝ採用せしものなるが、明治七年刊〔東繁〕二編に、郵便箱は『区々至る処に之を樹つ、その高さ約三尺許、塗るに緑色を以てす』とあるは、方柱形箱の時代をいへるなり」とある。

一八　**勧工場**（二四五頁注一三）　平出鏗二郎『東京風俗志』上巻（明治三十二年）は勧工場の成立について左のように記している。

勧工場は区々に一二の設けなきはなく、初め明治十年第一回内国勧業博覧会の閉ざさるゝに当りて、第一勧工場を麴町区永楽町に設立して、其残品を売捌くこととなせり。（所謂竜ノ口勧工場）。是れ我国勧工場の権輿（けんよ）とす。後芝公園内に移す。即ち今の東京勧工場にして、都下に最も盛大なるものなり。二十二年第三回内国勧業博覧会の閉ざさるゝ際、また其残品を処分せんとして、上野の内国商品陳列館こゝに起る。これ前者に踵（つ）いで大いなりとす。共に会社組織を以て成る。その他、九段の勧工場、神田の東明館、南明館等これに亜（つ）げり。

『新撰東京独案内図会』（明治二十三年）には、当時の東京市にあった勧工場として、「東京府　勧工場　芝公園内」以下、保有館、旭館、洽集館、共進館など、十六の勧工場が列記されている。

また篠田鉱造『明治百話』（昭和六年）には、明治末年頃の銀座の勧工場内の様子が、聞き書きのままに次のようにつぶさに記されている。

まず勧工場は入口出口と区別されて、入口から入つたとこには、洋品とか小間物とか、立派な店が、といつていづれも小間取りで、一間とか二間がセイ〴〵で、ソノ店一つ々々に店の主人か、娘か、おかみさんか、小僧か手代がついてゐて、人がたかるとセッたのもあれば、黙つて店番してゐるのもあるが、小店で一人々々ついてゐるから、店番だけでも大変な人数です。場内は狭くつて、買物してゐるお尻とお尻がぶつかる程度でした。……マズ日用品は一（ぴん）から六（きり）まであつて、おもちや屋文房具店、呉服店が多かつた。とにかく数百軒の店を通らないと、出口へ到着しないといつた通路をとつてあつて、二階があると、下駄が板敷を踏鳴らす音、ことに楷子段（はしごだん）を踏み鳴す音がひどい、後ちにはズックを楷子段下へ敷詰めたりしてゐたもので、コノ板敷を下駄の儘（まゝ）ふみ鳴して歩くのが、いわゆる勧工場気分でした。そして安くて悪くつて、スグ壊れるなんかは、『勧工場の物だからね』といつて怪しまない、妙な特権を持つてゐたものですよ。……出口のとこは、台所道具が店を張つてゐた、といつて何を買つても届けてくれませんから、購（か）つた物は持て帰るといつた不便がありました。

一九 **人力車夫**（二五〇頁注一一） 横山源之助『日本之下層社会』は、明治二十年代後半の人力車夫について次のように記している。

人力車夫といふもまた区別を要す。おかかえ・やど・ばん・もうろう、これなり。……しかして人力車夫中最も多数を収め、かつ貧民窟と関係あるはもうろうと為す。貧民部落に住める者にしてばんに加入せるはなきにあらずといへども、その十分の七、八は所属定まらざるもうろうに属す。……貧民窟に住める車夫のごときは自ら人力車を有てるは少なく、おおむね歯代（はだい）を出して車を借り、甚だしきは筒袖・股引の衣裳を借りて出づるもあり。

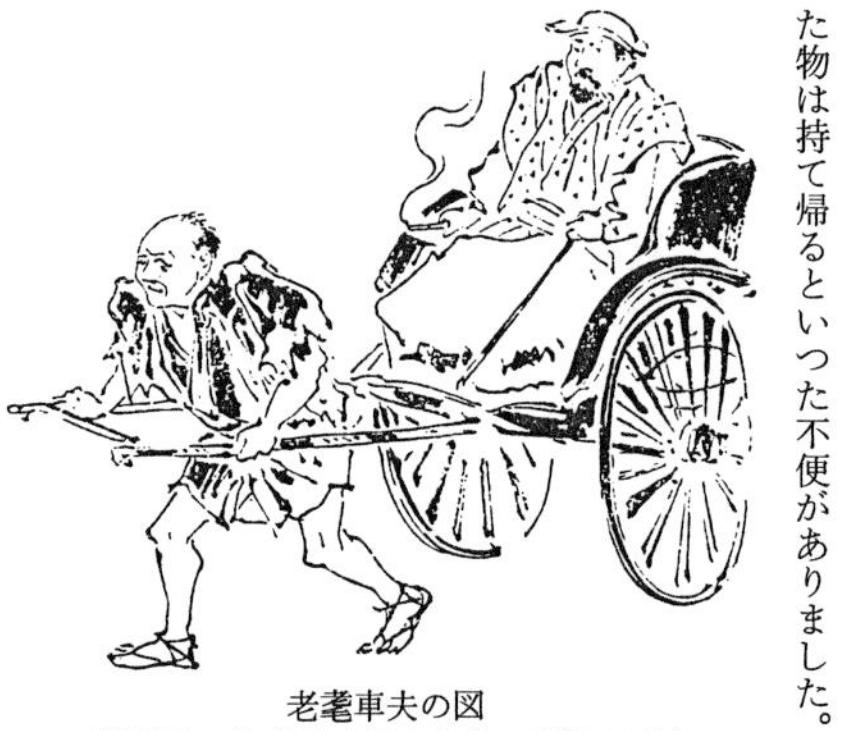

老耄車夫の図
（松原岩五郎『最暗黒之東京』明治26年）

また松原岩五郎『最暗黒之東京』は人力車夫の暮らしぶりをつぶさに描き出しているが、中でも、「蔽（やぶ）れ袢纏を被（き）、古毛布（ふるけつと）を纏い、廃車の楫（かぢ）を握りつゝ耄々（よぼよぼ）として貧街の左右に彷徨低徊し居る」年老いた「老耄車夫」の姿に着目している。

これをもとに泉鏡花は『夜行巡査』で、巡査に風体をとがめられた老車夫が「股引が破れまして、膝から下が露出（むきだし）しでござりますので、見苦しいと、こんなにおつしやります」と職人体の若者に訴えたのに対して若者が「主（ぬし）の抱車（かゝへぐるま）ぢやあるめえし、ふむ、余計なおせつかいよ、喃（なあ）爺様（ぢいさん）、向うから謂はねえたつて、此寒いのに股引は此方（こつち）で穿（は）きてえや、其処（そこ）が各々（めいめい）の内証で穿けねえから、穿けねえのだ」と憤る場面を描き出している。

『二人女房』で母子が二人乗りしている人力車の車夫の素性は不明だが、いずれにせよ、お抱え車夫とは異なる風体のために、そのまま乗り付けるのがはばかられるのである。

二〇 **床脇の棚**（二五一頁注三四） 床脇の棚については次のとおり。

「寝覚棚」（一一行）は未詳。

「袋棚」（一二行）には、天井に近い部分に設けられる「天袋」、床（ゆか）に接する「地袋」、中間に位置する「中袋」がある。

「違棚」（一二行）は、段違いの二枚の棚板を組み合わせたもので、飾り棚として用いられる。

「鋪込袋棚」（一五行）は、下に板を敷き込んだ袋棚。

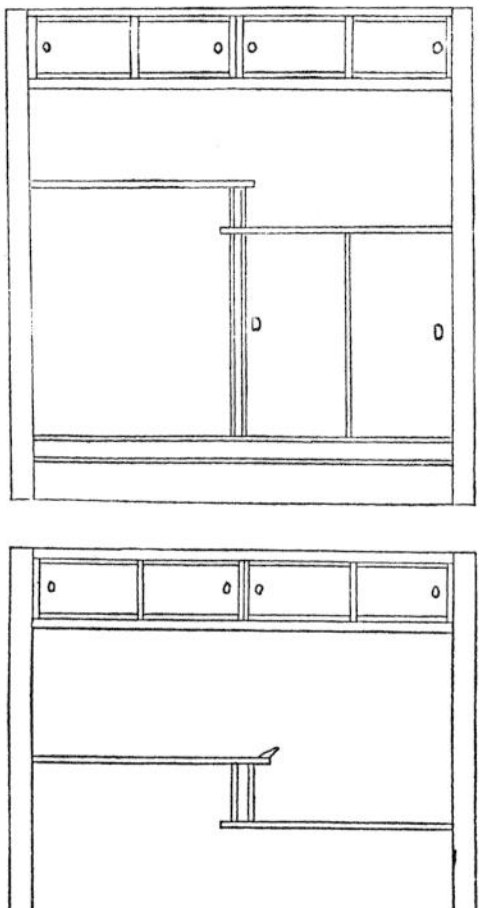

袋棚（上）と違棚（下）
（山田美妙『日本室内粧飾法』博文館，明治25年）

二一 **東京弁**（二五九頁注一六） 明治維新によって成立した首府東京は、幸田露伴が『一国の首都』（明治三十二―三十四年）で「江戸の破壊者は即ち東京の建設者」と言うように、幕府瓦解に伴って江戸が一旦空洞化したのち新たに流入した、薩摩長州の武士たちをはじめとする多数の地方人を中心に形成された。従って、いわゆる「東京弁」も、江戸下町言葉を基盤とする江戸言葉がそのまま引き継がれたわけではない。「東京弁」には江戸言葉に近い下町言葉のほかに山の手言葉があり、これは武士階級の言葉を基盤にして地方の方言が融合したものとされる。現在の共通語は、この山の手言葉を基礎にしている。

『二人女房』において、丸橋家と渋谷家は、ともに同じ藩主の家臣筋の士族だが、丸橋新八郎の妻が「江戸弁」であるのに対して渋谷家の隠居は「田舎訛」（二〇一頁一三行目）という設定になっており、身分上藩主により近い渋谷家は維新後に藩主とともに上京したとも考えられる。

一方、丸橋家のある芝には徳川氏の菩提寺である増上寺があり、また仙台の伊達家や薩摩の島津家などの上屋敷をはじめとして、諸大名の江戸屋敷が多くあった。また、芝浜を控えて江戸庶民の世界も近接した、きわめて「江戸的」な領域といってよい。新八郎の妻の出身は不明だが、江戸生まれと考えてよい。同時にそこには、紅葉自身の江戸っ子気質が反映している。

二二 **小説本**（二六一頁注二二・二九四頁注八）　坪内逍遙『小説神髄』（明治十八―十九年）は、旧来の「伝奇」（ロマンス）に対する近代的な物語の意味での「novel」の訳語として「小説」の語を用いたが、明治二十年代前半において、この概念は一般的であったわけではない。むしろ、漢語の「小説」「稗史小説」が、本来「世間話・怪談・随筆」などの総称であり、さらには「取るに足らぬ議論」といった意味をもっていたように、近世期以来の、戯作などの通俗読み物を意味する語として広く流通していたとみられる。『和英語林集成』第三版に「SHŌSETSU セウセツ 小説 **n. A story, novel, fiction:** — *bon,* **a story-book. Syn.** KUKURI-BANASHI.〔注、「作り話」の誤記か〕」とあり、また『言海』に「小説〔小人之説也〕実説虚説ヲ雑ヘテ戯作セル読本（ヨミホン）、多ク通俗ノ文体ニ記ス」とあるのはこれを反映している。『日本家庭百科事彙』には「絵草紙」の項に、「徳川時代に至るまで、絵草紙とは絵入本にて、近時の小説本の如く、所々に絵を挿入（ハサミ）せし草紙なり」とある。

また末松謙澄『歌楽論』（明治十七―十八年）には、次の用例がある。

> お染久松トカ小三金五郎トカ権八小紫トカ云フ如キ浄瑠璃メキタルモノ十ノ七八ニ居ルニ因リ唱歌ノ部ニ入ルベカラズトスル人モアル由ナレドモ能々考フレバ右等ノ歌ハ浄瑠璃本又ハ小説本ヨリ取リ来リタル分モ要スルニ其一部分ヲ取リ之ヲ歌謡ニ付スル様ニ作リタル者ナレバ素ヨリ首尾貫通ノ物語体ニモアラズ

この例にも見られるように「小説本」は、「浄瑠璃本」などに対して物語を記した読み物という意味で用いられていたと考えられる。

「尾崎紅葉山人の演説」（明治三十二年七月二十七日『佐渡新聞』）には「教育社会、学者社会などでは所謂喰はず嫌ひで、唯為永春水風の小説のみを小説とし、惣てのくさ草紙類を小説と心得て居たらしい」とあるが、これは明治二十年代における一般的な小説観でもあったと考えられる。

二三 **ホワイトローズ**（二七三頁注五）　『日本百科大辞典』第二巻（明治四十二年、三省堂書店）の「香水」の項に、化学的製法のドイツの香水と、植物抽出法によるフランスの香水を比較しつつ、次の説明がある。

> 香気の長く保留せらるゝ点に於ては、ドイツ製はフランス製に及ばざること遠し。ドイツ製の主なるものは、ジョージ、ドラレー（George Dralle）及グスタフ、ベーム（Gustav Boehm）のものにして、フランス製にて最も有名なるものは、品質佳良を特長とせるウビガン（Houbigant）会社のヴィオレト（Violet）及衛生精選を特色とせるキセロル（Xerol）会社のロヤル、エッセンス（Royal essence）なり。其他イギリスのアッキンソン（Atkinson）会社製造のホワイト、ローズ（White rose）の如き、ドイツ又はフランスの他の会社若くは製造所の製品に比して劣れるにあらざれど、キセロル及ウビガンの製品には優るべくもあらず。

二四 **雨だれほどに戸を叩いたり**……（二七六頁注一七）　尾崎紅葉『文盲手引草』に「川柳に居候雨垂ほどに戸をたゝきとあるは其音の微なるをいふ」とある。また『我楽多文庫』第三号（明治二十一年六月）の投稿句「珠の鞘珠の履にて蹴たほされ」に対する紅葉評に「評曰犬になるなら大所。鉄納戸の茄子で食に魚なしは味気なし」とあるところからすれば、「鉄納戸……」は、貧家の居候もしくは書生などを言うか。ただし「軟骨動物」の意味するところは未詳。

三五　**食無魚・出無車**（二七七頁注一八）　劉向編『戦国策』に、孟嘗君の食客になった馮驩（ふうかん）が、自らの剣に向かい、「長鋏帰来乎、食無魚（長鋏帰りなんか、食に魚無し）」「長鋏帰来乎、出無車（長鋏帰りなんか、出るに車無し）」と待遇について不満をもらしたという故事がある。

三六　**万物の霊長**（二七七頁注二七）　「万物の霊長」は、すべてのものの中で最もすぐれているもの。儒学の経典である『書経』に「惟天地万物父母、惟人万物之霊」という人間観が示されている。一方、福沢諭吉『学問のすゝめ』（明治五―九年）にも「万物の霊」としての人間観が示されるが、そこにあるのは儒学的な認識ではなく、西洋近代における人間中心主義（ヒューマニズム）を反映したものとみてよい。さらに加藤弘之の『人権新説』（明治十五年）には進化論を反映して「動物ノ上位ニ居ル所ノ吾人々類」という発想が示される。ただし、明治二十年代前半は、欧化主義に対する反動の動きもあり、儒教教育などの復活の動きも顕著であったことを考えれば、『二人女房』のこの一節がいずれの認識にもとづいているかは、にわかには判断できない。

三七　**髪結さん少時と髪を握り**（二七七頁注二八）　古代中国の周公は、客が来れば、髪を洗っている時でも髪を握ったまま出迎え、食事中でも口の中の物を吐きだしてすぐ客を出迎えたということ。すなわち、すぐれた人材を求めることに努めること。「吐握」「吐哺握髪」とも言う。「一沐三捉レ髪（一沐〈いちもく〉に三たび髪を捉え）」「一飯三吐レ哺（一飯に三たび哺を吐き）」（『史記』）。ただし、ここではそれをもじって、髪結いに髪を結わせている最中に夫が帰宅したために口にふくんだものをはき出す、というふうに読みかえている。

三八　**女大学**（二七七頁注三一）　『女大学』は貝原益軒著と言われるが、著者・成立年ともに未詳。全十九条の中に「婦人は夫の家を我家とするゆゑに唐土（もろこし）には嫁（よめいり）を帰るといふなり……一度（ひとたび）嫁しては其家を出ざるを女の道とする事いにしへの聖人の訓（をしへ）なり」という一条がある。『女大学』は全条を通じて、家父長制下において、家にあっては父母に孝を尽くし、結婚後は夫を主君として仕え舅姑に従うべき女性観が顕著に示されている。『二人女房』引用箇所につづいて、次の一節がある（引用は文政九年版による）。

若（もし）女の道にそむき去らるゝときは一生の恥なりされば婦人に七去とて悪（あしき）こと七あり一には婢（しうとしうとめ）に順（したがは）ざる女は去るべし二には子なき女は去べし是妻を娶（めとる）は子孫相続の為なればなりされども婦人の心正しく行儀よくして妬む心なくばさらずとも同姓の子を養ふべし或は妾（てかけ）に子あらば妻に子なくとも去に及ばす三には淫乱なれば去る四には悋気（りんき）ふかければ去る五には癩病などの悪き疾（やまひ）あれば去る六に多言（くちまめ）にて慎みなく物いひ過すは親類とも中あしく成り家乱るゝ物なれば去るべし七には物を盗む心あるを去る此七去は皆聖人の教なり

また次のような一節もある。

婦人は別に主君なし夫を主人と思ひ敬ひ慎み事（つかふ）べし軽しめ侮るべからず惣（そうじ）て婦人の道は人に従ふにあり夫に対するに顔色言葉づかひ慇懃に謙（へりくだ）り和順なるべし不忍にして不順なるべからず奢りて無礼なるべからずこれ女子第一の勤なり夫の教訓あらば其仰（をふせ）を叛（そむ）くべからず疑しき事は夫に問（とふ）て其下知に随（したが）ふべし夫問ことあらば正しく答ふべしその返答疎（おろそか）なるは無礼也夫若（もし）腹立（はらたち）怒るときは恐れて順べし怒り諍（あらそひ）て其心に逆ふべからず女は夫を以て天とす返すぐ〳〵も夫に逆ひて天の罰を受べからず

『日本婦人論』（明治十八年）で当時としては新しい女性論を展開していた福沢諭吉は、『時事新報』掲載の「女大学評論」（明治三十二年）で『女大学』を各条ごとに具体的に批判した。たとえば右の引用箇所については「婦人に主君なしとの立言は、封建流儀より割出しても無稽なりと云ふの外なし」「今の男女の間柄に於て弊害の甚しきものを矯正せんとならば、我輩は寧ろ此教訓を借用して逆に夫の方を警めんと欲する者なり」とし、さらに、「女は男に比（くらぶ）るに愚（おろか）にて」云々という『女大学』最終条については「婦人を責むること甚だしく、殆んど罵詈讒謗の毒筆と云ふも不可なきが如し」と断じている。ただし、これが明治三十二年のことであることは、一方で、この時点においてなお『女大学』の女性観が一般に流通していたことを物語ってもいる。その意味で、必ずしも鮮明な批判ではないにせよ、明治二十四年の『二人女房』において女の視点から結婚という制度のありようが精細ある筆致で描かれている点は注目されてよい。

二九　**人力車の走行距離**（二八八頁注七）　『新撰東京独案内図会』には「人力車賃」として「一里八銭」「風雨夜十銭」とある。また松原岩五郎『最暗黒之東京』には車夫別の具体的な賃銭・走行距離一覧が掲げられている。この中から三銭もしくはそれに近い賃銭の場合を拾い出すと左のようになる。

一等車夫（壮年の健康な独身者）の場合
　五銭　九段坂より京橋まで二十丁の賃銭、乗客青年事務家。
二等車夫（年齢三十歳―四、五十歳程度）
　三銭　深川より浜町まで十丁の賃銭、乗客細君。
　四銭　芝久保町より赤羽根まで、十五丁の賃、乗客令嬢。
虚弱者（年齢六十歳前後の老衰者）
　三銭　万代橋より浅草まで十丁の賃、乗客職人。
　三銭　和泉橋より水天宮まで十三丁、乗客婦人。

三〇　**砲兵工廠の職工**（三〇三頁注一七）　森銑三『明治東京逸聞史』第一巻（東洋文庫、昭和四十四年）は、明治二十六年当時の砲兵工廠の職工の様子について「砲兵工廠に勤める身なりの悪い職工達のぞろぞろ続いて行く様を、百鬼夜行だなどといったが、落合直文がこの年九月の明治会叢誌に発表した「塵のちまた」の一文の中に、その様を写した一節がある」として、次の一文を紹介している。

こゝにまた砲兵工廠の方より、幾百人ともしらず、人々のうちむれて来るあり。はじめは葬式にもやあらむと思ひしに、よく見れば同廠の職工なりけり。洋服つけて下駄を穿(がう)てるものあれば、紋付の羽織をきて、股引をつけたるもあり。尻をからげたるもの、腕をまくりたるもの、シャツに袴をつけたるもの、……背のあたり汗しみ出でて、その香いみじうくさきに、立ちのぼる塵にまみれて進みくるさま、えもいはず。

三一　**免職・非職**（三〇三頁注二〇・三一八頁注一二）　明治十七年一月、明治政府は「官吏非職条例」「官吏恩給令」を制定し、さらに同十八年十二月、官報号外によって各省の整理統合を指示した。これによって、多数の官吏が免職もしくは非職となった。たとえば大蔵省では「各局課とも非免職となりたるもの少なからず。諸局諸課にて奏任官を合すれば、三百七十余名の多きに及べり」、また同省会計局では「判任等外吏とも七十二名中現存するもの十三名にして、余はみな非職となり」（明治十九年一月十九日『東京日日新聞』）というありさまであった。明治十九年一月二十二日『読売新聞』は、免職・非職が流行語になっていることを伝えている。二葉亭四迷『浮雲』（明治二十―二十二年）の主人公内海文三が上司の思惑一つで免職になったのもこのような背景によると考えてよい。この大幅な人員整理は、一方で、田中清風の小説『官員気質』（明治二十年）をめぐって中野目徹が指摘するように、「新時代の学問を身につけた者は非職をまぬがれ、旧時代の人物として描かれている者は皆退隠を余儀なくされている」（『書生と官員』平成十四年、汲古書院）という側面をももっていた。

三二　**新開町**（三〇九頁注一〇）　新開町は、幕府瓦解によって空き家となった武家屋敷が新たに拓かれて作られた。多くは宅地となったが、その一画に貧窮者が集まり住むことも少なくなかった。石黒信之の住む小石川柳町が東側で接している本郷区丸山福山町の銘酒屋街もそのような場所のひとつである。明治二十七年五月に丸山福山町に転居した樋口一葉がこの地を舞台に書いた『にごりえ』（明治二十八年）で新開町の銘酒屋（実体は売春宿）のありさまが次のように描かれている。

表にかゝげし看板を見れば子細らしく御料理(おんりやうり)とぞしたゝめける、さりとて仕出し頼みに行(ゆき)たらば何(なに)とかいふらん、俄(にはか)に今日(こんにち)品切れもをかしかるべく、女ならぬお客様は手前店(てまへみせ)へお出かけを願ひまするとも言ふにかたからん、世は御方便や商買がらを心得て口取り焼肴とあつらへに来る田舎ものもあらざりき、お力といふは此家(このや)の一枚看板、……誰しも新開へ這入るほどの者で菊の井の

お力を知らぬはあるまじ、

三三　**絵草紙**（三一五頁注一一）　『日本家庭百科事彙』は「絵草紙」の項で、この呼称の変遷について次のように記している。

徳川時代に至るまで、絵草紙とは絵入本にて、近時の小説本の如く、所々に絵を挿入（ハサミ）せし草紙なり。此等は勿論、今いふものとは異なれども、又これに依つて其の大凡を推知せらるべし。物語本を草双紙といふことは中古よりにて、其絵入なれば約（ツヾ）めて絵草紙といふ。即ち絵巻物の、絵入本と形を変ぜしのみ。今日の浮世絵、錦絵を呼ぶとは甚だ異なり。……絵双紙は絵入草双紙のことにて、其の今の如く、絵びらを絵草紙と誤りたるは、恐らくは明治以後のことなるべし。而して絵入草双紙は、草双紙と単に呼ばれて、寧ろ旧に復したるもをかし。文学上に使用する絵草紙の語は、前述の理由によりて草双紙と知るべく、今日の世俗が知れる絵草紙は、別に浮世絵又は錦絵の条に見るべし。

『言海』の「絵草紙」の項に「挿絵（サシエ）ノアル草紙。絵本」という語釈があるのはこのような理由による。ただし、『二人女房』のこの部分の「絵草紙」が勧工場の入口に玩具と並んで売られていることからすれば、「世俗が知れる絵草紙」すなわち錦絵の意味と考えてよい。さらに、平出鏗二郎『東京風俗志』下巻（明治三十五年）の「児戯」の項は、高雅な画題の「錦絵」と並べて「絵草紙」について記し、「武勇伝・戦争・教訓・女礼式・風俗、或はお伽話（とぎばなし）など、児童の喜び易きものを題目とすれど、ポンチ画の如きものもまた行はる」とする。すなわち、『二人女房』本文中の「絵草紙」は、錦絵の中でも殊に児童向けに制作されたものを指すと考えられる。

三四　**煉化通**（三一七頁注六）　明治五年二月の丸の内大火後の復興計画の際、大隈重信、井上馨や、東京府知事であった由利公正らによって、諸外国に対する文明の表玄関としての銀座を中心とする煉瓦造りの欧風市街建設計画が立案され、イギリス人建築家ウォートルス（Thomas James Waters）によって煉瓦敷きの道路に煉瓦造りの建物が配された都市計画が具体化された（藤森照信『明治の東京計画』〈昭和五十七年、岩波書店〉などによる）。ただし、煉瓦街化計画には反対も多く、また、五年後の完成時にも空き家が目立つなど、計画は必ずしも順調に推移したわけではなかった。その後、興行ものを許可し、易く払い下げるなどのさまざまな措置を経てようやく近代化を象徴する市街としての風貌を示し始めたのは明治二十年代に入ってからといってよい。篠田鉱造『明治百話』には次のような証言もある。

煉瓦通りが興行物の浅草奥山にならうとは、由利さんも思はなかつたが、最初の目算はがらり外れて、全く一時は淫売の寝床となつてゐたもので、高い借賃は払へないし、払つて住んでも商売にならないから、御免を蒙つたもので、それが興行物と淫売で、ヤヽ賑つて来たのと、二十ケ年賦一坪一歩二朱五厘といふ払下げで、ソレなら買ひませうといふ商人が大分にあらはれて、煉瓦市街の型をなしたのと、新橋芸妓（げいしや）の金春（こんはる）が発展し初めたのとで、景気を回復し、煉瓦通りらしくなつて来た。

三五　**鯰鰌**（三二八頁注一〇）　明治初年の「官員唄」に「髯を生やして官員ならば　猫や鼠は、みな官員」とあり、これを録して添田唖蟬坊・添田知道『流行歌明治大正史』（昭和八年）は、「官員を指してどぜう髯或ひは鯰髯と嘲罵する当時の民衆であつた」と記している。同書に引かれる明治十一年頃の流行歌「おやかまちやんりん」には「どぜうのおひげでぬらくらあるき　やつぱり鯰のお仲間だんべ」とある。明治二十二－二十四年の流行歌としては、久田鬼石作「浮世節」に

何故か鯰鰌の真似する人が
やたら無性に出来るとは
さても可笑しき事なりと
知るや知らずや世の中は
髭の流行日に増して
代言人に新聞記者
医者に学者に議員さん

勅奏判任初とし
猫や釈子に至るまで
鼻下にたくはふ八字髯

とある。

三六　**官制改革**（三二八頁注一三）　明治十七年の「官吏非職条例」以後、本作品発表（明治二十四年）以前の大きな「官制改革」としては、明治二十年七月の勅令第三十七号「文官試験試補及見習規則」による文官試験の導入が挙げられる。これによって、以後、高等文官の多くを東京帝国大学卒業生が占めるような官僚制度が成立する。この制度下での文官試験は明治二十一年にはじめて行われ、文官試験による任用が本格化したのは翌二十二年のことである。ただし、この文官高等試験制度の導入と、三年間の俸給が支給されなくなったこととの間に直接的な関係があるか否かについては未詳。

心の闇

一 野州花、石南花（三四〇頁注二）　「野州」は上野国（現在の群馬県）と下野国（現在の栃木県）の総称。「土人ヤシウ花と呼ぶ　或は野州花と誇れるもげにこそと領かるゝまでに美しき花なり……峰となく谷となく八汐の躑躅淡桃色に咲き乱れて艶愈艶研愈研」（舟橋一也『栃木通鑑前編　栃木県誌』「日光各地の名産」、明治三十七年十一月、両毛文庫本部刊）。シャクナゲはツツジ科で、本州中部以西の低山帯に分布。四―五月、紅紫色から白色の多数の花を開く。「蓼沼の蓼、石楠花、躑躅、男体山に大木多し」（同前）。

二 宇都宮停車場（三四〇頁注三）　明治十八年七月、市街の東端、川向町に日本鉄道会社奥州線（東北本線）宇都宮駅開業（大宮―宇都宮間開通）。明治二十三年日光線（宇都宮―日光間）開通。開業時、上野―宇都宮間は上下一日二本ずつ運行し、乗降客は平均六十人程度。明治十八年十月現在の所要時間は、途中の渡船も含め、最短で四時間十一分（宇都宮市史編さん委員会『宇都宮市史』第七巻、昭和五十五年三月。「官報」第七百号「上野宇都宮間列車発着時刻表」、明治十八年十月二十九日）。明治二十五年十一月一日改正の「全国汽車発著時刻及乗車賃金表」（「官報」第二八五二号附録、同年十二月二十八日）・明治二十六年一月二十八日改正（同第二八七四号附録、同年一月三十一日）・同年四月十一日改正（同第二九七四号附録、同年五月三十一日）では、いずれも上野―宇都宮間で上下一日五本ずつ運行。所要時間は最短で三時間十分。運賃は下り七十九銭。図版は明治三十五年の駅前風景。「奥州線の中心に尻を据えて日光線を鼻元にブラ下げ……宇都宮の停車場。……上野を除（を）いちやア宇都宮（こ）ですネと頼まれもせぬ月旦（しなさだめ）は。構造の宏大と建築の立派十分想ひ遣らる可し。……凄まじい繁昌の旗頭はまづ停車場、見渡す限り旅店の販（にぎ）はしさに人力車梶棒ヅラリと揃つて、講談師の口調なる場内立錐の地といふも仰山。褶子木棒押立つる程の余地は請合。人の山築（つ）き人波うつ」（鬼笑「宇都宮繁昌記（壱）停車場（すていしよん）」『下野新聞』明治二十四年四月十八日）。「停車場外、客待の車夫、彼処に一列（れむ）、此処に一班（れむ）、乗車（くるま）を勧めて五月蠅（うるさ）き潮（うしほ）の湧（わく）に似たり。街の両側には休息を勧むる茶婦。手を拱（まろば）しての旅舎（はたごや）の番頭」（春圃居士『宇都宮繁昌記』「宇都宮の光景」、明治三十一年十二月、内山港三郎発行。国会図書館蔵本に拠る）。

明治 35 年の宇都宮駅前風景
（宇都宮市史編さん委員会編『宇都宮市史』第 7 巻，昭和 55 年）

三 紅葉（三四〇頁注五）　「秋は……紅葉雲錦千幅を懸けて夕陽に映じたるさまこそ心もことばも及ばぬ眺めなれ」（舟橋一也『栃木通鑑前編　栃木県誌』「日光各地の名産」、明治三十七年十一月、両毛文庫本部刊）。

四 千束屋（三四〇頁注七）　「評判よき旅店（はたごや）の数のうちにも手塚屋評

判昔しに替らず……停車場前に支店を出（だい）せるは白木や手塚や稲屋等」（鬼笑「宇都宮繁昌記（十一）旅店」『下野新聞』明治二十四年五月五日）。「手塚屋森島喜三郎（千手町）其名特に東北に高く、客足繁し、款待（もてなし）親切にして遺憾なし、……市中第一流の旅舍たり」（春圃居士『宇都宮繁昌記』「旅舍」、明治三十一年十二月、内山港三郎発行）。手塚屋は千手町（伝馬町の東約一キロメートル。↓地図）にあったが、伝馬町には「紳士豪商茲（ここ）に宿す、……市中第一位の旅舍と為す」（同前）白木屋斉藤嘉平があり、これらがモデルであろう。なお、明治二十三年の旅籠数は六十九、うち一等は四十六（「宇都宮町統計」『下野新聞』明治二十三年七月二十三日）。

五　按摩（三四〇頁注九）　宇都宮の按摩では熊谷桂斎、石塚茂吉、鮎沢慶真、坂本佐七などが「いづれも検校の資格争はれぬ処。踏み出す足元に杖の筋道までが巧者な評判」（「宇都宮繁昌記（十七）職工（附）雑種（いろ〳〵）」『下野新聞』明治二十四年五月十二日）。

六　精霊棚の白茄子（三四〇頁注一一）　盂蘭盆の精霊棚にこもなわ（または横木）を張り、白茄子や赤茄子を釣った。市中諸所に立つ市場（草市）で「間瀬垣菰（まこも）……赤茄子白茄子」（菊池貴一郎『江戸府内 絵本風俗往来』上「七月」、明治三十八年十二月、東陽堂）などを売っていた。

精霊棚
（菊池貴一郎『江戸府内 絵本風俗往来』明治38年，東陽堂．京都大学文学部蔵）

七　柱時計（三四一頁注二八）　宇都宮では、明治五年に石田已之吉が馬場町に開店した時計店が最初（『宇都宮市史』別巻「宇都宮市史年表」、昭和五十六年十二月、宇都宮市）。「晩に三時の時計がチン〱と鳴れば」（三遊亭円遊口演／酒井昇造速記「思案の外幇間（たいこ）の当込み」『百花園』五号、明治二十二年七月五日）。日瑞時計商会の広告（『東京朝日新聞』明治二十三年十二月七日）によれば、ボンボン時計（一週間巻）は四円二十銭。

八　この土地は……（三四六頁注七）　明治三十九年四月現在の「癩患者概数表」に拠れば、栃木県の「人口毎千患者数」は〇・四九で全国平均〇・五〇以下（『本邦癩病叢録』大正八年七月、雨潤会発行）。昭和十五年の調査でも四十七都道府県中三十番目で低い（『公衆衛生学』第2輯第8編「癩」第2章「癩の蔓延」（林芳信）、昭和二十三年七月、日本臨牀社）。

九　癩（なり）（三四六頁注八）　「すべつた跡は宇津の山辺の〈米仲〉　そろ〱と眉のあたりのなりん坊〈存義〉」（存義ら編『江戸新八百韻』「奴何」、宝暦六年成立）。「眉を剃おとし、墨にて塗ければ、親父見付、おのれが其つらハ何じや。しつかい、なりを見るやうなといへば」（『鳥の町』「業平」、安永五年序。『噺本大系』十、昭和五十四年、東京堂出版）、「このころ業平眉といふがはやるからそいつに作りはどうだとおしへたらこいつは妙だとさつそく引眉（ひきまみ）へにして……其眉（まみ）をみろ癩（なり）のやうだといふと」（振露亭『御膳手打 翁曽我』寛政八年刊か）、「成程、癩病（なり）の平さんだから癩平（なりひら）さんかへ」（禽語楼小さん口演／今村次郎速記「和歌三神」『百花園』七十二号、明治二十五年四月二十日）。新日本古典文学大系明治編22『幸田露伴集』二二〇頁注七参照。

一〇　勝れて美い女子には……（三四六頁注九）　昭和十五年の「癩患者発病年齢表」（『公衆衛生学』第2輯第8編「癩」第3章「癩の病理」、昭和二十三年七月、日本臨牀社）に拠れば、女性のうち、十一―二十五歳の発病者の割合は約五〇パーセントと多い。ただし、「美しい女子」というのは根拠がない。ただ、和泉式部が「癩病を患へし」ことは五代秀尭ら『三国名勝図会』（天保十四年）巻五十五「真金山法華嶽寺」の条に見える（明治三十八年、山本盛秀編・刊）。また上臈が悪疾に悩んで流浪した話も多く（柳田国男

『桃太郎の誕生』「和泉式部の足袋」五。『定本柳田国男集』八、昭和三十七年、筑摩書房)、これに関連する俗信か。なお、幸田露伴『対髑髏』(『日本之文華』明治二十三年一―二月)・尾崎紅葉『巴波川』(『新著百種』号外、明治二十三年十二月)に類似の設定がある。

一一 **眉毛へ触つて見る**(三四六頁注一四) 「眉毛脱所も癩の一主要症状として注目せられ、殊に民間に於ては眉毛脱落者を見れば癩にあらずやと疑ふ程であるが、眉毛脱落必ずしも癩のためで無いことは云ふ迄もない」(『公衆衛生学』第2輯第8編「癩」第4章「癩の症状」、昭和二十三年七月、日本臨牀社)。その発病症状として最も多いのは皮膚知覚麻痺で五〇・九パーセント、次いで斑紋発生三八・四パーセント、結節浸潤・眉毛落脱は六・三パーセントに過ぎない(同)。ただ、補注九の諸例から窺えるように、従来の文学作品では、多く眉毛脱落が発病症状と見なされてきた。「黒癩といふ病ありて……何(つい)となく睫(まつげ)=眉毛の意)の薄らぎそめけるより例の悪病の相ひとつ〳〵顕れしかば」(青木鷺水『御伽百物語』巻五「人食二人肉一(ひとひとのにくをくらふ)」、宝永三年刊)。「眉毛の無いのがお好きなら、癩病患者(かったい)お色に持ちなんせ」(「オッペケペー節」。明治二十四年以降流行。『日本音曲全集』七「俗曲全集」、昭和二年、日本音曲全集刊行会)。

一二 **干瓢**(三四七頁注二四) 栃木県では江戸時代以来の伝統的工芸作物で、農家の現金収入源であった。「高尚なる乾物にして、贈物に適せり。品質、滋味、光沢、等優にして佳品也」(春圃居士『宇都宮繁昌記』「土産」、明治三十一年十二月)。明治四十一年の宇都宮市におけるユウガオ作付面積五・四ヘクタール、生産高六・六トン(『宇都宮市勢提要』第五回、大正三年十一月、宇都宮市役所)。

一三 **何でも一銭髪結と……**(三五三頁注二四) 宇都宮の「女髪結にお時おまきなど先づ仝(どう)社会の牛耳を取り得意の嶋田よりも噂は高し」(「宇都宮繁昌記(十七)職工(附)雑種(いろ〳〵)」『下野新聞』明治二十四年五月十二日)。なお、饗庭篁村「人の噂」五(『むら竹』四、明治二十二年)に、夫の死後、息子を育てるため女髪結になった話がある。「さま〴〵の辛苦を忍び外に手業(てわざ)のなきまゝに習ふに慣れて女髪結 霜の凍る寒い朝も石の焼ける炎天も撓(たゆ)まずに駆け廻り 貧しい中からお前を学校へ通はせ……斯(か)うして毎日稼ぐ中から少しづゝ駅逓局へ積むも御店(おたな)を下ッてからの資本(もとで)金と 母の栄耀には一銭も遣ひませぬぞ」とある。「女髪結の外は何れも十銭以内飯代がヤットの事」(「東京下層社会婦人の内職」『朝野新聞』明治二十四年二月二十四日)とあるように、女性の仕事の中では内職に比べ割がよかった。「女の内職」(『国会』明治二十四年十月十日)に拠れば、自分一人だけの生活が可能な内職は女髪結か賃仕事くらいで、女髪結の場合、島田髷が三―七銭、丸髷三―四銭、天神髷二―三銭という。

一四 **鉄棒曳き**(三五四頁注一六) 「長屋中鉄棒引とはなんの事(こつ)た。わたしらが嫁はそんな口松(くちまつ)じやアごぜへやしねへ」(式亭三馬『浮世風呂』二編下、文化七年)。「長家(ながや)の鉄棒連(かなぼうれん)には妙(をつ)な噂をされるのも嫌ですから」(金原亭馬生「お目見え」『文芸倶楽部』大正三年四月十五日)。お民のような女髪結は、処々の家に行って仕事をするので、町内の情報に詳しかった。「手がらの裂(きれ)の古いのや挿し飽た簪をばせしめん慾と二人前口の働らく女髪結……近所近辺裏々小路 隅から隅の噂話しに兎角もつるゝ汚れ毛を取上げて結ふ女同士 櫛の歯ならで口の端にかゝるほどなる間違も出来(いでく)ることの有りといへば 其の人柄に気を付くべしと 或る老人の云はれたりとか」(饗庭篁村『当世商人気質』巻四の一、明治二十二年)。「入り来るは近きほとりのお安といふ女髪結 身体(からだ)も口もマメ過ぎて騒がしきまでの元気者」(饗庭篁村「雪の下萌」三、『むら竹』七、明治二十二年)。「女髪結/と一口にいへども、婦人にて自活の道を立ること、徒らに袖手して両親(おや)の脛(すね)を嚙る腑甲斐なき遊冶郎に比すれば、天晴働きものといふべし、さるを世間の人はこれを多舌(おしゃべり)、口悪、鉄棒引、色の取持、地獄者などゝ、あるとあらゆる卑しむべき代名詞の様に思ひ、不品行の標本と見立て、……淫奔浮薄の様に描き出さるゝとは、当人こそいゝ迷惑にてまことに損な商売ならずや」(『日用百科全書』六「衣服と流行」、明治二十八年十月、博文館)のように、女髪結を鉄棒引きとする見方は一般的だった。「お種は、斯(こ)の啞の髪結を通して、女でなければ穿鑿(せんさく)して来ないやうな町の出来事を知り得るのである。髪結は又、人の気の付かないことまで見て来て、それを不自由な手真似で表はして見せる。其日も、親指を出したり、小指を出したり、終（しまひ）に額（ひたへ）のところへ角を生（はや）す真似をしたりして、世間話を伝へ乍（なが）ら笑つた」（島崎藤村『家』上一、明治四十三年）。

一五　**国亡びて忠臣顕れ、家貧しくて孝子出づ**（三五五頁注三四）　国家が滅亡に瀕したとき忠義の臣が現れ、家が貧しくなったとき孝行な子が出る。国や家が危機に瀕してはじめて、忠臣や孝子が人に知られるようになる、の意。「六親和せずして孝慈あり。国家昏乱して忠臣あり」（『老子』十八）。「「国乱れて忠臣あらはれ……」とは汝等（なんぢら）が事也かし」（曲亭馬琴『椿説弓張月』〈文化四―八年〉十五回）。「家貧（まづしう）して孝子顕れ国乱れて忠臣出づ、まことたきの政岡ならぬ相馬家の老女御家の騒動に骨身を砕きて」（「相馬家の大奥」『読売新聞』明治二十六年七月十四日）。

一六　**県庁**（三五七頁注二三）　明治十七年、栃木県庁が栃木から宇都宮に移転、二里山の一部を崩して庁舎を建設した（敷地二万四千六百余坪）。明治二十一年焼失したが、二十三年再建（建坪一千余）。「新築の栃木県庁さすが宏壮雄麗の建築」（鬼笑「宇都宮繁昌記（四）官衙」『下野新聞』明治二十四年四月二十二日）、「さても県庁新築の正面より写影するなど」（「同（十）写真」『下野新聞』明治二十四年五月三日）などとあるように、権威と憧れの的であった。佐の市母子の住む境町から直線距離で約八〇〇米（メートル）。↓地図。

一七　**都座**（三六三頁注二一）　明治七年頃、二里山の田圃の中に建設された宇都宮最初の劇場。県庁舎建設のため明治十五年中塙田町に移転。大川橋造が名声を博し、寿座と併称される第一の劇場だったが、明治二十二年に大川橋造が大川座を明神下に新築したため廃業（田代善吉『栃木県史』巻十四「文化編」、昭和十四年、下野史談会）。大川橋造が名声を博していた当時、都座の土間割れ舞台は東京でも見られない程の立派なものだったという（『栃木県史』巻十四「文化編」二十二「芝居」）。春圃居士『宇都宮繁昌記』（明治三十一年）「演劇」は大川座・寿座・宝座を挙げ、「顧れば十年前、劇場は寿座都座ありしのみ」と記す。鬼笑「宇都宮繁昌記（三）劇場」（『下野新聞』明治二十四年四月二十一日）には、「都座といひ。寿（ことぶき）座といふ。宇陽の二劇場。都座は結構大なれども何となく場内奇麗ならず。殊に便所の設けあしきが為め衛生家はいつもながら唇頭（くちびる）尖らすの恐れありけり。さはれ寿座は場内新築ゆゑ殊の外清潔にて便所等の準備も手落なけれど、惜しひ事には場内手狭にて都座にははるか劣れり」とあり、都座廃業の時期は明治二十四年前後と推測される。ちなみに鬼笑の文章は次のように続く。「何れを何れ宇都宮には共に興行毎の人気（じんき）あれば。僅かの瑕瑾を詮議立するには及ばぬ事。大抵舞台明きの事はあらねど然（さり）とて霜枯れや移り更（がへ）の折々。劇場に政談演説会や宗教演説。傍聴無料の貼札も珍らしからず／「当地鏡ヶ池寿座におきまして今晩より新狂言剣の山浮世才判（さいばん）序幕より大切まで大勉強」と。反身になつて車の上の触れ太鼓。心得たりと受太刀に都座の奮発。名にし負ふ嵐冠（ぐそくや）の一座がお岩いなりの時代狂言。車輪（くるまわ）になつての大勉強に寿座もひるまず。互に競争の最中果報なるは見物の方々。当つた亭主が半俵（こめだはら）背中にしよつて門口から女房よろこべ。芝居がお役に立つたぞや（『菅原伝授手習鑑』寺子屋の段の「女房悦べ。悴はお役に立たぞ」のもじり）」。

一八　**へえん**（三六四頁注七）　尾崎紅葉『後篇多情多恨』二の四（明治二十九年）で、葉山にぞっこんの姫松に、お若がわざと「えへ、えへ、えへん」と咳払いする部分は、初出では「へえ、へえへえん」であった。ここでも同様の誤植の可能性は残る。

一九　**福助・新蔵・猿之助**（三六八頁注二・三・四）　これ以前にこの三者（中村福助・市川新蔵・市川猿之助）が歌舞伎座で共演したのは、明治二十五年三月二十四日―四月十七日、五月一―三日、五月二十八日―六月二十四日、十月十四日―十一月十五日、十二月二―四日、明治二十六年三月十日―四月十一日の計六回。しかし本文注に述べた演目は、九世市川団十郎・五世尾上菊五郎・初世市川左団次共演、東京俳優総出の大一座で大好評を博し、大入りのため当初の予定を五日間日延べして三十七日間（うち、五月十二―十四日の三日間は近火のため休業）に及んだもので、純益二万円の大成功であった(以上、新蔵・猿之助の項と併せ、永山武臣監修発行『歌舞伎座百年史 本文篇』上巻、『同 資料編』、平成五年・七年、松竹株式会社・歌舞伎座、に拠る)。この興行は当時の新聞でも大きく取り上げられ、例えば『都新聞』(五月十七日)の「歌舞伎座」では、その建築、内部の様子などが詳しく解説され、出勤俳優・作者・長唄囃子などの一覧も掲載されている。福助・新蔵・猿之助は「名題之部」に見える。また『読売新聞』でも五月十三―二十五日に芋兵衛「歌舞伎座評判」が連載(十回)され、「久々にて親玉株三団隊合併の大興行」(五月十三日)、「猿之助の範頼入道源雄、優が今度の此の役は一番目中第一等の上出来なるべく」(十四日)、「新蔵の団三郎、……人間か扨は鹿とも認め難きほどの早業流石(さすが)は成田屋門下の巨魁なり」(十六日)、「福助の虎、……元禄絵の遊女の扮装(いでたち)その麗(うつく)しきこと四辺(あたり)も輝くばかり」(十七日)、「福助の義経、……その柔々(やさ〱)しきこと半四郎此方(こっち)に無き図なるべし」(二十日)、「福助の白子屋お熊、……優が標致は美麗(きれい)よりは品位のかた勝(かち)たれば様子柄賢(さか)しく見え斯(かゝ)る淫猥なる女子には向ずして」(二十三日)などと評されている。なお、本作品のこの箇所が掲載されたのは六月十二日。

二〇 **万床**(三七三頁注二一) 宇都宮では「刈込みの五分も透(すか)かぬ稼業の愛想。とぎ立てし剃刀の刃は薄からうともあつき待遇(もてなし)ぶりに人気取つて。香水たつぷり匂ひ深き世辞の分量。評判の姿忽ちに浄玻璃(ぜうはり)の鏡にうつりて散髪刈込みの鋏みの音と共に高し。……顔すりながら軽口の芝居話し親方も浮れて面白う覚ゆるなり。椅子の飾り附け鏡の装置さては油画(あぶらゑ)の額数枚押並べたる見附け。硝子戸引開けて先づ視線に入る大時計。団(まろ)き卓子(てーぶる)に様々の器械香油の類ひなど打並べしは未(まだ)しも上等。三銭の油画美人額硝子にはさんで。学校の古椅子払下げての二三脚に格外の低価(やすね)を示して客釣らんとする者も有るとか聞きしが今は如何(いかに)。……芝居のビラ下りて理髪の相場附け掲げられ。親分の気風内儀の持前雇ひ職人の世辞までが抑そも評判の種とはなるなり。一等理髪と屋根に看板打つたる東京亭。広馬場の構へ器械も揃ひ手も揃ふて評判も揃ふぞいと目出たき。謙木堂いづれもの繁昌」(鬼笑「宇都宮繁昌記(十三)理髪師」『下野新聞』明治二十四年五月七日)。なお、明治二十二年十二月における理髪人数は百六人(「宇都宮統計」『下野新聞』明治二十三年七月二十三日)。

二一 **前口上な**(三七四頁注一九) この「な」は方言で、九州・山陰・北陸・関東(埼玉・群馬・茨城)・東北の日本海側などに広く見られる(藤原与一『日本語方言辞書』下、平成九年、東京堂出版)。「拝見の儀な念に及ばぬが」(泉鏡花『風流線』五十六、明治三十六年。舞台は石川県。老壮士の言)。

二二 **徴兵除の往時**(三八四頁注一) 徴兵は、明治六年の徴兵令により二十歳以上の男子に適用されたが、明治十二年に全面改正されるまでは、体格・健康状態の悪いもの、奉職中の官吏、などとともに「養子」も免除対象となったため、徴兵養子がはやった。「徴募ノ際動〈やゝ〉モスレバ遽カニ他人ノ養子ト為リ……規避スル者往々有之……不都合少カナラズ」(明治十年二月一日「太政官達」十七号。『法令全書』明治二十三年。昭和五十年、原書房復刻)。明治七年十月二十六日の『東京日日新聞』には、徴兵逃れのため六歳の少女と養子縁組しようとした男の話が掲載されている。また、彫刻家高村光雲(詩人高村光太郎の父)は、明治七年徴兵されるところを、師匠高村東雲の尽力によりその姉悦の養子となって、徴兵から免れたという(「徴兵適齢の話」『漫談明治初年』昭和二年、春陽堂)。明治十二年十月二十七日の「太政官布告」第四十六号では、「年齢五十歳以上ニシテ嗣子ナキ者ノ養子」(第二十八条四項)などと改正された(『法令全書』明治二十三年。昭和五十年、原書房復刻)。以後、明治十六年十二月の改正で年齢が六十歳以上に引き上げられ、かつ免除でなく猶予とされた。さらに明治二十二年一月の改正ではこの猶予条件も撤廃された。

二三 **県会議員築居喜六**(三八四頁注一六) 当時の被選挙・選挙資格は、納税額(それぞれ地租十円以上・五円以上)の関係で近隣農村の地主層に有利だった。宇都宮町出身者は、いずれも自由党で、明治二十三年の第七回議員選挙では中山丹次郎・矢島中・神谷温作、明治二十五年の第八回選挙では中山・矢島が選出された(田代善吉『栃木県史』巻五「政治編」、昭和十年七月、下野史談会)。

二四　百五十円の金時計（三八四頁注二二）　明治二十六年五月六日『国民新聞』掲載の天賞堂の広告によれば、スイス製の「十八金側無双裏三枚蓋七曜及月指シ月ノ満欠十二ケ月付」が百四十五円。最高は「コロノカラフ引打チ付」で三百五十円。最低でも三十五円。銀側は四十五円―七円。アメリカ製では百十五円―十三円五十銭。同年六月十七日『国民新聞』掲載の天賞堂広告によれば、ニッケル側の「実用時計」（九円五十銭）もあった（アメリカウヲルサム社製）。明治二十九年十二月十日発行の『風俗画報』一三〇号「東京の流行」（画報子）に拠れば八、九十円が売れ筋。「生意気だアネ、二十円の教師さんが金時計を下げるなんて」（内田魯庵『くれの廿八日』其二、明治三十一年）とあるように、富の象徴。

二五　大町の材木問屋吉野屋与兵衛（三八六頁注七）　春圃居士『宇都宮繁昌記』「実業」（明治三十一年、内山港三郎発行）には、材木商八名、木材商四名が見える。このうち大町の材木商は駒場源八、木材商は今井兼五郎。大町は千手町の東隣で、駅の西約六〇〇《メートル》。↓地図。

二六　夢（三九二頁注九）　河竹黙阿弥『蔦紅葉宇都谷峠』四幕目「柴井町伊丹屋の場」で、伊丹屋十兵衛に殺された按摩文弥が、十兵衛の妻しづの夢に現れるので、「しづ　いくら気をしつかり持つても、毎晩々々夜半(よなか)になると、枕頭(まくらもと)へ血だらけな座頭が来る故、怖い怖いと思ふので、こんな病になりました」。折から流しの按摩こぶ市が登場し、十兵衛を揉むが、次第に強く揉み始め、文弥の姿になって「まだ〳〵こんなことぢやあない、骨は骨、皮は皮、揉んで〳〵揉み殺すのぢや」と恨みを述べる。三遊亭円朝の『真景累ヶ淵』七でも、深見新左衛門に殺された皆川宗悦の霊が、流しの按摩に乗り移り、「痛いと云つてもたかが知れてをりますが、貴方のお脇差でこの左の肩から乳の処まで斯(か)う斬下げられました時の苦しみはこんな事では有りませんからナ。……と振返つて見ると、先年手打にした盲人宗悦が、骨と皮許(かば)りに痩せた手を膝にして、恨めしさうに見えぬ眼を斑(まだら)に開いて、斯う乗出した時は、深見新左衛門は酒の酔も醒め、ゾツと総毛だつて」とある。按摩が夢幻の間に主人公の前に現れ、恨み言をいう点で、本作品と共通する（前者との類似については伊狩章「「にごりえ」の構想と「心の闇」」『国語と国文学』昭和五十一年一月に指摘がある）。

二七　見合（四〇〇頁注二）　宇都宮の結婚式は、「橋渡し、見合、樽入、輿入、婚礼等の順序で嫁入道具の取納、三三九度の祝盃等を行ふ。結婚式後三日目に里びらき、五日目舅入り等をなす」（『宇都宮市地誌』昭和九年十月、宇都宮市教育会）。明治時代の「結婚の風習は江戸時代と大差はない」、江戸時代の「結婚は多く媒介人によつて行はれ、談が纏まれば吉日を択び男方より結納の贈物を送る、嫁方にてはそれに御馳走をなし、結納領収証を認め、丁寧なる答礼をなす、後更に吉日を択んで嫁の調度を送り婿方の家に入輿して祝言の盃を取かはし舅姑義弟妹と初対面の盃をなす、翌日披露の宴を張り三、四日を経て里帰へりをなす」（田代善吉『栃木県史』巻十四「文化篇」「県民生活の変遷」、昭和十四年、下野史談会）。

二八　此日は吉日（四〇二頁注一二）　明治五年十一月の太陽暦への改暦の詔書に、「殊ニ中下段ニ掲ル所ノ如キハ率ネ妄誕無稽ニ属シ」とあるように、民間では婚姻の時期について俗信による様々な制約があった。例えば「春は花散り、夏は腐れ縁、秋は飽きやすしとて忌み、三月は去られ月、また桜月、〈花の散るため〉八月は離れ月、十月は神無月とて忌む。正五九月は、犬猫さへ出し入れせぬものとて避け、申の年も去らるべしとて嫌ふ。これに反して、酉歳は「取る」に聞ゆとて吉祥とせり。彼の六曜星によりても、友引の日は大凶とし、大安の日を最吉とす。また太陰暦の中段にかゝづらひて、……輿入の吉日としては、なる、たひら、たつ、さだんの四日を選ぶなり。かゝる物忌(ものいみ)ひにかゝづらひては、一年中に唯冬を最も佳しとすべく、また一方には妙齢(としごろ)の娘を持てる親たちの、年の暮になりてあせる〔数え年のため…校注者注〕がためにや、十二月には殊に婚儀を挙ぐるが多かり。俚言にいはずや、娘と糯(もちごめ)は年の暮にかたつくと」（平出鏗二郎『東京風俗志』下巻「縁談」、明治三十五年、冨山房）。ちなみに、「なる」は成、「たいら」は平、「たつ」は建、「さだん」は定。この四つは『家庭日用　婦女宝鑑』（明治四十四年、大月書店）の「女礼式」でも「婚礼吉日」とされる。なお、明治二十六年（癸巳）十二月十日は日曜日。旧暦では十一月三日で辛巳。九紫、失勝、執(とる)、房。「執」は「天福のなり初る日なり……夫妻に逢ひ初めて幸ひ来る」（中倉祺氏『神宮 略本暦解』大正四年、乙卯出版部）。しかし、暦の下段によれば、この日は「十死一生の日」（嫁取りを忌んだ大悪日）。ちなみに、明治二十五年十二月十日は土曜日で、旧暦十月二十二日、丙子。四緑、先勝、建(たつ)、氏（以上、天社土御門神道本庁造暦部編『陰陽対照九星配置 万年暦』昭和三十六年、晴明社）。明治二十五年十二月十日は結婚に適するが、「時雨月」（→三八四頁注一三）の内なので、「其月の末」（四〇〇頁三行目）の結納と齟齬するか。なお、明治二十四年十二月十日は旧暦十一月十日庚午、友引、やぶるで不適。

二九　**初雪**（四〇二頁注一四）　宇都宮における初雪日の平均は十二月十日、最早は明治二十四・二十五年の十一月二十六日（神宮司庁『明治二十八年暦』明治二十七年十一月。ちなみに宇都宮測候所創立は明治二十三年）。宇都宮では「雪を見ること珍らしからざるも、其降量は少くして多く十二月より、一二月の間にあり」（『宇都宮市勢要覧』大正十五年、宇都宮市役所）。「降雪は極めて少く、降雪日は一年を通じて二十日を出でず、……宇都宮における最深積雪は昭和七年二月二十五日の二十八粍五で」（『宇都宮市地誌』昭和九年十月、宇都宮市教育会）。

流し按摩
（清水晴風『江戸明治 世渡風俗図会』昭和61年，国書刊行会）

三〇　**按摩の流し笛**（四〇三頁注二八）　冬の夜、笛を吹いて歩く按摩のもの寂しいイメージは、陸奥福堂（宗光）の「夜按摩の笛を聞き、感有り」に「月白く 高楼 酔うて踏歌す。知らず 頭上 瓦霜多きを。憐れむ可し 窮巷 労生の者。寒夜三更 笛を吹きて過ぐ」（明治文学全集六十二『明治漢詩文集』昭和五十八年、筑摩書房所収）と詠まれている。

三一　**出迎**（四〇三頁注三一）　東京の場合、「中流にては、多くは夕刻に始むるなり。婿の家にては、かねて室を清め飾り、門口玄関などに高張挑燈を掲げなどし、万端の用意を整へて待ち受け、時刻を測りて召使、出入の者などを途に出だして迎へしむ」（平出鏗二郎『東京風俗志』下巻「娵入」、明治三十五年、冨山房）。「聟方にては輿入の刻限前に途中まで人を遣し置き新婦(よめ)の一行見えたるよし注進(しらせ)あれば家の執事玄関に出でゝ待受くるなり」（『家庭日用 婦女宝鑑』「女礼式」、明治四十四年）。

三二　**此方の同勢**（四〇三頁注三三）　東京では「娵は媒酌人に伴はれて到り、その父母を始め親戚の者、下流にては近隣の者までもうち連れて送り来る」（平出鏗二郎『東京風俗志』下巻「娵入」、明治三十五年、冨山房）。

三三　**手水口**（四〇五頁注三七）　「手水口」は手水場（便所のそばの手を洗う所）への入口。縁側の雨戸を閉ざした外側に手水鉢があり、雨戸の一部を切りあけた戸（切戸）を開けて、手を洗ったのであろう。ただし、単行本口絵（→三三九頁）では雨戸自体を開けている。「手水口は啓(ひら)きて、家内の一個(ひとり)は早く業(すで)に白糸の姿をば認めしに、渠(かれ)は鈍(おぞ)くも知らざりけり。／鉢前の雨戸は不意に啓きて、人は面(おもて)を露(あらは)せり」（泉鏡花『義血侠血』二十一―二十一、明治二十七年）。

付録

『おぼろ舟』関連略図
〔「東京市区改正全図」(明治23年)をもとに作成〕

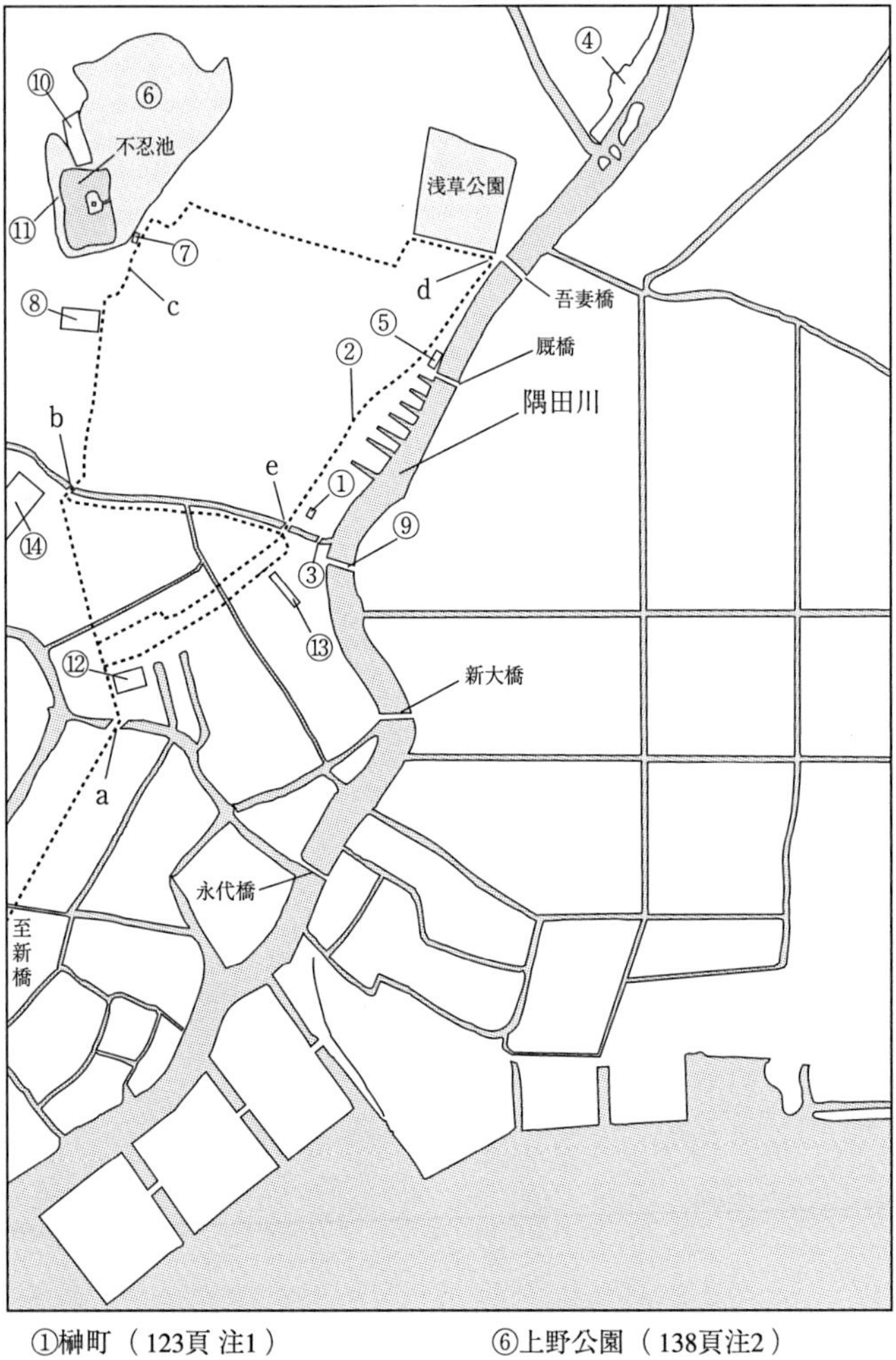

①榊町(123頁 注1)
②鉄道馬車の路線(123頁注17)
　a 日本橋(170頁注2)
　b 万世橋(170頁注2)
　c 上野広小路
　d 浅草広小路
　e 浅草橋(123頁 注16)
③柳橋(125頁注41)
④今戸町(128頁注10)
⑤黒船町(132頁注25)
⑥上野公園(138頁注2)
⑦三橋(138頁注6)
⑧下谷西黒門町(138頁注11)
⑨両国橋(139頁注29)
⑩上野花園町(162頁注12)
⑪池の端(163頁注24)
⑫瀬戸物町(166頁注2)
⑬若松町(170頁注2)
⑭淡路町(170頁注2)

『心の闇』関連略図

〔高木直次郎「宇都宮之内市街図」(明治24年)をもとに作成〕

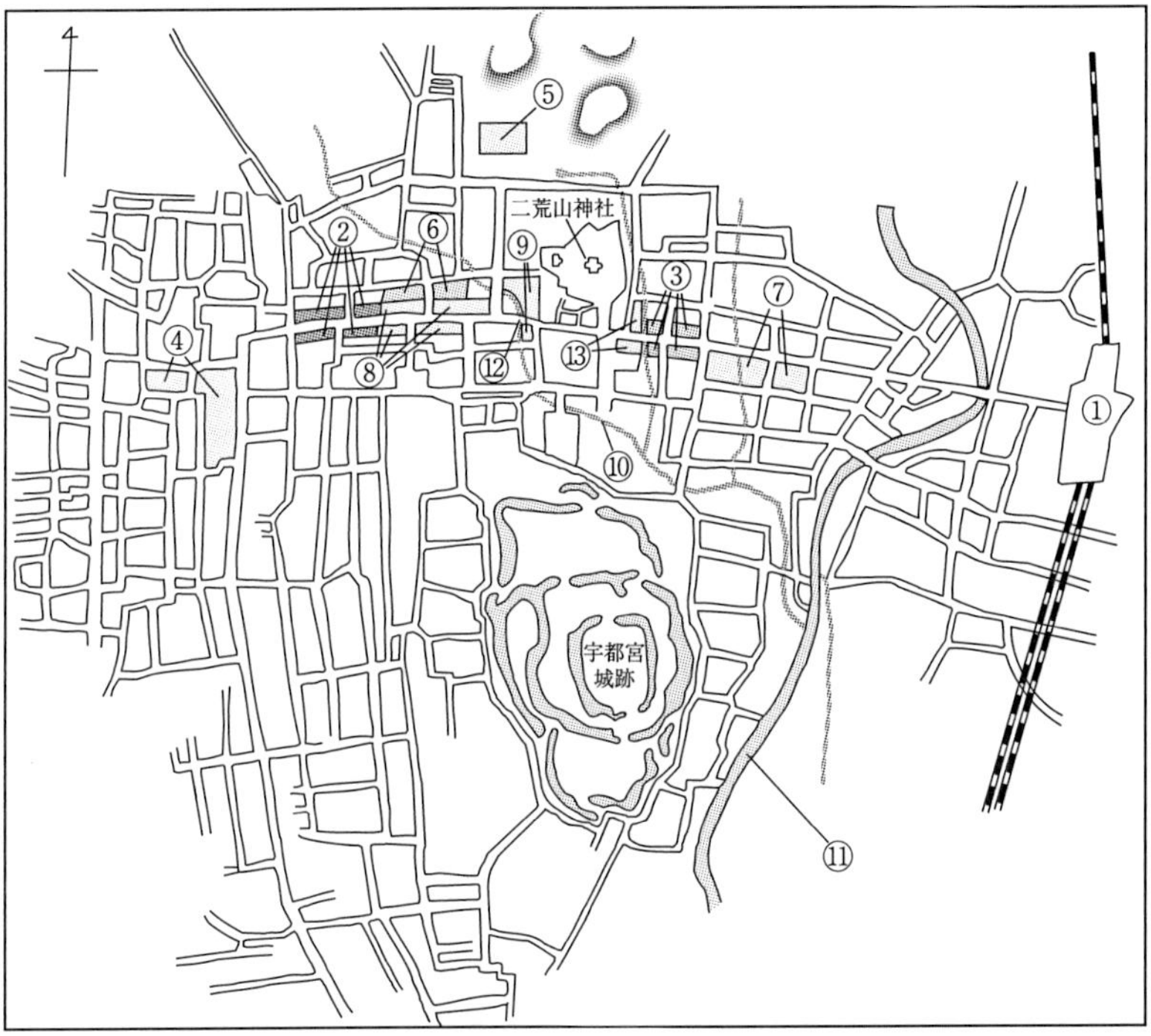

①宇都宮停車場(340頁 注3)
②伝馬町(340頁 注6)
③千手町(補注4)
④境町(348頁注9)
⑤県庁(357頁注23)
⑥泉町(373頁注20)
⑦大町(386頁注7・補注25)
⑧池上町(403頁注26)
⑨杉原町(403頁注26,27)
⑩釜川(403頁注26)
⑪田川(403頁注26)
⑫都橋(403頁注26)
⑬相生町(403頁注30)

解説

恋のかたち

須田千里

一

『二人比丘尼 色懺悔』は、同時代評でも時代がかった設定や言葉遣いが批判され、不自然と批難されて、その登場人物の内面に関しては正面から論じられることの少ない作品であった。しかし注釈中に示したように、若葉と芳野の間で揺れ動いているように見える小四郎は、実は妻である若葉の方に思いを残している。はじめこそ「若葉との祝言に熱鉄の盃を酌み新枕の針の床に。鬼と添寐の夢を結」ぶ思い(「怨言の巻」)、「主命に是非なく。心外の契」(「自害の巻」)だったのが、「とはいひながら初枕――忘られぬ物。……筒井筒の芳野を思はぬにあらねど。半月たりとも妻の若葉。にくからう道理はなし」(同)となっている。小四郎が始めから死ぬ覚悟で家を出たのは、「主恩」のほかに、許婚「芳野へ言訳の事」(「怨言の巻」)が理由なのであった(この間の事情は、安田孝「『二人比丘尼 色懺悔』の場合」『日本文学』昭和五十六年一月に詳しい)。小四郎は若葉に対して、はじめ主命という義務から結婚したのだが、やがて彼女への愛情が芽生えて来、そのことへの引け目から、芳野への言い訳としての自害となったわけである。末尾の独語では、「若葉」「芳野殿」と待遇表現が異なっており、小四郎の感情の所在を明らかにしている。

結婚(それも義務に促された結婚)という肉体交渉がまずあって、そこから愛情が生まれるという形態は、文学史的に見ても珍しいのではないかと思う。許婚浜路の必死のクドキにも翻意しない曲亭馬琴『南総里見八犬伝』の犬塚信乃のような、強い意志を持つ小四郎が、しかし若葉との短い結婚生活によって否応なく彼女への愛情に捉えられる。芳野に対する済まなさを感じながらその思いをいかんともしがたい。――これはまさに近代的な苦悩といえるのではなかろうか。精神は肉体に従属するという認識まで、紅葉が持っていたかどうかわからないが、新しい恋のかたちの提示となっていよう。

本作品においてもうひとつ注意したいのは、語りの形式である。「奇遇の巻」末尾以下は芳野が語るように見えながら、「戦場の巻」における小四郎・武重の会話、「自害の巻」での小四郎の内言、小四郎を見送る若葉の内面など、芳野の知るはずもない部分があることは、従来から矛盾と指摘されてきた。しかし、芳野が若葉に語った内容と、「戦場の巻」以下の記述が別物だと考えるなら、何ら矛盾は生じない。確かにこれは、現在の物語形式からすると奇異ではある。しかしこれは、御伽草紙『三人法師』などの形式を採用したことと、小四郎の内面を語ることとを同時に実現しようとしたために生じたものであった。あるがままに作品を読むなら、芳野が語れたのは、自分の許婚が手傷を負って館に来たものの、ちょっと目を離した隙に自害した、というだけの内容になろう。「自害の巻」で、小四郎の胸に浮かぶ「離別の有様」は、小四郎のことを「若武者」と語っていることから、別に語り手のある非人称の視点(いわゆる神の視点)と考えられ、小四郎の回想と一致するわけではない。さかのぼって、「戦場の巻」における小四郎・伯父武重の会話、「自害の巻」での小四郎の内言、小四郎を見送る若葉の内言なども、この非人称の語り手の語りの中で語られるわけである。つまり、「戦場の巻」以下の、非人称の語り手による詳細な物語と、芳野の物語との間には、大きな懸隔が存在するのである。

もっとも、最後で「そンなら夫守真の……」「小四郎様のお内方か」と二人が言い合うからには、芳野の回想の末尾で、自害した許婚が小四郎という名だったことは明かされたはずである。そして、小四郎の二人の女性への思いが、その死によって伝えられない以上、芳野という許婚が夫にあったと初めて知った若葉には、新たな苦悩が生まれるだろうし、小四郎が結婚したと知った後でも「逢瀬の頼」のあった芳野も、眼の前の若葉をこれまで通り「姉上様」とは呼べないだろう。

かけがえのない女性を殺した男が眼の前の僧だと知った上でなお、その恨みを捨て、その女性を菩薩の化身だとしてともに仏教修行しようと言う『三人法師』の第一の僧や、かつて清盛の寵を争ったことで、愛情のうつろいやすさ、はかなさを身に染みて感じた『平家物語』の祇王・仏御前のような、仏教的諦観は、若葉・芳野の心にまだ芽生えていない。また小四郎の死から間がなく、執着心が諦念に変わる時間的余裕がないためである。

作品末尾の段階では、かつて小四郎の愛を身に受けた若葉と、そうでない芳野との間には、大きな断絶が横たわっているように思われる。

二

平岡敏夫「紅葉の初期小説――「おぼろ舟」その他――」(『国語と国文学』昭和四十三年四月)を例外として、現在埋もれた観のある『おぼろ舟』だが、かつては紅葉の傑作と認められていた。滝田樗陰「諸大家の見たる紅葉山人の傑作」(『中央公論』明治四十年八月)に拠れば、問い合わせた九名中、『多情多恨』を推すもの四、『心の闇』『おぼろ舟』三という結果であった。「読んだ中では「おぼろ舟」などが一番よいやうです」という徳田秋声、「余り紅葉などの作に尊敬を払つて居らなかつたし、又余り読みもしなかつた。……然し今一度、或は二度も三度も繰り返して読んで見やうと思つて居るものが一つある。それは何でも二人の男が妾かなんかを探して、それを囲ふて置く処を書いたものであつた（蓋し「おぼろ舟」のことをいふ也）が、あれはすら〱とよく出来て、今でも、又読んで見やうかと思ふ時がある」という国木田独歩、「私は紅葉君の傑作は「二人女房」と「おぼろ舟」だろうと思ふ」という上田敏がそれである。特に、『伽羅枕』『三人妻』など紅葉の前期文学を「洋装せる元禄文学」と評した独歩（「紅葉山人」『現代百人豪』一、明治三十五年四月、新声社）にこの言のあること、意外の感を免れない。他にも、小栗風葉は「紅葉先生」（『明星』三十六年十一月）で『多情多恨』を第一としながら、「古い物でも『新色懺悔』、『二人女』の中の『おぼろ船《ママ》』中頃で『心の闇』なぞは、何ともいへない幽婉な情があります」と語っているし、『文学界』九（明治二十六年九月三十日）「時文」の『心の闇』でも「無韻の悲劇ともいふべきは二人女のおぼろ舟なるべく」とある。田山花袋も『小説作法』（明治四十二年六月、博文館）九「明治名作解題」（初出明治四十年四月『文章倶楽部』）の「二人女」で、『おぼろ舟』の主人公は其の哀愁多い点に於て紅葉全集の中に傑出して居た」、「心の闇」の項でも「記者は思ふ、山人の初期の作物では、この篇と『おぼろ舟』とが最もすぐれて居るのであらうと」と述べている。「尾崎紅葉とその作品」（『太陽』十八巻九号、明治四十五年六月十三日）でも花袋は、「『おぼろ舟』のお藤『心の闇』のお粂《ママ》などは、長い間忘れられないほどの印象を私の頭脳に残して居た」と記している。

　さかのぼって発表当時の評を見ると、依田学海と北村透谷という、新旧の時代を代表する二人に評があった。補注三三で言及した学海「おぼろ舟を読む」（『江戸紫』二、明治二十三年七月五日）は、勧善懲悪の立場から、「貞白の女子と慈愛の老母を傷つけて読む人に飽までその不幸を悲しましむるはまたいかなる残酷なる心ぞや」と批難しつつも、本作品を「出群抜粋の奇文にして……人情を写すことの妙なるは細に入り微に入り筆の到らぬ隈も無く意の赴かざる所も無し……その面白さに堪えがたく又窃に出し見るに及べり」と述べている。一方の透谷「二人女」(『女学雑誌』甲三二〇号、明治二十五年六月四日)では、学海とは逆に冒頭の百舌鳥屋の場面に「快からざる感想」を持ったものの、「お藤の落魄より天運彼をして淑節を破らしむるに至り流石は紅葉の整然たる筆法に感じ又た一方に向ひては転《うた》た悽惻に堪へざりし……滔々たる淫靡の世界悉く軽薄浅膚なる者のみにあらず　必ずして斯般可憐の嬢子が暗燈の下に万斛の愁涙を灑《そゝ》ぐもの多かるべし。……われは此書の構想と技《アート》とを愛賞すと雖《いへど》も自らは多読するに堪へざるなり」と述べている。新文学の旗手透谷も、天保老人学海も、『おぼろ舟』に魅了されたのである。

では、その魅力の内実とはどのようなものだったのだろうか。本作品掲載の直前、明治二十三年二月二十日－二十八日の『読売新聞』には、九回にわたって「女子に関する醜聞」という続き物が連載されていた。これは、主として女学生の風紀の乱れを煽情的に書き立てたもので、二月二十一日には「女学生遠島論」という記事も掲載、女学生たたきはエスカレートしていた。『女学雑誌』にこの記事への批判が載り、その反論が三月二日の『読売新聞』に載るなど、ちょっとしたブームになっていたのである。その前の続き物「ふうじ文」(同年二月十六日－十八日)でも、「姫御前」と言われる武藤せい子が、正月のカルタ会で一目惚れした玉村にラブレターを送りつけ、迫るという筋であった。本作品がこうした動きに無関係だったとは思えない。『おぼろ舟』の場合、確かに最初の百舌鳥屋の場面では、妾志願者の様々な風俗を描いて西鶴調が露わであり、各人の身の上を叙していけば明治の妾気質ができたかもしれなかった。しかし紅葉の筆は、すぐにお藤一人に絞られる。彼女の場合、経済上の理由から妾となったのだが、『二人比丘尼色懺悔』と同様、肉体交渉の前提の上に恋が成立するのである（もっとも風采もお藤を魅了するのだが）。経済的に不自由していない女学生が、男の姿かたちの美しさに惹かれ、自分から迫って関係を結ぶというようなありようとは対照的なのであって、ここに紅葉の着眼点があったと考えられる。注釈でも示したとおり、『おぼろ舟』の風俗は同時代の続き物や饗庭篁村の作品と地続きなのだが、彼らの場合、恋を描くにしてもその精神性ではなく、肉体関係に至るプロセス、その浮薄さを面白おかしく描くのが主であった。それに対して本作品では、肉体関係がゴールなのではなく、「初見より幽《ゆか》しき」人に「情愛《なさけ》を教へられし」ことから無垢な恋が始まるという発想なのである。

もう一つ注意しておきたいのは、三谷の存在である。「ふうじ文」では、せい子の恋文をずたずたに引き裂いて捨てる玉村の行動に憤った友人が、策略を弄し、玉村の名前で色よい返事をせい子に送り、恋の仲介をするという筋であった。いかに醜い女であっても、男を恋する志は嬉しいものだ、なぜ手紙までそんなに邪険にするのか、というのが彼の言い分である。こうした、一途な恋の尊さを知る男性は、従来の続き物や近世文学（例えば人情本）には稀であって、三谷の人物像との関連が注意される。次に女性の思いを身に染みて感じ取ることのできる男性像という観点から、紅葉の『紅懐紙』を取り上げ、近世文学との差異を明らかにしてみたい。

『紅懐紙』は、明治二十二年十二月二十三日―二十六日『読売新聞』に連載、のち石橋思案『京鹿子』（『小説群芳』第二、明治二十三年二月、昌盛堂）に附録として収録された。内容は次の通りである。

京都島原の遊女浅妻が大身の武家と杯のやりとりをしているところへ、「二十五六の百姓、垢臭き布子を尻からげのまゝ、づか〳〵とはいり」（引用は単行本に拠る）太夫の酒を飲む。怒った武家が大杯を投げつけたため怪我をするが、浅妻は流れる血を懐紙で抑え「誰憚らぬ介抱」。それに感激した五助は、自分の血で汚した浅妻の着物をいずれきっと弁償する、それまで全盛今に変わらず勤めていて欲しいと言い、血の染まった懐紙を肌身につける。八年後、苦労を重ねて大金持ちとなった五助が島原にやってくると、先代の浅妻はすでに四年前に亡くなっており、当時妹女郎だった浮舟が浅妻を襲名していた。五助は、当時の浅妻の情けが忘れがたく、それに報いようと懐紙を肌につけ、精根限り働いて村随一の分限者になり、彼女を身請けしに来たのだと言い、代わりに今の浅妻(浮舟)を身請けし、太夫の墓参に赴く。

本作品と類似した設定に庄司勝富の『異本洞房語園』(享保五年自序)五十六がある。香久山という名取の太夫のもとに、あるとき「年頃三十四五なる男、藍染の股引に同じ木綿布子着て、草鞋をはき荷棒に荷なわを結付、手拭にて頬冠し」(引用は新版『日本随筆大成』第三期第二巻、昭和五十一年、吉川弘文館に拠る)がやってくる(この扮装は典型的な田舎者のそれである)。男は、「爰の内に香久山といふ名取のお女郎が有と在所にて取沙汰を致す。……其お女郎を鳥渡見物して参りたいが、成ませうかな」と言う。話を聞きつけた香久山が酒の用意をすると、男は自ら囲炉裏に行き、袂から伽羅の割木を取り出し、それで燗をして酒を酌み交わす。男が帰った後、香久山は、「田舎人のやうには候へ共、いたづらなる殿がたの、わざく御出ありて、炷給ひし物ならん」と看破する。二箇月ほど後、「有徳なる町人来りて、香久山に二三度あひて身請させて連行しが、実は町人にてはなかりしといふ」(同様の話は『洞房語園』後集〈享保十八年自序〉にも見える)。色道軒荘司叟の浮世草子『北州列女伝』(宝暦六年序)巻之三「香久山之伝」はこれに基づく。

両者は興味深い類似と対照を示す。全盛の太夫のもとに現れた田舎者、彼は廓のルールもわきまえず、直接太夫に会おうとするが、太夫は男の無礼もとがめず歓待する。ここまでは両者同じである。『異本洞房語園』の方は、その田舎者が実はちゃんとした金持ちで、太夫の心を試すためにわざとそう振舞ったのであり、その後身請けしたというのだが、『紅懐紙』の男は実際の百姓なのであった。男は太夫の情けに発奮し身を粉にして働いた結果、数年で大金持ちになり、彼女を身請けしようとするのである。単に身をやつして相手の本心を探る『異本洞房語園』より、太夫の真情に心打たれ、その恩に報いようと一から身代を築きあげる『紅懐紙』の方が、男の気概がよく伝わってくる。血が付くのも厭わず介抱してくれたということもあろうが、対照的な設定といえよう。

金持ちの男が太夫の本心を知るために、わざと貧しい田舎者の身なりで現れる香久山の話の場合、金で身を任せる太夫という存在への疑念が根底にある。一方の『紅懐紙』では、逆に、太夫の情に対する一途な感謝、発奮が根底にあり、疑念は見られない。こうした相違は、近世における類話を見ていくとより明瞭になる。例えば、西鶴の『諸艶大鑑』(貞享元年)巻五の三「死なば諸共の木刀」、巻六の五「帯は紫の塵人手を握」、巻七の二「勤の身狼の切売よりは」や江島其磧『けいせい色三味線』(元禄十四年)京之巻四、鄙之巻一、『傾城禁短気』(宝永八年)巻四の一など、いずれも遊女の心を試そうと、男がわざと貧しい身なりで現れるという設定である。紅葉は、遊女の心を信じられない金持ちの男を描くのではなく、その真心に感じて本当の大金持ちになる男の話を書いたのである。

女性不信ではなく、女性の真心を感じ取る男性。『おぼろ舟』の三谷はもちろんのこと、末尾で流す松本の涙も、「虚涙」(石橋忍月「おぼろ舟及び紅葉の全斑」『国民之友』八十、明治二十三年四月二十三日)ではあるまい。色遊びに飽き果てたはずの松本にとって、お藤はこれまでにない女性であった。こうした男女の誠実さ、真面目さを正面から描いたところに紅葉の新しさ、その人気の秘密があったのではないだろうか。

三

「私はかねて、『心の闇』と『多情多恨』とを、紅葉全作中での最も傑れた者として心に留めてゐた」（「文芸時評　尾崎紅葉について」『中央公論』大正十五年十一月。のち『文壇人物評論』昭和七年、中央公論社に「尾崎紅葉論」と改題収録）と述べた正宗白鳥、「『心の闇』は……彼れが始めて心理描写に成功した作として、その芸術的価値は、次に述べる『多情多恨』と共に、彼れの作中最高の位置を占めるものである」（『人及び芸術家としての尾崎紅葉』大正七年三月、新潮社）と述べた本間久雄など、従来から『心の闇』を評価する声は高かった。「諸大家の見たる紅葉山人の傑作」（前掲）でも、小栗風葉・徳冨蘆花・柳川春葉の三名が『心の闇』を第一に推している。

同時代評でも、本作品は好評であった。『早稲田文学』六十三（明治二十七年五月十日）は、「『読売』に掲げられし当時、頗る評判ありし作」と紹介している。初出の段階で高く評価したのは『文学界』九「時文」（前掲）の記事で、「今年の傑作」では「優に美術的の約束を備へて、去年の五重塔ほどにも思はる」、続く『心の闇』では『伽羅枕』『三人妻』など「唯々目にふれたるを書きつけたるやうに思はれて、余情といふもの絶えてない作品に比べ、お久米は「ナチウラルにして活々し」ており、佐の市の懊悩も、彼が死なずにいることも、「人の世」のありようを写して「紅葉の老成は驚くべし」とある。風潭「一夕蝸牛　其二」（『文学界』十八、明治二十七年六月三十日）も、「添はねば存ふる甲斐なしと、とびたつ程に思ふものを、……さて我胸に刃あつる酷き事もせず、夜目にしのびて情婦《こひ》をうたむ心もなし」と、その無解決を評価する。前掲『早稲田文学』評は、「題目の上よりいへば所謂写実派、心理派の作家によろこばるべきもの」とまとめている。田山花袋「明治名作解題」（前掲）の「心の闇……紅葉山人の前期の作中では、最も完き作と謂ふても好いので、其文体もあまりに凝り過ぎて居らぬ処に捨て難い味がある。……最後を強ゐて結ばなかつたのも自然で好い」という評が最大公約数的であろう。

解題で述べたように、花袋は、本作品が門下生の泉鏡花から出た種だったことを記している。「例の誇張した風に書いてあつて、何うも面白くない、二三度いろ〳〵注意して書き直させて見たが、矢張好けない。それぢや己が書いて見やう、かう書けば好いのだと言つて筆を執つたのだ相だ。鏡花の作物と比較して見給へ、面白い逸話だと思ふ」というのがその事情である。これまでも、「この作品は当時の評判にもあつたやうに純粋に紅葉自身の想に出たかどうか疑はしい。或は門弟の泉鏡花の原稿乃至原案にもとづいて、紅葉が徹底的に斧鉞を加へ、自己の創作としたものではあるまいか」（吉田精一「解説」『現代日本文学全集』二、昭和二十九年七月、筑摩書房）という推測はあった。現在、「この作の題材が門弟の鏡花の構想していた原型に基づいているのだという一説」（岡保生「心の闇」『尾崎紅葉の生涯と文学』昭和四十三年十月、明治書院）については、「それは原案としての程度で、この作の構想はあくまでも紅葉自身の手によって具体化されたものと思われる」（同）という認識が一般的であると考えるが、しかし花袋の記述は、こうした推測に具体的な根拠を与える内容となっており、信憑性は高いと思われる。

では、花袋の言う鏡花作品とはどのようなものだったのだろうか。私は、『黒猫』（『北国新聞』明治二十八年六月二日―七月二十三日。岩波書店版『鏡花全集』二所収）がそれに近いものだったのではないかと推測する。次にその内容を紹介しよう。

十七歳の上杉小夜は、九郎という大きな黒猫を日頃から愛玩していた。上杉家では、富の市という三十二、三歳の盲人が用も無いのに毎日上がりこむのを嫌っていたが、富の市はそれに頓着せず、お小夜が九郎を愛するのを羨んで、生まれ変わって猫になりたい、彼女と結ばれないなら死んだほうがましだと言い、お小夜にまとわりつく。富の市の切ない恋心を知った女髪結お島は、自分も二上秋山という青年画師への叶わぬ思いに悩んでいたこととて、富の市に同情し、願いがかなった後で自殺することを条件に、彼の思いをかなえようと約束する。お島はお小夜を山の祠におびき出し、富の市の自由にさせようとするが、その時彼女の口から秋山への恋を聞かされる。お小夜に同情したお島は翻意するが、富の市はお島の説得に耳を貸さず、「私は何うしても思ひ切れない、譬《たと》ひ死でも断念《あきらめ》ない」と言う。手段も尽き、お島は富の市を殺すが、彼は最後に「猫になるからさう思へ」と叫ぶ。お島は、お小夜を丸髷に結って秋山のもとに送り届けた後、自害する。お小夜は秋山との結婚を待つばかりであったが、この頃から黒猫への嫌悪が芽生え、九郎を邪魔にし始める。猫の方もそれを怨んでか暴れ出し、婚礼の衣装を嚙み破いたりする。厠でお小夜に飛び掛かった九郎は、弟の秀松に傷つけられ、逃走する。やがて、九郎が富の市の墓の上に蹲っているという知らせが届き、両者の関係を確信したお小夜は恐怖に戦く。数日後、九郎は蚊帳に眠るお小夜に襲い掛かるが、秀松により成敗される。

　両者の共通点は、第一に、妙齢の女性に対する盲人の、どこまでも付きまとってやまない執念深さである。『黒猫』十八に、「案内もなしにのそりと這入込んぢやお座敷に坐つたり、お廊下にぬつと立つて居たり……怪物染《ばけものじみ》て」と語られるイメージは佐の市のそれに近い。第二に、急に九郎を邪険にした自分の行為を反省し、「あはれ今一度帰り来よ、寵を再びして更めて我感情を試みむとお小夜の思ふこと切なる」(三十一)態度は、お久米が佐の市に対して「口も碌にきかなんだのは私は悪い。……明日の晩は機嫌好く話して、平生《いつも》のやうに嬉しがらせてやりませう」(七)という態度と同じである。第三に、山の祠で富の市を見出し、「お小夜は一目見て蒼くなりぬ」(二十)は、簗居喜一郎との結婚初夜、「按摩と聞きて、お久米の顔色は変はりぬ」(九)とある部分に類似する。第四に、犯されようとするお小夜に対し、お島が「恐しい夢を見たと思召して」(二十一)あきらめてくれ、という部分は、お久米の見る夢(七)と類似する。第五に、女髪結や「一個《ひとつ》一銭と謂ふ」髪結が登場すること、富の市・佐の市ともに生まれながらの盲人ではないことも共通の設定である。

以上のように整理したとき、両作品が無関係だとは到底考えられない。もちろん、普通に考えれば、時間的に見ても鏡花の方が『心の闇』を読んで影響を受けたということになるだろう。『黒猫』における「美婦《たぼ》」(十)、「眼界の見えない」(十一)、「何の人面白くもない」(同)、「お小夜は心の闇より出でて麗しき天日を見るべく」(二十九)などの語句も、『心の闇』から取り入れたとも考えられよう。しかし、以下の理由で、鏡花が紅葉に学んだ可能性は低いと考えられる。

第一に、『黒猫』のテーマが後々まで鏡花の偏愛するものであったこと。前掲吉田精一解説は「盲目者の執念や、ことに美しい女性に対する妄執は、鏡花にとつて譜代のものであり、鏡花作品の一特色をなすからである。「誓の巻」や「歌行燈」のやうな彼の傑作をはじめとし、この種の人物や心理をからませた作品は数が多い。窈窕《えうてう》たる美女にからむ醜悪偏癖なる人間のヴィジョンは、被虐的な鏡花にしてはじめてふさはしい。紅葉はもつと常識的で、又健全なモラリストであつた」と述べている。村松定孝はこれに加え、『三人の盲の話』(『中央公論』明治四十五年四月)、『桜心中』(『新小説』大正四年一月)、『斧琴菊』(『中央公論』昭和九年一月)にも「盲人の不遜、妄執、因業、好色性がきわめて克明に描かれている」(『泉鏡花事典』昭和五十七年三月、有精堂)としている(これらに、明治四十年一月『文芸倶楽部』発表の『霊象』、大正十四年三月『改造』発表の『怨霊借用』も加えることができる)。これらのうち、特に『一之巻』―『誓之巻』

連作（『文芸倶楽部』明治二十九年五月―三十年一月）では、盲人富の市が主人公新次の恋する深水秀の家に入り浸っており、特に『四之巻』の「几帳」には『黒猫』（三―四）と同様の場面が出てくる。また、お島・秋山・お小夜・富の市の関係は『なゝもと桜』（『新著月刊』明治三十年十一月）の女髪結お欣・信之助・清子・資吉のそれに等しい。さらに、結核を患い教師をやめた資吉が清子の家に入り浸るさまは、富の市そのままであり、清子に思いをかける資吉を諦めさせるため、死んだ父親の許しが得られたらと難題を出したところ、その墓前に座り続けて返事を聞こうとするのは、九郎が富の市の墓の上に蹲る点と類似する。こうした設定は『蝦蟇法師』（明治二十七年二―三月頃執筆か。のちその前半部を「妖僧記」の標題で明治三十五年一月一日『九州日日新聞』に発表）とも共通する。これらのモチーフは鏡花文学を貫く主流なのであり、それが他者の影響によるものだとは考えにくいのである。逆に紅葉の側から言えば、恋の妄執を描くことは稀であった。本巻収録の『恋の山賤』にせよ、また『金色夜叉』にせよ、描かれているのは恋の悩みではあっても、妄執とまでは言えないのである。

第二に、花袋の言う「例の誇張した風」が『黒猫』には明瞭に看取されること。比較すれば明らかなように、あくまでもお小夜に執着し、果ては黒猫に乗り移る富の市の妄念は人間離れしたものである。

第三に、師紅葉に絶対服従であった鏡花が、師の作品を自分流に書き換えるとは考えにくいこと。好敵手と見なしていた樋口一葉に関してなら、その『わかれ道』（『国民之友』明治二十九年一月四日）に拠って『三枚続』（『大阪毎日新聞』明治三十三年八月―九月）、『式部小路』（『大阪朝日新聞』明治三十九年一月、明治四十年単行）が書かれたなど、影響関係が指摘できるが、紅葉については影響作を見出しえない。

第四に、『黒猫』掲載の『北国新聞』は金沢で発行された新聞であり、紅葉の目にふれにくいところでかつての習作を発表したのではないかと考えられること（ちなみに鏡花は明治二十八年六月―十月金沢に帰郷している）。「黒猫」の自筆原稿は確認できず、紅葉による添削の有無は不明、紅葉による言及も確認できないのであり、鏡花が自分の判断で発表した可能性はある。六月に帰郷し、新聞社の依頼で下旬から掲載が開始され、確認できる限りでは休載もないことから、少なくとも、すでに構想は固まっていたであろう。ただし、『心の闇』などの一部の語句は、逆に紅葉から摂取されたのではないだろうか。

以上を総合すると、『心の闇』が鏡花から出た種だった可能性はかなり高いと思われる。しかし、だからといって『心の闇』の価値が下がるわけではない。むしろ対比することで、その美点は明瞭になる。

第一に、無解決の結末のもつリアリティーである。『黒猫』の場合、富の市の言動が表に現れ、実際に事件が起こるのだが、本作品では、佐の市・お久米双方の心理を活写しつつ大きな事件は何も起こらず、ただ恋の恨みが綿々と語られてゆく。さきに挙げた諸家の評にもあるように、これが当時の人々の共感をかち得た理由であろう。佐の市の行動や心理は丁寧に語られているから推測しやすいが、「怪物染《ばけものじみ》」た富の市の執着ぶり、その激烈な結末に対して共感できる読者は少なかっただろう。

第二に、佐の市・お久米の心理の掘り下げである。菅聡子「『心の闇』試論――彷徨する佐の市――」（お茶の水女子大学『国文』七十四、平成三年一月）の指摘するように、佐の市はお久米のいる居間に入らず、「座敷と椽を半分づゝ、閾の上に跽《かしこ》ま」る（一）。彼は「自家剃《うちぞり》にても済む」はずなのに「外聞が悪い」と、「小奇麗なる」床屋に出かける（五）。佐の市の感性は健常者と変わらない。しかし、木村有美子「尾崎紅葉『心の闇』私論（一）」（『樟蔭国文学』三十一、平成六年三月）の指摘するように、千束屋では、佐の市を前にしてお久米は「今衣服《きもの》を着更ふると覚しく、褄が、下着がといふ声」が聞えるし、内儀は「おや感心な、お前にも情婦《いろ》があるのかと弄《あそ》」ぶ。周囲は佐の市を男性と見ていない。佐の市の自己認識と周囲のそれとの間には、深いギャップが存在するのである。だから、佐の市の、お久米への恋を自ら抑制することはできないし、彼女が結婚するとわかった後も諦められないでいる。これには、養母お民に手厚く世話され、二十五歳の現在でもまま幼児性が見られる(三五〇頁注五参照)こととも関わろう。一方のお久米も、結婚を知って佐の市の顔色が変わったように見えても、彼が自分を恋しているなどと想像できないのである。

歌語「心の闇」の用法は、夢のようにはかない契りを、後になって夢か現実かと思い惑う意が多いが、本作品では、心中深く秘めた佐の市のお久米への恋と、それに対するお久米の疑惑・恐怖に転化されている。佐の市はもちろんのこと、恋されているかと恐れるお久米も、広い意味では恋の惑いの中にある。この惑いが永く続くことと併せ、従来にない新しい恋のかたちと言えるだろう。

四

岡保生(前掲)も指摘するように、『心の闇』には「ユーモアへの配慮」が見られた。たとえば、(五)で、お久米への伝言を小婢の松に頼んだものの、覚束なく思った佐の市がいざり出したため、客の老人が「恐い顔して、お松様《さん》は不用《いよう》から、我《おれ》の肩を揉むでくれ」とか、(九)で、夜更けの不審者を詮議しようと喜一郎が外に出たところ、「木根《きのね》に躓きて一辷《ひとすべり》、……石燈籠を枕にすてんころり」など、緊張を解きほぐして思わず笑いの浮かぶ場面である。これは、『黒猫』と対比して、陰惨になりがちな作品に明るさをもたらす、みごとなバランス感覚と言えよう。『おぼろ舟』でも、三谷の言葉はユーモアに富んでおり、「借金を質に入れても囲ふて見すべし」(五)、「あれまでに近《ちか》づきし臨終、まづは四五十年延びたり」（十九）など、読者の微笑を誘う。『西洋軽口男』（『我楽多文庫』十—十九号・『文庫』二十号、明治二十一年十月—二十二年五月）などの滑稽小話を書いていた紅葉の嗜好が、作品中に顔を出すのである。

『紅葉全集』未収録だが、『西洋軽口男』発表の直前にも紅葉は、京の藁兵衛撰の『一分線香　一名　落語の大帳』（青柳堂発行）という雑誌に二つの小話を寄稿している。ひとつは、第三号（明治二十一年九月十日）「富貴《ふき》よせ」欄に掲載された「大笑ひ」（硯友社　紅葉山人）で、「山賊の棲家に大勢仲間があつまツて盗みものゝ配当をした。一人の賊は金時計をもらツて傍へ置《おい》たのが急に見へなくなツたとて。みんな気をつけろ此中には盗賊《どろぼう》が居るぜ」というもの。もうひとつは、第四号（明治二十一年十月十二日）の同欄掲載の『半人前』（硯友社　紅葉山人訳）で、「三才《みッつ》ばかりの乳児《ちのみご》をだいた旅の婦人が馬車へ乗《のつ》たが其車のおそいこと〳〵中気やみの羊が屠所へ行《ゆく》やうなれば婦人は御者にむかひ。もしおまへさんこの子の賃銭はいくらです、ナアニいりません五ツ六ツのお子さんなら半人前いたゞきますけれど。そんなら半人前あげて置《おき》ませう。ヘエーなぜ。でも此馬車が着く中《うち》には此児がそのくらひになりませう」（いずれも総振り仮名）。『紅子戯語』が発表され始めるのは十月二十五日の『我楽多文庫』十号からであり、こうした滑稽趣味が紅葉作品を貫く基盤になっていることが窺われる。坪内逍遥は「新聞紙の小説」（『読売新聞』明治二十三年一月十七日）で、「新聞紙の務《つとめ》は素《もと》より報道のみにあらねば読者の娯《たのしみ》の料作るもよし　但し新聞紙の読者は少数人にあらずして……社会全体なれば賢愚老少男女を問はず皆新聞紙を読むといふことを忘る可《べか》らず」と述べていたが、紅葉は確かに一般の新聞読者を見据えていたのである。

以上、三作品について、紅葉の提示した恋のかたちを見てきた。全集をひもとけば、紅葉が描く様々な恋を堪能できよう。『二人比丘尼色懺悔』『おぼろ舟』『心の闇』それぞれにおいて、恋を精細に描く紅葉の手腕は、自然主義文学の盛衰を経た現在読んでも清新な印象を与える。紅葉の作品は明治の古典の名に恥じない。

付記　注釈に際しご教示賜った方々、文献の閲覧・複写・撮影をお許しくださった公私の図書館、用例検索に利用させていただいた国文学研究資料館の本文データベース検索システム（http://base3.nijl.ac.jp/Rcgi-bin/hon_home.cgi）・青空文庫（http://www.aozora.gr.jp/）に謝意を表する。

『紅子戯語』『恋山賤』『二人女房』解説

松村友視

近代文学史に尾崎紅葉をどのように位置づけるかということは、意外に困難な問題である。むろん既存の文学史のいずれにも紅葉はなにがしかの位置を担って記載されてはいるのだが、問題の真の所在は、それらの文学史を支える歴史観の有効性・妥当性への問い直しの契機を、紅葉および硯友社の文学世界は内包しているという点にあるように思われる。文学の〈近代化〉を座標軸とする既存の進歩史観を仮の足場として想定した場合でも、紅葉文学は一義的に意味づけがたい複雑さを示しているはずであり、今日すでに自明である「純文学」「大衆文学」という分節でさえも紅葉には容易には適合しがたい。

それはまた、抽象的理論と実践との落差の問題でもある。尾崎紅葉および硯友社同人たちは、最初の近代文学結社として、最初の近代文芸雑誌『我楽多文庫』を舞台に、創作において文体実験において、ともかくも第一歩を踏み出した。十分に行方の定まらない道を歩みはじめようとした時の紅葉や硯友社同人たちが示した若々しいエネルギーとその結実を、老成した文学史はまだ十分に位置づけ得てはいないのである。

そうしたエネルギーの一端を、我々は『紅子戯語』に横溢した過剰なまでの言葉の群れの中に読み取ることができる。

『紅子戯語』

活版公売本『我楽多文庫』第十号に『紅子戯語』の連載が始まった明治二十一年十月の前月、森鷗外は四年に亘るドイツ留学から帰国した。坪内逍遙『小説神髄』の完結からすでに約二年が経ち、二葉亭四迷『浮雲』も第二編まで上梓されていたことを考えれば、『紅子戯語』で同人たちが示す洒落のめした無稽な雑談は、時代錯誤めいて、いかにも古い。だが、文学史的な評価としての「古さ」は、『紅子戯語』に横溢する闊達な笑いを相殺するだけの強靱さをもち得てはいない。それほどにこの戯文は、史的評価などものともしない才気と若々しさに満ちているのである。

「惣勢すくつて八名大笑ひの雑談」と「自叙」で述べるように、『紅子戯語』は『花暦　八笑人』(瀧亭鯉丈作、文政三年―嘉永二年)や『滑稽　和合人』(瀧亭鯉丈・為永春水作、文政六年―弘化元年)など文化文政期の滑稽本の系譜を引いている。筆写回覧本『我楽多文庫』に連載された紅葉の『滑稽貝屏風』(明治十八年五月―十九年五月)もまた、「道中の滑稽は。一九翁の膝栗毛。……遊蕩の洒落は。鯉丈子が八笑人」(自叙)という言葉そのままの戯文であり、『紅子戯語』はその延長線上に位置する。しかし、その間に流れた三年余の年月は、『紅子戯語』を鯉丈ばりの滑稽茶番に留めておくことを許さなかった。

硯友社同人たちは『我楽多文庫』の第二期にあたる活版非売本時代、誌上に「街談巷説」欄を設け、かなり手厳しい相互批評を展開している。同好の士の間に閉ざされた趣味的世界から公的な創作意識を背景とする開かれた批評精神への推移がそこに辿られるが、これに滑稽本以来の諧謔の流れを重ねたものが『紅子戯語』だとひとまずは考えてよい。このことは、『紅子戯語』に示された同人たちの錯綜した立場をすでに端的に物語ってもいる。

『紅子戯語』に先だって活版公売本『我楽多文庫』第一号（明治二十一年五月）に掲載された『硯友社々則』で紅葉は、その巻頭に『古今和歌集』仮名序をもじった次のような条文を掲げている。

一　本社は広く本朝文学の発達を計るの存意に有之候得《これありそうらえ》ば恋の心を種として艶なる言の葉とぞなれる都々一見る物聞くものにつけて言出せる狂句の下品を嫌はず天地をゆさぶり鬼神を涙ぐまするなどの不風雅は不致《いたさず》ともせめては猛き無骨ものゝかどをまろめ男女の中をも和らぐ事を主意と仕　候《つかまつりそろ》

遡れば、筆写回覧本『我楽多文庫』第一号の紅葉執筆『我楽多文庫披露』には「和哥詩文の上品より、小説狂文狂詩哥句。四角に堅き角を去り。端歌都々一の心意気。一切無差別。かきあつめ。我楽多文庫の名にし負ふ。諸彦《しょげん》も我も楽《たのしみ》の。多き冊子を月々に。編して而して読書余間の憂晴《うさばら》し」と記されてもいた。「一切無差別」という発想は近世文芸の流れの一端に連なる遊芸的な文学観に根ざすものであり、近代小説としての「ノベル」を芸術の筆頭に位置づけようとしていた『小説神髄』の主張とは明らかに背馳する方向だが、一方で『硯友社々則』巻頭には「本朝文学の発達」への意志が明記されている。「都々一」や「狂句」をもその範疇に収めることを考えれば、「文学の発達」とは、近世文芸の衰退後いまだ新たな文芸の高まりをみない文界に、ともかくもかつての文芸の力を回復しようという意志であったろう。活版公売本『我楽多文庫』は『紅子戯語』第一回が掲載された第十号から大幅に装丁を刷新するが、このとき表紙にデザイン化されたのが、曲亭馬琴、十返舎一九、山東京伝、柳亭種彦らの印章であったことが物語るように、『紅子戯語』時点でなお、『我楽多文庫』の文学観の基底に近世文芸との強い血脈があったことは疑いない。だが、その「発達」の方向は、従来の文芸の延長線上にのみ想定されていたわけではない。

『紅子戯語』巻四の、都々逸掲載をめぐる議論の中で、紅葉に次の発言がある。

爰《こゝ》に古《いにしへ》を惟《おもんみ》ればサ我楽多文庫は其始め万《よろづ》や万兵衛何でもござれ主義で貴賤無差別社会平等に即身即仏の快楽《けらく》を与へやうといふのだから是もよし彼もよし地口妙都々一奇で掲載したものさよしカネ処が今となつて見れば文庫も二十世紀の人気《じんき》をあてこむほどに進化して来たから……当時〔校注者注、現在のこと〕の文庫を読む人といふものは都ゝ一を見て鼠鳴しやうといふいやしい根性のものはたゞの一人もない。

創刊時はともかく、いまや『我楽多文庫』は、来るべき新しい時代と人間を視野に入れねばならないという意識が紅葉の中にあったことの証左である。『我楽多文庫』から「都々一」欄が消えていったのは、その意味で必然でもあった。

だが、一方で『紅子戯語』には、当の都々逸を含め、俗謡・和歌・俳句・漢詩文・謡曲・浄瑠璃・歌舞伎・軍記・落語・唱歌、さらにはバイロン、ミルトンに至るまで、あらゆる時代とジャンルの文芸が時に話題とされ、時に地口の種とされている。これもまた「一切無差別」の流れの上にあることは確かだとしても、話題の一つ一つをつぶさに見ていけば、その幅広さが、実は広範な知的教養を背景とした新たな時代精神の発露であったことが明らかになるはずである。一見通俗的とも見られる笑いは、実は知識人同士の間ではじめて共有し得る類の笑いなのである。

初期硯友社は、あくまでも結社としての集合性にその本質があった。むろんそれは俳諧や和歌などにおける伝統継承を目的とする結社とは異なっていたが、同時に、その後に現れるような文芸思潮を等しくするグループとしての集合性とも異質である。

何よりも彼らは、固有の表現としての文芸上の近代性を主張しなかったし、それを明確に求めることもしなかった。彼らの相互批評や書評が多く技巧に話題を集中させているように、そこにあるのは、作家主体の内面と切り離しがたく結びついた表現としての「近代文学」とは異質な何かである。『東京の三十年』（大正六年六月、博文館）の末尾に近い一節で田山花袋は次のように回想している。

三十年間、私の見て来た日本の文学者の交遊では、紅葉を中心にした硯友社が一番賑かで面白さうであつた。かれ等は一緒に飲み、語り、且つ伴れ立つて旅行した。しかしその交遊なり旅行なりが、興味を中心にしたもので、互に啓発したり互に励まし合つたりするものでなかつたことは事実である。かれ等の旅行は駄洒落と道楽と興味との旅行であつた。これが則ちその交遊が面白さうに見えたり思はれたりするところで、単に外面的に過ぎなかつたのである。

遊戯的な結社として硯友社を批判する視点の典型的な例である。後年の文学史的回想の視座からのこうした評価こそが、今日における硯友社と紅葉の置かれた位置に他なるまい。しかし逆に言えば、このような集合性と、笑いと、地口や洒落に託されたごとき言葉の多義性とを評価の対象から排除してきた道程こそが近代文学の歴史に他ならない。

『紅子戯語』には八人の硯友社同人がそれぞれの個性を反映しつつ実名で登場し、あたかも俳諧の座のように互いの言葉尻をとらえながらそれぞれの語り口調で饒舌に語っている。だが、その言葉や個性は、固有性とは異質である。試みに会話の上に記された「紅」「思」「小」「美」などの略号を別の記号に置き換えてみればわかることだが、これらの発言者名は基本的に入れ替え可能であり、一見議論と見えるものも本質的な意見の衝突ではない。そこに写されているのは硯友社社中の集合名詞としてのエネルギーであり、固有性を超えてあふれ出ようとする言葉の群れに他ならない。

ただし、『紅子戯語』のタイトルの下で硯友社社員を実名で写しながら、四巻のうち「紅葉」が登場するのは、ようやく巻三になってからである。とすれば、最初の二巻に登場する人物達の会話を録している「紅葉山人」なる人物は、その視座をどこに据えているのか。紅葉自身が「自叙」で「七人の名は実なり其いふ所はみんな虚なりまた更になを〳〵書して紅葉子に於てはいづれも毛頭いつはりなし」と書いていることからすれば、このような詮索自体が無意味ではあるのだが、にもかかわらず『紅子戯語』は、まさにその装われた虚構性において、集合体としての硯友社のありようを鮮やかに示し得ているのである。

一方、巻三で登場した「紅葉」は、その「唯我主義」と、「流行にはめる」ということを知らず「俗」を否定することを同人仲間から批判されている。それをもまた「紅子」の視点から一場の光景として描き出すところに『紅子戯語』の基本的な視座があった。いいかえれば、「紅葉山人」固有の視座ではなく、むしろ硯友社同人たちを集合体のままに俯瞰し相対化する視座である。『紅子戯語』が会話を独立させた芝居脚本めいたスタイルをもつこととそれは無縁ではない。集合体としての硯友社と、それを俯瞰し得る紅葉の視座は、演劇的であることにおいてもまた、ノベルを中心化する近代的な文学観との距離を保っているのである。

『恋　山　賤』

「洋装せる元禄文学」（国木田独歩『紅葉山人』明治三十五年）という周知の評価が示すように、紅葉については、元禄文学に根ざす古風な作家としての否定的な像が流通している。しかし、その一方で紅葉に関しては、西洋文学のいち早い受容者としての位置づけも繰り返しなされてきた。事実、紅葉作品には、たとえば『むき玉子』（明治二十四年）がゾラ『作品』（一八八六年）の、『夏小袖』（明治二十五年）がモリエール『守銭奴』（一六六八年）の翻案であるのを初めとして、外国文学を基盤に据えた翻案作品が少なくない。そうした中で、『不言不語』（明治二十八年）についても発表当時からさまざまな種本が臆測され、ゾラの『テレーズ・ラカン』（一八六七年）がその有力な原典と見られてきたが、近年、堀啓子氏によって、アメリカの大衆女性作家（ただし複数の作者が同名で書いている）であるバーサ・M・クレイの *Between Two Sins* が原典であることが実証された（「尾崎紅葉「不言不語《いはずかたらず》」と原作者 Bertha M. Clay」『文学』平成九年春号）。さらに堀氏は、これも当時からさまざまに外国原典がとりざたされてきた『金色夜叉』の構想に大きく関与した作品として、同じクレイの *Weaker than a woman* を指摘している（「『金色夜叉』の藍本—Bertha M. Clay をめぐって」『文学』平成十二年十一・十二月）。これらの指摘は、従来さまざまに繰り返されてきた臆説の歴史に対し、翻案作品の同定には確実な証左が求められることを示した警鐘でもある。

『恋山賤』についても同様のことがいえる。従来、『恋山賤』については、ゾラの『ルーゴン・マッカール叢書』第五編にあたる『ムーレ神父の罪』（*La Faute de l'abbe Mouret*, 1875）がその構想の下敷きになったとする説が一般化しており、たとえば『続・明治翻訳文学全集』第十二巻『尾崎紅葉・小栗風葉集』（平成十四年一月）は、『ムーレ神父の罪』（一八七五年）の翻案として『恋山賤』本文を掲げている。

この説の発端は、内田不知庵（魯庵）による「紅葉山人の『恋山賤』」（『女学雑誌』明治二十二年十一月）にあったと思われる。その中で不知庵は、「『恋山賤』は実にゾーラの『アベ、ムール』に胚胎せり」と明確に述べている。また後年の『思ひ出す人々』（大正十四年、『きのふけふ』大正五年を改題再編集）の「紅葉と外国文学」でも、紅葉がゾラの『ムール和上の破戒』を再三読んでいたことを伝えている。同様に田山花袋は『東京の三十年』で、明治二十四年に紅葉宅を訪れた際、紅葉が『ムーレ神父の罪』（英訳）を取り出し、その心理描写の精細さを称揚したことを回想している。だが、これらの証言は、『恋山賤』が『ムーレ神父の罪』の翻案であること、もしくはその構想を借りたものであることを確実に証拠立てる根拠とはなりえない。詳述の余裕はないが、若いムーレ神父と自然児のような少女アルビーヌとの恋と破局を描く長編と『恋山賤』との間に、具体的な類似を指摘することは不可能に近い。強いていえば、ムーレとアルビーヌが廃園をさまよいつつ、互いに心引かれながら、そのことにおびえる姿との微かな類似が指摘できなくもないが、「翻案」の根拠としてはあまりに薄弱である。ただし不知庵は先の文章で『恋山賤』に構想を与えたもう一つの作品として井原西鶴『武家義理物語』（貞享五年）巻六の「表むきは夫婦の中垣」を挙げている。これを踏まえて富田仁氏は『フランス小説移入考』（昭和五十六年、東京書籍）で三者を比較し、「自己の官能との闘い」という主題の類似性を根拠に「『恋山賤』の典拠と考えられる二つの作品相互が類似していることから、『恋山賤』とゾラ作との影響関係が推定される」との結論を導いている。だが、主題自体の普遍性の証左ではあり得ても、『恋山賤』とゾラ作品との関係を示すための根拠をこれらの事実から導くことは論理的に不可能なはずである。

何よりも『ムーレ神父の罪』ではムーレとアルビーヌの間に対話的な関係が成立しているのに対して、山賤にとって娘はいかにも美しげに装われた肉体にすぎず、「此ゆかしい物をやみ〳〵人に渡さねばならぬか」という「物」に他ならなかった。なるほど、そんな山賤にも内心の罪障意識はあったし、結果的に罪に至らなかったことの喜びを仏に謝するという行為も示しているが、これを欲望との葛藤とすることにもおよそ無理があろう。山賤の欲望を最終的に制したのは、娘が「戸長様」宅に滞在している客であるという社会的な関係と、娘を捜索する一行との出会いという偶然にすぎない。むしろ山賤は、都との落差の中で、決して成立し得ない均衡のうちに欲望を喚起させられ、同時に都や国家につながる権威の前に欲望を制せざるを得なかった男としての位置を担うことになる。

その意味で山賤は、都という中心に対して最も疎遠な周縁的存在ということになるのだが、『恋山賤』は、後半を山賤自身の心理に据えることで、そうした構図を超え出る普遍性を獲得してもいる。このことに鋭敏だったのは、『恋山賤』を収めた短編集『初時雨』（明治二十二年）に附録として掲げられた幸田露伴の「恋山賤を評す」である。その末尾に露伴は次のように記している。

特に此篇に感服するは、此篇のごとき事は、日々夜々行はれ居る大普通の事にして、評者のごときも此山賤たるを免れず、否或《あるひ》は評者に山賤の名を負せたる乎を疑ふほどなり。……自ら山賤たらざるを自白し能《あた》ふ勇気ある人にあらざれば、此篇を嫌ふあたはず

注目すべきは、露伴が、自らの欲望を普遍化しつつ山賤の心理に重ねている点である。同様の感想は、先の不知庵の批評文にも、ゾラと関わらせる形で示されている。

人間は皮一枚、若《も》し皮破るれば汚穢なる臓腑溢出し風雨にさらされ陽日に焼かれ、終には白骨となり土灰となる、……よしや表面《うはべ》は実義正直《せいちょく》に見へても心に悪魔の存せぬ事やある、……凡人誰か迷はざる者はあらん。さすれば人情の微を写さんにいかでか醜悪を除き去るを得べき。

自己の内面に重ねて人間の普遍的な欲望の醜悪さを見出す点において両者はほとんど通底している。作品前半で女たちの行動や山中に迷った娘の心理を描き出しているにも関わらず、当時有数の読み手であったはずの二人の男性読者は、それぞれに自己内部の欲望を照らし出す鏡として山賤の欲望を読んだのである。

この点とも関わって、『恋山賤』を収める岩波書店版『紅葉全集』第一巻（平成六年）巻末の十川信介氏による「解

説」は、『浮雲』の語り手と『恋山賤』のそれとを比較することで、両者の差異を鮮明に示している。すなわち、『浮雲』の「語りの視点が文三一人に同調するかぎり、物語は次々に「妄想」のなかに迷いこみ、他の人物たちを含めた全体を統率する力を失っていく」のに対して、『恋山賤』の場合「語り手は自由自在に万蔵を支配して」おり、「二葉亭ならば心理の奥底に分け入つて、ことこまかに分析を加えるべきところを、あっさりと表面の行為でのみ示し、疑問を喚起して読者に推察させる」文法が、露伴自身の文法とも重なり、先の批評文での文体評価につながった、とする見解である。

「小説の主脳は人情なり世態《せいたい》風俗これに次ぐ人情とはいかなるものをいふや曰く人情とは人間の情慾《ばつしよん》にて所謂百八煩悩是なり」という一節が『小説神髄』の中でも重要な主張であることを考えれば、不知庵や露伴に人間普遍の「情欲」を発見させた『恋山賤』は、一見、そうした主張を体現したかにみえる。だが、事実は恐らくそれとは微妙に異なるはずだ。ここで起きているのは、最も周縁的な山中の山賤の中に自己の内面とつながる欲望の姿をとらえることで、はじめて欲望が「普遍化」されるという事態だからである。それを導いたのが、東京に根ざす娘の心理や下女たちとの会話を前半で描きながら、後半では山賤の心理に焦点化するという語り手の俯瞰的かつ相対的な位置の自在さでもあった。『紅子戯語』の記述者でありながら自身はその場に存在せず、その後に登場した自己像をも相対化するような語りの視座の自在さこそが実は批評性を孕んでいるということともそれは構造的につながっている。

そして、このような語り手の位置が、文体をめぐる新たな試みに重ねられることで、ひとつの達成を示したのが『二人女房』だったということができる。

『二人女房』

『二人女房』は、いかにも普通の物語である。とりたてて奇異な出来事が起こるわけではなく、悲劇的な結末が待っているわけでもない。下級役人の二人娘の結婚をめぐるゆくたてが普通に描かれるだけである。しかし、一見何気ない日常を描くことが文学にとっていかに新たな試みであったかを知るには、明治初期までの文学の歴史を通観するだけでこと足りるだろう。眼前にある日常をリアルに描き出す文法と文体を、日本文学はようやく手に入れようとしていた。とりわけ、言文一致文体がそれにあずかって大きな力をもっていたことはいうまでもないが、今日からみてあまりに当然なこの文体が、この時期、きわめて自覚的な努力の中で生み出されたことを実感として理解することはなかなか難しい。『二人女房』は、紅葉にとって、まさにそのような意味での画期的な実験だった。そして、新たな試みにありがちな過剰さを感じさせない、日常の暮らしや心理の文学的な定着は、いかにも普通であるという意味で、みごとな達成を示しているといってよいのである。

『二人女房』は紅葉にとって言文一致文体の最初の試みである。言文一致の創始をめぐって二葉亭四迷・山田美妙と並んでつねに名の挙がる紅葉だが、先の両者からは数年遅れてこの試みがあったことになる。ただし、ここでの問題は、言文一致がどのような意味で要請され、それが何をもたらしたかを『二人女房』に関わって確認することである。

『恋山賤』の付言ともいうべき『酒を喚て酢を売る』(明治二十二年)で紅葉は、「わが文は雅俗折衷の一体なるを、言文一致などゝいふ人あり。酒と白足袋と言文一致はわれ大嫌ひなれば、かくいはるゝが此上もなく口惜し」と語っていた。また『読者評判記』其三「贔屓の掛合」（『百千鳥』明治二十二年十月）には、言文一致家と雅俗折衷家との応酬が戯画的に描かれている。言文一致に対する批判の一端は紅葉も共有していたはずだが、他方、雅俗折衷文体への批判もまた、紅葉自身内部での自問自答の形であったにちがいない。

やがてそれが『二人女房』の試みとして具体化するまでにはなお多くの自問自答が繰り返されたはずである。「紅葉山人の文章談」（『新潮』明治三十七年八月、遺稿再録）には次のような回想がある。

其頃自分はおのれの文体に倦んだ、といふのは不足を感じたのである。思ふこと、言ひたいことが、毎《いつ》も脳の底に残つてゐて、それは如何工夫しても自分の文で鉤《かきだ》すことが出来ぬので、苦心に苦心をしたけれども、喟然《（きぜん）》として筆を投ずるばかりであつた。之を彼破天連《（ばてれん）》が書いたならば如何なものであらうと不図考へた。夜々空に向つて試に言文一致を吐いて見ると、脳の内が痺れるほど、其内に在るものを尽して、而《しか》も刃を迎へて解くるが如く聯《つら》ねられた。三年前の怨敵たりし破天連も面白いわい、と此時始めて発心した。陰に世間を眴《（みまわ）》したが、さしもの言文一致も火の消えたやうに沙汰も無く、葬られたやうに睡に沈むでゐたから、旬外れは面白いと矢庭に「二人女房」を都の花に出して見た。

とすれば、このような経緯を経て採用された言文一致の文体が、ほかならぬ『二人女房』で初めて試みられたことの意味こそが問われねばならない。小平麻衣子氏は『ＮＨＫ文化セミナー　明治文学を読む　尾崎紅葉　〈女物語〉を読み直す』（平成十年十月、日本放送出版協会）でこの点に触れて次のように意味づけている。

人物の言葉を地の文から独立させた形式をとった『二人女房』は、台詞の延長線上に、人物の心中を直接書くことを容易にしたといえる。人物の心の内を直接覗いていくかのように読者が感じるのは、この言文一致の採用によるところが大きい。これは読者が人物と内面を共有することを保証する。……人物の心中を表した部分での言文一致は、必然的に語り手の語りの改変も要求する。口語的な人物の心中を写した部分と文体上のギャップなしに接合しようとするならば、当然語り手も言文一致を取らざるを得ないからである。物語の後半では人物の心中と語り手の語りが自然に接合し、人物の心の内を直接覗いているかのように読者に感じさせる文体が出来上がっている。ここに至って『二人女房』は紅葉が言文一致を体現した記念碑的作品ということができる。

この試みがあって初めて、『二人女房』の姉娘お銀の結婚生活をその内面に即して描くことが可能になったのである。

『二人女房』は、単純化していってしまえば、美貌ゆえに玉の輿に乗った姉お銀の心中の苦痛と、美貌ならざるがゆえに幼なじみの職工と結婚した妹娘お鉄の安穏な暮らしぶりとの差異をきわだたせるという、一見教訓話的な構造をもっている。だが、この物語が、昔話の話型に沿って姉娘お銀を断罪しているかというと決してそうではない。妹娘お鉄の妊娠を知らせる手紙に重ねるように、お銀の妊娠を伝える手紙を示唆的に示すことで、物語は最終的にハッピーエンドとして閉ざされる。お鉄の造形は活き活きとして精細だが、お鉄をめぐる描写に比べて、お銀をめぐるそれには遥かに多くの筆が費やされているのである。しかもお銀の夫渋谷周三は、最初の登場場面で描かれる気障な紳士振りの印象を裏切って、お銀にとって予想外に心優しい夫として対している。とすればこれは、教訓話であるよりはむしろ、容貌を見込まれてたまたま良家に嫁したお銀が、たまたまそこに存在した姑や小姑との間に軋轢を生じさせる物語といえなくはない。別な視点からいえば、江戸生まれらしい母親に育てられた娘と、幕府瓦解後に上京した地方出身の姑との間に生じた軋轢の物語であり、あるいはまた、かつて藩主を共有していた二つの「家」の落差の物語でもある。しかし、そのいずれにせよ『二人女房』の総体を要約し得ていない。なぜなら、そこに描かれているのは、程度や質の差こそあれ、どの「家」にもあり得るはずのいたって普通の出来事であり、普遍的な人間関係にほかならないからである。葛藤としてのドラマを生み出す原因である渋谷家の姑が幾分偏屈に描かれているとしても、彼女もまた家をめぐる関係性の中で自ずから「姑」を演じなければならない一人の女であるにすぎない。

とすれば、『二人女房』に描かれるお銀の苦衷は、普通であること、いいかえれば、普遍的でありかつ不変的でもある女の苦衷の姿にほかならない。言文一致文体が真に機能しているのは、そのような普遍的な女の内面をさながらに描き出すことだったはずである。『恋山賤』の語り手が、山賤の心理を描きつつも、それとの距離を保った俯瞰の高見を維持していたこととちょうど反対に、言文一致文体は、お銀の内面に寄り添うことで、その心理を緻密に描き出すことに成功している。ただし、小平麻衣子氏にも指摘があるように、『二人女房』におけるお銀の苦衷について最も多くの言葉を費やしているのは、実はむしろ語り手自身である。ことに中の巻第七節では、語りの視線はお銀を離れ、「嫁」という存在一般についてその立場の苦衷を代弁し、ほとんど憤ってさえいる。

> 貞女は両夫へ見《まみ》えざる事になつてゐて。女大学にも唐土《もろこし》には嫁《よめいり》を帰るといふ。我家《わがいへ》に帰るといふ事也として。愁《つら》くとも後《あと》は寝易き蚊遣かななどゝ。どのやうにも辛抱をしろ。死ぬとも夫の家を出るなとまでに訓《をし》へられてある。そこで針の莚《むしろ》に坐らせられてもと怺《こら》へて。三界《がい》に家無しと諦めねばならぬ事にしてあるから。一種の居候で。また一種の終身懲役でもあらうか。

作中人物の心理をさながらに描くべき言文一致文体が語り手自身の饒舌を促すという事態ともそれは解されるが、重要なのは、語り手の性として当然想定される男性によって、女性の心中が「さながらに」描き出されるという構造にある。

一見、作中人物の心理に寄り添うようでいながら、この語り手は、近代小説に要求されるような透明な語り手では決してなく、むしろ「無人称の語り手」（亀井秀雄『感性の変革』昭和五十八年）としての側面を分有している。語り手としての男性性がそのような存在の〈非透明性〉と不可分であったとすれば、「女」であることをめぐるこの物語は、このような語り手の存在を待ってはじめて成立し得たということができる。

『紅子戯語』において「紅葉」は「自分が恋をして見なけりや恋の純粋《きつすい》といふ処はかけないといふのは嘘だ……総て想像から生み出した奴に稀物《まれもの》があるまた想像で新世界を見せるといふのが小説家の山だらう」と発言していた。「想像」の語は一方で伝奇的要素につながるが、他方では、男性性を担う語り手として女の苦衷を語ること——すなわち性別を超えた想像力こそが真のリアリティを保証するという論理にも確実につながっている。山中の山賤の心中と、家庭の中の女性の心中とは、想像力を介する遠さにおいて通底してもいるのである。日常眼前の女たちの心中は、言文一致の視線を通してはじめて認識可能であったと言いかえてもよい。とすれば、一節を費やした語り手の饒舌は、自らの文体が見出したものに対する語り手自身の反応だったといえなくもないのである。

ただし、『二人女房』の語り手は、『浮雲』後半の語り手のようにお銀一人の内面に寄り添っているわけではない。語り手は時に母親の心を語り、姑の心中を描き出し、お鉄の内面にも入り込む。むしろ男たちの内面をあえて避けるように、女たちが作り上げる関係と軋轢のネットワークを掬い上げながら、語りの視線は彼女たちの存在を総体として（相対として）描き出していくのである。「嫁」をめぐる語り手の発言が「お銀」ではなく「嫁」なる存在一般をめぐるものであったことと、それはおそらく連動している。

紅葉は『二人女房』の翌年、『三人妻』（明治二十五年）を発表する。西鶴風の文体で書かれた後者は、日常普通の物語からやや距離をおいた、一人の富豪と三人の妾との欲望と確執の物語である。そしてここでも、三人の妾たちが相対化されるように描かれるだけでなく、物語の後半では、それまで後景にあった本妻をもふくめて前半の展開が反転するような仕掛けをもっている。

『二人比丘尼 色懺悔』（明治二十二年）から始まり、『二人女房』『三人妻』など、紅葉には複数の女を題名に冠した作品が目立つ（『おぼろ舟』『むき玉子』を併録した『二人女』〈明治二十五年〉を加えてもよい）。そしてこれに『好色五人女』『南総里見八犬伝』『八笑人』『七偏人』などを二重映しにしたとき、これらタイトルに冠された複数性・集合性は、ある一元化し得ない、もしくは一義化し得ない世界の多義性の隠喩ではなかったかと思えてくる。

『小説神髄』における演劇の位置づけを引くまでもなく、俯瞰的という意味での演劇的視線は、近代小説が背後に脱ぎ捨ててきたという意味では、たしかに古い。しかし今日、世界や時代を写す視線がいずれを要求しているか、ということを考えるとき、近代文学史を支えてきた歴史観自体が、なにやら古風なものに思えてもくるのである。

新 日本古典文学大系　明治編 19
尾崎紅葉集

2003年 7月30日　第 1 刷発行
2019年 6月11日　オンデマンド版発行

校注者　須田千里《すだちさと》　松村友視《まつむらともみ》

発行者　岡 本　厚

発行所　株式会社 岩波書店
〒101-8002 東京都千代田区一ツ橋 2-5-5
電話案内 03-5210-4000
https://www.iwanami.co.jp/

印刷／製本・法令印刷

ISBN 978-4-00-730887-1　　Printed in Japan